U0794483

KUWEI
酷威文化
图书 影视

山河不夜天

莫晨欢——著

上

江苏凤凰文艺出版社
JIANGSU PHOENIX LITERATURE AND ART PUBLISHING, LTD

【目录】

第一章

知书

六月初始，日头正烈。

金灿灿的油菜花开满了整片田埂，远远望去仿若一片金海，随风摇曳，这片油菜花田位于赵家村的西口，紧挨着一处两进屋的学堂。

赵家村原本不叫赵家村，多年前村子里破天荒地出了个举人老爷，为了沾点文曲星的才气，由村老领头，改名叫了赵家村，和那位举人老爷一个姓。

此时此刻，学堂外正是一片热闹景象。

两个穿着短衫的中年汉子扛着一个木箱走进了学堂，学堂里也是一派严肃，坐在最上头的是曾夫子，他的左边站了个清秀俊俏的小儿郎。

两个汉子把木箱扛进学堂后，一个妇女领着一个七八岁模样的男童跟着走进来。

那妇女小心地抬头看了眼曾夫子，又移开眼，她的视线从旁边的俊秀少年身上滑过，惊讶地“咦”了一声，还没开口，就听曾夫子高声道：“跪圣人。”

妇女赶忙道：“儿，还不赶紧跪拜圣人。”

那男童哪里懂什么圣人不圣人，母亲要他跪，他就懵懵懂懂地跪下。他按着曾夫子和母亲的话乖乖地对着孔子的牌位磕了三个头，接着对着曾夫子，再磕三个头。

曾夫子满意地点点头，伸出手。

唐慎立刻上前一步，从男童家人的手里接过一只朱笔，递给曾夫子。曾夫子右手拿朱笔，左手拿着一卷《论语》，用朱笔在第一句上画了个圈，同时高声道：“子曰，学而时习之，不亦说乎。”

这句话妇人听不懂，可她在来学堂前已经对儿子念叨过多遍，男童一听这话，赶紧跟着重复一遍。

曾夫子摸了摸长长的胡子：“孺子可教也。”

众人松了口气。

唐慎接过曾夫子手中的朱笔和书卷。

如此，今天这场“开笔破蒙”就算结束了。

赵家村有七十多户人家，在这十里八村算是一个大村。这个月有两个幼童要进学堂读书，他们进学堂上课前，都要由曾夫子亲自给他们破蒙，每到这时，曾夫子都会请一个学生帮着他，一起主持破蒙礼，这可是个好差事。

以往这个人选总是他的远房侄子，可最近这两次不知怎的都变成了唐慎。

那妇人将儿子从地上拉起来，眼神古怪地看着唐慎，她还没开口，她的哥哥就说话了。之前扛木箱的一个汉子说道：“曾先生，怎的每次都请这唐家小子给人破蒙？不是我说，唐家小子已经不在学堂读书了，他以后可不是个读书人。我们是敬重您，才请您破蒙，可不是……”可不是请一个连书都没念的浑小子！

曾夫子是赵家村唯一的秀才，身上有功名的，见了县官老爷都不用下跪，这汉子不敢把话说完，可言语间嫌弃的意思表达得清清楚楚。

曾夫子：“这赵家村，可就老夫一人是秀才？”

汉子道：“那是。”

曾夫子冷哼一声：“我问你，唐慎虽然现在不在我这读书了，但他的父亲是不是也是个秀才？”

汉子面露难色：“这……”

“那唐秀才在世的时候，你们人人巴结他，请他给你们的儿子破蒙，如今人才刚走一年，就忘得干干净净。请唐秀才的儿子给你们儿子破蒙，你们还不乐意了？”

汉子无话可说，羞愧地看了唐慎一眼。

唐慎依旧是那张沉着镇静的脸，眼神明朗，微微带笑，没什么变化。

破蒙礼结束，这户人家塞给曾夫子和唐慎两个红包，接着又各自送了一盒凉糕、一筐甜粽，意味着“糕粽”——高中。

等这几人走了，唐慎无奈地说道：“先生照顾得了我一时，照顾不了一世。”

曾夫子拿起一块凉糕，一边吃一边道：“你也知道？我这个糟老头子半只脚都入土了，你小子要真想让我省心，还不赶紧回来读书，考取个功名。”

唐慎无辜道：“小子家徒四壁，可付不起那高昂的束脩。”

束脩，也就是学费。

曾夫子气道：“老夫还差你的束脩？”说着，拿起一块凉糕就砸向唐慎。

俊朗少年哈哈一笑，躲过这块凉糕，接着毫不客气地拿起红包，转身就跑，跑到一半似乎想起来忘了拿东西，他又跑回来拿走那盒凉糕和一筐甜粽。

曾夫子气得双眼瞪圆。

唐慎义正词严：“阿黄喜欢吃。”

“你给我滚！”

“哈哈哈哈。”

离开学堂，走在油菜花田中，唐慎从盒子里拿出一块凉糕，尝了一口。

“嗯……红枣、糯米，枣子味重了点，有点像红枣雪糕？”说完，他笑着摇摇头，“比雪糕差远了。”嘴上这么说，走着走着，他又拿出一块吃了起来。

碧天白云，田舍黄花。

唐慎拿着凉糕和甜粽来到了村头的凉茶铺。他刚到，一个清脆的女声便响了起来：“唐慎！你又去哪儿晃悠了？”

一个穿着灰色布衫的身影刺溜一下蹿到了唐慎的面前。

这是个矮小瘦弱的小女孩，皮肤黝黑，看上去八九岁模样，可是比十三岁的唐慎矮了一个半头。她踮起脚尖，恼怒地看着唐慎，额头上全是汗水，身上也被汗水浸湿。“你一个上午不来，卖了好多果子汁，都是我一个人卖的。”

唐慎晃了晃凉糕和甜粽：“看看这是什么？我去曾夫子那儿了。”

女孩双眼一亮：“我饿了。”

“都给你吃。”

唐璜拿起一块凉糕，狼吞虎咽起来，“粽子等回去了，我热给你吃。”

唐慎：“你自己吃就行。今天上午卖了多少钱的果子汁？”

小姑娘原本高兴地吃着凉糕，一听这话，仿佛护着幼崽的母狼，警惕地盯着唐慎：“你想干什么？我告诉你，那些钱你一个铜板都不许动，都要存着，给你当学费，你要回去念书！”

唐慎没回答，他看着小姑娘被汗水打湿的衣服，皱起眉头：“你怎么不喝点果子汁解暑？”

“不喝，那是要卖钱的！”

唐慎直接倒了一杯果子汁递给阿黄，起初小姑娘不乐意，最后还是接了过去，她小心翼翼地喝了一口，舒服地眯起眼睛。

凉茶铺的老板娘笑道：“唐家小子来了？你可放心吧，你家阿黄早上卖了不少果子汁。那些泼皮看你不在还想欺负你家阿黄来着，我还没说话，他们就被你家阿黄吓走了，小姑娘看上去瘦瘦弱弱，护摊子的时候可凶了。”

听到“泼皮”两个字，唐慎面色一变，他冷冷地勾起唇角，明明在笑，大夏天的却让人泛起一层鸡皮疙瘩。

“他们还敢来？”

话音刚落，几个泼皮正好走到村头，他们原本是想找唐璜麻烦，忽然看到唐慎，几人一愣，为首的泼皮嘴里骂了句腌臜话，一屁股坐在石头上，看着唐慎不动了。

唐慎笑了笑。

泼皮咬了咬牙，没敢动。

一群十七八岁的泼皮被一个十二三岁的少年吓得不敢动弹，这副场景任谁看都摸不着头脑，觉得莫名其妙，然而想想两个月前，这群泼皮被这个少年拿着菜刀从村子东口一路砍到西口，也就不会觉得奇怪了。

泼皮至今记得唐慎当时的模样，明明瘦得身上没有几块肉，却宛如魔鬼，拿着一把菜刀，双眼赤红，凶狠至极地追着他们，直到他们吓得跳下河逃命，唐慎才没有追上来。

唐秀才死了一年，就剩下唐家兄妹二人，无依无靠，村子里的泼皮总去欺负他们。可两个月前唐慎差点病死，病好后就像换了个人，不再那么唯唯诺诺，胆小怕事，先是吓跑了泼皮，后还得到了曾夫子的喜欢。

最厉害的是，他从自家门前那棵没人要的酸果子树上摘了果子，酿成了一种奇特的“果子汁”，这果子汁酸酸甜甜，夏日喝极其解暑，在村子里卖得不错。

凉茶铺的夫妻俩看小孩可怜，允许他们在自家铺子外面摆摊卖果子汁。两个小孩能做多少果子汁？终归抢不了什么生意，他们还能帮着照顾照顾。

小姑娘吃完凉糕：“唐慎，你今天早上去给村长送果子汁了？”

“嗯，怎么了？”

“那一杯果子汁要两个铜板！”亏死了！

有人来买果子汁，唐慎用杯子给他装了一杯，回头道：“有付出才有回报。”

阿黄气道：“我看你就是观音大士身边的散财童子。”

到了下午，天气酷热，来凉茶铺喝茶的村民多了起来。

凉茶便宜，果子汁贵，但果子汁更解暑好喝。偶尔有人来买果子汁，兄妹二人就能赚够吃饭的钱。到傍晚时，果子汁已经快要卖光，唐慎开始收摊。

远远的，只见一辆马车从村口小道上晃晃悠悠地驶来，车辕发出嘎吱嘎吱的声音。

赵家村位于临近几个村的交界处，经常有外来人路过，但马车也是少见的，一个月才能见着一次。阿黄好奇地凑过去看，唐慎也跟着看了一眼。

许是天气太热，那车竟在凉茶铺前停下。

车帘掀开，一个穿着青布直身长衣的年轻人先下了马车，他一下车，就回过头去接后面的人。在他身后，一个年迈的老者缓慢地走下马车。

老者满鬓花白，但双目炯炯有神，背脊笔直，透露着一股威严。

村民们看不出门道，只觉得这老者非常厉害，不敢直视，唐慎心头觉得不对，他目光一凛，小心地看了对方一眼。

唐慎：“早点回家。”

阿黄：“啊？果子汁还没卖完呢。”

“自个儿带回去喝。”

“唐慎！你再这么奢侈下去，咱们那点家底早晚被你败光！”

唐慎心想：就你那点私房钱根本不用我败，加起来连灯油都买不了三两！

那老者和年轻人在凉茶铺里坐下，要了两杯凉茶。

唐慎收拾摊子，准备回家，忽然，他看见一个泼皮起了身，走进茶铺。这是一个惯偷，他将右手悄悄地藏到身后，脚步放轻，接近那两个外来人。

“要喝果子汁吗？”

惯偷泼皮一愣，停住脚步。

唐慎拿着两杯果子汁，放在老者和年轻人面前，他轻轻抬眼，扫了那泼皮一眼。

泼皮咬了咬牙，思量片刻，愤愤地转身离去。

老者笑了声：“谢谢这位小兄弟了，这果子汁多少钱，我们倒是尝尝。”

老者神色平静，深邃的眼中蕴含世事沧桑。

唐慎脑中灵光一闪：“您早知道？”

长衣青年道：“呵，小偷小摸，要真敢偷我们的东西，且试上一试。”

唐慎看着这人的虎口，发现上面全是老茧，竟然是个练家子。

“小子班门弄斧了。”唐慎惭愧道。

老者的目光在唐慎身上定了一定，对随行的年轻人道：“这果子汁色泽古怪，味道却不错，清凉解暑。”

年轻人立刻会意，拿出沉甸甸的钱袋，找了四枚铜板递给唐慎。

唐慎本不肯收，年轻人却执意要给。不过多时，这老者与年轻人坐上马车，离开了凉茶铺。阿黄见人走了，赶忙跑过来，将唐慎手里的铜板收了起来，小心翼翼地放进自己的破布钱袋里。

“人家给你钱都不要，唐慎，大傻子！”

“他只给了四枚铜板。”

阿黄：“你是不是天气太热，脑子被热傻了。咱们这果子汁不就两枚铜板一杯，两杯就是四个铜板啊。”

唐慎收回视线，看了自家妹妹一眼，一脸恨铁不成钢。

“伟大的人物往往轻视巨大的酬报。”

能给出四枚铜板，说明这老者和年轻人在进入凉茶铺时便注意到了他们兄妹，知道果子汁的价钱。明明看到两兄妹衣着朴素，不多家财，依旧只给四枚铜板，是君子如水，也是尊重。

唐慎仰天长叹：您倒是别尊重我，您赶紧用钱砸死我啊！

唐慎郁闷地回到家，所幸很快有了好消息。

村长带着一个汉子在家门口等候多时了。唐璜下意识地抱紧自己的小箩筐，里面还有几杯果子汁，唐慎却目光一亮，他走上去，乖巧地喊道：“村长伯伯。”

村长笑道：“小唐郎，这才回来？”

唐秀才被村里人称为唐郎，有些人便称呼唐慎为“小唐郎”。

小螳螂……

听到这个称号，唐慎已经从一开始的面容扭曲变成现在的波澜不惊，他道：“村长伯伯有事找我？”

村长：“下个月吴县的庙会，定在了我们赵家村。你那果子汁十分好喝，又解暑消渴，我与村里其他人商量过了，从你这订二十斤果子汁，庙会上给邻村那些人尝尝，你可做得出来？自然，价格上不会亏待了你们，就定两吊钱。”

唐璜惊喜地睁大双眼。

唐慎却仿佛早有预知，他答应下来，承诺庙会前一定做好果子汁。

等村长走了，阿黄兴奋难耐：“唐慎，两吊钱，三百二十个铜板，咱们下半年都不用卖果子汁了！”

“你以为我为什么给村长送了八天果子汁？”

唐璜：“啊？”

唐慎：“酒在深巷无人识，去，给我热个粽子，我就告诉你。”

唐璜竟然没动。

唐慎走了一半回头看向自家妹妹，只见小姑娘皱着眉头想了半天，忽然道：“我懂了！”

唐慎：你懂什么了你懂。

未来一个月的果子汁有了着落，不用再背着箩筐去凉茶铺卖果子汁，兄妹二人却也不能闲着，他们要继续酿果子汁。第二天，唐慎用布细细地盖住了酿造果子汁的瓦缸，检查了没有空气漏风，他用竹筒接了几杯果子汁，出门了。

来到村子西口的学堂，还没进屋，孩童们的读书声便传了出来。

他们个个摇头晃脑，大声背诵着《论语》，管他理解不理解，先背了再说。

唐慎透过窗户看了看，没看到曾夫子，估摸着先生应当在里屋休息。他轻车熟路地走到里屋，敲了敲门，里面说话的声音顿时一停，曾夫子大声道：“谁啊？”

“先生，是我。”

曾夫子沉默了片刻，屋子里传来细语：“是老夫的一个学生。”

又过半晌，曾夫子高声道：“进来吧。”

唐慎推开门，只见里屋光线昏暗，厅堂上，曾夫子坐在右侧，左侧坐着一个朦朦胧胧的身影。唐慎走进屋，再抬眼一瞧。

竟然是昨日凉茶铺中的老者！

那老者也认出了唐慎，两人皆是一怔，没有开口。

唐慎将竹筒放到桌子上：“给您带了点果子汁，今儿个热，解暑。”说罢，就退场离开。

谁料曾夫子突然道：“你这小子，到底何时回来读书？！”

这一开口出乎了所有人预料。

唐慎本以为曾夫子在接待贵客，自己进屋已经是打扰，所以二话不说，放了东西就走。谁承想曾夫子竟然会在这种时候让自己回来读书，他一时进退两难，不知该走，还是不该走。

那贵客却很快平静了神色，仿佛明白了什么。

曾夫子道：“让先生见笑了。这小子名为唐慎，今年十三，去岁以前，一直在我这读书。一年前，他父亲染病去世，他父亲也是个秀才生员，去世后，这唐家小子与妹妹相依为命，便没再读书。老夫怜惜他天资聪颖，《论语》《中庸》一点就通，实在舍不得这根好苗子。”

唐慎惊恐地看向曾夫子。

原本贵客老者并未对唐慎太过上心，听了曾夫子的话，他目露揶揄，开口道：“年方十三，精通《论语》《中庸》？”

唐慎本想说“您别听曾夫子瞎说”，可曾夫子对他挤眉弄眼，一副：小子这是你的机遇，别说我没带上你。

唐慎默了默，说：“古有赵则平半部《论语》治天下，仅《论语》一书，便够世人品读一生。小子不才，不敢说精通，只说倒背如流。”

贵客笑道：“倒背如流？”

唐慎背脊笔直，不卑不亢：“是。”

“那你且倒背一篇《论语·述而》。”

唐慎张口便来：“安而恭，猛不而威，厉而温子，七十三……”

村口学堂中，孩童们早已读完课。一群七八岁的孩子好奇地跑到里屋旁，不敢敲门，却个个紧贴着窗户，听里面的动静。

屋子里，唐慎越背越顺，越背越畅快。

《论语·述而》，共三十七句，他背得酣畅淋漓，学文二十年的书生恐怕都没他背得这么抑扬顿挫，朗朗上口。明明背得全是反的，他却不以为耻，反以为荣，义正词严，字正腔圆，仿佛自己背的才是真正的《论语》。

“……作不而述，曰子，一。”

等他背完，学堂内外一片死寂。

屋外有小童道：“先生教的不是这样的啊。”

一直跟在老者身旁的年轻人也嘀咕道：“这小子怎么还一副得意扬扬的模样。”

背完书，唐慎立刻俯首躬身，又是谦卑模样，与刚才背书时意气昂扬、风采卓绝的少年郎截然不同，收敛住全部气色。

过了一会儿，老者问道：“为何不读书？”

他没问唐慎是不是交不起束脩，曾夫子这么迫切地希望唐慎回来读书，还敢在他面前说出这话，以此逼迫唐慎，同时让自己注意到这个唐家小子，定不会因为束脩不够而不收对方。

曾夫子焦急极了，他努力地给自己的得意门生使眼色。

唐慎心里叹了口气。

他能倒背《论语》，对看过的书、背过的东西，能一字不忘。但是读书一事……

唐慎镇定地道：“敢问先生，天下书生，读书为何？”

这个问题无比简单，屋子外就有小学童积极地回答：“考功名！”

“当官！”

“赚大钱，养我爹我娘！”

曾夫子气得甩袖：“朽木不可雕也。”他出门把那群顽童赶走。

读书是为了什么？

百分之九十的人都会说读书是为了过上好日子，他们说得理所当然，这件事也没什么可指责的。天经地义，人间现实。

这话那群顽童会说，哪怕是曾夫子可能也会说，但唐慎知道，眼前这位神秘老者，不会如此回答。

老者默了许久，没给出答案，反而问道："你以为，读书为何？"

唐慎微微一笑：要的就是你问我！

"天下书生，先知书，后达理。知书达理，方是书文奥义。"

老者静静地看着唐慎，眸光幽深，仿若历经沧桑。他没反驳唐慎的话："知书达理？"

"对，知书，达理。子贡曰，夫子温、良、恭、俭、让以得之。读书人当以孔圣人为典范，知书以达理，达理而做人。小子不才，敢问一句，若已达理，何须读书？"

跟在老者身后的青衣年轻人厉声道："歪门邪理，一派胡言！"

唐慎镇定地作了个揖："先生问小子，为何读书。这只是小子的偏隅之见，自知难登大雅之堂。"

言下之意，是你家先生问我，我才说的。

青衣年轻人还要再言，被老者拦下。

"愚之！"

年轻人垂下头，丧气地退了下去。

老者看着唐慎，目光如炬，炯然有神，唐慎被这种尊者的目光看得后背发麻，他隐隐猜到，这应当就是官威，还是很大的官威，但他沉着冷静，哪怕额上冒汗，也不慌张失色。

良久，老者问道："你与姑苏府城西的唐举人有关系？"

唐慎身体一僵，镇定道："听闻有一些远亲。"

"日日去那凉茶铺卖果子汁，不为赚取束脩回来读书，那是为何？"

曾夫子从来没想过这个问题，被老者这么一提，他才意识到："对！你这小子，每天卖出那般多的果子汁，赚了那么多钱，你不是为了读书……你到底想作甚？"

唐慎苦笑一声。

姜还是老的辣。曾夫子不够辣，这就来了个比他还辣的。

唐慎不回答，老者也没逼，老者起身道："先行告辞。"

走之前，他让青衣年轻人拿出一张名帖，交给唐慎。那年轻人不情愿极了，却也老老实实地给了唐慎。

烫金白绢纸的名帖，上面书写了三个大字"梁博文"，笔走龙蛇，龙飞凤舞。名帖背面是一行簪花小楷书写的地址，姑苏府同德巷梁府。

唐慎看着这张名帖，不动声色地把东西收了起来。他刚放好东西，一个巴掌便狠狠地拍在了他的脑袋上。

唐慎一头雾水地抬起头，看着曾夫子："先生？"

曾夫子恨不得吐血三升："你这浑小子，你可知那是谁？"

唐慎："知道，一个贵客。"估计还是个很大的贵客。

曾夫子差点再糊一巴掌，这次不糊脑袋，就糊姓唐这小子的小白脸！

"梁诵梁博文，姑苏府府尹，天下四儒之一的梁博文！"

曾夫子忽然说出一个名字，唐慎压根儿不认识，心中一头雾水，面上却没表现。

曾夫子也意识到一个十三岁的小儿郎不可能知道梁博文是谁，他长叹一声："这般好的机会，你可浪费了！"

唐慎不以为然。

既然那位老先生能给他名帖，就说明并不是对自己毫不在意。

唐慎："先生，那般贵客怎么会来赵家村？"

曾夫子："梁大儒去岁来姑苏府做了府尹，近日似乎在搜集有关江南风土人情的书籍，老夫虽然只是一个村野穷秀才，但是家中还是有一两本祖上传下来的书的。昨夜梁大儒的随从抄了一夜，将我那祖传的书给抄走了。"

原来是来借书的。

一府府尹为了借书，竟然千里迢迢亲自来赵家村，可见梁大儒对书籍的重视。

曾夫子还是不死心："贵客说得对，别以为我不知道你每日在凉茶铺那儿卖果子汁能赚取多少钱，这些钱早够你来我这读上一年！你这浑小子赚了钱不读书，到底想作甚？"

唐慎作了个揖："先生可别再逼我了，我有自己的打算。"

"不回来读书？"

唐慎只是笑。

曾夫子认真地看着唐慎，良久，他摆摆手。

"滚远点，老夫今日心情不好。"

唐慎也不惧怕，反而嬉笑道："先生怎样心情才能好？"

曾夫子打开竹筒，喝了口果子汁："要每日都喝上一杯果子汁，才好！"

第二章

达理

姑苏府共有五个县，赵家村属于吴县。赵家村与县城毗邻，每年两次的庙会，总有一次会设在赵家村。

作为十里八村的交通枢纽，赵家村十分富裕。唐慎与唐璜做了大半个月，庙会的前三天，终于做成了二十斤果子汁。

唐璜高兴极了，仿佛看到了两吊大钱，唐慎却没停下，继续做果子汁。

唐璜奇怪道："哥，这不已经做了二十斤吗？"

唐慎："距离庙会不是还有三天吗。"

"但咱们已经做了二十斤啊。"

唐慎放下手里的工具，看着小姑娘好奇真诚的目光，道："村长要二十斤，你就给二十斤，那你会得到什么？"

唐璜："两吊大钱！"

"村长要二十斤，你给二十一斤呢？"

唐璜下意识地想说"我亏了一斤果子汁"，唐慎直接打断她："好好想想。门口那些果树上还有不少果子，多做一斤，只是费事，不费太多成本。"

毕竟只是个九岁的小姑娘，阿黄实在想不通。

第二天村长带人来取果子汁，唐慎交上二十一斤后，村长惊讶道："小唐郎，我可只订了二十斤。"

唐慎："庙会是县里的大事，我和阿黄从小就喜欢庙会，这不一开心忘了时间，就多做了一些。村长伯伯，我们说好了，是两吊钱。"

村长笑道："好，这钱你拿着。"

村长带了四个汉子来唐慎家挑果子汁，还没出门，一个汉子就对同伴说道："这小唐郎真是不错，唐秀才那般迂腐不通的人怎么就生出这么玲珑的儿子。你瞧，村长眼神都变了。"

交了货，拿了钱。

当天下午，就有人来唐慎家订果子汁，说是村长推荐的，小唐郎的果子汁在吴县都是一绝，自家摆酒席用小唐郎做的果子汁会更有排面。

唐慎淡定地收了定金，阿黄嘴张得能塞鸡蛋。

唐慎正考虑要不要去隔壁借个鸡蛋，塞进阿黄嘴里试试，小姑娘一拍手："我懂了！"

唐慎：你又懂什么了你懂。

"你要懂得的事，还多了去了。"

阿黄没理唐慎，她眼疾手快，一把抢走唐慎手里的定金。"我给你存着，你不许乱花！"

唐慎哭笑不得。

江南水乡，人杰地灵。

姑苏府五个县中，除去府城，吴县最为富裕，书香气也更浓。据说前朝一百三十一个状元，有二十三个出自姑苏府，有五个就出自吴县。吴县每年两次的庙会，不仅吴县本地人会参加，姑苏府其他四县、甚至府城都会有人赶来，参加这等盛事。

庙会要持续三天，村长专门给唐慎的果子汁摆了个摊，在庙会入口。村长请唐家兄妹帮忙分发果子汁，兄妹俩一口答应。唐慎是想借机看看这里的庙会到底是什么样，唐璜的心则早已飘到庙会上。

果不其然，阿黄根本闲不住，没在摊子上待多久，就去逛庙会了。

七月酷暑，日光燥热。果子汁很受欢迎，很多别村人都拿着铜钱来买果子汁，当听说这果子汁竟然是免费的，他们对赵家村、对吴县的富裕更叹为观止。

唐慎发了一天果子汁，临近傍晚，一个小小的身影慢慢地走了回来。

唐慎看了一眼，调笑道："唐小老板，逛完庙会，得空回来看看您的摊子了？"

等了半天没等到回答。

唐慎皱眉道："怎么了？"

阿黄低着头，双手死死绞着衣角，不肯说话。

唐慎扔了手里的东西，蹲下身子仔细检查了一下："没受伤，没和人打架啊。"

"曾夫子说你是真的不会去读书了。"

唐慎默了。

小姑娘抬起脸，哪有赶走泼皮、私存小金库的彪悍模样，泪眼汪汪地看着唐慎：

“唐慎，你不要不读书。我们赚了好多钱，我们可以给你读书。你赚那些钱又不读书，是不是……是不是为了以后给你娶媳妇，给我存嫁妆？我不要嫁妆，你把我的嫁妆拿去读书吧。”

唐慎被逗乐了：“什么乱七八糟的，谁跟你说的？”

“他们都这么说。”

唐慎懒得问这个“他们”是谁，总有些喜欢嚼舌根的，时代变了这个也不会变。

“我要你嫁妆干什么？”

“那你为什么不读书？”

“谁说我不读书了？”

阿黄睁大眼：“啊？”

“只是现在不读书而已。唐璜，你要我读书，是想要我做什么？”

小姑娘想了半天：“考功名！”

“考功名是为了什么？”

“为了过得更好！”

唐慎：“我有说过不去考功名吗？”

唐璜傻了眼：“可你不肯去读书！”

“现在不读书，以后会去的，我怎么说也得考个秀才回来。”

唐璜破涕为笑，可没笑一会儿，小姑娘聪明地发现：“只考秀才？”

“对，只考秀才。”

“为什么？我哥哥能考举人，我哥哥比那县官大老爷还要厉害！”

唐慎淡定道：“宁要世代为秀才，不要子孙成翰林。”

唐璜不懂。

“当个秀才，就能过上好日子了。小姑娘懂什么，卖你的果子汁去。”

唐璜恼羞成怒：“唐慎！”

唐慎也不躲，接受了自家妹妹软绵绵的“铁拳”。

宁要世代为秀才，不要子孙成翰林。只愿耕读世家，颐养天年。虽无簪缨大族之显贵，却比普通百姓更风光。

唐慎看着摊子上的果子汁，晒着太阳，觉得日子无比舒坦。

忙了一整天，果子汁快发完，唐慎准备收摊。他的余光里瞥见一个高大粗壮的身影，唐慎警惕地抬起头，只见一个穿着褴褛的壮汉走到了摊子前。

这壮汉身材魁梧，长相敦实，皮肤黝黑。他穿着麻布破衫，衣衫上到处是破洞，脚上穿着一双破草鞋，露出两个大脚趾。他走到唐慎的摊子前，犹豫半天，问道：“我听人说，这个摊子的东西是不要钱的。”

唐慎给唐璜使了个眼色，小姑娘看着这人的模样，有点害怕，但还是倒了一杯果子汁。

“给，记得把竹筒还回来，我们还要洗了继续用。”

“我要两杯……”

唐璜睁大眼："两杯？"

壮汉指了指远处，只见村口的大桑树下，一个佝偻的老妇靠着树躺着，干瘦如柴。

唐璜还没反应过来，唐慎已经又倒了一杯果子汁递过去。

"多谢小兄弟！"

壮汉捧着两杯果子汁，赶忙跑回桑树下。他喂着老妇喝了一杯，老妇好像很久没喝过水，一杯清凉解暑的果子汁下肚，她整个人都坐直了。壮汉毫不犹豫地又把第二杯也喂给了老妇，他自己一口没喝，把杯子还了过来。

唐慎："别走，再给你一杯。"

壮汉一愣，看着唐慎手里的杯子。

唐慎笑道："照顾好自己，才有办法照顾别人。"

壮汉感激地看他一眼，捧着杯子，大口大口喝干净。

兄妹二人收摊回家。

第二日，庙会上依旧人流如潮，唐慎的果子汁饱受好评，已经接了不少大单子。

唐璜掰着手指头，数着这两天接到的单子。"一吊钱，两吊……唐慎，咱们至少能赚十吊钱，我从没见过那么多钱！"

"是十吊七十钱。"

唐璜开心坏了："好多好多钱。"

"是不少，多得足够离开这里了。"

唐璜还在数钱，过了半天，她猛地抬头："离开？"

"去过姑苏府吗，唐小老板？"

唐璜舔了舔嘴唇："没、没有。"

唐慎曲起手指，弹了弹唐璜的脑门："很快就会有了。"

唐璜捂着额头，愤怒地冲上去："唐慎！你到底什么意思，你给我说清楚！"

唐慎哈哈一笑，躲过妹妹的拳打脚踢。

生活风平浪静，兄妹二人接了不少单子，未来一个月都有活可干。三日庙会即将结束，村里的人渐渐少了。唐璜倒了杯果子汁，递给一个别村人，她的手刚举到一半，忽然被人碰了下，褐色的果子汁全部洒在那人的衣服上，小姑娘吓了一跳，张着嘴不知所措。

"你干什么？把我衣服碰脏了，你给我赔！"

唐璜抬起头，发现竟是个熟人，正是三个月前被唐慎举着菜刀追了一整条街的泼皮。

很快，五六个泼皮围了上来。

泼皮们捋起袖子，跑上来搬起板凳就要砸。唐慎咬紧牙齿，双手抱住一张板凳，他没带任何武器，只能随手拿东西，大不了拼个鱼死网破，先让唐璜跑。

为首的泼皮操着板凳用力地砸向果子汁摊，只听"砰"的一声，果子汁摊完好无损，长板凳砸在一个壮实的身体上，碎成了木片。

唐慎愣愣地看着挡在自己和妹妹身前的人。

面相黝黑的汉子抬起双臂，挡在脸前，刚才那个板凳就是砸在他手臂上的。他的手臂红了一块，他却没吭一声，缓慢地放下手臂，明亮的双眼狠狠地盯着这群泼皮。

泼皮们被他看得心惊肉跳，不知是谁喊了句："他就一个人，怕什么，给我打！"

泼皮们一拥而上，有的抱住大汉的腰，有的操起板凳就要砸。

唐慎怎能让这陌生大汉腹背受敌，他将妹妹推到远处，自己拿着板凳就上。别看泼皮人多势众，却个个头重脚轻，没一点分量，两个泼皮合力想把大汉撂倒，大汉纹丝不动，反而一拳一个。

大汉出拳狠厉，拳拳生风。唐慎年龄小，是个书生身子，说是帮忙，也就是在旁边捣乱。

以往他们仗着人多，在村子里横行霸道，村民们也不敢多说。如今大汉扛着他们的拳打脚踢，时不时反击，再加上唐慎的助攻。为首的泼皮被打得踉跄后退，脸上挂彩。

"干什么呢，这处干什么呢！"厉喝声从远处传来，围观的人群让开一条道，村长带着几个人过来了。

泼皮们见势头不对，朝唐慎的方向狠狠地啐了口血唾沫星子，撒腿就跑。

村长也拿这些泼皮没辙。这几个人都是绝户，父母早亡，无亲无故，天不怕地不怕，犯了事就伸头给你，大不了要命一条。村长慰问了一下，知道唐家两兄妹没事，便让他们早点收摊，回去休息。

村里人帮着收拾被打烂的桌椅。

唐慎揉了揉手臂，刚才的乱斗中，他的手臂被一个泼皮砸到了，红了一片。阿黄赶紧跑过来，看着唐慎的手臂，又急又恼。

"那群该死的泼皮！"

唐慎看向那大汉，只见一个老妇焦急地跑过来，检查大汉身上的伤势。

这壮实汉子正是前两日在唐慎摊子上要果子汁的大汉。

唐慎细皮嫩肉，被碰了下皮肤就红了。这大汉一身腱子肉，按理说十分扛揍，可也被那群泼皮打得浑身是伤，青紫交加。打架的时候他没吭一声，如今唐慎才发现这汉子的手臂上破了道血口，不知是什么时候被利器划伤的。

唐璜紧张道："这么严重的伤，可怎么才好！"

唐慎道："你把剩下的咱们的东西拿着，我们去村东头刘大夫那儿看看。"

闻言，汉子道："不妨事，小兄弟，一点小伤而已。那群杀千刀的滚刀肉使的都是街头手段，只会蛮攻，伤不着人的。"

阿黄："还说没事，都流血了！"

汉子还想再说，唐慎却强硬地带他们去找大夫。大夫开了点药，那汉子面露难色，唐慎掏钱买了。汉子和老妇站在村道上，不知所措，唐慎看着他们一身褴褛的模样，问道："这位大哥怎么称呼。听口音，是北方人？"

汉子道："是了，我们是从山西那边过来的。"

"怎么落得如此地步？"

汉子的脸上浮现出一抹苦痛，他长长叹了口气，道：“说出来也不怕小兄弟笑话，我本是一举人家的护院，虽不算富裕，但日子也过得有滋有味。谁料上个月，山西突发大水，黄河泛滥，别说我家，连那举人一家老小都葬送在黄河里。我只能带着老母千里迢迢到姑苏府投奔亲戚，哪知那亲戚去岁已经走了，我们才会如此。”

唐璜躲在唐慎身后，探出头：“原来你是个护院，难怪那般厉害，把那群泼皮打得嗷嗷叫。”

唐慎把自家妹妹的脑袋按下去：“原来如此，但是以大哥的身手和年龄，应当很好谋个生计。”

大汉叹气道：“若是只有我一人，到哪儿都不愁吃穿，我再给人当护院也能过活，但是还有我的老母亲。之前在姑苏府我也找了一户人家，东家挺看重我，可一听还要再养我母亲，就不要我了。小兄弟不知道，江南姑苏虽说富裕，可像我这般从外地来的也有不少，别人不拖家带口，自是比我更受东家喜欢。”

唐慎眼睛一亮：“你去过姑苏府？”

“是。我那亲戚就是姑苏府人，我在姑苏府待了大半个月，实在过不下去，才带母亲来村里碰碰运气。”

唐慎道：“大哥，我看我们也有缘。你的人品我自是信得过的。”能将老母亲带着穿越千里，不离不弃，细心照顾。孝顺的人，不会是个坏人。“我和妹妹去岁也没了家人，兄妹二人相依为命，你若不嫌弃，可以到我家来住。”

大汉惊道：“这可不好，我怎能平白无故受这恩惠？”

唐慎笑道：“你可救了我们兄妹的命。”

大汉再三推辞，最后实在推不过，跟着唐慎回了家。

唐璜是个小姑娘，在家里很凶，但对外的事一向很听唐慎的话。四人回到家中，大汉和他的老母亲殷勤地帮着打扫做饭，忙里忙外，没出两日，四人便亲如一家。

这大汉姓姚，叫姚城，家中排行第三，别人就叫他姚三。

姚三硬要喊唐慎为小东家，觉得自己是被雇佣的，唐慎拗不过，就随他去了。

接下来的一个月，四人忙着做果子汁。庙会上他们接了不少订单，有了姚三和姚大娘的帮忙，一百多斤果子汁全部做完，中间还接了一些额外的订单。八月初始，唐璜数着新到手的十六吊钱，每晚都要抱着睡。

晚上吃完饭，唐慎坐在屋外晒堂上，盘算起了这半年赚到的钱。

“再加上今天早上的八十个铜板，二十三吊钱了。”

姚三跑出来：“小东家，屋里被子都整好了，天都黑了，快进来歇着吧。”

唐慎抬头看了看天空：“今晚月色不错，明亮得很，你把唐璜和姚大娘都请出来，咱们晒会儿月亮，正好我也要说个事。”

姚三一头雾水地去请人，四人坐在晒堂的木头椅子上。

姚三：“小东家，你是有什么要紧的事吩咐？”

唐慎点点头，看向唐璜：“钱都被你藏着呢，说吧，咱们家现在还有多少钱？”

唐璜惊恐地抱住双手：“你、你想做什么？你可不许动我的钱！”

唐慎哭笑不得："唐小老板，那是你的钱？那是咱们家的钱。别胡闹，问你呢，是不是有二十三吊多？"

小姑娘不情不愿地点头，含含糊糊地说了个数字。

唐慎："没听清。"

"二十三吊四十一文！姚大娘，他欺负我。"

"行了，别装哭。"数字和唐慎算得差不多，他道，"是这样的，从一开始我就没打算在赵家村待多久。我就实话说了，过两天我和唐璜要去姑苏府，以后可能也不会回来了。"

姚三："这……"

唐慎："姚大哥，我也从没把你看作用人，我们要走是板上钉钉的事，这套房子我们也一定会卖掉。如果你和姚大娘愿意，可以跟我们一起去姑苏府。要是不乐意，后屋有个小房子，那处我可以不卖，算是送给你们。"

姚大娘道："这怎么使得！"

唐慎道："姚大哥还没在赵家村立稳根基，大娘也别推辞了。"

母子二人面面相觑。

姚三想了想，一咬牙："小东家，您给我一晚时间，让我好好想想。"

第二日清晨，姚三找上唐慎："小东家，我们和您一起走。我和娘本来就没个家，是你们给了我们安身之处。再说你们兄妹还小，去姑苏府也实在不方便。"

唐慎："要是因为担心我们兄妹年龄小，在路上出事才一起走，姚大哥你可别想这个。"

姚大娘从屋里出来："就你这个大老粗，不会说话。小东家，您可别听他胡说。大娘虽然老眼昏花了，但是我看得出来，小东家以后是有大出息的。三儿跟着您才有出路，我们要和小东家一起走。"

事情就这样定下了。

其实姚三肯跟自己一起走，唐慎也松了口气。有句话他说得不错，两个小孩独自去陌生地方，总是不方便，哪怕唐慎骨子里是个二十多岁的名校博士生，他外表也是个孩子，真半路遇上坏人，十个他都不如一个姚三。

确定了十天后要走，唐慎和姚三便开始着手准备行囊。

先找买家，把唐家这房子卖了。还有唐秀才原本有的一亩田，也卖给了凉茶铺的老夫妻，那亩田本就租给他们耕种，唐秀才从来不会种田，如今卖给他们，也非常方便。

东西准备好，再租了辆驴车，唐慎手头还剩下三十吊钱。

听说唐家兄妹要离开赵家村，村里人都来送行。

唐秀才是村子里少有的秀才，虽然他迂腐，不爱和邻里走动，但与村里人也没什么嫌隙。唐慎和唐璜更是乖巧可爱，他们卖果子汁后，每日与村里人相处，大家都对这兄妹俩十分喜爱。

凉茶铺的大嫂塞了一袋馒头给唐慎："小唐郎，可别在路上饿着了。"

邻居大婶也给了一袋衣服："都是我儿以前的旧衣服。小唐郎，可别嫌弃，我听说那姑苏府的东西可贵着呢。"

"小唐郎，怎么就要走？"

"小唐郎，你们这一走，以后可不是没果子汁喝了？"

唐慎苦笑地连连点头："是，小唐郎走了。"

"嗯，小唐郎有时间一定会回来看看。"

"小唐郎肯定不乱花钱。"

得，他自黑行了吧。

姚三和姚大娘把村里人送的东西都收下，放在驴车上。

快走时，唐慎站定在曾夫子面前。头发花白的老人低头看着唐慎，看着这个只有自己胸口高的小儿郎。他哼了一声，朝唐慎扔了一个包裹："好好读书！"说罢，转身离去。

唐慎注视着曾夫子远去的背影。

村长道："小唐郎，去姑苏府读书也别忘记我们赵家村。"

很多村里人都以为唐家兄妹搬家去姑苏府是为了读书。

唐璜骄傲地说道："我哥一定会考取功名！"

"考个举人？"

小姑娘要面子，哪里会说自家哥哥胸无大志，考个秀才就心满意足，她吞吞吐吐地道："那是自然，村长伯伯，到时候你会把赵家村的名字改成唐家村吗？"

赵家村以前不叫赵家村，是因为出了个姓赵的举人，才改叫赵家村。

村长只当小姑娘在说乐子："好啊，要是小唐郎真考上举人，以后咱们赵家村就叫唐家村好了。大家伙没意见吧？"

"都听村长的！"

看着围成一团的村里人，唐慎笑道："大家别送了，小唐郎真的走了。"

乡村小路上，驴车嘎吱嘎吱地前行。村里人的身影渐渐成了个小黑点，很快，赵家村也看不着了。唐璜有些不舍得，眼睛湿湿的。

唐慎坐在驴车上，打开曾夫子给的包裹，只见里面是一套崭新的墨砚，还有一套四书，《论语》《中庸》《大学》《孟子》翻开书，上面密密麻麻地做着笔记，书不新，似乎被人翻了很多遍，看了很多遍。

看了几十年，才能在书上写出这么多的感悟和体会。

唐慎把东西收起来，叹气道："我会读书的。"

吴县离姑苏府有些距离，四人在山野里休息了一晚，次日清晨，终于抵达姑苏府。

上有天堂，下有苏杭。

"姑苏"两个狂放不羁的黑色大字被印在城门之上，沧桑而震撼。

这是一座巍峨磅礴的巨城，城门高三丈二尺，青砖城墙向两侧蔓延，一眼望不到边际，高大的门洞内，马车行人来来往往，一片繁忙景象，城墙上卫兵穿甲而立，城墙下行人们来去匆忙。还没进城，就能听到城内繁华喧嚣的声响。

叫卖声，马铃铛的叮铃声。

隔着城门，唐璜望着城内的景象，看傻了眼。这是他们第一次真正见到这样的大城市，就连唐慎也看得怔了好一会儿。

良久，唐璜拉了拉哥哥的袖子："唐慎，这就是、这就是我们以后要住的地方？"

唐慎回过神。

"是，这就是我们以后要住的地方。"

姑苏府，吴县赵家村，唐慎。

今年才十三岁。

第三章

姑苏

唐慎抵达姑苏府时，正是清晨。

这时段放在赵家村，村人都在田里干活，路上见不着一人，然而府城里早已人流如潮，摊贩们各自贩卖商物早点，扛着货物的挑货郎从大街的一头将货物搬运到另一头。

不消片刻，就有两辆马车从兄妹二人身边驶过。

“哥，好多车，好多！”

赵家村一个月见不着一辆马车，姑苏府却车马盈门。

在古代想找个房子住，并不容易。姚三曾经待过一个月，对姑苏府比较熟悉，他带唐慎找到一家庄宅牙行。

牙行相当于现代的房地产中介，牙郎就是中介代理人。在大梁，不找牙行私下进行房屋买卖是犯法的。

看了一整天，唐慎和唐璜看中一间四开院的瓦房。房子很小，就一个厨房、一间主屋和一间偏屋，房顶上的屋瓦烂了不少，墙壁也有几个小洞，那牙郎张口就要三吊钱一个月。

讨价还价的事唐慎不擅长，所幸有姚大娘在，最终定下两吊钱一个月，还要先交半年定金。

一眨眼就没了一半的钱，守财奴唐璜惊呆了，抱着小钱袋不肯撒手。

因为只有两间屋子，唐慎便让姚三和自己睡一间，唐璜和姚大娘睡一间。姚大娘连连道："这可使不得！两个小东家怎么能和我们睡一起，我和三儿去偏房就成。"

唐慎："六年教之数与方名，七年男女不同席不共食。以前咱们家虽然是几间茅草屋，但是房间多，都有地方睡。如今就两间屋子，阿黄已经九岁了，我可不能和她再睡一起。"

姚大娘道："要不，我和三儿去厨房里打个地铺？"

唐璜："那怎么行！姚大娘，您就和我一起睡吧。"

姚三："娘，咱们都听小东家的。"

分配好房间，处理好搬家的事，把屋子打扫一遍，姚三找上唐慎："小东家，我明儿个就去城里看看有没有什么活计干。找个活计，贴补下家用。"

唐慎道："你想找个什么活计？"

"护院。您别笑，我大老粗一个，只有些力气，只会干这个。之前他们不肯要我，是因为有我娘在。现在咱们有地方住了，能和小东家你们住一起，我很好找个护院的活计。"

"姚大哥，你先别急，我这儿还有点事要你去办。"

姚三愣道："有事？您有什么吩咐。"

唐慎想了想："你知不知道姑苏府什么地方人最多？"

"自然是那天庆观前的碎锦街！"

姑苏府，天庆观，碎锦街。

天庆观，又名玄妙观，据传是西晋时期，晋武帝司马炎下令修建的。整个姑苏城香火最多的不是城外的寒山寺，也不是城内的西园寺，而是这玄妙观。玄妙观的观前有一条长街，名为"天庆观前街"，姑苏人都叫它碎锦街。

坐吃山空总是不行，得找个生计。

唐慎和姚三在碎锦街上慢慢走着，唐慎仔细看着两侧的摊贩。他双目一亮："姚大哥，你是北方人，你会做煎饼吗？"

晚上，一家人回到屋子里，唐慎安排姚三第二天去买些荞麦面、黑米面、绿豆面等面粉，他让姚大娘拿些钱，去碎锦街上看看、吃吃，尝尝姑苏人的口味。

唐璜高兴地说道："我和姚大娘一起去。"

拿着钱到大街上吃东西，这好事谁不想做。

唐慎淡定道："你跟我一起。"

唐璜："啊？"

"我们去走亲戚。"

唐璜起初不明白唐慎的意思，下意识地说道："我们在姑苏府哪有亲戚？"过了会儿她反应过来，赶忙道，"你、你真要走亲戚？爹在世的时候，可是说饿死都不去的。你怎么就去了！"

唐慎看她："所以咱们爹走了。唐小老板，你也想饿死？"

半晌，小姑娘嘀咕道："我们怎么会饿死……"

唐慎摸摸妹妹的脑袋："本来就没仇，干什么不走走亲戚！"

姚家母子俩在一旁看得摸不着头脑，来姑苏府前他们可没听唐慎说过两兄妹在姑苏府还有亲戚。事实上，连唐璜都忘了自己有这么一门亲戚。

唐慎和唐璜的父亲唐秀才其实是姑苏府人。

两个月前梁大儒问过唐慎，是不是和姑苏府城西的唐举人家有亲戚关系，唐慎只说是远亲。其实他们根本不是远亲，唐慎的父亲和唐举人正是兄弟，只不过一个嫡出，一个庶出。

唐秀才的娘死得早，他自小被嫡母养着，也算半个嫡出。唐家是书香门第，家境殷实，不算大富大贵，却也是诗礼人家。嫡母与唐秀才关系一般，但也不会亏了他，他自小就在家中私塾里上课。

唐秀才从小聪慧，因为娘死得早，所以处处要强，觉得自己是庶出，面上无光，所幸他自己争气，才十四岁便中了秀才，也算是光宗耀祖。唐家对他寄予厚望，觉得他至少能考个举人，谁料许是伤仲永，自此以后，唐秀才四次考举，全部落榜。

第四次时，反倒是他嫡出的大哥，年幼时不显聪慧，三十多岁竟然一举考过了秀才，次年又过了举人。

唐秀才气得一病不起，病好后带着一家老小去了妻子的老家赵家村，发誓不考上举人，绝不回唐家。

没过两年，唐慎的娘就死了。又过了几年，唐秀才还没中举，也因病去了。

唐慎和唐璜小时候没少听唐秀才念叨，抱怨老天不公，自己没中举人，那个愚笨不堪的嫡兄怎么就中了，所以兄妹俩自小也讨厌唐家。唐秀才虽然总是抱怨唐家，但也只是抱怨那个中了举的兄长，对其他人没什么意见。

儿不说父过，当年的事具体怎么样，只有当事人知道，唐秀才也已经去了。

唐慎心想：爹，作为您儿子，以后我带妹妹吃香的喝辣的，保证不丢您的脸。最后又默默补充一句：所以明天我们去唐家，您在天之灵可别生气。

说完这话，唐慎抬头看天："没闪电雷劈，我就当您同意了。"

唐璜正好抱着枕头路过院子，听到这话，小姑娘嘴角一抽，同样抬头看天。

这大晴天的哪来闪电，我哥的脑子是真的有问题吧！

眼睛还没从夜空中移开，忽然，唐璜看到一颗星星从天空坠落，划向北方。小姑娘从没见过这东西，她一吓，扔了枕头，抱住唐慎的胳膊："哥，那是什么，那是什么，你看到了吗？星星掉了！"

唐慎当然看到了。他刚才还在心里跟死去的唐秀才说话，突然就出现了一颗流星，唐慎也是一吓，心想：这总不能是爹在骂我吧。

"那叫陨星。"

唐璜问道："陨星？"

"曾在一本杂书上见过，就是一种常见的天文现象。"

姚三在一旁道："小东家读过书，懂的就是多。"

姚大娘："可不是，读书人和咱们是不一样的。"

同一时刻，大梁都城，盛京。

巍峨王宫，内廷森严。

漆黑的夜色中，一队穿戴甲胄的卫兵手持长枪，双脚踩在青石板上，发出噔噔的声响。大内之中，一片寂静，除了巡逻的卫兵外，只有一座辉煌壮丽的宫殿里还幽幽地亮着光。

光苗闪烁，突然一阵风袭来，化为黑暗。

屋内传来一声惊吼。

“来人，快来人，把这长生灯给朕点上！”

顷刻间，便有两个穿着道袍的小童哈着腰跑进殿内，来到一排青铜长灯的灯架前，仔细一看，原来这些灯火并没有熄灭，只是被吹得只剩下一点火星子。

小童吓得脸色发白，双腿打战，哆哆嗦嗦地点亮了九盏长生灯。

只见金砖雕梁中，一个身穿白色道袍、蓄着长须的老人倏地长舒一口气。他焦急地走到长生灯前，用痴迷的目光死死缠着这九盏灯。

“刚才那风是怎么回事？”

两个小童扑通跪下：“陛下饶命！”

这老人长了一张白净面庞，细眼隆眉，他静静地看着两个小童，目光深邃。他沉了片刻，还未开口，屋外传来声音：“陛下，钦天监监正来报！”

大梁皇帝赵辅目光一顿：“宣。”

钦天监监正李肖仁快步走进大殿，他始终低头，不敢抬头看一眼，余光里看到两个跪在地上的小童，李肖仁心里暗骂一声，自听说长生灯灭了，他便赶紧过来，谁料还是晚了一步。这两个小童都是他的得意弟子，本以为伺候皇帝守着长生灯是个好差事，没想到竟会遇到这等祸事。

穿着太极八卦官袍、头插一根五彩锦鸡尾，李肖仁跪拜在地：“陛下，有陨星大如桃，出紫宫，入太微，临帝星之上，压东南，经天市垣二十二星，天生祸事，恐危我大梁百年社稷啊！”

赵辅白细脸庞上露出惊惶神色，他快走两步，又停住：“细细说来。”

李肖仁将流星之事再次详细地叙述一遍，又道：“陛下，那陨星停于帝星之上，又隐没无迹，恐怕不测。”

“为何？”

他怎知为何。这陨星来得莫名其妙，自南方起，没入北方，难道说，南方要出什么乱子？有乱党干政？

李肖仁忽然想起一个人，他睁着眼睛说瞎话：“这陨星过天市垣二十二星，没入紫微，又悄然无形，定然已藏匿多年。臣夜观星象，紫微帝星光明如日，帝势昌隆，二十年来未曾有影响。想来这祸星早已被陛下制服，蛰伏陛下身侧多年，近日又有复兴之兆。”

赵辅眯了眼睛：“被朕制服，蛰伏多年……复兴？”

李肖仁一咬牙，又提醒道："陛下，斩草须除根。"

赵辅静静地看着李肖仁，伴君如伴虎，李肖仁屏住呼吸，如同一个稚子，不敢喘息。

"爱卿，说来他也在牢里待了二十四年了吧。"

李肖仁五体投地，跪拜道："臣愚钝，不知陛下所言。"

赵辅不耐烦地道："朕知道了，下去吧。"

"臣告退。"

李肖仁颤抖着从地上爬起身，他还没站稳，只听赵辅淡淡道："那两个，拖下去砍了。"

两个小童高呼："陛下饶命，陛下饶命啊！"

李肖仁身子一颤，目不转睛地离开。

离开天子寝宫，李肖仁擦了擦额头上的细汗，只听到殿后传来两声惨叫。李肖仁仿若未闻，神色平静地离开王宫。

江南，姑苏府。

知道要回唐家，唐璜又好奇又忐忑。

兄妹俩动身准备去姑苏府城西的唐举人家，还没出门，唐慎道："差点忘了那个。"

过了会儿，他从屋子里拿了个东西出来，唐璜没看清，只看到是张帖子。

兄妹二人出了门，向姑苏府城西、唐举人家而去。

走亲戚前，唐慎已经让姚三把唐举人家的情况摸了个清楚。

唐家在姑苏府是个大家族，唐举人二十多年前娶了姑苏府另一个书香世家的姑娘为妻，也就是如今的唐夫人。夫妻二人感情和睦，生有一对儿女。唐举人纳了一房小妾，庶出的二儿子和唐慎一样大。

唐举人的母亲前两年去了，据说当时还派人去赵家村请唐秀才回来守灵，唐秀才没应，从此，唐家再没踏进赵家村一步，两家彻底断了联系。

到了唐府，唐慎敲了敲门，门内传来一阵脚步声，很快从侧面开了扇小门，一个门房模样的仆人从小门里走了出来，上下看了眼兄妹二人："小兄弟有事？这是姑苏唐举人家，你们可有拜名帖？"

唐举人是读书人，唐家是书香门第，外人想要拜访大多会提前一天投名帖，告知主人。要么就像梁大儒那样直接把自己的名帖给唐慎，拜访的时候交出来就是。

唐慎笑道："没有名帖。我姓唐，叫唐慎，这是我妹妹，叫唐璜，我们从赵家村来。麻烦通报一声。"

唐慎话音刚落，这门房就变了脸色。

今天来走亲戚，唐慎和唐璜都穿着新买的衣服，不算绫罗绸缎，却也干净大方，再加上兄妹二人长得俊俏可爱，门房对两个小孩态度颇佳，如今一听他们来自赵家村，门房目露厌恶，冷哼一声："等着。"说罢，就进了小门，把门砰的一关，将唐慎、唐璜晾在门外。

唐璜可没被这么对待过，赵家村的人都朴素老实，邻里关系不错，小姑娘又气又恼，唐慎露出意味深长的表情，不吭一声。

过了许久，一个管家模样的人打开小门，把兄妹二人接了进去。

唐家院中陈设是标准的江南园林，刚入门是一扇巨大的泰山石屏风，上题八个大字“博学笃志，切问近思”，出自《论语·子张》。管家带着唐慎从西廊走，过了西角耳室，又绕了几处弯，来到一个冷清偏僻的别院，把兄妹二人安置下，管家先行离开。

有仆人给兄妹二人上了两杯茶，唐璜尝了一口：“呸，凉的。”

唐慎压根儿没喝茶，他把带来的礼物放在桌子上，闭目养神，心里不知在想些什么。

又过了一会儿，屋外的庭院里传来脚步声，唐慎转头一看，一个戴着儒帽、穿着圆领金丝长袍的中年男人走了进来，他略有些发福，脚步轻浮，走进屋子后看到唐慎和唐璜，他脚步顿了顿，又继续向前走。

唐举人坐在上座，仆人给他上了一杯茶，他尝了一口，看着兄妹二人：“赵家村来的？”

唐慎：“嗯，大伯父，我叫唐慎，这是我妹妹唐璜。”

唐举人用异样的眼光看着唐慎，仿佛想起了陈年往事，他冷淡地道：“原来是我那庶弟的儿女。怎的来了姑苏府，有何事？”

唐慎正要开口，只见管家快步进了屋，在唐举人耳边低声说了几句话，唐举人站起身，道：“家中出了点事，我先去处理。你们再等片刻，管家，上两盘点心。”说完不给兄妹二人开口的机会，又急匆匆地走了。

很快，管家上了几盘点心，味道不错，不再像那两盏茶一样是冷的。

唐璜吃了几口，道：“哥，这都多久了，那唐举人怎么还没来？”

“你真当他还会回来？”

“啊？”

唐慎看了看桌子上冷掉的茶点，他站起身：“吃饱了没？”

唐璜：“我本来就不饿。”

“行，那就走吧。”

一开始是唐璜不停地说要走，如今唐慎真要走了，小姑娘一愣：“你不是说要来走亲戚的吗？唐慎，咱们就这么走了今天岂不是白来了？”

“这不是走了亲戚吗？”

“这也叫走亲戚？咱们根本没和那唐举人说上话。”顿了顿，小姑娘年龄小，却心思敏感，“虽然他也不想和咱们说话。”

“走了这个程序，就够了。人家都不想搭理你了，你也知道人家的态度了，重要的事等下次来再做就行。你当我们来这是做什么的，真是来走亲戚的？”

“不是走亲戚，那我们来做什么的？”唐璜小跑着跟上唐慎，离开别院。

唐慎双手空空，他把礼物放在了那屋子里，他淡然道：“分家。”

唐家兄妹离开唐府后，不过一盏茶时间，消息就传到了主屋里。此时，唐举人正坐在桌子前吃饭，压根儿没去办事，听管家通报唐慎、唐璜走了，唐举人冷哼一声，让丫鬟给自己盛了一碗汤。

“两个来打秋风的小家伙。”

唐夫人从丫鬟手里接过汤，递给唐举人：“唐慎、唐璜？是你那庶弟的孩子？他们不是住在赵家村吗，什么时候来的姑苏府，你怎的没和我说一声。”

唐举人喝完汤：“和你说那劳什子事作甚，就是两个穷要钱的亲戚。他们爹还在世的时候，我娘对他多好，可没亏待他一丝一毫，哪怕他去了赵家村，逢年过节还派人给他送东西，对他视如己出。我娘去世了，他连看都不来看一眼，可不就是个白眼狼？白眼狼生了俩小白眼狼，这种亲戚，一来姑苏府就找上了唐家，自然是要钱来了。”

唐夫人皱眉道：“你可别这么说，小孩懂什么，他们爹的事和孩子无关。我记得我那侄子今年应当才十二三岁吧。”她招招手，喊来管家，“你且说说，今天他们来了后，都发生了些什么。”

管家一五一十地把唐家兄妹入府后的行为说了出来。

唐夫人道：“这么说来，他们还带了礼物？有心了。”

管家：“都是些便宜东西。”

唐举人：“可不就是打秋风来了。”

唐夫人瞥了唐举人一眼，对管家道：“你方才说，那唐慎走之前说他还要去拜访一个人，所以不能再等下去？”

“是。”

思索片刻，唐夫人招来自己的贴身丫鬟：“你去库房拿二十两银子，现在去追，应当能追上那兄妹俩。追上后你先不要惊扰他们，在后边看着就是，看看他们是不是真要去拜访谁，等他们回家后，你去他们家中，把这银子给了。”

唐举人：“你这是作甚！”

唐夫人：“我作甚了？那是你的侄子侄女，才十二三岁。两个小孩来了姑苏府，唐家不照顾一二，反而把人赶走，这传出去损的是你唐大举人的名声，别人骂的是你唐家。”

“这、这……这还不是因为当初他们爹那般作为，姑苏府的人也是知道的。”

“你小时候也没少欺负人家爹吧？”

“你到底帮谁说话！”

唐夫人：“那行，就当是我这做伯母的给子侄的零嘴钱，你去吧。”

丫鬟领了命离去，唐举人非常不屑，唐夫人却若有所思。她问道：“那俩小孩刚来姑苏府，哪里来的亲戚要拜访？姑苏府他们的亲戚，不就我们这一家吗？”

唐举人：“你管这么多作甚。”

唐夫人张了张嘴，没再说话。

另一边，唐慎刚出唐府，就被唐璜缠着要他解释清楚。

“到底什么分家，你在说什么？”

唐慎道：“从小爹是怎么和你说唐家的，你还记得吗？”

唐璜想了想："爹说他那个兄长胸无大志、愚笨不堪，也不知是走了什么狗屎运，竟然就中了举，是老天不公。哥，我觉得爹说得对，今天咱们看那唐举人一点都不像个读书人，他的肚子有那么大。"小姑娘在自己细细的腰旁画了一个大圈。

"哪有你说得这么大！对，爹是这么说了，但是你可曾听爹说过老夫人一句坏话？"

唐璜认真回忆："没有。"

"就以咱们爹那脾气……"

唐慎在心里默默补充道：早起睁眼先骂一句唐举人，中午吃饭再骂一句，晚上临睡了还得再做个打油诗骂两句。

"咳，以咱们爹的脾气，都没能说老夫人一个坏字，可见老夫人对咱爹是不错的，咱爹也无话可说。"

唐璜："所以呢？"

唐慎："所以，唐家在姑苏府也是有名有姓的人家，连姑苏府尹梁大儒都听过唐举人的名字。唐家这么有名，你说咱爹当初没回来给老夫人守灵这事，整个姑苏府的人知不知道？"

唐璜一拍手："当然知道！"

"说轻点是不孝，说难听点是不仁不义。这事确实是咱爹钻了死胡同，没做对，现在爹也走了，别人指责不了咱爹，你说他们该指责谁？"

"指责咱们？"

唐慎笑道："孺子可教也。所以咱们今天去唐家，就是表明自己的态度。唐家既然不想化解纠葛，那咱们下次去，就直接分家，否则以后唐举人出事，我们必须帮忙，要不然我们就是白眼狼，而我们出事唐举人不出手相助，他却可以说是咱们爹先不仁，他才不义。万事他都占了个理字，你说咱亏不亏？"简直血亏！

唐璜睁大眼："唐慎，你真聪明！"

"叫哥。"

小姑娘甜甜地喊道："哥！"

来到同德巷，唐慎找了两户人家，很快找到了梁府。

梁府与唐府不同，都是大户人家，唐府门前是两尊圆石樽雕像，梁府却是两座威风凛凛的石狮子。在大梁，石狮子不是什么人家都能放的，两个手持长枪的护卫站在梁府大门两侧，唐慎走上前，其中一人下了台阶，先是审视他一眼。

这士兵不像一些兵痞子那样趾高气扬，也不粗俗。他问道："来者何人，这是姑苏府尹梁大人的宅邸，可有拜帖？"

卫兵看了看唐慎给的名帖，恭敬地将兄妹二人迎进门。

唐慎和唐璜在屋子里等了片刻，只见一个穿着灰布直衫、高瘦矍铄的老人走进屋，他先看了眼唐慎，又看了看唐璜，接着他走上前，将名帖还给唐慎，道："这位小公子，不知姓甚名谁？我是梁府管家，今日来得真不凑巧，大人去了金陵，恐怕得十日八日才能回来。"

梁大儒去了金陵？

唐慎没想到自己今天要拜访的两个人，一个不想看见他，一个压根儿就见不着。他道：“我姓唐，在吴县赵家村与梁大人有过一面之缘。”

管家道：“大人前两月确实去过赵家村，唐小公子可是有急事找大人？”

唐慎摇头：“没有，只是刚搬到姑苏府，我记得大人曾经说过以后可以去找他，所以特来拜会。”

管家：“若无急事，那等大人从金陵回来后，我会派人去通知小公子。小公子可否留下住址？”

唐慎把自家住址告诉给了管家，管家亲自送人出了门，并将名帖还给他。

走在回家的路上，唐璜小声道：“哥，你居然还认识这么厉害的人，梁大人是不是姑苏府的府尹？门口都有卫兵守着。”

“你知道的还挺多。”

“那当然，我不知道吴县的县令大老爷是谁，但咱们姑苏府谁不知道梁大儒。”

唐慎非常想说：你哥就不知道，顺便我也不知道县令是谁。

唐璜接着道：“梁大儒接任姑苏府府尹的时候，爹可高兴了，对咱们说了好几回呢。天下读书人谁不仰慕四位大儒，不过爹好像说梁大儒是被贬谪到姑苏府的？哥，贬谪是什么意思？”

唐慎皱了皱眉，这些官场的事他一向没什么兴趣，所以关于这方面的记忆也很模糊，再说，唐秀才就是个普通的穷秀才，了解不多，他也说不出什么。

唐慎道：“你怎么记得这些东西，爹还说过这个？我都记不得了。”

唐璜板起一张小脸：“因为爹说过，哪怕梁大儒是被贬谪过来的，也能过上神仙一样的富贵日子，他可羡慕了。哥，我也想过神仙日子。”

这对父女都怎么回事！

与此同时，唐慎并不知道，在他离开梁府的时候，一个跟在他身后的人影快步跑回了唐举人家。

“你是说，那唐慎要拜访的很可能是梁大人？”

丫鬟点点头，道：“我可看得仔仔细细，梁大人今日早晨刚离开姑苏府，这事老爷提起过，那唐慎拿出名帖，被卫兵迎进梁府，不出片刻就被梁管家亲自送出了门。我寻思这事并不简单，所以特意回来和夫人禀报，没把这二十两银子给他们。”

唐夫人正在梳妆，准备休息，听了这话，她放下梳子思索起来。

这丫鬟是她的陪嫁丫鬟，很小就跟了她，年龄不大，却很会做事，所以才会被她派去做这件事。丫鬟说的十有八九是真的，唐家兄妹要拜访的人正是梁大人。

“夫人？”

唐夫人道：“你再去府库拿十两银子，到玲珑绣庄挑几件少年少女穿的衣衫，给他们送去，再买些家常用品，笔墨纸砚和一些书。银子不用送了，送东西就行，东西不用挑太贵重的，但要好、要全。”

丫鬟点头应道：“是。夫人，只送东西过去就好了吗？要我再带句话吗？”

“不用。本就是亲戚，不能因为他们可能和梁大人有关系就太过亲近，我们家不至于如此谄媚。”

“好。”说罢，丫鬟转身就要走。

唐夫人道：“等一下！你且记得，无论如何那也是唐家的少爷、小姐。”

丫鬟想了想，点头称是。

这一边，姚三还在做煎饼，忽然有人敲门。

唐璜：“我去开门。”

一开门，只见是个二十多岁模样的女子，唐璜愣住了，还没开口，就听这人俯首道：“小姐。”

“啊，我不是小姐。哥，有人找，我不认识，是不是认错人了。”

唐慎走过来，丫鬟又道：“少爷。”

唐慎一愣，下意识地也以为对方认错人了。

丫鬟说道：“我是唐夫人的贴身丫鬟。你们走得匆忙，老爷有事无法招待，夫人也是等你们走了才知道这件事，夫人特意差我给你们送点夏衣秋衣，还有一些书籍纸砚，你们刚到姑苏府，很多东西恐怕都没备好。”说着，几个搬货汉子扛着两个箱子进了院子。

唐慎静静地看着这些箱子，道：“多谢唐夫人的好意，不过我们已经买全东西了，恐怕得麻烦姐姐再带回去。”

“少爷，这可使不得。若是我完成不了差事，是要被夫人责骂的。”

唐慎还要推辞，这丫鬟却十分固执。

最终丫鬟离去，唐慎看着院子里的两个箱子，无奈地笑了笑。

唐璜和姚大娘打开箱子一看，真的只是些日常用品，衣服和笔墨纸砚。没有任何贵重物品，衣服也只准备了唐慎和唐璜可以穿的，不是绫罗绸缎，款式却大方好看，很明显是细心挑过的。

姚大娘道：“小东家，你这亲戚人还真不错，这些东西光花钱可不行，都是用了心买的。”

唐慎却道：“这才一天，他们就知道我们住哪儿了。”

唐璜：“啊？”

唐慎检查了一下箱子里的东西，又想了想，道：“不过那唐夫人看上去好像没什么恶意。”

只能走一步看一步了。

接下来的几天，唐慎想了很多，甚至想到唐夫人是不是猜到他们想分家，所以特意提前讨好，但他又否决了这个念头。

唐秀才是庶出子，按照本朝律例，分家后他能得的钱本就不多，唐举人家不至于为了这点钱故意算计两个小孩，而且唐慎真正想要的是分家，让两家撇清关系，不是为了钱。

“难道他们知道我去拜访梁大儒，想套近乎？”

可等了几天，送完东西后，唐举人、唐夫人，哪怕是那个丫鬟都没再出现过。

唐慎：“真是我小肚鸡肠想太多了？”

于是便把这件事抛到了脑后。这天下午姚三回家，带来了坊市批下来的摊子条文。

姚三：“这下终于可以开店了。”

姚三做了一个手推小木车，用来当早餐车。他们买了炉子、煤炭，做了一桶五谷杂粮面糊，就等着后天去出摊。

阿黄和姚家母子都兴奋不已，唐慎倒是想了许多。他下午出去又逛了一遍碎锦街，晚上他找到姚三：“姚大哥，明天你出门到湖口城外，雇几十个人，最好有男有女，年龄有老有少。只雇他们半个时辰，价钱你谈好。”

“这好找，姑苏府人多，找活干的闲人也多，不过小东家，你找这些个作甚？”

“咱们的煎饼好吃吗？”

姚三吞了口口水，回想起那味道：“好吃！小东家我可真没想到，抹上甜面酱后，煎饼能那般好吃。不过这又怎么了？”

唐慎道：“咱们的钱不多了，我可等不及被人发现，得快点挣钱。你知道好吃可没用，要让更多的人知道它好吃。”

“那和雇人有什么关系？”

唐慎神色淡定，说话时连大气都没喘一口，非常理直气壮地说道：“雇人，当托！”

这日清晨，碎锦街上，许多卖早点的摊主发现来了个新鲜面孔。

推车的是一个中年壮汉，收钱的是一个老妇，做早点的竟是个十三四岁的小儿郎！

起初这摊子前根本没什么人，然而不知什么时候突然冒出来七八个人，不看别的摊子一眼，径直地走到那小儿郎的摊子前，排了一条长队。

“我听说这摊子上的煎饼可好吃了。”

“可不是，我昨儿个吃了一个，想了一整晚。”

其他摊主不由得心道：你胡说！这摊子明明是今天早上才竖起来的，前后加起来不到一个时辰！

然而行人并不知道这摊子是今天才开的。

看到排队的人这么多，又听人说这东西多好吃，许多行人纷纷驻足，停下来加入排队的队伍里。

一人问道：“老哥，这杂粮煎饼是什么？我以前可没在姑苏府听说过。”

没等人回话，队伍前面一个中年男子非常热情地说道：“杂粮煎饼可好吃了，我前两天给我媳妇尝了一个，我媳妇想了两天。但是这老板每天只做一百个，做完就不卖了，我到今天才能买上一个。”

“什么？只做一百个？”

“可不是！小老弟，我已经买上了，你可慢慢排队，千万别着急。”

“好，谢谢这位大哥，我定要买上一个尝尝。”

唐慎又做完一个杂粮煎饼，姚三洪亮的声音传遍半个碎锦街：“起锅咯！”

姚大娘数钱数得手软，唐璜在一旁看得目瞪口呆。

“姚……姚大娘你掐我一下，咱们不是今天才开摊，而且开摊一个时辰吗？为什么竟然有这么多人排队想买咱家的杂粮煎饼？我是不是在做梦……”

一旁的其他摊主无语地想：简直是厚颜无耻！

第四章

菊花

临近重阳，天气陡然凉起来。

丫鬟打着一把荷叶黄纸伞，将唐夫人从马车里迎了下来，两人一起进了间珠宝铺子。这间珠宝铺子是唐家的祖产，位于碎锦街的东口，踏过醋坊桥，再往西走十多米，有一条深院巷，取自“庭院深深深几许，杨柳堆烟，帘幕无重数”，刚入巷就是这间珠宝铺子。

深院巷里有七八家珠宝铺子，罗裙粉黛，在小巷中穿行。

唐夫人不是来买珠宝的，快到重阳了，她来铺子里查看账本，看了一个时辰，与几家掌管算计好夏天的账，离晌午还早。两人一起出门，丫鬟撑着伞道：“夫人，回去吧。”

唐夫人点点头，出了门她望了望人流如潮的碎锦街。重阳快到了，街上许多年轻姑娘的鬓间簪了朵菊花。唐夫人忽然起了逛街的心思，道：“许久没来过碎锦街了，我们且四处看看。”

丫鬟点头称是。

大梁民风开放，女子穿衣不似前朝那么华美鲜艳，却也落落大方。碎锦街上有不少少女行走匆匆，唐夫人在醋坊桥东口附近看了会儿，瞧见远处有个地方，人群挤成一团，黑压压的。

“那是什么？”

丫鬟看了看："好像是卖早点的摊子。如今快到晌午，他们也该收摊了。"

唐夫人道："那地方人倒是不少，以前可没见过这么多人。"

丫鬟走上前看了看，等看清楚后她一愣，回来禀报："夫人，我看见少爷了。"

唐夫人诧异道："少爷？哪个少爷？"

丫鬟："是那赵家村的唐慎唐少爷，还有小姐，也在那边。"

"他们在那吃早点？"

丫鬟犹豫片刻："他们……他们似是开了个早点铺子！"

"起锅咯！"洪亮雄厚的喊声在人群中响起，随之而来的是一阵甜酱的浓香。

手推小木车后，一个高瘦俊俏的小儿郎挥舞大勺舀了一勺浓稠的面糊，均匀地摊在平板铁锅上，手腕轻巧一动，又将多余的面糊舀回桶中。大铁勺将杂粮面糊摊成一个巨大的圆形脆饼，炭火在下方烤着，很快便烤出一个个圆鼓鼓的小气泡，被大铁勺一碰，咔嚓碎开，流出面粉的米粮香。

抹开一勺甜面酱，撒上一层腌咸菜、香菜、香葱，唐慎掀开一个小陶罐，从里头舀了一小勺肉酱泥，这是姚大娘前一天晚上熬制的，加了酱油、辣椒油和香油，煎饼发出滋滋的声响，再把肉酱泥淋了上去，顿时肉香与酱香交错。

唐慎手脚麻利，用小铁铲四面一划，几下就卷成长条，做成了一个煎饼。

姚三高声道："起锅咯！"

唐慎把煎饼递过去，笑道："小心烫着。"

"谢谢唐小老板。"

今天的煎饼卖完，唐慎揉了揉手腕，姚三和姚大娘开始收摊。一道人影站在了面前，唐慎也没抬头，他收着东西道："已经收摊了，明日赶早吧。"

每日来吃杂粮煎饼的人极多，唐慎以为这是没排上队的食客。

过了片刻，这人道："请问……可是赵家村的唐慎？"

唐慎立即抬头，只见一个穿着锦缎绣裙的妇人正小心翼翼地打量着他，她手腕上戴了个碧绿的翡翠镯子，耳坠也是上好的帝王绿，一身富贵。唐慎起初没反应过来这是谁，当他看到妇人身旁的丫鬟后，他心中一顿："唐夫人？"

唐夫人笑道："我是你大伯母，唤声伯母便好。"

唐慎道："大伯母，今日来碎锦街办事？"

自从那次送了两箱子东西后，两家人再没有过交集。唐慎没猜透唐夫人送礼是出于什么目的，就没轻举妄动，也没去唐府谈分家的事，唐夫人也一直没再出现过。

今天她出现在这里，唐慎并不认为是专门找自己的。如果真要找自己，直接去家里就行，不需要来这大街上。

唐夫人看着唐慎瘦弱的身板，微微蹙起眉。

唐慎今年十三，尚在总角之年，唐夫人以前没见过唐慎，可唐慎比起唐举人那个同龄的庶子来，实在太过瘦弱，似乎风吹就倒。

唐慎要是知道她心里所想，恐怕得为自己喊冤：他从来后就给自己和妹妹改善伙食，家里有了多余的钱，就再没亏待过自己，尤其到了姑苏府，兄妹俩吃香的喝辣的。

在赵家村那偏僻地方嘴里都能淡出鸟了，好不容易来到姑苏府，当然要好好享受。

谁料别人狂吃海塞是长肉，他倒好，竖向发展，越长越高，突然开始蹿个头。

姚大娘也说："小东家可真高，个子蹿得真早。"

对营养普遍不良的古代人来说，十七八岁发育才是正常的，甚至可能都嫌早。唐慎十三岁就开始发育了，可不是发育太早？

个头高了，身上的肉跟不上发育，就显得清瘦了些。

唐夫人："你们每日便来碎锦街做早点摊子？"

唐璜第一次见到这样的长辈，好奇地躲在唐慎身后，悄悄打量唐夫人，唐夫人算不上美人，却也相貌端正，举止温婉大方，看得出是出身于书香门第的大家闺秀。唐璜道："对，我们每天都来做煎饼，姚大哥和姚大娘先来，我和哥哥醒了就过来帮忙。"

唐夫人看到了刚才行人排队的景象："生意倒是不错。"

她没再多说些什么，转头看着唐慎，笑道："记得上次见你还是九年前，那时你才这般大。"唐夫人用手比了个高度，"如今已经是个小儿郎了。可曾读书？"

唐慎声音平静："爹还在世时，在村里私塾读过书。"

"唐家是有自家私学的，你的两个哥哥就在里头读书，还有你的一些堂兄弟以及附近的孩童。你若是愿意，可与你两个哥哥一起读书。他们在里头无聊惯了，前两天听说有个弟弟从赵家村搬来姑苏府，还吵着闹着要和你一起读书呢。你若是来读书，三人正巧可以结伴。"

丫鬟垂了眼，心道：两个小少爷连唐慎是谁都不知道。

唐慎笑道："多谢大伯母好意，到时候我会去唐府找您。"

唐夫人笑着颔首："好，我在家中等你。"

唐夫人和丫鬟离去，唐慎若有所思地望着。

唐璜松了口气："大伯母人真好，说话轻声细语的。我还以为她和那唐举人一样瞧不起咱们，不想理会咱们呢。哥，大伯母说想让你去读书，你去吗？"小姑娘睁大眼睛，期待地看着唐慎。"你要是去了，正好可以和唐举人的两个儿子一起，他们也想你去呢。"

"想我去？"唐慎差点笑出声。

"那是你大伯母给咱们面子，说的场面话。行了，读书的事我自有考虑，回家吧。"

四人刚回到家中，就见一个人在门口早早等着了。

唐慎看到对方，赶紧上去。

梁管家躬身行了个礼，将一张请帖递了上去："唐小公子，我家大人已经从金陵回来了，这是请帖，他请您到时去府上一叙。"说罢，很快离去。

唐慎打开帖子一看。

又是一张烫金锦纸，上头用簪花小楷写了四行诗。唐慎念出来："天晴日月定，果香迎风进。入室仰至极，把酒东窗菊。"竟然是首猜谜诗？

唐慎皱起眉头，细细思索起来。

这一想，便到了中午。

姚大娘将饭菜端出厨房，四人坐在院中吃饭。唐慎左手拿着请帖，右手拿着筷子，刚要夹起一根菜，看着请贴上的字又默默放下筷子，他弄了两三次，唐璜道：“哥，你在看什么呢？先吃饭。”

唐慎抬头看她，他的目光停在唐璜鬓角的一朵小黄花上。

看的时间久了些，小姑娘脸颊羞红，摘下耳边的菊花：“别看了，我看大家都这么别花，才别了一朵。啊，你还看，哥哥是坏蛋！”爱美之心人皆有之，唐璜以为唐慎调笑她臭美，恼羞成怒。

唐慎突然道：“菊花？姚大哥，快到重阳了？”

姚三：“是啊，三天后就是重阳节，小东家你不知道？”

历法之事唐慎向来搞不懂，来姑苏府后他又忙着赚钱，没注意到日期。

他笑道：“待到重阳日，还来就菊花。”

三日后，重阳节，晌午。

梁管家开了门，将唐慎迎进梁府，他笑道：“唐小公子，大人刚刚还问你有没有来，没想你这就来了。”

走过两扇角门，穿过一道透风长廊，荷花池旁的撮角亭子中，梁大儒背对着唐慎，为自己斟了壶茶，眺望整片荷塘窈窕动人的景色。唐慎走过去一看，只见这池塘里的荷花早已凋谢干净，只剩下一些枯枝残叶，可梁大儒仍旧看着，品茶赏花。

唐慎作揖道：“先生，小子前来拜访了。”

开口便是“先生”，不是大人，直接将这一次的拜会当作是晚辈对长辈、一个读书人对天下大儒的敬仰拜会，而不是官场上的民对官。

梁大儒微微一笑，他抬起头，看着唐慎。深邃温和的双眼在唐慎的身上停留了片刻，最后停在他的头顶。

梁诵道：“数月不见，倒是长高了许多。坐。”

唐慎恭敬地坐下。

唐慎道：“先生可是在赏花？”

梁诵：“哦？你看这院子里，哪还有一朵花。”

“先生说，入室仰至极，把酒东窗菊。可不就是重阳节，邀小子来赏菊花的？”

“入室仰至极，把酒东窗菊。我是邀你来赏菊的？”

唐慎反问：“难道先生不是？”

梁诵定定地看着唐慎，片刻后，笑道：“是。愚之，将那幅《东窗菊》拿来一阅。”

远处，曾经与梁大儒一起前往赵家村的青衣年轻人恭敬地点点头，走去书房拿了一幅画卷。他站在枯萎的荷花池前，双手张开，缓缓拉开卷轴。

长约五尺的锦白宣纸上，一丛墨色淡菊舒展静开。笔墨清雅流畅，每朵菊花上可见极淡的墨痕，淡如流水拂柳芽，色似青石缀细苔。画卷大片留白，除了这一束窗下墨菊，只在左上角提了一首小诗。

花开不并百花丛，独立疏篱趣未穷。

宁可枝头抱香死，何曾吹落北风中。

字体用的是簪花小楷，写得极细极轻，但唐慎不觉看得入了神。这字风骨绰约，即使用的是雅致的小楷，行文间却难掩写字人的卓绝劲道。

唐慎看了看这幅画的落款。画上一共有两个朱砂红印的落款，第一个落的是“雕虫斋主”，第二个落的是“王子丰”。唐慎在“王子丰”这个名字上多看了几眼。

唐慎出身赵家村，并没有机会接触到什么书画，更不用谈名家字画，但他知道正常文人的印章上刻的都是自己的别号，只落自己名字的，要么是年纪还小、资历尚轻，没得到一个别号，要么是文名斐然，世人皆知。

难道他这个外行人搞错了？

唐慎自己心里乱想了一阵，没把疑问说出口。他道：“先生，小子愚钝，刚才与您说大话了，我并不会赏画。”

梁诵笑道：“你倒是诚实。”

唐慎出身贫寒，年纪又小，他要是说他会赏画反而太假。

唐慎话锋一转：“不过我觉得，这画十分好看，这首诗也写得好，字也写得好。”

梁诵：“画得好看，字也好看？你夸得倒是朴实。你说说，是这画更好，还是字更好呢？”

唐慎一愣，原来这画和这字不是出自同一人之手？

唐慎表面不动声色，心中却思量起来。

憋了一会儿，唐慎语气真诚地说道：“都特别好，都是小子画不出来，也写不出来的。”

他贬低自己总行了吧？

梁诵哈哈一笑，道：“这字是子丰写的，他自幼聪慧，天赋卓绝，谁人不知他书画双绝，你想赶上他着实很难。但这画就不同了，这是那傅老头画的，他的画技臭得很，这些年过去也毫无长进，你倒不是完全赶不上。”

唐慎连连点头，又连连摇头：“先生拿小子取笑了。”

经过这么一出，亭子里的氛围更加愉悦。

两人吃了些酒菜，唐慎举止大方，不卑不亢，并不阿谀奉承，也不战战兢兢，让梁大儒面露赞赏。等到又上了一壶茶，梁诵将茶盏放在桌上，发出“咯噔”一声响，他微笑道：“三个月前，你曾经问我，读书人读书为何。”

唐慎一听，知道进入正题了，他立即放下筷子。

“是，小子不才，曾经斗胆一问。”

梁诵道：“你当日说，读书人读书是为了知书、达理，可对？”

“对。”

“你说得不错，读书是达理，为了明事理、辨是非。当日我未曾给你一个答案，今日我与你再聚，唐慎，我且问你，你的答案还是那个吗？”

唐慎犹豫片刻，他有点摸不清楚梁大儒想说什么，他道：“是。”

梁诵微微一笑，叹气道："嫠不恤其纬，而忧宗周之陨，为将其焉。"

唐慎抬头，下意识道："啊？"

梁大儒看着眼前这个粉雕玉琢的小儿郎，深邃的眼中有赞赏，又藏了丝难以发掘的惋惜。

"这便是我给你的答案。"

直到离开梁府，唐慎都没明白梁大儒那句话的意思，甚至他连这句话是什么都不知道。

唐慎本想把请帖还给梁府管家，登门做客后，请帖是要还给主人的，然而管家却道："唐小公子，这请帖请您收下。"

唐慎惊讶道："为何？"

"这是大人的吩咐。"

梁大儒的吩咐？

唐慎第一次觉得摸不着头脑，他心存疑虑地回了家。

回到家中，唐家四个人开始赏菊开宴虽然人不多，但重阳节的习俗都做了。姑苏府府城内没有山，但是出了城有一座小山坡，再远点还有天平山、西山、东山。

唐慎把重阳节的习俗化简，只去踏了踏小山坡，插了一根茱萸。

入了夜，唐璜兴高采烈地把一盆菊花搬到院子里，四人赏菊吃饭。

很快，四五日过去，唐慎时不时地将梁大儒送的请帖拿出来研究。

他重阳节那天就明白了，梁大儒之所以把这封请帖送给他，肯定因为请帖里另有猫腻。

唐慎当初猜测梁大儒是约自己重阳节去吃饭，因为请帖上写，梁大儒约自己去赏菊。之所以猜是中午不是晚上，是因为梁大儒身为姑苏府尹，晚上要参加姑苏府的重阳宴，宴请姑苏府的几个世家大族和富豪乡绅，没有时间。

事实证明他猜对了，但是……

"到底还有什么，是我没发现的？"

除此以外，唐璜还把四书五经全部翻了个遍，可惜的是，四书五经中完全找不到梁大儒说的那句"嫠不恤其纬"的话，唐慎只得作罢，等有机会再去翻看其他书籍。

煎饼铺子的生意越做越好，唐璜将钱偷偷藏进了自己的小金库。天气渐冷，入了秋，早晨吃一个热乎乎的杂粮煎饼十分舒坦，买煎饼的人也更多了起来。

唐慎本来想每天只做两百个，但姚三和姚大娘怎么都不肯。

姚三："小东家，你且歇着。你去读书，我早起，每日能做多少煎饼就做多少个。"

到这个时候坚持饥饿营销也没太大意义，唐慎的杂粮煎饼在碎锦街已经有了名气，每天都有许多人慕名而来。姚三看唐慎经常翻阅四书五经，以为他想开始读书，所以自己把做煎饼的事揽了过去。

唐慎也没阻拦，他还没去读书，但他确实有其他事要做。

"姚大哥，你去买点生石灰和面起子。"

面起子是常用的食品膨松剂，做杂粮煎饼用不上面起子，但做包子馒头经常要用。姚三以为唐慎要卖包子："小东家，我们要再卖包子了？"

唐慎一想就知道姚三误会了，但他也不好解释，只道："你先去买了。"

很快，姚三背了两袋东西回来。

唐家有两个大铁锅，都与灶台契合在一起，无法搬动。唐家就两个铁锅，都是姚大娘炒菜做饭用的。

唐慎看着这两口铁锅，又道："姚大哥，你再去买个铁锅。"

等姚三买了新铁锅回来，唐慎将生石灰倒入锅中，又加了一些水。

水一碰上生石灰，发出刺啦声响，瞬间沸腾。

唐璜和姚大娘被这声音吸引过来，唐璜惊讶地道："哥，你在做什么？"

唐慎头也不抬："做个好东西。"

生石灰与水的反应迅速激烈，很快锅中便出现了一锅混浊的乳白色溶液。唐慎立刻把面起子放了进去，他一边用铁棒搅拌，一边静静观察锅中的反应。

熟石灰与面起子反应后，一层白色固体渐渐沉淀到铁锅底部，表面浮现出一层无色液体。唐慎耐心地等着，等锅中的反应差不多停止后，他小心翼翼地抓住铁锅的两侧，把这层液体倒入一个瓷罐中。

接着他从厨房里拿了一壶菜籽油，他将菜籽油倒入洗干擦净的锅中，确认铺满整个锅底，高度约一指，再把铁锅放在炭炉上，点火加热。油烧热很快，在油烧热前，唐慎又捧起瓷罐，动作小心地把瓷罐里的东西倒入油锅的中心。

姚三："小东家这是在作甚？"

姚大娘哪里知道，唐璜也根本不懂，三人只觉得唐慎仿佛中了邪，不知道往锅中、罐中放什么东西，没一会儿就倒出奇奇怪怪的液体，但因为对唐慎无比信任，三人都没打扰，而是在一旁仔细看着。

唐慎倒了一半，把瓷罐放在地上，道："千万别碰这个罐子。"

姚三点头："我肯定不碰。"

接着，唐慎开始缓慢地搅拌起锅中的液体来，他一边加热铁锅，一边不断搅拌，大约过了一刻钟，他不再动作，而是静静等待。

等待的时候，唐慎对姚三道："姚大哥，我要是想打造一个铁罐子，你看姑苏府里有人能打造出来吗？"

姚三道："小东家想打造什么样的铁罐，您给我图纸，我去问问街头的王铁匠。"

"你等着。"

唐慎回房间拿了纸笔，他一边思索，一边画出了一幅画。

姚三接过画一看。

这东西实在古怪得很，好像是个罐子，可这罐子又是空心的，画上还有一些奇奇怪怪的线条。姚三看了半天，道："小东家，您这是个什么物件，我看不懂。"

唐慎："啊对，这种图你看不懂，说不定那王铁匠也看不懂。算了，等做完东西，我和你一起去问问他。"

“好。”

唐璜完全不明白，自家哥哥这是在做什么好吃的吗？她道：“唐慎，你在做什么，很好吃吗，又放面起子又放油的，可我没闻到味道啊。比杂粮煎饼好吃吗？”

唐慎一听：“好吃？不能吃。”

“啥，不能吃？不能吃的东西你怎么放在锅里煮。”

“它是不能吃，但是它能让你买很多很多的杂粮煎饼！”

这时，锅里的东西渐渐凝固起来，深黄色的菜籽油变成了一层固体，唐慎双眼一亮，将最上面的这层固体铲出来。

唐慎用罐子装好了这些黄色固体，他叫来姚三：“姚大哥，你把手放进菜籽油里试试。”

姚三：“啊？”

“你放一下试试。”

姚三莫名其妙地把手放进去又拿出来，沾了满手的油。

唐慎从罐子里捞出一块黄色固体：“你用这个洗洗手。”

姚三狐疑地用黄色固体洗了洗手，他本以为这东西是从菜籽油里弄出来的，肯定越洗越油，谁料几下竟然洗干净了，手上一点油都没有。

姚三：“咦，这是什么东西，比那胰子还好用！”

唐慎笑道：“这是什么东西？好东西，我给它取名为‘肥皂’！”

唐璜和姚家母子都惊奇地把手放进菜籽油里，又用肥皂洗手。

“好了姚大哥，别洗了。咱们先出去，把这厨房锁起来。我可说好了，我回来前不许进厨房，更不许碰厨房里的任何东西，尤其是那瓷罐里的。”唐慎说道，“姚大哥，你和我去一趟王铁匠那。”

“好嘞！”

唐慎和姚三一起来到王铁匠的铺子。

咚咚的打铁声从铺子里传来，王铁匠赤着膀子，一手拿着大锤正在打铁，见到唐慎和姚三，他道：“小唐郎和姚三，你们今儿个怎么有空找我来了？”

唐慎：“王伯，有个物件想请您看看，能不能给打出来。”

“倒让我瞧瞧。”

唐慎将自己画的草图递了过去。

王铁匠打了一辈子铁，看过不少武器、摆件的图纸，自然不是姚三能比的。王铁匠稍微研究了片刻，他指着一根图上两根线条道：“这是什么？”

“王伯，我跟您说了吧，我是要做一个大罐子，底部您给打一个能隔开水和植物的筛板，整个罐子几乎是封闭的，里头的气体我要从这两根管子里出来，管子周围的隔间里我要放上冷水。”

王铁匠想了想：“小唐郎，这东西能做，就是要费点工夫。”

唐慎本没抱希望，闻言他双眼一亮：“要多久？”

“五天。”

王铁匠说到做到，五天后，他将一个又黑又重的铁疙瘩送到了唐慎家。

唐慎早早地让姚大娘和唐璜去城外采了一些菊花、月季和丹桂，全部摘下花瓣，放在盆里。两大盆花瓣熏得院子里香气扑鼻。

唐慎开始做起精油来。

三种花瓣，唐慎挑出其中味道最浓的丹桂，抓了一大把放进蒸器的中央。蒸器一共分为三个部分，最下方是专门放水的水槽，用一块筛板搁在水面，上面放着花瓣。

唐慎将蒸器放在炉子上加热，等炉子里的水被烧热后，水汽混合着花香，炙热的蒸汽向上涌动，但是蒸器是密封的，只开了两个小管。

这是两个歪歪扭扭的小铁管，如果把它们撸直了，每个至少有两米长。

蒸汽顺着两根管子往下流淌，唐慎不停地给管子旁边的大隔间里加水，气体穿过九曲回肠的长管，来到出口，唐慎赶紧接住。他屏住呼吸，期待地看着管子里流出的东西，然而等了半天，蒸器里的水都快烧干了，才流出小半杯精油。

深黄色的精油刚刚流出，便散发出奇异的浓香。

如今季节能找到的花中，丹桂算是最香的。唐璜嗅了嗅味道，惊喜道："哥，这就是你要做的东西？好香，好闻！"

唐慎却不怎么满意。

那么多的桂花，最终只出来了这么一点精油。

精油是从植物的根、茎、叶和果实中，提取出来的芳香物质，可以说是最本质的香料。因为蒸器太过简陋，唐慎才奢侈地只用花瓣，但没想到最终也只能提取出这一点精油。

要是成本这么高，精油想要大量产难度很大。

王铁匠忽然道："我看懂了，小唐郎，你是在淬火啊！"

唐慎一愣："王伯，您说什么，淬火？"

"你是想将那蒸出来的香气，用铁水把它浇下来？我说不清楚，但你这和我们打铁时的淬火有点相似。打铁时可不是也要一次次地用冷水把那滚热的红铁给浇灭，然后再继续烧热、打铁？那你这样可不行，光浇冷水没有用，这东西你得改进下。不能一直让热气滚下去，太快了，要让热气停一会儿，多淋一会儿冷水，慢慢淬！"

"您说得对！"

唐慎想了想，很快在脑子里画出了草图。

王铁匠把铁疙瘩搬了回去，又敲敲打打三四天，再搬了回来。

这一次唐慎得到了接近一杯的精油。

"这个分量足够了！"

唐慎做了一锅肥皂，将精油倒进去，搅拌均匀，等待冷却。

等一切做完后，唐慎将掺了精油的肥皂压成硬块，这就是香皂了。

第二天，唐慎和姚三带了两块普通肥皂和两块香皂来到唐府。

这是姚三第一次来唐府。

许是之前唐夫人管教过下人，这次唐府管家接唐慎二人进去后，并没有再怠慢，他将唐慎引到偏厅，吩咐丫鬟上了一壶热茶、两盘点心。等了片刻，唐夫人便到了。

唐慎以为自己会见到唐举人，没想到竟是唐夫人，他脑子一转，心想这样更好。他站起身，道："大伯母，多日不见，侄子又来叨扰了。这是我家护院，姚三姚大哥。姚大哥，这是我大伯母，唐夫人。"

"夫人好。"姚三拱了拱手。

唐夫人道："都坐下吧。"一进屋唐夫人就看到唐慎拎的两个小盒子，她在这两个盒子上不动声色地看了一眼，接着移开视线，对唐慎道："上次见面还是在那碎锦街，如今想来，好像已有一月，你似是又瘦了。"

唐慎道："是，那是重阳节前的事了。"

唐夫人正准备开口说让唐慎读书的事，只听唐慎又道："大伯母，今日来叨扰，是因为侄子刚来姑苏府时，大伯母送的那两箱东西救了急，我一直记在心上。正巧家里做了点东西，就想给大伯母送来看看。"

"哦，你家里做了点东西？"

唐慎道："是，我亲手做的。"

唐夫人："你还会做菜？"

说这话时，唐夫人并没有鄙夷的意思。

《孟子》的第一篇《梁惠王章句上》有句话：君子远庖厨。一千年后，这句话被后人曲解成"品德高上的君子不会进厨房，更不会动手做菜"，事实上，这句话原文是"君子之于禽兽也，见其生，不忍见其死；闻其声，不忍食其肉。是以君子远庖厨也"。

君子对于飞禽走兽，不忍心看到它们活活死去；听到它们的声音，就不忍心吃它们的肉，所以君子总是远离厨房。

也就是说，君子不进厨房，不是因为觉得做菜是个下作的事，君子不能做，而是因为心存仁慈。

古人对这句话倒没有引申出那么多意思，反而不看重所谓的"君子远庖厨"。

更何况人人都要吃饭，连孔圣人都说过"三月不知肉味"，于是"不图为乐之至于斯也"。试问孟子又怎么可能说君子不能下厨房？

当然，唐慎解释道："不是菜肴。"

唐夫人问道："那是何物？"

"大伯母一看便知。"

两人又聊了一会儿，唐慎让姚三把一个盒子给了唐夫人，两人离开唐府，去了梁府。

是的，唐慎今日带了两个盒子，每个盒子里各放了一块肥皂、一块香皂，要分别送给唐夫人和梁大儒。

唐慎走后，唐夫人让管家把盒子送上来。

这盒子不是什么名贵物件，但做工很新也很仔细，她一想便知道即使是个盒子，唐慎也是用了心去挑的。

"我这侄子，人虽小，看上去也俊俏单纯，但可不是个简单人物。"

管家道："夫人，这送的是什么？"

唐夫人打开盒盖，只见盒子第一层放了一个浅黄色的东西，通体光滑，摸上去还有些油腻。她又打开第二层，只见是个一模一样的黄色物件，摸上去同样有些油腻，却带了丝甜腻的桂花香味。

有件事唐慎不知道，唐夫人在娘家时闺房前便种了一棵桂花树，闻着这味道，唐夫人心情大好，仿佛回到了娘家。

这两样东西十分奇怪，唐夫人在盒子里找到一张唐慎写的信。

唐夫人笑道："这字写得倒是一般，可没我那侄子看上去那般的冰雪聪明，放在县考中可出不了头。"

拆开信件，唐夫人看了起来，越看，她眼睛越亮。

"海棠，你去厨房拿一碗油来，再拿一盆水。"

丫鬟点头应是，很快拿了一碗菜籽油和一盆水。唐夫人道："你摸一把这油试试。"说完她又觉得不妥，"罢了，我自己来。"说着，唐夫人亲自动手，沾了满手的油污，接着她搓了搓黄色的肥皂，把手放进盆里洗。

唐夫人惊奇道："效果这般好？"

接着，她又试了试第二块"香皂"。

唐夫人："奇物，这可真是个奇物！"

"我这侄子信里写了，第一块味道古怪的东西叫肥皂，第二块有桂花味的叫香皂。"话音刚落，唐夫人鼻子动了动，她眼前一亮，把唐慎写的信放在鼻前闻了闻。

起初唐夫人看信时，并没有注意到信纸上的味道，离远了时，只觉得是一丝淡香，但离近点，就不再是一分一毫，浓烈的桂花香扑鼻而来，一股又一股地沁进鼻子里。

唐夫人怔了片刻，她将这封信仔细看了许久，忽然惊道："难道这香味可以随意染到任何物件上？"

第五章

子丰

那一厢，唐慎和姚三去了梁府，可惜跑了个空门。

梁大儒去城郊参加一个诗会，早晨刚走，晌午还没回来。唐慎把礼物交给管家，和姚三回家，两人刚进家门，就见到了一个不该出现在这的人，姚三错愕不已，唐慎心里却有定数。

唐慎道：“大伯母怎么来了？”

来人正是唐夫人。

唐夫人不是一个人来的，还带上了贴身丫鬟和唐管家。唐夫人给丫鬟使了个眼色，这丫鬟立刻将唐慎之前送的小盒子拿了上来。

唐夫人道：“都是一家人，大伯母也不与你打岔，你先前说这两样东西你亲手做的，可有此事？若是你亲手做的，其中成本几何？那肥皂要花多少，香皂呢？还有你那信纸上的味道，是用香薰熏出来的？”

唐慎微微一笑：“大伯母请和我来，工具还在院子里没撤，我给您演示一下，您看了便知。”

几人走进院子，唐慎当面给唐夫人做了一盆肥皂、一盆香皂，还有一小瓶精油。

唐夫人让管家试了试，效果与唐慎之前送的完全一样。

唐夫人心中有了计较，看唐慎的眼神与先前也不再相同，她盘算一阵，认真地道：“侄儿，你这东西是可以卖大钱的。”

唐夫人让管家将一盆肥皂、一盆香皂的成本大约算了个数，又算了算做精油的成本。

唐夫人皱眉道："这精油闻起来很香，也可以掺到肥皂里，让肥皂芳香，但成本实在太高，这么一小瓶就要五六斤花瓣，用它做香皂还行，单卖可卖不了。"

唐慎想了想，道："大伯母，你可曾听说过一种珍珠，名为'鲛人泪'。"

唐夫人惊讶道："鲛人泪？那是何物？"

唐慎说道："是我从一本古籍上看到的。书上记载，这鲛人泪原本只是一种普通的珍珠，并不比寻常珍珠珍贵多少，更比不上那万里挑一的东珠。前朝有个富商得了许多鲛人泪，他怎的也卖不出去，眼看要砸在手里，于是他转手给这珍珠取了个名字'鲛人泪'，并扬言唯有真爱一个女子，才能送给她那此生唯一的'鲛人泪'。"

唐夫人双眼发亮，一旁的管家也明白了其中奥妙。

"最后那鲛人泪如何？"

"自然是都卖出去了。"

唐慎笑道："大伯母，精油不是卖不出去，而是要看……咱们怎么卖。"

唐夫人道："侄儿……"顿了顿，她语气严肃，"唐慎，大伯母来这的原因你想来也知道。肥皂的成本并不高，你或许可以承担，但倘若你想一个人做那精油，难如登天，而且你们初来乍到，对姑苏府百般不了解，实不相瞒，唐府在碎锦街有三个铺子，一个珠宝铺子、两个脂粉铺子。"

唐慎："大伯母，我将肥皂和香皂送给您，也正有此意。"

唐夫人松了口气，道："你想如何去做？"

唐慎毫不犹豫地说道："都是一家人，五五分成，您出资。"

这话一落地，唐府管家和丫鬟都皱起了眉。

唐慎的意思是，他一分钱不出，钱全部由唐夫人掏了，最后他还要分一半红利。哪怕这肥皂和香皂是他折腾出来的好东西，也不能这么狮子大开口啊。

唐夫人也有些犹豫。

良久，她问道："鲛人泪的故事，还有吗？"

唐慎认真地看着这位妇人。

唐夫人虽然有个比唐慎大的儿子，但事实上她今年不过三十出头，正是风韵犹存的年纪，如此聪慧的大家闺秀，唐慎对她多了几分敬佩。

"鲛人泪的故事，当然有，以后也可以有。"

"好！"

唐夫人出手豪爽，说要出资，就让管家留下，与唐慎商讨制作肥皂、香皂以及在唐家脂粉铺子里出售的事。原本唐夫人还想让唐家几个铺子的大掌柜过来，直接给唐慎定下做肥皂的工坊，谁料唐慎却拒绝了。

有些事不可让他人插手。

唐慎首先要找个账房先生。

姚三想了想："小东家，玲珑巷的林秀才前几日刚从钱记当铺里出来，一直想找个账房活计。不过他年岁已高，都五十好几了，当然，人品自然信得过。”

“年龄不是问题，你且叫他来看看。”

很快，姚三便去玲珑巷找了林秀才来。

林秀才头发花白，据说是三年前中的秀才。老来中秀才按理说是个喜事，可他年龄实在太大了，中举人无望，也考不上贡生，姑苏府的秀才可没赵家村那么值钱，林秀才的日子过得清贫。先前他在钱记当铺找了个账房先生的活，可惜年龄大了，当铺有了更好的账房先生就把他辞退了。

唐慎审视了他一番，问道：“读过哪些书？”

“四书五经都读过，也学过数，看过《左传》《周易》。”

唐慎考了几道简单的数学题，林秀才算得不快，稳稳地打着算盘，但却没算错。

“就是您了。林伯，您可愿当我的账房先生？”

“好，好！”

接下来几日，唐慎和姚三开始在姑苏府寻找合适的工坊。

想要卖肥皂和精油，铺子不是问题。唐家在碎锦街的铺子卖的都是女人物件，不愁没有市场，这也是唐慎特意拜访唐夫人、送礼的原因，他早就查清楚唐家开的是什么铺子，做的是什么生意了。

找了四五天，很快就找到一家工坊。

谈价谈了半个月，唐慎把那家工坊买下。期间唐慎又去了梁府一趟，这次倒是见着了梁大儒，梁大儒邀他留下吃饭，吃饭的时候梁大儒道：“那肥皂甚是好用，可有多的，我也给几位老朋友寄去一点。”

唐慎双眼一亮。他送东西为的就是借助梁大儒的面子，给肥皂做个免费宣传。

“自然是有的，明日赶早就给先生送来。”

临走时，梁大儒问道：“还记得半岁前，我与你在赵家村相遇，那时你可是倒背了一整篇《论语·述而》。那曾夫子说你是神童，精通《论语》《中庸》。如今半岁过去，又读了什么书？”

唐慎哪里敢说自己这半年没读一本书，全在做生意了。他思忖道：“只谈皮毛，不究其意的话，小子又读了《大学》《孟子》，五经也全读完了。”

梁大儒哈哈一笑：“你这小子也真敢说。四书五经你全读完了，只怕是年近花甲的老秀才都不敢说此大话。”

唐慎眨眨眼，作为一个十三岁的孩子，他可以理直气壮地装无辜。“先生只问读了什么，小子又没说全读懂了，只是读了而已。”

“顺便还倒背如流？”

唐慎点点头。

梁大儒摇首：“你这个顽童！”言下之意，不是不相信唐慎有倒背如流的本事，而是不相信唐慎过去半年读书了。

假设梁大儒现在要唐慎当场表演一个倒背四书五经，他其实不慌。重阳节那次被梁大儒说了句“嫠不恤其纬”后，唐慎回去就把四书五经全部翻了个遍，感谢过目不忘的本事，他真能把四书五经背下来。

然而从那以后，唐慎再没碰过书。

离开梁府，唐慎回到家中。他从《春秋》中找到被夹在书里的请帖，唐慎认真审视上面的字，轻声念道：“天晴日月定，果香迎风进。入室仰至极，把酒东窗菊……嗯，把酒东窗菊……”

唐慎看了许久，仍旧没从这请帖中看出猫腻。

这时，林账房进了屋，看到唐慎正在看东西：“小东家在看什么呢？”

唐慎放下请帖，抬头道：“一封请帖，梁大人给的。”

林账房激动地双眼放光，身体颤抖。他走过来，道：“早就听阿黄姑娘和姚三说小东家与梁大人相识，没想到真是如此。小东家，这请帖可是梁大儒亲手写的？”

“这我就不知了。”

“可否借来一阅？”

唐慎把请帖给了林账房。

林账房手指颤抖地接过请帖，仿若见到圣物一般，尊崇至极。他仔细看着请帖，读着上面的诗：“天晴日月定，果香迎风进。入室仰至极，把酒东窗菊。咦，这诗有些古怪。”

唐慎惊道：“哪里古怪？”

“一时看不出来，小东家再等等，让我仔细瞧瞧。”

看了半个时辰，林账房笑道：“原来是首藏字诗。”

“藏字？”

“是。小东家应该看得出来，这请帖上说的是重阳节，请小东家入府一叙。把酒东窗菊，这是邀您重阳赏菊呢。不过这只是这首诗的第一层。”

唐慎：“第一层？”

林账房：“不错。且看这第一句，‘天晴日月定’，表面上是说天气晴朗，与您相会，实则天晴是为‘阳’，日月交会是为‘爻’，阳爻，出自《易传》，亦称‘奇爻’，这是第九卦。再看第三句，‘入室仰至极’，表面上是说入府后共赏至极，实则，是至是极，皆为九。”

林账房拿着请帖，仔细审阅，一旁的唐慎却如当头棒喝，瞠目不语。

林账房：“阳爻为九，至极为九，阳为九，九为阳，双九，即重阳。奇怪，梁大儒为何要写这么一首藏字诗？他已经说了是把酒东窗菊，怎的又在诗中藏起重阳二字？”

唐慎怔在原地，久久不能出声。忽然，他对林账房道：“林先生，有句话小子翻阅了四书五经都没找着，不知道您是否知道？”

林账房：“什么话？”

唐慎：“离不恤其纬，而忧宗邹之允，为将及焉。”

“哈哈，小东家说的是‘嫠不恤其纬，而忧宗周之陨，为将及焉’吧！这出自《左传·昭公二十四年》，《左传》不属四书五经，小东家没听过也是正常。”

凛冽寒风中，两位身披甲胄的卫兵手持长枪，身形笔挺，守在府门前。

忽然，一个清瘦身影从街角快步走来，站在左侧的卫兵正要出口呵斥，看清楚人后他笑道："唐小公子，中午才走，怎么现下又来了？"

这些卫兵都是战场上退下来的老兵，听说在战场上受了伤，他们原籍是姑苏府的，解甲归田后做不了其他活计，梁大儒便主动招揽他们，当了个守卫。他们本是军营里的兵痞子，可是进了梁府，一个个沾了梁大儒的文气，几年下来就变得斯文起来，对人也客客气气的。

唐慎道："这位大哥，劳烦通报一声，我想见梁大人。"

"你且等着。"

不过多时，唐慎被管家领着来到梁府的书房。

梁诵正在作画，他画的是一朵兰花，扎根于悬崖峭壁之间，于寒风中摇曳。穿着青衣长衫的年轻人在为他研墨，这人名为徐慧，字愚之，是梁大儒的表侄。

见唐慎来了，梁大儒抬头看了他一眼，继续作画。他手持一支羊毫细笔，一边信笔挥墨，一边道："怎的才过一个时辰又回来了。可是有东西忘了，让愚之去陪你拿。"

唐慎上前三步，从袖中拿出一样东西。

"先生。"

梁诵抬头一看，看见了唐慎手里的东西，他微微一愣。

半晌后，梁诵笑道："愚之，你先出去。"

徐慧作了一揖，离了书房。

唐慎抬起双臂，双手举着这封请帖，俯身行礼。

梁诵道："愚之走了，不如你来给我研墨吧。"

唐慎走上前，他将请帖递给梁诵，梁诵接过请帖放在桌子一角上，又开始画起画来。唐慎捋起袖子，拿起一块墨锭，在砚台上研起墨来。羊毫笔下，悬崖中的兰花高洁典雅，书房里却是一片寂静。

等画完一朵兰花，梁诵开口道："怎的又来了？"

唐慎一边研墨，一边道："来给先生赔礼了。"

"哦，赔礼？你做错了什么吗？"

唐慎想了想："小子或许没做错什么，但是小子也没做对什么。"

"说吧，你做对了什么，做错了什么。"

"重阳节前三日，先生给小子一张请帖，请入府一叙，小子做对了，猜中日期是重阳中午，与先生在亭中赏菊，然而时至今日，小子都做错了一件事。"

"什么事？"

"狂妄自大，得意而忘形。"

梁诵搁下笔，笑道："老夫可没这么说，你这小儿郎，挺会给自己找事。"

唐慎也放下墨："先生不这么说，那我岂不是觉得更羞愧难当。小子不才，曾放言过目不忘，倒背四书五经，然而先生也两次都说过，连读了五六十年书的老秀才都不敢说这大话。那请帖上的字谜，我至今没看透，如今我明白了，先生只说赏菊，是诚心邀我，又将‘重阳’二字暗藏在诗中，是想告诉我，小子还十分浅薄，人外有人，不可猖狂。”

梁诵望着唐慎，许久才道：“老夫想说的，你都说了，老夫没想说的，你也说了。你这小唐郎，可真让老夫无话可说。”

嘴上说着无话可说，梁大儒却摸着长须，面露欣慰。

唐慎见梁大儒没生气，心底暗自松了口气，他接着道：“来之前，小子听说了一个故事。”

“哦，什么故事？”

唐慎犹豫了一下，道：“开平三年，五原城外，辽人大军来犯，气势汹汹。”唐慎说完第一句话，梁大儒面色一变，嘴唇翕动，但是没开口。唐慎继续道：“辽人突然发难，五原城中兵马不足。那年正是干旱之年，城中粮草不多。朝廷的援军眼看还有十日才能到，辽军将五原城团团围住。”

“不是十日，他们半月才到。”

唐慎愣了一下：“是，半月才到。五原城的守城将军眼看城中百姓军民被困，无法得粮，他拿出十万银两，给了当时的都指挥使，请其偷偷出城，筹集粮草。”

那是二十一年前，开元三年，新帝登基时出了些乱子，国力大伤。连续十年，辽人频频来犯，惹得民不聊生。

五原城本不与辽人相邻，所以城中守军也只有三千余人。谁料辽人趁大梁旱灾，突然发难，连夜夺取了幽州城，大军逼到五原城下，守城将军名为郑元平，出身草莽，是靠自己双手打出天下的莽夫将军。

辽人逼城，郑元平守了三日，城中无粮。郑元平找到都指挥使梁诵，他双膝跪地，请梁诵拿十万白银前往西夏，回来救人。

郑元平说：“我与五原，同生共死。”

就着夜色，梁诵躲开守军，去了西夏。西夏到五原有一条水路，若是走水路运粮可以躲过辽人的探子。但那时西夏与辽、大梁都是友邦，结有盟契。梁诵找到一个西夏商人，对方贪图十万银两，却又担心搅入战局。

梁诵当时三十出头，是大梁赫赫有名的才子。眼见一日日过去，城中无粮无草，又有辽人逼城，他当即跪地，以头抢地，磕得头破血流，请那西夏商人出了两艘船，载满了粮草，送去五原城。

只可惜他到时五原城已破，郑元平的头颅被辽人砍下挂在城头。

唐慎道：“先生那时眼见负了郑将军的嘱托，便拔出宝剑，打算以死谢罪。幸而被随行的人救了下来。”

梁诵仿佛想起了二十多年前的人和物，他叹了口气，道：“已经二十多年过去，开元十年，大梁于朔州大破辽军。你怎的今日又提起这个？”

唐慎走到书桌下方，恭恭敬敬地行了一礼，道：“小子出身乡野，从小只识蛙虫，不识天下。今日听一位老秀才说起这事，小子才终于明白先生当日说的，‘嫠不恤其纬，而忧宗周之陨，为将及焉’是什么意思。”

梁诵看他："那你倒说说，是何含义。"

唐慎抬起头，双目炯然有神，他一字一句地说道："天下兴亡，匹夫有责！"

梁诵身体一震，如醍醐灌顶，久久不动。

许久后，他喃喃自语着"天下兴亡，匹夫有责"，过了一会儿，他哈哈大笑："是，天下兴亡，匹夫有责！你说得对。你可知老夫为什么要送你这张请帖，或者，为什么当日在那赵家村，要给你那张名帖？"

唐慎愣住。

他竟然从来没想过这事，现在仔细一想，他忽然觉得如坠冰窖，发觉自己的愚昧无知。

他竟一直高高在上，觉得自己更加聪明博学，无论是曾夫子、梁大儒，他从未真正地将这些人看得太重，一直目中无人。就算没表现出来，心底深处都有这样的想法，而他竟一直都没察觉，如今发现了，实在羞愧得无地自容。

唐慎羞愧不已，他坦诚道："小子不知。"

梁诵："因为，你和我像极了！"

"啊？"

"过目不忘的神童，老夫也见过，天下十斗才气，他独占八斗。便说老夫，十二岁中了秀才，十六岁中举人，二十一岁状元及第，唐慎，你可敢说，二十一岁时你能位列进士？"

如果是以前，唐慎或许还有信心，说自己有这个可能，但他如今不再自大，他知道想考中进士简直难如登天。

三年一次科举大试，每次收取进士三百人，平均下来一年只有一百人。天下书生，都与你一同进考，都是你的同窗。

唐慎道："小子不敢。"

梁诵看着唐慎谦逊惭愧的模样，心中更加满意，他叹息道："然，你与老夫太像了。唐慎，二十四年前老夫也与你一样，觉得天下全在我的掌中，可你要记住，这世上有你做不到的事，有你救不了的人。你可曾见过幽州城外，白骨千里，血流漂杵。"

唐慎真心道："先生，是我自大了。"

"行了，过来吧，你这小唐郎，还是以前那副自傲得意的模样，更与你相衬，不过你的那句话说的倒是不错，天下兴亡，匹夫有责！"

唐慎脸皮再厚，此时也有点害羞。他哪里有自傲得意，先生真不会说话。

梁诵："何时去读书？"

"这……"

"明年的县考你恐怕赶不上了，只剩下三个月，你连八股制式都没学过吧？"

唐慎底气不足："没……"

梁诵："下月就去府学读书吧。"

唐慎惊讶道："先生，府学不是只有考中秀才的人才能去读？"

"我的学生也能去。"

唐慎惊喜道:“先生?”

梁诵笑骂:“你这滑皮的小唐郎,自重阳节后,你几次来拜访我,为的不就是拜我为师?”

唐慎装傻:“小子只是想来看先生。”

“行了,去吧。”

送走了唐慎,梁大儒看着他清瘦的背影,又是觉得欣慰,又是觉得好笑。他将那幅兰花图卷成轴放好,拿出信纸,开始写信,写到最后,他想了想,又加上一句话。

“……你这老小子,十八年前收了一个好学生,三番两次向我炫耀,炫耀了整整十八年。你可知我今日也收了一个学生,他也有子丰那过目不忘的本事。且我这学生,年不过十三,便向我说了一句话。

“天下兴亡,匹夫有责!

“这话,子丰十三岁时,有说过吗?”

得意地挥毫洒墨,写完信,梁诵叫来表侄:“这兰花图和信,你都寄去盛京,给那老小子。”

“是。”

另一边,直到走出梁府大门,唐慎都有点轻飘飘的。

梁大儒说的没错,从一开始唐慎就不是无缘无故来拜访他,而是存了私心:他想拜梁诵为师。

梁大儒并不是不收学生的人,据说在开元十年以前,他任都指挥使时先帝还在位,他也收了几个学生,只可惜这些学生大多战死沙场,还有一个于多年前病逝。或许是年纪大了,他便不再收学生。

按理说,唐慎没资格让他破例,但是唐慎却有一个信心:梁博文亲自给了他自己的名帖。

哪怕以后唐慎不走官场,“梁博文的学生”这个名号也能让他不担心其他事。

而如今,唐慎更是真心实意地想拜梁诵为师。

他没有那般的气节,但他尊崇那样的人,天下可以少一个唐慎,但天下少不了梁诵那样的人。

回到家时,唐慎远远看到自家妹妹在门外等着,一看到自己,唐璜赶忙跑过来。

唐慎这时候还有点得意,他笑道:“阿黄,你猜我刚才干什么去了?”

唐璜一跺脚:“坏唐慎,我管你干甚去,家中出事了,你还不赶忙进来!”

唐慎跟着唐璜,进入小院。

刚一进门,一个乌黑黑的东西直直地砸向两人,唐慎一把将妹妹拉到身后,一脚踹开这东西,瓦罐落在地上,咔嚓一声碎了。唐慎面露愠色,他抬头一看,只见院子里早已被人砸烂。

唐慎一眼就看到了站在院子一角的壮实少年。

这壮实少年穿着一身绸缎长袍,戴着一顶玳瑁玉冠,长得周正,只是略胖,一身富贵模样。他听到声音，看了过来，唐慎与这少年的目光在空中交汇，少年先愣了一下，接着张扬跋扈地说道："你便是那唐慎？"

唐慎忍着怒气，冷笑道："如何称呼？"

"呵，你连小爷的名字都不知晓？我姓唐，名云，姑苏城西唐家的大公子。"

这是唐举人和唐夫人的亲生儿子，按辈分是唐慎的堂兄。

唐慎皮笑肉不笑："唐云，有何贵干？"

唐云给自己带来的两个壮汉使了个眼色，这两人立刻停下砸东西的动作。三人走上前，唐云语气傲慢："有何贵干？自然是有事要干！你这乡下来的毛孩到底使了什么迷魂记，竟让我娘亲为了你出钱去搞那劳什子的肥皂。我呸！那是个什么玩意儿，你是哪儿来的神棍，到底怎么迷惑了我娘？！"

唐慎看着他这模样，忽然笑了，没想到这唐云竟然是为这件事而来。

唐云恼羞成怒："你笑什么！"

"我笑什么为何要告诉你，你倒可以猜一猜。"

唐慎没搭理唐云，他在院子里走了起来。

唐云砸了不少东西，放花瓣的瓦罐、姚大娘上个月腌的咸菜，还有姚三前两日买的米酒。屋子里倒是没砸，就使劲砸院子里的东西了，幸好前两天唐慎在城郊买了一家工坊，把做肥皂和精油的工具都搬过去了，否则今天很可能也被唐云砸坏。

眼见唐慎在院子里散步不理自己，唐云恼怒地拦到他面前："你这神棍，今日你若不赔礼道歉，向我娘解释清楚你那些鬼神手段，你可别想从这院子里出去。"

唐慎乐了："你想干什么？"

唐云道："你们两个，把这院子封起来。"

两个壮汉站在门前，守住大门。

姚三怒道："你们不要欺人太甚！"说着，就想动手。

唐慎拦住他，对唐云道："我要赔礼道歉？唐大少爷，你砸了我家的东西，反而要我给你赔礼道歉？我竟然不知这姑苏府竟是你家开的，还是说，这天下竟是你唐家的天下！"

唐云脸色大变："你这神棍，竟敢胡言乱语，不许污蔑我！"

唐慎敢说这种造反的话，也是确定院子里的人一个都不敢把今天的事说出去，这要说出去，他们谁都逃不过被砍头的命。

他道："姚大哥，你给他算算，他今日砸了我们多少钱的东西！"

姚三是眼睁睁看着唐云砸的，早就在心里算好了，他直接报数："四十吊钱，至少四十吊！"

唐云冷冷道："不过四十吊钱，连我一天的零嘴钱都够不上。"

唐慎："呵，姚大哥，给唐大少爷算上。"

唐云瞪着唐慎，忽然间就没了主意。这是他第一次见到传说中的唐慎，他带人上门时，可没想到这唐慎竟然会是这样，唐夫人与唐慎合伙做肥皂的事并没瞒着唐家人，唐举人竭力反对，唐夫人却一意孤行，唐举人也拿自家夫人没办法。

今日唐云刚从唐家私学回来，就听说了这消息。这还得了，一个乡下来的小子竟然蛊惑自己的娘亲，他气急带了两个护院就来讨要个说法，没想到砸了这么多东西，唐慎竟然没一点被激怒的模样，反而还向他伸手要钱。

这唐慎就这么没自尊心的吗！他都砸了这么多东西了，唐慎还不发作，反倒显得他没脸没皮。

唐云正要开口，忽然，一阵脚步声从院外响起，唐云抬头一看，只见唐夫人带着丫鬟、管家赶过来。

唐云呆若木鸡："娘亲……"

唐夫人大步走到唐云面前，高高举起手，狠狠地甩下，可在要甩到唐云脸上时又停住，最后改用手指用力地戳了一下唐云的额头，怒道："逆子，还不和我回去！你们两个竟跟着他为非作歹，我回去再收拾你们。把他给我架回去！"

嘴上说着责骂的话，唐夫人仔细观察了儿子的身体，发现唐云没有受伤，她松了口气。

唐夫人看着满院狼藉，歉疚道："慎儿，是我没看好你堂兄，你受委屈了。"

唐慎："无妨，我们没人受伤，就是院子里东西坏了不少。"

"大伯母回头给你补上。这逆子自小被宠坏了，你可别和他一般见识，我保证以后定不会再发生这样的事。"

唐慎一副无所谓的样子，倒是唐夫人对他十分愧疚，连声道歉。唐家人架着唐云就要把他带回家，只见唐云大声怒道："娘，你为何总向着那小子？他不过是个没读过书的乡野村夫！他到底使的什么迷魂记，把你骗得团团转！你信他，我可不信！"

在唐慎知道砸东西的人是唐云的下一刻，他就让唐璜去唐府报信，这才找来了唐夫人。小姑娘跟着唐夫人一起来的，听到这话，唐璜哪里能忍："你才是乡野村夫！我哥哥比你强多了，我哥哥以后会考上秀才，考上举人，会当大官！"

唐云不屑道："无知小儿，见识短浅。"

唐璜："你……"

"你说谁见识短浅？"

唐云没想到唐慎会忽然发问，他愣了一下，讽刺道："两个庶子，连书院大门都不知在哪儿吧。见识短浅，无知小儿，你们兄妹俩都是！"

唐夫人呵斥："住口，给我带回去！"

唐慎笑道："你怕不是连我这个见识短浅的无知小儿都比不上吧。"

唐云："笑话，我怎的比不上你？我去岁已经过了县考，是有案在身的童生。"

"不就是童生而已，你又没考上秀才。"

唐夫人劝解道："慎儿，你莫要与这浑小子计较，大伯母回去后自会教导他。"

唐慎道："大伯母，我不是与他计较，只是童生确实不怎么样，小子实话实说而已。"

唐云："娘，你看到了吧，他便是如此嚣张！"

唐璜："我呸，嚣张的明明是你。"

唐慎淡定道："童生很难考吗？"

这话一落地，众人一愣，连唐云都没明白唐慎想说什么。

接着，只听唐慎随意道："明年二月县考，不如我去考个童生算了。"

唐夫人怔了怔："慎儿，是你堂兄错了。"

唐云："娘，让他考，我就不信他能考上！"

唐慎："哦？那我要是考上了，你要如何？"

唐夫人正要阻止，却听唐云道："那我一辈子给你唐慎当牛做马，叫你一声大哥！"

唐慎嘀咕了一句："谁要当你大哥，亏死了！"又道，"那便如此定了。堂哥，你去岁没过府考，明年我们一起参加考试，可别我通过府考成了秀才，你却还是个童生。"

唐云："呵，我倒是要看你有什么资本敢说此大话。"

唐慎勾起唇角，说出的话却不啻落地惊雷："我有什么资本？如果我说，我明日起就要去姑苏府学读书，我的老师是天下四儒之一的梁博文呢？"

院子中一片死寂。

等到唐夫人把唐云带走，唐璜和姚三才反应过来。

唐璜激动坏了："哥，你说梁大儒收你做学生了？"

姚三："小东家这是真的吗！"

唐慎："这事我骗你们作甚，明日我确实要去紫阳书院报到了，紫阳书院是姑苏府的府学，我又不是秀才，若不是老师作保，我能去读书？"

"太好了！你看那唐云哑口无言的模样，我能记一辈子。"

大家高兴了一阵，姚三啐了口唾沫："呸，那个唐云真是娇生惯养，眼高于顶。小东家，你没看唐夫人来之前他那不依不饶的模样，我可真想把这小子狠狠揍一顿。"

"你以为我不想？"

"啊，小东家，我看你都没动怒。"

唐慎看着满院子的碎瓦片："在你心里，我就是个泥人？泥人都有三分脾气呢，但是姚大哥，我要打了他，唐夫人心里肯定会生龃龉。"

姚三："不是吧，唐夫人人很公允，这明明就是那唐云没事找事。"

"是，我那大伯母是个公允的人，她心里也拎得清今日的事全是我们受了委屈，然而人心都是肉长的，她就那一个亲生儿子，以后我们是要合伙开铺子的。正因为她是个公允的人，今日我们忍下的委屈，来日她定会加倍补偿。若打了唐云，我们和唐夫人有了罅隙，不打他，任他当着唐夫人的面为非作歹，便使唐夫人心存愧疚。"

姚三："小东家真不愧是读书人，您说得真对。"

唐璜："哥，你三个月后真要去参加县考？"

唐慎没说话。

"哥？"

"唐慎？"

唐慎仰头看天，无语凝噎："自己吹出去的牛，哭着也要吹完啊！"

第六章

挑衅

第二日，唐夫人派人抬了两大箱东西上门，同时让管家给唐慎带了句话：“小少爷，夫人让我对您说，唐云平日里是骄纵惯了，但以他的脾性还不至于不分青红皂白地上门砸东西，这件事她会好好调查，一定给您个说法。另外精油的事，今日铺子里已经开始办了，夫人想问您大约什么时候能做好第一批货。”

唐慎：“半个月后，就能出货。”

“好！”

送走了管家，唐慎连早饭都没吃，他拿了一条长布绑在自己的额头上，跑到梁府。这时梁诵还在吃早饭，忽然就听管家说唐慎到了，梁诵奇怪地道：“这才什么时辰，他来做什么，不是该去府学报到吗？”

还没说完，就见唐慎头上系了条长布，泪眼汪汪地跑过来。

“老师，救救学生吧！”

梁诵：“啊？”

唐慎擦了擦眼角并不存在的眼泪：“老师，您说还剩三个月，以学生的聪明才智，能通过县考吗？”

梁诵：“……”

“老师！”

梁诵差点一脚踹在唐慎屁股上，他笑骂：“你这小泼皮，求人就求人，还得夸一句自己，还你的聪明才智？你连八股制式都不知，一手字写得别说馆阁体了，你这人看着有多俊俏，写的字就有多不堪入目！”

唐慎：“老师，我写的字好像也没那么丑吧。”

梁诵没好气地道：“说吧，出了什么事？”

唐慎：“老师救我！”

唐慎将自己明年要去县考的事原原本本地说了出来。

梁诵看了他一眼：“还瞒着什么呢？”

唐慎义正词严：“没了。”

“为什么一定要明年去参考？”

唐慎沉默了。

“再不说实话，老夫可不管你这个小泼皮，就看以你那一手不堪入目的字，如何过得了县考！”

梁诵：“嗯？”

看着老师故作严肃的模样，唐慎想了想，只好把自己吹牛的事讲了出来。

梁诵哈哈一笑：“我当是何事，原来是与你那堂兄治气了。你再怎么聪慧也不过是个十三岁的孩子，偶尔有些小孩脾性也很正常，所幸你这次说的是县考，假若你说的是乡试，哪怕是文曲星再世也只能铩羽而归。”

唐慎：“小子还没傻到那份上。”

梁诵睨他一眼：“倒是狂到那份上了。”

唐慎装傻糊弄过去了。

唐慎并不知，梁诵定要问清楚他原因，并非好奇心过重，而是担心唐慎受了什么影响，决定提前县考。唐慎年岁尚小，又天资聪颖，若是有人得知他是梁博文的学生，心生嫉恨，或许会挑拨离间，激他早早县考，一旦他落榜，极有可能信心大伤，造成伤仲永的结局。

梁诵：“你先前说，四书五经都已倒背如流？”

“是。”

“以你的本事，县考应当不难，既然如此，你今日先去府学报到。梁管家，你陪他去，与余伯岩说上一说。”

管家道：“是。”

唐慎来得早，他在家用了早饭，梁诵又留他下来喝了碗热粥。而后，唐慎和管家前往紫阳书院，还没出门，梁诵又道：“且等等，我去写封信。”很快，他在书房写了封信，交给管家。

紫阳书院在城南，唐慎与管家进入书院时，学生们早已开课。

书院大门是一座重檐歇山顶单门，正门前悬着黑底白字的“紫阳书院”四字匾额。紫阳书院的文联是梁博文去岁亲笔题字的，右侧抱柱上是上联“仙人承露盘”，左侧是“谈笑翰墨香”。

入了书院，便听到学子读书的声音。

古人读书讲究大声诵读，以求熟记于心。除了唐慎这种极个别的关系户以及买学籍进来读书的富家子弟，能在府学读书的至少是秀才。每个读书人通过县考，成了童生，再通过府考，成了秀才，当上秀才，才有资格进府学读书。

然而就算是秀才，他们在府学也不过是个学生。

唐慎跟着管家，绕过圣人祠和讲堂，找到了紫阳书院的山长余伯岩。

余经，字伯岩，开平十四年进士，他中进士时已经年过半百，三年前解甲归田，来到紫阳书院担任山长。

管家见了余伯岩，作了一揖，唐慎也跟着行礼。

余伯岩接过信看了一遍，又抬头看看唐慎，接着他再仔细地将信看上一遍，道："梁大人的意思我已然清楚，只是现在已经过了入学仪式，距离县考也只剩四个月，如此，你是叫唐慎吧？"

"学生是。"

"你且做个旁听，每日你可与其他学生一同进学。"

进府学的事比唐慎想的容易，第二日他就带着书篮去府学读书。

第一堂课下，几个学生聚在一起，悄悄打量唐慎那边。过了片刻，一个略显富态的小胖子被众人推了过来，这胖子头戴宝玉冠，腰上系着一块和田白玉的玉佩，他走到唐慎的书案前，道："我叫孙岳，你叫什么？"

见对方并无恶意，唐慎便道："唐慎。"

孙岳道："你倒是个生面孔，以前从未见过。你是哪儿的秀才，刚到姑苏府吗？看你个头虽高，瘦弱得很，有十五岁了吗？"

唐慎："我今年十三，不是秀才。"

"咦，你不是秀才？"

远处的学生们也听到了唐慎的话，他们稍稍松了口气，眼中的敌意消退了大半。

这孙岳却乐了，他一屁股坐在唐慎旁边的座位上，道："那你是和我一样，家中捐钱进紫阳书院读书的了？你可别怕，我们是一条绳上的蚂蚱。"

唐慎没解释自己不是捐钱进来的，而是走关系进来的，他是梁大儒的学生，这事没必要到处宣传。他哭笑不得道："我没怕，再说我们怎么又是一条绳上的蚂蚱了？"

孙岳："你看到那些同窗没？他们都是秀才，今日讲堂里就你与我不是秀才。他们十年寒窗，好不容易考上秀才，可是要通过院考、成为廪生，那实在太难了，不通过院考，想参加乡试就难如登天。他们本以为你是别地的秀才，刚刚搬到姑苏府，所以这才进书院，以后要和他们一起参加院考。院考每县只有二十多个名额，你如此年轻，能考上秀才定然是聪慧斐然，可不就是他们的强敌。"

说得也有几分道理。

孙岳拍拍胸脯："别怕，以后我罩着你。"

鼻头轻轻一动，唐慎稍稍凑近，闻了闻这小胖子身上的味道，他心中一动："桂花香？"

孙岳笑道："没想你鼻子竟这么灵，是了，这是我娘前几日从珍宝阁带回来的香油。这东西好像名为黄金缕，现在整个姑苏府都没得买，今日让你闻见了，你若喜欢，我明日换个味道的，再给你闻闻。"

"你就给我闻闻啊？"

孙岳警惕道："怎的，这东西贵得很，难道还要我送你一瓶？"

唐慎哈哈一笑，两人关系拉近。

很快，有讲习来上课，众人坐定。

另一边，碎锦街上，唐家的珍宝阁铺子前，穿着锦缎的唐夫人下了马车，进了铺子。她刚进铺子不久，便遇见了熟人，这人开口便道："唐夫人，许久不见，没想今日倒是碰上了。"

唐夫人笑道："王夫人，今日得空来我这珍宝阁，可有喜欢的物件？"

王夫人随行的丫鬟道："回唐夫人的话，我们夫人已经买了不少东西了。"

唐夫人看向掌柜："给王夫人送一瓶黄金缕。"回头又问，"王夫人喜欢什么味道？"

王夫人还未开口，掌柜便道："王夫人先前两次挑的都是月季味的黄金缕。"

唐夫人使了个眼色，掌柜立刻拿了一瓶月季味的精油，给王夫人放进盒子里，用锦缎包好了，交到丫鬟手上。

王夫人道："你这东西味道好闻，留香又久，只是都不见卖。可是永远不打算卖了？"

唐夫人无奈道："你哪里知道，我这黄金缕难做得很，如今也没做出第一批货，所以只能当作手信，先送给姐姐们用用。成本太高，普通人家哪里经受得起？这样的东西，每一瓶都不比一尺苏锦价钱便宜呢！"

王夫人一惊："如此昂贵？"

"可不是！整个姑苏府，也就姐姐您，城西的孙夫人、赵夫人，城东的李夫人，以及县长夫人用过。姑苏府的好东西，哪个不是先紧着五位姐姐？"

王夫人带着丫鬟离去，唐夫人问掌柜道："这半月来，都有谁拿过黄金缕？"

掌柜数了个名单。

丫鬟道："夫人，这可不只王夫人那几位啊。"

"不必担心，王夫人只与这四位夫人熟悉，她们五位自幼交好，很少与姑苏府其他夫人往来，不会与旁人提及这事。再说了，哪怕她们知道有人也用过黄金缕，只需说是今日以后才送的便是。"

掌柜道："夫人，这黄金缕我们到底何时才开始售卖？总是这样送给贵客，也不是主意。"

唐夫人又仔细问了问掌柜送精油的情况，以及这些贵客对精油的评价。她道："再等等。"

腊月初，唐慎去工坊检查第一批货。

这次他售卖的是香皂和精油。肥皂也做了一批，只是存在那没动。

姚三："小东家，为何不把那肥皂一起拿出去卖？精油无比昂贵，普通人家可买不起。香皂倒是便宜一些，但也不如肥皂，物美价廉。"

唐慎："再等上一些时候。"

腊月初四，唐家珍宝阁关店重修，几位常来买脂粉的夫人小姐十分纳闷，唐家生意做得玲珑剔透，哪怕关了门，也派了个小厮在门外候着。这些夫人小姐正纳闷着，小厮立刻上前，道："初六就再开张了。"

一个丫鬟问道："这是作甚，怎的关店了呢？"

小厮："我也不知，只听掌柜说是要弄个什么稀奇物件，初六来卖呢。"

王夫人一听："可是那昂贵的黄金缕？"

"不知。"

王夫人心中有了计较，想着：初六定要来看看。

腊月初六当日，姑苏府有钱的几家夫人小姐竟不约而同地来到了珍宝阁，她们看见对方时都是一愣，随即一起进店。刚开门的珍宝阁与往常并无差别，和姑苏府另外几家有名的脂粉铺子一样，富贵堂皇，可也只是富贵堂皇。

只是今日多了许多富贵人家的夫人。

王夫人好奇地进入铺子，刚走两步，她的目光忽然被窗边的一样东西吸引。

珍宝阁的东南角，临近一条小河，蜿蜒曲折的小河响着哗哗的水声，雕花的窗户竟是打开的，耀眼的日光顺着窗沿照射下来，映在一方楠木高脚架子上。

楠木本就昂贵，哪怕是王夫人这般家世，都觉着稀奇珍贵，然而它就这样摆放在店内。这楠木高脚架上是苏锦的绸缎，姑苏府顶级的绣娘一针一线绣出来的极品帕子一层层地叠在一起，帕子中央放着一只通体剔透的玉碗。

玉碗中，盛着一碗沁心醉人的精油。

珠宝镶嵌，花瓣点缀，这角落里的物件任谁一眼看去，都觉着无比昂贵。大多进店的姑娘瞧见它都远远避开，就怕不小心碰碎了，很多人不晓得这是什么东西，询问在一旁守着的伙计。

"此物名为黄金缕，与香薰作用相似，只是不需那般烦琐。在衣物、首饰上滴上一滴，芳香扑鼻，可持续一天。"

掌柜拍拍双手，两个伙计立刻从柜台后出来，他们一人拿着卷轴的一端，缓缓打开。

王夫人将这卷轴上的字念了出来："蛾儿雪柳黄金缕，笑语盈盈暗香去。众里寻他千百度，蓦然回首，那人却在灯火阑珊处。众里寻他千百度……好一句'众里寻他千百度'！"

掌柜让伙计将卷轴裱在了大堂墙壁的正上方，同时，姑苏府的夫人姑娘们已经为这黄金缕痴狂了。

众里寻他千百度，蓦然回首，那人却在灯火阑珊处！

姑娘们念着这句词，面露羞赧。能买得起黄金缕的顾客，本就是家境富裕，一般都请了西席到家中叫姑娘识字，而这首词，哪怕只是识字、不读四书，念着它都觉得心已醉了。

一时间，昂贵的黄金缕被姑苏府的姑娘们疯抢。

掌柜的都有些怀疑："难道是我把这黄金缕的价钱标错了？"

他自然没有标错。

一首可以名传千古的绝世好词，再加上梁博文的题字，不卖出一个好价钱，都对不起唐慎的这场营销造势，更何况，他还亲自到珍宝阁设计了精油的装帧和摆放。

珍宝阁中，富贵人家的夫人小姐们对黄金缕甘之若饴，家世稍次一些的，只能看着那玉碗中的精油望而却步。然而很快，她们就发现了摆放在精油旁边的一块浅粉色膏状物体。

"咦，这是何物？看上去细腻光滑，也被苏锦缎子供着摆放，难道也是个和黄金缕一样好的物件？"

掌柜立刻过来，赔笑道："夫人，此物名为香皂……"

珍宝阁新开张，人流如潮，济济一堂。

另一边，唐慎去了梁府，没能去珍宝阁看一眼，但他并不担心精油和香皂的销量。他从书箱里拿出昨天才写的两篇制艺，交给梁诵审阅。

制艺就是八股文，小到童试，大到殿试，每场考试都必不可少的就是八股文。

然而这八股文光是结构就分为八个部分：破题、承题、起讲、入手、起股、中股、后股和束股。

八股文的题目全部来自四书五经，按理说只要熟读四书五经，做到破题应该不难。但实际哪有那么简单，八股文的题目中有一种难度极高的截搭题，就是把毫不相关的两句话拆解了放在一起，直接当题目。

前朝有个县令在童试时出了一道极品截搭题，曾经难倒了那一场的所有学子。他出的题是"弥子之妻与子路"，这句话的原句出自《孟子》："弥子之妻与子路之妻，兄弟也。"结果去掉了后面五个字，所有考生都看傻眼了。

弥子之妻与子路……

怎么写怎么像婚外情，要浸猪笼！

唐慎本来想随便考考。姑苏府是天下才子聚集的地方，为每次殿试输送大量的进士人才，别的荒山野岭敢出那种稀奇古怪的截搭题，姑苏府可不行。出了题难倒学生不算什么，就怕这些学生以后当了大官，为难当时的出题人。

所以考题注定不会太偏，唐慎又有倒背如流的技能，考个县考肯定不是问题。只剩下三个月，他打算认真读书，但没打算玩命读书。

梁诵一眼就看出自己这个徒弟"贪图享乐"的心思，也没吭声，直接带他去了明岁县考的考堂。

这是一个十丈见方的院子，就在姑苏府县衙后面，唐慎绕着看了看自己未来的考场，没觉得有什么不对。

梁诵道："姑苏府每个县都自己设了考场，你现在已经到了府城，以后也就在这考了。去岁有一百五十人报考县考，你可知这意味着什么。”

唐慎一愣，随即他反应过来：“这么多！”

这考场大约也就三十米宽，三十米长，要容纳一百多人考试？

梁诵看着他，幽幽道：“多？我告诉你，这些人天未亮就进入考场，一直到黄昏才可出去。这考场中可没有茅厕，大小事物都要在考棚里进行。呵，看你这小泼皮眼珠子转的，可是想提前交卷？”

唐慎的脸早就绿了，当听到“没有茅厕”四个字后，他就意识到了事情的严重性。

“提前交卷也可，只是你交卷后，你的卷子就被放在一边，哪怕你写得再好，就算有状元之才，也很难过这一考。”

唐慎：“那……在哪儿吃饭？”

梁诵惊讶道：“吃饭？”接着，他声音平静继续说道，“老夫听说，去岁有十多个学生晕了过去，没能考试。”

“是饿晕的？”

“臭晕的。还有因为臭而饿晕的。”

这考试谁爱考谁考！

想一想，一个小广场大小的地方，要放一百多号人去考试，从早到晚，吃喝拉撒全在里面。哪怕你肠胃再好，一天下来也得上个厕所吧？怎么说，也得吃口饭吧？

试想一下，你正在吃自己带来的干瘪瘪的大饼，本就难以下咽，这时，隔壁的人突然拿了壶开始拉屎，这距离比后世的蹲坑还要近！

这听着都像是一句有味道的话！

唐慎神游太虚，整个人都感觉不好了。

梁诵忽然道：“童试分为三场，县考、府考和院考。老夫好像想起一件事，每考的前十名在后一场考试里都要提堂，额外去那个屋子里考试。屋子里，总比外面好。”他指了指县衙大堂。

唐慎双眼一亮。

梁诵笑道：“要考第几，小唐郎，就看你自己了。”

古人参加科举，要经历童试、乡试、会试和殿试四大难关。

其中童试分为县考、府考和院考，唐慎三个月后要面对的就是县考。

县考共有五场，第一场是最重要的，被称为县考正场，要写两篇制艺和一首五言六韵试帖诗。自从和唐云打赌决定参加县考开始，唐慎便开始每天写两篇八股文，做一首试帖诗。

制艺有严格的对仗要求和结构模式，试帖诗更绝，连每一句的字数、平仄和韵脚都安排得零零整整，错一个字都不行。

梁诵看完两篇制艺，抚着胡子笑道：“一字不通！”

“先生，总比半月前好吧！”

“你就这点出息！我且问你，那县考只剩三个月，你真想勉勉强强考上童生，等府考时再去挤那考堂？”

唐慎的脸都绿了："不去！"这种苦这辈子受一次就够了，绝对不干第二次！

梁诵道："那便看这第一题'其为气也'。你也知这句话出自《孟子·公孙丑》，你看看怎么破题的？"没等唐慎回答，梁诵自问自答，"你破题——其为气也，天地有正气，杂然赋流形。"

唐慎："难道这个破题破得不好？"

梁诵气笑了："好，好极了！然而你底下写的是什么？制艺时借用他人观点，破题承题，并无问题，十个考生有九个会如此用，但你要写出他人的三分神韵。我且问你这小泼皮，能写出'天地有正气，杂然赋流形'这句可堪千古绝句的人，为何下一句便一泻千里！"

唐慎哑口无言。

梁诵："你这破题如石破天惊，任何考官看了都会眼前一亮。再看你下文，写得也算勤勤恳恳、仔细端正，放在平常，能评个丙等上，可与这破题的一句诗比起来，简直一字不值。制艺要的是首尾呼应，文章贯通……"

唐慎虚心接受教诲。

唐慎一边听梁诵教导，一边拿出随身小笔，将梁诵的话记录下来。

声音顿了顿，梁诵问道："你在写些什么？"

小唐郎老实回答："先生，小子虽然过目不忘，但您说得快，只怕有些话一时也记不住，就给记下来了。"

梁诵愣了愣，良久，欣慰地道："唉，你这小子，回去再写两篇！"

唐慎脸都垮了。

然而不过多时，他就脱离了苦海。徐慧行色匆匆地进入书房，拿了一封信交给梁诵，梁诵打开一看，面色大变，对唐慎道："你先回去，明日不用来了。"

唐慎觉得奇怪，但他没问，而是道："学生什么时候再来？"

梁诵想了想："到时为师会让管家提前一天叫你。"

唐慎领命离去。

第七章

书院

唐慎也没想到，他和梁诵这一分别，就到了新年。

大年三十，天还没亮唐慎就起了床，和唐璜、姚三、姚大娘一起过新年。

“过年好！”

“过年好！”

唐慎和唐璜年龄都小，原本两人应该守岁，但姚大娘让他们先去睡了，自己来守。第二天，四人贴了春联，拜过天地神祇。唐慎带着唐璜来到唐秀才和母亲的牌位前，一起再拜。

下午时，林账房来核对账目。

“小东家，过年好！”

“何必如此急，过两日再来也无妨。”

“年前我在珍宝阁那儿核对完账目，那香皂和精油卖得可好了，我忍不住想早点来告诉小东家。”

林账房年纪虽大，账却算得清楚。唐夫人没有刻意藏账本，林账房在年前就拿到了珍宝阁本季度的账本，他仔仔细细地算了一天，算出了去年的收成。

“香皂卖得最好，赚了不少。精油卖得也好，只是太贵，买的人还是少。”林账房道，“唐夫人说，去岁的红利今天就请人给您带来。”

话还没说完，唐府的人就到了，来的是唐管家和唐夫人的贴身丫鬟海棠。两人向唐慎、唐璜拜了年，送了年货，把去年赚得的红利给了唐慎。

管家道："小少爷，一个月前的事夫人已经查出了一点苗头，夫人说，等到县考发榜，她定会抓个人赃并获。今日过年家中人多，夫人不能亲自来，她问您和小姐晚上可要去家里吃饭。"

唐慎早就忘了这件事，回忆了一下才明白这说的是唐云来砸东西，唐夫人觉得背后有人唆使的事。

"不用了，我们有饭吃的。"

管家没再说，与海棠一起离开。

姑苏府的过年气氛十分浓厚，一直到正月十六，到处都有人串门拜年。

唐慎拿到了钱，琢磨着要不要再卖点什么东西，可他实地调查了一下，发现姑苏府虽然富裕，但也正因为它太过富裕，它几乎什么都不缺！能卖香皂和精油，是因为这是"奢侈品"，至少精油是奢侈品，香皂是轻奢品。唐慎心里清楚，如果没有唐家的雄厚财力在背后支撑，想卖香皂和精油可不是件容易的事。

正月十七，唐举人家拜年的人少了点，唐慎带着唐璜上门拜年，唐夫人亲自接待兄妹俩。唐夫人没问唐慎打算怎么处理分得的香皂、精油的分红，而是道："我想年后卖肥皂，侄儿，你看如何？"

唐慎："我和大伯母想的一样，是时候了，再拖也不好。"

唐夫人："好，那我便去准备一下。希望如你所说，这东西能卖出那般好的模样。"

精油是奢侈品，普通人家买不起，香皂是轻奢品，买它的人多了不少，可也有限。

从头至尾，唐慎真正的撒手锏就是肥皂。

他又去了城郊的工坊，工人们都过年回家去了，他与姚三一起做了一锅肥皂。唐慎算了算做肥皂的成本，又与聘来的坊主核对了一下，确认肥皂的成本已经压到极限。

姚三道："小东家，这肥皂也太便宜了。咱们定这么低的价，实在是亏，不如稍稍定高一点。"

唐慎还没解释，就听身旁的小姑娘脆生生地说道："姚大哥，这还算便宜？这可比胰子贵了两个铜板了！"

姚三一愣："啊，我说的是肥皂，阿黄怎么和胰子扯上关系了？"

唐璜摇摇头，一副恨铁不成钢的模样，像极了半年前的唐慎："肥皂这东西，姚大哥你也用过，是不是与胰子作用相似？"

"是，但是咱们的肥皂比胰子干净，洗东西的效果也好得多！"

"你说的也对，可肥皂终究和胰子十分相似。咱们的肥皂不是想卖给少数人，是想卖给大多数人，要薄利多销。如果比胰子贵太多，姑苏府的人又不是傻子，干吗不去买胰子？"

姚三想了想，恍然大悟："原来是这样。"

唐璜学着腐儒念书的模样，摇头晃脑道："孺子可教也。"

唐慎哭笑不得，弹了弹她的脑门："什么孺子可教！你都从哪儿听的这些话？"

"林账房说的啊，孺子可教也。唐慎，你又欺负我！"

唐慎稍稍正了神色："谁跟你说孺子可教也了，我问你的是，谁跟你说咱们的肥皂是想卖给大多数人，薄利多销了。"

唐璜眼珠子一转："我猜的！"

"你猜个屁！"唐慎一把拎起小姑娘的衣领，"别想跑，说清楚，你什么时候听到这些东西的？"

唐璜捂住眼睛："欺负人啦，欺负小姑娘啦，唐慎不是人！"

这都什么奇怪的一家人！

正月过了大半，梁诵还没回姑苏府，紫阳书院已经又开始上课了。

开学第一天，唐璜和姚大娘给唐慎准备好了食篮。唐慎想要弹唐璜的脑门，被她灵巧地躲开。

唐璜："唐慎又想欺负我，坏人！"

唐慎冷笑一声："等我晚上回来，你可得告诉我你每天去那珍宝阁里干什么！"

小姑娘做了个鬼脸。

姚大娘又从屋子里拿了个厚棉衣："小东家可得多穿点。没想到这过了年，天气倒突然冷了起来，我听说南边下了好大的雪，水都结冰了，路也给封了。"

唐慎也觉得有点冷，接过棉衣穿上。

姚三从屋子里出来："真是奇怪哩，这般大的雪我们以前在山西还算常见，从没听过江南也会下这么大的雪。"感慨了一句，他又道，"走吧小东家，我送您去书院。"

过年这个月姚大娘趁唐慎在家，狠狠地给他补了补，疯狂喂食，总算让唐慎长了点肉，但还是很瘦。他穿着两件厚棉衣，看上去有点臃肿，背影上看像极了一个富家纨绔小少爷，然而到了紫阳书院，看到孙岳，唐慎扑哧笑出了声。

孙胖子把自己裹成了一个球，见到唐慎就是一个大大的喷嚏。

唐慎："嘿，你染了风寒可别染给我。这都风寒了，你居然还来上学？不怕郑山长把你赶回去啊。"

孙岳苦着脸："风寒？我倒希望我染风寒了呢，那就不用来读书了。"

上了课，唐慎这才发现课堂里少了近一半的人。

唐慎："这是怎么了？"

孙岳搓搓被冻红的手："还能怎么了，他们真的染上风寒了呗。"

唐慎笑道："你穿得比我还多，怎的手冻成了这样？不是说胖子不怕冷吗？"

孙岳瞪直了眼："谁和你说的这胡话，我们胖子就不许怕冷吗？明明你才是个怪胎，你没看到城外那些人，那些才是真正的瘦子，他们都快冻死了好吗！"

唐慎忽然愣住："城外的什么人？"

孙岳搓了搓手，仿佛想起了什么，语气有些低落："还能什么人，南边来的难民呗。昨日我和我娘去了城外的施粥铺，好多人……真的好多人，看不清，看不尽，下着大雪，全部都是人。"

正月末，倒春寒。

南方很少有这般严寒的天气，寒风残忍地吹在脸上，如同用小刀一下下地割开皮肤。空气冷得泛出一种死人般的苍白，天阴了，不过多时就飘起了雪花，雪不大，落在地上很快被沾湿，每个人踩一脚就不见了踪影。

唐慎和姚三刚出门，雪就开始下了，姚大娘给两人送伞。

姚三："小东家，听说城西的难民很多，都围着城门，要不我们从北门走吧。"

唐慎道："好，老师正好也是从北边回来。"

不错，唐慎今天是出城接梁诵去的。

从腊月离开姑苏府，整整一个月，梁博文都没回来过，连新年都是在外面过的，昨日梁府管家找到唐慎，说今天先生回来。唐慎多日不见老师，正巧天气太冷，紫阳书院放了假，他便特意过来接老师。

唐慎举着伞在寒风中等着，即便穿了两件厚棉衣，还是冻得够呛。

等了半个时辰，远远见到梁诵的马车，唐慎和姚三走上去，梁诵拉开车帘，惊讶道："你怎的来了？"

唐慎："来接先生，先生一个月没回来，学生当然要来迎接。"

梁诵："先进来吧。"

唐慎弓腰进了马车，车内暖和了许多，梁诵把自己一直捂着的小暖炉塞到唐慎手里，唐慎抱着暖炉蹭了许久，终于暖了双手。"先生怎么离开这么久，一个月没回姑苏府呢？"

梁诵："办点私事。你今日怎么没去书院读书？"

"天气不好，书院放假了。"

梁诵默了默，道："我回来也有这个原因。"说着，他撩开车帘，"去西门看看。"

几人没进府城，而是改道去了西门。

还没看到城门，唐慎便看到许多沿道前进的难民。他们走的是官道，因为下雪，官道泥泞，放在往常是不会有人在这种恶劣天气下四处行走的。可难民太多了，他们穿着褴褛，裸露的皮肤全是紫红色的冻疮，沿着官道走向姑苏府的西门。

唐慎撩开窗帘看了看，又不忍心地把窗帘关上。

梁诵倒是一直静静看着这些难民，他道："听说这些人都是从滁州、婺州那边来的。今年雪下得太大，南方四省告急，朝廷也拨了银子下来赈灾，只是收效甚微。"

没过多久，就看到了几间施粥铺子。

梁诵不在姑苏府，但姑苏府的事并不是没人管。三天前官家就在城外搭了施粥铺，每日救济灾民。除此以外，城里的富商大户也慷慨解囊，开了一些私人的施粥铺，唐夫人就开了间施粥铺。

然而这些远远不够。

天气严寒，这些难民衣不蔽体。施粥铺的粮食存量越来越少，从四面八方赶来姑苏府的难民却越来越多。

唐慎问道："先生想怎么办？"

梁诵："怎么办？姑苏府虽然富裕，但也没法救济这般多的难民。这天气不会冷太久的，再过一个月开了春，一切应当好许多，只要撑过这个月就是。都说瑞雪兆丰年，只可惜这雪实在太大了，土都被冻坏了，希望这些难民回家后，来年能有个好收成，否则朝廷又是笔烂账算不清了。”

唐慎：“一个月撑得过去吗？先生，我只怕他们会冻死在城外啊。”

梁诵又怎么不知，或许一个月过去，这些难民能活下一半就不错了，他们不是被饿死的，而是被活活冻死的。哪怕官家支了帐篷，给了取暖的地方，可难民太多了，姑苏府能做到的有限，就算他们活了下去，来年回到故乡，可能也要经历一场饥荒。

梁诵长长叹了口气。

“天灾总比人祸更是无情。走吧，下车看看。”

两人一起下了车。

难民的数量远比唐慎想的多得多，他们蜷缩在城墙下，努力地用任何能找到的东西遮蔽自己的身体，不是因为羞耻心，而是为了活命，草根、树皮，哪怕是泥土，也尽量往自己身上盖。

前一日来施粥铺领粥的人，第二日可能就再也见不到了，终究是治标不治本。

唐慎跟在梁诵身后，看着这触目惊心的一幕幕，心脏被狠狠地震撼着。

姑苏府富庶，但姑苏府也没法白养这成千上万的人；商贾们再大发善心，能帮到的难民还是有限。

梁诵：“走吧！”过了会儿，他发现自家学生竟然没动。

“唐慎？”

俊俏的小儿郎转过身，面露思索。片刻后，唐慎道：“先生，我有个想法，不知可否成功，但是这法子或许能救不少难民，只是需要先生相助。”

梁诵：“你且说上一说。”

唐慎认真道：“我想雇佣他们！”

唐家的珍宝阁里，香皂和精油都卖得极好，哪怕还没开始卖肥皂，唐慎手里也有一笔丰厚的分红，之前他在姑苏府几条最繁华的商业街上考察了几天，一直没找到合适的卖的东西。

当今世道，最赚钱的生意是盐和酒，但是这两样东西都被朝廷牢牢把控在手中，那么他还能做什么？

唐慎：“物件流通……物流！”

姚三一愣，不明白地道：“小东家，物流是什么？我可从没听过。”

唐慎：“姚大哥，我且问你，姑苏府最好的酒楼是哪一家？”

“自然是碎锦街上的千秋楼。”

“是，千秋楼是姑苏府最好的酒楼，你也应当听过，千秋楼是可以上门做菜的吧。孙岳家，就是我一个同窗，他家上月的新年夜宴就是请了千秋楼的大厨专门到他家做了一桌好菜。”

姚三：“竟然还有这等事。”

唐慎：“当然有。姑苏府的人富裕得很，你以为姑苏府为何比那金陵还要富裕？江南首富可是金陵人，但姑苏府就是比金陵富裕，因为姑苏府人人都好！姑苏府富的从不是某个人，也不是某几个人。是，姑苏府的富商可能没有金陵的多，没有金陵的富，但姑苏府的人，各个都安好美满，年年有余。所以对他们来说……”

姚三：“对他们来说什么？”

唐慎微微一笑：“对他们来说，请千秋楼的大厨来家中烧菜确实太贵，他们负担不起，可请别人帮他们跑腿，这等小钱，姑苏府人人都有！”

不错，唐慎就是要做姑苏府第一个吃螃蟹的人。

从一开始他就陷入了一个怪圈：姑苏府什么东西都不缺！四海八方的商贾通过大运河，集结于此，珠宝首饰、锦缎丝绸、珍馐美食……所有能想到的东西，姑苏府都做得很成熟，既然很难插手这些行业，那为什么不干脆直接为这些行业服务？

唐慎：“姚大哥，你去西城买个院子，不要求多好，但要大，至少能住下百人，然后再去城外先挑五十个难民，你掂量着，挑那些看上去老实点的，无论男女。”

姚三对唐慎是无条件的信任：“好嘞！”

唐慎很快又去了梁府。

他早就把自己要做物流的想法告诉了梁诵，梁诵思索许久，见唐慎又找上门，他开门见山地问道：“你可知，你这么一做或许根本没有收益，前期付出如此之多，极有可能赔个血本无归！”

唐慎笑道：“先生，你又不是不知道如今姑苏府最红火的香皂和黄金缕都是唐家在卖，哪怕现在赔了，小子也不会饿死街头。”更何况肥皂还没上场表演呢。

梁诵：“罢了，你既然要做那便去做吧。授人以鱼不如授人以渔，那些难民回去后本来就很难活下去，若是能借此在姑苏府安家倒也是个好事。你需要什么，与管家说。”

“不用那么麻烦，小子只需要十个机灵的捕快，还要先生的一句话。”

“哦，什么话？”

“难民倘若在姑苏府中作奸犯科，无论案情大小，一律驱逐出府，严禁任何施粥铺给其粮食！”

姚三将难民安置在一个空了很久的大院子里，这些难民大多是壮汉，只是身体虚弱了点。姚三不知道唐慎的意图，但他心想东家既然要雇人，自然是越强壮越好，所以特意挑了这些看上去比较强健的。

唐慎来到院子里认了这五十个人，接着给他们食物、热水和衣服。

这些难民顿时傻了眼，直呼唐慎是活菩萨再世，他们狼吞虎咽，洗了热水澡、换上新衣服后，总算像了人样。唐慎也没直接让他们干活，而是让姚三带他们熟悉姑苏府的地形。

三天后，这些难民已经熟悉了姑苏府的地形。

唐慎让姚三去姑苏府几条人最多的街上张贴告示，又让林账房去府城里几处平民住的街坊里贴了告示，不一会儿，许多人看着告示上的东西，有识字的人念出上面写的字。

“唐氏物流……咦，物流是何物？”

这人把上面的字念完后，有人问道："大哥，这说的是什么意思？"

"他是说，从正月二十八，也就是明日起，这个唐氏物流无偿送货一日。街上所有穿着红色麻布短袄的人都是唐氏物流的伙计，只需喊他们，他们便会过来，你可让他帮着送东西、帮着买东西，也可让他带信，只要在姑苏府内，他何处都可送到。"

"竟然还有这等事？"

"可不是？真是个奇事。"

唐家院子里，林账房盘算近日的账目，愁眉不展："小东家，为了管那五十个难民吃喝，咱们已经花了不少钱，您这物流竟然是无偿送货，这可收得回成本吗？"

姚三："我相信小东家。"

唐慎却道："这一次我都不相信我自己。"

"啊？难道说，明天没人会用咱们的伙计？"

唐慎："你说明天？"

姚三："对，明天。"

"明天肯定没有。"

姚三慌了："小东家，这……"

唐慎眯起眼睛，笑道："明天肯定没有，但以后有没有，就看姑苏府的人到底有多富裕，生活有多安定了。做生意怎么能不承担风险呢？没有稳赚不赔的生意，但是这个生意我……可行！"

过了一日，姚三垂头丧气地来给唐慎报信。

"小东家，如您所说，果然没人要咱们送物传信，倒是也有人好奇地问过，但就问问而已，才说两句就走了。"

唐慎正在练字。

每天写两篇八股文、作一首试帖诗，这是他的基本作业，除此以外，他还得练习五十张大字，要写得工工整整，行列对齐。又写完一张大字，唐慎小心地把墨吹干，将宣纸放在一旁，抬头说道："居然还有人问？"

姚三心想小东家的脑子怕不是被驴踢了吧！

"难道不该有人问吗？"

"也是，好奇心人人都有，能理解。问一句而已，又不会少块肉。"

姚三："小东家，这可如何是好？"

唐慎继续低头写字："不急，你今日回大院，告诉他们明日继续。只是以后送物，佣金都要一文铜钱一次，不再免费。对了，你有每天告知他们要遵守的规矩吗？我说过，要三令五申，规矩每个人都得背诵。"

姚三："告诉了，您放心，我这就去大院一趟。"

姚三和林账房对物流的买卖非常不看好，他们从没见过这等东西。

大户人家要办点什么事，都有小厮随从，姑苏府也有几家镖局，在江南很有名气，要是托运东西都可以去镖局，但是听唐慎的说法，他似乎不打算做远途生意，只是在姑苏府府城里做事。

这真能做起来吗?

写完大字，唐慎直接去了梁府，捧着写好的八股文和大字，见面就道:“先生救我！”

等了解了前因后果，梁诵笑骂:“我当日是怎么问你的？你需要什么东西，尽管说，让管家给你备着就是，可你说只要十个地头龙的机灵捕快和一个承诺。如今怎的又要我做你这第一单生意，给你那唐氏物流揽客了？”

唐慎一本正经地解释道:“先生，这怎么能算是需要？小子是您的学生，嫡亲学生。先生就我这一个学生，小子第一次自己做生意，您照顾一下不是天经地义吗？若是小子开了家酒楼，定会第一个请先生来品尝，先生也一定会到吧？”

梁诵:“你这小滑头，什么话都被你说了，还让我说什么？”

“先生只需要对小厮说一声，明日在街上大声喊一位唐氏物流的伙计，让他帮着送东西，最好带着东西绕姑苏府城跑一圈，那自是最好不过啦。”

“呵，那我让他送的东西，是不是越显眼越好？若是能直接给他一面大旗，上书‘梁博文’三字，让他招摇过市，是不是最合你意了？”

“嘿嘿，先生懂我。”

“子行矣！”

“好嘞！先生别忘了明日找唐氏物流的伙计啊。”

“子行矣”，出自《庄子·列御寇》，翻译过来就是:你给我滚蛋!

梁诵又笑又怒:“回来，你刚送的文章和大字，我还没看过。”

唐慎苦着脸回来，听老师点评家庭作业。

梁诵骂归骂，第二日大早就让小厮捧了一匣子书，找了个唐氏物流的伙计送去府尹衙门。从梁府到府尹衙门，要穿过半个姑苏府，也算符合唐慎的要求。

一路上有人看到唐氏物流的伙计捧着书，都好奇地问道:“你可是那唐氏物流的伙计？你这送的是什么东西，去哪里？”

正常时候，唐氏物流的伙计是禁止说出雇主的名字的，这是唐慎严令禁止的，但这次不同，这个伙计前一晚就被唐慎提醒，要透露出雇主的名字。

“我去府衙，这东西是梁博文梁大人要送的。”

招摇过市了一个上午，这伙计慢悠悠地来到府尹衙门，他到的时候，半个姑苏府的人都知道他是给梁大人送东西了。

中午时，城西唐举人家的唐夫人也找唐氏物流的伙计送了东西。

一时间，对这唐氏物流感到好奇的人越来越多。到晚上时，终于有个住在城东的秀才找上门，托唐氏物流的人送封信:“我这一时有事，也走不开，还找不到能送东西的人，你把这信送去窄门巷要多少钱？”

“一个铜板。无论远近，都是一个铜板。”

“倒是便宜得很。你务必送到，否则我定要找你们东家要个说法！”

“好嘞！”

一天下来，唐氏物流真正做成的生意就这最后一单。那秀才也是走投无路，又听说梁大儒都用了唐氏物流的伙计，他才放手一搏。最后秀才的信确实送到了，那伙计腿脚也很利索，没在路上耽搁。

梁博文这三个字，在姑苏府乃至在整个大梁的分量，都顶的上一个“信”字。

渐渐的，唐氏物流在姑苏府里也有了些生意。

雇主从来不是那些有钱人家，而是普通百姓。

在有了第一单生意后，唐慎就命人在各大街坊的墙上贴了唐氏物流的几条规矩。第一，绝不透露雇主名字和所运物品；第二，保证以最快时间送达，路上绝不耽搁；第三，若有物品损坏和丢失，以一赔十。

姑苏府是江南最大的城池，人口达到一百万，光是府城就有数十万百姓。

起初百姓们让物流伙计送的都是一些小东西，等到后来见物流没出过事，也一直挺有保障，他们让帮着送的东西便越来越贵。或是因为天气寒冷，或是因为太过忙碌，唐氏物流的生意不算太差，也一点不好，就一直这么不咸不淡地做了下来，百姓们渐渐不觉得这是件多稀奇的事。

林账房却愁秃了头：“亏啊，血本无归啊！小东家，你先前说姑苏百姓十分富裕，又说这生意有前辈做过，可是这十日下来，你可知我们亏了多少？入不敷出，光是养那些伙计，就花了二十两，还买了一栋大宅子！您还让他们吃好喝好，说是不许亏待了他们！”

唐慎还在练字：“急什么？我们十日卖香皂和精油赚得的分红，可远远不止二十两。”

“可这是个无底洞啊！”

唐慎停了笔，看着自己写的这张字——民无信不立，出自《论语·颜渊》。

唐慎：“有的事我非常不希望它发生，但是它注定了会发生，而且也必须它发生。祸兮福之所倚，福兮祸之所伏，等着便是！”

三日后，一个屠户愤怒地闹上门来，见着唐慎便道：“你这毛头小子便是那唐氏物流的东家？呵，你好大的口气，敢弄这骗人玩意儿！今日你那伙计领了我的东西，三个时辰过去，都没送到货。你们唐氏物流就是个骗人的玩意儿，今日我非砸烂你们的招牌不可！”

唐慎倒是淡定：“你且说说，你是在何时何地，找我的伙计托运东西的？”

屠户见唐慎这么淡定，又一副成竹在胸的模样，好像是个读书人，他担心唐慎有功名在身，就收敛了脾气，道：“跑得了和尚跑不了庙，告诉你又何妨，我是今日巳时三刻，在城南玲珑坊的猪肉摊上找了你一个伙计，送的是我给我闺女新打的嫁妆头面！”

唐慎对姚三道：“玲珑坊的，去找刘捕快。”

姚三点头应是。

这屠户听着唐慎和姚三的对话，一头雾水。不过多时，只见一个年轻捕快拎着一个蓬头垢面的男人进了院子，那屠户见到男人便怒道：“就是你，你这个小贼拿了我的东西，没送过去！”

捕快刘七笑呵呵地一脚踹在这伙计的膝盖上，这人跪倒在地。

刘七道：“唐小公子，人我给你抓来了。他确实带了一套银子头面想出城，他哪里知道我的眼线一直注意城里穿红短袄的物流伙计，还没出玲珑坊就被我的人拦下来了。这种小贼，按照大梁律例是要进去待着的，先送您这儿，您想怎么处置？”

唐慎：“多谢刘捕快了。姚大哥，你去把那头面拿过来，看看能值多少钱。”

姚三把银子做的头面拿了过来，林账房仔细看了看，道：“不是足银，但也能卖个十两，就是这伙计偷东西的时候太急，可能碰到哪儿了，脏了一块，洗洗倒是一样。这头面出钱让珠宝铺打一套出来的话，八两银子足够。”

唐慎对姚三道：“姚大哥，拿一百两银子给他。”

这话一落地，众人全部愣住。

唐慎：“唐氏物流的规矩，若物品有损坏和丢失，以一赔十。”

林账房：“可是小东家，这东西找回来了啊！”

唐慎：“这头面不是脏了吗？”

林账房：“洗洗是一样的，这只是脏了表面而已。”

唐慎：“姚大哥，拿一百两银子给这位雇主。我唐氏物流做的就是一个诚信生意，信不足，安有信？”

这屠户平白得了一百两银子，他拿着那套银饰头面，愣愣地看着唐慎。大喜过后，他高声道：“唐老板够诚信，您这物流生意定能长久！”

仅仅一个下午，唐慎花了一百两银子以一赔十的事迹传遍了整个姑苏府。这事传得比“梁博文请唐氏物流送东西”还快，很快便家喻户晓了。

“这唐老板当真直接拿了一百两银子出来？”

“可不是！一百两白花花的雪花银，那张屠户都笑歪了嘴！”

这事才发生，姑苏百姓还没尝出一口荤味，街上所有唐氏物流的伙计就全部走了。有人机灵地发现唐氏物流的伙计纷纷离开，拉住一个伙计问：“这是怎了？你们怎的全走了？”

那伙计道：“我也不知发生了何事，东家说要停业重整，许是和上午的盗窃案有关。”

姑苏百姓的八卦之心瞬间被点燃。

等到了第二日，唐慎又让人在各大街坊张贴了公示，众人赶忙围了过来。

“唐氏物流三日后再开张……也是，出了那等事，可不得好好教训一下手脚不干净的伙计。”

“我听说那伙计被送进衙门，打了十杖，还给驱逐出了姑苏府。梁大人亲自下令，禁止任何施粥铺给这人救济，这人可是完了！”

“咦，这说的又是什么？唐氏物流要在街坊里设立一些摊位，专门记录伙计们送的物件。每次会专门写清托送物件的具体模样和送至的地点，记录在货单上，货单唐氏物流和雇主一人一份？”

“若是不愿写清物件模样，就须将东西放入唐氏物流的木匣里，贴上封条。”

“这唐氏物流又想做什么稀奇事！”

姑苏府有二十三坊、一十六街，纵横交错。二十三坊住着十多万户人家，这些坊区大多沿着护城河而建，坊中共有三百多条蜿蜒曲折的小河，这便是地道的江南水乡，而一十六街大多在坊的交界处。

大梁对坊与街的限制没有前朝那般严苛，坊中也可以摆摊，只是要获得特殊的衙门批文，缴纳更多的税款。

唐慎想获得衙门批文，只需要去自家先生那儿号哭两句，连排队都省了，至于多缴纳的税收，林账房急得秃了一整个脑袋，都没把唐慎劝回来。

“小东家，这可是要血本无归了啊！”

“不急，慢慢来。”

一夜之间，唐氏物流在二十三坊、一十六街上全部有了自己的摊子。摊子不大，只用一张木桌支了个架子，用木棍支了个旗帜，红底黑字，上面题着四个大字：唐氏物流。每个摊子后有一个书生模样的人老神在在地坐着，稳如泰山。

十日下来，姑苏府的百姓早已习惯物流伙计的送运生意。窄门巷中，一个书生找到一个物流伙计，道：“你且帮我把这两本书送去碎锦街。”

伙计道：“好嘞，请先生和咱去摊子上写下单子，记下要送的东西。”

书生惊讶道：“单子？这是何意？”

“先生没见着咱们唐氏物流前几日贴的告示吗？从此以后，物流要送的东西都得写明送往的地方、送的东西。先生莫急，咱们窄门巷就有一个摊子，专门供您这样的写单子，就在十米远处，我带您去就是。”

同样的情况还发生在姑苏府各地。

起初，百姓都觉着唐氏物流这做法实在太过磨叽，令人生烦，但没过几日他们便发现，有了单子在手，自己要是丢了东西想找唐氏物流算账，便有了凭证。这单子更像是一颗定心丸，虽然比以前麻烦了点，但也比以前更加严谨，令人放心。

唐氏物流每日的生意越渐多了起来，喜欢用物流的人更加经常得用，一来二回便与几个伙计成了熟识。

这日碎锦街上，一个裁缝铺掌柜请唐氏物流的伙计将东西送往预定货物的买主那儿，两人太过熟悉，伙计便道：“王掌柜，下月咱们这物流就要涨价了。您也是老雇主了，每日都照顾我生意，我提前知会您一声。”

王掌管心中一愣，面上不动，问道：“涨价？可是涨得很贵？”

“您且放心，我们小东家说了，不会涨太多，我听人说只涨一个铜板。唐氏物流主要是为了便民，也为了给咱们这种从外地来的难民一个吃喝的地方，小东家让咱们这群人吃饱穿暖，给了咱一个活命的机会，获利是次，救民才是真。”

“可不是？你们东家似乎与那城西的唐举人家是亲戚，又好像是梁大人的学生，我用你们唐氏物流，也是因为信得过你们东家，涨一个铜板倒是不贵，可真实惠。”

这伙计又说了两句，与王掌柜相笑道别。

王掌柜倒不觉得两个铜板太贵，甚至觉得太便宜了。

整个姑苏府中，用唐氏物流的除了平民百姓，就是他们这种小门小店的商户。王掌柜这家裁缝铺虽说开在碎锦街，很有排面，但店中只有一个伙计，一个伙计去送货，显然不够，王掌柜便经常用唐氏物流。

每日给唐氏物流的铜板，可比雇一个伙计的少得多。

而他自然不知道，这伙计哪是平白无故地与他打好关系的？

林账房早就说了，送货越多，获得的奖励就越丰厚！

物流的生意顺顺利利地进行着，除了林账房每日跑到唐慎面前拉着一张苦瓜脸，告诉他今日又亏了多少。

正月底，物流生意已经做了近一个月。

唐慎："不亏了？"

林账房泄气地道："假若不算小东家买的那处大院子，也不算咱们每月要交给府衙的税钱，光是供这些伙计的吃喝，以及摊子上写字先生的月例，是，不亏了，但也没赚！"

唐慎感叹道："只用了不到一个月就收支平衡了！姑苏人民比我想得还有钱的，富得流油！"

林账房："啊？"

唐慎摸了摸下巴："姑苏人民太有钱了，不行，我得再想个办法，请他们继续接济接济我。"

林账房一头雾水，这时候他忽然想起姚三私底下常和他说的一句话。

"咱们小东家的脑子，有时候……就有点问题。"

可不是脑子坏了！

旁人不知道，林掌柜可知晓唐慎现在有多富！

虽然算不上富贾之家，但像唐慎这般白手起家的少年，整个姑苏府仅此一个！

肥皂还未正式开始售卖，然而唐慎早已猜到，此物定然会让珍宝阁在姑苏府一骑绝尘！事实也未出唐慎所料，不过几日，肥皂被抢售一空，成了街头巷尾人人念叨的香饽饽。

第八章

除夕

日子一天天过去，眼看就快到了县考。

孙岳道："五日后的县考，你可有把握？"

唐慎心想：这不是把握不把握的问题，这是必须考上。

"应该不是问题，"唐慎反问，"你呢？"

孙岳长叹一口气："我去岁来府学读书，如今也读了一年半，再加上在家中私学读的七年，已经读了八年有余，你今年才不过十四，我已经十五了。你可知道，我堂哥就是十五岁中的秀才。"

唐慎道："没有对比就没有伤害，我懂。"

孙岳瞪直了眼："你懂？你懂什么懂！好你个唐慎，本来以为咱们是一条绳上的蚂蚱，共同进退。谁料你竟然要考上秀才了！"

"这不是还没考吗？"

孙岳："你肯定能考上。老天啊，为什么要让我和你做同窗？若是你没考上就罢了，若是你考上了，我娘肯定要说我。书读得比你久，学得比你差远了！唐大哥，我的唐哥，你可否饶了小弟这一回？"

唐慎气定神闲："从小到大被你唐哥气死的小孩不止你一个，好好读书去吧，孙胖。"

唐慎对这次的县考是势在必得。

县考前五日紫阳书院放了假，让学生们自己去钻研读书。府学里的学生几乎都有功名在身，但也有几个唐慎、孙岳这样的存在，他们得参加县考。

唐慎原本想在家好好读书，读个五天，温故而知新，谁料第一天大早，一辆马车停在他家门口，唐慎出门迎接，梁诵下了车，道："愚之去金陵办点事，我这几日要去沙洲县，你可随我一起？"

唐慎愣住："先生，五日后小子要参加那县考。"

梁诵："你考不上？"

"不是。"

"那怎的？"

我要考上前十啊！

这话唐慎没法说，梁诵看着他憋着话的别扭表情，总归有了点青涩稚嫩的少年模样。梁诵笑道："走吧，县考若是过不了，你以后可别说是我学生。"

唐慎领命，收拾了东西与梁诵离开。

马车出了姑苏府，一路往北而去。天气转暖，却也有几分寒气。马车内配有一个小巧的暖炉，唐慎记得一个月前他去城门口接先生时，先生就是把这东西给了他，让他暖暖手。

师生二人在车内也没说话，各自看书，有时梁诵会出几个问题让唐慎回答，唐慎一一回答，梁诵再指出缺漏。

傍晚，两人到了沙洲县。

沙洲县在姑苏府的最北边，姑苏府的雪三日前就停了，沙洲县却还是一片银装素裹，一望无际的田野被银白色的雪细细地盖住，一眼望不尽的白色中，几个村庄点缀其中。车夫驾着马车，来到其中一处农庄。

马车停在一个小院前，还没下车，房舍的主人便出门来接。

这是一个头发花白、身形佝偻的老人，他拄着拐杖走到马车前，对着梁诵作了一揖，道："梁大儒。"

梁诵下了车，也回一礼："赵举人。"

唐慎一愣，他没想到这个看上去其貌不扬、家境平凡的老人，竟然是个举人。

赵举人请他们做客，给他们安排了屋子。

梁诵："我来找他借两本书，顺便在沙洲县看看，咱们后天便走。为师老眼昏花，早已不是读书写字的年龄，愚之不在，你便替了他，帮我把这两本书抄录下来，让我带走。"

唐慎苦笑道："是。"

敢情是抓他来做苦工了啊！

赵举人拿了两本沙洲县的风土人情志给唐慎，唐慎用一支簪花小笔细细地抄录起来。他写字不快，尤其是写这种小字，得提笔悬空，抄了几页便觉得有些疲累，唐慎揉了揉手臂，继续抄录。

梁博文是当代大儒，然而他喜欢的书却千奇百样。

唐慎曾经去过老师的书房，里面藏了数千本书，从天文地理到诗词歌赋，志怪传奇，儒家杂学，应有尽有。梁博文从不拘泥于任何一种书，他博古通今，学识渊博。

唐慎抄到第二本，天已经黑了。

“写勾时，再收敛内锋。”

唐慎倏地一愣，差点写错字，只是不可避免的，书上多了个小墨点。他抬起头：“先生？”

梁诵不知何时站在了他的身边，借着烛光静静看着唐慎写字。

唐慎从不喜欢晚上读书，正所谓挑灯夜读，唐璜曾经拿这开玩笑，说哥哥不够勤奋，哥哥不想进学，然而唐慎理直气壮：“就油灯那点光亮，要读书，是想让你哥年少近视？”

阿黄不懂什么叫近视，但她看得出唐慎的坚定。

温暖的烛光轻轻摇曳，梁诵站在桌旁，唐慎坐着抄书。

梁诵：“继续吧。”

“是。”

唐慎更加仔细地写着，聚精会神，写到一半，梁诵道：“让你每日练大字果然是有作用的，只是你写字始终露着锋。”

“露锋不好？”

“锋芒毕露，自是不好，但你只是略露锋芒，所以并无大碍，反而更有一番风骨。若是你这笔力太过，天下那些行草大家，岂不是个个浑身锋芒，目中无人？唐慎，你且记得，你还只是个没有功名的白生，你要进考，就必须会写馆阁体。”

梁诵握住唐慎的手，带他写起字来，顷刻间，一个个乌黑秀丽的字显现于纸上。

或许很多父亲都曾经握着儿子的手这样耐心教导过：“方正圆润，秀润华美，竖不出格，勾不露锋，每个字等大而细致。你必须写得一手好的馆阁体，否则哪怕你文曲星再世，也不能金殿传胪。”

屋子里一片寂静，良久，唐慎道：“先生，我何时说过要金殿传胪？”

梁诵笑骂：“你这泼皮，言下之意，你想金殿传胪就能金殿传胪？你怕不是连个举人都考不上吧！”

唐慎非常认真地思考道：“若是小子考不上举人，岂不是堕了先生的名声？我是先生第一个考不上举人的学生吗？”

“子行矣！”

唐慎被梁诵带着写了两张纸，梁诵又让他自己写了几张。

“好了，先睡吧，明日再写。”

唐慎：“再写一会儿。”

梁诵：“去睡！明日还要早起，咱们去这沙洲县四处看看。”

唐慎只得领命。

在赵举人家休息了一晚，师生二人坐马车，前往沙洲县北的香山。马车行至山脚，两人下车沿小路行走，香山是沙洲县最高的山丘，有一百余米高，山中种有红豆杉、马尾松，绿树掩映涧水响，白雪苍皑鸟语声。

唐慎年岁小，身体健壮，背着行囊行走也不觉着吃力，然而梁先生年纪大了，只走到桃花涧他便大口喘气，待走到听松吟，只见满山翠松被银雪掩埋，一脚踏下去，积雪没到脚踝。

梁诵停下脚步："为师真的走不动了，唐慎，你自己上山去吧。"

唐慎愣住："先生？"

"我年岁大了，离这山顶还有一段距离，你且自己上去吧。"

唐慎本不想再上去，他是陪梁诵来爬山的，梁诵都不爬了，他还爬了做什么？但梁诵又说已经爬到这里，他是心有余而力不足，但唐慎可以登顶，一览吴地风光。

唐慎便独自登了上去。

"哪里有先生说的风光！"唐慎哭笑不得地道。

其实也是，这香山只不过是姑苏府沙洲县一座普通小山，唐慎上辈子爬过五岳之首的泰山、以崎岖陡峭闻名的华山，香山和前者相比简直不值一提。

下了山，梁诵问道："山上风光可好？"

唐慎想了想："山高气爽，今日正是万里无云。登顶后虽说瞧不见姑苏府，倒是把沙洲县瞧了个清楚，风景尚佳。"

"山顶可比山中，更见新气象，可窥大观？"

唐慎正要回答，忽然他一愣，直直地盯着梁诵。

"先生……带小子出来，不是散心游玩的？"

梁诵反问："我何时说是散心游玩的？"

唐慎自个儿先笑了起来，他道："原是如此！先生让小子抄书，是在考验小子的书法功底，要小子写一手小字馆阁体。只是如今先生带我来登山，我却是不明白了。"

梁诵："你后日就要县考了，可忐忑害怕？"

"说不害怕是蒙骗先生，但也不甚害怕。"

"你倒自大，却也诚实。唐慎，你来姑苏府已有半年，拜我为师也有四月，这四个月中，你写了二百多篇制艺，你可有什么心得体会？"

唐慎仔细思索："先生是觉得，我写得不好？"

"不，你写得很好。"

"那先生？"

"你可知你的优点是什么，你的缺点是什么？"

唐慎不知所以。

梁诵："你的缺点是，文笔平平，偶有平仄不齐这等小错，但你的优点是奔放不拘！"

唐慎恍然大悟。

过去的四个月中，梁诵让他写了两百多篇八股文。他教唐慎什么是破题，什么是中股，八股文有规定的格式，甚至在一些细枝末节上，偶尔还会要求字句平仄，梁诵如同任何一个最严苛的老师，不许唐慎犯下任何错误。

但是他从未教过唐慎该如何去写八股文！

他教的是格式，是字句工整，是八股必须要求的形式与模版。

可他从未纠正过唐慎的思想。

“慎儿，你破题时，屡有见地，你总是标新立异，如那句‘天地有正气，杂然赋流形’一般，你有自己的气！你看得比很多人远，比很多人宽广，甚至比为师也更为自在博大。为师希望你谨记，天下万山各有模样，而你永远不要拘泥于一座山，你要登顶，看其大观。”

唐慎定定地看着梁诵，高声道：“先生教诲之言，学生铭记在心。”

梁诵笑道：“回去吧。”

一路上，唐慎仔细想着梁诵的话，忽然对后天的县考更有自信了。

过去四个月中，梁诵对他写的制艺、试帖诗，总是能挑出缺漏，然而如今他终于明白，老师所挑的缺漏从来不是说他写的内容不好，而是教他可以用更好的形式把他的思想表现出来。

与他人相比，唐慎的优点到底在哪儿？他胜在拥有更自由的思想和灵魂！他不会被现实所桎梏，他的眼光永远会比他人高出一个台阶，这便是他最大的优势，或许也是他被梁诵收入门下的原因之一。

唐慎对县考有了些想法，忽然他想起一件事。

“先生，您今日是真的爬不上香山？”

梁诵一愣，问道：“怎的如此说？”

唐慎：“先生只是想让我一个人登顶看看。”

梁诵：“哈哈，你这小子，想得倒是挺多。为师老了，是真的爬不动了，高山仰止，景行行止，虽不能至，然，心向往之啊！”

师生二人在赵举人家又待了一晚，唐慎抄了书，县考前一日，两人回到姑苏府。

县考当日，姑苏府五县的考场外，天还未亮就聚集了一堆学子。

顶着漫天的星子，府衙官差守住考场大门，当地县令亲自到场。姑苏府的府尹是梁博文，但科考时姑苏府与相邻的吴县一起考试。吴县县令贾亮生身穿官袍，头戴乌纱官帽，手持一只白玉长笏，早早到场。

贾亮生坐在考场大门的正中，此时，这考场的一扇大门、两扇偏门全部开启，正门前方放着一张桌椅，贾亮生便坐在那，两扇偏门各有官差把守。

时辰到，贾亮生喊：“考生进场。”

县丞领命，上前一步，喊出考生的名字。他每次喊的都是五个考生，五个考生一起答“到”，走出考生行列，互相瞧一眼，确认其余四人没错。县丞再喊：“何人作保？”这时便有一个有功名的秀才上前，喊出自己的名字，说明是某县某人作保。

这便是古代科举的五人连保制度。

考试前，要找到五个考生一起联名互相担保，这五人再一起找个秀才，请这位秀才帮自己作保：保证考生是本人，身家清白，三代无罪人。这五人和担保的秀才一旦有人作弊，其余五人全部取消考试资格、功名，押入大牢受审。

县丞高喊："孙岳、李进……唐慎！"

唐慎走上前，与孙岳四人互相确认对方身份，再由一个秀才做担保，他们这一组便算过了。

县丞确认所有考生互相作保完毕，由吴县主簿上前，他每次喊出两名考生的名字，这两名考生各自走向一扇偏门。

姑苏府是富庶地方，也是科考重地，人才学子众多。每个考生拎着一个长耳考篮走到偏门前，将自己的面貌册递给官差，官差审查后，便可放行进入考场。

"姑苏府，唐慎！"

唐慎走到左边的偏门前，一个官差拿了他的考篮，检查里面是否有不该带的东西，另一个官差拿着他的面貌册，对着他的脸观察。

面貌册上写着：唐慎，高而略瘦，无须无胎痣，面白貌佳。

"过！"

搜完身，唐慎拎着考篮进入考场。

等到所有考生全部进场后，他们聚集在考场前方的空地上，吴县县令贾亮生走了进来，下令封闭考场大门，三扇门立刻被关上，等贾亮生检查完毕，每个人按自己发到的号牌入座。

考场一共有一百二十个座位，十列十二排，按天干地支排序。唐慎的位置是丁未，也就是第四列第八排。

这考场与去年梁诵带唐慎来看时已经大不一样，考场中除了多出一百二十张桌椅外，还搭了一个顶棚，防止考卷被日晒雨淋，然而哪怕衙门准备得再好，当一百二十个人坐满后，很快，考棚里便显得闷燥起来，也多了一些气味。

唐慎叹了口气，已经十分知足了。

姑苏府是科举重地，官家重视科举，且有条件为考生配套一百多张桌椅，搭建顶棚，放在一些穷困偏僻的地方，别说搭顶棚了，考生连桌椅都要自己准备，扛着进考场。有时候寒门子弟家中找不到一张桌子，连饭馆茶楼的桌椅都要抢着借走，作为考试时的桌椅。

所有学生坐定，官差开始分发考卷和答题纸。

只听一道清脆的锣响，唐慎翻开考卷，看清了题目。

第一题："国家将兴，必有祯祥。"

唐慎一愣。

这题目竟如此简单！

县考是科举所有考试中县令唯一可以自主命题的一场考试，很多县令为了展现自己的博学多才，会出一些稀奇古怪的题目，比如传闻中的截搭题。唐慎想了想，便明白了，吴县县令贾亮生今年才二十六岁，去岁才到吴县任职，他在姑苏府并无根基，也不是那种老派的老县令，没有为难考生的意思。

这句"国家将兴，必有祯祥"出自《中庸·第二十四章》，原句是"国家将兴，必有祯祥；国家将亡，必有妖孽”意思是国家将要兴盛时，会有吉祥征兆出现；国家将要灭亡时，会有妖怪作祟。

考得不偏，题意也十分明朗。

题目简单，让学生不容易出错，但题目简单，也让想得高分、拿到好名次变得更难。

老师曾经说过，他最大的优点就是看得比别人更远，想得比别人更开放。

思索良久，唐慎睁开眼，在草稿纸上写下第一句话。

“人有开泰之期，则天有休征之应。天人感应，机甚不爽，谓天休滋至，而非人事之兆，吾不信也。”

写完这一句后，唐慎认真审视，他这一次破题破得非常冒进，一步错，则步步错，但是这便是他想说的：吾不信也！

破题之后，唐慎胸有文章，下笔如有神，很快入手，再至起股、中股、后股、束股，一气呵成。

写完后他仔细检查，确认没有错字后，再提笔誊抄到考卷上。草稿纸上可以随意涂写，但考卷上不可有任何污迹，如果有修改涂抹痕迹，会直接让一篇优秀的文章变成废品。

用馆阁体誊抄完毕后，唐慎已经满头大汗。

他再看第二题，这第二题倒也不难，题目为“君娶于吴”，出自《论语·述而》，原句为：“吾闻君子不党，君子亦党乎？君娶于吴为同姓，谓之吴孟子，君而知礼，孰不知礼？”

讲的是陈司败批评孔子的一段话。

陈司败问孔子，鲁昭公是不是一个懂礼节的人，孔子说是。等孔子走后，他与巫马期说，我听说君子（孔子）从不袒护别人，君子也会袒护别人吗？鲁昭公娶了一个吴国人，这人也姓姬，他就让对方改名叫吴孟子，鲁昭公也算懂礼节？

这一题唐慎不打算再冒险，保守起见，他以“鲁君娶同姓而讳之，不知礼甚矣”破题，很快写了一篇规规整整的制艺。

写完第二篇八股文时，已经是中午，有考生拿出干粮吃了起来。

唐慎仔细地把草稿纸上的文章抄录到考卷上，他要趁现在身体状态还不错，考场环境也还行的时候，尽可能地多做试题，否则等到有人出问题，一切就晚了。

等抄完这一题，唐慎拿出考篮里的干饼吃了起来，他才刚吃一半，就闻到一阵恶臭。

这是哪位仁兄放的屁，简直臭可熏天！

顿时吃饭的心情也没了，唐慎看起最后一道试帖诗来。

前朝考试帖诗时，只要求考生按照题目写出一首五言六韵诗，而到了本朝，先帝在前朝的基础上要求试帖诗可加入八股文章，就是说考生写试帖诗时，可以只写诗，不管内容，但倘若考生写的诗中有八股论据，不仅仅是写诗，才可以得高分。

无论是制艺，还是试帖诗，都有甲乙丙丁四个等级，也就是说，试帖诗想要拿甲等，必须写八股试帖诗，否则就算诗仙再世，最多也只能拿乙等。

贾亮生出的试帖诗题目是“骐骥长鸣”。

骐骥，千里马也。

唐慎的脑海里立刻浮现出一篇古文《马说》！

“世有伯乐，然后有千里马。千里马常有，而伯乐不常有……其真无马耶？其真不知马也！”

唐慎立刻有了腹稿，他动笔写下：“骐骥忻知己，嘶鸣忽异常……”

写完后，他揣摩了字句和平仄，改了几个字，将诗誊抄到考卷上。

做完这一切，唐慎再抬头，发现已然夕阳西下，此时已经过了规定可以交卷的时间。有六个考生早就将卷子交了上去，坐在座位上等待，每次要凑够十个人才可以开门放行，前十个交卷的考生是最有排面的，叫作“出头牌”，他们离场时有礼炮奏响，锣鼓欢送。

唐慎把卷子检查一遍，确认无误，递交给了贾亮生。

贾亮生看了唐慎一眼，接过他的卷子，放到书案上，他瞄起了唐慎的卷子。他第一个看的是唐慎写的试帖诗《赋得骐骥长鸣》，贾亮生双眼一亮，频频点头，接着他再看第二题“君娶于吴”，神色也无太大变化。

当他再看到第一题“国家将兴，必有祯祥”，贾亮生倏地愣住，错愕不已，接着整个人如遭雷劈，惊愕地不再偷瞄，而是堂而皇之地将考卷拿到自己面前，认认真真地看起了这篇制艺。

这一幕被已经交卷的考生看到眼里，他们齐齐一惊，心知贾县令这种反应，此考卷不是惊为天人，就是臭如烂泥。偏偏已经交卷的七个人中，就唐慎没注意到贾亮生的举动，因为……他快要被臭晕了！

唐慎整个人趴倒在桌上，用手和袖子捂住口鼻，只觉眼冒金星，快晕厥过去。

放屁不至于这么臭，是他左边和右边的两个考生刚刚一起……出恭，拉在了随身带来的坛子里！

哪怕用盖子将坛子封住，考生之间座位靠得太近，臭味也不可避免地弥漫开来。

唐慎被熏得头晕眼花，一张“面白貌佳”的脸庞此刻黑如锅底，他只求赶紧再来三个交卷的，大家一起提前离开考场！

又等了一刻钟，许是也有人受不了考场中到处传来的味道，终于又有三人交卷。县丞喊出十人名字，要带他们离开考场，当喊道姑苏府唐慎时，贾亮生忽然抬头道：“谁是唐慎？”

唐慎正捂着鼻子，痛不欲生，突然被人喊了名字，他一惊，发现喊他的是贾亮生，他放下袖子，端端正正地作了一揖，道：“回大人的话，学生姑苏府唐慎。”

贾亮生看着唐慎，没想到竟是个如此年轻的孩子，愣了愣，贾亮生道：“你且走吧。”

唐慎一头雾水，跟着其他学生离开。

刚出考场，唐璜和姚三赶忙迎了上来，见到家人，唐慎再也撑不住，直接倒了下去，被姚三扶住。那臭味还弥留在衣襟领口上，久久不散，一整天，唐慎只吃了几口饼，没喝半滴水，还花费心思写了两篇八股制艺、一篇八股试帖诗。

总是说考一次科举便如同走一趟鬼门关，唐慎如今算是懂了。

姚三："小东家，您没事吧？！"

唐慎摇摇晃晃："没、没事……姚三，我先睡会儿，等到那县考成绩出来后，你再来告诉我，我是否中了前十。"

姚三道："小东家您在说什么，这才是县考第一场，您还要再考四场呢！"

唐慎垂死病中惊坐起，惊恐道："还有四场？"

"是。"

唐慎眼睛一闭，双腿一蹬，这次真昏过去了。

姚三说得不错，在姑苏府，哪怕不读书的人都知道科考每次不是只考一场的，通常要连考五天，考完七日后放榜。每次考试都是第一场最为重要，基本上奠定了未来的成绩名次，然而要是缺考后面的四场，成绩就作废。

但是只要第一场考好了，只要后面四场不犯大忌，名次都已决定。

姑苏府县考第一场结束，唐慎被姚三背到邻近的药铺，唐璜焦急地请大夫为哥哥看病。唐慎还在昏着，那边，贾亮生和县丞已经带着考卷回到了府衙。

府衙里，姑苏府和吴县的提学、学政早已到齐，等着批卷。

童试三场考试都是小考，不需要糊名。贾亮生刚一进屋，就将一份考卷小心地放在书案上，道："各位同僚，此卷定为本场县考的案首，诸位看看可有异议？"

此话一落，满座哗然，学政们纷纷上前，想要瞧上一二。

"人有开泰之期，则天有休征之应。天人感应，机甚不爽，谓天休滋至，而非人事之兆，吾不信也……"

"昔《中庸》论至诚前知，而此曰国家将兴，比有祯祥者……"

学政们看完第一篇制艺，各个怔住，久久难言。

"吾不信也？"

"好一个吾不信也！立意新颖，文风锋健，有秣马厉兵之疾！"

也有一个学政道："吾不信也，这考生……他是叫唐慎吧，这唐慎是否也太夸夸其谈，狂妄自大了？"他再继续往下瞧，"这篇《君娶于吴》写得倒是中规中矩，不出问题，可评乙上。至于这最后一篇《赋得骐骥长鸣》，虽说有八股制艺之意，却流于形，而出于里。且你们看这两句……"

众人随着他手指的地方看去。

学政道："这两句的平仄，错了。"

贾亮生："咦，我竟未曾注意。"

贾亮生也没料到唐慎如此惊才绝艳，竟会有这种不该有的纰漏。他哪里知道，这不能怪唐慎。唐慎哪怕再如何仔细，在被臭晕的情况下，也免不了犯错。

又一个学政道："倒也不算错。这个字是多音，在《山海经》中也有过'香'音。"

"《山海经》中是特指山妖鬼怪，才读之以'香'。我倒以为此人的文章，第一篇太过尖锐，剑走偏锋，第二篇确是佳作，试帖诗有八股意，无八股魂，且有个不算大小的纰漏。若是以他为案首，不如再看看这份考卷。”

众人又看了起来。

学政道：“此人两篇制艺稳扎稳打，立意明确。再看第三首试帖诗，写得绝妙！有马骨堪惊，无人眼暂明……皎月谁知种，浮云莫问程。盐车今愿脱，千里为君行。好景，好意，绝诗！”

贾亮生看了第二个学生的考卷，点头道：“不错，这首试帖诗当为本场考试第一。”

花了一个晚上，众人看完本场县考的所有考生考卷。

贾亮生揉了揉眼，道：“诸位同僚，本场考试中，三个甲等该轮给谁，想必大家都有了定论。本官以为，第二篇制艺《君娶于吴》，甲等应当给姑苏府唐慎，试帖诗《赋得骐骥长鸣》，甲等给吴县杨知凡，至于这第一篇制艺《国家将兴而必有祯祥》……甲等当是姑苏府唐慎！”

学政道：“这唐慎的文章，太过张狂，是否有不妥？”

贾亮生沉吟片刻：“那按你之见？”

天还未亮，府衙中，灯火通明。

这些和唐慎自然没有关系，同样是天还未亮，他虚浮着双腿，拎着考篮，被姚三和唐璜架到了考场大门前。

俊俏的小儿郎望着紧闭的考场大门，又看看四周的同窗考生，唐慎就差哭了。

唐璜：“真是奇异，哥，那大夫说你根本没病没灾，只是饿着了，吃点东西便好。你今日身体怎的还是这般虚弱？”

唐慎气若游丝：“你懂什么！心灵上的阴影比身体的创伤更痛百倍！”

唐慎这辈子都忘不掉，他正吃着硬邦邦的烤饼，隔壁的考生突然脱了裤子，当着他的面开始拉屎的场景。

此生不忘！

姚三也听说过科考的艰难，他道：“小东家，熬一熬，还有四场就过去了。”

你可真是哪壶不开提哪壶，四场！还有整整四场！

唐慎自欺欺人地给自己打气：“对，还剩四场。只要考到前十，我便胜了。”

唐慎目露希冀，仿佛看到了希望。

四日后，他踉跄着走出考场，再次昏倒下去，被姚三接住。

第九章

生意

五日县考结束，唐慎在家整整躺了一天才缓过神来，他已经算够幸运的，身体健康，姚三和姚大娘给他准备的东西也足够。考场中，有些家境贫寒、身体孱弱的考生才考了一场，就大病不起，缺席了本次县考。

唐慎先去拜访梁诵，告知老师自己本次考试的经历。他倒是没说自己写的考试答案，因为梁诵说："每次科考的案首的考卷以及当次考试的所有甲等文章和试帖诗，都会公之于众。"

行，我一定会拿甲等，您且等着。接着，唐慎花了两天时间忘记考场上的种种。

这一日清晨，几个不速之客忽然拜访。

唐夫人刚进院子，便对自家儿子道："唐云，如今你还敢说慎儿有何对不起我唐家的？你可知悔改？你与你弟弟说说，当日究竟发生何事，你如何才误会于他，犯下大错！"

唐云穿着一身富贵锦衣，垂头丧气，嘴巴张了张，又闭上，竟是难以启齿。

见状，唐夫人叹气道："不成器！"她命令丫鬟海棠带了个人过来，这是个十四五岁的少年，也穿着一身锦衣，但他举止瑟缩，神情忐忑，时不时小心翼翼地用余光瞄着唐夫人，唐夫人一个眼神下来，他吓得浑身一颤，差点坐倒在地。

唐夫人道："慎儿，这是你大伯的庶子，也是你二堂哥。"

接着，唐慎终于明白三个月前唐云为什么莫名其妙来自家发疯，把家里砸了一通。

家家有本难念的经，唐夫人是姑苏府出了名的贤惠夫人，知书达礼，年轻时还是江南有名的美人，只可惜家道中落，虽是书香世家，私下却为柴米油盐所累。但唐夫人是有福气的，嫁入唐家后，她为唐家生了一儿一女，丈夫还争气，考了个举人。

唐夫人治家有方，将家中几个铺子打理得井井有条，然而她并无三头六臂，这次还是家里惹出的祸。唐云暗地里遭庶弟挑拨，误会了唐慎，这才有了三个月前唐云怒砸唐慎家的事。

唐慎知道唐举人有个庶子，与自己年龄一样，他看上去忠厚老实，甚至比自己还要胖一点，然而谁也想不到他竟会在背后使坏。

来之前这庶子恐怕已经被唐夫人教训过了，他瑟缩着不敢说话。

唐夫人又说了一遍，唐云咬了咬牙，向唐慎道歉："先前是我不懂事，遭人挑拨，误会了你。唐……堂弟，我们都是血亲兄弟，你可否原谅我？"

唐慎笑道："三个月前我便原谅了你，你砸坏的东西，大伯母也早已派人补偿了。"

唐慎表现得大度，可唐云心里不是个滋味。

他万万没想到，唐慎出的那个馊主意居然让唐家珍宝阁赚了大钱。这段时日，唐慎搞了个奇怪的物流，这东西起初谁都不看好，连唐夫人都觉得心里没底，只是让唐慎放手去试试，总归也亏不了多少银子，谁料这物流竟然做成了！

唐举人都觉得惊讶，吃饭时曾说过："我那庶弟是个榆木脑袋，只知读书，不懂变通，怎的生了个儿子与他全然不同。"

唐慎出了个肥皂主意，唐家赚了多少银子，唐云心里清楚；唐慎做了个物流生意，或许没赚到银子，可他的名字在姑苏府十分响亮，连唐夫人都觉得这物流生意可能另有后招，未来不可估量。

更为厉害的是，唐慎的先生竟然真是梁博文！

唐云第一次认认真真地打量自己这个弟弟，长得还算清秀俊俏，可怎么看也看不出是母亲口中那样厉害的一个人物。

这唐慎，就真的那般厉害吗？

唐夫人道："慎儿，你兄长从小被我娇惯坏了，以后我定看着他，不让他再做这等蠢事。"

唐慎："大伯母言重了。"

唐云以后又不和他过日子，他管唐云干什么。

唐夫人关心了一下唐慎前两日的县考，命丫鬟送了一些补品："那考试太伤人身体，你大哥去岁考了县试和府试，考完后便大病一场。"

姚大娘收下补品。

唐璜道："既然是别人使的坏，"听到这话，那庶子身体一抖，小姑娘继续道，"那大伯母，唐云……咳，大堂哥和我哥哥的赌约，还算不算数了？"

唐夫人愣住，这才想起这件事。

唐云也愣了愣，有些不服气："当然算数，我唐云怎么会是那等说话不算数的小人！不过谁说我一定就输了？这县考成绩还未下来，你怎知唐慎就一定能过？想让我喊他一声‘哥哥’可以，先考上童生再说！”

唐夫人叹了口气，把傻儿子拉回了家。

一行人走后，唐慎看着自家妹妹，只见唐璜笑嘻嘻地拉住他的手臂，道：“哥哥我是不是聪明得很？你瞧那唐云，哪是来道歉的，他分明是被大伯母押过来的，心不甘情不愿！我可要看看，三日后他来喊你哥哥的模样！”

唐慎：“所以你就故意激将他？”

唐璜松开手：“我可没有。”

“小丫头片子，还有心眼了。”

唐璜赶忙跑开：“我才没有，唐慎胡说八道！”

唐慎哈哈一笑。

嘴上说得厉害，其实整个唐家最担惊受怕的就是唐璜。童试三场考试，每次都是考完七日后放榜。每日清晨，唐璜都早早起床，与姚大娘去拜土地庙，小姑娘跪在蒲团上，嘴里不断念叨“保佑我哥哥考上”，等到放榜前一日，连唐慎都紧张起来。

林账房：“小东家也会害怕？想当初，每年放榜前，我也紧张得睡不着觉，连眼睛都闭不上。不过小东家不像我，您聪慧得很，县考一定能过。”

唐慎：“你不懂。”

林账房：“不懂？”

唐慎长叹一声。

他不止担心考不考得上，他还担心他考不到前十啊！

放榜日到了，一大早，唐璜便拉着唐慎来到了府学门口。这时天还未亮，紫阳书院的门前却已经聚集了许多人，有唐慎这般的年轻孩子，也有白发伛偻的耄耋老人，所有读书人都伸长了头，紧张又期待地望着书院的大门。

卯时一到，府学大门缓缓打开，两个官差和一个学政从里头走出来，官差手持红榜，穿过人群，两人一起将这红榜贴在墙上。一张宽大的红色纸卷在众人面前展开，急促的呼吸声不断响起，喜悦的哭声和痛苦的号哭此起彼伏。

唐璜抓住了姚三的手臂，担心地忘了呼吸。

唐慎也不比她好多少，他伸长脖子，仔仔细细地从最后一名看到第十一名。

“没有我！”

唐慎顿时放心大半，接着又有些担忧起来，他再往前看，看到自己的名字时，整个人愣在原地。

唐璜错愕地转首看他：“哥？”

姚三：“小东家？”

唐慎懵懵地看着红榜上的第一个名字，问道：“我是姑苏府唐慎？”

与此同时，一个小厮飞快地跑向姑苏府城西，焦急地敲门。唐云正在睡觉，被这砰砰砰的敲门声惊醒，他怒气冲冲地道：“进来！”那小厮屁滚尿流地跑进来，因为一路上跑得匆忙，连着喘气，一句话也说不出来。

“大少、少爷……”

唐云不耐烦地道："有事便说，吵我好梦，今日罚你不许吃饭。"

这小厮心里叫苦，总算缓过来："大少爷，那唐慎中啦！"

唐云一惊，过了片刻，他喃喃自语："他那般有信心，自然是会中的。县考并不算难，就如母亲说的一样，我中了他的圈套，他中了，我得叫他一声'哥哥'，可他不中，我却得不到什么。罢了，终究是我错了，我被人挑拨，母亲说的对，吃一堑长一智，我唐云输得起，我去叫他一声哥哥又何妨！"

小厮又道："大少爷，他不止中了，他还中了案首！"

唐云猛地抬头，以为自己听错了："你说什么？"

"姑苏府唐慎，是今年县考的案首！"

唐云在心里骂了一句。

若只是过了县考，唐云还能心平气和，认了自己的错，可唐慎居然中了案首，唐云整个人都不好了，他痛苦了一天后，还是乖乖来到唐家。

唐云别扭道："我唐云说话算话，唐慎，我叫你一声'哥哥'，之前是我错了。"

唐慎："你叫我'哥哥'了？"

"哥！"

唐慎笑了："唐大少爷慢走。"

唐云羞愤难当，哭着跑回了家。

夕阳西下，应付了上门祝贺的同窗和友人，唐慎来到梁府，他一上门，管家便道："恭贺唐案首了。"

进了书房，梁诵看他一眼，道："唐案首来了？"

唐慎原本还很得意，考了第一，换谁谁不嘚瑟，可一看梁诵这表情，听到这语气，唐慎顿觉不妙。他乖巧地走过去："先生，小子刚进来一个字还没说，只是来向您报喜，小子过了县考，也算有个功名了。"

梁诵将一张纸放在书案上，道："吾不信也？"

唐慎愣住，很快他想到："先生已经看过我写的制艺了？"

"何止是看到，你自己来看。"

唐慎这才发现梁诵书桌上的那张纸誊抄着自己的两篇制艺和一首试帖诗。

"先生，我得了两个甲等，一个乙等。我两篇制艺都是甲等。"

"君娶于吴，写得中规中矩，本次姑苏府和吴县的县考学生中，没人写得太过出彩，令人眼前一亮，把这甲等给你也正常。"梁诵道，"而你这篇'国家将兴，必有祯祥'……哼，唐慎，你可知你犯了什么错？"

唐慎懵了，他明明是来给先生报喜，先生居然骂他？他都考第一了！

"学生不知。"

"'国家将兴，必有祯祥'，这句话出自《中庸》。《中庸》，孔子思所作，而你如今竟说'吾不信也'？"

唐慎一下子明白了，梁诵这是在说他口出狂言，对《中庸》说"吾不信也"。

唐慎解释道："先生，小子并不是说真的不信，您且往下看，小子有论证祥瑞征兆与国家兴亡的关系，论证了为何有时信，为何有时不信。”

梁诵：“是，你写了，但那又如何？本次县考，主考官是吴县县令贾亮生，他是个年轻书生，他给了你甲等，这几日他在学政之间大力推荐你的这篇文章，他说这是惊世之作。然而，这是因为他年轻，文思敏捷，不拘一格，倘若换个迂腐的县令，仅此一句‘吾不信也’，他或许便不会再看你的下文，你会被治罪，不敬圣人之言，不说中了县考，你从此以后都无法参加科举！”

这话不啻惊雷，唐慎呆住。

书房里，是久久的寂静。

许久，唐慎低下头，道：“学生知错了。”他声音沉闷，心底深处还有一丝不服。

“你可是觉得这是断章取义？你明明说的不是那般意思，你文章写得也不是那般内容。”

唐慎没有吭声。

梁诵看着唐慎，无奈地摇了摇头，他走上前将自己这个小学生拉了过来，唐慎抬起头，看见梁诵静静地望着他。人年岁大了，双眼便会变得浑浊，唐慎知道，这是岁月沉淀，老者总是不复少年郎的双眼清明，众人皆是如此。

然而此时，望着梁诵这双浑浊沧桑的眼，唐慎却觉得有些东西可能不仅仅是生理上的变化，这双眼饱含风霜，藏着悄然无言的某种东西。此时的他看不懂，却知道眼前这个老人所说的每一句话都是为自己好。

梁诵凝视着自己此生最后一个、也是唯一一个学生，道：“人心，莫测。你鼎盛时，哪怕持刀过市，张扬跋扈，未尝不可，可你落败时，你曾经的一言一行，都会被当成落罪时的证据。你要记住，不可轻信任何人，君子与小人，只在一念之间，而在此之前，唐慎，你要做到自举清明，不落人把柄。

“为师知道，哪怕不是贾亮生做主考官，你也应当能拿案首，你这篇文章写得绝妙，是你这些月来写得最好的一篇，然而日后若有人想要污你，仅这一句‘吾不信也’，便是你的致命一击，他可以断章取义，蒙蔽圣听，这就是官场。

“为师知道，你从来不喜科考。”

唐慎一愣，辩解道：“先生，我没有。”

梁诵：“这书房就你我师生二人，有何不可说？莫说你，天下不喜科考的读书人多了去了，你又算什么。”

梁诵道：“然而，科考是天下读书人唯一的途径。为师不求你高中状元，状元学生我有过一个，十九年前他死于涿州城的城墙上，被辽人乱箭穿心而死。慎儿，你天资聪慧，却没有心怀天下的志气，这不是一件坏事，但科考也是官场，只要你参与科考，涉足官场，为师便要求你立身中庸，不必夺得第一，保住性命，存活于世，才是最重要的。”

唐慎听懂了梁诵的意思。他写那篇“吾不信也”的八股制艺时，最多想到了考官可能会觉得自己写的不对，不认同自己的观点，他没想到有人可以从中作梗，污蔑自己。

官场如战场，或许比战场还要冷血无情。

唐慎："学生懂了，以后下笔说话前，一定会三思而后行。"

梁诵："你这篇文章我压下了，两个月后的府试，你可有把握？"

唐慎："有？"

"嗯？"

"有！"

梁诵笑了。

师生二人在书房中又把唐慎这次的考卷仔细看了一遍，梁诵指出了几处可以改进的地方。天黑后，唐慎在梁府吃了饭，回家时，还没出梁府大门，正面撞上了一个人，

两人看见对方，都是一愣。

唐慎拱手作揖："徐表哥，多日不见。"

这人正是徐慧，徐愚之。

唐慎第一次与徐慧相遇，是在赵家村外的茶铺，第二次见面是在曾夫子家中，那次闹得有些不快。如今过去大半年，徐慧定定地看着唐慎，也拱手作揖："多日不见，恭贺新晋案首。"

"徐表哥说笑了。"

"你是大人的学生，叫我愚之便可。"

"愚之。"

一来二往，两人间关系缓和。唐慎问道："愚之行色匆匆，这几日也不曾见你，可是很忙？"

徐慧点头道："我刚从金陵回来，为大人办了些事。"说完，他想了想，从袖中拿出一支兔毫笔，"金陵府无心书斋的东西，前几日路过恰巧买了，贺你案首之喜。"

唐慎收下："多谢愚之。"

两人就此道别。

唐慎回到家中，姚大娘烧了一桌好菜，又请了林账房一家，众人好好地庆贺一番。

唐璜和姚三高兴坏了，好像自己中了案首一样。

唐慎被梁诵提点一番后，已经没那么激动。他道："不过就是个县考案首罢了，你哥还没成为秀才呢，等考中了秀才，你再高兴也不迟。"

唐璜："才不，反正我哥哥最厉害了。姚大哥你下午不在，你可没看见唐云来道歉的时候那个脸色，好像刚刚吃了一顿大粪！他走的时候好像还有些茫然，似乎不明白哥哥是怎么考上案首的，可把我乐坏了。"

姚三道："小东家考上案首有什么可奇怪的，我觉着小东家考个举人也不在话下呢！"

唐慎心想：虽然我也这么觉着，但做人要低调，低调。

他咳嗽一声："吃菜吃菜。"

紫阳书院毕竟是姑苏府的府学，这次参加县考的四个学生中只有一个没过。孙胖也过了县考，但他并不淡定，早晨刚到书院，他便拉着唐慎道："唐慎，你可是梁大

人的学生，梁大人有没有和你说过什么考试秘籍，咱们可是好兄弟，你有好事别忘了我啊。”

唐慎笑骂：“我要有那东西，我还来读什么书？天天在家睡觉，考试时去考场上用考试秘籍不就好了！”

孙岳顿时蔫了：“还有两月就是府考了，我要是考不上秀才可如何是好！”

唐慎招招手：“告诉你一个方法。”

孙岳眼前一亮，立刻附耳过去。

“没考上的话，你就脱了衣服，找根荆棘背着去找你娘，古有廉颇负荆请罪，今有孙岳向母求情，孙夫人定然心软。”

“唐慎你找打！”

“哈哈哈哈。”

过了半天，两人又和好如初，一起去书院门口吃大肉包。

两月时间很快过去，到了阳春四月，众多过了县考的学子又去参加府考。这次参与考试的不只是今年通过县考的，往届所有曾经过了县考、没过府考的全部来了，其中唐慎便看到了唐云，两人远远看了一眼，唐云郁闷地朝唐慎拱了拱手。

进入考场后，在孙胖和唐云艳羡的目光中，唐慎等十人进了屋子，提堂另考。

唐慎拿着试卷，精神抖擞，深深吸一口气。

啊，空气真好。这才叫考试，这次还要考前十！

打开试卷，依旧是两篇制艺和一首试帖诗。

第一道题是“君子贤其贤而亲其亲”，出自《大学·传》第三章，原句是“君子贤其贤而亲其亲，小人亲其亲而利其利，此以没世不忘也”。意思是贤能的君主品德高尚，关爱自己的百姓和亲人，后世的君主感受到先帝的仁爱，便会效仿，发扬先帝的仁德友爱，于是百姓也能受到恩惠，更加快乐，获得利益。

这句话是说一个上行下效、国泰民乐的现象。

梁诵要求唐慎谨言慎行，不是扼制他丰富的想象力、束缚他的眼见思维，而是要他三思后行。唐慎想了想，脑中闪过无数破题点，最后提笔写下：“以先世之恭行，继后代之常乐，君子贤亲而难隳九重之塔矣。”破了题，而后洋洋洒洒地写下一篇文章。

第二题倒是难了点，是一道截搭题，题目是“至于治国，利用宾于王”，前一句出自《孟子·梁惠王》，后一句出自《周易·观》。唐慎想了许久，开始动笔。

写完两篇制艺和一首试帖诗，唐慎看了看屋子里的其他九人，他深吸一口气，爽快地吐出。畅快！

检查完考卷和错字，唐慎交了卷，等凑齐十人一起出了考场。

唐璜和姚三见他出来，立即跑上前，小姑娘小心翼翼地说：“哥哥，可还行？”

唐慎挑眉道：“你哥当然行，你哥还想考个前十！”

唐璜喜笑颜开。

唐慎自觉自己这次发挥得还不错，和上次没什么差别。这次十个人开小灶考试，虽然考了一整天，但是没受到生化攻击，唐慎神清气爽，吃饱饭睡觉，准备明天的第二场。他自然不知，吴县县衙内，刚结束府考，贾亮生就从众多考生卷子中挑出了他的。

“以先世之恭行，继后代之常乐，君子贤亲而难隳九重之塔矣……”

贾亮生和学政、提学们纷纷围了过来，观阅唐慎的考卷，将两篇制艺和一首试帖诗看完后，贾亮生道：“引经据典，立意独特，文章看似调停，却有渐有本，是一篇佳作。试帖诗写得倒也不错，这唐慎今日倒写了一首首尾合一的八股试帖诗，只是文采不如他县考时的作品。”

学政道：“优秀有余，却没县考时那般出人意料了。”

贾亮生点头同意。

等阅卷结束，众人把这次最优秀的几张考卷放在一起，贾亮生点评道：“这次的甲等制艺，一篇给姑苏府唐慎，一篇给吴县杨知凡，而这试帖诗，吴县刘永写得最佳，当得甲等。至于案首……”

府考也是第一场考试最重要，后面四场只是走走过场，基本上第一天就决定了考生成绩。

贾亮生看着三张考卷，思索良久，道：“这三人各有千秋，难分伯仲。然，若是这唐慎今年中了个童试小三元，也是本届佳话了。”贾亮生大笔一挥，写下“姑苏府唐慎”五个字。

此时唐慎还不知道，他才考了第一场，就已经拿到本届案首了。

唐慎老老实实地又去考了四天，七日后放榜，他本来想着考个前十就行，谁料竟然看到自己又是案首。

这可不是县考的案首，府考一过，便是秀才。这是一个秀才案首！

唐慎都开始怀疑自己是不是隐藏在俗世中的天才了。

“唉，天生我材必有用，千金散尽还复来！我已经是个人才了，是时候把我的千金找回来了。林账房，我们来聊聊物流涨价的事。”

这次的府考中，紫阳书院参加了三人，竟然三人全中。

孙岳完全没抱希望，当他看到自己的名字在最后一位时，小胖子激动坏了，直嚷着要请客：“明日中午，千秋楼！请各位同窗到场！”

唐慎给了他一个大拇指：“有钱人！”

孙岳笑呵呵地说道：“唐案首，你说什么呢。这两日可把我高兴坏了，我居然中秀才了，我孙岳居然也能在十五岁中秀才，果然，我是个天才吧。”

唐慎心想，这话有些耳熟。

唐慎：“你明日要在千秋楼请所有同窗吃饭？”

“那是，你也要来啊，得和同窗打好关系。我可跟你说，你现在是很多人的眼中钉，要想未来两个月在紫阳书院过得舒心，明日中午就必须来。”

唐慎乐道：“我怎么就是别人的眼中钉了，我干什么了？”

孙岳瞪直了眼：“你干什么了？你可知道，你连中两次案首，这说明什么？”

“什么？”

“说明两个月后的院考，你极有可能还是案首！”

“你对我这么有信心？”

“呵，我对你有什么信心？院考又不是县考、府考，到时咱们紫阳书院的一半学生都会参加。你唐慎虽然厉害，但才读书几年，哪里比得过这些老书生？只是你已经拿了两次案首，只要你发挥不错，本次又没有太过出色、一骑绝尘的考生，贾县令一定会把案首给你，成就你的童试小三元。”

“还能这样？”唐慎竟不知道科考还有这种潜规则。

孙岳感慨道：“我是满足了，我现在是秀才，五年之内我娘不会烦我。院考我毫无把握，就是去尝试一番，不像你，你可要努力了，唐小三元！”

唐慎对案首其实毫无兴趣，他又没有强迫症收集癖，拿两次案首已经在他意料之外。童试的三场考试，最后一场院考，其实唐慎并不看重，这一次哪怕考了个案首，下次乡试时还是要坐在考棚号房里，和所有考生一起考试。又没额外奖励，考那么高干吗？能考上就好！

第二日，唐慎来到千秋楼，孙岳说要请所有同窗吃饭，可并不是每个人都来了。

紫阳书院中寒门弟子占了多数，富家子弟只有他们的一半，这一次，和孙岳玩得好的几个有钱人家的少爷都来捧场，寒门子弟只来了两桌，与他们分开坐，并不交谈。

酒足饭饱后，这些府学的书生也与普通人没有两样，开始说起大话来。

一个富家秀才道：“唐慎，你可是两次案首，恭喜恭喜！姑苏府可不是那些偏僻地方，咱们这书香气重，寒门多状元，咱们紫阳书院已经连续三次，童试案首都出自寒门，两个月后的院考你可要给咱们争口气。”

唐慎笑道：“虽说不是我决定的，可在座同窗，咱们人人都会在院考上全力以赴。到时只能说，尽人事，听天命吧。”

“好一句‘尽人事，听天命’！”城东王家的少爷说道，“唐慎，听说你是梁博文梁大人的学生？”

这事不知什么时候便传遍了姑苏府，唐慎觉着自己并没有故意传播，怎么大家都知道了？这话要是被梁诵知道了，定会将这个劣徒踹出书房。

唐慎：“是，我是先生的学生。”

王秀才拱手：“你这可是艳羡我等啊！”

有人道：“我听我在府衙当差的表哥说，最近几个月梁大人总是不在姑苏府，经常去金陵办事，不知是做什么，难道有什么变故，梁大人会离开咱们姑苏府吗？”

旁人出任姑苏府府尹，都是一件天大的喜事，但以梁诵的文名地位，他大可以在盛京做个大权在握的京官，来姑苏府颇有些下放的意味。唐慎不想透露老师的心思，当然他也没和梁诵说过这些事，他沉默不言，低头吃菜。

王秀才道：“哎，你可别瞎猜，姑苏府是梁大人的故乡，梁大人怎会随意离开？我也听家里说了，梁大人去金陵为的不是其他，为的正是那关在牢中二十五年的大儒钟先生！”

大梁民风开放，对读书人甚为宽裕，太祖时曾经立下一道特殊律令：不杀读书人！

王秀才谈论国家时事，也没人说他，反而各个参与进来。

“钟先生竟已在牢中待了二十五年了吗？那年我不过五岁，如今已过而立，当真是沧海桑田。”

“二十五年风雨，梁先生竟还未曾忘了友人，重情重义，不愧是我辈读书人的楷模。”

唐慎从小到大，接触到的人除了唐璜、姚三，就是唐夫人和梁诵。梁诵从不和他谈及政事，师生二人相处时他就像个普通的老师，教授唐慎学问，而其他人更不会和唐慎说这些。

唐慎默默地吃菜，一边听这些秀才说话，只是可惜这些秀才哪怕家境富裕，也不懂什么，说了几句就又说起两月后的院考来。

回到家中，唐慎找来林账房，问道：“梁先生近日总是去金陵府做事，我身为学生竟一概不知，实在失责。林账房，你可曾听说过一个人？”

“何人？”

“大儒钟先生。”

林账房双目剧缩，道：“小东家，慎言！”

唐慎察觉不对：“这钟先生是谁？”

林账房叹了口气：“其实说也无妨，大梁从不限制读书人的言语。钟先生名钟巍，字泰生，先帝在时，乃是政事堂左相，人称钟相公。”

唐慎一惊。

大梁的官制沿袭前朝，分三省六部，其中中书省又称政事堂，是皇帝心腹。大梁以左为尊，政事堂左相便是当之无愧的一人之下万人之上。

林账房：“钟相公在位时，平北狄，定南蛮，是我大梁的功臣啊。只可惜二十五年前宫门政变，钟相公一时糊涂，与太子闯入宫闱，意图逼宫，太子被当今圣上一箭射死在宫门外，钟相公被活捉，关入天牢。”

唐慎立刻道：“那这与梁先生又有何关系？”

“小东家应当知道梁大人是天下四儒之一，但你恐怕并不知道其他三位是谁，这其他三位分别是钟相公、傅相公和陈相公，而这其中，钟相公可谓是四儒之首！唉，四人中，陈相公的事我并不知晓，但是世人皆知，梁大人，也就是小东家您的先生，他与钟相公是多年至交。若是真如小东家所说，梁大人近日常去金陵府是为了钟相公，梁大人恐怕得铩羽而归了。”

唐慎思索许久，问道：“太子为何要逼宫？”

林账房惊道：“小东家，虽说大梁对读书人宽裕，不杀读书人，许读书人议论朝政，但这终究是帝王家事，您在外面还是莫说的好。”

唐慎笑道：“您也知道，我只是关心先生，咱们二人私下说说而已。”

“那就好。”

唐慎：“太子既然已经是太子，逼宫便毫无道理，难道说，先帝天寿绵延？”

林账房：“先帝驾崩时，五十六岁。”

唐慎皱眉:“不大，也不小。”这不至于逼宫吧?

林账房:“小东家，我就是个普通秀才，也是听人在茶馆里议论才知道一二，你若真想知道，为何不去问梁大人？”

唐慎道:“先生近日来已经十分忧心，自县考我中了案首，我们只见过两面，我不想以这种事去烦扰他。”

林账房走后，唐慎拿了一张宣纸，在纸上勾勾画画。

按照林账房的说法，先帝驾崩时五十六岁，再怎么算，太子当时最多也就四十岁出头。他已是太子，除非先帝有废太子的苗头，否则他不会冒险逼宫。

除非逼宫是假，背后另有隐情。

唐慎不知道当年真相，但他相信梁先生。梁先生既然愿意为了钟相公鞍前马后，屡次去金陵府，他的选择是相信钟相公，那么唐慎也选择相信钟相公并未逼宫。

然而，无论背后有什么隐情，有句话说得好，任何一件事想要知道真相，只需要看它的获益人，宫门事变后，太子死了，当今圣上即位，他就是最大的获益人。钟相公被打入天牢，梁先生想要救他，就是与当今圣上赵辅作对。赵辅怎么能应?

梁先生不可能成功。

唐慎叹了口气，成王败寇，只希望梁先生早日看透，不要反而陷入其中。

第十章

县考

唐家出了个秀才案首，这可不是件小事，惊动了唐举人。

唐举人邀请唐慎去唐家赴宴，专门为他办了三十席流水宴，摆了三天三夜，宴请姑苏府的各路街坊，恭贺新晋案首。唐慎没有推辞，他与唐家的关系虽说不至于亲如一家，但双方毕竟有合作，已经是一体的了。

唐夫人感慨万分："你那堂兄比你大几岁，可这次又没考上秀才，唉，也是令我发愁，好了，今日不说那浑小子，惹你不开心。慎儿，前几日金陵锦绣阁的方大掌柜来了姑苏府，想与我们珍宝阁订货。"

唐慎双眼一亮："肥皂？"

唐夫人摇首："肥皂、香皂与精油，方大掌柜都要了！"

唐慎："善！"

唐夫人："善！"

两人相视一笑。

肥皂已经问世三个月多，如唐慎当初所说，这是他的撒手锏。

肥皂有香皂的作用，与香皂长得十分相似，却比香皂便宜太多。百姓常用一种叫作胰子的东西，是将猪胰子碾磨成碎，加入砂糖和草木灰做成的，因是用了猪胰子，终究带了股不可少的腥气，且呈现灰黑色，触手粘腻。在没有肥皂的时候，胰子是姑苏府寻常人家洗衣的必用工具，但有了肥皂，肥皂比胰子更耐用，且干净漂亮，一下子便成了姑苏人的新宠。正所谓家中可无酒与茶，家中要有盐和皂！

姑苏府和金陵府相邻，唐慎早就猜到会有人发现肥皂，只是没想到这么快。

肥皂好做又方便，唐慎没想到香皂和精油也会有人看上。

唐夫人道："你怕是不知晓锦绣阁是做什么的吧？那锦绣阁是金陵府最大的脂粉铺子，金陵府最大的酒楼名为锦绣楼，最大的绣坊名为锦绣坊，最好的酒家名为锦绣酒坊。金陵府郑家，便是锦绣阁的东家，也是咱们江南首屈一指的巨富。"

唐慎明白过来："原来如此。"

寻常商贾来到姑苏府，看到珍宝阁里的货物，一定最想要肥皂，香皂和精油虽然好卖，但是比起肥皂，受众始终窄了一些，如果不是大富，万不敢揽下香皂和精油的生意，但锦绣阁背靠郑家，郑家是金陵首富，整个江南的首富！

只有郑家有这个胆量揽下香皂、精油生意，觉着能卖出去。

唐夫人："如今我唯一犹豫的是我们该如何与锦绣阁合作。慎儿，这生意终是有你的一半，你有什么见地，可说来听听？"

唐慎："大伯母应当已经有想法了吧？"

唐夫人笑了："自是瞒不过你。慎儿，我们唐家在姑苏府有些势力，可去了金陵就是瞎子抹黑，金陵府是郑家的地盘，不与他们合作，我们绝不可能在金陵府做生意，哪怕做了，也很难收回成本，所以我是想与他们合作的。但出货一事，有两种办法，第一，是直接走大运河，将我们做好的货物送去金陵；第二，是咱们直接在金陵府找家工坊，制作东西。"

唐慎道："第二种法子是一本万利的生意，前期投入钱财，后期便可直接盈利。而第一种法子每次运送货物都需要成本，路上消耗的钱财注定比第二种多。"

唐夫人："但是……"

唐慎："但是将咱们的工坊放在遥远的金陵府，正如大伯母所说，金陵府是郑家的底盘，把工坊放在那儿会发生什么，谁也不知。大伯母选的是哪种？"

"第一种。"

"我也觉着第一种好。"

唐慎一直知道姑苏府城西有条大运河，是前朝开凿，始于盛京，终于钱塘。南北往来货物，多从这条大运河上走，但他从未见过这条河。

和锦绣阁谈成了一笔生意，第二日，唐慎和姚三去了大运河边。

辽阔浩渺的运河之上，千帆竞发，人流如潮。岸边港口上，数十条大船正在卸货、装货。姑苏府的茶叶和丝绸是天下一绝，每日都有价值万金的茶叶、丝绸从这个港口乘船离开，驶向大梁四方。

姚三道："我那家乡也毗邻大运河的一条支流，只是比姑苏府的这条主流差得远，每日停靠的船最多十条。我偶尔会与那些靠岸的船夫说些话，听他们说天南地北的故事。"

唐慎："姚大哥，你还懂船运？"

姚三羞愧道："小东家真是抬举咱了，我哪里懂这些。只是听那些船夫说，他们送货时有一条规矩，是沙帮制定的，也称沙船制。比方咱们姑苏府，唐家、王家和孙家都有货物往来盛京，这路途遥远，途中恐会遇到风暴、劫匪，三家就会联手打造三条船，每条船上每家放三分之一的货物，最后无论是哪家的船到了盛京，三家都将船上的货物平分。至于沉船损失的货物，三家也是一起平分。”

唐慎惊叹道：“前人还有这样的智慧！”

十日后，唐慎与唐夫人商定了送货去金陵的事，他回到家中，姚大娘正在做菜。

“小东家回来了？正巧，林账房半个时辰前也来了。您今儿个早晨不是说有事要与他说，他可等您很久了。”

唐慎：“他来了？在哪儿呢？”

姚大娘从厨房出来，四处看了看：“是不是去阿黄屋子里了？”

唐慎皱起眉头。

林账房终究是个男人，去阿黄屋子里干什么？唐慎走到唐璜的屋子前，他发现大白天的，小姑娘居然紧闭房门。唐慎心中不悦，他没有敲门，而是在窗外听了会儿，里头的声音听不真切，只听到一两句“不念这个”“您再写来给我看看”这类的话。

唐慎觉得奇怪，他没有敲门，一把推开房门。

唐璜惊叫一声，吓得把桌子上的东西一股脑儿地全部藏在身后。林账房也吓了一跳，他站也不是，坐也不是，默默走到门旁，道：“小东家，你何时回来的？我都没听见。”

唐璜：“哥！你进来不敲门，不是你与我说，要懂礼节，进屋前要敲门吗？”

唐慎挑眉道：“我若是敲门了，是不是就不知道你们两个瞒着我在背后做什么了？唐璜，你背后藏着什么，拿出来。”

小姑娘把东西藏在身后，抿着嘴唇，脸色煞白，后退几步，紧贴着墙。

唐慎心中疑惑，他走上前：“交出来。”

“我不！”

唐慎也不逼她，而是直接转头问道：“林账房，你们在这房间里干甚？”

林账房犹豫片刻，道：“阿黄，你就拿出来给小东家看看吧。”

眼睛被泪水憋得通红，唐璜被逼将藏在身后的东西拿了出来，唐慎定睛一看，发现那竟是一本《千家诗》，还有几张宣纸，上面墨迹都没干，写了一些歪歪扭扭的字。只是一眼唐慎便明白：“你让林账房私下教你读书？”

林账房：“小东家，您别怪阿黄小姐，只是识字而已，都是我的错。”

唐慎：“你教她读书而已，为何要藏着掖着，大门紧闭？”

唐璜和林账房皆是一愣。

“小东家？”

唐璜眨了眨眼，一颗泪珠从脸颊上滚了下来，她哑着嗓子：“哥哥，我读书，你不生气？”

唐慎莫名其妙："你读书我生什么气？不过我倒也确实要生气。"唐慎看着宣纸上的字，问道，"林账房，你私底下教她读书写字多久了？"

"三月有余。"

"三月有余？那就是我去县考前就开始教了。唐璜，你看看你写的这是什么字！梁先生曾经说过，我长得有多俊俏，字就写得有多不堪，半年前，我的字写得比你还差，可这才半年过去，我的字便得到了先生的嘉奖，还拿到了两次案首！"

唐璜愣了半天，反应过来："哥，你是在夸你自己长得好看？"

唐慎："我有这么说过？"

唐璜："你有！"

"哦，那我也未说错。你再看看你这字，练字三月，你写的便是这个？"

唐璜委屈极了："我不敢练字，每次只能等你和姚大哥、姚大娘不在，自己偷偷练，写成这样已经不错了。"

唐慎："借口颇多！那就再给你三月，我要看看你能写成什么模样。"

"哥哥……你不反对我读书写字？"小姑娘语气小心，忐忑害怕的模样令唐慎忽然心疼起来。

"我为何要反对？"

"爹还在世时，总说女人无才便是德，不许我和娘碰任何与读书有关的东西，也不许我们踏进他的书房……"

唐慎这才想起来，唐秀才好像是有说过类似的话，只是他不知道这话对唐璜的影响如此之大。

唐慎自责地说道："是我疏忽了，你想做什么，我绝不会反对，当然，除了杀人放火，你要是敢做，我定然大义灭亲。读书而已，你为何不可读书？林账房，今日你也在，不知你是否愿意收唐璜做学生，当她的西席。"

唐璜喜出望外："哥！"

林账房笑道："小东家开口了，我自然不敢辞。"

"我哥哥果然是全天下最好的哥哥！"

唐慎被自家妹妹吹捧了一天，唐璜恨不得到碎锦街上，逢人便说一句自家哥哥的好。晚上吃饭时，林账房留着一起用菜，他道："小东家和阿黄长得有些像。"

姚三："确实，毕竟是亲兄妹，他们俩的眼睛有些像。"

唐慎一愣，还没开口，唐璜道："我和哥哥的眼睛才不像呢，我比他的大多了。"

唐慎："呵，大言不惭，你就是把眼珠子瞪出来也没我眼睛大。"

院子里欢笑一片。

三日后，唐慎和林账房登上唐家的货船，前往金陵府。

千年古都，十里秦淮，春风拂面柳儿轻，金陵儿女多豪情。

二人在金陵几条繁华的街市上逛了一圈，来到江南贡院。

林账房："这便是小东家以后考举人的地方了，若是考中了……"声音一顿，"嗨，我说什么呢，真是说错话，掌嘴，小东家自然能中举人，中了举人后，您便要来这贡院读书，不来也行，但至少要入了学籍。”

江南贡院是官家禁地，除了科考时，寻常时候只有里头的举人学生可以进去上课。

唐慎在外面看了两眼，觉着这地方和紫阳书院也没太大分别。

两人又去夫子庙、乌衣巷看了一圈。

唐慎感慨道：“朱雀桥边野草花，乌衣巷口夕阳斜。旧时王谢堂前燕，飞入寻常百姓家。这便是那乌衣巷啊！”

林账房一惊：“小东家说甚呢？”

唐慎：“无事，不知道从哪儿听到的诗，随口念一念。”

林账房：“这诗小东家从哪儿听到的？这不能瞎念。‘旧时王谢堂前燕，飞入寻常百姓家’，那谢家也就算了，他们确有衰败，不复鼎盛，但那琅琊王氏却是世家大族，钟鸣鼎食的簪缨大家！若是被人听到您在背后诅咒王谢衰败，可要出大祸的！”

“啊？”

林账房：“小东家可别再念了。”

唐慎连连点头：“好好好，我不再念了。”

两人只逛了一个时辰，便玉蟾悬空，入了夜。唐慎本想先找个地方歇着，林账房犹豫了会儿，道：“这儿离那秦淮河近得很。”

唐慎一愣：“啊？”

“小东家……此次特意来金陵，是想见识见识那金陵一绝，秦淮河上的商女？”

唐慎愣了半天才反应过来商女是什么意思。

他有这么好色吗！

唐慎咳嗽一声，提醒道：“林账房，我今年才十四。”

“记得我十四那年，已经与我早去的夫人定亲了。”

这天没法聊了！

唐慎当然没想过去秦淮河，事实上他来金陵是来考察市场的。金陵府的百姓生活状况、金陵府有哪些商贾，都是他要考察的对象，同时他也打算第二天去锦绣阁一趟，金陵府确实富裕，但是精油、香皂想要卖得好，不是有钱就可以做到。

唐慎打算去锦绣阁，帮着方大掌柜设计一下精油和香皂的店面装帧，就像他在姑苏府做的一样。然而来都来了……

唐慎道：“要不去看看？”

“走吧。”林账房一脸“我就知道你想去”的模样。

夜幕中的秦淮河上，一条条画舫随着水波轻轻摇晃，灯影幢幢，桨声荡荡。唐慎并未登上任何一艘画舫，他沿着河岸行走，远远望着这番盛世景象。

秋娘们的琵琶声、琴声，与秦淮河的水声交杂掺错。

大梁国泰民安，这是盛世之歌。

唐慎忽然道：“烟笼寒水月笼沙！是了，这便是金陵！”

林账房不明所以。

第二日，唐慎去了锦绣阁，方大掌柜早知道他要来，在门外迎接。唐慎大致描述了一下自己设想的店面装帧设计，方大掌柜愣在原地，重复了一遍："烟笼寒水……月笼沙？"

"是。"

"这是唐公子所作？"

"不是，这是我从旁人那儿听来的。"

"这是一句千古佳句，可堪千载啊！唐公子，您且放心，如您所说，那水与白沙我自会找人备下，按您的打算重新装帧一下我这锦绣阁。'烟笼寒水月笼沙'，仅此一句我便敢断言，那精油在咱们金陵府，定能大卖。"

半月后，肥皂、香皂和精油一起在金陵府售卖。

这次锦绣阁没有像珍宝阁一样，特意藏着肥皂，不先售卖，因为金陵府与姑苏府离得近，早有金陵人知晓肥皂，甚至还从姑苏府买过肥皂。锦绣阁将三样东西一起售卖，同时郑家还托了关系，请琅琊王氏的人题了字，赋在锦绣阁的店内。

"烟笼寒水月笼沙。"落款，王子丰。

方大掌柜拿着这张字时，大惊道："东家，如何请得王相公题字？"

锦绣阁的东家，郑家现任家主郑颢也觉着奇怪："本是只想请王二公子题字，以我郑家与他们王家的关系，应当不费事，恰巧王大公子回家省亲，这句诗不知何时传入了他的耳中，他说了句'写得好'，在回盛京前就写了这七个字给了二公子。"

方大掌柜道："甚妙，甚妙！东家，我们虽没有梁大儒亲笔题字的《黄金缕》，但有王相公的字，在咱这金陵可比梁大儒的好用多了！"

岂止是在金陵府好用，方大掌柜心想：哪怕把这字挂去盛京，都是绝顶的金字招牌！

这些事唐慎当然不知道，他只负责店面装修，哪里想到方大掌柜不愧是生意人，无比精明，连他珍宝阁请梁诵题字这种手段都用了，且用的结果比他还好。

回到姑苏府后，离院考只剩下一个多月，唐慎开始发奋读书。

后世常说金榜题名，大多人也知道状元、榜眼、探花，但对举人、秀才这些低阶考试不大清楚，也不知道童试三场的复杂。童试第一场县考，考过了就是童生；第二场府考，考过了才是秀才。

但不是说每个秀才都有考举人的机会，否则江南贡院就那么多号房，人人都去考，怎么可能挤得下？秀才想要考举人，除了一些特殊方法外，大多数秀才都要通过院考，获得参加乡试、考举人的机会。

唐慎依旧每天写两篇制艺、一首试帖诗。要是梁诵在姑苏府，他就每日送去给先生评阅，要是梁诵不在，他就收着，等梁诵回来再去。

如此便到了院考前一日，因为第二天要早起去考场，唐慎酉时不到就歇下了。戌时三刻，忽然有人敲门。姚三被惊醒，开了门，一个风尘仆仆的人站在门外，他穿着一件罩衣，将面庞藏在其中，小声问道："可是唐慎家？"

姚三警惕地道："正是，你是何人？"

唐慎被吵醒了，披了件衣服走出屋子。

来人道："我名徐慧，是梁大人的表侄。你去告诉唐慎，他自然知道。"

"愚之？"

徐慧抬起头，看见唐慎。

唐慎："先进来吧，有什么事屋里说。"

徐慧进了屋子，神色严肃，迟迟不肯开口。唐慎明白他的意思："姚大哥，你去院子里吧，这是徐愚之，先生的表侄，许是先生有事找我。"

姚三点点头，离开屋子。

唐慎问道："可是梁先生出了什么事？"

徐慧摇首："未曾。大人还在金陵府，恐怕过几日才能回来。"

"那？"

徐慧踌躇片刻，道："大人还未回来，但是有一件事，我却是等不及了。唐慎，你恐怕不知，大人这半年来屡次三番去金陵府，是为了救一个故人，大人的那位老友在天牢中关了二十五年，半年前，不知何故，大人得到消息，似乎有人想要谋害那人。"

唐慎心想，故人？不就是钟巍钟大儒吗？

他表面上装作不知道的模样："何人要害先生的好友？"

"我也不知。但是今日清晨，有一个人从盛京回到姑苏府，为他一个亲戚奔丧，他只停留两日，我来不及通知大人，且大人恐怕也没有法子应对。"顿了顿，徐慧道，"唐慎，我与你交底，此人和当今圣上有些关系。世人皆知，当今圣上痴迷修仙，独宠那妖道李肖仁，我查到的消息便是，李肖仁的一个俗家弟子回到了姑苏府，若是想打听盛京的消息，揣摩圣听，他是最好的途径。"

唐慎皱眉道："你希望我帮你打探消息？"

徐慧叹气："我也是走投无路。大人清贫，别看大人是姑苏府府尹，他在姑苏府的势力和关系怕是还没你们唐家大，所以我只能来求助你，希望你能找唐举人试试。"

唐慎沉吟片刻："很急吗？"

"那人明日傍晚就走！"

"好，你且跟我来。"

唐慎换了件衣服，跟徐慧出了门，徐慧以为他要带自己去唐府，谁料唐慎和姚三绕了两圈，竟然没去唐府，而是来到了一个大院。姚三敲开一扇门，一个身材精悍的中年男人走了出来，见面便道："小东家，姚兄弟。"

唐慎："刘大哥，若我没有记错，同德巷的物流生意是由你管着的吧？"

刘号子道："是。小东家有事要吩咐？"

唐氏物流的生意早已步入正轨，三个月前唐慎特意挑了一些比较精明的伙计，提拔他们为主管，管理一片坊街的物流生意，这刘号子就是其中之一。

唐慎："若是要你打探一户人家的消息，可能做到？那户人家就住在同德巷。"

“三日后，我能告诉小东家，那人当日的内衫穿的是什么颜色！”

“如果只有一天呢？”

刘号子一愣：“只可尽力而为。”

“好，那明天一天你便听这位先生使唤，他说什么，你便去做。”唐慎将徐慧介绍给刘号子。刘号子连连点头。

徐慧感激地看着唐慎，拱了拱手。

唐慎和姚三动身离开。从一开始，唐慎决定做物流生意，就是给自己在姑苏府安插了眼线，信息，才是制造金钱的最强大工具。

第二日清晨，唐慎拎着长耳书篮进入考场。他端坐在书案前，神色平静，仿佛昨天晚上没有被人敲开门，也没有听人说过二十多年前的朝廷政变，唐慎气定神闲地翻开试卷，贾亮生就坐在他面前，期待地望着他。

童试小三元，对唐慎是个荣耀，对他贾亮生也是个不错的文名，他第一年来姑苏府任县令，要是出了个小三元，说出去也是一件祥瑞喜事，所以为了不让唐慎写跑题，他这次院考特意出了三道简单的题目。

唐慎啊，这你总不会出错了吧？

唐慎翻开卷子，看着上面的题目，猛地怔住。

第一题：“学而时习之。”

唐慎愣了一会儿，下意识地翻开第二题。

第二题：“知之为知之。”

得，不用看第三道试帖诗了，肯定又是耳熟能详、绝不可能写跑题的题目！

唐慎悄悄地抬起头，目光与贾亮生相对。

贾亮生眼神殷切：好好写，不出错，你就是本届案首！

考场潜规则真是害人啊！他明明没想拿案首，怎么还有人赶着给他送案首？唉，那就只能勉为其难地收下了。

唐慎低下头开始答题，嘴巴却偷偷地咧到了耳根。嘿嘿嘿嘿！

第一场考试结束，唐慎交了卷子，贾亮生迫不及待地拿着他的卷子看了起来，他仔仔细细地看过两篇制艺和一首试帖诗，频频点头。唐慎也松了口气，不出意外，这次院考自己估计又是案首了。

我果然是个天才吧！唐慎心想。

晚上回家，唐慎也没掩饰自己的喜悦，他直接对姚三道：“把林账房一家请来，咱们庆祝一番。”

姚三：“庆祝什么？”

唐慎笑道：“庆祝我通过院考。”

姚三完全没想过这才考了第一场，还有四场，唐慎怎么就无比确认自己能过院考。他非常信任唐慎，高兴地邀请了林账房一家。

林账房是有经历的，他捋捋胡子，道：“看来小东家很自信，今日答得很好。”

唐慎笑而不语。

姚大娘烧了一桌好菜，众人吃菜庆贺，姚三和林账房喝了两杯，林账房喝多了，说唐璜最近又背了三首诗。小姑娘一点不怕羞，非常骄傲地当场背起诗来。

夜色深了，唐慎离开人群，悄悄开了门。只见刘号子站在门外，两人对视一眼。

唐慎问道："徐愚之要你查的消息，查出来了吗？"

刘号子道："小的查了很多消息，不知道他要的是哪个，但是徐大人没说不好，应当是得到了想要的东西。"

"你和他都说了什么，与我一一说清楚。"

刘号子将今日探得的消息又对唐慎说了一遍。

"……那花道士说是道士，却娶了三个媳妇，在同德巷也是有钱人家。他昨日回来的时候与他夫人提过一嘴，说想找个法子离开盛京回姑苏府，因为半年前陨星坠地之夜，他的两个师兄正在宫里当差，那天晚上就没从宫里回来。"

唐慎："陨星坠地之夜……咦，是那天晚上？"

刘号子："小东家还有什么事吗？"

"无事了，你回去吧，你且记得，今日我让你做的事，你一个字也不可说出去。"

"是。"

关了门，唐慎想想还是不行，他叫来姚三："你拿五十两银子给那刘号子，让他立刻动身离开姑苏府，从此以后不要回来了。"

姚三猜测和昨晚上的事有关，他点头应是，拿着银子出门了。

十一日后，院考放榜。

孙岳与唐慎一起来到书院门口，同时在场的还有紫阳书院的大半同窗。

天还未亮，星子布空，唐慎有些困，他打了几个哈欠，孙岳却瞪大了眼睛死死盯着书院大门。

唐慎："有把握考过院考？"

孙岳："没把握，但万一就撞上大运了呢？这次题目如此简单，很难写得出彩，但也写不出错。你看咱们书院的那些老秀才，他们虽说文采比我好，但写'学而时习之'，他们未必就比我写得好。这东西，我也能写！"

唐慎笑了，老神在在地说道："祝你拿倒数第一。"

孙岳也不气恼："倒数第一好啊，倒数第一多好。倒数第一也是进榜，进了榜我可就是贡生了，可以去江南贡院报到，来年可以参加乡试了！"

"你可就这点出息！"

唐慎嘴上骂，心里却也希望孙岳能考上。孙胖看上去不靠谱，但是读书却是极认真的，每日他都认真完成先生布置的功课，从不打折扣，紫阳书院所有的富家子弟中他是最用功的一个，唐慎都自愧不如——毕竟他还要管珍宝阁和唐氏物流的生意。

院考的第一名和最后一名其实没什么差别，都是贡生，都能参加乡试，如果不是已经拿了两次案首，唐慎对这第三个案首也没什么兴趣，案首又不值钱，每年有三个呢！

终于，寅时到，两个官差和一个学政拿着红榜，来到书院前。

红榜缓缓张开，有人痛哭，有人狂喜，这般痴狂如梦的景象，在华夏大地出现了上千年，年年如此，从未间断。科举考试着实迂腐不堪，八股制艺扼杀学子们的思想，令他们被四书五经束缚，但这又何尝不是古人能做到的最大的公平！

无论富贵贫寒，所有人皆在一个考场考试。这是最好的改变人生的途径，这是一条放在世人面前的康庄大道，哪怕垂垂老矣，也绝不放弃。

很快，有人向唐慎报喜。

“恭喜，唐小三元！”

“唐慎恭喜恭喜！”

“唐小三元，你可要去千秋楼请客。”

唐慎笑着拱手：“多谢诸位同窗，明日中午，千秋楼见。”

过了一会儿，唐慎发现孙胖不见了，他找了找，在人群中找到孙岳。

“怎的，中了吗孙岳？”

孙胖缓缓回过身，唐慎惊骇地发现，这胖子竟然哭了。孙岳激动不已，一把扑上来抱住唐慎，一身沉甸甸的肥肉差点把唐慎扑散架：“倒数第一，真的是倒数第一！唐慎，你真是金口玉言，你下次一定要说我能中举，我中倒数第一就好！哎对，你刚才说明天中午你要去千秋楼请客？不许！各位同窗，明天中午我孙岳在千秋楼请客，我来请客！”

唐慎哭笑不得。

院考放了榜，唐慎与书院的同窗们又聚了会儿，他回到家中，竟然见到了一个人。

唐慎大惊，急忙过去：“先生怎的来了？”

这还是梁诵第一次来他家。

梁诵坐在院子中央的木椅上，笑道：“这是你妹妹？”

唐慎看了唐璜一眼：“是，她叫唐璜，今年十岁。”

“唐璜，是哪个璜？”

小姑娘立刻道：“黄色的黄。”

唐慎：“璜玉的璜。《周易·大宗伯》有言，以玄璜，礼北方，先生，是这个‘璜’。”

唐璜错愕地看着自家哥哥。

梁诵将兄妹二人的反应看在眼里，颔首道：“璜，美玉也，是个好名字。”

唐璜愣在原地，良久，她激动地跑去厨房，一边跑一边道：“姚大娘我有名字了，唐璜，不是黄色的黄，是璜玉的璜！梁大儒都说是个好名字……”

唐慎捂住脸，不就有了个名字，这丫头怎么就不能矜持点，在先生面前丢份！

梁诵站了起来，道：“唐小三元？”

“啊，先生已经知道了？”

“嗯，比你早知道一晚。走吧，唐小三元，咱们出去走走。”

“是。”

两人出了门，沿着坊街走了起来。

唐慎租的这处宅子旁边就是一条小河，姑苏府处处可见小河，两人沿着河流走了会儿。

梁诵道：“前几日愚之来找过你？”

唐慎默了默，道：“是。”

徐慧的事，唐慎不可能瞒着先生，梁诵问起来，他犹豫半晌，还是说了出来。

唐慎道：“愚之说他本不想来叨扰我，只是先生您当时身在金陵，这事又要紧得很，他便只能来我这碰碰运气。”

梁诵：“我确实不希望他来找你。”

唐慎一愣，抬头看梁诵。

梁诵：“慎儿，既然他已经告诉你那个花道士是何人，又告诉你为何要从花道士口中探听消息，你应当知道这背后牵扯的到底是何事。”

唐慎在心里回答，不就是二十多年前的宫廷政变吗？他嘴上却没说话，一声不吭地低着头，可他不说，梁诵也知道他心里清楚。

梁诵长长地叹了口气。

他这个学生，年岁不大，却处事圆滑，待人接物颇有一些想法。徐慧将事情告诉唐慎，唐慎必然会悄悄查清事情真相，查明他这个做先生的这几个月来在忙些什么，哪怕唐慎不说，他也清楚，唐慎是知道的。

梁诵语重心长道：“为师知道，你并不是很想做官。”

唐慎：“也没有……”官场凶险，宦海浮沉，无论是谁都不敢保证自己能稳稳地渡船而过。唐慎的目标是考上举人，从此以后当个富贵乡绅，就在这人杰地灵的江南水乡，每日吃好喝好，与自家妹妹过上个安稳的好日子。

“行了，为师岂能不知你心里的那些想法。”

“先生懂我。”

“你如此想，倒也无错。你曾经说过，天下兴亡，匹夫有责，能有如此壮志，是好事，但为师从未要求你以此律己。如今的大梁看似平静，北方的辽人却一直虎视眈眈，你若能平安康乐地度过一生，这也是为师所愿。”

两人走到巷头，梁诵停了步，正声道：“愚之请你去做的事，从今日起，与你无关，你莫要插手。”

唐慎怔住。

梁诵笑道：“唐小三元，回去吧，姑苏府案牍累累，为师得回去审阅了！”

梁府管家已经在巷头等候多时，梁诵登上马车，还未走，唐慎快步上前，站在马车下，喊了一声：“先生！”梁诵拉开车帘，只见这俊俏的小儿郎站在杨柳下，模样认真地说道，“先生说，愿我一生康乐便好。这话我也想对先生说，我也愿先生一生康乐，颐养天年！”

梁诵瞠然地看着唐慎，良久才道：“好！”

唐慎在巷口目送梁诵离去。

“唉，也不知先生听没听进去。”

唐慎心里愁得很，他虽然熟读四书五经，熟背孔子那句“君君臣臣，父父子子”，但他只是熟背，无法做到。南宋末年宰相陆秀夫抱着幼主跳海殉国，十万臣民慷慨赴死，崖山之后无中华的故事他听过，他佩服这些义士，却无法感同身受，也不会这么做。

哪怕二十五年前的宫门政变，太子和钟大儒是被人陷害，并未真的想逼宫，可如今的大梁却是国泰民安。当今圣上不是个好皇帝，但也算不上昏君。他沉迷修仙，可也没完全地任用奸佞，这个国家是有希望的。

“先生到底想做什么啊！”唐慎仰天长叹。

回到家门前，唐慎正郁闷着，进门却发现院子里又多了个客人。

唐慎没想着会在这里见到唐举人，而且这次来的不仅是唐举人，唐夫人、唐府管家，就连唐云都来了。

这么大阵仗，不知是想做什么。

唐慎上前道：“大伯父，大伯母，堂兄。”

唐举人有些尴尬。

去岁唐慎刚来姑苏府时，唐举人因为生唐秀才的气，故意给唐慎、唐璜脸色看，虽然唐慎府考中了案首后，唐举人特意为唐慎举办了三天三夜的流水宴庆贺，但他如今看到唐慎，还是觉得颇为尴尬。

唐举人左右为难间，唐夫人先道：“慎儿，咱们是来祝贺你院考一举夺魁，拿了童试小三元！”

就是这样？只是来祝贺他得了小三元而已，不该有这么大阵仗，定然还有其他事。唐慎心有疑虑却不说，他笑道：“谢谢大伯母。”

唐举人找到机会开口：“慎儿，没想到你竟有如此才华，你可是咱们唐家第一个童试小三元。”

“大伯父说笑了，只是童试而已，我还未参加乡试。”

唐举人又不知该说什么好了。

唐夫人见状，叹气道：“慎儿，这般说话也不是个说法，我且与你交底了，今日我与你大伯父、堂兄来，是想带你回唐家祠堂祭祖。我知道你爹当初说过，此生不回唐家，但我们终究是一家人，你得了小三元，这么大的喜事，唐家族人今早就得了消息，想为你庆贺。”

唐慎：“原来是这件事。”

古代文人参与科考，若是寒门学子便罢了，没有太多规矩，若是书香世家的学子考上了功名，是要祠堂祭祖，将后代的功名事迹告知祖先的。对唐家这样的大家族来说，考上秀才并不至于开堂祭祖，唐慎的秀才爹就没祭祖，唐举人考上秀才时也没有，但是唐举人考上举人后，他开堂祭祖了。

如今唐慎虽然只是个秀才，却是童试小三元，也值得开堂祭祖。

唐举人道：“侄儿，先前是我做得有些不对，唉，就像你大伯母说的那般，身为长辈，我不该将上一代的事怪罪到你的头上。你得了童试小三元，按理，唐家是要为你开祠堂的，你可愿意？”

唐慎思索片刻，问道：“大伯父是心里放不下，老夫人去世时我爹没有回姑苏府奔丧的事？”

唐举人：“你既然知道，又何必再说，这已是过去的事了。”

唐举人的爹就两个儿子，一个唐举人、一个唐秀才。唐举人自认自己的母亲对唐秀才不薄，无论他与唐秀才有什么隔阂，母亲走时，唐秀才都不该不闻不问！这事他心中放不下，如今对唐慎感到愧疚，也只是意识到了自己不该把唐秀才的错怪到唐家兄妹身上。

唐慎道：“祭祖一事，我自然会去。只是有件事，我想请大伯父、大伯母帮我。”

唐举人道：“何事？”

唐慎：“让我和妹妹替父亲为老夫人上一炷香。”

唐举人怔然无言。

次日，唐慎和唐璜一起到唐家祖坟为唐老夫人上了炷香。唐慎心里松了口气，他自认此后再也没有任何亏欠唐家的事了。

唐举人道：“侄儿，先前的事是我错了！”

唐慎：“大伯父多言了。”

唐慎考上童试小三元，唐家在姑苏府五县的族人全部来了，由唐举人操持开祠堂的事，他在祖先的牌位前将后代唐慎的事迹告知天地，告知先祖，族人们纷纷道贺，唐举人又为唐慎开了三天三夜一百桌的流水宴，大宴姑苏府。

等到这一系列事结束，唐慎终于回到家中，他往床上一趟：“这要是我乡试再考个解元，那还得了，岂不是得累死在祭祖上！”

唐璜进屋时正巧听到这话，小姑娘欣喜道：“哥哥要考解元？”

唐慎：“我可没这样说，你别污蔑我。”

“若是旁人，我才不信。若是我哥哥，定能考上！”

唐慎哭笑不得：你可真是初生牛犊不怕虎，无知者无畏！

唐慎：“行啦，你来找我作甚？”

唐璜想起来：“这几日咱们都在大伯父家吃流水席，一直未曾回来，今日好不容易回家，姚大娘让我来问你，晚上咱们吃什么。过去这几日，是唐举人为你庆贺，而今日，哥哥，是咱们自家人为你庆贺。”

唐慎心中一暖：“好，你让姚三将林账房一家也喊上，顺便再去趟梁府，看看梁先生是否得空。”

“好。那我们吃什么呀？”

唐慎左思右想，突然道：“就吃火锅！”

不过多时，姚三就将林账房一家喊了过来。梁先生没来，姑苏府事务繁忙，他还没处理完，不过他让姚三带了一本字帖，赠予唐慎，并转告他：“那一日走得匆忙，这几日又一直忙着写字帖，未曾祝你拿了童试小三元。为师赠你这本字帖，望你好好练字，乡试时再夺魁。”

唐璜奇怪地道：“哥，你不是说你的字写得极好，梁大人都夸奖吗？”

唐慎把字帖藏到身后，厚着脸皮道：“先生让我练字又不是说我写得不好，你这丫头可知道，学无止境！活到老，学到老，先生要我练字，是要我锦上添花！”

唐璜：“我真的信了啊。”

唐慎心道：这妹妹怕不是从街上捡来的吧！

唐慎还没说话，唐璜就跑去厨房：“姚大娘，梁先生说哥哥写字不好看，给了他一本字帖，让他练字呢！”

唐慎无言，家丑不外扬懂不懂！

入了夜，唐慎兄妹、姚家母子，还有林账房一家齐齐坐在院中。这院子中栽了棵大桑树，姚大娘将一个桌子放在大树下，夏夜在树下吃饭，就着皎洁的月色，别有一番生动。

姚大娘：“小东家，按着您说的，我拿来了一个风炉还有一口铁锅，又洗净了一些菜果。只是你说的要将那猪肉羊肉片成薄片，我不知该怎么弄，就把它们尽量切得薄了些，您看这样行吗？”

唐慎看了眼，猪肉、羊肉都切得很薄，虽然不是那种几乎透明的，却也能吃了。

牛肉是禁止食用的，除非得到官家许可，任何偷吃牛肉的人都会被关进监牢，接受惩罚，因为牛是生产工具。牛要耕田犁地，每一头牛都是硕大的财富，寻常人家不会宰了自家的耕牛，这是自断生路，官府也不允许私自宰杀耕牛。

唐慎心中可惜，他很难吃到牛肉卷了，但是吃羊肉卷也不错，至于猪肉就完全是无可奈何下的选择。

“姚大娘，我让你熬的骨汤可熬好了？”

“熬好了，熬了一个下午呢，可鲜了！”

唐慎：“好，那便把这锅骨汤放在风炉上，咱们便可以吃火锅了。”

姚三：“火锅？这不是拨霞供吗？”

林账房抚着胡子：“火锅？哦，我知道小东家在说什么了。你们看这锅炉火，再看这口铁锅，有火有锅，可不就是火锅？”

姚三：“正是火锅！火锅二字，倒是更加形象了。”

姚大娘将菜都端了上来，众人围坐成一圈，开始涮火锅，吃菜。

姚大娘道：“没想到用骨汤做拨霞供，竟然能如此好吃。我和三儿在山西时也吃过拨霞供，但咱们的拨霞供都是用清水煮菜，再蘸酱料，比这骨汤拨霞供差远了。”

唐慎问道：“只用清水煮？”

“是，倒是从没想过还能用其他的来煮。”

唐慎双眼一亮，吃完火锅，他将林账房喊到屋内，道：“我想开家专门做火锅的酒楼，林账房，你看可行吗？”

林账房一愣：“这……这未尝不可行，只是以前竟没人想过。”

唐慎在屋子里走了两圈，停下道：“刚才那火锅，你觉得好吃吗？”

“好吃。骨汤的美味都渗进了食材里，无比美妙！”

“那便能做！”

第二天，唐慎让姚大娘再准备风炉和铁锅，姚大娘以为他还想吃拨霞供，谁料唐慎只让她洗了一份青菜、片了一份羊肉，就没让她再做。唐慎将青菜和羊肉放进锅中，耐心地计算他们大致的煮熟时间。

“时间有些久了！”

风炉是前朝的品茶人设计出来专门用来煮茶的工具。煮茶讲究的是一个慢而细致，风炉下方有三个孔，可以通空气使炭火点燃，却也让炉火没那般旺盛，用风炉吃火锅，短期内没问题，时间久了吃客就会不耐烦，生意也做不下去。

唐慎把自己关进屋子里，想了很久，灵光一闪：“内嵌煤炭，或许可成！”

唐慎灵感迸发，想到的锅子是一个特殊的铜锅，下方有高脚，锅子中央高高竖起有个柱形长槽，里面放炭火，柱形长槽的四周，就是涮火锅的地方。

这火锅的图纸不难画，做起来也比蒸器简单得多。唐慎画了一张图纸，给了巷口的王铁匠，他道：“我想做一个铜锅一个铁锅，大致什么时候能做好？”

王铁匠看了看：“这东西倒是稀奇，但也简单得很，三日后便能给你。”

拿到了两口火锅，唐慎让姚大娘又煮了一锅骨汤，他将骨汤小心翼翼地倒入火锅中，拿了三块烧红的热炭放进长槽内，等骨汤沸腾后，唐慎夹了两筷子青菜，一个放进铜锅，一个放进铁锅。

大约半盏茶工夫，铜锅里的青菜就熟透了，又过了会儿，铁锅里的菜才熟。

唐慎：“还行，这个时间能接受，用铁锅也行。”

铜的比热容比铁小，同样的炭火，铜的温度会比铁上升的更快，煮东西用的时间也更少，但是铜比铁贵。前朝时铁还十分昂贵，但到了本朝，铁已经随处可见。

解决了锅子的问题，那就剩下原材料了。

火锅最重要的三样东西，一样是锅底，一样是蘸料，还有一样就是上好的新鲜食材。前两者唐慎并不愁，调制出好吃的锅底和蘸料只是时间问题而已，但是新鲜食材的话，唐慎想了想，微微一笑。

他也不愁！唐氏物流在这个时候就派上了用场。

整个姑苏府，任何一家酒楼都不敢说能在半个时辰内将新鲜的食材从姑苏府城西送到城东，但唐氏物流可以！唐慎让林账房去请了三个厨子，要求三个厨子来自不同地方，做菜的手艺味道也各不相同。

唐慎与三个厨子研究了半个月，终于研究出了四道美味的锅底和十二种不同口味的蘸料。

万事俱备，如今只差东风。

唐慎将姚三喊了过来，两人来到唐氏物流的宿舍大院。如今的唐氏物流已经雇了一百五十多个伙计，唐慎在每个坊市都设立了一个主管，分管这一片区域的物流生意，除此以外，他在物流伙计间设立了严格的监管制度。

伙计出事，伙计和主管一起担责，这种由上而下的监管制度，让唐氏物流的生意越加安全。唐氏物流每月给唐慎赚得银子很少，几乎没有太多盈利，唐慎甚至还给伙计们涨工钱，但唐慎一直做这个生意，因为他从一开始为的就不仅仅是做物流。

唐慎将所有主管召集过来，道："下个月，我会在碎锦街上开一家酒楼。各位管事，这酒楼与其他酒楼不同，我需要最新鲜的食材，这种事自然肥水不流外人田，就拜托各位了，除此以外，我希望从明日起，各位管家让手底下的伙计在姑苏府内帮我做一件事。"

管事们道："小东家，运送食材的事自然毫无问题，您还要做何事？"

唐慎笑道："广而告之，是为广告。我需要唐氏物流的伙计在整个姑苏府为我们新开的酒楼打广告！"

一百多个遍布在姑苏府各大街坊的伙计，一百多个与各个坊市的摊主、住客十分熟悉、日常要打交道的伙计，这一百多人不仅仅是唐慎安插在姑苏府的眼线，还是他可以用来打广告的最佳人选！

唐慎要做火锅生意的事传到了唐夫人耳中，她颇为惊奇，找到唐慎："你真要做这生意？"

唐慎："大伯母也知道了？"

唐夫人："如何不知。虽然我们唐家有小厮，不需要做唐氏物流的生意，但你的伙计们可是将你要开家专做拨霞供生意的酒楼的事传遍了姑苏府的大街小巷。我以前倒没想过可以专做拨霞供的生意，据我所知，你是第一个。这拨霞供的生意不是不好做，只是食材要足够新鲜，量还很大。"刚说完，唐夫人自己都愣住了，她道，"我可忘了，慎儿你那唐氏物流可不就是现成的运送食材的途径！"

这才过了一天，唐慎去梁府找老师交作业时，连梁诵都知道了。

"听说你要开一家专做拨霞供的酒楼？"

连唐慎都为自家物流伙计的效率感到震惊。

"是的，先生。"

虽说商人的地位没有士子高，但也不像唐慎想象里的那么低，官员从商的虽说不多，但也不是没有，大多时候官员都要忙于公务，都是由家人从商。唐慎如今只是个秀才，连举人功名都没有，他开家酒楼并没有人觉得不对。

梁诵也道："自来到姑苏府后，我许久没吃过拨霞供了，你这么一提，我倒是有些想念。"

唐慎："先生不如今日到我家，我家中有口专门的铜锅，用来吃拨霞供是极好的。"

梁诵："好，那便去你家看看。"

姑苏府最大的酒楼是千秋楼，碎锦街上还有许许多多的酒楼，唐慎让物流伙计打广告，自然瞒不过这些酒楼。说来也是巧得很，林账房买下的那家酒楼与千秋楼是斜对角，两家店之间不过五十米距离。

这日晌午，千秋楼中的吃客络绎不绝。千秋楼的姚掌柜远远望着对面那家正在装修的酒楼，拨弄着手里的念珠，过了会儿，他叫来自家伙计："那家酒楼要取的名字，你可打听到了？"

伙计直摇头："未曾。掌柜的，那唐小三元也是奇怪，他好好的一个书生，刚刚考了童试小三元，为何不继续读书？三年一次的乡试，明年可就是了！只有一年时间，他不筹备乡试，还要开酒楼，真是奇怪。”

“他才十四，是姑苏府有史以来最年轻的童试小三元，哪怕他明岁考不上举人又如何，到时他才十五。等他养精蓄锐三年，十八时再考上举人，那也是一段佳话！”姚掌柜想了想，道，“那家酒楼只做拨霞供生意，倒与咱们也没太大牵连。”

伙计道：“咱们千秋楼可是姑苏府的老字号，他敢与咱们有牵连？掌柜的，那他怕是找错人了！”

姚掌柜冷笑一声：“不懂事的东西。去，干活去！”

唐慎其人，来姑苏府不过一年，做出的事样样令人吃惊。

寻常人不知道，但姚掌柜是听东家说过的，唐家珍宝阁出的肥皂、香皂、精油，全部都是这位唐小三元的手笔。再说他那不赚钱的物流生意，虽说不挣钱，可他竟然做到了不亏本，这已经让许多起初不看好物流生意的商贾大吃一惊。

而这几日姚掌柜才明白，那唐慎哪里做的是物流生意，他谋划的是整个姑苏府！

一年前谁敢相信，有人能在一天之内让姑苏府的十万百姓都知道他家要开个酒楼？正所谓一传十，十传百，唐慎这一招实在太妙，也藏得太深。

姚掌柜感慨道：“后生可畏啊！”

十月朝，寒衣节，正是穷人送寒衣，相思寄红豆的日子。

姑苏府不似金陵，对寒衣节十分讲究。姑苏人并不爱过寒衣节，只是天气渐凉，逢上寒衣节，就多穿了一件秋裳。然而这日碎锦街上却是热闹，只见千秋楼对角处不知何时矗立了一座富贵华美的酒楼。

碎锦长街，人声鼎沸。姚掌柜站在千秋楼的门口，远远瞧着对面的景象。

唐氏物流的小东家唐小三元的手段，在这姑苏府的商贾中谁人不知。他那奇怪的物流生意暂且不说，姚掌柜知晓，唐家珍宝阁的黄金缕之所以能卖得那般好，在姑苏府的夫人小姐中比黄金还妙，就是因为这唐慎的手段！然而今日真是奇了，唐慎的酒楼新开张，他竟然没闹出太大动静，只是在门口请了舞狮队，又放了鞭炮。

“这唐慎，又在作甚？”姚掌柜仔细看着，却瞧不出头绪。

唐氏物流早在一个月前就将酒楼开张的事传了出去，今日唐家酒楼早已客满，新客也络绎不绝。姚掌柜在外面瞧了会儿，喊来一个伙计：“你去那唐小三元的酒楼看看，他到底在搞什么花样。”

这伙计道：“掌柜的，他们家酒楼是专做拨霞供生意的，我去了是否也要点锅拨霞供？”

姚掌柜冷哼道：“你去就是了，我还能亏了你不成？”

“好嘞！”

姚掌柜找的伙计是千秋楼最机灵的一个小二，名为张庙儿，张庙儿得了姚掌柜的命令，并没有立刻去对面酒楼，而是悄悄换了身衣裳。他离开千秋楼，走到那家酒楼前，抬头一看：“细霞楼？”

张庙儿虽然识字，但就认识几个大字，完全不懂这话的意思。

一个书生从他身边走过，看着这字道："须叫月户纤纤玉，细捧霞觞滟滟金！好一个细霞楼，我定要看看里面是否真的有霞觞滟滟金！"

张庙儿嘀咕道："读书人就是酸腐。"接着跟着这人走了进去。

张庙儿前脚刚踏进门，后脚还没迈进来，便有一个小二急急跑了过来："客官，今日咱们细霞楼已经客满。"

张庙儿："啊，那我便只能走了？"

小二："请留步。客官往这儿坐，您若愿意，可在这等候一会儿，若是有人吃完饭，我自会来叫您。"

张庙儿心里一惊：还有这种说法？

千秋楼是姑苏府最好最贵的酒楼，也经常会出现客满的情况，想来千秋楼吃饭，通常要派小厮提前说，但千秋楼从没对客人说"您坐在旁边等等"这样的话，因为千秋楼不差这生意，客人通常也等不了那般久，难道说吃拨霞供的客人，吃菜都比普通酒楼的要快？

张庙儿将信将疑地跟着这小二来到了一个候客的小屋，这小二殷勤的令张庙儿有些慌张，以为对方看出自己是千秋楼来的细作。张庙儿进了屋，惊奇地发现屋子里竟然已经有了七八个人，他一看，又在其中发现了两家酒楼的小二。

三人尴尬地看了对方一眼，都没吭声。

张庙儿心中诧异，他坐下后，只听屋子里的高台上传来一道铮然声响，高台上，一个高高瘦瘦的老说书人一敲惊堂木，胡琴声响起，这说书人道："却说那朝末年，是群雄争鹿，战事纷起。金陵府，某渔村，一片红光映天、祥云碧空中，只听一道婴儿啼哭声，是呱呱落地！"

又是一道惊堂木响，张庙儿心神一震，不知不觉竟听起了这说书人的故事来。

这说书人的故事讲得与寻常茶馆的截然不同，说的是某朝末年，金陵府出了个神童，这神童三岁识百字，五岁能诵诗，八岁时出口成章，十岁便拿了金陵府的童试小三元，十二岁得了解元，比那唐慎还厉害。然而就在这时，他被人嫉妒，下毒暗害，使双手残废，口不能言。

张庙儿听得义愤填膺，哪怕那小人被抓去了官府又如何，神童已是废人，遭人百般凌辱。曾经巴结神童的，纷纷恶语相向，神童的父亲也暴病去世，只留下他一人，又哑又残，但他每日苦读诗书，从不放弃。

这一日，他被恶毒的后母推进河中，眼见神童就快死了，一个老者路过，将他救了上来，并治好了他废了的双手。

"我乃一游医而已，你这哑口我治不了。相逢便是缘，你且好自为之吧！"

神童用刚刚好了的双手忍着痛在地上写上一句话："我哑又何妨，双手亦能言。他日我若成将帅，报与恩人百座庙，千年香火绵延长！"

张庙儿大呼："说得好！"

他刚说完，小屋里的客人们纷纷道："好！哪怕哑了又如何，让那些趋炎附势的小人看看！"

张庙儿正听得入神，先前招待他的小二走了进来：“客官，您的位子到了。”

张庙儿一愣：“啊？”

“您进去楼上坐，可以吃菜了。”

张庙儿依依不舍地离开，他点了一锅最便宜的拨霞供。等到这锅拨霞供上桌，他惊奇地发现这东西竟然与自己吃过的不同，浓稠的骨汤配上新鲜的绿菜，将片成薄片的羊肉放入锅中轻轻一涮，沾上一些细霞楼特供的蘸料。

“妙！这竟然是拨霞供！”

张庙儿吃得热火朝天，已经把说书人的故事暂时抛到脑后。吃了拨霞供有些口渴，他拿起杯子要喝，忽然发现里头已经没茶水了，他拿起桌上的水壶要给自己倒上，就见一个小二飞快地跑过来，在他之前拿起水壶，将里头的茶水倒满。

“客官这水有些凉了，我为你换一壶去。”

“啊……额，好……”

吃完一盘菜，张庙儿的筷子才夹走最后一根菜，这盘子便被眼尖的小二收走，吃菜吃热了，张庙儿脱了外衫，立刻有小二帮他把衣服放好。

张庙儿吃得酣畅淋漓，他从未吃过如此好的拨霞供，这菜色不比千秋楼的差！

等到吃完，张庙儿还意犹未尽，小二拿了块湿布来：“请客官净手。”

张庙儿惶然一怔，忽然觉着自己仿佛成了人上人。等他回到千秋楼时，还晕晕乎乎，感觉自己踩在云上，摸不着底。

姚掌柜问道：“那唐小三元到底在做什么东西？”

张庙儿一时语塞：“这……”

“嗯？那细霞楼可有异样？”

张庙儿想起自己还未听完的故事，以及那锅美味的拨霞供，还有那细致入微的服务，他心中醺醺的，没喝酒人也醉了。“这细霞楼有异样，掌柜的，我明日再去探探，定能探出他的虚实！”

姚掌柜眉头一皱：“行。”

开张第一日，细霞楼的生意从巳时做到了申时，到了晚上，依旧灯火通明。

谁也不懂为什么有那么多客人愿意进去等着，等上半个时辰再吃一锅拨霞供，而当姚掌柜发现不对时，那张庙儿已经悄悄逃了，换了家铺子再干，姚掌柜完全找不到人，只能气自己看走眼。张庙儿倒也想去细霞楼做伙计，可细霞楼的伙计不是那般好干的，寻常人竟然还进不去。

细霞楼的生意红红火火，虽说没抢其他酒楼的生意，但若是可以去细霞楼，客人们一般都会去，甚至他们还愿意去候客屋等着，听说书人讲述那神童得天下的故事。

十月末，林账房来向唐慎报喜，唐慎正在练字。

“生意好极了。”将这一个月的账目报上后，林账房道，“小东家，起初我还不懂你为何要去管那些迟来的客人，如今看来，您可真高明！很多客人都已经不是专门为吃拨霞供来，而是为了来听书呢。为了听书，来吃拨霞供，这可真是妙！您怎的不让说书人在咱们酒楼里头开个讲堂，这样客人不就可以边吃菜，边听书。”

唐慎停了笔："让他们一边吃饭一边听书？呵，那他们岂不是能吃到地老天荒，不肯走了！"

林账房反应过来："是我蠢了。小东家，也是您那书写得妙，听得人荡气回肠。"林账房羞涩地道，"实不相瞒，我也去听了两天，恨不得进入书里，与那小神童一起杀尽恶人哩！"

"我只是写了个故事梗概而已，是你找的那两个说书人妙笔生花，把我粗糙的故事扩写得无比精妙。"

林账房："小东家就别谦虚了。只不过这故事已经快讲完了，小东家可有新的故事？"

唐慎一愣："快讲完了？"

"是。"

"额，我也没什么故事。"他想了想，道，"姑苏府最不缺的就是人才！如此，林账房，我们做个征文大会，邀请整个姑苏府的读书人为咱们细霞楼投稿！"

林账房对唐慎的奇思妙想早已习惯，可听了这个征文大会，他还是一惊。他询问唐慎该怎么做这个征文大会，唐慎向他大概说明，林账房喜道："小东家放心，交给我来办就是了。"

进了冬，细霞楼的生意更加好了。

第十一章

案首

腊月初，唐慎前往金陵府，到江南贡院报考次年的乡试。

乡试也称秋闱，三年一次，一般在八月举行，还有大半年的工夫，唐慎自知不可能拿到解元，但他决定去参加一次乡试，否则等下一次就是三年后了。按他现在的水平，拿一个举人有八成把握，若是明年能一举中第，他便不打算继续往下考了。

这事唐慎没与任何人说，但是他感觉梁诵应该察觉到了他的小心思，每日的授课上，梁诵对他从未有过一点放松，处处严格，唐慎也是苦不堪言。

唐慎叫苦连天："先生，每日要写两篇制艺、一首试帖诗，整个姑苏府都少有学生这样勤奋刻苦的读书人！"

梁诵哼了一声："我年轻时读书，每日写三篇制艺，从未停过，此外还要从四书五经、儒家经典中选取一本，每日抄写一遍。"

"您还是人吗……"

"嗯？"

"没什么没什么，小子什么都没说。"

梁诵卷起一本书，在唐慎的脑袋瓜上轻轻打了一下："明日去江南贡院报到？"

"是。"

"那明日的制艺和试帖诗，就不用写了。"

唐慎喜出望外，这可真是这些天来他听过最好的消息，比火锅店赚了再多钱还要令人兴奋！

从大运河坐船到金陵府，只需半日。

唐慎下了船，与姚三一起去江南贡院。他将自己的学籍存在了江南贡院，拿到了一张名帖，凭借这张名帖，他明年七月就可以来江南贡院报名乡试，八月参加科考。

既然来了金陵府，唐慎就去锦绣阁看了看。他来得不巧，锦绣阁的方大掌柜不在，店里的伙计也不认识唐慎，唐慎在锦绣阁里待了一刻钟，他发现这里卖得最好的依旧是肥皂，但是除此以外，卖得好的竟然不是香皂，而是黄金缕！

“真是奇事，难道金陵府的人就这般有钱？”

一个伙计听到他这话，笑道：“客官不是本地人吧。”

姚三道：“我们从姑苏府来的。”

“哦，那你们应该也见过黄金缕？是了，姑苏府的黄金缕卖得肯定没咱们金陵府好。毕竟您要知道，这黄金缕在姑苏府得了梁大儒题字，说是‘蛾儿雪柳黄金缕’，‘蓦然回首，那人却在灯火阑珊处’，而在姑苏府，黄金缕也得了题字，您且看那儿，‘烟笼寒水月笼沙’，说的正是这被白沙碧水所装点的黄金缕呢！”

唐慎随着伙计手指的方向看去，只见锦绣阁的中央悬挂着一张横额，上题七个字——烟笼寒水月笼沙！

这字气韵流畅，笔墨横姿，一笔下去，若千里阵云，竟有荡气回肠之妙。

唐慎看着下方的落款，惊道：“竟然是他？”

伙计道：“客官竟认识王相公？”

唐慎摇头道：“不认识，只是曾经有幸见过此人的墨宝。”唐慎第一次去梁诵家拜访，曾经赏过一幅《东窗菊》，为这幅画题字写诗的人正是叫王子丰。

伙计感慨道：“客官也是有福之人啊。黄金缕得王相公亲笔题字，咱们金陵府的夫人和小姐们十分仰慕王相公，自然会购买黄金缕，所以才卖得比香皂还好呢！”

入夜，唐慎和姚三回到姑苏府。

第二日，唐慎叫来林账房，询问他香皂和精油的售卖情况，林账房一一道来。

唐慎道：“金陵府真是个异类！精油怎么可能卖得比香皂多，金陵府的人要么是脑子有问题，要么是富得流油。看来得找机会请金陵人也接济接济贫困潦倒的我了！”

唐慎当然是说说而已，如今在姑苏府的日子十分舒坦，若无必要，他没打算去金陵府做事。

临近新年，腊月十八，紫阳书院在放假前开了最后一讲。

唐慎早早来到书院，只见远远的，孙胖跑了过来，他穿着厚厚的棉衣，戴着一顶狐裘帽，双手捧着一个暖壶，像足了一颗大圆球。

唐慎哈哈一笑，道：“你与去年，毫无差别。”

孙岳一开始还没反应过来，等他一回忆：“好你个唐慎，去岁此时你说，胖子不怕冷，说我穿得多。怎的，你穿得就不多了？有本事你将你的棉衣脱下！”

唐慎：“我岂会中你的激将法？”

孙岳哼了一声。

不过多时，书院课堂里来了许多人，讲习还没来，众人纷纷聊了起来。

“去年此时，难民们堵住了姑苏府西城门，那时可真是吓死我了。幸好今年是个瑞年，风调雨顺，也希望明年能如此吧！”

“明年便是三年一次的秋闱，真希望我这次能考上。”

“我又何尝不是？”

“对了，听说明岁咱们江南贡院的乡试考官很可能是罗真罗大学士。本来两年前的那次乡试就该是他，只是他突然染了怪病，圣上说考官名额给他留着，下次再给他呢。”

“那我可得先打探消息，知道罗大学士的喜好。”

江南贡院和盛京的科考是最为官家看中的，每次就连乡试都要派三品大学士做考官，出题监考。

孙岳伸长了耳朵听这些小道消息，小声道：“我也得找人问问这罗大学士的喜好了。以前我都没听过他，不知他喜欢读《春秋》还是《周易》，我可得好好准备。”

唐慎：“我也没听过这人。”

一个老秀才笑道：“知道罗大学士的喜好还不简单？‘明月松间照，清泉石上流’，他可是正儿八经的松清党人！”

明月松间照，清泉石上流。

他日宸星若照我，策马的卢为君行。

这老秀才今年五十有余，二十多年前就考上了贡生，在紫阳书院里当学生，只可惜年年乡试，年年落第，但是他对朝中局势却是在场学子中最为清楚的。众人听他这样说，便凑了过来。

老秀才道：“罗大学士乃是正儿八经的松清党人，骨干才子。先帝还在位时，松清党人在朝中可是大权在握，虽说后来松清党的魁首钟大儒出了事，松清党人有一半下狱，可全天下谁人不知，松清党人乃是真正为苍生请命、为百姓造福的贤臣！所以哪怕钟大儒谋逆犯上，当今圣上也没将其处死，而是将其在牢中关了二十五年。除了钟大儒，其余与谋逆无关的松清党人并未因此受罚，罗大学士正是其中之一。”

一个年轻秀才道：“我倒是未曾听过松清党人。”

老秀才看他一眼：“你自然不知，钟大儒都下狱二十五年了，松清党早已散了，其中的大儒们死的死，散的散。你怕是不知就连咱们姑苏府尹梁诵梁大人当初都是松清党人吧！”

“竟然如此！”

唐慎睁大眼，心中也跟着道：竟然如此！

早在这老秀才说起钟大儒时，唐慎就心里发紧，猜测梁诵也是松清党人。果不其然，梁诵是，且以他的地位，恐怕在松清党中还颇有威望。

这老秀才继续道：“当今圣上真是气量宏大，并未处罚松清党人。其余我倒是不知，但是松清党人大多爱读《春秋》，善于《左传》，咱们梁大人就是如此，不知罗大学士是否也是了。”

众人又开始说起明岁的乡试。

孙岳听了老秀才的话，将其牢牢记在心里："《春秋》，好嘞，我未来这一年要好好研读《春秋》，万一天公开眼，就给我中了呢！"

唐慎忽然冷笑道："未必。"

孙岳猛地一怔，怒道："唐慎，你为何说我未必会中？"

唐慎回过神，这才发现自己刚才说错话，让孙岳误会了，他赶忙解释："我不是在说你未必会中，只是刚才还在想那秀才说的话，一时没注意到你的话。我那句未必，反驳的是他，并非你。"

孙岳："这还差不多。你是觉得他哪里说的不对？罗大学士可能不喜欢《春秋》？"

唐慎："这我哪里知道，不如明日我为你去问问梁先生？"

孙岳顿时亮了双眼："唐慎，你怕不是上天派来拯救我，助我考上举人的金童子吧！"

唐慎笑了笑，见孙岳不说话，他又思考起来。

老秀才说圣上有气量，没有责怪松清党人，这可未必！如果真没责怪，为何会将钟大儒关押二十多年，为何梁诵会被派到姑苏府担任府尹？就连那罗大学士，虽说文名斐然，但也只是翰林院的闲散学士而已。

气量大？未必！

下了课，唐慎来到梁府，交上自己今日写的两篇制艺和试帖诗。

梁诵点评完，让唐慎又临场改了几句，唐慎道："先生，听说明岁来江南贡院监考的考官是罗真罗大学士。"

梁诵愣了愣："是他？"

唐慎："也只是传言，明岁乡试的考官还未正式定呢。"

梁诵道："我已有二十年没与罗长吉联系过，多年未见，明岁应当能在江南贡院见了。"顿了顿，他又道，"你明岁要参加乡试，如今倒是可以多读读《公羊传》。"

唐慎眼珠一转："罗大学士喜欢《公羊传》？"

梁诵轻轻弹了弹他的脑门，笑骂："这小泼皮，知道便好，还要说出来，可不是讨打。"

唐慎天真地眨眨眼。

唐慎将罗大学士喜欢《公羊传》的事告诉了孙岳，孙胖高兴极了，非说要请唐慎吃饭，就吃如今姑苏府最有名的细霞楼的拨霞供。他话刚说完，自己便愣住了，喃喃道："我可又傻了，细霞楼不就是你唐小三元开的？好你个唐慎，来姑苏府不过一年半，却成了个翻手风云的大人物，连我爹娘都提起过你呢。"

唐慎："不吃细霞楼了？"

"吃，为何不吃！唐小东家，我可吃一顿霸王餐吗？"

唐慎："呵，想得倒美！孙岳，请客！"

孙岳骂道："你这钻进钱眼里的秀才啊！"脸上却是在笑。

孙岳不是第一次来细霞楼，他和唐慎进入酒楼，直接来到二楼的雅座，酒楼的伙计见到是唐慎，更加热情地服务。孙岳点了自己最喜欢的鸡汤锅，又点了五份细霞楼知名的羊肉片，两人吃得浑身冒汗，无比舒爽。

临出门时，孙岳看到了细霞楼外张贴的一张告示。

“咦，征文大会？征文……征收文章，是为征文，倒也贴切。唐慎，你们细霞楼这是在作甚？”

唐慎看了眼：“如你所说，征收文章。”

孙岳仔细看起征文规则来。

“细霞杯征文大会，自腊月十五起征收各类志怪传奇小说，至腊月二十八。凡姑苏百姓皆可投文，要求字文在五千字内，内容不限。征文大赛第一名者，得细霞楼特制‘细霞夜光杯’一只……”

读完规则，孙岳惊叹道：“好家伙，唐慎你这是下了血本了啊！你莫非是突然发了善心，不做金童子要做善财童子，资助姑苏府那些寒门读书人？”

唐慎：“我何时不是个善财童子了？唐氏物流在那儿摆着呢，孙胖你且睁大眼看看。”

“不对，我总觉得不对，你不可能就这么乖乖地做善事。”

“我便是做善事了。”

孙岳百思不得其解，唐慎却微微一笑。

接下来的半个月，孙岳总算知道唐慎想做什么、在做什么了。

细霞楼的征文大会经过唐氏物流伙计的宣传，在整个姑苏府引起轩然大波。这个时候的小说并不多，很多读书人之所以写小说是因为考不上功名，只能写点文章投稿到书局，借此获得一些微薄的稿子钱，靠此勉强生活。

唐慎这个征文大会，第一名便可获得稀有珍宝夜光杯，一只夜光杯便值一百两白银！

姑苏府的读书人都疯狂了。

志怪小说而已，谁不会写。

众人纷纷写文投稿，短短五日，林账房就收到七十多篇完结的稿子，他感慨道：“小东家，您这征文大会的报酬实在令人眼红，若非我老了写不动了，我也想写一篇参与一把！”

寒门子弟是为了奖品去参赛，富贵人家的读书人竟然也参加了，起因是某个纨绔秀才在某次诗会中说：“细霞楼那征文大会倒是有趣，此前从未有人在姑苏府做出这样的事，只征收志怪小说。不过是一只夜光杯而已，就让这些寒门子弟疯了似的写文章，我家私学的一个旁系堂弟，十日内写了足足五篇！”

又一个纨绔道：“呵，他们的文采不说也罢，若不是咱们不屑于要区区一只夜光杯，恐怕征文大会的前十名都是咱们的吧！”

众人笑开。

有人提议：“不如咱们试试，让那群寒门书生知道自己的水平。”

“试便试！若我得了那夜光杯，我才不要，就把它送给我那堂弟。”

无论出于什么原因参加征文大会，投稿期结束后，林账房一共收到二百五十一篇稿子，这些小说从精怪神话到书生娇娘，应有尽有。

海选审稿是唐慎、林账房，以及唐氏物流的一些秀才一起做的。唐慎突然看到一篇小说，乍一下没反应过来，等明白了，他默默地把这文章从稿件里抽走，晚上带到自己房中看了起来。

“回眸入抱总合情……试与更番纵……”

唐慎脸上一红。

过了年唐慎就十五岁了，按说都可以娶妻了。他看了一晚上的小说，本以为自己可能会梦到些不该梦的，谁料一晚上无梦，第二天醒来甚至觉得神清气爽，睡得无比香甜。

早上起床，唐慎看着那几篇小说，面无表情地叹气道：“果然，我还是太正直了。”

将乱七八糟的小说全部烧掉。

海选结束，唐慎和林账房等人选中了三十篇文章。

谁也没承想，他们竟然将这些文章送到了姑苏书局，直接刊登在了每日的书报上！

看到自己的文章出现在书报上，这些投稿的书生纷纷愣住，赶忙去看细霞楼出的告示。

“凡投稿书文，细霞楼拥有一切处理权。”

这唐小三元也太会做生意了吧！

书报上每日刊登十篇稿子，三日便全部刊登完毕。

等到第四日，新出来的书报上多了一条征文大会的告示，投稿的书生们看了这告示，纷纷大笑起来。

“原来征文大会还能这么做！”

所有购买过前三日书报的姑苏百姓都是本次征文大会的评选官，喜欢哪篇文章，只需要将那篇文章裁剪下来，同时裁剪下三期书报的日期，将文章与三期书报的日期统统粘在一起，送到书局，便算是投票评选了。

姑苏百姓哪里见过这样新奇的东西，他们不过是普通百姓，读书识字的其实不多，能买书报的都是家中有读书人的，这些读书人大多没有投稿，只是听说有个征文大会，才买来书报看看。

他人投稿，自己评选。仿佛自己成了考官！

以往都是别人当考官，自己当考生，这辈子他们竟然还能当一回考官？

一时间，前几日没卖完的书报都给卖光了，姑苏书局收到了无数投票，细霞楼的名字再一次成为姑苏百姓茶余饭后的谈资，细霞楼生意大好。

一只价值百两白银的夜光杯，就换来这样轰动姑苏府的效果。连梁诵知道了这事，都笑着道：“你这小子，原来不想读书也是有原因的，狡诈得很。”

唐慎委屈道：“谁说小子不想读书了，每日写这么多功课，先生还说我不想读书！”

梁诵：“你可就罢了吧！”

“先生污蔑小子，小子心里委屈，还不能说了？”

“唐慎。”

“先生？”

“子行矣！”

“好嘞！”

来姑苏府的第二个新年，唐慎便在细霞杯征文大会的审稿中度过了。

正月十五元宵节，姑苏府花灯遍布，庙会上，河流中，到处是玲珑的花灯。唐慎带着唐璜来庙会上猜灯谜，小姑娘已经读书一年，虽说林账房只是教一些启蒙的，可唐璜学得极快，如今对上这些花灯，她也能猜出不少。

细霞杯征文大会结束，第一名竟然是个寒门学子，他写了篇书生娇娘的文章，前五名中就他一个寒门学子。按理说写书生娇娘的人极多，姑苏百姓都看腻了，很少为这种小说投票，然而连唐慎都没想到，这书生竟然写了个渣男贱女文！

在仅仅五千字的小说中，这书生描写出了一个渣到极致的俏书生和一个贱到极致的大家小姐，狗血与虐梗一起飞，虐得读者们大呼爽快，最终一骑绝尘成为第一。

唐慎买了只花灯，还未给钱，就听见旁边的行人说道：“那张书生只是长了张好脸罢了，他曾经是个穷书生，若不是林小小给了他进京赶考的路费，他能高中状元？可他竟然作践林小小到那般地步，他还是人吗！”

“该！最后林小小得了不治之症，看到那张书生跪在床前痛哭流涕的模样，这可是我最喜欢的结局了。”

“那个张书生、林小小的故事，就那般好吗？我才不觉得。”

闻言，唐慎低下头，惊奇地看着唐璜：“阿黄，你看过那篇文？”

唐璜忽然心虚，但随即理直气壮地说道：“刊登在书报上的文章，我为何不能看？”

唐慎没说话，他意味深长地看着小姑娘。走到一家做兔子灯的摊子上，唐慎仔细地挑了挑，从其中挑出一只最精致的红耳兔子灯，他付了钱，将这灯送给唐璜，小姑娘只以为是哥哥送的礼物，这兔子灯可是那整个摊子里最美的一个。

只听唐慎忽然道：“夜光杯你是肯定得不到了，你还差得远，这只兔子灯，算是安慰奖了。”

唐璜愣住，她仰起头，呆呆地看着唐慎。

良久，她道：“哥哥，你怎知我也有写稿子？”

唐慎哈哈一笑，屈指弹了弹她的脑门：“就你那手鬼画符一般的臭字，我能看不出来？”

“唐慎！”

“哭了？”

“不是，唐璜，你哭了？”

唐慎顿时慌了，他紧张地蹲下身，各种哄，可唐璜就是不理他，不远处，姚三和姚大娘见到这一幕，会心一笑。

“从未见过小东家这样慌张的样子，他可真是疼阿黄啊。”

正月十六，紫阳书院再开课。

一大早，唐慎起了床，他并未去书院，而是拿着拜年的礼物来到了梁府。

两天前，先生刚从金陵府回来，唐慎就没打扰，昨日是花灯节，先生又要忙于姑苏府的大小事务，唐慎也没上门，今日他带着珍宝阁的一些精油、香皂，又拿了些唐夫人送的、据说是有人从盛京带来的笔墨砚台，来到梁府。

唐慎入门时，梁管家并不在，只是门房早已认识他，直接让他进去。

梁诵本就是姑苏人，这间园林并非姑苏府尹居住的官宅，而是梁家自己在姑苏府的老宅。入了门向左走，进入泰山石门洞，便见一方碧波池塘，池塘边上栽种了十九棵山茶，塘中是枯萎残破的荷叶，幸得昨晚刚下了一场大雪，银雪裹着池边的方石，盖住了无花的山茶树枝，竟有白雪为花的美感。

唐慎穿过池塘，来到梁诵的书房院子时差点不小心滑倒，他抬起头，正巧见到管家从书房里出来，唐慎喊了他一声，管家怔怔地看着他，仿佛不知道他怎么会来这里。等见到唐慎手里的礼盒，管家躬身道："唐小公子，大人正在里面呢，您突然来了，可要我去通报一声？"

不问而上门，是为无礼。

唐慎点点头，管家进去通报，很快便让唐慎进去。

霜前冷，雪后寒。

屋外冷得令唐慎双手发紫，进了书房，屋子中央的镂空暖炉中烧着一盆银丝炭。梁诵见到唐慎冻得瑟瑟发抖的模样，笑了一声，将手里的暖炉递给他，道："不是该去书院吗，怎的来了？"

唐慎拿过暖炉，梁诵招手让他过去坐，他就乖乖地坐到上座。

梁诵给他倒杯茶："喝口热茶。"

唐慎喝了一大口，心里暖了，手上抱着暖炉，也暖了。他委屈地道："我来看先生。先生是姑苏府尹，新年时要去金陵府报任，元宵节才回来，回来后，还要管着姑苏府的花灯庙会，小子这不想先生了吗，先生一得空，我就来了，先生不欢迎吗？"

梁诵定定地看他，叹气道："你这小子，我听旁人说，你在珍宝阁、细霞楼中，可是威风凛凛的唐小东家，怎么每次到了我这儿就耍无赖，装小孩？"

唐慎心想：因为您吃我这一套啊！

唐慎："我不过才十五，本就是个小孩。"

梁诵点头道："是啊，你十五了，合着也该娶妻生子了。"

"先生欺负我！"

梁诵哈哈大笑。不过笑过后，梁诵正色道："十五了，你今年也要参加乡试。乡试中举后，明岁春闱，你便要去盛京了。十五了，是个翩翩君子了。"

唐慎："翩翩是真，君子的话……小子可没说要当君子。"

"子行矣！"

"哎！"

梁诵道："回来！"

唐慎又回来。

这次梁诵的神情严肃了许多，唐慎也渐渐坐正，不敢大意。

梁诵道："你已十五，为师能教你的东西也不多了。学问一道，我不过是你的领路客，如何深学下去，终究看你自己，你若是只想考个举人，也不必再多深学，自我们两年前在赵家村相遇，如今已是过了两个春冬。"

唐慎奇怪道："先生怎的突然说这个？"

"君子不重，则不威，学则不固。为师想替你取个字。"

"取字？"唐慎一惊。

男人取字，大多在二十岁的加冠礼上，怎的先生忽然要给他取字？

梁诵看他一眼："想甚呢？你自小便没个形状，给你取个字，是让你好好读书，好好做人，知否？"

唐慎："我寻思我明明也没不好好做人啊……"

"嘀咕什么呢？"

唐慎："没！没有！"

说要取字，梁诵仔细地想了想，道："你名为唐慎，谨言慎行，便叫谨言如何？"

"唐谨言？"唐慎自己念了两遍，"我觉着不错。"

梁诵冷哼一声："怕不是叫什么你都觉着不错吧。"

唐慎嘿嘿一笑。反正以梁诵的学问和脸面，不可能给他随便取字，而且也肯定取的是一个好字，他根本不用愁。

"便叫景则吧。"

唐慎一愣："景则，是为何意？"

梁诵："你向来谨言慎行，从不出错，为师在这点上并未为你担忧过，至于景则……你且自己想去吧。"

唐慎十分委屈："从没见过这样的，取了字却不说意思，先生你怎么这样！"

"自个儿学问不精，听不懂，还怪为师了？"

"先生又欺负我！"

梁诵笑骂："子行矣！"

唐慎哼了一声，转身离去，他也确实要去书院上课了。

等走到书房门口时，梁诵问道："对了，今日在紫阳书院教课的是哪位讲习？"

唐慎回头道："似乎是钱斯年钱讲习。"

梁诵："钱讲习善于《春秋》，你可得好好听听。"

唐慎："整个姑苏府，最善于《春秋》的可不是我家先生吗？"

梁诵笑了："马屁精！"

唐慎嘿嘿一笑，心想：您可不就喜欢我拍您马屁？

在梁府喝了一杯热茶，又抱了抱暖炉，唐慎不觉得冷了。一路上他不断想着："景则到底是什么意思？！先生从不会随意给我取字，他取字，定然有缘由。景则，景则……是为何意？"

来到紫阳书院，孙岳正拿着《公羊传》一遍又一遍地读着。

唐慎到他旁边坐下："都说临时抱佛脚，孙胖，你这抱得可真够早，还有八个月呢。”

孙岳没好气道：“我可不是你，唐小三元！要是我明岁想考上举人，可得努力呢。好不容易提前知道考官是谁，我当然得对症下药，十有八九，罗大学士出的便是《公羊传》里的题目。”

“孙岳，你怎么还提罗大学士呢？”

唐慎和孙岳一起抬头，说话的是个书香世家的秀才。他回过头，叹气道：“去岁咱们都说今年的秋闱主考官是罗大学士，不假，确实该是他，但孙岳你现在可别读《公羊传》了，罗大学士不能做咱们的主考官了。”

孙岳：“啥？为何又不能做了？你又说是他，又说不是他，什么意思？”

秀才道：“你还不知？罗大学士昨日自刎而亡了！听说是昨日凌晨在书房里自刎的，到卯时才被人发现。”

孙岳瞪大眼：“不会吧！”

唐慎：“自刎？罗大学士为何自刎？”

秀才叹息道：“还能为何？前日深夜，听说啊，那牢里的钟大儒去了！罗大学士是钟大儒的学生，也是他的忠实拥趸，不过谁能想他竟然就这么跟着走了啊。”

孙岳把《公羊传》扔在书桌上，愤愤不平地说道：“我还读了两个月的《公羊传》，读得滚瓜烂熟。现在可好，全部废了！哎唐慎，你说我怎的就如此可怜。嗯？唐慎，你怎么了，怎的不说话？唐慎？哎，唐慎！”

钱讲习进学堂时，正巧碰到唐慎夺门而出，他被唐慎狠狠一撞，手中的书掉了一地。

钱讲习面色不悦地说道：“那是唐慎？怎的，不想上课，当着老夫的面走了？”

孙岳也不知道唐慎是怎么了，只得为他说好话：“他家中突然有事。”

钱讲习冷哼一声，开始讲课。

凛冽寒风中，唐慎穿着厚厚的棉衣飞快地奔跑着。他出了紫阳书院，一路向东，沿着自己早晨才走过的脚印，跑到了梁府，门房说要为他去找管家，可唐慎死死瞪着他，二话不说，就将他推开，自己跑了进去。

门房不明所以，赶紧去找管家。

穿过泰山石的门洞，沿着雪池廊亭再走十米便到了书房院子，那扇门紧紧关着，唐慎正要上去，管家急急赶了过来：“唐小公子，这是怎么了？”

唐慎没有回他，他大步跑到书房前，用力推开门。

雪后出了太阳，日光映雪，倒入房中。书房里没有点灯，却被这雪光照得透亮，房梁上悬着一条三尺白绫，炭盆中的银丝炭静静燃着，唐慎送的笔墨砚台还放在桌案上。梁诵今日穿的是一件宽袖长衣，那长长的袖摆悬垂而下，微微摇晃，正掩盖着唐慎送的徽墨砚台。

管家惊恐地看着眼前的一幕，他跌撞地跑出门去：“快来人啊，来人啊！”

唐慎的手抚摸着书房雕花的大门，他仰头看着梁诵，忽然无力地摔倒在地。

炭盆中，银丝炭烧断了一根，发出咔嚓声响，在寂静书房中格外清晰。

雪已经停了，可他更冷了。

第十二章

松清

白条长绫高高悬挂于灵堂之上，虽是隆冬，雪后天气严寒，灵堂中却不显寒冷，痛哭声与以头抢地声此起彼伏。唐慎戴着麻帽、穿着孝服来到梁府的灵堂时，见到的便是梁府小厮丫鬟们哭成一片的景象。

梁诵早年娶过妻，有过一个儿子，可惜梁夫人去世得早，唯一的儿子十年前也因病去了，白发人送黑发人。

徐慧是梁诵的表侄，便是他如今最亲的人。

徐慧戴着麻帽，跪在棺椁的侧方，不断地为瓦盆里添烧纸钱。姑苏府的其他梁家人也来哭丧，以往唐慎从未见过先生和这些亲属来往，但如今他们全都来了，各个披麻戴孝。

唐慎跪下，给先生磕了三个头，又烧了一捧纸钱。

徐慧看到他也穿孝服，唐慎道：“我与你一起送先生。”

徐慧默了默，点点头。

棺椁在梁府停放七日，第八日清晨，众人送棺出殡，徐慧走在最前方，捧着梁诵的灵位，之后是几个同样姓梁的远方亲戚，唐慎虽说是先生的学生，可毕竟没有血缘关系，他便站在棺椁旁一起跟着走。

唐慎用手轻轻扶着棺材底座，仿佛抬着它。

在墓碑前砸了阴阳盆，众人依次磕头，唐慎与徐慧道别，两人就此分离。

唐慎回到家中，正要把身上的麻帽孝服换了，远远的，就见唐璜小心翼翼地躲在门后面，悄悄打量他。唐慎见状，招手问道："作甚呢，偷偷往那儿一站，我可要换衣裳了，你还要看？"

唐璜："你、你别胡说，我才不要看你换衣裳。哥哥，你……你莫要伤心了。"

唐慎沉默片刻："自然是伤心的。先生待我极好，我从未想过他竟然会这样就走了。"

"我瞧见你前几日晚上偷偷在被窝里抹眼泪了。"

唐慎："嘀嘀咕咕什么呢？"

"没什么，哥哥，你若是难受，就与我说。"

这几日来唐慎第一次笑了："你才多大，懂什么。算了，有心就好。"

梁诵走了，但日子还是要过的。

为了给梁诵守灵出殡，唐慎向书院请了十天假，等忙完事情，他回到书院，孙岳瞧见他刚想喊他名字，又闭上嘴。他犹犹豫豫地挪着步子过来，道："唐慎，你若是伤心，可别憋着。去岁我祖奶奶走了，她可是这世上最疼我的人，我难受了半年才缓过来。"

唐慎看他一眼："知道你是为我好，放心吧，过去这么久了，我也该缓过来了。"

孙岳点点头。

唐慎专门请假去给梁诵守灵，又和徐慧一起为他出殡，作为一个学生，他做的可谓是仁至义尽。唐慎的伤心孙岳是看在眼中的，如今他也看得出来，唐慎还未完全走出来，只是也已接受了这个现实。

孙岳："你说，这般多的大儒们为了钟大儒一人而死，这到底值吗？"

唐慎目光一凛："值！"

"啊？值什么，我是不懂了！我可不懂这些大儒的文人情操，我还想多活几十年，多吃一些好东西，若是能考上举人，我就可以过上神仙日子，美满地度过下半生了。哎，唐慎你怎的不说话，你怎么看起了《礼记》？难道你有门路，知道今年的乡试主考官可能喜欢《礼记》？"

唐慎道："读你的书去吧！刚刚还说要安慰我，此刻又烦我，反复无常。"

"你才是反复无常。"

钱讲习走进讲堂，开始教课，唐慎的心思却慢慢飘远了。

跪在灵堂的那七日内，他守在先生的棺椁旁，无时无刻不在想着，为什么先生要为钟大儒殉葬！

古人的气节他不懂，若是说仅仅罗大学士和梁诵两个人为钟大儒而死，那么他懂，他们都是为了自己的志向，为了他不明白的某种崇高的理想而死。

但是那一日，整个大梁死了整整七个大儒！

松清党人，一夜之间，几乎死尽。

这个党派在二十六年前本就已经因为那场宫门政变几乎名存实亡，如今，剩下来的几个被天下人所熟知的大儒们在同一时刻毫不犹豫地举起了刀，将它刺入自己的心脏，以死明志。

对，只能是以死明志！

是什么志，唐慎想了整整七天，他终于明白了。

二十六年前，太子太傅钟泰生与太子携私兵闯入皇宫，意图逼宫，太子被当今圣上、彼时的二皇子射杀于宫门上，钟泰生被关入天牢，从此，当时如日中天的松清党一下子被打为反党逆贼，门人几乎散尽。

史书向来为胜利者而书。

钟泰生是反党逆贼，太子是不孝逆子，这一事实被刻在铁血丹青上，永生无法改变，于是他们便用整整七条人命以死明志，哪怕只有一点微末的希望，也要告诉后人，真相到底是什么，还太子、还钟泰生一个清白！

想到这儿，唐慎心头翻涌起恨意，然而他忽然笑了，想起了一件事。

“先生，最可悲的是您并不知道，还有六位同僚与您做了一样的选择！”

那日唐慎离开梁府时，梁诵最后还劝告他，多读《春秋》，因为罗大学士喜欢《春秋》，他并不知罗真已经先他一步追随钟泰生而去，他也不知道，在大梁的另外五个地方，还有五位曾经的友人，和他一样选择踏上末路。

为了匡正一个千古骂名，为了留史书上一个清白，七个人送上了自己的命。

这值吗？

唐慎觉得不值。

但是梁诵觉得值，罗真觉得值。死去的其他五位松清党人觉得值！

这便够了。

姑苏府尹梁诵正月十六自缢而亡的消息传出后，姑苏百姓不约而同地为梁大人哀痛，送他出殡。过了二月，新一年的县考出来，姑苏府又恢复了往日的平静，日子终究是要过的。

对紫阳书院的学生而言，他们哀痛几位大儒的离去，但更痛苦于不知道今年的乡试主考官是谁。

孙岳拍案哀号：“罗大学士为何要自刎啊？”

唐慎：“有这号叫的时间，你多读几遍书，或许就能读到今年的乡试考题。”

孙岳：“说得简单，读到又如何，四书五经我也背得极熟，哪年的题目不是出自这里头？但是读了不会写，有何用啊！”

两人插科打诨聊了会儿天，有个其他讲堂的秀才在门口喊唐慎的名字：“唐慎，外头有人找你，似乎有急事。”

唐慎走出书院，只见姚三在门外等着他，额上全是汗。

见到唐慎，姚三急忙道：“小东家，不好了，细霞楼出事了！”

唐慎神色一冷。

两人急匆匆地赶到细霞楼，还未走近，就见碎锦街上被人群围住。这群人围在细霞楼的门口，似乎是在看热闹，不知道是谁喊了一句“细霞楼的唐小东家来了”，众人纷纷让开一条道，唐慎走过去一看，只见一个面色煞白的中年汉子躺在担架上，一边惨嚎，一边捂着肚子打滚。

他身旁是个满身肥膘的妇人，看到唐慎，这人二话不说，上来就要动手。

姚三拦住："你干什么？"

妇人怒道："我干什么？大家来看看啦，这唐小三元的细霞楼都是坏东西，要吃死人啦！昨日我家相公来你这吃菜，当时吃的时候就觉得味道不对，吃起来像是坏了，回去就吐了一宿，直到今日都没好。他吐得都快死啦！唐慎，你若不给我们个交代，我定要砸了你这细霞楼！"

唐慎笑道："好大的口气，你如何就说是我细霞楼让你吃坏了肚子？碰瓷碰到我头上了！"

姚三："小东家，何为碰瓷？"

唐慎嬉笑怒骂："碰瓷，就是有些人拿了件瓷器走在路上，非要往我身上撞。他手一松，瓷器往地上一甩，咔嚓碎了，他便一口咬定是我给他撞碎的，你说奇妙不奇妙！"

围观的人道："哈哈哈哈，碰瓷，这话可真形象！"

剽悍妇人怒道："呵，你们这是打算不认账了？你们这些读书人嘴上说得漂亮，我说不过你们。我相公昨日在细霞楼吃菜时碰到了城东的李屠户，他们还打了招呼，我马上就找他来，让他作证，我相公就是在你这吃坏肚子的！"

不过多时，这妇人真找来了李屠户。

李屠户道："不错，我昨日来细霞楼吃菜时，确实碰到了这赵四。"

妇人："还敢狡辩？"

唐慎双眸渐渐冰冷，他仔细盯着这泼辣妇人和那李屠户。姚三道："谁知道你们是不是串通好的，一起来碰瓷！"

唐慎拦住他："不必了，他们昨日确实来细霞楼吃过菜。"

妇人眼珠一转："你承认了？好，那是否还要我找来同里巷的刘大夫，问问他我相公是不是昨日中午在你这吃了菜，昨日下午就开始呕吐，直到今日都没好？！"

唐慎："你且将他叫来试试。"

妇人毫不慌张，很快喊来了刘大夫。刘大夫作证："是，昨日下午这赵四被他夫人送到我家医馆，是我亲手给他治的。"

人群中一片哗然。

"这细霞楼竟然真的让人吃坏肚子了？"

"真是吓人，没想着细霞楼这么大家店，还做这缺德事！"

唐慎问道："刘大夫，你诊断出来他得的是什么病？"

"似是中毒，应当是吃坏了肚子。我给他开了些药，按例吃，过两日就该好了，具体我也不清楚，这吃坏肚子的呕吐原因有很多，谁知道他吃了什么。"

唐慎："我知道他吃了什么。"

众人一愣。

唐慎："姚三，去把账单拿过来。"

姚三："好嘞！"

姚三转身走进细霞楼，从掌柜那儿拿来了一叠厚厚的纸："小东家，昨日中午在细霞楼吃菜的客官和他们所吃的菜，都记在这上头了。"

妇人大吃一惊，就连躺在地上不断打滚的赵四都愣住了。

谁承想这细霞楼做事全不按常理来，整个姑苏府，哪怕是整个大梁，哪有一家酒楼会将顾客吃过的菜全部记录成册啊！

唐慎翻了翻这些纸，从其中抽出一张："二月十九，午时三刻，面黑身短，左脸有褐色胎记。这说的便是你吧，赵四？"

围观人道："不错，这赵四左脸上就有块褐色的胎记。"

唐慎："行，既然这是你，那就证明你确实来我细霞楼吃菜了。"

泼辣妇人："那你还有何话好说！"

唐慎："你等我说完啊，你昨日中午吃的有一盘羊肉片，一盘竹笋，一盘菜心……还有一盘巧芽。你说说，你是吃了我哪样东西，吃坏了肚子？"

赵四："我怎么记得？反正就是吃你的东西吃坏了。"

"呵，你夫人方才还说你一吃就觉得味道不对，如今又记不得了？"

赵四愣住，赶忙道："巧芽，是最后那盘巧芽！那盘巧芽送上桌时我就觉着不对，都烂根了，只是我心里想着细霞楼这么大酒楼怎么可能给我吃坏菜，就大胆吃了。"

妇人："大家伙听见了吧，烂了根的巧芽，傻子都知道不能吃，我相公一个人都吃了，可不得吐成这样！"

巧芽，也就是豆芽，众所周知烂根的巧芽是不能吃的，吃了会中毒。

唐慎："姚三，你给我数出来，同一时刻和赵四一起在咱们细霞楼吃菜，也吃了巧芽的人，把他们都找出来，我倒要看看他们现在如何，是不是也吃中毒了！"

姚三立刻从账单里找出了两个人，这两个人就坐在赵四的邻桌，也点了盘巧芽，其中一人恰巧就在隔壁铺子里，他被姚三喊过来，一脸吃惊："我确实吃了巧芽，可我吃的那盘巧芽并未烂根。"

唐慎："赵四，难道我细霞楼只针对你，只给你一人上盘坏了的巧芽？"

赵四从地上爬起来，道："谁知道你是不是只有一盘巧芽坏了，你莫要抵赖！"

唐慎哈哈大笑："好，你说别的东西我还没法证明，你竟然敢说你是吃了我一盘巧芽中了毒。姚三，去厨房拿一只鸡来，在场各位父老乡亲，谁家有坏了的巧芽，我唐慎花十两白银给你买了。"

"我家有！"

鸡和烂根的巧芽都送了过来，唐慎眼也不眨，直接将这盘巧芽全部喂给了这只鸡。

众目睽睽之下，这只鸡开始呕吐起来。

赵四得意道："对，我昨日就是这症状，直到今日都时不时要呕吐！"

唐慎："大言不惭！赵四，你可知道这只鸡还能活多久？"

"啊？"

"我唐慎今日就与你赌了，若这只鸡能活过一个月，我赔你一百两白银，若它活不过一个月，而你赵四活过了，赵四，你要在我细霞楼前给我细霞楼洗刷冤名，磕一百个响头，你可敢？”

烂根的豆芽和发霉的花生、黄豆一样，是比砒霜还要毒的剧毒。

唐慎就不信了，有人能吃下一整盘坏豆芽还不死！

唐慎神色凛冽，赵四被他吓得睁大眼，他很想与唐慎对赌，可唐慎自信的模样令他不敢吭声，嘴巴张了张，又闭上，赵四无话可说。他那泼辣的夫人也被唐慎吓得一愣一愣的，但她硬着头皮道：“谁、谁要和你赌！许是我相公记错了呢。对，我们吃的不是巧芽，是竹笋，那盘竹笋是坏的。”

唐慎：“又说巧芽，又说竹笋，好啊，姚三，找出当日和赵四同时吃竹笋的客人。赵四，我今日就要与你找贾县令，对簿公堂！首先你污蔑我，说吃了我细霞楼的东西吃坏肚子，我唐慎是堂堂秀才，有功名在身，你一个白丁想与我上公堂，还颠三倒四、含糊不清，你一去就先要被打十个大板！”

赵四惊恐得一屁股坐在地上。

唐慎：“姚大哥，把他架起来，咱们去找贾县令。”

围观的人此时也看出来了，这赵四和他夫人分明就是来碰瓷的。

“走，去找贾县令。”

“大家一起走，咱们要看贾县令主持公道。”

赵四的夫人见状不对，撒腿就跑。赵四身体虚弱，被人抓了回来，眼见唐慎要把他扭送到县衙那儿，他大声道：“是如意楼的王掌柜雇我的！是如意楼的王掌柜雇我的！唐小东家，你便饶了我吧，十个大板能打掉我的半条命啊！”

如意楼就在碎锦街上，与细霞楼隔了半条街。那王掌柜正站在人群中看热闹，当唐慎说要把赵四扭送到县衙时，他转身想偷偷溜走，忽然听到这话，他脸色大变，扭头道：“你这泼皮，怎的还诬赖我！”

“王掌柜您不能过河拆桥啊！是您说要我想办法污蔑细霞楼，整垮细霞楼的啊！”

“你你你……你血口喷人！”

唐慎：“王掌柜，他是不是血口喷人，我们一起走，找了贾县令，听听他如何说！”

王掌柜睁大眼睛，呆若木鸡。

一场闹剧便这般落下帷幕，赵四领了十个大板，王掌柜咬死自己没指使赵四，他拒不承认，贾县令也拿他没辙，只不过当日他还没回如意楼，就被如意楼的东家赶出门：“成事不足败事有余的东西！”

王掌柜抱着包袱，灰溜溜地跑了。

这场闹剧折腾了唐慎整整两天，如意楼的东家亲自登门，送上礼物、赔了不是后，才算了结。

姚三看着桌上的礼物，道：“小东家，这吴员外还算厚道，赔了咱不少东西呢。明明是那王掌柜指使的，他自个儿还不承认，真不是个东西。”

“是王掌柜指使的？”

姚三：“啊？”

唐慎站在细霞楼二楼雅座的窗边，他背靠着窗沿，目光平静地看着桌上的几样小礼物，香皂和黄金缕，呵，都是珍宝阁的东西！

“姚大哥，你真以为区区一个王掌柜，他敢自己做这事？这背后真正的主谋，正是那吴员外。”

“什么！天杀的，我们竟然还收了他的东西，我得给他全扔回去。”

“何必呢。”

“小东家？”

唐慎转过身，望着熙熙攘攘的碎锦街，夕阳西下，碎锦街上的摊贩上纷纷支起了灯。这条长街上的百姓从不会因一个人的死亡而改变自己，正如同整个姑苏府，别说死了一个梁诵，哪怕死了皇帝，他们依旧会过着他们的日子。

“过去的两年中，我做肥皂、做香皂，酿造黄金缕，我做物流，做拨霞供，姑苏府多少人眼红我的生意，却从未对我动过手，肥皂是因为有唐家守着，因为那是珍宝阁，可是唐氏物流和细霞楼，都是我一人的。

“先生在时，他们不敢与我为难。先生走了，他们便如饿狼，群拥而上。

“在我从未注意的时候，先生原来帮了我如此多。”

姚三望着唐慎的背影，开口：“小东家……”

夕阳中，唐慎的背影显得无比消瘦，他未曾转身，而是淡淡地说道：“姚大哥，时至今日，我方知先生是真的去了。”

“小东家？”

“先生，是真的去了啊……”

哭声忽然响起，此刻的唐慎只感觉自己的心被狠狠挖了一大块，空洞而无声音，他承受不住。他大声哭了起来，哭声绝望，明知无法挽回，他也无力挽回。

他忽然真切地意识到，这两年来，待他最好、最真、最亲的那个人，是真的不见了。

入了夜，唐慎裹着一件裘衣，与姚三一起回家。

刚回到家中，他在院中见到了一个不该出现在这里的人。

唐慎愣了愣，上前道：“愚之。”

徐慧看着唐慎通红的双眼，下意识道：“你哭了？”

为梁诵守灵出殡的那七日，唐慎是其中哭得最少的，徐慧还以为他生性内敛，抑或是对梁诵的感情并未那般深，毕竟两人只有不足两年的师生情谊而已。

唐慎没有隐瞒：“想起先生，情难自已。”

徐慧沉默半晌。

唐慎道：“我本以为你已经去外地报任了，你不是任了一处县官，怎的还不去上任？”

徐慧：“原本昨日就要去了，收拾大人的遗物时发现了一本书，这书我从未见过，应当是大人收集来的姑苏风土人情志。我只有一次没有与大人一同出行，那次他是与你一起的，你可知道这是谁的书？”

唐慎接过书一看：“确实是我县考前与先生一起去沙洲县借阅的，我已经抄过这本书，没想到先生竟然还是把它借过来了。”

徐慧："我要将这书物归原主，你可知怎么走？"

唐慎大致说了说。

徐慧皱起眉："沙洲县我从未去过，你这般说，我一头雾水。唐慎，你近日可有时间，如若你明日有空，可否与我一起去沙洲县一趟，我们一起将它物归原主。"

唐慎："好。"

次日，唐慎和徐慧一路向北，来到沙洲县，找了一会儿，便找到赵举人家。

徐慧拿着书正要敲门，只听里头传来呜呜咽咽的哭声，唐慎与徐慧互视一眼，徐慧敲响门，一个身穿白色孝服的妇人前来开门，见到门外的唐慎二人，这妇人目露困惑，她一低头，发现唐慎和徐慧的内衫都穿的是白色麻衣，竟然也在披麻戴孝。

妇人问道："二位公子不知是来找谁的？"

唐慎道："我们来找赵举人。去岁此时，我曾与梁博文梁先生一起来过沙洲县，找赵举人借过一本书，便是这本书。"

徐慧将书双手奉上。

妇人身后，走来一个中年男子，他和那妇人一样哭得双眼红肿，他接过书，对唐慎道："我记着的，您是梁大人的学生，听闻去岁童试拿了小三元。只是可惜你们来晚一步，前几日我爹已经走了，多谢你们来还书。"

屋子里停放着一口棺材，刚才这男子和妇人正是在守灵哭丧。

唐慎道："可否让我们进来，给赵举人上炷香？"

"请。"

唐慎和徐慧进了屋，两人各自给赵举人送了一炷香。

徐慧道："赵举人是怎么走的？"

这话一落地，那男子和妇人都哭泣掩面。男子道："我爹是四日前自缢身亡的！我早就知道，梁大人走了，罗大人走了，这般多的大儒都走了，爹在二十年前就不想活了。然而千防万防还是没防住，那日夜里我爹偷偷拿了麻绳，上吊走了！"

唐慎和徐慧怔在原地。

经过这男子的解释，他们才知道，这赵举人竟然也勉强算是个松清党人！

二十六年前，松清党还不被称为松清党，还不是结营党派，只是个被天下读书人向往的年轻学会。那时，谁人不想进松清党，向天下大儒们表达自己的敬仰之情？赵举人有幸去过一次松清文会，也是在那时他与梁大儒有过一面之缘。

钟大儒被关入天牢后，赵举人仕途失意，屡次被人陷害，最终落得这般田地，只能回家乡耕田营生。

唐慎这才明白为何赵举人身为一个举人，家境却如此困顿，他第一次见到赵举人时就觉着奇怪，没想到真相竟然是如此。

"天下人都知道，钟大儒走了，七位大儒随他而去，可天下谁人知道，我爹也随他们一起走了！"男子悲痛欲绝，以头抢地，"爹，您糊涂啊，您怎可丢下我和惠娘，独自走了啊！儿还未曾给你养老送终啊！"

唐慎和徐慧无言以对，两人离开赵家。

徐慧："不知天下还有多少人，在无人知晓的地方，悄悄地一条白绫去了。士子气节，一腔热血，可歌可泣。"

唐慎张了张嘴，终究没有开口，他紧紧握住拳头。

先生，您觉得值，可这真的值吗？

两人乘车要离开沙洲县，唐慎远远瞧见香山，还记得一年前他与梁诵来到沙洲县，师生二人一起登山。唐慎："且停下吧。愚之，我想去爬一爬那座山，去岁我和先生来到此地，便一起爬过那座山。"

徐慧："好，只是我还有事要办，不能等你。"

"无妨，我自己回姑苏府。"

徐慧点点头。唐慎下了马车，独自向香山走去。

越过桃花涧，走过采香径，唐慎攀缘山壁，来到了山顶。站在山巅，俯视小半片姑苏府风光，远处有农家炊烟，近处是松海林涛，层云流转，百鸟生鸣。

唐慎站在山巅，久久伫立。

良久，他高声道："高山仰止，景行行止，虽不能至，然，心向往之！

"景，大也。则，理也。

"先生，你知我向来谨言慎行，可我亦从来谨小慎微，哪怕口出大志，从不有大抱负，只求小家，没有大家。

"景则，景则！"

唐慎张开口，却欲说无言。从一开始，梁诵便想告诉他，做人行走于天地之间，可只安乐一世，但无论何时……

景则，你永远不可忘记你说过的那句"天下兴亡，匹夫有责"！

当初他以这句话，使了巧计，拜入梁诵门下，可他从未实现过。这天下间，有梁诵、罗真，为了匡正一个千古骂名，无力回天时只得以死明志；也有赵举人，在寂寂无人的地方悄然死去，史书上永远不会记下他一个字，可他绝无怨尤！

唐慎静静望着山下的姑苏府，他自言道："放心吧，我对您许下的承诺，定会实现。"说罢，转身下山，入夜时才回到姑苏府。

唐慎回到家时，唐璜和姚三正急得很，都想出去找他了。

见到哥哥回来，唐璜跑过去抓住他的手臂："我可急死了！哥，你到底去哪儿了？徐大人说你在沙洲县爬山，自己会回来。这都多晚了，你可算回来了。"

姚三："小东家，厨房里还给您留了饭，我这就给您热一热。"

唐慎："好。"

吃了饭，姚三去烧洗澡的热水，唐璜回房间写字，这是林账房留下来的课业。唐慎洗了澡，正在想如何对先生实现他那句"天下兴亡，匹夫有责"的抱负，就听到有人敲门，唐慎打开门，站在门外的竟是徐慧。

徐慧一身风尘，已经穿上了厚重的棉袄，似乎要出远门。

唐慎问道："愚之是要离开姑苏府，前去上任了？"

"是，走之前有件事，我思来想去，决定还是现在告知于你。"

唐慎：“和先生有关？”

徐慧：“对，大人临终前有给我留下一封信，里面交代了他的身后事，我此次的县令官职便是大人提前给我安排好的。本来那日清晨，管家得了消息，告诉大人钟大儒死在牢内后，大人就有了死志，正好你来了，他见了你最后一面，了了最后一桩心愿，所以去时也没有遗憾。”

唐慎：“先生可有什么话要对我说？”

徐慧犹豫片刻，从袖中拿出一封信。

“这信本来不该此时交于你，大人说，这封信等你中了举人后，我再给你，但是我等不及了。我即将报任，再与你相见，也不知是何时，若你今年未中，难道我还要等三年再把信给你？若这三年出了什么意外，我也无法保证，所以我只能辜负大人的嘱托，提前给你。”

唐慎双手接过信。

徐慧：“真是惭愧，但我只能如此，还得快马加鞭地赶去上任。”

唐慎：“此去山高水长，不知此生是否能再见，愚之一路小心。”

“多谢，不必送了。”

唐慎回到房中，将信放在桌上。这是梁诵留给已经成为举人的他的，此刻他还只是个秀才，这信到底是拆还是不拆？徐愚之倒是轻松，把难题扔给了他，现在该他头疼了。

唐慎思前想后，还是决定：“拆！”

拆开信，雪白宣纸上写着漂亮的簪花小楷。

景则，见信时，我当已不在人世半年。你我师生一场，为师先抛你而去，是为失责；如今你中举，为师不能亲眼所见，也是生平一大憾事，为师知你只想安稳度日，这未尝不可，为师走后，若唐家有变，不再与你照拂，你可去盛京寻一人。

此人名为傅渭，字希如，号雕虫斋主，那日双九重阳，你与为师一起所赏之画，正是他的手笔。

傅希如与为师故交多年，你将此信与他，他自当照拂你下半生。

“先生！”唐慎看到这里，声音哽咽。他没想到先生即使走了，也未曾忘记他这个学生，为他安排好了一切后路！

然而这封信竟然还有第二张纸，唐慎翻出第二张，待看清上面内容，他双目一凛。

若你有意仕途，为师身为松清残党，本就无力予你照应，你身为梁博文的学生，反倒可能引来杀身之祸。若你从官，前往盛京后，将为师信中所留之银叶交予傅希如，拜他为师，此后不可再提为师姓名。

莫要任性，傅希如虽不是天下四儒之首，但你若为他之学生，未来仕路，便如大途。

然你要切记，拜傅希如为师并非当务之急，为师之所以命你拜他为师，是因傅希如有一学生，名王溱，字子丰，此人乃为师从官四十余年来所见最会当官、最能当官之人，更有琅琊王氏为靠山，你若拜傅希如为师，便是王子丰师弟，此乃你唯一能与他牵扯之途径。

王子丰其人，深不可测，不可简而信之，然亦可稍加信之。

若你能与其同谋而战，为师在天有灵，亦可安心矣。

天下兴亡，匹夫有责。

望你来年来我坟头上炷香时，带上你曾酿过的果子汁，酸甜可口时，也可回温人间之味。

第十三章

景则

过了几日，唐慎让姚三将所有人都喊了过来。

众人围聚在屋中，很少有这般严肃的场面，林账房以为唐慎要处理前几日细霞楼的事，便道："小东家，细霞楼的事虽说是个典型，但这些日子来，姑苏府的其他酒楼也似有似无地对咱们有了些动静。不过物流生意还好，咱们做了一年多，已经在姑苏府站住了脚，旁人想插手也没辙。"

唐慎道："这事我并不担心，细霞楼生意虽好，但毕竟只做拨霞供生意，和其他酒楼利害关系没那么大，物流生意别人想做，至少再费上一年半载的工夫，我今日让大家过来，是有另一件事想说。"

姚三："小东家，什么事，您说。"

"我决定下个月去盛京。"

众人齐齐一惊。

唐璜睁大眼睛："哥，你要去盛京？怎么突然要去那儿！"

唐慎没有隐瞒："先生走后，我前几日得到一封信，这才知晓先生为我找了一个新的老师。那人在盛京，名为傅渭，八月我就要考举人，还未报名，在江南贡院考还是在盛京考，其实没甚差别，等考上了举人，明岁二月也是要去盛京会试的，所以我便打算提前去了，直接在盛京考举人。"

林账房惊道："傅渭？可是傅希如傅大儒？"

“正是。”

唐璜：“林账房，你知道他？”

林账房感慨道：“岂止是知道，我曾与小东家说过，二十多年前，那天下四儒分别是钟相公、梁相公、傅相公和陈相公，这其中的傅相公，便是傅希如傅大学士。这傅希如本是中书省右相，因为年岁大了，前几年他辞官回乡，圣上惜才没允，就给了他个翰林院承旨的闲职，名义上管辖翰林院，实际上每日种花逗鸟，悠闲自在。”

姚三：“当大官也可以每天种花逗鸟？”

林账房：“得圣上恩宠，何事不可。”

姚三：“这么一说，我倒想当官去了。”

姚大娘：“你也得考得上！”

林账房：“小东家要去盛京拜师，一个人实在不便，您远在他乡，哪有人照顾您？”

这件事唐慎早就想好了，他道：“我安排好姑苏府的事，三月初走，到时候姚大哥和我一起去盛京，等安顿好后，我再让他回来。”

姚三：“好，我陪小东家去。”

林账房点点头：“也未尝不可。姑苏府的事小东家不用担心，有我和姚三在，实在有事，还有城西唐家在，不会让您担忧。”

唐慎去盛京的事就这般定下了。

姚大娘一早就开始帮唐慎准备行装，她嘴上念叨着“盛京可比姑苏府冷得多，听说四月还会下雪呢”，将一件件厚厚的棉袄装进提箱中。姚三也没闲着，他将唐氏物流、细霞楼的生意又都照看了一遍，唐慎又找林账房再次对了遍账本，留下一笔周转的银子。

只有唐璜，这两天闷闷不乐。

唐慎去盛京这事说得太急，没给任何人考虑的时间。

入了夜，大家吃完饭，唐璜在屋里写大字，这是林账房走前布置的课业。唐慎走进屋，看了会儿，道：“已经开始写《诗经》了？”

小姑娘瘪着嘴，低头不看唐慎，闷闷地“嗯”了一声。

唐慎觉得好笑，他虽说是个男人，但唐璜这点小丫头心思，他一眼就看出来了。

唐慎：“这字帖写得太好，可不适合初学者。我走之前写一本《诗经》给你，你就照着我的字帖临摹，等你去盛京后，我可要看看你的字写得如何。”

唐璜原本还不想理他，过了会儿，她惊讶地抬头：“我去盛京？”

唐慎理所当然道：“是，你去盛京。”

“我也可以去盛京？”

“你为何不可以去盛京？”

唐璜喜出望外，可随即她想到：“哥哥，你说的是等我去盛京……难道我不可以和你一起去盛京？那我什么时候能去？”

“你现在去作甚？人生地不熟的，我也是过去探探路。我是要考举人的，你去了能作甚，还要让我抽空照顾你。”

“我可以给你做饭，给你洗衣！”

“这事丫鬟也能做，况且……阿黄，给我洗衣做饭？这话你自个儿信吗！”

唐璜嘿嘿一笑：“我也不信。”

知道唐慎不是真的抛下自己后，唐璜的心情好了许多，道：“哥哥，你说你要参加会试，去考那进士……你曾与我说过你不想考进士的，只想做个举人。”

唐慎挑挑眉：“我说过？”

“你说过！”

“那便说过呗，还不许反悔了？”

这真是全天下最坏的臭哥哥！

见小姑娘又不理自己了，唐慎笑道：“梁先生走之前给我取了字，叫景则。”

这事唐璜知道：“啊，怎么说这个？”

“景则，景则。所以阿黄，我不可辜负他的冀望。”

唐璜一头雾水，良久，她喃喃道：“非得现在去吗？考完举人再去，也可以啊。”

唐慎默了默，伸手摸摸她的头发：“我要做的事太大太多，不可浪费一点时间，且你哥哥也有私心。”

“什么私心？”

“等你去盛京，再告诉你！”

“不说还吊人胃口，唐慎你等着，等我去盛京我非要打你不可！”

“哈哈哈哈。”

收拾好行装，唐慎又去了唐府，将自己前往盛京的事告诉了唐举人和唐夫人。

唐举人惊诧道：“你要拜傅希如为师？”

唐夫人则道：“怎的这般急，都没给时间准备。你还差些什么，可与我们说，要不要带些小厮丫鬟去盛京，你一个人怎么照顾的好自己！”

唐慎一一回答：“是梁先生临终前为我抉择的老师。放心吧大伯母，我已经准备妥当，况且也不是我一人去，还有姚三跟着。”

“那姚三虽说身强体壮，但终究是个粗汉，要不从唐府带两个丫鬟去吧。”

“真不用。”

告别了唐举人和唐夫人，唐慎向紫阳书院递了退学书。

郑山长收到唐慎的退学书，颇为惊讶，问道：“你要去江南贡院读书？”

整个江南的举人，只要考上了，就可以去江南贡院读书，做江南贡院的学生，哪怕如今唐慎在紫阳书院读书，实质上他也是江南贡院的学子，因为他将学籍挂在江南贡院，八月份要去那里参加乡试的。

唐慎摇首道：“山长，我要去盛京考举。”

郑山长：“怎的要去那么远？你的学籍挂在江南贡院，并不是那般好调取的，若没有关系，还是别去盛京为好，你只能待在江南贡院考试。”

唐慎将梁诵为自己找了个新老师的事说出来，郑山长愣了良久，长叹道：“梁大人用心良苦啊！傅大人身为翰林院承旨，调取你的学籍倒是简单。”

郑山长批准了唐慎的退学书，唐慎去学舍收拾东西，他收拾完，临走时只见孙岳站在门口，眼神急切地望着他。

“唐慎，听说你不读书了！”

唐慎哭笑不得地道：“你从哪儿听来的胡话，我何时说我不读书了？！”

孙岳急急地跑过来：“听钱讲习说的啊，你都退学了，不在紫阳书院读书了。”

“我确实不在紫阳书院读书，但我要去盛京读书了。你不要听风就是雨。”

“原来是这样……”过了许久，孙胖惊骇地道，“啥，你要去盛京了？”

唐慎要走了，孙岳心中难受，跟着他一起去细霞楼吃了顿拨霞供，说是要给他送行。

唐慎无语道：“你要给我送行，来我开的酒楼，吃免费的午餐，这也叫给我送行？”

孙岳夹起一筷子羊肉片放进锅中，来回涮了涮，吃下肚。他餍足地眯起眼睛，道：“怎么不叫送行？唐慎，你为何这么急着要去盛京？那傅希如就那般好，你考完举人再去拜师也不迟啊，傅希如就在那又不会跑。”

“我怎可辜负梁先生对我的良苦用心！”

孙岳嘀咕道：“我看你就是在姑苏府待腻了，想去繁华的盛京看看。”

唐慎没有吭声，他夹了一筷子菜扔进锅中：“菜熟了，吃菜！”

“好嘞！”

半个月后，唐慎收拾完行装，与姚三一起登上了前往盛京的客船。

运河碧涛，夕阳西下中，唐璜和林账房站在大运河的码头上，伸长了手向唐慎道别。船行一刻钟，姑苏府的运河码头渐渐成了一个小黑点，那站在码头上哭泣的少女也再看不见了。

唐慎叹了口气，忍住心中的不舍。

等又行驶一刻钟，姑苏府消失在天际，这时只听到一阵悠扬的钟声穿过空间地理的限制，飘荡在大运河的上空。

这是城外寒山寺的晚钟！

“姑苏城外寒山寺，夜半钟声到客船。原来就是如此啊！”

唐慎忽然觉着，他才离开不到半个时辰就开始想家了。

曾经他只想做个富贵乡绅，不求闻达，只求安乐。然而这真的是他能做到的极限吗？

这不是他能做到的极限，他安于现状，直到先生的死，罗大学士、赵举人的死，如同当头棒喝，将他从繁盛富贵的江南水乡惊醒。

姑苏府是个富庶的地方，人人没有忧愁，可大梁不是！

一路上，唐慎看着运河两岸的情况，有时白雪皑皑，货郎们却依旧穿着单薄的短衫，奔走于码头间为这些往来船只装货卸货，赚取每趟一文钱的酬劳。有时那些大运河两岸的码头，甚至都破烂到无法停靠，与姑苏府的堂皇整洁截然不同！

这才是大梁，这才是现实真正的面目。

日子一天天过去，离盛京越来越近。唐慎坐在船舱内，提笔写字，他写的是楷书大字，一遍遍地写着一个“谋”字，姚三不认识字，唐慎每次写完五十张“谋”字，就会再写五十张“静”字，让他拿出去扔进河里，或者烧掉。

“小东家，你写的是什么？”

“我写的，是我左右为难的心情！”

一个“谋”字，是为官之道，是他未来必须要走的路，而一个“静”字，是他如今最后的安宁。从决定北上盛京，拜师傅希如起，唐慎知道，自己已经没有退路。

他没有像唐璜说的那样，考上举人后再来拜师，哪怕这是梁诵原本的打算，是因为他从此刻开始就已经真正决定，和梁诵彻底撇清关系！

松清党人有多么招当今圣上的忌惮和厌恶，唐慎看得明明白白。他将钟泰生关在牢里二十六年才秘密处死，是因为仁慈宽厚吗？不是！是因为他知道，钟泰生不能无缘无故地死了，哪怕起了杀心，也要让钟泰生死得理所当然，死得毫无缺漏，否则天下文人的诛心之笔将会讨伐于他。

梁诵被贬到姑苏府，罗大学士终生不得重用。

当今圣上即位后，没有一个松清党人进入三省，这便是梁帝赵辅对松清党人写下的死令决书！

唐慎想要进入官场，想要当一个官，当一个权臣重官，他就必须在一开始就和松清党人撇清所有关系。身为秀才时还好，梁诵是姑苏府府尹，哪怕唐慎拜他为师，也可以说是启蒙恩师，关系没那般亲近，一旦考上举人，若唐慎名义上的老师还是梁诵，或许就会引起赵辅的猜疑。

唐慎不敢赌赵辅是不是一个多疑不信的皇帝，所以他要在考上举人前拜傅希如为师。直到他查明真相，能在史书上亲自为这些以死明志的忠臣重写一遍历史时，他才会对世人说上一句，对梁诵说上一句：“学生做到了。”

这便是他不曾对外人说起过的私心。

客船刚刚停靠在盛京码头旁，唐慎还没出船舱，便听到喧闹繁华的人声车马声。姚三将三个箱子背起来，与唐慎一起出了船舱，刚出门，姚三看着眼前景象，怔在原地，过了许久才惊道：“这、这便是盛京？”

唐慎也愣了片刻才道：“这便是盛京！”

天上白玉京，十二楼五城。车马人声喧，亭台宫宇丛。

下了客船，姚三找来一辆驴车，将二人拉到临近的牙行。

盛京的道路宽敞无比，从码头到坊市的道路，哪怕八辆马车也可并驾齐驱！虽说是三月，盛京还未彻底入春，但街上的行人络绎不绝，叫卖吆喝声也从未停过。二层小楼，三层高楼，姚三掀开车帘，瞧见一栋四层高楼，他发出惊叹声。

赶车的车夫笑道：“二位客官听口音不像盛京人，是从南边来的？”

“我们从姑苏府来的。”姚三道，“这是何地？竟有四层楼！”

车夫骄傲道：“这是咱们盛京最大的酒楼，名为千里楼。”

唐慎想到：“千里楼？可是取自‘欲穷千里目，更上一层楼’的千里楼？”

车夫道：“被您说中了，小公子原来是个读书人。”

车夫将二人带到牙行。盛京虽然富裕，物价很高，但唐慎也不差钱，有钱好办事，不像刚到姑苏府时那般拮据，唐慎让牙郎找了个地段好点的、宽敞点的院子，每月花五两银子将这院子租下。

姚三有点心疼："这是什么院子，竟然要五两银子！"

唐慎琢磨着："姚大哥，不如我们买个院子。"

姚三睁大眼："小东家，那牙郎可说了，光是这个院子便要四百两白银才能买下！"

唐慎想了想："也对，若是我殿试中了前三甲，会有御赐的宅邸。不用急着买宅子。"

姚三总觉得小东家说的话他听不大懂呢。

不对，小东家一定能中前三甲！

应该吧……

姚三忙前忙后，将院子打扫干净，又去买了一些必备的东西。

当日傍晚，唐慎梳洗打扮了一番，带着名帖和梁诵的信前往傅府，傅希如的名声在盛京也十分显赫，唐慎问了几个人，就找到了傅府。然而这次他并没有直接拜访，而是将自己的名帖交了上去，同时送上了梁诵的亲笔信。

"在下姑苏府唐慎唐景则，明日再来拜会傅大儒。"

门房收下名帖，唐慎转身离去。

等到第二日，唐慎一大早便梳洗妥当，姚大娘不在，他只能简单地用锦带将自己的长发系在脑后，系成一束。从提箱中找出特意带来的苏绣锦袍，手里拎着姑苏的特产点心和一盒肥皂、香皂和精油，唐慎和姚三来到傅府。

门房知道他要来，将他迎进门："唐公子请进，大人已经等候多时。"

唐慎微微躬身："竟然让大人久等，是我来迟了。"

见唐慎身披锦玉，又彬彬有礼，颇有大家公子的风范，门房心生好感，多说道："唐公子多虑了，大人习惯每日寅时不到便起身，喂鸟浇花。如今正在书房里看书呢。"

门房将唐慎引到书房，为他敲响门，他还没开口，就听里面传来一道不满的声音。

"好你个小童子，我让你为我寻书，你却在这偷懒，可不是该打？"

紧接着响起的是一道委屈的少年声："先生明明自己刚才就在睡觉，您睡觉，我去找书，找完回来您还在睡，我看着看着便也想睡一会儿，您还恶人先告状。"

"我睡觉，是因为我困了，我每日寅时便起身！"

"起身逗鸟看花吗……"

"你嘀嘀咕咕地说什么呢？"

"没什么没什么。"

门房又敲了一遍门，屋里传来一阵手忙脚乱的声音，丁零当啷。过了片刻，一道年迈的声音响起："温书，你去瞧瞧是谁来了。"

不过多时，书房的门被打开，一个看上去不过十一二岁模样、白嫩矮瘦的童子探出头来，道："张叔，你怎来了？"他又看到门房后面的唐慎，立刻睁大眼，砰的一声关了门，回头道，"先生不好啦，是那姑苏府的唐慎唐景则来啦。"

“什么？他怎么来的这般早！”

又是一阵丁零当啷的声音，温书童子来开了门。

这小童子低眉顺目地说道：“唐公子，先生在里面等你多时了。”

你说什么都对。

唐慎微微一笑，对姚三道：“你在外面等着。”接着进了门。

这是一间两进门的朝南院子，刚进书房，唐慎便闻到一阵淡淡的墨香。大门两侧各放了四个鸟笼，细长的金链系着四只五颜六色的鸟雀，它们见唐慎来了，发出叽叽喳喳的声音。书房中央是个雕花镂空的香炉，左侧是一扇泰山石屏风，右侧是一扇巨大的书架。

唐慎才走到一半，就听到一阵蛐蛐叫声，他扭头一看，只见书架的一个格子里竟然放着一个蛐蛐葫芦！

唐慎收了神，走上前，只见罗汉榻上正坐着一个头发花白的老者。这老人正悄悄地打量唐慎，见唐慎突然看他，他赶忙收了视线，故作淡然道：“你便是梁博文说的那个，曾经说过‘天下兴亡，匹夫有责’的学生？”

老师竟然还和傅希如说过这个？

唐慎点头道：“学生姑苏府唐慎唐景则，见过傅先生。”

傅希如手里拿着一本书，表面上是在看书，其实连书拿反了都没注意。

“梁博文走得匆忙，你也知道，那段时日很多老朋友去了，我也无法一一探视。嗯？你手里拎的是什么？”

“是学生从姑苏府带来的特产。”说着，将点心和肥皂等物一一拿了出来。

傅渭虽说看上去似乎有点不靠谱，但他看到那些点心，并没说什么，而是对包装精美的精油有了点兴趣。“这东西我似乎见过。”

一旁的温书童子道：“王相公从金陵府带回来过一瓶。”

傅渭一拍手：“对！子丰曾经带过一瓶给我，似乎是叫黄金缕？‘烟笼寒水月笼沙’的黄金缕。”

唐慎笑道：“应当是‘蛾儿雪柳黄金缕’的黄金缕。”

“蛾儿雪柳黄金缕？艳丽生动，不错，是个好名字，贴切！”

这么一说，双方关系拉近了许多。

傅渭渐渐端正了坐姿，道：“你刚从姑苏府来，住在哪儿，在盛京可还习惯？”

唐慎：“学生昨日刚到盛京，一日下来，还算习惯。”

傅渭伸长了耳朵。

哦？昨天刚到，今天就来拜访他了？

傅渭问道：“听闻你今年十五，已经在姑苏府拿了童试小三元？”

唐慎：“确实如此，让先生见笑了。”

傅渭：“又听闻，你可倒背《论语》？”

唐慎：“……”

傅渭：“还听闻，那四书五经，都可倒背如流？”

唐慎："……是，只不过雕虫小技而已。"

傅渭突然哈哈大笑："我是雕虫斋主，你会一些雕虫小技，甚妙，甚妙！咦，景则来了，你这小小童子在作甚，怎么不给景则倒杯热茶？"

温书童子立刻给唐慎倒上一杯热茶，唐慎谢过后正要喝，只听傅渭道："你这茶，不敬我？"

唐慎动作一顿，抬头看向傅渭。

傅渭坐在上位，朝他挤了挤眼睛，又笑了笑。

唐慎立刻起身，双手捧起茶杯，温书童子眼力见儿极好，拿了一块蒲团铺在地板上，唐慎跪在蒲团上，双手高高举起茶杯，道："请先生用茶！"

傅渭接过杯盏，饮下一口："妙！"

如此，便算拜师礼成了。

成了师生，傅渭显得更加随意，他感慨道："景则，你可不知，这一年来那梁博文总是写信告诉我，他收了个多好的学生！我收了个过目不忘的学生，他就要收一个能倒背如流的，真是气煞我也。话说回来，你真能倒背《论语》？"

唐慎苦笑道："真能。"

"好好好，你背一篇我听听。"

这年头的大儒都这么不靠谱吗！

心里这么想，唐慎却还是老老实实地倒背了一篇《论语》，傅渭连连称赞，说着说着，便过了一个时辰，温书童子提醒道："先生，您该去浇花了。"

傅渭点点头，转头对唐慎道："我该去看书了。"

唐慎："……"

傅渭："你刚到盛京，若有什么需要，尽管来找为师，哪怕为师办不成，你师兄总能为你办成。今日你先回去吧，有事随时来找为师，为师别的不多，就是时间非常多。"

"学生知道了。"

唐慎正要走，傅渭又道："哎等等，景则，你若是有空，稍稍等会儿，帮为师找本书可好。"

唐慎正要和傅渭拉近关系，当然不会拒绝。

"先生要找什么书？"

傅渭叹气道："叫《维京斋话》，是本杂书，记得原本是放在那个书架的，可怎么都找不到了。我浇花时最喜欢听……咳咳，我看书时最喜欢听童子读这本，怎的就找不到了。温书，你说说是不是你乱放了？"

温书童子大喊冤枉："先生，这书明明是您亲自放的，怎的又怪我了！"

三人找了会儿，还是没找到，傅渭哼了一声："去把抚琴童子找来。"

唐慎和温书童子离开书房。

刚出了书房的门，姚三走过来，这温书童子对唐慎大吐苦水："唐小公子不知道，我们先生脾气可怪着哩。别看我叫'温书童子'，其实我最会抚琴，咱们傅府还有一个抚琴童子，他最会看书读书和寻书，只不过我日日都想读书，他夜夜都想成为一个琴道大师，只是他那琴声……您以后就能听到了，可真是魔音灌耳。不多说了，我先去找抚琴了，唐小公子再会。”

温书童子一溜烟地跑了，姚三愣愣地看着他：“这是傅大儒的书童？怎的如此……奇异。”

唐慎好笑道：“你直说怪癖就是了。”

姚三挠挠头，两人一起离开傅府。

从书房的门洞出去，便是花园。

盛京的宅院不像姑苏府的，大多有池塘荷花美景，傅府的花园里种了不少千奇百样的花卉，又有假山奇石，看上去颇有别样的美感。唐慎和姚三走了会儿，竟然迷了路。

姚三：“小东家，要不我去找人问问？”

唐慎正要说话，只听到一道婉转连绵的琴声响起，唐慎和姚三顺着这琴声找去，绕过一座假山怪石，穿过一扇石门，便看到一座重檐圆顶撮角亭。这亭子四周是人工挖凿出来的一片小池塘，池塘里养了几条锦鲤。亭子悬空驾于池塘上，只有一条木廊小径可以走进去。

亭中有一个身穿白色锦袍的年轻人正在抚琴。

远远的看不清他的模样，只觉这琴声巧妙绝伦，有如仙人泛瑶瑟，月定露华清。

姚三不懂音律，都听得如痴如醉。唐慎听过很多琴声，可这低扬委婉的琴声截然不同，别有一番曼妙，但是他并未完全沉醉于琴声，他的目光凝视着亭子中的人，忽然，唐慎踏上木廊，走入了亭子。

唐慎走进亭子的那一刻，琴声戛然而止。

这年轻男人相貌如玉，双目清亮，唐慎第一次见到长得这么好的男人，面容姣好，却又不显女气，气质清冷，宛若月中人！他抬起头，静静地看着唐慎，双手按住了仍有波动的琴弦。黑色的长发以玉冠竖起，白衣锦袍看似朴素，袖间却绣着细细密密的银丝花纹，每一个针脚都是顶尖绣娘的绝顶手艺。

两人对视片刻。

唐慎忽然笑道：“可是抚琴童子？”

抚琴的年轻男人默了默，微微笑起，没有否认。

唐慎：“先生一直在找你，他有本书，叫《维京斋话》，这书怎么也找不到了，想找你去寻书呢。”

这男人目光微动，终于开口，声音悦耳动听，带着一丝淡淡的笑意：“我知晓了。”

唐慎：“那便好，我先走了。”说着，转身离去。

唐慎头也不回地走上木廊，离开了小亭，他清晰地感受到身后有一股几乎成为实质的目光炙热地凝视在他身上，不偏不倚，一直目送到他离开这座偏僻的小花园。

等两人离开傅府后，姚三才反应过来：“小东家，那竟是傅大儒的抚琴童子？我看着不像啊。那抚琴童子穿着也太好了，那衣衫可比温书童子好上几倍，而且他弹琴也不难听，虽说我姚三不通音律，可我觉着好听！”

直到这时，唐慎才猛地喘了口气，一直紧绷的身体终于放松。

“那自然不是抚琴童子。”

姚三：“啥？”

唐慎眯起双眼，一字一句道：“他是我唯一的师兄，王溱，王子丰。”

第十四章

师兄

琴声透过茂密繁盛的树木在花园中轻轻回荡。远远地传来一阵说话的声音，是傅渭故作严厉的呵斥：“这一清早的，又跑哪儿去偷懒了？好你个小童子，我是老了治不了你了是不是？说，是躲哪儿睡觉去了。”

回话的是个清脆的少年声音：“先生冤枉啊，我哪有偷懒，我是给王相公找琴谱去啦！”

“好啊，敢拿子丰做借口？我倒要问问他，是否有这回事！”

傅渭和温书童子、抚琴童子一起走入花园。

这两个小书童看上去都不过十一二岁，他们身材瘦小，站在傅渭身边矮了一大截。见到王溱坐在亭子里弹琴，傅渭走上木廊，进了亭子，两个小童子则留在外头候着，没进去。

傅渭张口便道：“子丰，你让抚琴去给你寻琴谱了？”

老师进来，王溱早已不再弹琴，他站起身，让开位子让傅渭坐下，闻言，他抬眸看了亭子外的抚琴童子一眼，这粗眉大眼的小童子紧张地直朝他眨眼，都快哭出来了。王溱微微一笑：“似有此事。”

过了片刻，傅渭问：“真有？”

“真有。”

“好你个王子丰，帮着那小童子不帮你家先生！”

王溱没回答，对亭外的两个小童子道："给先生倒杯碧螺春，前几日我从江南带回来的。"

"好嘞！"

两个小童子借机溜了，傅渭气得吹胡子瞪眼。他一抬手用手指指着王溱，刚要骂他"胳膊肘往外拐的孽徒"，才刚说了第一个字，王溱转首看向他，目光清澈平静。傅渭顿时泄了气，他嘿嘿一笑："子丰，你从江南带回来的那罐碧螺春确实不错，香极！妙极！"

王溱："今日逗过鸟，浇过花了？"

傅渭："未曾，那本《维京斋话》一直没找着。话说回来，你什么时候来的，也不提前告知我一声，怎的突然想抚琴了？咦，这琴……这不是我前几日刚得手，花费重金在江南寻了半年的寒玉琴吗！"

王溱："是把好琴。"

傅渭："子丰……"

王溱抬头看他："嗯？"

傅渭："你你你……"

傅渭心中也委屈得很，若是唐慎还在，看到此时的傅渭，大概会错愕不已。傅渭坐在亭子里，心疼地摸着自己的宝贝寒玉琴，一身白衣的王溱拿了一手鱼食，站在池塘边正在喂鱼，这两人一个看上去不像先生，一个看上去不像学生，等两个小童子把碧螺春倒上来后，傅渭大吐苦水。

"温书，抚琴，你们看看这个王子丰，他还是……"他还是人吗！后面这话没敢说出来，傅渭改了口，"他还是我的好学生吗！这把琴是我刚得了的，他竟然就这么拿出来弹上了。咦？等会儿，这琴不是已经放入库中了么，他王子丰怎么拿到的？"

抚琴童子和温书童子一起抬头看天。

胳膊肘往外拐的学生，胳膊肘往外拐的书童！

等喝了茶，王溱的书童进了花园，将一份琴谱交给他，王溱道："先生是想继续坐着喝茶，还是想听我抚琴？"

世人谁不知晓，琅琊王子丰琴棋书画，样样皆通，且样样出类拔萃，不过他傅希如也是个擅长抚琴的，傅渭还生王溱的气呢，听了这话他冷哼一声："你弹琴，难道就比我弹得好吗？"

抚琴童子心想：谁更好，您心里没点数吗！

王溱："昨日刚寻来的《广陵散》，今日来，是特意想用寒玉琴弹给您听。"

傅渭猛地站起："是失落三十多年的《广陵散》全谱？"

"是。"

"哈哈哈，原来是因为这个才拿寒玉琴，子丰，你真是我的好学生啊！"

亭子内，王溱抚琴，傅渭闭目聆听。亭子外，擅长抚琴的温书童子沉醉琴声中，不擅抚琴的抚琴童子绞尽脑汁地想偷学琴艺，却看得一头雾水。等王溱弹完整首，他憋了半天也只憋出三个字："真好听！"

天赋一事，大抵真是令人毫无招数。

傅渭心情好了，王溱准备回户部继续当差，傅渭从没想过今天不是休沐日，王溱是怎么从户部过来专门给他弹琴的。临走时，他让童子塞了一盒糕点给王溱，说道："是你新来的小师弟从姑苏府带的特产。"

王溱步子一顿："梁大人的学生，姑苏府的唐慎？"

"是他。"

"是个有趣的人。"

等王溱走了，傅渭还有点愣神，他对身旁的书童道："有趣，这是个什么评价？子丰何时见过那唐慎了？"

两个小童子默默看天：您问咱们，咱们也得知道啊！

唐慎当然不知道，自己走后，带过去的姑苏特产还被傅渭分了一盒给王溱。他和姚三出了傅府，姚三回忆着刚才听到的琴声，不解地道："小东家，我是个粗人，我不明白了，既然您知道那不是抚琴童子，是您的师兄，为何还要特意进亭子说他是抚琴童子？"

唐慎："姚大哥，如果我直接说自己认出他是谁，你觉得会怎样？"

"啊？还能怎样！小东家你已经拜了傅大儒为师，你和那王相公是同门师兄弟，如今偶遇，难道会怎样吗？"

"对，就是不会怎样。"

姚三更听不懂了。

唐慎："我这师兄，可不简单，给他留下个深刻的印象总不是坏事。"

姚三摸摸头："您说得都对。"

唐慎勾起唇角，或许他这次说的，未必就对。

梁诵留下的信中告诉唐慎，他让唐慎拜师傅希如，为的不仅仅是傅希如这个老师的名号，更是为了王子丰。虽然傅渭曾经是中书省右相，当朝权臣，但如今的他年岁已高，早已退居二线，担任翰林院承旨，整日逗鸟种花，唐慎想要爬得高，爬得远，难如登天。他不像王溱一样，生来就是琅琊王氏的大公子，身后有一整个世家撑腰，这偌大的盛京，他唐慎只是个局外人，不要说执子之力，他连成为棋子的资格都没有。

梁诵希望他能与王子丰同谋而战，更希望他能抓住王子丰，与他打好关系，然后利用他，为自己铺路。

王溱是他如今唯一能接触的当朝权臣，也是他最好利用的对象。

希望今天给他留下的印象不是个坏印象吧。唐慎心想。他甚至也有想过，王溱早就识破了自己的那点小心思，可他并不在意，若是王子丰是个心胸狭窄、善疑猜忌的人，那他想通过对方往上走，难度极大，早日放弃也好。

晚上回去后，唐慎冥思苦想，最终得出结论："他知道我是谁。"

唐慎忽然有些后悔，不该贸然与王子丰接触，但他此时已然没了回头路。想了一整夜，第二日清晨，唐慎独自一人出门，先去了国子监。他交上自己的名帖，见了国子监负责学籍的博士，得了对方的准信后，又去了傅府。

傅渭见到他来，有些吃惊："今日怎的来了，可是在盛京遇到难事了？"

唐慎点头道："正是。先生，学生刚到盛京，之前的学籍一直挂在江南贡院，如今已是阳春三月，八月我便要参加乡试，这盛京我实在不熟，也没门路，先生可否帮我把学籍早日从江南贡院调到国子监。"

傅渭道："原来是这事，是我昨日忘了，没与你说。这事简单，你是得了童试小三元的贡生，想去国子监读书不是难事，我给你写封举荐信就是了，只是把学籍从江南贡院调过来可能有些麻烦。"

"难吗？"

"这倒不是，只是需要费些工夫，怕耽误你读书。"

傅渭是翰林院承旨，掌管翰林院，可整个盛京谁不知道他就是个甩手掌柜，从来不去翰林院当差，整日在家喝茶赏花。要办这件事，傅渭大概还得亲自去趟国子监，否则就得走正常程序，把唐慎的学籍从江南贡院调过来，至少要花费半月。

忽然，傅渭想到昨日自己的某位得意门生说过的"有趣"二字，他心里嘿嘿一笑。

忙死学生，不忙死先生！

傅渭镇定地道："如此，我让温书童子带你去找你的师兄，这种开后门的事对你师兄来说轻而易举，他平日里天天做。"

唐慎大喜，他没想到今天来找傅渭，居然能再见到王溱。

唐慎："可是王溱王师兄？"

"叫他子丰就好。温书，子丰现在应当还在户部，你带景则去找他，今天之内把他的学籍迁过来吧。"

"是。"

唐慎跟着温书童子来到户部。

威严的户部大门外有两个身披铠甲的卫兵持兵器把守。温书童子大大方方地走过去，这守卫竟然好像认识他，没有阻拦，两人耳语一番，温书童子丧气地跑回来，道："唐小公子，我就知道，王相公根本不在户部！他今日又不知道跑哪儿去了，您若是愿意，咱们去尚书府找他？"

唐慎想了想，道："好。"

二人又转道前往尚书府，走到尚书府门口，两人远远看到一顶打着尚书官灯的轿子被抬进府，温书童子双目一亮，高喊道："王相公！"

轿子里传来一道清越的声音："停轿。"

一把白玉作骨、书墨做面的白扇从轿子中伸了出来，轻轻拨开轿帘，王溱侧首看向温书童子，忽然，他目光往旁边一侧，看到了站在一旁的唐慎。

盛京的少年与江南水乡的少年，光是相貌便有一番截然不同之景。他站在嘈杂的街道中，可身姿笔直，如同一株骄傲又容易折断的清莲，让人忍不住地就想看他。

王溱的心中闪过一个念头，金陵府的小儿郎和姑苏府的小儿郎，似乎也不一样。至少他那几个弟弟就远没有眼前这小师弟长得这般清朗秀气，也没这小师弟心思多，不过倒挺有趣。

装作第一次见到唐慎的模样，王溱下了轿子，对温书童子道："先生找我有事？"

温书童子道："先生说，唐小公子要把学籍从江南贡院调到国子监，先生让您帮帮忙，最好今日就给调过来。"

王溱挑眉："今日？"他看了眼西边的天空，"国子监快休沐了吧。"

唐慎忽然开口："明日也行。"

王溱看向他，目光定了一会儿，道："就今日吧。温书，你先回去，我与小师弟去就好。"

温书童子自觉完成了任务，把唐慎交到了王相公手上，他放心得很。

王溱静静地看着唐慎，也不说话，就这么看着。

唐慎心中叫苦："昨日不知道是师兄，把师兄误当成了书童，是我看错了。"

王溱："看错了吗？"

唐慎没听清，抬头看他："什么？"

王溱笑了，他用白扇撩开轿帘，道："国子监有些远，不如坐轿过去。小师弟，一起上来吧。"

唐慎有些尴尬，他抬头看着王溱，一时间不知如何是好。

王溱笑道："小师弟，走吧！"

唐慎醒过神："……好。"

两人上了轿子，王溱道："去国子监。"轿夫抬起轿子，向着国子监而去。

大梁朝的官员制度基本沿袭前朝，对官员的吃穿用度非常严苛，不到品级的官员，不可点官灯，不可使用越级的轿辇车匹，二品尚书可使用的轿辇非常宽敞，哪怕是两人并排坐着也毫不拥挤。

盛京城中车水马龙，人声鼎沸，这些嘈杂的声音被隔在轿子外，唐慎端正地坐着。

轿中一片寂静，无人开口。

似乎是路过一条开小吃店的街，轿外传来小贩的吆喝声，王溱睁开眼，问道："用过晚饭了？"

唐慎一愣，转首看他。

轿子再大，两个人坐，也不免距离颇近，唐慎转开视线，适应后，道："没有。"

王溱对轿夫道："去采祁斋。"

轿夫道："是。"

唐慎一头雾水，他刚到盛京，完全不知道采祁斋是个什么地方，不过这采祁斋似乎顺路，轿夫也没绕路，径直地往前走，过了一刻钟便停下。等了一盏茶工夫，轿夫递进来一包糕点，摸上去竟然还有些温热，唐慎打开一看，竟然是一包糯香雪白的艾窝窝。

唐慎一下子明白了王溱的意思，但他看王溱全然没有吃糕点的意思，唐慎察觉不对，他仔细想了想，将这包艾窝窝又包了回去，道："师兄，这在您的轿子里，我怎么能吃东西。"

王溱看他："我不介意。"

唐慎认真道："君子食不言，寝不语。食不于桌堂上，亦不礼也。"

王溱似乎有些愣了，他看着唐慎，过了会儿才笑道："小师弟是个妙人，那就等把你的学籍办好，带回去吃吧。采祁斋的糕点在盛京也有些名号，你若喜欢，以后可去尝尝，它在盛京多有分号。"

"师兄说了，我一定会去尝尝。"

很快轿子就到了国子监，唐慎跟着王溱下了轿。

王溱还穿着正红官服，他刚到国子监，便被门房恭敬地迎了进去，喊来了当日任值的祭酒。这祭酒是个头发花白、大腹便便的老者，他见到王溱，目露诧异，走上来行了一礼，道："王大人。"

王溱回了一礼："林大人。"

"王大人多日不曾踏足国子监，不知今日来所为何事？您来得正巧，下官正要回去，若是再晚一步，国子监内恐怕只有几百名学子可以迎接大人了。"

王溱笑道："确实有事相求。"他侧开身子，道，"这位是我的师弟，名为唐慎，字景则，从姑苏府来。他去岁在姑苏府考了个童试小三元，如今要来盛京读书，参加八月的秋闱。国子监可否收他做学生，调了他的学籍？"

林祭酒道："自然方便，只是一般贡生进国子监读书，是要有举荐信的。"

唐慎忽然想起来傅渭之前说要给他写举荐信，可他离开傅府的时候傅渭竟然忘了，没把举荐信给他。唐慎正打算说"明日就把举荐信拿来"，他还没开口，就听王溱道："我来写举荐信吧。"

林祭酒道："有王大人亲自举荐，自然无碍。"

三人来到一间书斋，林祭酒找了笔墨纸砚。王溱微微捋起右袖，拿起墨锭，在砚台上浇了一点水，研了一会儿墨，接着，他从笔挂上取了一支羊毫细笔，蘸取墨汁，开始写举荐信。

林祭酒道："王大人的字丰神俊朗，骨清奇正。半年前曾有幸得见，如今还是一如既往啊！"

王溱："林大人说笑了。"

"实乃下官的肺腑之言。"

这马屁拍的，林祭酒面不改色，王溱也不为所动，仿佛理所当然！

唐慎在旁边观察，心里想着学一学，于是不动声色地走到桌旁，拿起墨锭研起墨来。

王溱写完两行字，再蘸墨时，瞧见唐慎正在为他研墨，他抬起眼睛看着唐慎，唐慎正专心地看他写字，王溱移开视线，蘸了墨汁就继续写，不消片刻，他写完了一封举荐信，吹干墨汁交给林祭酒。

林祭酒："如此便好了。学籍的事下官知晓了，只是今日已经放衙，下官明日就将这位唐公子的学籍调过来。"

王溱忽然道："从金陵府把学籍调过来，一来二回，怕是要一个月。"

林祭酒愣住，他思索良久，问道："王大人的意思是……"

王溱默了默，他把玩着白扇，手指在玉骨上轻轻摩挲："江南贡院也不是什么洪水猛兽所在之地，看守并不森严，每年都会弄丢一两份生员学籍，只需补办便可，有时以为弄丢，其实又找到了，对贡生也无影响。国子监乃大梁培育国之栋梁之圣地，所精当是学子的学业功课，在学籍上浪费人力物力，实为我朝官员制度的失责啊。”

林祭酒恍然大悟：“明日唐公子的学籍便到国子监了。”

王溱笑道：“我与师弟先走了，林大人留步。”

林祭酒：“王大人慢走！”

王溱和唐慎一起离开国子监。

王溱道：“来盛京多久了，可有居住之所？”

唐慎还没从刚才的对话中回过神，过了半晌，他才道：“有了，就住在国子监旁。”

王溱挑眉：“为了好每日去国子监上课？”

“是。”

王溱：“既然如此，送你一程吧。”

两人又上了轿子，王溱将唐慎送到巷口，唐慎下了轿，只见王溱用白扇挑开轿帘，对他道：“春日迟迟，卉木萋萋。”

唐慎自个儿没反应过来，但是他那过目不忘的脑子帮他反应过来了，下意识地接上了下半句：“仓庚喈喈，采蘩祁祁？”

此句出自《诗经》。采祁斋，正是取自这句诗。

王溱微笑道：“师弟莫要饿着自己。”

原来是提醒他不要忘记这包艾窝窝！

唐慎拎着那包雪白的艾窝窝道：“好。”

轿帘放下，王溱悦耳的声音从轿中传出：“回尚书府。”

不过多时，轿子便消失在巷口。

唐慎抱着那包艾窝窝，一直目送那两盏尚书官灯消失在道路尽头才松了一口气。没了王溱，唐慎哪里还有“食不于桌堂”的礼节气度，他一边走回家，一边拆开这包艾窝窝吃了起来。

“确实好吃。”一下子就多吃了两个。

吃饱了肚子，唐慎回想着今天在国子监遇到的一幕幕，他感慨道：“唐景则，这就是官场啊！”等到回了家，姚三已经为他烧好了洗澡水，唐慎开始泡澡。

唐慎喜欢泡澡。之前在赵家村的时候没什么条件，家里连吃饭都愁，哪能泡澡。到了姑苏府，生活条件好起来后，唐慎就重新拾起了这个喜好。他双手搭在浴桶的壁沿上，闭目养神。

忽然，唐慎睁开眼，错愕地道：“他什么时候知道我叫景则的？”又过了会儿，“不是，他居然也知道我在姑苏府考了童试小三元？是梁先生写信告诉给他和傅先生的，还是他自己早就查过我，才知道这么多？我这师兄，到底是个什么样的人啊！”

嘴上这么感慨，唐慎心里决定，以后面对王子丰一定要打起十二倍精神，更加小心。

等到第二日，唐慎去国子监，发现自己已经被国子监收取做了学生，学籍也被

“调”到了国子监。三天前是太后八十寿诞，整个国子监放假半月，学生们都不上课，唐慎从国子监领了这个月的膏火银，拿了自己的学子服，又回到家中。

来到盛京三天，唐慎和姚三忙了三天，如今有了空闲，两人逛起这偌大的盛京城来。

盛京不愧是大梁都城。

姑苏府占据地理优势，倚靠大运河，是江南的交通枢纽，所以才富庶绵延，可盛京不同，姑苏府很少见到的胡人辽人，在盛京十分常见，他们与寻常百姓没有差别，只是穿着打扮不同，但照样在盛京城中吃饭喝茶。

姚三在来姑苏府前曾经对林账房说过：“盛京城虽然好，可咱们姑苏府也不差。”可看了真正的盛京城后，姚三泄气地对唐慎道：“小东家，本以为咱们的生意在姑苏府做得已经够大了，来了盛京，也当然能行，可如今看来，这盛京真是太大了，咱们的生意恐怕做不成吧。”

唐慎：“你说得并非不对。”

姚三：“难道还有转机？”

肥皂、香皂和精油，这类生活必需品和奢侈品在盛京当然好卖，可盛京没有一个唐家，也没有梁诵能照应唐慎。盛京城一个牌匾砸下来，能砸着五个京官！唐慎的生意是好做，东西也能大卖，可他只要卖了就会有人眼红，未必能保住生意。

求助傅渭和王溱确实是个好方法，但唐慎和这两人只是师生、师兄弟的关系。俗话说“亲兄弟明算账”，唐慎和他们非亲非故，肥皂生意背后的油水十分骇人，除非是以合作为条件，双方才能谈拢。

至于物流生意，那就更不可能了，想要做物流生意，要耗费的钱财不是现在的唐慎有的。

然而……

“姚大哥，拨霞供的生意，未尝做不得！”

在盛京没法像在姑苏府那样用最快的速度运送蔬菜鲜肉，可是盛京从来不缺羊肉猪肉，因为北边就是辽国，就是大草原，风吹草低见牛羊，哪怕是牛肉，姑苏府吃不得，盛京却吃得！

唐慎道：“姚大哥，明天咱们去牙行买几个仆从回来，我们再租个院子，将他们安置下来。另外你回姑苏府后，将细霞楼的陆掌柜找来，让他来盛京找我。”

“好。小东家，你是想做细霞楼的生意？”

唐慎：“对！”

姚三双目一亮：“那我也和陆掌柜一起来，我来盛京帮您。”

唐慎：“你不用来。”

“啊？”

“我什么时候说我现在就做细霞楼的生意了？还有五个月我就要秋闱了，姚大哥，我可还想考个功名呢，不求拿到解元，但名次也不能太差，否则可不是给傅先生，给我那王师兄丢人了吗！”

三日后，姚三坐船南下，回了姑苏府。

国子监还没开学，唐慎独自一人苦居家中，头悬梁锥刺股，奋发读书。

傅渭是翰林院承旨，乃是晓喻天下的大儒，天下四儒之一。可他这些年来懒散惯了，自从八年前王溱考了状元，他就没再管过王溱读书，更没了教人的经验，就这么逗鸟浇花玩了半个月，傅渭才突然想到："咦，我新收的学生唐景则怎么一直不出现了？"

温书童子提醒道："先生，按照日子来算，唐小公子应当已经去国子监读书了。"

闻言，傅渭难得有了愧疚之心："唉，我已老矣，收了学生却无力去教，还要他去国子监与其他贡生一起读书。"

温书童子嘀咕："以前教王相公时也没见您上心，那都是王相公天资聪颖，自学成才！"

傅渭："小童子，嘀嘀咕咕说什么呢？"

"没什么没什么。"

傅渭摸了摸花白的胡子："还有四个月，他便要秋闱了，如此下去也不好。这样，你让他明日来找我，明日也是户部的休沐日，你把子丰也叫来，我有事要与他吩咐。"

第十五章

临雍

一大早唐慎便来到傅府，温书童子却早就等着他了。

唐慎惊讶道：“这么早？”

温书童子吐槽道：“唐小公子，您也是知道的，咱们家先生年纪大了，每日也没其他事可做，睡得早、自然也就起得早。他刚赏完一盆月季，是姚大人送的，如今正在花厅用早饭。”

唐慎来到花厅后，傅渭十分热情：“小童子，去给景则也拿双碗筷来。景则，用过早饭了吗？”

唐慎：“用过了。”

傅渭：“撑着了？”

“并未。”

傅渭大袖一挥：“那就拿双碗筷来。坐吧，景则。”

傅渭和唐慎一起坐在圆桌旁吃起早饭来，盛京的早饭和姑苏府不同，稀粥小菜，还有一些糕点油食，唐慎随意用了点，两人用完早饭时，王溱也到了。唐慎没想到今天傅渭把王溱也请来了，见到自己的得意门生，傅渭道：“子丰你可来晚了，咱们吃完了。”

不同于上一次见面穿的是簇新的正红官服，今日王溱穿了身锦缎长衫。仆从将桌上吃完的残羹空碗撤掉，师生三人一起来到书房，书房中央的镂空香炉中没有燃香，王溱竟然不假他手，从抽屉中拿了一盒沉香，轻轻剪去顶上的一头，放入香炉，燃了起来。

不过多时，书房中便沉香袅袅。傅渭坐在上座，王溱和唐慎一左一右，坐在下手。

唐慎看着对面的王溱，道："王师兄。"

王溱："叫我子丰便好，采祁斋的糕点尝得如何？"

唐慎："确实美味，这几日也让我的仆从买了一些带回家尝。"

傅渭看着他们二人："哦，你们之间还发生了些我不知晓的事？"

唐慎正打算解释，王溱道："先生将我们二人一起找来，是有事？"

傅渭想起正事，立刻坐直了，他先看向唐慎："景则，还有四个多月你便要秋闱了，可有信心？"

整个大梁科考最难考的两个地方，一个是江南贡院，一个就是盛京国子监，唐慎这叫刚出狼穴，又入虎口，而且乡试又是科考三目中最残酷的一科，每年来盛京参考的秀才有上万人，可每次只收一百号人，淘汰率极高。

不过有过目不忘的技能和自己对八股文的一些独特体会、思想看法，唐慎有九成把握考上举人，可想要拿到好的名次，难度极大，他也不敢保证。

唐慎："学生自当竭尽全力。"

傅渭一听，心道不好，觉得唐慎可能没什么把握，王溱倒没说话，他端起茶盏用杯盖拂了拂茶面，拭去表层的浓香后，轻轻饮了一口。

傅渭和梁诵同为天下四儒，梁诵这些年来收了不少学生，傅渭则是精益求精，不收则已，收就收了个王子丰。王溱十二岁前还经常向傅渭求学，等到了十四岁，王溱拿了当年的童试小三元，两年后，进考乡试，得了解元，次年又得状元，是本朝第一个真正三元及第的状元。

梁诵是为人师表，桃李天下，至于傅渭……还真没什么教人的经验。

当初王溱没让他操心，他如今转念一想：唐慎出身乡野，进学的条件当然没琅琊王氏好，先天基础就比子丰差，能拿到姑苏府的童试小三元，这是他天资聪颖，可再想考到解元，乃至状元，短短几年，难如登天。或许再过三年让唐慎去考，他也能考出一个很好的名次，可现在他才十五岁，想如王溱一样考个状元，着实强人所难了。

傅渭感叹道："在国子监如何？"

唐慎："讲习、博士们都十分照顾我，这还要多谢子丰师兄先前的那封举荐信。"

听到"子丰师兄"四个字，王溱看向唐慎："小师弟不必多礼。"

傅渭看向王溱："近日户部可忙？"

王溱笑了："海晏河清，边境没有战乱；百官忠其位，未听说过贪墨之事，且如今不是年末，先生是想听我说一句不忙？不过，户部不忙，我倒是有些忙。"

傅渭："你忙甚呢？"

王溱："逗鸟浇花，先生忙什么，我便忙什么。"

傅渭朝王溱使了使眼色：你新来的小师弟在这呢，给为师一点面子。

王溱品了品茶，没有回应。

唐慎瞧着这师生二人交锋的模样，忽然察觉到了些什么——难道说，傅渭是想让王溱教他读书？

俗话说长兄如父，师兄代为教书的事，在历朝历代都不罕见，但唐慎看王溱并没有教自己的意愿，他其实也不勉强。他如今对这王子丰颇为忌惮，要是日日相对，不知什么时候就让对方不如意了，他可不想平白得罪王子丰。

唐慎道："考举一事，学生还是有把握的。"

傅渭："哦？"

唐慎发现王溱也放下杯盏，饶有兴致地看着自己，他思量片刻，说道："乡试三场，第一场考三篇制艺，一首五言八韵试帖诗，第二场考五篇经文，第三场考三道策问。除了第一场的试帖诗外，其余十一篇皆为八股制艺。"

傅渭："说得倒是不错。"他拐弯抹角地说道，"子丰的制艺写得可是极好，当初连梁博文也连连称赞呢。"

唐慎心想：本朝唯一一个三元，被圣上亲笔御书点名"状元无双"，制艺能写得不好吗？

他继续道："学生一直以为，八股制艺其实并非没有规矩可言。"

"你倒说说。"

"众所皆知，八股，分为八个部分，破题、承题、起手……以及后股，束股。众人皆以为，乡试乃三场科考中最艰难残酷的一科，学生却认为，这反而是最好得手的一科！以盛京为例，每年来参考的秀才假设为一万人，其中字体不规范、有错字漏字、格式不对者，先除去两千人。"

王溱突然道："继续。"

唐慎看了他一眼："这下便只剩下八千人。每年乡试主考官都必须是翰林院的学士，从京城分派到各地，层层分下去，最后能留在盛京参与阅卷的，最多十人，再加上抽调上来的学政、编书等六七品小官，最后能阅卷的，最多三十人。而这三十人要在三天内将一万份卷子阅完，平均每人每天一百份，假设是第一场乡试，那他们每人每天要看的，就是三百篇制艺和一百篇试帖诗。"

唐慎话锋一转："人非圣贤，孰能无过？馆阁体写得好，便得了一半的分，接着只需要无功无过，不偏题不犯忌讳，考上举人的概率便有五成！而如果在破题承题上下功夫，力求让阅卷官眼前一亮，耳目一新，只要后面没写错，哪怕写得平平庸庸，也绝对能得上游分数。所以先生，学生要做的事其实十分简单，学生只需要专注前两股，后面不求无功，但求无过，考上举人应当不难。"

唐慎说完，书房中竟然有一瞬的寂静。

傅渭回想起梁诵曾经给自己写的那些炫耀的信。果然，他那位老友性格刚直，从不说谎，他这位学生确实是人中龙凤，未来不可限量。

傅渭忽然有了教学生的心思，能亲手培养出第二个当朝权臣，对他来说可比逗鸟浇花更有趣。

然而傅渭还没开口，王溱先道："小师弟，你说得倒是不错，但是你此言的前提是，你的馆阁体写得让人啧啧称赞，你的破题承题也足够新颖亮眼。”

唐慎一时语塞。

理论总是丰满的，现实却是骨感的，他晓得用要领来走捷径，可他也不能说自己就能做到。

傅渭：“写字有何难，子丰的字天下有名……”都是我这个老师教得好。

后面这话还没说出口，王溱突然笑了：“先生又说我制艺写得好，又说我字写得好，可是要我代您教导小师弟？”

傅渭：“欸？”

王溱长叹一声：“先生有令，不敢辞。”

你刚刚还说你特别忙，忙着逗鸟浇花！

然而傅渭没有否认王溱的话，比起他，让唐慎多和子丰交往，对他未来的仕途恐怕更有利。

送走了两个学生，傅渭拎着鸟笼，命抚琴童子去给自己找鸟食。他逗弄着笼子里的金丝雀，想起了一句话，念道：“蛾儿雪柳黄金缕。梁博文啊梁博文，你将你那学生送过来，可给我挖了一个大坑，你的意思我岂会不懂？咱们年岁大了，颐养天年多好，何苦再掺和进那些糟心事里。这是他们年轻人的时代了啊。”

唐慎出了傅府，还觉得十分蒙。怎么这傅希如、王子丰完全不按寻常套路出牌啊！

来盛京前，唐慎想了很久，该怎么和傅渭处好关系，该怎么一步步接近王溱，谁料如今，傅渭和王溱两人，一个瞌睡了给他送枕头，直接把人送到他面前，另一人也将计就计，也不拒绝。

唐慎忽然觉得，自己好像有点以小人之心度君子之腹了。

“他们是真心把我当学生、当师弟了！”

唐慎心里一暖。

出了傅府，王溱道：“小师弟，要去国子监吗？我可以送你一程。”

唐慎摇首道：“不用了子丰师兄，今日我已经向国子监请了假，现在想去买点东西。”

王溱没多言，他上了马车，道：“那过几日见，你知晓尚书府在哪儿吗？”

唐慎问道：“师兄可要我准备些什么，再登门拜访？”比如先写一篇制艺、一首试帖诗，让你看看我的水平？

唐慎做好自己这两天要做很多课业的准备了，却听王溱道：“带上你的人就好。”

唐慎：“啊？”

王溱清雅一笑：“来尚书府，只需带上你这个人，便可。”

王溱这么说了，唐慎却没真放心里。

王子丰能考上状元，被御笔亲赐“状元无双”，确实是有大才的。梁诵曾经说过的一句“过目不忘的人我也见过”，想来这个过目不忘的人指的就是王溱。唐慎也可以过目不忘，甚至倒背如流，但这是他靠老天爷白送的技能才做到的，他有些心虚，王溱却是真才实学。

唐慎回了家，先写了一篇制艺，又仔仔细细地做了一首试帖诗。写完一遍，他还觉得不满意，又用簪花小笔誊抄了多次，才选中写得最好的两篇馆阁体文章。

这时陆掌柜正好从姑苏府来到了盛京，唐慎将他安置在自己的院落里。

陆掌柜见了他便道："姑苏府的情况一切皆好。那些乡绅不过都是跟红顶白的，听说小东家来了盛京，又拜了傅大儒为师，细霞楼和唐氏物流的状况便好了，很少有人再在背地里动手脚。听姚三说，小东家喊我来盛京是想在盛京开细霞楼的分店？在船上我想了许多，盛京毗邻辽国，牛羊众多，确实可行！"

唐慎："我是有这个想法，只是如今我要忙着秋闱，秋闱过了，还要忙明岁的春闱，一时间抽不出空。"

陆掌柜："小东家不急，其实我也不急。我先在盛京住下，这盛京咱们毕竟是外人，两眼摸黑，要探清楚其中的门道才能开店，明日起我就去牙行买几个伙计，先把盛京摸熟了。"

唐慎笑道："如此甚好。"

三日后，唐慎拿着自己写好的一篇制艺、一首试帖诗，来到了尚书府。

尚书府的管家早已知道他的名字，直接将他带到府中花园，说王溱正在接客，劳烦唐慎等一会儿。唐慎在花园里逛了一会儿，这花园中凿出了一个人工池塘，里头养了十几条锦鲤，姹紫嫣红，各个肥美硕大，似乎被人喂得很好。

再看假山嶙峋，百花争艳，池塘边的柳树无意争春，独自对着池水，摇影自怜。

唐慎看了会儿，忽然一道清越的声音从他身后响起："烟笼寒水月笼沙。"

唐慎一愣，转过身，只见王溱从柳树下走了过来，碧绿的柳芽拂过他的肩头，又顺着锦白的长袍落下，唐慎定了神，道："师兄从哪儿知道的这句话？"他随即想到，"我忘了，师兄出身琅琊王氏，是金陵人。"

王溱摊开手，这时唐慎才发现他的掌心偷偷藏了一捧鱼食。

唐慎愣愣地看他，王溱微笑道："喂鱼吗？"

唐慎只好接过鱼食，和王溱一起撒进池子里。

鱼食落入池塘，荡起一圈圈涟漪，锦鲤们争相夺食，唐慎忽然知道这些锦鲤是被谁喂得这么肥的了。

王溱一边扔鱼食，一边道："这诗的下句是什么？"

唐慎顿了顿，道："夜泊秦淮近酒家。"

"然后呢？"

商女不知亡国恨，隔江犹唱后庭花。指名道姓的亡国之诗！

唐慎："然后没了。我是在一本书上看到的，那书找不着了，后半句也不记得了。"

王溱："可惜了。"

喂完了鱼，唐慎将自己写好的一篇制艺和一首试帖诗拿了出来，王溱竟然没惊讶他提前写了文章，他拿起唐慎写的文章和诗看了起来。看完后，他道："不错。"接着便把这两张纸放到一旁，"小师弟可曾想过，四个月后，盛京的乡试主考官是谁？"

唐慎震惊地瞪大眼，不敢置信地看向王溱。

还带这样的？这还没考试，王子丰居然打算给他开后门，还开到这种地步了？

“不会是师兄您吧！”

王溱骤然失笑。唐慎这几年营养好，个头蹿得快，但始终比王溱矮了一个头，王溱低头望着唐慎惊恐的模样，忽然觉得有些好笑，他这小师弟，哪怕平时再聪慧机敏，面对他和先生时，还是藏不住心思。

终究只是个十五岁的小儿郎。

王溱将手里的鱼食全部倒进池中，他假意认真地思索半晌，眉头蹙了蹙，好像十分为难。良久，他长叹一声，认真地道：“虽说我不是翰林院学士，但如果小师弟你真这么想，我倒也可试着争取争取，当一回今年的秋闱主考官。只是小师弟，你与我是同门，不如先让先生将你逐出师门，免得我当了主考官，你避嫌不能进考。这般倒也不是不行，以小师弟写得这首馆阁体，我定会睁大眼，努力将你从那一万份考卷中找出来，可好？”

王溱清雅地笑着，唐慎无言以对。

王子丰其人，着实不可信也！

相比于前朝，大梁在科考制度上更为严苛，从乡试起就有了糊名制，每场考完后，学政们会立刻将考生的名字用纸统一糊住，匿名批卷，所以王溱要真想做主考官，给唐慎开后门，他只能从字迹上认出唐慎。

先帝在位时曾经发生过一起科考舞弊案，当时一位举人贿赂考官，他所写的试帖诗，每两句的最后一个字都是特定的字，以此来认出举人的试卷，只可惜这方法并没成功。想在三天时间里不动声色地从一万份试卷里找出一份卷子，凭借作弊的记号或是凭借字体，两者难度也没什么差别。

唐慎学着王溱的模样，把鱼食全部扔进池子里。

王溱：“听闻鱼的记忆不过短短几瞬。”

唐慎愣住了。

王溱凝视池子中的十几条锦鲤，看了许久，忽然指着其中一条吃撑了、翻着肚皮的说道：“你看，你快将它喂死了。”

唐慎心道：什么叫我把鱼喂死了！明明你也是这么喂的！

唐慎第一次涌起了想给一个人比中指的念头，但是他忍住了，低下头，不敢再看王溱，只怕再看一眼都恨不得一拳打这人清俊雅致的脸庞上。

王溱却仿佛毫无察觉，他拍了拍手，道：“为小师弟做主考官，或许也是个出路。小师弟，你有猜过本届的秋闱主考官是谁吗？”

唐慎已经定下神，他道：“未曾，我刚来盛京，对这里的事十分不了解，以前在姑苏府的时候听人说过，江南贡院今岁的乡试原本定了罗真罗大学士，只可惜他自刎身亡，如今江南贡院的主考官是谁也无从知晓了。”

王溱：“如今翰林院有十五名学士，四名大学士，各地乡试，若无意外，都由学士分派到各地，担任主考官。盛京和江南贡院的乡试例外，由大学士出卷，这四人分别是李大学士、杨大学士、周大学士和潘大学士。”

有小厮快步走入花园，在池塘边的亭子里给王溱、唐慎沏茶倒水，端上了两盘点心。两人走进亭子，唐慎看着亭中石桌上那盘雪白的艾窝窝，抬头看向王溱。

王溱道："这四人中，李大学士年岁已高，乡试要考三场，每场考一整天，对于考生来说是场折磨，对考官亦是如此，李大学士已经八年没担任过乡试主考官。这其外，杨大学士是金陵人，若无意外，同籍不做主考，他去江南贡院的可能并不大。"顿了顿，王溱问道，"小师弟不喜欢吃糕点了？"

唐慎默默拿了块艾窝窝，吃了一口。

"所以师兄是说，杨大学士不去江南贡院，他很可能是盛京本届的乡试主考官？"

王溱没回答，而是道："世人皆知，杨大学士善《周易》，最喜《杂卦传》。周大学士善《春秋》，潘大学士也善《周易》。"

唐慎骤然一愣，看向王溱。

王溱声音温和："多读读《周易》，总是不错的。"

唐慎心中大惊。王子丰竟然三言两语间就告诉了自己本届盛京的乡试主考官是谁！

唐慎心中起波澜，表面却无反应，他恭敬地道："多谢师兄告知，我回去便多攻读《周易》。"

距离秋闱还有四个多月，按理说直到下个月清明过后，皇帝才会确定各地考区乡试主考官的名单，私下写了放在翰林院玉堂殿内。盛京乡试的主考官是谁，谁都不知道，但王溱竟然敢说让自己多读《周易》，唐慎忽然觉得，哪怕本届的主考官原定不是杨大学士、潘大学士，王溱也一定会让他是。

两人心照不宣，喝茶吃起糕点来。

王溱看了看唐慎写的那两篇制艺、试帖诗，命书童去书房取了笔墨，在上面稍加修改了一些。"你且拿回去再看看，明日重新写了，交于我。"同时，他又让书童拿来了一本《法门寺碑》，交给唐慎。

唐慎没有翻开这本《法门寺碑》字帖，只以为是王溱的亲笔字帖。早在两年前他还没拜师梁诵门下时就见过王溱的书法，笔走龙蛇，字力丰厚雍容，用再好的词汇来形容都不为过。

唐慎："多谢子丰师兄的字帖，我回去便多临摹。"

"这不是我的字帖。"

唐慎惊讶地看他。只见王溱轻轻品了一口茶，语气随意："是钟泰生的《法门寺碑》。"

钟巍，钟泰生！

唐慎双目一缩，轻轻地"嗯"了一声。

唐慎离开尚书府时，不仅拿回了自己写的制艺和试帖诗，顺便还多了一本字帖，又拎了一盒子点心。谁知道王溱家哪来这么多点心，唐慎和他说话时，完全没见王溱吃点心，这些点心反倒像是王溱特意买了来招待他的。

唐慎总觉得哪里怪怪的："王子丰该不会把我当孩子在哄养吧？这不能吧。这定是不能！”

回到家中，陆掌柜已经从牙行买了几个得力的小厮。

陆掌柜：“小东家，您看看哪个合适，留在您身边让您差遣。”

唐慎在买来的四个小厮中观察了一会儿，他要挑的小厮和其他仆从不同，这是他的贴身小厮，以后他每日都要去王溱府上听课，小厮等于半个书童，是要跟着去的，要是选得不好被王溱瞧见了，唐慎浑身都会不自在。

想了想，唐慎道：“你们中可有人识字？”

四个小厮面面相觑。

陆掌柜道：“小东家要识字的？我从牙行买人时没提这个要求，识字的小厮可精贵了，得亲自去预定才能买着。”

忽然，一个身材瘦小的仆从站了出来：“小的识了一点字。”

唐慎“哦”了一声，问道：“你读过什么书？”

这小厮面露愧色，道：“只是小时候跟在我堂兄身后在私塾的窗户下偷听过几句，小的没读过书，只是识字。”

唐慎又问了几句，发现这小厮确实是识字的，只是没读过四书五经，《论语》大致读过一半。

“就定下他了。你有名字吗？”

“小的叫刘顺柱。”

唐慎默了默，道：“以后你便叫方涣。”

“是。”

过了会儿，唐慎觉着不妥，道：“等会儿，你不能叫方涣，你便叫……奉笔好了。”

奉笔一头雾水，唐慎说什么他都觉得行：“是，小的以后便叫奉笔了。”

傅渭有一个温书童子，一个抚琴童子，唐慎就依葫芦画瓢，找了个奉笔童子。

等陆掌柜和奉笔都走了后，唐慎回到屋子里，他将钟泰生的《法门寺碑》放在书桌上，又拿起王溱亲手改过的那篇制艺和那首试帖诗。唐慎看着宣纸上勾勒出的几个圆圈，以及旁边标注修订的几行小字，看了良久，哭笑不得地道：“怎么差点就给小厮取那个名字了！”

溱与洧，方涣涣兮。士与女，方秉蕳兮！

在给奉笔取名时，唐慎脑海中第一个闪过的便是这首《诗经·溱洧》。

第二日唐慎拿着改好的文章前往尚书府找了王溱，只是这次王溱并不在府上，他在户部当差，王溱提前命令管家招待唐慎，并让唐慎留下改好的文章。这次唐慎离开尚书府时，又带了一盒子新点心。

如此便是一个月过去了。

清明节，唐慎在家中遥望南方，隔着千山万水，焚香祭奠梁诵，为梁诵扫墓。

做完这一切，唐慎写了一封信，喊来奉笔：“你将这封信交到户部尚书府管家手上，我师兄曾经说过，他每月都会向金陵府寄东西，若是有东西要捎带，可以给管家。你今日便送到尚书府，早早去。”

奉笔领了信，转头就跑去了尚书府，把信交给了管家。

等到奉笔回来，唐慎眼睁睁看着他又拎了一盒子点心。这日子真是没法过了！

临近六月，天气渐热。盛京的冬天比江南冷许多，夏天却不比江南凉快，火辣辣的太阳悬挂高空，国子监中有几百名学子，还有数十位博士讲习，然而他们哪有资格享用冰盆，讲堂里热气腾腾，学子们一边擦拭额头上的大汗，一边卖力读书。

"……制《春秋》之义，以俟后圣，以君子之为，亦有乐乎此也。"

学生们一起读完，坐在宽椅上的授课博士都承受不住了，高声道："今日的课便讲到此。"

学生们大喜，个个急着想冲出讲堂，唐慎也是其中一员，但他并不着急。一开始想跑出讲堂的学生太多，只会堵着门，大家人挤人，反而弄得一身是汗，他只要在后面等着就好。

"景则，你今日下午可要和我一起去正意堂上课？"

唐慎抬起头，只见一个看上去二十多岁模样、清瘦温和的青年正微笑着看他。见到是梅胜泽，唐慎表情渐悦，笑道："我下午请了假，有些事要办，明日咱们再一起。"

梅胜泽笑道："好。"

两人拿了书正要出讲堂，忽然听到一道粗犷的声音："都回去，还挤什么！你们都是国子监的学生，国之栋梁，便这么迫不及待地想离开圣贤之地？"

学生们纷纷回到讲堂，唐慎和梅胜泽对视一眼，也都回到座位上。

唐慎看到进来的竟然是刘司业，心中一惊。

国子监的山长是林祭酒，官阶三品，在他之下就是两个司业，官阶四品。

刘司业抚了抚花白的胡子，见到学生们全回到讲堂里，怒哼一声，道："这才刚刚下学，你们就逃也似的走了，孟圣有言，天将降大任于斯人也，必先苦其心志，劳其筋骨，尔等不过是受一点燥热之苦，就这般承受不住？"

学生们哪敢反驳，只能低头认错。

刘司业满意了，道："今日来，是要告知你们，六月初的馆课你们可要准备好了。每月馆课根据你们所写的制艺和试帖诗，将你们分为甲乙丙丁四个等级，寻常也就算了，下月初的馆课，你们务必严加对待。"

有学生好奇地问道："司业大人，可是有什么不寻常的吗？"

刘司业笑道："不寻常？你可说对了！六月栖栖，戎车既饬。四牡骙骙，载是常服！良将从行，秣马厉兵，那是武人刀尖口上的把式，他们是舞枪弄棒，然而我辈文人，做的是笔尖上的把式。六月初的这次馆课，凡考到甲乙等级的学生，六月半都可来国子监辟雍宫听课。"

有学生还不明白是什么意思，唐慎也一头雾水。然而梅胜泽却一把抓紧自己的书本，激动得面露红光，双眼炽热。

唐慎小声问道："胜泽兄，辟雍宫是什么地方？我来国子监两个月了，都没去过。"

梅胜泽激动地说道："辟雍宫寻常时候是不会开放的，你知道，我们国子监乃是天子门生，大梁盛京的国学书院，每月都会有翰林院的学士来咱们国子监开讲，那李大学士开讲的时候，你也去过。”

唐慎：“是，那时我们去的是正意堂。”

“辟雍宫，也是当贵人来开讲时才会开放，而普天之下，只有一个贵人来的时候它才会开放。”

唐慎瞬间明白过来，他握紧手指，死死盯着梅胜泽。

梅胜泽一字一句地说道：“圣人降世，福泽国子监，唯有帝王来时，辟雍宫才开放，这便是传闻中的‘天子临雍’！”

与此同时，户部府衙。

王溱坐在正位上，左侍郎和右侍郎一左一右分别坐在他的下手。左侍郎是个留着羊角胡须、身材干瘪的中年男人，他长叹一口气，道：“天子临雍，怎的今日早朝圣上会突然决定去国子监讲课，自圣上即位以来，二十六年了，从未去过辟雍宫。”右侍郎倒是年轻许多，只是也留了一脸胡子，瞧着不像文人，倒像个威猛的武将。他先瞧了眼王溱，看见王溱在喝茶，才道：“天子临雍可是好事，徐大人，我们也得早早准备起来了。”

户部左侍郎徐令厚道：“秦大人说得对，王大人以为呢？”

两个侍郎一起扭头看向王溱。

王溱动作轻缓地拂了拂热茶翻腾上来的热气，抿了一口，道：“今年的明前龙井？”

徐令厚：“是。”

王溱：“甚妙。徐大人刚才说什么了？”

徐令厚和秦嗣互视一眼，默默不语。

王溱搁下茶盏，真诚地赞叹道：“帝王善学，天子临雍，今年国子监的学生可是有福了。”

第十六章 馆课

国子监下了学，唐慎拿着今天写好的试帖诗来尚书府找王溱。

王溱身为户部尚书，每日当差忙碌，唐慎来十次，有六次他是不在的。往常他就把写好的课业交给管家，等王溱看好后，自会给他批阅，并且第二天会抽空在府中等他上门，但今日唐慎思索再三，对管家道：“我可否在府上等子丰师兄回来？”

管家一愣，道：“唐小公子若是有空，自然可以。”

管家将唐慎迎进门，恭敬地接待。

月上枝头，星子漫天时，王溱穿着簇新的正红官袍从外头回来，管家告诉他唐慎还在府上等着，他脚步微顿，低声说了句“这样吗”，接着便没有一丝惊讶，仿佛早就知道今天唐慎会等他似的。

唐慎在花厅里喝茶，听到脚步声他转过身，只见王溱穿着官服便来找他。烛光与月辉的交映中，王子丰俊雅的面容显得十分温和近人，他清雅地笑道：“小师弟等很久了？”

唐慎：“只是半个时辰而已。”

“用过饭了？”

“等师兄，不敢用饭。”

王溱转身对管家说：“小师弟来府上这么久，你竟没有招待他用饭，可是失职了。”

管家连连向唐慎道歉。

王溱道："那便与我一起用饭吧。"

两人来到正厅，唐慎坐在餐桌旁等了会儿，王溱去换了身锦白色的长袍，从里屋出来了，不穿官袍时，他就像个俊美秀雅的读书人，真当得起那句"状元无双"。唐慎心想，哪怕穿着官服，他这位师兄也着实和其他大官迥然不同，出类拔萃，卓然众人。

侍女上菜，桌子上摆了一道煨煮鲟蟥片、一道黄芽菜煨火腿，还有时鲜四道，以及一道江瑶柱汤。唐慎和王溱都是江南人，两人口味相似，上的菜也大多是江南口味。

正所谓"食不言，寝不语"，两人吃完饭，又去了花厅喝茶。王溱拿着唐慎写的试帖诗，看了几遍，这次他没有点评这首诗写得怎么样，而是道："《法门寺碑》临摹多久了？"

唐慎没明白他怎么会问这个，答："快两个月了。"

"小师弟的字练得很快。"

"师兄过奖了。"唐慎神色平静，语气中没有点骄傲的意思。

在姑苏府时，他每天都会练五十张大字，而到了盛京，这本《法门寺碑》他已经临摹了整整一千三百二十一遍，他不想浪费一点时间，八月的秋闱他定要获得一个好名次，至少进前十。如此等到了明年春闱，他才不会与其他举人有太大差距。

王溱拿着唐慎的字，轻轻念出了上面写的诗："月皎连空照，星垂定海楼……"念完后，王溱停顿了片刻，惋惜地叹气，"小师弟的八股制艺，立意新颖，结构严谨森然，只要不偏题，终归是不会出错，只是你的试帖诗，写得只能说一般了。"

唐慎也知道自己的试帖诗写得很一般。

如果说八股制艺考的主要是考生的逻辑思维、议论结构，那试帖诗更考了一个人的才学，唐慎哪怕再过目不忘，倒背如流，也不能平白无故地就变成一个大才子，写诗靠的不仅仅是技巧，更靠那灵光一闪，靠真正的天赋才气。

王溱："若是小师弟的试帖诗能有长进，这次国子监的馆课应当能进前三了吧。"

突然提到国子监的馆课，唐慎眸光一闪，抬头看向王溱。

唐慎今天特意在府上等王溱回来，正是因为天子临雍！他想知道天子为什么突然要去辟雍宫讲课，这次的讲课是否会出什么问题。

思索片刻，唐慎道："每月国子监的馆课，因为我的试帖诗写得一般，大多获得乙级，没获得过甲级。"

王溱笑道："寻常也就算了，天子临雍时若是能获得前三，自然好处不菲。"

唐慎一怔，定定地看着王溱，惊道："师兄？"

唐慎少有这种错愕的模样，双眼瞪得滚圆，王溱轻摇着白扇微笑道："小师弟，你能获得前三吗？"

十日后，六月初一，国子监的馆课考试开始了。

数百位学子端坐于讲堂中，打开这次的馆课考题，神情举止比过往每一次的馆课更为严肃郑重。唐慎坐在正意堂的中间座位上，他翻开八股制艺的题目，这题目上写的是"天之高也"。

《孟子·离娄》："天之高也，星辰之远也，苟求其故，千岁之日至，可坐而致也！"

意思是虽然天高地阔，星辰浩瀚无边，但是只要能推算出其中的规律，哪怕是千年之后的节日也能按照规律推算出来。

唐慎愁眉紧锁。

这道题看似简单，说的就是万事万物都有自己的规律，只要找到规律，按照事物的规则去做事，就一定会成功，这是《孟子》中常见的讲究哲理的一句话。以“天之高也”为题目，可以从“事物万象复杂”上切题，也可以追根究底，从本质的“万物规律”上入题，前者会更加保险，后者题目太大，很容易写偏甚至写错。

然而……他这次一定要获得前三名！

唐慎心一横，提笔写下：“欲求造化之大，必尽伦理之妙。凡八卦尽为极，凡万物必生一……”

花了整整一个时辰的工夫写完一篇制艺，唐慎检查没有错字后，工工整整地誊抄到了考卷上，然后他翻开试帖诗的题目。

国子监每月的馆课只考校两道题，一道制艺题，一道试帖诗题。

这次的试帖诗题目是“星斗分明”，这句话原句是“星斗分明在身畔”，是前朝一位诗人写的登山观星诗。

登山，观星……

唐慎凝眉思索，足足小半个时辰后，他在草稿纸上写下第一句诗：“风起连山絮，影入星月痕。”

这句诗其实是个倒装句，讲的是连绵的山脉起了风，吹起山上的树叶，星辰与月亮的影子没入山的倒影中，不见了痕迹，然而刚写完，唐慎静静地看着这句诗，默默不语。

国子监共有五百六十一个学生，其中超过四十岁的有两人，超过三十岁的有七十六人，这些人经历多年科考，八股制艺每个人都写得极妙。国子监中有两个出了名的人物，一个叫刘放，今年三十二岁，他的八股制艺曾经被林祭酒评为同窗之最；还有一个就是唐慎的好友梅胜泽，他的试帖诗写得登峰造极，才华横溢。

这两人几乎板上钉钉地能拿下馆课的前三名，如此就只剩下一个名额。

国子监是整个大梁人才汇聚的地方，王溱既然透露给他前三名会拿到好处，那就一定是天大的好处，因为这是连王溱都看得上眼、特意给唐慎开后门提醒的好处。

唐慎沉默地看着自己写的这两句诗，长叹一声，接着，他在纸上挥毫洒墨，流畅地写下另一首诗。

馆课结束，讲习们将学生的试卷收了上来。

国子监的馆课不是科考，没有糊名一说。这次的馆课连林祭酒都非常看重，他亲自来到评卷的讲堂，道：“将刘放和梅胜泽的考卷找出来，我且看看。”

讲习很快找出两人的卷子。

林祭酒先看的是刘放的考卷，他越看双眼越亮，道：“好！‘即造化之难知，而有易知之术，以见不必凿也’。制艺写得妙极，只是这首试帖诗写得虽说公正，却只有匠心，未见灵气。”说完，他又拿起梅胜泽的卷子。

“以森罗万象之繁复破题，取了巧，不见新意，但是文章结构严谨，理据充分，也是佳作。这首诗写得妙啊！好一句‘星涌山月明’！如此看来，本次馆课的前三名中，刘放必为第一，梅胜泽为第二。”

林祭酒正声道：“诸位同僚，实不相瞒，本次馆课的前三名在天子临雍后，圣上要亲自考校他们的学问。”

堂屋中一片哗然。

林祭酒：“此事我也是今日下午才从季公公那儿知晓的，所以诸位，这次馆课阅卷务必严谨细致，不可出一丝纰漏，否则……”冷哼一声，林祭酒道，“否则，定有重罚！轻则罚禄少薪，重则革官不保！”

刚说完，只听一道惊异的声音从阅卷的讲习中央传了出来。

林祭酒看向那人：“何事喧哗？”

只见一个蓄着胡须的讲习拿着一张卷子惊骇地睁大眼，连自己刚才发出声音都没注意，听到林祭酒的责问，这讲习连忙告罪：“请祭酒大人恕罪，下官看到一篇极佳的八股制艺，便不慎看入了神，没听到祭酒大人的话，然而等下官再翻到这学生写的试帖诗，实在忍不住惊叹出声。”

林祭酒走过来：“是什么八股制艺，什么试帖诗？”他拿起卷子看了起来。

“欲求造化之大，必尽伦理之妙。凡八卦尽为极，凡万物必生一……”林祭酒仔细看完后，道，“是篇佳作！本以为放眼国子监，唯有那刘放敢剑走偏锋，以‘天地守恒之规律’破题，并言之有理，没想到国子监中还有人能写出这样的佳作。咦，这是那唐慎的卷子？”

讲习道：“是，正是那从姑苏府来的唐慎的卷子。”

堂屋中，许多讲习露出了然的神色。

“原来是傅大人的学生，难怪能写出这等佳作，确实有才。”

唐慎是傅渭的学生，这事在国子监中不是秘密，但林祭酒还知道一件事，当初唐慎进国子监的那封举荐信并不是傅渭写的，而是王溱写的！王溱亲自带唐慎进国子监，由此可见，王子丰对他这位小师弟也十分看重。

林祭酒郑重起来，他翻开试卷的第二页，他早已想过，既然是王子丰的师弟、傅希如的学生，八股制艺写得又确实不错，这次哪怕唐慎的试帖诗写得非常一般，只要不糟糕透顶狗屁不通，他就将本次馆课的第三名给唐慎，卖王子丰、傅希如一个人情。

然而就在看到这首试帖诗的一刹那，林祭酒睁大双眼，憋红了脸，久久说不出个字。

一盏茶后，他才连道三声：“彩！彩！彩！尔等都来看看这首绝诗！”

众位讲习好奇不已，立刻拿过试卷看了起来。讲习们虽说是官，却也是个读书人，短短一首五言四韵诗，看得他们神采奕奕，精神悦然。

“危楼高百尺，手可摘星辰……”

“不敢高声语，恐惊天上人！”

宣纸之上，一手绝顶的馆阁体隽永秀雅，字迹端正整齐，然而难以抑制的豪迈之情却透过这工工整整的小楷字喷薄于纸上，翻涌成江河大海，惊涛骇浪。

堂屋中，阅卷的讲习们不断念诵着短短四句诗。林祭酒拿着唐慎的这份卷子，郑而重之地又看了一遍，点评道："这次的题目是'星斗分明'，要写的是登山观星之诗，唐慎这首诗全篇无一个山字，却句句陡峭，字字惊险。无山胜有山，极妙啊！"

有讲习道："山之高，星辰之浩瀚缥缈，皆在这一首诗中。"

林祭酒又认认真真地看了三遍，不是为了检查唐慎的错字，而是将这二十个字嚼碎了，反复理解。他赞叹道："方才我说本次馆课的第一名定然是那刘放，如今看来是我老眼昏花，险些酿成大错。这唐慎的八股制艺本就写得极为优秀，立意新颖，理据充足，文辞艳美，如今再看他这首试帖诗，是当之无愧的本场第一！诸位同僚，意下如何？"

"唐慎第一，实至名归。"

"大善！"

唐慎完全没想过他这次能拿到馆课第一。

第二日上朝，散朝后，林祭酒悄悄来到傅渭身旁。

"傅大人。"

傅渭扭头一看，见到是林祭酒，道："林大人。"

林祭酒恭敬地行了一礼，傅渭如今和林祭酒同品，都是三品官员，他便也回了一礼。

林祭酒道："昨日国子监馆课，傅大人的高徒唐慎唐景则，真是不鸣则已，一鸣惊人！正所谓名师出高徒，傅大人教出一个王子丰王大人，便令我国子监的众多讲习无比钦佩，如今新收的学生又有如此大才。不知傅大人何时有空，可到我们国子监来讲课，让我等都学习一下傅大人教书育人的方式，好教给国子监的学生。"

傅渭心想：唐慎完全不是我教的啊，但他并没表现出来，反而微微一笑。

做官，必须脸厚心黑，越大的官，脸就越厚，心就越黑，傅希如最得权势时曾经是中书省右相，权倾朝野，他脸皮厚得很。傅渭笑眯眯地说道："林大人过誉了，是我家那唐景则做了什么事吗？"

林祭酒早就将唐慎的卷子找人誊抄了一份，专门等着今天上朝交给傅渭看。

傅渭接过一看，八股文写得不错，哪怕在人才济济的国子监也能排上前三。一看试帖诗，傅渭眉头一挑，林祭酒正要说话，傅渭道："我这学生就是喜欢写诗作画，唉，所谓语出惊人，大抵便是如此。他这篇制艺写得还有待改善，便劳烦林大人代为教导了。"

林祭酒："不敢不敢。"

两人打着官腔，傅渭便绕过了这件事。等到回了傅府，他一进书房，就把唐慎那首试帖诗默写下来。

"我这学生，到底是藏拙，还是单纯的灵光一现？"

与此同时，国子监讲堂内。

往常每月的馆课，学生们考了卷子，讲习们要花三天时间批阅，但这次不同，讲习们花了一夜就将卷子批好，全力准备半个月后的天子临雍。

国子监的学生们从未像今日一样忐忑地等待馆课的结果。

清晨，只见一个头发花白的讲习抱着一本厚厚的《论语》走入讲堂。他将书放下，望着堂下的学生，正意堂坐着的学生有四十多人，唐慎和梅胜泽都在其中，老讲习道：“我也知道你们无比关心本次馆课的结果，所以上课前先将考入甲等、乙等的学生名字告知你们吧！”

学生中一片骚动。

当今圣上即位二十六年来的第一次天子临雍，谁不想亲眼见证！

“乙等第二十六名，齐坚齐如山。”

“是我，是我！”

“乙等，幽州府周功……”

乙等共有二十六人，正意堂中坐着的四十多个学生中，共有五人获得乙等。这些获得乙等的学生面露喜色，难以自制，而其余没能获得乙等的学生自知不可能成为甲等，面如土灰，脸色煞白，悔恨自己平时该更加勤奋向学，竟然错失此等良机。

这其中，唯有梅胜泽和唐慎还怀揣希望。

往常每次馆课，唐慎都在乙等前列，他八股制艺向来写得不错，一手馆阁体也挑不出毛病，只是试帖诗略显平庸，匠气稍重。梅胜泽发现这次唐慎不在乙等，为他捏了把汗，可他看到唐慎充满希冀的表情，惊讶道：“景则，可有把握？”

唐慎也不瞒他：“我已倾尽全力。”

梅胜泽：“好！我们便一起见证那天子临雍的盛事！”

国子监的馆课甲等一共就六人，老讲习道：“甲等第三名，山西梅胜泽。”

梅胜泽狂喜，同窗学子们纷纷向他道喜。

接着，老讲习又道：“甲等第一名，姑苏府唐慎唐景则！”

讲堂中哗然一片。

在这次以前，甲等第一不是刘放，就是梅胜泽。唐慎虽然才学出众，但实在年轻，岁数小底蕴不够，从未获得过甲等。不过众人却也没怀疑，唐慎的八股文写得着实好，他们有目共睹。

梅胜泽恭贺道：“景则，恭喜恭喜，你学问又有长进了。”

唐慎毕竟还没当官，脸皮还不够厚，听了这话不禁害臊起来。

这时老讲习道：“唐慎这次写了首极佳的试帖诗，尔等都来品阅品阅。”说着就把唐慎的试帖诗大声朗诵出来，讲堂中又是一阵惊哗。梅胜泽擅长写诗，也十分爱诗，听了这首“手可摘星辰”后，他用惊奇的眼光看着唐慎，仿佛发现了一个大宝贝。

“景则，这等佳作，写得实在太妙了！”

唐慎面皮薄得就差当场表演一个脸红了，他拱手道：“文章本天成，妙手偶得之。我这只是灵感一现，和胜泽兄你比差得远了。”

国子监讨论了一整个上午唐慎的这首试帖诗，等到了第二天，大家才开始准备半个月后的天子临雍。

唐慎如同往常一样来到尚书府，这次他拎了一篮姑苏白肉，这是前几日唐璜托人从江南捎带过来的。毫无疑问，王溱又不在家，唐慎在花厅里等他到天黑，王溱刚回府，也没换官服就来见这个小师弟。

唐慎立刻起身，道："子丰师兄。"

王溱看着他，道："今日在府上用晚饭吧。"

"好。"

两人用完饭后，王溱让唐慎写一张字给他看看。他道："便写你那首'恐惊天上人'看看吧。"

好事不出门，坏事传千里，古人诚不我欺！

离开尚书府时，唐慎认真地道："子丰师兄，我试帖诗写得如何你也知晓，难得写出一篇佳作，我这几日一直担心下次写不出那般好的作品，你说该如何是好？"

王溱看着唐慎，微笑道："小师弟才学出众，又在担心何事呢？"

唐慎抬头看向王溱。

王溱静静地望他，嘴唇翘着，但笑不语。

唐慎恍然大悟。

没错，他并非才疏学浅，他的八股文得到了国子监讲习、梁诵、傅渭，甚至是王子丰的承认。科举考试只是他进入官场的手段，不是他的立身之本！

"多谢子丰师兄。"

王子丰其人，果然通透圆润，如梁先生所说，可稍加信之。

唐慎想通了，转身就要走，王溱又喊住他。王溱对管家道："今日从采祁斋买来的点心，拿给小师弟吧。"

王子丰还是这个莫名其妙的王子丰！

半月时间很快过去，六月既望，唐慎在家中穿上自己崭新的秀才儒服，换上湖蓝色长衫，戴上方巾。还未进入国子监，整条巷子便被封严禁入。唐慎和其他学生从后巷进入国子监，林祭酒和其他讲习早已等候多时。来到国子监后，只见偌大国子监，所有学生都穿上了簇新的秀才儒服，哪怕只有三十二人可以进辟雍宫听天子讲课，其余不能听的学生也不甘心。

卯时一到，国子监正门大开，两旁的侧门也全部打开，侧门中，身穿正红官服的官员们鱼贯而入，声势浩荡。盛京四品以上所有官员，此时此刻都捧着玉笏走入国子监，沿中央的官道走到辟雍宫殿前，分站两侧，两侧的汉白玉官道上早已放置好了蒲团。

辟雍宫殿门大开，一个面白尖瘦的老太监捏细了嗓子，高声道："跪！"

刹那间，所有官员通通面朝辟雍宫，跪坐在蒲团上，微微俯首，手举玉笏。

卯时三刻，林祭酒带着三十二名学生走正中央的正门，官道两侧是跪坐了一地的当朝大官。今日之前，这些学生哪里想到自己竟然会从这么多权臣大官中间走过！胆小的早已吓得面色发白，双腿瑟瑟发抖，唐慎心中也大惊，但他稳住心绪，低着头一声不吭地跟在林祭酒身后，走进辟雍宫殿门。

快要进门时，唐慎在左侧官员的第二排中看到了王溱。

日光潋滟中，王子丰身穿簇新的正红色官袍，淡然平和地跪坐在蒲团上，他左侧是个大络腮胡子的中年汉子，右侧是个大腹便便的老头，王溱本就长得好，这一对比，更显他风采俊雅，卓然众人。

学生们进了辟雍宫，辟雍宫的冰冷地砖上也早已放好了三十二个蒲团。

林祭酒走到正前方，高声道："臣国子监祭酒林伦，率三十二天子门生，入辟雍宫，听天子教诲！"

他话音落下，老太监道："跪！"

林祭酒立刻跪下，三十二个学生也像下饺子似的跪坐了一地。蒲团共放了五排，第一排三个蒲团，第二排三个，第三排六个，第四排、第五排都是十个蒲团。

唐慎双手横放，举于面前，行周礼。

烈日炎炎，百官跪于辟雍宫外，学子跪于辟雍宫中。

殿门内外，一片寂静，无人敢大声喧哗，连呼吸声都仿佛消失不见。

不知等了多久，一道平稳缓慢的脚步声从殿后传来，唐慎瞬间绷直了背，辟雍宫中，所有国子监学生也都身体僵直，大气不敢喘一口，只听到那人缓缓地走上辟雍宫的御座，轻轻坐下。

唐慎听到了天子苍老却平稳的声音："开始吧。"

老太监高声道："开平二十六年六月十六，天子于国子监辟雍宫，传课授道！"

话音落下，站在辟雍宫殿门两侧的两个太监一起高声喊道："开平二十六年六月十六，天子于国子监辟雍宫，传课授道！"

接着又是四道声音："开平二十六年……"

这声音一道道传下去，响彻整个国子监，恢宏壮阔，气势磅礴。

辟雍宫中，天子传音，百官听阅。

天子言："余尝闻，孟子曰'以力假仁者霸，霸必有大国'。"

老太监高声重复："余尝闻，孟子曰：'以力假仁者霸，霸必有大国'。"

两个小太监再高声念一遍，依次下去。

从卯时到午时，学生们跪了整整三个时辰，殿门外，盛京重官们也跪了三个时辰，风吹日晒，百官高举玉笏，不辞言语。

当天子说完最后一个字，太监们传声念完，老太监高声道："天子临雍，百官听言。"

当朝皇帝赵辅双手搭在御座上，他头发花白，脸上却没什么皱纹，只在眼角有一圈细细的微纹，年过花甲，赵辅的双眼却如同鹰隼，炯炯有神。他望着堂下的三十二个国子监学生，又透过他们看向了跪在门外那属于自己的当朝文武百官。

老太监扯长了嗓子："学子侧耳，天子批言。"

国子监的学生们纷纷坐直了身体，等待天子给他们的批语。

只听赵辅轻飘飘地说了一个字："善。"

林祭酒整个人松了口气，若不是皇帝还在，他不敢造次，他现在恨不得赶紧躺下去好好睡一觉，睡上三天三夜不睁眼！

如此，天子临雍算是结束了。

由始至终，唐慎都没看见赵辅一面，他不敢抬头，也不被允许抬头。等赵辅走了后，殿外的文武百官按照品级依次离开，到最后，才轮到殿内的学生们。

林祭酒道："唐慎，刘放，梅胜泽，你们与我来。"

三人立刻跟上林祭酒。

林祭酒带他们走出辟雍宫，朝国子监后院的孔庙走去，走到一半，便见一个面含笑意的老太监手持拂尘在庙外等候，见到林祭酒，他看了眼唐慎三人，笑道："林大人，这便是本次国子监馆课的前三甲？"

"回季公公的话，正是。"

"底下就由洒家带他们面圣去吧。"

"这……"

季公公微笑着看着林祭酒，林祭酒不敢再言。

"一切听季公公的便是。"

季公公鼻子里溢出一道轻哼声，他扭身道："你们三人，跟着洒家。"

"是。"

梅胜泽心中忐忑，他跟在季公公身后，偷偷地看向唐慎，给他使眼色：你可知这是怎么回事？

唐慎心里也发懵。他哪里知道王溱半个月前说的那个天大的好处竟然是三甲面圣！

辟雍宫外，百官们被仆从扶着离开国子监。

能做到四品以上的官员，大多过了三十岁，少有三十岁以下的。天子临雍持续了整整三个时辰，皇帝是坐在御座上念翰林院早给他写好的稿子，可他们却是在殿外活活跪了三个时辰。

百官大军中，唯有王溱没让书童扶着，他步履轻松。

礼部侍郎见状，又嫉妒又羡慕，感慨道："王大人果然年轻啊！"

王溱微微一笑，朝他拱手："李大人。"

礼部侍郎朝他拱手，一瘸一拐地让侍从扶着自己离开国子监，上了马车。

王溱走出国子监的巷口，正要上尚书马车，却听有人在身后喊自己的名字，他转过身，只见一个身穿太极八卦官袍、头插五彩锦鸡尾的官员快步走过来，道："王大人。"

王溱道："李大人。"

此李非彼李，礼部侍郎也姓李，但眼前的这位李大人乃是深得帝宠的钦天监监正李肖仁。

李肖仁道："王大人倒是爽利，也不需旁人搀扶，下官方才在辟雍宫外跪了三个时辰，如今只觉得双腿好似灌了铅水，寸步难行啊！"

王溱：“李大人要回府休息？”

李肖仁：“不了，我得在国子监，等圣上召见学子后，再随圣上一起回宫。”

两人寒暄一番。

李肖仁微微凑近，悄声道：“此次天子临雍，多谢王大人出的妙招。那钟泰生死后，圣上便心情不悦，觉察天下士子的人心都偏向了那些叛党逆贼，若无王大人此次的妙招，天子怎会龙颜大悦，亲临辟雍宫。”他也省得在宫中整日看皇帝喜怒无常的脸色，日日担惊受怕，害怕惹火上身！

王溱惊异道：“李大人何出此言？子丰从未与圣上谈论过临雍一事，难道不是李大人担忧龙体，忠心进言？”

李肖仁愣了一瞬，连连笑道：“王大人说的是。”

王溱拱手道：“户部事忙，就此别过。”

李肖仁：“王大人慢走。”

王溱上了马车，向户部而去。

等他走了，一直跟在李肖仁身后的徒弟小声说道：“师父，那王溱虽说是个二品尚书，但您连征西大元帅都不放在眼里，怎的对他如此另眼相看？”

李肖仁一巴掌抽了过去。

徒弟捂着脸：“师父？”

“不懂事的东西，以后怎么死的都不知道！那征西大元帅就是个莽夫，空有一身蛮力，却只是匹夫之勇，与王子丰这种奸官比起来，十个征西大元帅都不够人家算计的。”

“徒儿知错了。”这徒弟嘴上认错，心里却委屈。那王子丰再老奸巨猾又如何，只要李肖仁说上一句话，圣上连钟泰生都能秘密弄死在天牢中。

李肖仁知道徒弟心里的不忿，但他懒得多说。

如果赵辅真是个昏庸无道的皇帝，那他李肖仁说什么，赵辅便会听什么，他又何须像现在这般伴君如伴虎，整日担心脑袋搬家？如果他敢在赵辅面前进谗言，要赵辅杀了王子丰，只怕赵辅第一个就会要了他的脑袋！

看来这个愚笨的徒弟该早早舍弃了，免得哪日被他拖累。

第十七章

君子

国子监中的这间孔庙和唐慎以前见过的孔庙并不相同。

这间孔庙位于国子监学舍的后方，寻常时候，和辟雍宫一样，学子们不得进入，除了每年孔圣忌辰，只有每三年一次的秋闱、春闱，才会由祭酒带领参与科考的学生进入孔庙祭拜祈福。

先过先师门，再途经进士碑林，唐慎三人谨言慎行，不敢抬头，跟在季公公身后。

也不知走了多久，才到孔庙最深处的崇圣祠。季公公甩了拂尘，微笑道："洒家就到这里了，请三位学子进去吧。"

唐慎三人道："谢公公。"

守在崇圣祠门外的大内侍卫给三人推开门，三人谁都没先进去，唐慎望着深色的砖面，忽然，他先迈步进去，接着刘放和梅胜泽跟着他也进入其中。

三人身后，大门"嘎吱"一声关上了。

崇圣祠正堂中央是一尊白玉雕砌的孔圣等身相，屋内飘着一阵似有似无的龙涎香味，左边是一架雕花亮格柜，上面陈列各色稀世珍宝。右边墙上挂着一幅山色晚霞图，群山之中，唯独泰山巍峨陡立，一览众山小。

唐慎三人抬头，只见一个身穿白袍、面白须细的老者端坐在正位上，三人齐齐一惊，刘放和梅胜泽立刻就要跪下，唐慎没有跪人的意识，等他们俩扑通跪下后他才赶紧也跟着要跪下，却听赵辅和蔼地说道："起身吧。"

话音落下，两个跟在赵辅身旁的小太监走上前，将三人扶起来。

刘放和梅胜泽面面相觑，两人心情激动，可又十分茫然。

哪怕是每届殿试的前三甲也没有机会与天子如此亲密相见！而且他们三人虽然在国子监中是佼佼者，以后未尝不可金榜题名，成为殿试三甲，但如今的他们都只是举人，甚至唐慎只是个秀才！

哪个秀才能有如此机遇，见圣面！

赵辅与唐慎三人所想的全然不同，他性情温和，穿着一身银纹道袍，对三人道：“只是寻常问话而已。”

三人道：“领命。”

赵辅的目光看似认真凝视眼前的三位青年才俊，然而熟悉他的两个小太监悄悄望着帝王抚弄茶盏的模样，心里头知道皇帝这是不耐烦了。

半年前，钟泰生在牢中被皇帝密谋毒死，假做成病重身亡的模样，之后，朝中一夜之间死了七位股肱大臣，不被天下人知晓的是，那一夜还死了二十多位品级不高的、曾经也属于松清党的官员！

自那以后，赵辅每日想到此事，便心情欠佳，暗生恼恨。直到半月前钦天监监正李肖仁进言，说皇帝可以举办一次“天子临雍”，笼络天下读书人的心，皇帝的心情才好了些。

小太监心想：国子监的馆课前三算什么，能不能考上进士都难说！哪怕是当朝状元，圣上即位二十六年，见过八个状元，有几个入了圣上的眼？大多至今还在翰林院里当个清闲编撰呢！

皇帝要做足面子工夫，可又懒得搭理这三个学生。

这时，季公公进了门，来到赵辅身旁，他一看便知道赵辅想随便打发这三个学生，可又找不到个好由头。季公公眼珠一转，为赵辅斟上茶，道：“官家今日要考校这三位监生，可是三位监生前世修来的福气呢。”

提到转世求仙的事，赵辅这才有了点兴致。他道：“如此，朕便考校你们一番。”

三人道：“领命。”

赵辅在屋子里随便看了看，看到太监刚给自己倒上的茶水，他随口道：“看到这盏茶，你们都想到了些什么。”

唐慎三人齐齐愣住。

先说话的人，更能引起赵辅的注意。刘放先道：“回圣上的话，正所谓上善若水。水善利万物而不争，处众人之所恶，故几于道。水乃我辈君子之楷模。”

赵辅喝了口茶，没有回应。

刘放的脸色灰暗下去。

梅胜泽想了想，道：“《荀子》有言，水能载舟亦能覆舟，百姓为水，浩浩汤汤，社稷为舟，宽广无涯，水平则舟正，则天下太平。”

赵辅的眼角动了下，但依旧没太大兴致，他露出笑容，敷衍道：“国之栋梁。”

梅胜泽狂喜难收。

两人都说完，只剩下唐慎，唐慎道："回圣上的话，小子有一些话想说，却不敢说。"

赵辅淡然地扫了唐慎一眼，一副明君模样，笑道："但说无妨。"

唐慎微微躬身，姿态不卑不亢，说出来的话却令屋中一片寂静："古人说，水至清则无鱼，人至察则无徒，对他人要求太严苛，则没有同道好友，正如同，水要是太清澈，就不会有鱼。然而小子一直在想……这世上哪有什么透彻至清的水！"

季公公一惊，手指拿捏着拂尘，弄不清楚这时候是该骂唐慎一句大不敬，还是直接让人将他捉下。但他看着赵辅明灭不定的神色，默默噤了声，总归圣上想如何便如何，他何必插这个手！

一片压死人的寂静中，唐慎的腰弯得更低了些，他接着道："君子之交淡如水，小人之交甘若醴，以水为鉴，当磨砺自身，以至清之水为大任，如若真是至清的水，清水与清水交融，便如同'至察'互相监督，又何来'无徒'之说？小子不懂，难道说不是至清之水？"

说完这话，唐慎的腰已经弯到与地面平齐。

他恭恭敬敬地问着，仿佛真的是一个不谙世事、一心求学的学子。

梅胜泽和刘放都不敢出声，太监们也不敢妄动。

良久，赵辅笑道："稚子之言。"

刘放脸上一喜，梅胜泽担忧地看向唐慎，只有唐慎仍旧恭敬地行礼，仿若没听到皇帝对自己的斥责。

赵辅将茶盏轻轻放在桌案上，发出"咔嗒"一声，这一声响起，屋中所有人的心都跟着震颤一下。

赵辅："回宫。"

季公公高声喊道："回宫。"

龙涎香中，赵辅与三个太监离开了崇圣祠。

等到他们离开，梅胜泽急忙走到唐慎身边，道："景则，你怎的说这种话？君子如水，你怎可说世上无真正清澈之水，也无真正的君子？幸好圣上没有怪罪，看在你年龄小的分上，只说你是稚子之言，否则要是惹来杀身之祸，可怎么才好！"

唐慎僵硬地抬起上身，他看着梅胜泽焦急的模样，笑道："没事。"

梅胜泽："唉，你啊！"

三人一起离开崇圣祠。

唐慎嘴上说没事，其实梅胜泽不知道，他的后背早已被汗水湿透。

回到国子监，林祭酒将三人喊了去，问他们面圣时都说了什么，三人一一道来。听到唐慎的回答，林祭酒奇怪地看了他一眼，眉头紧锁，忽然他仿佛明白了什么，古怪地说了句："焉知非福。"

回到讲堂，唐慎摸了把后背的汗，他拿起书，听讲习开始上课，思绪却慢慢飘到了一个时辰前的崇圣祠中。

天子临雍，这已经是唐慎这一生最大的机遇之一。而且，他竟然可以面圣！

唐慎今年不过十五岁，他再如何天资聪颖，旷世奇才，如今也不过是个秀才。明年参加了春闱会试，一旦过了会试，考上进士，随即还要参加殿试。古往今来，从未有非进士出身的官员位列三品大官，只有进士，才能当大官。

想要进三省六部，想要大权在握，至少得是三甲提名！若无三甲，便要看靠山后台。

王子丰年仅二十五，便是当朝户部尚书，一来因为他当年状元提名，得皇帝亲笔题字“状元无双”，自步入仕途，便深得帝心；二来，因为他是王子丰！

琅琊王氏，在朝中有官衔者，三十六人。五品以上，十人；四品以上，五人；三品以上，三人。户部尚书王子丰，官居二品，当今的中书省右相王诠，乃是王子丰的二叔，官居一品。

唐慎没有后台，想要上位，只能靠帝心。

从半个月前被林祭酒告知要“天子临雍”的那一刻起，唐慎就在想，天子为何要临雍？

天子临雍是古来的一个惯例，帝王重视文生，来国子监向学生讲课，表现对儒家学子们的关怀。天子临雍在前朝发生过很多次，本朝却少了，尤其赵辅即位后整整二十六年，这是他第一次来辟雍宫。

赵辅不会平白无故地来辟雍宫讲课，一定是发生了什么。

过去这一年来，发生了许多事，南方雪灾，西南地动，辽人意图撕毁条约，谋划夺取大梁国土，但这些都不至于让赵辅来国子监、朝一群举人学生讲课，只有一件事……

钟泰生死了。钟巍一死，众儒自殉。

天下学子无人不知，无人不晓。

赵辅来辟雍宫授课，就是为了笼络天下士子的心。

唐慎有此猜测，却没想到为了笼络人心，赵辅竟然还亲自见了他们三个国子监学生，这是千载难逢的好机会，他绝不能错过。

在国子监中，哪怕唐慎说了再“稚子之言”的话，只要他没有大逆不道，赵辅就不会要他的脑袋，因为才刚结束临雍，要是赵辅立刻杀了国子监里的学子，他天子临雍的目的便毁于一旦。所以唐慎兵行险着，以“稚子之言”，获取帝心，哪怕只是一点点的帝心，这都是他未来上位的根本。

世上没有至清的真君子，君子之交淡如水更是无耻笑谈。

他骂的这句话，骂的是钟泰生，骂的是跟着钟泰生自刎身亡的诸位大儒！

先生啊……若是还在世，怕不是会一脚将他踹出门，怒骂一句“泼皮”吧。

唐慎撑着下巴，看着书上的字，忽然觉得自己的脸皮好像更厚了点，心也更黑了点。

他自然不知，入了夜，赵辅回到宫中，先是沐浴更衣，到请神台上打坐修炼了一个时辰，吞吐天地灵气。等到快要入睡时，大内太监总管季福为赵辅更衣，赵辅忽然想起来：“今日那个国子监的学生，倒是有几分意思。”

季福一惊，他下意识地想到的是梅胜泽的脸孔，但是季福并没有吭声，他在脑中又仔细揣摩了几遍，道：“官家说的可是那个戏言‘君子之交’的监生？”

赵辅没再回应，他换上苏绣的睡袍，季福蹲下身为他脱靴。

赵辅道："他叫什么名字来着？"

季福苦着脸："奴才不知。"

赵辅："哦。"

伺候赵辅入睡，过了一个时辰，季福才离开皇帝寝宫，他招来自己的干儿子，道："你明日一早就去国子监林祭酒的府上，让他明日散朝前将今日那个监生的事情送到我这来，就是那个年岁最小、长得俊俏的监生。告诉林祭酒，洒家请他帮这个忙，他日定会还上。"

散了朝，天才蒙蒙亮。

开平皇帝赵辅在宦官们的簇拥下离开垂拱殿，到请神台上修炼打坐。长明灯在铁架上放置了一整排，小太监们小心翼翼地给油灯里加油，生怕火烛熄灭。请神台内，四围都是白色帐幔，仙气飘飘。

打坐了一个时辰，赵辅轻声细语地问道："什么时辰了？"

季福立刻从殿外进来，伺候皇帝更衣打扮，皇帝这是要去勤政殿批阅折子了，他道："已是辰时了，官家。"

赵辅"嗯"了一声，又被太监们簇拥到勤政殿。

大梁国泰民安，风调雨顺。二十六年前赵辅刚即位时还十分勤勉，事事躬亲，但十二年前某日深夜，赵辅批阅奏折时忽然昏厥过去，醒来后，他便痴迷修仙，欲求长生不老，也将政务权力放下去不少，小事由六部自行打理，大事还有中书省和枢密院。

送到赵辅这儿的折子，每日最多不到百件。

赵辅手持朱笔，在上面批阅道："已阅，可。"

审阅了四五十张折子，赵辅眯着眼躺在罗汉榻上，季福手脚轻缓地给他捏肩。主仆二人相识四十余年，季福用太监独有的尖细嗓音轻声说道："官家，可还记得那国子监的小监生？"

赵辅眯着的眼缝里闪过一道精光，但懒洋洋地"嗯"了一声。

季福道："奴才打听到，那监生名为唐慎，是姑苏籍贯，有名的国子监才子，馆课第一。"

赵辅兴致平平，没有搭话。

季福心里暗骂一声，手上的动作、脸上的表情却依旧恭敬仔细。

君心难测，昨日夜里皇帝还想知道唐慎的事儿，这才过去一晚，皇帝就没兴趣了。季福倒是没替唐慎惋惜，这种连举人功名都没考上的，还入不了他的眼，只是他特意托人找林祭酒要的东西，如此就成了废纸，白白浪费了一个人情！

赵辅起了身，季福为他倒水。

总归是想换点什么东西，季福又道："奴才听说，那唐慎原来是傅渭傅大人的学生。"

赵辅这才有了兴致，喝了口茶，抬眼看他："还有此事？"

季福："正是。"

“傅希如何时又收了个学生？前些年他不是还与朕说此生收一个王子丰足矣，他年老体弱，还想辞官回乡？”

季福赔笑道：“傅大人许是惜才。奴才得了那唐慎写的一首诗，奴才虽然不识字，却也觉得写得妙，想念给官家听听呢。”

赵辅笑骂：“既然早就准备好了，速速念来便是。”

“是。”

季福将唐慎的那首试帖诗念完，赵辅脸上神色不定，季福肚子里打不定主意，哪怕他是赵辅的身边人，随着赵辅年岁越大，他也越发摸不懂这个皇帝的心思。良久，赵辅将茶盏轻轻搁下，捻了捻细长发白的胡须：“这唐慎，倒是有几番意思。”说完，嘴角微微含笑。

季福这才松了口气，看样子皇帝心情不错。

天子临雍，天下传唱，成为美谈。

国子监被皇帝亲自授课的三十二名学生过了一个月还觉得踩在云端上，飘飘欲仙，睡觉时都会被美梦惊醒。唐慎倒是没太放心上，梅胜泽一直担心唐慎那天说的“君子之交”会被皇帝事后责罚，但天子临雍过去一个月，圣上也没什么反应，仿佛根本不记得他们三个曾经面圣的学子。

梅胜泽觉得庆幸，又觉得惋惜：“景则，我们终究还是没把握住这次机遇。”

唐慎道：“以胜泽兄的才学底蕴，明岁春闱定能金榜题名，等到了殿试，再次面圣，圣上曾经亲口称赞你为‘国之栋梁’，说不定还能记着你。”

梅胜泽笑道：“承你吉言。下月的秋闱，你准备的如何了？”

唐慎顿时苦了脸：“胜泽兄莫提，我们还是兄弟。”

“哈哈哈，我若是真信了你唐景则的鬼话，才是真正傻了！”

唐慎无辜地眨眼。

秋日渐凉，三年一度的秋闱也渐渐到了。

七月中旬，唐慎去国子监报了名，参与本次秋闱。国子监中的学生大多是举人，秀才只有三四个，八月初八，便是乡试，初四，唐慎向国子监告假，要回家温书，从国子监离开后，他并没有立刻回家，而是赶到傅府。

温书童子将唐慎带到傅渭的书房，小童子一路上说道：“唐小公子可是要去参加乡试了？”

唐慎无奈道：“是。”

温书童子：“祝贺公子金榜题名！”

唐慎：“承你吉言。”

来到书房，唐慎刚一进门就看见傅渭站在宽敞的紫檀书桌前，正挥毫洒墨。唐慎的目光落在一旁的王溱身上，他脚步一顿，喊了声：“子丰师兄。”得到王溱点头，他对傅渭道，“先生。”

傅渭抽空抬起头：“景则快快过来，瞧瞧为师给你画的这幅画。”

唐慎走过去一看。

傅渭画的是一幅群山旭日图，青山起伏，劲松连绵，一轮红日从众山之间喷薄而出，洒下片片金光。

傅渭满心期待，拿出印章，在角落盖上“雕虫斋主”的落款，他道：“景则，为师这幅画如何？”

唐慎语气真诚：“气势磅礴，实乃佳作！”

傅渭感慨道：“多日不作画，如今作画，一气呵成，真是畅快。来，子丰，你来评评。”刚说完，傅渭又道，“算了算了，你能评出什么，你还是来给为师写首诗、题个字吧！”

王溱清雅一笑：“先生命，不敢辞。”

王溱提起袖子，从笔架上拿起一支羊毫笔，唐慎下意识地就拿起墨锭，给他研墨，王溱抬首看向唐慎，唐慎没觉得有哪里不对，他在尚书府经常这么做。

王溱眼中流露一丝笑意，说了句：“多谢小师弟。”接着他用笔蘸了蘸墨汁，在群山旭日图的左上方题字。

傅渭：“五岳起微茫，踆乌落桐桑。曾有烂柯人，倚樨问商汤。诗是不错，字写得倒是一般，可惜了我这幅群山旭日图了。”

唐慎：“……”

王溱落笔，微笑道：“先生所言甚是。”

傅渭脸皮厚极，完全不反驳，一副“你说得对”的模样。等墨汁干了后，他让温书童子把这幅画收起来交给唐慎，道：“再过几日你就要进场科考了，为师这幅旭日图赠予你，祝你旭日东升，金榜题名。”

王溱也望着唐慎：“桂榜题名。”

唐慎受宠若惊，本来都觉得没什么了，顿时又觉着压力很大。

他领了这幅画回到家中，把这幅画挂在墙壁上，日日看着，鞭策自己努力读书。

次日，姚三从姑苏府北上。

姚三：“小东家要乡试了，我怎能不来？我可得照顾小东家呢！”

八月初八，清晨。

奉笔收拾了东西，准备好长耳考篮，与姚三一起送唐慎出门。他们来到考院，唐慎发现尚书府的管家竟然也在此，老管家也准备了一个长耳考篮，看到唐慎，他走过来道：“公子正在上早朝，便让老身来此。唐小公子第一次参加乡试，有些东西可能准备不足，老身也准备了一些。”

奉笔接过考篮，唐慎仔细一看。

这长耳考篮里放着上好的笔墨纸砚和容易当饱的干粮，甚至连熏香都给准备好了。

唐慎道：“多谢子丰师兄。”

管家道：“唐小公子言重了。公子说，祝小公子桂榜题名。”

第二次听到“桂榜”两个字，唐慎脑中灵光一闪，恍然大悟：“竟然是如此！”

乡试每次都是八月考，又称秋闱，放榜时可闻见桂花飘香，所以又叫桂榜。桂花，即为木樨，王溱说“倚樨问商汤”，竟然又是在祝贺他桂榜题名！

唐慎压力很大，他拿着考篮，深吸一口气，进了考场。

姚三和奉笔在外头等着，两人十分着急，唐慎刚进去一刻钟，他们便伸长了头在外面看。

王府管家道：“二位莫急，唐小公子过几日才能出考场，我们耐心等着便是。”

天还未亮，漫天星子。

考院外，官差手拿铜锣，重重一敲，高声道：“秋闱关门！”

大门“吱呀”一声关上。

开平二十六年，乡试正式开始。

第十八章

乡试

本朝科举沿袭前朝制度，各省的贡院只收纳本地考生，然而盛京贡院全天下秀才都可来进考。北直隶的学生按籍贯分配，都在盛京贡院，再加上从全国各地仰慕而来的学子，今年乡试盛京贡院共有一万一千零二十九个考生！

无怪乎其他，只因“天子门生”！

在盛京贡院进考的秀才都是皇城进考，如果脸皮够厚，就可以吹嘘自己是“天子门生”，在天子眼皮子底下考试，从某种意义上也算是天子门生了。除此以外，一些颇有才名的学子，只要在北直隶附近，也会来盛京进考。

在贫寒的贡院考上解元，不如来盛京贡院，因为这儿的主考官是翰林大学士。解元每次乡试都有几十人，可主考官只有一个，主考官便是师，未来进入官场有个强大的主考官，可比其他的主考官更好！

乡试的检查制度比童试严格太多，唐慎几乎要把衣服脱光，给官差检查。每个考生检查完了还不能立即进考场，要在考场外排队，等检查完一百个学子再一起进去。

集齐了一百个学子后，官差高声喊道：“放行！”

唐慎跟在人群中，挤挤攘攘地一起进去。

一百个秀才，有如同唐慎这样年轻气盛的少年郎，也有耄耋老矣的老丈，更多的是蓄了胡子、早已成家立业的中年男子。这只是一百人而已，便已是人间百相。众人一起跨进外帘门，数千名等候在内帘门外的考生映入眼帘。

乍一看到这么多人，唐慎都心中一震。

等这些人排好队再进入内帘门，真正进入贡院考场，人群中发出一声惊呼，学子们望着这番壮阔的景象，谁都不能抑制惊叹。

一进内帘门，正对着一条宽大的甬道，再看这甬道的两侧，浩浩荡荡、一望无垠的，是一万多个号房！

唐慎抽签抽到的号房号是“岳丁”，“岳”取自《千字文》中的“岳宗泰岱”，“丁”取自天干地支。贡院的号房以《千字文》和天干为编号，方便考生寻找。

唐慎很快找到了属于自己的号房。

巡场的官差从他身后走过，狠狠一敲锣：“快进去，莫要啰唆！”

唐慎看着眼前这个小到最多一平方米半的号房，无奈地笑了笑，走了进去。

这就是他未来三天要待的地方了！

一万多个考生要进入考场都要费上许多时间，然而这还没开考。

考生们直到下午才全部被检查完毕，进入自己的号房。唐慎坐在号房里，随便吃了点东西，实在没事可干，只能倒头睡觉，等到了半夜子时，主考官突然敲响锣鼓，考生们睡得迷迷糊糊地从梦中惊醒，官差们从甬道各自分开，鱼贯而入，进到一条条小道，将试卷发给号房里的考生。

唐慎拿起试卷，立刻翻开一看，第一题：“吾十有五而志于学。”

和王溱猜的一样，这次盛京贡院的乡试主考官正是杨大学士，杨大学士喜欢读《周易》，但是乡试第一场并不考五经，只考四书和一首五言八韵试帖诗。

这第一题就出自《论语·为政》，原句是“子曰：‘吾十有五而志于学，三十而立，四十而不惑，五十而知天命，六十而耳顺，七十而从心所欲，不逾矩。’”这句话几乎家喻户晓，耳熟能详，讲的是孔子对自己的批语，是孔子回顾一生，给自己的一个评价，以此来激励他人。

孔子说：“我十五岁决定立志学习。”

唐慎仔细审视这句话，在草稿纸上涂涂画画。

破题的方式很多，可以从整句话入手，谈及孔子的一生，如何激励后人，后人该如何像孔子学习，但是这样难度极大，且容易跑题。

唐慎坐在小小的号房内，他面前是一堵墙，两侧是其他学生，他看不到任何人，可他知道这个考场里有一万多人。

想要从一万多人中脱颖而出，谈何容易！一旦第一道题就写跑题，阅卷官极有可能根本不看他后面的文章和试帖诗，直接将他圈了蓝名，扔进落榜卷子里。

“嗯，就从第一句话入手，不写多了。”

孔子十五岁决定刻苦学习，从此勤勤恳恳，温故知新，这是孔子治学的态度，唐慎决定从求学态度上入手。他思索许久，写了四五个破题点。

想着想着，肚子就叫了起来，王溱给唐慎送的考篮里放了几个点心，还有一些干粮，点心是放不了多久的，唐慎先吃了这几个点心。

等用完饭，他仔细想了很久，提笔在草稿纸上写下。

“时人以孔圣之道入学，先有志后成学，夫志者无穷尽也，然学者百殚而涸。虽圣人所以成道也，亦曰其生也有涯，而知也无涯矣！”

每个人启蒙发学时，都是以孔圣之道开始自己的学习之路，向孔圣学习，要立志而求学，然而百年下来，志向不断在变、无穷无尽，却忘了学习。哪怕是圣人，都会说上一句生命有尽时，知识却是无尽的。

没错，唐慎便是要以立志为切入口，破题劝学！

有了一个开头，文章接下去就好写了，唐慎认真揣摩每一个字，在草稿纸上画出了结构，他在结构树杈图上先写好自己即将要写的论点论据，要引用的文章词句，然后才开始写文。

直到烈日悬空，唐慎才终于写完第一篇八股制艺，一写完，他根本没誊抄，直接倒头就睡，睡了两个时辰才起来，检查没有错漏后，认认真真地誊抄上去。

到这时，唐慎才注意到自己晚上点燃的那根蜡烛，惊奇地发现王溱给他准备的蜡烛竟然很少有烟，一点都不熏眼睛！

唐慎听说过金陵府有这种蜡烛，价格极其昂贵，一寸一金，他没想到王溱居然会给自己准备这个。

此时此刻，被唐慎念叨着的王子丰正在家中作画。

管家进入书房，给王溱汇报今日府上情况后，王溱这才想起：“乡试已经正式开始了吧。”

管家道：“是。”

“东西给他送过去了吧。”

“按公子的吩咐，都送了。”

王溱蘸了蘸朱砂，声音温和悦耳：“那便等两日后再去看看我那小师弟如何了。”

乡试一共考三场，每场考三天，进场算一天，正式考试只有两天。

和童试一样，最重要的仍旧是第一场，其次是第二场，第三场等于是走形式的。

第一道题做完，唐慎再看第二题。这次题目是“我亦欲正人心”，出自《孟子·滕文公》，原句是“我亦欲正人心，息邪说，距诐行，放淫辞，以承三圣者”。

公都子问孟子：“别人都说老师喜欢与人辩论，这是为什么呢？”

孟子回答公都子，便有这句话。

孟子之所以喜欢与人辩论，都是不得已而为之，他是看到了时代社稷的糟粕之处，想要端正人心，破除歪理邪说，抵制偏颇的行为，批判荒谬的言论，以此来继承三位圣人的事业。

孟子是“性本善论”的提倡者，“我亦欲正人心”，这是孟子的抱负。

唐慎思索再三，决定从“教化”入手，写一篇端正社会风气、弘扬教化向善的制艺。

写完第二篇制艺，唐慎仔细誊抄结束后，再也没了力气，倒头就睡。到了晚上，他点燃蜡烛，起来看第三篇制艺，耐心思索许久，开始破题写文章。

三篇制艺全部写完，已然是最后一天的下午。

再铁打的人，再年轻的少年郎，被困在小小的号房里整整三天，也快没了人形。

唐慎强打精神，点燃王溱送的熏香。幸好乡试不像童试，最难熬的味道不是屎尿臭味（考场有专门的茅厕），而是男人们三天不洗澡的汗臭味，用熏香大概能熏走一些。

唐慎看着这篇试帖诗的题目，只见考卷上头大字写着“今古凡花”四个大字。

唐慎心头一震，顿时神清目明。

今古凡花？

杨大学士真敢出题目，也不怕题目太大折着腰！

这个题目出自前朝一位词人，原词写的是什么已经不再重要，就这一句“今古凡花”，直接囊括了华夏九州、古往今来的所有花！

这时，唐慎听到身边传来一道骂娘声，隔壁考生操着一口地道的盛京话，就差把杨大学士骂死了，官差巡逻过来，顿时又没了声音。只是到了乡试第一场的最后时刻，大家几乎不约而同地开始写试帖诗，一个个倒吸凉气的声音止都止不住。

唐慎苦着脸，心想咏花的名诗那么多，他随随便便都能想到两首，然而乡试要写的是五言八韵试帖诗，唐慎就算有贼心抄一首，也找不到格式结构对的诗。

普普通通咏花，固然不出错，要是写得才华横溢，说不定还能得高分，但杨大学士既然出了这个题目，自然不是想考生老老实实咏花的。

而且吧……以唐慎的文采，老实咏花得高分有可能，但考上前几名难度太高。

唐慎忽然双眼一亮。

世人喜欢用落花来描述花叶的反哺之情，他完全可以从这方面入手，好好写一首“花情”诗。

打定主意，唐慎打了打腹稿，开始写诗。

雷动飑飑听，晴定滟滟生。

草漫连独枝，雨打落群芳。

……

落花人去也，花自更伤心。

不堪碾作泥，春来与君倾。

唐慎下笔有神，一气呵成，顷刻间一首五言八韵的试帖诗便跃然纸上。写完后他誊抄在卷子上，吹了吹墨汁，再回过头来检查自己写的三篇八股制艺。

想拿解元有多难，唐慎心里清楚。但他这次至少要拿前三！

终于，三日结束，考生们得到一晚上的工夫回家睡觉，第二天再来继续考试。

官差收完试卷，唐慎拎起自己的考篮跟着考生们一起出门，刚站起身，他就觉得脑子里一沉，三天积累下来的浑浑噩噩之意一时间全部涌上心头，唐慎脚步虚浮地跟着人流走出贡院，他隐隐地听到好像有人在喊自己名字。

唐慎转过头，愣愣地看向来人。

不知被谁撞了一下，他一个踉跄，倒在了来人的怀里。

王溱微微一怔，抬起手在唐慎的脸上轻轻拍了两下，笑道：“小师弟？”

唐慎脑海里闪过一个念头“不许拍我脸”，事实上他也说出口了，然而下一秒，在王溱失笑的表情中，唐慎直接呼呼大睡，王溱赶紧扶住他，这才没让人滑落下去。

姚三赶过来，道："小东家这是怎么了？"

王溱扶着人，仰天长叹，无奈至极："睡着了！"

盛京贡院外，考生们蜂拥而出。

姚三见唐慎睡着了，道："要不然由小的来抱着小东家吧。"

王溱看见唐慎的书童奉笔叫车夫把马车停在了不远处，他道："不必，我送上马车便是。"

姚三还想说什么，可见王溱气度风雅，举止雍容，是真正的大家公子不大敢反驳王溱的话，就跟在王溱身后，看着王溱把唐慎送上了马车。

王溱来贡院外等唐慎，实是偶然，王溱正巧有事要去国子监办，贡院就在国子监旁，于是他顺道看看唐慎。看着唐慎睡着的模样，王溱伸手在唐慎的脸颊上拍了两下。

姚三不明所以。

王溱回头看他，义正词严："似乎有些烧了，回去请个大夫看看。"

姚三大惊："好！"

双方就此别过。

驱车回到家中，姚三赶忙请了个大夫上门。盛京的大夫们可都忙急了，乡试第一场结束，病倒的秀才数不胜数，盛京大大小小的医馆里都挤满了人，姚三花了大价钱才请了一位老大夫上门。

老大夫把脉后，道："确实有些烧，但不是大事。秀才们在那腌臜逼仄的号房里待了三天三夜，体虚气弱也是正常，老夫开点药，醒来后喝一帖就行，你与老夫来拿药。"

唐慎半夜醒来，喝下奉笔熬的药，果然觉得神思清明了点。

吃了点东西，唐慎想起一件事，问道："姚大哥，我刚出贡院的时候似是出现了幻觉，我似乎……看见了子丰师兄？"

姚三笑道："小东家可没见着幻觉，王大人确实在门外等您呢，还接住了昏睡过去的您！"

真的是王子丰！

第二天还要去考试，唐慎长叹一声，还是睡了。

第二日，天色漆黑，一万多考生再次来到盛京贡院，唐慎环顾四周，发现人数比三天前少了十分之一，他叹了口气，明白一些考生是在前三天的考试里考趴下了，病重如山，无法赴考；还有一些考生知道自己第一场没发挥好，后两场再来也无益，就干脆回去苦读，等三年后再战了。

不过这对他也是好事，少了许多对手。

唐慎打起精神，进入号房。等到午夜子时，主考官站在明远楼上，用力敲响锣鼓。

官差将试卷发给诸位考生。

乡试的第二场，考五篇八股文，题目出自五经。这并不是说五经中每本里选一个题目，而是主考官出二十五个题目，每一经出五题，考生可以任选一经，写出五篇制艺。

唐慎毫不犹豫地翻开《周易》五题，只见红色试卷上清晰地写着五道题目。

第一题：自强不息。

第二题：小亨。

第三题：君子以辨。

第四题：何天之衢。

第五题：作乐崇德。

光是看到第一道题，唐慎便眉头一皱，心道不好。

杨大学士喜欢《周易》，这是王溱说的，唐慎从不怀疑，他如果选择《周易》来答题，一定会更得主考官的欢心，然而杨大学士对《周易》研究得太过透彻，这五题看下来，一道题比一道题更令人头大。

自强不息，原句是“天行健，君子以自强不息”，是指君子努力向上，奋发学习。

小亨，原句是“小亨，利有攸往，利见大人”，“小”是谦虚小心，“亨”是常见词，指的是顺利。只有谦虚小心，才能万事顺利，这是君子对自身的约束要求。

再往下三题，“君子以辨”，是要求君子能明辨是非，“何天之衢”，指的是要善用贤能，而最后的“作乐崇德”，出自“先王以作乐崇德”，意思是上古贤明的君主们制作音乐，歌颂功德。

总而言之，这五道题，前三题是对君子、对自身的要求和约束，后两题，可以算是对上位者的意见。

每道题都范围宽广，可以说的东西极多，但每道题又有一些似是而非的关系，特别是前三题，很容易联系在一起，一旦写完一篇，还得再重新写一篇类似的，约等于连续写三篇一样的文章。

唐慎在心中哀叹：“杨大学士是真的喜欢《周易》啊！”

这都出的什么感人肺腑的破题啊！

唐慎再翻看其他试卷，看了看上面的题目，果不其然，最难的就是《周易》这五题！

《周易》五题能讨杨大学士欢心，可《周易》五题也难写至极！

唐慎冥思苦想时，天色已经放明，旭日东升，照亮密密麻麻、蜂窝似的贡院号房。圣上面南而治，臣下面北称臣，贡院的号房全部都面朝北面，阳光斜照进号房，唐慎眯着眼睛，望着冉冉升起的太阳。

他心一横，突然不再怀疑：“哪怕写得不好又如何，这是《周易》，只要我不写跑题、不写叛逆之言，杨大学士就不会给我差分。再说，我对乡试第一场颇有把握，第二场的五题只是附加分，总归是没问题的。”

既然决定了，唐慎便认认真真地再看起这五道题来。

君子以辨，需小而亨，必自强不息，前路便如何天之衢，谨以作乐崇德！

唐慎双目一亮。

这些题目太难，出题范围重复，以他才写了两年八股文的水平，很难写得更出彩。但是无论是梁诵还是王溱，他们都说唐慎写八股文最出色的地方不是文笔与逻辑，而是他标新立异的破题思路，既然如此，他何不更新颖一些！

直接将这五道题联合在一起，写一篇大文！

大文分五部分，每部分自成一篇，但每部分都可算是大文的一分子，五篇文章连在一起，便是一篇“君子求道，圣人贤能”的作品。这种创意，应当能遮掩住他一部分的才学平凡。

有了思路，唐慎在草稿纸上画出逻辑图，找出五道题之间的关系，再用递进和平行关系将这些题目分类。

到了乡试第二日的晚上，他才整理好五道题之间的联系，开始正式答题。

杨大学士出“自强不息”。

唐慎提笔回道：“夫自胜之强，君子寻道而法天之理也。小辨以行，上之所履，是合天以为德，神化乃至极……”

洋洋洒洒写完第一篇，唐慎没有停下，他趁着灵感迸发，迅速写下第二篇。

一连写了三篇，唐慎大睡一场，醒来就着月色和烛火，又写完两篇。

这时鸡声大起，已然是最后一天。

唐慎狠狠地睡了一觉，再醒来，他用端正秀美的馆阁体将五篇文章誊抄完毕，吹墨交卷。

提前出考场的秀才们一起迈步出盛京贡院，这时才不过第三日下午申时。姚三和奉笔正坐在贡院前的大柳树下乘凉，突然看见唐慎，两人都没反应过来，等唐慎走过来，姚三赶紧站起身：“小东家这就出来了？”

唐慎笑道：“写完了，自然出来了。”

好像是这么个理。姚三挠挠头：“那我们回家休息吧。”

唐慎四处看了看：“子丰师兄今日没来？”

姚三：“没来。”

唐慎：“那走吧。”

在家休息了一天，第二日，唐慎再次赶赴考场。

乡试第三场，几乎就是走个过场，考生都神色轻松，考得上与考不上，几乎已经决定了。第三场要考的是时政策论，这些秀才哪里懂什么时事政治，不过是纸上谈兵！考官们也没想过秀才能写出什么策论大作，只要别以下犯上、写出大不逆的文章，都算过了。

唐慎写得轻松，三日后离开贡院，回家第一件事就是洗澡。

泡在温暖的浴桶里，唐慎长舒一口气：“爽！”

不过他没闲着，梳洗打扮，换上一身新衣服后，唐慎趁天还没全黑，来到傅府。

傅渭拿着一捧鸟食，正在喂书房里的两只鹦鹉，见到唐慎，他给了唐慎一手心的鸟食。唐慎怎么看怎么觉得这情景十分眼熟，他看向傅渭，道：“先生，学生乡试完了。”

傅渭一听，一脸严肃：“怎么能说‘乡试完了’？景则，你这句读可真成问题！”

唐慎哭笑不得：“是是是，学生的乡试考完了。”

傅渭笑了：“觉着如何？”

唐慎仔细回忆：“第一场写的应当还算不错，发挥略超常，第二场发挥挺好，第三场策论学生也不大会写，就听子丰师兄的，老老实实写，不要激进。”

傅渭哼了一声，道：“谁问你这些了？”

“啊？”

“我是问你，那盛京号房里的汗味、屎味、脚丫子臭味，可是芬芳扑鼻？”

这都什么人啊！

八月十九，盛京贡院的三场乡试刚刚结束一日，官差们就将三万多份卷子全部糊名完毕，送到阅卷官所在的堂屋，试卷山连绵起伏，看得这些学政、学士一个脑袋有两个大。

主考官杨大学士在正式批阅前，举杯道：“以茶代酒，诸位同僚，十日内，批阅万份考卷。我敬诸位一杯！”

“敬大人一杯！”

众人喝了茶，开始苦兮兮的阅卷十日。

等到八月二十九，每位阅卷官都看完考卷，每张考卷都被仔细审阅了三轮，写上了考官批语和点评。最后一日，三位副考官各自选了三篇考卷，杨大学士也选了一份考卷，众人围在一起，开始决议今年盛京乡试的前三甲。

一位副考官道：“这位山西刘泽，与我算是同乡，我曾听过他的名声，他是山西有名的神童，十六岁那年开始进考，直接得了当年的童试小三元。原本两年后他要参加乡试，谁料他母亲突然离世，他为母亲守孝三年，不得进考，三年后，他又要参加乡试，谁料父亲也意外过世，又是守孝三年，一来二往，他耽搁了整整八年，如今二十五岁，才来盛京参加乡试。”

另一位副考官看了刘泽的卷子，道：“文采斐然，笔力雄劲，才思缜密，大善！”

众人都看了看，连杨大学士都双眼发亮，道：“大善！这篇‘吾十有五而志于学’，字字心血，想来他是身有所感，才能写下这般大作。本届解元，当之无愧！”

又一个副考官道：“这位姚僖，乃是京城人士，今年四十有三，他年岁甚大，然而才名不菲。二十四年前，他本是盛京那年的童试小三元，谁料他兄长死于辽人手下，他便弃笔从戎，前往幽州府当了个小兵，待到去岁才退伍回来，他这篇‘我亦欲正人心’，写得豪迈壮阔，阅历丰沛，充实翔集。”

杨大学士看了后，点头赞叹道：“大善！”

众人把十个秀才的第一场试卷都看完后，除了刘泽被杨大学士直接任命为本届解元，其余九人的排名，四人可有想法，难以达成一致。

有人提议道：“再看看他们第二场的五经制艺吧。”

第二场的卷子本就是要看的，众人便看了起来。

堂屋里寂静一片，忽然只听杨大学士连道三声：“好！好！好！”

其余三位副考官立刻过来：“杨大人，可是看到优秀的文章了？”

杨淇立刻将这份卷子展示出来：“诸位大人可曾看过这份作品？”

一位副考官道：“唐慎唐景则？这人的卷子我记得，在那九人中，他无论是制艺还是试帖诗，都不够夺人出众，但每篇都优秀夯实，在九人中属于中上，而且他字迹秀美，颇有他的恩师傅渭傅大人的风范。”

“原来是傅大人的高徒。”

“王大人的书法天下闻名，他的师弟自然也字劲朗秀。”

在傅渭和王溱不知道的时候，他们又收获了一堆马屁。

杨大学士道：“这人的《周易》五题，看似每篇文章都写得中规中矩，但诸位请看，他每篇破题时，都写了另外四篇，这是一分为五，五篇合一，写了一篇大文啊！”

众人这才仔细看起来。

“大善！”

杨淇越看唐慎的卷子，越是喜欢。

他们选出来的这十个人中，只有唐慎和另一个人选的是《周易》，另一人文辞华美，却写得一般。杨淇是翰林院中最典型的清高穷翰林，唐慎从他选的这五道题目中就能看出，杨淇孤高自傲，自我要求极高。

相较于另一个辞藻华丽的考生，杨淇更爱唐慎的这五篇，甚至到了爱不释手的地步。

夫自胜之强，君子寻道而法天之理也。小辨以行，上之所履，是合天以为德，神化乃至极！

这说的便是他杨淇啊！不与那浑浑噩噩的官场众臣同流合污！

杨淇甚至有了让唐慎得本届解元的想法，他将这个念头与其他三位副考官说了。

三位副考官都惊讶道：“虽说这唐慎的《周易》五篇写得好，但他第一场的卷子答得并不如那刘泽。大人先前也说，刘泽是当之无愧的解元。”

有人猜测道：“杨大人……莫非喜欢《周易》？”

杨淇无言。

要是唐慎在这儿，恐怕会大吃一惊，说好的“世人皆知，杨大学士爱《周易》”呢？这是哪来的世人皆知！

杨淇再看了看唐慎的《周易》五篇，又去看刘泽的卷子，刘泽选的是《春秋》，写了《春秋》五篇。

“天命如此啊！”

九月初一，乡试放榜。

姚三本来想去贡院前看官差放榜，但唐慎拦住他：“你可知今日有多少人围在贡院外？”

姚三哪里知道：“不知道。”

唐慎：“一万多考生，至少有七八千人想知道自己的成绩，他们还有亲朋好友，加在一块，怎么也得一两万人围在桂榜旁。咱们没有午夜排队，哪里看得到！别去了，让奉笔在人群外头听着声音，若是报到咱们的名字，回来告知一声就是，举人我还是考得上的。”

这时候，陆掌柜和林账房也都北上来到了盛京。

旁人说这话，林账房还不信，觉得是说大话，但唐慎说了，林账房摸着胡子道：“姚三不去了，让奉笔去，听到消息，往回报就是。”

奉笔领了命令前往贡院，唐慎等人在家中等着。

时间渐渐过去，奉笔还没回来，连唐慎也有点急了，他从书架上翻出王溱给的那本《法门寺碑》，一遍遍的临摹，借此静心。等到日上三竿，奉笔急急地跑回来，脸颊涨得通红，喜不自胜。

众人一看就知道唐慎肯定中了。

姚三：“你快些说，小东家中了？中了多少名。”

“中……中了！”

唐慎从书房里走出来，正好听到这句话，他长长松了一口气。

林账房问道：“多少名？”

奉笔喝了口茶，喘过气：“亚元！公子中了亚元！”

众人全部一愣。

下一秒，院子外传来敲锣打鼓的声音，穿着官服、系着红带的官差们进入院落，笑着道喜：“贺江南姑苏府唐慎唐景则，高中本届盛京乡试亚元！”

亚元，乡试第二。

唐慎哈哈一笑，看向姚三：“赏。”

姚三立刻拿出准备好的银裸子，分给这些报喜的官差。

知道成绩后，唐慎立刻前往傅府，向傅渭报喜。

傅渭竟然一点不惊讶，而是笑着对唐慎说：“不错。”

唐慎想了想，道：“先生莫非也派人去贡院外头等着了？”

温书童子在一旁插嘴道：“可不是？我一大早就去贡院外面排队了呢，在地上睡了一夜！”

唐慎心中一暖。

傅渭的两个学生，王溱当年是真正的三元及第，童试、乡试、会试都是第一。这次唐慎得了乡试第二，傅渭并没不高兴，反而觉得自己这个学生是真的努力了。

王子丰出身琅琊王氏，五岁就拜他傅希如为师，唐慎是真正的寒门学子，年仅十五便有这番成就与学问，实在难得。

傅渭问道：“可曾向你师兄报喜？”

唐慎：“还未。”

“那便去吧，子丰也算是你半个先生了。”

唐慎点点头，又去尚书府。

等到王溱回来，只见唐慎在花厅里老老实实地等他，一见到他进门，唐慎立刻站起来，道：“多谢子丰师兄乡试每场给我送的考篮，景则未曾得本届解元，让师兄失望了。”

王溱望着唐慎恭恭敬敬的模样，忍不住笑了：这个小师弟，倒是会先发制人。

“一万人中的亚元，难道就不好了？”

唐慎作揖：“师兄当年是解元。”

王溱让管家又上了一杯茶，他没坐在花厅的上座，反而随意地坐在了唐慎身边的椅子上，真心实意地感叹道：“我是解元，小师弟是亚元，包揽前二，咱们师门也算齐全了。”

第十九章

自省

两人在花厅内喝茶，屋外渐渐飘起了雨，是一场疾来的雨，只听一阵阵雨打芭蕉的清脆声。

王溱静静地品茶，他就穿着簇新的正红官服，显然是刚回府就来找唐慎了，唐慎悄悄地打量他一眼，知道自己这位师兄虽说……某些方面有点古怪，为人不可捉摸，行为举止也难以预料，但目前看来，总归对他并无恶意。

唐慎心里叹了口气：王子丰就是爱怼人了一点，他担着就是。

唐慎正在给自己做心理建设，就听王溱突然道："这次乡试第二场，你选了《周易》五题？"

唐慎愣了愣，坐正了说道："是。听子丰师兄说，本届主考官杨大学士喜欢《周易》，我就取巧，写了《周易》。"

"写得不错。"

唐慎心里闪过一个念头：你怎么知道我写得不错？

很快他反应过来，杨大学士与王溱同朝为官，自己是王溱师弟的事情在国子监不是秘密，或许杨大学士也知道，那么他私底下告诉王溱自己写的文章，也不是不可能。

刚接受了这个想法，唐慎拿起茶杯，正要再喝一口，就眼睁睁看见王溱从袖口里拿出一沓厚厚的宣纸。这叠宣纸的顶端有一层薄薄的纸糊痕迹，再看那纸上，随着王溱翻阅的动作，赫然是一手熟练的馆阁体！

唐慎瞠目结舌，端着茶杯，手放在半空中，喝也不是，放也不是。

王子丰滥用私权到这个份上了！连他的乡试卷子都偷偷拿过来了啊！

仿佛听到了唐慎的心声，王溱抬起头，看着唐慎震惊的模样，故作诧异地说道：“小师弟该不会不知道乡试卷子是可以自由调取的吧？”

“啊？”

“为了防止考官不公，出现批阅考卷的缺漏，任何考生在放榜后都可以随意调取自己的考卷。童试卷子放在县衙，保留一年；乡试和会试的考卷放在贡院，保留三年，小师弟竟然不知道？”

唐慎哪里知道这种事啊！既然考生可以随意调取自己的卷子，那么王溱能拿出他的卷子，看上去好像就没那么惊悚了。

王溱道：“坐过来看吧。”

唐慎犹豫片刻，走到王溱身旁，坐了下来。

花厅里放的椅子是张雕花紫檀罗汉椅，将椅子中央的小茶几往一旁推了推，便能容纳两人并肩而坐。

乡试共有九天，三场各三天，唐慎在里头待着无法洗澡，休息得也不好，能够考完试就耗尽了他的心力，如今有机会看自己写的内容，对他来说不仅有温故之效，也可查漏补缺。

唐慎看着自己第一场写的两篇制艺，如今再看，发现有几句话若是用其他表述，可能更贴合原意，也更惊艳。他看到阅卷官贴在考卷后面的评语，写的是“开段极为精彩，挥洒自如，转折变化，张合有度”。

乡试、会试对阅卷官更折磨人的一点就是，每篇文章，哪怕写得再烂，阅卷官都得贴上批语。批语是统一批发的，除非这篇文章真的太好，让阅卷官忍不住合掌赞叹，心甘情愿地为它亲手写批语，否则大多数批语都是后期贴上去的。

唐慎第一场的卷子，上头的批语就是统一批发版，被人贴上去的。

而第二场的《周易》五篇，却是由人用一手极为漂亮的王派行书亲自写上去的。

王溱：“听闻是杨大学士亲手写的。”

杨大学士写的是：文之大善求愈远而弥存，峻厉之气蓬勃而生，此之所言皆为他人所不能道也。

唐慎点点头。杨大学士果然爱惨了《周易》。

师兄弟二人在花厅中就唐慎这次乡试的考卷讨论了一会儿，王溱略加指点，唐慎频频点头，等到月上枝头，王溱喊来管家：“晚饭可备好了？”

管家：“早就备上了。”

王溱回头对唐慎道：“那就留下用饭吧。”

“好。”

用完饭，唐慎向王溱告别，王溱早就换上了一身靛蓝色的绸缎长袍，这种颜色常为女儿家所穿，可穿在王子丰身上更显他风神俊秀，并不显女气，反倒清雅出众。唐慎临走，王溱又让书童给他拿了一本字帖。

王溱："虽说会试时字迹不再重要，每份考卷收上去后都会由人专门誊抄一份，防止作弊。"

这事唐慎也知道，会试的时候除了有糊名制，朝廷还会聘请善于写字的秀才，让他们把每个考生的卷子都抄一份。到最后，阅卷官看到的并不是原本的卷子，而是誊抄版，如此大大防止了科考舞弊现象。

王溱："虽说如此，可写得一手好字十分重要。"

唐慎心中一紧，以为王溱又要给自己开后门，他踌躇片刻，小心翼翼地问道："师兄的意思是……"

王溱以扇抵唇，道："待到殿试时，若你被选为三甲候选，圣上亲自看你的文章，那时你自然知道其中好处。"

唐慎怀揣着一肚子不可描述的话回到家中，等他翻开这本字帖，赫然发现这竟然是王溱的亲笔字帖，他略加思索就明白：王溱这是要他换字体了！

智者千虑，不可有失。

之前王溱让他学的是钟泰生的《法门寺碑》，钟巍曾经为天下四儒之首，他的字写得苍劲有力，被公认为天下第一楷书。世上学钟体的学子数不胜数，这种字体学得快，写得又好，然而到了殿试，哪怕在场所有考生写的都是钟体，王溱也不会让唐慎写钟体。

他为自己布置了一切。

唐慎看着这本字帖，心情复杂起来。

王子丰对他，真是身为师兄，却尽了师生之谊。

会试是来年开春的事，唐慎早早准备起来。不知不觉中，盛京中的举人们多了起来，来自五湖四海的才子墨客纷纷来到盛京，准备参加明岁的会试。

唐慎待在国子监，哪怕不刻意去听这些消息，也有同窗会迫不及待地告诉他。

"你们可曾听说江南贡院上一届的解元昨日已经抵达盛京，在城西找了间房住下了？"

"可是那金陵府的王霄？听说他与琅琊王氏有一些远亲。"

"正是此人！他本该两年前就参加会试，可他竟然说'本次状元我并无把握'，就放弃进考，如今他来到盛京，想来是对状元势在必得。"

"那又如何，我国子监的刘放、梅胜泽，又岂是等闲之辈。"

梅胜泽谦虚地拱手："诸位同窗过誉了，景则也得了本次的亚元，才学出众。"

一句话把唐慎推到了风口浪尖，虽说知道好友是在夸自己，可唐慎无奈地瞪了他一眼，指责他把自己拖下水，不过表面上，唐慎倒十分淡定，他拱拱手："状元不敢想，先考过再说吧！"

十六岁中状元？这可比"状元无双王子丰"还吓人！

别说唐慎没想过这种事了，国子监的学生们也一个没想过唐慎能得状元。

日子很快过去，转眼就入了冬。

这日唐慎正在家中写字看书，昨日下了鹅毛大雪，国子监放假三天，唐慎就在家里读书，他喝了口茶，听到屋外有人敲门。

“请进。”

木门被“吱呀”一声推开，陆掌柜拍了拍身上落下的雪，走进去。

“呵，这雪下得可真大。小东家，盛京也实在太冷了，咱们姑苏府何曾下过这般大的雪！”

唐慎笑了笑，他指指屋子中央的炭盆：“去烤烤火吧。”

陆掌柜立即走到炭盆旁，凑近了烤火。“可是舒坦多了。小东家，今日中午我又去了千里楼。”

唐慎放下毛笔，抬头看他，目光严肃：“如何了？”

陆掌柜道：“倒是有个好消息，与一个坏消息，小东家要听哪个？”

唐慎：“都说。”

唐慎不给面子，可陆掌柜也无处说去。他无奈道：“好消息是，千里楼是盛京最大的酒楼，除了它以外，盛京共有三百二十一家酒楼，无一家主做拨霞供，甚至说，没有一家做过拨霞供！”

这意味着盛京是个庞大的、有待开发的市场！

唐慎双目一亮，接着又道：“坏消息呢？”

陆掌柜道：“原先是只想打听如何在盛京做酒楼生意，不曾想我与那千里楼的邢掌柜接触后发现了一件事，小东家可知千里楼的背后站的是谁？”说完也不等唐慎说，陆掌柜仰天长叹，“竟然是那逍遥王爷，六皇叔赵敖！”

唐慎来盛京不到一年，但是逍遥王爷赵敖的名号他是听过的。

赵敖是当今圣上的弟弟，封号为景，按理说该叫景王，然而人们都叫他逍遥王。赵敖年近五十，却不像其他王爷皇子，这位王爷喜欢美玉珠宝，更重要的是，他还喜欢结交天下士子！

凡是有才学的寒门士子到景王府投上名帖，都可获得一餐饭的招待。每三年一次的会试，各地解元来盛京，甚至还可以参加赵敖亲自主持的解元宴，说是解元宴，但宾客不一定只是各地解元，上个月梅胜泽曾经和唐慎说过这事：“你要是投上名帖，也是可以参加腊月那场解元宴的。”

逍遥王爷赵敖没有实权，可左右也是个王爷。没想到千里楼居然是他旗下的酒楼。

唐慎思索片刻，问道：“只有千里楼？”

陆掌柜一听，朝唐慎竖起大拇指：“小东家高明，当然不止千里楼。景王喜欢美玉珠宝，这在盛京是人尽皆知的事，除了千里楼外，盛京最大的珠宝铺子画堂秋也在赵敖名下，由邢掌柜代为管理。”

唐慎：“玉炉香，红蜡泪，偏照画堂秋思。画堂秋，景王果然是个风雅的文人。”

唐慎让陆掌柜去打听千里楼的消息，起初只是为了借此打探盛京的酒楼形势，知己知彼，百战不殆。千里楼的幕后东家是景王，这景王竟然还有盛京最大的珠宝铺子。

唐慎略加思索，对陆掌柜道："既然如此，那咱们的事可以先搁置了。"

陆掌柜愣住："小东家的意思是？"

"再过三个月我便要会试，原本不想参加那解元宴的，明日我就去投拜帖，应该能见到景王一面，除此以外，你继续与邢掌柜打好关系。拨霞供的生意我们还是要做的，但是不要急于一时，先前我担心拨霞供的生意会让盛京其他酒楼忌惮，这生意在姑苏府都会招来对手，在盛京自然更会。"

陆掌柜知道，唐慎说的是姑苏府如意楼的王掌柜曾经买人诬陷细霞楼的事。

唐慎："此事从长计议。明日起，你再与姚三、林账房到盛京城外走走，我记得盛京的工坊大多建在城东。找家工坊，将它盘下来，我们有用。"

陆掌柜是个精明的人，他一思索便反应过来："小东家是想先做肥皂生意？"

唐慎笑道："正是！这几日天气严寒，就多辛苦你们了。"

"不辛苦，我已经明白了小东家的意思，您放心好了。"

陆掌柜走后，唐慎考虑再三，拿出一张宣纸，认认真真地写了一封拜帖。

第二日一早，他亲自登门到景王府，唐慎亮出了自己本届盛京乡试亚元的身份，果然得到了景王府门房的殷切招待。唐慎将自己的名帖和拜帖一起交上，过了两日，景王府的人上门给唐慎送上请帖，请他腊月十九来景王府参加解元宴。

腊月十九，唐慎换上崭新的儒服，来到景王府。

景王府早已宾客满门。

来年二月就要会试，各地的举人大多早就来到盛京，准备参加会试。乡试三年一次，会试同样也是，但并不是每个解元都会在考上举人后，立刻参加次年的会试，有的是觉得自己才学还不够，不能进士及第，有的是被其他事耽搁了。

唐慎在景王府仆从的招待下来到宴客厅，他一眼就看见了刘放和梅胜泽。

三人同是国子监明年要参加会试的举人，还都曾经面圣，便相约坐在一起。梅胜泽道："也没听你说要来，没想着你还是来了，景则，你是来作甚的？"

刘放和唐慎的关系没那么熟，和唐慎打过招呼后他就坐在一旁，没参与两人谈话。

唐慎反问道："那胜泽又是来作甚的呢？"

两人相视一笑。

梅胜泽指着对面坐着的一个中年男人："那人叫萧恭，陕南人士，听闻他是不鸣则已一鸣惊人，他这次乡试的文章得到了主考官的大力褒奖，直说自己没有资格评判这篇文章。"

唐慎指着坐在萧恭旁边、长相朴素的青年道："那你知不知道这人是谁？"

梅胜泽一愣："不知。"

唐慎："他就是刘泽，那位比我才高一筹的本届解元！"

两人哈哈大笑起来。

事实上大多数参加解元宴的举人都和梅胜泽一样，是来观摩自己明岁会试的对手的。唐慎喝了喝茶，目光在这些人身上扫过，悄悄地看向宴客厅的主位，那里并没有坐人，逍遥王爷赵敖还没来。

等了大约一刻钟，只听宴客厅外传来一阵脚步声。所有举人立刻站起身，然而进门的不是赵敖，而是一个高瘦的年轻人。这是赵敖的大儿子，景王世子赵琼。

赵琼走上主位，与在座举人作了一揖，举人们立刻回礼。赵琼歉疚地道："原本父亲是要亲自来的，但是真不凑巧，圣上得了一枚仙丹，决定服用，父亲被召入宫中陪伴圣驾，此次解元宴只能由我来举办了。"

举人们同声道："听世子言。"

赵琼举起酒杯："敬诸位读书人。"

举人们："敬世子。"

唐慎苦笑一声，拿起杯子喝了口酒。

竟然没能见到赵敖！

喝了酒，赵琼又说起今年各地会试的一些趣事，宴会上的氛围渐渐欢悦起来，等到酒过三巡，赵琼亲自送举人们离开。他身为景王世子，皇亲国戚，竟然站在宴客厅外一个个地与这些举人道别，令所有人都大为感动。

唐慎走到赵琼面前，正要作揖，就听赵琼道："看这位士子的模样，当不过十五六岁吧。"

唐慎："在下今年十五。"

赵琼笑道："来参加解元宴的，都是每次乡试的各地前三甲，敢问，可是唐慎唐亚元？"

唐慎有些惊讶："正是。"

赵琼送他出门，道："父亲曾说过唐亚元，与王大人有关。"

唐慎心里有不好的预感，但还是不得已地问道："与我子丰师兄有关？"

"父亲道，王大人这等聪慧博学、惠善通透的大才，他的师弟也定然是个人才。今日一见，唐亚元果然如王大人一般，君子如玉，如切如磋，如琢如磨啊。"

唐慎笑道："多谢世子夸奖。"

唐慎回到家中，陆掌柜早就等了他一晚上。

唐慎叹气道："临时有变，景王没来，来的是景王世子赵琼，不过倒也和我们猜想的一样，景王世子气度雍容，礼仪下士。能培养出这样的世子，景王想必也是真的爱惜天下士子，接下来的事，还望陆掌柜多操心。"

陆掌柜道："请小东家放心。"

第二日，陆掌柜便带着从江南采购上来的极品红珊瑚找上了画堂秋，这么好的红珊瑚，画堂秋的掌柜哪里敢自己做单子，赶忙从千里楼请来了邢大掌柜。邢掌柜刚进屋，看见陆掌柜，一惊："怎的是你？"

陆掌柜也一副惊讶的样子："邢老哥，你不是在千里楼吗，怎么来这儿了？"

邢掌柜拱手笑道："实不相瞒，这画堂秋也是我们千里楼的生意，我身为大掌柜，管两家店。听闻陆老弟有一丛极品红珊瑚，确有此事？"

"邢老哥请看……"

临近过年，盛京又下了一场大雪。

除夕前一日，陆掌柜冒着雪来找唐慎，他拍拍肩膀上的雪花，道："小东家，明日邢掌柜约我去他家吃年夜饭，他知道我从江南来，在盛京没有亲人，所以约我过去。"

唐慎想了想："可曾想好送什么年礼？"

陆掌柜道："肥皂、香皂和黄金缕，其实这等东西在盛京早已出现过，是行路商人从江南带上来的，不是稀罕玩意，邢掌柜也有这些。"

唐慎笑道："你明日带一盒黄金缕去。"

陆掌柜愣住："小东家，我方才说邢掌柜早就知道黄金缕，且家中也有。"

"你带一盒黄金缕，这盒黄金缕不要用姑苏府珍宝阁的包装，也不要用金陵府锦绣阁的，你从画堂秋买个首饰，就以画堂秋的盒子，装着这盒黄金缕送上去。"

陆掌柜一听立刻明白，他拱拱手，道："小东家今年不过十五，有时我却觉得，我活了这三十多年，在经商上却不及您啊！"

唐慎哈哈一笑："再说就过了。"

言下之意，马屁拍够了，再拍就该拍到马腿了。

陆掌柜故作不懂地挠挠头，一副很无辜的样子。

肥皂和拨霞供的事先放到一边，过了年，唐慎开始全力读书，一门心思准备会试。

说来也是奇怪，临到会试，王溱竟然没再让唐慎每天写一篇八股文。

今日唐慎来到尚书府，把自己这两天练的字交给王溱看，王溱大致看过一眼后，放到一边，对唐慎道："近日可曾去放生？"

越来越多的举人聚集到盛京，随着会试日子的临近，他们开始临时抱佛脚。

每天头悬梁锥刺股地读书，这是抱佛脚；到花鸟市场买一些动物，到观音寺、相国寺去放生，这也是抱佛脚。越到会试，举人们各种祈祷高中的姿势就越来越奇怪，放生还是正常的，唐慎今天来尚书府的时候，就看见两个年轻举子站在尚书府门外，作揖参拜。

"听闻这就是王子丰王大人的府邸，王大人被圣上夸赞为'状元无双'，咱们拜他一定有用！"

按照这说法，唐慎和王子丰时常相见，他就是闭着眼睛都该中进士，否则哪里对得起王子丰的名号！

唐慎默了默，道："没想到子丰师兄也信放生一说。"

王溱："你不信？"

唐慎心想，我可是唯物主义的大力推崇者，我能信这个？

王溱叹气道："宁可信其有，不可信其无啊！"

唐慎："师兄？"他总觉得今天的王子丰有哪里怪怪的。

"我早上命管家给你买了几只动物，如今就让你放生它们吧。"

唐慎一头雾水地跟着王溱来到尚书府后院，管家早已拎着一条鱼、一只兔子和一只鸡在那边候着了。

这竟然还是有备而来！

王溱："拿起这条鱼。"

唐慎乖乖拿起来。

"将它放生吧。"

唐慎拎着鱼来到池塘，将鱼轻轻放进池塘里，然而他刚放进去，就见管家站在池塘边开始洒鱼食。这条刚刚逃出生天的鱼也是蠢得可以，明明才被人类逮上岸，现在刚被放生，见着鱼食又凑了上去，被管家一把抓住，拎了上来。

王溱认真道："看来它与我们有缘，不想就此离去。"

王子丰你有病啊！

接着王溱又道："拿起这只兔子。"

唐慎再拎起兔子，按着王溱说的，往后院花园里一扔，不过多时，果然见到管家带着两个小厮，把被捕兽夹夹住的兔子抓了回来，唐慎再放生鸡，又被管家抓回来。

王溱仰天长叹："鱼兔鸡若此，我等不可辜负它们的一番心意。管家，烧了吧。"

唐慎早已看透这个人，他插嘴道："我喜欢吃麻辣的。"

王溱动作一顿，俊雅的脸上露出一丝诧异，转头看向唐慎，片刻后，王溱回过头，对管家道："听景则的，全麻辣了。"

管家："是。"

半个时辰后，两人一起吃饭，吃的就是被唐慎亲手放生的鱼、兔、鸡。

吃完饭，唐慎告辞离开，难得，这次王溱竟然亲自送他出门。

皎皎月色下，王溱身穿白色锦袍，如同月中人。唐慎临走时，他脚步顿了顿，回头又道："子丰师兄今日的所为，可是要告诉我，若想高中，必须靠自身努力，不能寻求那些虚无缥缈的东西？"

王溱惊讶地看他，回过头去问管家："我今日有说过这样的话吗？"

管家老实巴交地摇头："公子没说过。"

王溱好像得了健忘，这才回头对唐慎道："你听，我没说过。"

唐慎哭笑不得："景则先行告辞，师兄别送了。"

来到盛京一年，唐慎也认识了王子丰一年。

如同他第一次见到王子丰时做出的判断一样，王子丰其人，深不可测，唐慎至今没看懂他。但是渐渐的，唐慎有些明白，自己这位师兄最喜欢、最擅长做的就是绕着弯子说话。比如这次，明明是不想他学那些临时抱佛脚的举人去放生动物，偏偏不肯说，而是假意让他放生，实则不喜这种行为。

唐慎心想：不说人话！

然而，这或许就是官。

这就是官啊！

走在回家的路上，唐慎看着天上的明月，静静地感叹着。

二月初九，会试开始。

天还没亮，考生们来到盛京贡院，在门外等候多时。奉笔拎着长耳考篮，姚三给唐慎披上裘衣，这才丑时，没承想他们来到贡院门口，竟然又见到了尚书府管家。如同唐慎参加乡试时的那次一样，管家也拎了个长耳考篮。

王溱出身琅琊王氏，很多东西哪怕唐慎有钱都买不到，比如烧起来不熏眼睛的银丝蜡。将长耳考篮里的东西综合了一下，唐慎与管家说了几句，就见盛京贡院的大门打开，两排官差从里头走出，高声喊道："考生进场！"

一个官差喊完，又是一个官差继续喊。一连喊了十二声，声彻云霄，保证贡院外的每个考生都能听见。

唐慎拎起长耳考篮，道："我先进去了。"

管家道："唐小公子，还有一事。"

唐慎停步："何事？"

管家道："我家公子命我来之前，托我向唐小公子带一句话——人人都记着状元，却鲜少有人记得会元。下个月的殿试，您可曾准备好了？"

唐慎怔在原地，等到他进考场后，找到自己的号房。唐慎望着长耳考篮里的银丝蜡，想了半天，无奈地道："王子丰啊王子丰，你要说什么直说不就好，非得拐弯抹角，这都和谁学的臭毛病！"

状元天下闻名，会元却鲜少有人记住。

这是王溱在安慰他，哪怕没得到会元，也不必太过伤心。也是在担心他，为了在这次会试中得到好成绩，耗费心力，甚至可能剑走偏锋，出现差错，连进士都中不了！

不过有句话，王溱说得对。

唐慎目光如炬："十个会元，也比不上一个状元！这次会试人才济济，我想拿前三，难如登天。我所求，是在金殿上得圣上钦点，得三甲及第！殿试不考八股制艺，不考试帖诗，只考时事策问，到时论点为主，文辞为辅，这是我的机会！"

二月初九进入考场，到二月初十的子时才开始公布题目。

唐慎早早睡了一觉，不到子时他就醒了，端正地坐在号房里等待官差发题目。和他一样的还有成千上万的考生，这是会试，是他们这一生最重要的考试，不是每个人都能在殿试上考上前三甲，考出一个好成绩，但殿试没有落榜一说，只是分排名。

会试，就是他们最后一次需要竭力争取的机会。

明远楼上，开平二十七年的会试主考官李大学士用力敲响锣鼓，宣告本届会试正式开始。

唐慎拿到题目，他深吸一口气，翻开一看。

第一题是八股制艺题，题目是："仪封人请见"。

冬夜里，一阵寒风吹来，所有看到题目的士子都浑身打了个激灵，心如坠冰窖。连唐慎看到这题目都抬头看向明远楼，哪怕他看不清站在上面的李大学士和其他副考官，他都想骂一句。

"何等无耻啊！"坐在旁边号房的举人替他骂了。

"仪封人请见"，出自《论语·八佾》，原句是："仪封人请见，曰：'君子之至于斯也，吾未尝不得见也。'从者见之。出曰：'二三子何患于丧乎？天下之无道也久矣，天将以夫子为木铎。'"

意思是仪这个地方的一位官员听说孔子来了，请求见孔子，他说："每个来到我这儿的君子，我还没有不曾见过的呢。"孔子的随从带他去见了孔子。他见完出来后，对孔子的随从说："你们为什么担心现在的天下混乱不定呢？天下已经混乱很久了，但上天会让你们的先生来教化万民，恢复天下秩序。"

这句话是从旁人的角度称颂孔子优秀的品德，赞扬孔子的所作所为。

但偏偏李大学士出的这道题，题目是"仪封人请见"！

要是联系全文，当然可以轻松破题，可无论如何，写的文章必须始终围绕"仪封人请见"五个字。

一个官员想要求见孔子。

要以这句话写一篇文章，谈何容易！

盛京贡院，举人们愁断了头发，望着卷子不知如何作答。李大学士自己考上了进士，是闻名天下的大学士，可是贡院内的举人们还等着出头啊！他出这种偏题来考自己，为难自己，举人们骂一句"何等无耻"，也不是没有缘由。

然而再怎么骂，卷子还是要写的。

唐慎拿着笔在草稿纸上勾勾画画，他写了几个破题点，可都觉得不满意，这种题目容易走题，一旦走题，或者写出犯上的文章，等于葬送了自己这次的会试之路。

王溱说，让他稳扎稳打，不要想拿第一，要想着考进殿试，在此基础上，再追求名次。

唐慎苦哈哈地想，难道王子丰早就知道李大学士这次出了个偏题，容易让人写跑题？随即他又想，那肯定不至于，因为他，王溱早就避嫌没能成为本次会试的考官。

会试与其他考试不同，会试的主考官必然是中书省高官，连三个副考官也都是中书省大官。王溱十七岁中状元，之前两次会试都是他资历不够，一直只当副考官，没当过主考官，本来有传闻，今年很有可能让王溱当主考官，但因为他的师弟唐慎参考，他只能避嫌，这次连副考官都没当。

会试主考官，是每一个官员的丰功伟绩，是他们官场一生的里程碑。

不过下次，以王溱的资历，他极有可能担任三年后的会试主考官，且可能性比这次更大。

胡思乱想了一阵，唐慎叹了口气，继续想题目。

官员拜访孔子，与孔子交谈后，由衷赞叹孔子。他在拜见孔子前，就称赞孔子是君子，那么"仪封人请见"，请见……好一个"请见"！"请"字，既说明了官员对孔子的尊敬，也说明了官员拜访孔子，是在拜访圣人君子。而无论是官员未见孔子就有的尊敬，还是他见了孔子后的表现，都是在赞美孔子高尚的品德与行为。

仪地的官员想见孔子，天下谁人不想见？

哪怕是千年之后，他们这一万多在号房里埋头写文的举人，也想见！

虽然不合时宜，唐慎却想起一句诗："君生我未生，我生君已老。"

生不逢时啊！

灵感瞬间涌上心头，唐慎拿起笔，在草稿纸上快速写下："封人欲见圣人而曰之请，既见圣而叹其行。夫天生夫子而不得见之，三请而见圣言，是以见圣而不自知……”

破了题后，唐慎又仔细思考，逐句斟酌，花了两个时辰终于写完这篇文。

他长舒一口气。会试的第一题太难，他不求无功，但求无过。唐慎自认自己写的已经算是标新立异，且在梁诵和王溱的双重指导下，他的八股制艺向来结构严谨，文辞井然，只要破题不错，就不会出错。

好好休息了一下，把这篇文誊抄到试卷上后，唐慎再看第二题。

看清第二道题的题目，唐慎双目圆睁，吐出一口浊气，抬头看向远处的明远楼：“何等无耻啊！”

第二十章

会试

开平二十七年，盛京会试第二题——

“逃墨必归于杨”！

“逃墨必归于杨”，出自《孟子·尽心》，原句是“逃墨必归于杨，逃杨必归于儒”。

战国时期并不如春秋那般百家争鸣，有三大学派比较为世人接受，这三者就是墨家学派、杨朱学派和儒家学派。“逃墨必归于杨”，是孟子评价这三大学派的话意思是“抛弃了墨家学派，必然会走向杨朱学派，抛弃了杨朱学派，必然会走向儒家学派”。

总而言之，在孟子看来，儒家学派是正统，是所有学派的最终正道。

如果单纯地看这个题目，其实并不算特别难写，墨家学派主张兼爱非攻，要的是舍己救人，造福苍生，杨朱学派是利己主义，不管他人，不管天下，不损人只利己。唐慎一下子就能想出两种破题思路，比如从利己利人的角度来写，以墨家和杨朱两派，来宣扬儒家利己利人的思想。

然而这一切都建立在，批判墨家、杨朱，尊崇儒家的前提下。

唐慎望着纸上的题目，又抬头看看远处的明远楼，深深叹了口气。

可是天下谁人不知，谁人不晓，当今圣上赵辅追求长生不老，修炼丹药，早已入了道家！

杨朱学派，正是道家三大经典。

赵辅从未说过尊崇道家的话，他甚至十分看重儒家，每年的孔圣忌辰他都亲自写文悼念。可赵辅对道家的痴迷，朝堂众人举目共睹。李大学士出这个题目，并没有问题，但考生要是真的完全批判杨朱，或许哪一日金榜题名、官居一品时，就会被政敌捅到赵辅面前。君心难测，伴君如伴虎，谁知赵辅会怎么想！

唐慎心想，无非就两种可能：赵辅不是个以言问罪的昏君，不会在意；赵辅在意臣子对自己追求修仙的批判。然而无论如何，若是哪日赵辅想要动臣子，这篇反对道家的文章就成了他问罪臣子的原因之一。

其他举人或许不会想这么多，可唐慎不得不想，也不能不想。

他看到的不只是眼前的这场会试，他放眼望去的，还有未来！

闭上双眼，唐慎将脑海中的几个破题思路全部舍弃，他选择了最简单最不会出错，但也是最不出彩的一条路，然后提笔写下："观异端者忿戾冰兢，舍一求再以求旷逸，以墨之恶而归于杨，必曰何以为之……"

唐慎舍弃了所有将题目扩大、发散思维的思路，直接从题目本身下手，写了一篇论证"为什么门人抛弃墨家学派后，转投的是杨朱学派"的八股文。这是一篇万金油的文，唐慎没有说杨朱学派是正确的，甚至他也称杨朱学派是异端，可他并没有在文里大肆贬低杨朱学派。

从没写过这么累的文章，唐慎知道自己这篇文的破题定然没有那么出彩，他便从逻辑和论证上入手，花了三个时辰，仔仔细细地斟酌每个词句，终于写完第二篇制艺。写完时，他才发现自己的后背已经被汗水打湿！

寒冬二月，他竟出了一身的汗！

在草稿纸上写完这篇文章，唐慎怔怔地看着，忽然不知道自己做的是对还是不对。

他是不是想太多了？这只是会试的一篇文章而已，不需要担心那么多。

然而他随即又想到：如果是王子丰，他定然也会像我这么做。

写都写完了，唐慎自认自己这篇文虽说没有那么出众夺目，但在考生中也绝对属于上游，他誊抄好文章，累得睡了一觉，等到再睁眼，已经是进考场的第三天。

唐慎睡之前已经看了第三题的题目，这次的题目是"吾日三省吾身"。

曾子曰："吾日三省吾身，为人谋而不忠乎？与朋友交而不信乎？传不习乎？"

这句话出自《论语·述而》，也是耳熟能详的经典，唐慎在写完第二篇制艺后，难免有些郁闷，然而当他看完这第三题，他的心情瞬间放晴，差点就在考场上笑出来了。

正常来说，会试第一场的三篇制艺，两篇选自《论语》《孟子》，一篇从《大学》《中庸》里选，可李大学士不是个正常人！第一题他出了个偏题怪题，第二题他出了个有可能触犯圣怒的题，到这第三题，他竟然又出了个《论语》题！

唐慎也不客气，直接破题，洋洋洒洒地写下一篇文章："宗圣三省吾身，观仁忠而向学。夫圣人若此，余必曰有则改之，无则加勉！"

第三篇文章写得一气呵成，唐慎回头再看，都觉得荡气回肠，仅仅一句"有则改之，无则加勉"，哪怕他后面写得再烂，都一定能拿高分。

把最后一篇八股制艺誊抄完毕，唐慎再看最后一首五言八韵试帖诗。

题目是："风雨凄凄"。

“风雨凄凄，鸡鸣喈喈。既见君子，云胡不夷。”出自《诗经·国风·郑雨》。

这句诗描绘的是风雨凄然的景象，整首诗写的是女子对情郎的相思之情，唐慎略加思索，便写下一首试帖诗。

闻道寻云去，听风惊蝉鸣。

雨打芭蕉绿，雷动八重殷。

……

白首归路尽，相思子规啼。

会试时，学生的字迹书法没那般重要，毕竟考官们最后看到的都不是他们亲笔写的卷子，但唐慎还是认认真真地把试帖诗抄了上去，检查无误后，起身交卷。

他走出号房，来到甬道时，竟然正巧碰上了梅胜泽。

梅胜泽见他也十分惊喜，道：“景则，感觉如何？”

唐慎老实回答：“何等无耻啊！”

梅胜泽也顿时没了好友相见的喜悦，郁闷地道：“无耻之尤！”

两人哈哈一笑，一边说话，一边走出考场。

梅胜泽：“那第一题，可是足足想了我两个时辰，才决定如何破题，我本身就不擅长八股制艺，你与刘放兄在这上面都比我强。如今可好，‘风雨凄凄’这试帖诗题目简单至极，第一篇八股制艺又困难至极！幸好李大学士后两篇八股出的题目简单了些，否则我今日定然一头撞死在这明远楼的楼柱上！”

唐慎一听就知道，梅胜泽写第二篇制艺时想的没自己那么多。

两人走出贡院，各自道别。

姚三早就带着大夫，在门外等候唐慎多时了。唐慎道：“先回家再说，这次我身体还算不错，想来有了上次乡试的经验，这次没有大碍，回去洗个澡、睡一觉，明日再来考试。”

姚三和林账房都松了口气。

晚上洗了个热水澡，再美美地睡上一觉，第二天天还没亮，唐慎又来到了盛京贡院门口。

王溱曾经对唐慎说过，翰林院如今的四大学士中，杨大学士和潘大学士喜欢《周易》，周大学士喜欢《春秋》，唯独没有说李大学士喜欢什么。唐慎也没问他，因为他知道王溱之所以不说，想必李大学士在五经上可能没有特殊的喜好，或许他喜欢四书中的《论语》，所以第一场会试才出了两道《论语》题。

既然李大学士对五经都喜好平平，唐慎就选了题目最简单的一篇，开始答题。

三日后，唐慎脸色略显苍白地走出考场。

姚三立刻走上去。

唐慎道：“无妨，就是累着了。”

等睡了一场，养足精神，唐慎又进了牢房一样的号房里，待了三天三夜，写满会试第三场的几道时事题。

持续了三场九天的会试终于结束，几人刚回到家中，陆掌柜就来了。他明显是掐准唐慎考完会试的时间点登门的，可唐慎一看到他，便摆摆手，道："明日再来。"

陆掌柜无奈地笑道："好，都听小东家的。"

第二天睡到日上三竿，唐慎正吃着奉笔买来的盛京烤饼，大口喝着粥，只见陆掌柜敲门进来。他对唐慎行了一礼，道："小东家，成了！前日您还在考试时，那千里楼的邢掌柜找上我，他开门见山地点明我就是姑苏府细霞楼的掌柜，然后旁敲侧击地问我是否是想和画堂秋合作卖肥皂、黄金缕！"

唐慎一听，立刻放下碗，道："他知道你是细霞楼的掌柜？"

"可不是？我两个月前就将装着黄金缕的礼盒交给了他，我原本也纳闷。小东家，咱们的意思表达的那么清楚，就是想和画堂秋合作，怎的那邢掌柜一副没收到礼物的样子，全然不懂？直到如今我才明白，人家哪里是不懂，人家是暗地里调查清楚了我的身份，这才上门啊！"

唐慎笑道："能将千里楼、画堂秋做成盛京第一字号，邢掌柜自然不是普通人。你与他谈得如何？"

陆掌柜将自己与邢掌柜初步商定的事交代清楚，道："……我寻思这并不是问题，那邢掌柜给我的条件也都算优渥。然而具体事宜，我们两个掌柜是不好敲定的，邢掌柜那边希望您能与千里楼的幕后东家见一面，由您二位商定清楚。"

唐慎诧异道："逍遥王爷赵敖？"

陆掌柜："是景王世子，赵琼。"

唐慎的脑海中闪过一个人影，他随即点头："好，自然是要见的。"

欲穷千里目，更上一层楼。千里楼在盛京城西，登上四层楼，远远看去，可看到银带般的一望无际的大运河。会试结束第二日，唐慎与陆掌柜来到千里楼，长着一张喜庆圆脸的邢掌柜早已等候多时。

邢掌柜上下瞧了唐慎一眼，笑道："没想到小公子竟然如此年少，真是青年才俊。"

唐慎微微作揖："邢掌柜。"

邢掌柜："我们家世子还未到，请小公子移步雅间，稍作休息。"

三人一起上了楼，唐慎进入雅间，邢掌柜和陆掌柜在外面等候。

一进雅间，就看见一座千山屏风，往左看是一张多宝槅架子，上头琳琅满目地放着各类珍宝古玩，再看右边，有两扇紧闭的窗，唐慎打开一看，车马声市，坊街大道，盛京风光，尽收眼底。

"登斯楼也，则有心旷神怡，把酒临风，其喜洋洋者矣！"

望着繁华如金的盛京风光，唐慎忽然明白了范仲淹的这句话。

"好一个'心旷神怡，把酒临风'，既然如此，怎能无酒。"

唐慎赶紧回头，只见身穿锦袍、头戴玉冠的景王世子赵琼已经走了进来，两人打了个照面，赵琼站定在原地，惊讶地看他，片刻后，赵琼道："竟然是你！"

唐慎作揖道："见过景王世子。"

有些事略一想，就明白了其中的门路。赵琼一下子知道，唐慎当初投帖子到景王府，参加景王府的解元宴，恐怕也是有意为之。然而这种小事他并不放在心上，反而因为肥皂生意的背后是一个有功名在身的读书人而更觉欣喜。

赵琼喊来邢掌柜："上菜吧。"

邢掌柜："是。"

赵琼再看向唐慎："昨日刚刚结束会试，唐公子可去了？"

唐慎笑道："自然去了。"

"好，那今日便不谈那些方眼的东西，只谈风花雪月。一切等放榜后再说吧，可好？"

唐慎也没想过第一次见面就把肥皂、精油的生意谈好，正相反，赵琼这么说了，说明他确实有心和唐慎合作。等会试过后，要是唐慎中了进士，赵琼的态度可能会更有改变。如此双方再来谈合作，对唐慎是大好，对赵琼也有益处。

如此，两人单纯地把酒言欢。

唐慎年纪小，还不怎么能喝酒，赵琼也没怎么劝。

一个时辰后，两人已成了朋友。唐慎走出雅间，回身对赵琼作揖："世子莫送了。"

赵琼道："那便等杏榜下来，我再为景则好好庆祝一番。"

唐慎和陆掌柜离开千里楼，陆掌柜有些惊讶地说道："本以为这景王世子是个皇亲国戚，可能不好相处，没想到他如此亲近，并没有端着架子。"

唐慎则想起一件事，他笑着道："陆掌柜，你觉着景王府做这千里楼和画堂秋的生意，是为了什么？"

陆掌柜："盛京中的皇亲国戚，人人都在京城有别业，景王府做生意十分正常，难道有什么不对？"

"是，确实没有不对，但景王府做的生意是美食美酒，珠宝美玉，景王是个富贵王爷，无权在手。那些真正能一本万利、赚取大钱的生意，比如去岁运河修河道，任何一个官员插手，都是万两雪花银的生意，他就做不了。"

朝廷修河道这类事，往往是王族勋贵和重臣大官赚取银两的重要途径之一。

这不是说勋贵贪污、官员贪墨，而是每一个建筑材料的采购。将运河修建到哪一州、哪一府，这其中都有大学问。根本不需要贪墨就可以谋取利润，只是没有贪墨来得多，却也是一笔不小的数目。

景王能在盛京开最大的酒楼，做最大的珠宝铺子，却没法管一点朝廷的事，可见他只是个富贵王爷，有名无权。

有的人在这种环境下会变坏，有的人则直接乐不思蜀。

唐慎想了想，觉得那位景王世子似乎并不愦懑。毕竟当今圣上门面功夫做得极好，任谁都没法说他是个昏君，只是个喜欢修仙、想要长生不老的皇帝而已。古来想要长生不老的君王多如牛毛，赵辅在其中已经可以算是个明君了。

皇帝没苛待自己的兄弟，景王也乐得清静。

至于其中的弯弯绕绕、皇家秘辛，就不是如今的唐慎能知道的了。

陆掌柜问道："小东家，那会试到底什么时候放榜？可是和乡试一样，十日后就可以了？"

唐慎顿时失笑，无奈道：“哪那么容易！”

会试是科举的最后一关。自此以后，只要会试过了，就不会再落第，只等着殿试上给出一个进士排名。殿试考得再不好，也就是得倒数第一名而已。

会试如此重要，所以除了糊名制外，每个考生的卷子还要被人誊抄一遍，将誊抄版本送给考官审核。

天下举人，一万多份卷子，被雇佣的秀才们抄上整整三天，还不一定抄得完。

事实上唐慎说三天，还是说少了。二月中旬，会试结束，但直到二月廿七，阅卷官们才拿到本次会试的卷子，名字已经都被糊上了，字迹也不是考生亲笔写的，清一色工整的馆阁体，阅卷官们先祭拜完孔圣，再将自己锁在堂屋中，集中批卷。

五天后，三十名阅卷官才找出本次会试前十名的卷子。

趁着主考官李大学士有事不在，其中一位阅卷官对同僚小声叹气道：“本次出题，终究是偏了、怪了些，有些考生文章写得花团锦簇，可却走了题，那破题的点，我都难以启齿，实在歪了十万八千里。再怎样，也不能把这种文章选入前十，只能勉强让他考上进士，等以后殿试或许还能一鸣惊人吧。”

等到李大学士来了，众人一起审阅最后这十份卷子。

会试和乡试、童试一样，最重要的还是第一场考试，而在第一场考试中，李大学士出了三道题，分别是：“仪封人请见”“逃墨必归于杨”和“吾日三省吾身”。

光是第一题，就刷去了一大堆的考生。

会试的三位副考官，两人是翰林院的学士，一人是礼部的侍郎，其中一人道：“这份卷子，我觉得是会元的上上之选。诸位请看，仪封人请见，这道题他破题以孔圣诲天下人，两比详明，大结更是真知灼见。”

众人看了这份卷子，道：“善！”

另一个副考官道：“诸位不如来看看这篇。”

众人又看了过来。

李大学士年岁已高，不如其他阅卷官那么耳聪目明，他拿起卷子，放到眼前仔细看了起来。“三请而见圣言，是以见圣而不自知……呵，倒是对孔圣极为尊崇，这第二篇我再看看。”看了一会儿后，李大学士道，“平庸之作，文章夯实，文采斐然，可破题一般。这份入前十还行，如何能成会元？”

那副考官被李大学士盯着，心中叫苦。这李大学士是个老学究，以脾气古怪而闻名，从他这次出题出得这么偏、这么难就能看出来，他在翰林院也不是个好相处的。

副考官道：“李大人可曾看他写的第三篇制艺？”

李大学士低头再看第三篇，过了半晌，只见他倏地一愣，接着将这份卷子贴近双眼，仔仔细细、上上下下地看了几遍，然后突然道：“好！好一句‘有则改之，无则加勉’，文通古今，仿若宗圣圣音在耳。”说着，他又忍不住把这八个字念了几遍，还让堂屋里的其他阅卷官看这篇文。李大学士眉目飞扬，赞叹道：“字字精辟，佳作，着实是本届会试的第一佳作！”

其他阅卷官看着也不断点头，口口赞叹。一个阅卷官道：“虽说前两篇写得略属平常，可这最后一篇，在一万多考生中当属第一。”

有人问道：“那本次会试的排名又该如何是好？”

李大学士想了想，道：“虽说会试往常哪怕确定了前十名的卷子，也不会轻易揭开糊名，但今日便破个例。先帝时期也有这类先例，有两位举人文采出众，难分上下，最后是将其揭开糊名，查看他们真实的字迹，再辅以后两场的考卷，最终得出会元。诸位同僚，老夫提议咱们先选出前三甲，然后揭开排名，再排前三如何？”

“听李大人言。”

于是，考官们先确定了前三名的卷子，接着他们命令官差取出这三人后两场的考卷。当然，是他们的真实字迹。

誊抄考卷的只是秀才，字迹大多端正秀美，否则也不会被选上。然而和这三位考生一比，便如萤火曜日，所差甚远。阅卷官们看着原版的三份考卷，顿觉心旷神怡。

等看完三份考卷后，一位副考官道：“我已然有了结论。”

另两位副考官也道：“我也心中定论。”

最终所有人一起看向李大学士。

脾气古怪的李大学士摸了摸干枯发白的山羊胡，道：“那便投票决议吧，老夫为三票，尔等三位各有两票。”

“善。”

第二十一章

探花

会试放榜前一日，唐慎完全忘了这事，睡得很香。第二天大早，天还没亮，奉笔便将他喊起床，唐慎心中一惊，立刻想起了今天是什么日子。奉笔道：“公子今日还是在家中等着，由我去盛京贡院外看名次？”

唐慎想了想：“我亲自去吧。”

换上厚厚的棉袄，披上斗篷，天还未曾亮，唐慎便和奉笔、姚三一起来到了盛京贡院。

如今是阳春三月，可盛京依旧寒冷，呵气成雾。这还不到寅时，寂静宽敞的马道上，除了上早朝的王公大臣，就只有来贡院门口等成绩的考生，他们披星戴月，沉默地走在路的两侧，鲜少有喜上眉梢、自信充沛的。

唐慎掀开车帘看到一个个满脸苦大仇深的考生，无奈地叹了口气，道：“这次会试的题目确实是偏了！”

来到贡院门口，远远望去，月光下全是学子们黑压压的人头，可这么多人，却只听到呼吸声和一两道咳嗽声，接着便是死水一般压抑的寂静。

终于，贡院大门开了，考生人潮终于动了。

唐慎站在人群的中央，他看见两个官差举着红色的大榜，将这张杏榜贴了出来。榜单是从后往前贴的，本届会试一共录取二百九十一人，唐慎看到第二百一十七名竟然是刘放，他一开始还以为是重名，谁料再看，竟然真的是刘放刘克己，本次参考的国子监学生中最有希望夺得会元的刘放。

也有其他国子监学生看到了刘放的名字，有人喊道："刘放，你怎的只有二百一十七名！啊，刘放兄你怎么了……唉，没想到刘放兄这般沉不住气，竟也不等榜单放完，就甩袖离去了！"

唐慎心想：要不是李大学士出了这种乱七八糟的破题，刘放能拿不到本届前三？甩袖离去还是好的，脾气暴躁的可能都要当场骂人了。

等再往下看，唐慎又看到了一两个熟悉的名字，在景王府参加解元宴的几位学子，大多获得了前百名，可都名次靠后，再往上看，唐慎看到了梅胜泽的名字，在第三十四名。

唐慎立刻转头，看向不远处的梅胜泽。

梅胜泽朝他拱拱手，苦笑道："我已然知足了，景则可别笑话我。"

唐慎深有体会："感同身受，无耻之尤。"

榜单再往后放，唐慎又看到两个认识的名字，两刻钟过去，只剩前三名没有公布。

姚三紧张地屏住呼吸，唐慎也死死盯着杏榜。

开平二十七年，盛京会试。

第三名，姚僐姚问机。

第二名，唐慎唐景则。

第一名，王霄王岱岳。

忽然被人一把按住，唐慎懵懵地转过头，只见梅胜泽欣喜地看着自己："景则，你得了第二！"

姚三也激动坏了："小东家，您是第二名！"

唐慎愣了下，故意道："我叫唐慎？"

众人哈哈一笑，周围的国子监同窗们也纷纷祝贺。

梅胜泽："瞧你这模样，可把你得意坏了。"

唐慎嘿嘿一笑，难掩激动："知我者，胜泽兄也！诸位同窗，千里楼，今日中午，我唐慎全请了！"

"可不得去捧景则兄的场子！"

"我定然前往！"

会试中第在唐慎的意料之中，可会试拿了第二，这出乎唐慎意料。

唐慎得了好成绩，立刻便去向傅渭、王溱报喜，然而这次他并没能见到王溱，王溱离京去办事，几日都没回来。等到再见王溱，却是唐慎想不到的情况。

每次会试都是在二月进行，三月放榜，四月初就要殿试。

国子监人才辈出，每次会试放榜至少有六分之一的进士出自国子监，每到这时候，国子监林祭酒便会邀请朝中大臣，请他们来国子监授课，被称为"官课"。这日唐慎听讲习说，明日来国子监授讲官课的竟然是户部尚书王子丰，他错愕不已。

梅胜泽也道："景则，竟是你师兄！你怕是早就知晓了吧。"

唐慎无辜极了："我连我师兄何时回的京城都不知道！"

第二日，林祭酒带考生们来到率性堂，未时一刻，身穿正红色官袍的王溱从讲堂的正门进来，他虽说穿着官服，却没戴官帽。他站在讲堂前方，清润平和的目光在台下学子身上扫了一番，应当看见了唐慎，可并没有刻意看他。

国子监的学生中，有一半出身官宦世家，对王溱有些了解，还有一半是正儿八经的寒门子弟，从没见过这种朝廷权臣，见到王溱如此年轻，以刘放为代表的寒门子弟吃了一惊，本来端着的表情各有变化。然而国子监的学生们还是沉住了气。

王溱开口："我名王溱，字子丰。今日来国子监开官课，是为师生之谊，并无官场高低。"

学生们齐声道："听王先生言。"

王溱正式开始授课。

林祭酒这次特意请王溱授课，讲授的不是四书五经，而是政务时事。当然，王溱不可能将朝中大事透露出去，可他举手投足、谈笑风生间，便轻易说了几样先帝时期的往事。聪慧的学生一点就通，对官场有了更深的了解，对未来的殿试也有了一些准备。

四月初的殿试，不考八股制艺，只考时政策问！

官课结束，学生们还沉浸在刚才的讲课中。

王溱声音清朗："可还有困惑之处？"

几个学生犹豫片刻，提出自己的疑惑，王溱一一解答。

官课结束，王溱自始至终没有多看唐慎一眼，唐慎都开始怀疑自家师兄这次莫非真的只是来讲授官课？王子丰是个这么好心的人？唐慎总觉得王子丰和好心这个词完全没有联系。

等他走出率性堂，一位讲习在外头等他，道："景则，王大人在崇志堂等着你了！"

唐慎一头雾水地来到崇志堂，他轻轻敲门，王溱道："进。"

唐慎进了屋，只见王溱站在崇志堂西墙的一张老翁骑牛图旁仰首望着。唐慎进来后，他转身看向唐慎，目光在他的脸上停顿了一瞬，接着往下落在唐慎的肩头。

唐慎："子丰师兄。"

王溱走上前，伸手从唐慎的左肩上摘下一朵淡色花瓣。

唐慎一愣。

王溱："是杏花。"

唐慎："许是刚才从国子监的后院里走过时落在身上的。"

王溱笑道："恭贺小师弟，杏榜题名，会试第二。"

这些天被无数人恭喜过，唐慎早已有了免疫力，可听到王溱这句平平凡凡的话，又看着王子丰这张微带笑意的面庞，唐慎莫名地就有了点赧意。唐慎语气真诚道："如同师兄说的一样，会试并不重要，重要的是那殿试。"

王溱点点头，忽然扯开话题："你的字练得如何了？"

唐慎一下没能理解王子丰这神奇的脑回路。刚刚还在说会试，怎么突然又问他练字怎么样了？

唐慎心里嘀咕，嘴上道："练了很久。"

"离殿试还有十日，这些日子你每日申时来府上。"

"师兄？"

"我教你练字。"

今天的王子丰怕不是真的哪里不对吧！

等到很久以后唐慎才知道，王溱压根儿没觉得他殿试能够靠真才实学得前三甲！

时政策问，说起来简单，其实比八股文还难写！八股文的题目都是出自四书五经，哪怕对天下大事没有一点了解的寒门子弟也能引经据典，写出不错的佳作，可时政策问呢？

唐慎今年才十六，论阅历他比不上会试第三的姚僖，论家学渊源他比不上本届会元王霄，除了这两人外，本届杏榜上那些出身官宦世家、书香门第的考生，哪个不比他强！唐慎想拿前二十还有机会，想拿前十就已经很难，前三更是难如登天！

然而，事在人为。

殿试时，唯一的主考官只有当今圣上，其他所有考官都被称为"读卷官"。二百九十一名考生的卷子，先由读卷官选出前十名，提前排好名次，接着再交给皇帝，让皇帝点出前三甲。

唐慎要是进不了前十，连让皇帝看他一眼的资格都没有。

四月初二，卯时不到，考生们从宣武侧门进入皇宫，来到明意殿。这一日，皇帝自然是不在的，接近三百位考生向空置的御座行礼，由十名读卷官发卷监考。

唐慎身为会试第二，坐在第一排的第二位。

哪怕他早有准备，看到这四道时政策问题时还是猛地懵住了。唐慎没有从政的经验，别说以官场思想去思考这些题目，给出解决策略，唐慎竟然连第四题所说的"域虎之战"都不甚了解，只听过大概！

然而唐慎神色不变，举止镇定，气定神闲地开始答题。

不知道该写什么，他便写一些恭敬圣上、请皇帝安的官方话。唐慎仔仔细细地写着每一个字，认认真真地按照殿试专门规定的格式，把每个字誊抄到考卷上。

写策问不难，但写好字、写好格式，极难！直到日落西山，唐慎才写好最后一个字，他吹干墨汁，停笔不写。

又过了半个时辰，所有考生全部停笔，收卷离开皇宫。

唐慎走到一半，梅胜泽跟了上来，两人互相瞧了一眼，皆是苦笑。

梅胜泽："景则，如何了？"

唐慎真诚地说道："填满了，每篇一千五百字。"

梅胜泽："好你个唐景则，我只写了一千二百字。不好，我本次殿试的排名又要在你之下了。"

两人哈哈大笑。

新晋士子们从宣武侧门鱼贯而出，读卷官们则拿着被糊了名的考卷，每人分到三十张卷子，开始轮换批卷。读卷官都是朝廷重臣，一半是二品大员，六部尚书基本都在，除了王溱因为避嫌没在其中。

礼部尚书是个高瘦的中年人，蓄着一撮秀美的小胡。

殿试时，读卷官们看到的都是考生亲笔写的卷子。礼部尚书看完一份卷子，再翻开下一份，他的视线刚刚看到第一行字便停住，过了片刻，他叫来礼部左侍郎，指着这张卷子道："可觉着眼熟？"

礼部左侍郎看了一眼，也移不开视线，等看完整份考卷后，他哈哈一笑，又喊来户部右侍郎："秦大人，你快来看看。"

这一下，便惊动了屋子里所有的读卷官。众人围聚过来，秦嗣一看，目光死死盯在这张卷子上。

礼部尚书摸着胡子，笑眯眯道："可是王大人的字迹？"

秦嗣苦笑道："有王大人七分的神韵，想来是王大人那小师弟，唐慎唐景则的卷子！"

礼部尚书故作冷哼："这字不练上个一年半载，可练不出这么像！好你个王子丰，你这可是故做记号，舞弊营私！"

堂屋中，众位朝廷的肱骨大臣低头看地，心想：这话您当面和王子丰说去！

礼部尚书哼了一声，转手就把唐慎的考卷给了左侍郎。

"理据详尽，文正字秀，放入前十候补吧。"

"是。"

四月初七，本届会试高中的二百九十一位新科进士纷纷换上进士儒服，再次踏进皇宫。

这一天，紫宸殿中站满了当朝文武大臣，如平日里上早朝时一般，文官左侧而站，武官右侧而站。二百多位进士当然不可能全部挤进紫宸殿，寅时三刻，当天边泛起鱼肚白，只见太监首领季福走出紫宸殿，高声喊道："开平二十七年，会试进士入紫宸殿面圣！"

话音落下，站在第一层陛石下的两个小太监一起高喊："开平二十七年，会试进士入紫宸殿面圣！"

再往下，又是四个太监齐声高喊。最终喊了三十一声，尖细的声音嘹亮无比，响彻皇宫。接着，季福喊出了被挑选为前三名候补的十位进士的名字，让他们进殿。

唐慎的名字排在第五位，这意味着在这十人中，他被读卷官们列在第五。唐慎低着头，神色平静地走出队列，与其余九人一起走向紫宸殿。

这十人中，有会试前名声大噪的姚僖，也有本届会元王霄，还有唐慎的两位国子监同窗刘放和梅胜泽。

但这时候哪怕是至交好友也不会交头接耳，十人全部垂着头进入紫宸殿，他们站成两行，每行五人，按照季福刚才喊的顺序依次站着。

大殿中，只闻微微呼吸声，不闻一道多余声响。

紫宸殿，是本朝皇帝召见群臣、上早朝的地方，面阔九间，进深为五间，象征着九五之尊。抬头是黄琉璃重檐顶，天顶绘制各色金漆彩画，大殿正中央高悬一面匾额。

先帝时这块匾额上题的是“慎终如始”四个字，到了本朝，开平皇帝赵辅于十年前重新题了字，改为“通一万毕”，取自道家《庄子》的“通于一而万事毕，无心得而鬼神服”。

十名进士到齐，由礼部尚书孟阆端着金丝托盘，将这十人的殿试卷子呈到赵辅面前。

赵辅并没有直接拿卷，而是笑道：“诸位卿家你们瞧，每过三年朕都能瞧见十个新的乌黑的后脑勺。”话音落下，赵辅又道，“这次是朕错了，底下倒是有个花白了头发的，你叫什么名字？”

这是十人中的第七名，唐慎在会试前听说过这人，是山西某地的解元。

被皇帝提到，这年逾五十的老进士感激涕零，当场便跪下说了自己名字。

赵辅道：“天道酬勤。”

短短四个字，就让这老进士泪流满面。

赵辅让十个进士抬起头，十人便抬起头，对于这十人中的某些人来说，今天可能是自己这辈子与皇帝最接近的日子。唐慎站在第一排最边上，静静地垂目看地，不声不响，他听到赵辅在与百官说话，又在与礼部尚书孟阆说话。

这样的皇帝，谁也不能说他是个昏庸之君，哪怕他沉迷修仙，耗费大量的国力财力去海外寻找仙岛，可这个国家依旧昌盛繁荣，百姓哀叹过钟泰生等诸位大儒的死亡，可谁都没恨过皇帝。

赵辅不是个明君，却是个守成之君，他宠信小人，又不盲信小人。今日他不过说了几句话，唐慎用余光看了看站在自己身旁的梅胜泽，他面上没有表情，心中却叹气道：自己这位好友，显然已然决定成为皇帝最忠诚的臣子！

帝王之术，赵辅用到了十成十！

又说了几句后，赵辅翻阅十人的考卷，这便是“天子阅文”。作为殿试唯一的主考官，十个读卷官只能给皇帝排出一个十人排名，然而不到最后一刻，谁都不知道皇帝会怎么改排名。

只见赵辅微微俯身，从龙座上探出头，用手拨了拨这些卷子。

他看得很快，明显只是随意扫了一眼，等看到某一张卷子时，赵辅微微停留了一瞬，他低声说了句话。这话说得极轻，只有站在他身旁的季福听见了，连礼部尚书都没听到。

季福立即抬头，直直地看向唐慎。

唐慎原本和其他进士一样在悄悄打量皇帝，在季福看向他的那一刻，唐慎迅速低头，两人视线并没对上。

季福看着唐慎俊秀稚嫩的脸庞，心道：没想着那次天子临雍，竟真让他吃到这么大的好处！

殿试时，三百名进士被划分为三甲。

第一甲是“进士及第”，只有状元、榜眼和探花三人；第二甲是“进士出身”，有若干人；第三甲是“同进士出身”。季福惊就惊在，赵辅竟然直接给唐慎抬了一甲！

旁人不了解赵辅，可季福知道，哪怕这位皇帝说得再花团锦簇，表现得再爱民如子，事实上这些年来，赵辅从未对科举殿试有过一丝兴趣！今日说“天道酬勤”，明日修仙时就忘了那位“天道酬勤”的老进士长什么模样。

帝王无情，可赵辅竟然为唐慎抬了甲，这说明赵辅已经记住了唐慎，哪怕只是个探花，他的未来或许也比本届状元更加辉煌！

季福在心里偷偷记住了唐慎这个名字。

赵辅看完考卷，礼部尚书将卷子收回，他翻开卷子，看到赵辅改的排名后，眉毛动了动，悄悄看向百官中站着的王溱。

只见王大人眼观鼻、鼻观心，低头看地，心无旁骛地数着紫宸殿有几块地砖！

孟大人心里骂了句“可就装吧”，接着开始宣布本届的一甲。

“开平二十七年，新科状元，姚僖姚问机！”

姚僖本就被孟阆等读卷官排在第一位，听到自己的名字，他喜不自胜，赶忙走上前一步行礼作揖。

“新科榜眼，王霄王岱岳！”

王霄原本也排在第二，他也走上前一步。

“新科探花，唐慎唐景则！”

唐慎心中一震，目露诧异，但他没表现于脸上，而是镇定地走上前。

接着，礼部尚书再报了第二甲的名字，最后剩下的全是三甲“同进士出身”。

孟阆高声道：“金殿传胪，众进士拜天子，谢恩师！”

这时候，无论是殿内的十位进士，还是门外的二百多个进士，以及在场所有文武大臣都叩拜赵辅，做完传胪大礼的最后一步。

等到赵辅走后，唐慎三人从宣武门正中央的大门中走出皇宫，其余众人只能从两侧门走出。

走出皇宫的那一刻，唐慎松了口气，他转过头，在离宫的官员中寻找师兄的身影，可惜王溱不在，连着几位朝中一二品的大员也不在，想来是被赵辅留下了。

唐慎还没回过神来，就听宫门外传出震耳欲聋的声响，众位进士走出外宫门，只见宽敞的宫道两旁竟然已经围满了百姓！

盛京所有的少女恐怕都聚集于此了！

看到状元、榜眼和探花从中间的宫门走出来，这些围观的百姓，尤其是未婚姑娘，个个都瞪大了眼睛。姚僖今年四十有余，孔武有力，却长相粗犷，姑娘们见到走在第一位的状元郎竟然是个武人模样，不由有些失落。

再看到王霄，她们又有了些希望。

人群中有人道：“这是金陵府的王霄王榜眼，他与琅琊王氏有远亲！今年三十一，已有妻室。”

“可惜了！”

人群又失落起来。

等到唐慎走出门，众人齐齐放亮双眼。

“这般年轻的探花郎，定然没有婚配！”

“如此年轻，定然是姑苏府的唐慎唐探花！”

“戏词里果然没有欺我，都说状元郎多才，探花郎俊俏，如花似玉，梦里探花！”

听到这句话的唐慎无奈又郁闷。

你才如花似玉，你全家都如花似玉！

大梁民风开放，朝廷也默许了一甲游街时，百姓在道路两旁欢呼雀跃。

唐慎从没被这么多人关注过，他骑着高头大马，明明他走在姚僖和王霄的后面，可拥在他身旁的百姓是最多的。

幸好前朝就没了女子掷果投玉表达爱慕之情的传统，否则唐慎可能要被这些欢悦的百姓砸死！

忙了一整天回到家中，唐慎洗了个热水澡，还没缓过神，院子大门就传来一阵阵的敲门声。

唐慎不由失笑：“这还不如考个第五，泯然众人啊！”

然而得意完了，唐慎将这些登门道喜的客人全部送走，他回到书房，拿出王溱给他的那本字帖。唐慎将字帖放在书案上，研起墨汁，写起字来。

写了足足一整张纸，唐慎重重地舒了口气，坐在椅子上。他闭上双眼，神思清明，脑中如同走马灯一般开始回忆起自己步入盛京以来经历的所有事。

初入盛京，他只是个普普通通的秀才，得傅希如的关心，又得王子丰的亲身教导。

进国子监，遇上三两同窗好友，大家把酒言欢。

乡试中亚元，会试再中第二，到了殿试，皇帝亲自提名，将他的名次从二甲第五名抬到了一甲探花。

忽然，唐慎睁开眼，他急忙从书架中又拿出钟泰生的《法门寺碑》字帖。唐慎看看《法门寺碑》，又看看王溱为他亲手写的这本字帖。良久，他抬头看天花板，长叹道：“王子丰，你竟然从一开始就布好了局啊！”

刚来盛京，王溱让唐慎用《法门寺碑》练字，是因为钟泰生的字写得好是天下皆知的事，且他的字好上手，练得容易。等过了乡试，距离那会试还有半年，王溱就为唐慎改了字帖。

那时候唐慎猜测王溱是为了他未来殿试，被“天子阅文”时，字迹不被赵辅所不喜。和唐慎当初猜的一样，殿试时的十个人有四个人写的是钟泰生的字体，这四人本就没进一甲，赵辅也没说什么。

然而仅仅是如此？

“殿试时，不易卷。我能被排在第五名，或许也和他有关吧！”

长兄如父，恩师如父。

王子丰是自己的师兄，又是自己实际意义上的老师。

唐慎面色古怪地想到：“爹？”话出口，唐慎自己都被雷着了，哪怕他肯认这个爹，王子丰恐怕也不肯认他这个儿子吧！

殿试放榜后，唐慎连着好几天参加各种宴会，招待各种贺喜的客人。等到殿试结束的第七天，傅渭派人喊他，让他今天晚上必须去傅府，师生三人好好聚聚，庆贺唐慎考上探花。

唐慎立刻推了许多宴会邀请，急匆匆地来到傅府。

温书童子早就在门口候着了，他带唐慎走进傅府，穿过花园的月洞门，一边走一边说道："唐小公子这几日可是累着了？哦不对，该叫探花郎了！九年前王大人高中状元时，也和您一般忙哩，这些我都懂。"温书童子挤眉弄眼地说道，"没中探花时，无人问津，一中探花，无论是认识的还是不认识的，都来向你道喜，可烦了呢！"

唐慎大吐苦水："知我者，温书童子也！"

温书童子笑嘻嘻道："唐小公子快请吧！"

两人在花园中穿行着，刚走过一座假山，唐慎忽然和一个人迎面撞上，两人都往后倒退半步，唐慎抬起头，看见王溱穿着一身白色便服，浑身镶金戴玉，低头望着自己，见到撞人的是唐慎，王溱眉头微挑，正要开口。

唐慎这两天被"长兄如父，恩师如父"这句话日夜折磨，如今突然看到王溱，他下意识地便喊道："爸！"

王溱一愣："罢？"

新科探花郎"如花似玉"的脸庞轰的一下红了！

唐慎手忙脚乱，危急之中，他忽然灵机一动："爸……罢如江海凝清光！"

傅府花园内，是春来百花放，只听鸟雀鸣，柳荫遮蔽在假山之上，假山的阴影又将唐慎几人遮住。唐慎话音落下，花园中是一片寂静。

唐慎急中生智突然说出这句诗，温书童子没听过，王溱却定定地看着唐慎，片刻后，他道："来如雷霆收震怒？小师弟怎的见了我，突然说起这个？"

来如雷霆收震怒，罢如江海凝清光。

唐慎早已淡定起来，他睁着眼睛扯谎："许久不见子丰师兄，如今再见，还是如记忆中一般清润朗逸，如江海清光，熠熠生辉。我看到师兄便想起这句诗，所以一时没注意，脱口而出。"先给你把马屁拍上。

王溱看着唐慎，玩笑道："未曾想只是七日不见，景则就这般想我。"接着他转首对自家书童说，"景则七日未曾来尚书府，你怎的不去邀请他？若不是先生这次让我们二人一起来，恐怕不知何时才能再见景则！你可知错？"

平白无故被扣一口大锅的书童一头雾水，你们刚才在说什么，跟我有关系？

书童老实道："是小的错了。"

王溱轻轻拍了拍唐慎的肩膀，如同最要好的兄弟。两人走出花园，王溱说道："我们是同门师兄弟，以后景则若是要见我，随时可以来尚书府。"

唐慎点点头，心里松了口气，觉得王子丰也不过如此。他轻轻松松就把认爹这事糊弄过去了。然而等来到花厅，唐慎忽然意识到自己刚才只是说看到王溱、下意识地对他赞美，压根儿没说过想他，王子丰这是血口喷人！顿时一口老血差点吐了出来。

王溱和唐慎来到花厅，唐慎敢怒不敢言，只能郁闷地瞪他一眼，等到王溱看他，唐慎又迅速收起视线，认真地道："师兄。"

王溱继续玩笑："师弟果真是想我了，一路上都在看我。"

唐慎震惊于此人脸皮之厚。

傅渭走出来，道："景则想子丰了？看来你们师兄弟相处得极其愉快！"

王溱："先生。"

唐慎郁闷地道："先生。"

两人一起对傅渭作揖行礼。

花厅里早已摆了一张黄花梨小圆桌，上头放着精致的江南饭食，唐慎和王溱都出身江南，江南美食讲究一个精致巧妙，分量不多，口味也偏淡。说是吃饭，却是来说话的，三人吃的都不多，傅渭也不讲究那些食不言的习惯，问唐慎道："新科探花郎，其中滋味可是十分美妙？"

唐慎苦不堪言，委屈地眨眼："先生揶揄我！"

傅渭哈哈一笑，他直接用筷子指了指王溱："开平十八年，状元。"又指了指自己，"为师不行，当年和那钟泰生是同榜进士，倒了血霉，他是状元，我只配拿个榜眼。"接着他看向唐慎，"你又是个探花。一门夺尽一甲，咱们师门可是齐全了！"

王溱安静地听傅渭说着，没吭声。

唐慎看了王溱一眼，道："当初我得了乡试亚元后，子丰师兄便与我说，他是解元，我是亚元，我们师门齐全了。如今我想才是真齐全！"

用完饭，师生三人捧着热气腾腾的明前碧螺春坐在花厅里赏花品茶，月色下的傅府花园别有一番美妙之处，远远还能听见池塘里传来一两道蛙声，三人说了好一阵的话，大多是傅渭对唐慎的告诫与叮嘱。

傅渭："官场不同往常，为师只能送你到这里，往后最多为你指引方向，如何还得看你自己。你身为探花，与其他二三甲的进士不同，已经被授予七品的翰林院编修一职，为师虽说是翰林院承旨，但只是因为皇上的挽留没有辞官回乡，很少去翰林院，过几日你上任，可有什么不懂之处？"

唐慎第一次当官，有很多不懂的地方，他一一说来。

傅渭解答了一些，王溱也为他解答了一些。

月上枝头，唐慎和王溱一起向傅渭道别。

师兄弟二人一起走出傅府大门，唐慎本想回家，正要与王溱道别，只见王溱抬头望月，指了指天空，唐慎顺着他手指的方向看去，月亮十分明亮，天空中也有数十颗璀璨的星辰。

王溱抬头望天，突然道："小师弟可知道盛京，乃至整个大梁最高的楼宇是哪儿？"

唐慎想了想："千里楼？"

王溱摇首道："是虚极楼！"

虚极楼在城北，乘着尚书府的马车，唐慎和王溱来到虚极楼下，唐慎抬起头一看，竟然是一座有九层的高楼！

高层建筑一般是寺庙的塔宇，佛塔的建筑结构与楼宇不同，起得高也能稳住，不怕风吹。但唐慎从没见过这么高的楼！以往他从不来盛京城北，所以没见过这座楼，不过哪怕他来了，恐怕也进不去。

虚极楼下全是穿着甲胄的卫兵！

王溱："上去看看吧。"

唐慎压根儿没怀疑王溱的话，王溱既然说了，他们就一定能进去。他跟着王溱一起走向虚极楼，果然，那些卫兵看到是王溱后都让出一条道，让王溱进入虚极楼。

两人爬上顶层后，连王溱都有些气息难平，看着王子丰额头上的汗，唐慎发现自己这个师兄也只是个凡人。

然而才刚觉得老王有了一些人间烟火之气，不那么遥远后，就见乌云离月，月光照耀在王子丰的身上，衬得他仿若下一秒就能羽化登仙，又不似凡人！

唐慎顿觉心累。

唐慎："子丰师兄今夜怎么突然来此？底下有这么多卫兵守着，我原先以为我们上不来。"

"你可知虚极楼是什么含义？"

换作其他人，哪怕是本届状元姚僖都不一定能答出王溱的问题，但唐慎有过目不忘的技能，他看过的书不止四书五经，还熟背各家经典，他想了想，道："致虚极，守静笃。"出自道家的《道德经》。

王溱目露赞赏，道："不错，正是'致虚极，守静笃'。五年前圣上想建一座最高的楼宇，通天寻道，户部从四年前开始建造这座楼，下个月便能完工，到时圣上会亲临，举行虚极大典。"

"原来如此。"

但这和他又有什么关系？

王溱转首看向南方，他们此刻背北朝南，如同天子一般，放眼望去，整个盛京尽收眼底！王溱忽然伸出手，探向天空："站在这儿，小师弟，你说能摘下星辰吗？"

唐慎一头雾水，哪里懂这种浪漫，想了半天，他自觉很浪漫地说道："心中有星辰，就能摘下星辰。"

王溱倏地转首看他。

唐慎喉间一滞。几个意思？

王溱突然笑出声。

唐慎不解。这是在嘲笑他？

月光下，穿着白色锦袍的王子丰轻声道："子曰，同门曰朋，同志曰友。景则，你说我们是朋，还是友呢？"

唐慎心中一惊，警铃大作，抬头看向王溱。

只见王溱看着他，双目清澈，却藏着一层深邃而令唐慎看不懂的东西。

师出同门是为朋，同志所向才为友！

王子丰……是在对他问心！

第二十二章

朋友

浓云蔽月，虚极楼上只闻飒飒风声，夜风过境，斩断野草，哪怕入春四月，唐慎也是一股凉意直上心头。

唐慎起初错愕地看着王溱，但随即他就定了神，眼神阴晦不明。

他与王溱师出同门，无论如何，都已然是朋，可王溱说，同志才为友！王溱的志向是什么，唐慎哪里知道？他如今这样问，莫非是在逼他站队？

唐慎如今高中探花，必然是要去翰林院上任，不出意外，至少半年他都要待在翰林院，和在户部的王溱扯不上关系。朝中情况他一概不知，直到今天晚宴他才从傅渭和王溱口中知道了一些情况，这样的他，对王溱有什么好处？王溱的志向是什么，他在朝中是个什么样的人、有什么样的地位，他两眼摸黑，不知道啊！

唐慎表面镇定，心中百转千绪。

忽然，他一震：王溱真的是在让他站队吗？

他今年不过十六岁，出身寒门，并无靠山背景，要不是梁诵，唐慎绝不可能拜入傅渭门下。他与王溱相处一年，如今回忆起来那一幕幕的场景，无论是王溱数次指点他、帮他在科考路上扶摇直上，还是会试前王溱带他放生的事，都令他心生暖意。

唐慎深吸一口气，断定：王溱真的只是在问我的志向！即便有他意，此刻哪怕装傻也没任何关系。

望着王子丰微笑的脸，唐慎迟疑片刻，再开口时，他道：“去岁三月我来盛京，得先生和师兄的照拂，才在这陌生之地有了栖息的一角。从姑苏府来时我从未想过科考之路能这般顺利，一切多亏子丰师兄的谆谆教诲，景则此生难忘。”顿了顿，他总结道，“师兄于我，亦师亦友。”

王溱望着唐慎警惕而专注的模样，看了许久，微微笑了。

“看着师弟今日这模样，想起九年前。”

唐慎抬头看他：“九年前？”

王溱露出回忆感慨的神色：“九年前我中状元时，也与师弟一样年轻。”

唐慎这次是真的愣了好一会儿。

唐慎从未觉得王溱年纪大，王子丰丰神俊朗，眉目清挺，双眸如坠星辰。

他看着王溱的脸，想起国子监的同窗刘放今年好像也二十六岁，可看上去比王溱老了一大截。王溱怎么看怎么像个二十岁模样、刚及冠的世家公子，翩翩如玉。

唐慎道：“师兄如今也很年轻。”这句话难得有几分真心。

王溱回首看了唐慎一眼，道：“入夜风大，下楼吧。”

两人再一起走下虚极楼。

临行前，王溱忽然道：“对了，小师弟可知道你的探花府在哪儿？”

唐慎：“还不知，听说要下个月才会告知。”

王溱指了指城东的一块地，与皇城靠得很近，十分凑巧，傅府和尚书府也在那附近。他道：“每次殿试的一甲三人都会得到圣上御赐的宅邸，这事是交给户部负责的，小师弟觉得那处地方如何？”

那当然是块风水宝地，傅渭和王溱都住那儿，唐慎住那儿没一点不好。

可翰林院恰恰在城西，两边隔了大半个盛京。

唐慎老实道：“是个好地方，只是离翰林院远了点。”

王溱：“哦，只是告诉你一声而已，这块地方三日前已经定下来了。”

言下之意：通知你而已，没打算询问你意见。

那你还问什么问！

师兄弟二人一起下了虚极楼后，王溱主动提出送唐慎回家，唐慎也没推辞。宽敞的马车中，座椅上铺的是上好的虎皮毯，毛色油亮，马车中的抽屉里放了各种零嘴和许多书籍，王溱是个会享受的人，这车行驶在盛京本就平坦的路上，更没有一丝颠簸。

打着尚书家灯的马车缓缓驶到唐慎住的那条巷子，唐慎跳下马车，他回过身，道：“多谢子丰师兄相送。”

王溱撩开车帘，对唐慎道：“夜已深，小师弟慢走。”

唐慎：“师兄也是。”

两人客套一番，唐慎正要转身回去，只听王溱又道：“前几日看书，得了一句话，今日想想，觉得有些意思。小师弟，有些事知其可以为，也须知其不可以为。”

唐慎身体一怔，抬起头，望着马车中的王溱。

良久，他轻松地笑道：“这话莫不是取自《论语》中的‘知其不可而为之’吧，倒也改得巧妙。”

王溱笑了笑，没再说话，马车轱辘在青石板地上发出吱呀的滚动声，唐慎站在巷口，目送王溱渐渐离去后，脸上的笑容也慢慢隐去。

回到家中，唐慎坐在书房里，奉笔给他热了一碗汤，他却没有心思喝下。

《论语》中有言，“是知其不可而为之者与”，这句话是在说“孔子是一个明知道不可行却还要去做的人”。王溱却忽然对他说要“知其可以为，知其不可以为”。

“他到底在说什么？”唐慎思索再三，突然双手握紧，“他知道我来盛京是想做什么？”

随即唐慎又想到：怎么会？自己已然拜入傅渭门下，这一年来也从未有过异常，若是王子丰再神通广大一点，或许还能知道他当日在国子监面圣时，曾经当面骂过松清党人。

这件事唐慎还真猜对了，王溱和大太监季福交好，确实知道这事。

唐慎又想：我做得毫无过错，在梁先生死后我也立刻和他撇清关系，甚至很少在傅先生面前提他，况且我才十六，我只是个孩子，一定是我想多了。

“如果……不是我想多了呢？王子丰真的在对我说，这件事要想好可为还是不可为，他在劝我要多考虑考虑再做决定呢？”

书房中，蜡烛燃烧发出噼里啪啦的声响。

许久后，唐慎目光如炬，坚定不移：“虽千万人，吾往矣！”

终于想通，唐慎整个人如释重负，他不再将王溱今晚的话放在心上，自寻烦恼，唐慎端起肉汤正要喝一口，却发现这汤竟然已经凉了，白花花的肉油漂在汤上，一看就让人没胃口。唐慎嫌弃地把碗放一边，想了想，又拿起宣纸研墨写字，把王溱给的那本字帖誊抄了一遍后，再拿出削刀，把自己写的这些字装订成本。

第二日，唐慎让姚三做了一些青团。

如今还是四月，算是清明时节，盛京人没有吃青团的习惯，江南人却有。傍晚，唐慎拎着一篮热气腾腾的青团，又带上自己写好的字帖，来到尚书府。

在花厅中等了半个时辰，终于等到从户部回来的王溱。

王溱见他在这儿，也是惊讶。

唐慎道：“师兄前日说，我很久不来尚书府，于是我今日便来拜会，正巧家中做了些青团，虽然做得粗糙，但也想着拿过来给师兄尝尝。对了，这是我上个月写的字帖，师兄的字写得极好，我怎么也只能写出形，写不出其意，想让师兄指点指点。”

王溱看着唐慎，笑了声，道：“不若今夜在尚书府歇下，过两日你去翰林院上任，哪怕翰林院是个清闲衙门，也总归没如今这般多的时间。今日我们师兄弟便秉烛夜谈，我看看你写的字帖？”

唐慎没想过今天晚上要在尚书府过夜，但他还是很在意前天晚上王溱说的那些话，至少目前看来他想当权臣大官，最好利用的捷径就是王子丰。

唐慎道：“好，我也早有此意，只是一直不好意思打扰师兄。”

王溱：“真的？”

唐慎昧着良心，语气真诚：“真的！”

用完晚饭，唐慎拿出自己写的字帖，睁眼说谎表示这是上个月写的。王溱拿着这本字帖，仔仔细细看了一遍后，又让唐慎再写几个字给自己看，他稍微指点了一些地方，唐慎又再写了两个字。

王溱在一旁教他写字："锋芒毕露倒是好事，只是这钩，还可更轻盈点。"

唐慎转过头："是该这么写吗，师兄？"

"嗯，不错。"

昏黄烛光中，一个执手教他习字的人，一年半前，也曾经有过。

唐慎认认真真地写着，王溱也很有耐心地教着。等到两人分别，唐慎在尚书府的客房里歇下，他躺在床上，回想梁诵曾经教他习字时的感觉，却已经无法再回忆起来。

可他面对王子丰时，如履薄冰，面对梁诵，却敢做任何事，说任何话，当一个真正的唐慎，而不是唐景则。

对王子丰而言，他是唐慎，更是唐景则。只有对梁先生，他才只是唐慎，可以只做唐慎！

先生……我想您了。

唐慎一夜未眠，睁眼到天明。当他起床时，王溱已经去上朝，管家留唐慎在尚书府用了早饭，唐慎没有拒绝，吃完后才回家，这时才不过卯时，他约好中午在千里楼与赵琼再见面。事不宜迟，唐慎梳洗一番，换了身衣服就前往千里楼。

唐慎和姚三刚进千里楼，邢掌柜就迎了上来，笑着道："见过新科探花大人。"

唐慎笑道："邢掌柜怎的也和那些每日到我家送礼的人一样了？"

"唐小当家如今可了不得，年仅十六便高中探花，未来不可限量，草民哪能怠慢？可别折煞我了。"邢掌柜嘴上这么说，但瞧见唐慎并没有心高气傲，也松了口气。

邢掌柜的背后是景王府，唐慎是要和景王府合作，别说他考了探花，就算他考了状元，他也不敢在景王府面前造次。可时常要与唐慎打交道的不是景王、景王世子，是他这个掌柜啊！如今见唐慎依旧是那般模样，邢掌柜心里就踏实多了，想来以后的合作也不会有什么变化。

他恭敬地带唐慎来到四楼的雅间，唐慎刚进门，只见赵琼已经在屋子里等着了。

赵琼道："景则，今日可是要祝贺你高中探花啊！这是我千里楼珍藏多年的猴儿酿，咱们不醉不归！"

唐慎拱手道："多谢世子爷。"

两人哈哈一笑，倒酒闲聊起来。

等到用完饭，邢掌柜亲自进雅间把桌子收拾干净，又给上了一壶热气腾腾的龙井。

唐慎和赵琼一边喝茶，一边说起了正事。

唐慎："想来世子也知道，我是姑苏人，肥皂生意在姑苏府便是由我大伯父家在做。到了金陵，则是交给了金陵首富郑家，我们与郑家是这般合作的，由唐家工坊出肥皂等所有物品，直接走大运河运去金陵府。"

赵琼沉思片刻，道："从姑苏府去金陵，路途不远，路上费用也不高。景则，你可得知道盛京与金陵不一样，离姑苏府远着啊！"

唐慎："是，世子说得对，我自然知道，所以年前我就一直让姚三去注意盛京城郊的工坊，上个月他已然盘了一家下来。这工坊原来是酿酒的，里面的伙计都没换，稍微引导一下就能改做肥皂生意。"

赵琼一听，双眼一亮，明白道："所以你是打算直接在盛京开个工坊？"

"正是如此。"

赵琼微微一笑："善。景则，尝尝这明前的龙井，这可是御赐的贡品，寻常人是尝不到的。"

唐慎哪里懂茶，但是他这两年跟着梁诵学了一年，又在王溱身边待了一年，他学着王溱喝茶时候的模样，动作轻缓地拾起茶盖，拨了拨茶水上的热气，尝了一口。

唐慎赞叹道："齿颊留香，回味无穷！"

等唐慎走了，赵琼将邢掌柜喊进来，主仆二人又说了会儿话。次日，邢掌柜就跟着姚三来到盛京城郊的肥皂工坊，确认了具体的出货量和出货时间。

当日唐慎不肯在金陵城外建造肥皂工坊，怕的是天高皇帝远，唐家的手伸不到金陵去，贸然在那儿做工坊极有可能被地头蛇郑家坑一笔，拐走工坊和伙计，于是赔了夫人又折兵，但如今在这深不可测的盛京，唐慎却选择了直接建工坊。

一来他如今已经不是一个小小的举人，他靠的不仅仅是唐家，更是他唐慎自己。他即将定居盛京，身为探花，又师从傅渭，有一个王子丰当师兄，如果真有人不长眼，强行夺走工坊，王子丰不知道会如何，但傅渭定然不会袖手旁观。

二来与唐慎合作的是景王府，任何人想要动景王府的生意，都得先掂量掂量自己，除非是景王府本身想要夺唐慎的工坊，所以唐慎唯一要提防的就是景王。

"这世上哪有没有风险的生意！"唐慎感慨道。

肥皂在盛京的富贵人家中不是个稀罕物，但是这东西真正的客户群是平民。

盛京人有听说肥皂，似乎是江南出来的一种东西，作用与胰子相似，然而当画堂秋突然开始卖起肥皂后，盛京百姓才知道：这哪里是与胰子相似，可比那胰子好用多了！

唐慎做生意，只在姑苏府、金陵府和盛京。这三个地方，一个比一个富！

五月下旬，肥皂工坊出了第一批货，半天就被一抢而空。

唐慎刚去翰林院上任，到晚上他来傅府拜访傅渭，引着他去书房的抚琴童子说道："唐大人，听说画堂秋卖的那个肥皂是您家的东西？这可太好用了。我母亲昨日去买了一块，今日跟我说这东西比胰子不伤手，味道也比胰子好闻呢。"

唐慎笑道："你母亲也去买了？"

抚琴童子道："我母亲是府上的浣衣娘，唐大人曾送给傅先生几块肥皂，但哪里够用，如今盛京也有肥皂卖了，咱们府上就全换了。"

唐慎立刻道："先生用的怎能去买，以后我每月让奉笔送一篮肥皂来，府上人自己用的也全部一起拿了吧，都是够的。"

抚琴童子只是随口一提，哪想到唐慎这么上心，虽然是小事，但他感激道："谢唐大人！"

盛京作为大梁的都城，民风中有北方的朴素彪悍，也夹杂了开放不羁的包容。人们很快就接受了肥皂，不过几日，只见浩荡盛京运河旁，处处都是用肥皂洗衣的妇人！

工坊的伙计是初次做肥皂，唐慎暂时只让他们做肥皂，没让他们碰香皂和精油。

六月，制造精油的铁器被搬到工坊，伙计们惊奇地围住这黑通通的大铁疙瘩，听姚三讲解精油的制作方法。唐慎身为翰林院官员，虽说本朝允许官员从商，但他还是没露面，将这些事交给姚三负责。

精油制作起来可比肥皂难一些，要制作出高品质的精油，更需要一些火候和工夫。

如今正是百花开的季节，春日里唐慎就让工坊伙计收集了百花花瓣，干枯的花瓣用来做精油，纯度不会那么高，香味也不会那么浓厚，这类精油就作为下品，卖得便宜些，而到了六月，有荷花、茉莉、芍药、石竹……各类新鲜的花瓣精油，就作为上品，卖得贵些。而在这些之上，还有多种花做成的混合精油。

千里楼，四层雅间。

邢掌柜先闻了闻用干枯花瓣做出的下品精油，他道："味郁香浓！"

他再闻新鲜花瓣做的精油，点评道："鲜活清越！"

唐慎拿出混合精油，道："这便是我所说的珍品黄金缕。"

邢掌柜立刻郑重地接过精油，他掀开小盖轻轻嗅了一下，面色微变。接着邢掌柜闭上眼又仔细闻了很多遍，最后他睁开眼，对着唐慎苦笑道："唐小东家可真是愁煞小人了，虽说画堂秋往日只是卖珠宝的，但小的也是千里楼的掌柜，不敢说对味道敏锐异常，但也比寻常人好些。我闻得出来，您那下品黄金缕虽说香味扑鼻，但比上品是要差了点的。可这珍品黄金缕，确实，它混合了多种花香，但或许是小的愚钝，不懂风雅，小的觉得混合的似乎也没多好，与那上品难道有太多差异吗？小的更喜欢荷花香味的黄金缕，清雅怡人！"

唐慎笑了："我从未说过珍品黄金缕就比上品黄金缕好。"

邢掌柜困惑道："那您这是？"

"邢掌柜这千里楼中最贵的菜是什么？"

"自然是熊掌鲍鱼！"

"它贵在什么地方？"

"食材稀有。"

唐慎："但我听闻，千里楼有两道熊掌菜，其中一样确实贵得很，另一样则不能算最贵，甚至有道素菜比它还贵。"

邢掌柜："没想到唐小当家对我千里楼这般了解。不错，我们千里楼有道素菜，名为'碧水东流'，是取每日清晨朝阳刚升起时照耀到的第一滴露水，配以当季最新鲜的八种素菜，先焯水，再小火温煮，最后爆炒。装盘时，露水从小孔落入琉璃瓦，铺垫在下方，素菜在上，每日最多供应八盘，供完为止。"邢掌柜露出自豪的神色。

唐慎问道："所以，这大概算一盘爆炒素菜？"

邢掌柜："啊，您这话……"

他竟没法反驳！

唐慎：“八种素菜，用这样的方式便可比一只熊掌还贵。邢掌柜，谁说东西好吃、东西好闻，就一定更贵？这世上的人啊，追求的从来不是事物本身啊！黄金缕本就不是卖给平民的，倘若我告诉你，这珍品黄金缕是用每日清晨采摘下的最新鲜的嫩花瓣制成的，你说它珍贵不珍贵？”

邢掌柜：“那是自然，可是唐小当家，您这不是骗人吗？”

“我只是打个比方而已。不过珍品黄金缕确实比上品黄金缕制作起来麻烦些，如何混合这些香味，又不让它难闻，光是混搭方式就让人头大。这搭配方案，也是个学问啊！”

话音刚落，唐慎忽然一怔，下一刻他双眼放光：“邢掌柜，等到七夕佳节，画堂秋开始售卖香皂和黄金缕时，我希望邢掌柜你能做件事，这事我在姑苏府、金陵府都没做过。”

邢掌柜立即直起身：“但请吩咐！”

精油这东西，在盛京并不算个稀罕物，买得起精油的顾客，哪怕精油在盛京没得卖，他们也能从遥远的姑苏府、金陵府买到高价的精油。如今画堂秋即将卖精油，不过半个月，盛京的大小富户就全知道了。精油他们以前就用过，现在画堂秋要卖，也就是图个新鲜和乐子，并没有造成姑苏府、金陵府当初的广告效果。

邢大掌柜命令画堂秋的伙计卖力地推销精油，却也没见什么效果。

离乞巧节还剩下三日，唐慎从翰林院下衙，到千里楼与邢大掌柜见面。这位往日里威风凛凛的大掌柜此刻颇有些失意，见到唐慎就叹气道：“唐小当家，实不相瞒，我也听说过你们姑苏珍宝阁和金陵锦绣阁卖黄金缕、肥皂的景象，那真是万人空巷。只是可惜，江南虽然富庶，终究比不上盛京，您也别生气，我说的确是实情，咱们盛京的那些夫人小姐什么好东西没见过，西域的夜明珠，东瀛的三丈珊瑚，恐怕咱们黄金缕的售卖得比不上江南了。”

唐慎一听，心里早有猜测，还是有些惊讶：“盛京的富商人家这般有见识？”

“可不是。”

唐慎安慰他：“那只能怪盛京人见多识广，和邢掌柜你又有什么关系呢？”

邢大掌柜被这么一安慰，心情好了许多，对唐慎也更有好感。

唐慎：“半个月前我拜托你做的东西，可做了？”

邢大掌柜：“这类玉石、珠宝玩意儿，对画堂秋来说都不是事，听您的，做了一百样，今天早上已经让陆掌柜拿走带去城郊的工坊了。小的冒昧问一句，唐小当家，您让我做这些是有什么用？”

唐慎微微一笑：“你不是说盛京的夫人小姐见多识广，什么没见过，什么没玩过嘛，既然黄金缕他们都用过，那咱们就给她们做个新鲜的。三日后，你便知道了。”

三日后，乞巧节。

乞巧节，也就是“七夕”。起初七夕是用来祭拜织女生日，少女们祈求巧妙的手艺的，等后来有了牛郎织女的爱情故事，这个节日也渐渐成为少女们祈祷美好姻缘的节日。

这日傍晚，几辆华美的马车在画堂秋门口停下。

富贵人家的夫人小姐一般很少在白天抛头露面，临近夜晚，几个夫人不约而同地来到画堂秋。下了马车，三人看了一眼，同时认出对方。

“林夫人、赵夫人。”

“马夫人、赵夫人。”

“林夫人、马夫人。”

三人微微躬身，算是见了礼，便一起进入画堂秋。

画堂秋的一层是一些平价的珠宝簪子、胭脂水粉，还有肥皂，肥皂都是在这第一层卖。三位官家夫人进入铺子，就有伙计迎上来，恭恭敬敬地带到第二层。

到了第二层，看到楼梯拐角处精美布置的一方架子，三人一愣，一起停住脚步。一位夫人掩唇笑道：“听闻在江南，肥皂都是平民洗衣洗手用的，唯有沁溢香味的肥皂才会被富贵人家用来洗手，叫作香皂。一年前我开始用香皂洗手，确实洗得干净，手也细滑了不少。”

另一位夫人道：“一年半前，我也开始用香皂洗手，着实有用。”

最后一位夫人笑道：“那我可比不上二位姐姐，我半年前才开始用香皂洗手，倒是那黄金缕才叫好用，一年前我开始用了后，手白嫩不少。伙计，听闻今日开始画堂秋也卖香皂和黄金缕，这黄金缕在哪儿呢？带我和二位姐姐去瞧瞧。”

这伙计心中一苦，只感觉自己接到了三尊大佛。

盛京是大梁首都，有句开玩笑的话，说盛京一块招牌砸下来，砸着十个人，八个当官的，还有一个辞官的。这三位夫人是老相识了，她们的夫君在朝中最差的也是五品官，马夫人的相公还是个四品大官！三人的夫君在朝中就针锋相对，政见不合，三个夫人每次见面也是明嘲暗讽，互相较劲。

今天可好，画堂秋刚要卖黄金缕，这三人竟然一起来了！

伙计心里苦，脸上却赔笑道：“请夫人们随小的来。”

三人很快穿过二层大堂里摆放的香皂架子和各式珠宝首饰，再绕过一架放有各色古董玩意儿的黄花梨百宝格，只见一扇苏绣双面百鸟朝凤屏风后，竟然又有一个小小的百宝格，别有洞天！

这百宝格的前方是一个高架，上头摆放着一个琉璃色的小瓶，瓶中是晶莹剔透的淡黄色液体，一颗硕大的夜明珠奢侈地放在架子一角，夜明珠的光芒照在琉璃瓶子上，精美绝伦。哪怕是三位夫人也看得睁大眼睛，被这奢靡的手笔震惊到了。

而再抬头看架子后的百宝格，却见这百宝格的每一个格子里都放着一个小小的透色瓶子，小瓶子中装着一些液体，这些瓶子只有夜明珠架子上那个瓶子的五分之一大，却做得十分精致，光是瓶子就能让人爱不释手。小瓶子里的液体大多是黄色，也有一些淡极了几乎看不出黄色。

马夫人见多识广，直接道：“那高架上放的是黄金缕，这我知晓，可这架子上几十个小瓶子里的，莫非也是黄金缕？”

伙计笑道：“夫人高明！百宝格上的自然也是黄金缕，但是是由咱们东家亲自调试，略微做了一些改变的黄金缕。三位夫人可能不知，盛京画堂秋卖的黄金缕，那金陵府、姑苏府可没有哩！咱们盛京的黄金缕分为三个品级，下品、上品和珍品。”接着，伙计将三种品级的黄金缕解释了一遍，道，“江南只卖下品和上品黄金缕，那珍品黄金缕，唯有盛京才有！”

三个夫人一听，目露赞赏，连连点头。

伙计见状，又道：“而这百宝格上的更是不得了，珍品黄金缕，是用多种花瓣调试出来不同味道。咱们画堂秋又做了改进，小的身后这些小瓶子里的黄金缕，每一个都只是上品黄金缕，是单一花香，可这些黄金缕都是可以自己买来勾兑的！”

马夫人诧异道：“你的意思是，我们可以自己调制出珍品黄金缕？”

伙计连连道：“正是！不同花香加在一起，便是不同香味，三位夫人这样的贵客又怎能和他人用同种的香味！”

这话说进了三个夫人的心里，三人眸光一闪。一刻钟后，她们带着许许多多的小瓶离开画堂秋，个个面露喜色。

又卖出上百瓶小瓶黄金缕，这伙计得意极了。送三个贵宾出门后，他又有些好奇：“掌柜的是怎么知道这些夫人每次都会把所有香味的小瓶黄金缕全买走的？”

这伙计哪里懂，独一无二，是盛京富家人家最不能拒绝的诱惑。

她们看遍了世上的好东西，再怎样珍贵她们也有钱买下，且不会在乎，但如果说可以自己动手调试，制作一份只属于自己的黄金缕，她们定然会心动。甚至唐慎有想过，再过半年，盛京会刮起闺房里比试调试黄金缕的风尚！

唐慎将创意给了邢掌柜，邢掌柜大呼高明，同时又想出一道妙招——寻常伙计哪里说得出那种蛊惑人心的话？这些都是邢大掌柜教的！吹捧盛京的夫人小姐，贬低江南的夫人小姐，强调这份黄金缕是整个大梁独有的，唯独盛京才有，那些夫人小姐能不动心？

由此，肥皂、香皂和黄金缕在盛京也大卖，唐慎和景王府都赚得盆满钵满。

第二十三章

芍药

到了八月，天气不再那般炎热，唐慎那一榜的进士们在盛京渐渐站稳了脚跟。一甲前三都在翰林院述职，唐慎和姚僖、王霄本就熟悉，而二甲的进士们也有一半没外放，都在京城。八月末，由王霄领头，同榜进士们在千里楼聚会。

明月高悬，华灯初上。

千里楼二层的雅间里，二十多个新科进士举起酒杯。

王霄笑道："诸位同僚，敬各位，今夜不醉不归！"

众人一起道："敬王大人，不醉不归！"

众人分成了两桌，大家一边吃喝，一边吟诗，好一个风花雪月的才子佳话。

然而等喝多了，才子们都成了醉鬼，一个个哪里还吟得了诗，纷纷开始说胡话，有的抱怨自己的上司太苛刻，每日分给自己的事情太多，有的痛哭自己的薪酬太少，哪里养得起一家八口人。本以为考上进士就成了人上人，可想做个清官，就只能吃糠咽菜啊！

人人都有自己的苦恼，唐慎年龄最小，被劝酒也是最少的。他没怎么喝醉，很快找到另一桌上坐着的梅胜泽，梅胜泽酒量也不错，只是微醺，见到唐慎，他双眼一红，抱着唐慎就哭道："景则，我心里苦哇！"

唐慎哪里见过梅胜泽这种模样，他很想笑，又得憋住，故作关心地问道："胜泽兄，这是怎么了？"

梅胜泽哭着道:“吏员考试后我被分配到工部，此事你可知晓?”

唐慎揶揄:“当然知晓。你不是在工部任水部任员外郎吗?这员外郎在前朝可是五品的官，虽说本朝是六品，但梅大人啊，您二甲出身，如今都六品了，可比我高，我得叫您一声前辈了。”

梅胜泽指着唐慎:“你你你……”

“我什么?”

梅胜泽抹了把眼泪:“好你个唐景则，我不和你说了，我苦啊!我一个羸弱书生，十年寒窗苦，报与帝王家。你说他们让我去工部算个什么事?近日我们水部在管太液池的重修，我就跟瞎子一样，两眼摸黑，一窍不通，郎中大人还要我日日和他进宫去太液池考察。我一个六品芝麻官，进皇宫我每次都吓得两腿瑟瑟发抖，太液池在我眼中就是个大水池，我懂什么啊!”

唐慎想了想，道:“那你愿意和我一样，每天待在翰林院修撰四书，写得手腕酸痛，暗无天日，又遥遥无期?”

梅胜泽双眼发亮:“想!”

唐慎:“恨不能为君啊!”

梅胜泽一脸莫名其妙。

梅胜泽羡慕唐慎可以修撰四书，在他眼中这是成大业的事，可以载入史册，名传千古，但在唐慎眼中，比起坐在屋子里抄书、写书，他宁愿去太液池实地考察!更重要的是……

唐慎双目一暗。

更重要的是，每日都要进皇宫!

梅胜泽吓得瑟瑟发抖，是因为他每日都不可避免地会撞见贵人，偶尔甚至还能撞见皇帝。这是一个多么好的机会!唐慎心中哀叹，这么好的机会你不要，给我啊，我还愁没机会在皇帝面前露脸呢!

九月，翰林院修撰了一整年的《中庸》终于修撰完毕，由李大学士亲自放入书库。

众人统统松了口气，但是还没闲两天，上头又派下任务:为皇帝的寿辰写文祈福!

翰林院众人顿时又苦不堪言。

旁人总觉得翰林院是个清闲衙门，大抵因为每日有人来翰林院办事，都会看见这些大人们，上到二品大学士，下到七品编撰，要么是在看书，要么是在去看书的路上。

“都闲到没事看书了，还不清闲?”

七品翰林院编撰唐慎一口唾沫唾在你脸上:“我呸!”

如果说看书写文章是个清闲事，那确实蛮清闲的，翰林院整日里做的大多就是这两件事，但要是日日夜夜月月年年地写，这谁受得了?姚僖、王霄还好，他们本就读了数十年的书，早就习惯。唐慎是一个头两个大!

每天都要写作文!睁开眼开始想今天要写几篇作文，吃着饭还要想今日还有几篇没写，晚上下衙回去，闭眼前又在想明天要写几篇作文。

唐慎也心里苦哇!

皇帝寿辰就更不得了了。

大梁开平皇帝赵辅的寿辰是十月初七，这才九月初，翰林院就忙碌起来，不断地给他写文祈福，姚僖被杨大学士带领，要整理皇帝这一年来的各类事务，考察清楚后，还要记录成册，王霄和唐慎则被派去写文章，只写祈福文。这些文章哪怕写得再花团锦簇，皇帝也只会看几篇，其他全部烧了，美其名曰告天祈福。

负责确认最后送到皇帝面前的是哪几篇文章的，是翰林院学士、二品大学士杨大学士。

这位杨大学士与唐慎颇有一段渊源。

当初唐慎乡试时，原本因为第一场的八股制艺写得优秀有余，亮点不足，没机会成为亚元，但是杨大学士看到了唐慎第二场写的《周易》五题，一见倾心，差点想把解元给唐慎，但考虑到唐慎的第一场卷子确实技不如人，杨大学士自许公平，就给了唐慎一个亚元。

到翰林院后，唐慎可没机会见到这些大学士，他见到的最高一般也就是五品官。

知道次日杨大学士会亲自来，唐慎回去后冥思苦想，翻出《周易》，仔仔细细地又看了一遍。

来到翰林院这么久，唐慎早就发现，杨大学士喜欢《周易》的事，除了自己，无人知晓！

“王子丰啊王子丰！”唐慎念着自家师兄的名字，真觉得哭笑不得。

三个月前唐慎就搬到了探花府，这处府邸与尚书府确实近，就隔了两条巷子。这日晚上看完《周易》后，唐慎想了想，拿起这本书，来到尚书府。门房见了唐慎，立刻恭敬地请他进门，这次王溱在家，唐慎就没去花厅，直接来到书房。

王溱躺在摇椅上，正悠闲地点烛看书。

唐慎来了后，喊道：“子丰师兄。”

王溱从书后探头，一副惊讶的模样：“小师弟今日怎的来了？”

唐慎睁着眼睛扯谎：“读书时遇到一处不懂的，看到时间还早，便来找师兄解惑。”

唐慎这次来尚书府确实是突然的念头。如王溱所说，自从唐慎去翰林院上任后，师兄弟二人接触变少，相处的时间也变少。唐慎只是个七品绿豆官，在官场上和王溱处不到一起去，最多下了衙，两人可能偶有交集。

今天唐慎想起王溱提醒自己杨大学士喜欢《周易》这事，就有了来看看王溱的想法。

当唐慎把《周易》递给他后，王溱微愣，过了片刻，他道：“翰林院近日在给皇上写文祈福？”

唐慎一下子都没明白王溱怎么知道的，但他看到《周易》，心中一惊：一本书，王子丰就能想这么多？这怕不是个魔鬼吧！

唐慎想了想，没隐瞒：“是。”反正王溱要是想知道，很快就能知道。

拿着一本《周易》，师兄弟秉烛夜谈，聊了一整晚。

第二日，唐慎来到翰林院，中午时杨大学士果然来了。

杨淇坐在屋子的首位，放眼一望，将屋子里的官员尽收眼底，他缓缓道："诸位同僚，再过几日便是圣上寿辰，翰林院忙碌了一个月，也该有个结果了。每年圣上寿辰都会由本官选出三篇文章呈圣，今年也不例外，每人一篇，诸位可备好了？"

众人异口同声："已经备好。"

杨淇满意地点点头："那便呈上来吧。"

官差们走下高台，从官员们手里一个个收上文章，唐慎将自己写的一篇文章送了上去，杨大学士收完文章，也不说话，直接离开。

姚僖不负责写文章，新科一甲三人中，就王霄和唐慎要写。

王霄对唐慎感慨道："也不知会是如何结果，景则，你可有把握？"

唐慎："我向来觉得，谋事在人，成事在天。"

王霄点点头："不错，我们只需做好自己分内的事，便好。"

次日，杨大学士压根儿没公布自己送了哪三篇文章面圣，到了十月初四，唐慎突然接到诏书。一位五品的吏部官员笑盈盈地来到翰林院，当着众人的面开始读诏书："门下，朕膺昊天之眷命，翰林院编撰唐慎谦雅悫让，事必躬亲，文善达雅。今擢升六品起居舍人，初十赴任，钦此。开平二十七年十月。"

屋中众人全部大惊，唐慎低着头，面上表情不变，但是高举着接过诏书的手却在微微颤抖，表现出了他不平静的内心。

与此同时，又是一份诏书也进了翰林院，不过进的是隔壁堂屋，接旨的姚僖高举双手，难掩喜色，他被擢升为五品起居郎。

起居郎和起居舍人被称为"皇帝身边的史官"，负责记录皇帝一切大小事务，著书《起居注》。皇帝与臣子们的对话，臣子们的奏章，皇帝偶有感悟说出的圣言，一切都由起居郎和起居舍人记录。

本朝设有三位起居郎和十二位起居舍人，大多数时候，皇帝身边都必须有两个起居郎或是起居舍人一起守着。

起居郎每年至少换一位，每次殿试的状元都必然会当起居郎，只是哪一年开始当的问题。当这个状元擢升起居郎后，他离开皇帝、卸任起居郎的那一刻，便是他被皇帝重用的开始，而起居舍人则自由很多，时常可换，也不限定谁必须担任。

所有人都知道姚僖会擢升起居郎，可没人想到和他一起擢升的还有唐慎!

翰林院的官员们纷纷来道喜，王霄面色失落，久久难言，但他还是朝唐慎拱手："景则，恭喜恭喜。"

唐慎深深看了他一眼，道："多谢岱岳兄。"

王霄心中苦涩，张了张口，又说不出话来。

唐慎在翰林院中颇有人脉，一来是因为他年龄小，翰林院中大多是上了年纪的老翰林，见到他便如同见到自家孙子，格外喜欢，二来是因为他背后有靠山!

唐慎是傅渭的学生，这事众人皆知，傅渭虽说从不来翰林院，可他名义上是翰林院一把手，除此以外，唐慎和王溱关系也不错。户部负责状元、榜眼和探花的府邸选址以及重修，状元和榜眼的府邸都选在了城西，唯独探花府在城东，与尚书府靠得近。

世人总说，王霄与王子丰有远亲，可那确实也只是远亲，王霄与王子丰是八竿子打不着的关系，王霄来盛京后曾经去拜访过王溱几次，王溱亲切有余，但也只是亲切。

王溱和唐慎才是同门师兄弟。

王霄心中再怎么不忿，也最多骂一句："这该死的关系户！"

然而他并不知道，这次唐慎能擢升起居舍人和王溱其实并没有直接关系，擢升唐慎的，真的是开平皇帝赵辅。

杨淇选送的三篇文章中，自然有一篇是唐慎的，因为唐慎开头便写："飞龙在天，位乎天德。见龙在田，天下文明。"这两句出自《周易·乾卦》，杨大学士一看便欢喜得很，又想起唐慎在乡试写的那五篇文章。

"罢，当初没能给你个解元，如今也算是补上，了了老夫一件心事！"

开头取悦了杨大学士，等到了文章的中后段，唐慎疯狂地引经据典，他摘抄道家经典《道德经》《庄子》《淮南子》，一通天花乱坠地狂吹赵辅继位二十七年来的丰功伟绩，接着又赞美赵辅是如仙般的明君，辞藻华美，恨不得当着赵辅的面夸他一句"陛下您就是仙人啊"！

这文章是唐慎那天晚上和王溱促膝长谈时，当着王溱的面写的，唐慎也觉得自己大概是抽风了，才写出这么一篇绝世拍马屁的文章。可能是那晚上睡意蒙胧，他迷迷糊糊才写了这么一篇，要是让他再写一遍，他恐怕也写不出来——没那么厚的脸皮！

总而言之，唐慎喜事临门，擢升起居舍人，从此成为皇帝的身边人，他也不吝啬，请同僚以及同榜比较熟悉的几位进士到千里楼吃饭，好好庆祝了一顿。

晚上回家，姚三得知这件喜事，高兴道："小东家可是双喜临门了！"

唐慎诧异道："双喜？还有什么喜事？"

姚三道："这事本来早就该做了。半年前小东家高中探花，当时阿黄小姐就要从姑苏府过来，与小东家团聚，可惜我娘突然染了风寒，一病不起，无法登船，阿黄小姐不肯抛下我娘一个人来盛京，要留在姑苏府照顾她，这一照顾，就是半年。上个月我娘身体好转，前两日她们已经登上船，想来半个月内就能到盛京了！"

唐慎的脑中浮现出一个穿着麻衣、气鼓鼓地喊"唐慎你不许乱花钱"的小姑娘，他心中一暖，道："好，那我们便等她们来！"

十月初六，傅渭染了风寒，唐慎下了衙就去傅府探望傅渭，一个时辰后，王溱也来了。两人与先生说了会儿话，傅渭睡着，师兄弟二人又离开。

离开傅府，唐慎突然道："师兄今日家中可有好酒好菜？"

王溱惊异地看向唐慎，笑道："小师弟何时来没有好酒好菜了？"

唐慎点点头："那等我先回家把这身官袍换下，再去找师兄。"

王溱凝视唐慎，但笑不语。

入了夜，唐慎果然换了身青色的衣裳，来到尚书府。

硕大的尚书府冷冷清清，王溱在院中摆了一桌菜，脚下便是清澈的池塘水，月光映下，十几条锦鲤在水中嬉戏。因为王溱很少在用饭时说话，唐慎也就没开口，等到吃完，管家把一桌子菜撤下，又上了一壶茶。

抬头望月，低头品茶。

唐慎从袖中取出一样东西，轻轻放在石桌上，发出“咔嗒”一声脆响。

王溱低下头看到这东西，微微一愣，抬头道：“小师弟？”

唐慎道：“有匪君子，如切如磋，如琢如磨。师兄高洁，师弟向来知晓，这块玉是我托人从姑苏府寻找的，找了两个月才找着一块透色白玉，想来最配师兄常穿的白色锦袍。我知晓师兄出身琅琊王氏，见过的美玉不胜其数，这块玉还放不上眼里，这只是师弟的一片心意，贺师兄二十六岁生辰。”

通透的月色下，王溱清澈如水的双目中闪烁着星光般璀璨的东西。

良久，王溱拿起这块玉：“你怎知今日是我生辰？”

唐慎愣了一下，道：“去岁时，傅先生说过。他说近日忙碌，忘了前日是师兄的生辰。先生说话的那日是十月初八，师兄的生辰难道不是十月初六？”

王溱抚摸美玉：“是，只不过十月初七是圣上大寿，朝中百官忙于此事，连我都会经常忘了初六是我的生辰。”

唐慎不晓得还有这种事，他想也没想：“那我替师兄记着就好。”

王溱看了他静静笑了。他的手往下摸，摸到了系在这块玉下面的一只香囊，香囊是深蓝色的锦绣做的，王溱闻了闻，里头香味清雅，又有些熟悉。

“是芍药的味道？”

唐慎解释道：“是蕑草与芍药。《诗经·国风·溱洧》中说‘溱与洧，方涣涣兮。士与女，方秉蕑兮。女曰观乎，士曰既且。且往观乎，洧之外，洵訏且乐。维士与女，伊其相谑，赠之以勺药’。我以为师兄的名字取自《溱洧》，难道不是？”

王溱望着唐慎，笑道：“是。”

王溱站起身，直接将这块玉和香囊系在了腰带上。

看到他的动作，唐慎稍愣了一下，但没说话。

过生辰有什么习俗，唐慎还真不知道，他回忆了一下，觉得应该至少要吃长寿面，但是在他的老家，都是中午吃面，晚上吃酒宴。憋了会儿，唐慎还是道：“师兄吃过面了吗？”

王溱自然知道唐慎在想什么，他对管家道：“上两碗面。”

管家吩咐下去：“上两碗长寿面。”

唐慎一脸懵。王溱过生日，他自个儿吃长寿面就好，怎么连他这份都备上了？但唐慎来不及拒绝，小厮领了管家的命令就跑去厨房，不过多时，小厮端着两碗面来到花园。

唐慎盯着桌上的面，哑口无言。

“小师弟不喜欢吃面？”

唐慎：“没。”

王溱拉长了脸：“那定然是厨房做得不合适你胃口。”

“没！”

“那便吃吧。”

唐慎无可奈何地拿起筷子，吃起面来，他吃了三四口才发现王溱只吃了一口，就搁了筷子不再吃，唐慎奇怪道："师兄怎么不吃了？"

王溱一脸诧异，理所当然道："我们刚刚才用过晚饭，一点不饿，自然不吃了。"

唐慎心道：你撑得慌，我就不撑得慌了吗！

唐慎无语地也扔了筷子，不再吃这糟心的面，在心里把王子丰骂了好大一通。可王子丰喊了一句"景则"，唐慎立刻乖巧地"哎"了一声，回完话唐慎都想给自个儿一个大嘴巴子：真丢人！好你个王子丰，现在是得拍你马屁，等以后不需要拍你马屁了，咱们走着瞧！

师兄弟二人又说了会儿话，唐慎告辞回家，王溱亲自把他送到尚书府门口。

目送着唐慎远去的背影，王子丰右手执着折扇，轻轻地在左手掌心敲着，敲了会儿，他抬起扇子指着唐慎背影，道："你说他方才是不是又在心里说我坏话了？"

管家左右看了看，寻思周围也没其他人，公子爷这是在和自己说话。

管家心道：有没有骂您，您自己心里没点数吗！

管家眼睛一垂："小的不知。"

王溱抚摸了一下腰间的极品白玉，长叹一声，回身迈进尚书府大门。

十月初七，天子大寿。

唐慎这种七品小官是没资格去天坛参加祭天仪式的，但是在文武百官与皇亲国戚们祭祖时，他们也得跪坐在翰林院的院子里，隔了十几里路，遥遥感受一下"天威"浩荡。直到下午，漫长的祭天仪式终于结束，文武百官进入皇宫赴宴了，六七品的小官们休假，回家乐得清闲。

皇帝生辰，大赦天下。

三天后，十月初十，唐慎换上簇新的六品起居舍人官袍，来到中书省衙门。

前朝时期，起居郎和起居舍人隶属于内史省，到了本朝，太祖废内史省，设立中书省，中书省的官员大多身负其他兼职，比如王溱是尚书省户部的户部尚书，但他同时也是中书省内阁大臣，人称王相公。中书省的官一旦没有其他兼职，就只剩下两种，一个是相位，一个就是唐慎、姚僖这种起居官，要么官居一品，权倾朝野；要么是天子近臣，负责天子起居记录。

到了中书省衙门，姚僖比唐慎来得早，他见到唐慎，道："景则，没想着我们这般有缘，又相聚了。中书省不比翰林院，往后我们可得互相照应。"

唐慎自然道："与问机兄共勉！"

两人寒暄一番后，门口进来两个身穿五品官袍的官，唐慎给两人作揖行礼，两人又与姚僖互相行同级礼。其中一人道："想必这位便是姚问机姚大人，这位是唐景则唐大人了，我名李舒，与姚大人同为五品起居郎，这是张思张大人，也是起居郎。"

张思道："今日由我陪驾，两位起居舍人也已挑好，等到明日，便由李大人陪驾，到时，唐大人，你可得进宫了。"

唐慎问道："张大人，明日由我来记录起居？"他面露难色，"实不相瞒，我才刚进中书省，两眼摸黑，一问三不知，只怕明日会闹出笑话。我闹出笑话是小，惊了圣驾才是大，明日我该如何是好？”

唐慎今年十六，他脸上一副忧心忡忡的模样，眉头紧皱，双手紧握，似乎真被吓到了。

这两个五品起居郎见状相视一笑，只道果然和传闻中一样，只是个孩子罢了。李舒道：“你不必担心，明日由我带领，也不是仅仅你一个起居舍人去，到时，你便站在我的身后，看我是如何记录起居的。我会站在圣上的左侧，另一位起居舍人站在右侧，你和姚大人刚来，还不熟悉政务，这样，今日你们便去看看本朝开平年间的《起居注》，能看多少是多少。当你们看完的那一天，自然知道该如何做。”

姚僐和唐慎互视一眼，皆是苦笑：“是。”

没想到离开了翰林院，还是要看书！

唐慎和姚僐各拿了一本厚厚的《起居注》翻阅起来，这一看，便看到了日落西山，皇帝修完仙，回了后宫。皇帝进入后宫，起居郎和起居舍人才可以结束一天的工作。

唐慎回到家中，用冷水洗脸，冰冷的水打在脸上，他骤然清醒。

唐慎回过神，他目光如炬，迅速地从书房架子上拿出一本空白的册子，立即研墨，用羊毫细笔在纸上快速地写下：“开平二十四年八月初四，有陨星大如桃，落东南。钦天监监正李肖仁夜入皇宫……”

闭上眼睛，眼前立刻浮现出一行行字，唐慎接着写：“开平二十四年八月初七，圣上召大理寺少卿苏温允。帝曰：‘朕昨夜恐梦，见苍生于牢中哀号，血泪栏杆。’苏卿答曰：‘陛下仁慈，臣犹不及。’帝曰：‘以天下哀而朕哀，苏卿哀朕之哀乎？当奖苍生，福泽百姓，朕大赦天下！’是日，梁帝大赦罪人。”

唐慎以极快的速度在空白宣纸上写下一行行的字。

过目不忘！连唐慎都没想过，自己有一天会将这个技能用在这个地方。

今天唐慎去中书省库房中挑书时，挑的就是开平二十四年到二十六年的《起居注》，他花了一整天时间，只看了一年出头的书籍，还剩下一年多的书籍没看完。

写完自己觉得可能有关联的内容后，唐慎长长舒了口气，瘫坐在椅子上，他拿起自己写的这本山寨《起居注》，仔细看了起来。

唐慎写得东西很杂，有赵辅偶尔说的一句话，也有赵辅召见臣子时的对话，一切有可能与松清党人有关的东西，他都记录了下来。然而这些……

“远远不够！”

唐慎将书重重地摔在书案上，双眼中全是红丝：“皇帝大赦天下，自然不可能放了钟泰生。大赦天下只会赦免一些轻罪犯人，一切重犯命犯是不得赦免的，赵辅赦免罪犯，真的只是因为做了个噩梦，还是他想做什么？”

唐慎冥思苦想：“流星之夜过后，这是他唯一一次提到牢中犯人。我忽略了什么？”

唐慎飞快地翻书，可他怎么看都毫无头绪。

如同泰山压在肩上，唐慎只感觉自己喘不过气。他明明知道钟泰生的死十有八九和赵辅有关，他也知道，二十七年前的宫廷政变也与赵辅有关，可千般事物如同蛛网秘密缠绕，他睁大了眼，也看不穿。

“是我现在知道得太少了。”唐慎做出判断。

大胆假设，小心求证。只能如此！

唐慎吹灭书房的蜡烛，将那本书悄悄藏在书架后面的暗格里，回房休息。

第二日丑时，天还没亮，唐慎换上官袍，来到中书省衙门。

李舒看到唐慎提前到场，赞赏地点点头，等另一个起居舍人来了后，李舒看了那人一眼，没吭声，直接带唐慎和那人一起进入皇宫。漆黑夜色、漫天星子下，三个小官头也不抬，疾步在宫中走着。

皇宫中是一片寂静，宫室陷入黑暗，仿若一头吃人的猛兽静静张着嘴。

三人来到紫宸殿，殿中只有太监宫女，正跪在地上打扫，李舒对唐慎二人说道：“禁言。”二人自然不会开口，他又带二人来到御座后方。

唐慎只在殿试封三甲的那一天来过紫宸殿，那时他站在这大殿的中央，是赵辅亲自封下的探花郎。

李舒与那起居舍人使了个眼色，这人早有经验，悄声走向右方，唐慎则跟着李舒走向左方。他们绕过御座，来到太白石石陛的侧方，只见在一根五人合抱的盘龙白玉圆柱后方，赫然隐藏着一张小小的桌椅。

这桌子又窄又小，椅子也只是三块木板拼成的凳子。

唐慎吃惊地看了好几眼，他当日封探花郎时，从没想过御座旁边两根柱子后竟然还有人！

李舒：“你站在我身后，用柱子挡住身形。”

唐慎：“是。”

李舒坐下，动作轻柔地研墨。

等了一会儿，紫宸殿内负责清扫的宫女太监鱼贯而出，又是一群太监从侧门进入，他们进来后，最后一人将紫宸殿的殿门关上。再过两刻钟，只听门外传来一道尖锐的声音，仿佛有人扯着嗓子说话：“百官进殿！”

“百官进殿！”

“百官进殿……”

这声音一层层地传下去，响彻皇宫。

声音落下，唐慎伸长耳朵，听到一阵阵脚步声。早已进入紫宸殿的太监们此刻低着头，走到两侧殿门前，吱呀一声，四人合力才打开一扇门，一共八个太监，将两扇侧门全部打开，下一刻，便见穿着各品级官袍的文武百官依次入殿。

唐慎与李舒站在御座左侧，也就是百官的右侧。

文为左，武为右，站在唐慎面前的是一群武将。唐慎抬头，发现王溱站在左侧的文官队伍里，他身穿红色官袍，持着一根长长的玉笏，站在文官后的第三个位置，他之前的两人，都穿着一品文官官袍，他身旁的几人，也有人穿着一品官袍。

而在这群官员中，排在最后的，穿的是四品官袍。

大梁重文，自太祖起，就废除了跪礼，寻常说的“跪”指的都是“跪坐”，而在早朝时，百官甚至可以不跪皇帝，站在殿中，仰视皇帝。

大殿中，满地金砖沁出一层层寒意。

百官持笏而立，等了一刻钟，只听大太监季福扯长了嗓子，高声道："百官觐见！"

李舒立刻站起，唐慎也学着他的模样，与殿中的百官们一起作揖行礼，数十人齐声高喊，声音震彻紫宸殿，直达云霄。

"见过陛下！"

唐慎与李舒站在龙椅左侧的蟠龙白玉柱后，两人弯腰行礼，这时赵辅已经从他们身侧走上去了。唐慎能看到的只是一截小小的明黄色衣角，他眼皮一跳，过了会儿，就听赵辅轻轻地说："免礼。"

"谢陛下。"

李舒坐下开始准备记录，唐慎则站在他身后。

寂静冰冷的紫宸殿中，早朝已然无声地开始了。

第二十四章

伴君

整个大梁权力的中心，都站在那一根小小的蟠龙白玉柱后，有臣子上前汇报近日边疆战事，赵辅听了听，说了句“再议”，李舒将这话记在《起居注》上。大臣们一个个上前进言，大多是汇报最近发生的事。

朝中并无大事发生。

半个时辰后，早朝便结束了。百官面朝御座，先行礼送赵辅离开，等赵辅走了，他们才从紫宸殿的两道侧门离开，而这时，唐慎和李舒以及另一个起居舍人已经跟着赵辅离开了紫宸殿。

从早朝起，起居郎和两个起居舍人就一直跟在赵辅左右，除了出恭，他们寸步不离，直到傍晚赵辅到登仙台修仙，三人被拦在门外，只允许两个道童跟进去。

唐慎奇怪地看了李舒一眼，李舒低目看着地面，不发一言。

唐慎心里叹了口气。

皇帝终究是皇帝啊！

按理说，起居郎和起居舍人是要一直跟着皇帝，从早朝到晚上皇帝进后宫，才算结束，但赵辅修仙时从不让他们跟着，这于理不合，但没人敢说一个不字。

不过这还算是个守规矩的皇帝。

前朝时据说有位皇帝，大权独断，他某日突然说要看《起居注》，文武百官齐齐上谏：“陛下不可！”可皇帝偏不听啊，大臣又拗不过这位大权在握的皇帝，只能任他看了，只不过这皇帝拿到《起居注》时，上面被修改了许多。

等到后世，史书上也对这事有记载，所以这位皇帝在位时期的《起居注》被许多史官认为不算数。

赵辅还好，只是不让跟着罢了，从没插手过《起居注》的事，然而他每日也确实做得滴水不漏，算不上一代明君，却是一个没毛病的正常皇帝。

等到皇帝修仙完毕，又用了晚饭，进入后宫，唐慎三人才就着夜色，赶在皇宫下钥前离开。

这是唐慎上任的第一日，到了第二日他不用进宫，就在衙门里看书。

如此一来二去，七日很快过去。

唐慎还跟在李舒后面学习，自个儿没真正开始干活，倒是先迎来了一个人。

这日唐慎休假，他一大早与姚三亲自来到盛京城西的运河码头，站在码头上眺望浩渺的河水，等了半个时辰，一艘客船从天边驶来。船停靠岸，船舱里的人鱼贯而出，姚大娘和唐璜从里头出来时，姚三一眼就认出了自己母亲，激动地大喊："娘，娘，我在这儿！"

姚大娘瞧见儿子，高兴得红了眼眶。

站在姚大娘身旁的自然是唐璜，可唐慎望着那亭亭玉立的姑娘，怔在原地，等到唐璜和姚大娘走近，他才回过神地喊了声："唐璜？"

碧云蓝天下，纤细的少女穿着一件藕荷色如意纹月华裙，披了件白色的狐裘小袄，清秀别致，站在这滔滔流水上，与盛京的姑娘相比更多了些江南水乡的温婉动人。

短短两年不见，唐慎没想到自家妹妹竟然出落成这般模样！

不过他随即想到，唐璜今年十二岁，再过三年就要及笄，可以嫁人了。

不过唐慎总觉得哪儿怪怪的。

见到唐慎在看自己的衣服，唐璜低着头，小声地说："听大伯母说，盛京比姑苏冷，所以就让我多带了些衣服，现在看好像也没有特别冷。"她是在解释自己为什么穿了件狐裘的袄子。

唐慎看着自家妹妹，过了片刻，他目露了然，笑道："你胖了啊。"

唐璜瞬间抬头，怒目相视："我哪里胖了！"

唐慎哈哈一笑："说话轻声细语，气都喘不顺，不是胖得喘不过气，还是什么？哦，这会儿倒是嗓门大起来了。"

唐璜怒道："臭哥哥，你就不会说句好听的吗！"

"忠言逆耳，为兄是为你好。"唐慎神情真诚。

我哥脑子里的病过了两年都没好！

闹了这么一出，几人哈哈大笑一阵，这才坐马车回探花府。

坐在车上，唐璜倒是松了口气。

去年年初唐慎刚走时，唐璜心里想哥哥，每日都盼着能去盛京，可随着日子一天天过去，她这份心情却慢慢变了。旁人告诉她，唐小三元考上亚元了，是举人老爷了，后来旁人又告诉他，唐慎竟然高中探花，是真正的大官了。

唐慎对唐璜的教育属于半放养式，从不像其他女眷被圈在府里，很少出门走动，唐璜有专门的西席先生，也与姑苏府的其他千金小姐经常相约出门。有人对她说，唐慎考上了探花郎，当了官，不一样了，哪怕是亲妹妹，往后也得谨慎对待，不可失了礼数。所以来盛京前，千思万想，踏上船，唐璜却有点怕了。

不过见到唐慎后，唐璜吃了颗定心丸：我哥还是那个只会欺负人的臭哥哥。

等四人回到探花府，唐慎已经知道自己离开的这两年里姑苏府发生了哪些事。

姚三道："这事我去年刚来姑苏府的时候就与小东家说过，唉，真的是墙倒众人推，去岁小东家刚离开姑苏，就有几家酒楼和脂粉铺子看中了咱们的生意，他们倒是很难抓住珍宝阁和细霞楼的错处，就找咱们唐慎物流下手，污蔑咱们的伙计偷东西。直到小东家您拜师傅大儒的消息传到姑苏，这些人一夜之间偃旗息鼓，都不见了。"

唐慎诧异道："你还知道偃旗息鼓这个词？"

姚三脸上一红："小东家，我说了那么多，您就只听见这个了？"

唐慎笑道："姚大哥，你有没有想过读书？"

姚三连忙摆手："不了不了，我只想给小东家打打下手，这就够了。"

唐慎每月都有寄信回姑苏，与家里人联系，有时候他还会拜托王溱，通过王家的船把一些东西送到江南，不过很多事在信上说不清楚。

唐璜眉飞色舞地说道："听说哥哥考上亚元，咱们家就非常热闹了。和细霞楼、珍宝阁有利益关系的姑苏富商，还有一些认识的不认识的，都来咱家拜访，那新上任的姑苏府尹也来了。"顿了顿，唐璜道，"不过他早就想来拜访哥哥，只是找了个亚元的由头。"

唐慎看了唐璜一眼，他没想到唐璜居然知道新姑苏府尹来唐家拜访不是因为他考上亚元，是因为他与傅渭、王溱搭上了关系。

唐璜接着道："乡试后，大伯父在姑苏府给你举办了流水席，摆了七天七夜！等到听说哥哥考了探花，这就更不得了了，唐家在姑苏府各地的族人都来了，给摆了十天十夜的流水席，整个姑苏府的人都来吃了。只可惜哥哥你没回去，大伯母说让你抽空回去一趟，要专门为你开祠堂祭祖。"

唐慎心想，又不是没专门为我开祠堂祭祖过，嘴上却道："知道了。"

唐璜说了会儿，又想起一件事，她面色古怪，冲唐慎挤眉弄眼："对了，哥哥，你还记不记得咱们离开赵家村的时候，发生过什么事？"

唐慎被问倒了："我们离开赵家村的时候还发生过事？"他想了一会儿，"什么事？"

"你再想想。"

"我们有欠人钱忘还了？还是有人欠咱们钱？"

"你就不能想想，你考上举人的话，村长爷爷答应过咱们什么吗？"

唐慎突然想到："啊？那事？"

姚大娘笑着道："早就没有赵家村了，在您考上亚元后，变成唐家村喽！"

唐慎哭笑不得。没想到当初的一句玩笑话，竟然还成了真。

不过赵家村改唐家村这事的背后，还发生了一些趣事。村长当初只是随口说，要是唐慎考上举人就把村名改成唐家村，可举人哪里是那么好考的，唐慎的大堂哥，唐举人的大儿子唐云，直到现在还没考上秀才！

然而村长万万没想到，这才过了一年多，唐慎就真考上了，还给考了个亚元回来。

村长一下子犯了难。

改名也不是很好改的，要去姑苏府衙报备，而且村名一改，村里很多人家的族谱都得改了，以后他们就不是“赵家村某某某”，而是“唐家村某某某”。村长犹豫起来，这一犹豫，就犹豫到过了年，唐慎直接捧了个探花回来。

这下子，村里人都赶紧催着村长改名，村长也高兴，直接就去改了。

管他麻烦不麻烦，再麻烦，能比他们唐家村出个探花郎重要？

听唐璜和姚大娘说这两年家中发生的事，唐慎的心渐渐暖了起来，来盛京两年，他第一次真正感受到家的温暖，仿若回到了曾经那段在姑苏府的岁月。

用过晚饭，唐璜和姚大娘都安置下来。

唐慎将姚三叫到自己的书房，道：“打算什么时候动身去北边？”

姚三：“本来早该去了，只是正好我娘和阿黄小姐要来，就耽搁了。我明早就走。”

唐慎：“倒也不用那么急，姚大娘来了，你可以先陪她两天。”

姚三苦笑道：“您别揶揄我了，这事您恐怕比我还急。没事，我明天一早就走。”

唐慎笑了笑。

姚三正要走，眼睛瞥到了唐慎书桌上摊开的一本书上，他奇怪道：“咦，小东家，您最近在练习……画符箓？”

“符箓？”

姚三道：“是啊，要不然您桌上那本是什么，难道不是符箓？”

唐慎顺着姚三视线看过去，他目光微变，不动声色地将书收起，笑道：“嗯，看了几本道家的书，稍微学了点。行了，你先走吧，多去陪陪姚大娘。”

“是。”

等姚三走后，唐慎再翻开这本“符箓”书，静静看着。

符箓？

这是他用特殊密语默写出来的《起居注》。

唐璜和姚大娘刚来盛京，对繁华的帝都好奇不已，唐慎每天要去衙门，自然没空带他们到处游玩，就把这件事交给了奉笔。

当上起居舍人半个月，唐慎终于真正开始记录皇帝起居。

这日早朝，他不再与李舒一起来到御座左侧，而是单独一人来到御座右侧，如同每天演练过的一样，唐慎与百官一起朝见皇帝，然后坐下，提笔记录。

下了朝，他与李舒再来到御书房。皇帝看书看奏折，他们也不歇着，把今天之前记录的东西再润色一遍，确认无误。

一整天下来，虽说没有写多少字，可唐慎整个人紧绷着，后背湿了好大一片。

从头到尾，赵辅都没有看他一眼，仿佛全然忘记自己曾经在紫宸殿上亲自点过这个探花郎。

入了夜，赵辅进入登仙台，唐慎和李舒在门外候着。

这位李大人在其他起居舍人的口中并不是个脾气好的，但也不算特别难相处，可唐慎跟在他后头学习，他向来和颜悦色，唐慎知道这是因为自己师出名门，有靠山。其他人的话，哪怕是那状元姚僐与李舒是平起平坐的五品起居郎，李舒都没这么照顾过。

两人守在登仙台外，估计还要再等一个时辰皇帝才出来。

李舒笑道："第一日真正当差，唐大人，感觉如何？"

唐慎故作愁苦："寻常在一旁看着，还觉得轻松，真要自己上了，却是千难万苦。旁的不说，就说圣上与臣子们对话时，他们语速太快，我一时间跟不上，可又不敢记错一字。"

李舒点头道："你这样是对的，哪怕没记上，晚些时候我们还能互相看看对方的记录，作为补缺，可要是记错了，那可是要命的事。"

两人小声说话，天色渐渐暗了。

又过了小半个时辰，只见一个穿着深红官袍的人步履匆匆地从宫道上走来，夕阳之下，这人戴着一顶官帽，面如冠玉，眼若桃花，李舒和唐慎都下意识地朝他看去，这人唰地转过视线，目光锐利，直直射向两人。

李舒看清来人，心中叫苦：怎么是他！接着赶忙低下头不再看。

唐慎却看了几眼，这年轻的官员见唐慎还在看他，勾起唇角。过了片刻，他收回视线，来到登仙台前，对守着殿门的道童耳语几句，这道童立刻推门进殿，不过一会儿，他就出来，开门让这个年轻的官进去了。

殿门关上，李舒松了口气，小声道："可算送走了这尊瘟神。"

唐慎问道："那是谁？"

李舒四处瞧了瞧，明知没有人，还是更加压低声音："大理寺少卿，苏温允。这不是个好惹的角色，往后要是能避着走，就避着走，大理寺共有两个少卿，他也就是个四品的官，但天底下所有犯了事的官都归他管，而且架不住圣上宠幸。登仙台这地方，除了中书省的几位相公，也就征西元帅李景德、户部尚书王子丰，还有他苏温允可以进去了。"

唐慎双目一缩。

大理寺少卿苏温允！

苏温允管着天下所有犯事的官，那么两年前，钟泰生就被他管着！

正想着，殿门又开了，苏温允从里头出来。

唐慎低眼看着地面，这次不再看他，只见一抹深红色的影子从登仙台里出来，路过唐慎和李舒时，似乎稍稍停了一瞬，但或许是错觉，他又继续向前，扬长而去。

从那以后，过了几天，唐慎再没见过其他官员进出登仙台。

起居舍人的职务他越做越顺，得心应手，姚僐倒是比他差一些，姚僐身为起居郎，一般记录皇帝起居的任务主要是交给起居舍人，起居郎只是起到补充查漏和督促的作用。可姚僖从武多年，拿笔写字不如唐慎那么快，记录皇帝语录时偶有跟不上的情况。

如此，便入了十一月。

十一月初，唐慎回到家中，只见姚三穿着一身裘衣，早已等候他多时。见到唐慎，姚三立刻走过来，道："小东家，那边的事和我们原先想得有些不一样，信上也说不清楚，我只能回来一趟。我听说陆掌柜已经把细霞楼的地址选好了，那座酒楼也盘下来了，但我这边却出了漏子。"说到这，姚三露出惭愧的神色，"我这次回来，第一，我想让陆掌柜跟我一块儿去，有他在也方便点。第二……我想请您私底下，和我一块儿去。"

唐慎眉头皱起："私底下和你一块儿去？"

姚三苦笑道："和辽人做生意，比我想象的难太多，很多大事我一人不敢拿主意，只有您才有那种魄力，您也能拿捏分寸。那地方也不是个什么安全的地方，所以想请您扮作小厮，跟在我和陆掌柜后面，这样也好保护您。"

唐慎想了想："你如今已经谈几成了？"

"三成。"

这远远低于唐慎的预料。

姚三："三成，是因为很多事我不敢拍案。您去了，这便是九成！"

唐慎思索再三，道："好，三日后我休沐，我再请几日假，与你一块儿去！"

第二日去府衙，唐慎将自己要请假的事报告给上司李舒，李舒压根儿没问他什么事，直接就批了假。离开中书省衙门，唐慎感慨道："真是朝中有人好办事，有后台就是这么爽啊！"

再过几日就要离开盛京，唐慎意识到自己已经半个月没拜访过自己的两个靠山。

想到就去做，下衙后，唐慎立刻拿着唐璜从姑苏府带来的几样特产来到傅府，傅渭正在画画，见到唐慎，开口便是："景则来了，来，评评为师这幅大作。"

先生，大作都是人家夸您的，哪有用来自夸的啊！

给傅渭送完礼、师生二人联络完感情，唐慎又拎着礼盒来到尚书府。

真不凑巧，这次王溱竟然不在，听说是进宫面圣去了，短时间回不来。

唐慎想了想，道："我就在这里等师兄吧。"

管家道："是。"

等到月上中天，繁星密布，唐慎奔波了一天，终究忍不住靠在椅子上睡了过去。迷迷糊糊中他感觉鼻子有些痒，忍不住伸手把这个弄痒自己的东西拍开，却听到一声清脆的声响，唐慎瞬间清醒，他睁开眼，只见王溱微微弯腰，正错愕地看他。

师兄弟二人久久凝视，过了片刻，王溱先开口说话，语气中带着一丝受伤和不敢置信："小师弟，你……"

唐慎也蒙了。

他靠在椅子上睡觉，感觉鼻子上痒痒的，下意识就一巴掌拍过去了。可现在看来，他竟一巴掌呼在王溱脸上了啊！

他今天是来上门送礼的，居然给了王子丰一巴掌，这礼还送不送得出去了！

不对，该不会他这一巴掌，直接把自己最大的靠山给扇走了吧？

唐慎先是去看王溱的脸，皮肤白皙，俊雅如玉，并没有什么巴掌印，但也没谁规定扇脸就一定能扇出手指印了。唐慎被吓到了，赶忙站起来，连连道："师兄，我方才睡着，不知道发生了何事！可是做了什么不好的事？"

王溱也不说话，就静静地看着唐慎。

唐慎被他看得心里发虚，眼珠一转，拿起桌上的礼盒："前段时间我妹妹从姑苏府来了，她带来一些苏式点心，我就带来与师兄尝尝。"

王溱仍旧望着他，不说话。

唐慎心里叫苦：大哥，求您了，您倒是说句话啊！

终于，在唐慎渴望的目光中，王溱说话了："见小师弟睡着了，不想惊动你，便轻手轻脚地进来，谁料小师弟人未醒，却是一巴掌打在了我的手上……"

唐慎懊悔地说："师兄，我当时睡着了，什么都不知道，你别往心里去。我不是故意拍开你的手，只是睡着了，不……"声音戛然而止，唐慎睁大眼睛，"拍开你的手？"

王溱忍住笑意："是啊，我见小师弟睡着了，便用头发轻轻拨弄你的脸颊。"

唐慎看着王溱，嘴巴慢慢张开，却一个字说不出来。

看到他这副模样，王溱再也忍不住大笑起来。

唐慎慢慢闭上嘴，忽然，他直接将礼盒扔回桌子上，转身就走。

王溱目光一凛，一把抓住了唐慎。

"小师弟。"

谁被人耍弄心情会好，唐慎气上心头："师兄，礼物送到了，我也该告辞了。"说完，又想走。

王溱却死死拉着他。

唐慎抬头看他："王子丰！"

王溱静静地望着唐慎，不语。唐慎心中的气也逐渐消了，这下意识到自己刚才的态度好像不大好，后悔和懊恼同时涌上心头。唐慎暗暗想着"算了，我忍他，我现在还需要他做靠山"，他正准备主动道歉，却听王溱说出令人惊心动魄的话语。

"景则今日生气，气的是我捉弄你，令你担惊受怕，还是气你自己明明有气，却不能发作，还得对我百般忍让？

"又或者说，"王溱松开手，不再强硬地留住唐慎，而是看着他，一字一句地说道，"又或者说，你甚至在气，气你为何必须要担惊受怕，气你为何处于这样的地位又无可奈何？"

唐慎双目圆睁，被问得哑口无言。

王溱望着他这番模样，心中有些不悦。良久，他叹了口气，抬头对花厅外的管家说："准备晚饭吧，再添一双筷子。"

不过多时，厨房便上了一桌菜，煎鲥鱼、笋煨火肉、冬芥汤，都是唐慎熟悉的江南菜式。

唐慎本没想留下用饭，但王溱已经开口了，他也不好拒绝。

拿着筷子，唐慎望着桌上简单却味鲜的几样菜，胃口全无，他一手捧碗，心中思绪万千，可又一点不能表现出来。万般情绪只过了几秒，唐慎便状若无事地夹起一块火熏肉放入碗中，接着味同嚼蜡地吃了起来。

这样吃了一会儿，一道清润的声音忽然响起："小师弟，从未见你在用饭时说过话。"

唐慎一愣，抬头看王溱："子丰师兄？"

王溱碗里的饭和盘子上的菜都没吃几口，他搁下筷子，并没等唐慎回答，便自顾自地开口："在先生那儿你并不是这样，你时常会在用饭时与先生谈些话。"

唐慎默了默，道："我以为师兄觉着，君子当食不语，寝不言。"

王溱笑了："你瞧，你这不就误会我了，我何曾说过我是这样的？对了，听闻你近日擢升成起居舍人了。"

"是，那是上个月的事了。"

"可有遇见什么有趣的事？"

两人渐渐聊了起来。

入了十一月，天气渐寒，唐慎来拜访王溱的时候就已经天黑了，等王溱回来，两人再吃饭，这时便到了戌时，两人用完饭，唐慎说什么也不肯再待下去。

王溱亲自送唐慎到门口，唐慎道："师兄止步吧，我先走了。"

王溱却道："小师弟还没回答我，你今日气的到底是什么。"

唐慎脑壳一疼。

你怎么还记着这事！

漆黑的夜色中，只有一轮弯月隐隐映照天空。管家拎着一盏灯笼远远地站着，唐慎和王溱相面而站，可夜色太黑，哪怕近在咫尺唐慎也看不清王溱的脸，只能看清他的眼睛。

王子丰这人，哪怕嘴里问着那种让人难以回答的问题，表面上还是让人没法说他。

唐慎哪里能回答。

他左思右想，决定仗着自己才十六，选个孩子气点的答案，唐慎道："我气师兄捉弄我。我好心好意跑来给师兄送姑苏特产，又在尚书府等了师兄很久，谁料师兄一回来，见我睡着了不喊我就算了，还捉弄我。"

王溱："原来是这样。"

"就是这样。"

"小师弟，你觉得我是个什么样的人呢？"

唐慎猛地一愣，望着王溱微笑的脸庞，一时无法回答。

王溱吩咐管家先回去，他接过管家手里的灯笼，指着这灯笼对唐慎说道："你瞧我像不像这灯笼？"

唐慎一头雾水，这怎么还和灯笼扯上关系了？

唐慎不明白王溱的用意，但他这位师兄的脑子，向来不能以正常人的来看待。

看上去王溱是在考问他，唐慎不敢随便回答，但千穿万穿，马屁不穿。他道："师兄如同这灯笼一样，高洁明亮。我来盛京两年，一直受师兄的照顾，起初我只是个小小的秀才，如今回望，当真沧海桑田，师兄照亮了我的路途。”说到后来，唐慎还真加了点真心，确实，他来到盛京后最照顾他的就是王溱，王溱待他真的挺不错。

王溱：“原来小师弟是这样想我的。”

唐慎：“那师兄举着这个灯笼是何意？”

王溱晃了晃灯笼，笑着道：“难道小师弟不觉得，我是打着灯笼也找不到的好人吗？”

王子丰你什么时候还会讲冷笑话了！

王溱倒是不以为意，他将灯笼举在自己的脸旁：“灯笼照亮了我的脸，就照不到我的脚，它照亮了我的脚，就照不到我的脸。小师弟，你拿着一盏这么小的灯笼来见我，怎么能找到我呢？”

唐慎察觉王溱话里有话，但一下子他完全没反应过来。这时，王溱将灯笼塞到唐慎手里，笑道：“小师弟，我总归都是你的师兄。走吧，我就不送了。”

回到家中，唐慎将王溱送的灯笼放在书桌上，静静地看着。

良久，书房里的蜡烛发出一声微微的爆声，唐慎瞬间清醒。

“他说我根本不认识真正的他，不知道真正的他是什么样，可这世上又有几个人认识真正的王子丰。”

书房里又静了好一会儿。

王溱嘴上说他是唐慎的师兄，言下之意是，让唐慎不用再那般提防他，那么战战兢兢。可唐慎察觉到他的意思，却做不到。至少如今，他还是不敢完全信任王溱，不敢随意对待他。

唐慎望着灯笼，叹气道：“你这人……”

没再去找王溱，三天后，轮到唐慎的休沐日，他一早换上了一身简朴的布衣，扮作小厮，和姚三、陆掌柜上了马车。当天完全亮了时，这辆马车悄悄地驶出盛京，朝北面而去。

一路北上，一天后，三人来到落河镇。

落河镇，是大梁与辽国的交界处。

唐慎一直觉得，大梁与辽国的关系十分奇异。一方面，两个国家曾经开战，打得你死我活，最后两败俱伤，谁都没奈何得了谁。另一方面，签订了和平协约后，两国维持着表面上的和平，私底下却暗波涌动。

西北边境上偶尔会有草匪洗劫村庄的事，唐慎作为起居舍人，曾经听官员上报过。当时这官员便冷笑道：“陛下明鉴，草匪？哪来的草匪！可不就是那辽国兵卒伪装的！”

大梁自然也不甘示弱。

今日你扮作草匪，明日我扮作马贼，互相厮杀。

但大梁缺马、缺羊，辽人缺丝织品与粮食，两国必然要有贸易往来。所以它们不约而同地将厮杀的战场放在了西北，盛京北边的一片区域则开放，供两国商人贸易往来。

落河镇就坐落在两国之间，是北直隶最大的贸易小镇。

到了落河镇，唐慎就不再坐在马车里，他与车夫一起坐在前头，同时观察落河镇。

落河镇与旁的小镇并没什么不同，它属于大梁，这里的建筑风格也偏向于大梁的风格一些，但走在街上的行人却一半是大梁人，一半是辽人。这些辽人的头发千奇百样，有的编了许多小辫挂在头上，有的更可怕，居然主动把头顶那块头发剃了，只留出周围一圈。

唐慎头顶一凉，忍不住摸了摸自己的头发。

落河镇中的辽人非常好认，无论是他们的穿衣打扮，还是这些古怪的发型都和大梁人截然不同。

姚三对落河镇十分熟悉，三人在镇上找了家客栈住下，下午，三人来到一家布料铺。

刚进店，正站在柜子后面算账的掌柜看到姚三，立即走上来："哟，这不是姚掌柜么，从盛京回来了？"

陆掌柜一愣，奇怪地看向姚三：你还成掌柜了？

姚三给他使眼色：您懂的。

陆掌柜：我不懂。

唐慎作为小厮，在两人身后站着。姚三哼了一声，道："莫要多说，先前说的事我已经回盛京与我们东家商议过了，你们东家呢？这位便是我们的东家！"说着，一指陆掌柜。

陆掌柜一愣，接着微微一笑。

这出戏你来的时候可没说过！

第二十五章

别业

这布料铺子是个梁人掌柜开的，但他背后却是个辽人东家。

大梁与辽国时常有贸易往来，落河镇毕竟属于大梁，镇上的辽人铺子不多，大多是梁人开的，这家店却是个例外。

听了姚三的话，这掌柜直接关了店门，带他们进入后屋，他先敲了敲门，询问里头人的意见，接着出门道："你们进来吧。"

唐慎三人跟着他进屋。

一进屋便看见一扇千山屏风，屏面是本朝人的画作，不值几个钱，却画得有几分前朝画仙刘子昂的味道。再看两侧，墙上挂着一幅幅山水墨画，最多就是前朝的作品，大多是本朝的，虽说画得不错，但画者声名不显，也卖不了几个钱。

这屋子里熏着香料，端的是一副文雅读书人的气派，可怎么看怎么有种纸糊老虎的意思。

唐慎进过王溱的书房，这里与之相比，差得不仅是一个天上一个地下，简直像是附庸风雅的山寨品。

"你便是那个姚小子的东家？"一道粗犷的声音从屏风后传来，很快，一个穿着辽人裘衣、留着地中海头发的中年汉子从后面走了出来，他上下瞧了瞧陆掌柜，道："长得确实一副大梁人的模样。"语气中夹杂了一丝难以察觉的鄙夷和自得。

陆掌柜面色微变，笑道："鄙人姓陆。"

辽人汉子：“耶律究。”

陆掌柜微笑道：“原来是耶律大人。”

众人没有对耶律究的姓氏有太多关注。

辽国与大梁不同，实际上他们整个国家只有两个姓氏：耶律和萧，普通百姓是没有姓氏的，只有贵族和中层才有姓。不过陆掌柜从姚三那儿知道，这耶律究确实算是半个贵族，他是柳城郡的辽人，母亲是个贵族女，但是到了耶律究这辈，就只剩下一些贵族的虚名。

耶律究是个商人，主要贩卖马匹，在柳城郡也是一个富商，然而他们这次要买的不是马匹，而是牛羊。

陆掌柜道：“耶律大人，先前姚三应当也说了，我这次要买的并非是马匹，而是牛羊。”马匹寻常大梁人是可以买的，但不能大批量购买，“牛在我们大梁是稀缺玩意儿，但是我知道，在你们那儿很多。”

耶律究：“很多？你可别乱说，那东西在我们那也贵得很。”

陆掌柜眯起眼睛，笑道：“别误会了，这次我主要还是想买羊。”

耶律究笑了笑，朝布料铺子的掌柜挥挥手，这梁人掌柜立刻上前，报了个数。

陆掌柜脸色一变，姚三立刻道：“七天前你与我说的可不是这个价！”

耶律究哈哈一笑：“七天前是七天前的价，七天后是七天后的价。难道你们大梁人觉得做生意永远不涨价？”

姚三正要发作，被陆掌柜拦下。

唐慎作为小厮，站在他们身后，抬头看向耶律究，耶律究瞧了他一眼，就撇开视线，压根儿没注意到他。

陆掌柜看了唐慎一眼，道：“这件事我们还得回去商议。”

三人很快离开布料铺子。

回到客栈后，姚三忍不住地气道：“那些辽人真是出尔反尔！他们在落河镇做生意时从来都是这样，对大梁人不屑一顾。若不是许多东西大梁没有，非得从辽国那儿买，我还真不稀罕与他们往来。”

辽国不像大梁，他们民风粗犷，不拘一格，生命力顽强，对生活水准要求不高。大梁人斯文惯了，哪怕做生意也多是暗地里斗，从来不会当众撕破脸，辽人不一样，他们从大梁买的东西大多是奢侈品，且不在乎价钱，因为买的人要么是贵族，要么是要卖给贵族。

辽人得占地利，比如上好的马匹只有辽国的草原上才有，大梁人不得不从他们那儿买。

陆掌柜对唐慎道：“小东家，咱们未必一定要和那耶律究做生意，细霞楼要的就是新鲜的牛肉和羊肉，不只是耶律究有，这东西落河镇其他几个辽商也可以卖。”

唐慎沉思着，用手指敲击桌面：“但是有自己的渠道，能够当日把东西送到盛京的辽商，只有耶律究。”

陆掌柜和姚三互视一眼，无法反驳。

其他辽商也卖牛羊肉，可不敢保证当天能把东西送到盛京，耶律究的优势就在于，他有自己的运货渠道。盛京不是姑苏府，没有唐氏物流，如果从其他人那儿买东西，唐慎还得花费精力再把东西运过去，还不一定当天来回。

姚三："但这耶律究太欺负人了，他的价格比七天前整整提高了将近一成！"

唐慎思索一会儿，道："生意就和他们这样做，价格也听他们的。但是陆掌柜，明日你对那耶律究说，我们同意他们的价格，甚至还愿意更高。"

姚三一愣："小东家，您这是？"

唐慎微微一笑，道："峰谷定价。姑苏府的细霞楼已经开了两年，你们应当已经看出来，到了夏日，来细霞楼吃饭的客人明显少了许多。"

陆掌柜："天气炎热，吃拨霞供总归是热的，所以人少了。"

"对，盛京也一样，盛京的夏天不比姑苏府凉快多少，所以我们冬日里需要的牛羊肉多，夏日里需要的少。可是那耶律究不知道啊，所以明日咱们去了后，陆掌柜你就这样与那耶律究说，我们愿意出这个价格，但是我们出的是均价。冬天的时候天气寒冷，牛羊肉不容易变坏，对运货速度的要求没有那般高，我们自然不愿意出高价，只愿意出比他的定价稍微低一点。"

姚三还是一头雾水，陆掌柜听着唐慎的话，却双眼放光，他道："我明白了，然后我再与他说，夏日的时候天气炎热，你们运送牛羊肉的成本必然增高，我们为此愿意付更高的价格。如此一来二往，表面看上去价格一样，但实际上我们花的钱却大大减少！"

刚高兴了片刻，陆掌柜又愁眉苦脸起来："可是小东家，这种事只能瞒一年，等到了明年，那耶律究肯定能看出来不对。"

唐慎反问："都一年了，细霞楼还没在盛京站稳脚跟？"

陆掌柜："啊，您是说……"

唐慎语气悠长地说道："一年了，何必再靠别人的运货路子，受人牵制，我们自己不该有个运货路子了？"

"您说的对！"

次日，陆掌柜见到耶律究，将唐慎的话对他说了一遍。

耶律究想了想，觉得没差，但他又伸出一根手指："今天是这个价格了。"

唐慎皱起眉头，陆掌柜在心里盘算了一下姑苏府细霞楼冬天和夏天对羊肉不同的需求量，还是赚的！他故作生气，又无可奈何地说道："好，成交。"

回盛京的路上，陆掌柜盘算着账，姚三还对耶律究趾高气扬的模样十分来气。

陆掌柜道："他被我们戏耍了，我们赚到便宜，你气作甚，就当这是他无礼的代价好了。"接着又对唐慎道，"小东家，我盘算过了，按姑苏细霞楼每个季节的需求量，咱们这次至少省了三千两银子！"

唐慎："不止。"

"什么？"

"我相信盛京人对拨霞供，尤其是羊肉拨霞供的喜爱，绝对会远远超过姑苏人。"

陆掌柜喜上眉梢，但他又道："小东家，我这一路上看你好像并不是很高兴。"难道他们不是赚了？

唐慎看向他，又掀开车帘，看向窗外遥远的天边，隐约可以看到一片连接着地平线的茵茵草原。

"辽人，终究是个隐患。"

做生意讲究一个公平平等，他们与耶律究做生意，耶律究是赚钱的，可他却百般刁难，因为他并不怕唐慎反悔，因为整个落河镇就他能做成这单生意，但是他嚣张的态度，却更是因为十七年前，大梁和辽国的那张和平协约建立在大梁人惨胜的基础上！

十七年前，两国停战，签订了一张看似平等的合约，但大梁胜得并不容易，将士死伤惨重。

一个不算贵族的辽国富商对大梁人都是这个态度，想来在辽国朝堂上，辽国君臣对大梁人是什么样的态度。

君子不立危墙之下。

比起辽，大梁更不想开战。唐慎叹了口气，这些离现在的他还远得很。

回到盛京后，第二日，轮到唐慎和姚僖当差。

从紫宸殿上完早朝后，皇帝来到垂拱殿处理政事，姚僖和唐慎各坐在一侧。到中午时，唐慎与另一个起居舍人换班，到了傍晚他回来，轻手轻脚地走进垂拱殿，一个抬头，便看见一个熟悉的身影站在殿中央。

唐慎脚步一顿，接着又低着头走到自己的位置上坐下，提笔开始写字。

赵辅看着手上的折子，神色不悲不喜，薄薄的嘴唇泛起一丝冷笑，他长长地舒了口气。站在一旁的大太监季福立刻会意，走上前接过折子，并将一杯参茶递了过去。

手指刚碰到茶盏，赵辅突然神色一变，一掌将这盏茶拍到地上。

清脆的瓷器破碎声响起。

季福惊惶地跪在地上，唐慎和姚僖也都站起来，俯身面圣，连站在殿中央的王溱都微微俯首，行了一礼。只见赵辅坐在椅子上，微微甩了甩手，声音愠怒："这茶怎么这般烫！"

季福一愣，眼珠子一转："奴才知错，奴才知错。"

赵辅道："你连这点小事都做不好，今日回去，好好反思。子丰，你觉着该怎么处置这个贱婢？"

子丰？

唐慎惊讶于赵辅对王溱的亲近。

这时，王溱清雅的声音响起："茶烫了，便要在它烫到手前，知晓它有多烫，且将它吹凉。陛下近日龙体欠安，季公公想必是担忧陛下龙体，才一时大意，疏忽了。"

"茶烫了，便要将它吹凉。"赵辅笑道，"但是太烫了，朕又哪有这个耐性，不如将它全部倒了便是。"

王溱轻轻一笑："陛下所言甚是。"

不过多时，王溱离开垂拱殿，唐慎和姚僖在殿中记录刚才赵辅和王子丰的对话。

到晚上，皇帝入后宫，两人相偕离开皇宫。

姚僖感叹道："那盏茶，真是烫的吗？"

唐慎看了他一眼，道："陛下说是烫的。"

姚僖了然道："是，是烫的。"

两人出了皇宫，道别离开。

回到家中，唐慎望着奉笔给自己沏好的一盏茶，陷入沉思。

季福是什么人？他从小伺候赵辅长大，跟了赵辅五十多年，他深得君心，能将一盏滚烫的茶误递给赵辅？

赵辅和王子丰今日说的每一句话，都别有深意！

"从来不看《起居注》，更不会去更改，是因为你根本就没必要看它，你若是真想做什么事，不会让任何不该知道的人察觉。这就是帝王啊……但雁过留声，任何事都一定会留下线索。"

唐慎立刻从暗格里取出一本本书，翻看起来。

他这次只看赵辅召见苏温允的相关记录，且把一些过去没注意到的细节仔仔细细地看了一遍。

其他人可能无法揣摩君心，明白赵辅的意思，但王溱可以，同样，被宠信的苏温允也一定可以。

第二天唐慎休沐，他看了整整一夜，蜡烛未灭。

次日，唐慎将细霞楼盛京分店的事全权交给陆掌柜，自己则来到尚书府。

晚上，王溱从衙门回来，见到唐慎，他先是左右看了看，道："小师弟今日不是来给我送东西的？"

每次唐慎来尚书府，总会带点什么。

被他这么一说，唐慎一下子愣了，他今天还真没想过带东西过来。

王溱微微点头："不是特意来送东西，那是有事相求？"

唐慎正要说话，忽然想起王溱的那句"我是你的师兄"。不知怎的，他心中的谨小慎微稍稍散去了一些，说话时的语气也更加随意："为什么我每次来不是给师兄送礼，就是有事相求？"

望着他的模样，王溱愣了一瞬，接着才笑道："那是作甚？"

唐慎咳嗽两声，道："师弟在姑苏府有所别业……咳咳，子丰师兄知道的吧？"

本朝没有禁止官员从商，唐慎的肥皂和黄金缕生意王溱当然知道，金陵府的那句"烟笼寒水月笼沙"还是他亲笔题字的。

"嗯，所以呢？"

唐慎："再过几日，我在盛京府会开一家专做拨霞供的酒楼，叫细霞楼。"

王溱挑起一眉："只做拨霞供？"

"对，只做拨霞供。"

"细霞两字是哪两个字。"

"须教月户纤纤玉，细捧霞觞滟滟金，是这个'细霞'。子丰师兄没去过姑苏府，金陵也没有细霞楼，所以过几日，我想请师兄和先生去细霞楼，咱们一起尝尝，冬日里吃拨霞供，是最快活的神仙事！”

开平二十七年，腊月初四。

正阳门大街两侧，各色商铺楼宇琳琅满目。沿街往西行，远远能瞧见大运河的影子时，就能看见盛京第一酒楼千里楼的四层高楼身影。而千里楼往北半里，是一栋两层的酒楼。

这酒楼原名“朝晖楼”，取自前人“朝晖夕阴，气象万千”，只可惜如同它的名字一样，确实朝晖夕阴，朝晖楼十几年前在盛京还叫得上名号，如今早就没落。

两个月前这朝晖楼被人盘下，今日寒冬腊月之际，只见一群舞狮队在楼前敲锣唱鼓。

正阳门大街横跨盛京东西，是最繁华的商街。舞狮队的繁闹景象很快吸引了一批又一批的围观百姓。忽然只见一个穿着彩色戏袍的中年汉子从舞狮队后走出，他手持一只大瓦罐，轻轻一敲，一只雪白的兔子便从罐头跳出。

“好！”

百姓们围观喝彩。

唐慎和陆掌柜几人站在一旁，远远瞧着。

陆掌柜哭笑不得道：“小东家，你怎的就想出这么多花样？别家酒楼开张，最多请个舞狮队就算了，你怎的连玩戏法的都请过来了，还有耍猴的、玩杂技的。”

唐慎反问：“你看那些百姓，他们看得不高兴？”

没等陆掌柜回答，唐璜在一旁立刻道：“高兴，我都觉着新奇！”

陆掌柜无奈地道：“这可花了咱们不少钱，能不新奇吗？”

等舞狮队、戏法匠人全部耍完后，唐慎站在远处没过去，对陆掌柜和姚三道：“你们去剪彩吧。”

陆掌柜迟疑道：“小东家，您不去？”

唐慎亲自去剪彩、揭开招牌也不是不行，反正本朝从商的官员并不少见，但他想了想，还是道：“我去接先生和师兄？唐璜，你也去吧。”

唐璜乐得直点头，与陆掌柜、姚三一起来到酒楼前，三人从舞狮队的“狮子”口中接过彩带和彩球，一起剪了彩，再由唐璜拉着招牌上的红带，轻轻一拽，红布便从匾额上扯下，露出三个清雅秀朗的字——细霞楼。

围观的盛京人见到这细霞楼的东家竟然是个漂亮的小姑娘，各个啧啧称奇。之前的舞狮队和戏法早就吸引到了不少客人，如今客人们纷纷进入细霞楼，细霞楼不像千里楼，有四层楼，它只有两层，能容纳的客人有限。

可听说客满后，这些客人还没走，小二便道：“客官可要在一旁的茶座里等上一会儿？”

一个年轻书生诧异道：“茶座？”

小二：“是，客官请与我来。”

等进了茶座，一切豁然开朗。

说书班子、茶水点心，样样俱全。盛京人还没见过这么下血本的酒楼，客人还没点菜呢，就先给上茶水、上点心，还给免费听书。

书生不信任地道："还有这等好事？你这茶水、点心，怕不是要收钱的吧？"

小二："哪能呢！您放心地等着就是。"

不给钱，白吃白喝还给讲故事，这谁不乐意？没过多久，连细霞楼的茶座里都等满了人。

唐慎很快就接到了傅渭，他亲自将傅渭带到二层雅间。

两人点了锅子，又点了一些菜，等到牛羊肉、蔬菜瓜果都上齐了时，王溱终于来了。

王溱还穿着一身官袍，入门便笑道："来迟了。"

傅渭经常不去翰林院，整日在家逗鸟种花，每天闲得很，闻言，他对自己的小弟子道："景则啊，瞧瞧你师兄，让为师在这等了半个时辰，一句'来迟了'就想打发为师？"

唐慎心道，距离您进细霞楼到现在，才不过一刻钟，但嘴上他却道："师兄事务繁忙，这才来迟了。"

王溱入了座，拂袖给自己斟茶，语气轻松："半个时辰？"说着，目光轻飘飘地扫向傅渭。

傅渭心虚地抬高声音："对，就是半个时辰，子丰，你想到该怎么赔偿为师和你师弟的这半个时辰了吗？"

王溱："今日这餐我请了如何？"

唐慎连忙道："师兄，今日是我请你与先生，怎能让你付账？"

傅渭却按住唐慎："哎，你懂什么，你师兄是什么官你不清楚？"

唐慎一愣："户部尚书？"

傅渭哈哈一笑，用筷子指了指王溱："天底下最有钱的官，可就是你师兄了！"

这话信息量太大，唐慎心里嘀咕，嘴上没说。

菜是上齐了，火锅里的水还没烧热，傅渭喝多了茶，出门方便去了，雅间里只剩下唐慎和王溱。

"你莫听先生胡说。"

唐慎抬起头，只见王溱一手捏着茶盖，一边轻轻拂去茶汤上的细渣。

王溱："小师弟在姑苏府有所别业……"

唐慎："师兄？"突然说这干啥？

王溱微笑道："师兄在金陵府，也有所别业。"

这是在解释你的钱不来自贪赃枉法，而是来自正当途径吗！

没过多久，傅渭回来，铜锅里的水也烧热了，傅渭夹了一块薄薄的羊肉片，轻轻放入水中，稍微涮了涮，肉片变色，从水中捞出，放在酱料碟里一蘸，再放入口中。"鲜爽细嫩，当真妙极！古人吃这拨霞供，多用兔肉，没想着用羊肉竟更是美味！"

唐慎笑道："先生再尝尝这涮牛肉。"说着，他涮了一筷子牛肉放入傅渭碗中。

傅渭朝他挤挤眼睛："牛肉，从辽人那儿弄的？"

唐慎咳嗽两声。

王溱一个人涮着牛肉，又涮了块羊肉，他看着唐慎不停地帮傅渭涮肉，放到他这儿，却显得凄凉冷清了一些。尚书大人自嘲地低语："我这是孤家寡人？"话音刚落，就见唐慎夹了一筷子羊肉，放入王溱碗中。

唐慎乖巧地笑道："是用公筷弄的，师兄放心。"干净得很，没我的口水。

师生三人吃了一锅热气腾腾的拨霞供，王溱下午还要去衙门办差，先走了。唐慎和傅渭又吃了半个时辰，傅渭十分餍足，正要走又听到茶座里说书人说的故事，又听了半个时辰才走。

等到晚上，姚僖、王霄、梅胜泽……唐慎的同僚、同窗好友，也一一来细霞楼。

梅胜泽吃了一口涮羊肉，惊为天人，当场做了一首诗："细掩烟霞气，入口化为惊。"

等到这群同窗进士们走了，唐慎喊来陆掌柜："你可知道，明日起该怎么宣传咱们这细霞楼，怎么打广告了？"

陆掌柜先是诧异道："打广告？"

唐慎还没开口，唐璜便道："这个我知道，广而告之是为广告，哥哥与我说过。"

唐慎笑骂："就你知道，你还不回家，待在这里做什么？"

唐璜："细霞楼第一天开张，我要等打烊了再回去。哥哥你不也没回去？"

唐慎没再理她，又问陆掌柜。

陆掌柜思索再三，道："盛京只做拨霞供的酒楼就咱们一家，将姑苏府的酒楼模式搬过来，显然也很受盛京人的喜欢。"

唐慎提醒道："不止如此，盛京的市场可比姑苏要大得多！"

第二日，不知从哪儿传出的风声，说正阳门西街新开的那家细霞楼是盛京文人最喜欢去的地方。一下子，文人们都爱去细霞楼，想沾沾书生气的寻常百姓，也爱去细霞楼。

陆掌柜直接将当朝进士梅胜泽写的那首诗找人题字，裱了起来，挂在酒楼正中央。为此，唐慎还给梅胜泽送了一壶酒。

如今正是寒冬季节，细霞楼的生意越做越红火，在整个盛京都有所名气。

腊月底，临近新年，这一日正轮到姚僖和唐慎当差。两人已经当差两个月，如今他们记录皇帝起居的差事做得很顺手，作为天子的身边人，两人偶尔也会得到赵辅的注意。

这一日，天上飘起了雪，赵辅本来在垂拱殿处理政务，后宫有妃子来报病，赵辅便动身去后宫探望。唐慎和姚僖守在宫门口静静地等着，一个时辰后，赵辅从宫门里出来。

季福垂着腰，小心地给赵辅打伞遮着天上飘下来的雪花。

赵辅出了宫门，只见唐慎和姚僖的头上积满了雪，赵辅一愣，接着道："一直在这儿等着呢？"唐慎和姚僖说是。赵辅开玩笑地指着唐慎的头发，对季福道："你瞧，姚卿就算了，他本身就四十有余，不年轻了，头上早有白发，只是唐卿，原本是一头黑发，如今却成了耄耋老翁。"嘴上这么说，随即赵辅却让两个太监上来给姚僐、唐慎打伞。

唐慎抬起头，悄悄地看了赵辅一眼。

回到垂拱殿，赵辅又让唐慎和姚僐先去换身衣服。

等到两人回来，赵辅拿着朱笔在折子上写上批语，慢慢搁下笔，他抬起头，坐在御座上，声音轻缓优雅："问机，你来到朕的身边多久了？"

问机是姚僐的字，赵辅突然喊姚僐，姚僐受宠若惊，立刻站起身道："臣担任起居郎，已有两月。"

赵辅仿佛这才想起来："是啊，两个月了。景则和问机是一起来的，那也是两个月了？"

唐慎站起身，作揖行礼："是。"

赵辅笑道："问机是盛京人，早见过这般大的雪，景则你似乎是江南人？"

唐慎手指一紧，语气平静："臣是姑苏人。"

"姑苏可有过这般大的雪？"

唐慎："往年很少有，只有前几年时南方雪灾，臣见过一回这般大的雪。"

听到这话，赵辅露出回忆的神色："前几年的南方雪灾……啊，是那年啊！那时景则还小吧？"

"臣那年十三岁。"

赵辅又问了几句，就不再问唐慎，而是问起姚僐以前在边疆战场上的见闻。姚僐二十年前曾经弃笔从戎，去过沙场，赵辅对姚僐一直别有关注，就是因为在进士中少有他这样的武将。

这一天，唐慎和姚僐回到家中，不过一会儿，就有太监到状元府、探花府送东西。

赵辅送了两人各一件狐裘袄子，还有许多宫中御用的点心。唐慎和姚三都去过落河镇，与辽人打过交道。特别是姚三，他与很多辽商熟悉。辽国盛产貂裘大袄，姚三摸着赵辅赐下的这件狐裘袄子，惊叹道："小东家，这件袄子毛色水亮，在辽国也不多见，可是上好的料子啊！"

唐慎默默地抚摸着这件狐裘袄子，他闭上眼，轻轻地叹了口气。

将狐裘袄子收入衣箱，唐慎进入书房，研起墨汁，书房中，烛光摇曳，唐慎想了许久，拿笔蘸了点墨汁，展开一张折子，认真地写字。第二日，他将这张折子送了上去，又过了三日，李舒和唐慎一起当差，赵辅单独将唐慎留下。

李舒惊讶地看了唐慎一眼，然后行礼离开。

唐慎在季福的带领下，进入登仙台。

登仙台中点着九十九盏烛台，分为三层、四面，将赵辅围在其中，赵辅的面前，是一排青铜烛台，这烛台上点着九盏长明灯。赵辅穿着白色的道袍，坐在其中，他头上没戴龙冠，而是用簪子随意地插着，几绺夹杂白发的头发落在肩上，看上去完全不像坐拥天下的皇帝，反而像个超然世外的道士。

李舒说过，除了中书省的几位相公外，只有征西元帅李景德、户部尚书王子丰和大理寺少卿苏温允可以进入登仙台，唐慎心想，也不知道他说的那些人是时常进入，还是只进入过一次。

但总而言之，唐慎今天进来了。

赵辅坐在烛台中央，静如仙人，仿佛连呼吸都没了。

良久，他轻轻吐出一口气，睁开眼，对唐慎道："景则，你今日见朕，见到了什么呀？"

都说"伴君如伴虎"，这话一出口，连季福都有些发懵。

修仙时候的赵辅是最奇怪的，脾气古怪，难以捉摸，有时会放声大笑，有时会勃然大怒，登仙台里死过好几个太监，也死过几个道童。赵辅在外面能做出一番明君的虚伪模样，但只要到了登仙台，他就不再将自己当作皇帝，而是当作一个仙人。

季福不知该怎么回答，唐慎也根本不懂。

但他只是稍微慌了一瞬，便冷静下来，过目不忘的本事让他的脑海里瞬间浮现出许多本道家经典，从《周易》《庄子》，到《道德经》《淮南子》。唐慎作揖行礼，声音清雅："上德不德，是以有德，下德不失德，是以无德。臣观陛下，超乎世外，见却未曾见，不见又似乎见了。"

赵辅哈哈大笑。

季福不认识几个字，不知道唐慎说的是什么意思，但看着赵辅高兴的模样，他心中嘀咕：没想着这唐大人比他还会拍马屁！今日可遇见行家了。

赵辅对季福道："你先下去吧。"

季福略有惊讶，但行礼道："是。"

大门关上，登仙台中只剩下两个守着长明灯的小道童，还有赵辅、唐慎。

赵辅盘腿打坐，望着唐慎："景则啊，你去过辽国？"

唐慎立刻行礼道："臣不曾去过。"

"哦，那你写的那折子，是何意思？"

唐慎解释道："臣不曾去过辽国，但臣去过落河镇。陛下不知，这落河镇是大梁与辽接壤的一个小镇，位于大梁国土北部偏东，我大梁偏西的北方城镇与辽多有摩擦，但是往东，却是贸易往来较多。"

赵辅点点头。

唐慎接着道："臣在落河镇时，见过一两个辽商，在街上也见过一些辽人，这些辽人表面上与我大梁人和善，却眼高于顶，言行粗俗，说话举止间毫无尊重，从未将我们大梁人放在眼里！臣观小小辽商都如此，辽国朝堂之上对我大梁如何，由此可见。所以臣不才，望陛下明鉴，那辽人是豺狼猛兽，不可小视啊！"

赵辅的视线越过唐慎，看向他身后的九盏长明灯。

唐慎始终低着头，不敢出声，连呼吸声都渐渐屏住。

赵辅道："朕知道了，你下去吧。"

唐慎一边行礼，一边后退，等出了登仙台的宫门，他才直起腰身。他先与守在门外的大太监季福行礼，季福受宠若惊，道："唐大人这可是抬举咱家了。"嘴上这么说，脸上的表情却没有一点惊惶，反而觉得理所当然。

唐慎离开登仙台，出宫回家。

次日，吏部官员来到中书省衙门，找到正在阅读先帝时期的《起居注》的唐慎，这吏部官员拿出圣旨，屋子里的起居郎和起居舍人们全部跪了一地，吏部官员大声宣读道："门下，朕膺昊天之眷命，中书省起居舍人唐慎文雅谦达，敬廷自守，处小室而兼旁信。今擢升五品起居郎，即日赴任，钦此。开平二十八年，正月。"

与此同时，这吏部官员又拿出另一份圣旨："门下，朕膺昊天之眷命，中书省起居郎张思敬敏躬亲，从善达雅。今擢升四品工部虞部郎中，即日赴任，钦此。开平二十八年，正月。"

众人全部大惊，唐慎和张思先领了圣旨。

等吏部的官员走了后，众人纷纷祝贺张思和唐慎升官，张思苦笑道："多谢诸位同僚。"

从五品的起居郎擢升为四品的工部郎中，张思表面上是升官了，但是从此以后他就离开皇权中心，再也没法时常面圣了！起居郎和起居舍人的结果通常有两种，一种是从起居郎直接擢升为中书官员，如中书舍人等，这样还可以时常面圣，另一种则是彻底远离皇权中心。

张思的未来可能不会止步于四品郎中，但再入中书省，只怕难了。他现在从中书省进入尚书省，未来除非成为一部尚书，否则再也进不了权力的中心中书省。

众人再向唐慎道喜。

唐慎目露惊讶，拱手道："多谢诸位同僚。"

张思望向唐慎的目光里多了一丝嫉妒和羡慕。

两个四五品官员的官职调动，在朝堂上，不过是水波轻荡，完全没引起水花，然而开平二十八年，新年刚过，皇帝赵辅便宣了圣旨，决定从盛京往北，再修建一条官道和一条运河！

这件事令朝堂众臣哗然。

户部左侍郎徐令厚上前一步，道："陛下，自开平十年大梁与辽国签订和平协约，距今已有十八载，然十八年间，天灾不断，远而不谈，近处便有三年前南方雪灾，去岁的河南大旱。国库不丰，修建官道和运河之事，望陛下三思啊！"

工部右侍郎谢诚一挥袖，道："两国避战已有十八载，古往今来，天灾之事从无停过。既然没有人祸，只因天灾，为何国库不丰？徐侍郎的意思是，陛下在位时，天灾比过往更多？"

王溱原本淡淡地听着，忽然听了这话，他轻轻抬眼，看了谢诚一眼。

徐令厚脸色涨红："臣绝无此意！官道便罢，自古以来，修建运河，每每都要劳民伤财。还望陛下放缓期限，不可一蹴而成。"

谢诚进言道："臣以为，前朝时期的大运河北起盛京，南下钱塘，已通南方，再建一条运河，通上北方，自此以后，南北相通，福泽千年！"

一时间，大臣纷纷进言。

赵辅坐在御座上，等到大臣们吵完了，没力气说话了，他再看向工部尚书袁穆，问道："袁卿意下如何？"

袁穆上前一步，行礼道：“通北一事，利在千古。臣以为，大善。”

赵辅再看向王溱：“子丰觉得呢？”

王溱走出官员队列，行礼道：“古有炀帝通南，利在百代，陛下通北，令南北全通，自是千古大事。但炀帝修运河通南，因南方河流诸多，又有雨水年年浇灌，大梁北方河流稀少，旱灾不断，臣以为运河一事可作缓解，不若弃运河，改修三条官道，以通东、西、正北。”

户部官员们立刻道：“臣以为此。”

袁穆望着王溱低眸看地的模样，心道你说话倒是滴水不漏，可不就是想少出点钱么？心里把王子丰骂了一通，但袁穆也知道往北修运河确实劳民伤财，于是也道：“臣以为此。”

赵辅道：“那便如子丰所言，散朝吧。”

等到散了朝，袁穆将王溱堵在宫道上，王大人微微一笑，袁大人无语道：“真修不了运河？”

王溱：“户部给得起，你工部便修得起？”

袁穆哑口无言。

他工部还真修不了一条往北的大运河！

这时，大太监季福走过来，他先行了一礼，再对王溱道：“王大人，陛下召见。”

第二十六章

试探

王溱随季福来到垂拱殿。

见了面，赵辅心情似乎不错，直接笑道："子丰早已知道？"

王溱左右看了眼，今日当差的起居郎是李舒，起居舍人是一个叫郭慧的，这两人都是赵辅的心腹，赵辅召见王溱说一些悄悄话，两人都当作没看见，并没有往《起居注》上记录。

王溱不解道："陛下所言，臣不知。"

大概心情是真的好，赵辅走下御座，绕着王溱看了一会儿，才道："你竟然真不知道！那你们师兄弟二人却是心有灵犀了。"

王溱稍稍琢磨一下，便推敲出事情的始末。

赵辅今日早朝上突然说要修一条官道和一条运河，这方案的可行性实在不大，从古至今，修运河都是劳民伤财，尤其是往北修运河，更是史无前例，恐怕耗尽国库也做不到！

赵辅不是个昏君，正相反，他在位二十八年，左右朝堂政局，巧妙平衡权臣间的政派关系。从一开始赵辅就没想过要修运河，他要的就是修三条官道，直通北方，他先提出一条看似不可行的政策，待臣子们反驳后，再假意委全，同意修三条官道的政策。

这点王溱看得透，今日早朝上的几位相公也看得透，所以众人齐力陪赵辅演了出戏，促成修三条官道的局面。只是王溱没想到，这事背后还有他家小师弟的影子。

从垂拱殿出来后，王溱通过关系找到季福，稍稍打听了一下，得知年前唐慎曾经送过折子上去，再联系到唐慎近日突然官升五品起居郎，王溱将腰间那条白玉香囊解了下来，放在手中把玩。

“景则啊景则，你可真是总给我惊喜！”

朝廷要修路，还是三条直通北方的官路，一下子整个朝堂都有了事做。

户部要负责拨发银两，吏部要负责调度官员，兵部负责沿路安全……工部最忙，工部负责修路的衙门叫虞部，掌管山泽、舟道、织造等。皇帝的诏书下来，虞部官员全部被分派到三条官路的路线上，因为同时要修三条官道，虞部人手不足，还从水部、文思院到处抽拨人才。

梅胜泽原属于工部门下的水部，去年末他们水部刚将太液池重修了一番，还没喘口气，又被抽调去虞部。

正月十九，梅胜泽即将离开盛京，前往幽州。

“此去也不知何时才能再回来，最早也要到明年了！”细霞楼中，梅胜泽起身举杯，对在座的国子监同窗们苦笑道，“都说我有造化，虽说没考上一甲，但吏员考试后被留在盛京，没有外放。可诸位，我这还不如外放啊！”

梅胜泽要走，国子监的同窗们在细霞楼相约给他送别。

刘放也被留在盛京，做了京官，隶属户部，他举杯道：“胜泽兄哪里的话，三条官道如今可是大生意。”

梅胜泽无奈道：“是大生意，可与我这个六品小官有何干系？”

众人只得不断给梅胜泽夹菜劝酒，梅胜泽痛苦地不停喝酒，很快就醉倒在酒席上。唐慎让陆掌柜给他找了个无人的雅间休息一下午，到晚上，梅胜泽晕晕乎乎地醒了，国子监的同窗们都走了，只剩下唐慎还在。

在国子监时，梅胜泽就与唐慎关系最好，如今只剩下两人，他毫无顾忌，对唐慎大吐苦水：“景则啊，你说我是做了哪门子的孽！寻常人留作京官，那都是前途似锦，我可好，一抬脚就进了工部，刚修完水池，就要去修路。可怜我寒窗十载，早知就不入儒家，多读工家书籍了！”

唐慎给他倒了杯醒酒茶：“也没你说的那么糟糕吧。”

梅胜泽：“没我说得这么糟糕？确实，修三条通北官道，这事绝对是今年的大工程，无论是民间的工匠调动，还是官道的选址规划，内里都大有门路。”

碰到这种大工程，哪怕不用贪墨，经手的官员都能蹭到一笔不错的油水。

“可是这和我有什么关系啊！”梅胜泽仰天长叹，“圣上到底为何突然要修官路，这是哪位天杀的大人提出这种主意。他是嘴巴一张，我们这些小官可是要累死累活地干一年了！”

唐慎义正词严：“提出这种主意的，简直没人性！”神情大义凛然，仿佛真的同仇敌忾。

送走了梅胜泽后，唐慎意外地又收到几张请柬。

其一是原五品起居郎张思的。起居郎共有三人，唐慎擢升为起居郎，张思就被他顶走，变为四品虞部郎中，原本张思以为这是明升暗降，心中大苦，但随即朝廷要修三条官道，他瞬间咸鱼大翻身。

梅胜泽才是六品小官，修路的事他只能分到一点油沫，大头和他无关，但张思不同。一时间，张思风头无两，他宴请同僚，准备动身前往幽州。

酒宴上，张思主动敬了唐慎一杯，唐慎恭敬地回酒。

张思主动道：“原来陛下如此深谋远虑，此前是我心中狭隘了，我还曾经嫉羡于你，景则，真是对不住。”

唐慎：“祝张大人一路顺风。”

要是官道修得好，张思可不仅仅能从中赚一笔，说不定还能升官。

张思走后，第二个要走的，竟然是王霄。

开平二十七年，状元姚僐、探花唐慎都进入中书省，成了五品起居郎。只有榜眼王霄仿佛被赵辅遗忘了似的，一直待在翰林院做七品翰林编撰，做了整整一年。如今朝廷要修官路，他忽然接到授命，擢升为五品虞部员外，即日赶往宁州修路。

当真是沉寂一载，一朝翻身。

他们这一榜的进士，有一大半已经离开了盛京，还有一小半相聚在千里楼。

唐慎和姚僐半年不见王霄，如今再相见，三人都是感慨万千。

王霄仿佛苍老了五岁，明明才不过而立之年，鬓间就有了白发。他举杯敬唐慎和姚僐，三人没说太多的话，只是喝酒，入了午夜，王霄兴尽返家，三日后，他收拾了行囊，北上宁州，然而临走前，竟然有客人来访。

王霄亲自出门迎接，是户部尚书府的管家。

王霄将王溱的管家迎进门，管家将一封信送与王霄，道：“尚书大人公务繁忙，不能亲自送你，他写了这封信，特意嘱咐我送来。王公子去到宁州后，若遇急事，将信交给工部左侍郎大人便可。”

来盛京两年，王霄早就没想过攀上王溱这门远房亲戚，如今拿着这封信，他忽然潸然泪下。

“多谢尚书大人！”

十年寒窗读书苦，一载盛京人情凉。

如今，他将踏上北去的路，迎来自己崭新的人生。

朝廷要修的这三条官路，分别通到幽州、刺州和宁州，三州都在大梁与辽国的交界处，分别位于西北、正北和东北。实际上，修三条官道是假，大梁真正要修的是通往幽州的这条官道。

幽州官道由工部尚书袁穆亲自监修。

幽州是大梁防御辽军最重要的关卡，修建一条直达幽州的官道，是为了寻常时传递军情方便，更是为了日后两国交战，能用更快的速度将军粮送往前线。

唐慎只是在奏折里提出建议，建议赵辅可以“明修栈道暗度陈仓”，虚实相间，修三条官道，用另外两条官道来掩护真正想修的幽州官道，不过他也没料到，赵辅的第三条官道选的竟然是通往宁州。

宁州，位于大梁的东北部，落河镇便在宁州北部！

宁州官道是最好修的，路途最短。如此一来，哪怕细霞楼今年没能打出自己的渠道，年底时他们也能通过官道运送羊肉、牛肉，不用再看辽国商人耶律究的脸色。

得知朝廷要修路的事，姚三和陆掌柜喜出望外。

三月，姚三动身打算前往落河镇，打探一下修官道的情况。唐璜在盛京待了半年，闷得很，一定要姚三带她去，姚三拗不过，只能带唐璜一起上路。

四月，两人从落河镇回来。

姚三道："小东家，宁州官道修得真快！这一路上本就没有什么山川阻隔，大多是平原，如今一路修过去，我沿路瞧着，至少已经修了六分之一。想来年底时肯定能修好！"

唐慎作为起居郎，在记录皇帝起居的时候也听过不少工部官员从北边回来的报信，和姚三说的工程进度差不多，往幽州的官道最难修，刺州其次，最好修的就是宁州官道。

唐璜："其实大梁一直有往北的官道，只是新修的这三条不同。新修的三条是直通北方，没有一点绕路，且道路更宽，遇到容易下雨的地方，甚至还用了碎石铺路。"

唐慎这才看向唐璜。

整整四年，唐璜从一个九岁的小女孩变成了如今十三岁的姑娘。

寻常姑娘都喜欢养在深闺，刺绣描花，唐璜来到盛京后，却经常往细霞楼走。这次唐璜要去落河镇，唐慎原本要阻拦，但是望着妹妹坚毅的神情，还有那与其他姑娘截然不同的、不那么白皙的脸庞，才没有阻止。

百姓是不得有国家地图的，唐璜便拿了一张宣纸，按照自己一路北上的记忆在宣纸上画了粗糙的草图。她道："辽国与大梁进行贸易往来，大多在宁州，宁州官道最迟年底就能修好，如此一来，除非是极其恶劣的天气，宁州的货物一日就能送到盛京。"

小姑娘用不那么细腻的手往南又画了一条弯弯曲曲的线："盛京往南，有大运河。寻常客船，半月可从盛京抵达钱塘，但这是走得慢、走得稳，若要快点，最多五日，就可以从南往北……"

唐慎望着自家妹妹，语气认真："所以？"

突然被问，唐璜一下子懵了，她张着嘴，又变成一个十三岁的小姑娘。

想了半天，唐璜吞吞吐吐地道："哥，我只是觉得这么好的运输条件，好像还能做点什么……你不是说咱们细霞楼、珍宝阁在姑苏府最大的优势不是肥皂，而是唐氏物流吗？"

唐慎认真地看着唐璜，良久，他笑道："你说得对，这么好的条件，不利用起来简直是暴殄天物！"

初入五月，开平皇帝赵辅突染头风，病倒在了龙榻上。

赵辅早有头风症，十几年前还曾经因此大病一场，醒来后便一心向道，寻求长生不老。赵辅年年都犯头风症，如今或许是年岁大了，这次的头风来势汹汹，赵辅休了早朝，将朝堂事务交给中书省，自己在福宁殿中休养。

唐慎身为起居郎，并没有因此放假。

每日，起居郎和起居舍人都要守在福宁殿外，他们记录不了什么东西，可也得守着，到了傍晚，就要去中书省向各位相公述职。唐慎去述职，主要就是将自己今天碰到的事大致与相公们说说，比如赵辅的病情有没有恶化，赵辅有没有什么话要对相公们说，第二天赵辅有什么打算，是继续停朝，还是再做想法。

在福宁殿外守了一整天，唐慎与两个起居舍人离开福宁殿，那两人先从偏门离开了皇宫，唐慎却拐了个弯，绕到勤政殿。勤政殿，是中书省几位相公入宫后待的地方，每日朝堂上的大小事务都先传到勤政殿，由中书省官员们审理后，写上建议，再递交给赵辅，赵辅看过后可能自己就给了批复，再发到勤政殿。要是相公们没什么意见，这折子就传下去了，要是相公们有其他建议，便会再把折子递上去，赵辅再阅。

唐慎来到勤政殿，先入一道帘花门，再往内，抬头便看到一扇镶着四朵梅花门簪的宫门。

入门后，唐慎被小吏引到左丞陈相公的屋子里。

“下官唐慎，见过陈相公。”

陈凌海正在翻阅一本折子，听到声音，他抬头看见唐慎。小吏朝他行了礼，便离开堂屋，陈凌海一手拿着折子，一面饶有兴致地打量唐慎，他笑道：“唐大人来了。”

唐慎作揖道：“臣来述职。”

接着，唐慎将今天福宁殿的事说了一遍，其实没什么事，赵辅在福宁殿里躺了一天，没见官员、没出门走动，临到傍晚就对唐慎说，让中书省继续代理前朝，然后就服下太医熬的药，昏昏沉沉地睡了。

陈凌海听完后，道：“唐大人辛苦了。”

唐慎略有惊讶，他明明是第一次见陈凌海，怎么这陈凌海对他反而有几分奇怪的亲近。

中书省共有四位丞相，分别是左相、右相、左丞和右丞，两相为尊，是当朝宰相；两丞为辅，是当朝副相，陈凌海便是副相之一。他们四人是正儿八经的大梁相公，除此以外，尚书省的六部尚书也勉强可以被尊称一声“相公”，王溱就是后面这种“假相公”。

唐慎心中犯嘀咕，说道：“下官只是做了分内之事。”

述职结束，唐慎向陈凌海告辞，准备出宫。他才刚出陈凌海的屋子，就碰见一个蓄着小胡、身穿二品官袍的中年男人从对面花廊里走来，见到唐慎，他面露诧异，这时陈大人走出来，笑道：“孟大人。”

来人竟是礼部尚书孟阆。

孟阆见到唐慎，那目光可比陈相公更赤裸直接。他上下打量了唐慎许久，明明当初就是他在殿试上读了唐慎的名字，宣读他是开平二十七年的探花，可如今他竟然装作一脸不认识的模样，故意大声道：“陈大人，这是何人，我怎么没在勤政殿见过？”

陈相公道：“这是起居郎唐慎唐大人。”

孟尚书一唱一和：“哦，原来是唐大人，唐大人来这是作甚呢？”

唐慎被噎了一下，还是说：“回孟大人的话，陛下龙体有恙，下官来述职。”

孟尚书拉长了声音：“来中书省述职，只朝陈大人一人述职，那我等其他人呢？”

孟尚书："唐大人可不能厚此薄彼，咱们可都关心陛下的龙体。如此，你先与我说一番，等说完后，我再带你去向钟大人、徐大人……他们都说一遍。"

唐慎无奈地想：这都什么人啊！

唐慎一开始还以为孟阆是故意找自己麻烦。

然而孟尚书兴致勃勃地带唐慎先去找当朝左相纪大人，纪大人不在，他又去找王大人，巧得很，王大人也不在。如此，本朝最权贵的四位相公、一品大员，有两位就不在了，不过右丞徐大人在，徐大人是个头发花白、笑容和蔼的老者，他听说唐慎是谁后，笑眯眯地盯着看了一会儿，道："还有尚书六部吧？最后再去户部好了。"

孟尚书微微一笑："是。"

六部尚书是二品官员，不能像四位相公一样一人拥有一间屋子，他们都是两人一屋。孟尚书坏得很，先带唐慎去了吏部、工部、刑部、兵部，最后才来到户部和礼部共用的这间屋子。

孟尚书推开门，王溱抬起头，看到走在孟阆身后的唐慎，王大人挑了挑眉。

孟尚书道："王大人，宫中来官员述职了。"

王溱起身，来到唐慎面前，笑道："小师弟。"

孟尚书大惊道："原来王大人和唐大人竟然是师兄弟？对，我一时间竟忘了。"

唐慎心想：我看你的脸皮配得上你的二品大员的官袍！

王大人悠然道："既然是来述职的，便说说吧。"

唐慎恭恭敬敬地把赵辅的情况又说了一遍，他语气温和，神色镇定，不卑不亢，不骄不躁，然而他态度有多谦卑，内心里就有多骂爹。

王溱听完后："陛下龙体抱恙，我等官员不能为陛下排忧解难，实乃失责。孟大人，听闻周朝时有一古礼，在宫中建台为陛下诵经九日，可为天子祈福，庇佑天子万福。此事古来是由大祭司做，如今怕是只有孟大人才有此地位。我明日便写了折子上去，请陛下恩准，让孟大人为天子祈福，如此好事，微臣也时刻挂记，可惜未曾执掌礼部，是便宜了孟大人了。"

孟阆一愣："我怎的从未听说过这种周礼？"

王溱认真道："有的，在《尔雅》中。"

孟阆："真的？"

王溱："真的。"

孟阆："我想起家中还有事，先行告辞，就不打扰王大人和唐大人叙旧了。"

孟尚书转身就走，唐慎从没见过这么翻脸比翻书还快的当朝权臣。

王溱收拾了一下东西，道："我们也走吧。"

唐慎一时没反应过来，懵懵地看他。

王溱笑了，道："宫里快下钥了，今日我不在宫中当值。莫非，小师弟想留在勤政殿？"

"走走走。"他早就想走了！

唐慎蹭了一下王溱的车，马车嗒嗒地离开了皇宫。

王溱解释道："勤政殿并不向你们想的那样终日忙碌，上个月勤政殿忙于向北修的三条官道，到了五月，事务才少了些。六部中，最闲的便是礼部，你没来之前，每当由你负责写折子，将圣上的旨意传递到勤政殿，一旦被孟大人瞧见了，都会特意拿过来给我看看。"

唐慎："啊，为什么？"

王溱看着唐慎："不懂？"

唐慎想了想："因为我是你师弟？"

"因为我们的字有些像。"王溱感慨道，"你参加科举已经是一年多前的事了，孟大人真是无所事事，至今都记着！往常你不来勤政殿就罢了，今日你来了，他更是故意要捉弄你一番，其实也不是捉弄你，他是在拿我寻开心，只是连累你了。"

这话直接点破了，一年前唐慎之所以能高中探花，王溱在背后真的出了不少力。

唐慎默了默，道："多谢子丰师兄。"

王溱看着他，问："用过晚饭了？"

"还未。"

"那便去尚书府一起用了吧。"

在尚书府吃了一顿江南美食后，唐慎回到家中，他把自己未来去宫中当差的日子盘算了一下，大概每三天他就要去一次勤政殿！

唉，这都什么事啊！

唐慎已经做好准备，以后去勤政殿述职，恐怕都得被孟尚书和其他当朝大员看热闹。谁料三日后他去宫中当差的时候听李舒说，礼部尚书孟大人竟然真的去天坛为赵辅诵经祈福了！

李舒："听闻是王相公说的，古来有这么个周礼。原本孟相公压根儿没放心上，只当是王相公胡乱扯的，谁料第二天王相公真拿了一本古籍，指给孟相公看，孟相公瞠目结舌，二话不说，当天下午就去天坛了。"

唐慎："这样啊。"

王溱说的话，怎么可能是错的！

三年前梁诵曾经对唐慎说过，过目不忘的人他这辈子见过一个，说的就是王溱。

没了无聊的孟大人，唐慎去勤政殿述职最多被权臣们多看两眼，但没人会特意拿他寻王溱的开心。

过了半个月，赵辅的身体日渐好转。

这一日下午，唐慎和起居舍人守在福宁殿外，远远地只见一个深红官袍的年轻身影走了过来。大理寺少卿苏温允被赵辅召进福宁殿，两人在殿中说了小半个时辰的话。

苏温允还没出来，大太监季福就出了殿门，道："唐大人，官家请您进去。"

唐慎立刻进殿。

赵辅躺在床上，面颊消瘦，气色虚弱。见唐慎进来了，他道："景则啊，你原先在翰林院供职过许久，对翰林院也算熟悉，斐然要去翰林院为朕寻一本书，你带他去，可好？"

唐慎心中一顿，他行礼道：“臣领命。”

赵辅笑了：“斐然，你随他去吧。”

唐慎抬起头，目光恰巧与苏温允对上。

这人明媚灿烂的双眸里闪过一道光芒，他也正望着唐慎，听了赵辅的话，苏温允勾起唇角，笑吟吟道：“是。”

唐慎和苏温允出了宫门，向东行，往翰林院去。

临近六月，天气炎热，又是下午，两人离开皇宫时正是一天最热的时候，皇宫前殿种树很少，火辣辣的太阳毫无遮拦地照射下来，唐慎走出宫门时已经浑身是汗。他一声不吭地往前走，一道悦耳的声音在他身旁响起：“唐大人不热吗？”

唐慎脚步一顿，他抬起头看向苏温允，道：“苏大人热了？”

“有点。”

“那我们走慢点。”

说是出了皇宫，其实还在皇城外围，只不过是到了各个衙门的所在地，周围并没有太多百姓，多是在各部间走动的京官。唐慎是五品起居郎，苏温允更是穿着四品的官袍，这些品级低的京官见着他们，都得停下来先行礼再走。

苏温允声音带笑：“很早就听过唐大人的名字，如今见了，真是百闻不如一见。”

唐慎看着他，只见苏温允姣好的面庞上全是笑意，并没有什么特别的意思。这是一个难得的与苏温允接触的机会，唐慎心中思绪万千，他也笑道：“下官倒是惶恐了。”

苏温允：“如何？”

唐慎：“苏大人身为大理寺少卿，是掌管天底下所有犯事的命官，被苏大人惦记着……下官可不得诚惶诚恐？”

苏温允愣了一瞬，接着笑了起来。他的长相本就有点女气，如今一笑，更是艳丽明媚。

“唐大人是个妙人。”

凡事讲究点到为止，唐慎憨厚地笑了笑，没再说话。

苏温允：“以前听到唐大人的名字，多是和傅大人、王大人联系在一块儿。听闻唐大人是姑苏人？”

“正是。”

“姑苏是个好地方啊，人才辈出，朝中不少官员都出自姑苏，远的不说，便说如今的姑苏府尹是开平六年时的探花，本身就是姑苏人，至于前任姑苏府尹梁诵梁大人，更是一代大儒。”

唐慎心中一紧，他点头道：“是这样吗？”

苏温允微笑着看着唐慎：“是呀。”

两人没再说话。等到了翰林院，唐慎说明来意，翰林院的官员立即将二人迎了进去。

今日在藏书阁当差的翰林学士是与唐慎不熟的一位，唐慎将人带到了，他对苏温允说：“苏大人，既然您已经到翰林院了，接下来便由肖大人引您去寻书吧，下官今日还有差事，先回宫了。”

苏温允道：“圣上既然说了由唐大人帮我，唐大人也无须这般着急，不若一起留下来看看？”

唐慎无法推脱，只能跟着苏温允、肖继来到藏书阁。

翰林院收藏天下书籍，除了皇帝的《起居注》额外有专门的地方摆放，其他任何书籍，都得在翰林院有备份，哪怕是史官写的史书，往往也会直接把原本放在翰林院，请翰林院代为保管。

苏温允要找的是三年前的书。

他找的书品类特别多，有天文地理，还有那一年各地官员的调动资料。肖学士见苏温允竟然要找官员调动资料，心中警铃大作，想起眼前这个煞星是干什么事的，急忙道：“地方的官员调动资料都是由吏部管理，哪怕是翰林院也没有完整的书籍记录，写得都不够全。如果苏大人想找，不如去吏部看看？”

苏温允道：“无妨，圣上只是想看看那年的事而已，没有完整的书也无大碍。”

苏温允找了十几本书，完全超出了赵辅说的“一本书”的范畴，可没人敢说他不对。肖继专门找了一个七品小官，让他帮苏温允把这些书搬到大理寺衙门。

这下唐慎真可以走了，到这时候，苏温允也没再管唐慎，他翻着一本三年前的滁州文人诗集，饶有兴致地看着。

唐慎离开翰林院，他抬头看着渐渐西斜的夕阳，一阵凉风吹过来，他才惊觉自己出了一身的汗。

苏温允找了很多三年前的书。

苏温允……找了那年和姑苏府有关的书！

唐慎站在翰林院门口，只觉心中发寒，喉间干涩，他张了张嘴，却说不出一个字。

到晚上，唐慎拿着一壶酒来到尚书府。

王溱正在书房里作画，唐慎来了后，非常熟练地拿起墨锭为他研墨。

这件事唐慎做得多了，研墨时非常顺手，王溱也只是抬眸看了他一眼，没说什么。师兄弟二人一个画画，一个研墨，书房中只听到蜡烛烧断的爆声。王溱收起笔，画完了一张墨菊图后，对唐慎道：“小师弟，不若由你来为这幅画题字？”

唐慎一愣：“我？”

王溱笑着说：“嗯，来吧。”

唐慎被塞了只笔到手上，他看着王溱画好的这幅墨菊图，想了想，在左上角写下一句诗。

“采菊东篱下，悠然见南山。”王溱念出来，他道，“写上你的名字。”

唐慎又在诗句的左侧写下“唐景则”三个字，王溱接过他的笔，在他的名字旁边写下“王子丰”三个字，接着拿出印章，印了上去。

一幅墨菊图便这样完成了。

王溱看到唐慎还带了酒来，道：“今日你可来晚了，小师弟，我用过晚饭了，你还没用吗？”

唐慎："我用过了。"

王溱闻言，微讶地看了唐慎一眼。

"那便把这壶酒留着，下次再喝。"

王溱没问唐慎今天来是想做什么，他画完一幅墨菊图，又让唐慎研墨，他写起字来，烛光下，王子丰清朗出尘的面庞仿若谪仙，他静静地提笔写字，一笔一画间，颇有洒墨挥毫的超脱之感。

唐慎看着王溱，不由看出了神，渐渐的，他的心也静了下来。

写完一幅字，王溱道："小师弟看什么这般入神？"

唐慎："看被烛光照亮的师兄。"

闻言，王溱抬起头，看着唐慎。

两人双目对视，王溱笑了："有何可看？我难道不一直都是你的师兄？"

唐慎心满意足地离开了尚书府。

王子丰会保他。

哪怕真的被苏温允、被赵辅看出了什么，王子丰也一定会保他！

没有任何原因，唐慎得出了这个结论，出于对王溱的信任，他甚至都没想过如果赵辅真要动他，王溱怎么从一个皇帝的手中保他下来。

不过接下来的日子，倒是仿佛印证了唐慎在杞人忧天——想多了！

进入六月，赵辅身体好转，又恢复了早朝。六月初三，南方有地方官员进京觐见，还带来了一头雪白的鹿，引得朝堂大惊，赵辅身体刚刚好，见到这头鹿，他竟然惊喜地直接下了御座，来到白鹿跟前，抚摸它的小角。

"这……这竟然是白鹿？"

那地方官员行了一礼，语气激动："回陛下，上个月臣治下的一个村人在林中寻到了这头鹿，自古有言，白鹿，王者明惠及下则至！臣不敢耽搁，马不停蹄地将神鹿送上。陛下，这是祥瑞之兆啊！"

朝堂上，群臣道："陛下福泽苍生，天降祥瑞！"

收下白鹿后，赵辅心情大好，原本还有些苍白的气色一夜之间就全部好了。他心情好，就开始疯狂给身边的人赏赐东西。赏赐后宫妃子不说，伺候他的太监们也得了好处，就连唐慎和另两个当差的起居舍人也得了赏赐。

散了早朝，赵辅亲自到饲养动物的院子里看这头鹿，还对唐慎道："景则啊，你看这头鹿，它连睫毛都是白的。"

赵辅对唐慎的态度并没有什么改变。

另一边，苏温允也再没与唐慎接触过。

看样子赵辅要苏温允做的事和唐慎完全没关系，真是他想多了。

松了口气，唐慎反思起来。其实说实话，他和梁诵的关系哪怕真的曝光了，也没什么大不了的。不说梁诵只是他的启蒙老师，他如今师从傅渭，哪怕赵辅知道了他当过梁诵的学生，最可能的结果就是会因此疏远他，让他得不到重用，但除非赵辅的心眼小到令人发指，否则他不至于一定要为难唐慎。

更何况，梁诵死后，唐慎马不停蹄地来到盛京，拜师傅渭，简直将“我想与梁诵撇清关系”这句话顶在了脑门上。除非赵辅真的开了天眼，否则他不应该将唐慎进京当官的目的和梁诵等人联系起来。

这件事让唐慎提心吊胆了半个月，如今回想，唯一的好处就是唐慎第一次与王溱摊开了一切，真正地说了一次话。

七月，唐慎趁着休沐日，请了几天假，北上前往宁州。

第二十七章

人祸

这是唐慎第二次北上，去的依旧是宁州。

这次唐璜待在家中没去，姚三和唐慎一起结伴向北，一路上，姚三坐在马车前面驾车，唐慎坐在车厢中，时不时掀开车帘，看看外面的情况。

从盛京出发，一路上官道宽敞，依着乡野间的田塍而建，又不伤及田中的庄稼，虞部在尽可能宽的基础上，推开杂草、山丘，建成了一条平坦大路。等走了三个时辰，新修的官道走到了尽头，只见许多工匠弯腰铲土，埋头修建官道。

唐慎和姚三只能绕道行驶，本来两人已经走了三分之二的路，这一绕路，剩下的三分之一花了足足四个时辰才到宁州。

宁州城也比去年见到的更为繁华。

唐慎和姚三先找了个客栈歇下，第二日清晨，姚三到街上打听了一下工部的五品虞部院外王霄住在哪儿。打听到后，午后，唐慎拎了一盒盛京带来的特产和一盒姑苏府的碧螺春来到王霄家拜访。

王霄并不在家，王霄的妻子接待了唐慎。

等到傍晚，王霄下衙回家，见到唐慎，惊喜不已："景则，你怎的来了？！"

唐慎站起身，走了过去："岱岳兄，许久不见，近来可还好？"

"好得很。你还未曾说你怎么来宁州城了？"王霄对自家夫人说道，"你快去厨房里炒两个拿手菜，景则也是江南人，吃得惯你的手艺。"

王夫人笑盈盈地离去。

入了夜，唐慎与王霄把酒言欢。

王霄有说不完的话："我来宁州三个月，你是我见到的唯一一个老朋友。宁州哪儿都好，就是熟悉的人一个都不在。"

唐慎："今天看着岱岳兄这般模样，让我想起一个成语。"

"哦，什么成语？"

唐慎笑道："心宽体胖（pang）。"

王霄愣住，过了会儿才道："什么心宽体胖，那是心宽体胖（pan）！好你个唐景则，我们同榜进士，数月不见，我好心招待你，你竟然故意说我胖了。我真胖了？"

唐慎耸耸肩："胖没胖，岱岳兄心中没点数吗？"

"哈哈哈哈。"两人相视一笑。

在盛京时，王霄终日在清水衙门翰林院办差，又因为同榜进士们一个个升官，就他还在翰林院受苦，他心中愤懑，整日郁郁寡欢，人也日渐消瘦。如今到了宁州，天高皇帝远，工部官员在这就是地头蛇，除此以外，他还升了官，是人逢喜事精神爽，便显露出富态来。

唐慎大致说了说这几个月盛京的情况，王霄直接道："景则，你今日来找我，可是有事？"

唐慎拱手道："也不瞒着岱岳兄，确实有事相求。岱岳兄也知道，我唐家在姑苏府是从商的，颇有一些基业，盛京的那栋细霞楼就是我的产业，去岁刚开张时岱岳兄还去过，我那细霞楼卖的都是拨霞供，其中的羊肉和牛肉都是从辽商那儿买的。"

王霄微微转了眼珠，明白唐慎的意思，但他仍旧问道："景则，你想作甚？"

唐慎语气认真："岱岳兄，敢问这宁州到盛京的官道今年能否修好？我来宁州时已经看了一段新修的官路，剩下的那段官路，是从哪儿走？民间行商的话，宁州、盛京两地往返大约要花费多久？"

王霄松了口气，笑道："幸好只是这等事，我虽说是五品郎中，但再大的事也帮不上你。"

接着，王霄大致和唐慎说了说新官道途径的几座城市。

来宁州的第三日，唐慎和姚三前往落河镇，联系新的辽商卖家。随着半年时光过去，耶律究渐渐对细霞楼的生意起了疑心，冬日时候，细霞楼的牛羊肉需求量极大，每日都要运过去好几车，可到了夏日，需求量立刻减少。

耶律究的梁人掌柜向姚三询问过这件事，都被姚三搪塞过去，但到冬日，这事肯定瞒不住。

两人又去牙行，买了一些伙计。

回盛京的一路上，唐慎特意绕去王霄说的几个县，踩了踩点。

等两人回到盛京，已经是一周后的事了。

休息了一夜，第二日轮到唐慎当差。才过丑时，唐慎就穿上官服，来到皇宫，在百官等待皇帝早朝的间隙，唐慎与中书省的另两位起居舍人交谈这些天发生的事，听了一会儿，当听到昨日朝堂上的一道旨令，唐慎错愕道："巡查使？"

一位起居舍人道："正是，唐大人今日才回来，自然不知道，昨日工部尚书袁穆袁大人亲自回京，禀报三条官道的修建情况。圣上十分满意，又封了三位巡查使，命他们三日内启程分别前往幽州、刺州和宁州，巡查官道修建情况，这三人分别是户部尚书王大人，大理寺少卿苏大人以及御史台的宋大人。"

王溱，苏温允，宋循。

前两者不用多说，是赵辅面前的大红人。宋循是御史台的侍御史，比前两人年岁大了点，但也是赵辅的心腹，曾经多次出入垂拱殿，与赵辅私下交谈。

皇帝派人巡查新修的官道，派三个心腹过去，看上去毫无问题。

唐慎略有些惊讶，他将疑惑放进肚子里，没有作声。

下朝后，赵辅在垂拱殿召见了王溱、苏温允和宋循，询问他们过两日北上的事可准备好了，三位巡查使一一回答。赵辅又赐给他们一人一张诏书，正式封了三人巡查使的职位。

午后，唐慎奉赵辅的命令，到中书衙门送折子。

赵辅下午是要午睡的，唐慎一时半会儿不回去也不碍事。他送完折子后想了想，来到户部尚书和礼部尚书共用的堂屋，然而他鼓足勇气敲了门，却见屋子里只有两个七品小官在处理政务。

见到唐慎，两人皆愣，起身道："拜见起居郎大人。"

唐慎有些尴尬："王大人和孟大人不在吗？"

"孟大人去御史台了，王大人今日不在中书省办差，在户部办差。唐大人要找的是王大人吗？如若有急事，可要下官去户部通知一声？"

"不用了！"

唐慎窘迫地离开。

天色渐晚，赵辅修完仙，唐慎和两个起居舍人一起离开皇宫。

刚出宫门，一个车夫模样的人就迎了上来，他对唐慎道："唐大人，这边请。"

唐慎和两个起居舍人顺着车夫手指的方向看去，只见一顶深红布宽轿停在宫门外的角门旁，不知等了多久了。大梁官员中，唯有二品以上的官员才可用红布的轿子。

车夫道："尚书大人等您多时了。"

唐慎想起今天下午自己去找王溱，结果扑了个空的事，他走过去，掀开轿帘，只见王溱捧着一本书坐在轿中悠闲地看着。

唐慎站在轿外，道："子丰师兄。"

王溱放下书，瞧了瞧外头的天色，道："月上中天，星云低垂。小师弟如今才离宫，真是鞠躬尽瘁，国家栋梁。"唐慎没明白他怎么突然说了一大堆废话，就见王溱微微侧身，笑道："栋梁之材，上来吧。"

栋梁之材唐慎正要说话，嘴巴张开又觉得王子丰也没骂人，没必要回答，他只想了一下，就乖乖上了轿子。

王溱道："回尚书府。"

轿子抬起，往尚书府而去。

尚书府和探花府在同一条路上，但先途径探花府，再过两条巷子才到尚书府。

轿子摇摇晃晃地走着，王溱："小师弟下午去勤政殿找我了？"

唐慎心道：王子丰你怕不是在宫里养了一百个眼线吧！

唐慎："是下午我碰到的两位大人和师兄说的？"

王溱诧异道："你还碰到人了，碰见谁了？"

你真的养了眼线啊！

唐慎："也没有其他事，就是正巧圣上让我去勤政殿送折子，顺道看看师兄，只是师兄不在，就回去了。"

王溱笑道："小师弟是有事特意找我？"

唐慎没吭声。

王溱拉长了尾音，道："小师弟？"

"确实有事。"

王溱脸上的笑容敛了一瞬，他目露惊讶，似乎没想到唐慎会这么坦白地说出这话，他定定地望着唐慎。只见唐慎深吸一口气，开门见山地说道："我刚回盛京，便听说了师兄要去幽州的事。师兄身为户部尚书，按理说巡查使的事不该轮到师兄头上，户部还有很多政务等着师兄处理，所以我有些好奇，同时想到师兄要离开盛京了，就想去见见你。"

王溱眉头皱起，没有回答。

唐慎见状，察觉到一丝不对，他问道："师兄？"

这时，轿子正好到探花府前，轿夫停了轿子，问道："大人，可要停下？"

唐慎抬手掀开轿帘，只见轿子已经停在了自家门前，王溱不说话，唐慎也不知该说什么。按着他以前对王溱的态度，他不会直截了当地说这样的话，他本以为他与王溱至少是师兄弟，他可以信任王溱，至少信任他一半，但如今看来，还是得和梁诵先生说的一样，要对王子丰永远抱有戒备之心。

唐慎道："师兄，到我家了，我先下去了。"说着，唐慎起身离开。

他刚起身，就被人拉住。

唐慎惊愕地看去，只见王子丰神色平静地望着他，双目清澈而深邃，他开了口，声音淡淡地道："小师弟，我即将离开盛京一些时日，只有四个字，希望你一定记住。

"莫闻，莫问。"

七月末，三位巡查使陆续离开盛京。

幽州是大梁与辽国的交战前线，但自十八年前签订和平协定后，两国再未有过正式的战役，只在幽州有一些小摩擦。王溱去的是幽州，比苏温允、宋循要去的地方危险，但唐慎送他走的时候，他并未说什么，而是笑道："送君千里终须一别，小师弟，不用送了。"

马车嗒嗒地驶出城门，王溱和同行官员、士兵的身影渐渐消失在天边。

生活一天天地过了下去。

眼见快到八月半，亲人团聚的中秋佳节，三位巡查使也即将回京。这日下午轮到唐慎当差，赵辅正坐在垂拱殿的偏殿里一边打坐，一边听钦天监监正李肖仁授道，忽然，只见一个小太监快步进入殿中，附在大太监季福的耳边轻声说了几句话。

季福脸色骤变。

赵辅修仙时是绝对不允许有外人打扰的，但这种寻常授道规矩没那么严，只是打断的话赵辅依旧会生气。

可季福此时顾不上那么多，他走上前徐徐一福，行礼道："官家，工部虞部郎中高维求见。"

赵辅缓缓睁开眼，目光冷淡地扫了季福一眼，季福打了个哆嗦，低头看地。

赵辅："宣。"

季福立刻高声道："宣虞部郎中高维觐见！"

不过多时，就见一个身穿红色官袍、年逾四十的中年男子从殿外走了进来。

赵辅坐回垂拱殿的正殿，唐慎和另一个起居舍人各自坐在两侧，准备记录起居。

郎中是五品官职，唐慎的同窗朋友王霄就是虞部郎中，和这位高大人一样，但这样的郎中在工部有十多个，唐慎只在某次去勤政殿办差时见过这位高大人一面，和他从未有其他交集。

此时，高维脸色苍白，额上是汗，见到赵辅便忽然跪下。

大梁几乎废了跪礼，高维一跪，唐慎心里咯噔一声，赵辅也眯起双眼。高维想尽量稳住声音，可他还是在微微颤抖，声音也颤着，而他说出来的话，不啻惊雷，轰的一声砸在垂拱殿的金砖上："臣拜见圣上。臣自刺州而来，半年前领旨前往刺州修建官道，入夏后，北方连连暴雨，昨日午后大雨倾盆，将官道……沿途的一座桥给冲塌了。"

唐慎正提笔记录，闻言他抬起头，惊愕地看向高维。

过了许久，赵辅才慢悠悠道："一座桥？"

高维死死低着头："回陛下的话，是跨了荆河的一座桥。"

赵辅："可有伤亡？"

高维默了片刻，声音渐渐低了下去："死伤人数，目前还未统计出来……"

"混账！"

"砰——"

一张折子被赵辅直接从桌上拿起，狠狠地砸到下方，砸在那高维的额头上，顿时，高维的额头上豁开一个血口，鲜血横流，可他哪敢叫疼，反而跪拜道："臣知罪！"

开平二十八年八月初九，荆河大雨，冲垮正在修建的桥梁，死伤近百，朝野震惊。

北方少河流，荆河是大梁北方最长的一条河，自许州起，横跨刺州和景州，是北方三州最大的水源。想从盛京修一条路去刺州，必然要路过荆河，想在荆河上修一座桥，却是个大工程。

通往刺州的官道之所以比宁州难修，就难修在要修一座跨越荆河的桥。

然而谁都没想到，这座桥才修到一半，竟然塌了！

朝野皆惊，皇帝震怒。

天子之怒，伏尸百万，流血千里。

第二日的早朝上，赵辅一改往日按捺隐忍的风格，大骂群臣。

“朝廷食粳精米，便养了你们这些尸位素餐的废物！前日朕还收到自刺州来的消息，形势大好，一切康定。今日便告诉朕，桥塌了，出事了！你们便做的是这样的事，为朕修的这样的路吗？！”

朝野寂静，无人开口。

其实在场的官员们也感到冤枉，修官道的事主要由工部负责，无论是吏部、兵部其他几部，还是地方官员，做的都是协助工作。倘若桥塌了，主要责任一定在工部头上。是工部官员没有设计好桥梁，没将今年夏日多雨的情况算进去，哪怕今年这座桥不塌，以后也肯定会塌，只是大家太倒霉了，在修桥的时候塌，直接砸死了数十人、淹死了数十人，这要是以后塌，说不定就死一两人，甚至死不了人，赵辅也不会这么动怒。

其实，赵辅怒的并不是那死去的近百工匠和几个官员，站在紫宸殿的几位当朝权臣眼观鼻、鼻观心，垂眸看地，心中都知道赵辅是觉得失了面子，是觉得自己的官员没为他办好差事。

这才是他真正在意的地方。

赵辅发完一通脾气，中书左丞陈凌海陈相公上前一步，道：“荆河一事，刻不容缓，臣提议，陛下当再派监察使前往查勘。”

赵辅问道：“陈卿可有人选？”

陈凌海道：“臣以为，御史台纪知纪大人可堪此任。”

早朝上，中书省的几位相公就拟好了名单，次日出发前往刺州。这一日唐慎不在宫中当值，昨天赵辅在垂拱殿发怒的模样他见过，听说赵辅上早朝时又动了一次火，他并不意外，然而到了下午，一个太监来到中书衙门，将唐慎喊进宫去，说是赵辅召见。

唐慎心中诧异，随即跟着这太监入宫。

往常这个时候赵辅都在垂拱殿里处理公务，今日这太监竟然带着唐慎到了登仙台，太监不能进去，唐慎在外等了会儿，季福从里头出来，带他进去。

登仙台是赵辅特意修了给自己修仙的地方，是皇宫中唯一一个三层高的宫殿。往日赵辅都在一层大殿修仙，今日季福带唐慎来到三层，只见赵辅站在楼宇栏杆旁，凭栏眺望，整个皇宫尽收眼底。

唐慎：“臣唐慎参见陛下。”

赵辅没有回身，而是望着这宫殿楼阁，指着远处一处地方道：“景则可知那是什么地方？”

唐慎顺着他手指的方向看去，那是一座黄顶琉璃瓦的宫殿，与其他宫殿长得一样，唐慎在宫中能行走的地方有限，根本不知道这是什么地方。

他老实回答：“臣不知。”

“那是白鹿殿，朕亲自题字写的名，饲养那头白鹿的地方。”

唐慎低头看地，不说话，他做起居舍人、起居郎已经一年，不敢说能够完全揣摩圣听，却知道赵辅此时并不需要他回答。

果然，赵辅接着道：“天降祥瑞，庇佑大梁，这是两个月前这帮废物说的。如今，他们便给朕看了这样一场天大的祥瑞！景则，你可愿替朕去刺州一趟？”

唐慎心中一惊，瞬间千思万绪，全然不知赵辅是什么意思，但他表面上却只是行了个礼，恭恭敬敬道：“臣惶恐！臣身为起居郎，担的是记录陛下起居的差事。”

“景则不愿？”

唐慎手指颤抖，万千念头从脑海中一闪而过，一百种回答也在他的心里一一掠过，接着，他抬起头，用惊惶担忧的双眼望着赵辅，语气却十分坚定：“臣愿为陛下分忧！”

赵辅用包容温和的目光看着唐慎，微笑道：“那景则明日便与纪知等人一起去吧。”

唐慎捏紧手指，道：“臣领命。”

唐慎离开登仙台，行色匆匆，神情不定。而在他走后，赵辅站在三层楼阁上遥望皇宫景象，表情淡漠，刚才和唐慎说话时的和蔼笑容此刻消失不见。

唐慎回到衙门，左思右想，仍旧无法摸透赵辅的心思。

纪知等官员是早朝上由中书省几位相公定好要去刺州的监察使，而赵辅如今要他加入其中，成为监察使中的一员，还要他每隔三日写密报回京，叙述刺州的事。

“他是要我，做他的耳目。”唐慎得出结论。

唐慎不知道赵辅为什么会将这种责任放在他的身上。

如果说要找人从刺州寄回密报，赵辅应当选个他自己信任的心腹，而巧得很，上个月大理寺少卿苏温允作为巡查使去了刺州，至今未归，他才是最好的人选，可赵辅又找唐慎去，一个字没提苏温允的事。

赵辅和苏温允君臣离心了？

赵辅不信任苏温允了？

赵辅这次让他去刺州，为的到底是调查荆河事件，还是调查苏温允？

一座布满迷雾的城池挡在唐慎眼前，他退而不得，被赵辅一推，进入其中。

良久，唐慎吐出一口浊气。

“莫闻，莫问……王子丰，难道你当时就已经预见今日的情景？”想了想，唐慎又觉得不可能，他自嘲地笑了笑，哪怕王子丰再神机妙算，也不可能算到半个月后会有一场大雨冲垮荆河的桥梁。

王溱还在幽州，没有回京，唐慎哪怕想找他询问答案，都没有办法。

但是王溱说：莫闻，莫问。

“去刺州这事已经没有退路，这并非我自己能选择，但是去了后……莫闻，莫问。”

第二日，监察御史纪知率领一众官员，离京北上，前往刺州。

沿途，他们并没有路过被冲垮的那座荆河桥梁，他们饶了路，直接抵达刺州。到刺州城门下时，刺州府尹、同判和各级官员，以及工部、吏部、兵部等在刺州当差修建官道的官员，都在城门口等着。

官员的最前方是工部右侍郎谢诚和户部左侍郎徐令厚，而在他们的身边，大理寺少卿、刺州巡查使苏温允身穿深红官袍，陪同站着。苏温允抬起眼，扫视整个监察使团队，忽然他看到人群中的唐慎，潋滟的眼中闪过一道微光，又很快移开视线。

刺州城下，谢诚与徐令厚上前一步，道："下官谢诚，下官徐令厚，见过监察使大人。"

谢诚和徐令厚是三品侍郎官，纪知是御史台的监察御史，往日的职责是监察百官、肃整朝仪，听上去威风凛凛，却只是个六品官，比唐慎都低一个品阶，但是如今在整个刺州城，没人敢低看纪知。

他是皇帝钦点的监察使，在荆河桥塌事件结束前，刺州所有官员的身家性命都系在他一人身上。

监察使团进了刺州城后没有往其他地方走，径直来到刺州府尹衙门。

纪知是个长相严肃、坚毅冷酷的中年男人，御史台的官虽然品阶低，在朝中却天不怕地不怕，因为他们直属于皇帝，只听皇帝一人号令，除了皇帝，谁都不能要他们的命。

进入府尹衙门，纪知当仁不让地坐到上座。

纪知扫视四周，语气冷酷："各位大人，下官奉圣上的旨意来刺州，想来诸位也知道我们此行的来意。荆河大雨，冲垮桥梁，工匠、官员遇难近百人，圣上龙颜大怒，若是想随意搪塞，绝无可能。接下来几日还请各位大人给予配合，咱们方便行事。"

众人道："是。"

很快，纪知便将监察使团里的官员分了两批，一批留在刺州城，一批随他前往荆河，勘探现场情况，唐慎就被他留在刺州。

死了近百人，这不仅仅是天灾，更是人祸。

出事后，负责修建荆河桥梁的官员立刻被抓了起来，关进监牢，与本次事件有关的工匠也都抓进了监牢。工部右侍郎谢诚带监察使团来到刺州大牢，由监察使选了几个官员、工匠，提到衙门去问话。

一整天下来，刺州大牢里的官员、工匠，全部被带到衙门问了话。

唐慎跟着监察使团来到监牢，只见那些官员被摘了官帽，身上的官袍也都是泥，他们形容消瘦，十分狼狈，可大多三四个人共用一个监牢，看精神还算不错。但那些工匠就被粗暴地全部扔进了一个监牢，二十多人挤在又臭又脏的牢房里，现在又是炎热的夏天，有工匠被提到衙门问话时，神情呆滞，连话都说不出口。

犯了事的官员和犯了事的工匠，从来不可能拥有同样的待遇。

唐慎坐在衙门中，心中忽然觉得有些悲哀。

然而他的视线缓缓转向大堂中，看向那个坐在次座的工部右侍郎谢诚。

犯了事的官员中，官职最大的就是谢诚！可他并未被关进监牢，而是坐在这里接待监察使团，审问这些犯官。

这就是官场啊！

唐慎不动声色地坐在那儿，偶有记录。一天下来，他也大致搞清楚了荆河大雨的事情经过。

四月初，官员和工匠来到刺州，准备修建官道。四月下旬，他们先到荆河，开始修建这座桥梁。因为这座桥是最难修的，所以谢诚准备花费半年时间，先将这座桥修好，然后再以这座桥为中心，直通南北，把官道修建起来。

先难后易，谢诚的想法是没错的，可谁能想到修到一半的桥竟然被大雨冲垮了！

这次事件最大的原因，就是天灾。

北方少有大雨，可今年碰上了，北方少有河流，荆河是最湍急、最宽广的一条，他们也碰上了。两个巧合叠加在一起，再加上桥梁只修建了一半，随着河水上涨、大雨倾盆，桥梁才会坍塌。

第一日结束，监察使团大致了解了事情经过。

纪知离开了刺州，监察使团的领头官员便成了工部的一位水部郎中，姓郭，他是个五品官员，但因为身兼监察使，谢诚和徐令厚都拿他当上级，尊敬备至。

郭郎中将所有官员、工匠问过话后，道："今日便到此吧，天色已晚，明日再审。"

众官道："是。"

监察使团来到刺州驿馆住下。

这是唐慎来刺州的第一日，皇帝的命令是让他三天写一封信回去，但没说第一封信必须在三天后写。唐慎坐在屋子中，闭目思索了一会儿，将今天在刺州衙门看到的、听到的事都从脑子里过了一遍，他拿出纸笔，开始写信。

敬至上听，臣不胜惶恐，言有缺漏，百死难辞。

八月既望，臣与监察使团抵达刺州。百官于城门相迎……

将今天的所见所闻都写了上去，唐慎只写了一张纸，他吹干墨汁，放入信封，仔细封口。来到驿馆官员所在的地方，唐慎拿出一块令牌，道："将这封信送至盛京，快马加鞭。"

负责往来送信的官员见到这块令牌，脸色一变，收了信立忙道："是。"

信差很快拿着信，骑上快马，离开刺州。

与此同时，幽州驿馆中。

工部尚书袁穆坐在一间雅致干净的房间里，提起青花瓷茶壶给自己斟了一杯茶。他细细品了一口，赞叹道："一旗一枪，鲜嫩回甘，好茶！今年明前的碧螺春。果然，在幽州这种荒凉无人的地方，只有到王大人的屋子里才能喝到这等好茶，可惜，明日你就该走了。王大人，把这茶叶留下如何？"

王溱吹皱了茶汤，气度雍容，说出来的话却令人气极："不如何。"

袁穆毫不介意，又给自己倒了一杯。

屋外是大雨滂沱，雨打窗槛，只听一道道清脆撞破声。屋内，袁穆道："今年也真是有趣，北方少有这么大雨，可它偏偏下了，真是天意弄人。若不是这场大雨，荆河那座桥想必也不会塌吧。"

王溱：“袁大人对天文气象也有所涉猎？”

袁穆：“稍有学习，却不甚精通。”

两人对坐，过了会儿，袁穆道：“原本你中秋前就能回去，可惜出了那档子事，便拖到了今日。”

“袁大人下月回盛京？”

“自然，到时回了京城，我再去户部尚书府向王大人讨要一盏碧螺春，你可得给了。”

王溱微微一笑，没有说话。

袁穆站起身，走到窗边，将窗户关上，避免外面的雨打进屋内。他快要关上窗户时，抬头望着那乌压压的天空，静静地看了一会儿，道：“皇上派你来幽州，是在查什么？”

王溱头也不抬，将屋内的烛台点上，声音平静：“袁大人不是早就猜中了吗？”

袁穆关上窗户，回身看向王溱，笑道：“我猜中是猜中，不过可惜的是王大人白走一趟，来错了地方。然而这世上无论是你和我，哪怕是圣上恐怕都没猜中，北方会下这么大一场雨，荆河上的那座桥会被冲垮。那家伙可真是天命在身，怎么什么好事都能让他碰上！我可真嫉妒了。”

王溱诧异道：“袁大人还会嫉妒一个四品小官？”

袁穆幽然道：“小官？只怕等我回盛京时，人家早已是三品大员，甚至与我们俩平级了！”

屋中一片寂静，没人再说话。

袁穆又喝了一杯茶，起身要走，王溱突然道：“那罐碧螺春袁大人一起带走吧。”

袁穆回过头，惊讶地看他。

王溱笑道：“本就是带给你的。”

袁穆看了王溱好一会儿，无奈地笑道：“都说大荤是断头餐，我怎么寻思，王大人带这罐极品碧螺春来，原本是想送我最后一程？”

“袁大人为何如此想？”王溱目露惊愕。

袁穆看着他，良久，哭笑不得道：“王子丰，莫说了，下个月盛京再见！”

拿着那罐碧螺春离开驿馆，袁穆回到幽州衙门，扭头就把东西扔到箱子最底层。他郁闷道：“眼不见心不烦，好你个王子丰，到这时候也不肯与我说实话。明明已经知晓与我无关，还在那装！难怪勤政殿里，我就看你最讨厌！”

等到用完晚饭，袁穆躺在床上想了半天，又把那罐碧螺春找了出来。

“可不能白便宜了那王子丰，这是个好东西。”

王子丰再一肚子坏水，他带来的碧螺春也是无辜的，可不能浪费了。

另一头，唐慎写完信送了出去，他并不担心自己的信会被别人看到，这是赵辅专门给他的令牌，如果这样他的信都能被人看到，那他更要担心的是信差的安全。

入了夜，唐慎正要歇下，驿馆的官员却敲门，告诉他有客来访。

唐慎有些惊讶，他穿上衣服，只见一个身穿黑色锦衣的年轻男人从屋外走了进来，唐慎默了一刻，他走上前道：“见过苏大人，苏大人深夜到访，不知所为何事？”

来人正是苏温允。

唐慎从没见过苏温允穿黑色的衣服，事实上他也是第一次见苏温允穿官袍以外的衣服。不得不说，如果说王子丰是天外谪仙，清雅出尘，让人相形见绌，那苏温允便如一把锋利的匕首，藏在刀鞘下的利刃不仅锋锐，还淬满了毒液。他长得好看，可极具攻击力，令人很难产生好感。

苏温允开门见山：“唐大人今日见到刺州大牢里的那些人，可有一些想法？”

唐慎默了默：“苏大人的意思是？”

苏温允笑了：“你真觉得，只是天灾？”

唐慎静静地望着烛光中苏温允艳丽非常的脸庞。

七月，赵辅派三名心腹分别前往幽州、刺州、宁州。

八月，荆河桥塌，圣上龙颜大怒，监察使团前往刺州，赵辅平白无故把他唐慎也添了进去。

原来……竟是如此！

忽然，唐慎也笑了，他的眼前豁然开朗，心中的感觉却复杂极了，又觉得无奈，又觉得好笑。

唐慎笑得突然，也没有立刻回答苏温允的话，可苏温允一时间竟没有发觉到唐慎的异样。屋中烛光昏暗，唐慎静静一笑，苏温允微微愣住，忘了自己要说什么。

唐慎想起那日在轿中，王子丰对他说的那句话。

莫闻，莫问。

如此，确实可以明哲保身，但，也只能明哲保身。

唐慎露出费解的表情，思索许久，才回答道：“下官……真不明白苏大人的意思！”

夜色漆黑，驿馆中只听飒飒的风声和淅淅沥沥的雨声。

苏温允夜会唐慎，他穿着一身黑衣，属于私下来访。忽然，屋外传来一道瓷器破碎的声音，苏温允一惊，他悄悄走到窗边，将窗户推开一条缝，看见是对面屋子的一位官员不小心将碗盘打翻在地。

关上窗，苏温允走回屋中，他又问道：“唐大人真觉得这是天灾？”

唐慎十分错愕，他思索片刻，认真道：“说实话，若真的只是天灾，圣上便不会特意再派一个监察使团来刺州。我们来到刺州就是为了找出天灾以外，是否还有人祸，但是下官不明白，苏大人今夜来此……到底是何用意？”

“起居郎负责记录皇帝起居，寻常不会离宫。”

唐慎默了默，没吭声。

苏温允定定看他，笑道：“所以，唐大人这次来刺州……又是为何？”

唐慎无法回答。

且不说赵辅并没有明确和他说过到底为什么让他来刺州，就算赵辅私下和他说了，他也不可能告诉苏温允。

唐慎沉默不语的反应落入苏温允眼中，就已经代表了一切。

苏温允冷笑道："莫非圣上竟然也怀疑我？"

唐慎立即道："下官不懂苏大人在说什么。"

苏温允认真地凝视着唐慎，忽然拂袖而去，只留下一句话，砸在驿馆客房的地砖上："唐慎，这次荆河桥塌并非天灾，更是人祸！无论你信与不信，这件事与我无关，我与你一样，都想查清事实真相。"

"苏大人……"

苏温允已经走远。

唐慎从怀中掏出一块白银令牌，双目眯了眯，又将令牌放入怀中收起。

第二十八章

权臣

四日后，监察使纪知带着官员回到刺州。他来到刺州府尹衙门，其他官员纷纷到场，纪知扫了屋中百官一眼，道："诸位大人，下官只是个六品监察御史，是在场所有官员中官职最低的，但下官不得不说一句，来刺州前，下官蒙陛下钦点，是刺州监察使，若有以下犯上之处，还请各位大人担待，切莫放进心里。"

御史台的御史们各个眼高于顶，向来不将官职小的人放在眼里，但御史们从不会特意点明这件事。

纪知突然说了这话，屋中一阵窸窣声，唐慎也抬头看向他。

只听纪知道："那便当各位大人是默认了。把东西抬上来吧！"纪知声音落下，两个官差将一个竹筐抬了上来，这竹筐大约有水缸大小，看上去平平无奇，里头放着的是几块碎裂的大石头。

官员们不明所以，交头接耳地询问纪知此举的目的。

纪知说出来的话，却如同当头棒喝，令刺州衙门死寂一片："这便是造成本次荆河桥塌的罪魁祸首！"

荆河是大梁北方最宽最湍急的一条大河，但北方少河流，荆河只是矮子中挑将军，才当了第一，想在荆河上修建一座桥有难度，却不是不可能，大梁的工匠能做到这一点。

今年夏天天气反常，北方多雨，导致河水更加汹涌，大雨冲垮了尚未修好的桥梁，但赵辅在怀疑，怀疑一切是不是真的只是因为天灾，同时，远在盛京的朝堂百官也在怀疑，仅仅一场大雨，真的能断送近百人的性命？

所以纪知来了，他不负众望，在几乎全毁的桥梁残迹上找到了这几块大石头。

纪知走到竹筐旁，指着这几块石头道：“想来谢大人身为工部右侍郎，应当知道这是何物，不错，这是铸造桥梁地基的石块。荆河桥从南向北，是五百一十二丈有余，荆河往年并不算特别湍急，修建桥基时，工部给出的深度为地下十丈，我说的可对？”

谢诚的脸色愈渐难看，他显然明白纪知接下来想说什么。

纪知道：“谢大人，您看这些桥基石，有十丈高吗？”

谢诚转身怒道：“是何人负责建造桥基？将负责铸造桥基的官员和工匠全部带上来！”

话音落下，官差们纷纷离开衙门，去刺州大牢里提人。过了一刻钟，两个官差行色匆匆地跑回来，其中一人扑通一声跪在地上，脸色苍白地喊道：“大人恕罪，大人恕罪！自五日前监察使团来刺州，那些官员和工匠被提审问询后，好几个官员、工匠畏罪自尽了！”

众人一片哗然。

苏温允上前一步：“畏罪自尽？”

那官差跪着道：“是，因为自尽的官员只有三位，工匠也只有十几人，小的……小的就没上报。”

“砰——”

苏温允抬起靴子，一脚将这个官差踹飞了三米。

官差口中吐血，却不敢耽搁，又屁滚尿流地跑回来，不断磕头：“小的知错了，小的知错了！小的请示过府尹大人，府尹大人说并无大事，小的才没上报。”

苏温允立刻转首看向刺州府尹：“张大人，可有此事？”

苏温允是四品大理寺少卿，与刺州府尹平级，而且他掌管百官牢狱。被他一问，刺州府尹背后一寒，他连忙道：“是有此事，但是监察使大人、苏大人，那几人下官检查过，他们是绝食而死，并非被人谋害啊！荆河桥一事后，关在牢中的官员、工匠太多，下官一时也无法全部照看。等他们绝食而亡后，我才知道这件事。”

纪知道：“把那几人的尸体抬上来。”

半个时辰后，官差从义庄把三个官员和十二个工匠的尸体抬进了衙门。

现在是八月，天气炎热，这几人有的死了三天，有的死了一两天，但毫无例外，他们的尸体都恶臭扑鼻。有养尊处优惯了的官员已经忍不住吐了出来，唐慎喉咙里也一阵泛酸，但他看到纪知、谢诚和苏温允都上前查看尸体，咬咬牙，也凑了上去。

纪知和苏温允检查过后，纪知道：“确实都是绝食而亡。这里面哪几人是负责桥基建造的？”

谢诚道：“这个，和这几个是。”

他指的是一个官员和四个工匠。

负责桥基建造的官员和工匠当然不可能只有五个人，但巧得很，大桥冲垮的时候，其余工匠和官员都在修建桥基，他们被大水冲走，死无全尸。

纪知犯了难，不知该如何是好。

将这些尸体抬走后，纪知带着监察使团的官员秘密开会。

纪知道：“诸位同僚，在这刺州城中我们唯一能信任的便是彼此，真正敢说上一句与荆河桥塌无关的人也只有在座的各位。原本下官以为这只是一场天灾与微妙人祸的结合，如今看来，荆州城的水比我想象的还深。诸位，我们是在孤身入地狱。”

一个官员道：“哪来这么巧的事？绝食身亡，畏罪自尽，还全部死绝了！”

“其中必然有诈。”

“但是知道有诈，我们又能如何？现在是死无对证。”

纪知：“现在有两个办法，首先，我会将刺州城发生的事传回盛京，请陛下定夺，同时，我们会继续私下调查，各位意下如何？”

“一切听纪大人的。”

当夜，纪知便写了一封折子，派人连夜送去盛京。

第二日，纪知将监察使团中所有御史台的御史全部喊了出来，他们几人要走时，纪知停下脚步，看向唐慎：“唐大人也来吧。”

唐慎愣了片刻，接着他抬步，跟着这几个御史进了屋子。

唐慎刚进屋子，就听纪知语气沉重地说道：“各位大人，直接接触桥基修建的官员和工匠已经死亡，死无对证，这成了事实。但我刚刚得到消息，除了他们外，有机会接触到桥基石料采购与建造的，还有八位大人。”

“是哪八位？”

纪知没有开口，另一个监察御史替他说道：“这八人，一个比一个官大，其中最小的，都是五品官员。他们分别是户部金部郎中曾斐，吏部司勋郎中岳子光……半个月前前往盛京报信的工部郎中高维，还有刺州府尹张沣张大人，大理寺少卿苏温允苏大人，工部右侍郎谢诚谢大人，以及户部左侍郎徐令厚徐大人！”

才放晴了一天，北方又下起了滂沱大雨。

噼里啪啦的雨点砸在地面上，空气中泛着腥涩的土壤气息，刺州城的道路上没什么行人，因为大雨，百姓纷纷进了屋子，不在街上走动。一匹黑色骏马从府尹衙门的正门疾驰而出，一路冲过城门，马蹄踏地，溅起满地雨水。

刺州监察使团的主监察使纪知正在衙门堂屋中，将折子交给信差，让其快马加鞭送去盛京后，他继续与其他官员商谈这次的事。

城楼上，户部左侍郎徐令厚看着那匹马出了城门，轻轻叹了口气，声音悠远：“是从府尹衙门里出来的快马！谢大人，看样子监察使们是查出什么事了。”

站在他身侧的正是工部右侍郎谢诚。

徐令厚和谢诚是目前刺州城中唯二的三品大员，也是品阶最高的大官。

闻言，谢诚看向徐令厚，道：“徐大人有何高见？我可未曾想到，荆河一事竟然还有人在其中贪墨。这原本不是天灾，是人祸！”

徐令厚转首看他：“怎么，谢大人是知道些什么？”

谢诚笑道：“徐大人又知道什么呢？”

两人看着对方，良久，相视一笑，然而这笑意都不及眼底。

大雨倾盆而下，一下就没了尽头。

入夜，唐慎回到驿馆，他点燃烛灯，拿出一张空白的折子，开始写这三天的所见所闻。深夜，他拿出赵辅亲自给他的令牌，将这封折子偷偷送了出去。

唐慎回屋时，正好碰到纪知。

纪大人站在院子中，抬头看着唐慎，两人双目对视时，唐慎就知道，纪知根本不是凑巧在这儿，而是已经等自己一段时间了。他默了默，走上前："纪大人。"

纪知道："唐大人刚才是送了什么东西出去吗？"

唐慎沉默许久，道："没有，只是去厨房找点东西吃。"

纪知："唐大人，事已至此，你应当也发现了，我们正站在一个风口浪尖的转折点，刺州城的危险比我等来之前想的还要可怕，水也比我们想的更深。请唐大人务必看清楚每一样事，别让小人蒙蔽圣听。"

唐慎定定望着纪知，没有开口。

这位严肃古板的六品御史大人拱了拱手："告辞。"

因为大雨，荆河水流更加湍急汹涌，原本派去荆河上调查的官员和工匠都回了刺州，留在刺州的官员都知道桥基的事，也大多猜到了其中有人贪墨。纪知私下找了户部左侍郎徐令厚，两人在屋子里密谈了两个时辰。

徐令厚出门时，面色难看，他回头看着身后禁闭的房门，愤怒地甩袖而去。

刺州城中，百姓们一如既往，官员们却人心惶惶。

天空乌云密布，不知是否是心理作用，官员们都觉得被这黑漆漆的天压得喘不过气。这一日唐慎回到驿馆休息，忽然，他听到漆黑的屋子里有动静，唐慎一惊，他一只手摸到枕头下放着的匕首，睁大眼，警惕地环顾四周。

只听窗户被人轻轻推开，一个微弱的脚步声从窗户外跳了进来。

下一刻，唐慎便要大喊，这人一个健步冲上来，一把捂住唐慎的口鼻，冰冷的手上还带着屋外的雨水，手心冰凉刺骨，唐慎睁大眼睛，反手就拔出匕首要刺向对方，这人惊讶地"咦"了一声，接着动作敏捷地劈在唐慎的手腕上，唐慎吃痛地皱起眉，匕首落在地上。

"是我，别出声。"

唐慎一惊……苏温允？

"你答应我不出声，我就把手松开。点点头，就算你同意了。"

唐慎点了点头。

苏温允放开手。

"苏大人？"

"嗯。"

唐慎从床上起来，他拿起一件外衫披上，道："苏大人半夜偷偷来我屋中，有事？"说着，唐慎走到桌子旁，就要点灯，苏温允立刻阻止他："不可点灯。"

唐慎惊讶道："苏大人？"

苏温允从袖中拿出一颗掌心大小的夜明珠，他将唐慎拉到床上，又细细地放下床幔，这夜明珠的光芒温润绵长，并不像烛光那么有穿透力，但是凑近了又十分明亮。放下两层床幔后，唐慎和苏温允待在床上，拿着夜明珠，就能看清对方的脸。

唐慎这才发现苏温允的脸上也沾满了雨水。

他脸色苍白，嘴唇也毫无血色，雨水将头发打湿，沾在脸颊上，在夜明珠的辉光照耀下，有种旖旎而又惊心动魄的美。

唐慎不说话了。

苏温允笑道："半夜有人来闯你的房间，还将你拉到床上，放下床幔，唐大人，你就不觉得奇怪？这时要是有人破门而入，你说我们该作何解释？"

唐慎反道："苏大人来找我为了什么事，直说就是。"

"无趣。"苏温允冷笑一声，从怀中拿出一本湿漉漉的厚册子，唐慎看到这册子的封面，一下子惊住，他不敢置信地看着苏温允，苏温允道，"不错，和你想的一样，这是藏在私底下的那本阴阳账册。"

"你从哪儿弄来的？"

"拿命弄来的。"

苏温允说这话时，目光平静，仿佛只是随口开了个玩笑，但是唐慎眼尖地发现他的衣领处有一道血迹。唐慎："苏大人受伤了？"

苏温允拉了拉领口："不是我的血。唐大人要看看这本账册吗？"

唐慎犹豫片刻，苏温允把账册递给他，他接下了。

从账册的第一页开始看起，唐慎的表情越加凝重。他快速地翻着账本，一刻钟后，便看完了整本账册，他抬起头："苏大人，这是真的吗？"

"是不是真的，唐大人心中难道没有定数？"

唐慎沉默不语。

是真的！

账本上的每一笔账都记得仔仔细细，支出收入贴合无缝，然而如果真的是按这账本上写的支出，那根本不只有桥基，还有砂石、工匠的餐食，这些竟然都被人贪墨了！四个月前，朝廷给刺州官道拨款八十万两白银，按这账本上记录的，亏空了整整二十五万！

把账本合上，唐慎将东西还给苏温允。

"苏大人带这本账册来找我，是为了什么？有这本账册在，想要找出幕后主谋只是时间问题而已。想必纪大人要是拿到了这本账册，应当能在一个月内找出背后贪墨的官员。"

苏温允："你相信纪知？"

唐慎愣住。

苏温允嘲讽地笑道："纪知看上去很公正无私，大义凛然？五年前，他纳了一房小妾，那小妾本是个良家女子，已有婚配，被纪知相中，强行抢入府中。那个女子家中贫穷，纪知花钱摆平了这件事，将那女子纳为妾，这事便没有闹大，也没有人因此弹劾他。他只是六品而已，却从不缺钱。”

“你怎么知道此事？”

“唐大人，我是大理寺少卿。”

朝堂百官，每个人藏在背后的龌龊，只有藏得深不被发现的，如果被发现了，那第一个发现的人，定然是苏温允。

苏温允：“圣上要你来，就是为了从你这里了解纪知没有说出的真相，这偌大的刺州城中，唐大人，只有我和你才是真正为皇上办事。”

苏温允说完，将夜明珠收起，拉开床幔，他下床时，忽然笑道：“要是此时有人突然闯进来，我们两个很可能会血溅当场。”

“不会。”

苏温允转首看唐慎。

唐慎抬起明亮的眼睛，淡淡道：“我会说，我与你有龙阳之好。”

苏温允怔住。

良久，苏温允勾起薄唇：“那幸好没人闯进来。”

临走时，苏温允道：“将今日所见之事告诉陛下，唐大人，拜托了。”话落，苏温允打开窗户，悄悄地蹿了出去，唐慎小心地将窗户关上，他正要回床上，忽然想起刚才苏温允离开房间的时候怀中空荡荡的，不像放着一本厚厚的账本的模样。

唐慎大惊，他摸着黑在房间中找了许久，可天色太暗，一无所获。

唐慎一夜无眠，睁眼到天明。天一亮，他立刻仔细地在房间里再次寻找起来，找了小半个时辰，终于在墙角书柜的缝隙里找到一本账册。

苏温允！

唐慎惊怒又无可奈何。

他万万没想到，苏温允这人竟然如此无耻，他不知道苏温允是从哪儿找到这本账本的，但毫无疑问，这是个烫手山芋。整个刺州城中，一定有人在寻找它，寻找这个需要苏温允用人命换来的东西，可苏温允竟然将它藏在了唐慎的屋子里。

“他这是……拿我当靶子啊！”

大理寺少卿苏温允，真是个冷血无情至极的人物。

与此同时，数百里外的盛京。

早朝时，百官觐见，赵辅走上御座，缓缓坐下。

百官行礼，还未起身，赵辅冷哼一声，从季福端着的紫楠木盘子中抓起一本折子，用力地砸在地上。硬纸折子砸在冰凉的地砖上，发出“砰”的声响，这折子在地上撞了几下，落在了左侧官员的第三排，也正好是王溱的脚边。

王溱手持玉笏，淡定地垂眸，看着折子上露出的一些内容。

朝堂上，一片死寂。

赵辅从御座上起身，在金台上来回走了两圈，时不时抬头看着底下的官员，忽然，他笑了，语气温和地说道：“在场的诸位爱卿，都是我大梁的功臣，我大梁的栋梁之材。半年前，朕要修官道，你们与朕说，运河不行，只能官道，朕答应了。朕将工部尚书和左右侍郎全派去了第一线，还派了多少三四品高官，多少低品官员，做这件可堪千古的大事。

“昨夜纪知的折子上来了，他告诉朕，这些朕放在心上、信任了半辈子的大臣中，有人贪墨！”

赵辅笑道：“袁穆在幽州，朕没法骂他，朕不能隔着千里，指着他的鼻子骂，你这个废物是怎么管理下属的。他工部右侍郎谢诚在剌州都做了些什么事，为什么在他手底下有人贪墨，他一概不知！但是户部尚书王大人……”

王溱上前一步，手持玉笏，低头不言。

赵辅看着他的头顶，笑道：“子丰，抬起头。”

王溱抬起头，清雅俊逸的面容上没有什么表情。

赵辅顿了片刻，悄悄朝王溱使了个眼色，接着突然破口大骂：“王子丰，你倒与朕说说，剌州的两个三品大员中，徐令厚是怎么办事的？你身为户部尚书，他是户部左侍郎，有人在你们眼皮子底下贪墨！”话音落下，赵辅随手又拿起一张折子，砸向王溱，王溱没有躲，这折子擦着他的脸颊而过，落了一道红痕。

“给朕滚去剌州，把贪墨的一干人等抓回来，将功赎罪！”

紫宸殿中，鸦雀无声。

赵辅有多么宠信王溱，人尽皆知，如今他竟然勃然大怒，一副想要摘了王溱头上乌纱帽的模样，可见是真的龙颜大怒。

百官队伍中，站在王溱前面的一品大员不多。当朝右相王诠站在队伍右侧第一位，他也是王溱的亲二叔。王溱被皇帝指着鼻子骂，王诠却没有反应，反而眼观鼻、鼻观心，淡然随意地看着地面。

空旷的大殿中，王溱作揖行礼：“是。”

次日，户部尚书王溱领旨前往剌州。

从盛京到剌州，快马加鞭要一日多，王溱等人要到，则需要两三日。

这日，纪知又将监察使团中的几个官员召集起来，然而这次唐慎正要起身，纪知幽幽地道：“唐大人莫动了吧。”

唐慎抬起头看他。

纪知：“莫要与苏温允走得太近，唐大人，这是我最后的肺腑之言。”

到了八月下旬，北方暴雨连城。

剌州城的街道上，只能听到噼里啪啦的雨声，偶尔会看到几个身穿官袍的官员行色匆匆地从城市的一头快步到另一头。

不知从何时起，剌州城中隐隐出现了三个派别，第一个自然是以监察使纪知为首的监察使团，第二个则是以剌州府尹张沣为首，本就在剌州城待了数月，甚至更久的官员团体，第三个，则是以苏温允为首，不被前两者接纳的官员。

苏温允是巡查使，与剌州城的官道修建并无实际联系，可他也不属于后派的监察使，这就令他的身份非常尴尬。

不过在这三者之外，还有个比苏温允更尴尬的，那便是唐慎。

张沣、谢诚那一派官员，唐慎不用想了，和他无关。苏温允那一派就更不提了。苏温允将那本阴阳账册藏在唐慎的屋子里，几乎是将他推入火海，之后他再见到唐慎也没有表示，仿佛那天晚上他根本没偷翻进唐慎的屋子。

至于监察使团，唐慎本来是属于这一派的，只可惜纪知不知道从哪儿发现了唐慎和苏温允私下联系的事，隐隐将唐慎排斥在外。

这一日清晨，唐慎从府尹衙门出来，撑着一把竹伞，来到衙门不远处的一家包子铺。

“来两只荠菜馅包子。”

“好嘞！”

摊贩用油纸将滚热的包子包好，递给唐慎，他看见唐慎穿的是官袍，小心翼翼地问道：“这位大人，可是从衙门里出来的？”

唐慎：“正是。”

“小的的包子铺一直开在衙门对面，还从未见过大人这般丰神俊朗的官。听口音，大人不是刺州人？”

“我是江南人。”

“难怪了。”

所幸也没事干，唐慎干脆坐在包子铺里，和这个摊贩胡乱聊天。

工部右侍郎谢诚和刺州府尹张沣从衙门里出来时，远远瞧见的便是这番情景，一个穿着深红色官袍的年轻官员坐在昏暗的摊子里，一边吃包子，一边和平民百姓闲聊。张沣指着道：“那……似乎是唐慎唐大人？”

谢诚看了眼：“也不知道在搞什么。”

张沣：“纪知他们似乎不再与他来往，因为他与苏温允走得近了些。”

谢诚“哦”了一声，两人一起离开。

刺州城内，表面风平浪静，背地里却暗流汹涌。

当日深夜，监察使纪知忽然下令捉拿吏部司勋郎中岳子光，岳子光大惊，脸上顿时没了血色，张沣听到这话，也诧异道：“纪大人，您这是何意？”

纪知冷笑一声，将一片小小的金叶子摔在地上，厉声斥问：“我是什么意思？那我得先问问岳大人了，请您告诉我，这是何物？岳大人，您自四个月前来刺州，职务是调控官道修建的人员流动。您来的时候是带了家眷的，想来这也正常，刺州官道的修建，没个一年半载可做不完。这金叶子便是一个月前，令公子去刺州城中喝花酒赏给花娘的！”

众人哗然大惊，张沣错愕道：“岳大人？”

岳子光瞠目结舌，结结巴巴地说：“这是我夫人的嫁妆，难道……难道有何不妥？”

纪知：“给我拿下！我倒要看看令夫人一个普普通通的农家女，是从何处得来的金叶子嫁妆。”

岳子光一屁股坐在了地上，再无声音。

张沣立即派衙役将人拿下。

还没喘过气，纪知又道："高大人的事，如今也说清楚比较好。"

听到"高大人"三个字，工部右侍郎谢诚眼睛一抽，看向纪知，笑道："高大人，是哪位高大人？"

纪知："工部虞部郎中，高维高大人。"

谢诚："高维怎么了？"

纪知朝手下使了个眼色，拿出一沓厚厚的借条账册，谢诚看了上面的记录，脸色难看，闭口不谈。高维正是半个月前前往盛京向皇帝报信，说荆河桥塌的那位工部郎中，他如今人还在盛京，但证据确凿，纪知当日便写了一封折子，将岳子光和高维的罪行数落上去，连夜送往盛京。

疾驰的骏马踩着泥泞的官道，在第二日天刚蒙蒙亮时，把折子送到了赵辅的书案上。

早朝时，赵辅再次勃然大怒，折子被他扔了一地，百官低着头，连大气都不敢喘。

散早朝后，礼部尚书孟阆一边甩着手当扇子扇，一边叹气地对属下说："王子丰倒是好，走得干净，去了刺州后，没个五六天可回不来，我们可就糟了，圣上动怒，拿咱们撒气。"

礼部左侍郎笑道："户部尚书大人去刺州，也算是被贬过去的，将功赎过。"

孟阆嗤笑一声："他还能被贬？怕不是天上要掉金子了。唉！今日的酸梅汤何时来，这天气真是热得没法过了。"

盛京城东的傅府，后院花园里，傅渭将鸟笼挂在树枝上，拿鸟食小心地喂着。笼子里是只稀有的金丝雀，又怕生又娇惯，傅渭哄了好一会儿，这小金丝雀才肯吃点东西，才吃了两口，就听墙外传来一阵阵砰砰砰的脚步声，金丝雀吓得又飞了回去。

傅渭眉毛一竖："干什么呢，是哪支军队在外面扰民呢？！"

过了小半个时辰，抚琴童子气喘吁吁地跑回来报信："老爷老爷，我打听到了，是隔壁巷子的工部郎中高大人出事啦！御林军带着一队穿甲披铠的兵把高大人的家给抄了，高家人都吓蒙了，据说高老夫人直接昏过去了。"

"抄个家就能扰民了，抄个家就能不让我喂鸟了？这都什么兵痞子！"

抚琴童子心道：人家都被抄家了，惨绝人寰，血流成河，您还想着您的鸟，简直不是人！

傅渭拍了拍手："走吧，出去看看。"

抚琴童子一愣："老爷？"

"看热闹去啊。"

"好嘞！"

一日之间，高维家和岳子光家便被抄了个干净。

送信去盛京的使者当晚回到刺州城，将皇帝再派人过来的事告诉给纪知，纪知震惊道："圣上又派了人来刺州？"

官差道："是，听说是由户部尚书王大人率领，昨日早晨就已经出发了。我在路上碰见过王大人的马车，按他们的脚程来说，明日就能到。”

唐慎从外面走进屋时，正好碰到官差从屋子里出去。

纪知本来想说些什么，看到唐慎来了，他闭上嘴，不再言语。

唐慎无可奈何地笑了笑，等到关了衙门，他撑着伞回到驿馆。天空中响起一阵闷雷声，唐慎推开窗户，只见外头没下雨，可天阴阴的，布满乌云，刮起了一阵又一阵大风，吹得他头发向后散开。

唐慎轻声道：“山雨欲来风满楼。”

言罢，他关上门，把蜡烛吹灭。

入了夜，万籁俱寂，暴风雨快来前，只有浓烈的晚风用一股想要撕裂房屋的力道狠狠砸着门户。驿馆中，几个黑色人影突然翻墙进来，动作敏捷，来到唐慎的房门前，一人拿出刀片，轻巧地将刀刃从门的缝隙间穿过去，接着打开房门。

四人一进屋，一人翻手拿起一块涂了迷药的白布，快步来到床前，他掀开被子，就要捂住唐慎口鼻。谁料被子被掀开后，这人一愣，回头道：“不在床上！”

另外三人也惊住，赶忙在屋子里找了许久，没找到唐慎。

四人犯了难，一人道：“直接找！反正要的也不是他。”

四人立即翻箱倒柜，在房间里找了起来，他们找了小半个时辰，把房间的每个缝隙都找遍了，还是一无所获。就在他们准备商讨对策时，门外又是一阵窸窣声。四人立即躲了起来，只见不过一会儿，又有五个蒙面的汉子进了屋子。

这五人刚进门，看见被翻过一遍的房间，立即拔出刀：“是谁？”

那四人心知躲不了，心一横，拔了剑就冲了出来。

一道响亮的雷声轰隆隆劈了下来，下一刻，大雨倾盆，刀剑相击的声音被洪亮的雨声挡住，但鲜血却不能被掩藏，赤红的血顺着雨水流出房门，驿馆的官差半夜起来出恭，看见满院的血，惊恐地大喊出声。

驿馆里住的都是官员，因为监察使团的官员都住在这儿，其他原本就待在刺州的官员也都搬到了这里，与他们同住。

被这尖叫声惊醒后，刺州府尹张沣、户部左侍郎徐令厚、工部右侍郎谢诚、监察使纪知……所有人纷纷跑出房门，看到满地的血，张沣立即从衙门调来官差。

房间中还有三个黑衣人活着，他们见状不妙，达成默契，决定停战逃跑。

张沣赶忙大喊道：“别让他们跑了！”

苏温允这时走出房门，冷笑一声，道：“去抓往东跑的那个！另外两个身上都挂了彩，明天只要找一找，就能找出他们，他们俩插翅难飞。”

张沣愣住，看向苏温允，道：“苏大人，刺州城这么大，你怎能从茫茫人海里找到那俩人？”

苏温允故作惊讶：“茫茫人海？张大人莫非是在说笑吧，需要从人海里找吗，直接从你张府的护院下人里找，不就够了吗？”

张沣脸庞涨红：“苏温允，你这是何意？”

苏温允嘲讽道：“我是何意？我是何意你张沣不明白？去，给我去追那个身上没挂彩的刺客！”

“一起追了吧。”温和雍容的声音从驿馆外传来，馆中的官员全部惊住。

听到这声音，户部左侍郎徐令厚露出奇怪的表情，他咳嗽一声，默默往人群里站了站。

“哗啦啦——”

黑夜中，一道闪电劈开云霄，照亮驿馆。

驿馆正门口，户部右侍郎秦嗣执着一把宽大的油纸伞跟在王溱的身后，他为王溱执伞前行，王溱穿着一件白色的锦袍，右手拿着一把白色纸扇，扇子合紧，轻轻地在左手掌心敲着。

他轻轻地一敲，身后便涌进来一队身着甲胄的御林军，再一敲，御林军左将邵文棹执剑进入驿馆，对王溱道：“禀大人，已经将三名刺客全部缉拿归案。”

众人面色难看地望着王溱，苏温允的表情是最精彩的，他先是震惊错愕，又是疑惑不解，最后变为嘲讽嗤笑，看王溱的眼神仿佛在看一个手下败将。

王溱转首对秦嗣道：“秦大人，我自己打伞就好。”

秦嗣笑道：“只是顺手而已，尚书大人哪里的话。”

王溱从他手中接过伞，也没看院中其他官员一眼，走进了唐慎的屋子。他的步子十分随意，动作也不快，似乎一点都不急，他走进屋中后，先走到床边，看见床上没人后，握着伞柄的手稍稍松开一些，接着他又把地上每个尸体的面罩摘了下来，没找到自己要找的那个人，王溱再站起身，又回到院子。

苏温允笑着道：“王大人，听闻你们不是明天才能到刺州吗，怎么今夜就到了？”

王溱看他一眼，声音温和：“自然是连夜赶路，否则就赶不上这么好的一出戏了。”接着他吩咐御林军，“把这些尸体都带去府尹衙门。”

“是。”

大雨哗啦啦地下着，官员和官差都跟着去了府尹衙门，还有的在收拾驿馆里的残局。

王溱独自在驿馆里寻找了许久，最后他找到一间荒僻的柴房，这柴房平时是用作养马、喂马以及放一些铲马屎的铲子的地方，还没进门，就闻见一阵刺鼻的臭味，王溱，一手执伞，一手推开柴房的门。

在房门敞开的那一刻，蜷缩在柴房角落里的少年握紧匕首，睁大眼睛看着他，当看清来人是谁后，唐慎一夜未闭、布满血丝的双眼中忽然感觉到一阵热热的温度。他微微张着嘴，看着王溱把伞合上、放在门旁，然后走了进来。

“师……师兄。”说了话唐慎才发现原来他的声音如此沙哑，声音中还有一丝难以隐藏的害怕。

王溱将唐慎拉了起来，他将这个瘦弱的少年抱进怀里，恍若哄骗一样用温柔的声音说道：“景则，莫怕，我来了。”

眼泪忽然就下来了，唐慎伸出手抱住王溱，将脸埋在他的肩窝里，不出一声。

师兄弟二人就这么静静地在柴房里待了许久，唐慎缓过神，一直颤抖的身体也不再发抖。他把匕首收进怀里，抬头看着王溱，眼睛还是湿漉漉的，但是目光却无比坚定。

唐慎镇定地道：“刺州的事实在太过复杂，哪怕师兄神机妙算，也恐怕只知其一不知其二，看不真切。具体的师弟一时也说不清，但是几日前，那苏温允将一本账册交给了我，他说这是这次荆河贪墨案背后的阴阳账本。”

王溱眉头一皱：“是真的账本？”

“是真的。”唐慎讽刺地笑了笑，“那晚苏温允在离开我的房间后，将一本账册留在了我的房间里。他表面上是想把这种危险的东西藏在我那儿，将我当靶子，但是他并不知道我有过目不忘的本事，只看过一遍我就将那本账册上的每一字每一句都记了下来，所以我知道，他留在我房间里的那本其实是个假账本！”

“至于真账本在哪儿……师兄，我并不知道苏温允把东西藏哪儿了，但是如今，我们也有了那本账册。”

两人来到一间空着的屋子，唐慎正要研墨，一只白皙瘦削的手先他一步拿起了那只黑色的墨锭。

唐慎抬头看他。

王溱微微一笑：“如今，轮到我为你研墨了，小师弟。”

第二十九章

琅琊

不知何时，雨已经停了。

丑时未到，本该是宵禁时刻，刺州城中却灯火通明，身穿铠甲的御林军们手持火把，步伐统一地在城中奔走，他们如同打家劫舍的抢匪，敲开一家的门，露出明晃晃的大刀，就进去搜了起来。

黑夜中，火把映天，照耀得刺州城上空泛起血一样的红色。

到次日清晨，御林军已经把刺州府尹张沣以及他的党羽的府邸全部抄了，张沣披头散发地坐在府尹衙门的地砖上，神情恍惚，什么声音都听不到，嘴里喃喃咕咕地不知道在说些什么，有人凑近听，又发现听不懂。

御林军左将邵文棹命人把一箱又一箱的金银珠宝抬进衙门，仅仅是放银子的木箱就摆满了整个院子，这些都是从张沣一个人家中抄出来的赃物，箱子上还黏了一些泥土。

邵文棹道："禀大人，已经查抄干净，这些是从张府后院挖出来的。"

王溱看了这些赃物一眼，又抬起头远远望着那些早已排到衙门大门外的赃物，他声音悠远："先如此吧。"

"是。"

到了寅时三刻，张沣以及刺州的一些官员都被抓了起来，戴上铁锁链，站在衙门中央。

衙门的最上座坐的是监察使纪知，纪知本想把位置让给王溱，王溱却微笑道："纪大人，我只是皇上临时派来查看贪墨案进展的，本地的主官应当是你。"

纪知本就是个直肠子的御史官，哪怕长十张嘴都说不过王溱，自然没争得过王溱，便只能坐上主座。他的左侧坐的是王溱，右侧坐的工部右侍郎谢诚和大理寺少卿苏温允，至于户部左侍郎徐令厚和户部右侍郎秦嗣纷纷和王溱坐在一侧，一副唯尚书大人马首是瞻的模样。

大梁官员社会等级极高，哪怕犯了事，在判罪前也可以不行跪礼，十多个刺州官员站在堂下，各个面色如丧考妣。明明昨日还容光焕发，今日就形容枯槁，半只脚都要踏进棺材了。

纪知一敲惊堂木："刺州府尹张沣，你可知罪！"

张沣耳边嗡的一声，根本听不清纪知说了什么话，他恍恍惚惚地抬起头，眼前一阵模糊，完全看不清这些坐在堂上的二三品高官。他的眼前浮现出一幅幅画面，那是他七岁启蒙时第一天进入私塾读书的情景，然后是他连续考了九年才考过乡试，最终殿试上金榜题名，得了同进士出身。

他这一生不过四十余年，曾经位极四品大员，掌管刺州一府。

可如今，他站在这儿，未来他将跪在盛京的大理寺冰凉的地砖上，他还将跪在刑场，被刽子手挥刀断命。

一切都没了。

张沣脑子里轰的一声，直挺挺地倒了下去。

纪知怎么可能随他装晕了事，他命令官差用冷水泼醒张沣，一一数落他的罪责："刺州府尹张沣，今日行刺驿馆的两名刺客是你府中护院，你作何解释？此外，在你张府后院挖出的那些金银珠宝又是从何而来？你与荆河桥塌一事可有联系？通通如实招来。"

张沣喉咙间一阵腥涩，竟一个字也说不出口。

然而纪知也不需要他说什么。

纪知再审问其他几个刺州官员，他们全都吓破了胆，把自己贪墨受贿的事全部招了出来。

只要找到赃物，就能定张沣的罪，他们以刺客为由，强行搜了张沣的府邸，从而找到这些财宝，虽说是本末倒置，不合常理，可有御林军在，谁都不敢说个不字。

纪知痛心疾首地说道："食君俸禄，为君分忧，张大人，你便是这样报效朝廷的吗？"

这话如当头棒喝，张沣骤然清醒，他的目光往某个方向稍稍一偏，还没再做什么，就脸色一变，似乎意识到了什么，下一刻，他扑通一声跪下，痛哭道："罪臣知罪，罪臣知罪啊！"

"来人，将一干人等押入大牢，等候发落。"

张沣等人被押送下去后，纪知松了口气，可随即露出不甘的表情。他沉默不言，但有的人却不甘寂寞，一道冷笑声响起："荆河桥塌，那般大的贪墨案，当真只是一个小小的四品官员就能做到的？”

众人齐刷刷地看向苏温允。

苏温允坐在谢诚的下座，皮笑肉不笑地道：“诸位大人信了？”

王溱低头品茶，户部左侍郎和右侍郎见王溱不说话，也不理苏温允，工部右侍郎谢诚神色沉郁，不知在想些什么，只有纪知道：“呵，苏大人还有什么高见？”

苏温允正要说话，只见一个瘦削单薄的身影从衙门大门的角落里悄悄走了进来，站在百官人群中，声音稍稍一顿，片刻后，苏温允接着道：“高见不敢说，张大人真是好义气，将所有责任一人扛了，没有供出一个同伙，然而他并不知道，等他到了盛京，等待他的是大理寺监牢。”

众人心想：等待他的，更是你心狠手辣的苏温允吧！

苏温允道：“在金银珠宝面前，他不得不认罪伏诛，但他的同伙藏在背后，深不可测，不过……”故意拉长了声音，苏温允用嘲讽的目光看了眼纪知，又看了眼王溱。

纪知目露愠色，王溱却微微一笑。

苏温允：“不过，若是找到他们贪墨的那本账册，一切真相便水落石出！”

纪知完全笑不出来。

账本，才是贪墨案真正需要的罪证。

哪怕从张沣家搜出赃物，也不能证明这些赃物完全就是从刺州官道中贪墨来的，官银有编号，可珠宝没有，只能证明那些赃银是朝廷拨下修建官道的，除此以外，想要找到其他同伙，必须有那本账册，否则只能靠大理寺使用酷刑，撬开张沣的嘴。

谁能找到那藏在背后的账本，谁就是本次刺州贪墨案的大功臣。

昨日夜里偷偷潜入唐慎房间里的刺客，一批是张沣派去的，还有一批，正是监察使纪知派去的。纪知身为监察使，好不容易得了这么大的差事，他怎能心甘情愿地将功劳拱手让人？

一开始他怀疑过户部左侍郎徐令厚，但随即他便怀疑上了刺州府尹张沣。可任凭他到处搜查，都没查到那本账册，他暗中观察，发现张沣似乎一直很关注苏温允，便怀疑是苏温允提前偷到了账本，藏在唐慎的房间里。

第二日王溱和御林军就要来了，他再没机会等待下去，他必须得到那本账册，于是便有了昨天晚上两方刺客于驿馆行凶一事。

然而千算万算，纪知都没算到，账本不仅不在唐慎房间里，王溱竟然也提前到了刺州！

纪知派的那名刺客也被抓住了，但所有人都知道，刺州贪墨案绝对和纪知无关。他身在盛京，又只是个六品小官，他唯一与荆河桥塌产生联系，是在大桥已经塌了后。事实上，王溱也没怀疑过他，甚至还让御林军放走了纪知手下的刺客。

纪知坐在堂上，望着左侧的王溱，又看看右侧的苏温允，他忽然感觉自己真的老了，玩不过这些年轻人了。

纪知自嘲道：“听苏大人的意思，是已经知道那本账本在哪儿了？”

苏温允正要开口，只听一道清脆的响声，王溱将茶盏搁在桌子上，他微微抬首，对纪知笑道：“自然，苏大人是知道的。数日前，苏大人私下找到那本账册，为了防止不测，他将账本偷偷藏在起居郎唐慎唐大人的屋子中。”

苏温允看热闹一般地看着王溱，等他继续说下去。

纪知：“唐大人，可有此事？”

唐慎上前一步，拱手行礼：“确有此事。”

纪知：“那账本在哪儿？”

唐慎：“我已将账本给了户部尚书大人。”

王溱伸出手，身后的官差将一本账册交给他。

纪知长叹声气，心知本次贪墨案的大功已经落在王溱、唐慎和苏温允头上，和自己再无关系。

然而，却听一道嗤笑声响起，苏温允笑眯眯地道：“王大人，您确定您手中拿的是荆河桥塌一案的账本？您是当朝尚书大人，掌管朝廷国库，一本小小的账册，自然逃不过您的法眼。但此事事关重大，下官劝您不如现在打开这本账册仔细看看，万一有不对之处，在回京禀明圣上前，一切还有回转的余地。”

王溱清雅秀郎的脸上露出凝重的神色，他故作郑重地沉吟半晌，道：“苏大人说的是，交给圣上的罪证，再小心也不为过。如此，秦大人、徐大人，你们二人分别将这账本看上一遍，确认无误吧。”

秦嗣和徐令厚：“是。”

两人接过账本，同时开始对账。

唐慎站在堂下，垂目看地，不言不语。

苏温允用一副看戏的表情打量着王溱，但他看向唐慎时却不再那么嘲讽不屑。苏温允心思再狠毒、手段再无情，也不至于这时候还对唐慎落井下石。他知道自己利用了唐慎，压根儿没准备让唐慎分一杯羹。让唐慎成为靶子，他当然不可能把真账册留在唐慎屋子里，否则一旦被人搜到，事情便会万劫不复。

他毫不留情地算计了唐慎，利用了唐慎，甚至是拿唐慎的命挡在自己身前，他一点都不自责歉疚，可他也不会刻意嘲弄。

小半个时辰后，秦嗣与徐令厚互视一眼，秦嗣道：“禀报尚书大人，下官与徐大人核对过，这是真正的账本。”

苏温允神色骤变，王溱语气温和：“辛苦二位大人了。”

秦嗣和徐令厚都是户部侍郎，天天与账本打交道，他们不可能算错，他们也不可能骗人，因为假账本只要送回盛京，交到皇上面前，就会原形毕露。

苏温允姣好的脸上毫无血色，他死死睁大眼，盯着王溱，良久，他咬牙切齿地蹦出几个字：“真的是……真、账、本？”

秦嗣奇怪地看他：“还能有错？”

王溱笑道：“不如苏大人自己看看？”

谁都知道王溱只是随口一说的客套话，苏温允竟然直接站起来走到王溱面前，拿起那本账册看了起来。他一页一页地翻着，一个字一个字地认真看了过去，越看，他的心越凉，等到看完时，他已经再也无法保持笑容。

千万种思绪从脑中一闪而过，倏地，苏温允转过头，看向站在堂下的唐慎。

谁料此时此刻，唐慎也抬起头静静地望着他。

户部左侍郎徐令厚瞧着苏温允一前一后的反应，隐隐察觉出什么，他观察王溱的脸色，决定出声帮一把："怎么，这账本是真的，苏大人认不出来了？难道说，这不是你藏在唐大人屋中的那本？这账本不是你给唐大人的吗？"

苏温允有苦难言。他非常想说这账本不是他给唐慎的那本，真正的账本藏在他的衣柜夹层中，可他不能说！一旦他说了，他如何解释有两本账册的事，如何解释他为什么在唐慎的屋子中藏了一个假账本？难道他要直说，他拿唐慎当靶子，为自己吸引火力？

良久，苏温允道："自然不是，这正是我交给唐大人保管的那本。"

苏温允走下高台，走到唐慎面前，定定站住。他勾起唇，眼睛也弯起，可说出来的话却仿佛是从牙齿缝里挤出来的。

"唐慎，唐景则，唐大人……真是辛苦你，为我保管这个账本了。"

唐慎作揖道："苏大人的命令，不敢辞。"

苏温允看着唐慎，忽然笑了："景则。"

王溱轻轻抬眼。

唐慎平静地看着苏温允。

苏温允："我可要好好感谢……你与王大人啊！"

八月廿七，御林军押解张沣一党回京候审。

从刺州出发，大约走了三分之二路程后，便走上了新修的官道，张沣等人双手负着铁索，被囚禁在车中，四周是一片片金色的麦田。户部左侍郎徐令厚策马来到囚车旁，对张沣道："张大人，瞧瞧，这便是你贪墨所修建的官道，你为官二十余载，老夫与你乃是同榜进士，你这是何苦啊！"

利字身侧一把刀。

张沣蓬头垢面，望着天空，仿佛再也听不进徐令厚的话。

三日后，御林军回京，张沣等十余个官员被打入大理寺大牢，当日，王溱亲自将账本送到殿前，皇帝见后，勃然大怒，下令大理寺仔细审问张沣等罪官，势要找出藏在背后的真凶。

这时，被调去幽州修建官道的工部尚书袁穆也回京了，他坐在中书省勤政殿的屋子中，拿出一罐上好的碧螺春，请工部的两位侍郎一起品尝。堂屋中，工部三位官阶最高的权臣围桌而坐，袁穆亲自拂袖斟茶，他尝了一口，舒了口气。

"当真是好茶！人生在世，日子总是过一天少一天的，能多尝尝这样的好茶，便不要浪费了吧。"

工部左侍郎李钰德捧着茶盏，茫然地看着袁穆，他的身侧，工部右侍郎谢诚沉默地低头，不言不语。

两日后，大理寺少卿苏温允率领官兵，踏平工部衙门，将工部右侍郎谢诚捉拿归案。

朝野皆惊。

次日早朝，工部尚书袁穆大为错愕，他立即上前一步，向皇帝请罪。

“禀圣上，臣治下有失，竟让手下做出这等贪赃枉法的罪事！刺州官道，乃民之大事，千古之伟业，荆河大雨，桥梁冲垮，近百工匠命丧洪流，臣有罪，臣罪不可赦，求陛下惩罚！”

紫宸殿中，只有四品以上官员可以参加早朝，袁穆这话说完后，工部左侍郎李钰德和几位工部郎中齐齐上前，道：“工部官员皆有失察嫌疑，请陛下降罪！”

赵辅坐在御座上，静静地看着这些请罪的工部官员，良久，他轻轻一笑，对左相纪翁集道：“纪卿，你说朕该如何是好？”

纪翁集上前道：“工部右侍郎谢诚，贪墨敛财，致使荆河官桥被大雨冲垮，死伤近百，罪不可赦，然袁大人身在幽州，心有余而力不足，分身乏术，虽说管下不严，却也是无心之失。”

赵辅点点头：“纪卿说得有理。袁卿，你为朕在幽州修官道，朕应当赏赐你才是，不过若是赏赐你，朕何以面对那近百工匠与官员的在天之灵？如此，便功过相抵吧，你觉得可好？”

袁穆高举玉笏：“谢陛下恩赐。”

“好一个恩赐！”下一刻，赵辅话锋一转，冷哼一声，砸在紫宸殿的地砖上，令群臣屏住呼吸。赵辅冷笑几声，道：“荆河一事，便算你功过相抵，那袁穆，你告诉朕，三年前的南方雪灾，谢诚贪赃枉法时，你又在哪儿！”

袁穆心里叫苦，知道自己逃不过这一关。

没错，事实上这次皇帝派了自己的三名心腹分别去幽州、刺州和宁州，为的不是查官员贪墨官道的修建银两，而是查三年前南方雪灾时是哪个工部高官贪墨了！

三年前，江南出现百年一见的大雪，冻死数万百姓，朝廷拨款赈灾，却是杯水车薪，那一年的冬天，南方大地上遍是衣不蔽体的穷人。到了来年春日，大雪融化，被掩埋在白雪下的森森白骨露了出来，地方官员将死亡人数和失踪人数报上朝廷，举朝震惊。次年春日，赵辅就亲自来到天坛为百姓祈福，写了罪己诏。

数月前，赵辅命唐慎带苏温允去翰林院寻找书籍，为的就是查这起贪墨案。

是的，那年的雪灾不仅仅是天灾，更有人祸，那一次死的可不只是近百名工匠，而是数以万计的黎民百姓！

苏温允暗中查案，查到了一些蛛丝马迹，偷偷地抓了几个当地官员，他将事情压着，没有上报朝廷，使得幕后黑手一直没有发觉。他严密审查，对那几个贪墨的官员严刑拷问，终于顺藤摸瓜，查出参与雪灾贪墨一案的高官必然是工部高官，且至少是三品大员。

工部三品以上的官员一共就三个，工部尚书袁穆、左侍郎李钰德和右侍郎谢诚。

赵辅将心腹王溱、苏温允和宋循派去北方，为的就是查这三人到底谁才是真正的幕后主使。荆河桥塌只是事发凑巧，苏温允的官运好到了令人发指的地步，他抓到了谢诚，破了两个案子，功劳又更是翻倍。

一将功成万骨枯，丧命在冰冷的荆河河水下的近百亡魂，铺成了苏温允青云直上的尸骸阶梯！

紫宸殿中，赵辅愤怒地叱骂谢诚、叱骂百官，谢诚如今被关在牢中，赵辅没的骂，于是他骂得最多的就是工部尚书袁穆。

袁穆扑通一声跪下，向赵辅请罪："臣治下不严，臣罪无可赦啊！请陛下革了臣的官职，治臣的罪，臣无颜面对陛下，无颜面对百姓！"

紫宸殿中，立刻上演了一出贤臣请罪的戏码。

赵辅先是冷声骂了袁穆几句，袁穆竟然潸然泪下，痛哭不已，为三年前死在南方雪灾中的难民，为今日死在荆河河水下的百姓，痛骂自己识人不清。

如此一番后，赵辅道："好了好了，此事也不能全怪袁卿。"

袁穆泫然欲泣："陛下！"

"罚你六个月俸禄，你到幽州去，不将官道修好，不许回工部！"

"臣领罚！"

好一出君明臣忠的大戏，袁穆站了起来，回到百官之中。

罚完就该赏赐了，大太监季福上前一步，宣读圣谕："门下，朕膺昊天之眷命，大理寺少卿苏温允机敏警觉，能辨善才，胆识过人，今擢升三品工部右侍郎，兼任大理寺少卿，即日起任。"

苏温允从大理寺官员的队伍中走出来，高声道："谢陛下隆恩。"

季福接着道："门下，朕膺昊天之眷命，户部尚书王溱忠善才佳，机警过及，今赐白黄金五十两，锦帛三十匹。"

王溱道："谢陛下隆恩。"

"门下，朕膺昊天之眷命……"

将本次去剌州查案的监察使团全部赏过一遍后，赵辅宣布散朝，百官纷纷离去。

唐慎今天在宫中当差，是今天负责记录起居的起居郎。赵辅回垂拱殿后，他跟随赵辅一起离开，一路上他和另外两位起居舍人远远跟着赵辅，始终低头不语，唐慎没有询问为什么本次去剌州的官员，就他一人没有获得赏赐。

等来到垂拱殿，赵辅翻了翻桌案上堆着的折子，开玩笑道："季福，你瞧瞧这些折子，每日看得朕头都晕了。朕老了，两眼昏花，再也看不得这么多折子了。"

季福立刻笑道："官家洪福齐天，寿与天齐，永远都不会老。"

赵辅笑骂："你这张嘴，就会说这种不人不鬼的话。"接着他看向左右两侧坐着的起居官，对唐慎道，"景则，你觉得呢？"

唐慎立刻站起身，行礼道："陛下日夜勤政，百姓安居得所，威武雄力，又何来老之一说？"

赵辅笑了笑，翻了一张折子，随手放到一边。

"景则也学会阉人说话了。"

季福察觉到赵辅心情不错，加上知道一些内幕，他眼珠一转，小声道："陛下嫌弃奴才了。”

赵辅哈哈大笑：“你倒是委屈上了。”

季福做出一副委屈而不敢言的模样。

笑毕，赵辅看向唐慎，语重心长地说道：“景则可曾责怪朕，今日赏赐群臣，偏偏漏了你？”

唐慎：“臣不敢，为陛下分忧解愁，是臣的荣幸。”

“那也不能亏待你。”说着，赵辅朝季福使了个眼神，季福立刻上前，朗读圣谕：“门下，朕膺昊天之眷命，起居郎唐慎才思敏捷，能言善精，深得朕心，今擢升四品中书舍人，即日起任。”

唐慎虽然早有预料，但真正听到这封谕令还是吃了一惊。他心中百感交集，回忆起自己过去这一年经历的往事种种，最后他抬起头，做出茫然又惊喜的表情，望着赵辅，唐慎哽咽着嗓子道：“陛下……”

赵辅微笑道：“景则，怎的不接旨，可是不想要这个赏赐？”

唐慎立即行礼道：“臣谢陛下隆恩！”

唐慎接了旨后，再次回到起居郎的座位上，赵辅对他道：“让景则去勤政殿，也算是朕的私心了。你瞧瞧这些地方官员写的折子，什么‘岭南枇杷甚熟，思君情切’，这种小事写来告诉朕作甚！还有这个，满目辞藻繁华，朕看得头晕眼花，到头来竟然只是为了祝朕两个月后的生辰康乐。景则要是去了勤政殿，为朕审阅折子时，定能明白朕的心意，将折子上的意思简明扼要地告诉朕吧。”

赵辅这么说了，唐慎哪能再坐着，他又站起身：“臣定然不负圣命。”

赵辅望着唐慎，忽然道：“朕舍不得景则啊！”

这话一落地，无论是季福还是垂拱殿中的另外两个起居舍人，纷纷羡慕地看向唐慎。

赵辅这话一半真心，一半假意，一方面唐慎是如今年轻一党的官员中少有的实干派，又跟在他身旁一年，经常能够摸到他的心意，除此以外，他还是王溱的师弟，王溱是赵辅的心腹，唐慎也便沾了光，算是入了赵辅的眼，所以他真情实意地说出了这句话。而另一方面，正因为唐慎在年轻官员中十分出类拔萃，他也要笼络唐慎的心，让他一心忠于自己。

果不其然，唐慎感激涕零地道：“臣愿为陛下鞠躬尽瘁，死而后已！”

赵辅露出满意的笑容。

傍晚，皇帝进登仙台修仙，半个时辰后，工部右侍郎兼大理寺少卿苏温允入宫，觐见皇帝。

唐慎与苏温允在登仙台的殿门前相遇，太监进去为苏温允通报，苏温允就站在门口，与唐慎对视。

苏温允笑道：“听闻今日清晨，唐大人擢升四品中书舍人，可真是恭喜了。”

唐慎行礼道：“多谢苏大人，下官也祝贺苏大人，擢升三品工部右侍郎。”

苏温允艳丽的目光落在唐慎身上，良久，他道：“从刺州回来后，我一直在想一件事。唐大人，若是那夜在驿馆中当真有人破门而入，将你我砍死于屋中，你说，如今该是谁带着我们俩的尸体回京揽功呢？”

唐慎：“未曾发生的事，苏大人何须在意。”

苏温允盯着唐慎看了好一会儿，道：“明日唐大人就要去勤政殿赴任了，我在勤政殿等着你。”

不过多时，苏温允进入登仙台。

登仙台中，钦天监监正李肖仁正拿着一只玉碗，用竹叶沾上碗中的水，轻轻洒在赵辅的身上。大梁皇帝赵辅身穿道袍，端坐在太极八卦阵的正中央，闭目修仙。

苏温允到了后，也不说话，就在旁边等着。

过了一刻钟，赵辅睁开眼，道：“你先下去吧。”

李肖仁起初还没反应过来，过了几秒，他明白了赵辅的意思，立刻退出登仙台。

赵辅抬眼看向苏温允，神色淡淡，仿若无情无欲的仙人，他开口说话，声音在登仙台中形成回响：“斐然何时来的？”

苏温允：“只站了一刻钟。”

赵辅仍旧盘腿打坐，问道：“如何了？”

苏温允回道：“三年前的南方雪灾贪墨案，只能查到谢诚，再往上，若不是没有了，便是藏得太好，根本抓不住马脚。臣无能，请陛下恕罪。”

赵辅微微颔首，好像在思索些什么。

“那场雪灾波及甚广，朝廷拨下两百万银两救灾，仅仅一个谢诚，可是不够吧。”赵辅感慨道，但他并没有再说下去，而是意味深长地说道，“我记得那年，姑苏府倒是没挨上雪灾。果然是个人杰地灵的好地方，唐卿便是姑苏人啊。”

苏温允自然明白皇帝的意思，按理说他此时应该对唐慎落井下石，但他先是勾了勾嘴角，然后说道：“虽说唐大人曾经师从姑苏府尹梁诵梁大人，然而在梁大人自缢后短短一个月，他便北上转投名师，与梁大人撇清关系。行事果断，臣自愧不如。”

这话表面上说自己不如唐慎，其实是在说唐慎是个墙头草，老师一死就改投师门，梁诵在地下有灵，恐怕都能气得诈尸。

赵辅抬头看着苏温允。

苏温允撇了撇嘴角，毫不掩饰对唐慎的鄙夷。

赵辅道：“识时务者为俊杰，此事景则确有不对，不过他年纪尚小。”

苏温允收敛神情，没有回答。

赵辅挥挥手：“下去吧。”

“是。”

苏温允离开登仙台后，一出殿门，他看着唐慎，露出一个明艳傲气的笑容：“唐大人，你可是欠了我好大一个人情，今日以后，我在刺州拿你当靶子的事就此抵消了。”

唐慎皱起眉头。

苏温允没有多说，扬长而去。

登仙台中，赵辅抚弄两只透色夜明珠，圈在掌心把玩，他若有所思地望着地面，道："朕记得，唐慎今年十七吧。"

登仙台中只有赵辅和季福在，他突然这么一说，季福等了片刻，明白赵辅是在等自己回话，于是他回答道："回陛下的话，唐大人十六岁高中探花，那是去年初的事，奴才记得，还是您亲自点的探花郎呢。"

赵辅："哦对，是这样的，朕差点给忘了。朕非常喜欢他写的文章，还记得他去岁为朕写的那篇生辰贺文，可真是花团锦簇。"

季福笑道："唐大人才华横溢，年少有为，奴才可真羡慕得眼睛都红了。"

"哈哈，你个老东西。"

殿中寂静了一会儿，赵辅语气悠长地说道："论谄媚迎上，他做得可比子丰还好。"

季福一愣，不敢说话。

赵辅长叹道："朕便喜欢他这样。"

一个见利忘义、阿谀奉承的臣子，对明君而言，是小人是奸臣，可赵辅喜欢，赵辅喜欢极了。

"苏斐然讨厌他，王子丰喜欢他。"赵辅感慨道，"怎么天下就生出了一个这么好的唐景则，正好夹在这两人中间呢？如此，朕就更喜欢他了。"

季福再怎么聪慧，也只是个宦官，他听不懂赵辅的意思，只能在一旁赔笑。

自然，一个太监怎么可能懂得帝王权术。

朝堂上，德高望重的权臣都年岁已高，自立一派，哪怕是赵辅，想要动他们，都十分头疼，伤筋动骨。而年轻一派，则以王溱、苏温允为领头人物，这几年在赵辅的有意扶持下，渐渐有了和老臣分庭抗礼的势头。

这其中，王溱又和苏温允合不来。

若是此刻有一张棋盘摆在紫宸殿上，众人便可见到，百官为棋，天子执子，分隔两岸，楚河汉界，泾渭分明又有相互交融，朝堂上的一切风雨都瞒不过赵辅这双早已浑浊的双眼。哪怕是百年后，他依旧会是大梁最贤明的一位皇帝，他要让后人永世称赞。

他将是永生的，他也将是最圣明的帝王。

赵辅露出莫测的笑容，闭上双眼，继续修仙。

当天晚上，礼部官员就把新的官袍送到了探花府，唐慎换上新官袍，唐璜高兴地围着哥哥转了好几圈。慢慢地，她不再那么激动，她撇嘴道："明明是四品大官的衣服，哥，这怎么和你以前穿的好像没什么差别。"

唐慎瞥了自家妹妹一眼："开平三年，大梁和辽国交战不休，当时的户部尚书、如今的当朝右相王诠王大人上本请愿，将百官服饰全部简化，减少国库开支。瞧见这个袖口没？"

唐璜凑过去，仔仔细细看了好几眼："袖口怎么啦？"

"这上头是银丝线！只有四品官才能用的银丝线！"

这谁看得出来啊！

唐慎升官，全家高兴坏了，最重要的是，从此唐慎可以晚起两刻钟。

起居官是百官中起得最早的官员，他们必须赶在其他官员进宫前进宫。自从当了起居官，唐慎已经一年没睡过好觉了，哪怕不是他当差，他也必须起床赶到皇宫，听候差遣。

除此以外，唐慎还是刚刚上任，虽然他是四品中书舍人，要去上早朝，但是上任第一日他可以不去上早朝，只要在早朝后到勤政殿赴任就行。

当官后，唐慎头一回睡了一个好觉。

清晨，他穿上官袍，入宫来到勤政殿。

以前唐慎来过勤政殿好几次，勤政殿是唯一设立在宫中的衙门，大梁专门分辟了一片地方，给中书省官员办公，所以勤政殿也被称为中书衙门，但不是每个隶属中书省的官员都会在勤政殿办差。

以前唐慎是起居郎，按理说也是中书省官员，可起居郎所在的中书衙门在宫外，并不在勤政殿。

简单地说，勤政殿共有三片区域，其一是四位相公的堂屋，四位相公指的自然是当朝左相纪翁集、右相王诠、左丞陈凌海和右丞徐毖。其二，就是六部尚书办公的堂屋，一共有三间屋子，每两部尚书共用一间，六部尚书并不是每日都在勤政殿办差，他们也经常去宫外的六部衙门办差。

在这几间屋子后，便是中书省其他官员办差的地方了。

三品的中书官员共用两间屋子，而唐慎这些四品官员共用一间。

所以在中书省，只有四品以上的官员才能进勤政殿办差。

唐慎早早来到勤政殿，他没让别人等，而是在散早朝前就在殿中等着了。等散了朝，官员们纷纷回勤政殿，三位与唐慎同品阶的中书舍人见到唐慎，先是一愣，接着拱手道："恭贺唐大人，以后咱们便是同僚了。"

唐慎笑道："多谢季大人、刘大人、林大人。"

中书舍人季缪笑道："上次见唐大人还是三个月前，那时我到王相公那儿办事，正巧碰上唐大人，匆匆一眼，没想到今日竟和唐大人成了同僚。"

另一个中书舍人说道："唐大人今年才十七吧，可真是年少有为。"

四个人客套了一番后，季缪道："咱们勤政殿中，我是为纪相公办事，刘大人为王相公办事，林大人为陈相公办事，如此，唐大人来了后，应当是为徐相公办差。现在刚下早朝，徐相公公务繁忙，想来再过一会儿，就该有人来找唐大人了。"

不出季缪所料，半个时辰后，有官差来堂屋中喊唐慎，说是右丞徐相公召见。

唐慎整理官袍，跟着官差来到徐毖所在的堂屋。

徐毖正在看一张折子，见唐慎来了后，他朝唐慎轻轻点头，唐慎也不吭声，乖巧地站到徐毖身后。

徐毖看完折子后，他叹了口气，将这折子递给唐慎："你瞧瞧。"

唐慎恭敬地双手接过，翻开看了起来。

刚看开头，他还十分镇定，等看到一半，唐慎一下子懵住，他想了想，又回过头从第一个字看起，仔仔细细将这封折子看了一遍。

唐慎道："下官看完了。"

徐毖喝了口茶："如何？"

"沧州府尹柳大人，文辞华美，才华出众，臣不敌之。"

简单地说，屁话太多，看得人两眼发晕。

徐毖无奈地笑了笑："这便是你要做的差事了，地方官员的折子，都是要送到我这里，由我看过后，再写上提要，送到陛下的桌案上。唐大人以前做过起居郎，应当知道陛下每日要批阅多少折子吧。"

"下官知道。"

徐毖感叹道："陛下不易啊！"

唐慎第一次对赵辅这个皇帝感到了由衷的同情。

第三十章

琉璃

勤政殿的四位相公中，右丞徐毖徐相公年岁最高，今年已过古稀。据说去岁徐相公向皇帝请辞，想告老还乡，赵辅原本都要答应了，可朝中并无合适的人选能代替徐毖，轻易动他，极有可能影响朝堂格局，赵辅就将他留了下来。

徐相公性格和善，常到勤政殿的后屋与四品官员洽谈。

各地官员送到盛京的折子，都必须先经过徐毖的耳目才能交给皇帝。唐慎身为中书舍人，他刚从徐毖的堂屋中回来，就见两个官差挑着一箱折子跟着他进了屋子。

唐慎仰天长叹。

一整个上午，就耗费在看折子上了。

等到中午，饥肠辘辘，官员们还在办公，勤政殿中的官差们便一个个挑着饭桶，给官员们盛饭盛菜。

在中书省勤政殿办差的官少说也是四品官员，哪怕放在大梁都城盛京，也是响当当的大官，是真正的天子近臣。可到了吃午饭的时间，官差们挑过来的饭菜依旧是最简单的一荤一素，米饭硬得令人牙根儿酸疼，菜倒是没什么问题，只是不怎么好吃。

唐慎以前当起居舍人时，如果轮到他进宫当差，他都能跟在赵辅身后吃顿好的，吃的是御厨烧的菜。

唐慎在姑苏府吃了两年好东西，每每回到家中，姚大娘的手艺也没话说，但如今他到了勤政殿当差，听上去是个大官，可从此以后就再也吃不到御厨做的菜，只能天天吃这些糟糠菜。

唐慎叹了口气，味同嚼蜡地吃了起来。

勤政殿中，官员们似乎习以为常，非常淡定地吃饭。才吃到一半，唐慎抬起头，忽然看见一个熟悉的身影站在屋外，唐慎一愣，他想了想，放下筷子走了出去。

院子中央，王溱身穿一件深红官袍，手中拿着一块令牌，看着唐慎。

唐慎第一眼瞧见他手里的令牌，道："师兄怎么在这儿？这是何物？"

王溱将令牌收入袖中，上下打量了唐慎一眼，叹气道："小师弟可是瘦了？"

唐慎一愣，心想好像没瘦啊。

"师兄何出此言？"

王溱："如今没瘦，等过三日，也定然会瘦，勤政殿的饭菜，你吃得下？"

唐慎苦不堪言。

王溱见他这模样，便明白了他的意思，他微微一笑："走吧。"

唐慎不明所以，跟在王溱的身后，只见王溱在花廊里穿行，有官差碰见他，都会停下来喊一声"王相公"，接着才继续走。他带着唐慎来到户部尚书办差的堂屋，还没进门，唐慎停下脚步，面色犹豫。

王溱转首看他："孟大人今日不在宫中当差。"

孟大人，说的是礼部尚书孟阆！

唐慎可没忘记自己第一次来勤政殿时被这位孟大人领着，从四位相公的屋子一路走到六部尚书的屋子，就跟看猴似的，这群一二品的当朝权臣把他看了个遍！罪魁祸首就是和王溱同在一个屋子里办公的礼部尚书孟阆！

孟阆不在，唐慎放心地跟着王溱进了屋子。

过了片刻，两个官差提着食盒进屋，他们掀开盒盖，把一盘盘菜放在桌子上。这些菜虽说比不上御厨手艺，连王溱家的厨子都做得比这些好，可唐慎刚刚才吃过食堂菜，如今见到这一桌，顿时双眼放光。

王子丰开小灶啊！

师兄弟二人动起筷子，等到酒足饭饱，唐慎好奇地问道："师兄，这些菜是从哪儿来的？我以为勤政殿的官员只能一起吃饭。"

王溱解释道："你说得倒也没错，只是你不知道，四位相公有一个自己的小厨房。"

"啊？"等等，这和你又有什么关系？

王溱喝着龙井，目光放远，轻声道："承蒙右相垂爱，我时常也能分上一些。"

过了许久，唐慎才反应过来……

右相？王诠！王溱的亲二叔！

果然朝中有人好办事啊，连吃饭都吃的和别人不一样！不过转念一想，他好像也是朝中有人的，他有王溱，所以他蹭了一顿饭。

用完饭后，两人喝了杯茶，唐慎要回去看折子，临走前，他想了想，迟疑道："子丰师兄。"

"嗯？"

“我如今在徐相公门下办差。”

王溱抬起眼睛，看向唐慎，唐慎也望着他。

良久，王溱道：“小师弟，明日还要来吃饭吗？”

唐慎舒了一口气，道：“好！”

赵辅继位至今，中书省的相公换过几位，有的是犯了大罪被贬谪下去的，但更多的是年事已高，向赵辅请辞，平平安安地告老还乡。如今执掌勤政殿的四位相公，人人都可成一个党派。

其中，左相纪翁集出身寒门，与其他三人往来不多，自成一派。

右相王诠出身名门，乃琅琊王氏子弟，他与左丞陈凌海是同窗好友，两人往来密切。

除此以外，右丞徐愢年岁甚高，是德高望重的三朝元老。

王溱属于年轻派的官员，可他更是王诠的侄子，他无论如何都和王诠脱不了干系。如今唐慎在徐愢门下办差，他特意拿这件事问王溱，王溱对他的回答是：明天再来同桌用饭。一句话，便将这件事揭了过去，不甚在意。

虽说不是大事，但唐慎并不希望因此疏离了他与王溱的师兄弟感情。

时至今日，他对王溱已经不仅仅是利用，他渐渐地将对方真正当成了自己的师兄，当成了一个可以信任的朋友，一个兄长，那夜在刺州驿馆中，王溱为自己做的，唐慎从未忘记。

赵辅让王溱来刺州查看贪墨案的进度，王溱大可以按照正常的行军速度前进，等他到了刺州，哪怕没法得到苏温允的账本，也能获得赵辅的嘉奖。他年仅二十七岁，就已经位极人臣，是当朝户部尚书，这次他功劳在身，赵辅也只奖励了他黄白财物，没有其他奖赏。他就算有天大的功劳，赵辅能给他的，只有身外之物。

他之所以急切行军，一来是为了更早地参与刺州贪墨案，揽下更多的功劳，二来更是因为唐慎。

刺州这个大泥潭，危机四伏，唐慎只是一个小小的五品起居郎，谁都知道他是皇帝的眼线，他在刺州的身份是最尴尬的，不被任何人真正接纳。

唐慎知道，王溱是为了他，才急行军赶到刺州。如今王溱对自己表明态度，唐慎心中的大石终于落下。

他正要走，王溱从太师椅上起身，拉住了他。

“子丰师兄？”

“景则，我今日十分高兴。”

唐慎一愣。

“我不明白师兄的意思。”

王溱笑了，如画的眉目在弯起后更加清雅别致，他松开手：“去吧。”

唐慎不明白，王子丰又发什么疯？

莫名其妙地回到屋子里，唐慎看了一整天的折子。到晚上，只见四位相公的马车陆续从勤政殿正门出去，接着是打着尚书家灯的几个二品尚书，等到三品以上的官员们都离开，唐慎这些四品官员才依次离宫。

九月初，姚三和唐璜前往宁州。

半个月后，两人从宁州回来，姚三带回来一封信，交给唐慎，他道："小东家，我已经见过王大人了，您的信我交给了他，他说都好，然后又给您写了这封信，您且看看。"

唐慎打开信仔细看了起来。

信中是王霄写的一些关于宁州官道的事。

宁州官道是三条官道中最好修建的一条，但天有不测风云，因为北方连连大雨，道路泥泞，不利于修路，所以宁州官道的修建工程被耽搁了，本定于九月末能修好的官道，恐怕得推迟到十月末。

这个时间还在唐慎的接受范围内，进了十一月，细霞楼的客流量才会真正大起来。

不过这一次，负责修建宁州官道的工部左侍郎李钰德竟然给了全天下一个惊喜。

十月初，宁州官道全部修建完成。

李钰德带着修建好的官道成果回了盛京，正巧赶在赵辅寿辰前办好这件差事，赵辅龙颜大悦，赐下不少赏赐。

皇帝大寿，举国皆喜。

这日中午，唐慎偷偷躲在尚书堂屋里开小灶时，见王溱只吃了一口，便搁下筷子，微笑着看他。

唐慎被他这么看着，哪里吃得下饭。

"师兄……"你干吗？

王溱："今天是什么日子？"

唐慎一听，先是愣了下，接着觉得十分好笑。

王子丰这人也真有意思，他当然知道今天是王溱的生日。全天下恐怕没有谁的生日比王溱的好记了，只要记得是在皇帝的前一天，就能记得清清楚楚，只是唐慎没想到，王溱居然还在乎这种事。

唐慎咳嗽一声："今日是师兄的生辰。"

王溱："今晚先生也要来我家中用饭，景则何时来？"

傅渭也去？

唐慎道："等离了宫，我回去把官袍换下，就去尚书府。"

王子丰二十七岁的生辰，在户部尚书府中度过。

次日，天子寿辰，万民同喜。

到了十一月，盛京的冬日严寒难耐，细霞楼的客流量骤然增加，不过牛羊肉的供应并没有出现问题，宁州官道建成后，快马加鞭地往来一次，只需要一天时间。

腊月初，陆掌柜与姚三去了北方一趟，等到他们回来时，陆掌柜带来一块白色石头，交给唐慎，看到这块石头，唐慎双目一亮，拿在手里观察了好一会儿，最后抬头问道："从哪儿找到的？"

陆掌柜道：“宁州是没有的，在宁州再往东北，已经快要接近辽国边境的地方才找到这东西。小东家，这就是你要的白云石？这东西可让我一通好找！因为当地人并不叫它白云石，都叫它凌子石呢！”

凌子石，也就是白云石，是一种常见的矿石。

唐慎想了想，道：“长石和砂岩呢？”

陆掌柜道：“这个好找，北直隶就有合适的矿脉。”

唐慎道：“好，那等过两天，陆掌柜，你从东北运一车高纯度的白云石回来。”

“好！”

唐慎要做的事，陆掌柜听不明白，就干脆不去弄懂，总归小东家不会干坏事，只是要几车石头罢了，别人喜欢玩玉石，唐慎喜欢玩石头，这是个多好的爱好啊！这些破石头可不能让他们倾家荡产。

不过多久，陆掌柜就把几车白云石、长石和砂岩运到了盛京，他将东西直接送到城外的唐氏肥皂工坊。下了衙门，唐慎便钻进了工坊。

唐慎找来几个工匠，把这些石头研磨成粉末，就花去半天时间。

腊月，新年将至。

盛京迎来今年的第一场冬雪，白雪皑皑，银装素裹。厚厚的白雪累积在街道上，人和车走过，留下脚印和车辙，将雪踏平，家家户户张灯结彩，腊月十二，衙门便休了假，一直休到元宵节后。

唐慎从衙门回来，拍了拍肩膀上的雪花，姚大娘端来一碗热腾腾的鸡汤，唐慎喝完后，身体立刻暖和起来，他左右看了看，问道：“唐璜呢？”

姚大娘笑道：“阿黄和三儿去买年货了。”

唐慎点点头。

傍晚，唐璜和姚三从外头回来。

探花府是个三进的大宅子，左右两侧还各有一个两进的院子，这么大的房子，唐慎本想买一些仆人侍女来打扫，谁料姚大娘却一个劲地阻止。

“我一个人就够了，我每天在家里闲着也没事，就打扫打扫。”

唐慎拗不过她，就没买小厮，探花府中的家务事由姚大娘和书童奉笔一力承包。

见到唐璜回来，唐慎故意板起脸：“不是说了，今天在家里等我，晚上要去细霞楼吃饭？”

唐璜：“你都说了是晚上，我的好哥哥，现在不是还没到晚上嘛！”

唐慎无奈地摇摇头：“去把衣服换了。”过了会儿，他又叫住唐璜，“把你从姑苏带来的那件狐裘袄子穿上吧。”

唐璜一愣，点点头，乖乖地去换衣服。

冬日天色黑得极快，申时刚过，夕阳就落了山。夜幕低垂，唐家兄妹二人披着漫天的星子来到细霞楼，见到是小东家来了，陆掌柜立刻把两人领进去，去的是二楼不靠街的雅间，刚进屋，唐慎便感觉到一阵暖意。

古朴素净的屋子中央，烧着一盆火旺旺的炭炉。

用的是最上好的无烟银丝炭，旁边还点着檀香，白烟袅袅，心旷神怡。

屋中热得很，唐慎和唐璜便把披风脱下，挂在一旁，唐慎推开窗户，雪白的月色照耀进屋子，又映着盛京城中满地的白雪，雪与月色相映生辉。

唐璜紧张地问道："哥，这么隆重，今晚到底是要和谁吃饭？"

唐慎瞥她一眼："你猜是谁。"

唐璜凝神想了想："莫非，是你的先生？"

"还有我的师兄。"

半个时辰后，傅渭和王溱陆续来到细霞楼。

傅渭是先来的，他一进屋，第一个注意到的是挂在墙上的一张画，他双眼一亮，走上前。仔细端详过后，他看向唐慎："吴道子的画？"

唐慎笑道："不敢瞒着先生，是画圣的画。"

"这可是好东西！虽说不是吴道子传世的那几张画，但也要花不少银子吧？"傅渭看了看，感慨道，"画得真不错，确实比老夫好上一些。"

而王溱进屋后也瞧见了墙上的画，他意味深长地看了一眼，转首便看向站在唐慎身旁的有些紧张忐忑的小姑娘。

平心而论，唐慎和唐璜长得并不像。

唐慎身材颀长，清俊秀雅，他长了一双明亮清澈的眸子，是天生的笑眼，笑起来时眼若星辰，弯似月牙，不笑时又显得俊俏青涩，一眼看去便是个清澈通透的少年郎，而事实上他今年才十七岁，本就年少。

和唐慎相比，唐璜长得却更加英气点，不是说她一个小姑娘长得男相，而是比起兄长的俊俏，她五官深刻，双目炯炯有神，她望着王溱时，虽说有些害怕，但目光深处是不可动摇的坚毅。是个固执坚强的小姑娘。

王溱得出这个结论，他对唐慎轻声问道："你妹妹？"

唐慎介绍道："是，这是我妹妹，单名一个'璜'字。"

互相认识后，四人围坐桌旁，开始吃拨霞供。

不知不觉中，窗外又飘起了雪花，苍茫大雪与热气腾腾的火锅搭配在一起，简直令人心旷神怡。

吃完饭，唐慎给陆掌柜使了个眼色，陆掌柜心领神会，把墙上的吴道子的画取了下来，用帛布仔细地包好，唐慎将这幅画送给傅渭。因为这是吴道子的画，哪怕是傅渭都大为诧异："景则，你要将这幅画送给为师？"

唐慎："本就是为先生寻的，我知道先生一心向画，正巧听人说姑苏府有人在卖这幅画，就为先生买了下来，先生请一定收着。自前年我来盛京，如今算来，已经过了三年，在这人生地不熟的地方，若不是有先生教导我，我定然不知所措，一事无成，谢谢先生教导小子，小子铭记在心，不敢遗忘！"

厚脸皮如傅渭都红了脸，心道：我有教过你？

他哈哈一笑："那为师便收下了。"

酒足饭饱后，唐璜跟着陆掌柜去查看今日细霞楼的生意流水，傅渭得了一幅画，高兴至极，当场便拿着画回府，说是要好好品赏，雅间中，顿时只剩下唐慎和王溱。

王溱拂了拂茶汤上的一层茶沫，轻轻喝了口碧螺春。

窗户开着，屋内是淡淡的檀香味，王子丰浴着月光，一身白衣，静静地品茶望月，说不来是这月色更加皎洁，还是月光中的人更气质出众。

唐慎从袖中拿出一只小小的锦盒，递给王溱。

王溱接过锦盒，笑问："这是贿赂？"

唐慎愣住。

王溱这话不是无的放矢。

傅渭是翰林院承旨，他管不到唐慎头上，唐慎给他送礼无可厚非，但王溱是户部尚书，如果真要管，完全管得到唐慎这个中书舍人的头上，更何况他们还一起在勤政殿当差。

唐慎无奈道："师兄又揶揄我，是与不是，您自己不知道吗？"

王溱："小师弟近日越发大胆起来。"

"我如何大胆了？"

王溱学着唐慎的语气，道："如何大胆，您自己不知道吗？"

师兄弟二人相视一笑。

王溱打开盒子，看清楚里面东西的那一刻，哪怕他早已做好准备，却还是心神一惊，失神了半晌。

只见小巧精致的锦盒中放着一只巴掌大小的琉璃瓶。

这是个奇怪的琉璃瓶，通体透明，形状方正，很有棱角，在瓶口处，用细细的金线镀了一层，瓶身上又嵌着一朵梅花。说它精美夺目、巧夺天工，这绝对不为过，至少过去的二十六年中，王溱从没见过无色的琉璃瓶，哪怕在皇宫国库都没这样的玩意儿。可要说它精致，它金线描摹的手艺又略微差了点，只不过因为瓶子里盛着淡黄色的液体，能让人忽视上面勾画的金线。

王溱凑近闻了闻："这是黄金缕？"

"是。"

王溱又看了会儿："这个琉璃瓶，是从何处得来的？"

琉璃制品，大多为皇族所用，皇宫外能找到的琉璃器具不多，更不会这般精致，几乎比得上贡品。

唐慎："我为师兄亲手做的。"

闻言，王溱倏地抬头，定定地看着唐慎。

唐慎笑道："与师兄相识三载，收获颇多，这是今年的新年礼物。"

王溱望着唐慎，语气悠长地说道："小师弟为我准备了礼物，我却未曾备下。看来，是要还了啊。"

王溱要给他送礼物，唐慎当然不会拒绝，还会双手双脚地赞同。有便宜不占是傻子！

然而等了两天，唐慎都没等到王子丰的礼物。

“想不到啊，连王子丰都会骗人了，男人的嘴果然不能信。”

唐慎感慨过后，收拾行囊，与唐璜一起回乡过年。

不错，今年唐慎决定回姑苏府省亲。

姚三还有事情要办，就留在盛京，唐慎带着自家妹妹和书童奉笔登上船，顺着大运河一路南下，十天后，回到姑苏府。

三人刚从船上下来，便听到锣鼓震天，鞭炮齐鸣。

唐慎吓了一跳，只见唐举人和唐氏族长快步走来，道：“景则，你可回来了，我们等你一年了！”

离了码头，唐举人立刻给唐慎套上了一身簇新的锦袍。头戴雕冠，脚蹬玉靴，腰间系着的是宝石腰带，连手中拿的都是前朝古扇。唐慎去紫宸殿被皇帝钦点探花郎的时候穿的都没这么隆重！

唐氏一族，无论是唐慎认识的、不认识的，纷纷给他塞各种礼物。

等到一行人浩浩荡荡地来到唐氏宗祠，奉笔手里已经捧了一大堆锦盒。

唐慎跟着唐举人、唐氏族长进入宗祠，两边的太师椅上，唐家的各路叔伯坐得满满当当，唐举人先跪下，道：“唐氏先祖在上，今唐家二房唐慎，高中探花，光耀门楣，身为其伯父，吾辈深感欣慰。得此麒麟儿，我唐氏一门必然能昌盛百年！”

唐氏族长站在一排排的先祖灵位前，展开族谱，对着上面唐慎的名字，朗读起家规。

唐慎是去岁考上的探花，整整一年半都没回过姑苏府，唐氏族人一天天的望穿秋水，就差直接上盛京找唐慎，当面问他还想不想回乡省亲了。

如今唐慎终于回来了，唐氏族人怎能随意对待。

唐举人激动地说道：“慎儿，我们唐氏一族就出了你这一个探花郎，甚至就你一个进士，你可是我唐氏一门的荣耀，大伯父在这里谢谢你了！”

唐慎道：“都是一家人，何须此言。”

唐举人高兴得双眼泛红，他想再对唐慎说点什么，可是在新科探花郎、当朝四品大员面前，他露了胆怯，没敢多说。

到晚上，唐家摆了三天三夜的流水席。整个姑苏府的人都来唐家道贺，他们为的不是吃这一顿流水席，而是为了沾沾探花郎的喜气。

姑苏府人才辈出，自古就是钟灵毓秀的风水宝地，然而就是这样人才济济的姑苏府，在开平年间也只出过五个进士，其中只有一个高中榜眼。

三天三夜的流水席结束后，唐慎终于有了休息的时间。不过他回来第四日，唐家的流水席刚结束，姑苏府尹就登门拜访。

新任姑苏府尹姓贾，是开平三年的进士，因为在朝中没什么靠山，考上进士后二十多年，贾府尹都只能在一些偏远的地方做知县、府尹，他熬到五十多岁，才被陈相公任命到姑苏府，当了个府尹，自此，他终于苦尽甘来，可以在这鱼米之乡安度晚年了。

贾府尹是四品官，唐慎也是四品官，可他这个四品官在含金量上远比不上唐慎。

地方官比不上京官，普通京官比不上勤政殿的官。

贾府尹亲自登门拜访，唐慎没觉得有什么不对，他以礼相待，在花厅中宴请了贾府尹，贾府尹小心谨慎地向唐慎道喜，询问了一下近日盛京发生的事。酒过三巡后，贾府尹道："唐大人，今日来贵府拜访，其实我还带了一个人来。"

唐慎问道："哦，带了何人？"

贾府尹命令官差去府尹衙门将一个白发苍苍的老头带到唐府，唐慎看见对方，心中一愣，他仔细端详片刻，突然道："村长伯伯？"

唐家村的村长站在花厅里，颇有些忐忑不安。

唐探花回姑苏府的事传遍了整个姑苏府，唐家为唐慎摆了三天三夜的流水席，唐家村的人也都听说了，知道唐慎回来，村里人撺掇着让村长来府城一趟，不是为了向唐慎套近乎，而是为了从他手里求得一张墨宝。

唐慎道："村长伯伯，五年不见，我竟然差点没认出您。"

说着，唐慎站起身走上前，扶着村长坐下。

村长："这可使不得！"

这张桌子旁坐着的两个人，一个是姑苏府尹，一个是高中探花的唐慎，村长哪里敢坐下，但他刚想起身，一只瘦削却有力的手轻轻按在他的肩上，阻止了他的动作，村长回头一看，只见唐慎含笑地看他。

明明很温和地笑着，可唐慎身上那股难以忽视的官威让他显得庄严郑重，令人无法反驳他的意见。

唐慎差点没认出村长，村长又何尝不是。

谁也想不到，五年过去，当初那个在唐家村村头靠卖果子汁为生的小儿郎，竟然变成了如今模样！

村长顺势坐了下来，唐慎让奉笔为他多加了一双碗筷。

聊了一会儿，唐慎才知道村长的来意，他哭笑不得道："当初只是阿黄的一句玩笑话，没想到大家还当了真，其实不必改成唐家村，不过既然已经改了，那就算了。村长伯伯，您是要我给你写'唐家村'这三个字是吗？"

村长点点头。

唐慎想了想，让奉笔准备好笔墨纸砚，他拿起狼毫大笔，在宣纸上迅速地写下"唐家村"三个大字。

他刚一落笔，贾府尹一声惊喝，鼓掌道："好！好字！这字气势轩昂，劲头如松，笔走龙蛇，大气磅礴啊！"

这马屁拍的，唐慎摸了摸耳朵，心道：吹过了可就不真了，要适可而止懂不懂啊。

贾府尹有心捧着唐慎，村长又看不懂书法好坏，他听贾府尹这么一说，只觉得唐慎的字果然是天上来的。探花郎的字就是和寻常读书人的不一样，等他把这幅字带回唐家村，刻完村头的石碑后，他就要把这字偷偷留下来，做传家宝，传给儿子！

村长来了，唐璜也从后院里出来，与村长叙旧。

就这样一连忙了四日，到第五日，唐慎终于可以真正休息了。

然而才歇了不过两日，就到了新年。

除夕夜，唐家兄妹去了唐举人家，两家人一起过年。唐举人和唐家大公子唐云都对唐慎有些胆怯，不敢像从前那样对他说话，只有唐夫人依旧像对待子侄一样，她给唐慎和唐璜各夹了一筷子鱼肉，道："年年有鱼。"

唐家在姑苏府的亲戚很多，但不需要唐慎亲自去拜访他们，大年初二，他们便纷纷来唐家拜年。唐慎送完一拨又一拨的客人后，回到书房开始写字。

在盛京时，唐璜便求着唐慎，想哥哥给自己写一本字帖，唐慎每日去勤政殿当差，回家又要埋头做玻璃，根本没时间写字帖，如今他捣鼓出了玻璃，又休沐回乡，终于有时间给自家妹妹好好写一本字帖，让她学着练字。

唐慎在宣纸上端正地写下："天地玄黄，宇宙洪荒。日月盈昃，辰宿列张……"

写完一整本《千字文》，唐慎凝视着纸上的字，良久，他轻声道："气势轩昂，劲头如松，笔走龙蛇，大气磅礴？我看，明明是只有王子丰的形，根本没有其意吧！"

唐慎写字启蒙时，学的是梁先生的字，让他初入书法门道，那时他的字还没定型，王子丰给了他一本钟泰生的字帖，让他学会了写字的横钩撇捺，当他真正要写出一个字的意时，他学的是王子丰的字。

这世上不是没有青出于蓝而胜于蓝的学生，但唐慎在书法上的天赋确实不及王溱，甚至放眼整个大梁，又有几个人能比得上他琅琊王子丰！

这人就像一千年一出的妖孽，琴棋书画，样样精通。

院墙外，隔壁人家开始放鞭炮，唐慎听着噼里啪啦的鞭炮声，忽然有点想念起王溱来。

王溱现在在做什么呢？

朝廷的新年假期足足有二十多天，一直到正月十八才结束。

唐慎打算初十回盛京。

初六，他去唐举人家吃饭，唐夫人悄悄地将他留了下来，同时又命令唐举人的庶女与唐璜去别院玩耍，支开了唐璜。唐慎不明所以，他喝着碧螺春，正在思索是不是珍宝阁出了事，唐夫人要私底下和自己交谈。

这时，只听唐夫人道："慎儿，你今年也十八了，可曾……有心仪的姑娘了？"

唐慎一口热茶差点喷口而出，万幸他在盛京待了三年，每天身边不是王子丰这种道貌岸然的老狐狸，就是赵辅那位相伴如虎的君王，他被这些人给练出了强大的心理素质。

唐慎定了定神，道："大伯母，我还未曾想过这件事。我年岁尚小，还没有及冠，婚事暂且不急吧？"

唐夫人笑道："你大堂哥在你这个年龄已经有了婚配，今年初刚刚成亲。你父母去得早，家中没有决定大事的长辈，这种事我定然是要为你张罗的，不过你说得也对，你不是唐云那个浑小子，在京当官不容易，晚上几年也行。那么慎儿，唐璜的亲事……你可有想法？"

唐慎拧紧眉头，放下茶杯，他认真道："我还真未想过这件事。"

唐夫人道：“阿黄今年已经十四，明年她就及笄了，该嫁人了。如果你放心让大伯母张罗，姑苏府、金陵府的好儿郎我早就替阿黄看过，有了一些人选。若是你在盛京有为阿黄看中人家，那也听你的。”

唐慎：“此事不急，我先去问问唐璜的意见。”

唐夫人一愣。

长兄如父，姑娘家的婚事都是由父母决定，到唐慎这儿，就该由他为唐璜决定。

不过想起唐慎一直很疼爱这个妹妹，唐夫人便道：“好，那都听你的。不过慎儿，我也为你张罗了一些姑苏府、金陵府的姑娘，你若有空，这两日来家里，大伯母和你说道说道？”

身处危机四伏的刺州驿馆，唐大人机敏警惕，随机应变，从容不惧；侍奉猜疑心重的当今圣上，唐大人妙笔生花，嘴中抹油，一路青云直上。但如今，面对关心他、一心想为他张罗婚事的唐夫人，唐大人竟然落荒而逃，第二日就找个理由去了金陵府。

唐慎带着奉笔童子，逃也似的来到了金陵府。

奉笔跟着唐慎三年，大约也摸透了唐慎的心思，知道他是为了躲避相亲才来金陵府的。不过来都来了，唐慎想了想，道：“你与我去锦绣阁看看。”

主仆二人来到锦绣阁，只见铺子中到处是购买肥皂的百姓。

“可是姑苏府的唐小东家？”

唐慎转过头，只见锦绣阁的方大掌柜小心翼翼地看着他们。待唐慎转过身，方大掌柜高兴地行了一礼，道：“真的是您，唐小当家，哦不，现在该叫唐大人了，自从四年前金陵一别，没想到小的三生有幸，竟然能与您再见上一面。”

唐慎道：“四年不见，方大掌柜可还好？”

“没想到您竟然还记得小的的名字。”方大掌柜激动地道，“好，一切都好，锦绣阁的肥皂和黄金缕都卖得极好，这些想来林账房也都告诉给您了吧。我看唐大人方才一直在看这行字，看来您也发现了，这字是琅琊王氏的大公子，王溱王相公亲手题的，听闻唐大人与王相公是师兄弟，您来金陵，可是来拜访王相公的？”

唐慎愣住：“子丰师兄在金陵？”

“可不是，王相公今年回了金陵府过年呢！”

半个时辰后，唐慎站在乌衣巷中，望着琅琊王氏威严壮阔的大门，露出迟疑的神情。

可是，他到底为什么会站在这儿啊！

第三十一章

同归

来都来了，过门不入，并非君子所为。

奉笔拿着唐慎的名帖，敲开琅琊王氏的大门，门房接过名帖，惊讶至极，他慎重地将唐慎主仆二人请进府，又去通知府中的管家。不过一会儿，身穿长袍大褂的管家便赶来，他先长长作揖，问道："敢问公子可是姑苏府唐慎唐公子？"

唐慎道："正是。"

管家问："大人是中书舍人唐大人？"

唐慎再回："是。"

管家连忙道："您这边请。"

唐慎跟着这个管家，正式进了琅琊王氏的大门。

前朝时，王谢两家是真正钟鸣鼎食的大家门户，到了本朝，谢氏稍有衰败，不复曾经辉煌，但王氏出了三个宰相，二十余位进士，本就名满天下，到了本朝开平皇帝年间，王氏一门更同时有两个相公当朝执政，其名声达到了前所未有的巅峰。

琅琊宅邸多是白墙黛瓦，有位才子诗人曾经入琅琊王宅一游，写下了一首诗。

"红泉回翠壁，绿树间丹梯。"

入园后，只见林塘竹深，青草漫漫，每入一扇半月门，都能看见门上用黑砖绿字题着这扇门的名字，有"寻月门""梦隐居"等等。这些字的一侧都写有题字人的落款，落款之人都姓王，从前朝至今，各路琅琊王氏出来的名人都将自己的字留在了这幢宅院里。

唐慎走了一炷香工夫，对琅琊王氏只是管中窥豹，但毫无疑问，若是说大梁皇宫是北方壮阔的匠心之美，那琅琊王氏的宅邸便极尽江南水乡、园林景深的奥妙，移步换景，每到新的一处看出去，便是新的景色。能造出这么一栋宅子，除了有数百年的底蕴，更重要的是有钱。

唐慎对王溱到底有多有钱，更有了一个深刻的认知。

有钱真好啊!

恐怕也只有这样的地方，才能造就出一个王子丰吧!

唐慎在花厅里等了片刻，管家给他亲自上了热茶、点心。不多时，一个俊朗的中年男子从外走了进来，他穿着一身黑衣，头戴儒帽，突然见到一个陌生人，唐慎一愣，赶紧放下茶杯，起身行礼。

两人互相行了一礼，这黑衣中年人道："今日初七，家中女眷去鸡鸣寺焚香拜佛，一众小辈都跟着去了，子丰身为长兄，相随前往，至今还未归。唐公子，不若用膳，在府中稍等片刻？"

唐慎没想到他临时起意来琅琊王氏，王溱居然不在!

唐慎一时不知该如何是好，他看着眼前这人，道："临时上门，实在叨扰，既然如此，在下便先行告辞吧。"

黑衣中年人笑道："你若走了，待子丰回来，听说了此事，定然会埋怨于我，我琅琊王氏可没有这等待客之道。"

唐慎惊讶地看着这中年人，他以为这中年人是王溱的长辈，怎么听口气，好像他与王溱十分熟稔，并没有什么太严格的长幼之分。

中年人仿佛看出唐慎的疑惑，他解释道："我姓王，单名一个慧字，家中排行第四，是子丰的四叔，子丰与唐公子是师兄弟，那你便也唤我一声四叔叔就好。"

唐慎便道："四叔叔。"

王慧在大梁并没什么文名，他自幼不喜读书，却对商贾之道有浓厚的兴趣，唐慎并不知道，琅琊王氏的大部分商铺都由这位王家四老爷运转。不过王氏的主要收入来源并不是商业，而是土地佃户的租税，像这种几百年的氏族世家，在金陵府有数不尽的地属于王氏，光是靠这笔租税，王氏便可躺在钱山上再吃喝数百年。

王慧经商也只是兴趣而已。

毕竟是商人，王慧善于交际，他接待唐慎，唐慎没觉得有一丝被怠慢，反而渐渐地与对方聊开，王慧妙语连珠，幽默风趣，令唐慎不由生出好感。

唐慎是下午来到琅琊王氏的，到了傍晚，一匹漆黑的快马便从鸡鸣寺赶回乌衣巷。

唐慎刚到府上，王慧就派人去鸡鸣寺通知王溱，四叔叔机敏过人，知道唐慎来了，怎么能不通知王溱？王子丰在朝中权位极高，深受帝宠，但正因为他深受帝宠，且朝中已经有一个右相王诠执掌大权，王溱便没有拉帮结派过。

王溱是王党，同时也是一个中立的保皇派。他只忠心于皇帝，所以赵辅十分器重他，朝中，王溱有无数的朋友，可与王溱走得那么近的，只有一个唐景则。

唐慎来到琅琊王氏，连一个门房都能认出他，管家更是能清楚地说出他的每个信息，就是因为他是王子丰难得的一位好友，府上对他都了解颇多。

眼见天色渐渐擦黑，唐慎自觉等不到王溱了，便要起身离开。

王慧起身道："景则，不若再等等？"

唐慎正要开口，就见一个小厮快步走进来，道："大公子回来了。"

王慧一挑眉："那么多车马，他这么快就回来了？"

小厮："大公子一个人先快马回来的，夫人小姐们还在后头，恐怕得再半个时辰才能回来。"

这下唐慎也走不掉了。

他跟着王慧走出花厅，通向前宅的大堂，走到一半，只听一道长长的骏马嘶鸣声吸引了众人的注意，唐慎心中有感，他拐弯进了花廊，一抬眼，便看见身穿黑色大氅、头戴玉冠的王溱拉住了缰绳，端坐于马背上，他转过头，也一眼与唐慎对上。

两人远远相望，都微微一愣。

唐慎反应过来，走上前，王溱从马背上下来，他站定在地面上，定定地看了唐慎一眼，笑道："小师弟又瘦了。"

唐慎愣住。

瘦了？这几天他回姑苏府，可是吃好喝好，他自个儿都觉得胖了！

然后下一句，王溱便对下人道："唐公子喜欢吃虾肉，去把昨日从海里送来的虾子做了。河虾的话，就做金陵凤尾虾。"

下人点头应是。

吩咐完，王溱再看向唐慎，道："可得补一补。"

得，这下必须留下来吃饭了。

王溱转首看向王慧，行礼道："四叔叔。"

王慧道："海虾与河虾家中都有，我不知道景则竟然喜欢吃虾，早知道就吩咐下去了。既然子丰回来了，那我就先去处理事务了，你们先聊。"

王慧先行离开，王溱带着唐慎去了自己的院子。

王溱居住的院子在王宅的最西边，再往西就是一片僻静的竹林，春夏之际，看到这片竹林定然是潇洒恣意，心旷神怡，可现在是隆冬寒月，唐慎莫名觉得有些冷。他看向王溱，道："很少见师兄穿黑色的衣服。"

王溱想了想："小师弟不知道乌衣巷这三个字的来历？"

唐慎："咦，有什么出处吗？"

王溱："乌衣巷很长，但其中住了王谢两家，因此负有盛名。"别人说这话可能就在自夸，但听王溱这么说，唐慎却觉得理所当然。今日他在琅琊王氏的所见所闻，让他都忍不住夸一句，王家真的是氏族大家，别说一个乌衣巷因为他们而出名，哪怕是整个金陵府，也因为有一个王氏而更具传奇色彩。

"这巷子原本不叫乌衣巷，只是前朝时期，世家公子喜欢穿着乌衣，也就是黑衣。王谢二家的公子每日都穿着乌衣在巷中走动，所以才得了乌衣巷这个名字。"顿了顿，王溱道，“小师弟，可要换身衣裳？”

唐慎奇怪道：“我并非王家人，也要换上乌衣？”

王溱语气悠长地说道：“那你便不换了吧。”

唐慎一脸莫名其妙。然而到了晚上，他突然明白了王子丰的意思。

满屋子都穿黑衣，就他一个人穿白衣，简直像山鸡落入凤凰窝，格格不入！

鸡鸣寺就在金陵府的东北，入夜，去鸡鸣寺烧香拜佛的王家人全部回来了。本朝民风还算开放，男女可同屋吃饭，但唐慎毕竟是个到了婚配年龄的男子，于是吃饭时，便用屏风隔开了两张桌子，一张桌子坐的是男人，另一张桌子是姑娘夫人们。

王溱说过自己不讲究“食不言寝不语”，但王家的其他人却讲究这个，吃着饭，桌上并没有人说话。

姑娘夫人们吃完走后，屏风也就撤走了，众人品茶说事。

王溱的父亲早年走了，他的二叔王诠在盛京，今年没有回家过年，堂屋中，就只有三位王家人，一个王溱，一个王慧还有一个叫王嗣的王家二公子，再加上一个唐慎。

王慧道：“可喝得惯这茶，景则？”

唐慎放下茶杯：“好茶，多谢四叔叔。”

王三老爷笑了笑，道：“家中经常有人拜访，只是很少见到子丰的朋友。景则，听闻你今年才十八，当真是年少有为。”

“三叔叔过誉了。”

王家的人并非个个做官，在场所有的官中，也就王溱的官位比唐慎高。

王家世代名门，可并不心高气傲，众人与唐慎聊了一些话，渐渐的，唐慎听到屋外传来一阵窸窸窣窣的声音，他惊讶地往外面看了一眼，仔细一听，就听一个清脆的孩童声：“你觉得是这个吗？”

“有可能，太有可能了。”

“这么多年就见到这一个，我看是了。”

屋中的声音骤然停住，王溱喝着茶，茶气袅袅，看不出他的表情，王慧尴尬地咳嗽一声，道：“屋外何人，都进来吧！”

“惨了，被发现了！”

下一刻，四五个孩童从屋外走了进来，他们中最大的才十岁，最小的更是只有六七岁，这些孩子一个个穿着乌衣，头戴玉冠。

王家二公子王嗣见到这些孩子，眼前一黑，对唐慎道：“让唐公子见笑了，这些都是我的堂弟，许是见家中来客人，纷纷好奇，所以过来看上一眼。”说着，他悄悄地望向自家大堂兄。

王溱继续喝茶，神色不变。

孩子们见没被骂，一个个又壮了胆子，其中最小的孩子瞪大黑溜溜的眼睛，直勾勾地盯着唐慎看，唐慎被看得一头雾水，这时，王溱轻轻搁下茶盏，道：“白日里才去了鸡鸣寺，如今不回去休息，定然是不累的。不若回屋，将先生留下的课业再做一遍吧。”

孩子们张大嘴巴，痛不欲生。可他们偷偷看了眼王溱，瞧见大堂兄那笑面虎的模样，一个个只能哑巴吃黄连，有苦说不出，垂头丧气地离开了。

王溱叹了口气："幼弟顽劣，让小师弟见笑了。"

唐慎："没有，子丰师兄多虑了。"

王家众人听到这话，互相看了一眼，二公子王嗣也好奇地瞧着唐慎，仿佛想看透这到底是怎么样一个人，才能和王子丰相处得这么好，还没被他吃了。

喝完茶，王溱留唐慎在府上休息，唐慎没有拒绝。

离开堂屋时，唐慎似有似无地往后屋瞧了一眼，里面传来一道轻弱的女声："啊，他是不是发现我们了？"

琅琊王氏的人这也太奇怪了吧！

有钱人的心思，真是让人捉摸不透！

唐慎来到王家专门给自己准备的院子，稍稍洗漱了一番，就要歇下。女眷和其他人的住所是分开的，都住在后院，而唐慎，包括王溱这些没有成婚的王家公子都住在前院。不得不说，王家接待客人的院子也精美至极，池塘、水石，每一处都是风景。今天这一天，唐慎从姑苏府逃到金陵府，也十分疲累，他闭上眼就睡着了。

但到了半夜，他忽然惊醒，额上全是汗水，屋外传来静静的声音，是很奇怪的声音，很微弱，又穿透心灵。唐慎推开窗户，只见黑夜茫茫，鹅毛大雪漫天洒下，落在院中的池塘里，无声地融化了。

唐慎心脏骤然一痛，好像看到了三年前，同样是一个大雪天，他奔跑在雪中，疯狂地想要抓住梁诵，可梁诵背对着他，一步步地消失在大雪中，只留给他一个一往无前的背影。

唐慎呆呆地站在窗前，看了许久。待他抬起手擦拭脸颊时，才发现脸上是一片凉水。

穿上衣服，唐慎走出屋子，在院中散起步来。

白茫茫的大雪中，唐慎举着一把伞，围着池塘转了一圈。他走进一片梅花林中，走着走着就迷了路，唐慎心道不好，这大半夜的，他也不知道该往哪儿走，总不能等到早上被人起床发现他，那他可能会被冻死。早知道就不出来乱逛了。

又走了许久，忽然，一道声音从唐慎的身后响起："不冷吗？"

唐慎错愕地回过头，还没看清王子丰的脸，一件温暖的狐裘大氅披在了他的肩上，温暖的体温和熟悉的味道一下子将手脚的寒冷驱散，唐慎愣愣地看着王溱，他抬起头，小声道："师兄……"语气中有着一丝知道自己犯错后的心虚。

"你还知道错了？"

唐慎摸了摸鼻子。大半夜不睡觉，在别人家乱走，确实失了礼仪。

"师兄怎么也在这儿？"

"你又为何在这儿？"

唐慎："睡不着。"

王溱："嗯，那我也失眠了。"

王子丰说的话，连一个字都不能信！

王溱："这里离我的院子比较近，雪下大了，先去我那避避雪吧。"

唐慎这才发现把大氅给了自己后，王溱的手在大雪中被冻得有些红，他的嘴唇微微动了动，可不知道该说些什么。白雪月夜中，王子丰一身黑衣，清俊中带着一丝近乎冰冷的漠然。

从梅林一路沿着池塘，走了数十步，豁然开朗，两人来到王溱所住的院子。

王溱本就住在王宅最僻静的西边，往西是一片寂静的竹林，再往竹林外头探，就是幽静缥缈的秦淮河了。他们一路走，雪也一路下得越大，到王溱的院子时，两人肩头都落了一层雪花。

伞根本遮不住四面八方来的雪花，唐慎的头发上都是雪，王溱也是。

两个年轻人合伞进入屋中，瞬间就暖和了，屋子中央烧着一盆热炭，将唐慎身上的寒气驱散。已经是深夜，茶壶中的水都凉了，王溱将水壶放到炭盆上，用一层薄薄的铁丝网隔着加热。

"入夜小厮都睡了，小师弟，就将就着喝点热茶吧。"

唐慎心想：小厮都睡了，为什么你却没有睡？

但他没有问出口，而是乖乖地接过王溱递过来的热水，喝了一口，这下全身都暖和了。

唐慎坐在软垫上，捧着茶杯，小心翼翼地看着这个房间。

这是王溱的卧室。

下午唐慎来这个院子时，只去了王溱的书房，并没有进他的卧室一看。进了这个屋子后，只见屋中摆设极为精简，就放了一张罗汉榻，架子上摆着几盆看不出名头的野花，墙上挂着三幅画，画的是岁寒三友松竹梅，画的一角落款是王子丰。

这卧室清雅素净，唐慎不知道王溱在盛京的尚书府是否也把卧室布置得这么简单，但他随即一想，王子丰其人心思深沉，向来让人捉摸不透，他的书房总是高雅奢侈，全是古董和字画，睡觉的地方简单一些，也不是不可能。

唐慎偷偷看了好几眼，王溱道："今日怎的来金陵了？"

唐慎默了默，没说出自己是为了躲避相亲才来的。"我回姑苏府过年，师兄是知道的，正巧得了空闲，就想来金陵看看。我与金陵郑家一直有生意来往，就去了一趟锦绣阁，恰巧看到了铺子中师兄的题字，烟笼寒水月笼沙……"

王溱却道："我倒是早知道这是你写的这句诗。"

唐慎一愣。

王溱："你忘了？先生正式将你我引见时，我就问过你'烟笼寒水月笼沙'的下一句是什么。"

唐慎恍然大悟："我只以为师兄是金陵人，去过锦绣阁，才知道这句诗，不承想竟然是这样！"

王溱拂袖提起水壶："茶盏。"

唐慎想都没想，就乖乖地把杯子递了过去，让王溱给自己倒茶。

唐慎："师兄经常回金陵过年吗？我记得你去年没回来。"

王溱轻轻饮茶："回来得不多，偶尔会回来一次。"

"你何时回盛京？"

"明日。"

唐慎惊讶道："这么快？"

王溱微微一笑："你若晚来一日，我就不在金陵了。户部公务繁忙，虽说官员的假都休到正月十七，但我是要提前回去的。"

"那也真是巧。"

唐慎推开窗户，看了看窗外的雪，这雪竟下得更大了，一片片鹅毛般的雪花纷纷扬扬地从天空洒下，放眼望去，全是白色，他没法回去，只得又回到屋中，继续等待。他叹气道："早知道我就不半夜出门乱逛了，还让师兄抓到了。"

王溱忽然道："小师弟心情不错？"

唐慎抬起头。

王溱笑了："你今晚说的话，比寻常时候多了些。"

唐慎皱起眉头，仔细揣摩王溱的话，这才发现今晚确实有些不同。

今天晚上他做了一场噩梦，醒来不记得到底梦到了什么，只觉得一定非常悲痛。打开窗户他又看见窗外下了大雪，这雪花立刻让他想起了三年前，梁诵走的那一天，也下了一场这么大的雪，他心中空落落的，实在无法入眠，就去园中散步，然后，就碰到了王溱。一开始或许是真的失落难受，但和王溱来到这屋子、饮茶闲聊后，他渐渐从悲伤的情绪中走出。

难道说，王溱看出了他心情不好，才特意将他带到这儿开导？

唐慎心中情绪复杂，看向王溱的目光顿时变了，他认真道："多谢师兄。"

第一次拿捏不准自家师弟的心思，思索了片刻，王溱道："我不知你想歪了什么，不过景则，外面的雪似乎一时半会不能停了。"

两人走到窗边，推开窗户，果不其然，雪已经在地上积了厚厚的一层，目测快要没过脚踝。唐慎想要回去，却认不得路，需要王溱亲自送他回去，可是这么大雪，他可以顶着雪走，却不好意思麻烦王溱亲自送他。

王溱道："不若留下休息一晚吧。"

也没有其他办法，唐慎只能说："那就叨扰师兄了。"

已经到了子时，两人上床休息，屋子里很暖和，被子里却不热。如果在自己家里，姚大娘会为唐慎做一个热汤婆子，在他睡觉前提前放进被窝里。不过还好，虽说没有热汤婆子，但是这个屋子里不冷，所以只过了一会儿，唐慎便缓过来了。

唐慎闭上眼睛，一刻钟后，他全然没有睡意，他听到王溱平稳的呼吸声，知道王溱睡着了，可他却始终无法入眠。辗转反侧了一会儿，一道清雅的声音响起："小师弟睡不着？"

唐慎惊讶道："师兄还没睡？"

"嗯。"

“我以为你睡着了。”

既然两人都睡不着，便又说起了话。

唐慎谈起自己在勤政殿为赵辅整理折子时，遇到的一些无奈的事。按理说官员不可把奏折内容外泄，但这间屋子里两个官，互相知根知底，也都是深受帝宠的当朝大官。

唐慎挑了一些无伤大雅的事，比如前两个月赵辅生日，有个地方官员连续写了三个月折子，希望能亲自赶到盛京给赵辅过生日，赵辅不胜其烦，到最后回折子时就差骂对方，让他哪凉快哪儿待着去了，这官员却仿佛听不懂人话，依旧一次次地写折子表明自己的忠心。

王溱道：“在勤政殿中，可有相熟的同僚了？”

唐慎沉默片刻，道：“我最熟稔的，不是师兄吗？”

拍马屁的最高境界，就是润物细无声。

这一点，唐大人深谙其道，哪里是姑苏贾府尹能比拟的，他只能望尘莫及。

王溱默了默，忽然低低地笑了一声。

马屁没拍好？不可能吧！

忽然，唐慎的脚不小心碰到了一个热热的东西。王溱的笑意戛然而止，唐慎也愣住了。他知道自己碰到王溱的脚了，下意识地想把脚收回来。但王溱却道：“此时，我想起一个词。”

唐慎：“什么？”

“抵足而眠。小师弟，你抵足，我们同眠，可不就是抵足而眠？”

唐慎哭笑不得，他想了想，将膝盖弯曲，轻轻碰了碰王溱的膝盖。王溱微愣，只听唐慎学着他的语气，道：“此时，我想起一个词，促膝长谈。师兄与我促膝，我们深夜长谈，可不就是促膝长谈？”

王溱笑了：“此时，我又想起一个词，同床异梦。小师弟与我同床而眠，却注定不可能做同一个梦，可不就是同床异梦？”

唐慎心道：你这是说我和你不同心，刻意敲打我呢？

唐慎默然无语。

王溱也没再说话。

两人就这样睡着了。

第二天一早，唐慎睁开眼，发现王溱还在睡觉。

这可真是难得，他竟然起得比王子丰早，他竟然瞧见王子丰睡懒觉！

唐慎轻手轻脚地下了床，快速地穿上衣服。外头的雪已经停了，天也亮了，哪怕没有王溱带路，他也能找到自己居住的客房。唐慎轻轻地推门就走，然而他才刚刚走出卧室的房门，一转头，便看见一个端着水盆的小厮。

这小厮站在院门口，看见唐慎从屋子里出来，他震惊地睁大双眼，左右看了看，确定自己没走错地方，进的是大公子居住的院子。

唐慎看见小厮惊恐的表情，眉头微皱，他走上前，道：“请问，你可知我住的院子该如何走？”

小断慌忙地给唐慎指路。

唐慎点头道谢，顺着小径返回自己的院子。

这时，房门被人从里面推开，王溱穿着一身乌衣，道：“进来吧。”

小断：“是。”

王溱漱口洗脸，用热水细细擦拭了双手。“走吧，去前厅。”

用完早饭，唐慎就拜别王溱，带上书童离开了琅琊王氏，他说什么也不肯再待下去，因为王溱下午就要回盛京，也确实不好留他。送唐慎离开时，遥遥望着唐慎的背影，王家四老爷王慧指了指，道：“像不像落荒而逃？”

王溱低声轻笑。

当日下午，王溱乘船北上，回了盛京。

过了几日，唐慎辞别姑苏府的一众亲友，同样北上回京。刚到盛京，他就找来姚三，道：“琉璃工坊的事，准备的如何了？”

姚三道：“大致手法工匠们都懂了，只是这透色琉璃的产量并不稳定，一来是因为这东西本来就难做，比那肥皂要难上许多，二来是时间紧迫，正巧碰上过年，工人们都回家过年去了，做的次数还不够多。”

唐慎想了想：“带我去看看吧。”

官员的假期大多休到正月十七，唐慎提前几天回到盛京，他穿着厚厚的袄子，随姚三来到城东的琉璃工坊。

是的，在唐慎离开盛京前，他花了半个月时间终于捣鼓出了成品。

当唐慎将成品拿给姚三、林账房等人看时，众人纷纷惊呼：“琉璃！”

陆掌柜经常和景王府的人打交道，见过不少好东西，他道：“琉璃价格昂贵，一般都是御前的贡品，民间也有，但大多制作粗糙，成色浑浊，这样好的琉璃，需要用上好的琉璃石才能做出来。小东家，您是从哪儿弄到的？”

所有人都将玻璃认成了琉璃，唐慎就没澄清，他道：“琉璃多是彩色，你可曾见过这种无色的？”

陆掌柜仔细端详：“这倒没有，还真未见过无色的。”

唐慎：“这是一种特殊的琉璃，并非用琉璃石做出来的，我叫它玻璃。”

林账房和陆掌柜呼吸一紧，互相看了一眼。

林账房：“小东家，您的意思是……这东西的原料比琉璃石要便宜？”

陆掌柜：“便宜多少？”

唐慎伸出手，比了个数字。

众人齐齐倒吸了一口凉气。

第三十二章

皇商

开平二十九年，正月十七，丑时三刻。

唐慎迅速地起床，奉笔童子给他端来一盆热水，让唐慎洗脸净手，接着，奉笔再侍奉唐慎穿上一层层繁复的官袍。唐慎许久没这么早起床过，他看了眼外面，只见清月高升，天空一片漆黑。

叹了口气，唐慎戴上官帽，拿起玉笏，出门向皇宫而去。

一品大官可乘坐两马并驾的马车，赶往皇宫；二品大官则可以坐单马驾驶的车，去皇宫上朝，再往下，三品官员坐驴车，四品官员靠脚走，也有腿脚不好的四品官员，他们可以上书到礼部，由礼部批准，允许他们每日也可以坐驴车去上朝。

但进了皇宫宣武门，众人纷纷下车，全部步行进宫。

还未到时辰，一二品的大官在崇政殿的正殿里休息，三品大官在左殿，人数最多的四品官员则挤挤攘攘的，全部在右侧偏殿里。

许久没有上朝，官员们纷纷互相祝贺新年。

所幸每日需要来上朝的都是四品以上的京官，除此以外，一些有四品官阶的地方官员要是来京，需要提前一天向礼部汇报，次日也来上朝。

唐慎在右侧偏殿看了看，果然发现许多生面孔。

新年伊始，地方官员上京给皇帝道贺新年，所以才人多了些。

时辰一到，司职太监来到崇政殿前，宣官员们进殿觐见，先是正殿的一二品大官出门，接着是左侧偏殿的三品官员，最后才轮到这些四品官员。

大梁礼法森严，就算是帝王也不可逾矩。

唐慎身为中书舍人，是勤政殿的官员，他站在左侧官员的队伍中，低着头，听礼部尚书孟阆诵念新年祈福词。四品官员的队伍中，唐慎站在第二排，正如盛京中流传的那句顺口溜一样：外地的不如盛京的，盛京的不如勤政的。

勤政殿的官，走出去都比其他四品官员高出一截。

因为是新年第一次上早朝，朝堂上，百官都向赵辅通报过去一年发生的事情。去岁除了北方大雨，淹了不少城池，冲垮了一座未修好的桥梁外，并没有发生其他天灾，谁也不会在这个时候触皇帝的霉头，新任刺州府尹将荆河桥塌的事一笔带过，大肆宣扬刺州官道已经修了一大半，今年年中定然能修好。

刺州府尹："陛下洪福齐天，刺州百姓日思夜盼，官道也即将修建完成！"

赵辅微笑着抬起手，声音缓和："那便去修好它吧。"

"是！"

一个时辰后，散了朝，众官纷纷离宫。

唐慎抬起头，下意识地往一二品大官的地方看了眼，只见王溱正与户部左侍郎徐令厚说话，徐令厚时不时惊讶地抬头看王溱，又连连点头，不过多时，大太监季福从殿中出来，对王溱说了几句话。

王溱微微一顿，接着便跟着季福往回走了。

正月底，陆掌柜和林账房动身前往北方，一去便是半个月。

唐慎身为中书舍人，每日翻阅各地官员送上来的折子，时不时也会参与到诏书的拟定。

皇帝的圣旨诏书当然不可能是自己亲手写的，除了罪己诏和每年一次的祭天祈文，其余时候，都是皇帝有了一个旨意，命令太监来勤政殿宣读口谕，再让中书舍人写出一封诏书，送到垂拱殿，皇帝审阅后，盖上玉玺大印。

开平二十九年刚开年，世道太平，九州风调雨顺。

到二月中旬，林账房回到盛京。

林账房："宁州的事，有小东家的信和那位王霄王大人的相助，真是事半功倍。宁州本就是大梁与辽国通商最多的地方，辽人喜欢的东西都是些新鲜物件，比如丝绸、茶叶，还有咱们这次带过去的透色琉璃，辽商的事，请小东家吃个秤砣，放心吧。"

唐慎点点头，正要说话，就听一旁穿着男装的小姑娘道："走宁州官道，虽说可以一日抵达盛京，但如果要运送大批商物，速度就快不了，恐怕得要两天时间。"

唐慎闻言，笑道："我还没说你呢，你怎么又跟去宁州了，还穿成这样？"

唐璜睁大眼："我、我穿成这样又怎的了！哥，你没看书上说吗？前朝的女子喜欢穿男装的多了去了，她们经常每日穿男装，到郊外骑马呢！虽说本朝穿男装的女子少了些，但我在细霞楼里，每天也都能见到一两个，更何况……"声音渐渐变小，"更何况我穿男装去宁州，一路上都没人发现呢。"

唐慎顿时失笑。

敢情你穿男装不被人发现，还是个好事了?

唐慎仔细瞧着自家妹妹，大致也知道为什么她穿男装不容易被人发现了。唐璜自小在乡间吃苦干活，风吹日晒，皮肤本就没那些闺门小姐细腻，她从小又吃得不错，唐慎和姚大娘从来不会管着她，让她少吃，所以身子骨壮实，比寻常姑娘要高半个头。

这样的一个姑娘家穿上男装后，着实很难让人发现她的真实身份。

唐慎："你先说说，为何这次又去了宁州？"

唐璜顿时蔫了，她小声道："这主意是我提的，难道我连去一趟宁州都不可以么……"

唐慎定定地看着她。

唐璜心里打鼓，就在她以为唐慎要责骂她，不允许再随意出门时，只听唐慎笑道："我何时说你不可出门了，只是不可一个人出门知道吗？在外面行走时，要多加小心，宁州是辽人聚集的地方，在那儿出了事，谁都保不了你。"

"我知道，哥哥最好了！"

唐慎与林账房又说了一会儿，林账房先行离开。一家人吃过晚饭，唐慎将唐璜叫到自己的书房，这时唐璜已经换上了女装，穿男装时俊俏秀郎，穿女装时则英气蓬勃，唐慎认真地看着自家妹妹，看得唐璜不知所措，浑身发毛。

唐慎："之前大伯母与我说，你马上就要及笄了，也该许配个人家了。"

唐璜不答。

"你怎么看？"

"我现在还不想嫁人！"

唐慎："好，那就这样吧。"

唐璜准备了一大堆话，突然听到唐慎的回答，她整个人懵住："哥，你……允许我不嫁人？"

唐慎一挑眉："你不是说你暂时不想嫁人吗，是打算以后都不嫁人了？"

唐璜嘿嘿一笑："哪有，我就是现在不想嫁人而已。"

"都随你，我唐家还供得起你一口饭。"

唐璜心中一怔，她望着此刻的唐慎，心里忽然有了个奇怪的想法，如果现在她对唐慎说，她这辈子都不想嫁人了，或许唐慎也会同意吧。明明是于礼不合的事，但唐慎一定不会强迫她做自己不喜欢的事。

没有任何原因，她就是这样想。

良久，十四岁的少女轻声道："哥，我进来的时候听姚大娘说，她给你顿了猪蹄汤，我去给你端过来？"

唐慎诧异地看向自家妹妹。他妹妹什么时候这么贴心了？

唐慎："好。"

唐璜欢快地跑出书房。

其实这次哪怕唐璜不拒绝，唐慎都没想过在十八岁前把自家妹妹嫁出去。

十五岁就成亲，这实在太反人类了！

他不敢想象十五岁的唐璜怀着大肚子的模样，这么小的母亲，身体发育还没好，要是这时候就怀孕生子，难产不说，对身体也很不健康。

如果唐璜想早点嫁人，唐慎倒是可以留她到十六岁，十六岁是他的底线。

在大梁，十八岁嫁人虽说不多，但也不是太少见，只是有可能，会有一些流言蜚语。然而真正会被流言蜚语击垮的，是不够强大的人，他相信他能保护自己的妹妹，不让当初那个红着眼眶、哭着说要将自己的嫁妆全部拿出来给哥哥读书的小姑娘随随便便嫁一个不知根不知底的陌生人。

二月下旬，唐云坐船北上，顺着大运河来到盛京。

姚三将他接到探花府。

唐慎第一次与唐云见面是在姑苏府他那间素净简陋的小院里，唐云大发脾气，将院子里的东西砸得满地都是，两人还立下赌约，赌唐慎能不能在来年童试中考上童生。

如今四年过去，沧海桑田。

唐云已经成了亲，也蓄上了小胡子，他去年好不容易考上秀才，但院试时没考过，因此暂时没资格参加乡试。见到唐慎，唐云不免露出一丝胆怯。

唐慎将唐云的窘迫看在眼里，如今，他当然不会和对方治气，要是这点小事都斤斤计较，那每日在朝中做官，他非得气死不可。

唐慎主动道："大堂兄，姑苏和金陵的事如何了？"

唐云见唐慎称呼他为"大堂兄"，稍稍松了口气，他道："如您所说，上个月刚过完年，我与父亲就去了金陵，与郑家的人商谈运货的事，我们本就与郑家有生意往来，他们很快答应了此事。只是从大运河运货上盛京，最快也要耗费七日，运的货越多，成本也就越低，但是唐……唐慎，您确定需要那么多货物，能全部卖掉？"

唐慎："你放心便可。"

唐云在盛京待了两天，便告辞回了姑苏府。

北边的事有陆掌柜和林账房照看，南边的事全部交给唐家。唐慎来到书房，铺开一张洁白的宣纸，深吸一口气，在上头写下三个大字——百宝阁。

写完后，他又觉得不满意，把宣纸揉成团，又写了几次。写了七八回后，唐慎干脆搁了笔，等以后再写。

次日，唐慎刚下早朝，大太监季福突然喊住了他。

唐慎心中大惊，面对季福，他做出受宠若惊的模样，虚身行了一礼，道："季公公。"

季福只是个阉人，唐慎却是四品大官，唐慎给他行了个虚礼，其实并不符合礼法，但季福非常吃用。当初唐慎还做起居郎的时候，就对季福礼遇有加，逢年过节都会送上一份薄礼，如今唐慎官至四品，是勤政殿的中书舍人，依旧这样对待季福，季福脸上的褶子笑得更深了一些。

他尖声细语地说道："唐大人，官家在垂拱殿等着您呢，您快与奴家走吧。"

唐慎立即跟着季福，来到垂拱殿。

垂拱殿中，赵辅正翻着一张奏折，见到唐慎来了，他放下折子，笑道："景则来了。"

唐慎作揖行礼："陛下。"

唐慎悄悄看了眼四周，左右两侧坐的起居郎和起居舍人都是生面孔，想来是唐慎走了后，皇帝新调任的。

赵辅看着唐慎，微笑道：“朕许久不见景则，怎的景则还与朕生分了？”

唐慎非常恰当地抬起头，露出感动又感激的表情。

赵辅将他的小动作看在眼里，他既知道唐慎在刻意讨好自己，他又喜欢这种被逢迎的感觉，况且能一眼看透的官员，赵辅更是喜欢。

赵辅道：“朕年岁大了，近日来朕在垂拱殿中批阅奏折，觉得光线昏暗，不似从前了。”

唐慎连忙道：“陛下寿与天齐。”

“景则，朕思来想去，觉得这纸糊的窗户似乎透不了多少光，朕听说你做了个有趣的东西。”说着，赵辅看向季福，季福心领神会，命令小太监端上了一个黄花梨的木盘，上头放着一样晶莹剔透的东西。

这东西实在惊奇得很，在殿内侍奉的太监们和起居郎、起居舍人都看得一惊。

赵辅：“抬头瞧瞧。”

唐慎抬起头，视线在对上那只小小的玻璃装精油时，唐慎骤然怔住。

赵辅看着唐慎错愕的模样，道：“这东西可眼熟？是子丰的东西，有一日他袖中露出了一角，让朕瞧见了，朕便拿来把玩了，透色的琉璃可真是少见。听子丰说这是你做出的东西，确有此事？”

唐慎心中百转千绪，他道：“臣出自姑苏府唐氏，家中有经营商业，这透色琉璃名为玻璃，是唐氏工坊里的一位工人琢磨出来的。”

“是个好东西，该有赏，朕瞧着不是琉璃石做的？”

唐慎大致说了一下玻璃的原材料。

他心惊胆战，但赵辅却意味深长地看着他，又摸了摸那小小的玻璃瓶。

“为朕将这垂拱殿的纸窗，都换了吧。”

“是！”

唐慎一身冷汗，手指颤抖地离开垂拱殿，走到皇宫白玉石做的宫道上，唐慎回过身，看向那壮丽雄伟的宫殿，他嘴巴张了张，这才发现自己已经说不出话了。

赵辅的一句话，便让唐家成了皇商，便让玻璃成了唐家的私属！

唐慎不知道王溱是怎么做到的，这两个月中，他到底做了什么，能让赵辅对唐慎如此放心，愿意将唐家列为皇商，让玻璃成为唐家的代名词。

这些日子来，唐慎日夜难眠，他甚至有想过刻意降低玻璃的产量，让这样东西物以稀为贵。

但王溱为他扫清了一切障碍。

“王子丰……”

当夜，他提着一箱点心来到尚书府。

王溱正在月光下抚琴，说是抚琴，其实只是在调试琴音，他穿着一身青色长衫，长发以玉冠竖起，听到脚步声，王溱抬起头，仿佛早就料到唐慎会来，道：“小师弟。”

唐慎走进池塘边的亭子，他凝视着王溱，良久，道："我今日，好似收到师兄为我准备的新年礼物了。"

潋潋月光下，白衣少年郎展颜一笑，王溱慢慢抿起了嘴唇。

花园中，池塘边，一轮明月倒映在水中，微风拂过，荡起阵阵涟漪。

唐慎把点心盒子放在桌上，王溱朝他伸手示意，道："坐。"

唐慎坐在石凳上。

自古君子爱风雅，美人善琴棋书画，这不是说君子就不能擅长琴棋书画了，当世有许多才艺双绝的才子，其中名气最大的，如今就坐在唐慎面前。如果是下棋、写字、作画，唐慎还能依葫芦画瓢，一样来一点，附庸风雅，但要是弹琴，他真的是一窍不通。他几乎把所有的时间都用在读书考科举上了，哪有工夫去学琴。

唐慎乖乖坐在一旁，看王溱调试琴音，试完后，王溱问道："小师弟想听什么？"

唐慎脱口而出："《高山流水》。"

这不能怪唐慎庸俗，唐慎哪里听过什么古琴曲，只能说出一个《高山流水》。

王溱顿然失笑，叹气道："高山流水是两首曲子，分为《高山》与《流水》。"

唐慎："啊，这样？那师兄两首都能弹吗？"

"高山流水的古琴谱在太祖时期，因为战乱已经失传了，现在留存下来的只是残谱。"

王溱没再问唐慎，直接自己弹了首《广陵散》。

唐慎摸摸鼻子，知道师兄这是看出自己没这个文化，懒得再问自己，免得自己出糗。他听着这首《广陵散》，其实也没听出是什么曲子，只觉得旋律还算动人。

望着王溱月光下抚琴的模样，唐慎在心中感叹，师兄真的又风雅超脱出了一个新高度！这时要是吹一阵风，或许他王子丰就能随风而去，羽化登仙了。

弹奏完一首《广陵散》，王溱让书童把古琴收走，师兄弟二人在月色下品茶赏月，王溱道："小师弟今日怎的想起来到我这尚书府了？"

唐慎心道，你明知道我的来意，况且我来的时候都说了，我收到你的礼物，知道你把玻璃精油送给皇帝，许给我一个皇商的位子了。

王子丰这人真是拐弯抹角，一句话能说清楚的事，他偏不说，非得让你自个儿跟倒豆子似的，全部说清楚。

唐慎只能在心里吐槽，表面上对王溱投以敬仰的目光："今日圣上叫我去垂拱殿，将琉璃瓶给我看了。"

王溱叹气道："也是巧合，那日被圣上看到了，圣上十分喜欢，我只能将之送人。小师弟，你不会怪我吧？"

大尾巴狼，还装！

唐慎立即道："自然不会，我感激师兄还来不及，圣上命我用这透色琉璃，将垂拱殿的窗户都给换了，自此以后，这琉璃生意便落到了我唐家头上。"

王溱笑着给自己斟茶，他抬头询问唐慎，唐慎把自己的杯子也推了过去。

唐慎："只是我始终不明白……师兄到底是如何做到的？"

"我是什么人，小师弟忘了吗？"

唐慎一愣："师兄？"

王溱品了口茶，神色淡然："我是当朝户部尚书啊，小师弟。"

唐慎恍然大悟。

对其他人来说，想安排一个皇商，让唐家能堂而皇之地进入皇帝视线，并不容易，但对王溱来说，他本就是主管这一事务的，这件事由他来做，天经地义。然而王溱说得轻松，以赵辅多疑的性格，他能做到这一点，必然用了唐慎想象不出的手段。

两个月的计策谋划，只是一句"户部尚书"，定然不能掩盖。然而唐慎还想再问，王溱却不再说了。

唐慎思索片刻，明白了王溱的意思。他送给王溱一瓶玻璃精油，换来了王溱这么大的回礼，他本就感恩在心，又遇到王溱这样的态度，他定然会更感激，皇帝讲究恩威并施，权臣当然也如此。王子丰其人，官场手段使得淋漓尽致，真不愧是梁诵说过的他生平所见，最会当官、最能当官之人。

不过，唐慎哪怕想明白了，也对王溱十分感激。

或许笼络他只是王溱的一个目的，另一方面，王溱对自己的好，唐慎看在眼里，只为了笼络一个四品官员，王溱没必要做到如此，他为自己绞尽脑汁、筹谋划策，更是因为他真的把自己当成了师弟。

唐慎道："那瓶黄金缕已经在陛下手中，恐怕再回不来了，我给师兄再做一个，可好？"

王溱等的就是唐慎这句话："好。"

两人又说了会儿话，天色已晚，第二天还要上朝，小厮进入亭子，收拾了桌上的点心、茶水。

王溱："虽说晚了两个月，但我送的这份新年礼物，小师弟可还喜欢？"

咦？现在又不装了？

唐慎摸不清王溱的套路，他想了想，决定说出自己的肺腑之言："喜欢！"

王溱笑了："喜欢便好。"

出乎王溱意料的是，唐慎并没有就此走了，他来到王溱的书房，道："师兄的字笔力雄劲，落笔之处，如龙惊凤舞，我虽然学的是师兄的字，却远远不能胜及，我想向师兄求三个大字。"

王溱挑起一眉："哪三个字？"

"百宝阁。"

王溱意味深长地看了唐慎一眼，接着他用一只狼毫毛笔，蘸上墨汁，信笔挥毫，写下了"百宝阁"三个大字。

唐慎一看，确实写得极好，等墨汁干了后，他赶紧收下。

临走时，唐慎从袖子中取出一只小巧精致的锦盒塞到王溱手里，王溱诧异地看他，唐慎道："给师兄的一些小礼物。"

王溱微笑道："小师弟总是给我送礼，又说不是贿赂，那我只得回礼，看来我今晚又要辗转难眠，思索要给小师弟回什么礼了。”

“师兄不是已经把礼物给我了吗？”

“哦？”

唐慎挥了挥手中的字，道：“明日早朝再见，师兄莫要送了。”

目送着唐慎的背影远去，等唐慎走远了，王溱才转身回了尚书府。他换了一身衣服，洗漱一番后，坐在书案后，打开了唐慎塞到他手里的那只锦盒一看，王溱竟愕然地怔在原地，叹气道：“我还当是什么玉佩香囊，原来是一张契约。”

百宝阁一成股份的契约就这样被王子丰放在了桌上，等睡觉前，他将它放在了卧室中的密盒里。

另一边，唐慎回到家中，却有些睡不着。

他躺在床上辗转反侧。

今天他给王溱送了一份大礼：百宝阁一成的股份！

或许别人还不明白这一成股份代表什么，可能连王溱都不知道这是多大的一笔财富，但唐慎就这么轻轻松松地送出去了。他没有心疼自己的钱，其一，把百宝阁的股份送给王溱，是他对王溱的谢意，王子丰待他的好，他都看在眼里，无以为报，只能送上一成股份。其二，王溱可谓是盛京的地头蛇，还是专管商贾的户部尚书，有他做靠山，百宝阁更是无所畏惧，所向披靡。

不由的，他又想起今日在尚书府看到的情景。

明月皎皎，青衣玉冠。

如果说所有人都说王子丰长得好，皮相出众，气质也非凡，那唐慎绝对同意：他家师兄都是快要成仙的仙人了，哪里是其他凡夫俗子比得了的，但今天晚上的王子丰更是妙出了一个新境界。

“弹琴果然是耍帅一大利器，我以后要不要也去学个琴？”

唐慎想了想，赶紧放弃这个不靠谱的念头。王子丰那叫抚琴如仙乐，轮到他恐怕就是弹棉花似鬼哭，还是别瞎折腾了。

胡思乱想了小半个时辰，唐慎才终于入睡。

三月初，正阳门大街上，连在一起的三家铺子同时被神秘买家盘下，闭店重修。

盛京是大梁的政治、文化、经济中心，正阳门大街的繁华，自然是普通人无法想象的，但即便是盛京的正阳门大街，也很少看到有人会一下子盘下三个铺子，开一家店。

“这么大的店面，到底是要做什么？”

斜对面一家酒楼的伙计想道：“或许是要做染坊，染布料？”

掌柜无语道：“谁家染坊会开在正阳门大街？这可是寸土寸金的宝地，哪个人脑子被驴踢了，都不会把工坊开在这儿！”

伙计嘿嘿一笑：“那掌柜的，你说这是要作甚呢？三家店面全给盘下了，到底是要作甚？”

掌柜道："做什么都和咱们没关系。正阳门大街上这么多家酒楼，哪怕是那千里楼，都不敢这么大手笔，摆这么大的店，这肯定不是做酒楼的，那就随他去了。"

盛京人从正阳门大街上路过，都能见到这三家铺子连着一起装修的场景，酒楼掌柜和伙计能产生好奇心，这些路人自然也能，然而等了半个月，都没见着这三家铺子有什么动静。

到了四月初二，有人见到细霞楼的陆掌柜走进这家铺子。

"咦，这不是细霞楼的陆掌柜吗？难道说他要在正阳门大街上再开一家做拨霞供的酒楼？"

"那定然是不成的，自细霞楼以后，盛京也陆续开了几家只做拨霞供的酒楼，虽说味道不如细霞楼，小二的态度也比细霞楼差远了，但盛京不差做拨霞供的酒楼，陆掌柜怎么可能又开一家这么大的！"

"那他到底是要作甚？"

细霞楼到底想做什么？又或者说，唐慎到底想做什么？

王溱手持百宝阁一成的股份，难得也兴致盎然，产生了好奇心。

开平二十九年，四月十六日，冲马，煞南。宜嫁娶、祭祀、开市、纳财产，忌入宅、伐木、做梁。

这日清晨，朝阳初升，只见正阳门大街上是一片热闹非凡的景象，放眼整个盛京，乃至整个大梁，正阳门大街都是最繁华的街道，此时此刻，四支舞狮队穿着特殊服饰，在街道中央表演庆贺，原本能容纳十辆马车并驾齐驱的道路上被围观百姓堵得水泄不通。锣鼓声、唢呐声、热烈的掌声和喝彩声，时不时响起，震耳欲聋。

越来越多的百姓被吸引过来，围在一起，观看这场盛大的演出，如此盛装表演，许多路人差点以为是到了某个节日。

早在十天前，就有传闻说细霞楼在正阳门大街上又开了一家店。

自细霞楼开了个头，盛京冒出了许许多多专做拨霞供的酒楼，但毫无疑问，这其中细霞楼是最受欢迎的，每日宾客盈门，任何时候去都需要排队候座。

到其他酒楼去排队吃饭，这是不可想象的，哪怕是盛京第一酒楼千里楼，也没什么顾客愿意白白等上半个时辰去吃一顿饭，细霞楼不同，在细霞楼等候排队时，伙计会给安排专门的茶座，还能听书，长此以往，许多顾客去细霞楼吃饭为的不仅仅是那顿拨霞供，更为了听书。

细霞楼这么做，其他酒楼也依葫芦画瓢，也学着干了，但怎么学，都是画虎不成反类犬，他们说的书总不如细霞楼的听起来那么畅快，渐渐的，细霞楼在盛京百姓心中的地位也愈加稳固。

人们爱去细霞楼吃饭听书，自然也会在听书的时候听伙计说，不过多久，细霞楼又要在盛京开一家店了。

有好事者问道："可是又开了一家做拨霞供的店？"

伙计卖了个关子："哪儿能又做拨霞供？具体做什么，您到时候就知道了。四月十六就开了，您可别忘了去捧捧场呢！"

如此一传十，十传百，小半个盛京的人都知道四月十六，正阳门大街上又要开一家新店。

观看着舞狮、唢呐表演，一个老书生道："我瞧着这细霞楼背后的东家也是厉害，前岁才在盛京开了店，现在就又开了家，还开得这般大。我自小在盛京长大，还从没见过这么大的店，这得是卖什么，才需要这么大店面？"

"我又怎么知道？原本看表演还挺不错的，听你这么一说，我倒希望表演赶快结束，让咱们看看细霞楼葫芦里又卖的是什么药！"

寻常商铺开张，请来舞狮队表演，都是为了吸引顾客，到唐慎这儿竟然正好相反，百姓们越来越不想看表演，只想快点知道这家店到底是干什么的！

看了半个时辰的表演，在众人的期盼中，只见细霞楼的陆掌柜，还有一个穿着男装的俊俏小姑娘走到舞狮队的中央，两头威武的"雄狮"摇头晃脑，如同门神一般，分别立在陆掌柜和这小姑娘的两侧。

陆掌柜和小姑娘互视一眼，一起伸手，揭开了这家店的招牌——百宝阁！

午时三刻，正阳门西街的一家铺子中，掌柜的正一边打哈欠，一边没精神地拨弄算盘，将昨天的账本清算清楚。

忽然，一个精悍的身影踉踉跄跄地跑进店，气喘吁吁地说道："掌柜的不好啦！不好啦！那细霞楼今日在正阳门大街上开了家店，要抢咱们生意了啊！"

"你小子胡说什么呢！那细霞楼做的是拨霞供生意，是吃饭的地方，他就算要抢生意抢的也是酒楼生意，和咱们开杂货铺的有什么关系。"

伙计急道："掌柜的，谁说细霞楼开的新店是酒楼了？他们竟然也开了家杂货铺啊！"

"啊？"刚才还没精打采的掌柜瞬间精神起来，他双目睁大，嘴巴张得能吞下一颗鸡蛋。

两刻钟后，刘掌柜就阴沉着脸带着店里的伙计来到了百宝阁前。

刘掌柜单名一个期字，自爷爷辈开了家杂货铺，从此在盛京正阳门大街站稳了脚跟，传到刘期这辈，已经传了三代，刘掌柜从没想过将自家那个小杂货铺发扬光大，能混口饭吃就不错了。刘家的杂货铺说起来是卖杂货，其实主要是卖八角桂皮、五谷粮食，偶尔也会卖一些家具铁器。

刘掌柜站在百宝阁的招牌下将这三个字仔仔细细地看了三遍，接着他抿着嘴，道："走，咱们进去瞧瞧。"

两人刚刚踏进百宝阁的店门，就双双怔在原地。刘掌柜呆若木鸡，小伙计也瞠目结舌。

过了许久，刘掌柜道："这、这就是你说的杂货铺？"

小伙计："我也是听人说的，掌柜的，这哪里是杂货铺啊，世上怎么会有这么大的杂货铺！"

只见宽敞整洁的店铺中，数不清的货架整整齐齐地摆放着，数百个客人手里提着篮子，正在货架中挑挑选选，将自己想要的东西放进篮子。

刘掌柜还在震惊，一道声音将他唤醒："客官，您要篮子吗？百宝阁刚开张，您怕是还不懂吧。我跟您说，您拿了这个篮子，随便到店里的货架上挑选自己想要的东西，等挑完了，没有想要的了，就去后面结账。"顿了顿，百宝阁里的伙计又道，"客官，您要篮子吗？"

刘掌柜扭头一看，只见这伙计长得端端正正，脸上带着如沐春风的笑容，让人一看心情就好。既然来了，当然不是来砸场子的，而是来观察敌情的。

刘掌柜："给我一个吧。"

"好嘞！"

把篮子扔给自家伙计，刘掌柜在百宝阁中走了起来。

百宝阁共有两层，每一层占据了三个店铺的大小，同时还将后院打通，空间极广，人又多，一眼竟然望不到头。

这里的货架摆放得很有水准，因为空间大，每两个货架间留出可供三人行走的空间，货架上竟然还挂着一些牌子，上头写着"农具""脂粉""谷粮"之类的字眼，如果想要买五谷粮食，走进挂着"谷粮"牌子的货架，就能看到红豆、黑豆、小米、高粱……你能想到的，这货架上都有！

刘掌柜看得眼花缭乱，他身旁走过的每个盛京人也发出一声声的惊叹。

刘掌柜的心渐渐沉了下去，他认真地看过了一层的每个货架，这就让他花去了快半个时辰。

"走，我们到二楼去看看。"

伙计跟上刘掌柜上了二层。

一到二层，人骤然少了许多。

刘掌柜粗粗一看，便发现二层卖的东西都比一层要贵上一些，比如只在盛京画堂秋才卖的香皂这边便有，一层也卖衣服布料，但二层卖的都是上好的丝绸，二层的环境更加清幽，一层更宽敞，主要卖的也是生活中常用的东西。

刘掌柜默不作声地往里走，悄悄打量架子上的每样东西。

忽然，他看到了一样东西，目光瞬间呆住，整个人站在原地，不敢置信地看着这样东西。

过了一会儿，穿着统一服装的伙计就跑上来，笑道："客官，可是有想要的东西？您需要什么，尽管和小的说，小的为您找去。"

刘掌柜睁大眼，扭头就说："这排架子上卖的可是画堂秋才有的黄金缕？"

伙计道："客官好眼光，正是黄金缕。"

刘掌柜："你们怎么可以用这么多琉璃来放黄金缕，你们家掌柜是疯了吗？"

伙计一下子愣住，不知该说些什么，这时，陆掌柜走了上来，示意伙计先下去，由他来接待这位客人。陆掌柜上下看了眼刘掌柜，并不知道刘掌柜是谁，他笑道："客官，我是百宝阁的掌柜，那伙计有招待不周的地方，还请您担待，您是需要什么，我叫人给你拿去？"

百宝阁每两个货架旁边便有一个穿着红色马褂的伙计候着，一来他们是监视有没有人小偷小摸，偷拿东西；二来要是顾客有需要，他们可以以最快的速度冲上去，帮顾客解决问题。

这是唐慎在开店前给陆掌柜讲的百宝阁十条准则之一。

刘掌柜脸色涨红，他仍旧不敢相信自己的眼睛，他又转过头去仔仔细细地观察那些黄金缕，最后，当他确定盛放这满满一架黄金缕的小瓶竟然真的全部是琉璃瓶后，一下子泄了气。

“百宝阁可真是财大气粗啊，陆掌柜，这么多琉璃瓶全部用来放黄金缕……在下闻所未闻，真的是长见识了。”

百宝阁富成了这样，他一个小小的杂货铺，怎么能和对方争？

陆掌柜察觉到了一丝不对，他目光深长地看了眼刘掌柜，道：“您有所不知，这确实是琉璃，但是是我百宝阁专供的琉璃，百宝阁以后会推出许多琉璃商品，您若是喜欢，可以随时来看，对了，店中还有一样琉璃物件，您可要看看？”

刘掌柜早就没了脾气，他点点头，跟着陆掌柜来到二层中央的一个货架旁。

这货架旁围了许许多多的客人，大多是盛京城里有钱人家的夫人小姐，只见她们一个个面露喜色，站在她们身旁的丫鬟们仰着头，替主子说话。

“你们百宝阁，还有多少镜子存货？”

伙计：“您请放心，咱们这儿的镜子可多得是。”

一位富家夫人在丫鬟耳边轻声细语了一番，那丫鬟道：“城西罗家，要二十面镜子。”

“我侍郎府要十五面。”

“我定国公府要三十面！”

陆掌柜听着这些话，露出满意的笑容，他转过头，对刘掌柜道：“客官，您可需要也买上一面镜子？”

高大宽敞的屋子中，刘掌柜发呆似的盯着被众人包围之处放着的那面光滑漂亮的镜子，只见平坦的镜面上完完整整地倒映出了他此刻呆滞的模样，他青色的布帽、黑色的外衫，哪怕是他眼角的皱纹，都照得一清二楚。

百宝阁……

这个名字，当之无愧。

还给不给人活路了啊！

第三十三章

银镜

百宝阁一次性在正阳门大街上买了三个铺子，将这三个铺子打通，形成一个极大的卖场。顾客们从正门进入店中，逛完一圈后，正好可以看到许许多多柜台，这些柜台与平常商铺里的长柜台不同，都是一个个短而小的柜子，每个柜子后方站着一个人，顾客走过去将篮子交给对方，伙计立刻开始算账。

算盘噼里啪啦地拨着，不过一会儿就算好了账。

“一共一贯三文，客官，您若是担心小的算得不对，可去后面的柜台上检验，若是错了，多收了多少，咱们都得赔给您双倍呢。”

听了这话，老书生惊讶道：“还有这等好事？”

事不宜迟，这老书生捧着东西，立刻去后面的长柜台上检验价格了，长柜台的伙计给了他一张商品价目表，老书生算了许久，感叹道：“果然算得不错，怎么就没给我算错呢？”

伙计笑道：“客官，您可要再看看这个，咱们百宝阁今儿个新开张，成为贵客有折扣呢。”

“贵客？什么贵客？”

伙计开始介绍起来。

百宝阁开张前三天，每个顾客只需要花半贯钱，就可以在百宝阁成为半年贵客，贵客来店中买东西，许多东西都是有折扣的，逢年过节贵客还能获得一些小礼品。每个来长柜台检验商品价目的顾客，都被伙计推荐着花钱当贵客。

老书生本来在犹豫，见到身旁一个屠夫买了贵客名额，他道：“行，我也买一个！”

百宝阁开张第一天，盛京人当真是开了眼界。

杂货铺还能这么开！不对，这哪里是杂货铺，天下没有这等翔集万全的杂货铺。

在百宝阁买了东西的人，离开店，还要朝旁人吹嘘百宝阁的好处。

“你可没看到，那叫一个人山人海，水泄不通。这百宝阁就像一个庞大的天地，里头什么都有！姑苏有名的糕点，辽人喜欢穿戴的裘衣，天南海北，你去了，肯定看花了眼，迈不动脚！细霞楼也太厉害了点！”

“真有你说的这么神奇？”

“你去看看不就知道了？”

“去就去！”

越来越多的人涌进百宝阁。

一开始唐慎要求陆掌柜聘用八十个伙计，陆掌柜还觉得是不是太多了，可今天一天下来，别说八十个伙计，陆掌柜都开始思考是不是要聘一百个才够！

盛京是大梁的都城，是南北两方的道路枢纽，往南，有大运河，一路通向钱塘；往北，原本交通并不便利，但有了新修的三条官道，自此便大路畅通。

大运河是前朝皇帝造的，早已有数百年历史，而三条官道是去岁赵辅让修的，赵辅明面上的意思是方便大梁与辽国的商贸往来，其真正目的是为了给将来两国交战提前做准备。很多人发现去北方更便利，可他们没注意到，将北方官道和南方大运河结合在一起，处于正中心的盛京，如今成了一个绝佳的商贸往来圣地！

入了夜，百宝阁关了铺子，陆掌柜和伙计们说完话，来到后屋。

陆掌柜满脸堆笑，合不拢嘴，就差把一个“喜”字印在脑门上，他见到唐慎就先行了一礼，长揖及地：“高，当真是高！小东家，如您所说，咱们百宝阁的生意和其他商铺不同，其他都是刚开张的时候人最多，咱们是越往后，人越多。八十个伙计哪里够用，我明儿个就去牙行再聘二十个来！”

唐慎刚下了衙，从宫中回来。他虽然没亲眼看见百宝阁开张时候的盛况，但从陆掌柜、林账房、唐璜几人高兴的表情上，他大概能想象出一二，他道：“今日的生意如何？”

陆掌柜开始报账。

“……除去各路开支，仅仅今日一天，百宝阁便入账一千六十二两！”

一千六十二两，这个数字不包括成本和其他费用，是纯利润，这庞大的数字令唐慎都惊讶了许久，他在心中感慨道：“盛京人果然比金陵人、姑苏人还要有钱！”

唐慎道：“做好准备吧，明日恐怕会更多。”

陆掌柜喜笑颜开：“您便放心吧！”

百宝阁刚开张前几天，肯定是生意最好的时候，但盛京有两百多万人口，两百多万人不可能人人都来百宝阁买东西，买了东西，一时半会儿也用不完，所以再过几天，生意便会冷下去，但唐慎估计，每日最低纯收益至少有五百两。

百宝阁，更该叫聚宝盆。

陆掌柜道："今天晚上，我将账本核对好后就送到您家，小东家，您仔细看看，可有什么不对。"

唐慎："不必如此。"

陆掌柜一愣，茫然地看着唐慎："您这是……"

唐慎看了看满脸诧异的唐璜和林账房，笑道："开细霞楼的时候，你们便有这种感觉了吧，我毕竟是当官的，在朝为官，已达四品，每日甚至还需要去上早朝，我不可能有那般多的时间管理唐家的铺子。陆掌柜，咱们在姑苏府相识，你那时就是姑苏府细霞楼的掌柜，如今算来，也已经有四年了。"

陆掌柜恍然明白了唐慎的意思，他心中狂喜，但强压心绪，镇定道："小东家，能为您做事，小的三生有幸，四年前小的肯定想不到我陆某人还有这样大的造化。"

"咱们这么熟了，场面话也就不用说了。从今日起，陆掌柜，你便是我唐家的大掌柜，往后你每隔七日，将账本送到唐府，给唐璜。"

没想到还能听到自己的名字，唐璜错愕地看向唐慎："哥？"

唐慎挑眉道："你不是早就想这样吗？你每晚入了夜，偷偷摸摸点燃蜡烛算账本的事，真以为瞒得过我？"

"哥！"

"以后，每年过年时再将当年的账本总的交给我过目吧。"

"是！"

目前，唐家一共有四大产业。

与外人合作的肥皂、香皂和黄金缕，专做拨霞供的细霞楼，百宝阁，以及由姚三管理、贯穿南北、为百宝阁送货的唐氏物流！

离开百宝阁，唐慎抬头望向那广阔无垠的夜空。

黑夜之中，明月当空，星河浩瀚。

他恍然间好像看到了一条康庄大道，在许多人面前轰然铺开，他能做的，是为唐璜、陆掌柜指引方向，而唐家的生意最终到底能做成什么样，不仅仅是依靠他一个人，更依靠在这背后每个为唐家付出的人。

不过未来的事，未来再说。

回到家中后，唐慎洗漱完，正要上床休息，忽然他想起一件事，赶忙来到唐璜的屋子，敲门进去后，唐慎惊讶道："你还在看账本？"

唐璜："今日的账还没对完呢。"

唐慎拿起一本账册翻了翻，虽说他过目不忘，一下就将账册上的内容记住了，可他看得头晕眼花，唐慎道："你不觉得十分枯燥，毫无意思？"

"怎么会？这可是赚钱的事，有意思极了！"

真是人各有志，从小到大，唐璜哪怕长大了变了样，这喜欢钱的本心还真一点都没变过。

唐慎："我前几日说的东西，可曾找书局印好？"

唐璜愣了愣，思索片刻，才明白唐慎说的是什么：“哥，你放心就好，这事有我盯着呢，准没错。”

还想再提醒自家妹妹几句，但看着唐璜那激动兴奋的模样，唐慎忽然觉得这个妹妹真的长大了，或许他做哥哥的没必要握得太紧，也该学会相信别人，该放手了。

“早点睡！”

“好。”

次日清晨，天还没亮，百官在崇政殿中等候上朝。

唐慎是四品官，只能在崇政殿右殿里等着，这殿中放满了椅子，但因为四品官太多，还是有许多大人没椅子坐，只能站着，他们自然不知道，就在一墙之隔的崇政殿正殿，大梁的一品、二品大员们，正坐着黄花梨的太师椅，悠然地品着茶。

桌上的茶是今年从江南运来的最上等的明前龙井。

赵辅对当朝权臣关怀备至，任谁都挑不出毛病。

王溱拿起杯盏，用茶盖拨弄温香的茶气，轻轻品尝了一口，坐在他不远处的礼部尚书孟阆轻声一笑，凑近了些，对王溱道：“王大人，昨日正阳门大街新开了一家店，你可知道此事？”

王溱抬起眼睛，淡淡地看了他一眼，微微一笑：“未曾想孟大人身为礼部尚书，竟比我这个户部尚书还关心盛京商铺的事。孟大人殚精竭虑，为国操劳，哪怕身为礼部尚书，都关心国家财政税收，当真是我辈楷模，令人敬仰。”

当朝权臣都是脸皮极厚的影帝，可影帝也有演技高下之分。

孟阆自知比脸皮，他肯定比不过老奸巨猾的王子丰，于是他直接道：“昨日我坐轿回府时，路过一家新开的店，只见那商铺的招牌上写着三个字，这字当真是丰神俊秀，清骨浩然，这般好的字，世上罕见的很，怎能错过？于是我便下了轿子，仔细端详了一番，王大人，你猜猜我发现了什么？”

王溱：“哦，什么？”

“那竟是王大人的书法啊！”

王溱感动道：“不承想孟大人如此关怀我，仅仅凭三个字就能认定是我的字迹？”

孟阆：“王子丰，与你说个玩笑，你这人怎的这般无趣？”

王溱将杯盏放下，忽然起身，整理官袍，“该上朝了。”

下一刻，只见司礼太监进了大殿，道：“诸位相公，时辰到，可上朝了。”

王子丰其人，简直无趣至极！

下了朝，唐慎跟着百官队伍离开皇宫，忽然，他好像听到有人在喊自己的名字，他恍惚地转过头，只见王溱站在不远处，静静立着，朝他笑道：“景则，不如一起走吧。”

身旁是一众白发苍苍、满脸皱纹的老头，身穿深红官袍的王大人仿若仙人落入凡尘，这对比实在太过刺激，唐慎愣了半晌，才跑过去。等他回过神时，发现自己已经和王溱并肩而行，一起走在通往勤政殿的路上。

王溱声音温和：“百宝阁是何物？”

唐慎讶然道：“师兄还没去过？”

“未曾，这两日政务繁忙，没能抽出身。”

唐慎本想解释，但刚要开口，又觉得麻烦，他想了想，道：“不若今日下了衙，师兄与我一起去看看，便明白了。”

王溱看了唐慎一眼，道：“那便听你的。”

下了衙，唐慎在勤政殿等了一会儿，坐上王溱的马车，两人一起出宫。

二人并没有立刻去百宝阁，而是各自回府，将身上的官袍换了。

王溱来探花府接唐慎，唐慎整理好衣服出门，看到王溱的轿子时，他微微一愣，上了轿子，唐慎道：“师兄，原本不是坐的马车吗，怎么又坐轿子了？”

王溱穿着一身白色锦袍，手中拿着一把折扇，当他合着扇子、用扇柄敲击掌心时，那坠在扇子下的赤红鸡血石便轻轻摇晃。

“从这去正阳门大街并不算远，小师弟，你不想坐轿子？”

唐慎：“也不是。”

就是马车宽敞，现在换了轿子，两个大男人坐在上面，颇有些拥挤。唐慎心中腹诽了一番，目光渐渐被王溱手里的扇子吸引去了。

王溱察觉到他的目光，道：“想看看？”

“嗯。”

王溱将扇子递给唐慎，唐慎拿过扇子，压根儿没打开，而是用手捧起那扇子下面坠着的红色宝石。

“其色如鸡血，光泽似美玉。这石质洁净绵润，好似羊脂冻？”唐慎抬起头道，“师兄，这莫非是昌化鸡血石？”

王溱拿回扇子：“是昌化鸡血石。”

唐慎自信地笑了笑。

“啪嗒”一声，王溱打开洁白的扇面，道：“我本以为，小师弟拿了这扇子，是要看扇子上的画和字的。”

“啊？”唐慎愣住，看向折扇。

只见白色的扇面上画的是一幅美人戏鱼图，旁边题了一行字：“驿寄梅花，鱼传尺素，砌成此恨无重数。”唐慎将扇子上的词句念了出来。

以梅花寄情，以尺素相思。

这竟然还是一幅闺怨美人戏鱼图！

唐慎眼珠一转，开始拍他的马屁：“师兄的字与画，果然登峰造极。”

这幅画和这手字，落款都是王子丰。

王溱勾起唇角，没再多说。

很快，两人到了百宝阁。

来百宝阁买东西的顾客什么样的都有，官家夫人、平民百姓，在店中都能找到，但是王溱和唐慎一进门时，不少人还是多看了他们几眼，唐慎只以为这些人是在看王溱，他半真心半吹捧道：“哪怕换了寻常服饰，师兄的气质还是和旁人大为不同。”

王溱侧目看他：“你以为只是我？”

唐慎莫名其妙。

王溱静静一笑，扯开话题："如今进来了，该做何事呢？"

店中伙计自然是认得唐慎的，有伙计想上来招呼二人，被唐慎摇了摇头，示意这位客人由自己亲自招待。唐慎道："拿一个篮子，遇到想买的东西放进去，最后到另一道门口去结账便可。"

王溱拿起一个篮子，动作流畅，十分随意。

可唐慎眉头一皱，望着王子丰披金戴玉，却拎着个菜篮子的样子，他怎么看怎么不顺眼，唐慎直接从王溱手里拿过篮子："师兄来了，就是客人，由我来拿篮子就好。"果然，没了篮子的王子丰，又变得仙气飘飘。

唐慎的心思哪里瞒得过王溱，王溱并未多说，而是道："那便走吧。"

二人在百宝阁逛了起来。

百宝阁的一层多是生活类的商品，因此购买商品的顾客也都是寻常的盛京百姓，当王溱和唐慎并肩走过时，众人下意识地朝他们投来目光，唐慎并不知道，这些人看的不仅仅是王溱，还有他。

当官三年，唐慎也早有了一层积存已久的官威。

除此以外，在他整日与王子丰这类人相伴，早已被自家师兄感染，他没有发现的地方，举手投足间颇有一丝大家公子的风范，虽说不是自小就学的，但也与常人不大一样了。

正所谓近朱者赤，近墨者黑，常在下三路的地方鬼混，便会有市井流氓的气息，常看书写字，自然会有君子傲骨。

王溱今天耐性极好，他将整个一层逛完后，才去了第二层。

两人来到第二层，又将整个二层逛了一遍，最后来到售卖镜子的货架。百宝阁刚开张前两天，想买镜子的顾客极多，将这个货架堵得水泄不通，如今倒还好，因为想买镜子的已经买了，买不起的也不会再看。

王溱难得露出一丝惊诧，他多看了两眼，道："比银镜更清晰些。"

唐慎笑了起来。

如今的镜子大多分为铜镜和银镜两种。

平常百姓家里能有一面铜镜就不错了，他们往往买不起做工好的铜镜，镜子倒映出来的人像看得并不清楚。上好的铜镜能照出主人的面貌，但也是富贵人家才有的东西。银镜造价昂贵，精美绝伦，倒映出的人像也非常清晰，与玻璃镜差距不大。但无论如何，银镜始终不如玻璃镜剔透，也不如玻璃镜价格便宜。所以百宝阁的玻璃镜一出现，盛京的夫人小姐们立刻给自家买了许多。

唐慎道："这东西最难做的就是琉璃，等以后，百宝阁也会做一些简单的镜子放到一层，让寻常百姓也都可以购买。"

两人正要走，唐慎给伙计使了个眼色，伙计立刻搬来一面等人身高的镜子。

镜子中，清晰地倒映出唐慎和王溱的身影，王溱颇为诧异地看向唐慎，唐慎笑道："这面镜子是送给师兄的，师兄也知道，圣上命令我唐家为垂拱殿换上琉璃窗户，工坊折腾了许久才做出这种又大又宽的一面长琉璃，做出琉璃后，我就又做了三面这种大镜子。”

说到这儿，唐慎咳嗽两声：“一面是给圣上的，还有两面则是给师兄和先生的，师兄和先生的那两面做工比第一面要粗糙点，因为是由我设计的，花纹样式没第一面那么好。”

王溱微微笑起：“这面很好。”

唐慎心道：那我这次送礼，算是送对了？

这次行程，宾主尽欢。

不知从何时开始，唐慎给王溱送礼已经送成了习惯，一开始或许只是为了拍马屁、套近乎，但渐渐的，看到王溱收到礼物时的愉悦，唐慎也会心情不错。

王子丰对他好，他就想回报对方，送礼物就是一种方式。

四月底，唐家工坊做出了数十面大玻璃，送入皇宫，给垂拱殿换上了真正的玻璃窗。

赵辅原本只是随口说让唐慎给自己换窗户，如此他也好有个由头赏赐唐慎，提拔唐家为皇商，谁料换了玻璃窗后，赵辅是爱不释手，他大笔一挥，直接给垂拱殿换了个内殿匾额——仙璃洞天！

全是琉璃做的窗户，也只有放到天庭，神仙住的地方，才有这般手笔了吧！

赵辅心情大好，赏赐了唐慎一大堆东西，同时又下达了一个任务：“景则，不如把朕的紫宸殿、大庆殿……都给换成琉璃窗户吧！”

唐慎心中叫苦，嘴上却道：“臣不胜荣幸，定不负陛下所托！”

大块玻璃十分难做，唐家工坊又开始加班加点了。

百宝阁的生意渐渐稳定下来，唐慎也将生意上的事一步步交给唐璜和陆掌柜。

五月下旬，唐慎正在勤政殿中审阅奏折，他翻起一本从外省送来的折子，打开看了起来。渐渐的，唐慎的目光凝重起来，看到最后，他从头开始，又看了一遍。

思索再三，唐慎下定决心，拿着这封折子来到徐毖的屋子。

唐慎先行了一礼，道：“徐相公，下官唐慎，今日见到一封折子，想禀明大人，再做精简。”

徐毖放下手中的书：“哦？什么折子，拿来一阅。”

唐慎恭恭敬敬地把折子递了上去。

徐毖翻开折子，看完后，他笑道：“没想到蜀地还有这般的趣事，用一张纸来代替银钱，确实是个不错的主意。蜀地道路崎岖，交通难行，向来与外界沟通不多，俨然一个自治自理的小国。”顿了顿，徐毖道，“此话只是咱们二人说说罢了，只说在这间屋子里。”

唐慎心中畏然，自然道：“是。”

徐毖：“出现以纸代币的事，发生在其他地方，还显得奇怪，但发生在蜀地，就不足为奇。这封折子确实有些意思，放在我这儿，今日我亲自送给圣上，你先下去吧。”

“是。”

唐慎离开了徐毖的屋子，可他心中思绪复杂，无法静下来。

唐慎左思右想，他没有回四品官员的屋子，而是来到户部尚书和礼部尚书共用的堂屋。

礼部尚书孟阆正在吩咐手下，准备月底的祭祀仪式，忽然见了唐慎，他挑挑眉。

只见唐慎先敲响门，王溱看到他，露出惊讶的神情。

王溱："进。"

唐慎走到王溱的桌案前，作揖行礼："下官唐慎，想起昨日有事忘记与尚书大人说了，不知尚书大人现在可有空闲？"

孟尚书故意地笑了一声："我瞧你的官服，似乎是个四品的中书舍人，并非户部的官，怎的，你还有事需要找户部尚书大人？"

唐慎站在屋子中央，往前看是神色淡定的王溱，往后看是一脸看好戏的礼部尚书孟阆，他顿时一个头两个大。

这位礼部尚书孟大人可不是个善茬。

唐慎会试时就是这位孟大人当主考官，虽说进士们的主考官名义上是皇帝，可硬要说起来，孟阆也算得上唐慎的"恩师"了。偏偏这位孟大人总是喜欢捉弄他，唐慎第一次来勤政殿，当时他还是起居郎，就被孟尚书好好地戏弄了一番，强行拉着他在六部之间游街示众！

四品小官唐大人惹不起对方，但不意味王溱惹不起。

只见王溱将茶盏搁下，青瓷杯坐落在檀木桌上，发出咔嗒一道清脆声响，王溱看向唐慎，道："中书舍人与户部自然没太大干系，但中书舍人代天子视天下，如今唐大人来寻我，定然是因下官犯了事，未曾为国捐躯，呕心沥血。"

唐慎一愣。

这话落地，连对面桌子后的孟阆和他身旁的五品礼部官员都呆住了。

王子丰这是闹的哪一出？

孟阆反应多快，他心道：代天子视天下？不就是帮着皇帝整理奏折，把写得天花乱坠、屁话不通的折子，简单地用一两句话概括吗！这也叫代天子视天下？那他们这些二品大员，岂不是代天子管天下了？

还没想明白，王溱又开口了，他指着对面的孟阆，对唐慎道："唐大人，你可认识这位当朝二品大员？"

唐慎脑子发懵，但他若无其事地行了一礼，道："这位是礼部尚书孟阆孟大人。"

王溱："孟大人心思高洁，日日勤政，天未亮，只见勤政殿漆黑一片中唯独孟大人的堂屋好生点光；日已落，只观芸芸六部衙门唯有礼部衙门夜夜灯明！孟大人是为国为民的好官，千载难逢的清官。中书舍人代天子视天下，可曾见到二品大员的赤胆忠心，见到孟尚书的一腔热血？"

什么玩意儿？

这下连孟阆都懵了，等会儿，王子丰这是在夸我？

孟尚书特意起身，到窗边看了看：天下没下红雨啊！

王溱站起身，对唐慎道："这般高风亮节的好官，要让百官效仿，让天下人知晓，让陛下记住，唐大人，这两日代天子视礼部政务时，应当禀明陛下，为礼部众官发下蜡烛，赠予油灯。礼部官员每日殚精竭虑，是我辈楷模啊！”说完这段话，唐慎和孟阆还一脸懵逼着，王溱便对唐慎道，“走吧。”

唐慎跟着王溱离开了屋子，找个地方说悄悄话去了，留下孟阆和五品礼部官员面面相觑。

良久，孟阆突然反应过来：“好你个王子丰，我们礼部何时每日日落不归，在衙门里办公了啊！”

孟阆哑巴吃黄连，有苦说不出。

王溱先是一个大帽子扣下来，夸礼部官员个个是百官模范，难道他孟阆还能说不是，我们礼部才没有这么多好官？等夸完了，王溱再说一句让唐慎把礼部官员的事迹禀告皇帝，让皇帝知道，礼部官员们整天加班加点，为他办事。

这下假加班变成了真加班，哪怕以前没加过班，以后也得加班！

以往王子丰坑人，只坑当事人，孟阆这次等于把整个礼部拉下水了。一旁，五品的礼部官员一脸幽怨，敢怒不敢言。

孟尚书咬牙切齿：“他王子丰真以为我怕了他了？”

五品小官道：“尚书大人，王大人毕竟是户部尚书，户部的，户部的……”一连强调了三遍，“您这又何苦呢？”

户部的官，管钱的！管发俸禄的！

孟阆悔不该当初，下定决心再也不去招惹王子丰了。

唐慎跟着王溱在勤政殿里七拐八拐，来到一间幽静的屋子。唐慎有些惊讶，不知道这是哪儿。

王溱道：“当朝右相王诠王相公办差的堂屋，今日王相公不在，小师弟有什么事直说便是。”

原来是王溱他二叔的屋子！

唐慎开门见山，将今天看到的那张折子说了出来，他事无巨细，全部告诉给了王溱，王溱越听，眉头越皱。其他官员可能一时间还不能从一份蜀地奏折中听出异样，但王溱是户部尚书，他执掌户部五年，本就是管钱的，听到“以纸代币”，王溱心中已经有了一些对策。

但唐慎想了想，还是说出自己的看法，此时屋子中只有他和王溱，他不再叫尚书大人，而是喊上了师兄。

“师兄，大梁闹钱荒的事不是一天两天了，我并非户部的官，但钱荒一事，自先帝时期便有，每逢赋税整改，再加上与他国贸易往来，钱税本就很难有定数，除此以外，国库里的铜储备、银储备并不丰裕。本朝开平年间，大梁国力日渐强盛，钱荒也就闹得越来越凶，我觉得，‘纸钱’可以缓解大梁的钱荒！”

王溱目光如炬，看向唐慎，两人对视片刻，王溱道：“小师弟的意思我明白，只是这件事若是不去理会，并非一件大事，但一旦理会了，其中牵扯甚广，牵一发而动全身，后果如何一朝一夕间并不能看透。”

唐慎哪里不知道。

纸币代替铜钱、白银、黄金，是不可阻挡的趋势，但也是一把双刃剑，如何使用它，就是一门极深的学问，唐慎无法揣摩；怎么不把它用坏，更加难懂，唐慎一窍不通！

唐慎心中有无数的话，可一个字都说不出口。

许久后，他望着王溱炽热的目光，只能说出自己的肺腑之言："我信任师兄。"

王溱微微怔住，俊雅的脸庞上出现一瞬的愕然，接着，他道："嗯。"

两人没再多说，各自离开。

唐慎说他信任王溱，不是嘴上说说，他是真的将一切都交给了对方，无论王溱是打算不理会这件事，还是就此做一番事，都和唐慎无关了，他本就不擅长这些，交给王溱才是最合理的选择。

当日下午，徐毖拿了几封折子，进宫觐见赵辅。

晚上快要下衙时，唐慎收拾好东西刚要出门，便见一个深红色的身影快步从勤政殿大门走了进来，两人撞了个面对面，皆是一愣。

互相瞧了一眼，唐慎恭敬地作揖："苏大人。"

苏温允勾起唇角："唐大人。"他上下打量了一番，潋滟的眸子里泛起一阵笑意，"怎的，下衙了？"

"是。"虽说不想和苏温允打交道，但苏温允没走的意思，唐慎也只能客套地问道，"苏大人是从刺州回来了？"

荆河桥塌一事后，苏温允被赵辅提拔成工部右侍郎，代替了原本的工部右侍郎谢诚的位子。去年，苏温允就去了刺州，督管刺州官道的修建一事，很少在朝中出现，如今他回来了，难道说刺州的官道快要修好了？

苏温允没回答，而是道："唐大人胖了啊。"

唐慎下意识地："啊？"

"都说心宽体胖，我瞧着，唐大人这半年心情不错。"苏温允咧开一口洁白的牙齿，露出一个森然的笑容。

唐慎一脸莫名其妙，告辞离去。

"苏温允的成语是不是学得不大好？心宽体胖……他怎么考上进士的？"

唐慎哪里知道，在苏温允眼中，他咬牙切齿地觉得唐慎胖了，为什么胖了？两年内，一举从七品升官到四品，还升成了四品中书舍人，天子面前的近官！这种升迁速度，换谁不高兴？

七品升五品容易，五品升四品可难极了，唐慎升四品这一遭，还不是蹭的他苏温允的顺风车？现在唐慎在盛京吃好喝好，每日享福，他倒是要去刺州，整日风吹日晒。苏大人情绪大极了。

不过苏大人再怎么怨愤，都对唐慎产生不了什么影响。

次日上早朝时，赵辅状若无意地提了一嘴蜀地出现的"以纸代币"的事。这位一心修仙的皇帝只是当作笑话，讲来与众臣听的，好像并没有太过重视的意思。不过事情听到百官耳中，却让他们各起了心思。

六月中旬，太阳大得如同火炉，高悬于空。

勤政殿每个屋子都配有冰盆给官员们降暑，可四品官员的屋子里挤了太多人，有冰盆也无济于事，唐慎热得满头是汗，但他依旧将官服穿得紧紧的，不敢有一丝懈怠。

唐慎正翻阅奏折，忽然有个官差进了屋子，将一封信送到唐慎手中。

其他官员都没注意到这里的事，唐慎愣了愣，将信封拆开，看着上面的字，他目光一凛，悄不作声地把这封信塞进袖中。到了下衙时，唐慎刻意在屋子里等了一会儿，远远的，他瞧见王溱从屋子中出来了。

王溱也一眼看到了唐慎。

唐慎正要说话，王溱却无视了他，视线越过他，继续向前走，似乎根本没看见他一般。

唐慎默了默，等王溱走了后，他才离开。

入了夜，唐慎来到尚书府，被管家迎进门，等了大约一盏茶工夫，王溱从门外走进来。

唐慎立刻迎了上去：“师兄。”

王溱望着他：“都与你说了，与迩无关。小师弟聪慧过人，自然知晓我的意思，怎的又来了？”

不错，今日王溱特意差人送来的那封信上，只写着六个字——万事，与迩无关。

第三十四章

改革

四围寂静，尚书府中唯听得到鸟雀蝉鸣。

唐慎看着王溱无奈的神色，他哪里不懂对方的意思。

唐慎从袖中取出下午王溱给的那封信，他将信打开，又看了一遍，接着走到书桌旁，用蜡烛的火焰点燃信纸，只见信纸噼里啪啦地燃烧起来，很快就烧成了灰烬。

唐慎道："师兄的意思我自然是懂的，只是懂是一回事，我今日来此又是另一回事。也不瞒着师兄，我一来是好奇，好奇接下来到底会发生什么，师兄会怎么做，二来是……"顿了顿，唐慎接着道，"二来是担心师兄。"

王溱道："你好奇，也是人之常情，然而景则，莫闻、莫问，这才是以你如今地位在这官场之中该有的立身之道，至于你的关心……"

王溱笑了，不再说话。

唐慎摸不清他的意思。

王子丰这是想干啥，怎么说到一半还不说了？

以师兄弟二人如今的关系，唐慎刚才说的话真的是肺腑之言，一点都没弄虚作假。唐慎从来不是个心机深沉、多疑善猜忌的人，和王子丰相识三载，唐慎也真的信任起了自己这位师兄。况且他如今算是半个王党人，他有如今成就，王子丰也有一份功劳，王子丰要害他，等于自断臂膀，得不偿失。

聪慧如王子丰能干这事？

唐慎想了想，道：“师兄说得未尝不对，我也知道，虽说我如今是四品中书舍人，可真到了那时候，不过是个小官。但‘莫闻、莫问’，这句话师兄一年前曾经对我说过，然而那时我做到了莫闻莫问，陛下却不允许我继续不闻不问下去，于是我被逼去了刺州，才有了后来的事。”

“你去刺州一事，其实也因为我。”

唐慎一愣：“因为师兄？”

王溱道：“咱们这位陛下，极其善于权衡之术。”王溱第一次和唐慎谈论这种朝堂问题，唐慎立即聚精会神，认真地听他说下去，“有些事是明面上有的，百官都知道，你也应当知晓了，还有些事，你或许也猜测到了，去岁，我、苏温允和宋循，三人分别去北方，是为了调查四年前南方雪灾的贪墨案。”

唐慎：“这事我猜到了。”

王溱：“那你对苏温允其人了解几何？”

唐慎愣住，他仔细思索回忆：“苏大人原先是大理寺少卿，官居四品，我担任起居郎时，时常见到他单身进入登仙台，深受帝宠，如今他又官拜三品工部右侍郎，前途无量。”

“和你相比呢？”王溱打趣道。

唐慎顿时哑口无言，憋了半天，才道：“师兄莫要揶揄我。”

王溱收住了笑意，声音平静：“这便是我们那位圣上的权衡之道。”

唐慎怔住。

“苏温允运气不错，找到了真正的幕后之人，不出意外，他一旦回京，便会得到朝廷的大力加赏，再升官阶，事实也正是如此，他升了三品右侍郎，这个结果是早可以预料的，所以在这个结果出现前，陛下派你去了刺州，因为小师弟，你是我的人。”

唐慎心里琢磨：这话说得对，在赵辅眼中，在苏温允乃至百官群臣眼中，他就是半个王党。

见唐慎没否认，王溱接着道：“你去了刺州，就算没有功劳，也有苦劳，即使你没有拿到账本，在你回京后陛下也一定会赏赐于你。”停顿了片刻，王溱忽然道，“景则，若无意外，三年之内，我再无晋升可能。”

唐慎一惊：“师兄的意思是？”

“王党之中，上有二叔，官居一品，是当朝右相，仅次于左相纪翁集，而我位居二品，执掌一部大权，又深受皇恩，所以想要权衡苏温允一派，不能从我与二叔下手，只能从王党的其余人身上，当时盛京，最好的人选莫过于你。”

一夜之间，听君一席话，唐慎真是大开眼界。

一年过去了，他从没想过当初赵辅派他去刺州竟然是为了让他制约苏温允，让苏温允不能一家独大！

王溱：“苏温允，出身北直隶苏家，苏家在北直隶可谓第一名门，本朝太祖时期，苏家功勋累累，近百年下来，也出了不少人才。以我来制衡苏温允，再以苏温允来制衡我，哪怕我与苏温允皆明白皇帝的意思，也没法打破这个局势。”

这世上最可怕的不是你不知道别人在利用你，而是知道了，却无可奈何。

赵辅是皇帝，他如此做，哪怕妖孽如王溱、苏温允都无能为力，只能保持现状，况且这个现状并非对他们没有好处，否则以二人不过而立的年龄，不可能如此迅速地走到如今的地位。可以说，赵辅在利用他们，他们又何尝不是在利用赵辅？

不过，唐慎渐渐品出了不对："师兄出身琅琊王氏，苏温允出身北直隶苏家，二者都是名门之后，那寒门呢？"

以赵辅多疑的性格，不可能完全信任名门贵族，他也一定会用寒门来制衡名门。

当朝四位相公中，右相王诠和右丞徐毖都出身名门，左相纪翁集和左丞陈凌海都出身寒门，这就是赵辅有意制衡的最好证据，否则哪有正正好二对二，分配得如此清楚的，真当排排坐分果果呢？

王溱淡然道："李景德不是在吗？"

唐慎一怔，一时间没想起这是谁的名字。

而这时，王溱已经继续说道："以纸代币一事，与寻常事大为不同，此事若要争斗起来，朝堂风云变幻，只在三品以上官员之中，所以小师弟……此事，与尔无关。"

唐慎离开尚书府时，王溱难得竟然没有出门相送。

回过头望着尚书府禁闭的大门，唐慎露出复杂的神色。

"这一次，王子丰是真要和我暂时分道，无牵扯瓜葛了。"

以纸代币这件事牵扯甚广，哪怕是王溱都不敢保证自己能全身而退，他不想将唐慎牵连进来，甚至唐慎知道，王子丰没说出来的那句话是，哪怕唐慎牵连进来了，也并无大用，甚至有倾颓的危险。

唐慎对货币、政策这些事本就不甚精通，他今年不过十八岁，才进入官场三年，就算想精通，也需要一些时日。

唐慎长长地叹了口气，心想：如果可以选择，我宁愿去工部，为国家修路造桥！

然而王溱不知道的是，他几乎是将唐慎赶走的，唐慎却没想真正脱手这件事，他暗自下定决心，悄然观察事情动向。

没过几日，苏温允又回了剌州，继续督修剌州官道。

临行前，他竟然特意在勤政殿的宫道上等着唐慎。苏大人一身深红官袍，哪怕经受了半年的风吹日晒，也是皮肤白皙，俊秀明艳。他见到唐慎，微微一笑："唐大人，可真是巧了，怎的又遇见了？"

惹不起还躲不起吗？唐慎恭敬地作揖行礼："见过工部右侍郎大人。"

苏温允眯起眼睛，凝视了唐慎一会儿，忽然他笑了，伸手指向天空："唐大人，你瞧瞧这艳阳天，你觉得明日会下雨吗？"

唐慎心道：你都说了是艳阳天，还说明天会下雨？

嘴上他却道："下官不知。"

"我却觉得，盛京快有一场大雨了。唐大人可要准备好雨具，切莫淋湿了身子，淋湿了倒无碍，就怕到时候染上风寒，大病一场，等我从剌州回来，再见不到唐大人一面，就真令人遗憾了。"

你咒谁死呢？

唐慎这次懒得再搭理对方，反正苏温允哪儿哪儿都看他不顺眼，他没必要理睬，不差得罪这一回。再说了他可是王党，你苏温允有本事就先把王子丰弄死，再来折腾他。

苏温允也没再捉弄他，这位工部右侍郎大人嗤笑一声，转身离开，次日，就离京再去了刺州。

第二日其实还是个艳阳天，没如苏温允说的那样下一场大雨。

然而开平二十九年，六月十四。

早朝时，右相王诠上前一步，道："自开平十九年起，南直隶、湖西诸省，年年税赋难收，臣有赋改二十三条，愿呈交陛下。"

赵辅双眼中亮光一闪，他做出惊讶的神情，道："哦，那朕倒是要看上一看。"

大太监季福听了这话，立刻走下高殿，将王诠手中的奏折拿了上来，双手呈递给皇帝，赵辅翻开折子，目光游离地在上头扫视着。紫宸殿中，鸦雀无声，只听到赵辅翻折子的纸页声。

当朝左相纪翁集垂目看地，不知在想些什么。

左丞陈凌海目光狐疑地在王诠和纪翁集的身上扫视，默不作声。

右丞徐毖则自然许多，这位三朝老臣淡定地高举玉笏，平视着赵辅的脚的位置，和平常上朝没什么两样，好像王诠只是呈上了一张向赵辅问好的折子。

赵辅看完后，也没表露出异样，他将折子放在季福手捧的托盘里，道："此事再议。"

王诠："是。"

不过多时，早朝散了，百官离宫。

然而左相纪翁集和右相王诠被皇帝单独叫走，去了垂拱殿，不知要说些什么。

唐慎混在四品官员的队伍中，看着这两位当朝权臣离去的背影，目光平静，心中却百感交集，若是他此刻还是起居郎，今日是他在宫中当差，那他或许就可以知道今天赵辅在垂拱殿里要对两位相公说什么秘密！

然而，他不是！

百官之中，户部右侍郎秦嗣离开皇宫时，伸出手，惊讶道："咦，这是下雨了吗？"

入了夏，骤雨来得急，去得也快。

正式进了六月后，天气一天比一天燥热，许是去年夏天下雨太多，将今年份的凉爽都用光了，今年的夏日格外酷热。勤政殿中，四品官员们个个热得满头大汗，偏偏他们身处皇宫，乃是勤政殿政事堂的官，必须注重仪容，所以哪怕热得浑身是汗，他们也不能宽衣解带，只能闷不吭声地忍着。

唐慎看完一本折子，思索再三，在折子的最末用绿色的笔写下两行小字。

把这本折子放进看完的那堆奏折里后，唐慎又拿起一本折子，他擦了擦额头上的汗，认真看起来。

"大人们，喝绿豆汤了。"

过了晌午，十几个官差抬着一缸缸绿豆汤进了屋子。

众官齐齐松了口气，开始喝绿豆汤一眼这绿豆汤中没放任何糖，尝起来其实略苦，可到了这时候，有一碗绿豆汤解暑，已经是美味至极。

喝完绿豆汤，唐慎正要继续办差，就见一个官差捧着托盘，将一叠奏折放到他的桌上。

官差道："唐大人，遵徐相公令，今日起您便主要看西北来的军报。"

唐慎动作一顿，抬头道："听徐相公令。"

到了晚上要下衙时，徐毖将唐慎喊过去，道："今日西北的军报看得如何了？"

唐慎微微低头，恭敬道："下官以往看的多是各地官员呈报上京的折子，今日初看西北来的军报，一时还未适应。请相公放心，明日下官定能做得好些。"

徐毖笑道："唐大人去过刺州，见过那条刺州官道，你也定然知道修这三条官道的目的不仅仅是通商往来，更是军情储备。此事很多人都有猜测，你也不用意外，我自然是知晓的。然而朝堂中的百官能猜测到一些端倪，辽人未尝不能。年初，辽人犯禁，一伙自称山匪的辽人趁着夜色偷偷潜入幽州城中，犯了命案。西北不容易，西北的军情更是重要，你要仔细看着。"

唐慎目光平静地看着地面，道："是。"

离开勤政殿，唐慎回忆起今天自己看到的那些西北军报。

徐毖说得没错，今年西北的形势比往年更加严峻，不仅仅是幽州，从幽州往东，一路到刺州，都有辽人犯禁的倾向。

地方官员呈报上来的折子大多是向皇帝说地方上发生的大事，甚至是官员们为了讨好皇帝，特意写上一封奏折，千里迢迢送过来拍马屁。

"但我如果看西北军报，此后便不再知晓地方上的事了。"

唐慎心中自有思绪。

不是说各地官员写的奏折都会送到唐慎这儿让他看？但是现在他是彻彻底底一本折子都看不到了。

徐毖的行为让唐慎起了疑心，但当下他也想不出什么头绪。

没过几日，六月上旬右相王诠在早朝上呈报的那张折子就显出了效果。

六月廿九，早朝时，紫宸殿中。

王诠再上前一步，道："自先帝起，因大梁与辽国交战不断，军中粮饷需求甚多，故国库空虚已久，但开平十年，我大梁与辽国签订和平契约，自此十九年来，两国各自而治，互不相犯。百姓重税，因战乱起，如今天下太平，当有所改变。"

这话一落地，一人出声道："王大人，此话不妥吧！虽说我大梁与辽国相安无事十九载，但每一年辽人都虎视眈眈，辽人的狼子野心世人皆知！若随便减少了军中粮饷，一旦有变，谁能承担？"

说话的是武官中的一个三品将军。

大梁的武官大多在各地守卫边疆，管理各地的军队，留在盛京的武官很多都是上了年纪的，但正是这些人，从来不畏惧权臣的威势，哪怕是一个三品参将都敢和王诠叫板。

王诠也没生气，他闷哼一声，道："赵将军，我何曾说过要克扣军中粮饷？"

赵将军："咦，那你是什么意思？"

王诠不再理他，而是对赵辅作揖行礼，道："臣请陛下，宣臣之赋改二十三条！"

赵辅幽幽地望着王诠，视线在百官丛中看了一圈，最后他挥挥手，道："宣。"

大太监季福立刻走上前，拿出一本折子，大声宣读起来。

赋改二十三条！

十几日前，右相王诠就在早朝上说过这六个字，可直到如今，百官才知道这到底是个什么东西！

王诠的税改从地方田税开始，由下而上，层层剥夺，最终将税改提升到氏族地主这一阶层。他竭力减少收税时烦琐的中间环节，甚至提出了直接将地方税收收取到中央，最终由中央统一调派的条则。

季福将这条赋改条则读出来后，朝野震惊。

放在过去，地方赋税确实也基本上都先交到中央，再从中央下发下去，但从没有人会做得这么彻底，这么细致！

如果真按这套方案做下去，国家的税收确实会有所减少，但百姓却会更加富裕，长此以往，因百姓富裕了，国库也会再次充盈起来。问题是，这项赋改对收税的效率要求极高，且靠近盛京的省府就算了，离盛京较远的地方呢？

这时，左相纪翁集上前一步，道："赋改二十三条，有利有弊，未尝不可。臣上奏，请重开度支司，以指领二十三条赋改细则！"

话音落地，紫宸殿中，骤然哗然一片。众人纷纷抬头，看向站在百官最前方的纪翁集。

左相纪翁集是一个十分传奇的人物。

纪翁集，字元修，是先帝时期的进士，左相年轻时并不显名，被先帝派去邢州某县担任县令，一当就当了六年，后因那一年工部治理黄河有功，左相所治理的县正好与工部的工程规划路线撞上了，左相走了狗屎运，被工部的大功劳带着连跳三级，当上了一府府尹。

从当了府尹后，纪翁集传奇的一生便开始了。

黄河流经邢州，纪翁集在治理黄河上颇有心得，在他的治理下，黄河未曾泛滥过一次，邢州境内，百姓康乐，俨然成了一个桃源居。邢州越渐繁荣，过了五年，先帝也发现了纪翁集这个人似乎有点本事，就把他召进盛京。

进盛京那年，纪翁集已经四十岁，次年，辽军来犯，他就跟着大军去西北打仗了。

无论是先帝，还是当时统率三军的徐大元帅，都没想到一个四十多岁的书生竟然能大败辽军！左相没有神兵妙计，也没有以少胜多的传奇战役，可他就是一步步稳扎稳打，分头迎敌，硬生生拆垮了辽军，用三十万梁军打败了号称五十万的辽军。

自此，寒门出身的左相就成了先帝的心腹。

等轮到赵辅当皇帝，纪翁集也屡次立功，开平二十一年，赵辅亲自立他为左相，统领百官。

纪翁集说要重开度支司，这件事不得不让所有人震惊，甚至还有人将目光悄悄投向了王诠，以及站在王诠身后不远处的户部尚书王溱。

度支司是被太祖亲手废掉的财政机构。

前朝有设立六部，也有户部，但国家的财政大权并不在户部，而在三司：户部司、盐铁司和度支司，户部归户部司掌管，而三司由宰相掌管，朝政大权，被宰相一人执掌了大半！

太祖废弃三司，提升六部地位，为的就是削弱相权。

如今纪翁集突然说要再开度支司，百官岂能不震惊？

然而赵辅的反应却有些耐人寻味，他脸上的表情并无太大变化，他望着纪翁集，道："纪相为何如此说？"

纪翁集："赋改二十三条若真正实行，其难度最大之处便是这与众不同的从下而上的改革制度。古往今来，任何改革都是由上而下，从小到多，如此才能利于掌控，但赋改二十三条，先从人口最多的平民做起，如何确认财银调度，确认赋改的成果，便成了重中之重！"

这时一道声音响起："左相是想重开度支司，还是重开三司？"

开口的不是其他人，竟然是与纪翁集同样出身寒门的左丞陈凌海！

纪翁集看了他一眼，徐徐开口。

朝堂上，开始了一番轰轰烈烈的争论。

唐慎身为四品小官，在这种时候根本没有插话的机会，他默默地站在百官的最后方，远远的只能看到四位相公和王溱的后脑勺，连赵辅的脸都看不清。

纪翁集想重开度支司，陈凌海不同意，王诠当然也不同意。

当今户部尚书是王溱、王诠的亲侄子，开了度支司后，纪翁集从王溱手里分权，王诠能同意？

早朝上，百官争辩不休。

唐慎听了很久，忽然发现一直没听到自家师兄说话，他下意识地伸长了头，偷偷地看向王溱，只见王溱高举玉笏，身姿笔挺地站在百官之中。等到左相一派与其他官员吵到不可开交时，赵辅轻轻哼了一声，百官寂静。

赵辅的视线在群臣身上绕了一圈，最后停在王溱身上，他笑道："子丰觉得呢？"

王溱上前一步："臣以为，左相所言，未有不可。"

话一出口，户部左侍郎徐令厚和右侍郎秦嗣纷纷露出难以置信的表情。

赵辅却笑了："朕也以为，未尝不可。宣，自今日起，重启度支司！"

开平二十九年六月廿九，左相纪翁集重开度支司。

七月初一，右相王诠开始实行赋改二十三条，以北直隶和南直隶为先，在这两个省府中率先进行改革。

度支司刚刚重启，急切需要新的官员。

许多唐慎熟悉的面孔一个个被召进了度支司，比如与唐慎同一届的状元姚僖，比如唐慎的同窗好友梅胜泽。

姚僖原本是五品起居郎，调任到度支司后成了五品中散大夫，表面上看他的官阶并没有提升，但众人皆知，这是赵辅对姚僖的考验，一旦姚僖在度支司立了功，就会升官加爵，前途无量。

梅胜泽也从幽州回来，到度支司当了个中散大夫，都是中散大夫，但他却归姚僖管，姚僖是他的顶头上司。

梅胜泽回京，唐慎立刻邀他到细霞楼聚会，姚僖也同行来了。

三位同榜进士在细霞楼中，吃着拨霞供，喝着清酒，十分惬意。

酒过三巡，唐慎道："度支司还是前朝的衙门，本朝从未设立过，如今一设立起来，也不知道会做些什么。姚兄，胜泽兄，你们前几日已经去度支司衙门报到了，可领到差事？"

这种事并不是什么秘密，度支司不是皇城司，不是皇帝亲属的特务机构，里头的官员做什么说一说，并无大碍，姚僖和梅胜泽不说，唐慎也可以从其他途径知道，只是要麻烦许多。

姚僖也没把这当回事，他喝了口酒，道："目前还未曾有差事。景则，我倒是羡慕你，你刚从起居郎调任，就去了中书省，当了中书舍人，如今看来，我这状元还不如你啊！不过，度支司要做的事是大事，是为国为民的好事。"说到这，姚僖双眼放光，颇有荡气回肠的大义风范，"我只能说，是个好事，也是件难事。"

梅胜泽见姚僖这么说，他笑道："看来姚兄知道的比我多，我可真是瞎子摸黑，什么都不知道，姚兄毕竟是起居郎，是圣上的身边人，知道些内幕也正常。"

唐慎道："喝酒，祝二位兄长鹏程万里！"

"喝！"

三人又吃起菜来。

唐慎将酒杯放下，心中有了思量。

姚僖的话让他对度支司要做的事更有了一分猜测。度支司要做的事，绝对和纸币有关！

姚僖是起居郎，虽说那天赵辅喊纪翁集、王诠去垂拱殿时并不是他当差，但以纸代币这种大事不可能只商量一次，赵辅一定会接连好几天和权臣高官商讨此事，所以姚僖听到了一些风声也不是不可能。

就简单地说，纸币对当今的大梁而言是大事、是好事吗？

当然是大事好事。

唐慎叹了口气：果然啊，或许王诠早就有了赋改二十三条，想对大梁的赋税制度进行改革，但他现在提出来，更是想借此推行纸币。只是不知道他们打算怎么做。

梅胜泽道："说来，哪怕姚兄不告诉我，我也知晓度支司要做的定然是大事，景则可知道我昨日在度支司衙门见着谁了？"

唐慎："谁？"

梅胜泽："门下省参知政事，赵靖赵大人！"

唐慎和姚僖齐齐一惊。

姚僖立刻放下酒杯："赵参知去度支司，可是意味着度支司即将由他领头？"

“若不是如此，我又怎会在度支司见到赵参知？”

姚僖感慨道：“果然是件大事！”

赵靖，开平三年的状元，今年四十七岁。

就官位品阶来说，赵靖与王溱一样，是二品大员，但门下省的权力不如中书省，王溱身为户部尚书，兼职尚书省和中书省两边的官职，在实权上比赵靖大上一些，只是赵靖若是当了度支司的司空，等于分夺了王溱的一部分权力，此后赵参知也算是执掌大权了。

除此以外，赵靖还有个身份，他是左相纪翁集的得意门生，左相一派的中坚人物。

左相一力提倡重开度支司，他提拔赵靖为度支司的司空，这样也合情合理。

姚僖和梅胜泽还在谈论度支司的情况，唐慎却皱起眉头，心中思索起来。

然而朝廷上的大事，不是他们这种四五品的小官可以掺和进来的。

两日后，赵辅任命门下省参知政事赵靖担任度支司司空，与此同时，正式在北直隶和南直隶实行新的赋改制度。户部方面，户部右侍郎秦嗣被调去度支司，兼任度支司的正奉大夫，协调度支司与户部的往来。

八月，姚僖和梅胜泽被派遣去了南直隶，到地方官府监督赋改二十三条的实施。

八月既望，赵辅从登仙台中修完仙，走出宫门，他抬头望了望天上的圆月，忽然觉得自己早已年迈的身体里好像又充盈了一股力气，他停下脚步，对身旁的季福说道：“朕有多久，没曾这般干过大事了？”

大事？什么大事？

季福一脸懵逼，他完全听不懂皇帝在说什么！

毕竟是跟了赵辅几十年的老人，季福转了转眼珠子，道：“官家日日为国事操劳，宵衣旰食，才有我大梁如今强盛的国力啊！”

赵辅默了默，摇摇头。

季福知道自己没戳中赵辅的点，可他也无可奈何，能不说错话就已经很好了。

赵辅叹气道：“若是子丰在这儿，定然明白朕说的是什么，若是斐然在这儿，也应当如此！”没提朝中那几位相公，是因为赵辅懒得说他们几个的名字，那几个老狐狸，都有自己的主意，赵辅并不是很喜欢他们，却也倚重他们。

走出登仙台时，赵辅忽然想到：“若是景则在这儿，或许也能懂朕的意思？”

想了想，赵辅笑道：“至少他懂得如何哄朕开心！”

一时间，赵辅忽然有了将唐慎召回来的心思。唐慎现在是四品中书舍人，虽说他没犯任何错，赵辅没道理把他降级成五品起居郎，弄回身边，但皇帝想做的事，没有做不到的。赵辅不是任人摆弄的无能之君，他要真想把唐慎弄回来，别说唐慎没犯错，就是他立了大功，赵辅都可以把他折腾回来。

这个心思只在脑中闪了一瞬，赵辅就放弃了。

没必要，唐景则在那个位置，更能发挥起他的作用。

而此时此刻，懂得如何哄皇帝开心、拍皇帝马屁的唐大人正在家中，一边吃着月饼，一边看着月亮，思索最近朝堂上的动向，他并不知道，自己差点就被赵辅贬了一级，回皇帝身边当起居郎！

然而唐大人也无奈啊！他不是起居郎，不在皇帝身边，只是个中书舍人，还归徐毖管！

徐毖只让他管西北那边来的军报，不让他看北直隶、南直隶的奏折，他想知道朝里发生了什么事都没辙。

他也可以去问王溱，但是王子丰近日十分忙碌，唐慎前两天晚上去尚书府送月饼，等到深夜都没等到王溱回家，只得放下月饼走人。要不是知道大梁晚上有宵禁，且官员不可宿娼，唐慎都怀疑自家师兄去干什么见不得人的事了！

唐慎望着月亮，想道："两个月前，皇帝同时召见纪翁集和王诠，定然是决心让这二人去做以纸代币的事。纪翁集开度支司，打着做纸币的由头，其实是为了分权，且将这件事的好处从户部分过来。"

想到这儿唐慎停下思考。

真的只是这样？度支司的重开，到底是不是赵辅的授意？赵辅对以纸代币的看法是什么？

想不通，唐慎便没再想。

八月过去，到了九月，北直隶和南直隶的赋改制度真正显现出了成效。

减轻的苛税杂政让百姓有了喘息的机会，也让这季度两地收到的赋税有所减少，但根据赋改二十三条，度支司与户部密切配合，大力督导北直隶、南直隶的府尹衙门，减少收税的中间环节，最后收到盛京的赋税不仅仅没有少，反而比往年多了一丝。

这一丝只是一点点，微不足道，但早朝上，右相王诠道："北直隶、南直隶与盛京毗邻，两地的赋改只是初现成果，若是真正要见得成效，应当将步子放远，去东北宁州，去江南金陵姑苏！"

王诠这么说，赵辅便道："明岁起，便将赋改二十三条施行到江南。王相，你可能为朕做到？"

王诠作揖行礼："臣定不辱命。"

文官中，只见一个蓄着美胡须的中年男人上前一步，道："臣参知政事赵靖，有事启奏。"

赵辅："奏。"

"北直隶、南直隶的赋改一事，施行顺利，臣亲历当地，深有感触，但亲历其事后，臣发现，若是与盛京毗邻，想提升赋改效率，并不难，但若是推广全国，将赋改实行到江南，却有一大难题。臣有折子，想上呈给陛下一阅。"

大太监季福走下殿台，取了赵靖手里的折子。

赵辅拿了折子，打开看了看，他目光微动，过了片刻，露出惊讶好奇的神情，他望着赵靖，道："赵卿与朕说说，何为'赋契'？"

开平二十九年，九月初四，赵辅准参知政事赵靖，在北直隶、南直隶实行赋契改革。

"赋契"，也就是赋税契约。

王诠的赋改二十三条中，最为强调的就是一切政务在中间环节中的消耗。如此，赵靖就提出了“赋契”，赋契是一张薄薄的纸，最底层的官员在这张纸上写上自己的名字，盖上官员印章，再一层层地向上申报，每一层的官员都签名、盖章，如此到了盛京时，中书省便知晓此地这一季度的赋税。

如此，再由中书省勤政殿下决策，如何分配这份赋税，等待决策下来后，这份赋税一部分留在当地取用，另一部分再送去上级，送去盛京。

这般行为大大减少了路途上的人力开支和银财消耗。

这个时候，一些嗅觉敏锐的官员已经从这张小小的赋契上闻出了一丝与众不同的味道。

“赋税，这不就是以纸代币？”

KUWEI
酷威文化
图书 影视

山河不夜天

莫晨欢 著

下

江苏凤凰文艺出版社
JIANGSU PHOENIX LITERATURE AND ART PUBLISHING, LTD

目录

第三十五章

风起

开平三十年，正月。

刚刚过了新年，但盛京的官员们可没能过上一个好假期。今岁不同往年，度支司的重开，赋改制度的出现，令京官们整日忙得脚不沾地。去年过年时吏部给出的假期是二十多日，今年就只剩下不到十日了。

唐慎没回姑苏。

正月初二，唐慎拎着几箱子年货来到傅府。傅渭已经在浇花了。

如今放眼盛京，所有五品以上的官，谁不是通宵达旦、案牍劳形，就他傅希如还能闲到去浇花！

唐慎来到傅渭面前："先生。"

傅渭也不回头，一边浇花，一边对唐慎道："今年倒是来得早！景则啊，中午别走了，留下来吃饭吧。你师兄也要来。"

唐慎点点头。

王溱比唐慎还忙。

过年了，唐慎至少还有十天假期。但对王溱这种二品大员来说，身为户部尚书，度支司、赋改的事本就和他息息相关，根本没机会休息。到了中午，王溱才姗姗来迟，向傅渭恭贺新年。

师生三人在屋子里用午饭，傅渭指着王溱对唐慎道："你瞧你师兄，今年才二十八，就将自己忙成了老头子。他是觉得他能在三十岁前当上丞相，还是觉得自个儿寿命长，提前用掉几年也没什么大不了的。”

王溱慢条斯理地夹了一只虾，仿若没听到傅渭的话。

唐慎悄悄看了王溱一眼，道：“师兄为朝廷办差事，先生您怎么还说他了！”

傅渭顿时瞪了眼，他瞅了瞅唐慎，又瞅了瞅王溱，道：“好啊，我怎么没发现你们师兄弟二人如今是一个鼻孔出气，合起伙来欺负为师了？王子丰，你何时将你小师弟拐了去的，现在他竟然向着你说话了！”

唐慎心道：我来盛京后，读书是王子丰教的，当官是王子丰教的，就连考个科举，都是王子丰亲自到盛京贡院门口接我。我向着师兄，好像没什么毛病吧？

王溱放了筷子，悠然道：“小师弟偏向于我，先生你就莫要妒忌了。”

傅渭先是一愣，他看了王溱许久，接着才冷哼道：“真是学生大了，不由先生了。”

唐慎哄了好一会儿才把傅渭哄好。

吃完饭，王溱就回户部衙门办差去了。唐慎用过晚饭后才离开。

临走前，傅渭犹豫片刻，对自家学生道：“景则，你也莫要什么事都信你师兄。”

这话听起来似曾相识，四年前，梁诵就在信中对唐慎说过。如今傅渭又说了一遍，唐慎心中警惕，道：“学生记住了。”等出了傅府，唐慎叹气道：“都说让我不要完全信任王子丰，可我何时该信他，何时不该信他，你们倒是与我说清楚啊！”

正月初七，唐慎回勤政殿办差。

次日，徐毖将他喊过去。徐毖坐在太师椅上，怡然自得地喝着茶。见唐慎来了，他笑了笑，语气和缓地说道：“我记着唐大人是开平二十七年的探花。”

唐慎道：“回大人的话，下官确实是三年前中的探花。”

“如今一晃眼，三年过去了，又要到春闱了。”徐毖感慨道，“今日叫你来，是有件差事交到你身上了。下个月就是会试，翰林院的周大学士点了你的名，让你去当副考官。”

唐慎大惊：“大人？”

徐毖笑道：“你也莫要太过惊讶，会试不同于乡试，会试三年一次，考试时，神州九地的举人们都要上京赶考，参试人上万。会试的主考官只有一个，就是当今天子。你们这些都是副考官，数起来得有数十人。翰林院不可能一力承担下这么大的差事，往年也都会从各个衙门抽调官员。”

唐慎心生怀疑，但他没表现出来，而是感激涕零地说道：“下官一定办好差事！”

徐毖笑道：“那就这样吧。”

等唐慎离开了屋子，不过多时，一个三十岁出头、蓄着胡须的中年男子走进屋。他长相硬挺，俊朗坚毅，见到徐毖后，恭恭敬敬地作揖行礼：“见过先生。”

徐毖朝他示意：“坐下吧。”

余潮生微微弓着腰，后退着走到椅子旁，等坐下后，他才抬起头看向自己的老师。

徐毖道：“宪之，你今岁刚回京，对京中诸事可有什么感受？”

余潮生一一说来：“学生回京一月有余，今日刚到吏部办差，确实觉得与六年前大为不同。远的不说，便说近日的度支司赋改制度，朝中百官相互照应，协力推动，令学生十分钦佩。”接着他话锋一转，“纪党虽说势单力薄，却有纪相一力支撑，独掌大权。王党人才辈出，便是那王子丰，就不可小觑。只是在度支司一事上，学生觉得纪相还是急了。王子丰、唐景则，王党近两年实在风头太盛，纪相贸然重开度支司，若是有祸事发生，恐怕不妥。”

徐毖喝了口茶：“你方才进来时，看到那唐景则了没？”

“看到了，远远瞧见了唐大人，不过他未曾瞧见我。”

“周瑾调任他去担任今岁二月的会试副考官。”

余潮生震惊道：“先生？！”

“定然不是周瑾的主意，应当是傅渭在背后指使。傅渭要将他的学生调去会试，他想做什么，又或者说会试期间会发生些什么……”徐毖长长叹了口气，道：“你也去当今岁的会试副考官吧。既然周瑾表面上用的是我的名义，说是我调任的唐景则，那调一个也是调，调两个也是调，你便随他一起去会试贡院吧。”

“是。”

开平三十年会试，由吏部尚书沈运主考，翰林院周大学士辅任。会试前一日深夜，数十位官员进入盛京贡院，登上明远楼。站在高耸的明远楼俯视下方，唐慎只见数以万计的举人围聚在盛京贡院的门外，等着进入考场。

时辰到，官差开门放人，乌泱泱地人群一拥而上，进入考场。

今年担任会试考官的官员中，唐慎是年纪最小的。唐慎望着贡院中的这些学生，心中百感交集。但他也没感慨多久，余光就瞧见一个身影。唐慎走过去，道：“可是余大人？”

身穿官服的余潮生转过身，与唐慎对视，他作揖道：“唐大人。”

唐慎笑道：“听闻余大人上个月才从瓜州调任回京，不知可适应了北方干燥寒冷的天气？下官是徐相公屋中的中书舍人，曾经听徐相公说起过余大人，一直耳闻，从未见面。今日一见，果然不同凡响。”

唐慎都这么吹了，余潮生自然也来了一波商业互吹：“我也曾听先生说起过唐大人……”

两人互吹完了，各自离开。

唐慎脸上的笑容慢慢敛住，他皱起眉头。

余潮生是徐毖的得意门生，也是开平十八年的榜眼。这么一说恐怕说不清他的身份，但是只要一说开平十八年的状元姓王名溱，字子丰，盛京百官立刻就会想起这么个人。

开平十八年，王溱才学斐然，卓尔不群，被赵辅亲口赐下“状元无双”四个字，以一人之力压住了那一年的同榜三百名进士。余潮生有状元之才，放在其他年份，他未必拿不到一个状元，可他偏偏和王子丰同一年进考，于是被映衬得黯然无光。

考中榜眼后没过几年，余潮生就去了外地做官，直到去岁年底才被赵辅召回京。

如今余潮生在吏部当官，是吏部右侍郎，官居三品。

今年的主考官是吏部尚书沈运，余潮生被调任过来当副考官，极有可能是沈运的意思。但唐慎觉得：为何不是徐毖的意思？

余潮生刚到吏部，且明显是徐毖的人，沈运算是半个陈党，与左丞陈凌海是同窗好友，他没有必要提拔徐毖的人，给余潮生一个机会。

那么，徐毖为什么要将他的学生派到会试？

唐慎握紧手指，脑中百转千回。

他与周瑾周大学士并不相识，周大学士不会平白无故地把他调过来当副考官。这件事应当是翰林院承旨傅渭，也就是自家先生的意思。但傅渭不进朝堂已久，就是个挂着名衔的退休老干部，他确实可以故意提拔自己的学生，让唐慎刚当官三年就当会试副考官，但唐慎知道，傅渭不是这样的人。

所以……是王子丰的主意！

是王子丰特意将他调来了会试，让他在开平三十年的二月无法入朝办差！

师兄啊师兄，王党到底要做什么？

唐慎望着漆黑的天空，恍然觉得，苏温允曾经说过的那场大雨恐怕要来了。

然而如今他身处贡院，哪怕这场雨下得再大，也有一把名为“会试”的伞挡在他的头顶，让他不被风吹雨淋。

正茫然地想着，忽然，唐慎看到几个头上绑着黑色布巾的举人走进贡院，寻找了一会儿后，找到属于自己的号房，钻了进去。唐慎奇怪地多看了这些人几眼，他身旁的官差十分有眼力见，立刻解释道：“大人，这些人是归正人。”

唐慎：“归正人？”

“正是。开平十年，大梁收复被辽人侵占四十年之久的幽州等地。这些州府上生活的梁人因为曾经当过几十年的辽人，所以被称为‘归正人’。圣上有命，归正人进京赶考，需要头绑黑巾，以示不同。”

这官差说到这儿便不再多说，而唐慎也从记忆中找到了“归正人”这三个字。

唐慎在翰林院当官的时候看了许多书，也了解了归正人的身份。这官差只说皇帝命令归正人绑着黑巾，以显示身份，却没说归正人永远不许位列两榜进士，最多是同进士出身，这也就意味着归正人永远没机会成为三品以上的朝廷大官！

不过世事无绝对，唐慎就知道有一个当了二品大官的归正人。不过对方是在沙场上用鲜血活生生杀出来的二品官职，并非考科举考出来的。

归正人……

天还未亮，盛京贡院中，举人们进入号房开始休息，准备考试。

另一边，一匹快马踏过泥泞的官道，从江南广陵府飞驰着跨越山川大地，来到盛京。

次日，早朝还未开始，赵辅眯着眼睛，由宫女太监侍奉着穿上朝服。

季福急匆匆地进入福宁宫，道：“官家，江南来了折子，快马加鞭而来。”

赵辅睁开眼睛：“拿来一看。”

季福双手把折子呈了上去。

半晌后，赵辅怒哼一声，一把将这硬邦邦的折子砸了出去，正巧，坚硬的奏折砸在一个小太监的额头上，顿时鲜血横流。小太监吃痛地“哎哟”一声，倒地不起。季福赶忙使了个眼色，其余几人便把这个不成气候的东西抬了出去。

赵辅先是暴怒，接着他渐渐冷静下来。

天子苍老而平静的面容上看不出任何的情绪。

良久，他伸出手，季福赶紧扶上。

赵辅：“上朝吧。”

季福：“是。”

这一边，盛京贡院的会试到了第二天，明远楼上的考官们分批次地下去休息。而京城的另一边，大梁皇宫紫宸殿中，赵辅冷笑一声，道：“去岁年底，广陵府送上来的赋契与数目不合，朕的好臣子们竟然没一个人告诉朕。都是朕的好官，都是大梁的清官啊！纪翁集，王诠，你们作何解释！”

“砰——”

一本折子被扔在地上，滚得相当巧妙，如同两年前的一幕重演，居然又滚到了户部尚书王溱的脚边。

不过这一次，皇帝要叱骂的不再是他，而是当朝权势最重的两位丞相。

纪翁集和王诠齐齐上前一步，作揖行礼。

赵辅怒道：“看！给朕看看这封折子上写的是什么！”

王溱俯下身，将折子拾起来，先递给左相纪翁集。纪翁集看着折子上的内容，表情变换，又交给右相王诠。

赵辅：“王子丰，给朕念出来，上头写的都是什么！”

紫宸殿中，一些官员望着王溱清俊挺拔的背影，为无辜受牵连的王大人掬了一把同情泪。而王大人拿过奏折，神色不变，声音平缓地念出了上面的内容：“开平三十年，广陵府江都县县丞秦豪，督导本县赋改征收。正月初四，郊外现秦豪尸首，余骨为豺狼啃食，不得其所……”

朝堂之上，百官哗然。

纪相和王相明白了这折子上要写的是什么，齐齐震惊地抬起头，看向皇帝。

皇帝冷声道：“再给朕继续念！”

王溱顿了顿，继续念了下去。

念完一整本折子，王溱俯下腰身，双手捧着这封折子，高举过头顶。季福走下殿台，把这封折子拿了回去。

赵辅的视线在群臣身上绕了一圈，他声音平和，却如暴风雨来前的寂静：“二位爱卿，谁来与朕说说，一个月前发生的事，为何到今日才传到朕的耳中？”

开平三十年，二月十一，大梁皇帝赵辅在朝堂上勃然大怒，直接罢免了户部右侍郎秦嗣和门下参知政事赵靖的职务。这二人是掌管度支司的官员，同时被罢官在家，等待发落，度支司便没了主心骨。

朝堂上，赵辅毫不客气地将左相纪翁集和右相王诠数落一通。而他罢免的两个官员，一个是王党官员，一个是纪党中坚，也大大挫伤了两党的锐气。

次日，赵辅在垂拱殿中，将几位心腹召了进来。

七八位当朝权臣站在垂拱殿中，等着赵辅说话。

赵辅道："朕本以为重开度支司是件好事，是件方便的事，可如今有人告诉朕，朕的度支司从根子里头烂透了。朝廷命官死于非命，曝尸荒野，没人替他说一句话，甚至眼睁睁瞧着他的尸首被野狼啃食！他本是一个县丞，后来做了度支司的官，他因度支司而死，谁来告诉朕，他是如何死的？"

垂拱殿中，鸦雀无声。

江南广陵府底下一个县的县丞死了，一个不入流的七品小官死了，按理说不该引起如此轰动。可他不仅仅是一个芝麻小官，更是朝廷命官，他更与如今处在风口浪尖的度支司息息相关。

赵辅因此发作，合情合理。他想做一个明君，怎能容忍在自己眼皮子底下出现这种事？

刑部尚书耿少云道："应当派人前往江南，为圣上分忧，查明真相，还死者清白。"

赵辅："派谁去？"

耿少云思索片刻，说了几个名字，他将刑部左侍郎派了过去，又安插了几个大理寺的官。这样的队伍合情合理。一般出了这种事，都会由刑部和大理寺同时监管，调查真相，也可以互相监督。

左相纪翁集上前一步，道："此事与度支司有关，当再派一名户部的官。"

王诠看了纪翁集一眼，默不作声。

此时，户部尚书王溱上前一步，道："户部金部郎中刘思极可去。"

如此，派去江南的钦差官就这么定下了。

过了几日，这些官员都收到上头的指令，收拾东西准备去江南时，赵辅站在登仙台的高楼上远眺整个盛京城。入了夜，楼上风大，大太监季福拿着一件貂裘斗篷，小心翼翼地披在赵辅的肩上。

"官家，可别凉着了。"

赵辅远望漆黑一片的皇城，他皱了皱眉，道："你可觉得，少了些什么？"

季福看着被月色笼罩的盛京，他眼珠转了转，问道："官家是觉得，少了什么？"

"他们几个人去广陵府，再加上一个刘思极，还当再派一个去，才是妥当。"赵辅思索片刻，恍然道，"唐景则哪儿去了？"

季福心中暗骂，赵辅这皇帝做得也太过分了，看着黑漆漆的盛京城，想的却是十万八千里的东西！他哪里知道赵辅说的是江南钦差的事，还以为他说少了什么，是盛京城少了什么呢！别人是伴君如伴虎，他季福倒了血霉，这是伴君如伴阎王爷！

季福挤出笑容："陛下既然想唐大人了，明日将唐大人唤来垂拱殿，不就好了？"

赵辅点了点头。

第二日，赵辅真派人去勤政殿找唐慎，然而派去的太监回来后竟然告诉他："回圣上的话，唐大人正在盛京贡院做本次会试的副考官。”

赵辅一愣。

过了片刻，他对身旁的季福道：“唐景则不是三年前才中的探花，如今都当副考官了？”

赵辅派人去打听了下情况，这才知道是徐毖把唐慎派去了会试考场。但这种事岂能瞒过皇帝？再让手下探听了虚实，赵辅便知道其实是翰林院的周瑾周大学士把唐慎调走的。

“周瑾那老东西可不是干这种零碎琐事的人，此事定然是傅希如的主意。好你个傅希如，你学生才当官三年，你就如此迫不及待地让他做这等大事，提拔他？”嘴上这么说，赵辅却笑了。

傅渭整日在家浇花逗鸟，一副不理世事的模样，如今突然为学生开后门，把唐慎塞进会试考场“镀金”，这反而让赵辅更安心了。

“你傅渭也不是真的没有一点私心啊！”

唐慎既然正在盛京贡院，没法出来，赵辅就打消了把他扔到江南去的主意。

唐慎站在明远楼上，还不知道自己差点又被皇帝扔进刀山火海。

二月十九，会试三场全部结束。

举人考生们纷纷离开贡院，但考官们却还没有开始批卷。前三天，数千名秀才把考卷誊抄一份，糊名后送到批卷的堂屋里，唐慎等人又开始批阅考卷。等到二月底，一万多份考卷才被批阅完。

由吏部尚书沈运点出本次会试的前三名，考官们才真正卸下了责任。

而这时，一场席卷整个盛京的暴风雨也正式展现在这些考官的面前。

去江南的钦差早就出发了，度支司的几个官员也被皇帝罢免了官职，暂时拘在自家府中，等候发落。唐慎听说了这些事，回到家中略微修正，他便来到尚书府，见到了王溱。

唐慎来的时候，王溱正在用晚饭。

见到他，王溱道：“再添一双碗筷。”

管家：“是。”

唐慎坐了下来。

其实唐慎也没吃晚饭，但他此刻心中有许多问题，并没有心思吃这些东西。他望着这满桌的菜，没动一筷子。

王溱瞧了他一眼，轻轻笑了：“既然不动筷子，定然是没有喜欢吃的菜，来人，让厨房再做一道蟹粉狮子头、一道鸡汁煮干丝、一道文思豆腐。”他看向唐慎，“小师弟可喜欢？”

唐慎哑口无言。

蟹粉狮子头、鸡汁煮干丝、文思豆腐……

三样都是赫赫有名的广陵菜！

得，王子丰早就知道自己的来意。

唐慎郁闷地拿起筷子，迅速吃完。用完饭，两人用茶水洗了手，来到书房。

王溱拂袖沏茶，道："小师弟有什么想说的，便直接说吧。"

唐慎定了定神，开口道："广陵一事，师兄早就知晓？"

第一个问题就让王子丰失笑，他望着唐慎的眼睛："在你心中，我便是这种为达目的不择手段的人？"

唐慎愣住，他立即解释："师兄误会了，我并非说那江都县丞的死与师兄有关，而是想问师兄是什么时候知道这件事的？"

王溱自然知道唐慎并非怀疑他，望着唐慎焦急关切的目光，他给出了一个答案："上月廿九。"

正月廿九！

也就是说，广陵府的江都县丞死于正月上旬，半个月后王溱就知道了这件事。而皇帝却是整整一个多月后才收到消息。

果然，这一切都在王党的计划中！

得知这个答案，唐慎之前怀疑的很多事便也有了结论。他道："我早早便猜想过，王相公提出赋改二十三条，表面上是为了改革赋税制度，其实是在给'以纸代币'出一个现行的遮蔽伞，悄悄地将'以纸代币'施行出去。只不过左相定然不会任其发展，所以便重开了度支司，决定插一手。"

王溱倒了一杯茶，悠然地品了一口，静静地望着唐慎："继续。"

"左相想分一杯羹，王相自然不肯，但左相毕竟掌管朝堂大权，做这样的事不好绕开他，所以去年师兄在朝堂上当众同意了左相的建议，重开度支司，分了户部的权。若谨慎行事，便难以被抓住把柄；若忍耐不住，提前而动，才能不小心暴露了缺漏。左相重开度支司，确实分了户部的权，但也锋芒毕露，有机会被抓住把柄。"

王溱凝视着唐慎，看得唐慎心里发毛。

"师兄这样看我作甚？"

王溱："度支司重开至今，已有半年，小师弟一直有所关注？"

唐慎："是。"

"为何关注？"

唐慎想了想，道："我毕竟算是王党中人，和师兄站在一条船上，这样大的事我怎能不关心？况且我一直相信师兄，去年夏天我与师兄说了蜀地出现以纸代币的现象，师兄绝对不会把这件事搁置一边，你一定想到了什么，做了什么。"

这一字一句，充满了信任，甚至夹杂了一丝连唐慎自己都没发现的钦佩和敬仰。

他在毫无保留地赞美王溱。

这并非溜须拍马，而是他真的认为王溱有如此大的能力。

这些话说进了王子丰的心中，让他唇边的笑意更加灿烂。

唐慎将自己这段时间的推测都说了出来，王溱似有似无地给出了一些肯定。虽说没完全把王党的谋划都交代出去，但唐慎感觉自己已经快要拨开云雾，看清藏在背后的真相。

然而说到现在，最为关键的事，王溱却没说。

唐慎问道：“杀死那位县丞的……究竟是谁？”

王溱打开存放茶叶的茶盒，用手指捻了一些茶叶出来。他将捻出来的茶叶分成三堆，第一堆数量最多，铺成一片，平平的；第二堆虽然少了点，但堆起来，比前一堆高了许多；而第三堆数量上而言是最少的，可它们拥挤地堆在一起，高度极高。

王溱指着这三堆茶叶，道：“以茶叶作为人，以高度作为他们所拥有的财富，小师弟觉得，可还形象？”

唐慎立马明白王溱的意思，他点点头。

“自先帝以来，大梁便一直钱荒，缺少青铜白银黄金，缺少能铸造钱财的材料。大梁地域宽广，地大物博，虽说商贸着实繁荣，对钱币数量的要求极高，但也不至于就少了铸造钱币的矿藏，可就是不够，就是钱荒。小师弟可曾想过，这是为何？”

唐慎哪里明白！

“为何？”

“因为，他们藏起了太多的东西！”王溱手指一点，如同钦点江山，狠狠地将第三堆茶叶戳穿，落满一地。

王溱：“便以琅琊王氏为例，世家大族，传承百年，家底丰厚，百年下来，他们藏了太多钱币，藏而不用，便物以稀为贵，这是造成钱荒的原因之一。大梁律例，一千文为一吊，一吊钱可换一两白银，十两白银即为一两黄金。可这是律例，你若真拿了一万文钱去换一两黄金，那绝对换不出来，非得再添一千文，才有人愿意去换！黄金最贵，白银次之，最次为铜钱。琅琊王氏，百年前便有藏宝屋一座，内藏多少黄金，唯有每代家主知晓！”

唐慎这才恍然大悟。

按照正常的规定，一千文钱可以换一两白银，但那是规定，别人有白银，他不乐意和你换，那你就换不到！

黄金最值钱，难以贬值，白银其次。

世家大族，名家豪门，藏起了太多的钱，他们不用，便让这些钱越来越贵！

王溱话锋一转，目光冰冷地看向桌上被戳散的第三堆茶叶：“那江都县丞死于何人之手，我并不知晓，但他定然死于这群人之手。以纸代币，是在剥削这群人的利益，为大梁万利，为这些人却万万不利。

“所以小师弟，你如今知道，他为何而死了吗？”

自古改革，向来是阶级斗争。

唐慎心里清楚，他长叹一声：“师兄解疑后，我清楚了。”

王溱笑了：“只要想以纸代币，便一定会出现这样难以解决的纷争。既然左相愿意身先士卒，重开度支司，那便随他去吧。左相大义，高洁无私，愿以身与那些奢靡浪费、钟鸣鼎食的世家大族相抗，真是令我等崇尚感叹，力不能及啊！”

唐慎一开始差点被王子丰的话逗笑，但随即他就想到——

等等，你一个琅琊王氏的嫡系公子，带头去反世家，还拿琅琊王氏举例……这样真的没问题吗？

唐慎的眼神太过直白，王溱瞧自家小师弟竟然压根儿没一点含蓄的意思，就差把“师兄你这么造你自己的反真的没问题吗”这话顶在头上了。王溱忍不住轻笑一声，悠然道：“琅琊王氏从来不是不懂变通之辈。王谢二氏，谢家显露颓势，王氏如日中天，小师弟，可曾想过为何？”

唐慎沉思半晌，倏然长叹：“流水不腐，户枢不蠹。”

王溱凝视着他，目光更亮了几分。

唐慎辞别王溱，离开尚书府。

流水不腐，户枢不蠹……动也！

王子丰以琅琊王氏为例，但他只是说琅琊王氏是世家大族中的代表，却从没说过琅琊王氏是害人的刽子手。王氏成家数百年，自有名声起，在煌煌华夏大地上便是第一大族。早时还没有科举制，那时的社会等级固化更严重，到后来，科举制出现，世家的利益被一步步剥夺，于是诸多世家衰败落寞，王氏却依旧屹立至今。

因为王氏改变了自己，适应这个世界！

如果换成其他世家子弟，他们面对“以纸代币”的改革，深知这件事会大大有损自己的利益，他们会如何去做？他们会隐瞒，会故意排斥，但无论是王溱，还是右相王诠，他们选择的都是大力推动。

琅琊子弟，不仅仅为世家做官，更为这个世道而做官。

唐慎想：广陵府的世家势力远不如金陵府，可县丞之死出现在广陵，不在金陵……这便是王家的态度吧！

二月中旬，钦差使团前往江南广陵府，调查度支司案件。

三月末，刑部右侍郎曹会寻写了封折子，命人快马加鞭送往盛京。赵辅看完这封折子后勃然大怒，命户部尚书王溱与刑部尚书耿少云前往广陵府，督办度支司一案。当日傍晚，两位二品尚书就带着亲信前往广陵。

勤政殿中，如同往日，并无太大变化，只是赋改的事渐渐被耽搁下来。

赋改二十三条就相当于一个想法，一个思想，度支司是执行它的利器，如今度支司被皇帝罢免，赵靖和秦嗣都被关在家中听候发落，度支司没了人，赋改二十三条也被耽搁了。

谁都知道这项赋改是个好东西，绝无问题，可谁都没法实现它。

四月，幽州一带，辽君犯禁，与梁军发生一些摩擦。

征西元帅李景德大败敌军，捷报在第三日就八百里加急，送到盛京，皇帝看后龙颜大悦，一连说了三个“好”字，决定犒赏三军。等过了几日，详细的军情才被送入勤政殿。唐慎翻阅这些厚厚的军情折子，他看了许久，忽然心中一动。

两日后，唐慎写了封折子，悄悄地递了出去。

不过多时，一个官差在送汤饭时给唐慎递了张字条，唐慎看完上面内容，默默将纸条藏入袖中，等到无人的时候偷偷烧了。晚上下了衙，唐慎走出皇宫，这一次他没有一路向东回家，而是来到了正阳门大街。

正阳门大街上，两侧商铺林立，路上行人匆匆。

唐慎径直地来到细霞楼，这本就是唐家的产业，唐慎从侧门悄悄进去，有人专门替他打掩护。他来到二楼的雅间，推开门后，唐慎立即行了一礼，道："下官唐慎，见过王相公。"

只见宽敞整洁的屋子内，坐在上座之人正是当朝右相王诠！

王诠年逾五十，已两鬓花白。他蓄了极长的胡子，身形清癯，俨然一副两袖清风的文臣形象。王诠与王溱长得并不相似，但二人举手投足间都有种难以模仿的世家子弟风范。此刻王诠端坐在堂屋中，他看着态度恭敬的唐慎，笑道："都是自家人，便过来吧。"

"是。"

这是唐慎第一次与右相正式接触。

在这朝堂上有诸多派系，百官派系并没有必然的敌党，每个间都有一些似有似无的联系。唐慎之所以算是半个王党，是因为他和王溱是一党人，但他不能算是右相一派的人。

王诠和王溱是亲叔侄，但两人各自为政。

比起王党身份，王溱更像一个皇党，他所忠心的、效力的，只是皇帝一个人，他是赵辅的心腹。

因为王溱是个皇党，唐慎与他一派，自然也被归于皇党派系。当然，这个派系也十分复杂。苏温允是皇党中人，可苏温允和王子丰向来不大对付，他与唐慎也不大对付。

赵辅权衡百官的帝王之道，复杂从深。他用了三十年时间摆出了这样一副朝堂政局，寻常人看，根本看不出什么东西，但细细品究，却令人头皮发麻。

雅间内，桌上摆着一锅热气腾腾的拨霞供，但王诠却没有动筷子的意思。

二人坐在一旁，王诠道："为何将那封折子给我？"

唐慎默了默，道："师兄不在，我唯一能想到的，便是给王相公。"

王诠笑了："你对子丰倒是无比信任。"

唐慎没吭声，他心道：我信任王子丰不错，但我不信任你，只是权衡之后，选择将这封折子给你。

正如王子丰所说，谢家早已衰败，王氏依旧鼎盛。他相信王氏子弟，所以他将这封折子给了王诠。

王诠定定望着唐慎，仿佛要从他脸上看出一朵花来。许久，这位当朝权臣笑出了声，起身道："听傅希如说过，他虽是你的先生，却从未教过你一天课，将你托付给了子丰。如今看来，是青出于蓝而胜于蓝了。"

唐慎这下真的有点惶恐："王相公过誉了。"

竟然说他比王子丰强，唐慎还是有点心虚的。他家师兄脾气古怪，唐慎至今没摸清楚王溱的心思，万一王子丰听说了王诠夸唐慎胜过自己，嫉妒生气了，那可怎么办？

王诠笑道：“今日便到此吧。”

话毕，王诠起身离开。

桌上的拨霞供压根儿没动过一筷子，等王诠走了，唐慎才松了口气，叫来陆掌柜和唐璜一起吃火锅。

唐璜见到这一大桌的菜都没吃，惊讶地道：“这可是咱们精心挑选的最新鲜的菜，哥，你们怎么一口没吃？可好吃了！”

唐慎调侃道：“你心里就想着吃。”

唐璜撇撇嘴，理直气壮：“民以食为天！”

唐慎感慨道：“民以食为天？这话说得真好啊。”

王者以民为天，而民以食为天。

唐璜哪里知道，刚才待在这间屋子里的是当朝右相王诠！她又哪里知道，刚刚在这屋子里讨论的，便是真正的让更多百姓能吃上饭的事情！

第三十六章

大寿

王诠是如何操作的，唐慎并不知道。

开平三十年，西北大捷，辽人的锐气被狠狠挫伤，赵辅大喜，犒赏三军。户部左侍郎徐令厚进谏，说寻常犒赏军兵，旅途多损耗，往往见效不佳。如今户部尚书王溱不在盛京，户部右侍郎秦嗣又被软禁，徐令厚便主动提出在西北设立银引司，专管军兵一事。

赵辅应允。

等到五月，王溱等人回京，广陵府的度支司一案正式了结，大理寺抓了一些官，刑部也抓了一些人。

赵辅痛心疾首地说道："太祖废除三司，尔等真以为仅仅是为了削减相权？"

开平皇帝向来是个喜欢暗示的皇帝，从没说过这么直白的话。他如今这么说，垂拱殿中，权臣们齐刷刷作揖行礼。要不是大梁的官员不用跪皇帝，不用怀疑，现在应该是跪了一地。

赵辅叹气道："众卿不明白太祖的良苦用心啊！"

五月，赵辅废除了度支司，这个刚刚被重立不到一年的部门就这样被轻易废除了。

中书参知政事赵靖因督管不力，被贬谪到湖西，任秦州四品府尹，户部右侍郎秦嗣也因监察不力，被贬谪到柳州。二人接到圣旨后，皆没有机会再次面圣。

赵靖和秦嗣接了圣旨，两人都茫然地看着天空。

次日，赵靖来到左相府，拜见了自己的老师。

左相纪翁集出身寒门，他现在虽然贵为左相，可那是真正的两袖清风。他接待了自己的得意门生，桌上摆的菜是左相夫人亲手做的，菜是野菜，也只有两荤两素。

赵靖见到左相，两眼含泪，直接跪下："学生对不住先生！"

纪翁集虚扶住他，没让他真的两膝跪地。纪翁集道："伯安哪里对不住为师了？先来吃菜吧，莫要哭哭啼啼的，虽说这只是些野菜，但你去了秦州，或许连这些野菜都吃不到了。"

秦州自古乃荒凉之地，赵靖这一去，也不知道猴年马月才能回来。

赵靖哪里吃得下饭，他哽咽着："学生做事不力，还连累先生，被陛下当庭斥责。"

纪翁集笑道："不是你做事不力，是我想错了。我本以为王诠推动赋改一事，为的是他世家大族的利益，于是横插一手，重开了度支司。如今一年过去，再回首相望，是我小瞧了他王德占，我狭隘了，此事上，我不如他的气度！"

赵靖不解道："先生？"

"王诠要做的事，这些月来我渐渐有些看懂了，他若真的做成了，那是件好事，是件大事。如今他再在西北设立银引司，我大致明白他的意思，却再也没有能力插一手了。"

赵靖自责道："是学生没有办好事。"

纪翁集："塞翁失马，焉知非福？"

赵靖茫然不解。

纪翁集吃了口菜，筷子虚浮着指向北方，那是大梁皇宫的方向。"你瞧如今，老夫最得意的门生被贬谪去了秦州，左相一派势头大减，皇帝终于该安心了吧？"

赵靖想了许久，将过去这一年的所见所闻都细细回忆了一遍。

赵靖骤然浑身一凉，接着是一腔热血从胸中喷涌而出。他是纪翁集的得意门生，自然不蠢，如今也真的明白了。

赵靖起身作揖："先生大义，学生明白了！"

纪翁集悠然一笑："吃菜！"

与其他丞相府邸相比，左相府真算得上寒酸。

用过饭后，师生二人用湿布擦净了手，来到纪翁集的书斋。

门刚一开，陈旧的纸墨气息扑面而来，纪翁集进去书斋，取了几本书，递给赵靖，赵靖双手接过这些书。

纪翁集："秦州道路崎岖，层峦叠嶂，再相见也不知何年。你在那儿多读些书，待以后回京时，与为师再说说。"

赵靖："学生知道了。"

送了一些书，师生二人就此告别。

赵靖深深作揖，双手高举："愿与先生，再会盛京。"

纪翁集笑道："去吧。"

赵靖转身离开，再没回头。

当日下午，一辆轻便的马车携着几箱子书离开了盛京，到了傍晚，户部右侍郎府门口，几辆马车也装载着衣装行囊出了城，往城外走了大约十里路，到了十里亭旁，户部右侍郎秦嗣掀开车帘，双眼一亮，命令车夫停车。

马车停下了，穿着便装的秦嗣快步走到十里亭，行礼道："罪官秦嗣，见过尚书大人。"

只见黄沙漫天，悠悠古道上的这座小巧简陋的亭子里，等候秦嗣已久的人正是王溱。

王溱上下望了望，语气温和："秦大人清减许多。"

秦嗣心里发苦。

自年初广陵府出了事，他就被皇帝软禁在府中，到现在已经快有半年，再好的人也会日渐消瘦，愁绪绵延。秦嗣道："罪官有愧于尚书大人，未曾办好度支司和户部的差事。"

王溱诧异道："你没有办好吗？"

"大人？"

"每逢晴天朗空前，总是会见乌云蔽日，大雨滂沱，然雨后天霁，日头总是会比雨前更加的好，难道秦大人不是这般以为的？"

秦嗣神色复杂，最后长叹一声，道："是。"

王溱笑而不语。

王诠以赋改二十三条为幌子，想要暗中推行"以纸代币"，瞒住世家大族的耳目，然而失败了，这条路被堵死了。去走这条路的人，无论是赵靖还是秦嗣，都被牵连，贬谪到异地。

度支司的事办好了是天大的好事，这点秦嗣知道，但好事背后总是夹杂风险，他知道他是在为王诠、为王溱做事，只是在这一次的两党纷争中，他与赵靖都失败了，如今是两败俱伤。但秦嗣心中还抱有希望，所以在城外送客的十里亭处，他饱含期待地往外一看。

果然，他看到了王溱！

秦嗣默不作声，他在等，等王溱给他一个交代。

而王溱也没有让他失望。

"听闻于德最喜欢吃采祁斋的点心，采祁斋只在盛京有店，在外别无分号，若是再不能吃到，岂不抱憾终身？"

秦嗣双眼发亮："大人……"

王溱笑道："既然喜欢，那便多吃一些吧。"

夕阳西下，皓月东升。

王溱与小厮站在十里亭中，目送三辆马车载着一个秦于德离开了盛京。秦嗣坐在马车中，手里拿着王溱送他的采祁斋点心，他打开匣子吃了一个，秦夫人惊讶道："夫君不是向来不喜欢吃这些面点甜食？"

秦嗣放声大笑："夫人此言差矣，从今往后，我秦于德就喜欢吃了！"

两党相争，各有得失，但度支司经此一役后，是真的再没了重开的可能。

赵辅曾经在垂拱殿中斥责当朝权臣，质问他们真的以为太祖废除三司，只是为了削弱相权，巩固王权？在场所有高官鸦雀无声，没人回答他的话，当时在场的除了皇帝和一二品的大官外，还有一个起居郎、一个起居舍人。

只可惜这二人生性愚钝，虽说一腔忠心，但面对这种事，向来闭上耳朵，不敢听不敢想。

这话在许久后，被王溱当作玩笑话说与唐慎听。

唐慎差点笑出声。

太祖？太祖就是一个莽夫！从战场上夺得江山的粗人将军！

太祖废除三司除了削弱相权，还能干吗？难道他还能想出更多的弯弯绕绕？

赵辅借用太祖这张虎皮，堵住了四位相公的嘴，让他们再也不敢提重开三司的事。度支司一事过后，只见纪党、王党纷纷有损，唯有赵辅一人，稳坐钓鱼台，看着自己的这堆臣子争相夺利。

但真的只有皇帝一人得利？

赵靖被贬，纪翁集在朝中失去一大助力，赵辅却对他更加放心。

秦嗣被贬，王溱少了一个得力部下，赵辅新任用的户部右侍郎是左丞陈凌海的人，可除此以外，王溱没有在其中受到任何牵连，赵辅反而将银引司的事全权交托给他，对他更加器重。

西北新设立的银引司，主要管的是军饷、军粮的事。

四月，唐慎私下给王诠递了折子。没过几日，王诠就写了一封奏折，送到皇帝面前。赵辅原本都对“以纸代币”的事灰心丧气了，这几日他心情一直不大好。

赵辅今年已过六十，自继位三十年来，做过许多大事，比如开平十年，他与辽国开战，两国签订和平协约；比如开平十七年，他辅派人治理黄河，大大降低了水患风险。再说近的，前两年赵辅派人去修三条通往北方的官道，这件事放到百年后，也是一件大事。

作为一个明君，赵辅觉得自己已经可以名垂千古。

但若是做成了“以纸代币”的大事，他更能成为悠悠千载以来名声最盛的帝王之一。

然而王诠给他画了个大饼，说什么以赋改二十三条为遮掩，施行“以纸代币”，结果呢？纪翁集加上王诠，两个当朝宰相都没能做成这件事！如今王诠又跟他说，皇上咱们不从赋改走，咱们从西北军饷上走，用西北战况为幌子，偷偷地再施行“以纸代币”的大事！

赵辅虽然还有怀疑，但是他允许了。

银引司表面上是掌管三军军饷的部门，但当三条官道建成后，身处西北的银引司俨然就成了一个后世的银行！军官们将朝廷发下来的东西存在银引司，若是要用，可以凭借契据去换取。但随着时间的推移，银引司将一步步地发行各种“纸币”，不需要特意去换取，在西北诸州，直接用这些契据买卖交易，银引司“认纸不认人”！

这就是唐慎给王诠送上的瞒天过海计。

西北是大梁与辽国交界的地方，常年战乱不休，世家大族的手根本无法伸到这里，而这里也是“以纸代币”政策最好的试验田。当所有前期准备都准备完善了，再将它推广到全国，一定会事半功倍，世家大族也再无还手的余地。

只是这件事注定要耗费多年，非一朝一夕可以成就，所以赵辅把这件事交给了年富力强的王溱，没有交给王诠。

而朝堂上，当银引司正式步入正轨，群臣虽说疑惑，但也不知道它究竟是干什么的。

纪翁集默然应允，任凭银引司运作。

酷热盛夏时，唐慎将看完的折子送给右丞徐毖，等徐毖看完后，他正要回屋，只听徐毖笑道：“唐大人，今日朝廷公务繁忙，你要看的折子可比以往更多了。”

唐慎顿住脚步，回身道：“下官遵命。”

唐慎回到自己的屋子后，官差果然又扛了一箱奏折送到他的桌上，唐慎翻开一看，不仅仅有西北军务的折子，去年徐毖不再让他看的地方奏折如今也都回来了。唐慎沉默地看着这些折子，闭上眼仔细思索，思索徐毖到底在这一年多的布局中做了什么。

最后他哑然失笑。

徐毖什么都没有做！

纪党被贬谪，王党各有得失。陈凌海的人顶替秦嗣做了户部右侍郎，而他徐毖什么都没得到，但也什么都没失去！他依旧是皇帝心中那个根本不存在的人，一个毫无存在感的右丞，一个几乎没有任何威胁的当朝权臣。

另一边，吏部右侍郎余潮生走进徐毖的堂屋，作揖道：“见过先生。”

徐毖朝他笑笑：“宪之，你与那唐景则倒是凑巧，每次他刚走，你便会来。”

余潮生惊讶道：“唐大人来过？”

徐毖道：“坐吧。”

师生二人相对而坐，两人说了一些学问上的事，又说起余潮生的家人。余潮生回盛京半年，他的夫人前几日生了一个孩子，今日余潮生来，就是想请老师为自己的孩子取名。

徐毖道：“你成亲十余载，终于有了子嗣，也令为师放下了一段心事。不像那王子丰，至今未曾婚配。”顿了顿，他又道，“不过塞翁失马焉知非福，圣上如此重用他，未尝没有他孑然一身的原因。”顿了顿，徐毖接着道，“不说他了。这是你的第一个孩子，是要起个好名字。伐柯如何，匪斧不克，就叫作余柯如何？”

“谢先生赐名。”

两人又说了会儿，徐毖喝了口茶，意味深长地说道：“去岁王诠上奏，要进行赋改二十三条，老夫随即将那唐景则调去看西北的折子，不再让他看地方公务，谁承想今岁王诠又提出在西北设立银引司。银引司，西北……这个唐景则，真是个有趣的人啊。”

开平三十年，七月廿三，西北，燕州城外三十里处。

西北的夏夜如同烧刀子，空气干燥无比，狂风吹过，非但没有降低热气，反而火辣辣地刺在脸上。三十多个身穿夜行衣的年轻将士匍匐在一座小山丘后，悄悄地观察前方。

人群的最中央是一个皮肤黝黑、身材高大的俊朗将军，他双目明亮，炯炯有神的目光凝视在山丘下的崎岖小道上，月光照进这双赤诚狂热的眼中，竟有些被灼伤的意味。

“嗒嗒——”

马匹和车辆的声音从远方传来。

一刻钟后，一队辽人打扮的商队从山丘下驶过，当他们走到两颗大石中央时，为首的辽国商人猛然掉入陷阱，马队一阵慌乱。

“有埋伏，有埋伏！”辽人大喊起来，说的满口蛮语。

山丘之上，一柄雪亮的雁翎枪银锋一闪。李景德怒喝一声：“飞龙军何在？”

月夜中，三十多名将士齐声震天：“在此！”

“随本将军冲！”

“是！”

这群伪装辽商的辽国将兵听到撼天动地的呐喊声吓得心神俱损，往山丘上一看，原来竟只有几十人！这几十人喊出了成百上千人的气势，辽国将兵愤怒地骂了几句，从车马中拔出砍刀，也冲了上去。

皎洁月夜，兵刃刺入皮肉，血花纷飞。

雁翎枪上，白缨染血。

厮杀许久后，梁军俘虏了几个辽国将兵，收缴了一马队的军饷粮草。

士兵押着一个辽人，将他带到李景德面前。“将军，为首的辽国将士已经死了，这家伙好像是俘虏里官最大的，他不是辽兵，是个文官，刚才几个辽兵想护送他走，被咱们抓到了。”

李景德用袖子擦了擦脸上的血：“还是个大官啊？”

这辽官居然会说大梁官话，他啐了一口：“李景德，你这个牲畜，明日我辽军兵临你幽州城，把你的头砍下来挂在城门上！”

下一刻，一柄银枪穿透这辽官的胸口。辽官不敢置信地看着他，至死都不明白怎么会有人杀俘虏，还是他这么一个一看就很有用的俘虏。

“老子不说话，真当老子不发火了？”

梁兵无奈道：“将军！”

“走走走，把东西运回去，回去跟大元帅要好东西。”

九月，通往幽州、刺州的两条官道修建完成。

工部尚书袁穆和工部右侍郎苏温允一同回京，禀明圣上，皇帝龙颜大悦，大赏众臣。其实刺州官道早就该修好，只是因为出了荆河桥塌一事，往后谁再修这条路，都不敢偷工减料，更是精益求精，才慢慢地修到了现在。

苏温允回京后，身兼工部右侍郎和大理寺少卿双职，一时间风头无两，成了盛京的当红人物。

北直隶的苏家乃是大梁一大旺族，只是苏家大多出武将，文官上苏温允就是最大的官了。

苏温允回京后，也要到勤政殿办差。

唐慎不可避免地与对方见了几面，只是苏大人贵人多忘事，哪里还会再注意一个唐慎。两人再无交集，唐慎也乐得清闲。

大理寺少卿是掌管天下案犯的官员，谁都不想得罪苏温允。

朝堂上，王溱执掌银引司，大权在握，唐慎身为王溱的师弟，也水涨船高，更得赵辅器重，但唐慎毕竟是徐毖手下的中书舍人。

这一日，有太监来勤政殿传话，说临近皇帝寿辰，太后那边通知礼部，要办好今岁的“万寿节”。

礼部尚书孟阆接了谕令，整个朝廷开始忙碌起来。

唐慎身为中书舍人，按照徐毖的指令，着手督查地方官员献上来的贺寿奏折和贺礼。皇帝的寿礼可不同普通人家的生日礼物，各地官员无论品阶大小，都要送礼贺寿，这些礼物讲究的是“精、珍、奇”三个字，如何“精”已经让各地官员伤透了脑筋，更不用说还得“珍”和“奇”。

一时间，唐慎收到了无数奏折，百官把贺寿折子写得花团锦簇，再一看他们送的礼，那叫一个寒酸。

左丞陈凌海也负责今年“万寿节”的差事，唐慎免不得和对方有了交集。

陈凌海将唐慎喊到堂屋，问道：“今岁各地官员的贺礼如何了？”

唐慎为这些官员打马虎眼：“回陈相公的话，湖西、江南、南北直隶、西北等地的官员已经将折子和贺礼一同送上，其他地方的大人们也大多送完了折子，只是这些地方距离盛京路途遥远，寿礼还在路上，暂时未到。”

“年年万寿节，每年如何，本官还是知晓的。”

言下之意：许多穷乡僻壤的地方官能送出什么东西，别瞒着了，大家心里都清楚。

唐慎一听，苦笑道：“下官还在督查此事。”

陈凌海：“倒也不用太过在意，陛下每日宵衣旰食，忙于政务，圣听广布天下，却也总有未曾布及的地方，那些寿礼入了库房便好，陛下怎能不知地方官员的苦恼与辛劳，也从未过多苛责。”

听了这话，唐慎立刻行礼：“下官多谢相公提点。”

陈凌海笑了，抚弄胡须：“你头一年为万寿节办差，有些门路不清楚，说一说而已，并无妨。说来老夫与你家先生也是故交，先帝还在位时，我与傅希如同为天下四儒之一，如今回想起来，当年岁月还是历历在目。”

唐慎不动声色地垂了双眼，道：“也曾听家师说起过陈相公，先生说陈相公最擅长画花鸟，群芳争艳间，只见一只栩栩如生的黄鹂鸟在百花中缠绕，令人赞叹不已。”

等离开陈凌海的堂屋，唐慎回到自己的屋子内，眼珠微微转了转，但没表现出异常，依旧开始督查外地官员送来的贺礼清单。

三十多年前，有四位德高望重的大儒被天下人尊称为“天下四儒”，这四人分别是钟泰生、梁博文、傅希如和陈维止。

陈凌海，字维止，取自《诗经·玄鸟》：“邦畿千里，维民所止，肇域彼四海。”

四人中，钟泰生以惊世大学问显著，为天下人敬仰；梁博文以博览群书闻名，曾被称为大梁的“立地书橱”；傅希如善书法；陈维止善作画。当时这四人也是朝堂上最出彩的一批权臣，只可惜钟泰生和梁博文身为松清党人，逼宫失败后，被赵辅厌恶，所以数十年下来，只有傅希如和陈凌海得以保全。

唐慎对陈凌海有些上心，主要因为徐慧在整理梁诵的遗物时发现一封陈凌海写给梁诵的密信。信中，陈凌海劝自己的这位好友莫要再想着救出天牢中的钟巍，皇帝不可能让钟巍活者离开天牢。皇帝不想做的事，哪怕梁诵写再多折子、疏通再多关系，也绝无可能实现。

松清党被赵辅一手覆灭后，盛京的权臣中，只有傅渭和陈凌海对梁诵施以过援手。

唐慎叹了口气。君子有所为，有所不为。

梁诵难道不懂吗？

明知不可为而为之，是因这是梁诵和一众大儒心中的信念，是他们的正道！

十月，翰林院开始重修《梁臣史》，傅渭对此非常感兴趣，每日都去翰林院办差，渐渐忙了起来。

到了初六，唐慎双手空空地来到尚书府。王溱的管家见到唐慎竟然没有拿任何礼物，惊讶了好一会儿，又往他身后看了看。

管家道：“唐小公子是一个人来的？”没见着带马车来啊！

在王溱的府邸中，管家和仆人向来不会称呼主子为大人，而是会叫公子。

唐慎苦笑道：“没带。”

管家默了默，带唐慎进了府。

王溱见到唐慎没带任何东西来，也是挑了挑眉，朝唐慎的身后看了一眼。

唐慎咳嗽一声：“师兄别看了，今日我来，没带任何礼物。”

王溱对管家道：“将今岁的皇历拿来。”

管家立刻去找了份皇历来，王溱翻找了许久，指着上面“十月初六”这几个字，对唐慎道：“莫非是我记错了，小师弟，十月初六不是我的生辰？”

唐慎：“是师兄的生辰。”

王溱：“那定然是这皇历有错，每年元日，都由钦天监算好当岁皇历，公告天下。没想到钦天监的李大人竟然会犯这等错误，明日早朝见到他时，我定要与他说上一番。”

唐慎：“……”

王子丰你这拐弯抹角怪人没给你送礼物的本事可以啊！

管家拿着皇历退出了屋子，唐慎也来了脾气。他与王子丰相识四年，马屁拍了一堆，老虎屁股也大概摸得差不多了，唐慎轻哼一声，道：“谁说我没给师兄准备礼物？”

王子丰笑了：“那在哪儿呢？”

唐慎："拿纸笔来，我要为师兄作画！"

十六岁就高中探花，唐慎在学问上绝没有问题，是正儿八经的进士及第，但是在琴棋书画上，他就荒废太多，根本拿不出手。唐慎居然说要作画，王溱立刻吩咐书童去准备笔墨纸砚，等着看唐慎怎么给自己画画。

研墨蘸汁后，唐慎望着王溱，开始画了起来。

起初唐慎只是赌了气才决定当场作画，但画着画着他就入了神。

半个时辰后，唐慎收起最后一笔，王溱走上前，端详片刻后，抬头看他："私下练了多久？"

唐慎无奈道："被师兄发现了！今年师兄的生辰，我实在不知道能送什么礼物，思前想后，便想为师兄画一张画。我不精通画技，每日下衙回家后都要画上两幅，画了半个月……才有如今水平。"

王溱为之动容，嘴唇翕动，难得竟然不知该说什么好。

唐慎："只是明年，我实在想不出能给师兄什么寿礼，到时要是做得不好，师兄可别怪我。"

王溱语气轻快，心情愉悦："我怎会怪你？"

唐慎心道：你不怪我就好，我可提前一年就跟你说了，你记住你今天说的话啊。

两人用了晚饭，王溱道："你的画技还有一些缺漏，今晚留下，我给你指点一番。"

唐慎心中叫苦："师兄，我三年前就考中探花，已经不再是你的学生了！"

"谁说你是我的学生？"王溱悠然道，"你是我的师弟啊。"

唐慎哑然。

王溱画得好，和唐慎有什么关系？唐慎完全不能欣赏这种写意画的美妙，能把王溱画出来，已经是他私下练习半个月的结果。王溱教得再好，唐慎也是苦不堪言，到最后干脆装困："师兄我想睡了。"

王溱顿然失笑。

唐慎趁机跑到客房，关上门呼呼大睡。

赵辅过生日，普天同庆，大赦天下。

然而才过了两日，西北便八百里加急，传来军报，两国交战，辽人攻打幽州城，战火连天。

朝堂上，百官哗然。

龙座上，赵辅却慢悠悠地眯起双眼，等到官员一个个站出来叱骂不遵守和平协约的辽人，请求皇帝出兵攻辽后，赵辅才勃然大怒，道："辽人欺人太甚，朕怎可纵容之！"

于是，梁军出兵，两国大战起来。

这一战，打了整整一个月。

幽州官道的好处在这时就显现了出来。

军事力量上，大梁向来远不如辽国，二十年前能让辽国签订和平协约，是建立在大梁军民牺牲一切，几乎赌上家国性命才换回来的胜利上。可经济上，大梁远胜五个辽国！有了幽州官道，军饷运输更加方便，梁军哪怕打不过，都耗得过。

辽军攻打幽州城，原以为只是费点事，最多十天就能拿下幽州，谁知打了一个月，梁军虽然一直未胜，但辽人也没能攻下幽州。

打仗是费钱的事，辽国从来就没真的想过现在就吞下大梁，只是想通过打仗，让梁人给自己送钱、割地。如今见幽州迟迟打不下来，辽帝以高姿态宣布，不打了，暂时扎军幽州城外五十里，派使者到盛京，与梁帝议和。

消息传到盛京，朝臣议论纷纷。

礼部尚书孟阆上奏道："辽人狼子野心，定是来索要钱财！"

刑部尚书沈运却道："未必，听闻辽帝有和亲的意思。"

这句话落地，更不啻惊雷，直接砸穿了整个紫宸殿的地板，甚至砸在那些不在场的皇亲国戚的头上，让他们叫苦连天。

和亲？

辽帝多凶残啊！除了他的正宫萧皇后，辽帝的后宫里，每年都要死十几个妃子，个个都是被辽帝折磨死的。这要把公主嫁过去，等于是去送死，还是活活虐死！

最可怕的是，赵辅他没有适龄未婚的公主啊！

没有公主，那能嫁谁？

先挑王孙子女，再挑百官女儿。

一时间，盛京城处处哭声不断，谁都不愿意把自家的掌上明珠送去辽国受难。

这些事和唐慎没有关系，但是勤政殿中的几位大臣中有好几位家中有适龄女儿，他们这几天都满脸愁容，唉声叹气，一人叹气，十人应和，更加愁眉苦脸。

唐慎捧着折子去工部尚书的堂屋里办差，出来时正好见到苏温允。

两人站在屋外，听到屋子里传来袁穆的叹气声。

袁穆没有适龄的女儿，但袁穆有个适龄的孙女啊！

苏温允笑了一声："辽国使团还没来，朝堂就乱成这样，这要真来了，又该如何？"

唐慎沉默不语，行了一礼，就要离开。

这时一个身穿戎装的士兵小跑着进了纪翁集的堂屋，唐慎和苏温允看了那人一眼，唐慎见这士兵穿着的铠甲有些奇特，臂膀上有一个金色的标记。

唐慎疑惑道："还从未见过穿这种铠甲的士兵。"

苏温允嗤笑道："西北来的，飞龙军。"

唐慎心中一警。

飞龙军？

看了苏温允一眼，唐慎没说话，转身离开。

等到晚上要下衙时，唐慎总算知道那个飞龙军士兵千里迢迢地从西北赶回盛京为的是什么了。说来也是巧，百官议论辽国使团来京，是为了给辽帝和亲，娶个公主回去。而在幽州城与辽人交战的征西元帅李景德，他的夫人三天前病逝，只留下一个四岁大的孩子。

李景德身在前线作战，家人亲眷却留在盛京。如今两军停战，辽使来京，李景德正好借了回家奔丧这个借口趁机回京，监视辽人的一举一动。

这时唐慎忽然想起来自己还当起居郎时，曾经说过赵辅在朝堂上最器重的三个心腹。

户部尚书王溱、大理寺少卿苏温允，以及征西元帅李景德！

原来李景德早已成亲，还有了个孩子。不过李将军今年三十有二，成亲生子也十分正常。

想到这儿，唐慎忽然想起一件事……

王子丰今年也二十八了吧，他怎么还没成亲？！

第三十七章

辽使

因为自己家里有个待字闺中的妹妹，所以唐慎特意去了解过男女嫁娶的一些事。

开平皇帝赵辅有令：“凡男十六，女十四，并听婚嫁。”意思是男孩到了十六岁，女孩到了十四岁，就可以开始定亲婚配，甚至直接嫁人、娶媳妇了。但这并不是说，十六岁、十四岁就必须结婚。

之前唐慎就有想过要把自家妹妹留到十八岁。

十八岁才嫁人的姑娘并不少，十八岁还算不上是老姑娘，只是这些姑娘大多早两年就定了亲，只是到十八才成亲而已。

男人就更自由了，二十岁才加冠，二十岁没有家室的男人也比比皆是。

但无论如何，王溱今年二十八了，二十八还没成亲……

以前唐慎和王溱相处的时候，因为王溱风雅俊秀，卓然于众，他从没觉得自家师兄年纪大。但现在一想，和王溱同龄的官员，一个个孩子都四五岁了，怎么就王溱居然连个夫人都没有？！

唐慎想了半天，惊道：“师兄不会是有隐疾吧？”

还真有这个可能！

唐慎赶紧摇摇头，把这个恐怖诡异的想法抛到脑后。

这个思路要人命。

要是王溱没有隐疾，自己却这样以为，万一被对方知道了，两人别说师兄弟做不做得成，可能还得结仇。要是王溱真的有隐疾，还被唐慎发现了……

更要命了。

唐慎被自己吓得一个激灵，赶紧让自己硬生生忘掉了这件事。

腊月初，辽国使团抵达盛京，在接待外国使臣的驿馆歇下。

当日朝堂上，百官针对如何接待辽使展开了漫长的讨论。能站在紫宸殿中上早朝的官最低也是四品官，然而这一次，那些三品以上的大官竟然一个个噤了声，只有四品官员们纷纷上谏，向皇帝推举人选。

礼部主客郎中高举玉笏，上前一步，道："辽使来京，是两国邦交的大事。虽说那辽军如今驻扎在幽州城五十里外，对幽州虎视眈眈，但我大梁身为万国来朝的礼仪之邦，不可在此事上疏忽。臣请陛下，即日敲定人选，接待辽使。"

接着，又有一个文官谏言道："孙大人说得不错，臣也以为接待辽使一事刻不容缓。据臣所知，这次辽国使团共有三十二人，其中辽国三皇子耶律晗也在其中，又有汉儿司耶律勤同行，若按照两国邦交规格，我大梁也当派一位皇子。"

这话一落地，百官纷纷开始举荐官员。

等到最后，由赵辅敲定人选："既然如此，朕便将此事交给孟卿，至于皇子人选——"赵辅思量片刻，淡然道，"由赵尚去吧。"

礼部尚书孟阆上前一步，道："臣领命。"

当日，孟阆就临时组成了一个接待辽使的使臣团。

由礼部尚书来接待外国使臣，向来符合规矩，孟阆领了命后，从各部衙门调来人手。当唐慎被官差通知自己得了这个差事后，他叹了口气，打听了一下，发现这队伍中竟然还有一个熟人——徐毖的得意门生余潮生！

这次的使臣团中，官职最大的是孟阆，他是二品尚书，在他之下，就是余潮生，是三品吏部右侍郎。

孟阆将唐慎喊到堂屋中，当着王溱的面对他说道："辽使上午已经到了驿馆，但我等并非明天就要接待他们。辽人脾气暴躁，眼高于顶，大多是空有一身力气的莽夫。那三皇子耶律晗便是赫赫有名的石弓将军，他曾经在猎场上用一张五十石的石弓，射杀一头梅花鹿。但是那随行的汉儿司耶律勤却是个厉害的人，你不可小觑。"

听到这儿，唐慎心中已经有了不好的预感。

果不其然，孟阆道："这几日，便由唐大人负责接待他们了。"

唐慎："……"

王溱正在翻阅折子，突然听到身后传来这话，他嘴唇勾了勾，没有出声。

孟阆却故意看了王溱一眼，转头又对唐慎道："我大梁必然是要接待那些辽使的，但我大梁绝不可以处于劣势。晾他们几天，是为了告诉他们大梁并不畏惧开战，我们要挫挫他们的锐气。既然如此，三品以上的官员就不能出现在辽使面前，唐大人乃国之栋梁，三年前你会试时写的那篇文章，就是由老夫阅览的。"

唐慎立即作揖行礼："孟相公的指点之恩，下官没齿难忘。"

孟阆笑道："哪里的话。看你那时的文章，我便知晓此事只有你能做，也只能你去做。唐大人，老夫就全权交托与你了！”

唐慎心中苦不堪言，嘴上却道：“下官领命。”

离开屋子时，唐慎还没走出门，便下意识地看了王溱一眼。

只见王溱穿着一身深红色的二品官袍，腰间系着一只透白美玉，他也不抬头，明明知道唐慎还没走，就一边翻阅奏折，一边开口：“孟大人倒是十分清闲。”

孟阆笑了一声：“王大人何出此言？”

“不若今夜，来我家中品酒？自邳州来的美酒，应当合了孟大人喜好。”

孟阆心想，我当着你面坑你师弟，你还请我喝酒？一看就是鸿门宴，不去！

“今夜还有事，就不去王大人府上叨扰了。”

王溱没再说话。唐慎走出门时却看了他一眼，他知道王溱邀请的根本不是孟阆，而是他。于是入了夜，唐慎直接登门拜访，尚书府的管家早已等候多时。

管家带着唐慎来到庭院，只见猎猎寒风中，王子丰披着一件厚厚的大氅，竟然在院子中央点炉烧酒喝！

唐慎不禁失笑：“师兄，外头天冷，你怎么煮起酒了？”

王溱：“不是说今晚请客吃酒？”

唐慎心道：你那不就是一句客套话吗！

王溱已经煮了一炉热酒，他亲自给唐慎倒了一碗。唐慎喝下肚子后，只觉得四肢发热，浑身舒爽，真是酣畅淋漓。

王溱：“好喝吗？”

唐慎感慨道：“邳州自古出美酒，邳州的酒果然不同凡响。”

王溱：“这酒出自金陵。”

“师兄白天不是说是从邳州来的？”

王溱：“搪塞孟阆而已。”

唐慎：“……”

王子丰的话，果然连一个标点符号都不能信！

喝了酒，两人进屋，王溱道：“今日之事，小师弟以为孟阆是为了报复于我，刻意让你去做这差事？”

唐慎：“自然不是，孟大人并非如此意气用事之人，虽说他有时不着调了点，曾经多次揶揄我，”说到这儿，唐慎顿了顿，他忽然发现孟阆这个人还真是意气用事！咳嗽一声，他接着道，“但孟大人选择我，是另有原因。”

“哦？”

“一来，孟大人说的对，想要晾着辽国使团，给他们一个下马威，这事至少得四品的官去做，最多也只能四品官去做。四品的官品阶不够高，不能做主谈判，辽人拿之没辙；四品的官品阶又不算低，去接待他们也不能说刻意怠慢，而且除此以外……使臣团中的四品官并非只有我一人。我想孟大人选择我，还有想借师兄一用的意思。”

管家将院子里的酒炉取进屋，王溱再给唐慎倒酒。

唐慎看着碗中雪白的酒花飘起，良久，他问道：“如果我遇到了难事，遇到解决不了的事，师兄会帮我吗？”

王溱没直接回答，反而问唐慎：“小师弟觉得呢？”

唐慎默了默，抬起头，认真地望着王溱，道：“会。”

王溱轻轻一笑：“那便听你的。”

把这差事交给唐慎办，还等于同时交给了王子丰！

孟阆可使唤不了王溱，但借此机会让王溱为自己办事，这简直何乐而不为。

唐慎叹了口气：“孟大人可真坏。”

王溱举起酒碗，尝了一口酒，没有接唐慎的话。

孟阆坏？众人都说六部尚书中，他王子丰才是心眼最坏的。

王溱心中感叹：小师弟果然还是偏向于我！孟大人那般单纯善良的人，每每算计于他，自己都良心不安，小师弟却觉着他坏。唉，这心真是偏到没边了。

孟阆打了个好算盘，想让王子丰帮自己做事。

第二天，唐慎刚到勤政殿，还没想好该怎么接待辽国使臣，就见一个鬼祟的身影在四品官员的屋子外不停窥探。唐慎心中大警，这人穿的是一身太监服装，可他身材高大，甚至脸上还有胡子，这怎可能是个太监！莫非是刺客？

唐慎不动声色地朝后退去，准备找侍卫抓住此人，谁料这人一个转头，看见了唐慎。他先是狐疑地看了几眼，嘴里嘀咕道：“十九岁，长相俊俏，穿着四品官服……”忽然，他双目一亮，“就是你了！”

这人一个箭步蹿上来，就要抓住唐慎。

唐慎惊惶地赶忙要大喊，才喊出一个字，就被这大胡子摁住了。此人身材高大，强壮彪悍，唐慎并非垂髫小儿，可被对方钳制后竟然完全无力挣脱，只能被对方带着走。

大胡子捂着唐慎的嘴，把他带到一旁，看到四周没人注意他们，才松了口气。他看着唐慎睁大眼睛的模样，道：“唐慎唐大人？”

唐慎心思转动，没有回答。

“嘿，你还提防起我了？”

唐慎：“……”

你一个鬼鬼祟祟的刺客，不提防你提防谁？

大胡子：“我叫李景德，你应当知道我。”

唐慎一惊，思索起来。这里不是寻常地方，这里是皇宫，能这么顺利地避开侍卫耳目，进入身处皇宫的勤政殿，这大胡子真有可能是李景德。

唐慎轻轻点头。

“那我松开手，你别乱喊了，我是偷偷进来的。”

唐慎再次点点头。

大胡子松开手，唐慎立刻后退一步，作揖行礼：“下官唐慎，见过李大将军。”

李景德惊讶道：“这就信了？”

唐慎：“以将军的身手，若是要制伏我，易如反掌，没必要刻意骗我。”

李景德摸了摸鼻子："是这样的，我听人说孟阆把接待辽使的差事交给你了？"

唐慎悄悄看了李景德一眼，只可惜李大将军满脸络腮胡，虽说剑眉星目，十分俊朗，但别想透过那茂密的胡子看穿他的表情。唐慎道："是。"

李景德："本将军回京就是为了监视辽使，从今日起，我便化作一个六品小官，跟在唐大人的身后，如何？"

唐慎："……"

唐慎还没出声，就听一道嗤笑声从两人身后传来，二人立刻回头看去，只见花廊拐角处，苏温允倚着墙壁明目张胆地听墙角。他懒洋洋地说道："李将军想混进文官使团，探听辽人的虚实？恕下官直言，您的相貌可过不了关。"

李景德不屑地哼了一声："这不是苏大人吗！怎的，本将军的相貌如何过不了关？难道说，我大梁文官都必须是你这种小白脸模样？"

勤政殿花园中，苏温允目光一暗，他眯起双眼危险地盯着李景德。

李将军毫不在意，顶着一脸大胡子，大有任你风吹雨打、随你左右斜看的意思。

良久，苏温允嘴角泛起一丝冷笑，他道："下官可没这意思，只是辽人对李将军了解颇多，您这俊朗如神的相貌，一旦混进使团，恐怕下一刻就会被人发现，到时还平白拖累了我们唐大人。"

唐慎瞧向苏温允，谁是"你们唐大人"了？

李景德哑口无言。

苏温允这话说得并非没有道理，李景德是皇帝亲自任命的征西元帅，常年居守西北，与辽军抗衡，他在辽军中的名气恐怕比当朝左相纪翁集都大。若是说这次来盛京的辽人中没人认识李景德就算，一旦有人和他见过一面，仅仅凭李将军这一脸极有标志性的大胡子，就能将他认出来。

唐慎也道："李将军今次回京是秘密行事，为的是探听辽人使臣的目的，但若是被对方认出来，那可是得不偿失。"

李景德懵了一会儿，忽然一咬牙，狠心道："不就是让人认不出来吗？"

唐慎惊讶地看他，苏温允也一愣，接着仿佛明白了什么，露出一个似笑非笑的表情。

唐慎按照李景德的话在勤政殿花园中等他，半个时辰后，只见一个穿着太监服饰、身形高大的男子远远走来。他一边走一边摸着自己光溜溜的下巴，硬朗的眉毛皱得紧紧的，好似能夹死苍蝇。

苏温允当然没时间等人，早早走了，于是此时此刻被李将军的长相震慑到的人只剩下唐慎一个。

明明知道眼前的人是刚才那个大胡子，可唐慎还是愣了一会儿。

李景德粗着嗓子道："这样可就行了？"

唐慎："……自然是行的。"

刮了胡子的李将军全然没有了刚才那副糙汉的模样！

他长了一张白净的脸，五官深刻硬挺，不完全像汉人，反倒有一些辽人的坚毅广阔。一对俊眉如同利剑，一双星目炯然有神。唐慎听说李景德今年三十二岁，可他这样看上去哪像三十二岁，更像极了一个二十三岁的玉面小将军！

别说驿馆里的辽国使臣是否认识他，哪怕就是曾经与李景德在战场厮杀过的辽国将士，如今再来看，也没法将他认出来。

没了络腮胡子，李景德有些不适应，觉得硌硬极了。他道："既然如此，那明日本将军就随唐大人一同会会那几个辽国使臣了？"

李景德是二品将军，唐慎只是个四品文官，也没法拒绝，只能行礼道："下官领命。"

次日清晨，下了早朝后，唐慎回到勤政殿，果不其然，李景德早已换上一身六品文官的衣服在花园里等候多时了。

唐慎心想：也不知道他哪来那么多别人的衣服穿。

孟阆将差事交给唐慎，自然不可能让唐慎一个人去面对三十多个辽国使臣。唐慎处理好今天的公务，便带着人动身前往驿馆，他还没走出勤政殿，正走在花廊上，迎面竟然碰上了王溱。

王溱也是刚刚下了早朝回来，他还拿着玉笏、穿着朝服，见到唐慎，他停下脚步，忽然，他目光一抬，看向唐慎身后的李景德。

李将军见到王溱，暗骂一声，偷偷地往其他官员身后藏了藏。

然而很快，王溱就收回了视线。他低头看向唐慎，笑道："唐大人是要去接见辽国使臣？"

唐慎道："回王相公的话，下官确实要去。"

王溱语气温柔地问道："人手可够？"

一听这话，唐慎就知道王子丰已经发现李景德了，心中嘀咕了一句：那李景德都变成那样了，王子丰居然还认得出来？唐慎神色郑重，道："应当是够的，多谢大人关心。"

王溱："我猜想也应当是够的，若是不够，就像浣纱女洗衣，用力搓洗揉挤几下，总是够的。"

旁人听了这话，完全摸不着头脑，唐慎却双眼一亮，抬头看向王溱。

师兄弟二人目光交汇，在这一刻唐慎倏然明白了王溱的意思：孟阆要你压榨我，小师弟，你眼前就有个最合适的被压榨的人选，李将军都送到眼前了，不好好利用可真是暴殄天物了。

能坑外人，当然不坑自家人。

唐慎十分愉悦地说道："下官明白了。"

人群中的李景德一脸茫然：你明白了？你明白啥了？王子丰这个不说人话的又说了个什么？

众人离开勤政殿，来到驿馆。

唐慎让驿馆的官员去通报了一声，等了小半个时辰，负责接待使臣的六品官员才回来。他面色难看地道："大人，下官去通报了，说是我大梁使臣来了，然而那辽使却说他们三皇子至今还未起，等他什么时候睡醒了，什么时候才出来见您。”

这话一落地，众官议论纷纷。

唐慎今日来驿馆接待辽使，他代表的不仅仅是自己，更是大梁皇帝，哪怕那耶律晗是辽国三皇子，也不能如此怠慢！

李景德也气得牙痒痒，唐慎却十分淡定，他抚慰众臣道：“诸位大人，我大梁舒适安定，水土养人，旁人来大梁都为这琳琅满目的盛京城看花了眼，在辽国看不到的东西，盛京有，在辽国无法休息好，在盛京却可安枕无忧。三殿下难得睡一个好觉，日上三竿都起不来，我等又何苦扰人清梦呢？”

不远处，一个辽使听到这话，脸色一黑，转身进了屋。

又过了一会儿，辽使出了屋子，将唐慎等人喊了进去。

唐慎刚一进屋，还没看清楚屋内陈设，只听一道讥讽的声音响起：“本殿下当是何人，不过是个小小梁人罢了，耶律大人，你作为汉儿司，在南枢密院常常与那些梁人牵扯，可曾见过这个羸弱的梁官？”

屋子正堂上，一个扎着小辫、满脸傲气的年轻人坐在上座，趾高气扬地看着唐慎等人，他手一指，指的正是站在众官最前方的唐慎。

辽国三皇子耶律晗的身旁站着一个长相阴鸷的中年男子，他用幽暗的目光看了眼唐慎，道：“回禀殿下，臣自然不认识一个四品小官。”

耶律晗顿时发作：“四品？可是说在我大辽给本殿下提鞋都不配的那种？”

唐慎忽然笑了一声，耶律晗转身看向他。

唐慎作了一揖，道：“殿下有所不知，我大梁与辽国民风不同，为官之道也不同，我大梁，每一品阶的官就做每一品阶的事。不过仔细来说，其实差距也不大，比如汉儿司耶律勤大人，他在我大梁便如同二品大员，于是他代表辽帝，随着殿下您来了大梁，朝见我大梁皇帝。而在辽国，四品的官是给您提鞋的，在大梁其实也差不多，下官是个不入流的四品官，所以只能被派到这儿接待您。”

耶律晗双目一瞪，还没动怒。

唐慎立刻又接了一句：“来为您提鞋。”

耶律晗顿时熄了火，他有些茫然，他的汉话其实说得并不是很好，寻常交流没问题，但一旦打了机锋，他就听不出其中玄机了。这梁官是什么意思？到底是在贬低他，还是真的想给他提鞋？

耶律晗朝耶律勤使了个眼神，询问他接下来该怎么做。

耶律勤叹了口气，他自知这位三皇子孔武有力，却力大无脑，原本辽帝是想派睿智多谋的二皇子出使梁国，谁料耶律晗的母妃不知吹了什么枕边风，就把耶律晗送过来了。算了，让耶律晗去和梁官争锋相斗，还不如让他去射杀老虎来得更简单些。

耶律勤看向唐慎，冷淡道：“我大辽使团已到盛京，为何不见梁臣接待？”

一个梁官道：“耶律大人此言差矣，我等今日不就来了？”

耶律勤身后，一个辽官道：“我大辽三皇子在此，尔等孱弱无能的小官也敢说接待？”

这话刚落地，唐慎突然道："孱弱无能？"

说话的辽官愣住，他不明白唐慎怎么就抓着他这个字眼不放了。他想了想，道："我大辽儿郎是草原将军，骑马狩猎，你大梁的官如何比得了，难道你们不是孱弱无能？"

唐慎笑了："原来如此，这位大人说的无能不是在贬低我大梁官员，而是在说骑马射箭上我大梁不如辽国？"

这辽官虽然很想说我骂的就是你们整个大梁全部无能至极，但他表面上肯定不能这么说，于是他道："是。"

耶律勤皱起眉头，察觉有一丝不对。

唐慎轻喝一声，侧开身子，让出一个高大的身影："谁说我梁官都孱弱无能？不过是骑马狩猎罢了，我大梁随随便便一个六品小官便能斩猛虎于刀下，擒饿狼以双拳。李大人，我说的可对？"

李景德心道：斩猛虎、擒饿狼？你还真敢替我吹！

不过吹得也没什么错。

没想到唐慎还是个识货的，李景德对他有了些好感。李将军自信满满地说道："自然没错！"

在没有热兵器的时代，猛虎豺狼是真正的洪水猛兽。人类的身体机能与动物相差太大，比如老虎一巴掌拍下去，能有一吨的力量，反应速度更是人类的三四倍，凡人打虎大多是小说志怪，几乎没有成真的可能性。

但唐慎这么说了，李景德居然还认下了。三皇子耶律晗哈哈一笑，根本没将他们的话放在心上。他道："你们梁人都喜欢这么吹嘘吗？我大辽最好的男儿都不敢与吊睛白额虫抗衡，梁人真是嘴上功夫，本皇子看你不起！"

唐慎正要说话，李景德却早就明白他的意思，上前一步道："那是你辽人没有好汉！"

耶律晗怒眉横竖："小小梁官，也敢叫嚣？"

一旁，汉儿司耶律勤不悦地皱起眉。

耶律晗却已经一挥手，让自己手下最得力的侍卫上去教训李景德。

"直古鲁，你去教训教训这个嚣张的梁人。"

"是！"

话音落下，一个身材彪悍的辽国大汉从耶律晗身后走出，大摇大摆地走到李景德面前。李景德露出满意的笑容："等你多时了。"两人先是互望了一眼，接着齐喝一声，辽人侍卫双脚蹬地，地面震颤，随即他双手擒向李景德，抓住了李景德的腰带。

直古鲁抓住李景德后，一沉气，就要将他往上提，可他使足劲要提起李景德时，却发现对方纹丝未动，双腿如同老松入土，稳稳地扎在地面上。

直古鲁心道不妙，这还是个练家子。

李景德豪爽一笑："轮到我了！"

李景德也没使出梁人争斗的手段，而是学着直古鲁的方式，双手抓住他的腰带。

李景德双目瞪圆，怒喝一声，他双臂遒劲的肌肉一起发力，两腰肌肉紧绷，倏然动力，硬生生将这直古鲁举了起来。

直古鲁用辽语骂了一句话，唐慎没听懂，经常与辽军作战的李景德却听懂了。李景德脸色一变，将直古鲁扔到地上。直古鲁爬起来就朝他挥去一拳，李景德侧身避开，右腿一扫，两人打作一团。

驿馆庭院中，两人打得不可开交。

李景德一记凶狠的拳头砸在直古鲁的肚子上，直古鲁向后倒跌数步，一屁股坐在地上，他喉间一甜，嘴巴一张，吐出一口血。三皇子耶律晗见状顿时大怒，他站起身，用辽语叱骂直古鲁是个没用的废物，接着就要再派手下上去。

耶律勤立刻用辽语道："殿下，不要与这些梁官置气，这个六品官一看就不是真正的文官，他定是个武官。咱们今次来梁国是作为使臣来的，并没有带上我辽国真正的军中大将。"

耶律晗道："那他打了本殿下的人，就这样算了？"

耶律勤："殿下，切莫中了梁人的奸计，我们是要见梁帝，不是要和他们这些小官打打闹闹。"

耶律晗仍旧气得双目通红，他看见李景德站在庭院中央，耀武扬威地朝他扬了扬下巴。顿时，耶律晗怒火中烧，他道："耶律勤大人说我辽人是作为使者来的大梁，没带上真正的辽人好儿郎，那你可错了，本殿下才是此地真正的第一勇士，父王亲自赐名的石弓将军！"

耶律勤心中大骂：怎的有你这种蠢货！但他嘴上却道："殿下是何等身份，您与那梁官下场比试，他哪来的资格！"

耶律晗："你不必再说了。"

耶律勤哪能真的让他和李景德打架，他正要再开口阻止，却见一个满脸大胡子的辽官从后院走来。这大胡子见到耶律勤，不屑地哼了一声，斜眼瞥了他一下，根本懒得多看。

这大胡子一出场，驿馆中的氛围顿时不同了。

辽国使臣更加趾高气扬，明明刚才自家侍卫被李景德狠狠打败，他们自觉脸上无光，现在见到大胡子辽官来了，一个个又有了底气。

大胡子辽官走到耶律晗面前，用辽语道："殿下，耶律勤说得也不错，他梁人算什么东西，凭什么让您下去和他比画？"

耶律晗："可是……"

"殿下。"

耶律晗咬了咬牙："都听太保大人的。"

辽国使臣私下商量好后，就见那大胡子辽官转过身看向李景德。他的目光在李景德身上停留了许久，最后移开，看向唐慎："你就是梁人负责接待我等的官员？"

唐慎心中一警，他走上前，客客气气地行了一礼："下官唐慎，敢问阁下可是王子太保耶律隐大人？"

耶律隐从鼻子里哼了一声，算是认同。

唐慎道：“诸位辽国使臣初来我大梁，下官自是要好好接待的。各位昨日才到，今日还在整理行装，旅途劳顿，下官也就不叨扰了。今日来是与诸位使臣问声好，待明日来，下官再带诸位到我盛京城中逛一逛，见见我大梁风光。”

耶律隐笑道：“如若要见，以后有的是时间见。”

听着这话，许多人还不懂是什么意思，但唐慎面色一变，这一次，连李景德都变了脸色。如果耶律隐说的是其他话，李景德可能还听不懂，但是这句话，李景德在西北战场上听辽人说过许多次。

待我辽国铁骑踏破梁土，兵临盛京，你大梁满山河的风光，我等悉数可见！

辽人竟然将盛京城当作他们自家的后花园，简直欺人太甚！

唐慎望着耶律隐，他微微一笑，不卑不亢地说道：“我梁人有句古话，叫一叶障目不见泰山，耶律隐大人不亲自拿开这片叶子，又怎能见到巍峨泰山，见到我繁华昌盛的大梁河山呢？”

耶律隐哼了一声，没再理会唐慎。

众人一起转身离开驿馆，走的时候还有辽官想对唐慎等人挑衅，被李景德怒目一视，他们纷纷缩起脖子，不敢猖狂。

除了三皇子耶律晗，直古鲁是在场辽人中最强壮的猛士，可是他在李景德手下甚至撑不了一招。这位梁官猛士要是去了辽国，说不定可以成为辽帝亲自任命的辽国第一勇士。

辽人来京第一日，唐慎利用李景德大大挫伤了辽人的锐气，让辽人暂时消停。

他们走后，耶律隐斜眼瞪了耶律勤一眼，道：“汉儿司大人，管好你自己的事便行，三皇子是你能支使的人吗？他想做什么，你也能阻止？”

耶律勤阴鸷的双眼低下看地，老老实实地说道：“我知道了，多谢太保大人提醒。”

耶律隐看都没看他一眼，带着耶律晗就离开了。

只剩下他们二人时，耶律隐沉着脸，对耶律晗道：“三皇子，我等这次来梁国，别人不知道为何，你还不清楚？走之前太师大人便有命令，要我们探清梁人的虚实，弄清他们到底是如何在幽州撑了那么久，从哪儿来的物资军需。是否真和两年前梁人修建的那条官道有关，还是说另有玄机。”

耶律晗为自己辩解道：“太保大人，我大辽儿郎岂能受那种屈辱？”

“那太师大人的吩咐便不作数了吗？！”

提到“太师大人”，耶律晗顿时不敢再争辩，他低着头，声音微弱地说道：“都听太保大人的。”

第三十八章

谈判

唐慎离开后，没有回家，而是径直去了礼部。

礼部尚书孟阆今日不在勤政殿当差，而是在礼部。唐慎见到孟阆后，将今日碰到的事全部说了出来。但他隐瞒了李景德的身份，只是说自己带了一个侍卫去，大败辽人。

孟阆听了后，道："耶律隐是王子太保，是北面官。辽人的朝廷分为北南两方，北面官掌管朝中大权，南面官负责与汉人接触。听你这么一说，看来耶律隐果然与传闻中一样，瞧不起南面官，瞧不起耶律勤，不过他们南北两院向来有矛盾。"顿了顿，孟阆笑道，"唐大人真乃国家栋梁，辽人每次来我大梁，都是耀武扬威，张扬跋扈的，今日恐怕是第一次吃亏。"

唐慎拱手道："孟相公过誉了，下官惶恐。"

"有何好惶恐的？只怕今日旁人提起唐大人，还会说是王大人的师弟，等明日提起王大人，就成了唐大人的师兄了。"这夸得简直没边了，唐慎心里正舒坦了着，心想着自己还能不能有那一天，孟阆就又送了一个大棒，"明日，这差事就继续交给唐大人了。"

果然，天下没有白拍的马屁。

唐慎叹了口气，知道自己肯定逃不过，领了命离去。

孟阆剥削唐慎，满以为唐慎只能靠剥削王子丰完成他的差事，却不知道唐慎走出礼部后默默来到勤政殿，对正在院子里大口吃瓜的李景德行了一礼，道："李将军神勇盖世，下官万分佩服。今日若不是有将军在，我等梁人便要受那些辽人的欺凌了。"

李景德扔了瓜皮，拍拍手："那些辽人都是些徒有力气的莽夫，怕他作甚！"

唐慎心想，你也比他们好不到哪儿去。

"明日将军可还要再来？"

"自然要来，为何不来！"

唐慎忍住笑意，作揖道："下官在勤政殿等候将军。"

虽说有李景德在前面撑着，出了什么事都有他这个二品元帅兜着。但唐慎也不可能真的两手一摊做个甩手掌柜。回到家中，他思索着明日该怎么应付那些辽人，这时唐璜敲门进来了。

唐璜捧着一本账册，交给唐慎，这是唐家这个季度的总账本。

唐慎迅速地看完。

唐璜道："哥，按照你说的发了那些单子后，咱们珍宝阁的生意又好了一成！你是怎么想出这种好主意？今日陆掌柜还向我感叹。"

唐璜捏着嗓子，学习陆掌柜的模样声音，老气横秋地说道："若是小东家不去当官，专心来做生意，我唐家的生意早就做遍整个大梁了吧！"

唐璜："书局那边和咱们熟得很，做一些纸张印墨算不上多少钱。一开始这些单子只是在咱们自家的细霞楼里发，等后来陆掌柜找了景王府的关系，把东西塞进了他们千里楼，到现在正阳门大街上好多家铺子里都有咱们的单子。"

唐慎把百宝阁的事全权交托给陆掌柜和唐璜后，还给出了一个点子，要他们联系书局，每隔三天印一些传单，放到盛京城的各大商铺去。

这事说起来简单，却不好做。

首先每个顾客来到百宝阁，刚进门就会被伙计送上一只篮子，篮子里放着一张今日传单，传单上写着一些今天有折扣的商品和它们的价格。这是最好做的，可除此以外，传单不能只在百宝阁里头发，还得发到外头去招揽顾客。

细霞楼是唐家自家的产业，在细霞楼里发传单很容易，可放到其他铺子里，谁乐意免费给你放？

唐璜和陆掌柜折腾了许久，最后唐璜想出一个主意。

顾客在某家店里看到传单，决定去百宝阁买东西，只需要拿着这张传单并且在传单最顶头写上这家店的名字，那这个客人就可以得到额外的一份折扣。同时每到月底，百宝阁会按照店铺的名字数量返还给店家一笔钱。

这每一笔钱虽不多，可是积少成多。

比如一个人从张记包子铺看到百宝阁的传单，然后到百宝阁买东西结账时，将传单拿出来，传单上要写着张记包子铺的名字，那百宝阁就会收走这张传单，并且给这名客人一笔额外折扣。

假设一个人用包子铺的传单来买东西，买了五十文钱东西，百宝阁给包子铺一文钱，如果是一百个人，那就是一百文钱。

更重要的是，这是个无本生意。

张记包子铺只需要接收百宝阁的传单，把传单放在自家店里，他什么成本都不用，就能平白无故得到钱，何乐而不为？

至于那些顾客，他们看到百宝阁的传单，又想着能得到一笔额外的折扣，也自然会喜欢去百宝阁购物。

当然，任何顾客就算没有拿别人的传单，他们来百宝阁购物，也能在大门口拿到百宝阁自家发的传单。凭借这个传单，他们也可以得到一笔额外折扣。

当唐慎听说唐璜想出这么个主意后，他特意将自家妹妹叫到跟前。

唐慎："为何我们要白白给那些商铺一笔钱？"

唐璜："不给好处，他们为何要让我们百宝阁将单子放在他们自家店内？"

唐慎："那你可曾想过，这样我们或许会亏钱？"

唐璜惊讶道："亏钱？哥，你想什么呢？首先，如果客人没看到这张单子，没来咱们百宝阁买东西，那咱们一文钱都得不到；其次，商品的价格和折扣肯定是咱们提前算计好的，把所有额外的支出都算出去了，才会给出这么个价钱。"小姑娘甜甜一笑，"我又不是傻子，难道说，哥哥是个傻子？"

唐慎当然知道唐璜的主意不错，也知道自家妹妹是怎么算计的，但他装作严肃的样子，语气郑重地说道："就是这样？那你有没有想过会有客人故意和其他店铺联合起来。客人用旁人铺子里的单子来买东西，买完后，我百宝阁给那家店铺的红利客人分去五成，双双合作，同时从咱们手里盈利？"

"那又怎么样？"唐璜道，"我只知道他来咱们百宝阁买东西了，我还知道无论他们怎么私底下算计，我百宝阁该给出去的钱就是那么多。管他外面的铺子怎么争抢咱们的红利单子，都与咱们无关。一个原本没想过要来百宝阁买东西的客人，他今日来了，便是咱们赚了。"

唐慎定定地看着自家妹妹，看得唐璜头皮发麻。

"哥，你看什么呢？"

"看你以后会嫁给什么人。"

"你还会算命？"

"不是算命，是在思考你要真是嫁不出去，我养你要花多少钱。"

"……"

有了唐璜的主意，百宝阁的生意更加好了，许多原本想在家附近的杂货铺买东西的客人看到了百宝阁的单子，听说拿着这单子居然还能再得到折扣，一个个纷纷动身，跑去正阳门大街买东西。

短短两个月，盛京城的每条巷子都至少能找出两家放了百宝阁单子的店铺。

如今，幽幽的烛光下，唐慎望着手里的单子，目光微微眯起。

次日，驿馆中。

一位辽国侍卫早起换班，只见一个驿馆官差从门外拿了一沓纸放到门房的屋中，同时自己从中抽出一张，靠在墙边津津有味地看了起来。

辽国侍卫十分好奇，可他不会说大梁官话。他大摇大摆地走上前，晃了晃腰间的长刀，又指了指官差手里的纸。

辽国使团里的这些人个个眼高于顶，在驿馆横行霸道，官差见状，哪里敢不听，赶忙将手里的百宝阁单子送了上去。这侍卫一看，顿时头更大了：他看不懂这些梁人的字啊！

侍卫拿着百宝阁单子进屋找了个辽国文官，文官又去找耶律勤。

等到了中午，耶律勤带着几个侍卫悄悄来到百宝阁。他换上了梁人的服饰，进去后，看的是眼花缭乱，震惊不已。没有耽搁，耶律勤回到驿馆后，仔细思索，他找到三皇子耶律晗，开口便道："三殿下，如今的梁人与我们想象中的或有不同。"

耶律晗刚刚起床，听了这话，他道："汉儿司大人，你这话是什么意思？"

耶律勤弯腰行礼，道："臣虽然是南面官，但臣与三殿下说实话，两国的往来自古就是由南面官负责的。原本皇帝陛下没想派太保大人来，临时又派了太保大人，臣有过猜测，太保大人和三殿下来到梁国是想打听梁国的情况，探探他们的虚实。"

耶律晗大惊，他没想到耶律勤竟然猜得分毫不差。

耶律勤看着这位三殿下的脸色，就知道自己猜对了。耶律勤叹了口气，要是这次来梁国的是其他皇子，他还用得着费这般口水？耶律勤继续道："我不知殿下和太保大人具体想要知道的是什么，但臣以为，梁帝没有在第一日召见我等，其实未尝是件坏事。他们在等待，而在他们等待的时候，我们也可以去这盛京城中看看！"

耶律晗想起昨天耶律隐说过的话，道："可是太保大人昨天刚刚说了，他梁国的盛京以后我们想怎么看就怎么看。"

耶律勤心道：蠢货！如果打下梁国真那么容易，那一百多年下来，为什么辽国没打下梁国？

因为打完梁国，大辽也会元气大伤，有被临近敌国乘虚而入的风险。

既然如此，为什么不每隔一段时间来敲诈一下梁国呢？不费一兵一卒就能得到梁人的钱财，说不定还能获得割地。

这就是辽国目前的打算。

他们这群使臣千里迢迢来到大梁，不就是因为发现幽州不好打，所以过来和梁帝坐下来协商，要求梁人给钱，他们才肯退兵的吗？

耶律勤道："臣今日去了梁国京城最繁华的正阳门大街，当真是商铺林立，人流如潮，远比我们的中京大定府繁荣得多。请三殿下与太保大人商讨此事，臣以为，这也是我们摸清梁国的实力、了解他们如今有多少财富的一个途径。"

午后，当唐慎带着人来到驿馆时，便见耶律晗坐在上座，神情高傲地说道："今日梁帝还不召见我们，是什么意思？"

唐慎的目光在耶律晗、耶律勤和耶律隐三人身上划过，他不动声色地收回视线，恭敬地作揖行礼："三皇子殿下来我大梁，应当由使臣相陪，下官便是礼部尚书孟大人派来的特使，负责接待各位使臣大人。今日下官在千里楼设宴摆酒，为殿下和各位大人接风洗尘。殿下不知，这千里楼乃是……”

唐慎语气沉稳，不卑不亢，耐心十足地解释着。

说完，唐慎抬头看向耶律晗：“不知三皇子意下如何？”

耶律晗稍微摆了会儿姿态，和身旁的两人又说了几句，他才道：“也不是不可以。”

这一日，唐慎顺利地带着辽国使团去了盛京千里楼，并设宴款待了对方。

第二日，唐慎又想出新的地方。他带耶律晗等人去郊外骑马，还登上了城北那栋王溱特意为赵辅修建的九层高楼——虚极楼。寻常人可不能登上这种地方，但赵辅特意允许唐慎带辽人登楼，仿佛是刻意要让他们站在楼顶眺望大梁磅礴恢宏的盛世景象。

几日下来，唐慎车前马后，将所有事打理得妥妥帖帖。

李景德倒是吃不消了。回到勤政殿后，他摘了文官帽子，道：“嗨，这可比打仗还累！我以前不知道你们做文官的竟然这么不容易。那个耶律晗目中无人，每次看到他我都想暴打他一顿，把他踹回辽国。唐大人，这几日你可真是辛苦。”

唐慎认真道：“李将军言重了，下官身为朝廷命官，食君俸禄，为君分忧，怎么能说辛苦，都是分内之事。”

李景德看了他一眼，道：“你与王子丰、苏斐然这两人不同。”

唐慎笑道：“我只是个四品小官，当然不能和师兄、苏大人相提并论。”

李景德感叹道：“这两个都不是什么好东西！别看你是王子丰的师弟，我当着他面也敢说这话。”

唐慎心道：那你倒是说去啊！

李景德把文官帽子戴回去，又偷偷地离开了勤政殿。

到了晚上，唐慎一来到尚书府就把李景德给出卖了。

李将军万万没想到他亲口夸赞的“你与他们不同”的唐慎唐大人，此刻好像倒豆子一样，把他说过的话一字不差地告诉了王溱。

王溱徐徐叹气，道：“李将军对我有误解。”

唐慎很想说：我觉得他并没有误解，李将军虽然单纯善良了点，但人家并不蠢。

王溱：“小师弟，李将军似乎很喜欢你？”

唐慎：“或许因为我挺会说话的？”他这几天除了接待辽人，时不时也拍一拍李景德的马屁。反正不拍白不拍，李景德是皇帝面前的大红人，他已经得罪了一个苏温允，没必要再得罪一个。趁现在有机会，把李景德拉拢过来，要是以后苏温允想对付他，他还有个帮手。

王溱道：“明日你倒是可以悠闲些了。”

唐慎一愣，转头看他：“师兄何意？”

王溱微笑道：“不能总让孟大人无事可做，他食君俸禄，就应当为君分忧，这些都是他的分内之事，否则要是被言官告上一句为官不为、尸位素餐，那可就不好了，小师弟觉得呢？”

唐慎睁大眼：“师兄，你……”

王溱给唐慎沏茶：“姑苏府今年的碧螺春，小师弟向来喜欢，就多喝些。”

唐慎："……"

敢情就算他今天没来向王子丰打小报告，王子丰对勤政殿发生的事也一清二楚！

什么食君俸禄、为君分忧、分内之事……

这都是他下午对李景德说的！

将辽国使臣晾了整整五天，皇帝才在升平楼设宴，招待这些辽国使者。唐慎身为接待官员，自然也随行赴宴。

升平楼中，歌舞喧闹，只见仙袂飘飘。

并非所有王孙官员都能坐在升平楼中接待辽国使臣，宴会上只来了皇帝比较宠幸的几位王爷，还有一些一二品大员以及以礼部尚书孟阆为首的接待官员。唐慎坐在百官最后方，远远地瞧见赵辅穿着一身龙袍，举杯饮酒，与辽国三皇子耶律晗说话。

耶律晗是第一次来盛京，也是第一次见赵辅。他本以为大梁皇帝和他父王一样，积威甚严，寻常人不敢直视，说错一句话都可能直接被拖出去砍头。但赵辅对他亲切有余，又颇有些讨好，耶律晗顿时挺起了胸脯。

不错，他们大辽兵强马壮，所向披靡。梁人在辽人面前必是谄媚阿谀，就算是大梁的皇帝又如何。若是辽国铁骑南下，不出一月，就可以血洗盛京。

耶律晗心中这么想，但他还不至于蠢到那种地步，把内心的不屑表露于外。他对赵辅道："多谢皇帝陛下关怀，我在驿馆住得还算舒适。只不过日子久了，迟迟没有见到陛下，怎么说也有点奇怪，本殿下今日早晨还在想莫非是大梁的皇帝陛下不肯见我们？"

赵辅惊讶道："三皇子怎么会有此误解？"说着，他转首道，"孟大人，朕早早就交代你接待辽使，怎会让辽国使臣有这样的想法？"

孟阆心中道苦，他立即起身，目光扫向唐慎。

唐慎坐在非常靠后的位置。王溱当然不在他的身边，王溱就坐在孟阆的对面。此刻王大人正垂着双眼，淡定从容地吃菜，但是唐慎的身边还坐着另一个人啊！此时，这位面白俊朗的二品大元帅一双铜铃般的大眼正恶狠狠地盯着孟阆。

那眼中的意思是：你把这种不好办的事全推在老子身上了，怎么的，还想再推卸一次责任？

孟阆是哑巴吃黄连，有苦说不出。

他哪里能想到自个儿是让唐慎去办的差事，他李景德出来掺和什么啊！

如果说王子丰是绵里藏针，今天他告诉赵辅，自己把事情交给唐慎去办了，是唐慎没办好，那王子丰的报复绝对不会来得太快，缠缠绵绵如同梅雨时节的细雨，会断断续续地下一个月。

可李景德不同。

李景德一旦要报复人，恐怕孟阆刚出升平楼，就会被李将军套个麻袋，扔在皇宫某个阴暗的角落，一顿拳打脚踢！

孟阆暗叹一声，对赵辅道："是臣办事不力。"

赵辅故作严肃："竟然怠慢了朕的客人，罚你一个月俸禄。"

孟阆："臣领命。"

耶律晗本就是故意发作，想看大梁皇帝为了辽国使臣惩罚大梁的官员，至于是哪个官员受惩罚，他一点都不关心。这是今晚来升平楼前汉儿司耶律勤特意叮嘱他的：必须让梁官吃个瘪，落落他们的威风，否则对以后谈判不利。

既然孟阆已经受到了惩罚，耶律勤惺惺作态道："皇帝陛下，只不过是点小事而已，没这个必要。"

赵辅微微一笑，笑容和蔼，慈眉善目："大辽的使臣便是朕的贵客，怎能随意让人怠慢呢？"

耶律晗听得心中美滋滋的，他摸了摸胡子，笑了起来。在他的身后，耶律勤和耶律隐看向赵辅的眼神中，也多了丝轻蔑。赵辅酷爱修仙，整日想着如何得道成仙，这事在辽国官员中也不是个秘密，如今看来这大梁皇帝确实是个庸碌的昏君，不值一提。

升平楼一宴结束，两方相谈甚欢，皆大欢喜。

等赵辅离开升平楼后，大梁官员们都先等着，待辽国使臣走后，他们才一个个离开。

唐慎和李景德同行，李景德还在假扮他的随行官员，但是两人刚走出升平楼，一个太监便拦住了他们。这小太监徐徐福了一礼，道："奴婢见过李将军、唐大人。李将军，圣上召您到登仙台，请您跟咱走吧。"

李景德剃了胡子后，几乎瞒过了所有人的眼睛，连孟阆都没认出来，还是李景德亲自到他面前踢了他一脚，他才认出来，但是这绝对瞒不过赵辅的眼睛。

李景德摸摸鼻子，对唐慎道："那我先走了。"

唐慎："李将军慢走。"

李景德跟着小太监去了登仙台。

第二日，唐慎没在勤政殿见到李景德，孟阆率领官员亲自接待辽国使臣。双方并没有在勤政殿会面，也没选在宫中，而选在了礼部衙门。先前所有的礼仪接待在这一刻全成了空话，辽人一来张口便是："此次幽州城之战，我辽军损伤惨重，这损失你们该如何承担！"

好一个血口喷人！

唐慎毕竟年轻，当官才三年，脸皮还不够厚，听了这话心中还有些愤懑。

但孟阆和余潮生是何许人，两人一个唱红脸，一个唱白脸。

余潮生道："耶律大人这说的是什么话？两国早在二十年前就签署了和平契约，双方不开战、不交火，和平共处，这可是你辽国先帝亲自签下的合约，难道辽成宗驾崩了，现在就不算数了？如今是你辽军出兵我幽州城，怎么还算是我大梁的过错了？我大梁还没和你好好算算这笔账！"

耶律勤阴冷一笑："你们竟然还敢提我大辽先帝？先帝仁慈，与你大梁签订了和平契约，但是这二十年来，你们大梁是如何做的？两个月前，一个大辽官员平白无故死在你们梁国的土地上，你们要给我们一个交代！"

余潮生正要发作，孟阆出来做和事佬："余大人，你这怎么说话呢？既然辽国皇帝派了使臣来，三皇子殿下还亲自来了，自然是很有诚意地与咱们谈判的……"

整整两天，双方就这次幽州战役到底是谁的过错，互相扯皮。

到第三天，辽国才愿意退让一步。这并非他们良心发现，终于不再厚颜无耻地把责任全部推给大梁。而是因为西北战场上，梁军连夜偷袭辽营，大获全胜。辽国忽然发现，南边的梁国或许不像他们想象中的那么弱，二十年前，这个国家曾经打败过他们。

谈判的事不是现在的唐慎可以掺和的，光是让辽国承认自己也有错就费了三天时间，死伤多少大梁士兵。

唐慎站在屋子中，听着孟阆和余潮生说出那些数字。

这些数字表面上是一个个冰冷的词汇，但是在这些无声的数字背后，却是一条条鲜活的生命。

大梁比辽国富，比辽国耗得起，但大梁的士兵远不如常年在草原上征战的辽兵。他们有钱，可是打仗不仅仅是在打钱，还在打真正的军事实力。

唐慎在屋中仔细听着每一句话，目光平静而悠远，悄悄地盯住耶律晗等人的每个动作和表情。

到了下午，一个官差将唐慎叫出屋。他走到礼部衙门的后院，只见征西元帅李景德已经在院子里等着了。

唐慎立即走上前行礼，道："下官唐慎，见过李将军。"

数日不见，李景德的下巴上已经长了一层淡淡的青茬，显然他有继续将胡子蓄成一脸络腮胡的想法。

李景德道："唐大人，和我还这么多礼做什么！本将军今日来是想向你道谢的，之前麻烦你一直带着我，算是拖累你了。明日我就要回西北了，今天再不来道谢，可没机会了。"

唐慎惊讶道："李将军要回西北？"

"那是，幽州城外的辽军蠢蠢欲动，我必然得回去。"

李景德早晚会回去，只是唐慎没想到那么快。他有些好奇，那天晚上赵辅叫李景德去登仙台都说了些什么，但是他没法问。唐慎道："那下官祝李将军一路顺风。"

李景德摆摆手，道："哈哈，就借你吉言。对了，我听人说唐大人很有钱？"

唐慎心中警惕，不知道对方突然说这话是什么意思。

"你不用担心，本将军就随便说说，你再有钱能有钱得过王子丰那个家伙？"李景德撇撇嘴，"别看他是你师兄，当着他面我都这么说。他王子丰家里就有钱，现在还当的是户部尚书，整天帮着朝廷赚钱。每次打仗老子都要伸手跟他要钱，看他脸色，这家伙真不是个东西！"

唐慎但笑不语，心道：今晚上我就帮李将军您转告我师兄去。

李景德："老子也没别的本事，就会打仗，活了半辈子，也只会打仗。咱们大梁的士兵确实不如辽人，但是我保证，十年后、二十年后，咱们的铁骑未必比他们差！但是这十年中，我们每打一场仗就要花很多钱，打赢一场仗要花更多的钱。赚钱的事，真的拜托你们了！”

阳光下，李将军咧开嘴，露出一个自信而爽朗的笑容。

唐慎望着这位年轻将军，良久，他道：“李将军，下官有一件事非常好奇……”

“你说。”

“那日圣上将您叫到登仙台，可是因为下官带您去驿馆接待辽使，拖累了您？”

李景德的脸色瞬间变得非常精彩。

唐慎：“将军？”

“圣上大概是把他骂了个狗血淋头。”一道清越低缓的声音从两人身后传来。

唐慎立刻转首看去，只见一面嫣红的蔷薇花架下，王溱穿着深红色的官袍，一手拿着折扇，嘴角勾起，似笑非笑地看着他们。

唐慎笑了。

嚯，看来有的话不用他转达，师兄已经知道了。

“谁说圣上将我骂了个狗血淋头，你王子丰是趴在房梁上亲耳听见了？”李将军先是羞恼，随即反应过来，理直气壮地说道，“你说什么便是什么！圣上将我喊去，奖励我大败辽军有功，你懂个什么！”

王溱走了过来，他与唐慎对视一眼。

唐慎心想：师兄，他刚才骂你，我可没回他，不关我事。

王溱笑了笑，唐慎没看懂王溱的意思，但他寻思自个儿没错，王子丰和他关系那么好，不至于和他怄气。

王溱悠然一笑：“既然李将军说圣上是赐予你奖励，那奖励何在？”

李景德：“……”

尔等狗屁文官，就没一个好东西！

李景德用力地摆摆手，大步一跨：“走了走了，没意思。”

李景德潇洒的背影消失在勤政殿花园中，只是唐慎怎么瞧都觉得他有些落荒而逃的意思。面对其他文官，李景德还敢呛两句。哪怕同为二品的礼部尚书孟阆，他都敢半夜套个麻袋，把他狠揍一顿。但面对王子丰，他不敢。户部管着整个大军的军饷，李将军以前也不是没反抗过王子丰，可结局都不怎么美丽。

识时务者为俊杰，李将军是当世人杰，自然也非常识时务。

王溱其实只是路过，他怎么可能真的跟踪唐慎或李景德。只不过路过花园时偶然听到有人提自己的名字，他便停下脚步，稍稍听了两句。

王溱看向唐慎，目光平和：“孟大人那边如何了？”

这是在问孟阆和辽国使团那边扯皮得怎么样了，唐慎道：“孟相公与余侍郎精诚合作，倒也算顺利。”

王溱：“总是要过个好年的。”

唐慎心领神会：“师兄的意思是……”

王溱笑了：“小师弟今晚上来尚书府吃酒吗？”

孟阆正式接待辽国使团后，唐慎早就成了闲人，每天悠闲得很，正想去找王溱联络联络感情。一听这话，他便道："好，又要叨扰师兄了。"

进了腊月，盛京入夜很早，衙门中的官员们都是提着灯笼下衙的。

唐慎回家换了身常服，来到尚书府。尚书府的厨子准备了一桌江南菜，其实唐慎之前并不喜欢吃口味清淡的江南菜。可如今，每次来王溱这儿，他都被逼无奈地吃一些，再加上尚书府的厨子是琅琊王氏精心挑选了送到王溱这儿的，本来就手艺一绝。唐慎跟着王溱，也渐渐变得口味清淡起来。

用过饭后，唐慎非常了解自家师兄那些风雅的爱好。

古人的文娱活动其实并不如现代人想象的那么少，当然也不多。入夜后，因为蜡烛、油灯费钱，大多人家就直接睡了。但要是不睡，娱乐点的可以玩打马、叶子戏，高雅点的琴棋书画，样样皆可。

王溱琴棋书画样样精通，唐慎作为他半个学生，也算是"附庸风雅"，多少都学了一点。

两人来到书房，这里摆着半个月前他们没下完的一盘棋。

唐慎看到这盘棋顿时头都大了，他直接求饶："师兄，我输了。"

王溱诧异道："还未下完，小师兄为何要说输了？"

"以师兄的眼力，自当看得出来这盘棋我已经输了，不如我们再下一盘？"

王溱感叹道："小师弟太过妄自菲薄了。"说着又开始收子，"那便再下一盘。"

唐慎心道：你就非得看我被你杀得片甲不留不可？

以往唐慎和王溱下棋，双方下的都是敌手棋，也就是两个水平相当的棋手下棋，互相不让子，但今日唐慎道："师兄，我想下饶子棋，你让我五子如何？"

饶子棋，就是由棋力低的一方执黑子先下，而且唐慎还要王溱给他让五子。

王溱惊讶道："小师弟为何要下饶子棋？"

唐慎："论下棋，我不如师兄，我们以前就该下饶子棋了。"

王溱："我不觉得。"

唐慎："我觉得。师兄，让我五子吧。"

王溱定定地看着唐慎，笑道："我是尊重小师弟，觉得你我该下敌手棋。"

唐慎心里想：其他地方我觉得你该多尊重尊重我，比如什么时候带我再升个官，但下棋这方面可就算了吧。然而话不能这么说，王子丰轻飘飘的一句话出口，唐慎已经在脑中过了三个弯。

王子丰说尊重他，觉得他们势均力敌，该下敌手棋。

这不仅仅是在说棋，还在说其他。

如何回应？

片刻后，十九岁的唐慎道："我比师兄小九岁，还未曾加冠，师兄让让我又能如何？"他说得分毫不错，唐慎今年才十九，待下个月过了年才是二十。

王溱比他大了整整九岁，几乎差了一辈。作为长辈，他疼爱一下子侄好像也不无不可。

王溱哑然失笑，怔怔地看着唐慎。良久，他徐徐叹了一口气，拿起白子的棋盒：“是，那就下饶子棋吧。”

王溱让了唐慎五子，又下了饶子棋，这下两人之间终于有一较之力。

唐慎先下一城，收了王溱三目，但随即王溱就断了唐慎的三条棋脉，连连得了先手。

棋局如人生。

很久以前，唐慎第一次真正下围棋时，梁诵就是这么对他说的。

下棋可以看出一个人的真性情。比如梁诵，他下棋主张求稳，不求激进，棋风端正。又比如傅渭，唐慎和他下过一局，傅渭的棋诡谲莫测，才下到一半他就懒得和唐慎下，离座喂鸟去了，原因是：“景则啊景则，你的棋实在太臭了！”

然而和王溱下棋，唐慎却摸不透他这个人。

王溱时而稳如泰山，时而兵行险着。他如同一只静卧在湖水旁的猛虎，常日盘身浅眠，那幽绿平缓的湖面便似其人一样高雅温和。然而风云突变，猛虎乍醒，咆哮山林间，惊得群鸟纷飞。

正当敌手惊魂未定之际，他又恢复平静，收走一众白子，对唐慎轻轻一笑：“小师弟。”

过了一会儿，唐慎回过神，发现自己又输了。

“师兄的棋力远超于我。”这话半是拍马屁，半是真心感慨。

“然而，小师弟还未曾加冠，再过九年，或许我便不如你。”

唐慎：“……”

不是，你王子丰怎么还记仇呢？

这事可不能这么过去，唐慎敏锐地发现了王溱非常在意的点，他道：“师兄，我没说你老。”

“嗯？”

“师兄风华正茂，俊雅飘逸。”唐慎发自肺腑地说道，“在我心中，师兄可谓大梁百官之中，真正的神一般的人物！”

二十八岁，已是一国权臣，妥妥的青年才俊。

第三十九章

亲事

唐慎其实想过一件事。

唐璜今年十五，可以谈婚事了。如果暂时不管唐璜个人的喜好，单让唐慎选，谁才是大梁最好的夫婿良配？

仅以官场而言，不是今年二十五岁的苏温允，而是已经二十八岁的王溱！

如果能嫁给王溱，那未来可真是顺风顺水，一生无忧了。

王溱望着唐慎，唐慎目光真诚，神情如赤子。王溱轻声笑了，他又摆了一局棋。

“再下一盘吧。”

唐慎默默又陪着师兄下了一盘棋。

“人生如棋局。”清雅的声音响起，唐慎抬头看向王溱。只见王子丰一边执白棋落子，一边目光低垂，看着棋盘，说道，“棋局亦如人生，如世态纷呈，如官场浮沉。小师弟，你见辽使，所见如何？”

唐慎端坐了身姿，道：“辽国是马背上的国家，全民皆兵，马强兵壮，或许如李将军所言，十年、二十年后，我大梁也可练出那样一支铁骑之师。现如今，辽国已经有了这样一支铁血骑兵，不过因为辽国的制度，他们的朝堂却不如我们大梁。”

“如何说？”

“南面官与北面官矛盾甚深，难以调解。”

王溱一子落定，截杀唐慎的三目气。他收了棋子后，道：“还说要下饶子棋，小师弟的棋力明明日渐增长。”

唐慎想了想，这是在夸我？

没让他想太久，王溱道：“南面官如你，执黑子下了一手饶子棋，北面官如我，占了大半辽国江山，浩浩荡荡，声势巍峨。”

唐慎惊讶道：“师兄早就知道？”

王溱：“银引司不是白开的。”

唐慎震惊道：“除了和‘以纸代币’有关，银引司居然还暗中调查辽国政务？”

王溱奇怪道：“小师弟慎言，我何时这么说过了？”

唐慎立刻闭上嘴。

“辽国大皇子和二皇子又如你，他们俩出身低微，因身处劣势，所以执黑子下饶子棋。三皇子耶律晗又如我，他出身高贵，深得王子太师等一众辽官的扶持，却愚钝无脑，执白后下。”

唐慎：“师兄，你方才说银引司不做打听辽朝政务的事。”

王溱：“我有说过？”

唐慎认真地道：“你有。”

王溱凝视着唐慎，微微皱眉。

放在以前，唐慎可能就会改口，假装自己说错话了。但这一次，唐慎也目不转睛地回望王溱，没再屈服于对方的淫威之下。

片刻后，王溱忽然笑了。

看着王子丰十分高兴的模样，好像没生气。

“师兄。”

“嗯？”

唐慎憋了半天，不知道该说什么。良久，唐慎道：“师兄，好像……轮到我下棋了？”

俊俏干净的小少年用明亮的双眼认真地凝视着王溱。

半晌后，王溱道：“好。”

唐慎松了口气。

两人又继续下起棋来。

王溱没再说辽国朝堂，但是他简单说出来的几段话就让唐慎看到了一个暗潮汹涌的辽国官场。辽国的官场并不似辽国军队的作风，那么铁血强硬。首先，辽官就分为北面官和南面官。北面官人数众多，大多出身贵族、出身大部落，把持朝堂大权。南面官负责与梁人交流沟通，虽说人少了点，但也是一股不可小觑的势力。除此以外，唐慎已经见过了辽国三皇子耶律晗。耶律晗勇猛有余，聪慧不足。听王溱的意思，辽国大皇子、二皇子和耶律晗之间，也形成了黑白棋子的交锋之势。

皇子之间的权力争斗自古难以避免，甚至权臣派系之间的夺势打压也司空见惯。然而这一刻唐慎才意识到，大梁也有很多皇子，大梁也有很多权臣、很多党派，可大梁有一个开平皇帝赵辅。

这次负责接待辽使的二皇子赵尚并不蠢笨，他养精蓄锐，在与辽使交涉时屡屡夺得上风。可除他之外，三皇子也素有才名，据说曾经得翰林院周大学士的赞赏，写得一手好字。

除此以外，朝堂上的世家官员和寒门子弟、老迈权臣和新秀心腹都是一颗颗黑白交锋的棋子。

但一切都在赵辅的掌控之中。

无论赵辅是因为什么原因做出这样的部署和布局，他的举动都让如今的大梁成了一个没有内患的国家。

唐慎的心情复杂起来，他心中暗叹一声，低头下棋。

唐慎道："辽国朝堂的矛盾和辽国宫廷的矛盾恰恰是大梁的及时雨，若是利用好了，不失为一条妙计。"回到一开始的话题，这是唐慎想到的。

王溱下了一子后，仿佛这才听到唐慎的话。他略微诧异地看着唐慎，问道："我与小师弟不是在下棋吗，怎的突然说起辽国的事了？小师弟真是为国分忧，时刻不忘。哪怕下了衙、入了棋座，也忧心辽使之事。这等栋梁之材，不该如此埋没。"

唐慎心道：我可是四品中书舍人，勤政殿的官。回老家探亲，姑苏府尹都要对我点头哈腰的，你说我被埋没了？！

"不过到底是年轻了一点。"王溱又道。

当然，唐慎一点不介意自己升官升得快，最好明年就入勤政殿当宰相。不过，如果能接手苏温允的职务，成为四品大理寺少卿，他就不在意加官晋爵了。

大理寺少卿虽说只是四品，但他执管的是天下所有案犯。

如果他是大理寺少卿，要查一些事就会变得方便许多。这也是唐慎一开始有意接近苏温允的原因。只可惜出了剌州一事，苏温允对唐慎有了很大意见，两人恐怕难以交好。

唐慎无奈地摇摇头，继续下棋。这一盘棋毫不意外，又是王溱大获全胜。

唐慎穿上狐裘大氅，辞别王溱，准备回家。

王溱道："小师弟不若下次在我家中也放上一身朝服，如此便不用每日回家了。"

冬天天气寒冷，唐慎每次都得冒着寒风乘车回家，确实不大方便。要是把朝服放在王溱这儿，以后唐慎就可以在尚书府歇息，不用特意回家换衣服上朝。他想了想，道："那我下次来时就拿一套朝服放在师兄这儿了。"

王溱举着一只灯笼，送唐慎出门。

王溱的声音在这时响起："小师弟年方十九，已官居四品，两年内想再晋升，若无大功，绝无可能。"

唐慎又怎么不知道，他道："师兄不要误会了，我并非贪图名利之人。"

"我倒是可以给小师弟指一条康庄大道，五年内官居二品，并无不可。"

唐慎睁大眼睛："师兄？"还有这种方法？

王溱举着灯笼，道："方法简单得很，小师弟与我割袍断义，分道扬镳，从此以后，再无瓜葛。"

唐慎愕然。

这话听起来像在调侃唐慎，但唐慎仔细一想，头皮发麻。

王溱说的并非全是玩笑。

唐慎深受皇帝器重，为官三年便入了勤政殿，做了四品中书舍人。他与王溱交好，前途无量，十年后未尝不可官居二品。但如果要五年内成为一朝权臣，那与王子丰断交翻脸就是最好的途径。

唐慎与王溱为敌，与苏温允关系不合，那在赵辅的心中他就是制衡这两人的一枚更好的棋子。赵辅会更加重用他、提拔他，让他成为真正能与王溱、苏温允较量的对象。

然而……

唐慎道："师兄这样说，却是令我伤心了。人各有前途，所谓尽人事，听天命。我对师兄从无那分意思。师兄，就是我的师兄，如我刚才所说，子丰师兄，我并非贪图名利之人。"

这段话说到头就一句话：我不想利用你。

或许一开始唐慎是真的想着利用王子丰上位，但事到如今，他对王子丰敬佩有余、尊重有余，他是真正地拿这人当了自己的指路明灯。

梁诵是他的启蒙恩师，王溱则是他这漫漫人生路途上的老师。

王溱教会了他太多事，几乎是领着他进入了这浩瀚无垠的官场。时至今日，唐慎才真正发现他已然习惯了仰视王溱，习惯了自己的身后有这样一个亦师亦友的师兄。他信任王溱，甚至愿意将自己的性命赌在这个人的身上。

刺州驿馆那一夜，兵荒马乱之时，从王溱推开了柴房的门将唐慎救出来的那一刻，这个师兄对唐慎而言就不再是利用上位的踏脚石，而是今生唯一的挚友一般的存在。

唐慎拱手道："言尽于此，师兄，我先回去了。"

王溱怔在原地。

唐慎拉了拉大氅，上了马车，由车夫驱车回探花府。

他的身后，王溱举着灯笼远远望着。

管家低着头，轻声道："公子，该回去了。"

王溱长长地叹了一声气，他的声音在寒冬烈风中消散。

过了两日，唐慎就打着灯笼来了尚书府。

王溱抬头看他，唐慎提着灯笼，尴尬地道："师兄是打着灯笼也找不到的好人，就莫要和我生气了。"

王溱徐徐笑开："过来下棋吧。"

王溱正好在摆棋盘，唐慎就来了。两人下了几局棋，王溱："朝服带来了？"

唐慎一愣："忘了。"

"那下次带来吧。"

"好。"

下完棋，唐慎咳嗽一声，说明自己的来意："师兄执掌银引司，不知如今银引司的差事做得如何了？”

王溱抬眸看了唐慎一眼：“小师弟怎么突然问起银引司的事？”

犹豫片刻，唐慎决定把自己这几天想的事全盘托出：“先前李将军与我说起过养兵的事。师兄，辽人对我大梁一直虎视眈眈，任何对策都是饮鸩止渴，不能治其根本。我大梁之所以畏惧辽国，怕的不是其他，怕的就是他辽国的剽悍铁骑。前几日师兄又与我说起辽国的内患，我想这世上的所有争斗，不外乎‘兑子’二字……”

十日后，两国达成合约，对开平三十年幽州城一战，双方各自退让一步。

辽人要的那些钱财梁人并不缺，而梁人要的是辽国释放人质，且允许大梁以买卖形式，从辽国购得一批汗血宝马。

宝马有价无市，千金难求。

然而除此以外，辽国使臣汉儿司耶律勤还提出一个要求，震惊了所有在场梁臣。

耶律勤道：“我大辽早就听闻，梁国出美人，出窈窕温婉的美人。所以本次来，本使臣也是来替我大辽皇帝迎娶一位大梁公主的。”

次日早朝，群臣哗然。

赵辅高坐在御座上，道：“窈窕淑女，君子好逑。我大梁女儿都温婉柔美，没想到连辽帝都知晓。真可惜，朕没有适龄的公主，诸位爱卿，你们说这可如何是好？”

唐慎知道，赵辅其实并不在乎自己的女儿嫁不嫁给辽帝，他嘴上说真可惜，可其实并没什么感觉。然而大梁朝堂中，多的是在乎自己女儿的人。

一时间，王孙勋贵、文武百官，人人自危。

这一日，唐慎正好休沐，他来到细霞楼，竟然见到了一个意料之外的人。

唐慎走上前，行礼道：“下官唐慎见过景王世子，世子怎么在这儿？”

此人正是景王世子赵琼。

赵琼举起酒杯，对唐慎苦笑道：“借酒消愁……愁上加愁！景则啊，辽帝要迎娶一位大梁公主的事你应当是知道的吧。”

唐慎坐下来：“我是负责接待辽使的官员之一。”

赵琼唉声叹气：“圣上没有适龄的公主，自然是要找其他适龄女子嫁过去。这其中，首先被看中的就是我们皇家的姑娘。如果皇家中没有合适的，或者圣上不想委屈皇家女子，接着才会挑大臣家中的，挑了后封为公主，送过去。”

挑大臣家中的女子，是因为和自己没什么血缘关系，随便挑一个受苦这很常见。但是赵辅不是个温情的皇帝，对他而言，哪怕嫁自己的女儿都无所谓，选一个侄女嫁过去也没什么不可以。

赵琼：“我家小妹今年十七，深受家人疼爱，本来想着多留几年，恰恰还没婚配啊！”

唐慎与赵琼交往不多，但他知道赵琼不是个喜怒形于色的人。唐慎在盛京开了细霞楼、百宝阁，却把肥皂、黄金缕的生意交给了别人做，他的合作对象就是景王世子赵琼。

唐慎还记得第一次与对方见面是在景王府。赵世子主持会元宴，宴请天下才子，将大小事务打理得井井有条。可如今看着赵琼垂头丧气的模样，两者反差极大。

显然，赵琼是真的心疼妹妹。

唐慎道："世子便真的没法子了？"

赵琼叹气道："我等皇亲国戚，出身尊贵。说出去名声响亮，但我大梁不比前朝，皇亲国戚不可干涉朝政，我们都是空有虚名的贵族罢了。景则你也知道，辽帝要与大梁和亲，娶大梁公主为妃。这事简单得很，并不麻烦，圣上也已经同意，早就无法反悔，我们哪儿有办法。"

唐慎想了想，道："想来世子爷也应当知道，若是大户人家的女儿不想被选入后宫，往往会假装生病。"

赵琼："这是一个法子，但是是下下之策。其实我们还想过，为小妹立刻寻找一门亲事。"

唐慎心中一紧，他陡然有了不好的预感。他问道："世子的意思是……"

赵琼苦笑道："我家妹妹自小喜爱读书，琴棋书画样样精通，女工刺绣也丝毫不落。她性情温淑，柔美羞赧。原本将她留在家中，是想着待明年给她选个喜欢的，不随随便便地嫁了人。如今出了这事……"顿了顿，赵琼拱手道，"唐大人，听闻你还未曾定亲。"

唐慎眼皮一跳，顿时一个头有两个大。

"若是景则愿意，我可以从中牵线，为你们定了这门亲事。"

唐慎目瞪口呆，哑口无言。看着赵琼期盼的目光，唐慎整个脑子成了一团糨糊。迷糊之余，他脑中第一个想到的人是王溱。他下意识地把王溱当成了救命稻草，差点就要对赵琼说"这事我自己不能决定，我得问问我师兄"。

万幸他没脱口而出。

唐慎："世子，我还未有成家的打算。"

赵琼急切地道："你可是担心我小妹长得不够美？"

唐慎哭笑不得："自然不是。世子，我是真的还没有定亲的意思！"

赵琼又问了几句，唐慎不断推辞。赵琼长叹一声气，更加忧愁了。"也不瞒着景则，其实若是真给小妹临时定亲，也不是个好主意。这法子固然能保住小妹，不让她嫁到辽国，但必然会被圣上关注到，让圣上对我们景王府有所微词。但是我们也是走投无路了。"

唐慎给赵琼倒了杯茶。

赵琼接着道："景则也不是唯一的人选，只是你是最好的人选。你与我本就熟稔，三年前就有交集，如果说你与我小妹早就有意，两家只是还未正式定亲，这或许还能瞒过圣上，至少让他不再迁怒景王府。而且你的人品与才学相貌我都是信得过的，你是个良配，将小妹嫁给你，我放心得很。"

唐慎："承蒙世子夸奖，下官受之有愧。"

知道唐慎不可能成为自己的妹夫，赵琼也放开了许多，他苦中作乐："景则可不要谦虚，你在盛京城中可是一块香饽饽，难道你不知道这几年来许多皇族贵勋、高官权臣都在关注你，想将自己家的姑娘嫁给你？”

“啊？”

“哈哈哈，你且等着吧，或许我只是第一家，往后还有人想来拜访你唐探花呢！”

赵琼刚说完，当天下午唐慎回家时就有小厮在探花府外等候。

这小厮见到唐慎，赶忙跑过来，送上请柬：“可是唐慎唐大人？我家大人请唐大人上门一叙。”

唐慎打开一看，是工部尚书袁穆亲自写的请柬！

盛京城中并不是每个有适龄女儿的人家都病急乱投医，想给姑娘找个良配，但耐不住有适龄姑娘的人家实在太多了。唐慎自个儿都不知道，他在盛京城中一直是赫赫有名的第一良婿。他出身贫寒，可年纪轻轻就官居四品，深受帝宠，同时还长相俊俏。姑娘嫁过去，不用受婆家的气，还可以嫁给一个如意郎君，简直是两全其美的大喜事。

唐慎不堪其扰，第二日就收拾行李搬去了尚书府。

王溱问道：“小师弟怎的来了？”他瞧着这大包小包的东西，笑道，“带了如此多的礼物给我？”

唐慎：“咳，这些都是我的行李。师兄，我想到府上小住几日，可能要叨扰你了。”

“怎的突然想住过来？”

“师兄，我想你了。”唐慎语气认真。

王溱笑出声，道：“收到几户人家的请柬了？”

唐慎睁大眼：“你都知道？”

王溱：“我与工部尚书袁大人虽只是寻常同僚，但我也听说过袁大人非常溺爱自己的孙女。而他的孙女又正好到了适婚年龄，还未有婚配。我与袁大人的关系算不上好，自幽州一事后私下联系很少。但为了这件事，昨日他亲自来找我，希望我为你与他家孙女说媒。”

唐慎大惊：“师兄，你不会是想为我说媒吧？我这难道是刚出虎穴，又入狼窝？”

王溱：“袁大人家的姑娘我听说过，是盛京城名气极盛的才女，比景王府的小郡主更才貌出众些。”

唐慎吞了口口水。

“礼部右侍郎的幼女也不及袁大人的孙女那般貌美。”

唐慎手指一抖。

“哪怕是定国公家的嫡女，虽说貌美有余，却不及袁大人的掌上明珠那般才学出众。”

唐慎：“师兄都知道了！”知道这几天是哪些人来找他说亲！

王溱笑盈盈地看着唐慎，状若无意地说道：“若是要从中选一位，袁大人的千金是良配，小师弟觉得呢？”

唐慎：“我不想成亲。”

“嗯？”

唐慎苦笑道：“师兄莫要再揶揄我了。我今年才十九，这哪是成亲的年纪！虽说我这年龄有许多人早已成家立业，但我还未成事业，哪里顾得上儿女私情？师兄也未曾娶亲，难道师兄不懂我吗？”

过了片刻，唐慎没等到王溱的回答。他奇怪地看向王溱，只见王溱一双清澈的双眸悠然地看着他。

唐慎喉间一涩。

王溱原本正在画画，如今收起笔，对唐慎说：“为何不想成亲？”

唐慎认真地回答：“我还太小了。”

王溱挑起一眉：“真正的原因。”

唐慎心道：我说的就是真相，你偏偏不信！王子丰，你也有弄错答案的一天。

心中这么想，唐慎却得再给王溱编个答案出来，可他苦思冥想，却怎样也想不出。他灵机一动，反问道：“那师兄为何至今未婚？”

“我何时说过我没有婚配？”

唐慎震惊不已：“啊？”

王子丰居然是有婚配的？

看着唐慎瞪圆了的双眼，王溱微微一笑：“当然，我也没说我有婚配。”

唐慎松了口气，心道：你要不是王子丰，你早晚被人打死。

王溱：“只是遇不上合适的罢了。”

这话乍一听还以为王溱是在随口敷衍，但唐慎想了想才明白，王溱说的可能真是实话。不孝有三，无后为大，可官做到王溱这份上，能对他指指点点的人，除了他的家人，只有皇帝。

赵辅不管他的婚事。显然，以王溱在琅琊王氏的威望，王家也不会对他的婚事指手画脚。所以或许真如他所说，他没遇上合适的人，他没见到那个姑娘，所以他至今未婚。

王子丰没有成家，是因为他找不到一个能与他执手到老的人。

唐慎心想：可这世上又有谁有资格与王子丰白头到老？

一时间，他竟然完全想不出该是怎样一个天仙似的姑娘才有这样的资格，入了王溱的眼。

唐慎发自肺腑地说道：“我懂了。”他知道王溱为什么至今单身了。

王溱：“你不懂。”

唐慎摇摇头：“不，师兄，我懂了。”我懂了，你不成亲是因为没人配得上你。

王溱定定地望着唐慎，良久，他笑了，不再反驳。

两人不再说这件事。

王溱：“如何应对那些人？”

唐慎头疼道：“此事我也不知。师兄应当知道，那些给我送请柬、甚至亲自上门的，要么是皇亲国戚，要么是比我官位高的大臣，这些我一个也得罪不起，所以才出此下策，来师兄这里躲躲。”

"不想与他们多说？"

唐慎斩钉截铁："不想。"

王溱啪嗒一声，展开白扇："那便不要再说了吧。"

次日，竟然再也没有人来为唐慎说媒。

唐慎躲到尚书府，自然没人会来这里为他说亲。可除此以外，他去勤政殿办差，之前几天总是缠着他的几位大人竟然也一个个消失，没再对他苦口婆心地劝说。

唐慎大为震惊，观察半天后，他得出一个结论——师兄是真的深藏不露啊！

王子丰其人，比他想得还要可怕。

其他人家的姑娘唐慎管不着，但是他与景王世子赵琼关系不错。双方在肥皂生意上合作愉快，唐慎下衙回到尚书府后，他仔细想了想，与王溱商讨出一个对策。当夜，他便写了一封信，私下送去了景王府。

景王府中，景王妃整日以泪洗面，逍遥王爷赵敖也愁眉不展，唉声叹气。

世子赵琼急得坐立难安，这时有小厮前来禀报，说是唐慎送来了一封信。景王妃道："难道说那唐慎对咱们家婉儿有意，想与婉儿定亲？"

赵琼打开一看，他先是"咦"了一声，接着把这封信递给六王爷赵敖："父王，您看看。"

赵敖看后，也是一惊。

景王将儿子叫去书房，父子二人商量了一个时辰，景王动身进宫。

待到入夜，宫里来了小太监，说是皇帝留景王在宫中留宿。

赵琼听了这话，松了一口气，他对景王妃道："妹妹应当不会嫁去辽国了。"

第二日，景王回来，他将赵琼叫去书房，从书架上取出一本书，打开书后，拿出了夹在书页中的一封信。赵敖看着这封信，目光复杂，感叹道："我与皇兄自幼相识，相伴长大，可五十多年过去了，我依旧看不透皇兄的心思。琼儿，朝堂上的这些官员虽说与皇兄没有血缘羁绊，但在揣摩圣心上却比咱们做得好啊！"

看着这封信，赵琼也是感慨良多。

这些天来，景王府因为和亲的事愁云惨淡，一片哀声。赵琼从没想过，唐慎会给他送来这封信。信上，唐慎直接指出了三条路：

两国和亲已是箭在弦上，不得不发。然世子爱妹之心亦感天动地。景则不能为世子解忧，数日来昼夜难安，愿尽绵薄之力，有几言与世子说。若想保住令妹，景则有三计。

其一，病患缠身，难以西渡。

天有不测风云，人有旦夕祸福。两国和亲乃国之大事，不可儿戏。若郡主身体抱恙，自然不可和亲。然此计一来令圣上猜忌，二来有损郡主名声。

其二，佳偶天成，已有婚配。

此计若用，如何寻得乘龙快婿为一难；使圣上不多加怀疑，是二难。此外，恐也耽误了郡主终身大事。

其三，以进为退，以攻为守。

景王与陛下同胞兄弟，感情甚笃。寒冬腊月，景王常陪陛下身侧，排忧解难，陛下亦顾念手足之情。若景王求见陛下，主动愿嫁幼女，且面露不忍，或有转圜余地。

愿世子得偿所愿，心想事成。

第一计和第二计景王府不是没想过，只是如同唐慎所说，真正用了的话，不仅可能让赵辅心生怀疑，还可能耽误小郡主的终身大事。而第三计却是兵行险着了。如果赵敖主动送女，赵辅还答应了，那他真是赔了夫人又折兵。

但是盛京城中最符合要求的贵女就是景王府的小郡主，甚至赵敖昨日得到消息，赵辅已经有意让他家小女儿出嫁辽国。到这时候，一切都是破釜沉舟，不成功便成仁。于是赵敖进了宫，他主动求见赵辅，想将自己的女儿嫁去辽国。

垂拱殿中，赵辅听了景王的话，大为吃惊。

这位大梁皇帝手中拿着朱笔，目露惊愕地看着赵敖，关怀地说道："皇弟怎的突然这样说？"

赵敖道："臣弟身为大梁王爷，却从未为我大梁出过力。不用皇兄说，臣弟也知晓婉儿是最佳人选。盛京百姓叫臣弟一声'逍遥王爷'，这一声'逍遥'，便是在说臣弟无能至极！如今，辽帝要娶大梁公主，臣弟怎能再视若不见！"

赵敖言辞恳切，可手指颤抖，说话时胡须都在微微颤动。他极力藏着自己的不忍和痛苦，可又怎么瞒得过赵辅的眼睛。赵辅幽幽地望着他，良久才道："皇弟，可是真心说此话的？"

赵敖浑身一颤："是。"

赵辅叹了口气："从何时起，你我兄弟竟也会说这样冠冕堂皇的话了？"

于是，赵辅将赵敖留宿皇宫，兄弟二人促膝长谈，说起了小时候的许多事。赵辅龙颜大悦，谈起那些经年往事，他仿佛又回到了年轻时候的岁月。在做了三十年无情的帝王后，他望着自己这位已经苍老的同胞兄弟，还是起了一丝恻隐之心。

他拍了拍景王的手，道："你就莫要担心了，朕心中自有主意。"

赵敖彻底松了口气。

果不其然，过了几日，赵辅选定了出嫁辽国的女子，是已故的九王爷家的郡主。九王爷去世后，王府无人当家，又不受赵辅待见，早成了没落皇族。赵辅将这位郡主收入皇室，封了公主，送去大辽。

九王府中是如何哭天抢地，不足为外人道也，但盛京城中，其他人家个个喜笑颜开。

临近新年，大辽使臣即将回辽。

腊月廿一，唐慎穿着朝服、披着狐裘大氅出门，他伸出手，接住了一片雪花。

天空灰蒙蒙的，一片片轻柔的雪花落在地上，无声地铺上一层银色。唐慎拉紧了大氅向皇宫走去。等到上完早朝，他回到勤政殿中，先看了一些折子，接着递了折子，又过了一个时辰，赵辅召他到垂拱殿中觐见。

唐慎整理了官服，冒着大雪去了垂拱殿。

见皇帝当然不能再穿大氅，一路走下来，唐慎被冻得嘴唇发紫。还好到了垂拱殿，小太监为他掀开厚厚的门帘，顿时一阵暖意袭来。

赵辅正抱着一个暖炉坐在罗汉榻上吃核桃。小太监拿着精致的小锤一下下地把核桃敲开，一点点地将核桃肉挑出来，皇帝有一下没一下地吃着。

见到唐慎，赵辅上下看了他一眼，对季福道："瞧把景则冻的，这天是越来越冷了。"

季福是有眼力见的，他知道赵辅看重唐慎，他又这么说了，季福便道："方才奴婢出去走了一趟，官家不知道，可真是大雪纷飞，把奴婢的耳朵都冻僵了。官家，可要奴婢给唐大人准备一个暖炉？"

赵辅没应，而是挥手道："赐座吧。"

两个小太监抬着一把凳子放到炭盆旁，唐慎先行一礼，接着坐下："谢陛下恩赐。"

赵辅没说话，依旧在一下一下地吃核桃。过了会儿，他道："景则，怎么今日想着来见朕了？可是有事？你那折子中写的东西，倒是有些意思只是你啊，太年轻了。"

唐慎心中警铃大作，他哪里敢再坐着，立即站起身作揖行礼。

"一个月前，臣接待辽使后，与辽国使团接触甚多。这一月来，臣身为大梁官员，身为大梁百姓，寝食难安。越是与辽使接触，臣越是触目惊心。"

"啪嗒"一声，小太监敲碎了一颗核桃外壳，声音在垂拱殿中回响。

赵辅抬起头，道："说来李景德回京后，似乎一直与你在一起？"

唐慎想了想："李将军心系西北，关心辽使来京是否有其他目的，所以与臣一起接待辽使。"

赵辅笑骂道："能有何事？让他这等莽夫去接待辽使，也亏你想得出来！"

"臣有罪。"

"下不为例。"赵辅道，"两国交好，公主也即将嫁去辽国。景则啊，你也不必想太多了。"

唐慎心道：两国交好？不知道是谁那天在升平楼的宴会上满脸堆笑，表现得昏庸无能，对辽使百般求全，等到离了宴席，直接把李景德叫去登仙台臭骂一顿！要不是王溱点出这件事，唐慎还不知道那天赵辅把李景德喊过去是骂他没把辽人治好，害得赵辅还得在辽使面前丢人！

大梁打不过辽国，辽国又暂时不愿耗费国力去吞并大梁。

这就是现状。

如今赵辅居然说"两国交好"？

当真是死要面子活受罪。

但唐慎也不能点明，还得顺着皇帝的意思往下说："陛下说得是，但是卧榻之侧岂容他人鼾睡，陛下，防人之心不可无啊。臣斗胆谏言，陛下万万不可小觑辽人。"

赵辅做出沉思的模样，叹息道："罢，景则的顾忌也并非无的放矢。"

垂拱殿中，季福打着拂尘乖巧地垂立一旁，起居郎和起居舍人奋笔勤书，将今日唐慎面圣的事记载下来。

唐慎作揖行礼，恭恭敬敬地说道："臣以为，面对辽国，大梁不当视若无状。李将军回幽州前曾与臣说过，若给李将军十年，他定然可以练出一支不亚于辽国铁骑的强兵。"

赵辅捏着核桃肉的手骤然一顿，他双目放光，抬头看着唐慎，急切地道："李景德说过？"

唐慎点点头，斩钉截铁："是，说过。"

千里之外，正在幽州城练兵的征西元帅李景德打了个喷嚏。

"哪个辽国的王八羔子在算计老子？"

垂拱殿中，唐慎接着道："然，练兵非一朝一夕之事，不可一蹴而就，需要的不仅是时间，还有金钱，西北银引司正做此要职。臣以为，银引司与飞龙军携手，两相齐力，定能练成不亚于辽军的雄雄铁骑。"

听到这话，赵辅表情舒展，心旷神怡，但随即他仿佛想到了什么，喜悦的目光收住几分，看着唐慎，轻声道："子丰对你说的？"

唐慎心中一顿，默了默，道："王大人有与臣谈及此事。"

垂拱殿中寂静了片刻，赵辅叹道："你们这师兄弟二人，倒是齐心协力地为朕办事啊。"

唐慎低着头，不说话。

赵辅又道："银引司一事，你折子上写的朕都看过，这些也都是王子丰该做的事，与你无关。不过景则，你在折子后面又写的那个，朕倒是看得有些迷糊。你是想作甚呢？"

唐慎抬起头，说道："臣以为，银引司不仅仅可以做军务往来，如此用银引司，是屈才了。"他没提赵辅设立银引司最大的目的是为了多年后假借银引司推动全国货币化，因为这事不该唐慎知道，他说道，"银引司，更可以深入辽国内部，打探敌情！"

赵辅定定地望着唐慎，唐慎被他看得心中打鼓。

唐慎身为中书舍人，这个官位并不像六部尚书、大元帅那样有个明确的职务。中书省的官员大多是唐慎这样的，官职为虚，他们要做的就是为皇帝办事，分忧解难。

今日唐慎越过徐毖直接觐见赵辅，他并没有越权。这也说明了他并没有将自己真正看作徐党一员。

唐慎是皇党，只忠于皇帝。

两年来，徐毖从未将唐慎纳入麾下，真正信任他。同样，唐慎也是如此。

忽然，赵辅放声大笑："朕没想到，你与斐然，在这事上竟然不谋而合了！"

唐慎心中一惊。

斐然？苏温允？！

第四十章

冠礼

腊月寒冬，盛京城白雪皑皑，皇宫被封在一片白茫茫的大雪中。

穿着深红色官袍的工部右侍郎兼大理寺少卿苏温允走进了皇宫，他冒着鹅毛大雪来到垂拱殿，等到太监进去通报后，他才进去。苏温允先给赵辅行礼，接着他抬起头，视线忽然停在垂拱殿中央的唐慎身上。

两人目光交汇，唐慎移开视线，神色平静。

赵辅还坐在罗汉榻上，他抱着暖炉，道："斐然也来了，瞧瞧你这官帽上，都积满了雪。"

"臣苏温允见过圣上。"

赵辅笑道："坐吧。"

小太监立刻搬了张椅子，唐慎和苏温允一起坐下。

赵辅道："景则写的折子，你也看看好了。"大太监季福立刻将唐慎写的折子递给了苏温允。

苏温允翻开奏折看了起来，越看他的表情越怪异，看到最后，他忍住想抬头询问唐慎的冲动，对赵辅道："回陛下的话，臣与唐大人似乎不谋而合了。"

赵辅似乎心情很不错，哈哈大笑道："可不是？今日我看了这折子后也觉得惊奇，你昨日才递了折子，今日景则也递了一张来。"

听到这儿，唐慎已经知道苏温允昨天给赵辅递了一张什么样的折子了。

苏温允奏荐赵辅，往辽国安插密探！

唐慎不知道苏温允是想利用什么途径讲探子安插进辽国。但是按理说，他应该不会想到银引司。银引司是由王溱掌管的，苏温允与王溱向来不合，两人没有交集，如果不是王溱私下与唐慎说过银引司的事，他肯定想不到通过银引司去探查辽国敌情。

正说着，一个太监端上了一盅松茸鸽子汤，说是后宫里的某位娘娘特意为皇帝炖的。赵辅斜斜坐着，轻轻地喝汤。他目光低垂，神色淡定，仿若一个普普通通的花甲老人。喝了两口汤后，赵辅道："今日这鸽子汤，喝着总不如往日那般鲜美了。"

季福在一旁赔笑道："淑妃娘娘的手艺在后宫堪称一绝，许是外头天太冷，太监送到垂拱殿时给吹凉了，官家才会觉着不如往日鲜美。"

赵辅道："朕怎么觉得不是呢？朕觉得，若是这松茸能更鲜香些，鸽子能更软嫩些，二者中和，相辅相成，哪怕雪下得再大，也对汤的鲜美造不成影响。"

季福心中一紧，他听出赵辅这是话里有话，可很明显赵辅这话不是对他说的。季福虚着眼睛看向苏温允和唐慎，既然不是对他说，那只能是对这二位大人说的了。

唐慎和苏温允心里也各有计较。

不过多时，唐慎先离开垂拱殿，苏温允还留在殿内。

踏出垂拱殿时，唐慎撑开伞，雪花轻轻地落在伞面上，发出静谧到几不可察的声音。唐慎走在回勤政殿的路上，快到勤政殿的宫门口时，他停下了脚步，嘴角微微勾起。

赵辅想让他与苏温允联手去办这件事，未必是件坏事。

时隔两年，这是他与苏温允难得的接触机会，若是能借机从苏温允口中探听出一些消息，也不枉此行。

当日下午，赵辅下旨，让唐慎明年二月就动身前往西北，督查银引司的建办情况，替天子巡视。

司礼太监直接拿着圣旨进了唐慎办差的堂屋，宣读旨意。唐慎领旨后，这个消息很快传到了徐毖耳中。徐毖正握着一卷古籍细细阅读，听说了这件事，他若有所思地点了点头，没做任何其他反应。

临下衙前，这事也传到其他相公的堂屋中了。

礼部尚书孟阆听闻此事惊讶了半晌，他转过身，看向与自己同屋的户部尚书王溱。孟大人眼珠转了转，道："王大人，本官似乎听闻，那工部右侍郎苏温允苏大人今日也接了诏书，说是明岁要去西北监察军情？"

王溱正在品赏一块透彻湛白的美玉，他好像看得入了神，没听见孟阆的话。

孟大人在心中骂了句"不知又是从哪儿贪赃枉法来的宝玉，可别被我抓着你的把柄"，接着他屈指敲了敲桌子，又道："我记着银引司是王大人执掌的吧，也在幽州。唐大人要去幽州，苏大人也要去，莫非苏大人和唐大人是一起动身去往幽州城？"

王溱这才放下品赏美玉的手，他抬起眼看向孟阆，接着笑了。

王溱："我好像没听说过苏侍郎也去。"

孟阆："也是今日才接到的圣旨。"

王溱："孟大人甚为礼部尚书，对工部的官似乎关切得很。"

孟阆："嗯？"

"对徐相公手下的中书舍人，也无比关心。方才谈起银引司，孟大人亦是头头是道，如数家珍……"

"等会儿，王子丰，我何时对银引司如数家珍了？你可不要血口喷人。"

孟阆一点都不想和银引司扯上关系。朝中百官，每人都银引司都有一些猜测，孟阆也不例外，虽说他不知道赵辅设立这个机构到底是为了什么，但必然是要做什么大事的。所谓好事轮不到他，坏事他也压根儿不想沾上，礼部尚书孟大人向来不乐意管这些麻烦事。

王溱将美玉收起。他站起身，下一刻，屋外传来官差敲锣汇报时辰的声音。

到时间下衙了。

王溱认真地看了孟阆一眼，深深作了一揖，发自肺腑地感慨："孟大人委身于礼部尚书一职，屈才了。"说完抬步就走，留给孟大人一个潇洒的背影。

孟大人愣在原地，等到王大人走没影了，他才反应过来。

"等等，王子丰那是在夸我？我怎么觉得哪里不对劲呢？"

腊月下旬，临近新年，官员们纷纷休假了。

唐慎今年又没有回姑苏，因为他接了圣旨，明年开春就要去西北。这一年的除夕，一家人在细霞楼吃了饭，前几个月唐夫人特意从姑苏府来了盛京，为唐璜结发贯笄。

唐璜年满十五，是个真正的大姑娘了，可以婚配嫁人了。

按理说这事该让唐璜回姑苏去办，但唐夫人亲自来了，唐慎颇有些过意不去。

唐夫人笑道："知晓你们忙，我这大半辈子从未来过盛京，如今走一趟，也正好瞧瞧姑苏府以外的风光。"哪怕是唐夫人这样的大家闺秀，一生也没离开过姑苏府。

如今过了除夕夜，唐璜给唐慎敬酒："轮到哥哥要加冠了。"

姚三也道："小东家是三月的生辰，原本该在盛京办加冠礼，可二月初您就要去幽州，恐怕这生辰宴是办不起来了。"

唐慎："等我回来时再办也不迟。"

不仅姚三注意到唐慎要在幽州城度过自己的加冠礼，新年初始，唐慎去傅府拜年时，傅渭也意识到了这个问题。傅渭近来在翰林院编纂书籍，人消瘦了不少，但精神矍铄，神采奕奕。他皱着眉头，摸着胡子："这倒是个问题。"

唐慎笑道："先生多虑了，待学生从幽州回来再办也是不迟，到时还得请先生做我的大宾，为我举行冠礼。"

"这是自然。"

男子二十而冠，女子十五及笄。

冠礼时，需要有一个大宾做主持人，一个赞宾做协助人。如果放在其他人家，大宾向来都是加冠者的父亲，赞宾常常请加冠者的老师担任，可唐慎的父亲早早病逝，加冠的任务就只能交给傅渭，而赞宾的话……

唐慎道："我想请子丰师兄做我的赞宾。"

傅渭道："赞宾是你的良师益友，是你的长辈恩人，由子丰来担任也是合理。只是这事你可得和他说一声，做赞宾不是件小事，是你一生之大事，也是他一生之大事，若是他不愿意，为师也无可奈何。"

"是。"

给傅渭拜完年，唐慎并没有直接去找王溱，因为王溱今年回金陵府过年了。

从傅府回到家中，唐慎忽然觉得好像有点冷清，似乎少了什么。仔细一想，他不由失笑："我过去这几年竟然都是和师兄一起过年的！"

今年一下子没了王子丰的存在，唐慎感觉浑身不舒服。

又过了十日，王溱从姑苏府回来，听到消息，隔日唐慎就带着礼物登门拜访，给王溱拜年。

王溱让管家收下礼物，同时又将自己从金陵府带来的东西送给唐慎，唐慎的书童收下了这些礼物。

王溱开口便道："听先生说小师弟想请我做冠礼的赞宾？"

唐慎心里"咦"了一声，怎么回事，听王子丰这语气，好像不那么乐意给他做赞宾？

唐慎道："是，我今年已经二十，即将加冠，我父母早逝，所以想请先生和师兄为我加冠。"

王溱喝了口茶，道："坐吧。"

唐慎整理衣摆，坐下。

王溱没直接回答他的问题，而是道："我记得小师弟的生辰是三月初七。"

"对。"

"但你二月就要去幽州赴任？"

"是，这也是无可奈何。所以我打算等从幽州回来后，再行冠礼。"

王溱单手拨弄茶盖，良久，他道："倒也未必一定如此。"

"啊？"唐慎诧异地抬头看向王溱。

半月后，赵辅忽然下旨，命唐慎三月末再动身去幽州。唐慎起初还不明所以，但随即他想起先前王溱说的话，顿时哑然失笑。

"我这师兄到底给皇帝灌了什么迷魂汤，这么听他的话，任他滥用私权？"

王溱到底做了什么，唐慎左思右想，不得要领。

他当然也不知道因为王子丰这次真的什么都没做。

王溱只是在某次与皇帝交谈时，说起银引司的事，两人又恰恰好说到了唐慎要去督查银引司的话题，而且这个话题完全是赵辅自己引出来的。银引司由王溱掌管，唐慎要去，赵辅就随口说了一句，两人这就说起了唐慎。

于是王溱拂袖作揖，顺理成章地说道："说来再过两月就是唐大人的生辰，想起这事，臣便想起九年前臣冠礼时陛下亲自赐予臣的那锭清都玉墨，真是玉浮清光，馥郁墨香。去岁臣将它从库房中取出擦拭，还是一如崭新。"

赵辅忽然想到："今岁到了唐慎的冠礼了？"

王溱道："是。"

赵辅恍惚了一阵，道："朕倒是给忘了，景则原来才二十，朕总觉着他不比斐然小了。"

于是，便有了赵辅下旨让唐慎在盛京城加冠的事。

这其中的弯弯绕绕被起居郎记载在了赵辅每日的《起居注》中，但唐慎无从知晓。

唐慎接了旨，自个儿一片茫然，但冠礼的事已经该准备了。

知道唐慎要在盛京举行完冠礼再走，姚三和奉笔立刻忙活起来。首先是要到钦天监请官员进行卜筮，选出一个良辰吉日。

寻常人家是请不到钦天监的官员的，只能找一些民间的风水师，甚至是算命先生来为自己算一个良辰吉日。但官员可以去钦天监请人，帮自己家的小辈算出一个好的冠礼日。

唐慎是四品官，他要办冠礼，钦天监的官员十分殷勤。

据说钦天监监正李肖仁听说此事，还特意对属下叮嘱道："唐大人的冠礼是会得圣上赐礼的，不可怠慢，你们可得小心着些，不得有误。"

唐慎深受赵辅器重，还没加冠就被派到幽州督查银引司的建办，以后不知会走到什么位置。而且他背景雄厚，虽说出身贫寒，可师门巍峨，后台大得很。李肖仁对唐慎如此看重，其中有七分看的是傅渭和王溱的面子。

钦天监的官员亲自为唐慎算出了一个良辰吉日，就在今年的三月初六，十分凑巧，也是唐慎二十岁生辰的前一天。

选定日子后，还要再去宴请宾客，要准备冠礼时的服饰和器具。

将这些事交给姚三和奉笔后，唐慎来到尚书府。

"请师兄为我赞冠，做我冠礼上的赞宾。"

王溱道："你可知无论大宾，还是赞宾，如果不是德高望重的长辈担任，那就要找一个没有缺陷的人来担任。"

唐慎奇怪道："师兄有缺陷？"

啥，他王子丰都快成神仙了，还有什么缺点？长得太帅？太有钱？官太高？太受皇帝信赖？

王溱指了指自己，淡淡道："你师兄我至今未有家室。"

这时唐慎才想起来，王溱到现在还未娶亲！

过了年，王溱已经二十九岁了。唐慎道："师兄眼光高，我是知道的。"

"你知道？"

"知道。寻常人哪里配得上师兄。三个月前师兄曾经与我说过这盛京城中正当年龄的女子，说完后，好像工部尚书袁大人家的姑娘是其中最佳。但后来我又听闻了一些事，觉得她也不是师兄的良配。"

唐慎听说袁大人家的那位姑娘酷爱打叶子戏，想一想，吃完晚饭，他家师兄站在庭院里正要画画，天阶夜色凉如水，应当是坐看牵牛织女星的时候。王子丰一身白衣，濯然若仙，随时就能飞升而去，袁大人家那位姑娘却突然喊了几个人回房间去打叶子戏……

唐慎赶紧摇摇头，把这幅画面从脑子里甩了出去。

这姑娘哪里配得上他家仙气飘飘的师兄！

这时唐慎完全没想过，他家师兄不仅会画画写字，还会杀逆党、除叛贼。人家袁家姑娘只是喜欢打叶子戏而已，消遣消遣，你王子丰可是要去杀人的啊！

反正就是配不上。至于谁配得上，唐慎想不到，但肯定不是袁家姑娘。

王溱没忍住笑了：“你可知，这话要是被袁尚书听到，可是一番腥风血雨。”

唐慎默了默，道：“师兄虽未成亲，但师兄是我的贵人，我想请师兄做我的赞宾。”

“好。”

得了王子丰的承诺，唐慎的心事少了一件。

回到家后，唐慎又想了想今天与王子丰说过的那些话。他找来姚大娘询问了一些事，听了后，唐慎皱起眉头。

王溱今年虽说二十有九，可看上去年轻俊美，又位高权重，极富盛名，盛京城中想嫁给他的姑娘大有人在。如果王溱真的想娶工部尚书袁穆家的姑娘，别看如今王溱和袁穆关系一般，道不同不相为谋，但袁穆绝对不会拒绝。

不过长此以往，师兄可能这辈子都得单身了。

唐慎心想：“算了，大不了我给他养老送终。”他完全没想过自己只比王子丰小九岁，到时候谁给谁养老都不一定。然而脑中刚闪过这个念头，唐慎又想起那年自己刚中探花，在傅渭府中花园内，他见到王溱下意识就喊了句“爸”。

他真成王子丰儿子了！

算了算了，可不能给王子丰养老送终！

冠礼说起来复杂，做起来倒也简单。唐慎父母早逝，家中没有什么长辈，也不是世家大族，规矩不多，所以冠礼的一切流程就从简。

三月初六清晨，唐慎梳洗换衣，来到傅渭家的庙堂前。

探花府没有合适的加冠场地，所以唐慎就借了傅府来举行冠礼。

冠礼当日，与唐慎交好的几位官员纷纷到场，为他庆贺。因为唐慎已经是四品大官，钦天监和礼部便也来了官员观礼，总共七八位身穿官袍的京官各自站在傅府宗庙的两侧，沿着青石板路站成一列。

那光滑碧绿的青石板道路的尽头站的是傅渭，唐慎看向一旁，傅渭的身侧，站的是王溱。

宗庙中，青铜香鼎中已经燃起了袅袅白烟。

唐慎身穿厚重的玄端礼服，将长发束起，扎成冠发，来到傅渭面前。他左手在上，右手在下，将双手藏于宽大的衣袖中，跪于软垫上。傅渭垂首，看着如今长大成人的唐慎，心中感慨良多。然而到了最后，只是长长一声叹息，饱含着喜悦和对故人的怀念。

唐慎伏下身，傅渭抬起手，王溱将捧着的木托送上前，傅渭拿起放在木托最左侧的黑麻布做成的缁布冠轻轻地为唐慎戴在发髻上。

傅渭声音悠扬："吾有学生唐慎，今为其加缁布冠。子曰，君使臣，臣事君，如之何？"

唐慎双手做礼，高声道："君使臣以礼，臣事君以忠。"

傅渭："善。"

如此，第一冠就加冠成功了，意味着唐慎可以参政，为国效力。

接着，唐慎又去换了一身素色的皮弁服。再次来到傅渭面前，左手为上右手为下，跪于软垫上，傅渭从王溱捧着的木托盘中拿了摆放在第二位的白鹿皮做的皮弁为唐慎戴上。

第二冠，意味着唐慎可以服兵役，保家卫国。

最后唐慎再换上一身朱红色的爵弁服，傅渭为他戴上红黑两色的素冠。

第三冠，意味着唐慎已经成人，从此往后可以参加祭祀典礼了。

三冠加成，唐慎起身，傅渭对他笑道："寻常来说，现在为师该给你取字，但你并非常人，十六岁高中探花，二十岁官居四品。你已然有字，名为景则。今日为师没有什么好送与你的，便为你写了几个字。"

傅渭说完，一旁的温书童子立刻拿出一卷裱好的字，徐徐展开。

雪白的宣纸上，三个大字龙飞凤舞，笔法清绝。

子曰，《诗》三百，一言以蔽之，曰：思无邪。

傅渭送给唐慎的三个字，正是"思无邪"！

唐慎心中触动，他双手接过这幅字，道："学生谨记先生教诲。"

傅渭抚着胡须，轻轻一笑。

如此，唐慎的冠礼便彻底结束了。

冠礼是结束了，但是唐慎还需要宴请宾客。因为唐家人都在姑苏，只派了唐云一个人千里迢迢来盛京参加唐慎的冠礼。如此，今天要宴请的宾客并不算多，大多是盛京官员。

唐慎忙前忙后，这些官员向他道贺，唐慎也得回酒，多谢这些人的贺礼。

傅渭与王溱身穿礼服，坐在一旁的主席上。

天色渐渐暗下，灯笼点上，傅渭拿着筷子十分随意地一指，指的正是忙得脚不沾地的唐慎。他道："子丰，你师弟如今是真的长大了，一晃眼五年过去了，五年啊。"

王溱喝了点酒，但不多，酒气沾染在他身上并不难闻，反而有种果子味的清香。他顺着傅渭筷子指的方向看去，穿着暗红色爵弁服的唐慎第一次将长发全部束起，几缕黑发落在他的额上，那双眼睛明亮极了，被暗色的衣服一衬，如同黑夜星辰。

王溱嘴角勾起，低头饮酒。

傅渭也拿起酒杯，露出餍足的表情，美滋滋地喝了一杯。

宴席还没结束，宫中就来了人，赵辅赐给唐慎一支狼毫笔。

古时男子二十岁加冠，能在加冠前就考到功名已经难得，能考上进士还入了皇帝的眼，那更是难上加难。每当有官员举行冠礼，赵辅都会赐下赏赐，只是赏赐的东西各有不同。

然而赵辅即位三十一年，就六个官员得到过这个荣誉，其中有三个是当下最受皇帝器重的权臣，还有三个官职不高，都外放离京了。

唐慎得到赵辅亲自赐下的礼物，他双手接过这支笔，命奉笔给送礼的太监一些喜钱。

那太监起初还假装推辞，随即就收下了。他笑意盈盈地说道："奴婢恭喜唐大人，唐大人年少有为，前途无量。"

等到月上中天，唐慎亲自将这些来道喜的官员送走。

将傅渭和王溱送出门时，唐慎道："明日晚上我在家中设宴，先生和师兄一定要来。"

两人自然答应。

三月初七，正式到了唐慎的生辰。

因为三月中旬唐慎就要动身去幽州督查银引司的建办，所以月初他就没再去勤政殿当差，而是专心准备去幽州的事。中午，他在细霞楼摆下酒宴，宴请自己的几位朋友，来的人并非什么高官，官职最高的就是姚僐。

姚僐和唐慎是同一年的进士，四年前姚僐高中状元，接着与唐慎一起去宫中做起居官。两年前，左相纪翁集领头，参知政事赵靖和户部右侍郎秦嗣联手重开了度支司，当时是朝中官员最好的去处。姚僐深受帝宠，原本是五品起居郎，那次被赵辅派去了度支司。

那时的姚僐可没想到度支司竟然会落得个那样的结局。他与唐慎的同窗好友梅胜泽是一起去的度支司，谁料不出一年，度支司的际遇急转直下，直接被皇帝废除。赵靖和秦嗣纷纷被贬，他们这些小官也不好过。

梅胜泽去年就被贬去贵南当了一个县令，与唐慎暂时没了往来。

姚僐还好，他毕竟给赵辅当了两年的起居郎，赵辅将他狠狠叱骂了一顿后，居然没贬他的官，还将他调任，当了一个四品的通议大夫。他和唐慎算是同阶，可无论实权还是皇帝的宠信，都远不如唐慎。

姚僐却已然知足了。

人生不如意之事十之八九，他能留京就已经是喜事。

酒宴上，姚僐喝着酒，对唐慎道："景则，你此番去幽州可不能大意了，银引司可谓是度支司的后身，其中的水深得很。虽说我不了解银引司到底有哪些弯弯绕绕，但幽州城本就是梁辽两国交界之地，鱼龙混杂，银引司又设立在那里，管的是将兵军饷，想来一定是危险重重，你要多加小心啊。"

唐慎颇为感动，他道："多谢问机兄关心，此番去幽州，我定然会谨慎小心。"

姚僖后怕地道："度支司一事已经让我对这暗流涌动的官场起了胆怯之心，站得越高，就越是不胜寒，往下一看，步步惊心。"

唐慎："幽州城定然是危机四伏，但是幸好银引司是由我师兄王子丰执掌的，还算安全。"

姚僖这才想到："对啊，我竟然忘了户部尚书王大人是景则你的师兄，银引司正是他执掌的。"

唐慎笑而不语。

姚僖顿时羡慕得眼睛都绿了。

"唉，比不上啊比不上！景则，待你回京可得多请我喝几杯。我可真是羡慕你！"

唐慎哈哈一笑："一言为定。"

中午是款待亲朋好友，到了晚上，唐慎就亲自在家中设宴，只接待王溱和傅渭。

师生三人举杯共饮，觥筹交错间，只听得傅渭朗声大笑，时不时地吹嘘自己今日作的一幅画，他夸赞自己的那幅画真是栩栩如生、惟妙惟肖。

唐慎起初还当了真，心想自家先生号称雕虫斋主，书法确实是大梁一绝，可他的画着实不怎么样，今日居然画出一幅佳作了？但是他扭过头，目光与王溱对上，只见王溱清澈的双眼中尽是揶揄和笑意，他也不说话，就默默地低头吃菜，全听傅渭在一旁胡吹。

唐慎这才意识到，他家先生和自己一样，都挺会拍马屁的。唯一不同的是，唐慎拍的是别人的马屁，傅渭拍的是他自己！

得，想来这幅画一定不怎么样，非常符合先生往日的水平。

傅府离唐慎的宅邸有些远，用完饭后，傅渭先行回府，王溱则留下。

姚大娘将桌上的餐盘都收走后，唐慎与王溱走在庭院内。

探花府不大，就是个三进的宅院，右侧连着一个东厢院，府中的花园在西北角，里头有一个小池塘，周围种着一丛竹林。如今是三月，刚刚开春，晚风吹拂在脸上并不觉得寒冷，反而有些沁人心脾的凉意。

唐慎沿着池塘边走，道："师兄亲自为我挑了这座宅子当探花府，但师兄还是第一次真正地见到它吧。"

王溱："如果说将这座宅子完全走一遍，确实是初次。"

"我挺喜欢这片竹林。"唐慎在竹林边上停下，回首看王溱，"竹乃林中君子，春来又无花香馥郁，书房设在一旁是最清幽不过的了。"

两人很快进了唐慎的书房。

王溱不是第一次来探花府，但唐慎的书房他真是第一次进。

唐慎亲自去厨房给王溱倒茶，走之前他道："师兄可以随意看看，我家中藏书肯定没师兄家多，但也是不少的。"

几刻钟后，唐慎端着茶盘回来，一进门就看见王溱站在书架的角落，正在打量几本茶艺杂书。唐慎心中一惊，但他很快冷静下来，没有表露出一丝异常，而是将茶盘放到桌子上，笑道："师兄口渴了吗，可要喝茶？是我堂兄从姑苏府带来的碧螺春。"

王溱放下书，接过茶盏品了一口。

“师兄刚才是在看茶艺杂书？”

王溱看了眼自己刚刚放回书架上的书，嘴角微勾：“嗯，小师弟这儿确实有一些书是我那儿没有的，可否借给我回去一看？”

“自然可以。”说着，唐慎就主动帮王溱拿了几本茶艺杂书出来。他将那几本书拿下来后，放在一旁的其他书就顺势倒了下去，斜斜地挡住原本因为少了几本书而留出来的缺口。唐慎不动声色地理了理那几本书，确保它们将这个缺口完完全全挡住，才笑着对王溱道：“师兄还想看什么？”

王溱似乎没发现唐慎的小动作，他道：“方才似乎还看到，有一本前朝时期的志怪小说。”

唐慎惊讶道：“师兄还喜欢看志怪小说？”

王溱反问：“难道不是小师弟喜欢，还收藏了一本？”

唐慎：“我只是偶然看到，觉得名字有些意思，就买来看看了。”

“那我也是如此。”

唐慎自知，比口才，十个他加起来也说不过一个王子丰。他把书装好后，两人坐在书房的坐榻上说起了一些过去的事。

唐慎第一次说起了自己十三岁时见到的那幅由傅渭作画、王溱题字的画。

王溱露出诧异的表情：“竟然还有此事？”

唐慎看着自家师兄惊讶的模样，觉得心情大悦，让王溱感到吃惊可是一件难事。他颇有成就感地说道：“是。那时我还不知道雕虫斋主就是先生，当时看到师兄写的那手字，我便记住了王子丰这个名字。说来我当初还想过，师兄的名字是什么。”

子丰是王溱的表字，溱才是他的名。

一般来说，古人的字要么别有含义，要么寄托了长辈对他的希望，要么和他的名有关。

比如孔子名丘，字仲尼，仲是第二的意思，孔子在家中排行第二，所以他字仲尼。又比如屈原，字广平，广平之地即为“原”，这就是和名有关的表字。

王溱字子丰，唐慎十三岁的时候偷偷想过，“子”是美称，没有实际含义，王溱真正的表字是“丰”。

丰，茂也，盛也，美也。

难道说王子丰这个人长得特别好看，所以他才会被取字为“丰”？

事实证明，唐慎后来初见王溱，确实被自家师兄的外貌惊艳了一下。

王溱故弄玄虚：“你猜的是什么？”

唐慎下意识地开始拍马屁：“我想，师兄一定是个丰神俊朗的人物，所以才会被取字‘子丰’。”

王溱：“猜得也不能算错。”

唐慎：“……”

您也真不谦虚。

“小师弟先前说你猜过我的名字，王溱，这个‘溱’字取自《诗经·溱洧》。溱水、洧水，都是水源充沛的河流。我出生那年，我父亲独自一人去解州上任，溱水途径解州，那年溱水丰沛而不泛滥，使得河流两地当年丰收，我父亲治理解州有功，得了圣上的赏赐，又恰逢我出生，家书自琅琊王氏寄到解州，父亲便为我取名为‘溱’。”

王溱吟诵那首诗：“溱与洧，方涣涣兮。于是我加冠时，便得了‘丰’这个表字，愿溱水年年丰沛，福泽万里。”

唐慎津津有味地听完了他的故事。

唐慎道：“没想到师兄的名字还有这番渊源。”

王溱突然道：“前几年我生辰，小师弟曾经送了我一块玉佩、一枚香囊。”

唐慎抬起头：“嗯？”

摇曳的烛光映着王子丰清冷俊雅的脸庞，那双淡雅清澈的眼睛仿若高山上冰冷的雪，骤然融化，浸着淡淡的笑意。王溱手指一动，恍惚间，唐慎感觉自己眼前一闪，他定睛看向王溱的右手。

只见昏暗的烛光下，王溱微微抬起手，穗绳从他修长漂亮的手指间落了下来，绳子最下端系着一块纯白剔透的美玉。

这玉美得惊人，蜡烛暗淡的灯光完全无法掩饰它的细腻温润。它轻轻晃动着，每一动便见一层莹莹光泽从玉面上一晃而过。唐慎见过那般多的珠宝美玉，却依旧看得痴了许久，心中下意识地开始算钱……

这得值多少黄金！

春夜中，王溱低缓的声音响起：“送与你的二十岁生辰礼，小师弟。”

第四十一章 幽州

唐慎伸出双手从王溱手中接过这块极品白玉。

金银有价，玉石无价。四年前唐慎送过王溱一块玉，那玉是他找了很久才找到的一块极品宝玉。然而那块玉与王溱如今送他的比起来，便是小巫见大巫了。

唐慎手中这块白玉触体生温，细腻绵和，每每一动，莹润的光泽便在玉身上浮动，如同一条细小的白龙。唐慎对玉石的研究并不多，只能糊弄糊弄外行人。但他看得出来这玉是好玉，雕刻的工艺也极其精巧，选用的图案是流云百福，层层叠叠的流云宛若如意，象征着长长久久，事事如意。

“师兄送我这样好的礼物，我有些不敢收下了。”唐慎抬起头，礼尚往来地客套了一番。

王溱：“也并非每年你的生辰都送这样好的。”

唐慎：“啊？”

王溱藏住眼底笑意：“今年是你的冠礼。”

言下之意是，之前每年送你的礼物确实好，但没这么好，今年特殊，因为是你的成年礼物，等到明年咱们继续保持原样。

唐慎道：“师兄出身琅琊王氏，家大业大，还这般小气。”

王溱闻言，“啪嗒”一声打开折扇，理直气壮地道：“我还未曾继承琅琊王氏。且不说以后琅琊王氏是否能由我继承，哪怕是我继承了，小师弟，你是想分我琅琊王氏的家产吗？”

唐慎：“？”

这话题又是从哪儿扯过去的？

唐慎彻底死了心，反正他说不过王溱，只能装死，随便糊弄过去。唐慎直接收下了这块玉，免得王溱还找机会揶揄他，把这块宝玉收走。

看到他收玉时迅速的动作，王溱觉得有些好笑，就多看了自家师弟几眼。

唐慎察觉他的目光，问道：“师兄为何这样看我？”

王溱反问：“师弟这么急着收走白玉，可是怕我将它再要回去？”

唐慎心想，你自己心里有数就好。

王溱悠悠叹了一口气：“未承想我在小师弟心中居然是这样的人。夜已深，那我便不再叨扰，先行回府了。”说着，王溱摆出一副转身离开的模样。

唐慎一下子没摸清楚王子丰是真的失望了，还是又在拿他打趣，但他可不能让王溱就这么走了，万一真的产生隔阂，那可是得不偿失。唐慎赶忙拉住王溱的袖子。

唐慎道：“师兄在我心中便是神仙般的人物，我如何敬仰师兄，师兄哪里不知道？可不要再这样说我了！”千穿万穿，马屁不穿，先把马屁拍起来，总归是没错的。

果不其然，王溱的表情有所好转。他意味深长地说道：“敬仰？”

唐慎脱口而出：“我对师兄的敬仰如同滔滔江水，连绵不绝，又如黄河泛滥，一发不可收拾。”

王溱猛然怔住，仿佛被唐慎这连番马屁拍的，自己都没反应过来。

良久，王溱失笑，他合着扇子，轻轻地在唐慎的头上打了一下，仿若在教导晚辈一般。他道：“过犹不及！”

唐慎立刻明白，这是在告诫他下次拍马屁记得收敛点，吹太过了就不美了。

唐慎点点头：“是。”

王溱：“不过以后还可以多敬仰点儿。”

唐慎抬头：“啊？”

王溱看了他一眼，不再说话，就这么飘然离开了。

唐慎送王溱离开探花府后，回到书房仔细思索王溱对自己说的最后一句话。

“多敬仰点儿？”唐慎皱起眉头苦思冥想。许久后，他长舒一口气，道：“好你个王子丰，还真是不谦虚！难道真要我把你当爸爸一样供起来？”

唐慎转念一想，要是他真有个王溱这样的爹，想来现在肯定会轻松许多。

把这件事抛到脑后，唐慎的神色渐渐冷了下来，他抬起头，目光冷静地看向书架角落。将桌上的油灯拿起，唐慎举着油灯来到书架的一角，他将那些斜倒下来的书册都拨了回去，然后伸出手在书架后的墙上抹了抹，一道隐蔽的暗格便露了出来。

这暗格是唐慎让姚三找人特意做的，打开的手法很巧妙，即便是唐慎都花了一盏茶工夫才打开这个暗格。

打开暗格后，唐慎拿出里面的东西。

坐在书桌前，唐慎平静地看着这些摊开在桌子上的纸张、书籍。

这些是他四年来收集到的情报！

从开平皇帝赵辅的《起居注》到大理寺一些保密性没那么强的卷宗，唐慎身为四品大官，假借职务之便多次翻阅先帝至本朝时期的各种书籍，花了整整四年才得到了这么一点与三十一年前太子逼宫有关的信息情报。

他尽了自己的全力，能做到的只有这么多。

有些事是毫无疑问的，比如太子绝不可能逼宫。如果当年真的是太子逼宫，想要谋反，最后被赵辅射杀于宫廷中，那梁诵绝不会为了钟泰生泰然赴死。五年前这些大儒不约而同地以死明志，就是为了告诉后人，当年太子逼宫一事绝对另有隐情！

甚至唐慎也能猜到这件事最大的幕后黑手极有可能就是开平皇帝赵辅。

但除此以外呢？

为什么当时仅仅是二皇子的赵辅能够策划出这样一出大戏，将如日中天的太子党一手扳倒？

他扳倒的不仅仅是太子，还有当时风头极盛的松清党啊！

“王子丰……到底发现了没有？”

另一边，王溱回到尚书府，他将从唐慎家带回来的书籍放在书案上。

寂静的书房中，蜡烛噼里啪啦地烧了一阵，发出一道爆裂声。王溱坐在太师椅上静静地望着这一叠书，良久，他伸出手将那几本茶艺杂书拿了起来。这些书他先前在探花府已经看过一遍，他自幼便过目不忘，如今再看上面的内容，一字一句都记得极为清楚。

然而，他依旧缓慢地翻着书页，视线虽说停在字上，心思却早已飞远。

也不知过了多久，书房中传来一声低低的叹息。

半个时辰后，书童奉命进入书房，王溱将一封信交给他，淡然道：“送去金陵府王家。”

书童一愣，道：“公子，天色已晚，城中已然宵禁，是要明日再送吗？”

“拿户部尚书令，连夜送去。”

“是。”

三月十四，唐慎动身离开盛京。

这次唐慎去幽州只带了书童奉笔一人随行，马车嗒嗒地出了城门，一路向西北而去。

从盛京到幽州，快马加鞭要走一日半，唐慎坐的是马车，再快也要走五六日。道路也只是碾碎了的石子路，这一路走来，唐慎被颠得屁股疼，晚上写家书时，特意在信的最后补充了一句。

“……先前拜托于姚三之事，乃重中之重，切记当作头等大事。”

写完信，唐慎揉了揉手腕，感慨道：“这路真不是人走的！”

都说官员被贬谪到荒凉之地后，经常会客死异乡，不得落叶归根。这话也不是没有道理。本来贬谪就是一件令人很抑郁的事，正常人一旦想不开，很有可能就这么郁郁寡欢，患病而亡了。就算心胸宽广、乐观豁达，没被贬谪这件事击倒，那在前往荒凉之地赴任的路上道途艰辛，简直像是历经九九八十一难，身体弱点的还没上任就死了，也不是不可能。

奉笔童子道："公子，如今新修了官道，去幽州已经好走许多了。"

唐慎叹了口气。

是啊，如果赵辅没修这条官道，那去幽州的路就更加艰辛了。

六日后，唐慎抵达幽州。

入了三月，盛京已有绿柳发芽，满城春色。但远在大梁西北的幽州城仍旧是一片寒凉景象，夹着沙子的风吹在脸上好像刮痧一样，火辣辣的疼。天气严寒，唐慎穿着厚厚的大袄悄悄入了城。

唐慎进幽州城没有惊动任何官员，但他入城后，消息立刻传到了幽州府衙。

幽州府的府尹姓季，名肇思，是开平六年的进士。幽州府尹是四品文官，但在这幽州府中官职最大的并不是他这个府尹，而是官居一品的天下兵马大元帅周太师！

大梁废除了前朝的三司制度，也不再设立太师官职，自太祖起，大梁一共只出过三位太师，都是死后被追封谥号，赠上的太师头衔。但天下兵马大元帅不同，他是大梁一百多年来唯一活着的太师。

开平十年，大元帅领兵有功，大败辽军，促成两国签订和平契约。赵辅大喜过望，在大元帅班师回朝的当日亲自出城迎接，并亲口许诺大元帅百年之后，他必然会封大元帅为太师。所以说大元帅如今还不算太师，但已经是个板上钉钉的太师了。

幽州城的文官大多品阶不高，可武官却是一个比一个官阶高。不过大元帅很少回幽州城，他常年在军营。

唐慎来到幽州驿馆，驿馆官员早已等候他多时。唐慎刚刚安置妥当，一个驿馆官员便进来禀报，说是有人来拜访唐慎。

唐慎心中惊讶，等见到来人，他立即走上前行了一礼。

"下官见过征西元帅。"

李景德穿着一身戎装，头戴雕帽，脚蹬长靴，身上披着一条白色披风，英姿飒爽，唯一有碍视线的就是他那满脸的络腮胡子。见到唐慎，他哈哈一笑，道："唐大人怎么还和本将军客气起来了？不用行礼了。我今日听说唐大人来幽州城，刚听到消息，就从军营中过来了，唐大人别来无恙？"

唐慎道："多谢将军关心，下官一切如故。"

李景德笑道："之前在盛京，那不是老子……本将军的地盘，本将军只能托你照顾。如今你到了幽州城，这可是我李景德的地方，有什么事只需报上本将军的名号，你莫要担心。"

唐慎嘴角一抽，心想：我是来督办银引司的，又不是来打家劫舍、为非作歹的，能遇上什么事？

心里这么想，唐慎嘴上却道："下官多谢将军！"

李景德豪放地摆摆手："嗨，哪里的话。"

李景德不是个闲人，来驿馆只是因为唐慎初到幽州，他特意来见上一面。与唐慎随意说了两句后，他并未特意打探唐慎要做什么事，而是道："上个月我已经接到圣上的旨令，你要做什么，尽管做便是，哪怕做了什么错事大元帅那儿怪罪下来，也不是大事。"

闻言，唐慎确实有些惊讶，他默了默，道："多谢李将军。"

没停留多久，李景德便动身离开。

李景德嘴上说自己是个武夫粗人，但能当上二品元帅的人怎么可能是个蠢的。虽说他并不知道唐慎和苏温允此次来幽州的真实目的，但是他察觉到，二人要做的事不是简单的事，所以顺势让唐慎放手去做。

所谓大智若愚，大概便是如此。

刚过晌午，驿馆中又有人来访，唐慎在中厅见了来人。

只见一位身披铠甲的中年男人身姿笔挺地站在屋中，屋外的院子里直板板地站了八个卫兵，森冷的银枪上泛着一层血影刀光，这八人站得如同青松硬石，不见一丝晃动。唐慎踏入院子中时，这八人的手齐齐按在了长枪上，看清是唐慎后，他们不动声色地挪开。

唐慎走进屋中，那中年男人抬眼看他，目光犀利。男人声如洪钟："末将卢深，见过钦差大人。"

唐慎是以钦差的名义来到幽州，表面上他是来督办建造银引司的。

唐慎："原来是卢将军，坐。"

卢深看了唐慎一眼，默不作声地走到一旁坐下。

唐慎道："原本二月我便该来幽州，让卢将军等了一个月。"

"钦差大人言重了。"

唐慎："这一个月来，卢将军都做过何事？"

卢深："末将自接到圣旨后，便带兵到银引司。一来保护银引司的安全，二来为大人督查银引司。"

唐慎有些惊讶："卢将军竟然早就到银引司了？"

卢深声音冷淡："是。"

唐慎眉头微皱，看了卢深一眼。

卢深道："末将带了八位士兵来见钦差大人，还留了十人在银引司。实不相瞒，一个月前末将突然接到旨意，并不知晓到底要做何事，请钦差大人明示。"

唐慎道："此事我还得与苏大人见面后商议一番，才可定论。卢将军今日先回去吧。"

卢深沉默片刻，站起身朝唐慎拱了拱手，转身离开。

他一走，唐慎头疼不已，重重叹了一声气。

这个幽州城可不亚于当年的刺州，同样是龙潭虎穴啊！

唐慎如今是四品中书舍人，早不是当年的起居郎，不仅官位升了一阶，更重要的是他是在勤政殿当差的皇帝的心腹。他来幽州不像当年去刺州一样，是被皇帝派过去当个眼线、当个挡箭牌的。他是被派来做事的，赵辅当然不可能再让他单枪匹马地来闯空门，而是下了一道旨，从幽州大营给唐慎调来了助手。

来人正是幽州大营的六品参将卢深。

今日唐慎初见卢深，一眼便能瞧见出这卢深似乎对自己颇为不满，此事实在蹊跷。唐慎与其初次见面，两人又没结仇，卢深却抱有敌意。唐慎苦思冥想，只能认为他并不想当办这个差事。而后苦笑着摇头。

谁知道是为了什么，刚来幽州便与自己的属下相处不快！

不过没让唐慎等多久，到了傍晚又有人来驿馆拜访唐慎，这次来的人不再是幽州城最多的武官，而是一个实打实的文官。来人见到唐慎，便先作揖行礼，接着笑道："下官银引司司正林栩，见过唐大人。听闻唐大人早就到了，但银引司公务繁忙，下官如今才得了空闲来拜见大人。"

唐慎惊讶道："原来是林大人，林大人怎么会来此？"

如果说李景德是因为和唐慎早就相识才来见唐慎，那卢深就是被逼无奈才来见唐慎，可这林栩为何而来，唐慎却不明所以。

只见林栩微微一笑，压低了声音，神秘地道："下官在盛京做官时，曾拜会过王相公。"

"右相王诠王相公？"

"户部尚书王溱王相公。"

唐慎嘴唇翕动，他诧然地看着林栩，竟不知该说什么好。

林栩笑道："唐大人来之前下官便听说了消息，只是原本以为大人是昨日到，所以昨日有在城中摆下酒宴为大人接风洗尘。今日银引司新接了一批军饷，下官忙得不可开交，无法亲自到城门口接大人，真是愧疚不安。大人初来乍到，若是对幽州城有什么不了解之处，下官可带大人到处看一看，为大人解说一番。"

这林栩说自己是王溱的人，唐慎直接信了他九分。因为林栩敢这般说，他就一定是，否则王溱绝不会让他做到银引司司正的位置。

唐慎想了想，问道："你可认识那卢深？"

林栩露出古怪的表情："自然认识。"

"怎的，有何不对？"

"这卢深卢将军带着二十来个将兵驻扎在我银引司，已经待了一个月了！"

唐慎咳嗽一声，他将卢深早前来拜会自己的事说了出来："……林大人可知晓，这卢深到底是何许人也？"

王溱的手下自然也是个人精，虽说唐慎没明说，但林栩一听就明白唐慎是在问自己卢深为何要敌视他。林栩了然于胸，道："唐大人这就有所不知了，那卢将军如此做才是正常的，大人可知他并非大梁人，而是归正人！"

唐慎蹙起眉头，神色平静地望了林栩一眼，微微点头："他竟是归正人！"

"正是。幽州城不比盛京，不比大梁其他州府，幽州城最多的不是文官，而是武将。而在这些武将中，归正人是最多的，那卢深就是归正人中极为著名的一个刺头。"林栩解释道，“银引司创办前下官就在幽州城当官，所以对这些武官颇为了解。那卢深今年四十有二，因魁梧有力被提拔为六品参将，只是他勇武有余，谋略不足，所以并不受重用。只是他很有名，因为他是归正人中少有的不喜文官的一个！”

唐慎：“不喜文官？”

“此事说来话长，下官便不与唐大人多说了。那卢深这些年来，一直与幽州城的文官不大对付，双方多有摩擦。实不相瞒，下官也与这卢深交过几次手。因为卢深先前是管着城门看守的，他不喜大人的原因无非就两个，一来他本就不喜文官，尤其是梁人文官；二来他在幽州城看守城门多年，这城门看守有多少油水，下官不用多说，大人也明白，所以……”

林栩言尽于此，一切内因尽在不言中。

唐慎没有再提这件事，叹了口气道：“林大人可否带我去幽州城看看？”

“自然可以，大人请。”

两人一起出了驿馆。

幽州城身处大梁西北，黄沙漫天，不见碧蓝。

唐慎走在幽州城中，只见道路两旁多是用麻布裹着头发的路人，无论男女，皆是如此。幽州黄沙太多，如果不用麻布裹发，不到一天，就会满头风沙。唐慎初来幽州，完全没做准备，他经林栩提醒后伸手摸了摸自己的头发，果然掌心全是粗糙的沙粒。

林栩带着唐慎在幽州城逛了半天，天色擦黑，两人便回了驿馆。

林栩：“唐大人明日可到银引司一趟？”

“我正要去。”

“那下官便在银引司等候大人。”

两人相互寒暄一番。

唐慎回到驿馆时，早已华灯初上，月满中天。硕大的驿馆中，只见两个差役正弯着腰清扫地面，还有一个头戴麻布的官差正拿着水壶，给院子中的矮树浇水。幽州这样的地方，若是不多打扫，很快地面就会积上一层薄沙。

唐慎路过院子，正要进屋，忽然，他停住脚步。

唐慎转身看向那个在院中浇树的差役。

这差役身高五尺有余，身形清瘦，头戴一层厚厚的麻布，脸庞也用麻布裹了起来，只露出一双眼睛。此刻他正低着头专心浇水，根本没看过唐慎这边一眼，然而若是细看便能发现，这差役长了一双艳丽泛波的桃花眼，眼角有形凌厉，微微露出来的眉毛也根根分明，丝毫不杂乱。因为他始终低头浇水，夜色又昏暗，所以并不引人注意。

然而他的腰背却挺得笔直，腰身也不像其他两个扫地的差役那般粗壮。

唐慎站定在房门前，看着差役的背影。

良久，他出声道：“苏大人何时来的？”

浇水的差役动作一顿，他回过身，笑了一声，问道：“唐大人又是何时发现我的？”

唐慎面无表情地作揖行礼：“下官唐慎，见过苏大人。”

苏温允随手将浇水的水壶扔到一边，水壶在地上打了几个转。他也不扯开遮脸和头发的麻布，而是直接迈步走到唐慎的门前，与唐慎四目相对。苏温允道："我自然是上个月就来了，不像唐大人，不知为何还在盛京多待了一个月。唐大人果然深得圣眷，总是能做出一些出人意料的事。"

唐慎没理会他的讥讽，道："苏大人怎么做此装扮？"

苏温允也没回他，而是拍拍手，转身要回自己的房间。

唐慎沉默片刻，高声道："苏大人莫非是在监视下官？"

苏温允停下脚步，回身看他，诧异地道："为何如此以为？"

唐慎心道：你苏温允是什么人，谁不知道？你堂堂三品朝廷大员，还是皇帝的心腹，比我都更贴近皇帝的心意，要不是为了监视我，你能穿着这种破衣服，在院子里浇水？

虽然从未刻意表现过，但苏温允出身名门世家，与王溱一样，举手投足都有种截然不同的高雅仪态。就如他方才拿着水壶在那儿浇水，明明用麻布遮脸，从他身边走过时，唐慎仍是察觉到了一丝异样。

向来穿金戴玉的苏温允为何忽然穿成这样自己的门前浇水？

唐慎心中门儿清，面上却不动声色，他淡然地道："下官只是随口一问。"

苏温允上下打量唐慎一眼，勾起唇角："我也只是随便路过。"

唐慎无言。

苏温允："唐大人还有事？"

"没有。"

苏温允笑了一声，转身离开。

唐慎目送着他的身影消失在院中小门中。良久，唐慎摇摇头，心中觉得好笑又无奈。这苏温允也真是够无聊的，他今日特意在这儿等着唐慎，为的无非是看看他来到幽州后都见了什么人！

幽州城现在是幽州大营和银引司的地盘。这两方势力中，幽州大营是天下兵马大元帅的地方，也算是李景德的半个地盘。就李景德和苏温允和盛京时的表现来说，二人素来针锋相对，关系并不融洽。再说银引司，那是王溱的一亩三分地，苏温允和王溱的关系不比他和李景德好多少。

所以尽管二月苏温允就来了幽州，但直到今日，他也未曾做太多事。

苏温允的能力是毋庸置疑的，但缺少人手、势单力薄，是他在幽州城最大的阻碍。

唐慎进入房间，用火信子点亮油灯，望着虚虚晃晃的火苗，他长长地叹了一声气。

直到如今他才明白，赵辅将他送来幽州不仅仅是为了让他做那件事，更是为了让他成为苏温允的助力！

借用银引司在辽国安插间谍，这本就是唐慎的提议，不过唐慎也知道，在办事能力上他或许不如经验老到的苏温允。可苏温允在幽州城孤木难支，有力没处使，于是赵辅便将他派来，让他与苏温允合力办这件事。

唐慎身为王溱的党羽，可以监视苏温允，苏温允同时也在监视他。

二人形成一个巧妙的平衡。

赵辅的心思有如僻静幽黑的深渊，那深渊中藏着一只看似沉睡的巨龙，它盘折身躯，从深渊下仰起头颅，用森冷的双眼注视着外界的一切。

盛京城中，城郊一处僻静的小院。

这小院造在一片幽静的竹林中，外表看上去平凡普通，走进一瞧，别有洞天。假山嶙石，小桥流水，一派江南气息。曲曲绕绕的回廊大有九曲十八弯的意味，花廊接连的地方，池塘中央，一座小亭悠然矗立。

王溱着一身白袍锦衣，他微微捋起衣袖，用一种优雅好看的姿势提起茶壶缓缓地沏茶。他的手法巧妙绝伦，动作行云流水，赏心悦目，以掌心将茶盏推到桌子对面的人的面前，对面的人双手拿起茶盏，品了一口。

当朝右相王诠微微一笑，道："善。"

王溱笑道："二叔过誉了。"

王诠："说来我已经半年未曾来过你这流淇小院，毖彼泉水，亦流于淇，你今日怎么想着来这儿？"

王溱："前段时间从姑苏府运了一座太湖石来。"

王诠："哦？在何处？"

王溱指了指池塘中一块斜卧的大石。

王诠起身站在亭子边，看了一会儿，道："其形陡怪，其色昏艳，其质透佳，是块极好的窟窿石，它名为何？"

王溱："还未曾取名。"

"可要二叔替你取个名？"王诠随口笑道。

王诠只是随便说说，这流淇小院是王溱的私人宅邸。十二年前，王溱高中状元，正式当了官，皇帝赐下的状元府他并没有住多久就搬进了琅琊王氏特意为他在盛京准备的宅院，也就是后来的尚书府。

琅琊王氏底蕴深厚，能为王溱提供无穷便利。但自王溱升了三品官后，王家对他的帮助就不再那般重要，流淇小院就是八年前王溱自己买下的宅邸。

琅琊子弟，对自己的东西都有种独有的偏执和占有欲。

流淇小院虽小，却独具匠心。要在盛京这样的地方布置出一座美轮美奂的江南园林，王溱花了大价钱，也费了大心思。但这是王溱的私人地盘，王诠踏足极少，未经王溱邀请，他绝不会来。

王诠："那唐慎唐景则，似乎已经到幽州了。"

王溱："是。"

王诠默了片刻，无奈地道："子丰，手伸得太长，未必是好事。"

王子丰笑道："二叔说的是。"

等王诠走后，王溱坐在庭院中，盯着池塘中的那座太湖石。

良久，他揶揄道："嘴上说得倒是轻巧，二叔啊二叔，你连自个儿的后宅都没管好！"

刚回到右相府的王诠忽然后背一凉，这位当朝权臣皱起眉头，心道：莫非是王子丰那小侄儿在背后说自己？

不得不说，能当上这个位置的官，就算是第六感也敏锐得不同于常人。

盛京城发生的事唐慎自然不知道，他也不知道自己什么都没做就让王子丰被王诠教育了一顿。

次日一大早，银引司监正林栩又来拜见。

这次卢深也带着人来找唐慎。双方人马在驿馆碰上，林栩和卢深互相瞧不上眼，二人怒目相对，唐慎出了房门见到这一幕，顿觉头大。

唐慎："走吧，今日去银引司。"

林栩："是，唐大人请，下官为您引路。"

浩浩荡荡的人马走到一半，唐慎道："工部右侍郎苏温允苏大人已经来幽州城一月了。我在盛京与他是旧识，也巧了，我与他同时被圣上派来盛京，虽说我们所领的差事不同，但都是同僚，我对他也有些好奇。林大人，你可知苏大人来了幽州后，都做了些什么？"

王溱和苏温允绝不是友党，林栩对苏温允也不以为意，他直接将苏温允这些天做的事说了出来。

和唐慎一样，苏温允来幽州办事，赵辅也给他安排了人手。只是他没有银引司的人相助，和李景德也关系不洽，所以一个月来他也做了些事，却进展缓慢，不见成效。

唐慎听着林栩的话，不停点头。

很快，众人来到银引司。

按理说唐慎是来督办银引司的钦差，银引司上下对他不该敬重有佳，反倒该提防戒备。但在林栩的带领下，唐慎轻而易举地拿到了银引司过去一年多的账册，翻看起来。

这账本做得天衣无缝，每一条支出收入都写得详细缜密，若不是真的毫无问题，就是做账的人是绝顶人才。

银引司是王溱的地方，唐慎相信以自家师兄的人品，这账本肯定没有作假。

王子丰不是个完全的清官，唐慎甚至猜测自己这位师兄可能也贪赃枉法、弄虚作假过。但他身为户部尚书，能敛财的地方多得去了，不至于在银引司一事上做手脚。银引司关乎十年、百年后大梁天下的繁荣昌盛。

看完账本后，林栩又带着唐慎见了银引司的一些官员。

入夜，银引司宴请唐慎，觥筹交错，酒过三巡，唐慎醉醺醺着回了驿馆。自从他来到幽州，卢深的差事就不再是监视银引司，而是保护唐慎的安全，等待他的指令。

唐慎喝醉了，卢将军派人将他送回驿馆。

唐慎脸颊微红，醉醺醺地躺在床上。他长相极好，哪怕醉了也不减风度，完全不像个醉鬼。但卢深将唐慎扔到床上后，却小声地啐了一口，不屑道：“昏官！”接着带着人马，浩荡离去。

很快，驿馆中又恢复了宁静。

夜色深邃，窗外有鸦雀惊飞。

漆黑一片的卧室中，唐慎倏地睁开眼，他轻轻咳嗽两声，感觉喉咙干涩极了。唐慎起身给自己倒了杯茶，他虽然还有点醉，耳朵泛红，但眼神清明，哪儿有刚才脚不能沾地的醉鬼模样。

喝了茶醒酒后，唐慎换上一身深色衣服迅速离开房间。

他轻手轻脚地越过几个小院，避开巡逻的官差，来到一间房前。这房间里没点灯，似乎没人，也可能里头的人早已睡了。唐慎却伸手轻轻敲了敲门，没过多时，便有人开了门。

月光下，苏温允打开门，上下瞧了唐慎一眼，鼻子嗅了嗅，似笑非笑地道：“唐大人喝酒了？”

唐慎冷冷道：“下官唐慎，见过苏大人。昨夜苏大人特意去寻下官，暗示下官您所住的院落，于是今日下官避开众人耳目，来寻大人。”

苏温允也不再讽刺唐慎，他侧开身：“我已经把这院子附近的人都撤了，进屋说。”

唐慎迈步进去。

房门关上，二人都神色严峻。

白天被林栩评价为“终日无所事事”的苏温允此刻斩钉截铁地道：“以银引司为引，从商入辽！”

第四十二章

密谋

开平三十一年，三月。

自前岁起太后便缠绵病榻，久不能起身，过年时太后的病又有所好转。当时赵辅龙颜大悦，好好赏赐了一番太医院，然而谁承想那竟是回光返照。到了三月，太后常病于榻上，至十九日，还是崩了。

太后驾崩时，赵辅正在登仙台中修仙。

这一日，赵辅盘膝坐在长明灯的正中央，呼吸吐纳，运转周天。登仙台外，一个太监打着拂尘冒着夜色急匆匆跑来。登仙台外守着的小太监一看，暗道不妙，这跑来的太监竟然是延福宫的首领太监汪棋。

到这时谁还顾得上通报，汪棋直闯登仙台，扯着嗓子，慌慌张张地喊道："陛下，陛下，太后起不来了。"

赵辅睁开眼，先是看了汪棋一眼，接着迅速起身赶往延福宫。

皇帝守在延福宫整整一夜。天未曾亮时，太后彻底没了气，赵辅握着太后的手，呆呆地望着这个躺在床榻上瘦若枯骨的老妇。延福宫中哭声一片，无论真情假意，所有太监、宫女都哭着跪倒在地上。

赵辅倒是没哭，他就这般一直望着太后。

过了小半个时辰，这些太监宫女就要哭不出来时，赵辅伸出手唤来季福。

"太后走了？"皇帝开口，声音略哑。

跟了赵辅这么多年，季福见到他这番模样，也是心中动容。他哭着道：“陛下，太后驾崩了。”

赵辅长长地抽了一口气，接着痛哭出声。

当夜，宫中响起了哀钟，钟声震天，敲了整整八下。

六王爷赵敖被传唤进宫。他走进延福宫，只见宫中早就没了任何太监宫女，只有赵辅一个人守着床榻上崩了的太后。赵敖看到太后，眼眶一红，这也是他的生身母亲啊！

“母后！”

太后驾崩，举国服丧，辍朝五日。

百官都披麻戴孝，为太后祈福，皇帝更是留在延福宫中，为太后默写经书。景王赵敖是唯一还活着的王爷，也是赵辅的嫡亲弟弟，他陪着赵辅，在宫中一起默写经书。

入了夜，赵辅受不住先睡了。待他半夜醒来，只见赵敖还伏案桌前，抄诵经文。

赵辅在一旁看了许久，赵敖察觉到他的目光，转身看过来，他立即起身，行礼道：“见过皇兄。”

赵辅摆摆手：“说这作甚！”

赵敖眼眶湿润：“皇兄……”

赵辅拉了张椅子到赵敖的书案前，他已经很久没有和赵敖这么亲近地说过话了，他说起了很多小时候的事，大多与太后有关。

赵辅：“孝敬皇后那时深受帝宠。你怕是不知，母后生你当夜，原本已经找人唤来了先帝，可因为孝敬皇后突感风寒，身子不适，先帝便去清宁宫看她了。母后原本已经用尽了力气，生不下你了，但听宫女说了这事，她不知从哪儿来了力气，将你生了下来。”

赵敖：“孝敬皇后待你我极好，皇兄，我不知竟然还有此事。”

赵辅笑了：“与孝敬皇后无关，先帝是什么样的人，你还不知吗？”

赵敖低头不语。

赵辅敢说先帝坏话，但他却不敢，因为他不是皇帝。

赵辅又道：“还记得你六岁时，那年朕九岁，赵璿带你我兄弟二人去京郊打猎。”

听到这个名字，赵敖眼皮一跳，不敢喘气。

“赵璿给朕猎了一只小鹿，给你猎了一只小兔。如今想来，先帝喜欢赵璿并非毫无理由，他是孝敬皇后唯一的皇子，又聪慧睿智、孔武有力，十二岁便可拉动五石的大弓。那时你时常跟在他身后，唤他一声‘太子哥哥’，似乎忘了朕才是你的亲兄长。”

赵敖惶恐地站起身，就差跪下了。他颤抖着说道：“臣弟从未这样想过！”

赵辅看着他惊慌的模样，却是伸出手，笑道：“诶，坐下吧，瞧你慌什么。那时谁不喜欢赵璿，朕也喜欢他。朕也和你一样，总是每日巴巴地守在含象殿的殿门口，日日夜夜地往西看，想着赵璿何时能从清宁宫过来带朕去玩耍。”

赵敖不知所措。

赵辅看他这样，心中轻蔑，又觉得无奈。他忽然不知道该对赵敖说些什么。

他有太多的话要说，可那些曾经的兄弟，有的被他亲手射杀、钉死在宣武门的宫门上，有的被他设计“重病”，在病榻上一命呜呼。赵敖蠢，蠢到他都不想设计这个傻弟弟。可如今太后也死了，他只剩下了赵敖。

如果太后还在，听了他今日这番话后会对他说什么呢?

赵辅想了会儿。半晌后，他起身，淡然地说道：“继续抄经吧。”

这才是赵敖最熟悉的皇帝，他松了口气，抹了抹额头上的汗，恭恭敬敬地应了声：“是。”

皇宫中一片低低的哭泣声，嫔妃们为太后流泪痛哭，太监宫女们也哽咽长泣。

到了宫外，百官们也身穿丧服，为太后服丧。

左相府中，纪翁集正拿着一封信细细地看着。过了会儿，左相夫人将做好的浓汤端进书房，左相与夫人相视一笑。

纪相握住夫人粗糙的手，笑道：“夫人辛苦了。”

纪夫人语气温和地道：“可是伯安的信？”

“嗯，是伯安的信。他刚到秦州便染上风寒，断断续续，到如今才好，所以这才写了信送来，叫我安心。”纪翁集道，“便去睡吧，莫要累着了。”

纪夫人道：“也有些睡不着。去岁我与其他诰命夫人一起进宫去见过太后，太后和善可亲，待我们极好，未承想这才不到一载，太后便不在了。”

纪翁集：“有人比你更加睡不着。”

纪夫人：“哦？”

纪相苍老的脸上露出一抹神秘的笑容。纪夫人一瞧见便知道这是夫君要打趣自己，她仿若变回了那个十六岁的少女，娇羞地轻轻靠在纪相的肩上，轻声道：“你倒是说与不说？”

纪翁集还是没有回答，他悠然地道：“人做了事，无论好事恶事，他最畏惧的并非人人皆知，而是再也没有与他一同经历过那些事的人了。”

纪夫人听得一头雾水。

纪相长长叹了一声气：“我夜观星象，恐怕过几日还得辍朝，夫人得准备好这几日的餐饭了。”

皇帝为太后服丧，于是辍朝五日。谁料五日期满，赵辅忧思过重，也跟着病了。

这一放假，就放了足足半个月。

唐慎远在幽州，自然不知道这些事。不过太后的驾崩还是对他们这些外地官员有了影响。原本幽州府尹设宴要接待唐慎和苏温允，突然出了太后驾崩的事，大梁官员谁还敢摆宴庆贺?

到了四月，幽州府尹季肇思才在府衙设宴款待了苏温允和唐慎。

幽州府尹是四品官，可季肇思这个四品官混得甚至不如当年还是五品起居郎的唐慎。他既不属于幽州大营，又和银引司没有瓜葛，原本幽州没有建立银引司时，季肇思需要讨好的就一个幽州大营，如今又多了个银引司，他被夹在中间，左右为难。

见到苏温允和唐慎，季肇思满脸堆笑，道：“下官季肇思，见过工部右侍郎大人，见过中书舍人大人。”

苏温允和唐慎一起坐下。

季肇思为二人满上酒，苏温允低笑了一声，道：“季大人这顿宴席我可等了许久了。”

闻言，唐慎看了季肇思一眼。

季肇思眼珠一转，道：“下官早就想宴请二位大人，只是事出突然，太后驾崩，下官伤心不过，所以才没了此番心思，一心只想为太后服丧。”

苏温允和唐慎都是皇帝面前的红人，季肇思说得滴水不漏。他没想过让这二人在皇帝面前为自己美言，只要这两个祖宗别随口一句话坑了他，他就心满意足了。

宴席上，季肇思热情招待：“二位大人都没来过幽州，听闻唐大人还是姑苏人，这南方的美食与我们北方不同，幽州的美食与其他北方更是不同，您请尝尝这只烤全羊……”

唐慎看着烤全羊，盯了会儿，喃喃道：“师兄挺喜欢吃这个的。”

季肇思双目一亮：“王相公喜欢吃幽州的烤全羊？下官竟然不知。前几年王相公来过幽州，只是王大人一直忙碌，下官未曾得见，始终引以为憾。”

苏温允不屑道：“唐大人倒是对王大人了解深刻。”

唐慎看了他一眼：“我与师兄感情甚笃。”

苏温允意味深长地讽刺道：“说来，王大人今岁似乎已经二十九，至今未成家啊……”

唐慎心中一怒，搁了筷子，冷冷地道：“苏大人，在人背后诋毁他人，可不是件好事。”

苏温允冷笑道：“诋毁？那可未必。”

季肇思惊恐地睁大眼。只见苏温允也搁下筷子与唐慎争执起来，两人你一言我一句地讽刺对方，最后不欢而散。临走时，苏温允对季肇思道：“季大人，宴席甚好，只是宾客不佳。”说完，拂袖而去。

唐慎道：“季大人，先行告辞了。”

两人各自离开后，只留下一个满脸茫然的季肇思。季肇思急得头都大了，他不知道自己到底做错了什么，这两位大佬为何要在自己的宴席上当众吵起来？

“难道说传闻是真的？苏斐然和唐景则向来不和，王党和苏党是敌对？唉，早知我就不同时宴请他们二人了！但是要是先宴请了其中一人，另一人是否会对我敌视相待？”

季肇思愁得头发都要掉光了。

做府尹难，做幽州的府尹难上加难！

入了夜，唐慎屋中一片漆黑。门外，卢深抱着长剑守在外头。

唐慎今晚回到驿馆便对卢深道：“今夜本官喝醉了，卢将军，麻烦你为我守夜。”

卢深气得双眼瞪得滚圆，可他无可奈何，只能为唐慎守门。

黑夜静谧，星子三两。

卢深半阖着眼微微打鼾，忽然，他听到一阵微弱的窸窣声，卢深倏地睁眼，看向发声处，不过多时，只见一只老鼠从花木中窜出。卢深看了会儿，再次闭上眼，下一刻，他突然拔剑，刺向来人。

穿着暗色衣服的苏温允脸色一变，侧首躲开这一剑，这把剑斜斜地劈断了他额边的头发。

苏温允厉声道："放肆！"

卢深自然认识苏温允，但他向来不喜欢这些文官，就当作没认出来，想继续杀苏温允。

这时唐慎打开门，道："不必打了。"

卢深冷哼一声，收了宝剑。

唐慎道："卢将军，你一个人去井边为我打些水，我要洗漱。"

卢深冷漠地扫了唐慎一眼，转身就要去打水，这时唐慎道："我要你一个人去，只允许你一个人，且不允许被他人发现。"

卢深脚步顿了顿，接着继续走。

他的身后，苏温允进了唐慎的屋子。刚一进屋，苏温允便发难道："唐大人真是妙啊，明知本官今夜会来，派了一尊瘟神在门外守着。"

"卢将军是被派来保护下官的，下官派他在门外守着，有何不妥？"

"唐景则，你这是明知故问！"

唐慎面色一冷，他一拍桌子，愤怒地道："苏温允，你演戏便演戏，为何拿我师兄做引子？我师兄与你向来政见不合，但你不可诋毁他的清誉！哪怕他如今不在这儿，我也不允许你在我面前胡乱编派他。"

入了深夜，驿馆四周一片寂静。

苏温允听着唐慎的话差点笑出声，他抬起桃花眼，似笑非笑地打量了唐慎一眼，仿佛在看一个可怜的孩子。他道："我胡乱编派王子丰？唐大人，你说的王子丰，可是我知道的那位户部尚书王溱王子丰？虽说这天已然黑了，但举头三尺依旧有神明，你莫要再逗我笑了，我编派他王子丰？"

唐慎直接笑出了声，他厉声道："苏大人，虽说你我政见不合，但如今到了这幽州城，我们都是为皇上办事的，自然要上下一心。银引司是王溱王大人的地盘，未来我们要做的事也必然需要银引司的协助，你这般诋毁他的清誉，十分不妥。"

苏温允没回答唐慎，他在屋子里来回踱了两步。等再停下来，他认真地看着唐慎。

"唐慎唐景则？"

唐慎搭了眼皮，没理会他。

反正三年前他就已经把苏温允往死里得罪过了，现在再得罪一次也无妨。三年前苏温允都没能将他摁死在刺州，如今还能拿他怎样？

苏温允："呵。"

唐慎冷笑道："好，那我便说说。苏大人与我师兄熟稔吗？并不。我与师兄相识五载，师兄对我如兄如父，我对他的了解，远胜苏大人。他如何，我能不知道？今日我与苏大人在幽州城，需要齐心为圣上办事，请苏大人莫要再拿这种事来开玩笑。一来这并不好笑，二来……”顿了顿，唐慎冷淡地看着苏温允，“你不喜欢别人对你胡加猜测，那你这样在他人背后胡乱编派，莫非就没想过己所不欲，勿施于人？”

唐慎语气坚定，斩钉截铁，听得苏温允都愣住了。

如唐慎所说，他与王子丰并不熟悉，而且还是政敌，或许真揣摩错了？唐慎与王溱是师兄弟，且向来关系亲密，王溱自然不会隐瞒唐慎。

良久，苏温允道：“那便当我说错话了。”

若是让大理寺、工部的那些官员见到苏温允这模样，恐怕会忍不住跑去窗边看看是否天下红雨了。苏温允竟然会示弱？唐慎倒是不以为意，他默了默，道：“此事便过去吧。苏大人，下官方才情绪激动，得罪了。”

两人不再说这个话题。

屋外传来一道沉重的脚步声，唐慎走到窗边掀开窗户往外看去，只见身材健壮的卢将军正扛着一桶水面无表情地走到院中，他将水桶放到地上，抬头去看唐慎。

唐慎淡淡道：“将水倒入大缸中，再去打一桶水。”

卢深目露愤怒，唐慎却视而不见，直接关了窗户。

片刻后，脚步声再次远去，卢将军又去打水了。

回到屋中，看着正在喝茶的苏温允，唐慎莫名想起一件事：他和苏温允好像总是在半夜三更碰面搞事情。

摇摇头将这个奇怪的想法抛到脑后，唐慎道：“今日以后，我们二人不和的事定然会传遍整个幽州城。幽州府尹季肇思是传播此事最好的人选，他不属于幽州大营和银引司任何一方的势力，有了这个传闻，我们也可私下办事，互相打掩护。所以苏大人，第一次进辽……谁去？”

苏温允：“首次入辽需要银引司协助，唐大人觉得该由谁去才妥当呢？”

唐慎沉默片刻：“那就由下官先行探路了。”嘴上这么说，唐慎心里却骂道：要是好事你能让给我？谁不知道第一个去探路的最危险！

从选择刺入辽国的人选到进辽路线，二人争论不休，直到丑时，才得出定论。

苏温允披上黑色斗篷，拉起兜帽，将脸藏在了阴影中。

房门“吱呀”一声打开，两人走出房间，只见卢深扛着一桶水，脚步沉重地走了过来。院中的那口大缸中，已经装满了水，卢深新打的这桶水不可能再倒入满了的大缸中，于是他直接把水桶扔在地上，里头的水溅出来许多。

卢深抬起头，坚毅的脸庞上全是冰冷的神情，愤愤地瞪着唐慎。

唐慎抬头望了望天空，他道：“天还未亮，请卢将军再把这大缸中的水全部都倒回井中吧。”

卢深：“你！”

唐慎：“卢将军要违抗命令？”

卢深深吸一口气，拎起水桶，转身就要走，这时苏温允含笑的声音响起：“倒入井中，那该多脏？但是放在这大缸中，天一亮就会被驿馆里的官差发现，这可如何是好呢？”

唐慎看向苏温允。

苏温允：“不若如此，卢将军，驿馆中每个院子里都有一至三口水缸，你将这些水分别倒入这些水缸中，每次只倒入一桶，定然不会被人发现，这样可不就天衣无缝了？”

卢深回过头，双眼瞪得滚圆，炽热的目光能将苏温允刺个对穿。

但苏温允仿若不察，笑盈盈地离开。

唐慎沉思了片刻，道：“如苏大人所说吧。”

卢深：“……”

真想把这桶水倒在这两个杀千刀的狗屁文官头上！

苏温允走后，卢深虽说不情不愿，但也按着唐慎的命令在天亮前将这一水缸的水神不知鬼不觉地匀到了其他院子的水缸中。第二日清晨，唐慎出了屋子，只见卢深手握长剑，如同门神一样守在他的门口，只是神态萎靡，显然是在强打精神。

唐慎道：“卢将军，进屋吧。”

卢深不吭一声地进了屋。

唐慎查看左右，确认没人后关上房门。

“卢将军可是在心中咒骂我，记恨于我？”

“末将不敢。”

“那就是骂了。”

唐慎：“我师兄曾经说过，辱骂敌人是最软弱的反击。真正对付一个人，要做的是断其希望、扼其喉咙，将其逼上绝路，于须臾点滴间无声无息斩除敌人。”

卢深听得一头雾水，他只是个大字不识的武夫，完全不懂唐慎的话。

唐慎也没指望他听懂，他心道：唉，师兄的为官之道，岂是你这小小参将能明白的？

“不说这个。卢将军，你原本是看守城门的幽州大营参将，但你与幽州城的文官们向来关系不和，我说的可有错？”

卢深虽说蠢了点，但不傻，他没回答唐慎的话，低下了头。

唐慎：“你不说，但这幽州城中谁不知道此事？你敌视文官，我知道，是因为你是归正人。”

卢深身体一僵，倏地抬头。

“归正人，哪怕科考时也需要头绑黑带，以显示身份。阅卷时，归正人不可入殿试前二甲，归正人不可担任四品以上的官职。煌煌大梁，只有一个李景德李将军成了二品征西元帅，他是唯一一个身居要职的归正人，那是他用命打出来的官职。”唐慎道，“你瞧不起文官，是因幽州城中，武将们在战场上厮杀浴血，文官们却好似什么都没做，可对？”

卢深：“末将没有这么说！”

唐慎：“那就是这样了。”

卢深无言以对。

论心眼儿，唐慎可能玩不过盛京的那些老油条，但对付一个卢深还是绰绰有余的。

唐慎："原本此事并不想交由你去做，但你昨夜打水之事让本官明白，你至少是个能服从命令的军士。既然如此，那明日入辽一事便交在你身上了。"

卢深抓住关键，他惊骇道："入辽？！"

唐慎笑了："是，入辽。你不是觉得文官不堪大用，整日缩在武将身后如同缩头乌龟？那本官这次就带你见见文官到底能做什么，文官每日所做的事到底是不是虚度光阴！只是今次入辽，卢将军，本官的身家性命就全权托付在您身上了。"说着，唐慎作揖行了一礼。

卢深哪里敢受，他赶忙扶起唐慎，恍惚间有点明白了唐慎的意思。他小心翼翼地问道："大人，末将只想悄悄问一句……您为何要入辽，入辽是要做何事？"

唐慎哈哈一笑："做你所想的事！"

卢深双目放光，他双手拱起握拳，对唐慎行了一礼，道："末将愿随大人入辽，定不负大人嘱托！"

唐慎幽然地看着卢深这满脸激动、恨不得现在就去死的模样，心里感叹：武将就是好骗啊！

原本唐慎就是要让卢深跟着自己入辽，一路保护自己的安全，且做一些危险的事。皇帝派他来，可不仅仅是保护自己，而是要卢深当间谍，入辽刺探情报。只是这卢深威猛有余，智慧不足，且一直对文官有偏见，如果唐慎真要用他，恐怕多有不便。

谁承想这次唐慎就说了两句，他就这样肝脑涂地，一改态度，一副要上刀山下火海、鞠躬尽瘁死而后已的模样。

和盛京那群千年的老狐狸比起来，幽州的这些武将，当真个个可爱至极！

次日，唐慎来到征西元帅府拜会李景德。

李景德并不在府上，等了大约半个时辰，一身戎装的李将军迈着大步进了元帅府。见到唐慎，他开口便道："唐慎，听闻你昨日在幽州府尹季肇思摆下的宴席上与那苏温允大吵一架，针锋相对，不欢而散？"

唐慎第一反应：原来李将军还能一口气说出两个成语呢？

唐慎叹了口气，道："确实如此，没想到这种丑事连李将军都知道了，可真是好事不出门，坏事传千里。"

李景德摆摆手："嗨，你哪儿的话，也没几个人知道。不过这幽州城可是我的地盘，什么风吹草动能瞒得过本将军的法眼？怎么着，那苏温允又做了什么恶事，你说来听听，反正他如今身处幽州，本将军来给你出气。"

唐慎拱手："多谢李将军，不过是些小事，劳烦将军操心了。"

唐慎不说，李景德也没再问。征西元帅每日忙着练兵、抗辽，并不空闲，哪可能真像他说的那样整天闲着没事报复苏温允，给唐慎出气？李景德也就是随口一说，唐慎不领情那就算了。

"你今日来可是有事？"

唐慎默了默，道："确实有事。"说着，唐慎站起身，来到李景德面前，弯腰就要行个大礼。李景德急忙扶住他："唐大人这是为何？这可使不得，你这礼可是拜天地君师的，和我有什么关系，别以为我是个武将就不懂。你有何事，说就是。"

唐慎道："既然将军直说了，那下官也不再藏着掖着。今日下官前来，是想借将军的令牌一用。"

李景德圆眸一缩，静静地看着唐慎。回到幽州数月，他那张粗犷俊朗的脸上已经长满了络腮胡，遮住了大半脸颊，谁都无法从他这张浓密的胡子脸上看出他在想什么，而李景德或许也不像别人所想的那样蠢笨鲁莽。

良久，李景德问道："是要急用？"

唐慎："是防患于未然。"

李景德哈哈一笑："好，本将军知晓了。去岁底在盛京，你多番相助本将军，如今不过是个令牌而已，小事，不足挂齿。唐慎，你随我来。"

唐慎跟在李景德的身后，来到他的书房。

李将军的书房里也放了几个大书架，上面摆满了书。唐慎随便扫了一眼，这些书中包括了四书五经，甚至连孩童启蒙的《三字经》《千字文》都摆放在架子上。但每本书都崭新光滑，仿佛没怎么被人翻动过一样，只是装个门面。

李景德取出征西元帅令交予唐慎。

"此令牌虽不可调动千军万马，但在幽州能助你如履平地。"

唐慎拱手道："多谢李将军，最多半月，下官原物奉还。"

李景德哈哈大笑道："没必要没必要，就是个令牌而已，弄丢了我再造个不一样的，让别人认准不一样的就是。你要是弄丢了，我还可以找那王子丰发脾气呢！你那师兄可真不是个东西，别看我是在幽州说的这话，哪怕到盛京，当着你师兄的面，老子也敢这么说！银引司这破玩意儿，弄了个莫名其妙的银契，搞得幽州大营民不聊生！"

唐慎："……"

民不聊生不是这么用的。

李景德又说了两句王溱的坏话，但唐慎拿人手短，也不好和他争辩。不过所幸，李景德没说几句，又开始说苏温允坏话。王溱为人处世真的滴水不漏，不留把柄，李景德再怎么骂也只能骂他心思深沉，骂银引司折腾人。

但骂起苏温允来，李景德嘴上的词就多了去了。

"……别说你了，我也瞧不上那小白脸。前两年我回盛京，他刚好当上大理寺少卿，幽州城有个士兵出了个案子，送到大理寺审理。那小白脸真狠啊，当着老子的面把老子的兵折腾得只剩下一口气，老子从此就记住了'苏温允'三个字。你可别小瞧了那家伙，表面上光鲜亮丽的，其实比王子丰还狠！"

唐慎小声道："我师兄或许更狠点。"

李景德没听清："你说啥？"

唐慎："将军英明，洞察甚微，下官会注意的。"

李景德摆摆手："说说而已，本将军也就是瞧你顺眼，你与那些满肚子坏水的文官不大一样。”

很快，李景德回了幽州大营，唐慎也告辞离开。

唐慎目送着李景德骑上骏马飞驰而去的背影，手藏在袖中轻轻抚弄那块令牌，心中感慨万分。

苏温允能比得上我师兄？

当年的苏温允可真是嫩啊，居然做事能做到被李景德记住。这要换我师兄，绝对笑眯眯地就把人给弄死了，说不定你李景德还要感恩戴德，给我师兄送锦旗！

不过与李景德接触后，唐慎与苏温允演戏的好处也体现了一二。

昨日幽州府衙的宴席上，唐慎与苏温允在众目睽睽下反目成仇，此事虽说没有闹得满城风雨，但绝对传到了该知道的几个人的耳中，包括李景德。

有了这件事做铺垫，自此，唐慎和苏温允做许多事都有了借口。且他们可以互相给对方打掩护，不用被任何人怀疑。

这件事换谁去做都不合适，唯有唐慎和苏温允。因为许多官员都知道，三年前因刺州桥塌一事，苏温允和唐慎结了梁子。这几年来，两人一向关系不和，有了这个铺垫，两人再大吵一架，就显得顺理成章。

唐慎不禁想，赵辅当初在派他和苏温允一起来办差事，是否有想到这些？

如果赵辅真想到了，那他也未免太可怕了。

在幽州城准备了几日，四月初六，银引司司正林栩带着几个人前来拜会唐慎。林栩将人领到驿馆先安置在门房那儿，他独自一人见了唐慎，道：“下官见过钦差大人。昨日下午，王相公的信从盛京寄来了，信上所说之事下官已经办妥当了，今日下官带来的几人都是绝对信得过的，大人可要见一见他们？”

“将人带进来看看。”

林栩很快将人带进屋。

他一共带了四个人进来，这四人都是中年男人。有两个膀大腰圆，一副多年富裕生活的贵态模样，另两个瘦了点，可精神矍铄，脸颊泛红，显然生活得也非常好。这四人都是一副商人模样，可他们见了唐慎，并没有寻常商人见到大官时的紧张瑟缩，而是哈腰低头，站在一旁，仿佛早已习惯，知道不该做什么，不该听什么。

唐慎仔细打量这四人，最后他的目光落在一个矮瘦男人的身上。这个中年汉子长了一张轮廓深刻的脸庞，和李景德有些相似，他们虽然没有辽人血统，可都有点像辽人。这男人双手垂下，放在身前，举止恭敬。

林栩注意到唐慎在看这人，立刻道：“王相公所推荐的人，也是此人。”

唐慎一愣，抬头看他。

林栩：“王相公在信上说，若是唐大人另有选择也不必另说，因为这四人都是绝对可以信得过的。不过如果唐大人选择了此人，王相公说此人您可放心地用，您曾经听过、想过、猜过的事，确实是此人查到的。”

简简单单的一句话让唐慎心中波澜起伏。

原来这林栩真的是师兄的心腹！

师兄竟然连“银引司有打听辽国情报专门的门路”这件事都不避讳他，看来自己可以更信任他一些。

唐慎不动声色地说道：“那便是他了。”

这中年男人也是机灵，立即道：“草民乔寅，家中排行第九，旁人都叫一声乔九。乔九愿为大人办事，绝不令大人失望。”

唐慎：“你可懂茶叶？”

乔九：“懂。草民做过许多生意，年轻时也去过南方，跟着朋友做过茶叶生意，只是很多年没再做了。”

唐慎：“好，我要你一天之内成为一个茶商，你自江南姑苏府来，卖的是上好的一品碧螺春。”

乔九连连应下。

林栩带着其他人先行走了，只剩下这个乔九在驿馆里逗留了一会儿。

到了傍晚，王溱给唐慎的信也寄到了幽州驿馆。

唐慎从官差手中拿到信，急忙打开，薄薄的宣纸上，王溱优雅潇洒的字体徐徐舒展。哪怕写的是颇为秀气的小楷，也藏不住落笔之人的清然风骨。

信上，王溱说了自己派林栩帮着唐慎选人的事。他要唐慎别多想，自己并不是想插手此事，只是银引司早就在辽国有部署，如今只是顺理成章地将差事交到唐慎手中。

今日与先生一同看了一株垂丝海棠，万条低垂如美人青发。想起景则还在幽州，只见黄沙漫天，春风不度，不由唉声叹气。先生问子丰为何忧愁，我道思念师弟。知你向来喜欢揶揄于我，却又不得要领，屡屡挫败，不若与你说说，先生是如何发难的。

信的前面一长段说的都是正事，唐慎看得聚精会神，等看到最后，王溱突然说起自己的趣事，唐慎眼前一亮。来幽州城的这半个月，唐慎几乎日日紧绷，从未松懈过，如今看到王溱的这封信，他心头一暖。

接着再往下看。

先生言，自古常道一句话，赠予子丰，恰为适当。我言，何话？先生仰天长叹，只道，儿行千里母担忧！小师弟，你道我是该牵挂于你，还是不该？

唐慎哭笑不得地看着这封信，他用指腹细细摩挲王子丰的字，一开始还在笑，过了片刻，脸上的笑容慢慢消散。唐慎道：“师兄对我说了这样的笑话，甚至拿自己打趣，不就是希望我能更为轻松些，不要太逼着自己了？”

唐慎拿出宣纸，开始给王溱回信。

第四十三章

入辽

第二日清晨，唐慎悄悄收拾了行李放在驿馆房间中。为了掩人耳目，他命书童奉笔依旧留在幽州，自己一个人进辽。早晨，唐慎唤来一个官差，将自己写给王溱的信交给对方："大约几日能到盛京？"

官差道："回大人的话，这并非军情，所以不可走急道，正常来说，需要六日。若大人需要，小的可特意说一声，大约四日就能到。"

"四日……不必了，就六日吧。"

"是。"

送信的时候，唐慎碰上了苏温允。

两人在走廊上相遇，互相看了一眼。

苏温允皮笑肉不笑地说道："唐大人，真是不巧。"

唐慎拱手行礼："下官见过工部右侍郎大人。"

苏温允睨了他一眼，抬步离开。两人擦肩而过的一瞬间，唐慎低声道："今日深夜。"

苏温允脚步一顿，继续向前，扬长而去。

入夜，幽州城一片寂静，唯有春季经常刮起的大风呼啸着吹着城中的胡杨树，响起哗啦啦的声音。

幽州城东，两辆装着军饷的马车嗒嗒地驶过。

马车走到城门下，守门的将士拦下车，朗声道：“什么车，半夜出城所为何事？”

随车而行的官差立即拿了批文送到这将士的手上，他赔笑道：“大人，小的是银引司的差役，银引司新进了一批军饷，征西元帅李将军急用，所以不得已半夜要送去。您瞧瞧，这是银引司的官印和李将军的令牌批印。”

幽州城的士兵和银引司向来不和，这守城士兵看了看批文，发现确实是银引司的官印，上头的征西元帅令牌印估计也是真的。

银引司之所以这么惹人讨厌，除了它掌管幽州大营所有的军饷军用外，还有一点就是银引司总是不按常理出牌。银契什么的就不必说了，大半夜送军饷的事银引司还真干过，且不止干过一次。

这士兵本想为难两句，一旁的另一个守城士兵道：“欸，是李将军的差事，将军的脾气你我又不是不知道，放行吧。”

士兵想了想，无奈地道：“走吧。”

城门“吱呀”一声打开，士兵们压根儿没去检查车上的东西，就放了两辆马车出门。

军饷马车出幽州城的事没有引起城中任何人的注意，这事甚至都没传到李景德耳中，李景德自个儿都不知道自己大半夜找银引司要了一批军饷。

四月初八，浓云密布，不见星月。

幽州驿馆中，苏温允一夜未眠，他坐在桌子前一杯杯地给自己倒茶，等到了天色洒亮，他要再给自己倒一杯茶时，忽然发现茶壶不知何时已经空了，而他也已然喝了一肚子的凉水。

另一边，唐慎带着人马顺利地出了幽州城，没有惊动任何一方。

到了两国边境，这两辆马车改头换面，那位说自己是银引司差役的年轻男人原来竟是乔九的亲生儿子乔幸。他们摇身一变，乔九成了一个来自江南的茶商，唐慎等人则化身成同行的茶贩，卢深等几个武将则变成随队的武师。

马车上的军饷是一包包的茶叶。

来到两国边境，乔九拿出了早就准备好的幽州府衙批文，顺利通关，进入辽国。

初入辽境，一切与大梁民间没有不同。城镇酒楼应有尽有，等到再往里走，城镇越来越少，沿途大多是一个个聚积迁徙的部落。每遇到一个小城，众人都会停下来补给物资。

然而有件事倒是相反的。

唐慎刚进辽国时，在辽国与大梁边境处，他们见到的辽人一个个对他们怒目而视，仿佛经年死敌。但到了辽国深处，那些从未经历过两国战役的辽人们对他们就没那么大敌意，只是言行举止间一副轻蔑傲慢的姿态，毫不掩饰。

一行人顶着风沙，六日后才风尘仆仆地抵达辽国南京析津府。

进城门时，乔九弯腰哈背，不停地给守城门的辽兵塞钱。唐慎站在这高大巍峨的析津府前缓缓抬头，看着城门上硕大的“析津”二字，他心思震荡，久久不能回神。

“公子可是瞧见什么东西了？”

唐慎转首看向对方。说话的是乔九的儿子，但是如今在他们这支商队里，乔九的儿子扮演的是一个伙计，而唐慎扮演的则是乔九的儿子。

梁商来辽，都喜欢裹上麻布，遮挡风沙。

唐慎的脸被褐色的麻布挡住，只露出一双眼睛。他点点头，伸手指着析津府城门上的两个字，道："这两个字写得不错，竟然还是汉字。"

乔幸道："南京原本不叫析津府，是十多年前辽国的王子太师给改的名，听闻这两个字也是他写的。"说着，他压低声音，在唐慎的耳边道，"大人喜欢辽国王子太师的字？这太师的墨宝也不是不可求，若是您想要，是可以弄到的。"

唐慎低笑一声。

辽人写汉字，再好看能好看到哪里去？

这辽国王子太师的字写得是不错，但也就是唐慎这个水平。和傅渭、王溱比起来，简直是班门弄斧。

乔幸发现自己拍错了马屁，没再说话。

乔九塞了三个钱袋，终于将这群贪婪的守城辽兵给喂饱了。不过能花钱总是好事，这几个辽兵随随便便地就将他们放入了城，压根儿没怎么盘问。

等进了析津府，众人在乔九早就安排好的客栈下榻。

辽国多是部落联盟，国境内的大都市不多，最为重要的就是五京。分别是上京临潢府、中京大定府、东京辽阳府、西京大同府和南京析津府。上京临潢府是辽国首都，其余四都则是陪都。

收拾好行李后，唐慎问道："乔九那边如何了？"

这伙计也是知情的，据说是乔九的心腹，他道："老爷那儿早已准备妥当，今天天色已晚，所以想请大人暂时歇息，等明日我们便去辽国的商行寻找门路。"

唐慎点点头。等这伙计走后，他吹灭了蜡烛，房间里顿时陷入漆黑。

与此同时，远在千里之外的盛京城中的户部尚书府，王溱刚从皇宫中回来，今日他被皇帝召进登仙台说了一个多时辰的话。

自从太后去世、赵辅大病一场后，他的性情不得不说有一些转变。唐慎一直身在幽州，并不清楚此事，而王溱则体会最深。今日从宫中回来，王溱敞开双手，让书童为自己更衣。这时管家敲门进来拿着一封信，道："公子，是从幽州来的信。"

王溱眉头一动，他声音清雅："景则的？"

"是。"

王溱轻声道："暂且不更衣了，你先下去吧。"

书童低声应是。

王溱穿着这件只脱了一半的衣服，也没管自己此刻的仪容是否失了世家公子的气度。他走到管家面前拿起那封信，修长的手指按在信件的正面。王溱定定看了会儿"师兄亲启"四个字，接着打开了信封。

然而才刚刚看到第一行字，王溱便倏然失笑，怔了好一会儿。

只见唐慎在这封信的开头，用与王溱如出一辙的字体，赫然写着——

“敬请师兄：

履安敬叩……”

王溱没往下看，他目光幽深地看着开头这两行字。良久，他转过头，温和地笑着问管家道：“在琅琊王氏时，你也跟着读过许多书，是否是我记错了，写信时，敬请、履安敬叩，是对父母而言的吧？”

管家哪里知道王溱在说什么，他老老实实地道：“回公子的话，是。”

言下之意：您没记错，这两个词都是儿女对爹娘用的。

王溱悠然笑了，他晃了晃手中的信纸：“我儿的信，当仔细瞧着，你先下去吧。”

按着唐慎算的日子，当他到析津府的时候，那封信应当就送到王溱手中了。

原本快马加鞭，那封信四天就可以送过去，但唐慎选了六天，只因这时他人在析津府，哪怕王溱看了那封信动了怒，或者决定写封信斥责自己两句，唐慎都天高皇帝远，收不到了。

不错，他是故意那样写的。

只允许你王子丰“儿行千里母担忧”，不许他唐景则“我待师兄如慈父”吗？

唐慎心想：王子丰会不会生气？

仔细想想，应当是不会生气的。

以他家师兄那样的气度，哪怕真生气了也不会表现出来，而会记在心中，等他回盛京，或许师兄就会发难。不过以后的事以后再去说，唐慎也不放在心上，能揶揄到师兄两句，他便觉得神清气爽。

到了析津府，唐慎并未真的抛头露面去办差事，他将大部分的事交给了乔九处理。

乔九是王溱的手下，虽说他并未与王溱见过几次面，但王溱能重用他，说明他手段了得。短短三日他便在析津府认识了几个购买茶叶的辽商，稍稍打入了析津府的商贸圈子。

在辽国，普通百姓是没有姓的，除贵族外，其他人想要有姓，得由贵族赐予。

辽人只有两个姓，一个是耶律，一个是萧。

深夜，客栈厢房中，乔九低声对唐慎道：“大人，小的结识的那三个辽商，一人名为萧律，一人名耶律琦，一人还未被赐姓。大人有所不知，耶律一族在整个辽国执掌皇权，位高权重，萧氏则是出皇后，辽国皇后必须姓萧。辽国大多地方都是耶律氏执掌大权，但析津府有所不同，析津府临近我大梁，汉人习俗较多，南面官的府衙也设立在此。”

唐慎：“这一点我是知晓的。”

乔九惭愧道：“是小的逾矩了，大人高瞻远瞩、深谋远虑，这点小事自然瞒不过您的法眼。”

唐慎看了这乔九一眼。

往日都是唐慎拍别人马屁，很少有人在他面前拍他马屁。其实唐慎刚加冠就已是四品高官，哪怕放在盛京城他都是京官中的大官，可偏偏唐慎在勤政殿办差，勤政殿最低的官都是四品官，而他每天接触到的，不是皇帝，就是王溱、苏温允这类当朝权臣，导致他一对比，反成了一个“微不足道”的小官。

被别人拍马屁的滋味让唐慎感慨颇多，乔九也是不易。他身为一个商人，自个儿考不上功名，一心一意地为王溱、唐慎办事，可不就是想为后代谋一个出路?

唐慎体谅他的心情，道:“你事情办得不错，接触到的这三个商人也身份合适。”

乔九见唐慎神色愉悦，知道自己没说错话，松了口气。“回大人的话，您当初让小的扮茶商人辽，真是明智。”这话乔九不仅仅是在拍马屁，他也是真心感慨，“大梁的茶叶、瓷器在辽国是贵族高官才能用的奢侈品，如若扮瓷器商人进辽，运送货物较为不便，唯有茶商才是最妥当的遮掩身份的方式。”

这并不是唐慎一个人想的，其实是苏温允的主意。

但是没必要解释，唐慎想了想，道:“那三位商人中没被赐姓的暂时不用太过接触了。我们要做的事并非真的卖茶叶，而是探入辽国内部，耶律姓和萧姓……”唐慎沉思半晌，微微一笑，“南面官和北面官，你说这话倒是提醒我了，这辽国内部可不像它外表看上去的那样铁桶一个！你如此去做……”

梁商进辽是做生意的，这世上没人会和钱过不去，辽商自然欢迎，但这并意味着那些眼高于顶的辽商就会把乔九放在眼里。

就算倾家荡产地送礼请客，乔九也不可能讨好所有人。

然而辽国自己就有极大的内部问题!

唐慎:“辽国最大的问题就是北面官和南面官，你也说了，这析津府是南面官的势力，你可以渐渐冷落那个耶律姓的辽商，多亲近萧姓的，我们要与萧姓辽商做生意。”

乔九:“大人，这样可是会得罪人？”

“要的就是得罪，你真以为你能在他们二人之中左右逢源，全部讨到好处？”

“小的不敢。”

唐慎:“既然他们能被赐姓，说明他们是有背景有后台的。这种人做生意，很多时候不仅仅是为自己做，也是为他身后的人在做。你若亲近萧姓辽商，耶律姓的辽商必然会暗中生恨，甚至在背后对咱们的茶叶生意做手脚。咱们身处辽国，他们想做点什么事，易如反掌。”

乔九也不是蠢的，他明白过来:“但那辽商萧律自然不会袖手旁观。”

唐慎笑道:“一味地送礼讨好，萧律未必会把你真正当朋友，放在眼里。有得必有失，当他看见你为了和他做生意真的牺牲颇多，和他患难与共时，他才会真正地拿你当朋友。”

乔九露出商人奸诈的笑容:“小的明白了。大人运筹帷幄，小的是拍马也不能及啊。”

唐慎笑了一声，没再说话，心里想:你拍马屁的姿势可比我差远了!

乔九是王溱的人，他去办事，唐慎还是十分放心的。

唐慎将卢深叫了过来。

卢深心情郁闷，这几日都闷闷不乐。

武将是真的藏不住一点心思，唐慎一看他表情便明白他心里在想什么，唐慎道：“来之前我明明说是要带你来做大事的，谁料来了后你和手下的兵整日守在客栈看货物，哪儿都去不了，卢将军可是觉得我在骗你？”

卢深对唐慎的态度不像当初，也没那么敷衍不敬，他拱手道：“末将不敢，末将知道大人这些天看似待在客栈，可乔九所做的事都是听大人吩咐，大人并不清闲。”

“但你很清闲。”

卢深没有回答，显然也是心中有怨。

唐慎：“放心吧，今日唤你来，是有差事要交予你。”

卢深双目一亮：“大人尽管吩咐，末将绝不让大人失望。”

“此事也不容许你让我失望！”唐慎的语气骤然严厉，他先将自己吩咐乔九做的事简略地说了一遍，接着道，“辽国的内部纷争并不仅仅有南面官和北面官，辽帝年逾五十，年轻时又征战沙场，身有旧疾。辽帝一共有四位皇子，其中三皇子我在盛京时就见过，他出身显赫，深得北面官的拥护。而我要你做的是查清楚这析津府中这些南面官、北面官都分属于哪个皇子麾下。”

卢深仔细想了想，道：“大人，末将一定会办好此事，只是这些辽官未必一定会拥护皇子，辽帝还健在呢。”

唐慎笑了：“析津府和上京临潢府相隔多远？”

卢深：“千里之遥。”

唐慎：“近年来，辽帝身体欠佳，若是他的心腹，他能将其派到这千里之遥的析津府吗？是人就会有自己的心思，况且……”声音顿了住了一会儿，唐慎才接着道，“况且在盛京时我便发现，北面官中就算是位高权重的辽国王子太师也隐隐拥护着那辽国三皇子耶律晗，连王子太师都有所另谋，其他官员难道不会？”

卢深听得恍然大悟，看唐慎的眼神更加敬佩，他不会拍马屁，但他老老实实地道：“大人说的是，末将这就去办！”

等卢深走后，唐慎给自己倒了杯茶，心思渐渐远了。

“若是师兄在这儿，恐怕就会说，辽官各有心思，最大的原因还是辽帝本身吧！”轻轻叹了口气，唐慎倏然感受到一种高山流水难遇知音的寂寞。

辽帝今年才五十多岁，比赵辅还年轻十来岁，但他对辽国官员的掌控连赵辅的一根脚趾头都比不上！

辽帝性格暴躁，骁勇善战，年轻时也是著名的常胜将军。他如今年纪大了，又一身伤病，虽酷爱猜忌，但终究是个武夫。他的官员各有小心思，他或许知道，又或许不知道，但无论如何，一切已经晚了。

辽国朝堂上，官员派系各自成了气候，辽帝就算有心治理，也不是一朝一夕的事。

对着卢深这种榆木脑袋说辽国朝堂的事，唐慎只觉得是对牛弹琴，完全是浪费口舌，干脆不说了。

卢深虽然不够机敏，但办起事来还是牢靠的，否则赵辅也不会将他派给唐慎。

不消十日，乔九那儿就传来了好消息，他们从幽州带来的茶叶被一伙辽国官差扣下了，背后明显是那辽商耶律琦动的手脚。乔九敢怒不敢言，他向辽官申诉，表明自己是冤枉的，可辽官哪里会管一个梁商的事，直接打了他十个板子，把他扔出了析津府衙。

乔九年纪不轻，这十板子狠狠地打下来，几乎要了他半条命，他立刻卧床不起，高烧十日。当辽商萧律听说此事时，乔九已经能从床上下来走动了。

萧律亲自来到客栈，见了乔九。

乔九踉跄着从床上下来，萧律见状，急忙扶住他。萧律能说一口流利的大梁官话，他道："乔大哥你这是怎么了，竟然被打成这样！你做了何事，他们怎能如此对你？！"

乔九苦笑道："小的只是个平民商人，做错了何事……萧先生或许也猜到了吧。"

闻言，萧律叹了口气，也不再装傻。

萧律："没成想，那耶律琦竟然会这么做，真是欺人太甚。你放心吧，此事我已经告诉了大人。"

乔九第一次从萧律口中听到"大人"两个字，他眉毛一挑，表面上装得风平浪静。他感恩戴德地道："多谢萧先生来看望我，我身子已经好了大半，不妨事了，只是我的那批货还被扣押在府衙……"

萧律："不必担心，我自会处理。"

这时，唐慎穿着一身绸缎锦衣，端着一碗浓稠的汤药从屋外进来。萧律见到他微微一愣，乔九笑着道："这是犬子，名为乔景，他随我来大辽卖货。"

唐慎对萧律作揖行礼，道："见过萧先生。"

"嗯。"萧律的目光在唐慎的脸上停留片刻，接着他不动声色地移开，道，"乔大哥，过两日我在家中摆宴，宴请一些经常来往的商人，你可要来？啊，以你的身体或许没法前去？"

乔九面露惊喜："萧先生请放心，小的一定到场。"

萧律又说了两句，离开了客栈。临走时他说自己在析津府城东有座小宅子，让乔九一行人住过去，乔九推辞了几下，被萧律挡了回去，于是他接受了萧律的好意。

等萧律走了后，唐慎眉头微微皱起。晚上，他找来卢深："你曾经打听过这辽商萧律的事，他可有断袖之癖？"

卢深一脸莫名其妙，他不懂唐慎怎么突然问这个，只得老实回答："没有，萧律家中有两房小妾，他不仅不喜好男色，甚至非常风流好色，还因为纳妾的事曾经和夫人大打出手，闹了不小的笑话。"

卢深看着唐慎，满脸写着"大人你为什么要问这个"。

唐慎被看得十分无语。

大概是他真的想多了。

唐慎心道：无论如何，以后还是不出面为好。

唐慎找来乔九："本官在析津府也待了半个月，是时候回幽州了。等你参加完那晚宴后我再离开，你也莫要担心，我走后，苏温允自会过来，到时你与他接洽。"

不同于大梁，辽国是部落制的游牧国家。

辽国由多个部落组成，许多辽人都是四处放牧的草原牧民，常年不在都城居住。一百多年前辽太祖建立辽国，设立了五都，学习汉人的儒家文化，讲究“天地君亲师”。然而辽人骨子里的野性极难被改变，所以他们学了个四不像，但也不是没有成效。

辽国的朝堂分为北面官和南面官：北面官由大部落的贵族把持，身份等级森严，自成一派；南面官则大多是小部落出来的官员，其中不乏汉人。他们负责与大梁交流，与北面官格格不入。

唐慎让卢深去调查南面官的情况，卢深将差事办得十分利索，不过半个月就查清了情况。

和唐慎说的一样，北面官、南面官的矛盾是辽国朝堂不可避免的根本矛盾。除此以外，北面官本身也并非铁桶一个。

卢深：“大人应当知晓，北面官大多是出身大部落的贵族，身份显赫，有时连辽帝都要敬让他们三分。但辽国一些部落对贵族当官十分不屑，很多历史悠久的部落从来不出去当辽官，他们和北面官也有极大的纷争。”

唐慎惊讶道：“还有此事？”

卢深点点头：“确有此事。不过这些部落虽然强大，可大多比较古板，不与外接触。而且辽国最大的两个部落一个属于辽国皇族，一个是皇后一族，其他部落哪怕有所怨言，也都敢怒不敢言。”没再多说这件事，卢深将自己这些天调查出来的结果说了出来。

“和大人说的一样，南面官中许多官员都有自己拥护的皇子。辽帝共有四个皇子，三皇子出身大部落，母妃身份尊贵，北面官大多拥护他，另外三个皇子的母妃都出身普通。辽帝的萧皇后并没有子嗣，所以皇子间争夺皇位之事近些年也压不住了。其中，南面官大多支持的是二皇子耶律舍哥。”

“耶律舍哥？”

卢深：“是。据说这二皇子耶律舍哥是辽国最聪慧的神子，他的母妃只是个普通的小部落公主，但是他非常得辽帝喜欢。辽人都仰慕我大梁文化，学习我儒家经典，但那些辽人和末将一样，他们懂个屁的儒家，大字都不一定认识几个，只有这个二皇子十分有才学。据说他熟读四书五经，又擅长诗词歌赋，同时骑射狩猎也样样不落，所以辽帝非常喜欢他。”

唐慎思索片刻，道：“去岁辽国使团来盛京时我曾经打听过一些消息，也曾经听说过辽国的二皇子。虽然他才学出众，但在礼部尚书孟相公的口中，他可并非善类。”

卢深：“大人说的也没错，那耶律舍哥是个狠人，但是辽国的那些皇子哪个不是性情残暴，狂妄自大？辽人是马背上的民族，如果都和咱们梁人一样知书达理，才会被人瞧不起呢。”两人说远了，卢深又说回原来的话题，“很多南面官拥护耶律舍哥，比如这南京析津府的左相，他就是二皇子府的人。”

卢深仔细将自己打探到的消息说了出来。

等到卢深走后，唐慎仔细思索许久。

毫无疑问，如今他们已经搭上了萧律这条船。而萧律的背后，若无意外，站着的一定是某个南面官。

南面官在辽国朝堂上的地位不如北面官，但正因为如此，他们才有可能会和汉人交涉。想要打听辽国情报，将探子安插进去，最好的方法就是策反。

手指轻轻地在桌子上敲打着，唐慎闭目冥思。

所以……该策反谁，又如何策反他呢？

两日时间很快过去，辽商萧律派人将宴席请帖送给乔九，请乔九务必赴宴。如今他们都住在萧律在城东的宅院里，这是个清雅幽静的地方，又远离喧闹的都市，非常适合养病。

乔九走之前来到唐慎的屋中，询问唐慎是否要跟着去。

如果放在以前，唐慎会选择以乔九的儿子的身份跟着赴宴，但这次他迟疑片刻，道：“本官不去了，乔九，你且仔细注意宴席上所有人的身份，但不可出格。切记，你只是个富裕的大梁茶商。”

乔九连连道：“小的明白。”

入了夜，析津府刮起了大风。

漫天的黄沙扑面而来，打在胡杨树上，发出粗糙的摩擦声。乔九戴上辽国流行的毡帽，穿着一身辽人服饰，又带了几包一品碧螺春茶叶，迎着风沙去赴宴了。

乔九到了萧府并没有见到萧律，小厮将他引到了宴会厅中。

这宴会厅里早早地布置好了桌椅，乔九身份太低，他被安排在右边最下座。乔九满脸感恩戴德的模样，兴奋地坐了下来，他刚伸长了脖子，又赶忙缩回去，似乎是对这场宴会充满了好奇，又胆战心惊不敢四处乱看。

周围并没有人注意到乔九，但他依旧演着这场独角戏，避免出错。

等过了小半个时辰，萧律才姗姗来迟，他满脸赔笑地跟在一个大肚子辽官的身后，送这辽官上座。等这辽官允许开席后，萧律才道：“上菜吧。”小厮们将一盘盘烤羊、烤牛肉端了上来。

从头到尾乔九都没能和萧律说上一句话，他尴尬地坐在最下座，独自一人吃菜。

一个时辰后，酒席结束。萧律先送走了那个辽官，接着找到乔九，刚见面，萧律便愧疚道：“乔大哥，刚才真是太忙了，没顾得上你，你可千万别责怪小弟。”说着，萧律就要学梁人的礼仪给乔九作揖道歉。

乔九哪能让他给自己行礼，他赶忙扶起萧律的双手，道：“萧先生怎么说这话，能来到这宴席，见到这么多大人物，已经是我乔某人祖上积德了！今夜我可真是长了见识。实不相瞒，乔某既然来析津府做生意，也是做过一些调查的，今夜那位坐在上座的大人，可是萧砧萧大人？”

萧律微微一笑，难掩神色中的得意：“正是析津府的左平章政事萧砧萧大人。”

乔九睁大眼：“竟然真的是萧大人！”

萧律笑道：“我与萧大人有些远亲，多年来常常得大人照拂。”

乔九不停点头，他明白萧律的意思，两人相视一笑，不言而喻。

乔九也没想到，萧律的后台原来是析津府左平章政事萧砧！

析津府分设左右相府，析津府品阶最高、权力最大的官就是左右相，而在此之下就是左右平章政事。难怪萧律听说乔九被耶律琦算计，茶叶货物都被扣押后仍不慌不忙，还说能帮乔九解决这件事，原因就是他竟然有这么强大的背景！

萧律亲自送乔九出门，并让仆人拿了一盒药给乔九带回去，说是对外伤效果极好。

等送乔九出门时，萧律压低声音，悄悄对他说："我和乔大哥兄弟一场，也不瞒着你，再过五日，有大人物要来析津府。这可是一笔大买卖，小弟通过萧大人的关系才能宴请到那位大人。梁国的茶叶一向都深受贵族高官的喜爱，到那时，乔大哥也别说小弟没提醒你。"

乔九闻言，目露惊愕："萧先生，您……"

萧律拍了拍他的手，笑道："放心，有钱咱们一起赚。"

乔九喜出望外，脚步虚浮地离了萧府。

目送着乔九的背影，萧律的笑容却渐渐淡了下去。他唤来小厮："这乔九是一个人来的，没带上其他人？"

小厮摇头道："他是一个人来的。"

萧律皱起眉头："一个人啊……"

萧律最信任的账房先生贴到他耳边，道："那位大人虽说喜好男色，但最讨厌的就是别人对他阿谀奉承。先生原本是想借那乔九俊俏的儿子请那位大人来赴宴，但现在那位大人已经同意来了，我们也未必要再把乔九的儿子献上去。首先得罪了乔九，以后肯定做不成生意；二来那位大人说不定不喜欢这一口，还得怪罪咱们。"

萧律点了点头："你说的也是。听闻两年前有个官员给那位大人'送礼'，被大人狠狠责骂了一番，'礼物'当场被一刀砍成两半，'送礼'的官员还被除了官职。"

账房先生："顺其自然就好。"

萧律心有余悸地说道："那等大人物的心思咱们还是不要随意揣测了。"

此时唐慎还不知道，他堂堂中书舍人，大梁四品的朝廷命官差点就被人当成礼物送人了！

连赵辅都不敢做出把四品高官送人的事，他怕被记入史册，遗臭万年。而如今，一个小小的辽商居然敢起这种心思。

此事暂且不提，乔九回去后，将自己的所见所闻全部告诉唐慎。

唐慎惊讶地道："没想到他背后是左平章政事。这是个不小的官了，在析津府跺一跺脚，析津府都要抖三抖的。至于你说的五天后要来的大人物……"

思索良久，唐慎道："我暂且先不回幽州了。五天后，苏温允一定还没到，你一个人在析津府，恐怕处理不好这事，等这件事过去，我再回幽州。"

乔九："听大人吩咐。"

五日后，萧律又派人送请柬到宅子里。这一次他竟然送了两张请柬，乔九接过请柬，颇为惊讶，他问送请柬的小厮："这位小兄弟，萧先生怎的送了两张请柬来？"

小厮道："先生说，大人你刚受了伤，身体不便。如果需要，可以带个人陪你赴宴。"

乔九和小厮说话时用的都是辽语，唐慎听不懂他们的话。等小厮走后，唐慎询问乔九，得到乔九的回答后，唐慎蹙眉道："这第二封请柬是给我的。"

乔九疑惑道："上一次小的去赴宴，萧律并未给两张请柬，怎的这次给了两张？大人，您要随小的一同赴宴吗？"

这是一个好机会，唐慎也犹豫起来。

想了很久，下午，唐慎唤来卢深："你去查一查今夜萧律要宴请的到底是谁。"

临近傍晚，卢深行色匆匆地回到宅院，回禀唐慎："回大人的话，末将没有查出那萧律宴请的人是谁，但是末将打听出一个消息，今日早晨，辽国的行宫都部署耶律勤来析津府了！"

唐慎骤然一愣："你说谁？"

"辽国的行宫都部署耶律勤。"

唐慎赫然失笑，他长叹一声："这可真是冤家路窄！"

第四十四章

遇刺

半年前，唐慎作为大梁使臣接待了辽国使团，那时的辽国使团中官位最大的南面官正是行宫都部署耶律勤。唐慎没想到自己与耶律勤竟然还有这等孽缘，他千里迢迢来到析津府，还能碰上对方。

“这下是不可能去了。”

唐慎找来乔九：“明日我便回幽州，你今夜一定要谨慎行事。耶律勤是我的旧识，他不同于其他辽官，此人阴险狡诈，你要多多提防。”

萧律的府邸在析津府的城南，乔九乘着马车抵达时，萧府外已是车水马龙，宾客盈门。几乎整个析津府的达官贵族都来了，别说乔九这个名不见经传的梁国茶商，就连萧律在这些大官面前都只能点头哈腰，连连赔笑。

萧律站在大门口，亲自迎接宾客。

乔九拿着礼物走了上来，萧律见他孤身一人，下意识地往他身后看了一眼，只见一个小厮跟着乔九一起走来。

萧律眼珠子一转，表面上没有变化，他问道：“乔大哥怎的没将你那儿子带来？前几日你来我府上赴宴，我见你身子不便，于是这次特意给你多送了封请柬。”

乔九：“萧先生有所不知，犬子身体不适，否则这样大的场面，我怎能不带他来长长见识。”

萧律没再多说，让仆人将乔九接了进去。

乔九表现得仿若一个初次见了世面的乡巴佬。这满座的辽国高官他一个也得罪不起，只能一人来到角落，他想与这些高官交谈，可又不敢，显得局促而拘谨。

月上中天，宴客厅中的席位已经坐了大半，只剩下最上位的两个主座还没人。

这次萧律的后台、析津府的左平章政事萧砧也来到了宴席，但他与萧律都并未入座，而是一起在门口焦急地等着。宾客们互相恭维交谈着，他们的视线时不时瞥向门口，仿佛在期待那儿会出现什么人。

又过了小半个时辰，一辆马车从街角嗒嗒驶来。萧砧和萧律见到这辆马车齐齐露出狂喜的神色，没等马车驶到门口，两人便热情地迎了上去。

辽人有陋习，以人为车踏。

萧砧恭敬地亲自为这马车的主人掀开车帘，辽商萧律更是二话不说，谄媚地跪伏在地上，双臂撑着地面，屁股高高撅起，把自己活生生做成了一个车踏。

萧砧高喊道："恭迎二殿下！"

萧府中那些心不在焉的官员立刻离了座席，围聚到门外。乔九听到"二殿下"三个字时已然心中一震，他随着众人来到门外，只见车帘掀开，一个长相阴鸷的中年男人先从车里走了出来。他出来时并未踩着萧律当车踏，而是从一旁的木头车踏上走下了马车。

在他身后，一个身穿锦袍、面容阴秀的年轻男子一脚踏在萧律的背上，踩着他走下马车。

这年轻男子长了一双狭长的眼，眉目清秀，但眉眼间带着一丝难以掩饰的狠厉气息，他拿着一把梁人喜欢用的折扇，端的是一副风雅的模样。但乔九走江湖多年，一看便知道这青年绝不像外表看上去那般温文尔雅。

萧府外，析津府的官员们齐齐向耶律舍哥行礼。

耶律舍哥微微地笑了，他道："舍哥路上碰到一些事，来晚了些，各位大人可不要介意。"

恍惚间，乔九仿佛从这辽国二皇子的身上看到了大梁文官的影子，可随即他便回过神，这二皇子披着一张梁人儒雅的皮囊，最多糊弄糊弄那些辽人，和真正的梁官还是不同的。

耶律舍哥先抬步进府，其余人才跟着他进去。

等到官员们都进去后，趴在地上的萧律才站起来，赶忙跟了上去。

这场宴席说是由萧律主持，设宴在萧府，可从头到尾，萧律就像个端菜的小厮。宴席上下，只听得许多官员吹捧耶律舍哥和耶律勤，时不时的，左平章政事萧砧也会说上两句话。

耶律舍哥是个很没架子的辽国皇子。

乔九不知道辽国其他皇子是否也这样，但是这场酒宴上，无论是哪个官员说话，哪怕是身为商人的萧律说话，耶律舍哥都会摆出一副耐心倾听的模样。

到最后，辽官们纷纷对耶律舍哥投向来欣赏钦佩的目光，连乔九都不得不承认这耶律舍哥是他见过的辽国高官贵族中最和善亲人的一个。

无论他是装的还是真的，耶律舍哥都是辽国朝堂上的一朵奇葩。

宴席结束，乔九本想多和萧律说几句话，最好能将他引见给耶律舍哥，实在不行，引见给陪同耶律舍哥出席的辽国行宫都部署耶律勤也行。然而萧律根本没空搭理他，乔九只能悻悻地离开。

回到宅院后，他立刻将事情禀报给唐慎。

唐慎一惊："耶律舍哥，辽国二皇子？他怎么会来析津府？"

唐慎以为萧律口中的大人物只是行宫都部署耶律勤，却没承想竟然是耶律舍哥！

辽帝四个儿子中，大皇子耶律展占了个长子的名号，三皇子耶律晗出身高贵，四皇子耶律隆真为幺儿。但辽帝最信赖的却是二皇子耶律舍哥。

继承辽帝皇位的两个最可能人选，一个是耶律晗，一个就是耶律舍哥。

析津府离上京有千里之遥，耶律舍哥为什么不远千里来到这里，耶律勤还陪着他一起来？

唐慎皱起眉头，仔细思索，他叫来卢深，也不废话，见面便道："如果要你监视耶律勤、耶律舍哥的行踪，又不被他们发现，你可能做到？"

卢深这些天一直在暗中调查辽国皇廷的消息，唐慎一说，他便知道这两人是谁。卢深沉思道："末将虽然没有调查出耶律舍哥也来了析津府，但耶律勤的行踪末将却是早就知道的，耶律勤并没带什么护卫来，他是轻装上阵，身边也没什么好手，否则末将也不会轻易调查出他的行踪。辽国皇子的身边极可能有暗卫保护，但耶律勤不同，只监视耶律勤，稍加注意点，并无问题。"

唐慎："如今耶律舍哥和耶律勤都在辽商萧律的府上，等他们离开后，你便跟踪耶律勤。"

"末将领命。"

析津府的事大大出乎了唐慎的预料，耶律勤的到来让唐慎不得不警备，他早已收拾好行李，决定明日一早就回幽州。

与此同时，萧律府上，当那些官员离开后，耶律舍哥和耶律勤并没有走。

萧律知道耶律舍哥仰慕汉人文化，擅长书画，所以特意高价买了许多名画，请耶律舍哥品赏。见到这般多的名家名画，耶律舍哥也略微吃惊，他垂眸看了萧律一眼，笑道："萧先生家中倒是有许多珍藏。"

萧律哪敢让耶律舍哥这么说自己，他立即道："小的听闻殿下喜好字画，特意为您搜集来的，若是殿下喜欢，任您挑选。"

"梁人有句话说得好，叫君子不夺人所好，我怎能夺走你喜欢的东西？"

"小的哪有眼光能欣赏这些？这些字画落在殿下手上才是它们的福分。"

耶律舍哥没再多说，细细欣赏起字画来，同时默许了萧律跟在自己身边的行为。萧律激动坏了，又不敢出声说话，只能强忍着兴奋跟在耶律舍哥身边。

隔壁房间中，唐慎的老熟人耶律勤冷着脸在与萧砧说话。

析津府的大人物、跺跺脚能让整个析津府抖三抖的萧砧萧大人，此刻唯唯诺诺，生怕一句话说错，让耶律勤不喜。二人说的是析津府近来的情况，说到最后，耶律勤看时间差不多了，起身要走。

萧砧想起一件事，他踌躇片刻，道：“大人，今日宴席上有个梁商，不知您可曾看到。”

耶律勤想了想：“坐在最边上的那个？”

“正是此人。”萧砧朝耶律勤使了个眼色，暧昧地说道，“这梁商是个茶商，生意做得挺大，想与下官合作。不过除此以外……他还有个儿子，长相俊美俏丽，听萧律说是个文人，很有梁国那些读书人的文弱模样，下官想……”

“砰！”

茶杯擦着萧砧的额头砸在地上，萧砧吓得睁大眼睛，不敢喘气。

耶律勤冷笑道：“二殿下的事也是你可以评头论足的？殿下最厌恶向他谄媚送礼的小人，看来你们是没听说上一个被送到二殿下床上的那个梁人是怎么被二殿下一刀劈成两半、血流成河的？”

萧砧颤抖着道：“小的不敢，小的不敢。”

耶律勤：“不敢就对了，下不为例，走吧！”

“是。”

萧砧和萧律送耶律舍哥和耶律勤出门，耶律舍哥挑了三四幅画，走之前他对萧律道：“今日的宴席办得极好，劳烦你了。”语气温和，态度亲近。

萧律受宠若惊：“小的愿为殿下效犬马之劳！”

耶律舍哥笑了笑，没再说话，上车离开。

等他们走了后，萧砧一巴掌打在萧律的脸上，冷冷道：“让你提给二殿下‘送礼’的事！二殿下是什么人，他那样尊贵的人物，想要什么是得不到的，还需要你去送礼？滚，不许再在我面前提这种事！”

萧律被狠狠打了一巴掌，心中有气，可更多的是欣喜。今晚一过，他萧律从此以后便不同常人，他飞黄腾达的未来这才刚刚开始！

黑夜中，一道暗色人影一晃而过，跟着耶律舍哥的马车而去，无人发现。

一路上，耶律舍哥闭目养神。耶律勤也没有言语，他没将萧砧想“送礼”的事告诉耶律舍哥，这事说出来只会让耶律舍哥动怒，得不偿失。

二人来到耶律勤的府邸。

下了马车后，耶律勤亲自将耶律舍哥送到厢房中。他离去时，耶律舍哥喊住了他，笑道：“耶律先生今夜可要早些休息，明日你还要陪同本殿下去析津府军营瞧瞧呢。”

耶律勤深深地看了耶律舍哥一眼，他右手握拳，横于胸口，行礼道：“臣知道。”

卢深跟着耶律勤来到他的书房。

耶律勤并没有回房入睡，他看了会儿书，接着起身打开书房里的暗格，将一封信悄悄地藏了进去。夜深了，他仿佛想起耶律舍哥的话，打算吹灯去睡，就在此时，一道人影破窗而入，刀光一闪，来人怒喝一声，拔刀刺向耶律勤。

“刺客！有刺客！”

耶律勤大惊，连带着在屋外监视的卢深也惊骇地睁大眼。

寂静的深夜里，耶律勤的声音传遍整个府邸，很快就有脚步声从远处传来，那刺客拔刀想杀了耶律勤。但耶律勤左右躲闪，眼看护卫就要到来，刺客一咬牙，用刀劈开暗格，直接取出耶律勤放在其中的信，转身就跑。

书房中一片混乱，卢深在屋外看得是目瞪口呆，他正思考自己要不要赶紧逃走，要是他因此被抓到，可能会坏了唐慎的大事。接着他就看到耶律勤皱起眉头，露出不悦的神色。犹豫了一会儿，耶律勤突然从袖中拿出一把匕首，毫不犹豫地捅向自己的肩膀，顿时鲜血直流。

护卫立刻冲进书房，耶律舍哥穿着内衫，只披了一件斗篷，也急匆匆地赶了过来。

耶律舍哥惊讶道："耶律大人！"

耶律勤脸色苍白，捂着流血不止的肩膀："殿下，有、有刺客，有刺客……"话音落下，他体力不支，后仰着一倒地，竟昏了过去。

浓云蔽月，冷浸天寒。

耶律勤身为辽国行宫都部署，是三品高官，他于自家府上遇刺，当即惊动了析津府左右相。析津府左平章政事萧砧直接领兵来到耶律勤府上，一边捉拿刺客，一边保护二皇子耶律舍哥的安全。

一时间，析津府兵荒马乱，黑夜被搅乱，到处灯火通明。

人多眼杂时，卢深借机离开。他不敢再待下去，生怕暴露行踪，凭借高超的身手，卢深躲过侍卫的追踪和巡逻，顺利回到城东的小院。唐慎也一夜未眠，就等着他回来。

两人一见面，唐慎便道："城中是何情况，可与那耶律舍哥有关？"

卢深心有余悸，道："与耶律舍哥无关，但是与那耶律勤有关。大人，耶律勤遇刺了，就在末将的眼皮子下，一个蒙面刺客闯入他的书房，夺走了一封信，但是、但是……"

卢深吞吞吐吐，唐慎直接问道："但是什么？"

卢深疑惑不已，他将自己瞧见的情况说了出来："耶律勤刚把信拿出来，那刺客就来了，显然已经等候许久，就为了那封密信而来，但是他来得匆忙，耶律勤大声呼喊，很快唤来了守卫。刺客没能杀了耶律勤，就拿了信急忙逃走。可就在他走后，耶律勤竟然从袖中拿出一把匕首捅了自己一刀！"

唐慎听得目瞪口呆。

耶律勤……捅了自己一刀？

这事简直奇怪至极！

其实卢深也不敢相信，耶律勤没被刺客伤到，竟会那般心狠地捅自己一刀！要不是他亲眼所见，他也不敢相信一个文弱的文官竟然下得了那样的狠手，直接把自己的肩骨都给捅断了。

唐慎仔细思索，很快他的脑中便想到几种可能性。

但唐慎百般思索，还是觉得不够缜密，他道："你将萧府酒宴后耶律勤和耶律舍哥的言行全部告诉于我，包括他们回到府上后，具体做了哪些事，说了哪些话。"

卢深一一道来。

唐慎听完后，冥思片刻，他倏地抬头："你方才说，耶律舍哥对耶律勤说要他早点休息，明日一早还要他陪同自己去军营阅兵？"

卢深："是，这种事末将绝没记错。"

唐慎倒吸一口凉气："此事怕是与那耶律舍哥也有关联！"

卢深惊道："大人的意思是那刺客是耶律舍哥派来的？"

"我未曾这么说。目前我们都不知道耶律勤到底是谁的人，也不知道耶律舍哥在这件事上扮演着怎样一个角色，但毫无疑问，此事他定然有参与。"顿了顿，唐慎突然脸色一沉，"不好，明日出城恐怕有误！"

就在唐慎意识到不对的时候，析津府左相耶律翰来到耶律勤的府上。这时的耶律勤已经悠悠转醒，他并未受什么重伤，只是年纪不轻，又流了许多血，所以才昏厥过去。他的床边，二皇子耶律舍哥早已换上一身锦袍，面色凝重地站着。

耶律勤想要起身行礼，被耶律舍哥拦下："都部署大人受了伤，在床上歇着就好。"

耶律翰道："下官见过二殿下，见过都部署大人。此事甚为严重，下官已经派人封锁了整个析津府，防止那刺客逃走。这大胆贼人竟然敢夜闯都部署府，简直是目无王法！殿下放心，下官一定会将贼人缉拿归案，只是都部署大人，请问您可曾看到那刺客的面孔？"

耶律勤虚弱地道："他蒙了面，我未曾看到，但是他年纪很轻，孔武有力，是个有武功的。"

这说了等于没说。

耶律翰转首看向耶律舍哥："二殿下，请您放心，臣一定抓住贼人。"

耶律舍哥阴秀白皙的脸上是沉沉的怒意，他凝眉怒道："竟然敢闯入都部署府当众行凶，今日他伤了我大辽的都部署，明日可就是要杀了本殿下？如左相所说，封锁析津府，捉拿刺客，定要人赃并获。"

耶律翰闻言，眉毛一动。

人赃并获？

也就是说那刺客还偷到了什么东西？

耶律翰抬头深深地看了耶律舍哥一眼，右手握拳横放于胸，行礼道："臣定不辱命！"

南京析津府刹那间风起云涌。

耶律翰身为析津府左相，出了这样大的事，他责无旁贷。他亲自率领士兵，严密搜查整个析津府。与此同时，城西一座荒废的宅院里，一个蒙面刺客悄悄推门进入，他重重地喘着气，急忙从袖中拿出那封信，迅速打开。

在看到信上内容的那一刻，这刺客双目圆睁，惊骇道："这等大事，定要通禀大人！"

然而这刺客很快发现整个析津府都被封锁了起来，连只苍蝇都飞不出去。他顿时急得仿佛热锅上的蚂蚁，一边想着要尽快送信，一边又不知该如何是好。

都部署府上，耶律勤脸色苍白，喝了药后，他命令小厮下去。

房门“吱呀”一声关上，屋子里没了外人，耶律勤立刻想从床上起来行礼，耶律舍哥“啪嗒”一声打开折扇，宛若一个翩翩公子，他温和地笑着，只是那笑容莫名带着一股阴恻恻的气息。他用扇面轻轻按住了耶律勤，没让他起身。

耶律舍哥轻摇折扇，声音清润：“受伤可重？”

耶律勤老实道：“臣自个儿捅的一刀，并不算多重。”

耶律舍哥露出惊讶的神色：“那刺客这般没用，都没将你刺伤？”

如若是他人听了这话，恐怕都会有些心寒。

耶律舍哥早就知道会有刺客来行刺，但他依旧让耶律勤去当诱饵，甚至还嫌弃刺客没伤了耶律勤。耶律勤也并非常人，他并未因耶律舍哥的话而动气，反而正是这样冷血无情的耶律舍哥才值得他敬佩，值得他拥护。

耶律勤道：“假的密报已经被臣‘送’给了那刺客，如若他这次能逃出析津府，假密报可以鱼目混珠，作为后手，让咱们将他们一军，若他逃不出去，那密报便作废了。”

密报的事耶律舍哥当然知道，甚至那封假密报还是他亲手写的。

耶律舍哥的字在辽国也是有一番名气的，他亲手写的信更能迷惑敌人。

耶律舍哥冷笑道：“如此，那还真是希望那刺客既能把信送出去，又能被咱们抓住，当了证据。”

那刺客恐怕这辈子也没想到他千辛万苦偷来的信竟然是假的！

耶律舍哥和耶律勤是在请君入瓮。

甚至耶律舍哥和耶律勤如此阴险狡诈，还特意写了封假密报，就是为了在迷惑敌人的同时，还给自己留一手。不过他们二人都没想过这封信能送出析津府，他们真正要的只是抓住刺客，剑指刺客身后的人，至于假密报，就听天由命了。

次日清晨，唐慎换上衣服，乘着马车，抱着希望想要离城。

还没到城门口，马车便被守卫拦下。

“车上是什么人？”

卢深扮作车夫，他跳下马车，道：“官爷，我们是来析津府做生意的商人，家中出了点事，急着回去。”一边说，他一边给这守卫塞钱。

卢深说的是辽国话，但是那守卫一听就道：“梁人？”

马车中的唐慎心中一沉。

卢深赔笑道：“是是是，小的从梁国来。”

守卫大大方方地收了钱，却一脚把卢深踹了回去，不屑道：“滚滚滚，给老子回去，析津府封城了不知道？辽人都出不去，你一个梁人也想出去？现在趁早回去，老子就当什么都没看见。”

卢深：“你……”

唐慎掀开车帘：“这位官爷说的是，老卢，走吧。”

众人只得再回去。

回到小院，唐慎叫来乔九，面色凝重地说道：“本官必须回幽州城了。十日前苏温允从幽州城来信，说已经有人注意到我的行踪，他不好再替我打掩护。幽州城也未必上下团结，或许就有辽人的细作安插其中，我不能再停留太久，必须回幽州。”

乔九细细想了想：“我与那萧律关系不错，大人，要不小的去求求萧律？”

唐慎：“这不失为一条计策。”

乔九当即去找了萧律，说家中老母亲出事，想让儿子回大梁看看。

萧律这些天忙着拍耶律舍哥马屁，早就忘了乔九和他的儿子乔景的事。如今一听，他忽然想起了唐慎以及他那副风雅清高的文人模样。

萧砧让萧律不要再去想给耶律舍哥“送礼”的事，但萧律这些天怎么也讨好不了耶律舍哥，此时也是走投无路，乔九送上门，他就又想起了这件事。

耶律舍哥喜欢男子，且最喜欢俊美文雅的梁国文人，这件事在辽国高官中并不是秘密，萧律就是从左平章政事萧砧那儿听说的。寻常长得美艳的娈童不能讨好耶律舍哥，非得那种有风骨又雅致的文人才能入他法眼。

萧律回想起唐慎的模样和气质谈吐，觉得他定然能讨耶律舍哥的喜欢。

萧律眼珠子一转，他道：“乔大哥放心，你的事小弟怎能不管，只是如今析津府封了城，这事难办。如此，你先回去等着，我去替你想想办法。”

乔九不知道耶律舍哥喜好男色，更不知道这萧律又把主意打到了唐慎头上。他给萧律送了礼，抱着期望回了小院。他刚走，萧律就去了都部署府，拜访耶律舍哥。

耶律舍哥并没有想起这人是谁，还是他的小厮提醒了一下，他才想起来。

耶律舍哥露出耐人寻味的笑容：“这萧律找我能有何事？”

他将萧律唤了进来，萧律先恭恭敬敬地说了一大堆恭维的话，接着道明了来意：“小的有位梁商朋友，是梁国江南人，他的母亲突感重疾，他想让他刚刚及冠的儿子回梁国照料母亲。二殿下，小的也是没了法子才来求您，小的能拿性命担保，那梁商和他的儿子绝无问题。我曾经与他那儿子见过一面，是个温文尔雅的读书人，他如今要出城，小的只能来见您……”

闻言，耶律舍哥抬起狭长的眼，漆黑阴冷的双眸直勾勾地凝在萧律身上。

良久，耶律舍哥笑了，他打开折扇，道：“梁国的读书人？萧先生是别有深意吗？不过倒也无妨，对本殿下而言只是小事而已，带那人来本殿下面前瞧瞧。出城而已，一封手谕罢了。”

萧律喜出望外，连忙答应，他没有听出耶律舍哥话语中的杀意。

当夜萧律就派人来小院告诉乔九，明天他要带唐慎去见二皇子，他请了二皇子出面，帮唐慎出城。

乔九一听就知大事不好。

唐慎得知此事，面色难看，他倒是没想过自己被人当礼物送了出去，他想的是耶律舍哥就住在都部署府，和那耶律勤住在一起。明日自己定然不能去。思索许久，唐慎冷冷一笑，他找来卢深：“想要出城，无非就两种法子。第一，偷偷出去；第二，耶律舍哥和耶律勤不是要抓刺客吗？我们帮他们抓了就是。”

卢深道：“末将亲眼瞧见那刺客往西边去了，这事连耶律勤都不知晓。”

唐慎点点头：“此事就交给你去办。”接着，他对乔九道，“我们费了这么多功夫才在析津府扎了根，取得一定优势，绝不能就此放弃。这次是我疏忽，露面被那萧律看见，整个析津府，只有他知道我的模样。等卢深抓到刺客后，乔九，这是你的机会，你要做的是想方设法把这件事和你扯上关系，让你入了那耶律勤的眼。除此以外……”

声音停住，唐慎抬起头看了看天空中的明月。

忽然间，他有些想念王溱了。

如果王溱在，听到他此刻要说的话，不知会是什么心情，会怎样想他?

下一刻，唐慎淡淡地道:“杀了萧律。”

第四十五章

受伤

耶律勤遇刺那夜，蒙面刺客夺了密信向西逃去，一切都落在卢深眼中。

这世上唯一记得那刺客大致样貌的，不是耶律勤，反而是卢深。

卢深找人自有一套法子，他沿着都部署府一路向西，首先排除客栈这些地方。因为这几日辽军早就搜过城中所有客栈，没找到刺客。其次排除寻常家宅。析津府是南面官的地盘，更是耶律勤的地盘，那刺客定然不敢与人会面，只要他见过人，他就会被发现。

卢深很快找到几十处没人居住的荒废宅院，一一排查。

另一边，乔九带着礼物亲自去拜访萧律登门致歉，说自家儿子先前感染的风寒还没好，突然又犯，实在不能去见二皇子。

萧律顿时动怒，他按捺住性子道："乔九，可是你说你急着让你儿子离开析津府，我才千辛万苦地去请求二皇子才得了这么个机会，我已经和殿下说好了，你这样做，要我怎么办！"

乔九是何等人精，他从萧律的话中察觉出一丝不对，怎么这萧律好像特别希望唐慎去见二皇子，莫非他早已发现唐慎的身份？

应当不是。若他真的知道唐慎身份，不会等着唐慎去见耶律舍哥，而是会把抓住唐慎，向耶律舍哥邀功。

乔九哭天喊地："萧先生，我也是苦啊！我乔九上有老下有小，全部都病了，这可如何是好！犬子是真的下不来床，不信您去看看，他病得极重，真要去见二殿下，怕是会把病气染给尊贵的殿下。若是不行，我随萧先生去一趟，向二殿下解释？”

萧律也没辙，只能带着乔九去拜见耶律舍哥。

耶律舍哥听说乔九的儿子病了，他略微惊讶，随即阴冷一笑：“病得真是巧，这一病可是救了他一命，既然病得下不来床自然也没法出城，让那萧律也不必来见本殿下了。”

萧律吃了个闭门羹，心中有气，甩袖就走，再也不看乔九一眼。

乔九追着他连番道歉，萧律都没搭理他一下，等萧律坐上马车离开，乔九脸上谄媚的神情渐渐敛去。他心道：如今是不杀了这萧律也不行了。这次与他交恶，若是还留此人在，我在析津府定然不能成事。

唐慎装病在床，本想等卢深找到刺客再离开析津府，谁料没过几日，苏温允的密信送进了城。

析津府是可进不可出，苏温允的信能进来，唐慎却出不去。苏温允在信上用密语写了一首诗，唐慎解读后，心中一凛，信上说的是：盛京来使！

盛京竟然有人来了？

唐慎一时摸不清事情轻缓程度，可他不敢大意。此次密谋辽国情报是不为外人所知的大事，哪怕是王溱，唐慎都没当面说过，一切都是王溱猜测出来的，谁也不知，盛京来的官员是否会误了大事。

唐慎捏紧了密信，在屋中思索了整整一个下午。入夜时分，天色渐暗，唐慎站起身点燃蜡烛，将密信点燃烧毁。望着那蜷缩发黑的宣纸，唐慎长叹一声。他找来乔九，道：“最迟明日，我就要离城，你可有法子？”

乔九：“大人一定要出城？”

“是，我定要出城。”

乔九绞尽脑汁：“有！请大人放心，此事交在小的身上。”

次日清晨，天刚蒙蒙亮，颠簸不平的石子路上，一个身材瘦小、小厮模样的汉子推着一辆泔水车晃晃悠悠地向西城门而去。他刚刚到城门口便被守城护卫拦下。这小厮苦着脸，道：“几位大爷行行好，咱家酒楼已经数日没有送泔水出城了，这要再在店里放着，可得熏死人了。”

两个守城护卫还没听清小厮的话，刚刚走近，就被一阵恶臭熏得干呕起来。

一个护卫道：“这是什么东西，臭得很。析津府封城了不知道吗？谁都不可以出去！”

小厮道：“小的是城西雅雀酒馆的小二，送点泔水出去。”

护卫刚想说话，一张口就闻见铺天盖地的臭味。他赶紧闭上嘴，只觉得自己每开口，就像吃了一口屎。

析津府所谓的封城自然不可能完完全全地封城。若是真的一点都不让人出入，那几日下来，城中的粪车、泔水车，可得将析津府熏成一座臭味之城。

护卫忍住恶臭，走上前检查这辆泔水车。

泔水车上一共放了四个大桶，护卫掀开两个盖子，就已经被囤放几天的剩菜剩饭熏得呕了一口酸水。他让同伴去查看另外两个大桶，推车的小厮也配合极了，主动掀开一个泔水桶的盖子，谁料另一个护卫捂着鼻子，嘟囔道：“好了好了，过去吧。”

小厮一喜，赶忙跪下给两个护卫磕了头，扶起车就打算走。

这时，一个护卫道：“那两个桶还没看过呢。”

“能有什么事，臭成这样，还能藏人？”

护卫正要再说些什么，他的同伴不悦地拔出剑，随手刺入剩下的两个大桶中。“这样可就好了。嗨，更臭了，这泔水竟然流出来了，我的剑上都臭了！这该死的东西，你可快点走，别耽误了。”

以往守城护卫查验来往货物，经常随便拿剑刺两下，这次护卫被熏得晕了头，下意识地拔剑就刺，完全忘了这是辆泔水车，刺完他自己都后悔不已。

小厮震惊地睁大眼，那护卫拔刀刺进桶里的动作太快，他都没来得及反应。然而这次他想不走都不行，两个护卫直接把他轰出城门，免得一桶子的泔水流到地上。

出了城，小厮推着车快步离开。

等来到荒无人烟的地方后，他急忙打开泔水桶的盖子，将四个泔水桶的盖子都打开后，这小厮自己都忘了唐慎藏在哪个桶里。他寻找桶里的机关，终于找到了有隔板的泔水桶。他打开隔板，急道：“大人您没事吧？”

憋了一个时辰，唐慎刚刚呼吸到新鲜空气，就迅速地起身爬出桶，在路边干呕起来。

泔水桶的机关是乔九找人连夜打造的，粗糙得很，根本挡不住泔水从隔板上方渗下来。唐慎的身上、头发上全是酸臭的脏水，他能忍到现在已经用了超人的意志。

护送唐慎出城的小厮是卢深的心腹手下，他给唐慎递了水袋，唐慎哪里喝得下去，又吐了许久，直到把胃里的东西吐空才罢休。

小厮道：“大人，方才那护卫刺了两剑，您可受了伤？”

唐慎擦了擦嘴边的酸水，他抬起手臂：“蹭伤了一些，但伤口不深，没什么大碍。我那桶里早就浸了一半的泔水，他刺进来后应当发现不了什么异常，不要耽搁时间了，迅速回幽州城。”

小厮仔细检查了一下，发现唐慎手臂上的伤口确实很浅，流的血也在出城这段时间里干涸了。

他们急着赶路，荒郊野外也顾不上太多，两人迅速找到一个镇子，换了衣服、买了匹马，就往幽州城赶去。

从幽州到析津府，唐慎花了六天时间。但回去，他们快马加鞭，只花了两天。

一路上风餐露宿，唐慎咬牙骑马南下。

快到幽州城时，深夜，唐慎却拉紧了缰绳。守着他的士兵疑惑地回头，只见月光下，唐慎的面色苍白如纸，他右手握拳，掩唇咳嗽了一声，开口时，声音沙哑微弱，他道：“终究是大意了，许是泔水碰到了伤口，得了溃疡。”

士兵惊骇地赶忙下马查看唐慎的伤口，只见那伤口明明不深，却泛白流脓，再一碰唐慎的皮肤，滚烫不已，士兵惊道："不好，这伤要迅速处理，大人您忍着点疼。"说着，士兵拔出一把匕首，用火折子点了一把火，将匕首放在火堆上炙烤。

等匕首烧红后，他对唐慎道："大人，忍着。"

唐慎喘着热气，轻轻点头。下一刻，赤红的匕首烙在他的胳膊上，唐慎痛得龇牙咧嘴，刺骨的疼痛感从手臂受伤的部位传遍全身，以伤口为中心，肌肉无意识地疯狂抽搐。

唐慎直接晕了过去。

等到他再醒来，两人已经快到幽州城下，士兵没想太多，就要进城："您的伤口必须得赶紧进城找大夫，小的刚才只是简单处理，不管用的。"

唐慎此刻已经烧得浑身滚烫，他一把拉住士兵，颤抖着从袖中拿出一只令牌："不可如此进城，你去幽州大营找李将军，将事情告诉于他，并为我带一句话……盛京的人情，将军可以还了。"

苍莽草原上，只见皓月低垂，群星璀璨。

一个身材瘦小的士兵拿着李景德的征西元帅令，骏马飞驰，披着夜色进入幽州大营。天空将亮，这士兵迟迟未出，却见幽州城的东边，天亮后有两辆马车缓慢平稳地驶向幽州。

这两辆马车进城后，一个去了幽州府衙，一个去了银引司。

去府衙的马车只待了半个时辰就再去了银引司。

天已透亮，吏部右侍郎余潮生下了马车，他抬头一看，"银引司"的三字匾额高挂于大门上，银引司府衙里头人潮涌动，官员们早早到了衙门，开始办差了。

一个官差出门接待余潮生，引着他绕了两个院子，来到银引司的后院。

余潮生在门外道："下官余潮生，前来拜见户部尚书大人。"

房门"吱呀"一声打开，王溱穿着一身簇新的深红色官袍，微笑道："余大人才刚去幽州府衙，这便来银引司了？"

余潮生道："下官奉旨督查银引司差事，不敢怠慢。"

王溱悠然一笑，道："那便进屋吧。"

余潮生进来后，两人寒暄了一阵，接着，余潮生问道："银引司的官员都尽忠职守，下官入门前他们便已经开始办差了，只是这一路来，下官倒是没见到唐大人。唐大人一月前来了幽州督查银引司的差事，下官需与他交接，怎的不见他人，大人可知道？"

王溱也不回答，他轻轻笑了一声，低头开始泡茶。

余潮生虽然不能说出身世家，但余家在当地也是大户人家，王溱忽然开始泡茶了，余潮生只能不再言语，合着礼仪地观赏王溱泡茶时的手法。他心中纳闷，只道自己捉摸不透王子丰的心思，莫非王子丰有事要那唐慎去做，所以现在不想告诉他唐慎的行踪？

然而王溱其人，端然风雅，如落月成辉。

余潮生哪怕心里奇怪，也不得不承认王子丰的茶道真是赏心悦目。

这时，两人已经在屋中浪费了小半个时辰了。

余潮生品了茶，正要再问，就见一个官差进了屋，行礼道："李将军今日早晨和唐大人去城外狩猎了，还未回来，小的已经去城外请了。"

王溱目光一动，他心道小师弟倒是聪慧，赶在最后关头回来，还知晓找李景德做文章。

王溱"嗯"了一声，说道："不急，余大人，可要再喝一杯茶？"

余潮生喝了一肚子茶水，他其实早就想走了，可王溱没有发话，他自然不敢动。他明面上是被皇帝派来督查银引司的差事的，可谁不知道银引司是王子丰的地盘。在幽州城，他还是稍稍低头、不得罪了王子丰才好。

等又过了半个时辰，李景德派来报信的士兵像是掐着点似的，准时来报。

余潮生道："可是唐大人和李将军回来了？"

士兵道："狩猎时唐大人不慎中了流矢，正在幽州大营诊治。"

王溱眉头一皱，随即以为是唐慎用来拖延的计策，他故作惊讶道："中了流矢？伤势如何，可有大碍？"

闻言，余潮生悄悄看了王溱一眼，心想王子丰似乎也没多焦急，莫非这师兄弟二人是面和心不和，感情并不好？

士兵按着李景德的吩咐，老实道："唐大人昏厥不醒，李将军已经请了两位军医在看了。小的来时，军医已经用了上好的金疮药。"

王溱清澈的眸中闪过一道微光，他仿佛察觉到了什么，不动声色地握紧杯盏，忽然问道："他在幽州大营？"

士兵和余潮生全部一愣，奇怪地看向王溱。

刚才这士兵就已经说过了，唐慎受了伤，现在在军营里诊治，难道王子丰没听见？

士兵老老实实道："是，唐大人正在军营中。"

王溱的手微微一颤，手中的茶盏没有握稳，倒在桌上，茶水骤然打湿一片。房间中是久久的寂静，余潮生悄然看向王溱。只见王子丰那张清雅绝然的脸庞上并无任何神情，只是他始终沉默着，一言不发，仿若忘记了该如何说话似的。

许久，王溱舒了口气，他平静地道："余大人，可要去军营中瞧瞧唐大人伤势如何？"

王子丰要去探望他的师弟，余潮生当然做顺水人情："好。"

下一刻，王溱倏地起身，但随即他就停住了，好像觉得自己的动作显得太急迫。他朝余潮生点了点头，接着对那士兵吩咐道："你先回去吧，告诉李将军一声，过会儿我们便来。"

很快，王溱和余潮生上了一辆马车，一起向幽州大营而去。

余潮生悄悄打量王溱，只见王子丰神色淡然地闭目养神，并无言语。看了一会儿，余潮生收回视线，他有些摸不透王溱到底是担心唐景则，还是不担心。若是担心，为何一开始得知唐景则受伤的事，他好像没太放心上，可若是不担心，又似乎不像。

"王大人？"

王溱睁开眼，看向余潮生。

余潮生与他对望一眼，倏然惊住。接着他迅速收回视线，低声道：“没什么，只是似乎快到了。”

马车停在幽州大营外，两人下车步行。进了军营后，李景德很快掀开帐篷，走了出来。

余潮生作揖道：“下官见过李将军。”

李景德瞧见王溱一副风轻云淡的样子，疑惑地道：“奇怪了，你的师弟受伤了，王子丰你怎的好像一点都不担心？”

王溱问道：“他伤势如何了？”

李景德原本想说“伤得重极了，就快死了”。而事实上他也说了，但只说了前三个字，他便收了口，王子丰的眼神贼吓人，李景德改口道：“并不怎么好，但也没那么坏。”

王溱闭上眼，久久不言，他再睁眼时，道：“进去吧。”

军帐中，大夫正在为唐慎熬药，见到三人进来，他立即起身行礼。

王溱走到床边，定定一看，唐慎穿着白色内衫，肩膀往下的衣服被人剪开，露出光滑的手臂，靠近肘部的地方敷着一层厚厚的药，并没拿绷带系着，也没见流血，然而细瞧能发现干涸的脓水。

王溱心中一紧，问道：“伤口得了疡症？”

大夫：“是有些疡症。”

王溱：“可要紧？”

“伤口不大，所以疡症也不算太严重，只是大人也知晓，疡症自古难以医治，草民也没有必然把握。目前看来唐大人的身子还算撑得住，等今晚醒来应当就没事了，往后需要调理一段时日，手臂上的疤也去不了了。”

余潮生走过来，道：“既然是只伤了手臂，怎么还昏迷不醒了？”

大夫：“这……”

军帐中只有余潮生一个人以为唐慎是今天早上才受的伤，大夫早就被李景德吩咐过不可泄露唐慎的病情。余潮生突然发问，大夫一时间竟不知该怎么掩饰。

李景德也愣了，他正打算说“唐慎没昏迷不醒，就是睡着了”，就听王溱道：“余大人不知晓了，唐大人虽说受的是小伤，但伤口溃烂，得了疡症，疡症致人体虚身弱，高烧不退，因此才昏迷不醒。”

余潮生看了看唐慎满头大汗的模样，道：“唐大人吉人自有天相，定会无事。”

余潮生和唐慎毕竟不熟，他没待多久，就先行回城了。

王溱是唐慎的师兄，他待在这儿照料师弟理所当然，李景德忙着去处理军务，倏然，军帐中只剩下王溱和大夫。大夫轻轻摇着蒲扇，熬着药。

王溱道：“你先下去吧，我来熬药。”

大夫愣住：“大人，这……”

“可有什么需要注意的？”

这大夫并不认识王溱，可他方才看见李景德对上王溱时都有些怯意。王溱吩咐了，他自然不敢反对，反正煎药也不是什么难事，病人一时半会也醒不来，指不定还喝不上这药。大夫道："需要用文火慢慢熬制，大约两个时辰。"

大夫行了个礼，就要离开帐篷，忽然，王溱喊住他："手臂上的疤痕真的去不掉了？"

大夫也不清楚王溱知道多少真相，于是不好对他说明，只得含糊道："如果没得疡症，还是有法子去疤的，但如今疡症略微严重，哪怕用了上好的祛疤灵药也很难消除。"

"留着也好，让我日日看着，作为教训，此生不忘。"

大夫没听明白王溱的意思，他诧异道："大人？"

"无事，你下去吧。"

"是。"大夫行礼离开。

安静的帐篷中，只听药材在药炉中咕咕烧滚的声音。王溱先看了眼药，确定没什么问题后，他走到床边坐下。

看过唐慎手臂上的伤口，他的目光又停留在唐慎苍白的脸上。唐慎连嘴唇都是白的，额头还有些烫，但因为伤口很小，所以伤势也没那般重。

王溱去倒了盏茶，他用手指沾着茶水，轻轻涂抹在唐慎的嘴唇上。干裂的嘴唇碰到水，立刻恢复了一些颜色，但水干了后，很快又变淡，于是王溱又继续抹水。

这样锲而不舍了多次，唐慎的嘴唇终于湿润起来，有了点粉色。

入夜，唐慎的病情果然有所好转，已经退了烧，只是迟迟未醒。

王溱走出帐篷，派人找到送唐慎回幽州的士兵。这士兵起初还装聋作哑，一口咬定唐慎是今天早上与李景德一起去郊外打猎受的伤，但王溱开口便道："析津府的情况如何了？"

士兵顿时傻了眼。

"说吧。"

"是。"

这士兵老老实实地把自己知道的事全部说了出来，只不过他官阶太低，很多事他根本不知道。

王溱一边听着，一边眯起双眼："耶律舍哥和耶律勤去了析津府？"

"是，正是因为有刺客突然行刺耶律勤，析津府才会封城，唐大人才会难以回来。"

"刺客行刺耶律勤……"王溱琢磨着这句话，他嘴角勾起，露出意味深长的神情。他回到帐篷中，用李景德的纸笔写了一封信交到这士兵手上："你现在回析津府，务必两日内抵达，将这封信交予乔九，他自然知道该如何去做。"

听到乔九的名字，这士兵更加信任王溱："领命！"

等王溱忙完析津府的事，他回到帐篷。

唐慎正撑着手臂想要下床，见到王溱，他整个人愣在原地，声音沙哑，道："师兄？"

王溱何等聪慧，快步走过去，倒了一盏茶："渴了？"

"对。"

唐慎接过茶，大口喝尽，终于缓了过来。他刚想问王溱怎么会在这里，一抬眼就看见王溱垂着眸子，一副要发火的表情。

“师兄？”

“为何会受伤？”

王溱早就听士兵说过一遍唐慎受伤的经过，但他还是问了出来。唐慎自己也觉得委屈，他哪里能想到，耶律勤会突然被刺，赵辅会突然派人来幽州城，他会突然无法离开析津府！

唐慎委屈巴巴地把整件事说了一遍。

王溱问道：“说了这么多话，口渴了吗？”

唐慎心道：不是你问的吗！

王溱：“你啊，不要再如此令我担忧了。”

唐慎正双手捧着杯子小口喝水，听了这话，他抬起头，看向王溱。两人四目相对，唐慎坐在床上，目光直直地望进了王溱的眼底。那双眼睛中掺杂着担忧，他从未见过王溱如此直白地表露情绪，师兄似乎永远都是那般光风霁月，孑然一身，世间万物都不能让他动容一分。

可这一眼，王子丰好像活了。

更生动了，更……像一个真实存在、被世界所牵绊的人。

唐慎道：“我也不想受伤啊，这也没办法，这世上有谁想受伤的……”

唐慎看着王溱道：“我觉得今日的师兄和往日有点不同。”

“哦？哪里不同？”

“往日里师兄像个仙人，我总是猜测你每日在想些什么，常常还猜不到。今日我也猜不到你在想什么，但我总觉得，师兄好像做出了某个决定，你很坚定。”

“你觉得……我做了某个决定？”

“难道没有？”

王溱露出奇怪的神情，他在帐篷了走了两步，忽然回过头，笑道：“对，没错，我是做了一个决定，一个很重要的决定。”

唐慎好奇道：“什么决定？”

王溱：“前段时日我从先生那儿得了一幅画，这画十分好，但我孑然一身惯了，不知是否该信他。”

唐慎轻轻一笑，揭穿王溱：“画又不是人，怎么会有信赖一说？师兄若要拿东西做比方，该换一个才是。”

王溱：“找着法子揶揄我了？”

唐慎这才明白过来：“竟然是师兄刻意给了我机会，让我拿你寻开心！那师兄决定好怎么做了？”

“决定了。”

“什么？”

王溱定定地望着他，悠然一笑：“不告诉你。”

今天的王子丰还是一如既往地奇怪，唐慎再去问他，他又不肯说了。唐慎只能无语地腹诽他两句，又不能不认这个师兄。

而后，两人说起析津府的事。

唐慎知道的比那个士兵多得多，他说了后，很多原本是由王溱自己猜测的事，现在都一一对上了。大多数和他猜的分毫不差。

唐慎："耶律勤被刺一事极有可能是他与耶律舍哥在演戏，那刺客分明没伤了他，他却自己捅了自己一刀。这几天来我想了很多，我猜测耶律勤的那一刀是逢场作戏，为的就是给析津府施压抓住刺客，至于那个刺客的身份……或许和其他几位皇子有关吧。师兄觉得是谁？"

王溱反问："你觉得是谁？"

唐慎想了想："辽国三皇子，耶律晗！"

耶律勤被刺至今已过去五日。

因耶律勤来析津府一事本就十分突然，他刚到析津府，当夜就遇到了行刺，所以唐慎并没有太多时间查明真相，但随着时日过去，他渐渐明白过来："析津府是南面官的大本营，耶律舍哥身为辽国二皇子，不远千里特意到析津府，定然不是随意为之。刺客想必不是他们派去的，否则耶律勤何须自己捅自己一刀，直接让刺客打伤自己就可以了。刺客是真，密信却未必是真，耶律勤无辜被刺也不一定是真。这一切恐怕都是耶律舍哥和耶律勤布下的一场局！"

正所谓当局者迷，旁观者清。

卢深亲眼瞧见耶律勤捅了自己一刀，由此便让唐慎窥见了一半的真相。

唐慎接着道："耶律舍哥特意来到析津府才布下这个局，因为析津府权势大的官员大多拥护他。辽国朝堂上，辽帝不问政事已久，北面官拥护三皇子耶律晗，南面官拥护二皇子耶律舍哥。耶律舍哥这是来了一招将计就计，请君入瓮。只要抓到刺客，他们便可以伺机对耶律晗发难，甚至那封密信十有八九都是伪造的，为了对付耶律晗，耶律舍哥和耶律勤真是用心良苦。"

唐慎分析得头头是道，也无不对，其实这些也正合了王溱的猜测。

整个辽国最想除掉耶律舍哥的是耶律晗。反之亦是。

然而有件事，唐慎毕竟刚去辽国，对辽国情报还不甚了解。王溱补充道："只为对付耶律晗无须动用这么大的力气。"

唐慎疑惑地抬起头："师兄的意思是？"

王溱道："南面官大多拥护耶律舍哥，但也只是大多，并非全部。耶律晗则不同，耶律晗的身后，站着一个辽国王子太师耶律定。"仿佛回忆起了什么，王溱感叹道，"此人如一根定海神针，若不是他，二十一年前的梁辽大战未必会持续十年那般久。"

唐慎立刻明白过来："耶律舍哥和耶律勤二人合谋算计耶律晗，其实是在算计那王子太师耶律定。"

王溱笑道："小师弟可知道四个皇子，随便在其中挑出一个，哪怕不挑才学品性最出众的耶律舍哥，其他两人也都远远胜过力大无脑的耶律晗，可是那耶律定偏偏就拥护耶律晗，这是为何？"

唐慎一时愣住，他思忖片刻，道：“耶律定出身贵族，所以他属意同样身世高贵的耶律晗。”

“这是原因之一。”

“还有其他原因？”

王溱勾起唇角微微一笑：“一个蠢的控制起来总比其他不蠢的要轻松许多吧！”

唐慎恍然大悟。

银引司设立两年之久，王溱对辽国的了解自然远胜唐慎。辽国不比大梁。辽帝年轻时征战沙场，伤病缠身，朝中大臣耶律定独掌大权，哪像大梁的这些臣子，各自分立了党派。梁帝赵辅极善于帝王术，哪怕赵辅的年岁比辽帝大了许多，朝中也没有一个大臣敢拥护皇子。

王溱、苏温允这些皇党不提，那些并非皇党的权臣，也从未对皇子立储的事表过态。

因为一个赵辅，顶得过千千万万不成气候的皇子！

若是让这些大臣选择，比如现在直接问王溱，他是希望赵辅早些驾崩、让皇子登基，还是希望赵辅真的如愿地“修仙成道”，能寿延百年？王溱定会毫不犹豫地回答：“诸皇子不及陛下万分之一。”

这并非谄媚逢迎，而是坦率直言。

甚至去问唐慎，唐慎也只能感叹道：“赵辅多活一日，梁辽两国和平一日。”

入了夜，王溱见唐慎身体好转，烧也退了，他还需要回银引司处理公务，便要离开。

唐慎道：“都这般晚了，师兄要不就在幽州大营歇下算了。”

王溱：“小师弟可知道，余潮生来幽州是做什么的？”

唐慎刚醒来就接了圣旨，他自然知道：“圣上派余大人来幽州是为了接替我督查银引司的差事。”

王溱劈头便问：“那你督查了？”

唐慎无言。

王溱：“今夜我不回银引司，为你打理这些日子积累的公务，明日谁去替你遮掩，糊弄余大人？”王大人长叹一口气，道，“未承想有朝一日我王子丰竟会徇私枉法，因人犯禁。”

王溱说的情真意切，导致唐慎一时间没想起来：你王子丰从不徇私枉法，不干欺上瞒下的勾当？

说出去李景德都不信！

此时此刻，唐慎感动得无以复加，十分想唱一首《世上只有师兄好》送给王溱，继而联想起了王溱当初那句“儿行千里母担忧”。他道：“我给师兄唱首歌吧。”

王溱莫名其妙地看他，不明白唐慎怎么突然要唱歌。

唐慎清唱了两句：“世上只有师兄好，没师兄的孩子像根草！”

王溱何其敏锐，沉默了片刻，道：“我总觉着，这首歌不该是这样唱的。”

唐慎："天黑了，城郊有野狼出门，师兄快些回城吧，再晚可就回不去了。"

王溱道："你啊！"声音戛然而止，王溱似乎还想说什么，但他闭上了嘴，没再多说。

王溱乘上马车，离开幽州大营，往幽州城而去。

不过多时，守在帐篷外的士兵进来通报，说是有人来拜访唐慎。

唐慎惊讶道："让他进来吧。"

不多时，一个身穿黑色斗篷的清瘦男子走进军帐。这人身高五尺有余，宽大的黑色斗篷将他全身都笼罩进去，帽檐遮住脸庞，只露出一个尖细白皙的下巴。等帐篷中只剩下唐慎和自己时，苏温允脱了帽子，他抬起那双艳丽的桃花眼，上下打量了唐慎一番，嘴唇一翘："听闻唐大人受了重伤，昏迷不醒，王大人还精心照料了一整日，我以为唐大人就要一命呜呼，特来见你最后一面了。如今一看，好像也并无大碍嘛。"

真是狗嘴里吐不出象牙。

唐慎不和狗计较，他淡然地道："下官见过苏大人。多谢苏大人送来的密信，否则我晚回来一日，就会误了大事。"

提起正事，苏温允也不再恣意妄为，他道："今夜我便去析津府，快马加鞭，两日可到。"

唐慎："卢深可曾传过消息，说那刺客被抓到了？"

"还未曾。"苏温允顿了顿，认真地道，"你离开析津府前可有部署？"

两人往日政见不合，分属异党，常常针锋相对。但如今二人都没再提此事，而是仔细讨论起来。唐慎："我有一些部署，苏大人先听我说……"

苏温允在唐慎的帐篷中停留了半个时辰。

丑时，他戴上斗篷，准备出发去析津府。临走时，苏温允停了脚步，回身道："析津府的事杂乱得很，只得由我去收拾烂摊子了。唐大人安心养病吧，不用插手了。"

唐慎心道：我也没想着再插手，我就等着你深入敌营，给我把耶律舍哥、耶律勤都解决了呢。

表面上，唐慎道："劳烦苏大人了。"

苏温允看着唐慎表面恭敬的模样，嗤笑一声，转身离开。

送走了这个瘟神，唐慎熄灯入眠。他并不知道，苏温允才刚走出帐篷没多远，就被人一麻袋套了头。苏大人慌乱了一会儿，高声喊人，可没人理他，套他麻袋的人也不说话，一拳头便打向他。

结结实实地挨了一拳后，苏温允冷静下来，他脸色一寒，在麻袋里怒道："李景德！住手！"

揍人的李将军动作顿住。

唐慎并不清楚，在他去辽国时，因为苏温允明面上的差事是督查幽州大营，所以他时常来军营，为难这些武官。苏温允是三品工部右侍郎，官职比李景德低一阶。可他同时是幽州军防钦差，李景德只能听他的话。这些日子以来，幽州武官早就对苏温允恨得牙痒痒，今日他独自一人深夜来军营，能不给他套一麻袋？

李景德粗着嗓子，改变音调："老子不知道你在说什么，老子不是李景德。"

"姓李的，你信不信我回盛京就参你一本，我弄死你！"

"你这小白脸怎么心思这么歹毒！"

苏温允直接破口大骂："蠢货，你再打试试！"

李将军嘴角抽搐，从袖中拿出一块令牌，直接扔给苏温允。

"老子怕了你们这些文官了。拿着，老子就打了你一拳，借你一块征西元帅令，玩儿阴险的我可玩儿不过你们这些家伙。咱们两清了，回来后令牌还我。"

说完，李将军撒腿就跑。苏温允把头上的麻袋扯下来后，气得一脚踹在军营帐篷上。

第二日唐慎得知此事，他感慨道："李将军也是用心良苦。"

两日后，唐慎回了幽州城，与余潮生正式对接差事。

另一边，苏温允扮作小厮，悄悄地进入析津府，找到了乔九和卢深。

苏温允："刺客抓着了？"

卢深拱手道："今日早晨抓着了，就关在后院。"

苏温允惊讶地"哦"了一声，他勾唇一笑："看来本官确实是个福星，我刚来你们便抓着人了。走吧，去后院瞧瞧，给那刺客选个像样的死法。"

第四十六章

策反

活了三十余年，萧律近日来诸事不顺，仿佛将前半生的好运全部用光了。

原本他费尽心思，设宴、买名画讨好二皇子耶律舍哥，初见成效，二皇子似乎也记着他这么个人了。谁承想一夜之间，行宫都部署耶律勤被刺客刺伤，二皇子再也没工夫搭理萧律这个小人物，将他抛之脑后。

拍马屁也是个技术活，不是人人都能做好的。

萧律连番讨好耶律舍哥，可耶律舍哥始终闭门不见。

萧律道："真是晦气，若不是那乔九的儿子突然抱病在身，没法去见二殿下，害得二殿下迁怒于我，我能落到如今这番田地？"

萧律正在用早饭，他越想越觉着气，一甩袖："往后我萧律再也不会与那乔九来往！"

话音还没落地，有仆人来报："老爷，那梁国茶商乔九又来了！"

萧律怒道："他还敢来？"

仆人为难道："那乔九每日在门外等着，日日来拜访，今日已经在门口又站了半个时辰了。小的瞧见他带了好些礼物，他还说……"

"他还说什么？"

"他还说，今日若是见不着老爷，他绝不回去。"

萧律冷笑道："一个茶商而已，不见就是不见，叫他滚回去。"

"慢着。"萧律最信赖的掌柜忽然开口。他思索片刻，道，"老爷，这也不是个主意。那乔九是个商人，他这几日天天来拜访，是因为前几日他得罪了老爷。他这般做，只是想与咱们做生意罢了。小的敢问老爷一句，您是有多厌恶那乔九，是觉得能与他合谋再做生意，还是再也不愿见他一面？"

萧律："我再也不想见到这乔九，他坏了我的好事，我巴不得他死了算了。"

掌柜笑道："那老爷更得见乔九了。如今不见他，只是让他没法与咱们谈生意，析津府这么大，不能和咱们做生意他只是亏了点，还能与其他商号做。但若是老爷真的恨极了他，不如假意与他和好，等到谈买卖时，咱们在背后捅他一刀。"

"此计甚妙！"萧律扭头对仆人道，"去把那乔九喊进来。"

乔九带着小厮，捧着一堆礼物，进了萧律的府邸。

刚见面，乔九便深深一揖："在下对不起萧先生，先生可莫要再生我的气了。"

萧律虚伪地笑道："唉，哪儿的话？我也只是一时在气头上，才对乔大哥你发了那通火，如今想来是我迁怒了，乔大哥不要见怪才是。"

乔九："萧先生定要收下我的礼物，您收下了，我才能放心。"

两人互相望了一眼，齐齐一笑。

萧律："坐下一起用饭？"

乔九："好。"

餐桌上，乔九战战兢兢，仿佛还在担心萧律动怒。萧律瞧着他胆战心惊的模样，心中觉得不屑，但他虚与委蛇，假装大度，不再生气。用完饭后，乔九把礼物留下，带着小厮离开，两人商定好了下月初由乔九进货，将茶叶在萧律的商号贩卖。

等到乔九走后，萧律命令仆人把那些礼物收入库房。

东西都是好东西，没必要为了算计那乔九，连他的礼物都不要了。

望着乔九远去的背影，萧律露出一个奸诈的笑容。而他自然不知，乔九回到宅院后，苏温允见到他，开口便问："东西都收下了？那萧律可曾觉得有什么异常？"

乔九恭敬道："回禀大人，萧律没发现异常。"

苏温允缓缓勾起唇角，白皙的脸上是无奈的神色："也是个蠢的。"

三日后，萧律正在家中和掌柜核对上半年的账目，忽然萧府仆人跑进书房，连声道："老爷老爷，听说那刺客已经被抓住了！"

萧律一惊，直接站起身："抓住了？"

仆人点头道："老爷您吩咐过要仔细注意着那刺客的动向，若是他被抓住，第一时间要来汇报。听说左相大人已经抓住了那刺客，此刻正将他扭送到府衙，要好好审问一番。"

萧律大喜过望："可算是抓住刺客了。这该死的刺客，早不来晚不来，正好坏了我的大事。你去库房准备礼物，我等会儿就去拜访二殿下，恭贺他这件喜事。"

掌柜笑道："恭贺老爷时来运转，定要飞黄腾达了。"

萧律哈哈大笑起来。

以往耶律舍哥忙于捉拿刺客，根本顾不上萧律。萧律每次去拜访他，都会被小断以“殿下正忙于抓捕刺客，无暇见客”为理由回绝。如今他有了名正言顺的理由可以再去讨好耶律舍哥，阴霾了多日的心情，瞬间明朗起来。

仆人给萧律换衣，萧律正思索着等见了二殿下后该如何讨好于他。这时，只听一阵杂乱的脚步声从院外传来。萧律奇怪地走出门，还没开口，就见一个身穿铠甲的将士手持宝剑，一脚踹开了他的院门。

萧律大惊：“你是何人，怎么敢擅闯民宅？！”

这将士看到萧律惊骇的模样，他冷声一笑，问道：“你是萧律？”

萧律心中狐疑：“正是。你既然知道我是谁，也应当知道我与左平章政事萧砧萧大人是表亲，是否有什么误会？”

将士愣了一下，接着哈哈大笑：“误会？抓的就是萧律！来人啊，把他给我捆起来，送到二殿下面前。”

萧律心中一凉，整个人如坠冰窖。等到两个士兵用绳子将他捆起来，他忽然开始疯狂挣扎，嘴里大喊：“我对二殿下忠心耿耿，你是何人，竟然敢捆我，敢陷害我？”

将士瞥了他一眼，拿了一块破布直接堵上了萧律的嘴。

萧律就这么被五花大绑地送去了析津府衙。

到了府衙，萧律惊魂不定地四处张望，想找到萧砧，可萧砧根本不在。他被士兵押着送到府衙大堂，一抬头就见耶律舍哥穿着一身锦缎蓝衣坐在上座，对他微微一笑，这笑容阴冷刺骨，仿若地狱里的恶鬼。萧律想要大喊“二殿下救命，小的什么都没做，小的是冤枉的”，可他的嘴被破布堵着，只能发出呜咽声。

然后他便看见耶律舍哥垂目看了他一眼，声音温和：“既然来了，总得有个见面礼。察禄，你去将他的左手砍了，送上来给本殿下瞧瞧。”

“遵命。”

萧律不敢置信地睁大双眼，他看见一个魁梧的壮汉向他走来，然后铮然一声，拔出腰间佩刀。

这一刻，萧律忽然想起来耶律舍哥曾经将别人送到他床上的男宠一刀劈成两半的传闻。

下一刻，便是钻心剜骨的剧痛。

刺客被抓住了，消息立刻传遍了整个析津府，也传到了左平章政事萧砧耳中。萧砧原本十分高兴，刺客被抓到了，往后他就不用那么早出晚归，全城搜捕刺客了。谁料没出半个时辰，官差来报，萧律竟然是刺客的同党，被耶律舍哥抓去审问了！

萧砧脸色煞白，怒斥：“你胡说什么，萧律怎么可能是刺客同党？”

官差无辜道：“千真万确。大人，那刺客被左相大人抓住后，百般折磨，终于供出了同党，就是萧律。他一口咬定是萧律助他藏匿，还说此刻已经晚了，密信早就被他送出析津府。说完没多久，他趁众人不注意服毒自尽了。”

萧砧一屁股坐在椅子上，张目结舌：“怎么会是萧律……”

这个问题萧律也全然不懂，为什么那刺客偏偏咬死说自己是他的同谋！

一个昼夜，萧律被折磨得不成人形，全身血肉淋漓。

他仿佛一块死肉，趴在地上。耶律舍哥朝他走来，萧律浑身颤抖，害怕得直直往后退。耶律舍哥是辽国皇室中著名的美男子，可此刻他在萧律的眼中比夜叉还要可怖。

耶律舍哥漆黑的双眼凝视在萧律的身上，看了会儿，他笑了，俯下身，问道："你可是刺客同党？"

萧律不停摇头，声音沙哑难听，好似沙石过地："我不、不认识那刺客，殿下，冤枉啊！"

耶律舍哥叹气道："但那刺客在众目睽睽下指认了你，无论是否真的是你并不重要，告诉本殿下，你的背后主使是谁。"

萧律状似癫狂地吼道："我没有，我没有！"

耶律舍哥突然面色一冷，道："说，幕后主使是谁。"

萧律呆呆地望着他，不知所措。

耶律舍哥忽然又笑了，笑得极其温柔，他伸出手拍了拍萧律的脸，拍出了一手的血水。他语气温柔地说道："你的幕后主使是耶律隐，王子太保耶律隐，记住这个名字。"

森冷的牢房中，只听水声滴滴。耶律舍哥蛊惑一般地说道："记住他，本殿下允诺你一死。"

萧律的大脑一片空白，他好像一个没有灵魂的躯壳，张着嘴，痴傻地看着耶律舍哥。耶律舍哥在他的耳边一遍遍地重复"耶律隐"三个字。过了许久，萧律发出了一声宛如野兽的咆哮，接着，骤然平息，他说道："我的背后主使，是王子太保……耶律隐。"话音落下时，眼泪也从眼角滚落下来。

萧律招出主谋后，耶律舍哥直接派人抄了他的家。果不其然，在库房中搜出了一些罪证。

萧砧得知此事，眼前一黑，直接病倒在床上。

第二日，一个不速之客登门拜访。仆人将乔九引到萧砧跟前，萧砧没有气力地看了他一眼，冷冷地道："你好像是萧律的朋友？"

乔九直接跪倒在地，哭喊起来："求大人救小的一命，救救小人啊！"

萧砧愣住："你这梁商说什么呢？"

乔九哭着道："大人还不知道吗？今儿个早上那萧律招了，招出了他的幕后主使。但是他竟然还反咬一口，说小人与大人您，也都知晓此事，是他的同谋啊！"

萧砧一个鲤鱼打挺，直接从床上坐了起来。他肥硕的身体撞上了床板，疼得他惨叫一声。

"你说的可是真的？"

"千真万确啊！"

刺客被抓捕后，当晚就供出了萧律。

萧律在牢中被耶律舍哥折磨得奄奄一息，最终屈打成招，供认了幕后主使。若是在上京，绝不会发生严刑逼供的事，至少不可能让耶律舍哥的人来做，因为上京有王子太师耶律定只手遮天，所以耶律舍哥和耶律勤千里迢迢来到析津府，这个南面官的大本营。

萧律供认出主使后，耶律舍哥表现得难以置信，他茫然地睁大眼，连连道："怎么会是太保大人，怎么会？"

从萧律府中搜出来的罪证其实并不全是耶律舍哥派人栽赃嫁祸的。

官差在萧律的府库中找出几样东西，全是上京才有的珍贵宝物，甚至还在萧律的后院搜出一件沾了刺客血迹的血衣。萧律定然是刺客的同党，只是他的幕后主使是不是王子太保耶律隐，只有他本人才知晓了。

耶律勤有伤在身，没有审问萧律，等萧律供出主使后，他狐疑地说道："二殿下，按理说那萧律应当就是三皇子的人，他府上搜出的东西皆是铁证。只是他这般表现让臣有些捉摸不透了。臣于官场上沉浮多年，依臣来看，似乎他并不是。"

耶律舍哥也道："我也觉得事有蹊跷。然而都部署大人，析津府中必然有人助了那刺客一臂之力，否则以他一个人，怎么可能在城中藏了这么多天都没被发现？"

耶律勤的脸上闪过阴冷的表情，他思索半晌，道："莫非，这萧律不是三皇子的人……"他伸出右手，一掌拍在左手手背上，压低声音，"是其他两位皇子栽赃嫁祸，想要离间殿下和三殿下，从而坐山观虎斗，坐拥渔翁之利？"

"都部署大人所想，舍哥也想过，但这真是可笑至极。"耶律舍哥几乎嘲弄般地说道，"汉人说的'鹬蚌相争，渔翁得利'，本质上渔翁是有一争之力的，绝不是白捡了便宜。并非舍哥瞧不上我那大哥和四弟，耶律展的心思全写在脸上，耶律隆想把心思写脸上，可他没有一点心机，若真是他们得了高人相助，布下这个局，引得我与耶律晗相斗，那又如何？"

耶律勤："殿下的意思是？"

耶律舍哥"啪嗒"一声打开折扇，轻轻摇着，宛若一个江南公子，只是略显阴沉的神情使他徒有其形，没有世家公子的气度风貌。"舍哥想对付的只有耶律晗，或者说是他身后的太师大人，至于他人，管他作甚，不过是跳梁小丑罢了。"

耶律勤恍然大悟，他行礼道："殿下高明，臣愿为殿下赴汤蹈火，在所不惜！"

二人自以为思虑周全，却全然没想到这一切的背后竟然还有大梁的势力插手。

此间秘事暂且不谈，另一边左平章政事府上，萧砧本来就被萧律犯禁一事气得生了病，如今知道萧律竟然说自己也是同党，他更是气得两眼冒火，就差一命呜呼了。

萧砧与萧律是远方表亲，八竿子打不着的关系，然而他们这一脉中并没有其他出色的子弟，所以当萧律来讨好萧砧，并送上厚礼后，萧砧推托了两下就接受了，并且还拿萧律当了心腹。

萧律反咬一口的事，并非无的放矢。

首先官差从他家中搜出的几样与刺客有关的珍贵礼物，有一件萧律说是梁国茶商乔九送的，还有一件是萧砧随手赐给他的东西。当萧律听说这两样东西居然有问题后，他恨极了萧砧和乔九，他已经被折磨得失去了理智，无法思考，明知自己死定了，就恨不得将其他所有人都拖下水。

乔九来找萧砧救命，萧砧也慌得如同热锅上的蚂蚁，他立刻换上官袍，亲自到都部署府登门拜访，耶律舍哥竟然答应见他。刚见到耶律舍哥，萧砧直接跪地哭喊道：“臣是冤枉的，臣真的不知晓那萧律竟然是刺客同党！臣对陛下、对殿下一片忠心，日月可鉴啊！”

耶律舍哥惊讶道：“怎么行此大礼？起来说话吧。”

萧砧哪敢起来：“臣真的什么都不知道，求二殿下明鉴。”

耶律舍哥笑道：“看来左平章政事是已经知道萧律招认的事了。不错，他确实供出了你，但萧大人是什么样的人本殿下能不知晓吗？你站起来说话吧。”

萧砧一愣，随即站了起来。

半个时辰后，萧砧惊魂不定地离开都部署府。等他走后，耶律勤从后屋走了出来，“臣近日对外抱病，无法见客，辛苦二殿下，需要与这种没有脑子的蠢人多费口舌。”

耶律舍哥：“这说的是哪里的话！这萧砧虽说蠢，但他官位不小，对我们还有用。今日以后，他有把柄在我们手上，定没有异心。”顿了顿，“对了，那乔九是何许人也，萧律怎么供出了他，想要嫁祸于他？”

耶律勤脸色变了变：“这人……臣还真的听说过。殿下也知道，那萧律一直想讨好殿下，如今看来，他本就存了祸心，是有所图谋。那日在萧府赴宴，宴后殿下与萧律去赏画，萧砧曾与我说过，乔九是萧律认识的一位梁国茶商，家财万贯，还有个俊俏秀美的儿子。”

耶律舍哥怔住，露出玩味的笑容：“我想起来了，萧律也对我说过，原来他说的人就是这乔九啊。”

“因为乔九的事，殿下疏远了萧律，萧律本就怀恨在心，萧律最信任的掌柜被抓住后，也坦白了萧律厌恶乔九，一直想弄死乔九的事。想来萧律此番是明知自己绝无生还的可能，所以也故意陷害乔九吧。”

耶律舍哥轻轻点头，屋中一片寂静。

过了会儿，耶律舍哥突然道：“他那儿子当真美貌？”

旁人评价一个男人，绝不会用美貌这种词语。但耶律舍哥就是说了，耶律勤也不觉得有什么不对，他语气随意：“臣没有见过，若是殿下中意，随便找个罪名将人抓过来就是。”

耶律舍哥：“本殿下又不是强盗，怎能随随便便地绑人？”

耶律勤立即改口：“是，是臣说错了，请殿下责罚。”

耶律舍哥叹了口气：“多事之秋啊，本殿下对这些风花雪月的事全无兴趣。”

另一边，萧砧回到府上后，乔九早就等候他多时了。

见到乔九，萧砧心情复杂，他自知自己已经被迫上了二皇子那条贼船，此后就是三皇子一党的敌人，王子太师耶律定绝不会轻易饶了他。

乔九：“大人，我们这是飞来横祸啊！小人只是想来析津府做生意，谁承想竟然会碰上这种事。”

萧砧：“二殿下英明神武，没有被萧律蒙骗，并未信他的鬼话。”

这么一说，萧砧对乔九感到亲近起来，都说患难与共，他感慨道：“但还是不要放松警惕，二殿下说是信任咱们，可谁知道他什么时候会突然发难。唉，这日子真是越来越不好过了。”

乔九送了礼物，回到府上。

苏温允得知消息后，略有吃惊：“耶律舍哥就这么放过萧砧了？”他没想到萧砧居然没有被怀疑，若是如此，他策反萧砧的事恐怕就不那么容易了。

乔九将萧砧说的话都说了一遍。

苏温允冷笑道：“那耶律舍哥也不是个蠢的，收买人心做得倒是很顺手，只怕以前做过很多次吧。不过这次事后，咱们和萧砧已经成了一条船上的朋，以往那萧律是怎么讨好萧砧的，你可学得会？”

乔九：“请大人放心。”

苏温允：“也未必一定要策反他，做他的心腹照样能从他口中探得消息。经过此事，他再也不会怀疑我们，而且他成为二皇子党后，我们能从他身上得到的情报就更多了。塞翁失马，焉知非福？”顿了顿，他又道，“先前萧律时常要唐景则去见那二皇子，我总觉得有哪里不对，你仔细查一查，看看其中可有异常。”

乔九：“是。”

连着几天，乔九每天都去拜访萧砧。送上厚礼，萧砧渐渐将他当了自己人，终于在一次酒后说出了真相，乔九大惊，立刻回去禀报苏温允。

当夜，苏大人亲笔写了一封信，连夜送回幽州城。

唐慎接到信，听说这信是十万火急，密使只花了一天一夜就把信送到了幽州，唐慎十分看重，他心急地打开一看，信上只有短短两行字——

耶律舍哥有龙阳之癖。

唐大人果真高明至极。

唐慎无语地把信烧了，心道：我怎么知道他是个断袖！我又不是故意和你换的。什么叫我高明，哪怕那耶律舍哥不是个断袖，析津府也是龙潭虎穴。你去都去了，还怕一个二皇子？

唐慎收到这封信的时候，王溱正在他的身旁，唐慎也没避讳他。

王溱见唐慎面露不悦，问道：“发生了何事？”

唐慎默了默，最后嘴角一撇，一五一十把苏温允说的事通通告诉了王溱。

唐慎也觉得非常无辜：“师兄你说，那耶律舍哥是个断袖，这又不是我逼他断袖的，他天生的，苏温允本来就要去析津府，这关我何事？又不是我逼他去的。”

王溱眉头微蹙，没有说话。

唐慎：“师兄？”

王溱如梦方醒，道：“析津府如今情况如何了？”

两人揭过这件事，唐慎又说起析津府的情况。“苏温允还是颇有手段的，只可惜没能策反萧砧。我本来只想着拿刺客陷害萧律，借此打通和萧砧的关系。但时间太紧，我也没想出法子，只是有了这么个想法，苏大人全然做到了。”

王溱：“你可知圣上为何喜欢苏温允？”

唐慎来了兴趣：“为什么？”

赵辅喜欢李景德，因为李景德战功无数，且没有野心，只想杀光辽人。他喜欢自己，唐慎也明白，主要是自己位卑言轻，没有背景，同时还很擅长拍马屁，赵辅用着很放心。至于王溱，赵辅对王溱的宠信，不如说是王溱处处太得赵辅的心意。赵辅想做的、正做的、要做的，王溱通通能办好。

哪怕这个皇帝不是赵辅，但只要是个皇帝，就一定会宠信王溱。

但是苏温允呢？

王溱看了眼天空，只见外头乌云蔽月，他伸手指了指：“天黑了。总有些事，圣上不能做，但又想做，而苏温允是一个没有底线的人。为成大事，他心狠手辣，不择手段，这样的人，圣上自然喜欢，自然会用他。”

唐慎状若无意地说道：“为成大事，不择手段。师兄，他有做过什么狠辣的事吗？”

王溱静静地看了唐慎一眼，悠然笑了：“你所能想到的所有皇上想做却没法明目张胆地去做的事，皆是苏温允给他办的。”

唐慎心头一震，他笑了笑，扯开话题：“那苏温允和师兄之间，圣上更信任谁呢？”

王溱仿佛一下子陷入难题。

他认真思索了许久，反问：“虽说莫要胡乱揣摩圣意，但眼下只有你我二人，说说也无妨。小师弟觉得圣上更喜欢谁呢？”

这还需要想？

唐慎脱口而出：“我自然是倾向于师兄。无论圣上如何选择，对我而言，苏温允不及师兄万分之一。”

唐慎说得情真意切，神色诚恳。

王溱静静地看着他，忽然笑了。

唐慎心中微动，他问道：“师兄笑什么？”

王溱：“那在小师弟的心中，苏大人占了多少？”

唐慎想都没想：“占了多少？一分都没占！”

王溱佯装叹气道：“那看来我在小师弟心里，也没有位置。”

“啊？”

“小师弟说，在你心中，苏大人不及我的万分之一，也就是说，我与苏大人相比，小师弟觉得我比他重要万倍。”王溱露出感动的神情，接着又语气幽怨道：“然苏大人为零，他的万倍，岂不还是零？”

唐慎：“……”

知道你算术好，你可以住口了。

天色已晚，王溱没再多逗留，唐慎送他离去，两人在房门外惜别，王溱道：“小师弟，虽说六月已至，但塞外幽州从无春日，盛京则与之不同。春风不度玉门关，过几日回盛京，你可要换好衣裳，切莫还同往常一样。”

唐慎愣住：“师兄？”

王溱笑了笑：“莫送了。”

唐慎站在门口，目送王溱离去。

回到屋中后，唐慎眉头紧锁，他想了很久，无奈地叹气：“明明就是想说什么，却又不完全的说，王子丰真是……四年了，这人就不能说句人话么！”不过唐慎也明白，有些事王溱不方便说。

“盛京有所改变？是哪里不同了呢？”

若是说王溱最后的那句话，唐慎大概揣摩出了一些意思，那么他们先前评价苏温允的话，就让唐慎的神色渐渐冷了下来。他想起过去这几年来他搜集的关于先太子、钟大儒，关于先帝、先皇后，甚至是关于那场宫变的所有信息。

苏温允今年才二十六,三十一年前的宫变自然和他没有关系。但是王溱说，苏温允其人心狠手辣，不择手段，所有赵辅想做却又不方便去做的事都是交由苏温允去办的。

“师兄他这话似乎意有所指，三十一年前的事和苏温允无关，那五年前钟泰生死于牢中……和他是否有关？”

唐慎闭了闭眼睛，他长长地叹了一声气。一闭上眼，耳边仿佛又响起了一道低缓无奈的声音，那声音对他嬉笑怒骂：“子行矣！”

时至今日，唐慎已经快要忘了当初梁诵对他说过的一些话，但他始终记得梁诵一次次地对他说莫要插手先太子的事。他只盼着唐慎安稳做个富家翁，哪怕自己以身殉义，都没想着让唐慎掺和其中。

“可我如何做得到？”

越是了解那场宫廷政变，唐慎越是心惊胆战。

梁诵觉得钟泰生是冤枉的，那先太子就必然也含了冤。可当年太子一党正如日中天，想要谋害太子一党，仅仅赵辅一人绝对做不到，他的背后必然有其他推手。

真相到底为何？

这是一座龙潭虎穴，唐慎却必须孤身一人潜入其中。

唐慎是三月来的幽州，如今过去三个多月，赵辅派了余潮生来接他的差事，他与对方交接了几日后，就要回盛京。

两人把差事交接完后，余潮生笑道：“恭贺唐大人。”

唐慎故作诧异道：“多谢余大人，只是下官不明白，大人此言是……”

余潮生抚了抚下巴上短短的胡须，温和地笑道：“唐大人回京后定然会有一番好机遇，而我不能与唐大人一同回去，所以先行道喜了。”

唐慎露出惊喜的表情。

等到私下与王溱见面，唐慎道：“师兄，可是因为我，皇上才会派余潮生来？”

王溱抬起一眉：“哦？”

他引导唐慎说下去，唐慎便道：“此番辽国一行，我虽然不能说把差事办得尽善尽美，但也没有过错，如今苏大人去了后更是几乎办成了所有事。然而此事只有我们几人知晓，圣上必然不能公之于众，所以若是圣上想奖励于我，十分困难。师兄说过，不出意外，五年内我不可能升官到二品，最多三品，而如今，我寻思圣上有意擢升我。”

王溱俊雅柔意地笑了声：“四年内连升四品，圣上真是慧眼识珠，小师弟也是栋梁之材！”

唐慎：“说正经的呢。”

王溱正色道：“你猜得不错。”

唐慎本就对自己此番回京后会升官的事有所猜测，如今得了王溱的认同，他惊喜之余又惆怅起来。他愧疚道：“但是为了让我升官，皇上特意派了余潮生来，是要分师兄你的权了。”

唐慎要升官，那他与王溱这一党的权势自然更盛，赵辅为了权衡朝堂，才将余潮生派来。余潮生也掺和了银引司的事，他回去后，赵辅当然也会像奖励唐慎一样，奖励余潮生。除此以外，唐慎来幽州不是真的为银引司而来，余潮生却是。

只怕几月后，余潮生便能知晓银引司的一些内幕。而他的老师徐毖也会知晓一二。

唐慎二十岁就能官居三品，其背后的党派动荡不可忽视。

唐慎觉得自己的事牵扯到了王溱，还害得他被余潮生牵制，这让他心存愧疚，王溱却道：“哪怕没有你，皇上也会再派人来，此事乃注定的，银引司从不是我的一言堂。”

唐慎：“可余潮生来之前并非这样，银引司是师兄的。”

王溱的嘴唇动了动，他望着唐慎，久久不言。唐慎被他看得心里发毛，他忍了会儿，小声道：“师兄？”

王溱的声音骤然严厉：“小师弟以为我是怎样的人。”

唐慎：“啊？”

王溱没回答，唐慎只能苦思冥想，给出答案：“在我看来，师兄聪慧通透，圆滑却不世故，谨言慎行却不迂腐。任何难事只要有师兄在，我总是心安的。师兄年长我九岁，可九年后，我绝对远不及师兄。”

王溱：“那你觉得，我做许多事时，为何要去做它？”

唐慎彻底愣住，他不明白王溱到底要说什么。

王溱有些失望，他深深地看了唐慎一眼，道：“你我是知己，我将小师弟看作二十九年来最懂我、最明白我的人。然你竟从未想过，三年前我为何要去刺州，去年我为何要接银引司的差事，乃至那日在虚极楼上，我与你说的到底是何事。”

唐慎心潮震荡，王溱对他表露出了一丝失望。

说完，王溱转身离去。

唐慎震动至极，他一把拉住王溱的袖子，高声道：“师兄为何而做官？”

王溱脚步停住，他转过身，定定地望着唐慎。

唐慎深吸一口气，认真地凝视着王溱，他一字一句地道：“我知晓。师兄做官，从不是为了功名利禄，为了权势滔天。师兄从不是个清官，也从不刻板于寻常礼数和方法。可你却是个真正的官。所以那日我得了蜀地出现交子的折子后，我第一个想到的便是师兄。因为我知道，唯有师兄，才会不惧艰难险阻，于暗暗长途中，攫取那尽头的一抹曙光。”

王溱怔然于原地。

两人静静对视。

这时，王溱轻轻笑道：“我不是个清官？”

唐慎一愣。

王溱：“小师弟到底是在夸我，还是在骂我呢？”

唐慎忽然缓过神：“师兄，你竟又捉弄于我！”

余潮生来幽州是为了接替唐慎的差事，王溱来幽州则是与这二人对交接，如今差事交接完了，王溱与唐慎一起动身回盛京。因为唐慎受了伤，两人便在幽州多待了几天，等唐慎身子好点了才上路。

因为唐慎才受了伤，为照顾他的身体，马车走得不快，他们走走停停，也算沿途看看风景，就这样花了十天才抵达盛京。王溱先送唐慎回探花府，下了马车后，唐慎站定在马车前，无奈地对王溱说：“师兄，你这算不算公器私用？”

王溱面露讶色：“小师弟在说何事？”

唐慎：“原本只需要五六日的行程，咱们花了一倍天数，这大概就是传闻中的公费旅行吧。”

王溱一愣：“公费旅行？这词倒是新鲜。”他微微一笑，“西北黄沙漫天，不见碧空，等近了盛京，咱们走的大多是乡间小道，官道也很少从镇子上走，我竟不知道小师弟喜欢在这样荒无人烟的地方旅行。”

“啊？”

您说了个啥？

两人就此分别。

回到盛京后，唐慎并没有立刻去勤政殿复职。他去幽州督查银引司，一去就去了四个月，如今正值六月，盛京燥热不堪，唐慎要先去吏部述职，等过了几道审核程序后才能去勤政殿。

在幽州时，王溱曾经对他说盛京变了，让唐慎需要“换好衣裳”，不要同往常一样。

可回到盛京数日，唐慎并没有发现什么变化，盛京城依旧繁华热闹，西起大运河的前门大街上人流如潮。唐慎还抽空去了趟百宝阁，算是“微服私访”。百宝阁的客流量渐渐稳定下来，每日都有数以千计的盛京百姓来百宝阁买东西，同时，唐璜还开辟了“定制”业务。

去年开始，百宝阁售卖起了琉璃镜子，这琉璃镜能将人照得分毫不差，还比银镜更加便宜，一日间便成了盛京世家豪门的宠儿。然而琉璃镜并非百宝阁真正的高级商品，当年唐慎开设百宝阁，曾经得了赵辅的命令，要为赵辅把皇宫的窗户全换成琉璃窗。

皇帝自然不会占唐慎的便宜，该付的工钱都是付了的，但这差事实在辛苦，百宝阁做了半年才办完这件事，只是从此以后，皇宫那一扇扇晶莹剔透的琉璃窗便成了活字招牌。

王公大臣哪个进入皇宫后能看不见那干净整洁的琉璃窗户？

这窗户实在精美至极，当即就有权臣打听到这些窗户是百宝阁的手笔，便派人到百宝阁，也要定制琉璃窗户。一时间，二品以上的高官权臣中，除了左相纪翁集这种本就出身寒门、又两袖清风的清官，其余官员纷纷要来定制窗户。

这可是一笔大订单，足够唐璜和姚三忙上一整年！

唐慎去吏部述职后，又过了两天，赵辅还没传他进宫觐见就出了一件大事。

御史台察院的监察御史高酩写折子上奏，在折子上连列十七条罪状，告了钦天监监正李肖仁一状，将李肖仁的几个徒子徒孙告了上去。早朝上，监察御史高酩痛批几个道士在家乡胡作非为、草菅人命的恶事，要皇帝主持公道，铲除小人。

钦天监监正李肖仁是四品官，当时也在紫宸殿中。李肖仁当场就吓得两腿一软，差点就跪下了。但大梁官员不必跪皇帝，所以李肖仁颤抖着双腿，哭天喊地地说自己根本没听说这些事，他并不知道自己那几个徒弟竟然做了这等恶事。

这并非什么大事，高御史告的主要是李肖仁的徒弟，不是李肖仁。虽说高酩很想把这个谄媚逢迎的假道士扳倒，但他可没抓住李肖仁的把柄，只能从李肖仁的徒弟入手，定李肖仁一个教导不利的罪名。

赵辅神色晦暗地听他们吵了许久，他轻轻咳嗽一声，引得所有官员都抬头看向他。

只见御座上，开平皇帝赵辅幽然开口：“钦天监监正，可有此事？”

李肖仁脸皮一抖，他走上前：“臣并不知晓，但若真有此事，臣定然不会姑息。”

赵辅又对高酩问道：“高爱卿看来已经是证据确凿，依爱卿所见，该如何处置？”

高酩非常想让赵辅处置李肖仁，可看赵辅的意思，似乎没打算对李肖仁动手，高酩只得道：“臣听陛下所言。”

赵辅挥挥手：“那便命大理寺查明真相，该怎么处置就怎么处置吧。”

原本这只是个小事，李肖仁被赵辅罚了停禄三个月，在家思过。但谁都想不到，这一日后，赵辅突然从定国寺中找来一个和尚。这和尚名为善听，才到不惑之年，在定国寺却是赫赫有名的高僧，传言是下一任住持人选。

赵辅从来不信佛，只信道，李肖仁为他点亮了长明灯，为他炼制丹药。然而忽然之间，赵辅开始信起了佛。

旁人信佛信道，都是只信一样。赵辅不同，他两样全信。

善听和尚被接到皇宫中为皇帝指点迷津，但他竟然还帮皇帝炼制丹药。所谓有钱能使鬼推磨，佛家和尚是从来不碰那些道家玩意儿的，可对象是皇帝，皇帝要他怎么做他就会怎么做。于是善听和尚和李肖仁一起炼起了丹药，传授赵辅长生不老之术。

赵辅依旧每日上早朝，从不落下，但他的性格越发让人难以捉摸。

这一日王溱被传唤进登仙台，只见赵辅坐在大殿正中，被三个青铜丹炉包围着。他脱去了繁复奢华的帝服，穿着一身轻飘飘的道袍，三个丹炉中，烈火烹鼎，清风从开着的琉璃窗吹进屋中，拂过赵辅面前那一排长明灯，将他映衬得更像一个面容清癯的道士。

王溱站在一旁并不言语，等赵辅修仙完毕。

然而这一次，赵辅修完仙后没有回后宫，而是亲自拿了蒲扇到三个丹炉旁炼丹。他抬起手，唤来王溱。他指着一个丹炉，问道："子丰可知道这鼎中炼的是何物？"

王溱声音清润："臣不知，望陛下告知。"

赵辅笑道："这是善听给朕炼的九转丹，每日吃下一颗，朕便觉得神清气爽，好像又年轻了十岁。子丰可想试试？"

王溱抬起头，面露惊讶："臣不胜狂喜。"

赵辅定定看了他一眼，摇头道："欸，这种仙丹，每日就一颗，朕可舍不得赐予你。"顿了顿，赵辅道，"朕想起当年初次见你的情景了。那是十二年前了吧，你与那余潮生一起站在紫宸殿中，朕点了他为榜眼，你为状元。如今一想，竟然过去这般久了。朕登基三十一年，见过十位状元，可朕只赐予你'状元无双'四字，你可知为何？"

王溱的手指动了动，他镇定道："臣不知。"

"因为啊，朕觉着瞧着你们这些风华正茂的人，仿佛连朕自己都变得年轻了啊！"

次日，赵辅召见唐慎，他没在登仙台中见唐慎，而是把唐慎叫去了垂拱殿。

唐慎换上簇新的官袍，跟着小太监一起进殿，他始终低着头，思索王溱昨天晚上对他说的话。这时，只听一道慈祥的笑声响起："景则去了一趟幽州，怎的变得拘谨起来，抬起头见朕吧。"

"是。"唐慎抬起头，在视线触及赵辅的一瞬间，他猛地怔住，但他反应极快，根本没人发现他的错愕，他就恢复了正常神色。

只见明亮辉煌的垂拱殿中，赵辅端坐在御座上，他依旧噙着令人难以捉摸的笑容，可他老了！仿佛一夜沧桑，他两鬓多了许许多多的白发。按说以赵辅的年龄，他就算满头白发也不是稀罕事，可让唐慎最震惊的，是赵辅双眼中骤然没有了生机。

以前，赵辅总是生机勃勃，他仿佛觉得自己还年轻，从没觉得自己老了。所以他修建三条官道，他开设银引司，他觉得他还能做很多事。可忽然之间，他好像真正拥有了符合这个年龄的苍老。

唐慎心想，王溱昨日深夜造访，特意告诉他，赵辅更好相处，也更难相处了。他当时没明白王溱的意思，面对这种伴君如伴虎、生死攸关的大事，王溱自然不会再和他打哑谜。但唐慎问了后，王溱默了默，只道："小师弟若是见了，便知晓了。"

第四十七章

分权

真正见了赵辅一面后，唐慎才知道这种感觉真的无法言语。

到底是什么改变了赵辅?

唐慎冥思苦想，只能猜到是太后的死。太后驾崩，皇帝大受打击，所以才变得略显消沉。

看着这样的赵辅，唐慎心中五味杂陈，说不出是什么感受。

赵辅:“景则去了幽州一趟，可曾见到什么有趣的事？”

唐慎思索片刻，道:“臣是江南人，头次去西北，见识到了大漠风光。幽州与我大梁旁的地方都是不同的，风景壮丽，阔然明朗。这般好的地方，臣流连忘返，只是差事已经办妥当了，所以只得回来。”

“大漠风光朕倒是多年未曾见了过，景则快与朕说说。”

唐慎恭恭敬敬地将自己去一趟幽州沿途看到的壮阔风光与赵辅说了起来。

赵辅听得津津有味，他转首对季福道:“你可见过？”

季福苦着脸:“奴婢打小就进了宫，陪伴侍奉官家，这一晃眼五十多年了，还从未离开过盛京。”

赵辅露出吃惊的表情:“你竟没出过盛京城？”

季福乖巧地赔笑点头。

“那朕下次去行宫避暑时带上你。”

季福激动得跪地道："奴婢谢官家赏赐。"

赵辅又回过头来看唐慎，他道："幽州的饭菜，景则还吃的习惯？"

唐慎："虽不如盛京精美，却也别有一番风味。"

赵辅笑道："可曾吃到什么别出心裁的美味？"

唐慎心中一动，他思索半晌，道："确有许多美味是在盛京难以见到的，很多美食都需因地而行，比如只有在西北才能长出的胡瓜，还有西北特色的羊肉。臣曾经有幸见过一头肥美的大羊，肉质鲜嫩，将其放在火上滋滋慢烤，美味至极。"

赵辅定定地看了唐慎一眼，哈哈一笑，对季福道："你瞧瞧咱们唐大人，说出去是个官这有谁信，怕不是个厨林老饕！景则真是年轻啊，你刚刚加冠，去幽州一趟满口都是吃，差事办得可妥当呢？"

唐慎立即作揖行礼："臣不敢辜负陛下期盼。"接着他又说起自己督办的银引司的差事。

说完后，赵辅道："景则果然是朕的股肱之臣。"

这话可是大褒之言，唐慎立刻做出诚惶诚恐又不胜欣喜的模样，说了一番场面话。季福也多看了唐慎两眼，身为赵辅的身边人，他自然猜到了唐慎这次去幽州办的差事，并非督查银引司，只是具体做什么，他身为一个太监，还摸不出来。

以往赵辅宠信唐慎，更多的是把他当作一把好用的刀，没真真切切地把他当作心腹。若是说将唐景则和王子丰、苏斐然等人比起来，那定然是远远不及，可往后就未必了。

季福心道：以后更要与这唐大人打好关系。他们都是为官家办事，所谓君心难测，独木难支。王子丰是个妙人，这唐景则是他师弟，想来也机灵得很，会很好相处。

赵辅又问了几句，便放了唐慎回勤政殿。

等到唐慎走了后，赵辅忽然道："朕初次见他时，他才多大？"

赵辅没来由地突然说了这话，垂拱殿中只有两个当值的小太监，还有一个起居郎和一个起居舍人。这四人哪里知道赵辅在说什么，只有季福知道，皇帝说话时若是没特指对象，往往是要他来回应的。

季福弓着腰，小声笑道："是五年前，那时唐大人好似才十五岁。"

赵辅想了想："是国子监那次？"

"正是那次官家去辟雍宫授课。"

赵辅："你瞧瞧他，好像变了很多。"这次没等季福回答，赵辅就自言自语似的说道，"长高了，也没那般锐利稚嫩了。"倏然，赵辅哈哈大笑起来，惹得季福一头雾水，又不敢接话。笑了半天，赵辅笑得眼角全是皱纹，他终于止住了笑意，对季福道："瞧瞧他，现在多像那王子丰！"

季福一愣，心道：哪里像？

但是他嘴上却连连道："可不是，官家点明后奴婢才发现像极了。"

唐慎回到勤政殿后，先去见了徐毖。徐毖是他的顶头上司，唐慎回来必须先去见他，徐毖见到他后，立刻让他坐下，还让他喝了碗酸梅汤。

徐愍："盛京不比幽州，到了六月，烈日如火，你还习惯？"

唐慎谨慎地回答道："下官已经回来数日，早已习惯了。"

徐愍："你回来前可曾见过宪之，他可还好？"

宪之是余潮生的字。

唐慎："下官与余大人见过一面，余大人精神很好，也习惯了幽州的风土人情。"

徐愍点了点头，唐慎要走时，他开口道："唐大人，既然你刚从幽州回来，便多看看幽州那边来的折子吧，也看得顺手些。"

唐慎恭敬地行了一礼："是。"

"往后怕也没那么多折子能看了。"

唐慎猛地抬头，只见徐愍正捧着一碗酸梅汤，目光温和地看着他。唐慎看不出徐愍背后的神情，他嘴唇动了动，只得告辞离开。

如徐愍所说，六月中旬，唐慎回勤政殿办差，没过三日，垂拱殿就下了一道旨令，任命唐慎为谏议大夫银引司右副御史，官阶四品。

这诏令一下来，众人虽说惊讶，但也都是意料之中。

唐慎今年才二十岁，他十六岁高中探花，四年内官升三级，已经是十分罕见。开平皇帝在位期间，也就一个王子丰的升迁速度比他快，就连苏温允都是二十岁升了四品大理寺少卿，二十四岁才升了三品工部右侍郎。

唐慎在银引司办的差事很得赵辅的心意，所以他得了一个银引司右副御史的差事。谏议大夫是个文官虚衔，但这个虚衔意味着唐慎很有可能会再次升迁。

唐慎太过年轻，所以赵辅没给他一个三品的官职。但这道旨令赐下的同时，一道诏令千里迢迢去了幽州城，赵辅任命吏部右侍郎余潮生兼任银引司左副御史。

这就耐人寻味了。

同为银引司副御史，余潮生还兼任三品侍郎，唐慎则是四品官。

赵辅这一行为在暗示着，唐慎虽说如今还是四品官，但他深得圣眷，几乎是隐形的三品高官。

余潮生是身为吏部右侍郎，兼任银引司左副御史。唐慎不同，唐慎是直接调任谏议大夫银引司右副御史，他不再是中书舍人。如徐愍所说，往后他不会再看那些送给赵辅的折子。唐慎在勤政殿没了一张桌子，但他却真正握住了实权。

到底是升是贬，一切就看赵辅的心意。

唐慎接过圣旨后，心中也是感慨万分：哪怕赵辅不知怎的突然显露颓色，他依旧是开平皇帝，是那个把持朝政三十一年的大梁帝王！

唐慎身为银引司右副御史，他本该远调幽州，但赵辅又给他安了个谏议大夫的虚衔。所以他不日便进了御史台，和其他御史丞、御史大夫共同办差。

唐慎和余潮生的升官并没有引起太多人的关注，或者说，许多人更注意到的是王溱的官权被这两人分割走了一块！

朝堂上，王党风头太盛，自然有敌派党羽。

知道这件事，有人在背后拍手称道，觉得大快人心。有人却十分疑惑，甚至千里迢迢写了一封家书回京，托人把随着家书捎回来的信送到自家老师手上。

徐愍收到余潮生的信，笑着摇摇头。他拿了毛笔，回了一句话，送回幽州。

余潮生接到信后打开一看，只见信上写着一行字：

丰之深得圣心，宪之数倍比之，而不能及也。

余潮生如拨开云雾，恍然大悟。深夜他看着这封信，独自一人坐在桌前凝思许久，最后将这封信烧毁。望着蜷曲发黑的信纸，余潮生仿佛看见了十二年前。那时他才二十五岁，高中榜眼，本该是春风得意时。可那一年，一个比他小了七岁的王子丰夺去了所有注目，他这个榜眼还不如往届的进士能被人记得！

余潮生倒不觉得嫉妒怨恨，这些年来他一直在观察，为何王子丰能如此深得赵辅宠信？

如今他好像终于窥得了一点真相。

琅琊王氏、右相王诠，这些都是外力，常人洞察世事，最多只看一月、二月，看半载一年，可王子丰自四年前便埋下了唐景则这个棋子。

余潮生长叹一声："好一招以退为进！旁人只道你被分了权，可两年前赵靖分你权力，最终却落得个被贬秦州的下场，你势头更盛。那唐景则与你师出同门，你们二人兄弟情深，如今难道又要拿我开刀，拿先生开刀？"

余潮生远在幽州，对盛京的事鞭长莫及，只能管中窥豹，可见一斑。

王溱近日得了一只黄鹂鸟，他甚是喜欢，放在书房外日日逗弄。唐慎来见他时，王溱正在逗鸟。他掌心搁着一捧鸟食，轻轻地用指尖喂给小鸟。唐慎在旁边看了会儿，王溱问道："小师弟可想试试？"

唐慎："好啊。"

王溱将鸟食匀了一半，倒在唐慎掌心。

"师兄怎么突然想起来逗鸟？"

"真正想逗之物总是远在天边，只得逗逗这鸟了。"

唐慎一愣：说啥呢？

"师兄说的该不会是我吧？"

王溱面露惊讶："为何如此说？"他将剩下的鸟食倒进食槽里，拍了拍手，语气诚恳："如何让小师弟误会了？"

唐慎看着王溱真切的神情，只能承认是自己想多了。

本来也是，他是个大活人，这是只黄鹂鸟，哪能一样？再说了，王子丰想逗他就能逗了？只怕会被他反过头揶揄！

王溱看着唐慎，悠然笑了。他没有回答唐慎的问题，而是心满意足道："今日逗得我满心愉悦，十分欢喜。"

唐慎一脸茫然。

王溱："来得正巧，早晨金陵府送来一批上好的银鱼，让厨房做了。今日这一桌算是我宴请小师弟的，答谢小师弟的提携之恩。”

唐慎惊讶道：“提携之恩，师兄的意思是？”

“你为何要来？”

唐慎颇有些不好意思：“我升了官，却分了师兄的权。”

“巧了，我说的也正是此事。上月我去登仙台，圣上说了几句话，倒是解了我这些年来的一些困惑。”

“什么困惑？”

“古今帝王，无不为立储一事煞费苦心，操劳颇多，我们的圣上却从未管过此事。”

唐慎一惊，他没想到王溱要说的竟然是这件事。他思考片刻，道：“圣上的皇子并不多，只有三位，师兄是觉得圣上早已心有所属？”

王溱食指抵唇，微微一笑：“嘘，天机不可泄露也。”

唐慎皱起眉头：“师兄是知道些什么吗？”

以两人如今的关系，王溱有事也不会瞒着唐慎，碰到些问题，唐慎也会直接问出口，不会再像从前那般小心警惕，屡次试探。唐慎想了想，道：“皇上共有三位皇子，分别是二皇子、四皇子和五皇子。去年辽国使臣来京，二皇子赵尚奉命接待辽使，我曾有幸与他见过几面。”

王溱：“哦，小师弟还认识二皇子？”

唐慎：“算不上认识，只是有过几面之缘。”顿了顿，他道，“接待辽使时，二皇子事事亲力亲为，辽使气焰嚣张，屡番针对我等，二皇子也没有动怒，与孟尚书一起化险为夷。”

大梁的皇子从来不参与朝政，所以官员没有直接与皇子接触的机会。从官四年，唐慎只见过一位皇子，就是赵尚。他对这位皇子的印象算不上多好，但对方办事脚踏实地，不骄不躁，却也没多么机敏，只能说无功也无过。

事实上，赵辅的三位皇子都是平庸之辈。如果他们真有什么本事，哪怕被赵辅刻意忽视，也不可能像现在这样在朝堂上毫无名声。

唐慎：“师兄莫非知道什么？”

王溱：“我并非知晓什么，立储一事自古以来便是帝王家大忌，小师弟觉得圣上会将此事与我说？”

唐慎也觉得王子丰再受宠信，也不至于到这份上。“那师兄对此事如何看待？”

王溱悠然道：“小师弟如何看待？”

王溱总是这样，将皮球踢回给唐慎，拐个弯问他意见。唐慎用食指搓弄细碎的鸟食，他也学着王溱的模样，将这些鸟食全部倒进食槽里。他拍拍手，不管不顾地道：“师兄若是有什么话，直说便是。在我看来，我与师兄从来都是皇党，这天下如今还是圣上的天下，无论储君是谁，都与我等无关。”

王溱挑起一眉：“未承想小师弟还有这般阔然的见地，可是肺腑之言？”

唐慎：“自然是肺腑之言。”

王溱忽然笑了，他意味深长地道：“原来小师弟是忠诚的皇党啊……”

唐慎心中一紧，他不知道王溱这话是什么意思，难道觉得他不是皇党？虽说唐慎进京做官是为了查明三十一年前宫廷政变的真相，还死去的诸位大儒一个清白名声，但他也确实是个皇党，深得赵辅信任。

唐慎抬起头，看向王溱那双清澈的眼："师兄……"

王溱："想起昨日得了一幅米芾的画，小师弟可要看看？"

"啊？"

王溱直接拉起唐慎带他进入书房。等两人进了屋子后，唐慎抬起头看向王溱。

"小师弟不喜欢米芾的画？"

"没有，画在哪里，让我看看。"

王溱低沉地笑了声，两人品赏起画来。

等用过晚饭，王溱送唐慎离府，漆黑夜色中，王子丰打着一盏明亮的灯笼送唐慎出门。临走时，唐慎问道："师兄今日所言……可是因为察觉到了什么？"

灯笼照亮了王溱的下巴，黑夜中，只听风声呼呼而过，王溱清雅舒缓的声音响起："小师弟，我并非神仙。"

"啊？"

"一切只是猜测罢了，我想，小师弟只要坚守本心，万事都不算难事。"

唐慎一脸茫然地离开了尚书府。

回到家中，他左思右想，得出结论："王子丰或许真的没得到确切消息，只是他猜测赵辅对立储一事或许会有动作，他让我坚守本心，我的本心是什么？"忽然，唐慎哑口无言，他苦笑着叹了口气，"我的本心？我的本心是皇党，我的本心是只忠诚于赵辅一人！这话还是我下午亲口对王子丰说的！"

唐慎在书房里想了很久，他揣摩出了王溱的意思，同时他根据自己这些日子来和赵辅的接触，也有了一些自己的看法。

时至八月，临近太后的冥寿。

太后刚刚驾崩，赵辅思念心切，这一次太后的寿诞他不想草草度过，而是想大张旗鼓地为太后办一次盛大的冥寿。往常这种事是该由礼部尚书孟阆主持，今年赵辅却没交给孟阆。八月初，他召了自己的三个皇子进宫。

三位皇子时常进宫，可很少这样同时进宫，还是去垂拱殿。

三人皆心有困惑。等到进殿后，赵辅对三人道："再过半月便是你们皇祖母的冥寿了，你们皇祖母在世时，对你们也是疼爱有加，还记得去岁家宴上太后曾亲自做了一碗汤……"说到这儿，赵辅的声音渐渐沙哑起来，他闭上眼睛，缓了一会儿，才继续道，"今岁太后的冥寿，朕将这差事交给你们，你们可办得好？"

三位皇子皆是一惊，他们哪里敢懈怠："儿臣定不会让父皇失望。"

赵辅挥挥手："下去吧。"

三位皇子心中各有打算，他们一起离开垂拱殿。等他们都走了后，赵辅望着桌面上的茶盏，良久，他轻声道："从朕小时起，每逢家宴，太后都会洗手做羹汤。朕小时候，太后的妃位低，她每次都得做许多汤，等后来，太后只需给几人做羹汤。朕喜欢吃，赵敖也喜欢。先帝就是喜欢太后的贤惠，太后在此事上总是做得面面俱到，与人为善。”

这话一落地，谁敢去接，连负责记录起居的两个起居官都低着头，大气不敢出一声。

赵辅目光痴然，他道：“先皇后出身尊贵，雍容大度，非凡人可及。太后若没了贤惠的名声，只怕先帝也不会上心吧。”哑然了许久，赵辅喃喃道，“原来朕与赵敖都像极了太后，赵磨就像皇后，他像皇后啊……”

下一刻，赵辅猛地将桌上的茶盏挥到地上，发出激烈的碎裂声。

季福吓得身体一跳，他赶忙上去：“官家可伤着手了，奴婢这就去召太医。来人啊，这是谁倒的茶，怎的如此烫？官家竟然烫得都拿不稳了！”接着，季福抬头看向一个小太监，那是他认的干儿子谢宝。

谢宝对上季福的眼神，他心惊肉跳，随即明白了干爹的意思，他立刻跪地，哭喊道：“是奴婢倒的茶，奴婢知错了，求陛下责罚。”

赵辅并没有被烫着，他抬起头看了眼跪倒在地的谢宝，随意地道：“打上五板子吧。”

谢宝心里叫苦，他被侍卫拉出去狠狠地打了五板子。

等到了晚上，季福去太医院拿了上好的金疮药去看自己这个干儿子。谢宝趴在床上，不能动弹，季福按住了想要行礼的他，笑道：“你可怨干爹？干爹这都是为了你好。陛下的失态岂是寻常人可以见得的？你今日替陛下掩盖，受了这五板子，往后可有你大大的好处。”

谢宝屁股疼得发烫，明明怨气冲天，还得赔笑道：“儿子知道，干爹都是为了我好。”

季福把药放在床边，他叮嘱道：“莫要揣摩圣意。咱们陛下是千古一见的明君，你那点小心思躲得过干爹的眼可躲不过陛下的眼。今日你在垂拱殿中可听到了什么？”

谢宝眼珠一转：“没有，儿子什么都没听着。”

季福笑了。

皇帝要大肆操办太后冥寿的事很快传遍朝堂。没过一天，赵辅将差事交给三位皇子去办的消息也广为人知了。

百官纷纷震惊，有嗅觉敏锐的人疑惑道：“莫非这是圣上给的暗示，三位皇子要开始参与朝政了？”

唐慎如今离开了勤政殿，消息传到他耳中，他不禁想起王溱与他说过的那些话。

唐慎不由失笑：“你说你不是神仙？这不是神仙，还能是什么！”

太后冥寿在即，三位皇子忙碌起来。

八月中旬，唐慎回到探花府。姚三向他汇报，说有一个客人早早在府里候着，已经等了唐慎一个下午了。

“我的客人？”唐慎颇为惊讶，让姚三把人带过来。

这是个身穿短襟的中年男人。他见着唐慎后先是一惊，似乎没想到这几年来在朝中颇有名声的唐景则竟然这般俊俏，他知道唐慎年轻，可年轻是一回事，俊俏又是另一回事。这中年男人犹豫片刻，作了一揖，行礼道：“下官金陵府飞骑尉崔晓，见过唐大人。”

唐慎：“金陵府飞骑尉？原来是崔大人。不知崔大人千里迢迢来盛京特意寻我，可是有事？”

唐慎去过金陵府很多次，但从没见过这个飞骑尉。

崔晓目露难色，挣扎半晌，他咬牙道：“六年前，下官与当时的姑苏府尹梁大人有过几面之缘，帮梁大人做过一些事，当时听说了大人是梁大人的学生。”

唐慎睁大双眼，震惊不已。

崔晓接着苦笑道：“实不相瞒，下官出了点私事，实在藏不住了，只能求到大人这里来，望大人看在故人的面上救小人一命。小人日后当牛做马，一定会报答大人。”

寂静深夜中，崔晓惴惴不安地低着头，小声地说完话。他等了许久也没等到唐慎的反应，他小心翼翼地抬起头，只见烛光下，唐景则面如冠玉，目光凌厉，一眼便看穿他的心思。崔晓心里咯噔一声，眼前的人明明比他小了许多岁，他却被压得喘不过气来。

唐慎冷笑一声：“崔大人今夜前来是要本官为你徇私枉法了？”

崔晓立即道：“小的不敢。”

唐慎双目一睁，厉声道：“好一个不敢！既然不敢，那你今日来此是为了何事？如你所说，本官确实与那梁博文梁大儒有过几面之缘，受过他一些指点，那又如何？梁大人早已逝世多年，他的事和本官有何干系。你可知本官如今是什么官职？”

崔晓这些天被“私事”折腾得筋疲力尽，他千里迢迢地从金陵府赶到盛京，又位卑言轻，哪里知道如今的官场变化。他惊疑不定地看着唐慎，只听唐慎冷喝道：“本官如今是谏议大夫，在御史台办差！”

崔晓顿时如遭雷劈，整个人怔在原地。

御史台，监管百官，如一把利剑悬在群臣头顶。

崔晓如今因为犯了事来求唐慎，恰恰是自投罗网，崔晓高声道：“唐大人，下官与梁大人有旧识，下官为梁大人办过差事，您不能如此。”

唐慎冷冷盯了他一眼，崔晓浑身一寒，下意识地噤了声。唐慎直接叫来姚三，要将这崔晓扭送去大理寺。崔晓毕竟是飞骑尉，眼见唐慎竟然要把他抓起来，他竭力反抗。然而这些日子来他寝食难安，身体乏累，毫无力气。姚三又健壮强悍，两人扭打了一阵，他就被姚三赤手擒住了。

崔晓双眼赤红：“唐大人，您不能过河拆桥。”

唐慎对姚三道：“将他送去大理寺。”顿了顿，唐慎道，“我与你一起去。”

深夜，唐慎亲自将人送到了大理寺。

大理寺当值的官员听闻此事，立刻来见唐慎。唐慎把人关入牢中，对那当差的官员严厉道：“此人乃御史台要管办的犯官，从今日起对其严加看守，若不是本官亲自来召见，莫要让他人去见他。兹事体大，尔可能办好？”

大理寺官员一听，赶忙道：“下官听令。”

唐慎回首看了满脸惊惶的崔晓一眼，转身离去。

回到家中后，唐慎便对姚三道：“你拿我的官令，明日一早就去金陵府，我要你为我查一件事。”

今夜一下子发生太多事，姚三一时惊住，心中困惑，他问道：“小东家要我办什么事？”

唐慎：“大理寺牢中那官员叫崔晓，是金陵府飞骑，你去金陵府查查他到底犯了什么事，速速查明，回来禀报于我。”

“是。”姚三扭头就要走。

“回来。”

姚三回过头看唐慎。

唐慎思忖片刻：“金陵府的官员中并没有我的熟人，你仅仅拿着我的官令去，遇上一些事可能也不方便，若碰上了意外，你便去琅琊王氏，请王氏人相助。但切记，不到逼不得已时绝不可以去。”

姚三：“我知晓了，请小东家放心。”

将姚三派去金陵，将崔晓关入大牢，至此唐慎才算放了心。

这崔晓来得太巧，梁诵去世五年，从未有人在唐慎面前提起过他，可突然冒出一个崔晓，这让唐慎不得不防。他不知道这崔晓是否真的是金陵府飞骑尉，他更不知晓这人到底知道多少他与梁诵的事。

梁诵曾经是唐慎的先生，这事并不是秘密，赵辅也心知肚明，只是从未说过。

唐慎早已拜入傅渭门下，与王溱成了同门师兄弟，和梁诵撇清了干系。三十一年前梁诵曾经是松清党，赵辅不喜松清党人，这都是事实，可赵辅也没有对松清党赶尽杀绝。无论是梁诵还是曾经的杨大学士，他们都好好地当着官，一直活到五年前。

赵辅要一个好名声，所以他只抓了松清党首钟泰生。哪怕针对其他松清党人，他都做得小心谨慎，滴水不漏，比如把梁诵“流放”到姑苏府，让他远离权势中心，在小小的姑苏府安享晚年。

唐慎主动和梁诵撇清干系，且拜师梁诵时也年岁尚轻，赵辅自然不会拿这件事降罪于他。

但猛的冒出一个崔晓还是让唐慎惊出一身冷汗。

不日，姚三动身去了金陵府。

唐慎去王溱家拜访，他特意拿了一盒月饼过去。临近中秋，他借着给王溱送月饼的名义，赖在尚书府一整日，陪着王溱逗鸟赏花，王溱写字，他便研墨，王溱抚琴，他便聆听。

弹完一曲，王溱双手按住震颤的琴弦，侧首瞧向唐慎，他轻声细语道：“小师弟今日怎么有雅兴，听我抚琴？”

唐慎：“我向来喜欢师兄的琴声，师兄可别冤枉我。这首曲子师兄弹得高雅绵长，我听得如痴如醉。”

王溱轻轻地“哦”了一声，问道：“那可真是高山流水遇知音，我遇上小师弟，乃三生有幸，既然如此，你可知我方才弹奏的是什么曲子？”

唐慎一惊，但他随即想起两个时辰前王溱翻阅琴谱时，曾经在一首古曲上停留许久。他道：“苹叶软，杏花明，画船轻。双浴鸳鸯出绿汀，棹歌声。春水无风无浪，春天半雨半晴。红粉相随南浦晚，几含情……师兄弹奏的是《鹤冲霄》，我说的可对？”

只要瞧见一眼，唐慎就会记住内容。此刻他说得信心十足，仿佛真的听懂了似的。

王溱意味深长地瞧着他：“对，你真懂这首曲子？”

唐慎：“我都将它的曲词说出来了，师兄还觉得我不知晓？”

王溱笑了：“好，那你便知晓。”

晚上用饭时，唐慎聊起姑苏府的事：“如今想来，离我我上次回姑苏府已经有两个年头，真有些想家了。师兄可想念琅琊王氏，想念金陵府？师兄离家也远，许久不回，只怕回去也会觉得物是人非，处处不同吧。”

王溱拿着筷子的手顿了顿，他抬目打量唐慎，似乎想从他脸上看出朵花儿来。可他毕竟不是神仙，看了会儿，他便笑道：“今年过年我是回了金陵府的，待到明年，我与小师弟一起回江南过年如何？”

唐慎笑道：“自然是好，几年前我去过琅琊王氏一次，其博大深远令我至今难忘。”

吃过晚饭，唐慎告辞离开，两人约好中秋时到尚书府一起赏月。

离开尚书府后，唐慎神色一变，他断定：“王子丰不知道崔晓的事！”

金陵府是琅琊王氏的本家，算得上是王溱的地盘。如果这崔晓真的心怀不轨，绝对瞒不过琅琊王氏的眼睛，王氏也会将此事告诉给王溱。可现在王溱一概不知，这就说明那崔晓十有八九真是出了什么事来求唐慎，并没有他心。

唐慎心里已经有了判断，但他还是将崔晓关在牢中，等着姚三回来。

八月十二，姚三还远在金陵府没回来，就先到了太后的冥寿。

在太后的冥寿前，赵辅给了三位皇子十日的时间，让他们准备寿宴。

三位皇子头次被赵辅赐予这么大的差事，又是同时给三个人的，三人都意识到其中不简单，各个使出浑身解数，想将差事办好。太后寿宴不是什么难事，三人分工明确，都办得妥妥当当，十分漂亮。但这其中有个插曲，王溱在某日逗鸟时，曾经打趣似的说给唐慎听。

说是三位皇子刚接了差事的第二天，二皇子赵尚便去了勤政殿找礼部尚书孟阆。

孟阆见到贵客也是一惊。

赵尚表明来意：“去岁皇奶奶的寿宴是交由孟大人办的，如今我接了这个差事，却年轻稚嫩，不懂其中深意，怕触犯一些禁忌。赵尚学艺不精，对周礼常常不求甚解，只通一二，所以特来求见孟大人，望孟大人为我指点迷津。”

孟阆松了口气：“原来是此事，下官身为礼部尚书，自然当为殿下办事。”

赵尚早就将事情办妥，不需孟阆担心，孟阆也根本指点不出什么差错，但他仍旧来做了这个门面功夫，等于借此与孟阆拉近关系。去岁他本就因为辽国使团的事和孟阆有过一段时间的共事，如今三个皇子一起接差事，就赵尚来拜访孟阆，两人关系更加亲密。

王溱将鸟食撒给那只黄鹂，他的声音清润动听："小师弟如今觉得，二皇子此人如何？"

唐慎也听得瞠目结舌："看来是我小瞧那位二殿下了。"

王溱："是人，皆有私心，因私心而动，便是有所图谋。孟阆不例外，赵尚更不例外。"

"师兄也有私心吗？"

王溱顿了顿，悠然笑道："自然有。"

唐慎好奇起来："师兄的私心是什么？"

"自古有言，三十而立。明岁，我就三十岁了。"

唐慎更加疑惑。

王溱微微一笑，不再多言。

待到八月十二，太后冥寿当日，赵辅换上一身礼袍，带群臣来到定国寺为太后祈福祭天。

唐慎身为谏议大夫，他身处百官前列，诸多四品以下的官员都在他的身后，乌压压地跪了一片。祭天时，连赵辅也要跪，赵辅身着厚重繁复的礼服一步一步走到天坛前。他抬首望着太后的灵位，顿时热泪盈眶，双膝跪下，为太后祈福。

天子跪，而百官叩首。

群臣立即叩首向地，不敢抬头。

只见数百人塞满了硕大的定国寺，可却针落有声，寂静不已。

这时唐慎听到一道诵经声轻轻响起，仿若来自西方极乐的禅音。此声响起，便听百鸟俱寂，群虫不鸣。此人一声声拨弄着檀木佛珠，一字字为太后祈福诵经。待他念完一整篇《地藏菩萨本愿经》，天子从蒲团上起身，百官也终于抬头。

唐慎定睛一瞧，终于看见了这人。

只见天坛上，钦天监监正跪在皇帝左侧，而皇帝的右侧则站着个和尚，他长了一张圆脸，慈眉善目，随意的一眼便叫人觉得通心温顺，万界空灵。

唐慎看了好一会儿，心中蓦然闪过了一个名字。

这就是善听和尚。

第四十八章

云涌

在定国寺中为太后祈福后，百官随着皇帝回到皇宫，参与寿宴。

众人离开定国寺时，一个身穿道袍的身影身形鬼祟，急匆匆地来到二品官员的马车附近。李肖仁等了半天，终于等到王溱他双目一亮，赶忙走过去，喊道："王大人。"

王溱转过身，见到是李肖仁，清雅的脸庞上露出一个温和的笑容，他轻声道："原来是李大人。"

李肖仁独自一人找上王溱，显然有事要说。

王溱适会其意，道："时间尚早，方才来定国寺的路上，我曾见山脚下有一个歇脚的茶馆。"

李肖仁立即明白了他的意思："王大人若有意，我们二人去那茶馆歇歇？"

王溱一笑："善。"

两人一起来到茶馆。

这茶馆开在定国寺下，沾染了定国寺旺盛的香火，虽说身处山坳之中，茶客却不少，都是上山焚香礼佛前来这里歇歇脚的。二人进了茶馆后，特意找了个雅间。

一进屋子，李肖仁便丧气道："王大人今日见到那善听了？"

王溱："我先前就在登仙台见过善听大师。李大人，是有事要说？"

李肖仁忽然开始怀疑王溱对善听的态度，他举棋不定，难以开口，可如今他是真的走投无路了，只犹豫片刻，便对王溱道："实不相瞒，王大人，自那善听进宫后，深得陛下宠信，每日他都会为陛下炼制丹药，诵念经文。寻常的事我便不说了，免得王大人误会，我李肖仁并非那等一心排除异己的奸臣。”这话说完，李肖仁自己都顿了下，说不出来的心虚，他清清嗓子，继续道，“我只是觉得有些不对。”

王溱悠然道：“李大人陪伴陛下二十余载，您的拳拳忠心，朝堂皆知。”

李肖仁明知王溱这是在打官腔，但他还是听得顺耳，他彻底放下了心，知道王溱还是站在自己这边的。想来也是，他与王溱相识多年，那善听是今岁才进京的。王溱就算想撇开他去结识善听，也得花上一番工夫，得不偿失。

李肖仁：“自十几年前陛下偶感重疾，昏迷数十日不醒后，便踏上了寻道成仙之路。往日圣上每日都会去登仙台修仙，吐纳天地灵气，可通常只有一个时辰。陛下谨慎自制，即便修仙，也勤政不倦，然那善听来了后，陛下处理政务的时间便少了，每日要在登仙台待上三个时辰！”

王溱露出惊讶的神情。

看着他的表情，李肖仁十分满意，他继续道：“我也劝说过陛下，莫要因为修仙而伤了龙体。天地灵气自百汇而入，途神庭，贯晴明，以三阴交会，于涌泉而出时，便得一个呼吸吐纳的大自在之境，太过强求，反倒会过犹不及，圣上更应当注意龙体。但圣上并未听我的，反而当即就叫了善听和尚来讲诵经文。”

“李大人的意思是……”

李肖仁目露忧愁，语气担忧地道：“下官是担心，每日陛下花费那般多的心血在炼丹修仙上，若是误了龙体，这可如何是好？”

二人自茶馆道别，分头回京。

和王溱分开后，李肖仁立刻变了脸色，露出本来面目。

“也不知这王子丰能不能出谋划策，将那该死的善听除去！”

李肖仁的徒弟早已在茶馆外等候多时了，见他出来，小道童赶忙跑上去给师父打伞扇扇，李肖仁抱怨的话自然也传到了他的耳中，小道童眼珠子一转，道：“师父，这王子丰真能替咱们解决了那个秃驴吗？”

李肖仁：“我怎的知道！”

小道童呆住：“啊？”

“唉，我也只是死马当活马医了。如今为师三天都见不到陛下一面，反而那善听每日都被留在登仙台中，给陛下传诵经文。我方才对王子丰说的可都是肺腑之言，再这般下去，圣上的龙体必然会有所影响。唉，王子丰其人，时至今日我都未曾看得透他，只希望这一次他能拉我们一把。若是得了他的恩惠，我自然会记在心上，日后报答。”

赵辅寻道修仙，寻了二十余载、修了二十余载，如今他突然去吃斋念佛了，朝中大臣虽觉得十分荒唐，但皇帝要做的事，他人岂敢置喙！御史台仿佛不知道善听这个人似的，没有一个御史弹劾其人。

开平三十一年，朝堂上掀起一阵轩然大波。这惊涛骇浪并非因为赵辅突然改寻道为信佛，而是三位皇子入了朝堂，开始办差了。

赵辅今年六十有七，他的皇子倒是年岁不大，年纪最大的二皇子赵尚也不过三十有二。三个皇子早已不是垂髫小儿，赵辅忽视了他们这些年，现在突然让他们入朝办差，这似乎是一个敏感的信号。

盛京，右相府。

盛京城中有句顺口溜，常常在街头巷尾为儿童传唱，唱的是大梁的两位丞相。只道“柴米油盐左相府，仙境人间寻右相”，说的就是左相纪翁集为官廉洁，两袖清风，家中没有二两物件。而右相王诠就不同了。王相公自然也不是个贪官污吏，可架不住人王相公出身世家名门，家境优渥。右相府极尽江南园林之柔美，平常看看自然无碍，但与落魄荒凉的左相府一比就成了人间仙境。

此时此刻，右相王诠站在书斋的窗前，远远望着园中的满池荷花。

这书斋叫“八求斋”，一块匾额高悬于门外，写着龙飞凤舞的“八求斋”三字，这字可不平凡，是皇帝赵辅的手笔。所谓八求斋，取自前朝藏书家的“求书八法”，是读书人高雅宁静的情趣。

王诠的八求斋中放了六排书架，一进屋便能嗅到淡淡墨香。

遥望着池塘莲花，右相微微皱起眉，长叹一声：“若是风雨将至，这一池荷花该如何藏身才能躲过那风吹雨打满目残的结局！”

“二叔因何感慨？”

王诠回身道：“你可莫要说你看不出这朝堂之上即将掀起的云涌之势！”

王溱站在书架之间，闻言笑了：“如今只见风平浪静，二叔为何又要未雨绸缪。”

王诠：“子丰是得了什么消息？”

“未曾。”

“那如何这般从容？”

王诠执掌朝堂多年，与纪翁集也较量了多年，可如今面对纪翁集，他敢说上一句知根知底，偏偏面对自己这个侄儿，会时有不解。不知何时，王溱已经比他更贴近那位帝王的心。所谓君心难测，君心莫测！比起他与纪翁集，赵辅更信任王溱、苏温允这些年轻官员。

王溱：“因为子丰向来只信任一样事。”

王诠来了兴致：“哦，何事？”

王溱伸出手，手指向天，他微笑道：“我信，那位。”

王诠双目一缩，良久，他道：“先前有个李肖仁便罢了，现在又多了个善听。太后崩了后，圣上的改变你也瞧着了。”声音忽然顿住，王诠神色惊愕，接着他蓦然一笑，无奈地摇首：“到底是天子近臣，如今在揣摩圣意上，我已不如你。”

王溱：“侄儿只是猜测罢了。”

王诠摇摇手，朗声笑道：“不说那等事了。家中已经为你备好了饭菜，都是你喜爱吃的苏帮菜。”

当王溱在右相府吃着山珍海味时，唐慎正独自在家中，刚刚才吃了一口饭，姚三便突然回来了。他立即放下筷子和姚三去了书房，饿着肚子听姚三汇报。

“小东家，我都打听好了，那崔晓确实是金陵府飞骑尉。”

唐慎："你确定，确实是此人？"

姚三："极其确定。为此，我特意花费银两请了一位金陵府衙的官差去酒楼喝酒。我告诉他，我曾有位远房亲戚也在府衙当差，是金陵府的飞骑尉。他要我仔细描述那人的相貌，我按着崔晓的说了，那官差直接便道，这不是崔大人嘛！"

这些年来姚三跟在唐慎身后走南闯北，办事也越加妥当，让唐慎非常放心。

唐慎点点头："你可查到他犯了什么事？"

姚三苦笑道："既然那崔晓能千里迢迢地来盛京求见小东家，自然他犯的事还没有闹到满城风雨的地步，我也查不到。不过我打听到崔晓是个贪官，一等一的贪官，只要给他钱，他什么都可以做，从不含糊。所以若是他犯了事，或许和钱财有关？"

这么一说，唐慎恍然大悟。他已经猜出崔晓是为了什么事来找他，也猜到五年前崔晓是怎么和梁诵认识的了。

五年前，梁诵突然得了消息，说在天牢中关了二十多年的钟泰生患了重病，恐怕不久于人世，若是不赶紧救治，只怕很快会送了性命。梁诵远在姑苏，哪里能知晓盛京的事，他只能数次前往金陵，想探听消息，找法子救钟泰生一命。

梁诵是天下四儒之一，但这事他不能大张旗鼓地做，必须悄悄地做，所以他没有去找自己往日里认识的那些高官权臣，反而私下打探消息。如此，他花了钱买通崔晓，想从崔晓那儿得知什么内幕，也并非不可能。

唐慎当年压根儿没参与过这件事。他唯一一次插手，就是梁诵的侄儿徐慧找上门，请他帮忙调查一个回姑苏府探亲的道士。

这事只有徐慧一人知道，打探消息的唐氏物流伙计也早早被唐慎送出了姑苏，如今不知身在何方。

也不知道这崔晓从哪儿听说的唐慎和梁诵的关系，但他并无真凭实据，只凭他随口一说，绝对无法撼动唐慎如今的地位。

唐慎放了心，他笑道："既然和贪墨有关，那还能有什么事，无非就是被人告了一笔，告到了盛京，那崔晓压不住了！"他想了想，"这事容易，但我为何要替那崔晓做事？"

唐慎淡然道："便让他待在大理寺吧！"

八月十五，工部右侍郎苏温允回京述职。

唐慎早已不在勤政殿当差，但因为金陵飞骑尉崔晓的事，他特意去了一趟大理寺。崔晓只是个六品小官，弹劾他的折子前几日就从金陵府送了上来。原本这种小事需要审上三月之久，那崔晓也需要在牢中关押三个月，但唐慎特意嘱咐了，大理寺的官员便将此案提了上来，当即审了。

离开大理寺时，唐慎碰上了苏温允。

苏温允瞧见唐慎颇为惊讶，他抬起头看了看大理寺府衙的门匾，道："还以为是本官走错了地儿，来到御史台了。未曾恭喜唐大人擢升谏议大夫。多日不见，唐大人似乎容光焕发，怡然自得。"

苏温允的话中全是浓浓的讽刺意味，唐慎完全不知道自己哪儿又得罪这个瘟神了。

他老老实实地作揖行礼，道："下官见过工部右侍郎大人。"

苏温允："塞外风沙吹面，回了盛京，本官便觉得神清气爽，唐大人可有此感受？"

唐慎抬头看他，良久，他道："下官也感同身受。不知下官走了后，幽州城外那搅乱时局的匪徒如今如何了？"

苏温允挑挑眉："万事顺遂。"

"下官先行告退。"说完，唐慎拂袖便走。

这是两人回京后第一次见面。

等唐慎走了后，苏温允先处理好事务，过了几日才想起唐慎来。他唤来大理寺的官员，询问道："前几日唐景则来大理寺是作甚的？"

官员自然言无不尽，将崔晓的事抖搂出来。

苏温允一愣，他思索片刻，忽然笑了："金陵府飞骑尉？将人带来给本官瞧瞧。"

官员抹了把额头上的汗："那犯官崔晓已经被押去刑部大牢了。"

苏温允皱起眉头，他走了几步，蓦然又停下脚步。他望着窗外湛蓝的天，又想起两年前在刺州衙门，唐慎与他针锋相对的模样。他冷笑一声，抬步去了刑部大牢。他叫来刑部官员，要将崔晓提来候审，谁料刑部官员却道："那崔晓前几日在牢中撞墙身亡了。"

苏温允大惊。

他已然猜到金陵府来的这个崔晓或许和唐慎有关，可能和五年前死了的梁诵有关，甚至他知道梁诵当年曾经走过多番地方想要营救钟泰生的事。这事并不是什么秘密，苏温允身为皇帝最顺手的一把刀子，若是他真想把唐慎怎么着，两年前皇帝问他时他直接多说上一嘴，皇帝就会把唐慎记在心上。

或许不至于发落唐慎，但也不可能像如今这般信任他。

当年苏温允是将这事当作人情还给了唐慎。毕竟在刺州时，他将唐慎作为诱饵，险些害了唐慎的命。可如今这崔晓居然死在牢中，苏温允琢磨道："唐景则居然如此心狠手辣？"

随即他便恍然大悟，嗤笑道："那唐景则的手还不至于伸到刑部，他才当了几年官。王子丰啊王子丰，你可真是个好师兄！"

当然，这是后话了。

此时此刻，唐慎还不知道崔晓过几日就要死在刑部大牢的事。

中秋当夜，唐慎提着一笼月饼去见王溱，他与王溱约好了中秋在尚书府赏月。

八月入望，秋风闲凉舒适，王溱在院中摆了一张小桌，只闻满院花香，再配上如水月色，当真令人心旷神怡。唐慎与王溱在院中赏月，唐慎吃着月饼，喝着果酒，他品了一口酒后，惊讶地道："这酒甘洌清香，醇而不厚，难得有这样的好酒，师兄家中可还有？"

王溱举着酒杯，抬眸道："有。小师弟喜欢，走时拿两坛走吧。"

唐慎喜不自胜："好。"

唐慎本不是个喜欢喝酒的人，但如今他不得不喝酒。可这酒实在不是很好喝，要么烈度不够，要么太过粗陋，好东西都在王子丰这儿。难得喝到这么好喝的酒，唐慎也乐得多喝一些。

唐慎并不知道，这果酒闻起来清香，却后劲十足。

两人一边赏月，一边吟诗品酒。喝了两壶酒后，唐慎顿觉两眼发晕，他迷迷糊糊地看着王溱，道："我醉了，看见两个师兄了。"

王溱也没想到唐慎居然会醉，他讶异了一会儿，还没反应过来，只听唐慎突然用郑重的语气道："王子丰！"

王溱心头一震，接着哭笑不得地道："你甚少叫我的字，总是叫我师兄，没想着喝醉后你反而敢这么喊了。"

唐慎又连着喊了好几句。

"王子丰……

"王子丰！

"王子丰！"

王溱端着酒也不喝，就这么眯着眼睛看着唐慎。

"王子丰。"

"嗯？"

"你说说话。"

"想听什么？"

唐慎想了半天，道："你唱首歌吧。"

王溱怔住。唱歌？

他无奈道："我倒是不知道，我还会唱歌。我会弹曲子，小师弟要听曲子么？"

唐慎定定地看着王溱，忽然道："我头好晕，我想睡了。"

王溱蹙起眉头，还没开口，便见唐慎突然说了句"啊我睡了"，接着倒头就睡，睡得让人措手不及，过了好一会儿王溱才回过神。他顿时觉着好笑又无奈，喊来书童，打算将唐慎送去就寝。那书童来了后，驾着唐慎就要走，才走了两步，王溱喊住他。

书童停下脚步，不解地看着自家公子。

王溱上下端量片刻，道："我背他吧。"

书童愣了会儿，接着帮着把唐慎放到王溱的背上。王溱拉着唐慎的两只胳膊，然后站起身，背着软趴趴的唐慎一步一步走去客房，将唐慎安置在那儿。

唐慎是真的醉得不省人事。

王溱站在他的床边，低头看了他好一会儿，笑道："再唤一声王子丰试试？"

回应他的是唐慎平稳的呼吸。

不多时，王溱离开了客房，因为管家有事禀报。然而他都没想到，等他离开后，过了片刻，唐慎倏地睁开眼。他仍旧觉得头脑发晕，但在迷糊之间，唐慎骤然感到神思清明。

第一声"王子丰"喊出来时，确实是借着酒劲，刚喊出口，唐慎自己都愣住了。

他莫名其妙地喊了几句“王子丰”，但到后来他清醒了，觉得不该这样轻慢王溱，得罪于他，却没想王溱并没有在意。

这一遭，唐慎正借着酒劲想着，他是真的看不懂王子丰其人，不清楚到底该如何与他相处了。

而另一遭，王溱来到书房。他的衣衫上沾了酒气，于是他换了件白色锦袍，少了几丝官场的世俗气，多了几分世家公子的气度。进了书房后，王溱瞧到来人，他并未惊讶，而是道：“查得如何了？”

“回公子的话，小的回金陵数月，确实查出了一些事。”

“那便一一说来。”

不错，这人就是几个月前王溱特意派去金陵府的仆从。

金陵府本就是琅琊王氏的大本营，金陵府的风吹草动，只要王溱想知道，就没有查不到的。不过五年前梁诵在金陵活动时做得足够隐蔽，所以王溱也是费了番工夫才查出真相。听到仆从说出查明的真相，王溱坐在椅子上，蓦然平静，一言不发。

仆从说完后，又道：“还有一事。”

王溱久久不言。

仆从抬起头：“大公子？”他下意识地喊出了王溱在琅琊王氏的排行。

王溱回过神，道：“嗯？”

仆从恭敬地道：“前几日小的正要离开金陵，凑巧在街上碰到了一个人，此人正是唐公子的家仆姚三。小的曾经在唐公子身边见过这姚三，就多长了个心眼，花了几天时间查了查这姚三到金陵府是做什么的。”这仆从自小跟着王溱，为王溱办事，有些事不用王溱说，他就能办得妥妥帖帖，颇得王溱心意，否则他也不会被派去金陵。

仆从道：“那姚三去金陵府是为了查一个名为崔晓的飞骑尉。小的多查了一些，发现这崔晓十分贪财，似乎被人弹劾，早在半个月前就离了金陵府到盛京来了。”

王溱顿觉不对：“你说他半个月前就来了盛京？”

“是，小的是用了王氏的关系，直接在金陵府衙打听到的。”

王溱起身在书房中走了两步。他停下脚步，回身问道：“那姚三可曾看见你？”

“不曾的，再说姚三并不认识小的。”

王溱长叹一声：“我知晓了，你下去吧。”

“是。”

次日清晨，唐慎装作真的喝醉的样子，十分愧疚地对王溱说：“昨夜我喝多了，不知道做了什么，醒来后就发现在客房了。我从未喝多过，也不知醉后是什么模样，没有说什么话、做什么事冒犯师兄吧？”

王溱本来没把昨晚的事放在心上，他真以为唐慎是喝醉了，谁料唐慎这番此地无银三百两的话说出口，他忽然起了疑心。他认真看了唐慎一会儿，笑道：“未曾。”

唐慎松了口气：“那就好。”

唐慎走后，王溱唤来小厮，询问唐慎今早起床后的举止，只可惜仅仅凭借这点信息，他还无法揣测到唐慎是否是装醉。

王溱开始着手在盛京城中调查崔晓其人。另一边，下了早朝，赵辅将三个皇子喊到垂拱殿。

琉璃窗透着清亮的日光，龙涎香沁着寂静的垂拱殿，赵辅翻了翻桌上的折子，道："朕即位三十一年，子嗣不丰，如今也只剩下你们了。这几日你们在朝中也办了点差事，太后的冥寿你们办得极好，朕十分满意。朕昨夜想了想，总是将你们拴在朕的身边，似乎也不是好事。即日起，你们便离开盛京，做些真正的事吧！"

三个皇子齐齐呆住。

赵辅即位三十一年，从未重视过自己的皇子，如今好不容易给了他们参与朝政的机会，不足一个月，就又将他们赶出盛京。

此事传出，朝堂震惊。

三位皇子完全不知道自己到底做错了何事，他们茫然无措，个个慌了手脚。莫说他们，就连深得皇帝看重的权臣高官也都诧异莫名。

左相纪翁集与幕僚谈及此事时，其幕僚中书侍郎祁沢大感困惑："若是说陛下想疏远三位皇子，那太后冥寿前不器重三人便可，为何要大费周章，反而落了个麻烦？"

纪翁集正品着粗茶，他愁眉紧锁，也不知赵辅的深意。

祁沢道："纪相，陛下此举可另有意图？"

纪翁集将茶盏放在桌案上，长长地叹了口气："圣上这些年来，越加变幻莫测，老夫竟也渐渐看不透他了！"

另一边，王诠和王溱也谈论着皇帝把三位皇子赶出盛京的举动，二人商讨许久也得不出结论。王溱清雅俊逸的脸庞上难得出现疑然的神色，他思索许久，仍旧不得要领。

王溱并非凭空白想。这些年来，他身为皇帝宠臣，自有自己的一番渠道。

可这一次皇帝突如其来的举止打了众人一个措手不及，任何人都无法理解这位大梁帝王在想些什么。

然而右相王诠这次却释然道："我倒觉着，子丰先前有句话说得不错。"

王溱抬头看向王诠。

只见这位精神矍铄的当朝右相品着上好的碧螺春，悠然自得，微微一笑："咱们这位陛下登基三十余年，可曾出过什么差错？"

王溱仔细想了想，他笑道："二叔可真要丰来说？"

王诠露出尴尬："我只是这般一说而已，子丰当真要斤斤计较？"

赵辅并非十全十美的明君，甚至可以说他根本不能算是个明君，他所做之事大多是为了自身利益。为了一个生前身后名，他登基前二十年，确实出过不少差错，导致朝堂政局不稳，与辽国大战而民不聊生。但最近十年，赵辅坐拥江山越发顺手，他将群臣玩弄于股掌之中，互相牵制，共谋大业，大梁便得了一个太平盛世。

王溱："丰不敢。"

王诠倏然长叹道："若真于生死之间，圣上大彻大悟，性情大变，那我等无力改变，只得做好一切准备，辅佐朝纲。然而咱们这位陛下真的是那种会因为外力而改变自我的人吗？或许近些年来你比老夫更亲近陛下，更懂他的心意。但我与圣上君臣相知三十余载，我只道如子丰先前所言，信任他，如此则矣！”

王溱心念一动，明白王诠的深意，他立即作揖行礼道：“丰谢二叔赐教！”

与王诠密谋许久后，王溱坐马车回到了尚书府。他刚抵到宅院，让仆人换下一身官袍，便有小厮来报，一位刑部郎中登门拜访，此人正是王溱安插在刑部的一枚棋子。

刑部郎中高冯德在书房见到王溱，直言道：“下官已然找到尚书大人先前所寻的那人，此人如今正在刑部大牢中。”

王溱讶异地道：“审理犯官的事向来由大理寺负责。”所以他这两天将精力都放在了大理寺中，还因为苏温允回京，他要避开苏温允的耳目去找人，如此更费了番功夫。

高冯德解释道：“确实如此，只是此人的案件已经审理结案，所以被押到了刑部大牢。”

“这般快？”话刚说完，王溱微微一愣，他看向高冯德，“有唐景则唐大人插手？”

“是。”

仅仅是这一句话，王溱蓦然明白真相。一位不远千里，从金陵府赶来盛京的犯官，唐慎特意派人去金陵府打听此人的消息，末了还插手这人的案件，让其直接被打入刑部大牢。王溱长长地叹了口气，感慨道：“他终究是心慈手软了。”

是年轻，也是稚嫩。

也罢，不择手段之事由他来做便是。

于是在唐慎心中自家光风霁月、高风亮节的师兄，此刻拂了拂茶盖，淡然地道：“刑部近日关押了不少案犯，开销日渐上涨，去岁和辽国大战过一次，国库不丰，难以为继。刑部为六部之一，当为陛下分忧，为苍生着想，高大人觉得呢？”

高冯德早就帮王溱干过不少腌臜事，他们沆瀣一气，并不以为耻反以为荣。

高冯德俯首听命，语气真诚：“下官深以为是。”

当夜，刑部大牢中，一位案犯畏罪自尽，一头撞死在墙上。

区区一个金陵府飞骑尉的生死，放在硕大的盛京城只不过是沧海一粟，不足为外人道也。

赵辅说让三位皇子离京办差，不日他便下了旨意，给三人各自指派了差事。

如果说赵辅真想疏远皇子，大可以把他们流放到偏远地方，可他并没有这么做。三位皇子各自得了差事，每个人的差事都还是个美差，只要做的好了，升迁之事大可不必担心。

唐慎在王溱家做客，他与王溱感叹道：“师兄可懂陛下此举深意？”

王溱为他沏茶，举手投足间尽显大家风度。他以掌将茶盏推到唐慎面前，悠然道：“今日不是我们师兄弟二人一同欣赏先生昨日写的字吗，为何又聊起了朝堂之事？”

唐慎愣了愣，接过茶盏：“是。”

同时心中判定：你王子丰这次也搞不懂了！

王溱虽说也猜不透赵辅的心思，但他一副怡然自得的模样，好像仍旧大权在握、局势尽掌手中，丝毫不显慌乱。唐慎一边品茶，一边观察着他，可怎么都看不出一丝破绽。唐慎心中惋惜，同时又感到钦慕，自家师兄果然不是凡人。

八月下旬，三位皇子就要离京。

景王世子赵琼于千里楼宴请唐慎，邀请时还给他示意，暗示他到时候可能会有他人到场参宴。唐慎心领神会，他左思右想后，决定赴宴。

等到唐慎来到千里楼后，他与赵琼等了一会儿，掌柜的将二皇子赵尚领进了雅间。

赵琼立刻站起身，对唐慎道："这次瞒着景则了，其实我同时还邀请了二殿下，只是你也知晓，如今朝堂风云变幻，二殿下也不敢随意与臣子见面，我只是以兄弟名义请他来宴。今日是家宴，不谈政事。"

唐慎也立即起身，与赵琼一道迎接赵尚："下官知晓世子殿下的良苦用心。"

赵尚被二人一同迎进屋。

赵琼行礼道："赵琼见过二殿下。"

赵尚笑道："都是自家兄弟，怎的还拘束起来了？今日只是家宴，没有什么二殿下。"说完，他转首看向唐慎，"这位就是唐景则唐大人吧。"

唐慎："下官唐慎见过二殿下。"

"都说了没有二殿下了，唐大人赶紧坐吧。"赵尚温和至极，他道，"我与唐大人还有过一番渊源。去岁辽国使臣来京，唐大人也在接待使臣的官员中，只可惜我没找着机会与唐大人说话。这一耽搁，你瞧，就耽搁到了现在。"

如此一番话，便拉近了与唐慎的关系，三人一起同桌吃菜。

赵尚："昨日我已接了旨令，即日起就要去姑苏府，担任姑苏防御使了。"

唐慎动作一顿。

赵尚："姑苏府似乎是唐大人的家乡？"

"正是。"

"那还劳烦唐大人多多照料了。"

唐慎立即放下筷子，起身作揖："下官不敢。"

三人相谈甚欢，到天黑时才分头离去。

唐慎哪里不懂赵尚的用意？

赵琼不会平白无故地邀请唐慎，还特意邀请赵尚，将二人联系在一块儿。今日这一宴是赵尚特意请了赵琼让他做的一番晚宴，为的就是和唐慎拉近关系。

"原本我以为他只是为了拉拢我，甚至拉拢师兄。如今看来，恐怕与那姑苏防御使的官职也有关系。"

然而唐慎是个忠贞的皇党，宴席上赵尚屡次暗示，他都巧妙地避了过去，当作听不见。

比起一个二皇子，唐慎更相信自家师兄。

入了九月，天气转凉，三位皇子也启程离京了。

到了秋天，赵辅的头风忽然犯了，连着十来天不能早朝。三位皇子刚刚离京，赵辅又突然犯病，朝堂上议论纷纷，闹得人心惶惶。所幸到了九月中旬，赵辅就清醒过来了，他躺在床上没有精神地听群臣汇报朝政。

唐慎身为谏议大夫兼银引司右副御史，他带着折子面见赵辅，赵辅屏退旁人，问道：“辽国的事如何了？”

唐慎一一道来。

赵辅终于露出满意的神色：“善。景则总是懂朕的心意，不叫朕忧心。”

唐慎诚惶诚恐地道：“臣为陛下办事，自当肝脑涂地，死而后已。”

赵辅笑了，他让季福拿了一盘御用的点心赏赐给了唐慎。唐慎接下这盘江南名点，恭恭敬敬地离开了垂拱殿。不过他离宫时又碰到了苏温允，两人在宫门口相遇，皆停下了脚步。

唐慎知道，赵辅嘴上夸他办得好，却不可能真正只听他的一面之词。苏温允今天来，恐怕也是来汇报幽州情况的。

唐慎神色淡漠：“下官见过工部右侍郎大人。”

苏温允：“唐大人，别来无恙。”

唐慎：“多谢大人关怀，下官身体康健。”

两人是话不投机半句多，敷衍地客套完了，就各自离去。苏温允的目光在唐慎手中的御膳上停留了一瞬，他刚走出去两步，就忽然停住脚步，艳丽的脸庞上闪过一丝玩味的神色，苏温允回过头，喊住唐慎：“唐大人。”

唐慎停步，回身看他。

苏温允讽刺地笑道：“唐大人今年似乎加冠了吧？”

唐慎不明所以：“是。”

“竟然已经及冠了？”苏温允做出夸张的震惊表情，感叹道，“没想到唐大人已然加冠却还像个幼童一般，做了什么事都要大人给你处理干净。先前在幽州时你曾斥责于我，我还被你糊弄了过去。如今看来，怕不是欲盖弥彰吧。”

看着唐慎错愕的神色，苏温允哈哈一笑，心头愉悦，转身大步离去。

这话不啻惊雷砸在唐慎的心头，如同五雷轰顶。

唐慎隐约明白了苏温允的意思，可他完全不懂苏温允怎么又突然说起王子丰坏话。还有，什么叫王溱给他“处理干净”？他做了什么事，需要王溱给他擦屁股？若真有此事，为何王溱不说，轮到他苏温允来点明？

唐慎回到家中苦思冥想，忽然他福至心灵，双目圆睁。

“王子丰！”

第四十九章

真相

唐慎来到刑部，直接找上今夜当值的刑部官员。

当差的刑部官员是一位詹事郎中，为六品官。见了唐慎，他立即行礼，为唐慎找来官差，要寻那前几日下牢的金陵府飞骑尉崔晓。官差领了命很快去牢房里提人，不消片刻他便赶了回来，道："回大人的话，那崔晓前几日在牢中自决，撞墙死了。"

詹事郎中一愣，道："我想起来了，原来前几日死的犯官就是这个崔晓。"他对唐慎愧疚地说道，"大人来得太不凑巧，这崔晓已经死在了牢中。大人不知，刑部大牢里自决的犯官虽说不多，但也不是非常罕见。这些犯官大多在外面锦衣玉食，到了牢中哪里能受得了这种苦，所以偶尔也会有人自行了结性命。"

唐慎心里涌起惊涛骇浪，表面却十分镇定，他淡然地道："原来如此，既然崔晓已经死了，本官便也不用再留意他了。赵大人莫送了，先行告辞。"

"是。"

这詹事郎中亲自送唐慎出了刑部府衙大门。唐慎坐上轿子，轿帘放下后，他嘴唇一抿，手指轻轻震颤起来。

崔晓死了。

崔晓竟然死了！

十日前，唐慎亲自将他送到了刑部大牢，可如今才不到半月，他就死在了牢中。

或许真有官员是因为受不了牢狱之灾，自戕身亡，但哪来这么凑巧的事？

唐慎向来知道只有死人的嘴是最牢靠的。知道唐慎曾经拜师梁诵的人极多，连赵辅说不定都知道，但这崔晓知道多少内幕却是唐慎无法掌控的。他不信任崔晓，于是将他送进刑部大牢将这个人抹去。唐慎不是没想过暗地里弄死崔晓，可一来是他在刑部没有太多力量，难以做到，二来是他下不去这个手。

崔晓贪墨一案，已经经由大理寺审案，送归刑部结案了。

他罪不至死。

可他如今却真的死了。

夜幕中，一顶深色轿辇缓缓穿过正门大街，向着城东而去。轿夫抬着轿子走到苏坊桥时，一道低缓的声音从轿中传了出来："去户部尚书府。"

轿夫一愣，道："是。"

所幸探花府和尚书府离得近，也是顺路，轿夫们抬着轿子就改道去尚书府，但才走了不到半里路，唐慎又掀开轿帘，道："去前门大街，观止斋。"

轿夫们又只得改道去观止斋。

等唐慎从观止斋里出来后，才再去尚书府。

尚书府的管家没想到唐慎今晚会来，但唐慎时常来见王溱，所以管家也没多惊讶，他亲自领着唐慎进府，道："唐公子来得巧，公子正在府上用饭。"管家的目光在唐慎提着的木盒上停了一瞬。

王溱早就听仆从说唐慎来了，他搁了筷子，坐在餐桌旁笑吟吟地等着他。

见到唐慎还带东西来了，王溱轻挑一眉，问道："小师弟盒中装的是何物？"

唐慎把木盒交给管家："师兄不若猜一猜。"他转首对管家吩咐道，"劳烦管家先行为我保管。"

王溱命人给唐慎添了一双筷子，又吩咐厨房："再加一道西湖醋鱼、一道素丸子。"他这才转过头，对唐慎道，"既然不在此时拿出，看来那盒中装的定然不是吃的。自我记事起，我向来不会凭空猜测、做无用的功。小师弟，若我猜对了，可有什么彩头？"

唐慎心道：这您都要彩头？

仿佛听到唐慎的腹诽，王溱轻轻笑道："难道我给小师弟的印象是能够任人摆弄、随意许诺猜测？"

唐慎无奈地道："师兄想要什么彩头？"

这下轮到王溱陷入难题，他道："就先将这彩头寄存在小师弟那儿吧。"王溱沉吟片刻，猜测道，"这东西小师弟拿了一路，直到入座用饭才交由管家，想来定是个珍贵的东西，需要轻拿轻放。"

管家闻言，更加小心翼翼地对待这盒子。

王溱笑道："昨日来尚书府时小师弟还没提过这东西，是今日才得到的？"

唐慎原本只是随口一说，如今他倒是想看看王子丰到底能不能猜对，于是他来了兴致，干脆放下筷子，陪王溱猜谜："对，是今日才得到的。"

忽然，王溱问道："这里头的东西可是你欠我的？"

唐慎愣住，他思索许久："也许可以这么说，但也不能这么说。"

王溱长舒一口气："小师弟曾经为我画过一幅画，但那时你说画得还不够好，以后若有机会，定会再补上一幅。"

唐慎大惊。

王溱抬起筷子，指向一旁的木盒。寻常人做这个动作或许会显得随意轻浮，他做起来却是水到渠成。意味悠久，他微微一笑："这木盒中放的可是准备作画的器具？"

唐慎瞠目结舌，脱口而出："师兄难道是神仙吗？！"

王溱卖了个关子："神仙或许算不上，但观止斋我是经常去的。所谓'笔墨纸砚，叹为观止'，观止斋的笔墨纸砚可是盛京一绝。小师弟特意去观止斋买了东西来为我作画，我心中感动，此情难以言表。"

唐慎无语极了，他站起身走到一旁去检查那个木盒，检查完了才发现在盒子的角落果然刻着"观止斋"三个字，不仔细看根本看不出来。好你个王子丰，原本就知道这里头是观止斋的东西，还要和我打赌猜测？

王子丰其人，说的话真的连一个字都不能信！

师兄弟二人用过饭后，拿着木盒来到王溱的书房。王溱颇有些遗憾："小师弟若是要为我作画，应当选白天，这暗夜迷蒙，烛影幢幢，哪里能看得清。"

唐慎故意道："师兄放心，您的样貌我早已铭刻于心。"

听到此，王溱无言地笑了，接着合起折扇，抵唇掩饰笑意。

于是很快，就见王溱一身白衣倚靠在窗边，唐慎不时地抬头、低头，为他作画。

已经是八月末，晚风清凉，吹拂起王溱的长发。月光轻洒而下，院中的花香浓郁芬芳。但此时此刻，唐慎是抱着私心来尚书府，来为王溱画画的，压根儿无暇去想些"风花雪月"。

画到一半，唐慎状若不经意地说道："我与师兄相识五载，我刚见到师兄时，师兄就已经是户部尚书了，师兄当时不过才二十四岁，就官居二品。想来师兄这一路而来，在我未曾认识你时，一定走得非常不易。"

王溱心想：我还挺容易的。

但唐慎既然这么说了，他便顺势而下："如何不易，小师弟可明白？"

"师兄十七岁高中状元，十七岁便成了五品起居郎，两年后至金陵府，做了金陵府防御使，再回盛京时，已经二十一岁。之后便入了勤政殿，为通议大夫兼任刑部左侍郎，一朝官拜三品，待到二十三岁时，就再擢升，就任户部尚书。"唐慎一边画画，一边感叹道，"我不及师兄良多，我时常在想，师兄担任刑部左侍郎时会是何等风采。刑部与大理寺一样，都是审理罪案、捉拿犯人的地方，那时的师兄和如今的师兄一样吗？"

听着唐慎的话，王溱的眼睛慢慢眯起。

唐慎仿佛真的只是在说王溱的仕途，并无其他，王溱轻轻摇晃手中纸扇，也不说话，只是静静地望着唐慎。等了许久没等着王子丰的回答，唐慎表面镇定，心中早已波澜起伏。他抬起头，想瞧瞧王溱到底在做什么，一个抬眼，目光落入王溱深沉的眼底，唐慎喉间一滞。

“师兄……”

唐慎停了笔，望着王溱。

王溱站在窗边，对他说：“我从未想过小师弟今日竟不是真心为我作画。”

唐慎立刻道：“师兄莫要误会，我是真心为师兄作画的。你瞧，我特意又去学了很久，直到今日才敢履行承诺，真正地为师兄作画。”说着，唐慎将自己的画拿了起来，想要展示给王溱看。

然而下一刻，唐慎的画还没拿起来，只听王溱长叹一声，声音温和清雅：“你使人去金陵府，为何？”

唐慎的动作顿住，他抬起头，看向王溱。

良久，他放下画，道：“那我也直言问了，师兄认识崔晓？”

王溱：“并不认识。”

唐慎倏地松了口气，可紧接着，王溱轻快地笑道：“我何需认识他。”

唐慎惊愕地睁大眼。

看着他惊慌又担忧的表情，王溱慢慢收了笑，时至今日，二人早已是知己，唐慎仍旧不肯对他推心置腹，仍在骗他、瞒他，不敢完全信任他，想要问一件事，还需要这样欲盖弥彰，打了无数机锋。

轻轻地叹了口气，王子丰将窗户关上，抬步走到唐慎身边。唐慎呆站着，不知该作何反应，也不知道该说些什么。只听“啪嗒”一声，王溱合了纸扇，他手腕一动，一手执扇，以扇尖抵在墙上，挡住了唐慎的去路。

那声音依旧轻缓动人，如清风明月：“所以，告诉我，小师弟使人去金陵……是为何?

久久的寂静后，唐慎开口道：“其实并不是什么大事。上个月那金陵府的飞骑尉崔晓来盛京找我，希望我帮他一个小忙。我不知到底发生了何事，所以才派人去金陵查探清楚。”

王溱默了默，道：“为何找你？”

唐慎：“我与那崔晓有些渊源。”

“什么渊源？”

唐慎嘴唇张开，他极力想为自己辩驳，可一切都显得十分苍白。

良久，唐慎忽然发问：“那师兄是如何知道我派人去金陵的事？”他矛头一转，将话锋对准王溱。

听到这话，王溱用奇怪的目光看着唐慎。或许连唐慎自己都没发现，如果放在三年前，他绝不可能用这种语气对王子丰说话。可如今他说了，还说得理直气壮，不觉自己有错。

王溱解释道：“因为我的小厮回金陵办事，恰巧在街上碰见了那姚三。”

唐慎没想到居然是这个原因。

“你以为，我在刻意监视你？”

唐慎倏地抬头，面露惊愕。

王溱居然难得没生气，他似乎已经气过了头，竟然只是笑了一声。

唐慎对他的怀疑和不信任，王溱早就知道。只是直到如今，他都坦然直言地问出了那些话，唐慎心中居然还是认为自己派人监视他。

“我在刻意监视于你？”王溱微微一笑，他轻轻地“哦”了一声，接着竟说出一连串逼人的话语，“金陵府飞骑尉崔晓他是如何与你相识？是何年何月何地，因何而识？那是金陵府的官，你自小在姑苏长大，去金陵的次数屈指可数。哪怕那人认识我都不该认识你唐慎唐景则，他竟然不远千里地来盛京找你襄助，他有何底气觉着你一定会帮他的忙……”

“师兄！”

唐慎双目震颤，死咬牙齿，睁大了眼睛望着王溱。

王溱噤了声。

唐慎颤动的瞳仁中全是渴求的神情，他在说：师兄，你莫要逼我了……

王子丰，你莫要再逼我了！

一切的逼迫与责问在这一眼中丧失殆尽。

王溱静静地凝视着眼前的少年郎。许久后，他道：“为何不肯告诉我？”

听着这话，唐慎却倏然松了口气。以他对王子丰的了解，王子丰定然是放弃了，不再逼他说实话了。

王溱其人，如皎然明月，如林间清风，是唐慎见过的真正的君子。唐慎向来知道的，他这位师兄从不会与人撕破脸皮，永远不会将心绪暴露于他人面前。今夜的王子丰已经与往常大为不同，唐慎害怕极了，他怕王溱真的将他逼到绝路。

但王溱不会。

或许是有恃无恐。可唐慎知道，王溱不会的。

然而下一刻，王溱语气舒缓，轻声地说道：“金陵府中的事哪怕藏得再深也瞒不住琅琊王氏。”

唐慎双眼睁大。

王溱：“若是其他地方倒也罢了，但在金陵府，大小事务，事无巨细，琅琊王氏想要知晓都是能知晓的，无非是费点工夫罢了。小师弟可曾好奇过五年前梁博文三番两次地去金陵到底是寻求谁的帮助？为何一个区区六品飞骑尉能携功来寻你，要你为他办事？”

“我没有……”

王溱直接打断他：“梁博文真要去求助，他能求的人太多了！远的不说，当时的金陵府尹便是他多年好友。再者言，想要揣摩圣意，问这些地方官员如何能见成效？该问京官，问京中大官，傅渭傅希如与梁博文同为天下四儒，两人相知相交多年，为何他不去找傅希如？哪怕傅希如不知，傅希如的学生王溱王子丰出身琅琊王氏，时任户部尚书，深得圣宠。若世上有人知晓真相，王子丰定然是那几人之一。若梁博文当真求到先生头上，这个忙，王子丰岂能不帮？可他不曾。”

声音顿住，过了会儿，王溱长长地叹了一口气，这声叹息绵长无尽：“因为，他不想连累任何可能连累之人！你想知道钟泰生活了那般久，为何皇上突然就要他死了？”

唐慎心头一震，这是困惑了他多年的难题！

王溱一眼就瞧清了唐慎的念头，他轻笑道：“因为一颗陨星。”

唐慎错愕道：“陨星？”

“开平二十四年八月初四，有陨星大如桃，出紫宫，入太微，临帝星之上，压东南，经天市垣二十二星。”王溱道，“是时，圣上于登仙台吐纳修仙，只见长明灯落灭数盏，唤钦天监监正入宫觐见。”

唐慎呼吸屏住，他的脑海中瞬间浮现起四年前，他在皇帝《起居注》上看到的字句。

开平二十四年八月初四，有陨星大如桃，落东南。钦天监监正李肖仁夜入皇宫面圣。

那么接下来发生的是……

王溱：“三日后，大理寺少卿苏温允入宫觐见，圣君大赦天下。”

唐慎：“这和苏温允有关？”

王溱看了他一眼：“我曾与小师弟说过，这世上所有圣上想做却不能去做的事，总该有人要为他去做。金龙持刀入夜，他掷刀而下，刀锋所过之处满目鲜血淋漓。金龙只是掷刀，那刀刃自有劈金斩玉之力，和金龙又有何干系？”

唐慎心灵震撼，王子丰三言两语间，将困扰他多年的疑惑全部解开。

他心中仿佛燃起了一把火，这火烧得他快要灰飞烟灭，他感到口干舌燥，呼出去的气都变得焦躁不安。

唐慎：“就这般简单？”

王溱：“是，就这般简单。”

只要被人点破，唐慎一下子便能想到事情的关键之处，他自然也明白了：“仅仅是因为一颗陨星，皇帝便觉得那是不祥之兆，就要了钟泰生的命？！”他不能理解，不明白为什么世上会有人因为一颗流星而要了另一个人的命。

王溱却道：“你应当问，为何直到二十四年后，皇上才要了那钟泰生的命！”

唐慎哑口无言。

王溱也不再说话。

许久后，唐慎喃喃道：“因为，他是一个明君。”

钟泰生为天下四儒之首，声望极高，皇帝仁慈，留了他一条命，于是得天下学子爱戴。

“现在你已然知道当年真相，知晓梁博文苦心寻了半年的事到底是什么。”顿了顿，王溱问道，“小师弟，你到底还想知道什么？”

唐慎怔怔地望着王溱，他内心极尽挣扎，他几欲开口，可每每刚张了嘴，又蓦然闭上。他的纠结踌躇都落入王溱的眼中，王溱神色淡然，可握着扇柄的手却早已捏紧。

万般挣扎到绝境时，唐慎忽然想起王溱刚才说过的一句话。

梁博文为何不去寻求故友相助？因为他不想连累任何可能连累之人！

我到底想知道什么，我到底还想做什么？

我有想知晓之事，我有想行之举！

唐慎：“师兄，你莫要逼我了。”

王溱骤然怔住。

唐慎认真地望着他的双眼，一字一句地又重复了一遍：“师兄，你莫要再逼我了。”声音坚定而决绝，可那双眼睛里却浓溢着渴求和希冀。

忽然，他听见王溱低声说着：“好，不逼你了。”

唐慎顿时松了一口气。

离开尚书府时，唐慎没敢回头。他知道，王子丰定然会手持一盏灯笼，目送着他离去。

待到回了探花府，唐慎抹了把脸，冷静下来。

唐慎快步来到书房，他拿了笔墨纸砚，想要将今日听到、知晓的消息全部写下。可他拿起笔，手指却微微颤动，怎么也写不下第一笔。

将这般多的秘密托付而出，将这么多的事全无保留。

王子丰……如今是当真信任极了他。

唐慎一夜未眠，子时下了一场暴雨，只听窗外雨打浮萍到天明。

次日，秦嗣受召回京。

三年前，时任户部右侍郎的秦嗣因督办度支司不利而获罪，被皇帝贬谪到了柳州。柳州虽不如江南富庶，却也是个物产丰富、百姓众多的地方。秦嗣在柳州期间，柳州风调雨顺，可谓天时地利，再加上一道人和，他便被召回了盛京。

当日，赵辅在垂拱殿见了秦嗣。

秦嗣今年三十有六,三年前他离京时还未蓄胡子，如今他蓄了一撮秀美的小胡，眉眼间也多了几分沧桑。见到赵辅，他并未说其他话，直接汇报自己在柳州这三年做的事，见过的风土人情。

赵辅听得津津有味，他看到秦嗣下巴上的胡子，感慨道：“秦于德你也终是老了啊！”

身边人都知道秦嗣是个不服老的人。他向来都自认风华正茂，所以在这个许多官员都爱蓄胡子并以此为美的年代，他三十多年从没蓄过一次胡子。他人问起来，他甚至还会拿王溱做挡箭牌：“你瞧尚书大人就未曾蓄胡须，那是何等的风流潇洒、飘然若仙！”

可自从两个月前王溱派人给他送了封信，暗示他可能即将回盛京后，他便故意蓄起了胡子。

如今听得赵辅这话，秦嗣激动得眼眶湿润，他欲说还休，最后作揖行礼，道：“臣已然三十六了。”

赵辅意味深长地看了他一眼，道：“人生也未有几个三年，只可惜很快朕又不得和你相见了。”

秦嗣闻言一惊，他以为是自己说错话，或者自己卖惨的小心思被皇帝发现了，顿时后背发寒，苦笑自己是聪明反被聪明误。

幸好他刚刚离宫就得到了赵辅的诏令，擢升柳州节度使秦嗣为银引司都部账使，官居三品，秦嗣感激涕零地接了旨意。不过多时，就有许多旧相识来秦府拜会，恭贺他擢迁之喜。

虽说秦嗣马上就要去幽州城赴任，但他也耐心招待了这些官员，与他们打好关系。

等到两日后，秦嗣才得了空，他特意命人从采祁斋买了一盒点心，前往户部尚书府拜会王溱。

秦嗣将一盒点心送上。

王溱看了眼：“采祁斋的点心？”

秦嗣：“下官向来喜欢吃采祁斋的点心，三年前京郊十里亭，尚书大人赠予下官一盒，那其中的鲜美滋味，下官至今难以忘怀。如今回了京，便特意买来尝尝，也想与大人分享分享。”

王溱留秦嗣在府上用了饭，两人相谈甚欢。

秦嗣向王溱表了自己的忠心，得了王溱的暗示后，他再也不踌躇地大步离去，只等着过几日去幽州赴任。

回到屋中，王溱看着那一盒点心，叫来管家：“将这点心送给唐大人。”

管家点头应是。

管家还没走两步，王溱忽然喊住他。王溱拿起那轻飘飘的点心盒，他掀开了第一层，放的是白糖万寿糕、雪儿糕和枣儿糕，再看第二层，放的是荷花饼、顶皮酥饼和蒸酥果馅饼。

王溱定定地看了会儿，他轻轻敲了两下，撬开了第二层下方的木板，只见一本前朝书圣孤本《明镜帖》安静地被放在这夹层中，拿起来一闻，上头沾满了糕点的香味，一时间怕是去不掉了。

王溱感慨道：“暴殄天物啊！”

管家见到这本《明镜帖》也是大惊，心想：那秦大人可真不会珍惜好东西！

王溱把这本《明镜帖》又放回盒子夹层中，再交给管家：“送给唐大人吧。”

管家惊道：“公子？”这里头可有一本千金不换的字帖。

王溱语气诚恳：“告诉他这是我的一番心意，叫他细细品味。”

管家只能把这盒采祁斋的点心送到探花府。

王溱要他说的话他如实转达，他特别想告诉唐慎这盒子里可有一本书圣亲笔手书的字帖，但王溱没让他说，他就不能说。回尚书府时，管家一步三回头，生怕唐慎发现不了字帖，随便把盒子扔了。

但这可是王子丰送的礼物，唐慎哪能随随便便地吃了？

细细揣摩王溱的意图，唐慎把这几盘点心从木盒中取出来，他坐在书房中，呆呆地盯着这盒子。良久，他忽然一愣，仿佛想起什么，检查起盒子是否有夹层，这一检查……

唐慎面无表情地取出了一本《明镜帖》。

唐慎虽说算不上收藏大家，对书圣手帖价值几何也没有了解，但他哪里能不知道这东西有多昂贵。别说送人了，只要被发现，应当直接送到皇宫，收入皇帝私库，做国宝藏着！

你王子丰竟然敢私藏？还送给他！

这可是块烫手山芋，唐慎不敢接。

次日清晨，散朝后，唐慎特意在宫外等着，当见到打着“户部尚书”家灯的马车从外宫门驶出后，他立刻上前拦车。王溱惊讶地掀开车帘，见到是唐慎后，他微微一笑：“小师弟怎的突然敢来见我了？”

唐慎心道：什么叫“敢”来见你，我何时不敢了？

唐慎捧出一个礼盒，双手递给王溱：“昨日我写了本字帖，想送给尚书大人品鉴指点一番。”

王溱挑眉道：“送给尚书大人的？”

唐慎不明所以：“……是。”

王溱顿时冷了脸，义正词严道：“光天化日，朗朗乾坤，皇宫之下，你竟向本官送礼。本官记得唐大人是御史台的官吧，这可就是传闻中的明镜藏污？唐大人此举是在向本官行贿吗！”

唐慎被他呵斥得一脸茫然。

王溱伸出手：“上来吧。”

唐慎被训懵了，就这么上了车。等到了车上后，王溱打开了这个木盒，盒中放的当然不是什么唐慎写的字帖，还是那本《明镜帖》。王溱叹息道：“送与你的，为何要再还回来？”

唐慎：“这太贵重……我不敢收。”

王溱将他心里的挣扎都看在眼中：“你若是要将他送给尚书大人那便是行贿上级，但若是送与师兄便无妨了。”

唐慎立即道：“我是送与师兄的。”

王溱哈哈一笑：“那师兄就不收了，多谢小师弟的好意。”

他压根儿斗不过王子丰！此刻唐慎是真的想让王子丰哪儿凉快哪儿待着去！

这时车夫忽然道：“大人，御史台到了。”

唐慎如释重负，逃也似的下了车。他回过身，对王溱行了一礼：“下官先行告辞。”说完，赶忙大步离去。

王溱顿时失笑，他摇摇头，无奈地道，“去户部。”

中午，唐慎正在御史台发呆，忽然有官差送来一个木盒。

唐慎哭笑不得。

算了，不还回去了。既然你这么想给我送钱，不收白不收！

身为谏议大夫兼银引司右副御史，唐慎自然要打理银引司的事务。他写了封折子递上去。很快，赵辅便下了一道诏令，召回梅胜泽和王霄，任银引司都部郎中，归唐慎属下。

赵辅的旨意如同一场及时雨，令唐慎感叹万分，他更加确信了王溱曾经说的那句话，要信任这位皇帝。哪怕他如今天天嗑药，天天修仙，他依旧做得比绝大多数皇帝要好。

因为他看透了这个朝廷！

不日，梅胜泽和王霄就要回京候命。而这时，远在辽国南京析津府的茶商乔九正提着一堆礼物登门拜访析津府左平章政事萧砧。

见到乔九，萧砧起初还摆出一副冷面的模样，待他看到乔九送来的礼物，他登时喜笑颜开。

萧砧命小厮将礼物收下后，他屏退左右，只留下乔九一人。

萧砧嘲讽道："那耶律勤和耶律舍哥果真是拿我们当棋子随意利用！今日大帐内，你可知发生了何事？"

乔九一惊："何事？"

萧砧："那刺客不是供出来幕后主使是王子太保耶律隐吗？但直到如今耶律勤都迟而未发，我真以为二皇子不打算拿此事做文章了，结果昨日皇帝陛下忽然中风，今日早晨悠悠醒来，二皇子就把此事告了上去。"

这萧砧早就知晓乔九的身份，甚至他早早就被苏温允买通。苏温允拿捏住了他的把柄，又许以好处，威逼利诱，萧砧又对耶律舍哥、耶律勤抱有恨意，自然乐得做个奸臣。

乔九在心中琢磨着。回到家中，他当即写了封信送往幽州。

信上只有短短一行字——

鹬蚌将争，何为渔翁？

第五十章

唐党

三日后，唐慎的同窗好友梅胜泽、同榜榜眼王霄齐齐归京。

四年前，三人一同金榜题名，是风头无两，如今各在其位，各司其职又各不相同，相聚时便都各自唏嘘。唐慎这四年来一路青云直上，王霄在沉寂两年后，也因修建宁州官道有功，得了皇帝的赏识，唯有梅胜泽，两年前因度支司获罪，仕途不振。

唐慎见到梅胜泽，第一眼竟没认出他。

哑然许久，唐慎不忍道："胜泽兄，你怎的两鬓都花白了？"

梅胜泽望着唐慎，苦笑一声："个中滋味，景则又如何知晓啊！"

话说梅胜泽被贬谪到偏远地方后，起初还能苦中作乐。他在国子监时最擅长吟诗作画，所以他作了几首诗词，表述自己可悲可叹的贬谪之情，倒是在文坛也有了一定名气。谁料不出一年，他的结发妻子难产而亡，只留给他一个儿子。次年，儿子也因病早夭。梅胜泽难以接受这样的打击，一病不起，险些就去了。所以他今年才不过二十有七，就已经两鬓花白，沧桑如耄耋。

三人在细霞楼好好聚了一番后，唐慎邀两人到府上，他们进了书房，唐慎问道："胜泽兄和岱岳兄，你们可知这次圣上命你们去幽州，担任银引司都部郎中，是有何意吗？"

一听这话，王霄和梅胜泽对视一眼，明白了唐慎的意思："景则是说，还另有深意？"

唐慎一笑，缓缓道来。

王霄和梅胜泽对银引司本就一知半解，两人都有猜测，或许这银引司和两年前的度支司有关系。可他们万万没想到皇帝要他们做唐慎的属下去幽州赴任，并不是真的要他们做银引司的官，而是要他们担起刺探辽国军情的重任！

两人皆是震惊，久久不能言。

忽然，一股雄心壮志回荡在他们的胸腔。梅胜泽双眼放光，道："未承想景则竟做了如此伟业，我梅胜泽又竟能参与其中。景则，不，唐大人，下官定不负大人所托，势必马到成功！"

王霄也拱手道："下官遵大人指令！"

不日，两人就上路去了幽州。

在他们之前，秦嗣也去了幽州，赴任银引司都部账使。他与王霄、梅胜泽同属都部，却不是一个官。秦嗣是王溱手下的官，他此次去幽州也是带了重任的。秦嗣手持赵辅亲自赐下的圣旨，又带着王溱的官印，自信地来到幽州。

他刚抵达，便是新官上任三把火，烧遍了整个西北。

即日起，西北三军所有的饷银全部以银契的形式发放，再不许以真金白银。

此令一出，三军大惊，所有士兵将军都惊慌不已。李景德也被朝廷这条圣旨气得头上冒烟，他带兵闯进银引司，直接拿下秦嗣，把他绑了起来。秦嗣拿他这个兵痞将军毫无办法，只得取出赵辅的圣旨和王溱的官印："李将军，你这是要造反吗？"

李景德看到这两样东西，眼皮一跳，他闭上眼，转过头，假装没看见。他哼了一声，道："本将军要造反？秦嗣，你可别血口喷人！你先说说，为何不再给本将军的兵发银子？以往你们用那些纸张代替军饷，老子就睁一只眼闭一只眼过去了，反正粮食、武器都是到手的。"而且因为这些纸只能购买兑换粮食、武器，军中少了一些贪污，李景德还十分满意，"可你现在连银子都不给了，谁还愿意跟着老子去打仗！"

秦嗣两眼冒火："我与你说不清！"

李景德："嘿，这还有小脾气了，你是觉得本将军蠢，懒得和本将军解释？"

秦嗣翻了个白眼：你知道就好。

李景德正要发难，忽然银引司衙门外跑进来一支兵。李景德原本非常不耐烦，可见到领兵的人，他吞了口口水，道："老程你怎么来了？"

程将军无语道："你若不带兵闯进银引司，我能被大元帅派来抓你回去？还不快快放了秦大人，跟我回去向大元帅请罪。"

一听到大元帅三个字，李景德只得束手就擒。

他们走后，秦嗣怒不可遏："土匪，强盗！这些败类都不配当官！"

秦嗣气得砸烂了一屋子的东西。可若是王溱在此，他便不会动怒，而是会思索这其中包含的深意。比如李景德是带了私兵来银引司抓人的，就算有人通风报信，那程将军从西北大营赶来，都不该如此迅速。

这其中定然有猫腻。

李景德出了银引司后，颇有些愤懑："老程，虽说是演戏，但你能不能给我点面子？什么叫抓我回去？当着那么多文官的面呢，就不能说句请我回去？”

程飞翻个白眼：“我要是不当着秦嗣的面呵斥你一顿，你信不信他扭头就给你小鞋穿？这些文官心眼有多小你难道不知道？大元帅是叫你带兵来闹一通，表明一下我们西北大营对银引司这次银契举动的不满，可没叫你把人家秦大人绑住！你真要造反啊？”

李景德摸了摸脸上浓密的络腮胡子，这一层层的大胡子挡住了他微红的脸颊：“咳，我这不是早看那个秦嗣不爽了嘛。老子绑不了王子丰，还绑不了他手底下的官了吗？”

程飞：“你要做什么，我不会阻拦，但你不可坏了大事。银契一事是大元帅特意吩咐下来的，定要助银引司做成。你今日去只是为了表明态度，不寒了将士们的心意。等过一段时日银契真正推行开来，将士们懂得银契的好处就不会再动乱了。”

李景德叹了口气：“唉，可老子也想知道这银契到底是个什么玩意儿啊！”

果不其然，起初将士们听说朝廷再也不发银子，只发几张纸，闹得极凶。不知怎的，征西元帅李景德带人把银引司砸了一顿的事情传开了，将士们躁动的心被稍稍安抚下来。过了半个月，银引司忽然开始在大梁三十六府开设兵部银契庄。

到这时，将士们才明白银引司的良苦用心。

古来征战几人回，一封家书抵万金。

虽说大梁与辽国签订了和平协定，但两国只是不真正开战，小规模的交锋却从来没避免过。比如去岁辽国突然大军来犯，困了幽州城整整两月，那一战西北大营就死去了数千将士！

这些将士都是背井离乡出来参军的。他们大多孤身一人，朝廷发下来的饷银他们往往直接藏在身上，无法送回家中。想把家书和银子送回去，只能等每月一次的军中信使，可这千山万水，还不一定能送到！

若是战死沙场，便成了一抹英魂，再多的银子又有何用。

银引司在全国开设兵部银契庄后，士兵们得到的银契可以直接交到幽州银引司。填写好要送往哪一府，交给哪一户人家，家人们就可以直接在当地的兵部银契庄领到银子。

这差事办成后，朝堂上下一片赞声。百官见到王溱，纷纷恭贺于他。王大人多谦逊啊，他雅然一笑，道：“皆为秦大人的功劳。”

下了早朝，赵辅也心情愉悦。中午时，他唤来王溱，问道：“朕合眼前，可能看到子丰向朕许诺过的盛景吗？”

王溱作揖行礼，诧异地反问：“陛下万岁千秋，是要合眼午睡小憩吗？”

赵辅哈哈一笑，对着季福指着王溱道：“瞧瞧这王子丰，深得朕的心意。”

在大梁境内实现“以纸代币”，这是王溱设立银引司前向皇帝许诺过的。如今他们终于走出了第一步。万事开头难，这小小的一步，竟然费去了整整两年！

王溱高举玉笏，恭敬谨然地站在垂拱殿中。阳光穿过琉璃窗映射而入，赵辅开怀地笑了很久，但他望着殿中站着的王溱，笑意渐渐敛去。默了片刻，赵辅道：“子丰，你随着朕已有十二载光阴了吧？”

王溱：“回陛下的话，臣十七岁中了状元，如今已然二十九了。”

赵辅感叹道：“是十二年了，你都要到而立之年了！”

离开垂拱殿后，季福很快跟出来追上了王溱，他笑盈盈地说道：“奴婢恭贺王相公，恭喜王相公。”

王溱心中一动，骤然明白过来，他朝季福徐了徐身子：“多谢季总管。”

“这可使不得，这可使不得。”季福脸上笑得褶子更深，他看了看左右，小声道，“圣上龙体康健，王相公不必担忧了。”

出了皇宫，王溱坐着轿子途经御史台，忽然，他想起几个月前唐慎曾与他说的“师兄这一路过得不易”，他倏然笑出声，语气宠溺地自语道：“早就与你说了，我这一路并无不易。你瞧，你家师兄很快就要升官了。”

都说人算不如天算，皇帝要你今年升官，你就别想拖到明年。

不过如今一切还没显露出来，王溱出了宫后没去勤政殿，当然也没去户部。他命轿夫抬着轿子去了钦天监，等到申时才离开。

银引司的差事办得极为漂亮，银引司所有官员都得到了赏赐。刚刚回到盛京的余潮生得到赏赐后，对左右亲信感慨道：“自两年前我回京后，一切似乎都有如天助。”

度支司出事的时候，余潮生在贡院里做会试副考官，躲过一劫；如今他平白无故得了个银引司的差事，什么事都没做，银引司自个儿办成了大事，他也沾光分得了赏赐。

亲信道：“是大人仕运亨通。”

余潮生想了想：“倒也不是。圣上将我派去幽州，做了个银引司左副御史。一来是为了压住王党的气焰，不让王党一家独大，二来是为了给那唐景则抬官，让他以区区四品官职与我同位。或许是我沾了他的光吧。你瞧上个月圣上给他升迁了两个官，派去了幽州，那梅胜泽和王霄可不就是冉冉升起的唐党吗？”

所谓性贪而狠，党豺为虐。

在唐慎不知道的时候，他就被余潮生划出了一个党派，名为唐党。不得不说余潮生的嗅觉十分敏锐，全然不下于他的老师徐毖。王霄和梅胜泽此次去银引司赴任，其实表面上看与唐慎并无瓜葛，他们所属的是银引司都部，顶头上司应该是秦嗣才对。可仅仅因为这两人与唐慎那不同一般的关系，余潮生就察觉出来皇帝派这二人去幽州，不是为了给秦嗣送下手，而是给唐慎安排人才。

此时此刻，王霄与梅胜泽身处幽州。二人一边负责银引司都部的差事，每日要忙着管理银契，统协管理全国三十六府的兵部银契庄，同时还得私底下与派去辽国的探子接触。

监视辽国，并非小事。

两人刚到幽州就收到乔九的情报，说辽国皇帝中风而病，辽国二皇子趁机发难。王霄和梅胜泽表面看是同一官阶，但真正起决断作用的是王霄。他当机立断，让乔九趁此机会，帮助萧砧更加打入二皇子的官员内部，以此获得更多情报。

接下来一个月，源源不断的情报自辽国传来。

寻常情报都直接由王霄、梅胜泽等人处理了。唯有碰到事关紧要的，他们会暗自送去盛京，交由唐慎和苏温允决断。

如此一番而往，一月时光匆匆而过，又到了十月。

开平三十一年十月初七是赵辅大寿，往年来他都会隆重举办寿宴，三十六府各地官员提早数月就送上寿礼。今年却与众不同，赵辅骤然开始吃斋念佛，九月初他便在早朝上下了一道旨令，是为《思己诏》。

“朕即位三十一年来，不求有功，但求无过。然黄河之水年年泛滥，两岸百姓民不聊生，失地未复，何以家为。朕为苍天之子，真龙化身，如何能心安而眠?

“……朕决议，今岁寿诞不再大肆操办，各地节流开支，便令朕满心欢喜了。”

赵辅其人，行为举止向来不为他人所揣测。他突然不乐意办寿宴，一下子准备了半年多的礼部上下全部蒙了。

往年十月初七是皇帝寿诞，谁还能记得前一日是王溱的生辰。这一次连赵辅都想起来了，垂拱殿中，他笑道：“子丰明岁就三十了，朕记得今日是你生辰？”

这话最近赵辅总是提起，他喜欢提起年龄。

寻常皇帝年岁大了，总是忌讳他人提起寿命的话题。哪怕是普通老人，也往往不喜欢说起这个。偏偏赵辅不同，他越是修仙念佛，他越是要说。唐慎这种才刚刚及冠的他不乐意去说，王溱、苏温允，包括左相纪翁集、右相王诠，这些当朝权臣全被赵辅说了个遍。

王溱：“回陛下，今日是臣的生辰。”

赵辅想了想：“生辰自然是要好好过的。”

当即，王溱还在户部当差、没有下衙，赵辅赐下的赏赐就流水一般送进了尚书府。但王溱领了旨意后，就去了傅渭的宅邸。唐慎和傅渭早就在那儿等着了，等着为王溱办生辰宴。

师生三人举杯共饮，只见月下觥筹交错，清风徐来，恍恍然若缥缈书画。

傅渭近几年在修撰一套书，上个月已然修到了尾声。但五年过去，他已经不再是唐慎当年见到的大儒傅希如，他鬓间多了许多白发。

傅渭感慨道：“岁月不饶人啊，瞧瞧我这些白发，去年还能遮一遮，今年不知怎的，就像雨后春笋，噌地一下全冒了出来。唉，为师已然老了，看见你们两个还风华正茂，可真是老泪横流。温书，给我拿手绢来。”

温书童子如今每日都跟随在傅渭身边，实时照顾他。

听了傅渭的话，温书童子嘴里嘀咕了一句“您又没掉眼泪”，但还是从袖中拿出帕巾递给了傅渭。

傅渭佯装失意，他擦了擦并不存在的眼泪后，这才抬起头看向两个弟子。

唐慎哭笑不得道：“先生怎的忽然说起这话。在我心中，先生一如往昔，可是精神矍铄，毫无沧桑之意。”

傅渭：“怎么的，只许皇上每日说别人老了，不许我说啦？”

唐慎这才明白傅渭这是天天被赵辅喊过去说“你老了啊爱卿”，这才发作在他和王溱身上。唐慎更是无奈。

赵辅最近总是把官员喊过去，关心他们的年龄问题，这事唐慎也知道。可无奈唐慎实在太年轻，赵辅从来不喊他。连苏温允都被喊过几次，当朝权臣和皇帝心腹中，也就唐慎一个没有得此殊荣。有时唐慎甚至还觉得自己是不是被赵辅忘记了，但随即赵辅就会将他喊进宫，关切他几句，便打消了他的疑虑。

唐慎没有此番荣幸，傅渭就当面给他这份幸运。

师生二人谈天说事，傅渭说起了近日文坛上出现的一篇好词。

“这词是一位参将写出来的，可那参将向来大字不识两个。”傅渭卖了个关子，他意味深长地笑道，“景则可知道是怎么回事？”还没等唐慎说话，他就迫不及待揭开谜底：“那参将是个不懂墨水的武夫，可传闻他新娶的娘子是当地赫赫有名的才女。”

唐慎配合傅渭，特意捧哏：“还有此事？”

傅渭：“那‘参将’写出了不少好诗好词，正巧他最新出来的作品为师府上都有，不过放在哪儿来着……”转过头，傅渭问道，“小小童子，你放哪儿去了？”

温书童子无辜道：“先生，藏书的事都是抚琴童子去做的，我哪里晓得！”

傅渭：“一介童子，理由颇多，要你去寻书就去寻书。如此，景则你随他去，帮着这不懂事的童子寻一寻那本诗集？”

唐慎一愣，他看了傅渭一眼，起身道：“好。”

接着，唐慎和温书童子就往傅渭的雕虫书斋去了。

一时间，花厅中只剩下傅渭和王溱二人。

刚才唐慎和傅渭聊天时，王溱一直在旁饮酒，听着他们说话。他轻轻地笑着，也不跟着说两句，仿若就这样听着便好。如今唐慎去寻书了，傅渭在自己这个得意门生的眼前晃了晃筷子，王溱抬起眼睛，看向自家先生。

“先生特意支开景则，是为何事？”

傅渭粗着嗓子道：“我何时支开他了？你莫要胡说。”

王溱笑了：“你真当景则不知晓？”

傅渭：“罢了罢了，你们都长大了，翅膀硬了，也由不得先生了。”玩笑话说完，傅渭的脸色陡然一沉。他搁了筷子，看向自己这位学生。

二十四年前，傅渭去江南游玩，偶经金陵。那时傅渭就已经是负有盛名的天下四儒之一，于是到金陵府时，琅琊王氏向傅渭投去请帖，邀这位大儒入府，摆宴接待。

傅渭也出生于世家大族，但自他的祖辈起，他们一族便人丁稀少，家道中落，不胜往日。只是瘦死的骆驼比马大，在北直隶还是颇有名气的，与琅琊王氏当然不能比。傅渭是家中的顶梁柱，被琅琊王氏邀请，他当然也十分惊喜，准备了一番就赴宴了。

江南世家，小桥流水，园林精巧。

宴后傅渭被人接待着在园中闲逛赏景，两人正说笑着，便见一个模样精致、披金穿玉的锦绣男童在花园中静静地凝视着一朵花。傅渭在旁边瞧了多久，这男童便望了这花多久。

傅渭好奇道:“你在瞧什么?”

男童抬头瞧了他一眼，又看向他身边的叔父，于是乖巧礼貌地行了一礼，道:“我在瞧一朵花。”

傅渭:“你为何要瞧一朵花瞧这么久?”

男童:“原先只是瞧上了一会儿，但随即发现客人正在瞧我。我瞧花，客人瞧我，或许便如瞧一幅画，我怎能破坏您的雅兴?所以客人，您在瞧什么?”说完，他抬起乌黑清澈的双眼好奇地看向傅渭。

傅渭顿时惊为天人，听说了这男童是琅琊王氏的嫡子王溱后，他死活都要将其收为学生。起初王氏也有些难做，傅渭便长住在了金陵，最后还是王溱自己同意了。

王溱:“我瞧花如画，先生瞧我如画，这大概就是二叔总说的缘分。”

于是，王溱拜入傅渭门下。

“没想到这一晃眼就过去了二十四年。”傅渭感慨道，“嗨，我还提这些陈年往事做什么。”

王溱抬眸看向自家先生。

五岁的事他当然还记得，毕竟他记忆超群的本事十分出名。那时的他虽说是赫赫有名的神童，但不得不说，行事作风在如今看来，还有些出格。王溱向来不喜欢提自己过去的事。比如他拜入傅渭门下后，曾经在学写字时一日写了一千个大字，累得昏睡过去，醒来后便发现自己脸上沾满了墨水，真是完全失了风度。

王溱好心提醒:“小师弟就快回来了。”

傅渭顿住，过了片刻，他看向王溱，语气郑重，忧心忡忡:“前几日景则送给我一幅画，那幅画画得十分生动，却让为师心中担忧。子丰……你师弟究竟想做什么?”

王溱骤然怔住，他仿佛猜到了什么，问道:“什么画?”

傅渭默了默，道:“只是一幅花鸟画，画的是百鸟争鸣，群花潋滟，百鸟中有一只凤凰盘旋于空，群花中有一朵牡丹傲然众物。画是好画，是蜀地画痴林久德的手笔，我已经十多年没与他见过，他的画技更出众了。”

王溱眉头一蹙。

傅渭知道他已经明白了自己的意思:“百鸟群芳图，这画很寻常，但先帝时期也出过一幅这样的画……那时，是先太子画的吧。”傅渭叹了口气，道，“当年我还做过先太子的书画先生，指点过他几句，有一些师生之谊。”

傅渭这些年养精蓄锐，不争不抢，锋芒不露。

但十多年前，他也是执掌朝堂的右相权臣。

唐慎的那番心思，换作他人，可能看不出来，可傅渭却知晓。他长叹一声:“原以为他不会为梁博文做些什么，又或者这许多年过去了，无谓再做些什么，但谁承想，他竟一直记得。怎的这般无知痴傻!”嘴上这么骂，傅渭表情却十分赞扬，他摸了摸胡子，“不过你小师弟这番举止可是危险至极啊。你可知他到底要做什么?难道还想给钟泰生那老家伙翻案不成?”

“不知。”

傅渭一呆，过了许久才惊道："你不知？"

王溱看他，反问道："先生为何觉得我一定知晓小师弟想做什么，在做什么？"

傅渭站起来走了几步，回过头，还是不信："你怎么会不知？"

你王子丰能不知？

王溱举起酒盏一饮而尽。许是喝多了，他少了分内敛，多了分锐气，与酒气掺杂在一起，耀眼如清然皓月。他毫不做作地开怀一笑："我要知晓它作甚？"

傅渭一屁股坐在凳子上："你啊。"

王溱轻轻笑了。

良久，王溱真心感慨道："今日我真喝多了！"

唐慎寻书回来，傅渭没见到书，也没见到温书童子，问他："那小童子可是又去哪儿玩浪去了？"

唐慎笑着为温书童子辩解："先生猜错了，我们找了许久，始终没找到。温书便把抚琴童子喊来了，这才知道那本书早就不放在先生书房了。前几日先生赏花时将它放在花园了，所以温书与抚琴先去寻书，我就先回来了。"

没过多久，温书童子和抚琴童子果然拿着书回来。

傅渭翻开这本诗集，与自己两位学生品鉴一番后，他指着王溱，对唐慎道："你师兄方才说他醉了。"

王溱举着酒盏，仍旧一杯杯地饮酒，仿若没听见傅渭的话。

唐慎："师兄醉了？"

王溱看向他，轻轻一笑。

傅渭拂袖道："罢了罢了，今日就到此吧。你扶着你师兄回去，送他回家，可别第二日户部尚书醉倒在大街上的事传遍整个盛京城，老夫都丢不起这个人！"

唐慎立刻走上前，他扶着王溱，将他带出了傅府。

王溱似乎真的醉了，一上马车他便闭上了眼睛。唐慎掀开车帘，对马夫说："先去尚书府。"

一路上，王溱始终闭目睡着，唐慎动也不敢动，生怕吵醒他。等快到尚书府时，管家早已在门外候着。

唐慎："师兄似乎醉了，所以我送他回来。"

管家大惊，错愕地看了眼马车里的王溱，又看了眼唐慎。他徐徐行礼，道："劳烦唐公子了。"管家很快命人把王溱扶了进去，唐慎这才上车回家。

然而他并没有想到，尚书府的大门才刚刚从背后关上，"醉得不省人事"的王子丰倏然睁开眼，站直了身体。

管家见状，心中道了声"果然"。

管家照顾王溱十余年，自王溱来盛京便跟着过来了。他从未见王溱醉过，一来王溱的酒量十分不错，很难喝醉；二来以王溱的谨慎和品性，他最不喜将掌控权交由他人手上。醉鬼这种事，王溱决然不会去做。

王溱伸出手，从怀里掏出一本薄薄的琴谱。这是在马车上时，唐慎趁着他睡着迅速塞到他怀中的。想来就是他二十九岁生辰的礼物了。

琴谱是前朝遗本，价值连城。王溱定定地看着这本琴谱，却怅然地叹了口气。他道："准备醒酒汤吧。"

管家惊讶道："公子醉了？"看着不像啊，双目清明，走路稳健。

王溱摇摇头，笑了起来。

另一厢，唐慎回到府上后，书童奉笔一直为他等着灯。因为第二日还要上早朝，所以唐慎戌时前一定会入睡。奉笔闻到唐慎身上的酒味，贴心地问道："公子可要喝醒酒汤？"

"嗯。"

很快，奉笔将姚大娘早早备好的醒酒汤端了过来，搁在书房的桌上。唐慎右手拿着一本书定定地看着。可是过了许久，他也没翻动一页。奉笔提醒道："公子，汤该冷了。"

唐慎精神一个恍惚，轻轻地"嗯"了一声，接着伸手拿起醒酒汤。

奉笔惊呼："公子，那是笔筒，您拿错了。"

仿若当头棒喝，唐慎猛然回神，他手上一个不稳，青瓷笔筒砸在地上，落了满地碎片。奉笔急忙收拾起来，唐慎张了张嘴，片刻后，他道："你先出去吧。"

奉笔一头雾水地将碎瓷片收好，带出书房。

唐慎放下了那本他看了小半个时辰却一个字都没看进去的书，手指用力地缩紧，又用力地张开，深深吸了一口气。

他确定了……

王溱和傅渭早就知道他想为松清党翻案的事！

他们是如何想的？他又该如何去应对？

又是一宿睁眼到天明。

第二日，下了早朝后，唐慎只当了半天差，就告假回家休息。

早朝时他曾经远远地看了眼王溱，两人如今不在一个衙门当差，见面的机会本就少。只要早朝时注意了不碰面，就不会有什么奇怪。王溱神色自若，没什么异常，想来是并不知道他昨晚将那些话都听了进去。

就这样躲了两天，十月中旬，唐慎接到一封从姑苏府来的家书。

写家书的人是唐慎的大伯父唐举人。他在信中首先恭贺唐慎升官，接着又说了些唐家的事，比如唐夫人上月生了一场大病，所幸有名医妙手回春，让唐慎不必担心。

直到信的最末，唐举人写道："九月初，二皇子殿下至姑苏府，任姑苏防御使，府尹大人设宴款待，为其接风，鄙人不胜荣幸，也在其列。数日前，姑苏府建了一个稀奇玩意儿，名为兵部银契庄。原以为与唐家无关，谁料初六，二殿下决议扩办兵部银契庄，请姑苏所有乡绅富豪一同督办。"

看到这儿，唐慎颇为惊讶。

旁人不知道兵部银契庄是什么，就连苏温允、余潮生都未必敢说一句知根知底，可唐慎却是知道的。两年前当朝权臣想推行"以纸代币"，用度支司做幌子，下场惨烈。

如今的银引司，或者说兵部银契庄就是“以纸代币”新的幌子。

兵部银契庄推行得十分顺利，无论是王溱还是唐慎，所有和银引司有关的官员，都得到了皇帝的嘉赏。兵部银契庄再往下做，就是真正开始推行“以纸代币”了。这个度由王溱把握，他自会找到一个最恰当的契机，在最合适的地方和时候推行起来。

可二皇子赵尚怎么会突然想插手兵部银契庄的差事？

唐慎疑思不定，等过了几日，他知道其他两位皇子也想办一些差事，在任职的当地做出一番成绩后，他恍然大悟：赵尚未必就知道兵部银契庄是做什么的，他只是想做出政绩，让皇帝对他刮目相看，胜过他的两位兄弟，然后他就选中了兵部银契庄。

这件事说大也不大，说小也不小。

赵尚毕竟是皇子，别说是个小小的姑苏防御使，他若真想插手兵部银契庄的事，恐怕没人敢阻拦他。若是让赵尚捅出什么娄子，那可不是赵尚以后与皇位失之交臂的事，王子丰布了整整两年的局也会功亏一篑。

唐慎知道这事应当告诉王溱，提醒他是否要做出一些防范。但偷听到那晚王溱与傅渭的谈话后，他不敢贸然去见对方。

冥思苦想后，唐慎想到了一个主意。

他特意打听到王溱某日被赵辅传唤进宫，于是在下衙后，唐慎趁王溱还没回府，赶忙登门拜访。

管家道：“回唐公子的话，我们家公子还未回来，请您去花厅中等着吧。”

鉴于以往经常会碰到这样的情况，管家也没当回事，直接就想把唐慎往府中引。

谁料这次唐慎却露出迟疑的神色，他道：“今日我还有事，既然师兄没有回来的话，我就不叨扰了。我这有封信想给师兄，劳烦你为我转交了。”

管家愣了愣，将信接了过来。

半个时辰后，王溱回府。听说了唐慎登门而不入的事，他挑起眉，拆开信看了起来。看到唐慎旁敲侧击地告诉自己二皇子似乎想要插手姑苏府的兵部银契庄的差事，王溱微微怔住，他定定地望着这封信，久久不言。

良久，他叹气道：“他是故意的。”

一旁的管家十分不解。

王溱问道：“他今日登门时穿的是官袍还是常服。”

管家回答：“官袍。”

王溱：“你瞧，若他真心想来做客，怎会穿着官袍就来了？他早就没想过多待，只是把信送到就好。他早早就知道我定然不在府上，才会提前准备好一封信。”顿了顿，王溱忽然站起，他惊讶不已，“这般重要的事，他不当只用一封信告诉我，哪怕是先前他总躲着我的时候，遇到这种大事也该知道事态缓急，不可如此敷衍。”

在厅中来回走了两步，王溱语气坚定：“他定然是知道了，他不再狐疑猜测，他肯定了。他怎会忽然如此肯定？”

许久，王溱哭笑不得地道：“那夜原来他听见了！”

第五十一章

回乡

次日，唐慎下了衙刚回到府上，正在和唐璜吃晚饭，就见奉笔突然跑进屋："公子，王大人来了。"

唐慎的筷子"啪嗒"一声落在桌上："哪个王大人？"

奉笔奇怪地看了唐慎一眼："王溱王大人。"

唐慎立即道："就说我病了，不宜见客！"刚说完，唐慎又飞快地自言自语，"不行，谁都骗不过王子丰，他才是骗人的祖宗。想骗过他，得先骗过自己，我真的病了，我病得很重，我快起不来床了。"

话音刚落，唐慎直接跑出大厅，奔向自己的房间。才跑到一半，他又跑回来："唐璜，你的胭脂呢？"

唐璜早已被唐慎这一连串的举动吓到了，过了半天她才呆呆地道："在……在房间里？"

唐慎："借我一用。"

唐璜："欸？"

唐慎以极快的速度跑去自家妹妹的闺房，从梳妆奁中取出一盒胭脂，随即他又跑回自己的房间，直接躺上床，盖上了被子。

门外，王子丰穿着一件深红色的官袍，背倚轿子静静等着。他手中拿着一把锦面折扇，有一搭没一搭地在掌心里敲着，显得清雅又雍容。

奉笔跑出门，道："王大人，我家公子他病了，无法见客。"

王溱做出关切担忧的表情："小师弟竟然病了？那我更得看看他去，带路吧。"

奉笔原本还想说些什么，可一抬头看见王大人那温润雅静的笑容，他闭上了嘴，乖乖地带起路来。

公子，不是奉笔没用，换谁来都这样！

奉笔带着王溱一路来到唐慎的卧室门前。

所幸这小书童还是识趣的，虽然迫于王子丰的淫威不敢不带路，但是来到房门口，他还是敲了敲门，提醒唐慎："公子，王大人来了，小的进来了。"

刚一推开门，阳光霎然射入屋内，一阵烟香袅袅，白雾蒸腾。这屋中点了浓浓的香薰，是容易起烟的蜡木。奉笔一时惊住，明明一刻钟前这房间里还什么都没有，怎的如今就多了这么大的烟。公子这是在作甚呢？

唐慎躺在床上，重重地咳嗽了一声："进来吧。"

奉笔行了一礼，侧身让王溱进去。

王溱站在门前，他望着这屋内好大的烟，先是笑了笑，再踏步进入。

屋中一片寂静，只听得唐慎时不时的咳嗽声。房间原本不大，但是被白烟一遮，盖得到处都看不清，反而显得缥缈阔远。王溱顺着声音来到唐慎的床前，他低头一看，只见唐慎满脸潮红，他用手捂着嘴，想不咳嗽，随即一声剧烈的咳嗽，唐慎松开手，掌心鲜红。

王溱吓得一瞬间失了神，他急忙上前一步，又忽然定住。

他直直地看着唐慎，心中觉得又好笑又无奈。

唐慎挣扎着想起身，道："我偶感风寒，一下子病得太重，就不起床迎接师兄了。师兄快快走吧，别让我过了病气给你。"

王溱语气真诚："小师弟这说的是什么话？你我同是出门在外，又是同门师兄弟。我是你的兄长，你如今生了病，我怎能不关心你？"

王溱坐在床边，看着唐慎脸上的颜色，又看了眼他鲜红的掌心。

唐慎被他看得大气不敢喘一口，生怕被王子丰看出异样。他特意在屋子里弄了这么大烟，就是为了遮住点，不被发现自己装病。可他却没想到，如今他屏住呼吸，一下子又不咳嗽了，和刚才疯狂咳嗽的模样又成了鲜明对比。

王溱伸手在唐慎的脸颊上摸了下，接着他看了看自己指腹上的胭脂，将手指放在唐慎的眼前，笑道："红了。"

唐慎无言。

王溱露出关切神色，义正词严地为他解释道："莫非是刚才咯血时不小心沾染在脸上的？"

唐慎心道：求求您别说了！

所谓掩耳盗铃，自己的小心思被拆穿后，唐慎干脆直接闭上眼装睡，假装什么都没听见。王溱看着他这模样，也不再说话。

屋子里一片寂静。

"小师弟。"

唐慎不敢回答。

王溱又喊了一遍:"小师弟。"

唐慎依旧不说话。

过了一会儿，王溱沉着嗓子，低声道:"唐景则。"

唐慎心中一紧，他仿佛感觉到了一道逼人的视线，他睁开眼，只见王溱神色平静地望着他。

唐慎轻声道:"嗯……"

王溱:"你瞧见了吗？"

唐慎双目紧缩，他张了张嘴，却是哑口无言。

望着唐慎的表情，王溱已经明白了一切。

唐慎说不出一个字。

王溱道:"你不必说了，我自然全是明白的。你从未信任过我。自你来京城的那一日起，你便只是想借我之势，却从未真正拿我当过知己挚友。"

王溱尽量用欢快的语气说道:"我全知晓的。"

唐慎见状，竭力想说"师兄我不是这样的"，可他说不出口。

王溱轻轻地叹了口气。

"既然病了，那便好好养着吧，莫要操劳了。"

王溱起身便走，唐慎在床上呆了好一会儿。忽然他起了身想要去追王溱，可王溱这次动作快急了，他的轿子早就跑没影了。唐慎站在门口怔怔地望着空荡荡的巷口，他甚至想过要不要现在就去尚书府，他想告诉王溱，他一直最敬重、最仰慕王子丰。

但唐慎没敢去。

因为刚来盛京时，他对王子丰确实没有丝毫信任，他一心只想着借对方之势，青云直上，早日为梁诵翻案。无论如何，他终究是利用了王子丰，利用了傅渭，甚至至今也不敢对他们承认自己想为梁诵翻案。

他于心有愧。

次日，还没上早朝，唐慎悄悄来到两品大员所在的宫殿外，他伸长了脖子想找王溱。可几个大臣鱼贯而出，愣是没瞧见王子丰的踪影。等到下了朝，唐慎又找了找，竟然还没见到王溱。

唐慎猜测:难道师兄他告假在家，没来上朝?

下了早朝，唐慎这次没去御史台，而是去了勤政殿。他在门外踌躇许久，还是敲门进屋。这屋子是王溱和礼部尚书孟阆一同使用的，如今王溱的位子上是空的，孟阆倒是在屋内。他看到唐慎，惊讶地道:"唐大人？本官记得，你如今不在勤政殿当差吧。"说完，孟大人眼珠子一转，"来找王大人的？"

唐慎硬着头皮道:"是，下官有事想找户部尚书大人一说。"

孟阆哪里知道最近几天这两师兄弟发生的事情，他哈哈一笑:"那可真不凑巧，你难道不知道昨晚上王大人递了折子进宫，说要回乡探亲，昨晚就连夜出城了？"

唐慎："啊？"

唐慎又去户部衙门、尚书府，得到的答案都一样。

王子丰真的离京回金陵去了！

唐慎瘫倒在椅子上，呆若木鸡。

"他一定是生我的气了。可……可这不应该啊！那都是过去的事了。我如今是真心拿他当知己的。"

过了一日，唐慎心中想："我未曾做错，我只是没敢承认罢了。"

又过了一日，唐慎又想："不，我错了，无论如何我不该装病欺骗他，还故意用胭脂装作呕血。"

再过三日，唐慎幡然悔悟："他明明知晓我在调查梁先生的死和三十一年前的宫廷政变，可他非但没有揭发我、阻拦我，而是在帮我。他对先生说他想为我扫平前路波折，荡清身后烦忧，而我却始终自以为是地欺骗他。"

"师兄……王子丰！"

江南金陵，琅琊王氏。

王溱自从高中状元在盛京当官后，除了过年，他很少回金陵府，更很少回这么久。王氏的孩童们原本山高皇帝远，家中的两个积威已久的当朝权臣王诠和王溱都不在家，他们时常玩乐，对功课只求做完不求做好。

这下好了，王溱突然回来了。

王家孩子们个个苦着脸，一个个穿着乌衣，吃饭时说错一句话就被多加一道功课，真是苦不堪言。

王家四叔王慧拿着一壶上好的碧螺春来到王溱的院子，叔侄二人品茶交谈。

王慧自知他只是一个商人，心没有这些当官的脏，根本玩不过他们，于是他开门见山："子丰啊，你已经回家五日了，怎的还不用回京吗？朝中无事？"你不回去，别说那些子侄们心里苦，他这个当叔叔的每天也过得不是很舒坦啊！

王溱："许久未归家，四叔是觉着我待得太久了？"他露出伤心的表情。

王慧心里骂了句"就你会演"，嘴上却道："我怎么会有这个意思？只是你寻常公务繁忙，怎的这次有空闲在家中休息这么久？"

"也不是全然在休息。"

王慧一愣："嗯？"

王溱吐出两个字："姑苏。"

王慧立即反应过来，他压低声音道："莫非你这次回来，和二皇子在姑苏想做的事有关？"王慧对兵部银契庄的事也是知道一二的，所以才能这么快联想到姑苏的事。

王溱悠然一笑，没有回答。

王慧这下明白王溱回来到底是为了什么。表面上是回乡探亲，其实暗地里在姑苏府安插人手。行吧，这样他更不能赶人走了，只能让那些子侄继续痛苦一段时日了。

王慧："仅是如此？"

王溱拿着茶盏的手微微顿住，他垂着眸子，道："此次回来，也与唐景则有关。"

王慧："啊？"

王溱："总是我对他无比信任，又如何来得反差，让他知晓也该给予我信任？"

王慧情商极高，一听这话，再加上王子丰这些天回家的表现，他明白过来，笑道："子丰说得也没错，与人往来不可总是一人付出，另一人无所回应。只是你离开盛京这么久，只怕唐景则该觉得你想与他割袍断义了。"

王溱长长叹息，放下杯盏，面露无奈。

什么时候能见过王子丰这副模样，四叔大呼惊奇，看了好几眼。

王溱瞥了他一眼，声音温和："四叔。"

王慧缩了缩脖子，他咳嗽一声，站起来："我想起铺子里还有事，便先走了。"他走到院门口，忽然又被王溱喊住。王慧回过头："嗯？子丰还有事？"

王溱默了默，道："十日后，我回京。"

王慧愣了愣："好。"

十月底，赵辅又生了一场病，断了早朝。

钦天监监正李肖仁和善听和尚每日都在福宁宫中为皇帝祈福，皇宫里处处可以见到穿着道袍的牛鼻子道士和一身僧衣的光头和尚。

这次赵辅的病来势汹汹，除了几位一品大臣，其余官员全部不见。别说唐慎，就连苏温允都没能见到赵辅一面。

这日，唐慎从御史台回到家中，只见林账房、姚三和唐璜正在对账本。

三人见到唐慎，立即把账本交给他一阅。唐慎随意翻了翻，惊讶地发现这个季度的利润比往常多了近两成。他将唐璜喊到书房中仔细询问，才知这多出来的两成收益并非因为总收入增加了，而是因为成本减少了。

"我总是寻思咱们家最大的生意就是珍宝阁，如今细霞楼已经在姑苏、金陵和盛京都开了店，盛京里头还开了一家分店呢。但珍宝阁和细霞楼不同，珍宝阁很难在其他地方开成，唯有在盛京才能有这么多的客人。如何才能降低成本，我想了许久，想着不如多雇佣一些人吧。"

唐慎已然明白自家妹妹做的是什么事，可他还是问道："多雇佣人，岂不是佣金会更多？"

唐璜："但效率亦会提高。"她拿来一只算盘，啪嗒啪嗒拨弄几下，展示给唐慎看，"就以琉璃工房为例，往常我们已经尽量让工匠们分工干活。但比如让一个工匠兼顾了所有调制原材料的活，他兼顾得多，但一日只能做一桶材料。若是让一个工匠去研墨凌子石，一个工匠去调配材料，一个工匠专门负责检查配比，他们三人每日可以做三桶材料，这其中的利润可比给三个工匠的工钱要多许多。"

十六岁的唐璜，如今已经出落成一个大姑娘，再也瞧不出当年在赵家村时，那副护着果子汁、将地痞泼皮打跑的剽悍模样。可唐慎望着自家妹妹，却感到她变得更强大了。

沉默了许久，唐慎问道："先前让姚大哥去找的东西可找到了？"

唐璜无奈道："没有。大梁恐怕是没了，或者没人发现过，得往辽国去找找了。"

兄妹二人又说了会儿话，便道了晚安，各自分开。

唐慎自然不会把自己在辽国安插了探子的事告诉唐璜，其实这也算不上公器私用。乔九本就是个商人，让他在辽国寻找东西并不费事，但唐慎不打算这么做。

然而唐慎并没想到，他和唐璜今夜才聊起辽国的事，次日清晨，一封八百里加急的密报便传到了盛京。

送信的官差跑死了两匹快马，浑身乏力地将密报送进宫中。当日下午，唐慎和苏温允便接到王霄传来的密函。信中只有短短一句话，可两人看到这信，纷纷惊骇起来，不敢置信地看向对方。

次日，事情就再也瞒不住了。

三日前，上京大定府中，安定公主与辽国四皇子耶律隆真通奸，被辽帝当场抓住。耶律隆真被贬出宫中，安定公主则被辽帝差人打了一百鞭子，被活活打死了。接着辽帝向大梁发难，派遣使团，不日就要抵达盛京。

安定公主就是一年前赵辅送去辽国和亲的那位。

九王爷去世多年，王府中的郡主常年被赵辅忽视，唯一一次被赵辅记起来，就是送她去辽国和亲。赵辅封她为公主，封号"安定"，谁料这次没安定得起来不说，居然还惹出了这么大祸事。

赵辅还在病着，不能上朝，但他却把几位相公召进宫中，在福宁宫里说了很久的话。

左相纪翁集走出福宁宫的宫门，他站定在殿门外，抬起头凝视着那广阔无垠的蓝天。右相王诠自他身边走过，停住脚步，问道："纪相在看何物？"

纪翁集收回视线："只是随意看看，王相不必在意。"

两人的身后，陈凌海、徐毖等人也一起走出殿门。

纪翁集长长地叹了口气，拂袖离开。

当夜唐慎和苏温允就一起进了宫，向皇帝汇报这次安定公主淫乱辽国后宫的实情。

赵辅躺在靠枕上，微微闭着眼睛听唐慎说话。

等唐慎全部说完后，他声音低哑，带着一丝微弱的病气："依景则的意思，朕那位侄女其实未必真的做了什么。欲加之罪，何患无辞，她只是某些人除掉那辽国四皇子的一个借口？"

唐慎默了默，没有吭声。

赵辅："斐然，你说呢？"

苏温允垂着艳丽的桃花眼俯首行礼，直言道："安定公主是我大梁公主，她是否真做了不该做之事，除了已死的公主本人以及被赐死的侍女，就只有那位被贬为庶人的四皇子知晓了。事实如何已无意义，臣以为两日后那辽国使臣来京才是重中之重。"

赵辅耷拉着眼睛，轻轻地说道："那辽国皇帝一共就四个皇子，如今走了一个，只剩下三个。这倒与朕一样了呢。"

唐慎和苏温允低头不语。

两日后，辽国使臣抵京。

赵辅仍旧没能上朝，这次接待辽国使臣的任务又落在了礼部尚书孟阆身上。幸好这次辽帝并没有派皇子同行，所以大梁的三个皇子也不在京，就不需要赶回来接待辽使了。

唐慎理所当然地被赵辅安插进了使团中，而苏温允因为曾经在辽国露过面，在辽使抵京的那一日，他便告病在家，再也不出门了。

辽使这一次来比一年前更加气焰嚣张。

一年前辽国仗着兵强马壮，明明是自己主动攻打幽州城，却怪罪到大梁头上。那次他们是名不正言不顺，如今他们有了恰当理由，安定公主一事令辽帝大怒，辽使们一见到孟阆便怒斥道："尔等梁人，便是如此向人赔罪的吗？难怪会有如此淫荡不堪的公主，梁人行为，令人不齿！"

梁官听了这话，哪一个不惊怒难定，可辽使嚣张，连孟阆都拿他们没办法。

孟阆竭力安抚住这些辽使，只等着赵辅龙体好些，再向他请安，问该如何处理这次差事。

这日送走了那些叫骂的辽使后，孟阆回到勤政殿，他唉声叹气道："这可如何是好！"

唐慎跟在他的身后，只能低着头，心中也十分无奈。

次日，唐慎得了空闲，随孟阆一起去驿馆接待辽使。

这次使梁的辽使并没有耶律勤，而是另一个高瘦个的南面官，名为萧章。萧章对孟阆口出恶言，全然没将这位二品大员看在眼中。孟阆早已愠怒多时，待萧章再次发难后，孟阆微微一笑，拱手道："敢问辽使，我大梁的安定公主如今在何处？"

萧章一愣，道："那淫乱后宫的公主自然早已被我大辽皇帝打死扔出皇宫了。"

孟阆上前一步，怒道："我大梁的公主岂是他人可以随意处置的？哪怕她嫁入辽国，犯了大罪，也当交由我大梁刑部来审理此事，再不济，为何不见公主仙躯？生不见人，死不见尸，辽帝一句'公主淫乱后宫'就搪塞过去，这天下哪有如此道理！"

萧章："你！"

孟阆道："本官先行告辞，望辽使明日能将事情细细道来。"说完，拂袖便去。

梁官们也跟着孟阆一起离开驿馆，走时他们地狠狠瞪了这些辽使一眼，出了口恶气。

唐慎也学着他们的模样，佯装解气，扫视了一圈驿馆中的十几位辽使，忽然，他的目光在萧章身后一个年轻男人身上停了一瞬。只见孟阆拂袖而去后，萧章低下头在那年轻人的耳边说些什么。

这并非什么奇怪的事，可唐慎总觉得萧章似乎在询问那人的意见。

这情景十分眼熟，唐慎回家后冥思苦想，忽然他脑中灵光一闪——

半年前他私下去了辽国，乔九与他说话时不就是这番模样吗！

唐慎顿时闪过一个念头，就着夜色，他悄悄来到苏温允府上。苏温允见到他，先是调侃道："唐大人来到寒舍，真是令寒舍蓬荜生辉，本官如何请得动唐大人大驾，来我这一探？"

唐慎开门见山地将自己在驿馆见到的那名男子和他自己的猜测，全部说了出来。

苏温允脸色一变，他思索片刻，问道："辽国很少有年轻的高官，辽使萧章在辽国已经算是三品高官，比他品阶高的辽官没有一个低于三十岁，此人定然不是辽官。"

两人对视一眼。

唐慎："是哪位皇子？"

苏温允："你将那人的长相描述一遍。"

唐慎："皮肤白净，模样秀朗，并不像其他辽官那样彪悍强壮，倒有些像我们大梁的文人。然而此人气质阴鸷，眉宇间有几分未曾藏尽的狠厉，想来手上有不少鲜血。"

苏温允愣了片刻，嗤笑道："此人十之八九便是那辽国二皇子耶律舍哥！"

唐慎迅速道："他为何会来此？"

苏温允沉思许久，抬头问道："你先前说过，辽使来京是为讨伐送安定公主去辽国的大梁，除此以外，他们还提了其他什么要求？"

"无非就是割地赔款。割地自然不可能，赔款一事还在商议。除此以外……"顿了顿，唐慎道，"辽国还想再娶走一位公主！"

耶律舍哥偷偷来盛京，居然和辽帝想再娶的这位公主有关？

唐慎百思不得其解，苏温允也想不明白。

不过唐慎临走时，苏温允道："对了，唐大人，今日孟大人在驿馆可是大发神威，再不惧辽使了？"

唐慎一惊，刚才他和苏温允说话时完全没提过今日发生在驿馆中的事。

唐慎沉默不语，苏温允看他表情，已然知道了答案。他不屑地道："你就不好奇为何？"

唐慎："为何？"

"一年前，那孟阆突然有了底气是因着有个人偷偷潜回盛京给他撑腰了，如今还能为何？"苏温允冷哼一声，"某个人又悄悄回来了呗。"

次日，唐慎便在接待辽使的官员中，见到了李景德。

李将军再次剃掉了那一脸的络腮胡子，穿着一身文官的服饰，躲在孟阆身后。见到唐慎，他使了个眼神，然而并没有刻意与他交谈。

唐慎心里叹了口气：瞧瞧这李景德，如今竟然也有了小心思！反正被他唐慎利用也是利用，被孟阆利用也是利用。他还能随时套麻袋打孟尚书一顿，却不能套麻袋打唐慎一顿，所以他这次干脆直接找上孟阆，没再从唐慎这儿下手。

这一日，双方使臣依旧不欢而散。

下了衙后，唐慎再次来到苏温允府上，这次他记住了那年轻辽官的长相特征："他耳垂很薄，左眼比右眼微微大了一些，右脸颊上有一颗小黑痣。"

苏温允斜眼看他："唐大人有过目不忘之能，我可没有。"

言下之意，他与那耶律舍哥只在析津府见过一面，哪能记得那么清楚。

唐慎也察觉到自己此举实在欠缺考虑，他正想着该如何确认那人到底是不是耶律舍哥，要不要冒险带苏温允去见一面时，只听苏温允冷笑一声，道：“当然，那耶律舍哥的右脸颊上确实是有一颗小黑痣的。”

唐慎惊讶道：“苏大人方才不是还说，你没有过目不忘之能的？”

苏温允理直气壮地反问：“怎么，我确实不能过目不忘，但我就不能记得那耶律舍哥脸上有颗小痣了？”

唐慎无言。

既然确定那人就是耶律舍哥，如今情形，唐慎便悄然有了对策。

唐慎私下找到李景德，直言：“辽国使臣中有一人正是辽国二皇子耶律舍哥。”

李景德大惊，摸着光秃秃的下巴：“真的？”

唐慎：“真的，不过下官想先问将军一句，您此次回盛京是为何事？”

李景德默了默，道：“我回盛京所要做的事其实与辽国使臣来京并无关联，此事与你无关，唐大人不用问了。只不过恰好碰上这群辽官，所以本将军便决定多待一些时日，等这群家伙滚蛋，我再回幽州。”

李景德回京居然另有要事？

唐慎心中狐疑了一瞬，他作揖道：“听将军的意思，看来已经把要做的事做成了，您留在盛京就是为了这些辽使。既然如此，下官倒是有一条计策……”

当夜，唐慎悄悄入宫，于福宁宫中拜见皇帝。

赵辅的气色好了许多，他坐在软榻上喝着燕窝粥，听唐慎说完后，他先是又喝了一口粥，接着把玉碗轻轻放下。白玉做成的精致小碗搁在黄花梨的矮桌上，发出清脆声响。

赵辅感叹道：“辽人似乎总喜欢在寒冬腊月时派使臣来我大梁。”

唐慎低着头，声音平静地回答道：“辽国地处北方，一旦入冬，便是冰冻三尺，难以出行。我大梁占据中原大地，地大物博，冬日之景各地不同，辽人有仰慕之意也情有可原。”

赵辅闻言哈哈大笑起来。

离宫时，唐慎还未走出几步，在宫门口被一个人拦住。

他停下脚步，看着对方，恭敬地作了一揖：“见过李大人。”

来人正是钦天监监正李肖仁。

李肖仁身为三品钦天监监正，表面上看比唐慎官高一阶，但唐慎身居四品，实则有三品之意。李肖仁也行了一礼，他细小的眼睛悄悄打量着唐慎，笑道：“唐大人可是刚从圣上的寝宫中出来？”

“正是。”

李肖仁露出关切的神色：“此次陛下偶感风寒，一病不起，下官当真焦心至极，幸好陛下乃是真龙之子，得上天庇佑，于是化险为安，龙体康健。”顿了顿，李肖仁道，“许久不见王大人，王大人还未从金陵回来吗？”

唐慎的身体僵了一瞬，他道：“未曾。”

李肖仁的脸上闪过失望，但他很快继续和唐慎说起话来。这李肖仁原本只是个牛鼻子道士，出身淮止山青云观，后来得赵辅宠信，才得了钦天监监正的官职。他肚子中的墨水不足一斗，可论起说话奉承，他是个中好手。

他有意和唐慎打交道，唐慎也正有此意。

两人一拍即合，相谈甚欢。

聊了一刻钟，只见一个穿着素色僧袍的圆脸和尚远远地被太监引着过来，李肖仁的声音骤然停住。那和尚走到两人跟前，他朝李肖仁和唐慎徐徐然施了一礼，道："李道友。"他看向唐慎。

唐慎微微颔首："下官是御史台的谏议大夫唐慎。"

善听和尚眉目慈和，声音悠缓："唐大人。"

唐慎："见过善听大师。"

善听的视线在唐慎的眉眼间停留了一会儿，唐慎以为他要对自己说什么，谁料他很快转开视线，对李肖仁道："李道友可是也要到福宁宫为陛下祈福？"

李肖仁："正是。"

"不若一道吧。"

李肖仁虚伪地笑道："那当然是好。"

两人一起拜别唐慎，往福宁宫去了。

第二日唐慎再去驿馆时，没在随行官员中见到李景德的身影。没了李景德的撑腰，孟阆瞬间又有些怂了，他找了个理由便离开了驿馆，将事情推到明日。

另一边，李景德快马加鞭回到幽州。他刚到幽州城，没有去西北大营，而是去了银引司，直接喊来王霄。王霄心道自己没得罪过这尊杀神啊，就见李景德掏了掏耳朵，道："听唐大人说，银引司之事都是交由你负责的？"

王霄心中一惊，他不知该如何回答。

李景德可不是银引司的官，他是征西元帅，他们往辽国安插探子的事能不能告诉李景德，李景德又知道多少？

李景德见状，立刻明白过来，他一拍桌子，佯怒："本将军还能诓你不成，当然是唐景则唐大人亲口和我说的！"

王霄："是交由下官负责。"

李景德开门见山："辽国二皇子如今何在？"

王霄心想：这李将军居然知道他们安插在辽国最大的细作就是辽国二皇子麾下的左平章政事萧砧，看来李景德果然知道内幕。

于是他道："耶律舍哥应当正在南京析津府。"

"他去盛京了！"

"什么？"

李景德眼珠子一转，招来王霄，附耳道："竟然连那萧砧都不知道，看来这事是私密行事，不为人所知。那耶律舍哥偷偷去盛京必然有所图谋。他们辽国的几个皇子不是斗得很欢，还把咱们的安定公主当棋子弄死了吗，那何不随了他们的意？如此，不如将耶律舍哥的行踪透露出去。辽国最恨耶律舍哥的人是谁？被革官在家的王子太保耶律隐啊，还有那耶律隐身后的三皇子耶律晗和王子太师耶律定啊。王大人，你可知道该如何做了？”

王霄惊讶地看向李景德，他没想到李将军居然有勇有谋，能将计就计，想到这些，王霄立即道：“下官知晓！”

李景德满意地点了点头。

第五十二章

流淇

盛京城中，耶律舍哥正在驿馆中与辽使萧章密谋划策。而他并不知晓，一封密信已经随着一车茶叶被送去了辽国析津府，送到了他麾下的左平章政事萧砧手上。

三日后，耶律舍哥不在析津府的消息不知从何而出，传遍了整个南京。

萧砧惊慌失色，急忙寻上耶律勤，将这事告诉对方。“耶律大人，二殿下当真不在析津府吗？殿下不是前些日子打猎受了伤来析津府养病的吗？”

耶律勤得知此事，也惊骇道：“怎么会有这样的传闻？”

萧砧一听：“二殿下当真不在析津府？”

耶律勤急道：“不在！坏了，殿下是从一个月前来到析津府养病的，恰好以养病为由离开了大定府，避开了那四皇子和安定公主的事。如今消息一旦传到上京，哪怕陛下不询问，也会被耶律晗、耶律定抓住把柄，质问二殿下的下落。此事至关重要，你做得不错，我这就去寻二殿下。”

萧砧急切地道：“可不能坏了二殿下的大事啊！”

十月廿七，盛京城中下了今年的第一场雪。

辽国使臣还留在驿馆，势要梁国给个说法。

唐慎从御史台出来，他撑开油纸伞，正要迈入雪中，只见御史大夫刘杜山的轿子从门中而出。御史大夫是三品官，刘杜山也算是唐慎的顶头上司，唐慎立刻驻足，朝着刘大人的轿子微微作揖行礼。

刘杜山从轿帘缝隙中看见了唐慎，他高声道："停轿。"

唐慎惊讶地看他，只见刘杜山从里头掀开轿帘，笑道："唐大人是要回家？"

唐慎："回大人的话，正是。"

刘杜山看了看天上落下的雪，感慨道："这雪下得颇大，唐大人怎么不坐轿子？"

唐慎苦笑道："大人莫不是在揶揄下官，大梁律例，三品官员才可行官轿。"

刘杜山一愣："倒是忘了。"

也不能怪刘杜山忘了，朝堂上下谁不知道唐慎当着四品的官，却有着三品的权。他年纪太轻，赵辅不会轻易给他升官，所以特意派余潮生去担任银引司左副御史，与这唐慎同阶，暗里抬了他的官阶。

刘杜山："御史台与户部衙门倒是靠得近，或许唐大人等一等，可以和王大人一起回去？"

唐慎惊愕地道："师兄回来了？"

刘杜山笑了笑，果然，这唐慎与王子丰关系极好，脱口而出便是"师兄"。

刘杜山："本官今日中午去勤政殿办差，碰巧遇上了王大人，他似乎刚从金陵府回来。这雪下得大极了，唐大人也可以直接去户部寻王大人。"

唐慎行了一礼，刘杜山放了轿帘，乘轿子离去了。

鹅毛大雪从天空中密密而下，雪中寒风刺骨，可唐慎的心却炽热地跳动起来。他紧紧握住伞柄，在雪中思索了许久，一咬牙，下定决心，转身走向户部衙门。他鼓起极大的勇气来到户部衙门，谁料官差却道："尚书大人半个时辰前去了宫中，还未回来。如今已经下了衙，尚书大人今日或许不会再来户部了。"

唐慎轻轻地"哦"了一声，撑着油纸伞，默默地又往回走。

白雪细密，轻轻落在伞面上，雪落无声，世界骤然静谧。唐慎走到御史台衙门时，远远地瞧见一顶轿子停在门口，他看了一眼便移开视线，低首望着地面渐渐积累起来的雪层。

走到御史台门前，只听一道清润温缓的声音响起，唐慎愣了一下，他恍惚间以为自己听错了，仍旧继续往前走。

直到那声音又再次响起："小师弟。"

唐慎猛然回头，只见白茫茫的大雪中，王子丰披着一件雪白的狐裘大氅，靠在轿子旁，着看他。雪花落在他漆黑的长发上，如同点缀，显得他清冷又濯然，黑白交映，风华惊人。

唐慎呆呆地站在原地看着不远处的王溱。

望着他这番模样，王溱伸出手，轻声道："过来，景则。"

唐慎定定地站着，似乎没听见，也没走过去。

良久，王溱长长地叹息一声，接着直接走上前接过唐慎的伞，撑着他的伞，将他带进了轿子里。

轿中温暖的空气让唐慎一下子惊醒。

唐慎："师兄……"

王溱对他微微一笑，如同往常一般，声音温和，却充满了客套与礼貌：“正巧从御史台路过，雪下得这般大，就想着顺路载你一程。”

唐慎默了默，道：“多谢师兄载我一程。”

王溱：“并非什么大事。”

轿中有片刻的安静，并没有人开口。还是唐慎先说了话：“师兄此次回金陵许久，可是发生了什么要紧的事？”

头几天唐慎真的以为王溱是生自己的气才回了金陵，但五六天后他便明白，王溱此去定然不仅仅是因为这个。王子丰回金陵是能理解的，但他为了师兄弟的矛盾一走就是十多天，那决然不可能。

王溱看了唐慎一眼，说了一个名字：“姑苏兵部银契庄。”

唐慎惊讶道：“原来师兄回金陵是为了此事？”

王溱反问：“不是为了此事，又是为了何事？”

唐慎哑然无言。

王溱不是因为生自己的气才回去，这让唐慎松了口气，可他如今这样冷漠疏离的态度……

让唐慎百感交集，万般思绪到了嘴边却一个字也说不出口。

王溱掀开轿帘：“似乎到了采祁斋。”

唐慎：“嗯？”

“记着五年前小师弟刚来盛京时，我常送采祁斋的糕点与你。那时你才那般大一点，还是个孩子。”王溱看着唐慎，仿佛在看一个不甚相熟的朋友，他对轿夫道，“去买些糕点来。”

轿子停下，轿夫很快买来一包热乎的糕点交到王溱手中。

王溱：“小师弟可还喜欢吃糕点？”

唐慎下意识道：“我其实从未喜欢过糕点。”

王溱一愣：“如此吗……当年我看小师弟吃了不少，原以为你是喜欢的。”他把这包糕点又封了回去，轻笑道，“原道是这样，只是因为是我送的，所以你不敢推辞，生怕惹我不喜，使我疏离你，故而小师弟只能一次次地吃了？”

唐慎睁大眼，他忽然察觉到自己又说了错话。

寻常人听到唐慎那话恐怕还不会想那么多，但王溱一听便知，唐慎当年对他送去的糕点一概全收，仅仅是因为他想讨王子丰欢心，借他的势，所以不敢驳了他的美意。

王溱将糕点放到轿子的暗格里收着，他闭目养神，没再说话。

窗外的雪越下越大，不知为何，轿夫行走的速度也比往常慢。

唐慎心里实在堵得慌，终于，他忍不住开口道：“师兄……”

王溱仿若未闻。

“师兄……”

王溱仍旧闭着眼。

唐慎咬紧牙，道：“子丰师兄！”

王溱睁开眼，惊讶地看他：“何事？”

唐慎：“你可还在生我的气？”

清雅的双眼渐渐睁大，王溱诧异道：“我何时生过你的气了？”

唐慎：“当真没有？”

“自然是没有的。”

唐慎的心骤然坠入冰窖，一桶冰冷的水从他的头顶直直浇下，在这寒冬腊月，冷得他浑身发寒。

他恍然间意识到一件事，师兄自金陵回来后变了，好像……拿他只当寻常同僚了。

眼前晃过一幕幕情景。

五年前于荷花池畔初遇，他巧舌如簧，竭尽全力地接近对方，只为留下一个深刻印象。

往后，是这人一步步带他进入这深不见底的官场，为他除去前行路途中的荆棘。

那是王子丰啊，他怎么会不知道自己一直在利用他！

他早就知道的。

从一开始，他便带着拿对方当踏脚石的目的，想要借其一步登天。然而人算不如天算，他开始敬重师兄、仰慕师兄，他再也无法做那般无情无义的人，他已然真心将对方看成自己的兄长、挚友。

虚极楼上，是这人对他问心：“同门为朋，同志为友。”

刺州城中，是这人披星戴月，救他于水火之中。

唐慎忽然眼眶一热。

“师兄……”

王溱依旧闭着眼，没有回应。

唐慎急促地喊道：“师兄！”

唐慎：“王子丰……”

王溱心中有些惊讶，他正要睁眼，忽然，就听唐慎道：“对不起……一直欺瞒你。”

王溱猛地睁开眼。

话刚出口，唐慎就后悔了。他如今将话直接说开了，若是王溱当真介意，只怕二人往后连点头之交都做不成了。

果不其然，听了这话，王溱并未表现出什么喜悦的情绪，他面无表情地看着唐慎。唐慎被他看得心中咯噔一声，他咬紧牙，解释道：“方才是我说错话了，师兄就当没听见吧。”

“没听见？”

“啊？”

“怎能没听见。”

唐慎嘴唇张了张，没说话。

王溱语气真诚地说道：“我从未想过你竟会直接说开，与我坦然相对。”

震惊过后，唐慎那颗聪慧的大脑终于开始工作。

他明明才说了一句，王子丰就做出这样的反应，一切根本不给他辩驳的机会，这哪里像是再也不想和他深交的模样？哪里像是刚才那副冷冰冰的样子？

唐慎看着眼前的人问道：“师兄，我突然有了些疑惑，你可否能为我解答一二？”

王溱：“哦，是何疑惑？”

“今日师兄为何对我如此冷淡？”

王溱惊愕地道：“冷淡？有吗，小师弟为何如此说？”

唐慎：“那就再问一个问题，师兄说今日是因为雪下得太大，所以你来顺路载我一程？”

王溱的目光落在唐慎身上，轻轻地“嗯”了一声。

唐慎愤道：“你顺路？师兄恐怕不知道吧，见到你之前，我刚从户部衙门出来，户部的官差说你进宫去了！你如何从皇宫顺路到了御史台？”

王溱惊喜道：“小师弟去户部衙门了？找我吗？”

唐慎无言。

王溱哈哈大笑起来，全然没了世家公子的翩然风度。轿子走得再慢，也终究会到地方。

唐慎起身，快速地下轿回家，他才走一步，就听到身后传来王溱的声音：“小师弟。”

唐慎回过身，只见王溱单手掀开轿帘，望着他。

“我很高兴，你与我之间再无欺瞒隐藏。”

唐慎愣住。

王子丰飘然而去，唐慎悻悻地回到家中。一个时辰后，唐慎仰天长叹：“王子丰啊王子丰，我怎么就信了你的邪！”

唐大人身体力行地为广大群众证实了一个真理：王子丰的话，连一个字也不能信！

次日清晨，礼部尚书孟阆穿着一身簇新的深红官袍，手持玉笏，踏进了崇政殿的正殿。

崇政殿是百官候朝时等待的地方，一二品大员都在正殿，三四品官员分别在左殿和右殿。孟尚书一进屋就看见了一个许久不见的人，看着眼前这人，又想起即将要去驿馆和那些辽使虚与委蛇，孟大人就一个头两个大。

然而礼部和户部向来被划分在一起，勤政殿中两部尚书共用一个堂屋，哪怕是上朝时，他都得和王子丰站一块！

孟大人撇撇嘴，上前笑道：“王大人何时回来的？”

这就是一句客套话，孟阆随口一说，却没想到王子丰居然站起身，端端正正地给他作了一揖，声音温缓：“孟大人，昨日早晨才回来的。”

孟阆受宠若惊，他上下打量对方。

王子丰怎么突然变得这么温和有礼、谦谦君子了？

所谓伸手不打笑脸人，孟阆只得道：“回来就好，许久不见王大人，怪想念的。”

这话说得极其别扭，言语间是想念，语气中可没一点想念的意思，纯粹就是客气客气。

王溱却道："孟大人之情，丰荣感备至。"

孟阆心道：不是，你王子丰今天吃错什么药了，这么好说话？

毕竟是二品大员，在官场沉浮多年，过了许久，孟阆试探地问道："王大人今日心情不错？"

王溱感慨道："竟让孟大人瞧出来了。果然是人逢喜事精神爽，见笑了。"

孟阆："？"王子丰你正常点！

等到上了早朝，孟阆总算知道王子丰遇上什么喜事了。

刚上早朝，皇帝便传令擢升王溱为尚书左仆射，兼任户部尚书和银引司指挥使，官居一品。此令一出，紫宸殿中一片寂静，百官低垂着头，个个神色平静，并无他色。位于群臣后方的唐慎听得此旨令，心中震撼，不自觉地抬起头。

只见大殿中无人有一丝动静，哪怕是与王子丰的二叔王诠，都眼对鼻鼻观心，淡然地看着地上的金砖。

王溱上前一步，行礼谢恩领旨。

接着，赵辅又传令擢升吏部尚书赵运为尚书右仆射。

赵辅笑道："王卿、赵卿皆是朕的心腹臣子，是朕的股肱之臣。尚书省交在二位爱卿手中，朕放心、安心。"

王溱和赵运一起上前，谢恩领旨。

散了早朝后，百官们立刻围拥上来，向王溱和赵运道喜。

赵运今年五十出头，是前朝的进士，也是赵辅的老臣了。如今他官升一品，虽说有些意外，但他为大梁鞠躬尽瘁，殚精竭虑，升官也是情理之中。王溱就不同了，如今国库充盈，都得归功于他这个户部尚书。银引司的差事又办得完美至极，他升官早已是众人心中所料，但谁也没想到他居然在三十岁前就升了一品大官。

这是赵辅给出的答案。

三十岁后，王溱再升一品，绝无一人会怀疑。但三十岁前他便升了一品，这是赵辅的恩赐，也是皇帝无上的宠信。不过即便如此，赵辅也同时擢升了赵运，这其中就值得人寻味了。

王溱是右相王诠的亲侄子，赵运与左丞陈凌海是同窗好友。

待到所有官员全部贺喜过后，王溱与王诠一起走在勤政殿中，当朝右相长叹一声，望着那愈发浩瀚的天空感慨道："这朝堂上的风云变幻倒是越加的不可预测了。"

同日，一封密信快马加鞭地传到盛京，送入辽使驿馆中。

辽使官员萧章收到这封密函惊慌失色，他急忙找到耶律舍哥，将信给对方看。"殿下，这可如何是好？耶律勤大人自析津府来信，您离开辽国的事不知被谁知晓，已经传得风风雨雨。想来传到上京后定会被太师大人抓住把柄，要寻你下落。"

耶律舍哥惊愕得道："怎会如此？"

耶律舍哥早在一个月前就于打猎中受了伤，到南京析津府养伤，借此避开了四皇子和安定公主私通的事。如果他不在析津府的事传出，王子太师耶律定不难把这件事和他联系上。虽说耶律定也瞧不上四皇子，就算四皇子死了他都无所谓，但如果这件事能让他拿捏住耶律舍哥，他绝不会轻易放过。

耶律舍哥将耶律勤的信仔仔细细地看了数遍，他闭上眼，再睁开时，目光狠厉："本殿下先行回辽。"

萧章："那再娶大梁公主一事？"

耶律舍哥："此事便罢了，只是少了颗棋子而已。"

萧章点点头："是，况且也未必每个梁国公主都像那安定公主一样愚蠢，殿下只是随意许诺两句，她便死心塌地，至死都不知晓发生了何事。"

耶律舍哥笑了起来："萧大人。"

萧章后背一寒，他立刻跪地行礼："臣失言，请殿下恕罪。"

耶律舍哥惋惜地道："其实那安定也未尝不是个好姑娘，只可惜她是个女人。"恍惚间，耶律舍哥的脑中忽然闪过一张明艳的脸，欲望和占有欲瞬间涌起，但随即他便遏制住了。

"大业未成，怎能去想那些无用的事呢？"

萧章闻言，只感到心潮澎湃，暗道自己跟对了主子。

耶律舍哥："此次来梁也并非没有收获。梁帝并非像尔等想象的那样昏庸无能，只是他如今年事已高，不再需要多加提防。听闻他今年开始信起了佛，恐怕已经是时日无多了。但他的三个皇子还是要多小心的，还有他的几个心腹臣子。"

萧章："臣回大辽前一定探听清楚。"

耶律舍哥："那李景德就不必说了，他是我辽国的心腹大患。还有那王子丰，他那个银引司也有些问题。"

"臣明白了。"

当日，耶律舍哥连夜离开盛京，去往西北。

唐慎早就将此事告诉给了孟阆，询问他是否要扣下耶律舍哥，至少可以稍稍封城，不让耶律舍哥轻易离京，就像他当初在析津府时碰到的那样。但孟阆听闻此事后，先是大惊，再仔细询问唐慎消息是否准确。得到肯定答案后，他反而道："不必。"

唐慎心中诧异，但随即他忽然想起一件事："大人深思远虑，下官远远不如。"

让耶律舍哥回去有两个好处：

第一，耶律舍哥才是这群辽国使臣的主心骨。抓到他对大梁无益，如今他走了，那辽国官员萧章并非什么智谋之辈，不足为虑。一旦没有才智双全的耶律舍哥，孟阆想要对付那些辽使就易如反掌。

第二，倒是和唐慎有关。孟阆并不知道唐慎安插的探子就安插在耶律舍哥的麾下。要是耶律舍哥被那王子太师加害，在辽国朝廷上失了势，唐慎几人辛辛苦苦安排的一切恐怕就会付诸东流。

唐慎一时间没想到这些，如今骤然被点醒，也深觉不仅必须放走那耶律舍哥，还得让他顺顺利利地回到辽国。

想通后，唐慎往孟阆的身后一看，只见那张原本属于王溱的桌案上此刻空无一物。

他略惊，问道："王大人往后不在此屋了吗？"

孟阆正琢磨着该怎么对付那些辽使，听了这话，他回头一看："难道唐大人不知晓你家师兄今日早晨擢升为尚书左仆射，官居一品，此后便独掌尚书六部大权了？"

唐慎："自然知晓。"

孟阆："勤政殿的一品官员皆有自己单独的堂屋。往后本官怕是要与工部尚书袁穆袁大人一间屋子了。"

唐慎讪笑两声，告退离去。

他还没走出勤政殿，一个官差就跑到他跟前恭敬地问道："可是唐慎唐大人？"

唐慎惊讶道："正是。"

"小的奉王相公令在此等候大人，王相公瞧见大人去了孟大人屋中，许久未出，想必是有要事相谈。正巧户部有事，王相公便先走了，托小的给大人送上这封请柬。"

唐慎接过请柬，这官差叩首行礼，这才离去。

唐慎打开请柬一看，只见这封鎏金镂花的请柬中，王子丰那手极尽雅致的小楷字飘然于花瓣之下，黑字白纸，优雅地写着：

辉月之下，流淇相见。

王子丰

唐慎小心翼翼地把这封请柬放入怀中。不过他临走时却没发现，一个总是与他颇有缘分的人远远地瞧见了他，只是还没打招呼，唐慎就踏出了勤政殿的大门。

余潮生来到徐毖的堂屋，行过一礼后，他道："宪之见过先生。方才宪之在院中见到了唐慎唐大人，想起先生曾经说学生与那唐景则有些缘分，每每他离开，学生总是会来。原本只当作是个玩笑话，如今看来，确实巧合得很。"

徐毖放下手中的折子，笑道："你与他确实缘分不浅。如今你们二人一个是银引司的左副御史，一个是右副御史。这可不就是缘分？"

余潮生："今日早朝，没想到圣上居然擢升王子丰为尚书左仆射。"

徐毖："早有征兆。"

"先生？"

"你如今也是银引司左副御史，在那王子丰之下，你便是银引司的掌事官。你可明白你这银引司到底做的是何差事？"

余潮生思忖许久："请先生点拨。"

徐毖笑道："老夫又如何知晓。此事皇上从未允许老夫的人插手过，然而这世间事、这些朝堂变换，无非就那几样，也都不会无中生有，一切皆有征兆。因度支司没了，才出来个银引司，既然如此，那度支司曾经想作甚？"

余潮生惊骇地道："银引司竟然是这般，学生受教了！"

师生二人又说了会儿话，余潮生才道别离去。

等到傍晚，唐慎犹豫片刻，最后还是拿着请柬，也没换官服，就按着请柬上的地址到了京郊，找到这处幽静秀美的宅院。站在门口，望着这貌不惊人的大门，唐慎惊讶地道："这就是师兄要我来的地方？"

抬头看看：流淇小院。

匾额上的四个字似皓月清骨，有流星飒飒之意，确实是王子丰的笔迹。

唐慎在门口站了片刻，流淇小院的门从内侧打开。一个小厮模样的人跑出来，道："见过唐公子。公子已在府上等候多时了，请唐公子随小的来。"

唐慎被这小厮引进门，可他走进门了，小厮却没进来。

唐慎奇怪地回头看他。

小厮道："小的便送到这里。唐公子请。"

唐慎看向这座清美妍丽的宅院，自进门后，只见宽大宏朗的花岗石铺满了整片地面。唐慎在门厅处等了一会儿，没等到王溱的踪影，实在无法，他只能进入园林。

从左侧的月洞门进去后，便见得一片碧波浩渺的大池塘。这池塘从小桥间出去，一路往东蔓延。唐慎也没处可去，就随着这片池塘往前走。

第二个院子上有个匾额，题名三个字"醉月堂"。

不用说，又是王子丰亲笔写的字，唐慎抬头看了会儿："醉月频中圣，迷花不事君？"

一刻钟过去了，王子丰还是不见踪影。唐慎在花园中等了会儿，开始寻他："师兄，师兄你在哪儿？"

金陵府的琅琊王氏家宅大得很，唐慎在里头待了一天一夜，都没走完。可这个流淇小院就不同了，约莫只有王氏的四分之一大小。王溱之前是二品官，如今是一品大员，他的宅院规格是面阔三间进深五架，这流淇小院当然不能超出限制。

唐慎很快找完整个宅院，依旧没找着王溱。

他一下子明白王子丰压根儿是在和自己捉迷藏，要不然他能找不到？

唐慎无语至极，干脆不再去找了，而是在花园中找了个石凳坐下。

不过多时，一道清通雅致的笑声自身后响起："便不找了？"

唐慎回头。

王溱走了过来，他带着唐慎逛起整个流淇小院来。两人初来宅院时还是日落西山，天色未暗，待他们逛完一圈，已是月上中天。满天地间的月色徐徐挥洒而下，映照在宅院中那片宽广的大池塘上，映出一层辉光。

"江南园林讲究移步换景，小师弟是姑苏人，应当也深谙此道。"

唐慎家境贫寒，自己没住过园林大院，但梁诵住过，所以唐慎对此也略有研究。王溱这个宅院虽说不大，可处处都是景。自园中任意一处看过去，每处的景致皆不相同，显然是花了心思的。

更难能可贵的是……

唐慎抬起头看向池塘中这座小亭上的匾额——扑石。

唐慎："压松犹未得，扑石暂能留。连这字都是师兄亲手写的？"

放眼整个流淇小院，所有院落亭台，每一处的名字竟然全都是王子丰的手笔！其用心之至，随处可见。

唐慎忽然明白了流淇小院对王溱来说意味着什么。王溱却什么都没说，而是带着他来到扑石亭中，亭中的圆桌上已经放上了好酒好菜。

入座后，王溱道："这亭子的出处小师弟已然说出来了，那其他几处呢？"

两人都有过目不忘的本事，唐慎闭上眼回忆了一下，就说出了其他几个院落亭台的名字出处。"霰雪门可是出自'不见日月旋，但见霰雪俱'？香寒堂应当是出自'艳静如笼月，香寒未逐风'……"

唐慎一字一句地说着。

等到唐慎说完后，王溱道："几乎对了大半。"

唐慎疑惑道："我有说错什么？"

王溱："未曾说错，只是最重要的那个小师弟却没说。"

唐慎想了许久，犹豫半天，终于想起自己没说的是什么。可他思索一番，道："流淇小院，流淇二字出自哪儿并不难，但是……师兄怎么会用'流淇'来为这个宅院命名？"

"毖彼泉水，亦流于淇。"出自《诗经·邶风·泉水》。

这首诗本身没太大问题，是首哀思深情的好诗。可问题是这诗写的是一个卫国女子远嫁他乡，思念家乡的诗！

王溱似乎想说什么，可说不出口，于是长长地叹了口气。

唐慎见状，一下子明白"流淇"这两个字背后定然有故事，他关切地问道："师兄怎么了？"

"流淇二字，并非我所取。"

"啊？"

"你猜得并没有错，我怎么会用'流淇'二字给这座宅子命名，这是出自先生的手笔。"王溱悠然叹息，道，"十数年前，先生得知我建了一座院子，兴起来看，并主动为我命名。那时他揶揄我道，毖彼泉水，亦流于淇。子丰你身处异乡，因思念故土才建了这座宅院。思念之情，情真意切，就叫它'流淇'吧！"

王溱看向唐慎："长者赐，不敢辞，我如何敢推辞？"

唐慎心道：你要真不想要，傅先生还能强迫你不成？

但王溱这番怅然若失的模样却是百年难得一见，唐慎含含糊糊地点了点头。

王溱指向池塘中一块硕大的太湖石："所以前几个月我寻得一块上好的窟窿石，一点也不敢透露风声，只怕被先生瞧见。这石头至今都未曾命名，小师弟为它命名可好？"

唐慎回过神："我？"

王溱笑了，他这一笑，整个人都悦朗了起来。

他问道："可吃好了？"

唐慎一怔。良久，他道："吃好了。"

王溱领着唐慎走过九曲十八弯的回廊，走在这碧波荡漾的池水之上，绕开那块窟窿石，来到池塘边的一座屋子里。这屋子一半架在水上，撑开窗户，便能见到一池水色，连天而碧。

窗户旁是一张长长的书案，上头摆着琳琅满目的笔墨纸砚。

王溱带着唐慎来到桌子旁，他细心地铺好宣纸，又研起墨。

“小师弟，为它命名？”

唐慎转首透过窗户，看向那块嶙峋的太湖石。

许久后，他提笔写下两个字：温玉。

字是王子丰亲手教的，虽说走出了自己的风骨，但深处却无一不是王子丰的味道。

王溱看着这两个字，心头大震，他研墨的手停住了，抬头问道：“‘温玉’二字，出自何处？”

唐慎望着他，一字一句地说道：“言念君子，温其如玉。”

世上怕是只有王子丰才担得上这一句如玉君子！

第五十三章

宫变

刚回盛京没几日，王溱又得了旨意离开盛京，前往幽州督管银引司。

十一月下旬，三封奏折从三处不同的地方送到盛京。寻常的地方奏折都需要经过右丞徐愢的手，才会送到皇帝的御案前。但这次不同，这三封奏折直接被送进垂拱殿，作为家书呈在皇帝的面前。

赵辅翻开奏折，先道了句："都写的什么徒有其表、词不达意的东西！"说完，把奏折扔在桌案上，等过了几个时辰，才再次翻阅。

三位皇子离京半载，走时身是白丁，未有立功。到了所辖当地后，自然是大力勤政，想要干出一番功绩。

二皇子赵尚去的是姑苏，他原先想从兵部银契庄入手，插手银引司的差事。本意是好的，他想为银引司做事，想帮着银引司把姑苏府当地的差事做得更好，可这件事并没有他想得那么简单。不知怎的，他没再做银引司的事，如今递上的折子中，说的是他带兵剿灭一伙水匪的事。

四皇子赵敬去的是既州。黄河下游横穿既州，每年水灾泛滥，既州都会成为一片汪洋大海，百姓流离失所。赵敬找了工部的能匠，将既州堤坝再次巩固。

五皇子赵基去的是凉州。姑苏府是繁华富庶之地，但所幸偶尔还有一些水匪作乱，能从中做文章；既州是黄河必经之处，只要巩固一下堤坝就能当作功劳写上去。凉州可不同。凉州地处中原，百姓富裕，民生康泰，自古以来就没什么天灾人祸，也未曾出现过什么大的祸事。五皇子赵基想破了脑袋，才听了幕僚的建议，从吏治入手。虽说见效不显，但其意深远，耗费苦心，可比赵尚和赵敬更为尽力。

如今眼看要到年关，三位皇子都想回京过年，于是一同写了折子送上来。

因为皇子奏折无须经过勤政殿，而是直接送到赵辅案前，所以没人给三人的奏折“划重点”。赵辅翻开一张折子，开头便是“儿臣自姑苏来念，日夜不寐，思及父皇便觉肝胆枯肠所尽俱断……”

真是一群狗屁不通的东西。

赵辅捏着鼻子把三张奏折看完后，对五皇子赵基办的差事产生了点兴趣。他拿着第三张折子看了半天，最后唤来吏部尚书沈运：“朕的儿子们想要回盛京过年，沈卿觉着如何呀？”

沈运恭敬地道：“每年年初，五品以上的地方官员都要来吏部述职。三位皇子想回京，本就理所当然。然皇子身份不同，自然可不必按着吏部的规矩来，年前回京也情有可原。臣以为，十分妥当。”

赵辅：“那便让他们回来吧。”

三位皇子即将回京的消息一夜之间传遍盛京。

官差将圣旨送去姑苏、既州、凉州三地，同时，盛京的官员们也纷纷有了猜测。

唐慎也从这次赵辅的旨意中嗅出了一丝不一样的味道。三位皇子回京绝不是小事，只怕这一回来，会有滔天洪水等着淹没京都。

然而谁也没想到皇帝的旨意刚下没两天，盛京城中出了一件趣事。

工部右侍郎兼大理寺少卿苏温允苏大人，被家中人逼婚了！

苏大人今年二十有六，确实是高龄，也未曾有婚配。苏家是北直隶的大户人家，只因这一代从官的苏家人中苏温允就是官职最大的，所以一直也没人敢催他，再加上苏温允终年都赖在京城不回家，苏家人也没法跑到盛京找他。

但眼见苏温允过年就二十七了，苏家实在没法不着急了。

年迈的苏老夫人连夜从北直隶来到盛京，手执家规法鞭，逼着苏温允跪在祠堂里，看着祖宗灵牌，看着他父母的牌位，要他背诵家规，勒令他不可再放荡下去，要成家了。

往日里只有大理寺少卿苏温允拿罪官当活靶子生抽死打的份，哪里有他被人教训的份。这件趣闻顷刻间传遍盛京的大街小巷，成了不少官员后宅中的玩笑话。

“不孝有三，无后为大。你对得起你早去的爹娘吗？”

苏温允跪得膝盖都青了，却哪里敢对自己的亲奶奶放肆。可怜他一个三品大员，被硬生生扣在家里罚跪，还没地方说去。

这事闹得满城风雨，很快连赵辅都知道了。

赵辅将苏温允传唤进宫，好奇地问道：“可是真的？”

苏温允脸上的表情顿时变得极其精彩，他双膝都跪肿了，这还能不是真的？

垂拱殿中传来赵辅欢快淋漓的笑声。

不日，工部右侍郎接了圣旨，去刺州巡查修建好的刺州官道。

旨意一下，官员们各有所感。

唐慎倒是觉得有些意思："苏家人逼婚一事未必是假的，十之八九确实是真的，苏温允自己都未想到苏老夫人会来盛京。只是他被逼得跪在祠堂前，跪了一天一夜……这当真是他苏温允做得出来的事？"

唐慎心中感叹："无论如何，此事一出，他借机离开盛京。只怕等到来年立春才会回来，算是避开了三位皇子回京的风头。"

苏温允顺理成章离了京，但旁人可就没他那般幸运了。

唐慎并不知晓，在苏温允离京的前一日，一封奏折就从幽州送到盛京，摆在了赵辅的桌案上。尚书左仆射王溱上书，言表银引司差事的艰辛，非一朝一夕可以成就，也非一人一力可以促成。言下之意，字字是在暗示想向皇帝要人，将唐慎从盛京调到幽州，与他一同办理银引司的差事。

然而将王溱这封写得花团锦簇的折子展开，赵辅只轻描淡写地写了一句话："朕知晓了。"

即日，赵辅派了余潮生、徐令厚等人去幽州，独独没有唐慎。

过了几日，唐慎听说了王溱向皇帝要人的事，几下便明白了其中的弯弯绕绕。为王子丰的良苦用心，他写了一封信送去幽州。信上言简意赅，写的是前朝一位诗人的五言绝句："愿君少烦忧，西窗青梅熟。嗅把黄时雨，安乐喜相逢。"

信送去幽州后，唐慎心情凝重，更仔细地思索起赵辅的用意。

唐慎本就是银引司右副御史，王溱办事需要人，皇帝将他派去是再合理不过的。可他宁愿派户部左侍郎徐令厚去，也不愿派唐慎。

进了腊月，天气渐寒。

唐慎望着盛京城被浓云遮蔽的天空，皱眉不展。

官场上的风云变幻，与百姓总是毫无干系的。

快到过年，姚大娘和唐璜买了许多年货，又将家中的门上都贴满对联。姚三在腊月十六赶回盛京，他一来便带给了唐慎一个好消息："小东家，您要的东西在辽国果然找着了！"

唐慎惊道："真找着啦？"

姚三："还能骗您不成？您原本说那东西在北方很多，未必要去辽国，咱们大梁的竟州附近就该有。可是我找了一年多，始终未曾发现您要的东西。小的不明白，您要它作甚？我找了当地人问了一圈，这东西就是个燃料，炼铁什么的都会用到。但打个铁，用得着您说的那么多吗？"

唐慎："它叫何物？"

姚三早就习惯了唐慎从古书上看到某样东西，不知道姓名，却要他去寻找。他回答道："当地人叫它为石墨，通体全黑，硬邦邦的，我是看不出有什么用了。"

唐慎长叹道："原来它叫石墨。石墨……"他笑了笑，"竟然会叫这个，也是有趣。它有什么用，你不知，其实如今的我也未尝可知。或许竭尽我这一生，它终究只是个炼铁用的石墨，也或许它会成为一样如同金子般令你痴迷的东西。"

姚三惊讶道:“如此神奇?”

唐慎:“我忽然想起刚入官场时我最想做的官了。”

姚三:“小东家,您想当什么官?可是大官,王大人那样的一品大官?”

唐慎的目光平静下来,他无奈地笑了声,道:“王子丰那样的尚书左仆射?或者右相王诠王相公那样的右相,权倾朝野?一品大员啊,我其实从未想过。那日金榜题名,我骑着高头骏马从宣武门走出时,我瞧见了袁穆袁大人。”

姚三:“袁大人是何人?”

唐慎认真地道:“工部尚书,袁穆袁大人!”

姚三错愕地道:“小东家您最想做的官,竟是工部尚书?”

“只是曾经想过罢了。一入朝堂,你能做什么,未来如何,早已不再由你做主。世事不由人,由天?由君啊!”

伴随着唐慎回忆往昔,诸多感慨时,五辆马车从西城门入了京。

五皇子赵基是头一个回京的。

腊月廿四,二皇子赵尚也从姑苏府千里迢迢地赶回盛京。

当日,唐慎便告病家中,不再见客。

三位皇子刚回盛京,都心中忐忑,惴惴不安,不敢轻举妄动。但皇帝一心求神念佛,只是见了他们一面,问了几句“这半年来可吃好穿暖了”,就没再搭理他们。

四皇子赵敬先去拜访了京兆尹刘全德,两人是多年好友,交往一下并无问题。赵敬以此做敲门石,试探皇帝的反应。赵辅对此无动于衷,他便放下心来,渐渐开始拜访各路官员。另外两位皇子见状,也都伸开了手脚,不再那般拘束。

待到腊月廿九,皇帝于宴春阁中设宴,与群臣同欢。

除夕当夜皇宫中是要举行家宴的,到时到场的只有皇亲国戚,所以每年的除夕前夜,皇帝会摆宴,与百官同乐。

如此盛大的宴席,唐慎不能再不参与。

入了夜,数以百计的马车如同长龙排在了宫门外,身穿官袍的官员们下了马车,步行入宫。只要是四品以上的官员,无论身在何职,都可进宴春阁参宴。所以这一路走来,唐慎见到了一些认识的官员,大多却是不认识的。

宫娥点燃宫灯,只见华灯之间,三位皇子各自被簇拥着进了宴春阁。

夜色渐沉,只见花萼弄影,月色迷蒙。

宴春阁坐落于御花园的西侧,于一片绿树掩映间,窗户是珍宝阁特制的水晶琉璃窗,宫殿中灯火通明,照在那晶莹剔透的窗户上,更显得流光熠熠。大臣们身穿官服,一个个入了席座。皇帝的左侧坐的是二皇子赵尚和四皇子赵敬,五皇子赵基则坐在他的右手边。

官员们按着品阶,依次坐下。

唐慎坐得算不近不远,他左边坐的是国子监祭酒,右边坐的是一位翰林学士。

宴春阁之宴算不上家宴,却也与家宴相去不远。

皇帝入席后与几位皇子说了会儿话,又与几位相公说起话来。他们说的是私密话,隔得远的根本听不见一个字，这便是皇帝的宠信。

唐慎“大病初愈”，不能喝酒，他一边饮茶，一边悄悄地望着皇帝那方。

只见皇帝的脸色略显苍白，他也未曾饮酒，而是时不时地喝着一碗褐色的药汤。他时而与左相纪翁集交谈，时而与右相王诠说话。三位皇子竭力想插入他们的话题，可总是说不上话，他们憋得脸色发红，又没有办法。

然而皇帝的身后还站着一个人，不是大太监季福，而是一个穿着素色僧袍的圆脸和尚。

他手中捏着一串佛珠，轻轻拨弄着，脸上挂着一抹如沐春风的笑容。倏然，他抬起头看向唐慎，唐慎心中一紧，他立刻移开视线。

善听微微笑了起来，等过了会儿，他俯下身在赵辅的耳边说了句话，赵辅也笑了起来。

晚宴到一半时，终于有皇子按捺不住了。

四皇子赵敬走出席位：“儿臣自去了既州后，得了一块天外飞石，此石形状独特，儿臣见了后十分欣喜，想将其献给父皇。”

赵辅露出惊讶的神情：“天外飞石？搬上来瞧瞧。”

赵敬的人立刻搬了一块半人高的石头进殿，满座的大臣们看清石头的情况，纷纷惊叹起来。

“这天外飞石竟形似如意，当真是富贵吉祥的好征兆啊！”

赵辅也很喜欢，他笑道：“你有心了。”

赵敬喜出望外。

四皇子出了风头，其他两位皇子怎能落于其后？

赵尚和赵基纷纷献上自己寻来的礼物，想要讨皇帝欢心。然而珍宝易寻，有寓意的礼物却难找得很。他们找的礼物都珍贵有余，在吉祥如意的好兆头上却远远比不上赵敬那块如意形状的天外飞石。

戌时，晚宴结束，群臣离宫。

唐慎离开宴春阁时回首看了一眼，只见善听和尚紧跟在赵辅身后，悄然离去。

次日，便是除夕。

官员早就放假休沐，唐慎帮着姚大娘、奉笔把家中装点一番，一家人欢欢喜喜地包起了饺子。

吃完饭，姚三正要放鞭炮，回头看见唐慎，他道：“小东家可要亲自来点燃这个炮仗？”

唐慎捋起袖子，笑着走上前：“交给我吧。”

鞭炮“砰”的一声上了天，又是新的一年。

然而谁也不知，与此同时，大梁皇宫中却是一片死寂。

除夕夜，寻常百姓要吃团圆饭，皇族们也不例外。六王爷赵敖下午就进了宫，今年是第一次没有太后的家宴，他需要陪着皇帝。

并不是每个皇族都能入宴，今夜参与这场家宴的皇族只有赵敖和他的王妃以及景王世子赵琼，还有三位皇子以及三位皇子的母妃。

人数不多，大抵有十人左右。

家宴刚开始时还算其乐融融，过了半个时辰，二皇子赵尚为了奉承皇帝，向他的父皇敬酒，说了几句话。忽然，赵辅龙颜大怒，一拍桌子："你皇祖母才走了不足一年，你竟就忘了她？这便是朕孝顺的好儿子？"

赵尚惊恐地睁大眼。

其余人也纷纷惊住，甚至没人想起来赵尚刚才到底说了什么，怎么就惹得赵辅突然动怒。

赵尚的母妃珍妃立即走出来为儿子求情，她本以为是件小事，赵辅只是思念太后罢了。谁料她说话后，赵辅怒极反笑，帝王无情的双眼盯着这对母子，道："尔等是否早就盼着朕去死呢？"

赵尚一屁股坐在地上，珍妃目瞪口呆，早就慌得没了主意。

一场家宴，竟以这样的结局告终。

珍妃被关在宫中反思己过，二皇子赵尚也同样被皇帝囚在了皇宫中的小佛堂里。他要为太后念诵九十九遍经文，抄送一百卷《观音心经》才可出来。

赵敖离宫时还一脸茫然，他拉着儿子道："这到底是怎么了，原先不好好地吃着饭吗，怎的就说到太后了？"

赵琼哪里晓得。

赵敖道："我还是先去找一下皇兄。母后去世那阵，他可真是伤透了心神。如今赵尚错就是错了，皇兄千万别气坏了身子，那不值得。"

景王妃一把拉住他："别去。这可是皇家的事，你就算是六王爷，难道还能插手皇家事不成？"

赵敖想了想，听从王妃的话，直接出了宫。

过了两日，二皇子赵尚被囚禁于宫中的事传了出来。唐慎官职不高，他比其他人还晚了一天知道消息，但他同时也听到一个传闻：赵辅被气病了！

唐慎与赵琼约在千里楼见面，赵琼将家宴那夜的事大致说了一遍，他道："我也不知晓到底发生了何事，前一刻圣上还龙颜大悦，与我父王说了话，怎的二皇子就说了两句，他便骤然动怒？"赵琼苦笑道，"圣上也是真的病了，今日清晨我父王进宫侍疾去了。"

自太后死后，赵辅三天两头生病，似乎已是垂垂老矣。

每一次发病皆来势汹汹，能化险为夷都实属不易。

唐慎告别了赵琼，回到家中。当日傍晚，竟有一个不速之客前来拜访他。奉笔童子将人引到花厅，唐慎见着对方，立即作揖道："下官唐慎，见过监正大人。"

来人正是钦天监监正李肖仁。

短短数月不见，李肖仁瘦成了骷髅般模样。他两颊凹陷，双目无神，嘴唇泛着青紫，一副大病初愈的模样。唐慎想起宴春阁那夜，善听和尚陪在赵辅左右，却不见李肖仁。他试探地问道："李大人可是病了？"

果然不出唐慎所料，李肖仁道："上月我中了风寒，前几日才刚能下床。"

唐慎："大人可要多多保重身子。"

李肖仁望着唐慎，欲言又止。他左右踌躇，良久才艰难地说道："王大人还在幽州？"

唐慎明白了：这是来找王子丰的。

"师兄还在幽州，未曾回来。银引司的差事太忙，怕是得再过几月才能回京。"

李肖仁露出痛苦的表情，他重重地咳嗽了几声："唉，这可如何是好？"

唐慎望着他，语气平静地说道："大人若有事，可写信去幽州，只是师兄定然是回不来的。"言下之意，竟没有插手其中的意思，也根本不想问李肖仁此行的意图。

李肖仁哪里想到唐慎会是这般撒手不管的态度，他的表情僵硬了一会儿，终于忍不住道："唐大人不知，那善听当真是有问题的，自从他来了后，陛下的身体就没好过！实不相瞒，虽说我如今生了病，许久未曾进宫，但我的两个小徒弟一直是在宫中伺候的。你可知道昨日我小徒弟瞧见了什么？我徒弟瞧见那善听私下与被囚禁在佛堂中的二皇子联络，两人举止亲昵！"

唐慎心头大震，表面上他却只是露出一丝惊讶："竟有此事？"

李肖仁："还能有假！"

"大人可曾将此事告诉圣上？"

"这……"

唐慎语气急促："这……我也不知这到底是何事，该如何是好。师兄怎的还不回京，要不请李大人立刻写一封信送去幽州，问问师兄该怎么做才好？"

李肖仁又说了几句，唐慎都表现出手足无措、只想赶紧去问王溱的模样，李肖仁大失所望，便告辞离去。

正月初七，赵辅的病依旧没有起色，六王爷赵敖在宫中侍疾。

到傍晚时，唐慎正在家中看书，忽然有人敲门，姚三开门一看，是个管家模样的中年男人。这人见到姚三，先笑着行了一礼，姚三哪里被人这么行礼过，赶忙学着也回了一礼。

男人道："可是谏议大夫唐慎唐大人府上？"

姚三将人引进屋，对方见到唐慎，也行了一礼，道："见过唐大人。"

唐慎上下看了他一眼，奇怪道："你是何人？"

中年男人笑道："小的是右相府上的管事，我家相公请大人到府上一叙。新年了，还未曾与唐大人见过，小的是来接唐大人的。"

唐慎感到有些奇怪，但他拱手道："竟是王相公府上的管事，那恭敬不如从命，请。"

很快，唐慎便坐上马车，到了王诠府上。

这一路上，唐慎冥思苦想，他不觉得王诠会突然请他去府上吃饭。王诠同样出身琅琊王氏，是世家大族，井然有礼。若是以王溱和唐慎的关系，他们两人确实可以随时去对方府上，不用事先递拜帖、发请函。但王诠不同，哪怕王诠知晓他与王子丰的关系，都不当这么贸然请他上门。

唐慎揣着疑惑进了右相府。

见到王诠，他还未曾开口，就见王诠微微一笑，用筷子指着满桌的菜，道："吃菜。"

唐慎满肚子疑惑，坐了下来，拿起筷子乖乖吃菜。

这是唐慎第一次进右相府。这栋宅子位于城东，占地极广，富丽堂皇。莫要说其他地方，只看这待客用的花厅，影壁上是本朝著名画作大家的山水墨画，墙上悬着的是前朝书圣的真迹，椅子是红木罗汉椅，桌子是紫檀八仙桌，随意拿一样出去，就是白银千两。

然而王诠叫唐慎来府上用宴，竟真的没请其他人，就他们两人。

硕大的右相府中，此刻鸦雀无声。小厮们端菜上桌，摆的是琳琅满目，唐慎却越加感到困惑，又怎能吃得下菜？他心中思忖，但又担心王诠讲究食不能语，只能等吃完饭再问出自己的困惑。

谁承想厨房里送上来的饭菜竟一道接着一道，似乎没了尽头。

唐慎察觉出不对，他搁了筷子，道："下官见过王相公。"

王诠笑道："唤一声二叔就好。"

唐慎被堵了一句，哑然片刻，道："二叔。"

王诠点点头："不错。"

唐慎："二叔今日找我来此，可是有事要说？"

王诠惊讶道："何出此言？我就不能是想见见你，于是趁着子丰不在，将你带到府上看看？"

唐慎："若是二叔想见我，随时都能见，何必急于一时半刻？况且王……王大人去了幽州，也不是十天半个月能回来的。二叔出身世家，讲究礼法，我是小辈，应当是我来给二叔拜年才是。是我没有想到，失了礼数。二叔想见我，只需说一声便是，我自会来，而不用像今日这般仓促。"

"仓促？"

"未有名帖，只以一驾马车将人带来，可不就是仓促？"

王诠定定地望着唐慎，他抚了抚秀美的胡须，笑道："今日我可算知晓为何子丰那般看重于你，拿你当知己至交了"

两人说话间，厨房里又上了两道点心。眼见这菜上的是一道比一道快，前一道还没吃两口就被撤下去，给下一道菜挪位。唐慎自己是四品大官，他跟在王子丰身后也吃了不少珍馐美食，可过去五年来他吃过的加起来都没今日见过的菜多。

菜越上，唐慎的心就越沉。

他道："二叔，到底是有何事？"

王诠："何事？或许有事，或许无事。若是无事才是，若是有事……便随它去吧。"

唐慎怔在原地。

已过亥时，临近子时，天色漆黑。王诠悠然地品着茶，唐慎沉默着坐在一旁。等到子时，突然听见屋子外传来一阵慌乱的脚步声。王诠握着茶盏的手陡然握紧，唐慎也挺直了腰背。

然而那阵脚步声和右相府并无干系，似乎只是路过，随即就走远了。

可自此以后，脚步声、马蹄声，再未停过。

火把的光束照亮了半个盛京城，映得天空半边血红。百姓们早就被兵马行走的声音吵醒，可他们哪里敢开门瞧瞧发生了何事，一个个都顶着家门，生怕有人进屋。但这些士兵的目标并非民宅，他们一路向北，直入皇宫。

子时刚过，一个官差跑进右相府传信。

"二皇子逼宫了！"

唐慎错愕不已，王诠却长长地叹了口气。

唐慎回过神，他立即站起身，问道："你可当真？"

官差："宫中传出的消息，如何能不真。听闻天子久卧病榻，迟迟不醒，那二皇子勾结奸人，趁机逼宫，如今另外两位皇子得了消息，都要进宫去救。这都是右相大人让小的去打探的消息，也是大人给的门路，如何能不真！"

唐慎一屁股坐在椅子上。

良久，官差走了，厅中又只剩下唐慎和王诠二人。

这盛京城中，只听喊声阵阵，马匹的嘶鸣声和将兵的行军声参差不断，皇宫的方向，此刻已经被火光笼罩。右相府离皇宫有段距离，只能远远瞧见那冲天一样的红光，四围却是一片寂静，什么也没有。

然而不过多时，右相府的管家来报："四皇子赵敬派人来请相公，一同入宫捉拿叛党。"

王诠淡然道："可打发走了？"

管家："打发走了。"

王诠："那便无事了。"

刚说完，厨房又上了一道菜，白瓷碗盘落在桌子上，发出"咯噔"一声声响，也如同唐慎此刻的心情。他脑中浑浑噩噩一片，自进了这右相府后，就如陷入了迷阵，不知发生何事。如今，他骤然清醒，仿若有一只无形的手拨开云雾，终于让他窥得一丝真相。

唐慎抬头，道："如今，也有人去我府上，请我一同入宫？"

唐慎说这话的同时，隔着半个盛京城的探花府上，姚三正开了门，他对一位谋士模样的中年男人说道："我家大人不在府上，他早已出门去了。"

谋士一愣。

右相府中，王诠双目一亮："此话从何说起？"

唐慎："二皇子谋反逼宫，其余两位皇子想要捉拿他，必然不能贸然而去，那便是师出无名，他们要请一位大臣入宫相助，最好的人选莫过于几位一品大员，比如二叔您。然而寻常官员他们请的动，二叔若不想去，哪怕是皇子也不可强求，所以二叔将人打发走，他们就必然得走，别无选择。"

“不错。”王诠示意他继续说下去。

“可我不同。我身为谏议大夫，官职为四品，哪怕再受帝宠，也不过是四品。皇子要我作甚，我怎能不从？如若我进了某位皇子的麾下，那便代表了先生、代表了师兄，甚至还可以代表二叔您。二叔您连夜派人将我带来府上，原来为的就是此事！”

王诠哈哈大笑起来，正巧墙外传来一阵兵刃交加的声音，他笑得开怀，似乎对墙外之事毫无畏惧，他赞叹道：“子丰夸你聪慧机敏，今日一见，果真如此。”

唐慎：“可我想知道一事。”

“但说无妨。”

“二叔是如何知晓今夜二皇子会逼宫的？”

“你不若再猜猜？”

唐慎闭上了嘴，沉思许久。

右相府附近的兵刃相见已然结束，一切又归于宁静。

“二叔不同于我，您在朝中布局多年，到处都有值得信赖的人。或许是从今夜五城兵马司的调动，从京郊军营的将兵来往，从御林军中得出的结论……”顿了顿，唐慎迟疑片刻，问道，“但既然二叔早已知晓，那必然还会有其他人知晓。陛下重病不醒，如今能阻拦这场宫变的唯有两位皇子。二皇子逼宫，四皇子、五皇子进宫去救……”

唐慎的声音戛然而止。

王诠望着满桌的菜色，温和笑道：“觉出不对了？”

“二叔是大梁的股肱之臣，如若您早早知晓此事，定然不会看它就如此发生。除了您，纪相也肯定是知晓的，他也绝不会坐看一切，所以能让您作壁上观，眼睁睁见着两位皇子与二皇子刀剑交加的人……”

唐慎忽然闭了口，不再吭声。

王诠放下茶盏，长叹道：“一年前子丰与我说他也看不透，但他只道相信那个人。常言道，三个臭皮匠顶得一个诸葛亮，然而这不过是句玩笑话罢了。这大梁朝堂上下，谁又比得上那位呢？”

唐慎：“可是一切是为何啊？”

“为何？你想知晓，我想知晓，子丰也想知晓。然而除了那人自己，谁都不知晓啊！”

盛京城中，兵荒马乱。

官员们纷纷裹着衣服起了身，一个个在书房中瑟瑟发抖，不知该如何是好。

左丞陈凌海听闻二皇子造反一事，当即变了脸色：“怎能如此？”五皇子赵基派人来请他，他犹豫片刻，长长叹气：“说我病了，关门不见客。”

右丞徐毖更是有趣，早在昨日，徐毖便离开盛京，到北直隶的农庄里游乐。正好是过年时节，官员们的休沐日，谁都不知道徐毖竟然不在京中。

而左相纪翁集的门前，赵敬和赵基的人马也都在两侧等着。

左相府大门紧闭，府中一片漆黑，寂静无声。没人去应这些将兵的敲门声，但这些将兵也不肯走，就在门外守着。

左相府的西北角，一处简陋荒僻的院子里，一盏油灯微微地亮着，照亮不大的房间。

谁都想不到这里竟然是纪翁集的书房。

屋中只有一盏油灯，左相夫妻二人相对坐在桌子的两侧，就着这小小的灯光，一个低头缝制衣裳，一个拿笔写字。

纪夫人将衣袖缝补好，她抬起头，看清纪相纸上写的字。她喉间一滞，过了会儿，她轻声说道："都这般晚了，还不睡吗？"

纪相如若初醒，他抬起头看向老妻："夫人累了？"

如今早已过了子时，两人都是一把老骨头，如何能不累？

但纪老夫人笑了笑，不曾开口。

纪翁集低下头看向自己写的字，他目光一停，骤然无言。

只见那一整面的宣纸上写得密密麻麻的只有一个字——"赵"。

纪翁集后仰着靠在椅背上，望着这满纸的"赵"字，他指着这个字对老妻说道："夫人说，我写的是什么字呢？"

"瞧着是个赵字。"

"是个赵字，是谁的赵字？是赵尚，赵敬，赵基……不能是赵敖，或许是赵辅？"

纪老夫人脸色一变，她虽是深闺妇人，但也知道赵辅是当今圣上的名讳。

"相公！"

"还是赵璿？"

蓦然，纪翁集站起身，去拿衣裳，纪老夫人急忙跟了过去："这是要作甚？"

纪相笑道："屋外有人敲门，夫人未听见吗？"

纪夫人不知道到底发生了什么，可她听得到这一夜满城的厮杀声，她红了眼眶，埋怨道："可就不能不出去吗？"一边说着，她一边为纪翁集穿理衣裳。

"能，又不能。"

"欸？"

纪翁集朗声一笑，扶起夫人粗糙的双手，声音温柔："这五十多年来辛苦夫人了。盛京的日子是不好过的，为夫记得家中还有一些田亩。"

纪夫人："你说起这个作甚？"

"只是想起来罢了。"

纪夫人亲自送纪相出门，眼见他要打开大门，她忍不住又道："当真一定要出去？"

纪相认真地凝视妻子："当真，一定。"

"为何？"

纪相畅快地笑道："不在眼前也就罢了，既然在了眼前，如何能见它再来一次！"

下一刻，纪相开了府门，四皇子赵敬和五皇子赵基的人马都在府外等候多时了，纪翁集突然出现，他们谁都没反应过来。

纪相穿着一身深红官袍，他放眼一望，不怒自威："进宫吧。"

"是！"

第五十四章

对峙

此刻的大梁皇宫中，只见灯火通明，兵声四起。

数不清的御林军举着火把，持着长枪，警惕地巡逻。在这兵荒马乱的时候，一个穿着黑色斗篷的人影悄悄地跑进皇宫东北角的净心殿。净心殿是去岁皇帝刚刚修建的宫殿，专门用来供奉佛像。

黑袍人影进入殿中后，他掀开斗篷，早在殿中多时的二皇子赵尚看清他的面孔，急忙走上来。

赵尚："大师，这到底是怎么了，外头到底发生了何事？怎么突然就乱了起来，可是出了什么事？"

赵尚急得满头是汗，可他被皇帝关在净心殿中，根本出不去，是叫天天不应叫地地不灵。今夜他吃了斋饭，正要为太后抄写经文，才抄到一半，就听到殿外传来一阵阵打斗声。赵尚吓得魂飞魄散，还以为是赵辅要把自己抓去砍了，可他躲在柱子后等了半天也没人进来，直到半个时辰后才等来善听。

善听那张不悲不喜的面庞上看不出一丝情绪，他双手合十，行了个僧礼，徐徐道："殿下，确实出了事。陛下病重，早已缠绵病榻三日有余，今日，有皇子举兵造反，如今怕是已经杀到宫门口了。"

赵尚惊骇地睁大眼："逼宫？"

善听的声音好似从迷雾中来："是，逼宫。"

“他怎么敢！”赵尚怒吼道，“是谁，是赵敬还是赵基，他们竟然敢做这样大不敬的事？”

“贫僧也不知晓。”

话音刚落，远处又传来一阵枪戟相撞的铁器声。赵尚吓了一跳，他颤抖着嗓子道：“那这可如何是好？”他是被皇帝关在净心殿的，谋士们都不在身边，此时此刻赵尚彻底慌了神，不知该如何是好。

但毫无疑问，逼宫的无论是赵敬还是赵基，一旦他们得逞，都必然不会留下他这个二哥。

赵尚甚至想到了：“莫不会还把逼宫的千古罪名安在我头上吧？”

赵尚捏紧手指，恨不得将自己那位逼宫的弟弟亲手射死。

然而他现在身无甲胄，别说把反贼绞杀，他连逃都逃不出这个皇宫。正在赵尚满心焦躁之时，善听道：“陛下病重，宫中的御林军群龙无首，唯有二殿下才可迎敌。”

“我？”

善听：“正是。殿下是皇子，除了您，谁也不能调动宫中的三千御林军。殿下，不可再犹豫了，请速速前往昭德门，在叛贼杀进皇宫前阻拦他们。”

赵尚心头一热：“大师说得对，总不能坐以待毙！”

净心殿的大门轰然敞开，赵尚踏出殿门，只见御林军首领阮奉正等在殿门口。赵尚回头看了善听一眼，感动地道：“多谢大师，今日只要本殿下还活着，叛党休想进宫靠近父皇一步！”

阮奉单膝跪地，他低着头，将神色藏在夜色中：“请殿下下令。”

赵尚目光坚定：“叛贼是从何处进攻皇宫的？”

阮奉：“昭德门。”

“好，那便随本殿下去，在昭德门手刃反贼头颅！”

夜幕低垂，好似一只吞人的兽，沉重地压在所有人的心头。昭德门外，四皇子赵敬与五皇子赵基率领五城兵马司的人马，狂攻城门。而昭德门上，御林军们投下千万支火箭，挡住这暴风雨般的攻势。

然而当初太祖建造大梁皇宫时就没想把皇宫当作一个堡垒屏障，盛京是一国都城，敌人都攻到皇宫了，那还何必要去守城？早已城破人亡！所以昭德门中的三千御林军渐渐支撑不住，两位皇子的援兵占了上风。

赵敬咬牙切齿地道：“赵尚这等贼人，勾结那妖僧善听就罢了，居然还策反了御林军。父皇如今身陷囹圄，不知如何了啊！”

赵基：“今日你我兄弟，不分彼此，一同手刃赵尚，如何？”

赵敬：“自然如此！”

赵基下令道：“冲，给本殿下攻下这昭德门！”

士兵们一拥而上，怒吼着冲向了巍峨雄伟的昭德门。

城门上的御林军渐渐支撑不住，摇摇欲坠的宫门眼见就要被攻破。赵敬和赵基双目放光，暗自打量了对方一眼。虽说二人如今都要手刃赵尚，但是谁先冲进皇宫救驾，这其中可有讲究，谁都不愿将这份天大的功劳送给对方，只待城门一破，便是争夺之时。

轰！

一声巨响，高耸的殿门被轰然冲开，只差一击，便可击破。

赵敬和赵基都屏住呼吸，等着冲入皇宫。这时，却见一队人马自宫外而来，两人齐齐回首，见到来人，都露出喜色。

“左相！”

纪翁集骑在马上，一路上的颠簸令他这副老骨头都快散了架。他远远瞧着破败的昭德门，恍惚间，仿佛从中看到了另一扇门，他那双苍老而锐利的双眼透过那扇城门看见了埋伏在那扇门之后密密麻麻的弓箭手。

黑夜深邃，一梦经年。

纪翁集回过神：“四殿下，五殿下。”

赵敬愤怒道：“赵尚贼人，竟敢逼宫，请左相与本殿下一同进宫，手刃叛贼！”

赵基也赶忙道：“请左相与本殿下一同进宫，斩下赵尚的头颅。”

五城兵马司乘胜追击，怒吼声震彻云霄。然而赵敬和赵基并不知晓，在那扇残破不堪的昭德门后，二皇子赵尚率领御林军，布好了弓箭手，同样等着射杀叛贼。

混乱的皇宫中，太监宫女们纷纷慌乱地逃窜，一个穿着黑色斗篷的身影却悄悄地走入福宁宫。硕大的福宁宫中，如今只剩下大太监季福一人守着。寝殿亮着一盏孤灯，季福低着头，藏在宽大衣袍下的身体瑟瑟发抖，不敢言语。

御案前，一个消瘦的身影手持毛笔，挥毫写下四个大字——不问苍天。

善听和尚摘下斗篷，他行了个僧礼，声音温缓平静：“陛下。”

赵辅没有回应，他仔仔细细地将这四个字写完，又拿出自己的御印，双手捧着沾上红泥，然后印了上去。他满意地欣赏着自己的字迹，接着才抬起头问道：“你瞧，朕这四个字写得如何？”

善听遥遥望了一眼：“出家人不打诳语。”

赵辅大笑片刻，对季福道：“他这是在说朕写得不如何呢！”

季福紧张得脸皮都绷紧了，赵辅对他说话，他便立刻回应：“奴婢觉着陛下写得极好。”

赵辅点点头：“朕也觉得朕写得极好。”

将毛笔扔在一旁，赵辅坐在御座上，懒洋洋地问道：“赵尚去了？”

善听：“去了。”

“赵敬和赵基呢？”

“也都到了。”

赵辅张了张嘴，又倏然闭上。许久后，他悠然地说道：“朕呀，觉着这时候该有人到福宁宫了吧。”

话音刚落，御林军首领阮奉便到了福宁宫外，跪地求见。赵辅将他宣进屋，而后站起身走了两步，眼神中难得有了一丝不舍和挣扎，然后他才小声地问道：“如何了？

是赵尚，赵敬，还是赵基？”

阮奉迟疑片刻，拱手道：“三位皇子都在紫宸殿中，等待发落。”

赵辅身体一震，僵在原地。

下一刻，他问：“都在？”

阮奉：“是，都在。”

“怎么会都在？”

阮奉：“是……是左相大人单人匹马先进了昭德门，二殿下未曾放箭，所以如今……都在紫宸殿中等着陛下了。”

赵辅颓然一倒，坐在了御座上，茫然地望着桌案上的那四个字。

不问苍天。

善听和尚拨弄着佛珠，声音一如往昔，似从迷雾中飘来：“业障是因，破障为果。爱欲之人犹如执炬逆风而行，必有烧手之患，但因妄想执着，不能证得。施主，阿鼻之下，荆棘地狱，终究唯你一人。”

赵辅猛然抬头，目光灼灼地盯着善听，杀念毕露。

慈眉善目的圆脸和尚依旧淡然诵佛，不喜不悲。

一夜金戈战鼓，右相府中，厨房早已不再上菜。唐慎和右相却一直坐在桌旁，睁着眼等了整夜。

东方既白，圆日初升。

官差小跑着进了右相府：“禀大人的话，刑部尚书耿大人半个时辰前入宫了。”

王诠惊讶道：“耿少云？他怎的入宫了？昨夜宫中的事到底如何了？”

这官差只是奉了王诠的命到该去的地方领消息，没得到的消息他自然说不出来，王诠挥挥手：“下去吧。”

“是。”

唐慎看向他：“二叔，宫中到底是发生何事了？”

王诠无奈地道：“你啊，就算问了，我也不知晓呀。”

唐慎面露尴尬。

王诠：“只是耿少云进宫倒是出乎我的预料，他竟然会进宫。难道昨日之事有了转机？何为转机？”王诠来了兴致，可他冥思苦想，终究不得要领。

而他自然也不知道，福宁宫外，纪翁集穿着一身略显老旧的官袍，在大太监季福的带领下进了殿中。他刚进殿便闻见袅袅檀香，烟雾缭绕，不得清静。纪相也不抬头，就这般垂目站在殿中静静地等着。

良久，一道人影从帘子后走出，他走到纪相的跟前，静静地望了许久。

叹息声仿若从远处响起：“重明啊。”

左相纪翁集，字重明，取自《周易》：“重明以丽乎正。”

纪相缓缓抬起头，他真诚地说道：“臣纪翁集，拜见陛下。”

赵辅温和地说道：“你怎的进宫了？”

“臣关心陛下龙体。”

"朕觉着身子不错。"

"陛下龙体康健，臣满心喜悦。"

君臣二人无言相对，谁也不知过了多久，殿中燃着的龙涎香已经烧尽，渐渐凉了。

"重明啊，你与朕君臣二十余载，朕怎么忽然觉着看不懂你了？"

纪翁集低着头，不卑不亢地说道："臣亦从未看懂过陛下。"

砰！

一只茶盏直直地砸向纪翁集的额头，将他砸得头破血流。那茶盏落在地上，碎裂成数块。纪翁集毕竟年岁大了，突然被砸这一下，他一个踉跄，险些倒地，但他稳住了身形。

赵辅急促地笑了声，声音尖锐："你不懂朕？"

鲜血流了一整张脸，纪翁集抬起脸庞，那张脸上满是皱纹，沟壑纵横，可双眼却凌厉清醒。他的声音十分平静，缓慢地说道："是啊，臣不懂，臣不懂二皇子做错了什么，被您选为叛党，臣亦不懂四皇子、五皇子又做错了什么，您要置他们于死地。虎毒尚且不食子，若三位皇子皆死，这大梁江山，您辛辛苦苦从他人手中夺得的江山，是要拱手让给谁？"

"赵敖？赵琼？"

"难道您忘了吗，这天底下姓赵的早已被屠戮殆尽，如今只剩下景王一脉了。"

纪翁集声音平缓地说着一句句大逆不道的诛心之话，仿佛平静无波的水面，微风不惊，水面之下却藏着惊涛骇浪。他每说出一个字，赵辅的表情就狰狞一分，他目眦欲裂，用杀人般的目光瞪着站在殿中的纪翁集。

然而当纪翁集说到最后时，赵辅却释然了。

他微微笑了声，伸手拿起桌上的另一只茶盏，砰的一声，砸向了一旁的柱子。

青花瓷盏摔得粉身碎骨。

纪翁集看都未看那碎裂的茶盏一眼。

皇帝的话掷地有声，不啻惊雷："重明，你当真让朕心寒，在你心中，朕竟然是这样的帝王？"

纪相抬头望他，认真地说道："在臣看来，陛下是大梁开国以来最圣明的帝王。"

赵辅："朕竟听不出你这话有几分真心。"

"十分真心。"

赵辅哑然，他叹息道："那你今日又为何入宫？"

纪翁集："不忍见悲剧重演一回。"

赵辅沉默良久："三十二年前，朕记着重明并不在盛京，你那时在哪儿呢？朕得好好想想……"

"臣那时在西北，与辽军对战。"

"哦对，是，你是在幽州，和太师一起。太师多次向先帝夸你，说你是难得一见的将相之材。"赵辅露出不解的神色，"你又不在盛京，你又非先太子党、松清党……那此事与你何干呀？"

纪翁集忽然闭了口，没有言语。他说起了另一件事："臣忽然有些懂陛下了。"

赵辅："哦，你懂什么了？"

"您其实从未变过，是臣迂腐了。臣曾经不解，若三位皇子皆死于昭德门中，这大梁江山，您辛苦得来的江山，到底有何用？但臣此刻懂了，您在乎这江山，只因它是您的江山，若它不再是您的江山了，那无论是赵尚的、赵敬的、赵基的，又甚至是赵敖、赵琼的，这江山又与您有何干系呢？"

赵辅的嘴唇动了动。

纪翁集："这梁辽合约是开平皇帝的功绩，这盛世繁华皆为开平皇帝的功劳。您不畏艰难，开三条官道，为天下百姓殚精竭虑，哪怕如今，除非重病难起，三十二年来从未落下过一次早朝。大梁从未有过像您一样励精图治的皇帝，您过得苦极了，三十二年如一日，好似苦行僧，远不如苦行僧。"

赵辅露出了难以形容的神情，他激动地板直了腰背，喊道："重明。"

纪翁集怅然道："以纸代币，多难啊，这些年您都这样了，却从未放弃。大梁有您，是百官之福，是苍生之福。臣这一生侍奉过两位皇帝，但臣这一生却只有一位君王，便是您。"

赵辅语重心长道："朝堂之上，朕从来都知道你是最懂朕的。"

纪翁集抬头道："所以您想证明，哪怕是弑父杀兄得来的皇位，您也未有错。赵尚如您，赵基、赵敬如先太子。重演一遍，任何人都会如您一般抉择，如您一般作为。"

赵辅："朕有错吗？"

纪翁集："您没有错，不需要重演，您从没有错。"

赵辅闭上了眼，止住了温热眼眶的泪。

"但先太子也未有错，赵尚、赵敬、赵基，谁又有错呢？"纪翁集缓慢地说道，"您是一位明君，您亦是一位自私自利、孤身行进的君王。陛下，这条路臣伴不得您了，您从来是一人而行。臣如今也想明白了另一件事。"

赵辅竟然没生气，他微笑着对纪翁集道："何事？"

"若是放在一年前，您绝不会做出这样的行为。您在怀疑自己，您迟疑了、害怕了。是太后的死让您开始害怕起了来生，担忧起了死后下地狱吗？"

赵辅脸上的笑意僵住了。

不用他回答，纪翁集从帝王的表情中已经明白了一切，他恭恭敬敬地作揖行礼，道："陛下，既为胜者，何须再想无谓之人，无谓之事？您便是您，这天下还有诸多事，等着陛下破除迷障，开辟天地呢！"

福宁宫中是久久的寂静。

许久后，赵辅道："你下去吧。"

"是。"

"等会儿。"

纪翁集停住脚步，回身看向这位孤独而圣明的帝王。

赵辅笑道："重明说错了一件事，赵敬、赵基如那赵璿，但朕，从来不是赵尚。"

纪翁集双目一缩。

赵辅："朕问的那件事，重明还没有给朕答案。三十二年前，一切与重明无关，今日朕想过许多人，哪怕是那王诠朕都想过，可独独没有想到是你来了。你怎的就来了，这又是何苦？"

纪翁集心中波澜起伏，他慎重郑然地望着眼前这位帝王。数十年来风风雨雨，他自认是最了解对方的人，却终究猜错了这人的心思，可这世上真的有人能明白帝王心吗？

想通后，纪翁集道："陛下说臣不是先太子一党，不是松清党。"

赵辅脸色微变，他故作平静："朕说错了？"

纪翁集："陛下未曾说错，臣不过是一个二甲同进士出身，如何能成为松清党，能入了先太子的眼？只是那一年金榜题名琼林宴，臣出身贫寒，不堪酒醉，出尽了洋相，被同桌进士暗自取笑时，有一人扶了醉酒的臣一把，对臣说，天下英杰，莫问出处。"

赵辅已经知道了那人是谁，龙袍下，他的手指握紧成拳。

纪翁集深深看了他一眼，笑道："陛下，天下何人不喜欢赵璿啊！"

纪翁集转身离去。

他一走，福宁宫中传来瓷器碎落的声音，响了许久，迟迟不断。

左相离开福宁宫时恰巧遇见了进宫面圣的刑部尚书耿少云，耿少云见到他，大为吃惊，行礼道："见过纪相。"

纪翁集回了一礼，却没有开口回应。

耿少云在福宁宫外等了许久，终于，赵辅传他进殿。耿少云见到满地的碎片，心中震惊，他冷静地走到内殿，恭敬地作揖行礼。赵辅没有力气地看了他一眼，然后痛心疾首地说道："望青，朕心寒啊！"

正月初九，这场浩浩荡荡的逼宫闹剧终于落幕。

妖僧善听迷惑圣听，惑乱朝堂，于天子病重时伺机作乱，押入天牢，听候处决。左相纪翁集暗通妖僧，为非作歹，伺机逼宫，念其为国操劳多年，劳苦功高，剥其官位，安度晚年。

四皇子赵敬、五皇子赵基误信贼人，致使盛京兵乱，撤其官职，闭门静思己过。

擢升右丞徐毖为左相，刑部尚书耿少云为右丞，吏部右侍郎余潮生为刑部尚书。

这一连串的升官贬谪，看得群臣眼花缭乱。然而让人最没想到的是，皇帝调秦州府尹赵靖回京，任吏部右侍郎，官居三品。

赵靖是纪翁集的得意门生，纪翁集被褫夺官位，赵靖却终于苦尽甘来，回京做官。

正月十六，开平三十二年的第一次大早朝。群臣聚集于紫宸殿中，唐慎也看见了从秦州千里迢迢赶回来的赵靖。

皇帝的身体似乎依旧不大好，经历了一场稀里糊涂的宫变后，他更加苍老了几分，但眼神却愈发凌厉。这时候哪有人还敢认为皇帝大限将至？一个大限将至的皇帝能在那场混乱的宫变中突然醒来掌控大权？

一些臣子已然猜到了些许真相，还有不明真相的官员胆战心惊，更加敬畏皇帝。

早朝时，赵辅轻声说了几句话，一语带过了正月时的那场宫变。

徐毖站在群臣文官之首，率领百官，贺开平三十二年国泰民安，风调雨顺。

等到散了早朝，唐慎才真正看清楚赵靖。

四年前，赵靖因为督办度支司不利，被赵辅贬到秦州，从二品大员变成一个小小的四品府尹。如今他回京，做了三品吏部右侍郎，但朝中纪党大势已去，赵靖也头发花白，明明才四十多岁，却仿若花甲老人。

唐慎感到自己好似一叶扁舟，漂流于波涛汹涌的汪洋之上。

次日，唐慎刚刚下衙回到家中，右相府的管事又来接他，唐慎惊讶地道："右相大人在府上等我？"

管事笑道："大人去了便知。"

唐慎一头雾水，但是很快他发现，这辆马车去的不是城东右相府，而是一路往南，直接出了盛京城！

马车晃晃悠悠地来到城外十里亭，唐慎下了马车，只见右相王诠穿着一身乌衣，早在亭中等着了。唐慎立即走上去："见过二叔，二叔是有何事？"

王诠正要开口，忽然见到一辆马车从盛京方向驶来，他道："人已经来了。"说着，他大步走到官道旁，唐慎也跟了上去。

马车悠悠停下，车上的人掀开车帘，看见是王诠后，略微吃惊："王相？"

王诠作揖道："纪相。"

纪翁集从马车中下来，他也回了一礼，道："罪官之身，哪来的纪相？"说着，他看了一旁的唐慎一眼。

唐慎立即给他行了一礼。

王诠悠然道："既然如此，那乌衣之身，何来的王相？"

两人相视一眼，皆笑了起来。

朝堂之上，纪党、王党相争多年，并非死敌，可却是实实在在的敌党，谁能想到如今纪翁集和王诠竟然在城郊十里亭外畅谈言欢？

唐慎不明所以，他不知道王诠为什么要把自己带到这儿，但他镇定地站在一旁听着，不说一字。

纪翁集："天色渐晚，不便再留，老夫该走了。"

王诠拱手道："一路平安。"

纪翁集望了唐慎一眼，又忽然道："倒是想起一件事来。"

王诠："哦，何事？"

纪翁集："除夕皇宫家宴上，三位皇子选谁皆可，但圣上独独选了二皇子赵尚。"

唐慎心头一震，他不动声色地凝聚精神听纪翁集继续说。

纪翁集感慨道："是随意为之，从中任意挑了一个做那最无辜之人，还是说因为他是长子？长子啊，让圣上想起某个人，某个令他有愧疚之心的人，所以才选了他呢？"

纪翁集声音顿住，他错愕道："咦，老夫方才可是又胡言乱语了？德占兄莫要见怪，自从被那妖僧迷惑后，我总是会说些奇怪的话，你可别放在心上。”

王诠：“自然不会，方才重明兄说了什么？”

唐慎道：“纪大人未曾说什么。”

纪翁集和王诠齐齐看了唐慎一眼，目露赞赏，唐慎垂目看地，神色平静。

纪翁集笑了，他抬起手指着唐慎身上的官袍道：“既然今日在此，王大人自然是拿唐大人当子侄看待了，本以为唐大人也该穿乌衣。”

唐慎眼皮一抽。

王诠：“哈哈哈，小辈自有小辈的福分。重明兄，定有再会之时，就此告辞！”

“告辞！”

日落西山之际，钦天监监正李肖仁穿着一身仙风道骨的八卦道袍，手持拂尘，进了皇宫，他的身旁跟着两个小徒弟。正月初七的宫变之夜，李肖仁因卧病在床，所以不在宫中，是他的两个小徒弟留守登仙台。

此刻李肖仁病愈，蒙得皇帝召见，趾高气扬地进了宫。

他的两个小徒弟却战战兢兢，头也不敢抬，因着那一晚在登仙台中蜷缩害怕，瑟瑟发抖了一整夜的不是李肖仁，而是他们。没经历过那慌乱可怖的一夜，就不能感受到这皇宫有多么可怕，那一晚要是有御林军冲进登仙台把他们两个小道士砍成肉泥，恐怕都没人会为他俩说个“冤”字。

李肖仁到登仙台时，大太监季福已经在殿外候着了。

见到季福，李肖仁急忙走上去，赔笑道：“季公公。”

季福笑道：“李大人，官家近日烦心事颇多，你可得小心着呢。”

李肖仁：“多谢季公公提点。”说着，他便进了登仙台。

待到一个时辰后，李肖仁从登仙台中出来。他长长地舒了一口气，只觉神清气爽，容光焕发。被那善听和尚压了整整一年，如今善听被皇帝斩首示众，皇帝弃佛修道，最终还是他李肖仁胜了。

李肖仁心情大好，他让小徒弟给季福塞了几片金叶子，讨好道：“从明日起，下官又要每日来登仙台了。季公公伺候陛下，劳苦功高，可得多多注意身体。”

季福不动声色地收下金叶子，微笑道：“李大人也要注意身体才是。”

李肖仁领着徒弟离开登仙台，走时步步生风，好不得意。

“可真是小人得志。”

季福扭头看到自己的干儿子，他皱眉道：“这话也是你说得的？”

小太监谢宝低下头，委委屈屈地道：“是，只是儿子也没说错。”

季福：“你啊，管好这张嘴，这里头有你什么事。”

谢宝唯唯诺诺地应了声，被季福打发去后宫办事了。然而望着李肖仁和那两个小道士的背影，季福又何尝不觉得这世道真的是小人得志？

李肖仁这得多蠢啊，蠢到何种地步才能如此心安理得地觉着赵辅是个一心修道的皇帝。

赵辅这人，此生不信神，不信佛，只信他自己！

正月宫变过后，季福恍然觉得自己好像更懂了赵辅一些。那日赵辅召见纪翁集时，他听了赵辅的令，就守在门外，将两人的话一字不差地听进耳中。纪相评价赵辅，说他是个自私自利至极的明君，季福却觉得赵辅已然不可用自私自利来形容，六十多年来，他的眼中俨然只有他自己一人！

身为跟了赵辅五十多年的老人，季福忽然觉得心头发寒。

谢宝之所以觉得李肖仁是小人得志，是因为他在替枉死的善听鸣不平。比起这个只会溜须拍马的假道士，善听平易近人，从来都不刻意巴结达官贵族，也不会只讨好季福一人，对其他太监视而不见，善听与这些小太监关系不错，深得太监宫女的喜欢。

“佛度有缘人。您是真想度了咱们这位陛下，可您法力不够，度不了啊！”季福心中感慨，若这世上还有为善听和尚哀叹的人，或许就是他吧。

第五十五章

善听

下了衙，唐慎回到家中，只见唐璜正在和姚大娘、奉笔绘声绘色地描述着什么。

“就见那大和尚双手合十，结了个印，坐在法场中央，就开始念起禅经了。最为神奇的是，自他念经后，刽子手也不动了，法场外头围观的百姓也都安静了，所有人都听他在那儿念经。他每念出一个字，地上就开出一朵莲花，哗啦啦的开了一整个法场。”

“你怎么不说他口吐金莲，直接立地成佛呢？”

唐璜扭过头，看到是唐慎，小姑娘惊骇道：“真的假的，那个大和尚还口吐金莲，立地成佛了？”

“当然是假的！你都从哪儿听说的这些莫名其妙的东西？犯人行刑时，双手是被锁链缚于身后的，怎么双手合十？时辰一到，即刻行刑，一瞬都没耽搁，刽子手能不听指令？都和你说了不要老听这些莫名其妙的传闻，都是假的。”

姚大娘：“啊，原来是假的啊，我还以为那些和尚真的那般神奇。”

唐慎无言以对。

百姓们不知道正月宫变到底发生了何事，都以为是妖僧祸国。其实不只是他们，就连许多京官都对真相不明所以。百姓将这事当成茶余饭后的故事，编出了好几个版本，就连唐家的细霞楼都讲起了一个志怪故事，说的是一个道士降服妖僧的故事。

临近二月，唐慎受召入宫。

赵辅又恢复了往常的神色，坐在御座上批阅奏折。季福引着唐慎进入垂拱殿，赵辅放下手中的折子，抬头看他，笑道：“朕好像很久没见到景则了。”

唐慎作揖道：“臣拜见陛下。”

赵辅朝他招招手：“走近了说话。”

唐慎走近了两步。

赵辅感叹道：“景则还是一如往昔那般年轻，风华正茂，可是朕已经老了啊！”这时候几乎成了习惯，唐慎下意识地就想接上一句奉承话，但赵辅没给他开口的机会，继续说道，“朕时日无多，但是想办的事却一件都没有办成，景则啊，你师兄去了幽州那般久，他近况如何了呀？”

王子丰近况如何，唐慎恐怕还不如赵辅清楚。

唐慎：“臣许久未见师兄，但师兄心思缜密，去了幽州后，定然事半功倍。”

赵辅哈哈一笑：“你去幽州帮帮子丰吧！”

唐慎心头一惊，表面不露声色：“臣领命。”

赵辅：“朕的几个愿望，可真希望能在合眼前实现啊！”

唐慎心领神会，知道赵辅让自己去幽州为的不仅仅是帮王溱打理银引司的差事，更为了辽国。

大梁开国一百余载，共有九位皇帝。梁旬宗在位时，梁辽两国交战数年，最终大梁惨败，割让西北二十一万顷土地，年年缴纳岁贡。到先帝时，穷兵黩武，与辽国死战，这才免了岁贡一事。

开平皇帝即位后，又与辽国征战十年，最终夺回幽州三府之地，但还有九万顷梁国土地被辽人占据。

皇帝做到赵辅这个份上，已然是史书有名。但他不满足于此，他所要的，是真正的一代明君之名。

唐慎出了垂拱殿，径直往御史台去，他要准备赶赴幽州。

唐慎并没发现，他前脚刚踏出垂拱殿的大门，另一条宫道上一个穿着二品深红官袍的官员走了过来。两人没能打个照面，但对方却看见了唐慎，余潮生停住脚步，一旁引着他的小太监转首问道：“余相公？”

刑部尚书余潮生道：“无事，继续走吧。”

很快，余潮生进了垂拱殿，拜见赵辅。

待到晌午，余尚书回到勤政殿，他找到自己的老师，也就是当朝左相徐毖。

纪翁集被褫夺官位后，谁也未曾想到接替他担任勤政殿左相的人不是右相王诠，而是这个最不起眼的右丞徐毖。徐毖端坐于纪翁集曾经的堂屋中，正与礼部尚书孟阆说话。见到余潮生来了，孟阆道：“便不打扰徐相公和余大人师生相聚了。”接着起身告辞。

孟阆走后，徐毖和余潮生坐在罗汉榻上，二人品着茶，轻轻地呷了一口。

余潮生放下茶盏：“虽说过去了半月之久，学生依旧觉着恍若在梦中。”

徐毖：“什么样的梦？”

余潮生：“说来也惭愧，有些可笑，就不说与先生听了。只是此次正月宫变，许多事如雾里看花，学生至今都没瞧明白。”

“有何不明白的？”

余潮生一一道来：“……学生虽说不懂，但学生向来遵从先生教诲，凡事何须全懂，知其一二，便可明哲保身，所以便不好奇。”

“当真不好奇？”

余潮生摇摇头：“当真不好奇。”

徐毖笑道：“你啊，十数载如一日，就是这个榆木性子。”

余潮生笑了笑，没有回答。

其实哪能真的一点都不好奇？但是余潮生清楚，这世上知道得越多，死得只会越快。当今这位皇帝从不是个任人摆弄的帝王，前车之鉴便是纪相，纪相就是看得太透彻，才会有如今下场。余潮生不清楚纪相知道了什么，但是他晓得，自己并不想去弄清楚纪相知道的东西。

余潮生：“学生今日在垂拱殿前又碰见了那唐景则。”

徐毖诧异地道：“又碰见了？”

“是，学生正巧接了旨令进宫面圣，唐大人自垂拱殿中出来，只是这一次，他又未曾瞧见我，只是我瞧见了他。”余潮生难得感慨道，“我与唐大人总有种冥冥中的缘分。学生从来不信佛道，但因为如今我是刑部尚书，前几日监斩善听之人便是学生。烈日之下，那善听被按在石案上，却面不改色，依旧口念佛经。那时，学生忽然好像见到了佛。”

徐毖意味深长地说道：“善听并非常人。”

余潮生：“先生？”

“一年前他刚刚入宫时与老夫在登仙台前有过一面之缘，那时老夫与他聊了几句。老夫从他的口吻中听出了，他早已知晓自己恐怕走不出这个皇宫。”

“他竟能料到一年后的事？”

“未必，他只是心思澄澈，一眼就看穿了咱们这位陛下的心思吧！”

这世上最懂赵辅的人究竟是谁？

纪翁集？

善听？

徐毖悠然地品了口茶。

辽国，上京大定府。

恰逢辽帝寿辰，上京处处张灯结彩，百姓一同为辽帝贺寿。辽人没有那般多的礼法规矩，辽帝过寿，要自东城门行车至西城门，赐百姓万杯酒，做成一个“与民同乐”。所以辽帝过生日，辽人也十分高兴，个个上了街，要去围观皇帝御辇。

不过说是皇帝的御辇，车上坐的却未必是辽国皇帝。去岁辽帝生辰，是由二皇子耶律舍哥代替辽帝行万杯酒，今年则是三皇子耶律晗坐在车架上，他举着酒坛，袒胸开襟，豪迈爽朗，大笑着对一旁的守卫将军说道：“喝就是，不醉不归！”

万杯酒浩浩荡荡地在上京走了三个时辰，才终于结束。

三皇子耶律晗捧着百姓们送上的万民酒送到辽帝的跟前：“父皇，这是天下子民对您的尊敬！”

辽帝哈哈一笑，将这坛万民酒一饮而尽。

自此，辽帝的寿宴终于开始了。

三皇子耶律晗是如今辽国朝堂上的大红人，王子太师耶律定是他的老师。虽说去岁太保耶律隐因为暗杀耶律勤被打入天牢，但三皇子一派依旧势头最盛，仅仅一个耶律定就足以稳定大局。

二皇子耶律舍哥坐在酒席上，和其他辽国官员一样拿着酒坛喝酒，喝了一口他便皱起眉头，将这坛酒放到一边。耶律勤凑过去问道：“殿下可是不喜欢这坛烧叶酒？下官为您换一坛吧。”

耶律舍哥：“不必。”

他不喜欢的不是这坛酒，而是这寿宴上所有辽人那大口饮酒、徒手撕肉的模样。

哪怕尊贵如辽帝，他也举着酒坛，对着嘴巴直接倒下，沾得整个衣襟上全是酒渍。

三个月前，耶律舍哥匆匆离开梁国都城，回到南京析津府。果然不出他所料，在他回来后的第二天，王子太师耶律定的人就从上京来了，明面上是说太师有事要与他商量，其实就是为了试探他是否还在析津府。

耶律舍哥及时回来，化解了一场危机。

亲自去了一趟大梁后，耶律舍哥忽然觉得梁人的朝廷其实远不如他们辽国这般凶险万分。梁人委婉，梁帝又懦弱，且开平皇帝病重多日，恐怕时日无多。而他们辽国呢？

辽帝早年征战沙场，落得一身伤病，身子也不爽利。但瘦死的骆驼比马大，辽帝凶狠嗜杀，他无须去懂那些官场上的弯弯绕绕，辽国也无人敢冒犯天子威严，连王子太师耶律定都不敢。

辽帝如同一头沉睡的猛虎，王子太师好似一条盘曲在枝干上的毒蛇。

二者相对而立，却又未有必然的利益冲突。如果一定要说，那就是太师拥护三皇子耶律晗，想立其为太子；辽帝虽然不说，但他更属意耶律舍哥，对这个出身一般的二儿子喜爱有加。

“舍哥，下个月随朕去南山打猎，让朕瞧瞧你的骑射生疏了没！”

耶律舍哥回过神，起身以拳头击胸，行礼道：“儿子一定射下雄鹰，给父皇当迟来的贺礼。”

辽帝开怀大笑。

二月下旬，已经入了春，大梁境内大多地方有了春日气息。唐慎坐着马车，孤身向北，一路往西而去。原本随着日子一天天过去，天气应当越热，但越往北走气候越加严寒。第八日，马车终于晃晃悠悠地行驶到了幽州城十里外。

鹅毛大雪自空中飘散而下，遮得满地银装素裹。

唐慎坐在马车中，抱着一只暖炉，拿着一本诗集正在翻看。这时，只听驱车的官差说道："大人，前头似乎有人等着。"

唐慎掀开车帘，只见不远处确实有几个人在一座小亭外站着。

幽州不似大梁其他城池，往来幽州的百姓不多，若是有人在城郊十里外等候，十之八九是在等自己了。唐慎道："许是幽州官员知道我要来了，在那边等我。到亭子旁，你靠边停下就是。"

"是。"

唐慎将诗集放入车中的抽屉中，他整理了一下衣袍，下了马车。一下车，扑面而来的寒风刺入骨髓，唐慎冷得打了个哆嗦，他抬头看向等在亭子外的那几个人，一眼便瞧见了幽州府尹季肇思。

然而唐慎的目光径直地越过他，看向了站在他身后的人。

唐慎定定地望着王溱，良久，他道："下官唐慎，见过左仆射大人。"

王溱披着一件雪白的狐裘大氅，他目光清明地望着唐慎。一个眼神，两人便明白了对方的意思。王溱缓缓抬手："不必多礼，咳咳……"

唐慎立刻道："师兄病了？"

王溱咳嗽了一会儿，一旁的秦嗣解释道："大人前几日熬夜处理差事，一时染上了风寒，是昨日才得的病，不是大病，但是来势汹汹，所以看着有点严重。"

唐慎稍稍松了口气。

众人一起回到幽州城。

因为王子丰病了，季肇思原本想宴请唐慎，如今只能作罢，让王溱能早点回去休息。唐慎扶着王溱，带他来到两人在幽州下榻的宅邸。这是幽州府尹季肇思特意准备的，银引司设立在幽州，银引司的顶头上司在幽州怎能没有个歇脚的地？

季肇思用马车把唐慎和王溱送到那处宅邸，他道："唐大人在幽州没有府宅，大人来得匆忙，下官还没准备好，过几日就可准备妥当。"

唐慎理所当然地说道："不必，我不常来幽州，与王大人住一起就可以了。"

季肇思没想太多："是。"

唐慎扶着王溱，进入宅邸。王子丰轻声喊着："景则……"

唐慎："嗯？"

"景则……"

"我在呢。"

"我快不行了。"

"啊？！"

王大人道："我尚未有家室，若我去了，这偌大遗产无人继承，我看不若都给你如何？我的遗产当真不少呢，盛京有三座宅子，盛京、北直隶、南直隶都有三条街的商铺。其实在你的家乡姑苏府其实我也有一座染坊、一座布庄在那儿，还有金陵，那儿是王家的大本营，我大多数的财产都在那儿……"

唐慎听得目瞪口呆："你作为户部尚书，竟然贪墨成这样了？！"

王溱："贪墨？你怎能这样想我？这些一半是我母亲的陪嫁……我母亲只有我一个

儿子，她的陪嫁自然是我的东西，我无后代，就你一挚友。你还没听我说完，金陵府啊，秦淮河知道吗？”

唐慎惊骇道：“你别说秦淮河也是你名下产业！”

王溱顿时失笑：“秦淮河是我大梁的疆域，怎能是我一个人的？只是秦淮河旁有两家最能挣钱的酒楼是我的。”

“歌女也是你的？”

王溱欢快地说道：“若我说确实有几条画舫，你觉得如何？”

“不如何。”

“嗯，那确实是有几条……哈哈哈哈，慢点儿走。”

唐慎一把把人推开，大步走进屋子。

狗大户啊，真的是狗大户！他唐慎辛辛苦苦得挣钱，从唐氏物流到细霞楼，直到开了珍宝阁，唐慎才敢说一句自己是财大气粗。谁能想人家真正的富二代，光是母亲的嫁妆就这么多钱！

唐慎沉默片刻：“我当初给了你珍宝阁一成的分成。”

王溱真诚地感慨道：“景则真能挣钱，一个小小的珍宝阁，一年的红利算下来可不比我那些商铺加起来少。”

唐慎刚准备说“你那么有钱，干脆把股份还我”，结果被人拍了一通马屁，他愣了半晌，没好意思说出口。

“你可知我为何生的病？”

唐慎一愣：“秦嗣说是你熬了夜办理差事？”

王溱想起自己生了病，怕传染病气给唐慎，于是稍稍避开了些。他低沉地笑了声，声音温缓清润，又微微有些沙哑：“你来了，要将差事多处理一些，如此等你来时，我与你才可多相处一会儿。三个月未见，想与你下棋饮酒，不醉不归。”

唐慎望着他，他张开口：“师兄……”

王溱：“但幽州的天这般冷，怕让你也生了病，只能算了。”

王大人难得做次人，怎能光感动自己一人？这种赔本买卖是绝不会存在的。

看着自家师弟感动的模样，王大人深感自己果真是个百年不见、千年难寻的正人君子。

不过有件事唐慎倒是猜错了，王子丰确实病得很厉害。

原本就染上风寒，又亲自冒着风雪去城郊接他，当夜王溱便高烧不退，卧榻难醒了。唐慎急忙请大夫给开了药，他又在床边守了两个晚上。

赵辅恐怕这辈子都想不到，他将唐慎派来幽州，是想着唐慎能给王溱分忧解难，同时把辽国的差事好好办了。结果非但没能办成差事，王子丰因唐慎而得病，唐慎为了照顾他又耽搁了工夫。

第二日的夜晚，王溱的体温渐渐下去。唐慎一天一夜没合眼，如今终于放下心，趴在床边睡了。

王溱醒来时，便见到自家师弟倚在床边沉沉睡去的模样。

等唐慎醒来时，他惊觉王溱醒了，先是一愣，接着他道：“感觉如何了？”
“挺好。”
唐慎松了口气：“师兄何时醒的？”
“醒了大概半个时辰了。”
唐慎惊讶道：“这么久，怎么不喊醒我？”
王溱笑着道：“我渴了，小师弟为我去倒杯水？”
唐慎起身去倒水。

过了几日，王子丰的身体一好，唐慎便去银引司找到了王霄和梅胜泽。
去岁唐慎将二人派到幽州接了银引司的差事，如今半年过去，两人早已悄然在幽州安了家。表面上是银引司的官员，私下却早已打通渠道，与身在析津府的乔九时常联系。双方每半月联络一次，若有紧急事件，乔九会特意回幽州与他们二人交流。
见唐慎来了，二人都十分喜悦。
二人将唐慎迎进门。
“幽州的冬天实在太冷了，景则你怎么过来了？”梅胜泽一边将暖炉递给唐慎，一边道。虽说他的官阶比唐慎低，但二人是同窗好友，所以并未有太生疏的上下级关系。
王霄则没有说这些唠家常的话，他将火盆里的炭火拨了拨，接着就将乔九前几天刚刚送回来的情报交给唐慎，道：“大人，三天前乔九送来情报，说辽帝要去析津府打猎。辽帝大寿刚过，因王子太保耶律隐被革了官职，太师一党元气大伤，但二皇子一党也未曾得到太多好处，这几月来，耶律定时常打压耶律舍哥。”
梅胜泽也道：“辽国不比大梁，辽帝年轻时曾征战沙场，霸道专横，一言九鼎。可这十几年来，其余部落渐渐势大，辽帝年轻时伤了根基，年岁越大，越不能亲自打理朝政。所以辽帝心中属意的继承人是二皇子耶律舍哥，但太师耶律定却是三皇子党。这一次的析津府围猎，便由二皇子主持。”
唐慎轻轻点头，道：“辽帝近况如何？”
王霄与梅胜泽对视一眼。
唐慎皱起眉头：“辽帝的身体每况愈下，此事你们也知晓。耶律定就算再一手遮天，也不会越过辽帝。辽帝属意二皇子继承皇位，萧砧本身便是二皇子党，自然也算半个辽帝一党。辽帝，才是我们真正当接近的目标。”
王霄道：“此事我立刻写密信送与乔九。”
三人又说了会儿，这才聊起家常事。
王霄去岁就来了幽州，在幽州落脚成家。他与王溱是远亲，去岁王霄到宁州督办修理官道时就从王溱那儿得了一封推荐信，这使他在宁州更加如鱼得水。如今王溱也在幽州，王霄自然早早就去拜访过，他也听说了王溱染上风寒的事。
王霄：“王相公身体可还好？”
唐慎：“师兄并无大碍。”
王霄松了口气：“这自然是最好。”

梅胜泽道："景则你是知晓的，你来国子监的时间短，与博士们都不太熟稔，我与徐博士是旧相识，徐博士向来照顾我。前几日他给我写了封信，信上说了刘放的事。"

唐慎："刘放？"想了想，他从记忆深处想起这个名字。

六年前唐慎还在国子监求学时，刘放是国子监最出众的太学生之一。那一年天子临雍，唐慎得了第一，刘放便得了第二。之后两人也一起金榜题名，成了同榜进士。

梅胜泽："正是那个刘放。说起来也真令人唏嘘，你或许不知，刘放自考上进士后，没过多久就离开盛京，去了阳州做官。若是寻常就算了，这些年他渐渐成了纪党，原本也该是风光无限，谁料……"声音顿住，过了会儿梅胜泽才继续道，"谁料正月出了那样的事，刘放受到牵连，被革了官职。他是个什么样的人，你或许不清楚，而我是知晓的。在国子监时他便向来心高气傲，一心想着考上三甲，如今又成了罪官，被革除功名，他如何受得了？"

唐慎已经猜到他接下来要说的话："刘放如今如何了？"

梅胜泽叹气道："徐博士正是刚去了他的葬礼，才给我写的这封信。他是悬梁而亡！"

唐慎长叹一声，心中也是感慨万分。

纪相一倒，看似风平浪静，圣上并未大力搅动朝堂布局，只是提了徐相上来，稳定朝廷大局。但在这看似平稳的风波之下，有多少官员被这股劲风摧毁，便是不得而知的事了。

刘放这样的人，只是那万千受到牵连的官员的影子，如他这般的人，又如何数得清！

傍晚，唐慎回到府上，他刚进门就看见一个穿着官袍的中年男人从府上离开。两人打了个照面，对方立刻作揖行礼："下官林栩，见过唐大人。"

唐慎轻轻点头。

两人并未多说，唐慎迈步走进大门，他找了会儿，终于在书房中找到王溱。

王子丰向来不会亏待自己，哪怕是身处荒僻的幽州，他的书房中都燃着淡淡的熏香。不是昂贵稀有的香，却也是白烟袅袅。墙上挂着几幅墨菊图，仔细一看，竟然是王子丰亲手作的画。此画放在如今也是价值连城，只因王溱本就是赵辅亲点的"状元无双"，享誉天下。

见唐慎来了，王溱招招手："景则。"

唐慎走过去："刚才林栩林大人是来找师兄的？可有要事。"

王溱："并无大事，坐。"

唐慎坐下，王溱忽然开始摆起了棋盘。

唐慎："下棋？"

王溱一边收棋子，一边抬眸看着唐慎，他轻轻地"嗯"了一声。声音带笑，又略有故意引导对方继续说下去的疑惑之意。

唐慎无奈地道："师兄和我都多久没下过棋了！"

王溱惊讶地道："很久？"

唐慎："少说得有……半年？"

王溱自责道："原来你这般喜欢与我下棋，是我未想到。不用担心，往后我每日都会与小师弟下上一盘。"

唐慎心道：谁想和你下棋了啊！

唐慎自认不是自虐狂，下意识地就想拒绝，王溱却把棋子都收好了，接着将装有黑子的棋盒递给他。唐慎十分顺手地接过了棋盒，等接完立刻就后悔了。

唐慎握着棋盒，老老实实地道："我又下不过你。"

王溱笑道："小师弟方才说了什么？"

您还非得再听一遍？

唐慎面无表情地把棋盒扔到一边："我下不过你，不下。"

王溱笑了好一会儿，接着他把棋盒又放到唐慎手中。"天下如棋，你还未曾下，怎知下不过我？你这是身在福中不知福啊，这天下多少人想与我下棋，可连门道都找不着。"

唐慎都没理他。

就没见过这么给自己脸上贴金的！

唐慎还是陪王溱下起了棋。

王溱极其善于下棋，唐慎这辈子就和三个人下过棋，一个是梁诵，一个是傅希如，还有一个就是王子丰。这其中，傅希如的棋最臭，其次是梁诵，王子丰最高。然而哪怕是傅希如都能打五个唐慎。

唐慎下得心不在焉，压根儿没觉得自己能赢。可王溱故意给他喂子，硬生生将两个人喂出了势均力敌的气势。

唐慎也来了兴致，他下了一会儿后，眼看要赢，王溱一个封杀，便将他的气彻底斩断。

唐慎扔了棋子："不下了！"

王溱顿时失笑："输了就不下了？"

唐慎理直气壮道："难道输了还想继续下？"

王溱哈哈一笑。

二人走出书房，只见屋外细细密密，下起了一场无声的大雪。

漆黑的夜空中，厚重洁白的雪花轻轻地落在地上，早已积上一层薄薄的色泽。季肇思给王溱准备的这个宅子极其用心，在幽州是很难有这种富有江南水乡特色的宅院的，这座大宅的花园中竟还有一座池塘，假山层叠，丛林掩映。

唐慎与王溱并肩走在走廊中，唐慎伸出手，攫住了一片雪花。

"说来也奇怪，正月初七的前一日盛京下了一场极大的雪，后一日又下了一场大雪，就如同今日一样，偏偏就是那一夜，月色清澄，不见丝雪。"唐慎想了想，道，"善听被斩首之后的那夜倒是也下了场雪。"

王溱声音清冽："你信鬼神之说？"

唐慎倏地抬首看向自家师兄，两人对视片刻，唐慎道："不信。"

他当然不信，而且他还知道王溱也是不信的。

若是信，当年唐慎乡试时，王溱就不会为他“放生”乌龟、兔子，以此劝诫唐慎不要寻求上天庇佑，要依靠自己。

王溱：“那小师弟觉着，圣上信吗？”

唐慎一时无言。

赵辅信不信鬼神？

这话随便问一个大梁子民，恐怕都会回答：信，而且是深信不疑！

赵辅信道信了二十多年，每一任钦天监监正都是牛鼻子道士，登仙台、虚极楼，哪一座不是赵辅为了寻道修仙而建？赵辅不止信道，甚至还信佛，哪怕斩了那妖僧善听，赵辅如今上朝时也时常拿着一串佛珠轻轻拨弄。

但唐慎沉思许久，他道：“或许不信吧。”语气怀疑而不坚定，带着一丝揣测的意味。

王溱轻轻笑了声：“或许？”

唐慎看着他的眼神，受到了鼓舞，道：“不信！”

王溱：“李大人是位有趣的人。”

唐慎想了会儿才明白王溱口中的李大人是钦天监监正李肖仁。

“十多年前我与其初次见面时，李大人刚刚成为钦天监监正，正是惴惴不安之际。不过那时，我也才是个五品小官。”

唐慎：“五品起居郎？”

王溱含笑点头。

好一个五品小官！

王溱：“瞧你看我这眼神，可是又在心里悄悄骂我了？”

唐慎立刻收了视线。

王溱笑了一声，道：“去岁起，李大人时常来找我，诉说被那善听压迫之苦。他的意思我何尝不懂，只是我王子丰人微言轻，在皇帝面前没有半分脸面，我哪怕说到口干舌燥，皇帝恐怕都不会看我一眼。”

唐慎：“……”

“景则，你这眼神……哈哈，回来。”

唐慎已经听不下去这话，抬腿就要走人，又被王溱拉了回来。

唐慎无语至极：你王子丰人微言轻？您还能不能要点脸！

王溱：“你以为我在骗你？唉，你又误会我了。我说得诚心实意，善听一事，我当真是爱莫能助！否则我与李大人相识多年，以我那乐于助人的热心肠，能不帮帮他？”没给唐慎再翻自己一个白眼的机会，王溱快速地继续说道，“二叔说瞧不懂到底发生了何事，瞧不懂如今的圣上。其实，我又何尝瞧得懂？从始至终，我只与二叔、与小师弟说过一句话，莫要怀疑当今圣上。瞧不懂他，却不要怀疑他，这世上能算计他的人，少之又少！”

能算计赵辅的人，少之又少，那就是还有咯？

唐慎本来想问问王溱觉得有谁能算计赵辅，但这怎么看怎么是一道送命题，唐慎自己心里琢磨，觉得王溱肯定觉得他自己可以，那……再加上纪相？

干脆没问，唐慎看向王溱：“师兄都不懂？”

王溱：“不懂。”

“真的？”

“千真万确。”

唐慎这才相信了他。

其实想来也是，如果说以前赵辅行事还有一些规律可循，这次的正月宫变，真的是令人始料未及。天下人都以为是妖僧祸国，左相被欺，险些酿成大错，可他们这些高官、皇帝心腹知道，事情真相与之千差万别，简直没有一丝相似之处！

是善听之错？

那皇帝是如何在昏迷了数日之际，突然在关键时刻恰好醒来的？

可是赵辅一共就三个儿子啊，他身为大梁皇帝，他到底为了什么才能算计自己的三个儿子，把他们坑成这样？宫变过后，三位皇子马不停蹄地离开盛京，几乎是落荒而逃。三人皆被吓得成了被踩到尾巴的老鼠，他们恍惚中有些察觉到真相，一个个被自己这位强势的父皇压得喘不过气来。

一个父亲如此算计自己的儿子，他能为了什么？

美色金钱，权势滔天？这些赵辅一个都不缺。

那他能做什么？千古丹青，身后盛名？

难道他把自己的儿子都害死了，就能青史留名了？

唐慎感慨道：“其实很久前我曾与先生说过，宁要世代为秀才，不要子孙成翰林。”

伴君如伴虎，权臣高官岂有那么好当！

王溱露出惊讶的神色：“小师弟竟然曾经想过不做官？咦，你何时对先生说的这话，我怎的从未听先生说过？”

“你知道我说的是哪个先生？”

“难道不是傅渭傅希如，咱们的先生吗？还有其他的？”

“王子丰，你明知故问！”

两人又说了一会儿，唐慎想起一件事：“我来之前曾去先生府上，拜访先生，他与我说，若是等书修好，他便再无遗憾了。”

王溱长长地叹了口气，道：“先生的故乡并不在盛京，也不知道还来不来得及回去再拜访一面。”

第五十六章

圣心

这一次王溱猜对了。开平三十二年，二月十九，翰林院修完了一本《文循敬集》，这书耗费了傅渭三年多的心血。傅渭年轻时就喜欢参加文人诗会，看这些文人诗集。如今有幸修完《文循敬集》，他心情大好，连着两夜兴奋得没能睡觉。

但是等兴奋劲过去后，傅渭便感到了一阵力不从心。

一本《文循敬集》几乎耗尽了他所有的精力，傅渭终于察觉他再也不是三四十年前的年轻人了，他没有用不完的力气。他老了，真的没法再在朝堂上待下去了。这时傅渭想起去岁自己最喜欢的学生王溱离京前曾经特意来拜访过他，给他送了一幅画。

傅渭走到书房，打开这幅画，只见画上是一片风雅至极的山水，墨色浓蕴，画法奇妙。王溱作画向来随性飘逸，如他的书法一样，俊秀极了。然而傅渭看着这幅画，看到的却是画中山间那个骑着毛驴的白发老翁。

良久，傅渭哈哈大笑起来："你倒是什么都知道！"

次日，傅渭递了折子进宫，向皇帝辞官，告老还乡。

数年前傅渭就辞过一次官，那时赵辅极力挽留，所以傅渭就从一朝左相变成了翰林院承旨。这一次傅渭再辞官，赵辅依旧挽留，但傅渭道："臣老了，臣前几日修完《文循敬集》出门看天时，忽然觉着天地之大，皓月星空，而臣竟未曾一一看过。陛下，臣真的老了。"

赵辅长叹一声，终究没再挽留："希如，朕是如此想念你啊！"

傅渭:“臣亦想念陛下！”说这话时，傅渭眼眶湿润，竟然真的落下了一行泪。

等出了垂拱殿，傅渭擦了擦眼睛，他望着皇宫上方那被禁锢住的天空，往事历历浮现于眼前。只见年轻时天下四儒盛名传世，他喜好作画玩乐，自称雕虫斋主，那时天下间有个人名叫钟巍，哪怕是傅渭这般不着调的性子都对钟泰生心悦诚服。

待到先帝驾崩，赵辅继位，又是日月变换。

那宦海之上浮浮沉沉的，是三十多年不知前途、忐忑伶仃的岁月！

如今，他是真的老了，走路不再那么轻快，身体也不再那么强壮。可傅渭走向宫外时每一步都觉得轻松极了，越走到后头，他甚至走得越快。迈出皇宫后，傅渭仰天长笑，他对书童说:“回府！”

温书童子不明所以，傅渭又说道:“走吧，回昌州，回早就该去的地方！”

昌州，正是傅希如的故乡。

吏部的批文很快下来，傅希如辞官回乡。

在盛京又待了一个月，傅渭与几位老友聚了聚，自觉没了遗憾，才收拾东西离开盛京。

“只可惜我那两个学生如今还在幽州，未曾回来。”

王诠笑道:“待你回了昌州，子丰回来还能不去探望你？你便放心地去吧！你可是好了，无官一身轻，真正可以游山玩水，做个雕虫斋主了。”

这话说得也没错，昌州就在北直隶，与盛京很近，王溱、唐慎要想去看傅渭并不是难事。

然而傅渭嘴上说要回昌州，却没有真的立刻回去。

离开盛京后，他顺着大运河一路向南，遍访名山，游览群河，与几位隐居山林的文坛大家把酒言欢。待到四月，他来到了姑苏。

姑苏是个人杰地灵的好地方，一上岸，傅渭便感慨道:“君到姑苏见，人家尽枕河。”只见这大大小小的水渠沟壑如同密网横织，可不正是一座恢宏又窈窕的姑苏城。

傅渭已经辞了官，他来姑苏，自然不会打扰姑苏官员。他带着温书童子、抚琴童子，乘着马车来到一座典雅静谧的宅子。敲门后，开门的老管家惊讶地看他，两眼一热，开口便道:“傅相公！”

傅渭笑道:“老夫早已辞官，哪里来的傅相公，唤老夫一声雕虫斋主就是了。以前你家老爷不也正是这么喊我的？”

管家连连点头，侧身让人进来:“您请。”

傅渭迈步走进梁府。

梁诵的夫人去世多年，膝下也无儿女。他去世后，唯一的侄子徐慧得了一个县令的差事，六年前就去赴任了。梁宅里只住着管家和其余一些忠仆，他们将这座大宅打扫得干干净净，主人的书房、卧室，全都一尘不染，与六年前没有两样。

傅渭看完一圈后，来到梁诵的书房，他仔细看了两圈，最后看着墙上挂着的一幅字，惊讶地“咦”了一声:“这可是座山仙人去岁才写的《观岳阳楼》，真迹居然在这？”

管家道:“正是座山仙人的手迹。”

座山仙人是本朝有名的书法大家，傅渭年轻时和他有过一面之缘。并非每个大家都喜欢归隐山林、不问世事。座山仙人就是个十足的商人，他每年都会写上几幅字拿去拍卖。他的字写得极好，可他的字也极其的贵。

傅渭看了会儿，抚弄胡须，微微一笑："景则还有这样的东西，也不先拿来给老夫看看，就直接搁到这儿了？"

管家心里咯噔一声，低头不语。

管家没看过梁诵写的信，但他知道唐慎六年前前往盛京，拜了傅渭为师的事。这些年来，唐慎每次回姑苏都会来梁宅拜访，就算不回来，唐夫人也一直照顾着梁家，否则以他们几个仆从，怎么能打理好这硕大的梁府？

但管家不知道傅渭到底知道多少，如果让傅渭误会唐慎拜他为师的目的，可不就坏了唐慎的大事。

所幸傅渭也没多说，他道："梁博文葬在何处了？"

管家立即派了几个随从乘着马车带傅渭去梁诵的墓地。

傅渭让温书童子准备了一壶好酒，又让抚琴童子拿出一幅字画，他把酒洒在梁诵的墓碑前，把画放在地上拿火信子点燃。谁也不知道他烧的是哪幅画，但他就这么眼也不眨地烧了，想来应该不会太名贵。

傅渭从怀中拿出一片小小的银叶子埋在梁诵坟前的土壤中。

"梁博文啊梁博文，你可真是机关算尽，老夫当年不过是忘记带钱袋，让你请了一餐酒，你就让老夫收你一个学生。这事可真是亏大发了，待到奈何桥上相见，你得多请我喝上几壶，否则我可要你好看。"

傅渭又说了会儿话，便带着两个书童离开。

在姑苏府待了两日，傅渭乘船北上，去了金陵。

唐家的人三天后才知道傅渭来姑苏府的事，唐夫人立刻派人来寻，傅渭却已经走了。唐云道："娘，傅大人是景则堂弟的先生，他来姑苏我们应当好生招待，如今人都走了咱们才知道，这可如何是好。"

唐夫人也心里发愁，但她想了想，道："既然傅大人不希望大张旗鼓，那咱们就当作不知道吧。只是你写封信给慎儿，告知他一声傅大人来过姑苏的事。"

"是。"

傅渭到处游玩的事并没传到幽州。

入了四月，幽州仍旧不见春色，正是春风不度玉门关。

这两个月中辽国发生了一件大事。

三月，辽帝到南京析津府狩猎，本该是君臣相欢的喜事，谁料庆功宴上，大皇子耶律展惹怒皇帝，辽帝勃然大怒，让人押着大皇子回大定府，关在府上反思己过，不许出门。

这事传到大梁朝堂，诸多官员都明白过来，此事无非就是辽国二皇子耶律舍哥和三皇子耶律晗的斗争，牵扯到了大皇子而已。大皇子从来不是储君人选，如今他像四皇子一样被算计出局，真是意料之中。

然而唐慎却写了封密信，送去盛京。

苏温允拿到这封密信，脸色一变，当日便进宫面圣。

赵辅听了苏温允的话，难得来了一丝兴致，他一边喝着参茶，一边和蔼地笑道："还有此事？斐然快与朕详细说说。"

苏温允恭敬地行礼："是。"

苏温允把析津府狩猎一事完完整整地说了出来。

辽国大皇子耶律展是个热衷附庸风雅可胸中没有半点墨水的粗汉。辽人都崇尚梁人文化，贵族们纷纷向往梁人的文化礼仪，这其中二皇子耶律舍哥做得最好，他饱读诗书，风雅雍容，是辽国宫廷赫赫有名的才子。

耶律展也想学自己的弟弟，做个文雅的文人，可他画虎不成反类犬，一来做不成翩翩君子，二来又办不成差事，再加上出身普通，所以向来不是储君人选。

耶律展虽说蠢，但也不是傻子。四皇子耶律隆真被抓住与安定公主通奸后，他夜不能寐，担忧得整日满脸愁容，生怕自己就成了下一个耶律隆真。于是在这样强烈到寝食难安的危机感下，耶律展终于决定再也不去争夺皇位，他只想活命，富贵地过完下半辈子。

他去找了王子太师耶律定表忠心。

大皇子主动退让，愿意辅佐三皇子，成为三皇子党，这可是个大喜事。

世上没有不透风的墙，这事传到了耶律舍哥耳中，他怒而不发，气得无法言语。第二日，二皇子府上就有一个长相俊秀的小厮因为生病，被人用草席卷了扔出了城外。

原本析津府狩猎，耶律舍哥是想着好好地策划一场，让辽帝开心。但这事一出，他与耶律勤等人一合计，便使出了这通计策。

耶律展好色，辽国皇子出猎，可以随身带一名侍寝的女子。耶律舍哥设计，将耶律展的侍妾送到一个官员的帐篷中。这官员哪里敢碰一个穿着富贵的陌生女子，耶律展这时也寻了过来，他二话不说将这官员打了一顿，又安慰自己哭成泪人的宠妾，如此便误了庆功宴的时辰。

本来也不是大事，但辽帝向来是站在耶律舍哥这一方的。

耶律舍哥借机发难，义正词严地询问大皇子去了哪儿，怎的迟了。大皇子哪里敢欺君，只能把实情说了出来。耶律舍哥叹气道："大哥，不过是个女人而已，庆功宴这样的大事，你怎能耽搁？"

耶律展心想：你又不喜欢女人，你懂个屁。

但他不敢说，只能受了这个闷气。

耶律晗见状，自然趁机讽刺耶律舍哥："听闻二哥这次来析津府打猎并没有带上你的宠妾，哦对，倒是在帐篷中看到了一个长相俊俏的小太监，是二哥新选的书童？"

耶律舍哥面色一变，辽帝也动了怒。

辽帝对耶律舍哥心生不满，可他并不想处置自己最宠爱的儿子，所以便发落了耶律展。耶律展这次真是无端受连累，委屈至极。

事后辽帝独自叫了耶律舍哥，这位曾经驰骋疆场的辽国皇帝冷酷地说道："什么小太监？”

耶律舍哥恭敬地道：“只是个暖床的。”

“杀了吧。”

“是。”

离开辽帝的帐篷，耶律舍哥长长舒了一口气，微微笑了起来。

所谓杀敌一万，自损三千。辽帝对他动了气，可一个男宠而已，小事罢了。连辽帝自己都有过几个暖床的小太监，玩玩而已，只要不当真，并不碍事。

辽帝一直以为耶律舍哥只是喜欢玩男人，并非只喜欢男人，因为他为了掩人耳目，府上有不少姬妾。

如果是玩弄，那无伤大雅，如果对女人毫无兴趣，那才是大事。

这件事一过，辽帝只会因为男宠的事对他生点气，却再也不会想到耶律展的事是自己动的手脚。

只是可惜了，那个小太监长得非常美貌，眉眼间与他看上的一个梁人有几分相像，他还没玩过，就得送人去死。

遗憾了片刻，耶律舍哥喊来自己的心腹侍卫，淡然地道：“杀了，找个偏僻的林子扔了。”

“是。”

家书自姑苏府送到盛京，再送去幽州时，已经是五月。

唐慎收到姑苏来的信，这才知道傅渭辞官后竟然还南下去了江南游玩。

开平三十二年注定与往年不同。纪相被革除官职，傅渭告老还乡，这些曾经在朝堂上翻云覆雨、执掌乾坤的权臣一一退位。或许这也象征着属于开平皇帝的时代渐渐离去了。

五月底，王溱先行回京。

两年时间，兵部银契庄在大梁三十六州一一设立，站稳根基。原本银引司统辖的只是西北军营的军饷，自今年起，西南大军、各地统军的军饷也都进了银引司的府库中。

银引司已然不当只在幽州设立，王溱此行回去，便是回京督办京都银引司的建造。

唐慎送他离开幽州，在城郊十里亭外，王溱掀开车帘对他笑道：“小师弟，莫要送了。”

唐慎：“师兄一路安好。”

周围还有许多官员，王溱看了唐慎一眼，放下车帘，乘车而去。

待王溱回京后，没过几日，皇帝便下了圣旨，在盛京、江南各自设立一座银引司。

顷刻间，银引司的权势盛极一时。

王溱大权在握，连右相王诠都要避其锋芒。谈起王党，百官第一个想到的不再是王诠，而是王溱。

官员和衙役也都是看碟下菜，谁正当权、不好惹，他们为对方办起事来就会更加尽心尽力。工部尚书袁穆早年与王溱关系不佳，但如今王溱得了势，袁尚书能屈能伸，全然不记得当初两人之间的龃龉，尽心尽力地建造盛京的银引司衙门。

短短一个月，盛京、江南的银引司相继建成。

家中私宴时，右相王诠对自己的侄儿感慨道："你瞧瞧他们，这次定然没敢从中牟利。"顿了顿，觉得似乎说得太不合理，王诠又补充道，"哪怕贪墨了，也最多只贪了一成。这可都是因为在为你办事，谁不知晓你王子丰是正当红的一品权臣？"

王溱讶异地道："督办银引司一事是为圣上做事，与我何干，二叔怎的这么说？"

王诠没再搭理他，哼了一声："纪翁集走了，傅希如走了，老夫如今也年逾花甲，该好生考虑考虑了。"

此事王诠只是嘴上说说，难道他还真能辞官不成？

别看如今王党势大，可王溱只能算半个王党，要是他告老还乡了，王党直接垮了一半！

银引司的差事办得如火如荼，到了七月，万事皆有欣欣向荣之景。王溱谋划多年，算计良久，世家大族此刻一个个反应过来这银引司和兵部银契庄的背后有古怪，可都为时已晚，一座座兵部银契庄如同棋子落在了神陆九州之上，勾织成一张密密麻麻的大网。

银引司之势已起，一切只待东风。

王溱知晓，如今的银引司早已不是世家大族可以动摇的，然而若是现在就推行"以纸代币"，还是操之过急。还需要等，或许是一年，或许是两年。但这个时间注定不长了。他已然为其铺好了所有的路，只要一到时机，皇帝下旨将只特供于军营的兵部银契庄用于普通百姓的家用，那便是这桩千古大事的第一步。

这一夜，王溱坐在户部尚书府的书房中执子下棋。

他一手执黑，一手执白，与自己对弈，却下得针锋相对、势均力敌。

黑子如同一条嚣张的长龙，横冲直撞，摧毁城池；白子如同一片汪洋大海，内敛深邃，不知其底。越往后下，王溱落子的速度越慢，待到他再次执起一颗小小的白子时，屋外传来管家的声音："公子，该上朝了，可要为您准备朝服？"

竟然已是天明。

王溱骤然清醒，他抬起头，茫然了一瞬。

"将朝服准备着吧。"

"是。"

王溱低首，将这颗小小的棋子按了下去。刹那间，大海掀起巨浪，再也不见方才的平静，一口吞噬了黑皮恶龙。王溱望着这盘棋，长长地叹了口气。

他立即起身，走到书案旁，拿起狼毫笔，挥毫洒墨，写了一封信。

管家进屋给他送朝服，王溱将信递过去，道："送去幽州，快马加鞭。"

管家颔首："是。"

三日后，唐慎接到这封信。因为是王溱急切地送过来的，他以为出了什么大事，焦急地打开看，信上短短的一行字："何时能归？"

唐慎微怔。他把信收入袖中，唤来了林栩。

林栩是幽州银引司司正，也是王溱的心腹。唐慎对林栩道："如今在幽州，银引司中的官员你可都熟悉，都能放心？"

林栩眼珠一转，低声道："大人放心，都是自家人。"

唐慎："师兄不易啊！"

林栩虽说不懂，但他留了个心眼，决定把银引司中还剩下的几个不放心的钉子找机会拔了。

七月末，王溱递了折子，进宫面圣。

垂拱殿里窗明几净，一扇扇琉璃窗将这座宫殿映衬得恍若仙境。王溱受传唤进宫，不过多时，负责记录今日起居的起居郎、起居舍人都走出宫殿，其余伺候的太监也都出了殿门。

垂拱殿中只留下赵辅、王溱二人，还有一个季福。

赵辅与王溱说着私密话，半个时辰后王溱才从垂拱殿中离开。

王溱穿着一身红色官袍，鲜艳却不妍丽的颜色衬得他飘逸风雅，翩然如仙，他神色淡然地走出皇宫，上了马车后，径直去了户部。而自他走后，垂拱殿中是一片哑然寂静。

起居官并未立刻进殿，太监们也都守在门外。

赵辅仰靠在御座上，大太监季福垂首在一旁侍候。

良久，赵辅声音温缓，他轻轻地说："你说这王子丰怎的就如此懂朕的心意呢？"

季福听得心惊肉跳，他哪里知道自己该说什么，可皇帝还在等他回话，他只能道："王相公一心为着大梁，官家也是如此，所以才能合了您的心意吧。"季福与王溱私交很好，这种时候他自然会帮衬一把。

赵辅就算再工于算计，都想不到陪了自己数十年的身边人竟然与王溱是一条船上的。他点点头，从桌上的折子中取出一张崭新的。他望着这张折子，过了会儿，扔给季福："处理干净了，朕不希望有任何人见着它。"

季福赶忙接下折子，乖巧地道："是。"

赵辅又嘟囔了一句："怎的朕的那三个儿子没有一个比得上王子丰？怕是连斐然都比不过。"

季福心里想：三位皇子那是投了好胎，才进了皇室。朝中的权臣们，哪个不是从千万人中选出来的人杰，您的皇子能和人家比？别说王子丰、苏温允，三个皇子对唐景则也都是望尘莫及！

季福拿着折子离开垂拱殿，他让干儿子谢宝烧了个火盆，将这折子直接烧掉。把折子扔进火盆前，季福停下动作，他仔细瞧着四周没人。这座偏僻的宫殿也没其他宫女太监伺候。季福小心翼翼地打开折子，看了眼上面的内容。

季福错愕地睁大眼，下一刻他急忙把这折子扔进火盆。

宫殿中空荡荡的只有季福一人，还有那噼啪作响的火盆，季福拍了拍自己的胸口，连连道："可吓死咱家了。"等他回过神，他认真地道，"王子丰可真不一般。"

王溱在皇宫中运作多年，主动交好季福、李肖仁这些皇帝的身边人，到如今好处就体现出来了。

季福派了自己的干儿子谢宝亲自出宫一趟，给王溱送了封信。

王溱望着信上的内容，轻轻笑了。他将信的一角凑近蜡烛，看着火焰吞噬这封信。

谁能想，仅仅是一步之差，险些余潮生就要以刑部尚书之位再兼任户部尚书了呢？

次日，皇帝下旨，擢升刑部尚书余潮生为中书省参知政事，统辖江南银引司。仍旧是二品官职，职权却大了不止一点，而且皇帝将江南银引司交给了余潮生，这也削弱了王溱的权势。

伺候开平皇帝三十二年，这些官员很快就发现了其中的关窍。

余潮生是当朝左相徐毖的得意门生，是正儿八经的徐党，皇帝重用他，等于是扩大徐党的权势。江南银引司可是王溱的大本营，谁不知道王溱出身琅琊王氏，是金陵人。这样做一来削弱王党，二来壮大徐党，一来一回，将帝王权术把控得淋漓尽致。

苏温允早已回京，得知消息时，他嗤笑道："若是圣上真要提拔徐党，怎的不直接把王子丰的户部尚书之位送出去算了？他一个一品大员，还兼任户部尚书，执掌国库，啧，合适吗？"

小官们浑浑噩噩，不明所以。

自以为是的高官们以为自己看透了赵辅的心意，赵辅在打压王党、打压王溱，抬高左相一党的大权。

唯有赵辅真正的心腹才知道，赵辅这一举动深意太重。

余潮生何尝不知道，自己确实是升官了，可升得并不该是如此。

师生二人坐在书房中，观望着窗外雨打浮萍。

许久后，徐毖长长舒了一口气，道："是老夫输给了那王子丰。"

余潮生低着头："是学生的错，学生棋差一着。"

徐毖笑道："你倒是会揽错上身，但和王子丰执子对弈，你却还不够格。老夫酝酿了一年，将他和他的银引司捧到了极致，捧到皇帝都没法再容忍下去的地步，却没想到还是被他化解了。听闻前几日他去了垂拱殿一趟，也不知他到底说了什么。"

余潮生羞愧地红了脸，不能言语。

头一次，他升起了这样强烈的不甘。

他与王溱是同榜进士。他是王溱之下的榜眼，他比王溱还年长数岁。但是徐毖说，他不够资格与王子丰对弈。

余潮生心潮澎湃，手指颤抖，快要压制不住情绪。

徐毖看了他一眼，道："知耻而后勇。你出身寒门，自小所学所看必然不如他。但时光冗长，上一个出身世家、惊才绝艳，生前将姓名刻在了功德碑上，死后却只能遗臭万年的人，你可知道是谁？"

余潮生："是谁？"

徐毖品了口茶，笑道："钟泰生。或许王子丰就是下一个钟泰生呢？"

八月，唐慎得了圣旨，准备回京。

离京前他安排好银引司的所有事，快要走时，他收到了一封请柬。

征西大元帅李景德请他入府一叙。

当夜，唐慎乘着马车来到征西元帅府赴宴。

西北黄沙多，时至八月，仍旧是狂沙漫天，人们要穿着厚衣、以纱巾包裹头发，才能抵挡住这从北方吹来的黄沙。唐慎来到元帅府时天还未黑，尚有几点余光自西方照耀而下，李景德用一根铁串架着一头庞大肥美的黄牛在火焰上烤着。

火光映着李将军满是络腮胡子的脸，衬得他双目炯炯有神，专注极了。

小厮提醒说唐慎来了，李景德这才抬起头，他招招手："可算是来了。瞧见这头牛没？这可是本将军亲自为你挑的，可喜欢？"

大梁不是不可以吃牛肉，但是唐慎深知他开的细霞楼就卖涮牛肉，但他没见过直接吃烤全牛的。

李景德果然非常人也。

唐慎道："将军怎么亲自烤牛？"

李景德招呼唐慎坐下，他大方地道："烤牛算什么？行军打仗时根本没的肉吃，本将军时常与士兵们就着野菜、喝点热水，垫垫肚子。野菜汤都算是美味了，还记得十二年前有次与辽军在峡谷中相遇，我们被困了整整十六天，那时候连树皮都吃！"

唐慎心道：我问你怎么亲自烤牛，你怎的说了一大堆有的没的？

不是每个人都有荣幸吃李景德亲自烤的肉，他用匕首削下一片流油的腱子肉，撒上盐粒，递给唐慎。唐慎尝了一口，肉质鲜滑美嫩，虽说口味淡了点，但也别有风味。他认真地道："将军烤得极好。"

李景德哈哈一笑："那便多吃些。"

两人吃着烤肉，喝着烈酒，唐慎喝了两口就道："我不胜酒力，怕是不能陪将军继续喝了。"

李景德："那可千万别再喝了，万一喝醉了，岂不是坏了我的事？"

唐慎一愣，他悄悄地打量着李景德，思索着这位李将军居然还真是有事找他？不像啊，李景德是个直来直往的武夫，他的心中向来藏不住话，要是他真有什么事想找自己商量，有必要这样拐弯抹角，迟迟不说？

下一刻，李景德便用行动证实了唐慎对自己的评价："其实这次本将军请唐大人来，是想与你说说辽国的事。"

果然，这才是李景德嘛！

唐慎闻言先看了看四周，发现不知不觉中元帅府上的人都离开了这座小院。

李景德竟然还是有备而来。

唐慎："下官不懂将军的意思。"

"你竟然不懂？你怎么会不懂？你们这些文官啊，肚子里整天想些乱七八糟的东西，说话也总扯些乱七八糟的。比如那个苏温允，讨厌本将军就讨厌呗，他讨厌老子，老子还能少块肉不成？老子当着他的面敢直接骂他小白脸，你瞧瞧他会当面骂老子不。"李景德吃了口肉，"嗨，又给扯远了。我本来以为你和王子丰、苏温允那些家伙不同，没想到你唐慎怎么也学他们。"

唐慎本来还有些自持慎重，听到这儿，他终究哭笑不得地说道："将军，下官是真不懂将军的意思。"

"真不懂？"

"不懂。"

李景德挠挠头："那就说得再简单点，什么时候能把辽国的那群王八羔子给弄死？老子想打他们很多年了。"

唐慎默了默，道："不可急于一时。"

李景德瞪大眼："还不可急于一时？这都多少年了！"

唐慎："将军，辽国之事并非下官一人的差事。下官经验尚浅，并且无行军打仗的经历，但连两国的平民百姓都知晓梁人富庶，辽人粗犷。辽人是马背上的民族，全军皆兵。这二十二年来，我大梁在西北战事上屡次打了胜仗，可这并不意味着咱们就打得过辽人了。"

李景德咬着牛肉，沉默不语。

"欲要其亡，必从其内。"顿了顿，唐慎觉得自己说的似乎不大妥当。事实上，以大梁如今的兵力，至少二十年内很难看到辽国灭亡。毕竟瘦死的骆驼比马大，哪怕大梁占尽了上风，一旦辽国回过神，两军形势就会大有不同。唐慎补充道："收复失土还差这几年吗，将军？"

李景德狠狠地咬下一块带着筋的牛肉，又喝了一口烈酒："敬你，唐景则，老子信你了。"

或许是这烤肉的烈火燃着了自己的眼，唐慎心中一热，他提起酒坛："敬将军。"

唐慎万万没想到李景德的酒量居然如此一般！

是李景德主动提着酒坛说要和他喝酒的，谁知道他喝了两坛后就醉得开始说胡话。他勾着唐慎的肩膀和他称兄道弟，又喝了一点后，他一抹眼泪，开始诉起苦来："老子不容易啊，唐景则，老子不容易啊你知道不！你师兄，那个一肚子坏水的王子丰，你回京城后劝劝他啊，多给老子一点钱好不好？我好苦啊呜呜呜……"

唐慎一慌，手忙脚乱起来："将军您别哭啊！"

李景德哭个不停："你们这些文官就会欺负人，我们这些打仗的多老实啊，就被你们可劲欺负呜呜呜……"

说着，李景德越哭越起劲，等他哭晕过去后，唐慎才找着机会脱身。

然而唐慎刚离开元帅府，刚才醉晕过去的李将军就直起身，伸长脖子往门外看："唐慎走了吧？"

小厮拿着热巾帕递给李景德："将军，走了。"

李景德用热帕把脸上的眼泪擦干净，他动作粗暴，擦完后叹气道："嗨，本将军真苦，要点钱还得装哭，幸好在大元帅面前哭习惯了，眼泪说来就来。你说本将军刚才装得像不，唐景则没看出来吧？"

小断：“……”

将军，您是真的一枝独秀！

另一厢，唐慎回府后感慨万分：“西北大军这么不容易，李景德就这么差钱？”

唐慎也十分怀疑李景德十之八九他是装醉，但是能让一个大将军当着别人面掉眼泪，哪怕是装的，唐慎都觉得非常心酸！

“师兄这么过分的？等回盛京后还是和他提一提吧！”

唐慎哪里晓得李将军在西北军营里是三天一小哭，十天一大哭，不哭不行。要是不哭，就他干的那些事，周太师能把他从二品征西元帅直接贬成一个士卒小兵！

八月底，唐慎回到盛京。

盛京不同西北，骄阳似火，酷热难耐。

唐慎刚回家中，傍晚，姚大娘切了一桌寒瓜，招呼他来吃。

这寒瓜与西瓜很像，应当是未经培育过的古品种。众人吃了几口寒瓜，正在说话。忽然，唐璜面色一变，说了声“我竟然忘了”，接着赶忙放下寒瓜，不敢再吃。

唐慎和姚三都是一头雾水。

姚大娘却捂嘴笑了笑：“我给阿黄煮点红糖水去。”

入夜，因为吃了两片寒瓜，唐璜果然身子不适，在床上下不来了。唐慎原本晚上打算去尚书府过夜，见状也没法走了，留在府上陪自家妹妹。

唐慎进门后，站在床边定定地看着唐璜。

“可好些了？”

小姑娘羞赧极了，用枕头捂着脸：“好多了好多了。哥，你怎么就进来了？姚大娘前几天还说，我都十七了，哪怕是兄妹，你、你也不能直接进来的好吗！”

唐慎无语道：“你也知道我们是兄妹？”

唐璜理直气壮：“可我还没出阁！”

唐慎笑道：“你也知道你没出阁？”

唐璜哑口无言，再次把脸埋进枕头。

原本唐慎没想提这事，但如今提起，他也想起来今年唐璜就十七岁了。

大梁十七岁还未嫁人的姑娘其实并不少，十八不出阁的也有，但是大多数姑娘这时候必然已有婚配了。唐慎曾经答应过，唐璜的婚事由她自己做主。

“你准备什么时候做个主呢？”

唐璜从枕头里露出一双眼睛：“什么做主？”

唐慎拉了张椅子坐下，他挑挑眉，微微一笑，吐出两个字：“嫁人。”

唐璜：“哥，你有没有发现你越来越像尚书大人了？”

“嗯？”

“你现在更像！”

唐慎骤然失笑，他可不想像王溱，这听上去总怪怪的。他咳嗽两声，语气郑重起来：“说认真的，你打算什么时候给自己做个主？”

唐璜闷不吭声，半天后，她小声道：“若是我想一辈子留在家里呢？”

“那便留吧。”

唐璜惊喜地道：“哥！”

唐慎无奈地揉了揉她的头，道：“说了让你做主，自然全听你的。”

唐璜大喜过望，开心得连连喊了三声“哥”。

第五十七章

工部

第二日唐慎来到尚书府，王溱正在看书。

王大人是个多有品位的人啊，清清月色下看书，唐慎都替他觉得眼睛疼。他凑到书前一看，撇撇嘴："什么啊，《论语》？师兄你难道不是倒背如流？"

王溱叹气道："书读百遍，其义自见。"

唐慎开始反思自己是不是虚浮了点，应当多看看书，不该仗着有过目不忘的技能就得意忘形。

王溱收了书，低笑道："当然，今日是月下看书，特意等你呢。"

敢情你还真是在耍帅啊！

用过晚饭，两人聊起天，唐慎说起了唐璜的事。

王溱挑挑眉，微微一笑："若是不愿，那随她也无妨。"

唐慎盯着他的表情。

王溱："有何不对？"

唐慎："我居然真的和你那么像！"

王溱不知道前因后果，自然是不明所以。但王大人淡然一笑，不以为意，端起茶盏品了口茶。

唐慎："其实你不知道，有个秘密如今只有我知道，连阿黄自己都不知道。"

"哦？"

挣扎了片刻，唐慎无奈地道：“阿黄其实并非我的亲妹妹，她一岁时，我娘将她捡回了家中。村里人都以为她是我娘生的，因为当时我爹娘正好去府城探亲，回来时就多了一个阿黄。但那时我娘只是想给我捡个童养媳回来。听我娘说，阿黄的爹娘都因病去了，家中并没有什么亲戚。”

王溱没想到唐慎说的竟然是这个，他略感诧异，声音惊讶：“童养媳？”

“想什么呢？阿黄是我妹妹。”唐慎继续说道，“因为没过两年我娘就因病去世了，我爹是个腐儒书生，从来不喜欢这些童养媳什么的恶习，就把阿黄当我妹妹养着了。乡下人总是爱起一些不好听的乳名，说是贱名好养活，比如阿黄这名字就很不讲究。但我的名字是慎，取自‘君子必慎其独也’，我爹是很讲究这个的，只因阿黄是捡来的，我爹才没给她取个好名字，只随意叫着了。”

唐慎将唐璜的身世说了出来，说完后他自个儿都觉得有些陌生。

这些年来无论是他，还是唐秀才，都将唐璜当成了自家人，谁也没拿她当过外人。将话说明白后，唐慎怅然片刻，他道：“其实这事早就不重要了，阿黄就是我的亲妹妹。”顿了顿，他抬头看向王溱，“师兄不会把这事说出去吧？”

如今知道这事的只有他和王溱二人。

王溱一挑眉：“我为何要说？”

唐慎点点头，他也就是随口一问，王溱没事干吗要去说这个。

然而他并未想到，此刻王大人心中已经琢磨着要为唐璜找个好人家。

王溱公务繁忙，这等事自然不能让他亲自去做。他修书一封送到金陵，给了琅琊王氏如今的当家人，也就是王溱的奶奶王老夫人。世家老夫人在这种事上自有一套看法。老夫人收到王溱的信，信上前面一大段全然没提请她帮唐璜寻觅如意郎君的事，通篇在表达王溱对老人家的思念之情。

祖母抹了抹眼泪：“子丰在盛京是受苦了，去岁过年回来时都瘦成什么样了，定是被人欺负惨了。”

等看到最后，王老夫人留了个心思，她唤来自己的几个儿媳，众人商量一通后，又再修书回盛京。老夫人写了两封信，一封给王溱，一封则送去右相府，给了右相夫人。

当夜，右相王诠找到王溱，对他指了半天，无奈地道：“你啊！这等小事，直接与我、与你二伯母说不就好了，何须还绕这么大一个弯，先去金陵说上一通？”

王溱诧异道：“二叔，若直接与您说，合于礼法乎？”

王诠无可奈何，哑口无言。

是，不合乎礼法，但就你王子丰，你做事能仅仅是因为不合乎礼法？其中背后定然还有什么不为人知的心思！

王溱自然是有其他心思的。

他隐瞒了唐璜的身世，自王老夫人肯定后，唐璜就必然是唐慎的亲妹妹了。

王大人仰望明月，悠然长叹，心道自己为了自家师弟，当真是煞费苦心。

另一边，唐璜还不知道右相夫人已经开始为她物色适龄的良家子弟。并非说一定要唐璜嫁个人家，只是给她一些选择，让她多见见其他品行优良的少年郎，若是不愿，那也没人会勉强。

近了年底，细霞楼、珍宝阁的账目都汇总来，连着管理姑苏府的掌柜们也都纷纷北上，来到盛京。

今年，唐慎彻底没见这些掌柜，全都交由唐璜来办。

小姑娘办理得妥妥当当。待到腊月初十，掌柜们要离开盛京时，唐璜将众人召集在一起，她说道："自七年前咱们唐家在姑苏府办了唐氏物流，开始卖黄金缕、肥皂后，生意办得一日比一日红火。"

掌柜们道："是东家领导有方。"

唐璜穿着一身素黄色的裙裾，听了这些夸赞，她面不改色，而是喝了口茶，道："各位莫要夸我了，我是前两年才接手唐家的生意，此前都是我哥哥在办事。这几年来，我见得多了，也有了一些感触。各位可知为何我唐家能办成大生意，为何能有如今的规模？"

"请东家明示。"

"因为我们唐家极其注重的'时间'二字。"

"唐氏物流，众人皆知，起初是几乎没有盈利的，但兄长用其为自己打起了广告。广而告之，是为广告。利用唐氏物流，让姑苏百姓都知道黄金缕与肥皂二物，这其后的百般利益，难以估量，而其后，这竟然只是个开始。细霞楼因有唐氏物流，食材总是比其他酒楼要新鲜二分；往后的珍宝阁，因有唐氏物流，才能将天南海北的奇珍异宝全都汇聚在小小的一间店铺中，包揽万物。"

唐璜目光凝聚："这便是节省下来的时间。"

"前年起，我开始在工坊中让工人们专注只做一样事。熟能生巧，他们干活的速度更快，时间也就节省得更多。长此以往，每个工人少一盏茶时间，一百个工人所省下来的时间如何能想象。"

唐璜放下杯盏，瓷器触碰在红木桌上，发出清脆的声响。"今日，我便将唐家发迹至此，有如今成就的原因简略归结为三点：第一，是优秀工匠、小厮的培养；第二，是独具慧眼的寻觅良机；第三，便是节省时间。

"诸位，唐家已走到如今，如何再发展壮大，便要看各位了。希望明岁在此地，我能听各位说出自己的良策。唐家，并非我兄妹二人一家的唐家，诸位也是唐家的一分子。"

俏丽又英气的小姑娘翘起嘴角，笑道："诸位可明白我的意思？"

掌柜们目瞪口呆地望着坐在上座的小姑娘。头一次，他们再也不敢小瞧这个人。不知是谁先拱手道："小的明白了。"下一刻，所有掌柜异口同声地道："小的明白。"

待到这些掌柜全走了后，唐璜整个人靠在椅背上，抹去了手心的汗。

"哥，希望如你所说，这些人能想出一些好法子。这可是你说的，人多力量大，要想真正发展下去，光靠咱俩肯定不行。"

等很久后，唐慎知道了唐璜这天说的这番话，他也感到震惊。他只是对自家妹妹说希望妹妹能让这些掌柜都想办法发展科技，科技才是硬道理，才能提高生产力，但唐璜说的这些话可没一个字是他教的。

不过这已经是后话了。

开平三十二年的除夕夜过得十分平静，甚至有些冷清。

除夕前一夜，赵辅依旧按照惯例在宫中设宴款待群臣。只是第二晚，除夕夜，三位皇子没一个回京的，这并不是说三人都不想回京。虽说们心里是真的怕了，一年前的那次正月宫变至今都历历在目。虽然皇帝并没有严惩他们，而是找了善听和尚和纪相当替罪羊，免了自己三个儿子的罪。但是有了那一次的前车之鉴，他们谁还敢当着赵辅的面肖想储君的位子？

只是他们也不敢得罪这个阴晴不定的父亲。

腊月中旬，三人纷纷上书，表达自己想回京的意图。

赵辅看着三人的折子，神色隐晦不定。良久，他长长地叹了口气，像是说笑一般地对季福说道："你瞧他们，明明不敢回来了，却还得问朕一声，担心朕心里不高兴。这真是聪明反被聪明误，蠢过头了。"

季福哪里敢对天家父子的事插嘴，他只能低着头不言语。然而他悄悄地用余光望着赵辅，心里想：官家，那您可曾发现如今的您似乎也变了吗？

三位皇子都没回京，除夕夜的皇宫家宴，只来了景王一家。一切冷冷清清。

宴上，赵辅没能露出一个笑脸。宴后，他也立刻拂袖离去。

季福迅速地跟上去，可望着赵辅的背影，他忽然明白了那个词的意思。

孤家寡人。

或许，由始至终，只有孤家寡人吧。

开平三十三年，正月十九，百官才回来当差不足十天，唐慎就接到圣旨。

今年的盛京会试，由刑部尚书兼中书省参知政事余潮生担任主考官，又挑了二十多个三品以下的官员做副考官。副考官也有高低之分，唐慎便是其中官阶极高的一位。

还记得数年前余潮生刚刚回京担任吏部右侍郎时，唐慎就曾与对方在盛京贡院见了第一面。那时两人都是副考官，主考官是吏部尚书沈运。

如今两人再次同为考官。会试开始前，余潮生率领官员们一同拜过孔圣像。

唐慎跟在余潮生的身后行礼躬身。

待到礼仪结束，考生们进入贡院，余潮生朝唐慎投来目光，二人相视一笑。

余潮生这个主考官做得顺风顺水，贡院中一片祥和，没发生一样错事。甚至本届的考生中还有几位早有名气的，他们的文章写得锦绣天成。唐慎在阅卷时批阅到一份这样的卷子，待最后掀开糊名，他一看，感慨道："原来是北直隶苏家的考生。"

北直隶苏家也是当地赫赫有名的世家大族，苏家如今官职最高的人物就是苏温允，官居三品，时任工部右侍郎兼大理寺少卿。

不过短短半个月后，殿试还未开始，苏温允就十分顺畅地升了官。皇上下旨擢升苏温允为枢密院参知政事兼任大理寺卿，官居二品。

苏温允升官早在所有人的预料之中，甚至有时连唐慎都在想皇帝到底何时打算升他的官。

苏温允一朝升官，百官庆贺。

然而才过了短短一个月，殿试刚刚结束，一道圣旨再次下来。

“谏议大夫兼银引司右副御史唐慎恭敬谦让，勤勉功高，历会试二屡，深谙朕之所想。擢升唐慎为工部右侍郎兼银引司右副御史，官居三品，即日起任。”

这道旨意一下，群臣皆惊，连王溱都始料不及。

唐慎也错愕许久，迟迟没有接旨，直到传旨太监笑着提醒他：“唐大人，可别高兴坏了，先接了旨呀。”唐慎这才接旨谢恩。

旁人震惊是因唐慎这才二十二岁，皇帝竟然真升了他的官，让他成了名副其实的三品高官。唐慎震惊是因为他竟然真的成了工部右侍郎。

独自一人时，唐慎哭笑不得道：“造化弄人！”

金榜题名、策马游街时，唐慎曾想过自己最想做的官就是工部的官。

自那以后他进入仕途，辗转六年，做过许许多多的官。升迁银引司右副御史时，他甚至对唐璜说过：“我最想做工部的官。”但唐慎仅仅是说说罢了，他从没想过自己真能去工部。

谁能想，世事难料，如今他竟真去了工部。

二十二岁便官居三品，这在本朝皇帝年间其实并不仅有。王溱便是二十三岁任了户部尚书，算来比唐慎更骇人。

工部右侍郎这个官职说来还算有趣，唐慎的上一任不是别人，正是刚刚升迁的苏温允，他是二十四岁才当了工部右侍郎。苏温允在任期间，因为兼了大理寺少卿的差事，他主要听皇帝调遣，去工部的次数不多。

如今换了唐慎，他所做的第一件事就是迁回勤政殿。

勤政殿中，大多还是往昔模样。

唐慎离开两年，并无太大变化。四位相公中，只有徐毖从右丞变为左相，前任刑部尚书耿少云成了右相。唐慎回到勤政殿，许多同僚甚是感慨，纷纷向他道喜，不过一天，右侍郎府便被礼物堆满。

本朝并不禁止官员间的礼尚往来，只要不出格，就不会被御史台盯上。

开平三十三年的春天便在这样一片平静欢喜的氛围中度过了。

到夏天，黄河大汛，四皇子赵敬传书上京，请求朝廷派人赈灾救民。唐慎上任工部右侍郎半年之久，终于接了自己的第一个差事。赵辅命他带人前往既州治理水灾，另一边，由户部、兵部一同救助灾民。

唐慎随即动身前往既州。

唐璜得知自家哥哥要去治理水患，她甚是惊讶：“哥，我都不知道你什么时候还会治水了？”

唐慎挑眉道：“我也不知道我什么时候会的。”

“啊？”

"你以为工部的官是作甚的？"

唐璜不明所以。

唐慎笑道："我虽说对水患治理只是一知半解，但我是工部右侍郎，并非工部的工匠。棋盘上，你何时见过让帅去冲锋陷阵，留着小兵在后的？"

这便是高官，这便是权臣。

七月，唐慎带人前往既州，直到九月才回来。

他回来时，王溱看着他道："瘦了，也黑了。"

唐慎笑了起来，道："你可知我在既州见着了谁？"

"谁？"

"先生。"

王溱露出惊讶的神情。

唐慎憋了这么久，为的就是看到王子丰惊愕的模样，如今他心满意足，如实道来："先生在南方游历一载，看遍山川大河，因年岁已高，虽说还有许多未曾踏足过的地方，却也无法一一去了，只能动身回昌州。恰好他来到既州附近，听闻我在既州，便来与我见了一面，先生的身旁还跟着温书和抚琴两位童子。"

王溱："抚琴？难道我不是抚琴吗？"

唐慎："你抚琴，可有温书好听？"

傅渭的两个贴身童子，温书童子善于抚琴，抚琴童子善于读书，这是众人皆知的趣事。

王溱失笑道："小师弟是想听我弹奏一曲？"说着，王溱拉着他便来到书房，"要听什么曲子？《凤求凰》还是《长相思》？"

唐慎哈哈笑道："整日就知道下棋抚琴，你可能说点有趣的？"

王溱长叹息道："是了，我自幼读书，只学了琴棋书画，不像你见过那般多有趣的事物。我听闻你曾卖过一种果子汁，酸甜爽口，而我自然是连想都想不到的。"

唐慎大惊："你从哪儿听说的？"

王溱朝他眨眼，避而不谈，反而说起："果子汁这东西我从未听过。如今回看，我这一生何其乏味，何其无聊。你瞧我，不懂浣衣扫陛阶，不会洗手做羹汤。我王子丰活了三十余年，原来竟是碌碌无为地过了半一生！"

唐慎总觉得哪里不对，你王子丰碌碌无为，这话说出去被人指着鼻子骂都没毛病。

王溱接着道："所以你看，莫要说看遍群山，尝遍百草，我连个果子汁都不知是什么。"

唐慎这下明白了："所以，你是想喝果子汁？"

王溱惊讶地睁大眼，道："景则，你要为我做果子汁？"

"等等，我没说过这话。"

"我可真是太欢喜了！"

唐慎："……"

果子汁这东西其实并没多好喝。当初在唐家村卖得好，是因为村里人没喝过好东西。王溱自小锦衣玉食，什么样的珍酿没品尝过，但他尝了一口果子汁后，感叹道："甘甜爽口，回味无穷，一饮而下却有齿颊留香之美。"

唐慎心道：要不是喝过这果子汁，我可真信了你的邪！

唐慎顺顺利利地升了官，万事顺遂。开平三十三年，朝堂内外也一片宁和。

然而十月十二，皇帝的寿辰才过去几天，这日早朝前，王溱与唐慎结伴前往皇宫，王溱状若不经意地说道："前几日李景德自幽州发来军报，说是梁辽两军发生了一场不大的战役，其中他说到一句话。"

突然提起李景德和幽州军报，唐慎颇为诧异："什么话？"

"只见乱火映天间，辽人兵箭不息，以密密之势倾轧而下。你可知梁军是如何突破重围的？"

"如何？"

"只道是一往无前，除却眼前，再无他物。"

唐慎早在听到第一句时就知道这绝对不可能是李景德写的军报，王溱说这话别有用意，他抬头问道："师兄，到底发生了何事？"

王溱低头看着他，若是放在过去那几年，他或许又要对唐慎说上一句"莫闻莫问，与尔无关"，可如今他与唐慎早已是互相信任的同伴、至交。

想到这儿，王溱轻声说出三个字："银引司。"

唐慎瞪大眼睛。

"景则，这一次，当真不要轻举妄动。"

唐慎了然于心，可焦急的情绪却如同野火蔓延在荒野之上，瞬间便烧了个大火连山。

到早朝时，一切都风平浪静。

唐慎站在三品文官的队列中，他抬起头，远远瞧见王溱站在最前列，就站在王诠的身边。似乎什么都没有发生，并没有像王溱早上说的那样，有什么事需要他们一往无前。然而就在快要下朝时，赵辅抬起手，命季福宣读了一张圣旨。

季福尖细而高亮的声音在大殿中响起。

"……自明岁起，朕思及百姓不易，兵部银契庄收效甚好，愿天下康顺，与民同德同心……

"废三十六州兵部银契庄，改大梁银契庄。

"……朕以大梁银契庄，为百姓使，为天下便利。"

这道圣旨宣读完，季福的双手死死握着圣旨的两侧，额头上布满了汗珠。

紫宸殿中也是一片死寂。

唐慎身体紧绷，大气不敢喘一口。谁也不知过了多久，只听到一道微弱的脚步声响起。众人抬起头，远远地，唐慎看到那道颀长瘦削的身影走出一步，站在百官之前。他的身姿宛若青山，自成傲气与风骨，站得笔直。

王子丰高举玉笏，用清润温亮的声音说道："臣领旨。"

幽州、盛京银引司和天下所有的兵部银契庄都归王溱所管，他出来接旨理所当然。

此时，就差管辖江南银引司的刑部尚书余潮生了。

只见余潮生站在原地，面露错愕，久久没有动作。下一刻，一道身影从王溱的左侧站了出来。左相徐毖同样高举玉笏，他面色沉静，声音平缓地说道："臣以为，此事不可。"

徐毖话音落下，紫宸殿中，哗然一片。

赵辅坐在龙椅上，他微微斜了身子，望着玉阶下的权臣们。良久，他声音悠缓地说道："徐卿是为何觉着不可呢？"

徐毖依旧是那般沉稳内敛的模样，他总是无悲无喜，对所有事都置身事外。纪相还在任时，徐毖便是四位相公中人缘最好的，唐慎曾经在徐毖手下待过一年半载，他不得不承认，徐相举止文雅大度，从未为难过他。

莫要说唐慎，就连赵辅都没想过会是徐毖第一个站出来反对。

无论是谁，总不该是徐毖。他从来不争不抢，不做出风头的那个人。

王溱垂目望着殿中的金砖，在他的身旁，徐相用平和的声音说道："银引司设立三年有余，然兵部银契庄自去年起才于三十六州建立，八月既州洪灾刚过，天灾之下，百姓流离失所，民不聊生。此时最当做的应是安抚难民。我大梁此刻如一头被剜去腹肉的猛虎，兵部银契庄若只用于兵部所用，自然是好事，令三军欣喜，便利万众，但若用于千万黎民百姓，其中所耗费的又岂止是一分一毫？是劳民伤财之意啊！请陛下三思！"

王溱声音温和："若是担忧国库不丰，徐相倒是操心过多了。臣为户部尚书，大梁自开平十年来，年年国库丰盈，为赈灾而用，可不损一丝国力。"

徐毖笑道："可谈人力？"

王溱侧过首，清澈的眸子看向对方。

王溱还未言语，却见文官最前列，又有一人站了出来。左丞陈凌海手举玉笏，高声道："臣亦以为，此事不可。"

唐慎又扭头看向陈凌海。

唐慎没想到下一个站出来的竟然会是陈相。如果说徐相是因为出身世家，大梁银契庄一事是动了世家的利益，他不得不反对。那陈相出身贫寒，大梁银契庄是为天下好的大事，他怎么会出言反对？

但随即唐慎就想到，四年前，当右相王诠进言、最终设立度支司时，陈凌海也曾出声反对过。

两位相公都出声反对，王溱站在群臣最前方，他抬起头，望向赵辅。

赵辅也静静地回望了他一眼。

君臣目光交汇，谁也不知他们到底想到了什么，明白了什么。

赵辅抬起手，道："既然如此，那此事明日再谈吧。"

季福立刻用尖细的嗓音，高声喊道："退朝！"

紫宸殿中，群臣手捧玉笏，低着头，等着皇帝一步步离开大殿。唐慎站在三品文官的队列中，自皇帝走后，是一品大臣，他余光中瞧见一件件簇新的官袍自自己身旁划过，明明都穿着一样的衣裳，唐慎却一眼认出了王溱。

自唐慎身边走过时，王溱并未放缓速度，他神色平静，步伐泰然地离开了紫宸殿。

刺眼的阳光在离开殿门的那一刻便直晃晃地射了下来，王子丰微微眯起双眼，似乎有些不适应这骤然明亮的世界。待他看清楚后，只见不远处，左相徐毖双手合着放在腹前，站在台阶下方，正抬着头微笑着望他。

两人于空中对视片刻，王溱走下台阶，微微俯身作揖："徐相。"

徐毖也作揖道："王相。"

好像刚才在紫宸殿中针锋相对的人并不是他们二人似的，如今两人相携着向皇宫外走去。徐毖因为年老，腰背颇为佝偻，站在王子丰身边，只觉矮小了一些。他脸上挂着和善的笑容，轻轻叹了口气，道："王相可是觉得老夫是不愿看到大梁银契庄的建立？"

王溱露出诧异的神情："徐相为何如此觉得？您所言并非全然无理。"

徐毖："老夫听宪之说过银契庄的事，宪之执掌江南银引司，老夫又何尝不知这是为国为民的大事。"说到这儿，他郑重地望了王溱一眼，认真道，"但王相你终究太年轻，操之过急啊！再过五年，大梁银契庄自然是所向披靡，为黎民造福。可如今才到何时？度支司的血案还历历在目，王相你这般年轻，怎的就等不得这五年了呢？"

王溱认真地行了一礼："听徐相教诲。"

两人相视一笑，一起离开皇宫。一品高官出了宫门后，就可以乘坐马车离去。站在各自的马车前，王溱与徐毖又交谈了几句，颇有种相见恨晚的模样，待到一再辞别后，两人分别坐上马车，向户部、勤政殿而去。

马车中，徐毖仍旧微微笑着，目光深邃而睿智。

另一辆马车中，王溱上车后便拿起一本书看了起来，书是《文循敬集》，是傅渭辞官回乡前编撰的最后一本书。他静静地看着书上的字，骨节分明的手指放在窗边轻轻敲着，良久，他对车夫道："去勤政殿吧。"

车夫应了声，马车又掉转车头，向勤政殿而去。

来到勤政殿后，王溱还未走到自己的堂屋，便在回廊上遇见了一个人。

左丞陈凌海也是刚刚下了朝从宫中回来，两人碰面后，陈相微微愣了下。王溱先行了一礼，陈凌海也回了一礼，接着他用复杂的目光望着王溱，叹息道："这些年下来，你们想做什么，老夫大抵猜出了五六分。此事是千秋大业，是圣上想要的青史留名，可王大人，这谈何容易？度支司的事你难道忘了？动了那般大的利益，你又可承担得起？"

王溱睁大双眼，望着陈凌海，语气惊愕："陈相，您……"

陈凌海语重心长道："若是能成，我又何尝不愿？但子丰啊，我与你先生也是故交，我怎能看你落下这万丈深渊？此事，于如今，于百年间，如何做得成！你莫要误入歧途啊！"

当唐慎下了朝回到勤政殿后，他想也没想，便从三品官员的堂屋离开，绕了几圈，来到王溱所在的屋子。

似乎早就猜到唐慎会来，王溱正在沏茶。白袖微微捋起，王溱将清亮的茶水倒入茶碗中，他抬起头朝唐慎笑了笑，用目光示意他走近。

唐慎走过去，坐到王溱身旁。

王溱："才散了朝就来寻我，定然是有事的，与银引司一事有关？"

唐慎："自然。师兄，今日往后，你觉得该如何是好？"

王溱笑了："正巧，我也有件事想与你商议商议。自紫宸殿离开后，我共见了两个人，一个是徐相，一个是陈相。你也知晓二位大人在早朝时都出言反对建立大梁银契庄，而他们私下见我后，却是这么说的。

"徐相说我操之过急，待再等上几年，便可功成名就。

"陈相说我身陷歧途，只怕会落得一个遗臭万年的下场，愿我早日脱身。

"你如何看待？"

唐慎双眼瞪圆："他们私下是这么说的？"

王溱点点头："是。"

唐慎心中大抵有了个主意，但他没说，而是反问王溱："今日圣上突然下旨，可与师兄有关？"

王溱认真地看了他一眼，笑道："是，前日我上了封折子，与圣上说了此事。如此，圣上才会下圣旨。"

唐慎再无疑惑，他自信地道："既然如此，那这二位相公的所言所语都不必再放在心上。"

"为何？"

"因为师兄你觉得如今到了能做成这件事的时候，那就必然能做成。"

唐慎说得无比自信，仿若亲眼看到了王溱的那封奏折，仿若是他上了那封折子。被对方如此信任，王溱心情愉悦，但他故作平静地"哦"了一声，问道："你对我便这么有信心？"

唐慎理所当然地道："因为你是王子丰啊！"

笑声再也无法压制，王溱哈哈笑了起来。

两位相公在早朝上出言反对，大梁银契庄一事也得到了群臣的关注。第二日早朝，大太监刚刚宣完"早朝起"，官员们便一个个的进言站队。昨日是事发突然，他们也不知该如何是好，一日过去，他们私下里都有了看法，便如同热锅上的蚂蚁，争执得满面赤红，喋喋不休。反倒是昨日出声的三位一品高官却一个个捧着玉笏，再没发一言。

吵了一整个早朝，赵辅不悦地道："爱卿们都各有看法，如今是比得谁嗓门大，便听谁的吗？"

百官们瞬间闭嘴，鸦雀无声。

赵辅挥挥手："散朝吧。"

又是一日过去。

第三日，朝堂上仍旧为银引司一事争论不休。一连吵了半个月，自幽州来了一封军报，天下兵马大元帅周太师上书，将兵部银契庄的作用大力赞扬了一番，他在奏折中写了三十六州兵部银契庄的种种好处。

当赵辅命人在早朝上宣读周太师的这封奏折时，群臣都露出了惊讶的神情。

左相徐毖垂目看地，手指紧紧地握住了白玉长笏。

左丞陈凌海则不掩自己的惊愕，扭头看向王溱。

连王诠都悄悄地看了自家侄子好几眼，却见王子丰眼观鼻、鼻观心，神色淡然，仿佛并不知道周太师会突然写一封这样的折子夸赞银引司。

宣读完奏折后，赵辅挥手道："爱卿们可还有异议？"

再无一人出言。

赵辅巡视四周，最后他的目光落在王溱身上，他笑道："子丰。"

王溱上前一步，行礼道："臣领旨。"

第五十八章

扁舟

开平三十三年十一月，盛京正了一场隆冬大雪。

厚重细密的雪花好似鹅毛，纷纷扬扬地自空中落下，将京城装点得银装素裹。这场雪一下便是三天，到最后一天时，道路已然不好行走。官府强制要求每个百姓都必须清扫屋顶积雪，以免发生坍塌事故。

往年这差事就是由工部负责的，工部与盛京官府一同协作，督查清扫积雪的事。

今年唐慎成了工部右侍郎，他唤来主管此事的员外郎，问道：“盛京共有多少户人家？”

员外郎流畅地回答：“登记在册的共有九万六千户。”

盛京是大梁的都城，这员外郎嘴上说是“登记在册”的，可偌大的盛京城，黑户随处可藏。古人喜多子多孙，以一家五口来算，这便是五十万人口，而事实上，盛京有百万多人。

唐慎仔细叮嘱对方，务必检查好今年清扫积雪的差事。待到他下衙回尚书府时，雪已经停了，唐慎回到家中，并未等到王溱。

工部近日忙于承庆宫的修建，唐慎每天忙得是不可开交。可谁人不知整个朝堂之上如今最忙的人便是尚书左仆射王溱王大人。

王溱统辖幽州和盛京两地的银引司，如今皇帝下旨，将三十六州的兵部银契庄改为大梁银契庄，自此以后，再也不仅仅供应兵部军将，也为天下百姓效力。

世间万事，皇帝只需下一道旨意，看似随意轻巧，可那圣旨上的几个字想要实现，是何其不易。

五年前度支司发生的血案，便是前车之鉴，如今银引司既不能重蹈覆辙，又要做到尽善尽美，哪怕在百官都襄助王溱的前提下，也耗费了他一番心血。

正值寒冬腊月，眼看百官就要休假过年，银引司的差事便大多搁置到了明年。

银引司左副御史余潮生此刻正在刑部当差，他身为刑部尚书，到年底了，大梁各地所有典狱司都需要将今年发生的各起命案送到盛京，送入刑部库房，收库查用。

余潮生每日忙于处理内务，这一日他正与刑部几位主事吩咐差事，只见一个官差用手按着官帽，快步走进屋中。余潮生不再说话，抬头看他，官差半跪行礼，道："尚书左仆射大人到。"

堂屋中，众人皆惊。

余潮生怔了一会儿，他赶忙起身迎出门去，正好看到王溱从刑部外走了进来。

余潮生走近作揖："下官余潮生，见过王相公。"

王溱穿着一品官员的官袍，右手拿着一把白色折扇，虽说这几日没有下雪，可谁也不会莫名其妙地拿着一把扇子，颇有种附庸风雅的嫌疑。换作他人，都会让人觉得此人太过做作，但王溱拿着，便如天造地设，毫无不和谐之处。

刑部官员们在心中嘀咕了一句"王大人可真是不同寻常"，但表面上谁都没表露出来。

王溱将扇子合上，"啪嗒"一声，他修长的手指将扇骨转了一圈，最终将扇柄对向余潮生。

王溱声音温和："去岁在幽州时，余大人曾说喜欢本官手中的扇子，如今本官特意为你带来了，你可喜欢？"

余潮生彻底愣住，他迅速回忆，这才从记忆角落里想起来这件事。

去岁王溱和余潮生一起去幽州办差，两人都有各自的马车，但总有需要相处的时候。盛京去幽州一路漫长，余潮生与王溱神交已久，所谓神交已久，往往指的是久闻大名、素昧平生，余潮生未免尴尬，某日两人在驿馆中用饭时，他随口便夸赞了王溱一句："王大人这扇子十分精妙，扇面上的字似乎是大人的手笔，字气铮然，清骨天成，写得真是极好。"

记起这件事，余潮生只能伸出手硬着头皮接下了这把王溱亲笔题字的折扇，他还得感谢道："未承想大人还记得此事，下官不胜感激。"

王溱笑了笑："不如进屋一谈？"

余潮生侧开身子："请。"

两人进了余潮生的尚书屋中，刑部的其他官员一个个看向对方，最后谁也没敢跟上去。过了片刻，刑部左右侍郎听说王溱来了，立刻前来见礼。

屋中，很快便只剩下刑部三位高官和王溱，还有一个名不见经传的四品银引司司正林栩。

余潮亲自给王溱沏茶，他心中多有揣测，已然猜到了王溱的来意。

可王溱一点都不提其他事，反而说起了书法，说起了手中的茶水。余潮生的心思产生了动摇，他甚至开始怀疑王子丰此行难道真的只是为了和他打个交道？

王溱用茶盖轻轻拨了拨茶水，语气平缓："是有十四年了？"

余潮生思索片刻："确有十四年了。"

王溱感叹道："沧海桑田。"

余潮生品茶不语。

王溱："余大人可还记得那日金榜题名后，我等一起策马游街？"

余潮生笑道："已经过去十四年之久，下官记忆模糊了。"

王溱深深望了他一眼，微微一笑。

余潮生看着他淡定自若的模样，一股几乎无力回天的恨意猛然侵袭上心，然而它是无力回天的，它是乏而无力的，它仅仅只产生了一瞬，就被他的主人舍弃。因为嫉恨从来只是最无用的感情。

十四年前，开平十九年四月，他中了那届的榜眼，与状元、探花一同策马游街。

记忆模糊？如何能记忆模糊！

那一年，自集英殿而出，他们三人顺着白玉龙脉一路向前，走出了皇宫大门。那本该是他一生最辉煌的时刻，然而从钦点他为榜眼的皇帝到宫门外等候已久的盛京百姓，无一人的眼中倒映出他的影子。

所有人都只看见了站在最前列的状元，余潮生将那个人的名字深深地烙在了自己的心底。

王溱，王子丰。

如今他已到不惑之年，可当年的每一幕都印刻在眼前，如何能遗忘！

余潮生笑道："说来下官与大人也算是同窗学子，只可惜游街后只过了一年，下官便离开盛京，多年未归。"

王溱："我记着余大人是去江南做了指挥使。"

"大人竟然还记着？是，是先去钱塘做了半年的指挥使，后来被调去了邢州。"

"余大人有多久没去过江南了？"

"似有三岁之久。"

"明岁倒是该再去一趟了。"

余潮生怔住，抬头看向王溱。

王溱神色平和，他微笑着望着余潮生，目光深邃。他淡定地说道："江南银引司那边怕是还等着余大人去呢。"

余潮生张了张嘴，许久后，他道："下官自然知晓，只是刑部差事繁忙，明岁开春怕是有些急了。"

"急吗？"王溱看向坐在下首的刑部左右侍郎，他关切地问道："刑部近日来可忙？"

左侍郎是余潮生的心腹，他立刻接话道："回大人的话，一整年的案件都交上了刑部，如今我们是忙得不可开交。"

王溱："因为赶在年末前收纳入库，所以才这般着急忙碌？"

这时，余潮生和左侍郎已经发现自己中了王子丰的陷阱，可两人都无法辩驳，只能睁大眼睛，老老实实地说："是。"

王溱笑道："余大人许久不去江南，定然会很想念。钱塘我也去过几次，如今不若去金陵看看吧，金陵与钱塘，各有一番不同的风景。"

王溱带着林栩起身便要离开。

余潮生原本就没打算去管江南银引司的事，至少他要拖延时间，让王溱办事不顺利，这是他与老师徐毖早就说好的。既然无力改变大梁银契庄必然成立的事实，那能拖多久就拖多久。

徐毖对他说："迟则生变，总有人不愿大梁银契庄出现。"

想到这，余潮生站起身，急促道："大人……"

"余大人，"王溱倏地停步，他转过身，目光微冷，"可还有事？"

余潮生嘴唇翕动，最终竟然一个字都没说出口。

王溱笑道："宪之，你与我乃是同榜进士，这些年来还未曾与你好好说过话，待明年春天你从江南回来后，再一同共宴如何？"

"是。"

很快，便到了腊月。

腊月初九，眼见官员休沐的日子越来越近。唐慎忙着要在过年前办好承庆宫的差事，同时又要忙着着人清扫屋顶积雪，然而王溱比他还忙，常常三更半夜回府，甚至干脆就歇在衙门了。

到腊月十六，阔别四天，唐慎终于又见到了自家师兄。

然而两人在书房里各自看书时，唐慎一个抬头，发现王溱已歪着头，竟就这么睡着了。

唐慎为王溱盖了被子。五年前，他将那封折子上的内容告诉王子丰时，他可从未想过会有如今的情景。

师兄为银引司费尽了心神，这是他为皇帝做的最大的事，也是他为大梁做的最伟大的事，他为的是千秋万代，百姓长福。

唐慎长长地叹了一口气。

第二日下了早朝，王溱又要忙碌，唐慎也去了工部，他刚到工部没多久，便有官差来报，说是有旧识来拜见。

唐慎挑起一眉："旧识？从何处来的。"

官差道："回禀右侍郎大人，那人是从秦州来的，似乎是个骁骑尉。"

唐慎心中惊讶：秦州骁骑尉？他还认识这样的人？

骁骑尉是六品官职，为地方武官。

唐慎："将人带上来吧。"

"是。"

不过多时，官差便领着一个中年男人走了进来，那人一直低眉顺目，目光看地，让唐慎看不清他的模样。唐慎看着他的身影觉得有几分熟悉，他道："你是何人？抬起头吧。"

这骁骑尉这才敢抬起头来。

两人双目相对，唐慎错愕地道："徐慧？"

徐慧露出苦笑，道："下官秦州骁骑尉徐慧，拜见唐大人。"

唐慎立刻走上前将人扶了起来。

唐慎对官差道："你先下去吧。"

官差应了声"是"，转身离开。能在六部当差的差役，无一不是精炼老到的老油条，出门后这差役将门带上，屋内只留下唐慎和徐慧两人。

唐慎道："徐表哥，坐吧。"

徐慧稍稍犹豫了一瞬，接着坐了下来。

望着风尘仆仆的徐慧，唐慎心中感慨万千。

九年前，唐慎还在小山村里卖果子汁谋生，他从未想过自己有一天会来到盛京，成为一个三品高官。他的梦想从来都是做点小生意养家糊口，只求吃穿不愁，恩宠不惧，不求成为人上人。

然而在那一日赵家村村口的茶铺中，梁诵出现了，梁诵年岁大了，无论去哪儿身边都得有人照顾着，当时跟在他身旁的人就是他的表侄徐慧。

唐慎："还记得以前徐表哥喜欢穿着青布长衣。"

徐慧连忙道："如今您已然是工部右侍郎大人，叫下官一声徐慧就好。"

唐慎喉间滞涩一瞬，接着他笑道："何必如此拘谨？"

徐慧小心翼翼地瞧了唐慎许久，见他是真心说这话的，这才放下心来，他笑道："许久不见，景则，未承想你才二十二岁便官居三品，若是先生泉下有知，见你如今成就，也定会感到欣慰。"

"我记得当年徐表哥是得了一个县令的差事，怎的现在反而成了骁骑尉？"

徐慧叹了口气："世事难料啊！你也知道我乡试只中了个末名，会试不中，按常理说是不可当七品县令的，多亏先生临终前为我运作，我才得了这么个官职。但我哪里能和你相比？我去岭南做县令后，没过几日就被那县衙里钩心斗角的差事忙得是晕头转向，于是九年过去，我才堪堪升了个骁骑尉。仅这个官职，还是因为我与全州团练使冯大人交好，他离开全州到秦州赴任升迁做府尹，顺便将我带走了，于是我这才升的官。"

唐慎沉吟片刻，他安慰道："事在人为。"

徐慧果然是个只懂读书、还读得十分平庸的酸腐书生，他跟在天下四儒之一的梁诵身后读书多年，却才勉强中了个举人。听了唐慎这话，他压根儿没多想，而是点点头，道："冯大人也是看我人很老实，才与我交友，此事还得多谢他。"

唐慎笑了笑，不再说话。

别说徐慧如今是个六品的官，哪怕他是个五品官，想要升四品，唐慎想要给他运作，也不是没有余地。

事在人为，说的不是那位冯大人帮徐慧，而是他唐慎接下来打算拉徐慧一把。

不过看样子，徐慧来找他并非为了升官。

唐慎旁敲侧击地问道："快要过年，京官们都已然要休假了，徐表哥怎么忽然来了盛京？你如今已然三十有四，早已成家，过年了不与妻儿团聚吗？"

徐慧："我来盛京确实是有事，秦州府尹为四品官，明年开春是要参加大朝会进宫面圣的。冯大人身为府尹，早早来到盛京，决定在盛京过年。他给了我这个机会，由我领军进京保护他的安危。"

唐慎对秦州这个地方并不陌生。

五年前度支司血案后，当时的勤政殿参知政事、前左相纪翁集的得意门生赵靖就是被赵辅贬去秦州当了个府尹。今年初纪相因为正月宫变被皇帝废了官职，回乡安度晚年，同时皇帝又想起了远在秦州的纪相的学生赵靖，便把他调回盛京。

没想到赵靖离开秦州后，是那个全州团练使冯大人接替了他的官职，徐慧也因此得福。

唐慎："可找到住的地方了？"

"我与冯大人一同住在租好的宅院里，景则，你不用操心了。"徐慧犹豫片刻，他神色踌躇，但最终还是说道，"今日我来拜访你，其实是有事想与你说。"

"何事？"

"你如今，可还记得先生？"

唐慎神色一顿，他沉默片刻，反问道："为何忽然提起先生？"

徐慧目光深长地望着他，道："因为我觉得你并非忘恩负义之人，若你真的忘了先生，今日你就不会见我。我早已过了而立之年，迂腐老旧，恐怕此生只能在秦州蹉跎时光了。但你不同，我一直记得先生曾经说过，你哪里都好，唯一不好的是没有一点上进之心！但你如今全然不像没有上进之心的样子。"

唐慎哈哈一笑，他抬手拿起茶壶，给徐慧倒了一杯茶。

"喝茶。"

徐慧顿时不知道该说什么了。

他虽然比唐慎痴长十二岁，但为人做官哪里是唐慎的对手，他听不出唐慎的话外音，只是凭着一腔热血来见唐慎，可唐慎这样，他却怎么都拿捏不准。

然而，徐慧自小跟着梁诵，他对梁诵的感情只会比唐慎更深。他咬牙道："今日我来，是想与你说说当年先生具体做了哪些事，那时候先生没让你知道，你只知道一星半点。"

唐慎心道：当初的我只能猜到一星半点，如今的我知道的恐怕比你还多。

但他却说道："但闻其详。"

徐慧缓缓道来。

如唐慎猜的一样，梁诵当年不愿连累老友，所以他从未求助过陈凌海、傅渭这些人，他到金陵府，以一己之力想要调查清楚为何皇帝突然对在天牢中关了二十五年的钟泰生关注起来，他想要救钟泰生。

梁诵找了许多门路，最终他得出了真相。

这个真相和王溱去年告诉唐慎的所差无几，仅仅是因为一颗陨星，因为牛鼻子道士的一句蛊惑之言，皇帝便决定要了钟巍的命。

徐慧说得十分坚定，可唐慎听着听着，目光却渐渐恍惚起来。

真的仅仅是因为一颗陨星，一句谗言吗？

或许在赵辅的心中，钟泰生早晚是得死的，只是迟了二十五年才死，如此才能体现出他的宽宏大量，他的仁厚君心。迟了这二十五年，对他而言已经是额外开恩了。

但这些唐慎并没有和徐慧说。

徐慧说完后，又说起另一件事，才真正引起唐慎的注意。

“……三十三年前，先生是松清学社的主导人之一，与钟泰生为莫逆之交。这些年来他曾多次不解当年宫变到底为何发生，他决然不信钟大儒会逼宫，但他也不解那夜钟大儒为何带着兵马随先太子一同去了皇宫。钟大儒不该如此鲁莽，可他偏偏做了。先生曾不止一次地说过其中定有猫腻，定然是他身边一位足以取得钟先生信任的人做了杀人诛心的事。”

唐慎精神一凛，他急急问道：“先生还说过什么？”

徐慧摇头道：“只是偶尔提起这件事罢了，先生一般不愿谈及当年的事。”

唐慎又不动声色地问了几句，徐慧都是一问三不知，唐慎心中叹了口气，起身送徐慧离开。

徐慧离开时，盛京又下了一场茫茫大雪。

煞白的雪花自空中纷纷落下，徐慧没有撑伞，他说自己居住的地方离工部衙门很近，便没让唐慎派人去送。

他对唐慎深深作了一揖：“此行一别，不知再见又是何夕。”

唐慎笑道：“若是有事寻我，来盛京便可。”

徐慧抬头悄悄地望了唐慎一眼，没敢再说话，转身离去了。

多年过去了，徐慧早已不穿那身青布长衣，但是他的身形还是瘦削干瘪的，远远望去如同一根竹竿立在大雪之中。与故人相见之后唐慎才骤然发现，自己早已和当年全然不同了。

哪怕徐慧掩饰得再好，唐慎也叮嘱过他不必拘谨，但他哪里瞒得过唐慎的眼睛，他蹩脚的演技漏洞百出，明明胆战心惊，还装着十分熟稔的模样。

唐慎并不知道他今日来是纯粹想说梁诵的事，还是刻意提起这事，希望唐慎能替梁诵鸣冤，正了身后名，抑或是最简单的，他想让唐慎提携他一把，帮他升官。

唐慎只觉得过往记忆中许多美好的东西好似梦幻泡影，再也不见了。

唐慎自嘲地笑道：“你可真像王子丰。”过了会儿他又想到，“像王子丰不好吗？”

好啊，怎么不好？

唐慎顿时心情愉悦起来。

晚上他来到尚书府，本想主动和王溱说今天他见到徐慧的事，谁料他还没开口，王溱便道：“见到那徐愚之了？”

唐慎目瞪口呆。

王溱深深叹了口气："原本是不该告诉你的，年初赵靖被调回盛京后，秦州府尹的差事被空了下来。你与梁博文的关系我如何不知，梁博文在世上就只剩下一个表侄了，那徐愚之……略为刚正，不适合秦州府尹这个官位，我便让他的一位朋友升了上去。"

唐慎：!

王溱目光郑重地望着他："你我之间，再无隐瞒。"

唐慎忽然反应了过来，他上下瞧了王子丰一眼，学着他的模样，认真地说道："略为刚正，师兄你何必给我这个面子，直接说那徐慧是不懂变通的笨书生算了。我信你，我怎么不信你？我下午才见到的人，这才两个时辰你就都知晓了，虽然这事我随便打听一下就能知道了，你可瞒不住我，嘴上说得好听。"

王溱朗声大笑："你瞧瞧，我千方百计地不让你生气，你点破作甚？"

唐慎又觉得好笑又觉得可气，无奈地道："和你说话真是费劲，不知道你哪句真的，哪句骗我，下次你演戏前能主动告诉我一声吗？"

王溱想了想，故作严肃："那往后我要骗你时，就先朝你眨眨眼，如何？"

"你这句话是在骗我，还是真的？"

"哈哈哈哈。"王溱笑得前仰后翻，"景则，你可真是太可爱了！"

正当师兄弟二人说笑时，他们并不知，有人已经悄然骑了一匹快马，披星戴月地前往西北。

腊月廿四，征西元帅李景德难得回幽州城一趟，他刚刚回到家中，管家便通报说有客人来访。

李景德嘀咕道："哪个家伙消息这么灵通，老子十天半个月回来一次，都能被他撞上？"他对管家道，"是谁啊？"

管家面露难色："是位大人，手持勤政殿的令牌，小的也不认识。"

李景德瞪大眼："勤政殿？老子什么时候犯事了，要勤政殿的人来抓我？干脆别让他进来得了……不行，跑得了和尚跑不了庙，你还是把人喊进来吧，反正幽州是老子的家，他还能拿老子怎么着吗？"

管家："是。"

管家很快将一个披着黑色斗篷的人请进屋中，李景德远远瞧见一个披着黑斗篷的人，心中吓了一跳，暗自想着：这家伙比我还不像个好人。

等来人进屋掀开斗篷后，李景德嘴角一抽，不客气地从鼻子里嗤了一声。

苏温允："姓李的你什么意思？本官如今是勤政殿参知政事，官居二品，与你同阶，你莫要放肆！"

李将军坐在椅子上，另一只脚踩在桌上，他用手指掏着耳朵，懒洋洋地说道："大半夜的，又不在衙门，怎么的，参知政事大人是想把本将军就地正法了，还是抓了本将军的把柄，半夜来威胁了？抑或是……你来贿赂本将军？本将军可是个正直的好人，财色不近，你想都别想。"

苏温允气得两眼一瞪，险些就准备一脚踹上去了。

万幸苏大人是个读书人，还是个聪明的读书人，他自知武力上十个他都打不过一个李景德。他冷笑一声，声音淡漠："既然李将军如此不屑，本官就先行告辞了，只是原本还想与将军商量一件大事。"

李景德笑得极其大声："哈哈哈，大事，你这小白脸能有什么大事？肩不能扛，手不能提的，咋地，想当兵？"

苏温允淡淡地吐出两个字："谋辽。"

李景德一下子站了起来。

苏温允扭头就跑，李景德赶忙追上去把人拦住，赔笑道："你说这天寒地冻的，幽州不比盛京，半夜街上全是打家劫舍的，打到苏大人可怎么办。苏大人怎的突然来了幽州，有没有人好好接待啊？来来来，本将军府上正有一头羊，今夜就用烤全羊为苏大人接风洗尘，咱们顺便聊聊辽国的事。"

李景德向来认为朝廷的这些文官个个身娇体弱，莫说骑马上阵领兵打仗，就是在寒夜里吹吹冷风都能得个伤风感冒，一病不起。

起先李景德没明白苏温允的来意，只当他没什么要紧事，就随意打发了，如今知道和辽国有关，李景德立刻精神百倍。他命厨房去准备一只新鲜的羊羔，一边转首对苏温允道："这屋外头多冷啊，别看那些辽人不识几个大字，一个个像个粗汉，但在烤肉上他们可比咱们懂得多。"

苏温允斜眼冷哼一声，一副漫不经心的样子："哦？"

李景德赔笑道："天冷的时候吃一块烤羊肉，那才叫人间美味。可这天气在外头烤多冷啊，在屋里烤也不合适，就得在他们的帐篷里烤，这样才香。"

谁能想到征西元帅府上居然还有个帐篷。

两人在帐篷里烤羊肉吃，李景德嘴上说由他亲自为苏温允烤，但大多还是厨子动手。

谈起正事，二人皆郑重无比。

苏温允："如今辽帝年岁渐大，对辽国的事逐渐力不从心，储君之争在所难免，辽帝膝下共有四子，如今活着的只剩下二人。"

李景德浓密的络腮胡上沾了一些烤肉的油渍，他皱眉道："你是说那个什么耶律舍哥和耶律晗？"

苏温允看到李景德胡子上的油，瞪得眼睛都圆了，他嫌弃地往旁边坐了一些，继续道："是人皆有弱点，辽必亡于内乱，这二人的弱点十分简单，耶律舍哥自命不凡，实则好色；耶律晗徒有蛮力，好大喜功，利用好这两点，自可乱辽。辽若内乱，我大梁才有机会挥军北上，收复失地。"

李景德闻言先是喜出望外，但随即他叹气道："哪有那么容易？"

苏温允笑了："谁说不容易？安插在辽国两年的棋子，可不仅仅是传递消息这么简单，两年了，也是该他们发挥自己的作用了。我是文官，且为京官，在西北没有太大势力。可李景德你不同，圣上从未说过谋辽一事要瞒着西北大军。"

听了这话，李景德心中一紧，表面上仍是那副的模样。他道：“你的意思是，你愿与本将军联手？”

“不是愿不愿……唐景则与我提过，他半年前许诺过你，若是到了时机，必然不会辜负你所愿。”顿了顿，苏温允道，“所以，到时机了，李将军。”

李景德怔了片刻，他朗声一笑，唤来仆人：“我记着府上还有一只小牛崽。”

仆人一愣。

李景德大手一挥：“拿来烤了，给苏大人尝尝鲜。”

苏温允心道：你当我苏家是什么破落门第，我苏温允没吃过牛肉？

但这次望着李景德难以抑制的喜悦模样，他头一次没挖苦对方，而是沉默地咬了口烤羊肉。

同为皇帝心腹，苏温允与李景德已经相识八载。

归正人不可进殿试前二甲，归正人不可做四品以上的官。

但李景德从未考过功名，他是从沙场上杀出来的二品征西元帅。

两人第一次见面，其实并非见面，只是苏温允在盛京城外远远地见了李景德一眼。那是周太师领军抗辽有功，班师回朝时，赵辅特意带了文武百官出城迎接。当时的苏温允还只是个五品翰林编撰，混在官员之中，毫不起眼。

李景德是周太师身边的小将，正是意气风发之时，然而他的额头上绑着一根黑巾，同行的翰林院官员见到那条黑巾便道：“真是可惜了，居然是个归正人。”

凡人皆有所苦，谁又不是身在其中。

腊月廿六，百官休沐。

今年唐璜和姚三、姚大娘因为要回江南打理铺子，早早地就回去了，在姑苏府过年。唐慎干脆彻底住在尚书府，除夕的前一夜，两人一同进宫赴宴。

宴春阁中，三位皇子今年依旧没有回京。赵辅倒是兴致不错，正巧今年是科考之年，他特意将一甲三人邀到宴中，与他们说了一会儿话。

到第二日除夕夜，唐慎与王溱来到流淇小院。

往日里总是写字下棋，古人的玩乐方式实在太少，唐慎有些乏味，他道：“不如我们来玩牌。”

王溱挑起一眉：“原来我会玩牌。”

唐慎：“知道你不会，所以我来带你玩种新的。”

“我不会？”王溱诧异地道。

唐慎一愣：“啊？”

王大人微微一笑：“方才那句话并非否定，小师弟，我刚才说……原来我会玩叶子戏。”

唐慎：“……”

你就说吧，你到底还有什么不会的！

王溱确实是会玩牌，但他并不喜欢玩。唐慎想玩点新鲜的，王溱想了想：“不若添点赌注？”

“什么赌注？”

“就赌今晚你给我再画幅画，能见人的那种？”

唐慎一肘子击在王溱的肩膀上。

终究还是没能如唐慎所愿。

过年时分，说是官员休沐，却并非一定放假。才在家中歇了两天，初二，王溱便去衙门办差。银引司的事一刻拖不得，皇帝是在十一月下的旨意，因为要过年才没有立即执行，待到开年，大梁银契庄便要轰轰烈烈地办起来了。

王溱忙得脚不沾地，唐慎原本在家歇着，也觉得无聊，他来到工部衙门。

官员是有休假的，工匠们却没有。

衙役带着唐慎到各处库房看了看，工匠们一见到唐慎，个个吓得站起身，跪下向他行礼。唐慎立即扶起一位离自己最近的工匠，这人诚惶诚恐地低着头，身体颤抖，无法言语。唐慎的动作顿了顿，他再望向四周，其余工匠又何尝对他不是恐惧至极。

唐慎嘴唇翕动，最终只留下一句“下次见我，不必如此”，便转身离开。

待到正月初十，唐慎写了封折子送进皇宫，第二日就得到赵辅的召见。

唐慎到达垂拱殿时，赵辅正在写字。他写完后，仔细地端详一阵，满意地点点头，接着他才抬头看向唐慎，他招了招手：“景则，过来些。”

唐慎恭敬地走了过去。

“你看看这四个字。”

唐慎定睛一看，念了出来：“美之所在。”

赵辅哈哈一笑：“觉得如何？”

唐慎神色平静，认真地分析道：“‘美之所在，虽侮辱，世不能贱；恶之所在，虽高隆，世不能贵’。此话出自《淮南子》，说的是坚持己见，不要同流合污，任他人摆布。陛下的字随意飘洒，好似长龙信步浮云，甚有淮南王落拓不羁之风。”

赵辅笑了一会儿，对季福道：“唐景则就是会哄朕开心，你可要多学着点儿。”

季福赔笑道：“奴婢哪能和唐大人比。”

赵辅对唐慎道：“你的折子朕看见了，怎的突然说了那样的事？”

唐慎犹豫片刻，忽然后退三步，作揖至腰背与地面齐平，他郑而重之地说道：“臣有一言，愿陛下恕罪。”

赵辅眉毛一动，他放了笔，和善地说道：“但说无妨。”

“陛下为何要将臣调到工部任右侍郎？”

一听这话，季福暗道不妙，这唐景则怎么是个脑子混的，皇帝要他做什么，由得他去询问？天下百官无一不是赵辅的属臣，赵辅想让他做什么他就得做什么，哪来那么多困惑。

但季福只是个太监，哪怕跟了赵辅这么多年，也是只懂小算、不懂大谋的宦官。

赵辅听了唐慎的话，并没动怒。他静静地望着唐慎，良久，笑道：“景则觉得呢？”

“臣不知。但臣去岁到旣州治理水灾时便明白了，工部的官是官，并非能匠。陛下要的从来不是臣有治理水患之经验，真正懂得治理水患的是臣手下的水部郎中，于是臣便想，臣为工部右侍郎，到底可以为陛下、为我大梁做些什么。”

赵辅双目一亮，他的身体贴近桌案，伸长脖子：“那你想做什么？”

唐慎双手高举，认认真真地说道：“臣想为陛下、为我大梁，做一番新的样貌。”

“如何做？”赵辅的声音变得急促。

唐慎不卑不亢：“重用该重用之人，做该做之事。”

“这便是你折子上说的？但官民有别，一人放下身段，这是你的事，想要百官皆是如此，谈何容易？再者言，这般就真有成效？你真能做到你所说之事？朕如何能信得过你？”

唐慎抬起头，目光坚定：“世人皆有信念，臣入朝为官不过八载，但臣见过许多有信念之人。臣知道参知政事苏温允苏大人年前便去了幽州，因为他有信念，他一心为陛下办事，哪怕前路布满荆棘，也无从畏惧。臣也知道征西元帅李将军抱着一个信念，二十余年未曾变过，所以他深得陛下信任。”

赵辅定定地望着他。

唐慎接着道：“王溱王大人又何尝没有信念？臣自知瞒不过陛下，蜀地折子是臣第一个看见的，也是臣告知了王大人。然而此事说得容易，做起来何其难，但六年了，王大人做到如今地步，他为的是陛下，是我大梁的千万黎民。他亦有信念。”

“臣没有一兵一卒，没有一丝一毫的把握，但信念如初，只道是一往无前。”

赵辅死死地盯着唐慎。

唐慎低首望地，但身体站得笔直，宛若一棵屹立顽石中的青松。

良久，赵辅畅快地笑了起来，他站起身，绕过桌案走到唐慎面前，一把拉住他的手。唐慎抬起头，只见赵辅苍老却明亮的眼睛静静地凝视着他，语气温缓柔和：“这句话朕对子丰说过，对斐然说过，对景德也说过。这话是周太师曾经对朕说的，如今朕亦要告知于你。

“景则，你之眼前是浩瀚汪洋，而朕，永远是尔等身后之一叶扁舟。”

第五十九章

太师

正月刚过，盛京城还笼罩在大雪之中，工部的官员们才刚刚回衙门办差，一道圣旨就送进了工部尚书袁穆的堂屋中。

袁穆接了圣旨，他坐在圈椅中久久不言，半个时辰后，他喊来自己的心腹、工部左侍郎李钰德。屋中只有他们二人，袁穆也不在意，直接将圣旨递给李钰德，示意他打开看看。

李钰德郑重地接过这一张小小的折子，他翻开看了后，面色大惊，急忙抬头道："尚书大人。"

"你也瞧见了吧。"

李钰德低声道："圣上为何就如此宠信那王子丰和他的师弟唐景则？"

袁穆看了他一眼，笑道："你啊，还是看不透。做咱们陛下的臣子，只有两种才能明哲保身，官运亨通。一种是徐相与我这样的糊涂官，我们从来不管他事，圣上要我们做什么，便全心全力地做好，我们便是圣上最好用的官。"

李钰德也渐渐明白过来，能做到工部左侍郎，他虽然属于袁穆所说的那种"糊涂官"，但也并非蠢的，他想了想，道："另一种，便是王子丰、唐景则那样的吧。"

袁穆："正是。这另一种，就是最得圣上心意的官。你瞧那王子丰做的银引司，唐景则如今应接下来的差事，还有那苏斐然、李景德，为何他们如此年轻，甚至能以归正人的身份，成为如今朝堂上举足轻重的高官？他们做得极好，他们想要去做，而不是圣上要他们去做。只是伴君如伴虎，这也是刀尖上起舞，有利必有弊。上一位这样得皇帝心意的官，还是纪相啊！”

李钰德深以为然。

纪相纪翁集也是大梁有名的实干派。

他能以二甲同进士的出身一步步成为当朝左相，就是因为他在外做官期间做了许多大事，待到回京后也以强硬的手段整肃朝纲，令天下太平。

赵辅曾经将他看作自己的左右手，然而他的下场却惨烈极了，能保全性命，除了赵辅看在多年的情分上，还因为大梁有不杀官员这条律例。

想到这儿，袁穆和李钰德相视一笑，未曾再说。

唐慎能以如此年龄官居三品，他得到的极多，他身后的威胁也极多。他是成为下一个王子丰，还是如纪相一般，这都是命运造化，无人可知。

二月初，工部右侍郎唐慎整治工部，改了一条条沿用了多年的规矩。

此举一出，整个工部哗然，立刻有官员前去寻找尚书袁穆、左侍郎李钰德，然而工部这两位高官却不发一言，任由唐慎去做。官员们手足无措，也有一些官员反应过来：“能让三位大人一同去办事，普天之下只有一人能做到。”

“何人？”

这官员伸出手指，指了指天空。

工部官员众多，除了尚书和左右侍郎外，还设有屯田、虞部、水部和文思院四个部门，各部再有郎中、员外郎、主事等诸多官员，除此以外，还有不分属四个部门的七品以下官员。

至于隶属于工部的工匠，更是数不胜数。

若是工部征召，大梁三十六州所有工匠都必须应召。

唐慎做的第一件事是直接提拔工部文思院判官季孟文。

季孟文今年四十有五，是开平十五年的举人，文思院是主修葺天下金银器的部门，判官算个不入流的七品芝麻官，这样的官职往往都不是朝廷指派，而是由工部官员直接任命，再上报给吏部。

季孟文便是被前任工部右侍郎苏温允直接任命的。

季孟文中举后，屡次会考不利。实际上唐慎当年去盛京贡院会试时，季孟文也在那一万人中，只可惜他依旧落榜未中，没过几年他就因善于精造而被苏温允任命为文思院判官，从此放弃科考，当了一个七品芝麻官。

唐慎直接将季孟文从七品判官提拔为六品主事，这让季孟文大惊失色。

没有功名的举人想要当官，最高只可以做七品官，虽说大梁律例中并没有明文规定举人不可做六品官，但自太祖以来，从未有举人功名的六品官员。

季孟文诚惶诚恐，胆战心惊地跟着差役来见唐慎。

唐慎是何人，季孟文身为工部官员岂能不知？他深知工部右侍郎唐大人是王党的中流砥柱，才二十三岁便为三品高官。但因为唐慎与苏温允的关系似乎并不好，季孟文是苏温允一手提拔的，如今唐慎竟然升了他的官，季孟文自然怀疑其中有蹊跷。

来到右侍郎屋中后，季孟文低着头不敢吭声。

唐慎声音温和："你便是季孟文？"

季孟文作揖道："下官季孟文，见过右侍郎大人。"

唐慎："抬起头说话吧。"

季孟文抬起头，终于瞧清了唐慎的面孔，此刻他还未承想到，自己往后一生的命运便由眼前这个年轻人彻底改写了。

提拔人才，改善工匠的俸禄，这只是唐慎所做的第一步。

开平三十四年三月，唐慎上奏皇帝，请求加开造改部，为工部四部外特设的部门。这一次连赵辅都有些迟疑，此言一出，百官各有微词，大多是觉得唐慎去岁才当上工部右侍郎，如今竟然就要给工部另加一个部门。

"我大梁的官制大多沿袭前朝，前朝用了数百年，我朝自太祖以来也用了一百多年，如何就在他上任后得做出改变了？简直胡闹！"

工部尚书袁穆虽然感到错愕，却没有出声反对。

所幸本朝吏治严明，不似前朝工部是个实打实的油水衙门，工部的官员可不是个美差，百官对唐慎的做法有些意见，却也不是十分在意，决定一切的大权再次落到了赵辅头上。

三月初四，王溱动身前往金陵，临行前，他问："景则可曾有过担忧？"

唐慎送他出门，反问道："担忧何事？"

"你可知圣上一直支持于你，却为何在你上奏特设造改部时迟迟未有动静？"

唐慎笑了："圣上在担心我权势过于大了，若我特设造改部，这一部必然全是我的亲信，圣上所忧虑的正在于此。师兄，我说的可对？"

王溱："你十分聪慧，说的全中。"

唐慎叹气道："这一次我是真没了把握，这对于咱们圣上来说，可是动了他最不能容忍的事。"

"为何要担忧呢？"

"嗯？"

"你今年不过二十三岁，咱们陛下权衡朝堂的年头比你的年龄还要大上一轮，其他事尚且好说，在此事上，这世上无人能与当今天子相比。"

不多时，王溱便动身离开盛京，南下去了金陵。

三天后，唐慎也总算晓得赵辅要怎么用他了。

"门下，朕膺昊天之眷命。工部既宣帝起，精业诚技，上有栋梁股肱，下有奇技巧匠。今特设造改一部，扩工部三十人，即日成命。"

"臣袁穆领旨。"工部尚书袁穆带着其余官员一同接旨。

自此，工部造改部便落入唐慎手中。造改部可扩充三十人，赵辅对唐慎真是彻底放了权，这三十人并不是说特意指派给唐慎，而是让唐慎自己挑选，哪怕他挑二十个只有秀才功名的匠人，吏部说不定也会放人通过。

这样的隆恩令许多官员对唐慎更加另眼相待。

然而更多人却十分淡定，并未对此怀有嫉恨。

远在金陵的王溱得知此消息时，正与自家四叔在琅琊王氏品茶。王家的四老爷王慧虽然是个商人，却也很清楚官场中的利害关系。家中有两位当朝一品高官，王慧耳濡目染，叹气道：“子丰，你说圣上会怎么做呢？”

王溱望着清亮的茶汤，明明上一刻他还夸赞这茶味道清冽，齿颊留香，如今却默默放下了杯盏。

良久，他无奈地笑道：“只剩下银引司了啊！”

不日，唐慎再接圣旨，皇帝任命唐慎为工部虞部、水部和造改部三部之首，统辖三部，但同时明升暗降，将他银引司右副御史的官职摘了，废了副御史这个额外造出来的官位。同时还将另一位左副御史余潮生的官职也一同除去了，给了他另一个职位：江南银引司指挥使。

唐慎早就猜到会有此结果，但他未承想还连累到了王溱，赵辅将王溱手中的权势更分出了一些，给了余潮生。

他立即写信一封，送去江南。

很快，王溱写来回信。

> 近日来夙兴夜寐，偶得此事，更是辗转反侧，难以入眠。原以为史书万载，当是我与小师弟一同留名，因这银引司传载千年，未承想不见师弟，只见那余宪之。午时用饭，顿觉毫无胃口，虚瘦一斤。

唐慎看后笑了好一会儿，仿佛看见了一脸正经胡写一通的王子丰。

他回信过去，七日后，王溱收到信，愣了好一会儿。

王慧正在一旁，好奇地问道：“可是唐景则的信？”

王溱转首问王慧道：“四叔叔外出经商时，家中人可曾给四叔叔写过信笺？”

“自、自然是写过的。”

“哦，那便是没有了。”

“……”

“此间关切之意，四叔叔怕是难懂了。”

王慧：“……”

这都什么玩意儿！

那信上用飘逸的字，写着：

> 如今我与师兄相隔千里，你骗我前是否眨眼，我也未尝得知。师兄说话总是不算话的，然师兄，留名青史为何仅仅只能靠银引司？师兄可信，银引司未必就胜得过造改部……

少年之意气风发，跃然于纸上。

开平三十四年十月。

晋州，处大梁西南一隅。

晋州多山，多有名山被文人墨客作诗入画。远的不说，便说近的，两年前天下四儒之一的傅渭傅希如辞官后，就曾游历到晋州。他登上庐山后，写下一句诗，如此说道："长雾送归客，晓岚断烟涛。"

因为被群山环绕，晋州向来出行不便。半年前皇帝要修一条官道，联通蜀州与晋州。修这条官道的难度不下于当年修盛京往北的三条官道，于是工部官员与天下工匠纷纷来到晋州，忙于修葺官道，定要在两年内建完。

晋州府城外，一辆马车从山间小道中缓缓驶了过来。到了城门前，守城士兵上前查看，车夫给了对方一样东西，士兵一见面色大变，就要下跪行礼，车中传来一道轻缓平和的声音："不必多礼，可能入城了？"

士兵胆战心惊地连连点头："您请，您请。"

马车进了城后，立刻就去了府尹衙门。大约一个时辰后，一位穿着青色锦袍的俊俏公子从衙门中走出，他带着自己的书童一同往工部修官道的地方去了，走到一半，他们恰巧路过晋州的大梁银契庄。

唐慎停下脚步看向这座银契庄。

只见两个穿着麻布衣服的汉子有说有笑的从其中走了出来，手里拿着银契庄给的票据。

"这银契庄确实是方便，取用铜钱都便利得很，卖了粮食后我都不用将那么重的吊钱带回村子，大半放入这银契庄，待需要时，再来取了就是。"

这两人一边说，一边慢慢走远了。

奉笔见唐慎一直望着这两个人，他跟随唐慎多年，非常懂他的心思。奉笔道："王相公的差事办得可真是极好的，公子，咱们走到哪个府城都能见到大梁银契庄，这大半年下来，越来越多的百姓开始用起了这银契庄，都夸做得好呢！"

唐慎："你觉得做得好？"

奉笔："自然是好。"

唐慎笑着摇摇头："还不够，这不是师兄要的。"

"啊？"

奉笔童子茫然地挠着头，他只是一个小书童，识得一些字，却哪里能懂这些。

自年初起，王溱就忙起了大梁银契庄的差事。这一年下来，他走遍三十六州，每一府州的土地上都渐渐开出了一家家的大梁银契庄。百姓们原先对这大梁银契庄全然不懂，都不敢随意靠近。这种事还无须王溱操心，户部左侍郎徐令厚使了一计，命令各地银契庄同一日分发兵部的饷银。家中有当兵的，那一日都可去大梁银契庄领取家人的饷银。不怕你不用，只怕你连进都不敢进。很快，百姓们都接纳了这个奇怪的衙门，知道这竟然真是个寻常百姓都可以进入的"官府衙门"。

百姓们开始将钱财放入大梁银契庄，此事定然引起了世家波动。

然而百姓的钱再多也多不过世家大族，这世上无论何时，九成的财富都聚集在那一成人的囊中。世家不愿见大梁银契庄有成效，可当年度支司的血案又不好重演一波，于是某一日，秦州忽然有数以千计的百姓要一同将钱财从银契庄中取出。

大梁银契庄并不是一个单纯的仓库，百姓们将钱放进来就给存着不动了，自然是有所运作，只留日常所需。

此事一出，秦州府尹冯广才愁白了头发，因为大梁银契庄一时间根本给不出这些钱！

秦州顿时大乱，此事闹到盛京，赵辅将这封折子狠狠地砸在了王溱的身上。

“这便是你为朕办的好差事？”

于是上个月，王溱特意去了秦州一趟，摆平了这件事。接着他南下去了金陵府，回到琅琊王氏。

待到王溱离开，已经是三日后的事了。

王家四老爷王慧亲自送他出门，望着自家侄儿清风一般的身姿，王慧苦笑一声，作揖道：“这寻常人做官都是为家中攒财，为家中造福，让家人借势跋扈，可你与二哥倒是好，这是要挖空世家的根基啊！”

王溱回他一揖，声音清润透亮，仿若穿透千古时光：“年幼时四叔曾与丰说过，为何我琅琊王氏能绵延三百年，长存于世，不同那谢氏一样日益衰退。”

王慧朗声一笑：“这世上没有永恒屹立之巨擘！随势而动，户枢不蠹，这便是我王家的祖训。”

王溱长长一揖：“多谢四叔叔。”

“你啊，还有二哥，可真是我王家三百年来最大的败家子了！”

嘴上说着责骂的话，王慧的脸上却是笑容。

王溱所做的事唐慎自然不知道，但是他知道，王溱真正想要的不是弄出一个帮着百姓方便取换钱财的地方，而是要“以纸代币”！

大梁的钱荒无非是因为两点。

第一是贵金属稀少，原材料不够，钱币自然铸造不多。第二便是世家大族的垄断，世家大族将大量的黄金白银都私藏起来，长此以往会导致富人越富，穷人越穷，恶性循环。

王溱要做的是将钱财从世家大族手中抢回来，再加上年年积累，以充足的底子充盈国库，此后真正做到以纸代币，百姓不仅仅认铜钱，更认大梁银契庄的纸币。

然而这一切，还是路漫漫矣。

唐慎如今在晋州看到这座大梁银契庄，他既感到欣慰，又觉得王溱太辛苦了些。

“师兄是真的不容易啊！”

在心中感慨一番，唐慎又想到：我又哪里容易呢？

他笑了笑，没再多说，来到工部。

腊月，唐慎回京。盛京不同南方，早已被大雪覆盖。这几日百官没有上早朝，因为赵辅的头疾犯了。这几年每到寒冬，赵辅常常会头疾发作，严重时还会昏迷不醒。

只是谁也想不到这一次竟会如此来势汹汹。

钦天监监正李肖仁带着九位弟子于登仙台中为皇帝做法祈福。

腊月初九，三匹快马自盛京而出，向姑苏、既州和凉州而去，三位皇子在家中接旨，三人听了旨意，皆是大惊。

赵辅竟然早写下了诏书，若是有一日他十日不醒，便将三个皇子召回盛京。

三个皇子首先想到的都不是关心赵辅的龙体康危，而是意识到：难道他们即将要做皇帝了？

三人回到盛京，很快都知晓了自己另两位兄弟也回来了。

若是放在从前，他们定然会各自运作，为自己继承皇位谋取更大胜算，可两年前那次宫廷政变真将他们搞怕了，他们怕极了这是赵辅又一次的心血来潮，这又是自己父皇的一次阴谋。

两年前的正月宫变，他们至今不知道所有真相，但他们从中明白了一个道理——他们那位父皇，是真的无情冷血至极！

三人既担忧又雀跃，担忧的是这次会不会又是个阴谋，自己两位兄弟会不会成了太子，甚至皇帝，雀跃的是……为何不能是自己成了皇帝？

一晃二十三天过去了，腊月廿三，往年到这时，百官都应当准备休沐了。可今年皇帝病重不醒，群臣皆去天坛为皇帝祈福。眼见雪越下越大，天气越加寒冷，皇帝也没有要醒的意思，许多官员都隐隐察觉到皇帝可能熬不过这个冬天了。

腊月廿四，唐慎轮值进宫。哪怕赵辅没有醒，每日勤政殿都会去一位三品高官，在福宁宫外等候。

唐慎穿着厚厚的棉衣站在福宁宫外，站了整整一天。

大太监季福端着一碗热汤亲自送出门外，递给唐慎："唐大人可真是辛苦了，尝口热汤吧。"

唐慎立刻双手接过："多谢公公。"

季福道："今日早晨就开始下雪，下了整整一天，可比昨天还要冷上许多。"

唐慎："陛下的情况可好些了？"

季福脸色僵了僵，他朝唐慎轻轻摇头，以眼神示意他：莫要再问了。

那便是情况很糟了。

唐慎哑然不语。起初他也猜测过这一次赵辅到底是真病还是假病，可随着日子一天天过去，显然，赵辅是真的重病不起了。

赵辅时日无多了……

唐慎心中只感到怅然一片，说不出什么感受。

忽然，只见茫茫大雪中，一抹黑色的影子从垂拱殿的宫道前大步走来，冷黑色的披风随猎猎寒风铮然起舞，他穿着一身甲胄，腰间系着玄铁长剑，一手搭在剑柄上，大步轩昂地快速走来。这人虽已年迈，却走得极稳，很快便走到了福宁宫前。

来人站定后，一个扫视，鹰隼般的目光在唐慎的脸上落了一瞬，又很快移开。他气势滔天，那环顾全场的一眼，便如血海地狱，让在场所有人都窒了呼吸。

唐慎嘴唇翕动，望着眼前这个白发苍苍却凌厉如剑的老将军，忽然，他意识到了这人是谁。

皇宫中，除了御林军，谁也不可持剑入宫。

然而，有一人可以。

季福尖着嗓子赔笑道："奴婢见过天下兵马大元帅，太师是何时回京的？"

周太师开了口，声音如他这人一般，冰冷似寒铁："快马加鞭，刚刚才抵达京城。圣上如何了？"

季福小声回应。

周太师沉默片刻，他巍峨的身躯好似一座巨山。

"带老夫进去吧。"

"是。"

周太师大步迈入福宁宫中，他走过唐慎的身边，唐慎立刻俯身作揖行礼，周太师望了他一眼，没有开口，就这般走进去了。

殿门"吱呀"一声悠悠关上，唐慎双手捧着那碗已经凉掉的热汤。

他抬头望着天空中纷纷洒下的白雪，心中想到：二十五天了，这是第一个进了福宁宫的官啊！周太师是官吗？是吧。

周太师进了福宁宫，旁人便不得再入，连季福都来到了唐慎的身边，他们在外头候了一刻钟，福宁宫的殿门便从里头打开了。

季福连忙走上去，赔笑道："太师，官家可曾醒？"

"未曾。"

自然是没有的，周太师只是个人，又不是神，赵辅昏迷了这么多天，哪能他一回来就醒了？也不知季福为什么要问这话，他露出关切愁苦的神色："官家已经昏睡不醒二十余日，太师，这可如何是好，奴婢只是个太监，没个主意。不过奴婢总想着，官家是上天庇佑的真龙之子，定然会无碍的。"

周太师望了他一眼，声音铿锵有力："自然如此。"

季福因为一直在笑，脸都快笑僵了，终于周太师的目光从他身上移开，看向一旁的唐慎。

唐慎早就做好了准备，他作揖行礼，恭敬地道："下官工部右侍郎唐慎，见过太师大人。"不用周太师主动问，唐慎直接将自己在这儿的原因一五一十交代了一个清楚，"陛下昏睡多日，勤政殿每日都会派官员来福宁宫外守着，今日轮到下官。"

周太师一手扶着腰间长剑，身姿威武轩昂，说道："老夫听景德说起过你。"

唐慎："下官与李将军有过几面之缘。"

周太师又与唐慎吩咐了几句，几乎都是长辈对晚辈的问话，并没体现出一丝喜恶。如同来时一般的突然，这位天下兵马大元帅一步迈入雪中，长靴在雪地里踩出一个个深深的脚印。

白雪落满他的披风，长风而入，猎猎作响。

季福心有余悸地拍了拍胸脯，和唐慎说笑了两句，就又进了福宁宫。

一片雪花自屋檐外飘转而下，唐慎伸出手接住了它，掌心是温热的，很快雪花便融化了。唐慎再抬头时，周太师的身影已然消失在茫茫大雪中，再也瞧不见了。

周太师突然回京，这可不是小事，一下引起多方关注。

唐慎也好奇得很，但如今王溱远在金陵，还没回京，他也没处去问。直到腊月廿七，王诠的夫人过寿，他派人邀唐慎到府上用饭，饭后，王诠将几位心腹都喊去了书房。

王党中坚几乎都聚齐在这小小的书房中了。

唐慎倒是不算，他并非王党，只是他身份特殊，所以王诠也喊了他来。

众人聚齐后，王诠品了口热茶，先道："周太师回京，诸位如何看待？"

众人纷纷发表意见。

"太师与陛下相伴多年，陛下做皇子时师从的是当时的文渊阁大学士李莫合，但是李大学士早在三十年前就病逝了，对陛下而言，太师才是真正的良师益友。此次陛下的头疾来势汹汹，怕是真的到了危急关头，太师才会回京一见吧。"

"下官也觉得如此，此次圣上怕是真……"

说话点到为止，大家却心知肚明。

王诠看向唐慎："听闻周太师回京那一日是景则你在宫中当值？"

众人齐刷刷地扭头看向唐慎。

唐慎站起身，微微作揖："是，那日正轮到下官在福宁宫外守着，恰巧碰上了太师。"

"唐大人可觉得有何异样？"

唐慎："并无异样，太师进入福宁宫后，只待了一刻钟工夫便出来了。"

有官员叹息道："那是自然，陛下昏迷不醒，太师看了又能如何，难道还坐在床边枯等吗？"

唐慎："但太师也未曾表露出太过悲痛欲绝的模样。"

王诠双目一亮："如何说？"

唐慎将那日的情形仔细推敲一番，他推测道："太师回京，自然不会仅仅是来见陛下一面。太师常年在外征战，与陛下君臣两知，从无罅隙，若是陛下的身体真如诸位大人所说，药石无用、无力回天，太师也定然会心神劳伤，但从太师的模样话语来看……似乎还有转机。"

王诠："如何转机？"

唐慎哑然无言，这个他可真说不出来！

所幸周太师并没让他们等太久，次日，一位民间赫赫有名的神医就被传唤进宫，为赵辅诊脉治病。

唐慎以前也觉得大隐隐于市，什么神医圣手都归隐山林，皇帝病重，他们才会从天而降，轻而易举地解决了太医们束手无策的难题。但如今他见多识广，深入其中后才发现，在这里皇权大于一切！

皇帝想要，就没有得不到的。

随便从哪儿来个“神医”，就能胜过太医？这根本是天方夜谭，太医院的那些太医放在民间个个可以称得上一句神医。

但这次的神医是周太师找来的。

百官们又心生狐疑：难道这位神医还真是沧海遗珠，能治皇帝的病？

众人都静静观望，很快，又是一个新年过去，赵辅依旧没醒。留在京中的三位皇子如同热锅上的蚂蚁，他们的心轰的一下燃了，许多曾经想过但后来又不敢想的事，如跗骨之疽，密密地爬进了他们的心头，他们竭力不去想，可哪里能忘？

年后，三位皇子轮流进宫侍疾。

眼见皇帝真的要醒不过来了，国不可一日无君，朝堂上的百官都渐渐有了想法。

开平三十五年，二月初二，春龙节。

唐慎穿着簇新的官袍，迎着一场冰冷的春雨，来到勤政殿。春雨都是无声而细密的，唐慎撑了伞却没什么用，小雨润湿了他的衣摆，他稍稍打理了一番，同屋的户部左侍郎徐令厚便到了。

徐令厚见唐慎衣摆被浸湿，他笑道：“左右今日也无事，唐大人不若先回工部一趟。”

说的是回工部，其实就是让唐慎直接回家了。

以前王溱就总是在当差的时候借着“回户部”的名义不知去向，比如他与唐慎初遇时，户部尚书王溱当时应该在户部当差，可他却出现在了傅渭的府上。

徐令厚是王溱的心腹，比秦嗣更得王溱的心意，唐慎揶揄道：“户部的官可都深谙此道啊！”

谁料徐令厚目露诧异：“难道还有谁也经常去工部？”

唐慎：“你家尚书大人。”

徐令厚笑道：“原来是唐大人的师兄啊！”

唐慎：“……”

比脸皮，他果然厚不过户部这群人！

不过哪怕是亲师兄，唐慎也已经半年没见过王溱了，王溱一去金陵，便脱不开身，已经在金陵待了足足三个月了。

两人又说了几句，只见一个衙役小跑着进了屋。

徐令厚：“何事如此惊慌？”

衙役：“回大人的话，陛下醒了！徐相公命令小的们到各个大人的堂屋里都说一遍，要诸位立即去福宁宫呢！”

唐慎和徐令厚微微张了嘴，皆是错愕不已。

谁都没想到，昏迷了两月之久的赵辅竟然还能醒过来！

勤政殿本就设立在宫中，如今皇帝一醒，勤政殿的官员们第一时间便赶到了福宁宫外，可是谁都没能进去，因为周太师正在殿内与皇帝说话。等过了几刻钟，大太监季福出门来报：“陛下召徐相公、王相公、陈相公和耿相公四人进殿。”

徐愍四人立刻进殿，这次足足过了小半个时辰，他们四个才出来。

四人神色晦明不定，徐毖抬头望了眼勤政殿外等着的二十多个高官，其中便有他的得意门生余潮生。徐毖挥挥手，道：“今日都回去吧，陛下刚刚苏醒，龙体不适，自明日起，勤政殿每日派两名官员入福宁宫当差。”

众人齐声道：“是。”

百官都走了，周太师却依旧在福宁宫中。

赵辅虽说醒了，可还卧榻难行，需要调理一段时日。不过第二天，一封召王溱回京的圣旨便送去了江南。

四日后，尚书左仆射王子丰王大人风尘仆仆地回到盛京。

王溱是上午刚到盛京，下午唐慎就接到圣旨，要他入宫面圣。

两人再次相见，居然是在福宁宫前。王溱抬起手，以食指抵唇：“嘘。”

唐慎：“走吧，王大人。”

两人相视一眼，一同迈步进了福宁宫。

第六十章

功德

一入殿，唐慎便闻到了一阵阵浓郁的药香。周太师并不在殿中，季福领着王溱、唐慎二人走入寝殿，只见一个花白头发的老者正守在龙榻旁。

“臣王溱 / 唐慎，拜见陛下。”

赵辅的身子并没外人想的那么弱，此刻他正在床上倚着靠枕低头看折子。听到声音，他抬起头。唐慎看见他的脸庞，心中一惊：皇帝竟然瘦成这样了！

赵辅从未如此瘦过，两颊凹陷下去，脸上的皱纹更多了，但是他目光清明，双目炯炯有神。见到唐慎和王溱，他将折子放下，朝他们招手道：“走近些吧，朕如今可没有力气与你们高声说话。”

王溱与唐慎立刻走近。

赵辅声音缓慢：“你们都下去吧。”

候在一旁的季福和神医应了声“是”，一同行了个礼，随即离开。

赵辅抬头望着唐慎和王溱，最终他的目光在王溱身上停留，他笑起来，因为身子虚弱，说话时有气无力：“子丰此次下江南似乎去了半年之久。”

“回陛下的话，臣是去岁十月去的江南，至今已是五月有余。”

“如何了？”

王溱将江南银引司的事一一说来。

赵辅一边听他说，一边轻轻点头，最后他道：“你可怪朕将江南银引司给了那余潮生？若非如此，你在江南行事怕会便利许多。”

王溱目光微动，放在以前，赵辅绝不会对他说这些朝堂权衡的事。但这次他提起来了，王溱恭恭敬敬地作揖，他的声音温润清和：“陛下自有用意。大梁三十六州，便属南北直隶和江南三州最为富庶，大梁银契庄的事在这三处地方是最难办成的。两直隶有陛下坐镇，臣并无忧扰。若是连江南都由陛下为臣打点，臣未免就太无能了些。”

“你啊。”赵辅朗声一笑，只是笑了一会儿，似乎气息不顺，他停住声音。

接着，赵辅再没提过朝堂上的事，反而说起了自己的身体。

“此番大病，朕于迷雾纷乱中恍恍惚惚来到一处巍峨雄伟的大殿，那殿上有一位恶面大官，他一拍惊堂木，问朕姓甚名谁，为何会来此。”

唐慎心想：见到阎罗王了？

不过赵辅说的话大多数时候都别有用意。

两人继续听着。

赵辅道：“朕都一一回答了。那大官又问朕可有功德。朕竟被他给问住了，朕苦思冥想，朕与他说，何为功德，大人可否指点一二？恶面大官告诉朕，为天下黎民请命，为万世后代立功，这便是无上的大功德。”

赵辅长长地叹了口气：“可朕虚活了六十余载，一样都没做到啊！”

王溱和唐慎几乎是同时行礼，两人异口同声地道：“请陛下恕罪。”

赵辅一愣，望着他俩，过了会儿，他笑道：“还当真是心有灵犀一点通。”

唐慎：“臣有罪，请陛下恕罪，但臣亦有一言，请陛下允臣所说。”

“讲。”

“臣去岁到晋州办差，是工部要修一条官道。臣曾听人在诗中说过晋州，那诗是这样讲的——晋中有猛虎，恶盈喜食人。十室见一女，哭问舅姑何。晋州地处西南，山路崎岖，难以与外界沟通，这诗是说晋州出了一头吃人的猛虎，百姓们民不聊生，被它吃得十室九空，然而外界却仍旧不知晓这件事。”唐慎拱手道，“但这次臣去了晋州，并未见到如猛虎豺狼环伺般荒凉穷困的晋州，只见百姓康乐，全因国泰才民安。

“如此，何不为天大的功德？”

赵辅面上笑意更甚，他拿手指指着唐慎，指了半天，最后笑道：“你啊，最会哄朕开心了。朕这一睡，就睡过了一年，如今景则也该二十三了吧。”

“臣今岁确是二十三了。”

“往日还可说是小儿郎嘴里调蜜，以后再这般哄朕，朕只当你是奸佞宠臣了。”

说的是灭九族的大罪，赵辅的语气里却没一丝责怪的意思。

唐慎缓缓抬起头望着床榻上的帝王，只见他虽已病弱得不成模样，那眉目间的巍峨之气却丝毫没减，但此时他似乎不再是个君主，更像一个长辈。唐慎的心中陡然感到了一丝酸涩，他沉默地低下头，未曾言语。

赵辅又对王唐二人说了一会儿话，因刚刚得了一场大病，他精神不足，又要睡了，便唤了季福进来。二人临走前，他感慨一般地对王溱和唐慎说道：“朕想得一场大功德啊！”

试问这世上谁不想名垂千古，传颂万年？

唐慎郑而重之地回答这位帝王：“臣定不辱命。”

王溱与唐慎一同出宫，两人一路上并未多说，只是走到宫门口时，见到了周太师的马车。马车在二人跟前停下，周太师掀开轿帘，他正端正地坐在车中，见到是王溱和唐慎，老元帅微微颔首。

“下官王溱 / 唐慎，见过太师。”

“不必多礼。王相如今为尚书左仆射，是一品官职，与老夫同品阶，不须行礼。”

王溱微微笑道：“下官敬的不是天下兵马大元帅，敬的是太师。”

周太师难得露出一个笑容，他赞许地颔首，马车很快又向宫中驶去。

唐慎心道：赵辅说他会哄人，会拍马屁，其实他和王子丰比，怕是连人家王子丰的一根脚趾头都比不上！瞧瞧这马屁拍的，眼睛都不带眨一下的。

王溱垂目看着他，眉头一挑：“在心中编派我呢？”

唐慎理直气壮：“哪有，你可有证据？”

王溱被他逗笑了：“你这正义凛然、绝不心虚的本事是从哪儿学的？”

“学的你啊。”

王溱扶额叹息，声音悲壮：“师门不幸啊！”

唐慎懒得搭理他。

两人一同迈步离开皇宫，同一时刻，周太师踏进了福宁宫。

开平三十五年二月，赵辅醒了，可并没有人觉得他能活多久，众人心知肚明，这是皇帝的回光返照。赵辅年轻时曾经征战沙场，落了一身病，如今他年岁已大，比他年龄小了一轮的辽国皇帝的身体也每况愈下，赵辅这次能醒来已经是出人意料。

然而赵辅不仅醒了，随着神医与太医们的调养，他的身体竟然又渐渐好了起来。

唐慎都觉得神奇，每年到冬天，赵辅都垂垂老矣，仿若随时可去，怎的一到开春，他就再次生龙活虎，似乎还能再活百年？

官员中，不免有觉得自己浪费了感情，提前为皇帝即将驾崩而伤神伤心的。

谁能想到这皇帝居然又活蹦乱跳起来了！

开平三十五年，四月初六，早朝再开，百官觐见。

站在左侧文官第一位的仍是左相徐毖，但这次站在右边武官第一位的，却是天下兵马大元帅周太师！

这次大早朝本该在正月就办，因为赵辅昏睡不醒才拖到现在。百官朝见，说了过去一年的政绩。足足一个时辰后，大早朝才结束。

然而第二天，周太师就动身离京，回了幽州，只是谁也没想到，赵辅竟然让他带走了二皇子赵尚！

圣旨传到二皇子府上，赵尚也一头雾水。他稀里糊涂地接了圣旨，立即找来自己的幕僚：“孟先生，这是怎么回事？我从未去过军营，更别说去幽州，父皇怎的突然下了这样的圣旨啊？”

被称为孟先生的幕僚哪里晓得赵辅的用意，他冥思苦想：“殿下您先别急，这未必是件坏事。既然旨意已下，自然不可抗旨，这幽州咱们是去定了。但是如今接了旨的只有您，没有四皇子和五皇子，可见圣上对您别有安排啊。那周太师是何人，是圣上最信任的人，您既然是跟太师走的，或许去了幽州后会有大造化啊！”

赵尚一听，双目一亮。

“先生所言极是，还请先生随我一同去幽州，助我一臂之力！”

“自当生死相随！”

不过几日，周太师便带着二皇子赵尚前往幽州。

到了五月，造改部有了些成效，造改部主事季孟文写了三封折子送到唐慎的桌案前，唐慎看完折子，立刻将他从南直隶召了回来。

当夜，右相府中。

五月将末，池塘中开满了荷花，月色如纱，落在这满塘红荷上，似一阵阵缥缈轻浮的白雾。

当朝右相王诠对月举杯，顿觉诗兴大发，他吟诵了一首前人的咏月诗，转首道：“子丰，何不赋诗一首，以助雅兴？”

王溱晃了晃白玉杯盏：“景则曾说过一句话。”

“哦，什么话？说来听听。”

王溱：“你们这些大官是在拿纳税人的钱花天酒地，逍遥快活。”

“嗯？”

王溱道：“他与我这样解释，这句话大抵是在说，失地还未收复，百姓还未富足，我等高官不当贪图享乐，当兢兢业业，为天下苍生肝脑涂地，死而后已。”

“……”

王诠喝了壶酒，谈起了正事：“今日为何不带唐景则一块儿来？”

王溱默了默，淡然垂目：“今日要说之事，并不该带上他。”

王诠笑了：“能有何事？无非是些蝇营狗苟、栽赃陷害的事罢了，你本身就是个奸臣，并非头一回做，往后也不会只做这一回。”

王溱抬眸看他：“子丰以为，此次二叔才是其中主力。”

王诠咳嗽两声，装作听不见。

王溱举起酒盏，本想再喝一杯，但想到今晚已经喝了不少，如果喝多了，恐怕会露出端倪。寻常人不能从他的一言一行中看出异常，但唐慎可不同，只怕稍稍露出马脚，他就会心生猜疑。

王溱忽然道：“我可是个好人？”

王诠已然有了些醉意，小厮将他扶了送去后院，王诠对王溱道：“你便自行其是吧！”

王溱顿时失笑，他觉着无趣，便也动身离开了。

书房中，燃着一豆烛光。

唐慎向来不喜欢晚上看书识字，因为光线条件太差，看久了会觉得眼睛酸痛，甚至会影响视力。自从研制出玻璃后，他就让姚三带着工坊的工人用吹制玻璃法吹出了玻璃灯罩，这样做成的琉璃煤油灯虽说光线仍旧不比后世，但总归明亮许多。

此刻，他正拿着一封信在煤油灯下细细阅读，等看完信上内容后，唐慎打开玻璃灯罩，将信纸一角靠近烛火，只听“啪嗒”一声，信纸自底部开始燃烧，昏黄的烛光映衬在唐慎脸上，衬得他面色阴晴不定。

不过多时，管家来报：“公子，大人回府了。”

唐慎不动声色地将桌上落下来的纸灰清理干净，但他清理到一半，又停住动作，留了一点在桌上。他走出门，正巧见王溱从院外走进来。两人于月光下碰了个照面，都是顿了片刻，皆有心虚的成分。

王溱走上前：“这么晚了，小师弟还不睡，在等我？”

唐慎反问：“这么晚了，师兄才回来，我不等你还能等谁？”

王溱悠然一笑。

刚进屋子，王溱就闻到一阵微弱的宣纸焦煳的味道，随即看见了桌上那剩下来的半堆纸灰。唐慎这事做得太过精妙，这纸灰一面不整齐地乱堆着，一面却整齐地画出了一条直线，显然就是有人清理到一半，又不清理了。

王溱怎能不懂唐慎的用意？他目光微转，说道：“小师弟可曾见过公鸡报晓？”

唐慎：“啊？”

“没见过，不过以前在赵家村的时候听过邻居家的一两声。”唐慎好奇起来，“师兄问这个作甚？”这不按套路出牌啊！

王溱意味深长地吐出了两个字：“你猜。”

唐慎：“……”

唐慎没好气地道：“整天说些云里雾里的话，揶揄我很是有趣？”

王溱自觉无辜：“明明是小师弟先故弄玄虚，让我来猜你的意图。”

唐慎起先没反应过来，等他明白后，王溱用手指着桌上那半堆纸灰说道：“既然并没有想瞒着我的意思，那便直直快快地说吧，但若小师弟硬要我猜上一番，我也不会驳了你的意。我猜，这是一封信。”

唐慎：“然后呢？”

“一封自西北来的信。”

“还有呢？”

王溱默了片刻，道：“是王岱岳写的？”

唐慎：“猜中了，但没奖励。”

王溱骤然失笑，他只想着不让唐慎知道自己今晚去右相府和王诠说了什么，于是他做贼心虚，一时间竟然忘了提前跟唐慎讨要彩头。王大人觉得自己亏极了，活了三十多年，他可从未这样血亏过。

然而王子丰岂会喜怒形于色，他坦然道：“都怪我太信任你了，哪承想你会吞了我的彩头。”

唐慎没搭理他。

虽说如今唐慎因为统辖工部，实权在握，所以皇帝为了平衡朝堂，除了他银引司右副御史的职位，但唐慎在银引司布局两载，怎么可能说夺权就被夺权。他已经不是银引司的右副御史了，可他曾经的心腹王霄、梅胜泽都还在幽州银引司待着呢，两人依旧表面装作银引司的官员，背地里干着“通辽”的勾当。

两人如今的顶头上司是苏温允，但他们可都是实打实的唐党。

如这半年来，银引司出了什么事，苏温允命令他们去做了什么，他们虽然不会事事都告诉唐慎，但是遇到大事，王霄还是会写一封信秘密送到盛京。

“辽帝行猎时受伤，如今二皇子耶律舍哥和三皇子耶律晗形同水火，一触即发。”唐慎目光郑重，“王霄写信与我说的正是此事。这半年内，除了我们早就安插在耶律舍哥身边的萧砧，苏温允和李景德还买通了耶律晗身边的一个侍卫。原本储君之位，就让他们兄弟二人争夺难休，如今又有了推力在旁狠狠地推一把。只怕再过不久，就是反攻辽国的大好时机。”

王溱是银引司指挥，苏温允和李景德要做的事他并不知道全部，却也了解大概。

闻言，他略微惊讶，但沉思过后，他道：“耶律定呢？”

唐慎叹气道：“我所担心的也正是此人。”

王子太师耶律定在辽国朝堂上真正是一人之下万人之上。如今辽帝受伤，耶律定把持朝政，他是贵族部落出身，支持的是三皇子耶律晗，耶律舍哥与他相争的唯一依靠就是辽帝的支持。

如今辽帝受伤，最担心的不是旁人，正是二皇子耶律舍哥。

倘若辽帝真的突然驾崩，这辽帝之位恐怕再难和耶律舍哥有关系，所以在这危急关头，耶律舍哥不可能不动作。无论辽帝是生是死，在他驾崩或者苏醒前，辽国必有一场内乱。

攘外必先安内。辽国内乱必然不会是长久之争，肯定迅速平息。

或许就如同大梁的正月宫变一样，一夜风起云涌，次日朝阳升起，便又风平浪静。

如何把握这个时机，如何趁机攻辽，这就是苏温允和李景德在做的事。

王溱忽然道：“辽帝行猎受伤？”

唐慎眨眨眼：“那可真是个意外了。”

王溱蓦然一笑。

辽帝是如何受的伤？

这其中因果，除了至今昏迷不醒的辽帝，无人得知。但世上想让辽帝驾崩的人却有不少，最过明显的便是三皇子耶律晗，以及他身后的王子太师耶律定，甚至近的不说，说远的，苏温允、李景德，哪一个不想让辽帝立刻驾崩，辽国即刻大乱才好。

天色不早，二人又说了会儿话，便要歇息。

只听唐慎突然开口：“师兄今日去二叔府上都说了何事，聊了这么久？”

王溱心里咯噔一声，本以为蒙混过关了，没想到在这里等着。他表面上却从容不迫，他大步走上前，站定在桌边，笑道：“只是说些金陵府的家事罢了。”

唐慎：“师兄曾与我说过不会诓骗我，若是诓骗我……”

王溱无奈地望着他，轻轻眨了眨眼，目光深沉：“是，我不会骗你。”

唐慎："……"

你敢在说这话前不眨眼吗！

唐慎无语许久："既然如此，我问你答。"

"好。"

唐慎："你今日去二叔府上，可是与他商议政事？"

王溱眨眨眼，接着道："自然不是。"

唐慎："和银引司有关？"

"无关。"王溱继续眨眼。

"是银引司出了岔子？"

"未曾。"

唐慎沉思许久，他再抬起头，问道："那最后一个问题，是否是你想要做些什么……让银引司出岔子？"

王溱的笑容渐渐凝住，他静静地望着唐慎，目光深沉似水。

"你可知我真是欣赏极了你的聪慧，但有时也在想你为何不能愚钝些！"

唐慎立刻心领神会，但他默了许久，问的问题却是："你为何要瞒着我？"

王溱厉声斥责道："这般龌龊的事，我如何能告诉你？若你知晓，又会如何看我？"说罢，做出一番伤心彻骨的模样，掩面不语。

唐慎拉开王溱遮住脸庞的手，两人四目相对。

唐慎面无表情道："师兄，说好的说谎前要先眨眼呢？"

王溱错愕地睁大眼，下一刻，他哈哈大笑。百年难得一见的，王子丰竟竟说了一回真心话，他问道："我在小师弟心中难道不该是个光风霁月的正人君子吗？"

唐慎惊讶地看他："是何事让师兄产生了如此错觉？"

王溱认真地道："但还是得注意些的。"

唐慎："你瞒着我，就是不想我知道你又要贪赃枉法、谋害忠良了？"

王溱叹息道："我又岂愿如此啊！"

三日后早朝，紫宸殿中。

只见一位身穿四品御史官袍的官员自人群中走出，他高举玉笏，从袖中取出一张奏折。

"臣方未同，有事启奏。"

赵辅看着他挥挥手，示意季福去把方未同手中的奏折拿上来，他问道："何事啊？"

方御史低头不语，将那封折子高高举过头顶。等到季福拿了折子呈上去交给赵辅，赵辅看着这封折子，面色变换，愠怒难掩。

赵辅压着怒意的嗓音："说。"

这时，方未同才高声道："臣为御史大夫，有督查朝堂之责。臣弹劾邢州府尹刘洎刘浊重！刘洎之罪罄竹难书，臣草草列下七桩大罪，一罪，行不配德，滥用功名，年少获封，却有隐蔽之嫌！二罪，邢州地荒……"

邢州地处大梁西南，与蒲甘接壤。

早朝上，御史大夫方未同列数邢州府尹刘洎的七条罪状，说得是铿锵有力，触目惊心。当即赵辅便下令派人彻查此事，并再派官员前往邢州捉拿刘洎归案。

一时间，朝堂上百官噤声，不敢言语。

等到下了早朝，散朝时，官员们才敢议论起刚才发生的事。工部左侍郎李钰德与唐慎走在一块儿，但他并未说刚才紫宸殿中的事，而是道："听闻唐大人前几日派人将那季孟文调回了盛京？"

"正有此事。"

李钰德笑道："同为工部官员，若是唐大人有何处需要下官帮衬，但可一说。"

唐慎作揖道："多谢李大人。"

"唐大人言重了。"

早朝散了后，勤政殿中，刑部尚书余潮生思忖再三，还是敲响了自家老师的屋门。

徐毖轻声说了句"进来"，余潮生走进屋中。他长长作揖，行了一礼，道："学生见过先生。"

徐毖示意他坐下，亲自为他沏了一杯茶，余潮生立刻诚惶诚恐地双手接过茶盏。

徐毖温和地笑道："可是担心那刘洎的情况？"

余潮生："自然是瞒不过先生。十数年前，学生外放，在邢州当了一年的官，与那刘洎有过一番交集。邢州地处西南，再往南便是蒲甘。方才在紫宸殿上那方未同说刘洎贪赃枉法、行污受贿，只怕是真的。两国交界之地，有太多可以牟利之处。"

"那你为何又担心他呢？"

余潮生沉默片刻，道："学生是在想，为何那刘洎当了邢州府尹这么多年，突然就被人一道折子弹劾了呢？"

徐毖："这世上绝无巧合，你的担忧并非无由。那你想想，将刘洎赶下去后，是谁能从中得利呢？"

良久，余潮生惊道："他们所谋，是邢州？"

徐毖："正是。西北有幽州银引司，东北有盛京银引司，东南有江南银引司，而这西南呢？邢州，便是绕不过去的一个关卡！"

余潮生恍然大悟，只觉拨开云雾见青天："学生多谢先生赐教。"

师生二人又喝了会儿茶，徐毖问道："你可确信你与那刘洎无关？"

余潮生："自然是无关的。学生在邢州做官时，那刘洎才是个六品小官，我听说过他的名字，是因为曾经在宴席上碰见过几次，他长相奇特，我才记在了心上，学生怎会和他有关？"

徐毖悠然笑道："那便可作壁上观，随他们去吧。"

不只是余潮生，朝堂上许许多多的官员也在疑惑，为何这刘洎山高皇帝远，在邢州度过了十数年，突然就被御史弹劾，落了大罪？

这背后到底有何缘由？

大多数人是猜不透，这刘洎到底得罪了谁才落得如今的田地。

也有极少的几位相公将目光对准了徐党和王党，毫无疑问，定是这两党所为，只是，是何人所为，又为何去做，真令人无比费解。

两个月后，开平三十五年八月，金吾卫押解着刘洎从邢州回到盛京。

刘洎本是个胖子，身高不足五尺，却有三人之宽。余潮生能记住他，就是因为他胖得惊人，不像个读书人，反而像个脑满肥肠的商户。然而这两个月以来，刘洎是夜不能寐，无心用餐，竟硬生生饿瘦了四十多斤，两眼又深深凹陷下去，状若孤魂野鬼。

来到盛京后，他立刻被关进了大理寺天牢。

不日，大理寺少卿便奉命审查此案。因此案涉及钱财众多，赵辅自认执掌朝政多年，他并非完全要自己的臣子两袖清风，做个穷清官，但这刘洎做的事已然触及他的底线，赵辅严令彻查，大理寺的官员岂敢怠慢。一个月不到，刘洎便被打得招了供，案件也审了个清楚。

十月，刘洎被关入天牢，家产充公，其子女亲眷贬为奴籍。

然而半个月后，御史台又一位官员呈上奏折，向皇帝弹劾了一个人。

此人叫孙尚德，如今在江南织造府做调度官，御史弹劾其在开平十九年八月，曾行贿时任邢州少尹的刘洎，二人狼狈为奸，亏空邢州府库，致使来年邢州大旱，库房未有存粮，邢州三地死伤十余万人。

这封折子一出，百官震惊。

紫宸殿上，左相徐毖紧紧握着手中的玉笏，浑浊苍老的眼珠摇摆不定，他缓缓抬起头看向站在自己右侧的右相王诠，仿佛要从他那淡定的脸上看出他心里的头绪。而赵辅也错愕不已。

邢州大旱，这事非同小可。

开平二十年，赵辅沉迷修仙，正在建造登仙台。可突然，西南三月未下甘霖，导致邢州、苍州、孟州三地大旱。那时的赵辅被吓得一个激灵，朝堂上、民间都有了谣言，说是因为他大兴土木修建登仙台，劳民伤财，这才引得天降大灾。

为了这件事，赵辅还特意去天坛祈福一个月，吃斋求上天庇佑。

天灾定会死人，只是多与少的问题罢了。那年邢州三地旱灾，死伤十余万人，赵辅是觉得多了些，但那年的旱灾着实严重，赵辅革除了一干官员的乌纱帽后就没在意此事，可如今竟然有人说当年那场旱灾前邢州库房中没有存粮！

赵辅心中震荡不休，可同时，他恍惚地低下头，望向这些站在紫宸殿中、站在自己下方的臣子们。

许久后，赵辅拿起那张弹劾的折子用力地摔在地上。

“查！给朕彻查！朕倒要看看到底还有多少尸位素餐的贪官污吏，在朕的朝廷里胡作非为！”

开平三十五年的冬天，赵辅并未再染上头疾，他精神奕奕，可整个朝堂上，群臣却噤若寒蝉。

来年一月，孙尚德被关进大理寺天牢，案子押后再审。

左相府中，徐毖站在书房中，身后是白烟袅袅的香笼，面前是窗外北方如同鹅毛般的大雪。徐党中坚如今全在屋中坐齐了。

徐毖默然地望着窗外，屋中，官员们也个个低头，不知该如何言语。

许久后，徐毖道：“以刘洎为引，牵扯出孙尚德，再牵扯出开平十九年间所有的邢州官员。这一招布局甚远，谋思绵长，老夫望尘莫及，甘拜下风。事到如今，宪之，你可知晓这一切到底因何而来？”

余潮生满脸涨红，他站起身，道：“邢州大旱时，学生已经调任离开，去了金陵，但开平十九年间，学生正在邢州。可邢州大小官员沆瀣一气、私吞库房的事，学生是真不知晓！这一切弯弯绕绕，原来都是为我而来！明枪易躲，暗箭难防，这一次是我余宪之大意了！”

第六十一章

战事

孙尚德一案牵扯甚广，赵辅钦点刑部和大理寺联审此案。

然而出乎众人意料，刑部尚书余潮生却被除名在外，未能进大理寺审查一干罪官。众人稍稍思忖便明白过来：开平十九年，刑部尚书余潮生正在邢州当差！

邢州一案乃是十七年前的旧案，又牵扯多人，想要审理清楚绝非易事，两月工夫很快过去，邢州案还没审理结束，西北却先出事了。

开平三十六年三月初六，西北大营中，一支三十八人的小股兵队奇袭辽境。就着夜色，趁辽人还未从梦中清醒，天下兵马大元帅周太师派出三万兵马，冲向敌境，突袭了辽人运输粮草的小道，俘获近百名辽国士兵。

这一夜，金戈铁马，蹄声撼地。

辽兵还沉浸在梦乡之中，守着城墙的哨兵刚刚敲响擂鼓，辽军手忙脚乱地穿戴盔甲，拿上武器，他们赶赴到城门口，梁军已经将城门破了大半。

兵贵神速，三万大军突然兵临城下，任是辽军再骁勇善战，都被打得大败。

然而梁辽交界的这一处城池数十年前曾是大梁领土，名为焦州，如今在辽国，改名叫大同府。大同府地形崎岖，三面环山，易守难攻，哪怕梁军几乎将城门攻下大半，辽人反应过来后，立刻又给守了下来。

守城的辽军将领名叫萧翰，他怒急地派人回大定府：“你速速将梁军进犯的事告之给王子太师大人，这梁国竟想与我大辽开战！正好借此机会将他们的幽州等地再次夺取回来，给他们这些梁人一个好看。”

“是。”

辽军守着城门，梁军持甲出战。

双方在大同府僵持了三日之久，大同府的守城将领萧翰并不担忧。他虽说不是赫赫有名的大将，但守住一个大同府还是轻而易举的，但第四日，本该运送过来的军粮却没有从秘密通道运送过来，萧翰这才心道不好。

“糟糕，难道说军粮那边出了状况？”

另一侧，李景德将厚重的头盔夹在手臂间，他大步走进元帅军帐中。如今是三月，西北依旧寒冷刺骨，李景德却热出了一头的汗，他先擦了擦满头的汗，接着才双手抱紧，行了个军礼：“李景德见过大元帅。按照那辽兵招出来的地方，属下带兵又擒获了两队运送辽国军粮的军队。”

周太师肃穆的面孔上难得露出喜色，他大声喝道：“好！是你让那辽兵招供的？”

李景德摸了摸鼻子，他是个厚道人，这功劳不是他干的，他当然不会认：“不是属下，是……是那勤政殿参知政事苏温允干的，那小子以前是大理寺少卿，怎么逼人招供，这事他干得贼利索。”

周太师瞥了他一眼：“刚道你现在有了几分模样，那是苏大人，什么‘那小子’！”

李景德嘿嘿一笑。

一旁的军师感慨道：“四年前就发现了辽军运送军粮的那条小道，一直隐而不发，就等着如今的机会。终于，时机已到，元帅，这便是千载难逢的良机啊！”

元帅大帐中，很快，又有数名西北大将走了进去，商议对策。

而另一边，身在幽州城的二皇子赵尚这几日已经成了个傻子，不知如何是好！

周太师突袭大同府的事完全没和赵尚透露过半点口风。直到第二天早上幕僚连滚带爬地敲响赵尚的房门，赵尚才从睡梦中惊醒，他眼睛都没睁开，还带着一丝怒气。打开门后，便见心腹表情惊恐地对他道：“反了，反了啊！二殿下，太师出兵辽国，撕毁合约，开战了啊！”

赵尚如遭雷劈，这下彻底醒了。

西北开战，幽州城立刻封禁，是由李景德亲自带人回来封城的。

听说李景德回城了，赵尚立刻去寻找对方，可却扑了个空，李景德早就走了。

自那以后，赵尚在城中浑浑噩噩地度过了四日，他和他的幕僚哪里能想得通，周太师从何处来的胆子，居然敢奇袭辽军！哪怕他真的打下了大同府又如何？只要辽军反应过来，大军压境，到时惨败的绝不会是辽人。

开平十年两国才签订的和平契约，这还是周太师征战沙场十年辛辛苦苦给打下来的，怎么如今周太师亲自撕毁了那样珍贵的合约！

赵尚百思不得其解，这次连他的幕僚都没法给他答案。第五日，赵尚已经两眼发直，他甚至觉得自己此次来幽州可能就要死在这里了，西北大营忽然派人来到他的府上，赵尚双眼一亮：“快请进来！”

一个身穿银甲的年轻小将朝他抱拳行礼，道：“小的参见二殿下。小的奉大元帅之命，接殿下到大营。”

赵尚大喜过望，周太师终于想起他这么个人了？

可他还没开口，他的幕僚便将他拉到一旁，忧心忡忡地说道：“殿下，周太师如今的行为诡谲莫测，这西北大营恐怕是场鸿门宴啊！殿下此去，性命堪忧。”

赵尚如梦初醒。

“先生说的对，周太师突然出兵辽国，他难道是想反了不成？那如今怎么办，他派人接我去大营，我哪里能不去？这整个幽州城，谁敢不听太师的命令啊！”

幕僚本想说“不如您去，我为您留下，好接应您”，可他刚要开口，看着赵尚死死盯着他的模样，他心中叹气，知道自己无论如何也是跑不掉了，赵尚决不允许他独自离开。说了，还破坏了两人的关系，只会是死路一条；不说，还是死路一条。

幕僚思考许久，道：“请殿下立刻修书一封，小的安排人看看能不能找机会偷偷送出幽州城。”

赵尚红了眼睛：“只能如此了？”

幕僚咬牙道：“只能如此了。”

赵尚：“只能辛苦先生替本殿下走这一趟了。”

幕僚双目含泪，握紧赵尚的双手。

两人被四个士兵带去了西北大营，等到晚上赵尚见到周太师时，他已经浑身发软，连一个字都说不出口了。

“殿下。”周太师利落地一拱手，算是行礼。

赵尚：“太……太师大人。”

周太师默然地凝视他许久，眼中并无情绪，可赵尚却莫名觉得他对自己失望至极。没等赵尚琢磨明白，周太师便道：“两军开战，并非老夫一人可以决议，如今老夫这里有一道圣旨，而殿下你便是执令官。”说着，他将一道圣旨递给赵尚，“两国开战一事，便由殿下来宣读圣旨吧。”

赵尚吓得双腿发抖，欲哭无泪，颤抖着手不敢去接这封“假圣旨”。

周太师重重地叹了一口气，再也不掩饰语气中浓浓的嫌弃与失望：“这是一封真圣旨，去岁离京前，陛下亲手按的御印！”

赵尚：“啊？”

赵尚万万没想到一年前他被赵辅派来幽州，为的就是今日这场梁辽大战！

战情瞬息万变，两国交锋，只在短短几日之间。

大梁想赢辽国，谈何容易，必须把握住关键的时机，他们在西北部署多年，为的就是这个时机。可若是派人前去盛京求旨意，一来一回，再快也要六日之久，这六日极有可能导致梁军大败，所以赵辅一年前就写下圣旨，交给周太师，许他随时开战。但仅仅有圣旨还不够，若还有一位皇子亲自宣读圣旨，才更显正式，能堵住天下人的悠悠之口。

当周太师向皇帝要这个人时，赵辅还重病在床，他靠着宽大柔软的靠枕，目光平静地望着金线蚕丝被，过了会儿，问道：“太师觉得朕的三个皇子哪个更有储君之能呢？”

太师声音凛然：“皇位一事，老臣以为，陛下自有定论。”

赵辅道：“学生与太师之间怎么还生分了？太师您便说吧，朕是真心问您，别无他意。”

周太师垂目看着白发苍苍的帝王，许久，他叹了口气，道：“老臣都听陛下的。”

赵辅笑着说：“是啊，朕的三个皇子，无一人有用，皆是碌碌无为的平庸之辈。”

周太师没有回应。

赵辅也不再开口。

这长久的沉默是君臣二人之间无声的默契。

寂静中，赵辅幽幽地道：“赵尚吧，他是朕的长子。”

如今，赵尚接过这道圣旨，他恍惚间觉得这一趟来西北大营，一切好像和他想的不大相同。等他晕晕乎乎地回到自己的军帐，等候已久的幕僚听他说了真相，幕僚错愕地睁大眼，接着狂喜道：“恭喜殿下，贺喜殿下！无论此番两军大战战果如何，殿下便是未来的储君人选了！”

赵尚这才回过神，他朗声大笑，只觉苦尽甘来。

辽国，上京大定府。

大同府的军报快马加鞭，送入皇宫。

辽帝行猎受伤，如今昏迷不醒，朝中大小事务都交由二皇子耶律舍哥和王子太保耶律定处理。这封紧急军报很快落入耶律舍哥手中，他打开一看，立刻怒不可遏：“梁人竟敢撕毁合约，是欺我大辽无人了吗！你看看这封军报。”

耶律勤面色一变，他接过军报，看完后怒道：“我大辽还没开战，那小小梁国竟然敢犯禁。殿下放心，只要我大辽铁骑南下，定能给那些愚蠢的梁人一个惨痛的教训。”

耶律舍哥沉吟片刻，抬起手：“不，或许这是个好机会。”

耶律勤一愣：“殿下？”

耶律舍哥姣好的面庞上是隐晦不定的神色，他用极快的声音说道：“父皇向来器重于我，他昏迷不醒，朝中大权本该由我掌控，由我代理朝政，可是王子太师实在权势滔天，与他谋权，不于亚与虎谋皮。如今梁军竟敢来犯，这或许是个机会，父皇一日不醒，我等的处境就危险一分。”

耶律勤眼珠一转，明白过来，他拱手道：“下官这就派人将紧急军情送到王子太师府上。”

耶律舍哥微微笑了起来，轻轻点头。

与此同时，大梁，盛京。

斥候骑着快马，一路高举军情折子，得到官道疾驰特许权，一路骑马进了皇宫。

垂拱殿中，皇帝正在喝参汤。

赵辅捏了一颗黑色丹药放入口中，他就着参汤将这灵丹咽了下去，这时，大太监季福急急走进来，行了一礼：“官家，西北来的军情。”

军情大于天，不必等赵辅传唤，那运送军情的斥候官便已经跪在垂拱殿中，他双手高举过头，手中捧着一只小小的木筒，等着皇帝将它打开。

赵辅渐渐睁大双眼，他坐在御座上，久久不能回神。

仿若是用尽毕生气力，他双手撑着扶手站了起来，身子微微摇晃，季福眼尖极了，赶忙跑上去扶住皇帝的右臂。赵辅站在垂拱殿中，与那只小小的木筒隔了只有两丈距离，可他竟然不敢迈出这一步。

垂拱殿中，侍候的太监宫女不懂发生了何事。

今日当差的起居郎、起居舍人不懂发生了何事。

扶着赵辅的季福不知皇帝这是怎么了。

就连送这封军情的斥候官也不明白他手中举着的不是一封军情，而是大梁那广袤无垠的三州大地！

赵辅猛地迈步，他走得快极了，季福都没跟上。就见他一把抓过那封军情，打开一看，惊慌、担忧、忐忑、狂喜一一在赵辅这双浑浊沧桑的眼睛中流过，下一刻，他忽然又平静了，他将军报放在桌案上，对季福吩咐道："宣徐毖、王诠、陈凌海……周舫、王溱。"

季福心中咯噔一声，知道是出了大事，他悄悄地抬起眼睛望向赵辅，只见赵辅静静地看着前方，神色淡漠，仿若古井无波。

半个时辰后，当朝所有一品大臣便全部进了垂拱殿。

一个时辰后，他们才陆续走出。

这些一品权臣的表情丰富多彩，最后一个走出垂拱殿的是当朝左相徐毖，他如今已年近古稀，一头稀疏花白的头发，官袍也因太过清瘦而显得十分宽敞。徐毖走出垂拱殿时已是夕阳西下，他走到殿前的广场上，忽然就停住了脚步。

过了一会儿，他叹了口气，继续向前离去。

垂拱殿中，赵辅来回走了数十下，他好久没有这般用不完的精力，与自己的一品官员说了西北军情后，他随即与大臣们商议对策，做出部署。明明该是疲惫至极，可他却无比亢奋。

又走了一圈，赵辅突然回头："季福。"

皇帝在殿内溜达，季福虽说不明所以，但也只得跟着转了好几圈。如今皇帝停下了，季福赶忙应声："奴婢在。"

赵辅："你说去岁他们给朕画的那幅画像，画得如何？"

每年赵辅生辰都会有宫中画师专门为皇帝画上一幅画。季福笑道："陛下天表奇伟，隆准如峰，可是传神极了。"

赵辅："朕倒觉得画得还不够。"

季福一愣。

"来人啊，将宫中画师找来，为朕再画一幅画！"

皇帝随意的一个念想，宫中众人立刻忙碌起来。季福看着皇帝欢喜的模样，不由得也跟着欢喜起来。

次日早朝，西北战情传遍朝堂。

群臣大惊。

唐慎为三品工部右侍郎，他早早知道西北早晚会开战，但他并没想到苏温允和李景德这么快就下手了！他们怎么会突然下手？哪怕是周太师也不敢随意开战，这是两国交兵的大事，必须得皇帝御印加盖。

唐慎低头琢磨着这件事，紫宸殿中群臣却已然吵翻了天。然而大战已经开始，当百官吵完后，赵辅挥了挥手，殿中立刻寂静，他的声音稳若洪钟：“辽人欺我大梁已久，那三州神陆之地皆是我大梁领土，每每念及此事，朕痛心难忍，夜不能寐啊！”

百官随即齐声道：“臣愿为陛下分忧。”

赵辅的目光在这些官员的面庞上一一扫过，下一刻，他语气果决：“朕决议，加兵十万，攻往西北！”

百官中，哪怕是主和党此刻都只能咬着牙高声回应：“遵陛下命！”

盛京城中，两国开战的消息顷刻间传遍全城。

官员们一个个忙碌起来。打仗不是件容易的事，兵马未动粮草先行，户部、工部立刻开始往幽州运送军饷军粮，兵部、吏部也不闲着，皇帝要加兵十万，从哪儿调动这十万大军便是一个难题。

左相府中，徐党中坚也是争执不休。

“两国相安无事二十六年，如今突然开战，还是由我大梁主导，这简直荒唐至极！”

“虽说签订了和平契约，但那辽人年年侵犯我大梁边境，如今不过是以牙还牙罢了。”

“说得倒是轻巧，刘大人，那可是辽国，拥有三万铁骑的辽国！我们如何能打胜辽国！这无疑是以卵击石，自取灭亡。”

“你……”

“咔嗒——”

一道茶盏落在桌上的清脆声响起，正在争论的几个官员立即噤了声，转首看向坐在上座的徐毖。

徐相的脸庞一半落在阴影中，看不真切，他声音悠长：“愿与不愿，此战已然开始，再争论这些，有何意义？此事未必是祸，正所谓祸兮福之所倚啊！”徐毖转首看向自家学生，他笑道，“宪之，你的机会终于来了。”

三日后，朝廷召集十万大军，以骠骑将军魏率为督军，刑部尚书余潮生为监察使，一路向西，发兵幽州。

唐慎听说余潮生竟然去了西北，他惊讶至极，晚上回到尚书府后，他询问王溱道：“你竟然让那余潮生离开盛京了？”

王溱正在品茶，闻言他侧过头看了唐慎一眼：“这便知道了？”

唐慎：“怎么能不知道？一个下午，满朝皆知！”

王溱道：“皇帝封他为三军监察使，命他去的西北，与我何干？”

唐慎：“……”

“邢州一案，大理寺、刑部还在审理。如今余潮生走了，师兄你还打算谋害哪位忠良？”

王溱顿时失笑：“在你心中那余潮生算是忠良？”

唐慎反问：“不算？”

“未必如此。”王溱轻飘飘地说了一句，他侧身望着唐慎，问道，“在小师弟心中，我可是忠良之臣？”

唐慎：“……”

唐慎默不作声地站起身，先状若不经意地眨眨眼，接着道：“在我心中，师兄自然是的。”

王溱无奈地笑了起来。

西北战事成了如今盛京城中人人关注的大事。

三日后，画师终于为赵辅画完了一幅画像，赵辅满意至极，对那幅画像爱不释手，整日观赏着。他将这幅画像挂在垂拱殿中，每日一抬头便可以看到。

皇帝心情大悦，太监宫女们也因此得福。

季福这些日子也过得极为舒心，他并不担心西北的战况，那是官员们该担心的事，他只知晓，皇帝如此欢悦，那一切定然是无碍的。

垂拱殿外，季福对干儿子感慨道：“这日子真是越发舒坦了啊！”

话音刚落，季福才嘱咐了干儿子谢宝几句，就见一个斥候官迅速地从宫门外走来。季福立刻双眼一亮，上一次西北来了军情，皇帝看完军情后已经高兴了十天，如今又来了军情，想来定是好消息。

季福迫不及待地将这斥候官带入垂拱殿中。

赵辅：“是西北大营来的军报？”

斥候官跪在地上，高举手中的密信：“回陛下的话，不是军报，小的是接了二皇子府上的密信。”

赵辅略有些惊讶，他命季福将斥候手里的信拿上来。一边看信，赵辅的脸色迅速沉了下去，他双手捏紧信纸，力道之大，几乎要将这薄薄的宣纸捏碎。

“废物！”

赵辅忽然大喝一声，吓得殿中所有人心神一震。

下一刻，赵辅两眼一闭，向后倒去。季福惊恐地扑上去，用身体当肉垫，这才没让皇帝倒在地上，他吃痛地“哎哟”了一声，抬头道：“还不赶紧去请御医，请御医！”

所幸这次并非头疾复发，赵辅只是急火攻心，一时气息不顺才晕了过去。入了夜，他便幽幽醒来，这位阴晴不定的帝王用阴冷的目光盯着福宁宫中所有的太监宫娥，这些奴婢一个个吓破了胆子，连大气都不敢喘一口。

过了一刻钟，赵辅收回冰冷的视线，他起身，季福赶忙给他披了件衣裳。

“陛下。”

赵辅没有吭声，他不发一言地走到书案前，提笔便写下一封圣旨，盖上御印。

赵辅淡淡地道：“明日，由你去宣旨。”

季福错愕地接过圣旨，小心翼翼道："是，奴婢领旨。"

赵辅："先去四皇子府，再去五皇子府。"

季福惊疑不定："是。"

幽州城外，西北大营。

赵尚虽说不是绝顶聪明，但也不至于蠢到无可救药，当他得了周太师给的圣旨，知道自己此次来幽州是为了做宣旨官后，他也明白了这些都是赵辅的安排。如他的幕僚分析的一样，父皇这是要立他为储君，才会将如此大事交在他的肩上！

可随即，幕僚便惊恐地道："坏了，那封密信。"

赵尚一时还没反应过来："密信？"

下一刻，他脸色煞白："密信！这可如何是好，那封密信得赶紧追回来啊！"

幕僚哪敢耽搁，赶忙前往幽州城，想将那封偷偷送出幽州的信拦下来，然而入夜，大元帅下令任何人不得私出军营。赵尚和幕僚心急火燎，可谁都不敢说自己要急着出军营去把信追回来。于是第二日二皇子幕僚好不容易回到幽州城，却发现送信的斥候官昨夜就连夜离城了！

周太师封城，从未封禁赵尚，赵尚毕竟是堂堂皇子，他要做什么事，谁也不会拦着。

幕僚再去追信，却已经追不上了，那封赵尚亲笔书写的求救信就这么一路送到了盛京，至此，事情已无转圜余地。赵尚与其幕僚毫无对策，只能祈祷皇帝并不在意那封愚蠢至极的求救信。然而七天后，赵尚得了盛京那里传来的消息——

四皇子赵敬和五皇子赵基都已离开盛京，向幽州而来。

赵尚一屁股坐在椅子上，他茫然地转过头，看向自己的幕僚："先生，如今是发生了何事啊……"

幕僚已然知晓那到手的储君之位现在是彻底没了，但他咬牙道："殿下，咱们未必没有机会，看来那封信十有八九是送到了陛下手中，但陛下并未下旨苛责殿下。四皇子、五皇子来了幽州又如何？殿下仍旧是机会最大的，只要您在这次大战中立了功，一切便峰回路转，犹可期待。"

另一厢，四皇子赵敬和五皇子赵基一同被派去幽州，这事在朝堂上也引发了一些争议。

皇帝一共就三个皇子，如今全部派去幽州了，皇帝到底想做什么？

唐慎百思不得其解，这次就连王溱、徐毖等人都揣摩不透皇帝的意图。直到季福与王溱提了一句，二皇子赵尚从幽州写了一封家书回来，王溱才怅然叹息道："造化弄人。"

毫无疑问，定是赵尚做了什么令皇帝失望的事，才引得如此结果。

两国交战，于焦州城外僵持了足足一月之久。

盛京城中，每隔五日都有军报传来，大多不是喜讯，但也不是噩耗。辽国人人皆兵，焦州又易守难攻，哪怕是战神再世，想在短时间内攻下辽国，也绝无可能。赵辅给了周太师足够的信任，粮草军饷自幽州官道，一路源源不断地供给。

但就算如此，朝堂上依旧多了许多非议。

周太师迟迟攻不下焦州，每耗一日，都是千金损耗！更何况辽国此刻出了内乱，大定府那边的援军迟迟不到，焦州城中的辽军几乎得不到任何援助，辽人有如困兽之斗，可周太师迟迟不攻，如此一日日地耗下去，万一等哪日大定府的援军来了，战况恐怕就急转直下。

但是赵辅依旧没有怀疑周太师，早朝上，他厉声呵斥了一位质疑太师的臣子。那臣子被侍卫拖下去时，高声喊冤，其实他确实冤极了，他并没有真的弹劾周太师，只是提出质疑，希望太师早日发兵攻下焦州。

唐慎心中叹气。

这便是杀鸡儆猴，此事一出，朝堂上再也没人敢对太师妄加议论。

大同府被梁军围困，辽国内部再乱，二皇子、三皇子争夺皇位争得再厉害，也不敢真的不派一兵一卒。半个月后，辽人派兵增援大同府。

耶律舍哥于辽国皇帐中严厉斥责了王子太师耶律定迟迟不发兵的行径，换作往日，耶律舍哥绝不敢与耶律定针锋相对，但如今梁军来犯，大同府一夜之间被攻了大半，险些就直接被攻破了，各部落首领震惊之余，也对耶律定产生了怀疑。

耶律舍哥："大同府是太师的地方，那大同府守将萧翰正是太师昔日部下，诸位皆知大同府是我大辽的天险防关，梁人是如何截断我辽国的运粮小道，突然向我大辽发起攻击的？大同府中定然出现了叛贼！"

耶律舍哥露出痛心疾首的表情，因为每日侍奉昏迷不醒的辽帝，他早已累得面颊瘦削，脸色发白，他声声泣血地对耶律定说道："太师，如今的梁军早已不是三十年前的梁军，我等不可小觑他们啊！舍哥请您迅速发兵大同府，将那叛贼捉出来，不可让那梁军再一日日嚣张地于我大同府城门前叫嚣啊！"

话音落下，耶律舍哥竟然一撩衣摆，就要跪下。

帐中的部落首领们个个心中一震，赶忙拦住他："殿下使不得啊！"

耶律舍哥苍白阴秀的脸上全是坚毅之色："舍哥每日守在父皇床前侍疾，只恨没有杀敌之力，如今只愿太师速速发兵，要舍哥做什么，舍哥都绝不会皱一下眉头。"

部落首领们感动道："不过是区区梁兵而已，怕他们做什么！无人出兵，我来出！"

"好，我也出兵。"

"我也出。"

王子太师耶律定目光阴冷地望着那泫然欲泣的耶律舍哥，还有那些义愤填膺的部落首领，良久，他高声道："梁军敢犯我大辽，老臣自然不会坐视不理。只是黑狼军的诸位将领都镇守四方，老臣空掌控了黑狼军的兵符，手中却无良将，如此才迟迟难以发兵。"

耶律舍哥心中一凛。

耶律定半跪下来，对耶律舍哥行了一礼："殿下赤子之心，令老臣不得不动容，如此，老臣愿将十万黑狼军全部交由殿下手中，由殿下随军南下，灭了那无耻梁人！"

耶律舍哥嘴唇翕动，似乎想说些什么。

耶律定打断他："侍疾之事便交由三殿下吧，三殿下愚钝不堪，二殿下才是我大辽所缺的将领之才！"

如此，耶律舍哥便随着十万黑狼军南下向大同府去了。

行军路上，耶律勤难掩担忧："原本以为可以利用梁军进犯一事将耶律定的黑狼军调开，谁能想他竟然将殿下也驱离了上京。"

耶律舍哥冷笑道："未必就是坏事。无论如何，他耶律定最信任的黑狼军如今不是跟着本殿下离开上京了？"

耶律勤："殿下的意思是？"

"没有狼群的孤狼便是任人宰割的案肉，太师以为他是将计就计，我又何尝不是顺势而为？"

耶律舍哥披甲执剑，放声道："这一仗，本殿下要让大同府成为他黑狼军的埋骨之地！"

耶律勤赞许地望着耶律舍哥，一旁的萧砧却听得满头冒汗。

萧砧原本只是析津府的一个小小副官，他自己都没想到自己能因祸得福，成了耶律舍哥的亲信。萧砧是个贪财的蠢货，他这样的人想做什么，完全瞒不过耶律舍哥，所以耶律舍哥用他用得极为放心。

离开大帐，萧砧还心有余悸，这时乔九走了上来。

萧砧对乔九十分信任，将自己在帐中听到的事说了出来。

乔九："二殿下想借此机会铲除黑狼军，大人何不助殿下一臂之力？只要做得好了，日后二殿下登基，大人飞黄腾达指日可待。"

闻言，萧砧突然意识到什么，他抬起头死死地盯着乔九，仿佛要将他看穿。

"原本我一直以为你是三皇子那里的人，梁人身份是你的伪装，如今看来，莫非我一直猜错了，难道说你竟然真的是梁国奸细！"

乔九也愣住了，他没想到萧砧这个蠢货居然一直将他当成耶律定的人，不过萧砧的猜测也不无道理，南京析津府位于辽国腹地，他怎能想到唐慎和苏温允居然能将手伸到这么远的地方，在析津府搅动一摊浑水。

被揭穿了身份，乔九却不慌张，他笑道："大人既然没有喊人进来捉了小的走，看来是不打算声张此事了。大人不必如此看小的，小的不过是个商人罢了，这些年大人与小的合作难道不愉快吗？大人心知肚明，梁军攻下一个大同府还有可能，攻下整个辽国？绝无可能。梁人要的，由始至终只有百年前失去的那三州土地，而二殿下要的是铲除黑狼军。"

萧砧："你的意思是……"

"如何才能铲除黑狼军？让他们死在梁人的刀下，只需要大人的几句话，是何等轻松，一旦大人为二殿下办成了事，往后大人便能真正成了二殿下的心腹，何乐而不为？"

萧砧还想做出义正词严的模样："我是辽官，你是梁国奸细，我怎可让我辽国的将兵去送死！"

乔九给他一个台阶下："想灭了黑狼军的从不是大人，而是二殿下啊！"

萧砧本来就是个没有原则的小人，否则他也不会和乔九暗通这么多年。听了乔九的话，萧砧只觉一条康庄大道在自己面前展开了。

他萧砧真的是要发达了！

开平三十六年五月初二，威名震震的黑狼军浩浩荡荡地来到大同府。黑狼军来得极快，黑狼军首领名叫耶律琦，是耶律定的心腹。耶律定嘴上说让耶律舍哥带领黑狼军，但他也不可能真的放心地把自己的亲信兵队交给耶律舍哥。

耶律琦当机立断，刚到大同府就出兵城外，想反攻梁军。

"我黑狼军刚刚抵达，梁军定然以为我们要休整调息，我们便打他个措手不及，一举灭敌！"

然而黑狼军冲向焦州城外的梁军军营时，梁军却以极快的速度撤退，黑狼军扑了个空。

第六十二章

大捷

入夜，一个身穿黑色斗篷、身形瘦削的年轻男人走入元帅大帐，他掀开斗篷，露出一张唇红齿白的俊俏面庞来。

周太师正襟端坐，抬头望他，声如洪钟："苏大人。"

苏温允微微一笑，作揖行礼："下官苏温允，见过大元帅。"

周太师："你在幽州已有两年之久，本帅却是第一次见你。今日提前撤军，本帅还要谢过你。"

"下官不过是与元帅一样，为陛下效力。"

周太师赞赏地点了点头，他道："景德与我说你得了情报，那辽国二皇子想在大同府坑杀十万黑狼军？"

"确有此事。"

"可能当真？"

苏温允微微眯起眸子："今夜黑狼军突袭，我梁军却毫发无伤，这便是证据。"

大帐中，苏温允与周太师又说了一会儿话，苏温允再次披上斗篷离开了军帐。他刚走到一处光线昏暗、四周无人的地方，突然察觉不对，快速地道："李景德，你若是敢再套我一次麻袋，我日后必杀你泄愤！"

李将军愣在原地。

苏温允转过身，只见李景德两手空空，并没有拿麻袋。

李景德摸了摸鼻子："你们这些文文弱弱的文官是不是都只会污蔑忠良？行行行，您别开口，老子可说不过你。"

苏温允嗤笑一声，懒得搭理他，转身就要走。

"喂，本将军是来谢你的。"

苏温允回过头斜了他一眼。

李将军大摇大摆地走出阴影笼罩的地方，轻飘飘地丢下一句话："这次提前撤军，谢谢啦。"

按理说此刻苏温允应当出言挖苦一番，但他望着李景德左臂上系着的那条黑色布带，尖酸刻薄的话还没出口便又咽了回去。

"污蔑忠良？啧，这事只有王子丰那等奸臣小人才会做。"说完他甩袖离去。

十万黑狼军夜以继日地疾行，只用了三日便抵达大同府。

若是普通军队，莫要说奇兵突袭，甚至还要提防梁军进攻，但黑狼军不仅没有休养生息，反而主动出击。梁军因为事先得了情报，及时退兵，让黑狼军扑了个空，但军帐中的众人却争论不休。

"黑狼军一到，辽人士气大涨！我早说了，在黑狼军没来前直接把那什么焦州给打下来，现在好了，援兵来了，这可怎么打！"

"那是大元帅的命令，你有什么不服的，去大元帅面前说啊！"

"嘿，你这小眼睛酒糟鼻的……"

西北军营中的将军大多出身贫寒，全是靠一双拳头打出来的官位。军帐中，只要周太师不在，那便是谁声音大就听谁的，其中，李景德年纪轻，但他声音最响："吵什么，给人家看笑话啊！大元帅自然有他的用意，是你们能懂的？"

"那你就懂了？"

李景德双目一瞪："我懂，我怎么不懂！"

"你懂你说啊！"

李景德捋了袖子就道："老子不懂，但老子的拳头懂！"

眼看两边要打起来，身为行军监察使的余潮生立刻道："黑狼军果然是一支虎狼之师，从上京到大同府，正常行路需要六日，哪怕快马加鞭也要两日，黑狼军三日便到了，还有突袭之力，果然不可小觑。"

大帐中唯一的文官说话了，武将们齐刷刷地扭头看他，看得余潮生头皮发麻。

李景德最近几年常和文官打交道，他道："监察使有何高见？"

余潮生："先前辽人援兵未到，正是我等进攻大同府的大好时机，但太师却按兵不动。以下官愚见，或许太师正是在等待辽国援兵到来。自开平二十七年，我大梁修官道、设银引司，一切都是为了这场大战，若仅仅是为了得到一个大同府，未免所获甚少，太师所图是百年前我大梁失去的三州大地，是辽国百年不敢再犯的畏惧！"

听了他的话，先前一个个粗嗓子骂娘的武将们忽然怔住，这才明白了太师的用意。

李景德心里却想，这余潮生等于说了一堆废话，这些事他早就知道了，还用得着余潮生说？但随即他又想到，余潮生虽然表面上是银引司的掌权者之一，却没真正接触过银引司谋辽的差事，他是纯粹凭自己对局势的把控猜测到这些的。

一时间，李景德对其又有些钦佩。

这些文官的脑子还真不是白长的。

骠骑将军魏率和监察使余潮生都到了幽州，自然，四皇子赵敬和五皇子赵基也到了。

两人刚到幽州就马不停蹄地赶到西北大营，见了周太师。

赵敬比赵基年长三岁，人到中年，他颇有些发福。他一见到周太师便红了眼眶，道："听闻两军交战，敬心中焦急，只恨身在盛京无力参战。今日得了父皇恩典，能来幽州参战，敬定不令父皇、太师失望。"

赵基一听，岂能落于人后："赵基也请战。父皇年岁已大，不能再似二十七年前那样御驾亲征，我身为人子，身为皇子，定会身先士卒，血刃敌首。"

军帐中，烛影幢幢，周太师望着这两个皇子，面上却无波动，他道："三位皇子齐心协力，老臣相信，此战必捷。"

赵敬和赵基听到这话，脸色都微微扭曲，他们迅速道："此战必捷！"

五月初五，黑狼军与梁军便在大同府外二十余里大战一场，杀了个天昏地暗。

两日前，四皇子、五皇子刚到幽州便向太师请缨，想要一战。他们走后，二皇子赵尚也来了，他亦想亲自上阵，就连说辞都与之前两位皇子相似："父皇年事已高，我身为儿子，便是替父皇参战，可助长我军士气。"

然而真正的大战在即，三人都露出胆怯。

他们在自己的军帐中害怕得来回踱步，明知道此次西北一战极有可能决定未来的储君之争，但沙场上刀剑无眼，连骁勇善战的将军都会战死沙场，更何况是他们这些皇子！

然而周太师压根儿没让这些皇子上战场，甚至连军中会议都没让三人参与，直接让人把他们送回了幽州城。

五月初五，两军试探性地交锋，此战不胜不败，只让双方都对对方实力有了个初步判断。这一战结束后，余潮生为监察使，回到幽州。他刚到府上便收到二皇子赵尚的请柬，不过几刻，四皇子、五皇子的请柬也一一送到。

若是王溱、苏温允在此，恐怕他们都不会收下这些请柬，而是会借故推辞。

但余潮生望着这三张请柬，想起临走前恩师对自己说过的话：

"宪之，这是你救自己唯一的机会！"

是，此番邢州案之难，他人绝无拯救自己的机会，他能做的唯有自救！

余潮生吩咐道："明日府上设宴，款待三位皇子。"

"是。"

大同府城外十五里有一处陡峭崎岖的山丘，名为障虎峰。

传闻前朝时期有一头猛虎常出没西北，好吃人肉，有一支商队途径幽州，半夜于郊外遇见猛虎。猛虎凶悍，吃了足足三个商队护卫，最后商队退到障虎峰后，老虎被此山阻挡，从此深陷其中，再没出现过。

开平三十六年六月十九，辽国的黑狼军骁勇善战，拥有全天下最好的铁骑兵，他们长驱直入，铁蹄铮铮，踏在一个个大梁士兵的胸口，将他们活生生踩成肉泥。

李景德率领飞龙军退至障虎峰。

带兵的辽国将军名为滚扎尔，是个还没被赐姓的副将，滚扎尔将飞龙军打得溃不成军，自然要乘胜追击。

谁料二皇子耶律舍哥的心腹耶律勤急急地驱马走到大军前列，他焦急地说道："将军不可，这座山梁人叫它障虎峰，山势陡峭，每到晨昏，山中还有山雾，不可乘胜追击，应当撤兵！"

滚扎尔一听这话也起了退兵的心思："你说的可是真的？"

耶律勤："自然是真的。要是我等中了那梁军的埋伏，便大事不好了。"

滚扎尔："退兵！"

藏在障虎峰的李景德看到辽人退了兵，大大地松了口气。但是他却记住了此事。

当夜，辽国大将萧翰听说滚扎尔退兵一事，大怒道："障虎峰是一处险地，但当时是正午，日头正盛，没有山雾阻挡，我黑狼军又气焰强盛，为何不乘胜追击？探子的情报说那李景德根本没有伏兵，你要追上去，他那两万飞龙军今天晚上就成了我大辽的俘虏！愚蠢的东西，领三棍军杖！"

滚扎尔憋着一口气，被罚了三棍军杖。

次日，滚扎尔偷偷找人将送给耶律勤的牛奶换成了没处理过的羊奶。那羊奶的膻味熏得耶律勤当场吐了出来。他明知是滚扎尔的报复，此刻应该做的是送礼道歉，化解怨恨，但耶律勤却没有如此，反而将这碗羊奶泼了出去。

滚扎尔得知此事，更是大怒。

耶律勤拜见二皇子耶律舍哥，耶律舍哥早已听说此事，他关切得问道："听闻耶律大人吐了，如今可还好？"

耶律勤行礼道："下官没有大碍，只是从此以后，那滚扎尔必然对下官更加怀恨在心。"

耶律舍哥叹气道："想要坑杀那十万黑狼军，仅仅靠那些不成气候的梁人哪里有用，这都一月过去了，黑狼军不过死伤六千人，这远远不够。"

耶律勤："所以下官此次故意激怒滚扎尔，为的就是坑杀十万黑狼军。"

"果然，耶律大人从不会做无缘由的事，也不会让本殿下失望，你打算如何去做？"

"那障虎峰便是下官为滚扎尔和四万黑狼军设计的坟冢！而且此次坑杀黑狼军，下官也会随军同行，哪怕日后太师怀疑，殿下也不必担忧。"

耶律舍哥惊道："耶律大人，你这是要以身涉险？"

耶律勤一咬牙，跪地行礼，声音恳切："殿下乃我大辽真正的明君明主，唯有殿下才是我南面官真正的主上！下官哪怕真的死在那障虎峰中，也死而无憾。"

耶律舍哥立即上前扶起他："舍哥定不会令大人失望。"

与此同时，西北大营中，李景德也立即求见大元帅，将今日发生的事都说了出来。

"那滚扎尔本就是个徒有力气、不懂兵法的莽夫，今日我真的是溃逃到障虎峰，他却退了兵，白白丢失了机会，这事传到辽军中，辽军大将必然会责罚滚扎尔。既然如此，那我便多干几次！下一次，我再逃到障虎峰，几次以后，滚扎尔必然会耐不住性子，带兵冲进障虎峰，到时，他那三万黑狼军便可全军覆没。"

周太师沉吟片刻："确实是个妙计，但你如何知道下一次那滚扎尔就不会直接乘胜追击，而是会等到你准备好埋伏？"

李景德被噎了一下，但他朗声一笑："黑狼军可谓是天下第一雄师，想要赢他们，没有付出如何能行！要是我李景德错了，赔得不过是我一条命，再加上本就战败的几个残兵，但若是赢了，我大梁就能真正不畏这头盘旋在西北、贪得无厌的恶虎了！"

李景德此刻还不知道他的想法正与耶律勤不谋而合。

三日后，乔九想方设法将消息传到西北大营，周太师惊喜不已，喊来李景德，他上下看了对方一眼，难得露出笑容："若此时有一个既能让你飞龙军活命，又能真的坑杀滚扎尔和他三万黑狼军的法子，你要不要听？"

李景德的眼睛一下就亮了："元帅快说！"

周太师："此事与银引司有关。"

李景德又不是蠢的，他旋即想到："难道说辽国内部的奸细也想从滚扎尔身上下手？"

"告诉你也无妨，但你要先答应我一件事。"

"什么事？上刀山下火海，我李景德就没什么怕的！"

"把你的胡子刮了。"

"啊？"

周太师淡淡道："把你的胡子刮了。"

李景德："……"

"不是，元帅，这和我的胡子有什么关系？"

周太师摸了摸自己那秀美的胡须，笑道："听闻前几年你曾经在大营中暗算他人，套了别人一头麻袋？"

"……"

"都与你说了平白不要得罪那些文官，连老夫当年都不会与钟泰生那群文人置气。君子报仇十年不晚，今日别人就来携功报复了，想要得到情报可以，你李景德，把胡子刮了。"

李景德羞愤欲绝："太师，此等家国大事，您能让那种小人当成儿戏？"

周太师声音巍峨："自然不能，但老夫也想看看你刮了胡子是何模样。"

"……"

开平三十六年七月初四，唐慎自工部离开，脚步极快，他拿了一张折子，焦急地进宫面圣。

垂拱殿外，大太监季福见到来的人是唐慎，快步走过去，皱巴巴的脸笑成了一朵花："唐大人今日怎么来了？"

唐慎难掩喜色，他微微呼吸："劳烦公公通报，下官唐慎，拜见圣上。"

季福眼珠一转："可是有喜事？"

唐慎笑了。

季福立刻进去通报，不过一会儿，就来接唐慎进殿。

唐慎走进垂拱殿，只见赵辅正坐在罗汉榻上吃瓜，两个太监细细地帮皇帝把瓜瓤和瓜子挑出来，只剩下晶莹透亮的果肉。

赵辅见到唐慎，声音慈和："景则呀，听说你是有喜事要来告诉朕？"

唐慎高举手中的奏折，正要开口，便见一个小太监急急地跑了进来。

季福斥责道："不懂规矩的东西，谁让你进来的。"

小太监立刻凑到季福耳边，悄悄说了句话。季福脸色变化，他赶忙道："官家，是西北来的军报。"

赵辅放下手中的瓜片："宣！"

斥候官大步走进垂拱殿，季福迅速地接过他手中的木筒，双手捧着递给赵辅。赵辅打开木筒，看起里头的军情，忽然，他的目光顿住了，。下一刻，他放声大笑起来，他走到唐慎面前，用力地拍了拍他的肩膀。

唐慎看赵辅这模样，已经猜到定然是西北大捷。

赵辅道："景则，你可真是朕的福星，你刚进宫，太师那边便来了军报，李景德于障虎峰中坑杀三万黑狼军，辽军大败！你与景德真不令朕失望。这是双喜临门！"

坑杀三万黑狼军！

唐慎听着这短短的一句话，只觉心惊肉跳，热血沸腾。

唐慎恭敬地道："臣为陛下贺，为我大梁贺！"

赵辅高兴坏了，他的笑声传遍了整个垂拱殿。

一旁的季福却悄悄打量起唐慎来，他心里想：这唐景则还真是个好运的，瞧瞧，这还没说上一句话，平白无故就被官家称为"双喜临门"了。哪怕他今天来报的是个芝麻绿豆的小事，往后的功劳都不会小，看样子，这唐大人的升迁是不会远了！

开平三十六年七月十六，工部右侍郎唐慎上书垂拱殿，请旨造改部加造笼箱。

笼箱是一个奇特的铁盒，外形与车厢相仿，却巨大无比，有三室之巨。赵辅不甚明白这笼箱到底是何物，唐慎在垂拱殿讲解了两个时辰，这新奇的玩意儿仍旧没能得到皇帝的理解。

当日，皇帝召见工部尚书袁穆、工部左侍郎李钰德和造改部主事季孟文。

直至天色渐黑，赵辅才挥手道："既然如此，便将那笼箱做好了，弄给朕看一看。"

唐慎作揖行礼："遵旨。"

离开垂拱殿时，除了唐慎和笼箱的主设计者季孟文，其余人都仍旧不懂这笼箱到底是何原理、有何作用。

工部尚书袁穆蹙眉道："唐大人，造改部之事本官向来不会插手，但此笼箱已然入了圣上的眼。造建笼箱大约需多少时日，你可有数？"

唐慎："回尚书大人，笼箱早已建好，也早已筹备试用过。"他不会打没有准备的仗。

袁穆早就猜到是这个答案："既然如此，那你方才在垂拱殿中怎么不说今日就可以去瞧一瞧笼箱？"

唐慎："笼箱虽说可用，但还未能尽最大的作用，臣所想的是做出更好的机器来配合笼箱使用，到时圣上一看，便懂笼箱的妙用。"

四人暂时分开。

袁穆对自己的心腹李钰德叹气道："都说长江后浪推前浪。"

李钰德道："那笼箱未必就如他唐景则所说的那般有大用。"

袁穆："那你可知今日西北大捷的消息刚刚传到京中，这唐景则是赶上了好时候，哪怕笼箱没有大用，皇上也会顺手赏了他！"

另一边，季孟文还战战兢兢，魂不守舍。

等回到造改部，季孟文突然扑通一声跪下，给唐慎磕了一个响头。唐慎目光一紧，一旁的官差立刻就扶起了他，唐慎道："季大人，大梁官员不行跪礼，你怎的如此？"

季孟文声音沙哑："下官只是个小小的匠人，从未想过有朝一日能进宫面圣，有这样大的造化都要多谢大人抬举，大人对小的有再造之恩啊！"

唐慎："工部新改的条例你都忘了？"

"啊？"

"别说你是个官，哪怕是工匠，你所要做的只有建好该建的东西，而不是处处跪人。"

季孟文一时哑然，他望着唐慎云淡风轻的面庞，忽然间意识到自己真的是一个官了。

唐慎："笼箱一事做得如何了？"

季孟文哪里有时间再去想那些迷迷糊糊的东西，他立即领着唐慎，去造改部一看。

季孟文："笼箱随时可以使用，只是下官不明白大人与尚书大人说的那些话是什么意思。"

唐慎："我记得你家先祖是打铁出身。"

"正是。"

"既然如此，便为这笼箱做一个打铁的工具吧！"

整个七月，朝堂上下、举国百姓，都在欢庆西北大捷。

大梁不是没胜过辽国，但从未得到过这样大的胜利，更不用说坑杀三万黑狼军！黑狼军是辽国真正的虎狼之师。皇帝龙颜大悦，当即犒赏三军，并擢升征西元帅李景德为一品护国公，绵延三代，传承其位。

这一仗打得大梁士兵士气大涨，反之，辽军则溃不成军。

黑狼军副将滚扎尔被流矢击中，死于障虎峰中。随军参谋耶律勤倒是捡了一条命，他右腿中箭，回到大同府后直接被锯了一整条腿，这才保住性命。

此战后，梁人大喜，辽人俱惊。

上京大同府，辽国三皇子耶律晗不可置信地说道："太师，那可是黑狼军，我黑狼军居然就这样中了梁人埋伏，被坑杀三万？这怎么可能！一定是那耶律舍哥在背后作乱！”

王子太师耶律定的脸色隐晦不定。

耶律晗对千里之外的耶律舍哥破口大骂，耶律定忽然冷喝一声：“好了，住口！”

耶律晗立刻闭上了嘴，只是眼中仍是不满之意。

耶律定：“你先下去吧。”

耶律晗咬了咬牙，行了一礼，离开了皇帝寝宫。

龙榻上，辽国皇帝面色苍白，身形消瘦，早已昏迷多日。辽帝行猎受伤其实并非耶律定、耶律晗下手，但是昏迷数日不醒却是出自耶律定之手了。

伟岸雄壮的王子太师站在皇帝龙榻旁，低首看着床上这个已然时日不多的帝王，良久，他伸出手：“将药碗端过来。”

宫娥立即小心翼翼地将一碗褐色的药汤递到耶律定手中。

耶律定望着这碗深褐色的汤药，他坐到床榻旁，对殿中的宫女太监吩咐道：“你们都先下去吧。”

明明只是王子太师，但他一声令下，所有下人全部离了寝殿。

硕大的辽帝寝宫中倏然只剩下耶律定和昏迷的辽帝二人。

耶律定一勺勺地舀着药汤，声音浑厚平静：“陛下是如何受伤的，臣至今也不知晓，那日有机会下手的，除了二皇子的人，便剩下老臣的人了。这世上最希望您驾崩的人便是老臣了，但此次……并非臣，只能是那耶律舍哥了。

“陛下啊，您神武一世，却想不到您最疼爱的儿子竟然要您去死。”

“耶律舍哥其人，阴狠狡诈。老臣想不通他为何要做出此事，但他终归是做了，三万黑狼军亦被他坑杀。老臣从未想过篡位弑帝，也从未想过毒杀您，这药只是让您昏迷不醒，但老臣是真没想过让您去死啊！”

声音戛然而止，辽帝寝宫中，一片死寂。

“当年您驰骋沙场，御驾亲征，我等君臣上下一心，令大辽铁骑踏遍草原。那是草原上的雄鹰，是我大辽咆哮的巨狼。臣从未忘过！”

撕裂般的声音如同呐喊，在寝宫中回荡。

然后，又是漫长的寂静。

忽然，只听“咯噔”一声，盛药的白瓷碗被太师放在一旁的桌案上，苍老却雄武的太师一步步走回辽帝床榻前，他低目看着龙榻上的帝王，神色平静地伸出手捂住了辽帝的口鼻，动作自然，如同呼吸一般简单。

半个时辰后，王子太师离开皇帝寝宫，来到三皇子殿。

耶律晗急急走过来：“见过太师大人。”

耶律定屏退左右，看向耶律晗，淡淡地道：“陛下驾崩了。”

耶律晗如遭雷劈，他向后倒跌一步，他再蠢，也在一瞬间明白了耶律定的意思，他抬起头不敢置信地看着眼前的王子太师。

耶律定冷冷道：“此事暂不声张。既然二殿下想与黑狼军同行，去大同府，便让他去吧，自然，也不必回来了。”

此时此刻，这世上只有辽帝寝宫的宫娥太监知道辽帝的死讯，除此以外，只有王子太师耶律定和三皇子耶律晗了。

西北大捷，大梁上下一片欢腾景象。

周太师和李景德坐镇幽州，无法离开，皇帝便召了骠骑将军魏率和监察使余潮生回京。

进了八月，身处西北的幽州冬日时是大雪封城，严寒难忍，如今便是酷暑难耐，又有黄沙漫天。余潮生自府中走出时也戴了一头纱布挡住那满城肆虐的风沙，他得了回京的圣旨，如今是要去西北大营交差。

见过周太师后，入夜，余潮生才回到幽州城。

黑夜寂静，一队官差却以极快的速度冲进城中各处，抓住了几个还在睡梦中的官员。

此事做得隐秘又快，当夜几乎无人反应过来，次日余潮生便带着抓获的一干人等浩浩荡荡地回了盛京。

骠骑将军魏率见到余潮生竟然还抓了人回去，他惊讶地道：“余大人，这些是何人？”

余潮生：“将军，皆是罪官。”

魏率是个武夫，武举出身，对文官那种说一半留一半的心思，他一点都猜不透。

这都给铐起来了，不是罪官，还能是功臣吗？

魏率摸了摸脑袋，直白地说：“嗨，我自然知道是罪官，但这些人犯了何事啊？余大人，这咱们在幽州待了这么久，一直都没什么事，怎么要走了，您却不声不响地抓了这么多人？”

余潮生笑道：“大多是银引司的官。”

魏率愣住，他不大明白，余潮生是银引司的指挥使之一，银引司的人被抓了，他怎么还能笑得这么开心？

余潮生突然抓了一众犯官的事，并没有特意遣斥候官回禀朝廷，按他的意思，他打算等自己回京后再亲自向皇帝禀报此事。然而幽州城中苏温允得知此事后，他了解了一下被抓的几个官员是何身份，接着，他脸色一变。

苏温允连夜写了一封密信，派人快马加鞭送去盛京。

“你王子丰死了无人可惜，但你不可坏我大事！”

余潮生的马车走得不快，到第四日，苏温允的密信送回盛京，他们才走到一半。

这封信是送到右相王诠手上的，王诠见了信，目露哀色，他在书房中沉思了一个下午，接着唤来了自己的心腹。第二日，邢州案的核心人物孙尚德一头撞死在了大理寺天牢，竟是忍受不住酷刑自戕了。

这件事在次日早朝上由大理寺少卿汇报给了皇帝。

因为西北大捷，赵辅这些日子已经很少去关心邢州案了，突然听闻此事，他神情顿了顿，目光在堂下臣子的面庞上一一扫过，似乎想要看清这些人的面孔。

这世上最想孙尚德死的人，无疑就是与邢州案有牵扯的一众官员了。

赵辅沉默了许久，他轻声道："左相以为如何？"

左相徐毖上前一步，低头道："罪官孙尚德畏罪自戕，老臣以为，主使伏首，但此案还得继续查下去。"

赵辅定定地看了他一会儿，又问道："右相以为呢？"

右相王诠上前道："此案为大理寺同刑部一同审查，臣以为，两部自有定论。"

赵辅不再开口。

散了朝后，徐毖与王诠走到了一处，当朝最位高权重的两位相公，此刻各自抱着玉笏，步伐缓而稳健地走向宣武门。

徐毖感慨道："大理寺天牢的酷刑果真不是寻常人能受得的，未承想那孙尚德受了三个月，最终还是耐不住啊！"

王诠也同他一起感叹："虽说老夫未曾去过大理寺天牢，但也总听闻，无论是谁，只要进了那儿，都得剥下一层皮再出来，更多的，却是再见不到天日了。"

徐毖笑着微微俯身，行礼。

王诠立刻回了一礼。

徐毖："王相往哪儿去？"

"勤政殿。"

"那便不是同路了，在此别过。"

"徐相慢走。"

"王相留步。"

两人互相客套一番，转身各走各路。

当王诠来到勤政殿时，他刚刚踏入自己的右相府院，便见一个挺拔颀长的身影立在院中，正俯身观赏院中的一朵月季花。深红色的官袍穿在寻常官员身上并不觉得如何，穿在王子丰身上，只令人觉得丰神俊朗，别有清姿。

不过他这个侄儿天生一副好相貌，无论穿什么都十分俊雅。

王诠："你怎的在这儿？"

王溱转首行礼："下官见过右相。"

王诠哭笑不得道："你这是在作甚？你我叔侄同为一品官，你今日拜我，我可是得回拜你一礼？"

王溱正色道："如今是户部尚书王溱在拜见右相大人。"

王诠挑眉："哦，那户部尚书有何事要找本相？"

王溱蹙了眉，竟真露出困惑模样："下官确有一事不明所以，百思不得其解，于是只得来求右相为下官解惑。"

"何事？"

"孙尚德为何而死？"

王诠脚步一顿，他抬起头看向自家侄儿："这世上最想此人消失的，当是徐相。"

王溱笑了："右相还未回答下官孙尚德为何而死？"
王诠静静地看着他，道："就不能是左相灭口？"
王溱长叹一声："二叔为何要孙尚德的命？"
王诠自知再也瞒不过这个多智近妖、玲珑心窍的侄儿，他无奈地说道："进屋说吧！"
进屋后，王诠将苏温允的那封密信递给王溱，王溱看完信也愣了半晌，他叹气道："原来竟发生了此事。二叔所行，于丰怎能不懂，但二叔可知，就算如此，也于事无补。那孙尚德就算死了又如何，大理寺若是死了重要证人再要结案，无非是两种结局：一是死无对证，匆匆了结；二是死无对证，百口莫辩！"
王诠："孙尚德已死，难道这还不够？"
王溱："若是对寻常人而言，这便够了，这便足以显现我等的诚意，但对徐相而言却远远不够！徐相怎能信，孙尚德之死，是因为要匆匆结案或者百口莫辩？"
王诠又岂不知如此？但他也是无可奈何，只得用此方法救王溱一次。
但王溱却道："况且，我也从未打算真的匆匆结案。"他清雅一笑，"死了倒也好，以后便是百口莫辩，死无对证了。"
王诠错愕地道："你……"
另一边，唐慎刚刚试验好笼箱的新用法，他忙了一天，匆匆从工部回府，才到右侍郎府，奉笔便交给他一封信："是下午才到的，从幽州送来。"
唐慎惊讶地道："幽州？"
第一时间，唐慎便想起了王霄。
自唐慎不再担任银引司右副御史后，王霄和梅胜泽偶尔会给他写密信，说些辽国动向，唐慎拆开这封信，却大为惊愕——
这信竟然是李景德写的！
望着信上的字，唐慎越看心越沉。
看完整封信，他怔怔地坐在屋中许久，接着将信纸一角靠近蜡烛，看着信纸变成黑灰。
唐慎立刻换上常服来到尚书府。
王溱竟然还未归来。
待到戌时一刻，王溱才从外头回来，管家告诉他唐慎来了，他微微惊讶，走进花厅，问道："怎的突然来了，不是说近日工部事务众多，暂时不来了？用过晚饭了吗？"
管家在一旁道："公子一个时辰前便到了。"
王溱皱眉道："那便是未曾用饭了，你是如何侍候的，为何不上菜？"
管家："小的知错。"
王溱："加一道西湖醋鱼、一道素丸子。"
两人一同坐在桌旁。
唐慎望着他，心中千回百转。他不知道王溱到底知不知道发生了何事，如果知道，他会做一番说辞，如果不知道，他又会做另一番说辞。

唐慎思虑片刻，开口道：“师兄去哪儿了，现在才回来？”

王溱看了他一眼，为他沏茶：“从二叔府上回来。工部如今忙得如何了？”

唐慎语气轻松：“笼箱已经做好了，明日便可承到圣前，师兄到时也会一道看到。”

很快，一桌饭菜都上齐了。

王溱给唐慎夹了一筷鱼肉：“几日不见，小师弟清瘦许多。”

唐慎吃了鱼肉，干脆也不再吃饭，他单手撑着下颚，就这么等着王溱给他夹菜。

王溱起初还没觉得有什么不对，等他夹了几次后，他搁了筷子，转首看向唐慎：“等着我给你夹菜？”

唐慎理直气壮：“来者为客，照顾客人，不理所应当？”

王溱笑了：“当，非常当。”他转首对管家吩咐道，“唐公子是客，如今唐公子不愿动筷，定然是厨房的菜做得不够好。今日是何人做菜，辞了便是。右相府上的厨子是宫中御厨出身，你去将他请来，再为唐公子做一桌菜。”

管家擦了擦额头上的汗，还没开口，就听唐慎说道：“让你为我夹两筷菜，你都不乐意？”

王溱：“子丰乐在其中。”

唐慎淡淡道：“那继续夹着吧。”

王溱无奈地笑道：“我这一生中也就说不过你了。”

唐慎随口道：“不过才相识数年，哪来的一生。”

王溱默了半晌，认真道：“我是拿小师弟当我一生的知己的。”

唐慎心知说错话，他的情商大多是被王子丰、赵辅给磨砺出来的，但肯定不如这二人，所以无心说错话的事偶尔也会有。尤其是对王溱，因为太过放松，更容易出错。

唐慎：“师兄别生气。”

王溱淡定地吃了口菜：“不生气，只是伤心，心口旧疾又犯了。”

唐慎：“……”

说的好像我天天气你似的！

唐慎：“别生气了，是我错了好不好？”

王溱表面依旧是那副不冷不热的模样，随意道：“下次莫要说这种话了，虽说你我才相识数载，但我是真心拿你当知己的。”

“好好好，我以后说话前都三思而后行，以后绝不这样。”

两人对视片刻，王溱突然道：“你知道了？”

唐慎不明所以。

王溱：“你与苏温允的关系何时那么好了？”

唐慎惊讶道：“苏温允？此事和他有什么关系？”

“那是谁告诉你的？”

唐慎自知瞒不过王溱，便老实相告：“是李景德派人来与我说的。李景德说，此次谋辽一事，虽说我早已不任银引司右副御史，卸了这些差事。但他知我付出众多，险些丢了一条命，所以他觉得欠我一个恩情。”

王溱自嘲道："苏温允写信给二叔，李景德写信与你，怎的就没人写信给我这个当事人？原来我王子丰在朝中的人缘竟差到这般地步。"

唐慎无语道："说正事呢。师兄打算如何？那孙尚德的死是你做的？"

王溱正气凛然地道："我在小师弟心中，就是这等奸臣模样？"

唐慎用力地点点头："是。"

王溱道："这世上也只有你，骂了我，我还要对你说声骂得对骂得好。"

唐慎又问了一遍："师兄打算如何？"

"事情未必有你与二叔想得那般糟糕。"

"嗯？"

"你今日来之前，如果我不知晓此事，你打算如何？"

唐慎没想到他会突然问这个，他默了默，道："不如何。"

王溱："如今想来，每次我说谎前要提前告知你，而你说谎却不用做任何事，怎的想都是你得福，我吃亏。"

唐慎在心里翻了个白眼，想道：这还用我提前告知你？你王子丰是什么人啊，我才说了三个字你就知道我在骗你了，这还用告知？

王溱解释道："你若是单纯地不打算如何，那你今日就不会百般试探，而是会在一开始就告诉我，与我一起想解决的法子，但你没有说，还试探我是否知道，那是因为如果我不知道，你便想自己解决此事。你能如何解决此事呢？"王溱声音停住，他忽然睁大眼，错愕地低头看向唐慎，"你要揽罪上身，替我受罚？"

唐慎声音闷闷的："笼箱已经造好，造改部也走上了正轨，我能做的始终有限，在与不在工部，其实都无大碍了。但师兄不同，银引司的事才刚开了个头，银引司不能没有你。"

王溱苦笑道："此事发生，究其原因，还是我太贪恋权势，手伸得太长，管了许多不该管之事。陛下疑心太重，非寻常帝王，等那余潮生真的带人回京，会如何我如今也不知晓。"一边说，王溱闭上眼，再缓缓睁开，"如今是多事之秋，我尚未有解决之法，但有你此心，我王子丰此生便无憾了。"

"景则，你我是同伴，哪怕是刀山火海，我也不必你站在我身前。你切记，不可轻举妄动。"

烛光月色下，王子丰的表情太过郑重，他少有这般严肃的时刻，说的是字字由心，唐慎感动不已，同时心里也盘算着真到了那时候，他一定会为王溱顶罪。工部的事并非必须由他去做，况且他现在已经带了个头，如何发展，交由的不应当是他，而是千万工匠。

余潮生想告王溱一状，说他插手谋辽一事，将自己的人安插到辽国之中。

这事其实可大可小，因为谋辽一事本就是赵辅派唐慎和苏温允去做的，经过了赵辅的认可，但如今赵辅年岁已高，他越发猜忌。这位皇帝本就喜欢权衡朝堂，看不得一家独大。王溱插手其中，表面上看因为他是银引司的指挥使，唐慎和苏温允本就用了银引司的人马，以银引司的名头行事，想瞒住王溱很难，但皇帝没让你插手，你就不能插手，这就是王溱把持大权的象征，不该由他管的事，他不仅插了一手，还做得这般多。赵辅会如何想，无从得知。但毫无疑问，此事对王溱绝对有极大影响。

唐慎想的是，由他承了此事。王霄和梅胜泽如今都被余潮生抓了，送到盛京，为何就不能是他唐景则卸任后，又暗中派心腹搅了一汪浑水？

此事未必会让他们受到重罚，但由谁去承担，却是一个大事。

此刻的唐慎心事重重，他并没有发现，王溱刚才说话说到一半，突然缓慢地眨了眨眼，但等到日后唐慎才明白——

王子丰的话，是真的连一个字都不能信！

第六十三章

笼箱

八月初六，皇帝亲临工部衙门。

工部尚书袁穆与左侍郎李钰德、右侍郎唐慎，迎驾觐见。

众人来到工部衙门的后院，只见那宽敞的院落中此刻早已搭建出了一座高大的锦棚，明黄锦缎制成的锦棚下是一尊三舍大小、通体全黑的奇异物体，放眼望去，整个院落被它占据了三分之二的面积。

这东西顶上是个通风的烟囱，两旁站着监督的官员和干活的工匠。

“这便是你所说的笼箱？”赵辅指着笼箱，问向唐慎。

唐慎：“回陛下的话，正是，请往这儿瞧。”

众人随唐慎一起，走向那硕大黝黑的笼箱。唐慎道：“此处是给笼箱添煤用的，此处是通风口，因笼箱内部温度极高，所以还装了冷却装置。”唐慎说了许多，赵辅虽说没听懂，但也觉得新奇，他们顺着唐慎讲解的顺序来到最末。

袁穆道：“此物是铁匠打铁用的铁匠炉。”

一旁的季孟文道：“尚书大人说得不错，这正是寻常铁匠常用的铁匠炉，此处为铁匠打铁用的砧子。笼箱的功效并非肉眼可见，所以需要假借其他工具来展现出它的作用。”

左侍郎李钰德道：“我瞧这铁匠炉与寻常的还是不同的，你瞧这锤子上，怎么有东西从笼箱那头吊着？如果是要打铁的话，今日可找了铁匠来？我并未看到金部主事。”

唐慎："待笼箱开启，左侍郎大人便知道了。"

皇帝对笼箱更加好奇了。

唐慎见状也不再耽搁，他朝季孟文使了个眼色，季孟文立刻召集工匠，开启笼箱。

几个工匠得了令，立刻掀开放置煤炭的盖子，用铁铲将一大块一大块的煤炭扔进熔炉。笼箱内部的温度急剧上升，空气形成肉眼可见的扭曲。唐慎领着赵辅向后退到院门口，远远观望。

那些工匠则擦着额头上的汗，一边小心翼翼地监视笼箱内部的温度和热气蒸腾情况，另一边还得注意控制散热和气体的保密性。

两年前唐慎托姚三在辽国找到了大量的煤矿，也带了许多煤炭回来。如今的辽国占地宽广，幅员辽阔，后世出名的几个大煤矿皆在辽国境内，有了些许原材料后，唐慎早早就开始在唐氏工坊内让工匠们试验制作笼箱。

早前唐慎开始做生意时就十分注重效率，人力效率、生产效率。

然而做官后，唐慎一直忙于政务，没有时间提高生产效率。

直到唐慎擢升为工部右侍郎，得了赵辅和整个大梁襄助，与全天下最优秀的工匠一并合作，才造出了如今的笼箱。

唐慎太了解皇帝，赵辅需要的从不是那些浮夸空大、冠冕堂皇的解释，而是一个真真切切能让他看到，并让他觉得此事能让自己名垂千古的实例。

所以他和季孟文费尽心思，将铁匠炉连上了笼箱。

唐慎目光肃穆，他认真而郑重地望着阳光下那座黑漆漆的巨大机器。

只听到一阵尖锐的啸声，紧接而来的是轰隆隆的金属撞击声，这声音好似雷鸣，在院落中炸响，吓了众人一跳。大太监季福立刻伸开双臂拦在赵辅的跟前："护驾，护驾！"

袁穆和李钰德也受了惊吓。

唐慎作揖道："陛下，笼箱启动时噪音确实有些大，但臣与工匠早已试验多次，安全性可以得到保证。"

赵辅也非寻常皇帝，他原本只是被吓了一跳，如今听了唐慎的话，他推开挡在自己跟前的季福，语气温缓："原来如此，景则，你这笼箱着实让朕吃了一惊。"

笼箱还在轰轰作响，但赵辅都不甚在意，其余人也只得硬着头皮在院子里看下去。

只见五个工匠不断地检查笼箱的每个部件，时不时地给笼箱添加煤炭，为了散热，笼箱顶部的烟囱排出大量热气，唐慎看见这些，心中叹气，这些都是能量损耗，但以如今的情况，工匠们只能做到如此。

只见大约一刻钟后，伴随着笼箱震耳欲聋的响声，最末端的铁匠炉中，那根被吊在笼箱上的铁锤忽然动了起来。

赵辅正静静地观望着，突然见到这一幕，他瞠目结舌。

一旁的袁穆、李钰德等人也惊骇地睁大眼。

那铁锤先是轻轻地动了一下，接着，它突然在空中划出一个半圆形的弧度，然后重重地砸在砧子上，开始打铁。

砰砰砰！

铁锤一下下地砸在砧子上，将工匠准备好的、早就烧红的铁块砸成扁平的长条，如果仔细观察就会发现，这铁锤一开始打铁的力度是不同的，但慢慢地，它几乎以同样的角度、同样的力度开始打铁。

烧红的铁块被砸得越来越扁，唐慎一声令下，工匠们立刻停止往笼箱里加燃料。

季孟文将那块被砸平的铁皮端过来，献给皇帝看。

铁皮早已冷却，露出黝黑的颜色，赵辅伸手在这块小小的铁皮上抚摸着，倏地，他抬起头，目光如鹰隼，锋锐地看向唐慎："这可就如传闻中公输盘的木器一般，只用按动其中一个按钮，便可牵一发而动全身？"

传说中木匠鼻祖公输盘，也就是鲁班，他做的木器只用牵动一个机关，便可以引发全部。

大梁也有机关大师，工部便有几位，但无论是他们还是唐慎，都知道能量是守恒的，世界上不存在任何机关只用人轻轻一按就可以打铁锻器。

唐慎道："公输盘的木器只于传说之中，而笼箱，正矗立在陛下眼前。"

赵辅："这笼箱是可以打铁的，朕瞧见了，但朕瞧着似乎也挺费事，只需两人就可以打铁的事，用笼箱去做，足足费了五个工匠。"

唐慎不卑不亢地回答："用笼箱来打铁只是为了让陛下知晓笼箱到底是何作用，笼箱就仿佛一个永远不会疲累的工匠，打铁只是一个小作用而已，笼箱能做的远远不仅仅打铁。"

"还可以作甚？"赵辅的声音骤然急促。

唐慎抬头看他，目光郑重："此事，连臣也不敢预测。"

当日，赵辅召集勤政殿四位相公和所有二品以上的高官到工部衙门参观笼箱。

皇帝没有把握了，他隐约察觉到这"小小"笼箱似乎并不简单，仿若冰山一角，藏着不可预知的力量。但他此刻看不见，或许他这注定不会再有几年的一生也看不见了。

徐毖、王诠、陈凌海、耿少云……大梁的高官们，都一一见到了笼箱。

如同唐慎前一晚说的一样，王溱也会看到笼箱。

王溱看到笼箱时，他瞬间被这笨重高大的铁疙瘩震慑住，见到他震撼的面色，右相王诠调侃道："子丰，你是看懂这笼箱有何作用了？"

王溱嘴唇翕动，过了会儿，他才道："不曾。"语气迟疑。

王诠："那你怎么这番表情？"

王溱："我是看懂了景则此刻的用心。"

当夜，高官们纷纷上书至垂拱殿，表明自己对笼箱的意见。

徐毖、陈凌海、孟阆等人皆对笼箱不发一言，他们真的没看懂这东西的用意，王诠、王溱等人则是无条件地支持唐慎，上书请皇帝准许造改部多建造笼箱。

这其中，工部尚书袁穆写了一封万字奏折，次日早朝呈了上去。

他竟是一夜未眠。

袁穆是先帝时期的榜眼，于开平二十一年被赵辅任了工部尚书一职。

赵辅任命官员从不会因材而行，就像唐慎，他之所以当了工部右侍郎，不是赵辅发现他有做工部官员的天分，而是因为苏温允恰好升迁勤政殿参知政事，将工部右侍郎的职位空了出来。工部是个空闲衙门，权势不大，受多部制约，唐慎要升三品官，做一个工部右侍郎再合适不过，这是一个有名无权的过渡官位。

袁穆也不是工家读书人，但他做了工部尚书后便开始大量研读工家书籍。

于是他在工部尚书的官位上足足坐了十五年，工部其余官员都换了个遍，袁穆依旧是工部尚书。他是个守成之官，从未有过高明政见，一心守在工部衙门，但他也真正成了一个工部的官。

袁穆上书请皇帝大建笼箱。

许是这万字奏折打动了皇帝，又或许赵辅信了那冥冥中的命运，他随即下旨，命户部、礼部协理工部，大力研发笼箱。

登仙台中，赵辅穿着一身道袍盘腿坐在大殿正中。

面前是九盏长明灯，晚风吹拂进殿中，大殿中的白纱被吹得飘浮而动，宛若仙境。

唐慎在季福的带领下进了登仙台。

赵辅闭着眼睛，还在修仙，唐慎也不出声，就在一旁静静候着。大约过了一刻钟，赵辅便睁开了眼。他徐徐吐出一口浊气，抬头看向唐慎，那双沧桑而疲惫的眼睛凝视了唐慎许久，赵辅忽然抬起手。唐慎心中一惊，还没反应过来，就见赵辅手掌往前一推，又停住。

赵辅悠悠地叹了口气：“景则啊，你瞧瞧朕，朕修仙二十余载，至今不可以掌灭灯，而你的那个笼箱却可以凭空打铁。朕修仙这般多年，竟是还不如你，朕到底为何寻仙觅道，朕要寻的到底是什么啊！”

自打唐慎当了工部右侍郎，已经很久没被赵辅问过这种送命题了。他低着头藏住表情，沉思片刻，道：“寻常人修仙，为的是长生万年。臣斗胆，请陛下恕罪，臣才敢畅所欲言。”

“哈哈，你何时这般小心翼翼了？畅所欲言吧！”

“是。臣以为，陛下修仙，非如寻常人一般，只为生死，陛下修的是心中的诚，是心中的无畏，是对天地与神灵的敬仰和端肃。凡人常说香火之恩，庶民供奉神佛，但若说他们心中真正的信仰，不是那无可寻踪的神佛，而是恩泽万民、令四海清平的陛下啊！”

赵辅微微怔住。

唐慎越说越顺畅：“陛下修仙是为天下百姓，是身为万民之信仰、之敬仰而修。陛下方才说想要以掌灭灯，所谓以掌灭灯，不过是陛下心中所念的一个表象而已。”唐慎抬起头，他的目光炽热而真挚，忽然就将赵辅那虚伪的内心给灼伤了。

唐慎一字一句说着自己的真心话：“陛下所念，是力所不能及，但您的心想做的是为天下万民、为苍生万代的大事。您之念，便是臣等所该去做的事。您修的不是仙，是千秋万代的大功德！”

话音落下，唐慎深深一揖及地。

赵辅愣愣地望着他，良久，他嘴角动了动，声音平静："朕听进心里去了。"

唐慎眸光微转，依旧作揖，不发一言。

待到离开登仙台，唐慎抹了把手心里的汗，终于松了口气，然而虽说松了口气，他的表情却更加严肃了。

刚才他对赵辅所言，七分虚假，三分真心。

赵辅修仙是为了什么？

当然是为了长生不老。

但赵辅又何尝不知道世上没有长生不老，若是他真的信，两年前他就不会把善听和尚召进宫中，又随意找了个理由处死。

赵辅拥有世上所有皇帝都有的虚假面孔，但他还有许多皇帝没有的那份因为虚荣而想做实事又真的已经办成了实事的大毅力和大决心。

唐慎走后，登仙台中，赵辅没再修仙，他盘腿坐在殿中打坐，看着地上的八卦阵发呆。

"朕的心中是为天下万民，为苍生万代？连朕自己都信了啊！"

空荡荡的宫殿中，皇帝自嘲的话语凉薄得好似夏夜里的凉风，但他又闭上了嘴。良久，他笑道："朝堂上，恐怕只剩下这一颗赤诚炎热的赤子之心了。"

扩建造改部的圣旨不日就传到了工部，随之而来的，是刑部尚书兼银引司副指挥使余潮生回京的消息。

余潮生离京时随十万大军，声势浩大，他回京时，十万大军还在西北，但他依旧吸引百官注目，因为他带回了四个罪官。

余潮生："银引司宣正王霄、主事梅胜泽，幽州飞骑尉梁焦、钱圩，先将这四人关押到刑部大牢，待本官禀明圣上后，再做安排。"

"是。"

余潮生带了四个罪官回京的事一夜间就传遍了整个盛京。

当夜，余潮生登门拜访自己的恩师徐毖，师生二人促膝长谈，一夜未眠。

第二日，余潮生写了一封折子送了上去，所有官员的折子都要先经过勤政殿的审批才能送到皇帝面前，如今负责查阅二品官员奏折的人是右丞耿少云。耿少云并不属于徐党，也不是王党，他是皇帝的心腹。

拿着余潮生的奏折，耿相心中犯难，左右踌躇。

最终他还是将折子递了上去，送到皇帝桌案前。

赵辅算是个明君，每日勤政殿送上来的要紧的奏折，他都会第一时间翻阅。如今他打开这奏折后，眉毛动了动，神色飘忽不定。

余潮生的奏折上写的是王霄、梅胜泽等幽州官员行踪诡谲，似有暗动。

这四人如何行踪诡谲，有什么暗动，皇帝当然是知道的，这四人都是苏温允和唐慎亲手安插在辽国、幽州，要去谋辽的密探！

赵辅将这折子放在桌上，也不说召见余潮生告诉他实情，也不下旨让他放了这四人。皇帝琢磨许久，他总觉得余宪之不像是个为了这点小事就兴师动众地将四位朝廷命官绑到盛京，还押入刑部大牢的人。

“是有什么后手呢？”

余潮生此人如他的恩师徐毖一样，行事向来缜密，不求狠快，但求不留遗患。

他并没有直接上书禀奏皇帝，说这四人和尚书右仆射兼银引司指挥使王溱来往密切，因为他还要观察皇帝对此到底知道多少。

赵辅看了他的奏折后，早朝时并没有多说一字，仿佛没看见过那封奏折一样。

余潮生立即明白：这事皇帝是知情的！

那皇帝到底知道多少？难道说，王溱与这四人的来往，王溱在西北和辽国的部署，都有皇帝的授意？

左相府中，余潮生思虑再三，道：“学生觉得王子丰不应当掺和在此事，圣上对王子丰信任有加，但圣上生性多疑，不喜大臣大权独断。先生您不必说，您向来不喜揽事上身，您向来教导宪之为官需衡量有度，而前任左相纪翁集，纪相算是大权在握，但他也从未做到过如今王子丰这样的地步。学生以为，纪相所为便是圣上所能容忍的极限了，而王子丰此刻已经越了界限。”

徐毖微微一笑，喝了口茶，道：“不错，既然如此，你打算如何去做？”

余潮生想了想：“既然要与王子丰为敌，不若做得更果决些，若不一击致命，待王子丰卷土再来，就是后患无穷。学生打算先审讯那四人，务必在圣上面前好好参王子丰一本，让他无法翻身。”

余潮生的举止瞒得住许多人，却瞒不住右相王诠。

王诠散了朝后立刻找到自己的侄儿，开口便是：“你竟还笑得出来？你可知那余潮生已经写了封折子送进垂拱殿，给圣上瞧见了！你就不怕他在奏折中随意编派你？”

王溱晃着一把白锦折扇，笑道：“二叔是见过那封奏折了？”

王诠被他晃瞎了眼，语气略有不善：“当然没有，审阅奏折是耿相的差事，我与耿相交情一般，如何能得知那奏折里写的是什么。”

“那急什么？”

“你……”

王诠被自己这个侄儿气得够呛，可王溱却一展折扇，道：“二叔不必如此担忧，若是现在都忧愁了，往后可如何是好？圣上是昨日看到的那封奏折，但是今日早朝他并未发落我，所以那折子里定然没有提及我。”

王诠思考了一会儿：“你说得也不是没有道理，但你怎知晓那余潮生昨日不说你的事，明日就不会在早朝上直接弹劾你了？”

王溱直接笑出了声，俊雅至极的面庞上，双眼因含笑而璀璨如星：“二叔，子丰向来觉得，知彼知己，才可百战不殆。余宪之与我是同榜进士，既是同榜，我如何不关注他？或许连他自己都不知晓我早早注意起他这个人了，自然，开平十八年的所有同榜进士，我皆有关注，不仅仅是他余宪之一人。”

王诠惊讶道：“你还有时间去做这等事？”

王溱："只是闲暇时的消遣罢了，二叔忘了，我有过目不忘之能。"

王诠不置可否，他哪怕过目不忘，闲暇时也不会拿这种事做消遣，他这个侄儿当真与众不同。

王溱感慨道："我此生都未曾将余宪之当作对手过。"

王诠讶异道："我还不知晓你竟与他如此惺惺相惜？"

"惺惺相惜？"王溱仿佛听到了什么天大的笑话，他双目睁大，笑了好一会儿才道，"余宪之其人软弱无能，优柔寡断，良善纯厚！若他当年拜了纪相为师，我还需忌惮，但他师从徐相。徐相其人更是瞻前顾后，犹豫不决。我为何要将一个这样的人当作自己的对手？"

言下之意：他余潮生这辈子也斗不过我。

王诠也明白了他的意思，虽说他不大明白自家侄儿哪来的这么大自信，但他感叹道："我从未见过有恶人责骂好人，说好人太过善良，所以无能。高，实在是高，我琅琊王氏绵延数百年，当真是珠玉厚蓄、书香福泽，怕是耗费了百年沉淀，才生出了你王子丰这样一位贪官奸臣。"

王溱真心实意地作揖行礼："二叔过誉了。"

王诠："……"

王溱心中自有算盘，唐慎那边却见到了一个不当出现在这里的人。

梅胜泽的父亲自北直隶赶来，在工部衙门的门口等了一天，终于等到了唐慎。

梅父一见到唐慎就要跪下，被唐慎急忙扶住。

年过花甲的老人涕泪横流，恳求道："唐大人，大人，求求您救救灵甫，救救灵甫吧！"

梅胜泽，字灵甫。

数日前，梅胜泽与王霄一并被余潮生抓住，押解回京。

此事虽未张扬，但也没遮掩，自然很快传到北直隶梅家耳中。梅家并非世家大族，只是富裕乡绅，先祖出过一个进士，往后又出了两三位举人，梅胜泽是梅家第二个进士，如今他蒙了难，梅家束手无策，梅父只能求到唐慎这儿。

梅父哽咽道："唐大人，草民不敢惊扰您的大驾，但草民真的是走投无路了。灵甫如今落难，正关在那刑部大牢。我梅家算不得什么大家族，却也从未少过小儿的吃穿，请您看在同窗之谊上救救灵甫吧，草民给您磕头了！"

话还没说完，梅父作势又要跪拜。

唐慎身旁的官差是久经官场的老油条，有些话唐慎不便去说，这官差得了唐慎的眼色，立刻会意，他一把搀住梅父的胳膊，道："老人家您这是要作甚啊？这是工部衙门，您在这衙门大门口这样跪拜右侍郎大人，可是想让大人明天早朝被御史大人参上一本？"

梅父："这……"

官差："您先这边请吧。"

唐慎缓缓道："世伯先与我一并回府吧。"

暂且把人从工部衙门带走，回到右侍郎府，唐慎立刻命奉笔给梅父端茶倒水。他关切地说道："灵甫是四日前刚刚被押解回京的，世伯今日就到了，可是一路上都没休息好？"

梅父双眼酸涩："不敢欺瞒大人，草民哪里闭得上眼！"

唐慎叹了口气。

梅胜泽此次出事虽说并非因为他，但也与他不能完全脱了干系。

此次余潮生真正想要对付的人是王溱，无论是王霄还是梅胜泽，不过是他用来对付王溱的棋子。本朝不杀文官，梅胜泽的结局十之八九是遭到贬谪，到穷乡僻壤做个穷苦县令，若无意外，终此一生。再次一些，就是罢官还乡，自此不入宦场。

唐慎郑重地道："世伯放心，有我在，灵甫定不会有事。"

梅父听了这话，忐忑的心终于放了下来，但他又想起一件事，顿时提心吊胆，心都揪了起来："大、大人，如今灵甫还在刑部大牢，那牢中的日子岂是寻常人能过的？求求大人，救救灵甫吧，他在牢中是过不下去的。"

唐慎抚着梅父的手背："世伯放心，此事我自有安排，不会坐视不管。"

梅父这下彻底松了口气，他没给唐慎反应的机会，"扑通"一声就跪了下来，"砰砰"地磕了两个响头，直到要磕第三个，唐慎急忙走上前把他搀扶起来。

"大人，您就是我梅家的大恩人，梅家的再生父母，小老儿下辈子做牛做马，报答您！"

唐慎："世伯您这是要折我的寿啊，我与灵甫同窗多年，怎能见他蒙难而不搭救。您如今在盛京也不是事，先回北直隶吧，待一切好转，我自会通知您。"

送走了梅父，唐慎的脸色却一下子沉了下去。

他唤来奉笔："你拿我的手令去刑部一趟，这样做……"

奉笔得令，拿了唐慎的手令就要走，还没出门又被唐慎拦下。

"罢了，你去了应当也会无功而返。那刑部是余潮生的地方，他想做些什么，刑部官员定会听他的，根本不会有人卖我这个面子。"唐慎思虑片刻，有了主意，他立刻换了一身衣裳，就着还未完全落下的夕阳赶到了尚书府。

王溱正在家中用饭，见到唐慎来了，他站了起来。

"你怎的来了？"

唐慎风尘仆仆地赶来，因为走得快，额上蒙了一层细汗。他不开口，就定定地看着王溱。王溱心领神会，道："你们先下去吧。"

管家："是。"

待花厅中只剩下他们二人后，唐慎也不耽搁，开门见山地说道："大梁不杀文官，但从未不许对文官用刑。我知道刑部、大理寺有很多治人还不留下痕迹的腌臜法子。师兄，之前余潮生没敢轻举妄动，他先写了封折子送上去，试探你的虚实，如今他已经试探出来了，下一步就会对岱岳兄和胜泽兄下手了。"

王溱静静地望了唐慎一眼，他转开视线，夹起一筷子虾仁放入唐慎的碗中。

"小师弟，吃虾。"

唐慎愣了半晌，他没有动筷子，而是继续看着王溱。

只见王溱又给他夹了一块肉、一只河蟹。唐慎此刻也冷静了许多，他脑中思绪繁多，将余潮生的做法、王霄和梅胜泽的处境以及王溱此刻的反应都思虑其中，他长长地叹了一口气，道："师兄从不是薄情寡义之人，若是能去做，师兄早就会出手相助，但你没去做，无非是因为两点。"

王溱："哦？哪两点。"

唐慎："其一，师兄此刻不便出手，本就是万众瞩目，再一出手，只怕成为众矢之的；其二……或许王霄和梅胜泽得受些苦才能让师兄得以脱身。虽然我至今没想通师兄打算怎么做，但我想，你自有定论。"

王溱轻轻一笑，以筷指菜，道："小师弟还想吃它们吗？"

唐慎无奈地道："哪里还有心情吃饭？"

王溱放了筷子："那好，随我一同去书房，你为我研墨。"

唐慎双目一亮：王子丰终于要出手了？

他快步跟着对方进入书房，非常有耐心地给王溱研墨。只见王子丰慢条斯理地从书架上选了一张空白的折子，刚放到书案上，拿了一只羊毫笔悬在半空中，尚未落笔，就又停下。他打量二三，摇了摇头，又把这张折子放了回去，再拿了一张新的、更厚的折子。

王溱："景则，为我研墨。"

唐慎伸长了脖子。

纤细的羊毫小笔迅速落下，一列列清雅俊逸的小楷在奏折上纷繁呈现。王溱写得极快，唐慎看起来也很顺畅，然而看着看着，他的脸色就变了，他低呼道："罪己书！"

王溱手中动作没停，还在快速写字。

他写得快，可他写得太多，足足写了两个时辰，看得唐慎都累了，为他手酸，他还没写完！

没亲眼见到前，唐慎这辈子都想不到王子丰会写这样一封呕心沥血、剖腑诚心的罪己书，至少有万字之长！

一封奏折想写到万字，大多辞藻华丽，无病呻吟。可王子丰不同，他竟然能每一字都条理清晰，每一句都令人信服。看了这封罪己书的前半段，只让人觉得他竟然真是个这样彻头彻尾的庸臣、奸官，但看到后半段，又可见其无力挽回的悔过之心，自知罪孽深重、罄竹难书，于是不求宽恕，但求罢官回乡，愿皇帝息怒。

待到王溱再蘸了墨水，要继续写下去，唐慎心疼地道："还没写完？"

王溱停了笔，抬头看他："尚未收尾，小师弟可是困了？"

唐慎："不困，但是师兄，你这样做真的有用？圣上真会因为你这封……言真意切的罪己书，就饶了你的罪？"

王溱笑道："自然不会。余潮生想状告我之事乃是咱们陛下对臣子的底线，这封罪己书哪怕呈上去，我也最多落一个从轻发落。"

唐慎："仅仅如此？"

王溱认真道："仅仅如此。"

王子丰极其擅长揣测君心，连他都没有把握，那谁还能有把握？

唐慎担忧的同时也更松了口气，既然如此，那他之前私下派人去做的那些假证，如今看来并非白做。若真到了那时候，以他与王霄、梅胜泽等人的关系，就能顺理成章的顶罪，助师兄脱险。

写完这封厚厚的罪己书，王溱吹干墨汁，一回头就看见唐慎心事重重的样子。

王溱走上前，道："不必担忧。"

唐慎心道：我如何能不担忧？表面却说："我自然是信任师兄的。"

王溱笑了："看你这番表情，莫非又想着以你换我脱身？"

唐慎心中大惊，他没想到王溱一语点破了他心里的想法，也没想到王溱居然会用这么欢快的语气说出来。

"师兄居然还笑得出来。"唐慎抿了嘴唇，不再说话。

"你可是觉得我无法左右君心，此次是定然败了。但你可曾想过，我无法左右君心，有一人却可以。你又可曾想过，我确实无法左右君心，但是……我可以左右他人的心？"

唐慎："他人？"

王溱目光凝聚，气定神闲地一笑，真诚地感慨道："与我相比，余宪之当真是个好官！"

开平三十六年八月廿一，西北来报，辽帝突然驾崩，辽国大乱。

辽国共有四位皇子，大皇子、四皇子早早被幽禁、贬谪，没有夺位的能力。三皇子耶律晗正在上京，守在辽帝龙榻前，辽帝驾崩，他便是代王。二皇子耶律舍哥却还在大同府，听到辽帝驾崩的噩耗，耶律舍哥目眦欲裂，一剑劈碎了桌案。

"他如何敢，他耶律晗如何敢！"

耶律舍哥提着剑就要冲出军帐，被耶律勤拦下。

耶律舍哥几欲流泪，都说天家无父子，可辽帝待他极好，耶律舍哥虽然也一心盼着辽帝死，但真听了这消息，他还是悲痛欲绝。

"耶律大人，父皇昏迷不醒，可伤情早已稳定，怎会突然驾崩？怎么会！那耶律晗怎么敢弑父，怎么敢弑君！我定要斩了那畜生，让他不得好死！"

耶律勤高声道："殿下！您不要冲动，您千万冷静，冷静啊！"

耶律舍哥泪流满面："那个畜生啊！"

耶律勤："殿下！"

许久后，耶律舍哥停下了脚步，将剑插回剑鞘，他浑身发抖，满脸通红，但他闭上眼睛，任由眼泪从眼角流下。良久，他再睁开眼，抬手抹了把眼泪，已经恢复往日冷静到残酷的模样。

"是……是舍哥冲动了。"

耶律勤松了口气，他道："殿下，陛下驾崩已然不可挽回，但如今我们身在大同府，当务之急是赶回上京。十万黑狼军还剩六万，我们回了，耶律定随时可召回黑狼军。

殿下，六万黑狼军……还是太多了。”

耶律舍哥目光一闪，他淡淡地道：“确实多了些。”

耶律勤：“殿下觉得多少才算合适？”

“父皇给我留下三万虎贲军，两万金甲军。黑狼军是我大辽的第一铁骑，个个可以一敌十……最多一万，一万黑狼军，足矣。”

幽州城外，西北大营。

苏温允急得面红耳赤，他怒道：“你就任由那余潮生抓人？这幽州不是你的地盘吗，他抓人你就让他抓了？”

李景德硬着头皮道：“他抓的都是银引司的文官，本将军怎么管……”

苏温允骂道：“怎么管？废物！他派人去抓，你派兵去堵，现在是战时，管他什么文官武将，天高皇帝远，你懂不懂！”

李景德：“嘿，你怎么骂人！”

苏温允啐了一口：“骂的就是你这个蠢货！谁能想到辽帝突然驾崩了，想夺回焦州三地多简单，这一仗定能夺回，但能守多久，就看这一仗打得怎么样了！要是黑狼军不灭，待辽国大局定下，新帝登基，他们随时可以再打回来。李景德，你还想和辽国再打个十年，打得边境百姓十室九空吗？”

大梁，盛京。

余潮生刚从刑部大牢出来，秋老虎太热，他心口全是汗，刚走到尚书堂屋，一个官差就焦急地从外头跑了进来。

不知怎的，望着这官差因为奔跑而潮红的脸颊，余潮生心里咯噔一声，涌起了不祥的预感。

官差急急来报：“尚书大人，陛下宫中召见，请您急去。”

余潮生：“圣上是有何事？可传了口谕，怎的突然要本官进宫？”

官差：“并非只召见大人一人，还召了勤政殿的各位相公们。”

余潮生怔住：“发生了何事？”

官差：“辽帝驾崩了！”

第六十四章

人心

辽帝驾崩，皇帝迅速召集心腹于垂拱殿中商议国事。

辽帝已过天命之年，因年少时征战沙场，落了一身伤，近年来一直缠绵病榻，但是谁都没想到辽帝会在这个时候突然驾崩。

两国正是交战之际，辽帝驾崩，辽国突变，这是大梁进攻辽国的大好时机。

赵辅急切地问道："诸位爱卿，尔等可有良策？"

左相徐毖行礼道："如今两国交战，我大梁本就不落下风。臣以为，大梁早已不是二十六年前的大梁，哪怕寻常与辽一战，都未尝不可。当下正是辽国的多事之秋，更该乘胜追击，三地复土，指日可待。"

赵辅又何尝不知这是进攻辽国的大好时机，但徐毖将他心中的话说了出来，还说得如此肯定，皇帝连道三声好，欢畅地大笑起来。他站起身，走到自己这些臣子面前，高兴地说道："我大梁如何在中原大地上立威，自此不惧恶辽，就看此一战了！"

皇帝连夜下达诏令，举全国之力，战仓促之辽。

余潮生从垂拱殿中回来后，却怔然地坐在刑部尚书堂屋中，久久不能回神。

直到日落西山，天色擦黑，刑部官差悄悄进屋，询问他是否要点灯，余潮生才如梦方醒。他抬起头望着那位头发花白的老衙内，过了许久，待那人又问了一遍，他才突然站起身，道："不必了。"

老衙内不明所以，就见着尚书大人快步走出刑部衙门，仿若身后有什么洪水猛兽在追似的。

攻辽之事，迫在眉睫。

余潮生万万没想到他从幽州带回王霄四人时会遇见如今的局面。

那时，余潮生自行悄悄打探幽州银引司的消息，竟让他发现王子丰将手伸到了西北大营，利用银引司与武将们有所瓜葛。这真是天赐良机，他不给王子丰反应的机会，直接在临走时才抓了人回京，这样王子丰哪怕知晓了，也无力回天。

余潮生想过，王子丰与李景德等人勾结是为了一手把持朝堂大权，但他当时并不知道王霄等人为西北大营做的事是悄悄探入辽国，谋取情报。

如今王霄四人被关押在刑部大牢，该交代的事，已经交代清楚。

当棋盘上的所有棋子都徐徐落下，映入余潮生眼帘后，他终于看清了这一盘大棋。

早在三年前，皇帝派遣苏温允、唐慎一同去幽州，为的就是谋辽！他们借用银引司将人安插到辽国，此事与银引司千缠万结，恐怕连皇帝自己心里都清楚绝对瞒不过王子丰。但王子丰知道是一回事，他私下插手颇多就是另一回事。

这是一个大好的机会。

他可以向皇帝告上一状，假装不知道谋辽之事，就状告王子丰自持权重，一手遮天。

一道高亢的打更吆喝声骤然响起，穿过厚厚的院墙传到余潮生耳中，余潮生猛地回神，他一抬手，只见掌心里全是湿冷的汗水。

已经三更了，快要上朝了。

余潮生一夜未眠，他熬得双眼发红，走到书桌后，拿起笔就要写一封弹劾王溱的奏折，但他的笔还未落下，就又停住。

次日，唐慎从勤政殿出来，刚走出门，抬头就与余潮生撞上了。

唐慎微愣，他先行礼道："下官见过刑部尚书大人。"

余潮生也有些发愣，他抬手道："不必多礼。"

唐慎："大人脸色不好，可是身体有恙？"

余潮生："近日来公务繁忙，多谢唐大人关心。"

两人寒暄几句，各自离去。

唐慎回过头，只见余潮生迈步进了勤政殿，一路向左相堂屋而去。

大概是去找徐毖了。

唐慎目光暗了暗，转身离去。

余潮生来到左相堂屋，徐相正在翻看西北来的军情折子。见到余潮生来，他笑了笑，道："宪之怎的来了，坐吧。今日可真是忙得很，如今辽帝驾崩，两国战事吃紧，每一封军情都至关紧要，不得不看。"

余潮生坐了下来，道："西北战况如何？"

徐毖笑道："那二皇子耶律舍哥带领黑狼军在大同府参战，辽帝却在这个时候死了，你说如何？他又要打仗，又要与弟弟争夺皇位，虽说不知具体如何，但想来辽国很快就会陷入一场内乱吧。"

余潮生垂头不语，内心极为挣扎。

见状，徐毖立刻明白自家学生这次是有事而来，他也不逼迫，而是缓缓说道："宪之，你我师生多久了？"

余潮生："学生高中榜眼后有幸得恩师赏识，如今已有十八载。"

"每当你遇事不决时，便会以寡言相对。"

余潮生闻言愣住。

"瞧，就是你如今这番模样可是遇到什么事了？"

余潮生踌躇片刻，终是说道："学生是为一桩事而来。学生去幽州前，先生曾说过，能救我的只有我自己。上月我带了几个人回来，此事先生您也知晓，但您只知其一不知其二，这几人竟然是圣上安插在辽国的军情细作！"

徐毖喝茶的动作微顿，他放下杯盏，叹气道："果然如此！我早有猜测，但始终不敢肯定，如今看来，此事是真，所以你是觉得你抓了那几个人会影响到两国战局？"

余潮生不说话。

徐毖："糊涂！若那四人真如此重要，李景德会允许你抓他们走？周太师会允许？哪怕是当今圣上都不可能准许你做这等事！他们或许重要，但并非关键，没有他们，未必不行，只是可能会影响一二罢了。"

余潮生："学生知错。但是若学生真的在如今告王子丰一状，朝中大臣很难猜测不出圣上在西北的布局。"

徐毖猛然明白了自家学生的意图，他静静地望着余潮生。

"宪之啊，人有不为也，而后可以有为。"

余潮生呆立许久。

当日，幽州军报八百里加急，快马加鞭地送到盛京。

同一日，尚书左仆射兼银引司指挥使王子丰请求面圣，向皇帝要回被刑部尚书余潮生扣押的四人。

皇帝察觉到其中的暗流涌动，他笑着问王溱："子丰呀，这四人便那般重要？"

王溱恭敬道："回陛下的话，臣为银引司指挥使，银引司的任何事都瞒不过臣，臣以为，这四人确实较为重要，尤其是如今，格外重要。"

皇帝轻轻笑了笑，随意下了道旨意，要余潮生查明案情后速速放人。

这便是皇帝。

赵辅明知王溱晓得自己在西北的部署，但是他要的是王溱晓得，而不是王溱插手。若是他真想王溱去做这件事，当初大可不必派苏温允和唐慎去。派唐慎去，是给了王溱一个得势的机会，只派唐慎却只字不告知王溱，却也是一个浓烈的警告。

晚上修仙时，赵辅心情舒畅，倍感得意。

他来了兴致，半夜登上了虚极楼，望着城中的盛京风貌，他对贴身太监季福道："朕虽只居一隅，但这天下都在朕的手中啊！"

季福赔笑道："神陆九州，皆是陛下的。"

赵辅摇摇头："这土地上的人也都是朕的。"

徐毖？王诠？陈凌海？耿少云？

王溱，苏温允，余潮生，唐慎……

哪怕是那自以为最懂他的纪翁集，谁不是被他玩弄在鼓掌之中！

季福自然不懂皇帝的意思，可是他活了六十年，他曾还是个小太监的时候就听管事公公说过，人老了都会骄傲自矜。这世上人无完人，谁都无法永远当聪明人，或许永远当个蠢人，至死才会知晓蠢才是永远的聪明。

赵辅满以为自己牢牢地拿捏住了王溱和余潮生。

若是王溱真插手谋辽之事，余潮生定然会参他一本，否则，王溱定不会饶了余潮生，他会借着邢州案让余潮生就此难以翻身。

然而这世上，最变幻莫测的便是人心。

八月廿七，余潮生刚入刑部衙门，就有官差送来一封请柬。

余潮生打开一看，默然许久。

当日下了衙，他来到千里楼。千里楼四楼的雅间早已被人包下，仆从引路，余潮生推门进入雅间时，就见王子丰站在窗边，正眺望远方。

余潮生作揖行礼："下官余潮生，见过左仆射大人。"

王溱转过头，目露喜色："余大人。"他大步走上前，笑道，"不必多礼，快快请坐。"

余潮生坐下，两人开始用饭。

千里楼是景王府的产业，多有朝廷官员在此集聚，所以四楼的雅间个个清幽僻静，还有小门可以出入，不怕被他人撞见。

两人吃完饭后，开始寒暄，说的大多是朝廷的事，最近西北战事吃紧，于是说着说着余潮生便发现他们说的几乎都是幽州的事。

可王溱突然转口："余大人可知晓你刚进来时我在看何处？"

余潮生刚进门时王溱确实在凭栏远望，不知看哪儿。

余潮生："下官不知。"

王溱笑了："你随我来。"

两人来到窗边，王溱推开窗户，指了其中一处："余大人可觉得那里很眼熟？"

余潮生年逾不惑，如今又是黄昏，光线昏暗，他一时没看清。他眯起眼睛看了一会儿，醒悟道："那里是琼林苑？"

王溱："正是琼林苑。"他露出回忆的神色，"每逢三年一度的殿试，圣上亲点三甲。一甲三人信马游街后，当夜所有进士便会在琼林苑参加那场一生只有一次的琼林宴！如今想来，那一夜已是十八年前的事了吧。"

余潮生又怎能不心生感慨："都说人生大喜，便是金榜题名时。"

王溱："我记得余大人在琼林宴上，曾说过这样一句话。"

余潮生抬头看向王溱，他目光疑惑，可不知怎的，头脑却无比的清明。他早已不记得十八年前自己说过什么话，但他的心里有一个声音在告诉他王子丰接下来会和他说什么，而这句话又会如何将他打入万劫不复的境地。

王溱真诚地望着他，语气温缓，笑道："圣上问一甲三人，为何入京进考，苦读十年。余大人当时太过实诚，是如此回答陛下的，令子丰记忆犹新，恍如昨日。你说，你并非苦读十年，你已苦读二十载，至于为何进考当官，余大人说……”

余潮生接着他的话道：“学子之苦读，大也有寻求为何苦读这一缘由罢了。”

王溱微微笑道：“是，那如今十八载过去，余大人可有找到那缘由？”

余潮生深深地看了王子丰一眼，他弯腰作揖：“宪之此生，不及王大人。”

王溱骤然动容，他也同样回以一礼，再开口时，字字真切，发自内心。

“余大人高洁，今日，王子丰心悦诚服。”

虽说无法将梅胜泽、王霄从刑部大牢中救出，但唐慎依旧亲自去了一趟刑部，只可惜还未见到人便被刑部官员拦下了。

“唐大人，刑部大牢中关押的皆是要犯、案犯，若无尚书大人或大理寺卿的手令，本官是不能为你开门的。”刑部左侍郎冲他笑道。

唐慎来之前就知道这一趟可能见不到人，他望着这国字脸的刑部左侍郎，端端正正地作了一揖，对方也不敢怠慢，立刻回了一礼。

唐慎：“同朝为官，高大人应当也有许多同窗好友，梅灵甫、王岱岳皆与我同榜，乃是挚友，本官的心，大人应当明白。若这二人真犯了大错，那绝不可姑息。但他们都是大梁的官员，身体发肤受之父母，怎能随意践踏？”

言下之意，希望这高大人多多照拂，切莫严刑拷打。

刑部左侍郎心道：你就算这么说了，该打的，咱们肯定还是会打的，而且这都已经打过了，梅胜泽、王霄两个书生从小娇生惯养，哪里受得了这种苦，早就交代了一些事，都写在案牍里送去尚书大人的桌子上了。

表面上，他笑道：“自然，请唐大人莫要担忧。”

唐慎深深地叹了一口气，拂袖离去。

辽帝驾崩后，赵辅立即派兵前往西北增援，想趁着辽国内乱之际，一举大败辽国。西北战事吃紧，日日都有军情快马加鞭地送来盛京。就连唐璜、姚三都感觉到整个盛京城中的紧张氛围，用晚饭时，唐璜好奇地问道：“哥，咱们是不是又打胜仗了？”

唐慎：“你都从哪儿听来的消息？”

“他们都这么说，辽国皇帝驾崩了，辽国那群人正抢着当皇帝呢，哪里有空去管打仗的事？所以咱们打了好几场胜仗，都快把那些辽人打疯了，这次说不定能直接攻下辽国！”

唐慎无奈道：“叫你别老听这些街头巷尾乱传的谣言，打胜仗是真，但攻下辽国？我就问你，攻下辽国后，我们要那辽国作甚？辽人是游牧民族，遍地草原，只有几座大城池。攻下辽国后，辽人只用拔了帐篷，就可消匿在茫茫草原中，而我梁人还要去寻觅他们？去管理这片大草原？往后或许可以，如今却是无能为力了。”

唐璜早已不是当初那个懵懂无知的乡野小姑娘，听了唐慎的话，她恍然大悟。但她抓住重点：“所以，我们真打了胜仗？”

唐慎笑道：“是，真打了胜仗。”

唐璜止不住地笑起来。

连唐璜这样一个长袖善舞的商贾都察觉到了两国如今的局势，且由衷地为其欣喜，朝堂之上，每每到上早朝时，赵辅那欢悦的心情已然藏不住了，跳跃于飞起的眉梢和眼角间。

武将汇报完了西北军情，赵辅声音轻缓："诸位爱卿，可还有事要奏？"

紫宸殿中，武将们说完了事，眼睛一瞥，就看向左边那群文官。

文官队列的最前端，左相徐毖双手捧着玉笏，微微垂首望着殿中金砖，悄然不语，而他的身后，其他几位相公也兀自看地。徐毖那张老谋深算的脸被玉笏遮了大半，连赵辅都看不出他此刻心中所想。

足足等了一刻钟，并无官员出来说话。

赵辅抬手道："那便退朝吧。"

大太监季福拉长了嗓子，高声道："退朝。"

徐毖依旧低头看着地面，然而他的余光始终死死盯着左后侧的方向。高台上，皇帝摆驾离去，待到他离开，徐毖猛地抬头，目光如炬，看向站在自己身后的余潮生。

余潮生被这倏然射来的视线震慑住，头皮一麻，嘴唇微动，却说不出一个字。

徐毖不曾言语，按着百官退朝的顺序，他先行离开，待回到勤政殿后，他唤来官差，让其将刑部尚书余潮生请来。官差很快去唤人，谁料半个时辰后，不见余潮生，只有官差自己来复命："刑部尚书大人进宫面圣了。"

徐毖一愣，露出喜色，抚着胡须叹息道："总是没那么无可救药的。"

当日下午，刑部大牢便放出了四名案犯。

梅胜泽和王霄从刑部大牢中走出时，两人皆恍若隔世，被阳光刺伤了双眼，久久不能回神。唐慎早就派人去接他们了，另外两位银引司的官员则被王溱派人接走了。

梅胜泽与王霄被人接到工部，与唐慎匆匆见了一面。

两人见到唐慎，都双目通红，喉头哽咽。

梅胜泽："景则……"

唐慎："不必多说，你们今日能从牢中出来，是因为皇上下令，要你们回幽州重新赴任，你们不可在京中久留，得尽快回幽州，以防生变。今日我只是短暂地见你们一面，我只问你们一个问题，你们在牢中时可曾说出什么？"

两人倏地沉默下来。

梅胜泽羞愧难当，他咬牙切齿，没法向唐慎交代。

王霄年长他们几岁，他长叹一声，道："惭愧啊！曾几何时，我与灵甫被那余潮生从幽州抓走时，回京的一路上我与他都说此去定会守口如瓶，不让对方得到一丝消息，然而……我们终究是说出了一些事，我交代出了那乔九的事。"

梅胜泽愧疚道："我也交代了一些，包括林栩与乔九等人的关系。"

唐慎默了默，问道："哪里受了伤？让我瞧瞧。"

王梅二人皆是苦笑摇头。

王霄："刑部的狱卒有千百种法子让你生不如死，如坠阿鼻地狱，却瞧不见一丝伤口。伤是见不着的，那一幕幕我也不愿再回想。只是对不住景则，对不住王相公。"

事已至此，王霄和梅胜泽早已猜到余潮生抓他们是为了对付王溱。

梅胜泽："王大人可有受到牵连？"

唐慎："不曾。"

"啊？"王梅二人互视一眼，"这怎的可能，那我们是如何出来的？"

唐慎："此事我也不知。时间紧迫，你们先赶紧回幽州吧。"

将王霄和梅胜泽送去幽州后，唐慎急急地来到勤政殿，想找王溱问清楚到底发生了何事。同时他也要将王霄、梅胜泽交代出去多少情报的事告知对方，以防再生事端。

勤政殿中，唐慎刚走了没两步，便在花园回廊中与一人迎面撞上。

唐慎看着对方，目露惊讶。

余潮生看着唐慎，也颇为错愕。

两人望着对方，唐慎行礼道："下官见过刑部尚书大人。"

余潮生："唐大人不必多礼。"

唐慎心中困惑，他始终不明白余潮生怎么突然就放手了，不仅将王霄四人放出大牢，还一点没为难王溱。若是王霄四人守口如瓶、一字不说也就罢了，可他们该说的都说了，怎么余潮生还不发难？

这时，余潮生先开口了："唐大人步履匆匆，可是有事？"

唐慎思索片刻，道："下官有事求见尚书左仆射。"

便是要见王溱了。

唐慎："大人是要出宫？"

余潮生："并非，我去见左相大人。"

二人并无什么话可说，唐慎便想告辞离开，然而余潮生忽然说道："有件事说来也巧，六年过去了，唐大人倒是一直不知道。"

唐慎心中警惕，抬起头："哦？何事，请大人指教。"

"本官回京后便一直在勤政殿当差，当时唐大人还是中书舍人，也在勤政殿。巧的是，每每本官来勤政殿，总是会在各个地方偶遇唐大人，只可惜每次唐大人都未曾瞧见我，只是我瞧见了唐大人。"

"还有此事？"唐慎惊讶地道，他没想到余潮生要说的是这个。

"确有此事。"余潮生露出回忆的神色，"算来，少说也有十余次了吧。"

六年十几次，听上去不多，可是这六年里，唐慎有两年不在勤政殿当官，又曾被派去刺州、幽州，同样，余潮生也公务繁忙，未必会日日在勤政殿，所以偶遇十几次，绝对是个不小的数字。须知道，同样是在勤政殿为官，唐慎这些年偶遇苏温允的次数，别说一只手数得过来，似乎就两次。

余潮生："只是最近两次，每每都正巧与唐大人撞上，再也不会阴差阳错。唐大人可相信命运？"

唐慎狐疑起来，他有些不明白余潮生今天对他说这些话是什么意思。

余潮生："本官是信命的。"他笑了笑，"左相急寻本官，不再多说，就此别过。"

唐慎怀揣着满肚子的疑惑，作揖道："大人慢走。"

余潮生迈步向左相堂屋的方向而去，唐慎看着他的背影，良久，他才抬步去了王溱的堂屋，只可惜扑了个空，王溱竟然不在，他去垂拱殿面圣了。

等了一个时辰，王溱从垂拱殿回来，他一进门见到等候已久的唐慎，脚步顿住。

一人站在屋中，一人站在院里。

王溱抬头一望，微微笑开："见过梅胜泽和王霄了？"

唐慎大步走过来："见过了，你从垂拱殿回来？可是那余潮生发难了？"

王溱："不是。邢州案事关紧要，虽说如今朝廷忙于西北之战，但邢州案也不可忽视。我身为尚书左仆射，一直关注此案案情，如今有了些眉目，自然要进宫报与圣上。"

唐慎："啊？"

王溱瞧着唐慎茫然的样子，道："小师弟不是早就知道的吗？借邢州案，我定要徐党元气大伤。"

"但如今哪里是说这件事的时候，银引司之事，圣上没有怪罪于你？"

王溱露出迷茫的神色："银引司出了什么事吗？"

"……"

"说，你到底是如何逼迫那余宪之不拿银引司之事告你一个独揽大权、一手遮天的大罪的？"

唐慎来势汹汹，大有"兴师问罪"之势，王溱悠然一笑，道："小师弟，如今我俩可是在勤政殿，你说得如此大声，不怕他人听见？"

唐慎道："这院中除了你这尚书左仆射的堂屋，只剩下户部两位侍郎了，他们两个难道不是你的人？"

王溱："右侍郎不是。"

唐慎："那左侍郎徐令厚便是了。"

王溱但笑不语。

唐慎也只是嘴上说说，他将门窗都关上后，回头一看，王子丰已经坐在罗汉榻上拂袖沏茶了。王溱以掌将一盏茶推到唐慎面前，自己则气度闲雅地品了一口，接着轻描淡写地问道："王霄和梅胜泽，将该说的都说了？"

唐慎接过茶，也不瞒着，若是王溱想知道，早晚会知道。

"是，刑部大牢里的酷刑，连武将都受不了，更不必说他们两个文官。"

王溱："小师弟不是想知道为何那余潮生突然放人了吗？"

唐慎抬起头："嗯？"

王溱清雅的面庞上露出一抹从容的笑意，如清风拂水，声音温缓："正是因为王梅二人说了该说的，余潮生也懂了该懂的。"

唐慎一愣，他微微揣摩出了一些含义。

王溱接着道："两年前皇上将你与苏温允安排至幽州，分别指了不同的差事，为的便是掩盖事实，颠倒乾坤。如今两国大战，正值辽国内乱，虽说我大梁难以一举攻下辽国，但夺回三州之地，却已成了板上钉钉的事实。此时正是重创辽军的大好时机，若此刻余潮生在圣前告我一状，他必然得说清楚我王子丰是如何用四个银引司的官员，犯下独揽大权的罪的。"

说到这，王溱颇为感叹："他着实是个好人。"

原本唐慎就有些明白王溱的用意，此刻听他一说，他全然领悟。唐慎也不由地说道："我在来之前碰到了余潮生，他与我说了一些关乎命运的话，接着他便去见左相了。我想，如果是徐相，结局恐怕大有不同。"

"大有不同？自然是会截然不同！徐相生性敛然，似重重迷雾，难以捉摸，他谨慎战兢，少有差错，每走一步，皆会考虑往后三步，可谓步步警惕。但哪怕如此，面对这样的选择，他也会选择参我一本，否则我王子丰不倒，下一个倒下的便是他。"

唐慎："但余潮生不同，参你一本，等于将皇帝在西北的部署公之于众，即使他含糊其词，也或许会被人发觉，猜出真相。只要有一丝可能，都不能冒险。别说此刻正是两军交战之际，甚至往后，哪怕大梁胜了，我想余潮生或许也不会告你，因为那些安插在辽国的探子如果被发觉了，我大梁就少了极其有利的一把利刃。"

王溱蹙起眉头："景则。"

王溱很少会直接喊唐慎的字，因两人是同门师兄弟，所以他时常喊的都是"小师弟"，但此刻唐慎没想太多，只下意识地"嗯"了一声。

王溱轻飘飘地说道："你何时对那余潮生心生好感了？"

"啊？"唐慎懵逼地看他。

好感？啥玩意儿？

王溱定定地看他，目露受伤："余潮生如今确实放了那四人，不再追究，弃子认输。但你怎知道如果现在不是两军对峙之际，他就会放弃此事？在你心中，他竟然有这般好的品性，值得你去信赖？"

唐慎："……"

王溱："与之相比，我又如何？"

唐慎："……"

王溱右手拿着茶盏，抬起秀雅狭长的双目细细凝视着唐慎。换作旁人说了这样的话，露出这番神情，似乎应该是真的动了怒，但是，眼前这人是王子丰。

唐慎先琢磨了一下，这话算不算撒谎，不提前告知有没有违反约定，思虑片刻后，他觉得这次的话和撒谎扯不上关系。

想了想，唐慎道："我给师兄讲个故事吧。"

王溱静静地望他："你说。"

唐慎回忆了一会儿，清清嗓子，道："一屠晚归，担中肉尽，止有剩骨。途中两狼，缀行甚远。屠惧，投以骨……"

"……禽兽之变诈几何哉？止增笑耳。"顿了顿，唐慎拍拍手，"好了，说完了。"

王溱一手撑着下颚，安静地听完，没有出声。过了片刻，唐慎没忍住："师兄你在看什么？"

王溱抬起双眼："师兄？"

唐慎："嗯？"

王溱从容起身，淡淡地道：“此屋中只有尚书左仆射，没有你的师兄。”

“啊？”

王溱眼神似刀，直直地射入唐慎的眼底，他声音冷然：“工部右侍郎大人，你不好好在工部衙门当差，到我屋中做何事？光天化日还遮蔽门窗，可是想向本官私下贿赂？”

唐慎立刻站起身：“不是，师兄，你又怎么了……”

“不是你说的吗？禽兽之变诈几何哉，止增笑耳。”

唐慎这才反应过来，他有些着急地道：“我不是那个意思。”他骤然明白，他想调侃王子丰，人家余潮生为了两国战事不再告发他，他却依旧要搞垮对方，而且他讲这个故事还有另外一层含义，唐慎解释道，“你瞧，故事里有两只狼，屠夫赢了，但如今是咱们赢了，这不是说你棋高一着吗！再说了，哪怕你是狼，那我就是另一只狼啊，咱们狼狈为奸……”

声音戛然而止，唐慎望着王溱眼底再也藏不住的笑意，他嘴角一抽。

摔门而出不是唐慎的性格，让他指着王溱责骂他也说不出口，憋到最后，唐慎：“你又违反约定！”

王溱自责道：“是，我又不遵守规定，但不是你先说我的吗？”说罢，眨了眨眼。

唐慎：“……”

“我根本没说错，衣冠禽兽！”

王溱露出惊奇的神色：“衣冠禽兽？这个词倒是形象，比你刚才讲得那个冗长的故事更精准。”

唐慎差点要脱口而出“从未见过如此厚颜无耻之人”，但他怕王溱再欣然接受，干脆闭口不提。

下了衙，唐慎还有点生闷气，见尚书府的厨子做了一桌好菜，他的脸色才缓过来。

唐慎指着这桌琳琅满目的菜：“我每天来你这儿，定是因为这厨子做菜太好了。”

王溱煞有其事，刚要说话。唐慎却快速道：“你可别说我欣赏这厨子更胜过于你。”

王溱一愣，过了好一会儿，他才幽幽地道：“我怎会说这样的话？”

第六十五章

升迁

入了九月，西北战事频频告捷。

赵辅龙颜大悦，百官的日子自然好过。

笼箱的建造也在一日日地进行，似乎万事顺遂，然而逐渐的有官员发现，刑部尚书余潮生似乎与其恩师徐愢生了嫌隙，徐愢和余潮生在勤政殿碰到，都只是行礼问好，不再多语。

盛京城中，掩藏在战事顺遂之下的，是暗潮涌动的朝堂大势。

开平三十六年九月初二，大同府外三十里处，乌云低垂，云气凝滞。

嘶吼声、马蹄声震荡大地，刀戟相交碰撞，发出铮然声响，鲜红的血液喷涌而出，洒在黑黝黝的地面上，顷刻间与土壤融为一体。空气里，血腥味、汗味、马匹的牲畜臭味融在一起，味道混乱不堪，好像一把沉重的大锤轰然锤在大地上，让人难受到想要呕吐。

天空倾轧，与四周庞大的山体相比，这万人对战显得渺小又残忍。

这一战，杀得昏天黑地，血流漂杵。

黑狼军节节败退，梁军乘胜追击。

周太师于军帐中运筹帷幄，当斥候传来前线消息时，他双手震颤，猛然起身，年迈的老将穿甲披胄，一手拔出帐中那柄漆黑鎏金的画杆方天戟，高声喝道："随本帅出征！"

帐中，诸位老将热泪盈眶，纷纷响应：“末将愿追随大元帅！”

九月初四，西北军情传至盛京，皇帝看后，连道三声好。

开平三十六年九月初二，征西元帅李景德率领飞龙军大败敌军两万人，趁势反攻，攻下城门！

时隔百余年，大同府再次归属梁人。

拿下大同府后，西北大军势如破竹，仅仅三天便攻下了临肇府。

辽国朝堂内外一片哗然。

辽帝刚驾崩，两国战事又吃紧，正是辽国内外动荡、风雨飘摇之际。派去大同府参战的十万黑狼军此刻只剩下不足四万人，王子太师耶律定怒而不发，好似一只蛰伏伺机的猛虎，等待适当时机发出致命一击。

因辽帝刚驾崩不久，南方战事大败，辽国官员纷纷上书，请王子太师裁定，尽早与梁国和议。

二十六年前，大梁与辽国断断续续打了十年的仗，最终是大梁险胜，可辽国来议和时却趾高气扬，丝毫没有战败国的羞耻与胆怯，可如今，辽国使团快马加鞭来到盛京，礼部尚书孟阆再次作为使臣，接待对方。

辽使再不那般张扬跋扈，当日，辽使请求觐见梁帝，被孟阆一口回绝。

“再过数日便是我大梁皇帝的天诞之际，辽使可有准备好贺礼？”

领头的辽使一时错愕道：“梁国皇帝的生辰，不是还有一月之久？”

孟阆双目炯然，声音呵斥：“那便是没有贺礼了？没有贺礼，空着手去见我大梁皇帝，辽使可知，我大梁是礼仪之邦，所谓来而不往非礼也，但既然未曾有‘来’，那自然就不会有‘往’。”

辽使无奈，只得差人回国给梁帝准备贺礼。

待到九月下旬，两方和议，重新签下和平协约。

辽使怒道：“大同府与临肇府便罢了，如今已被攻下，但金熙府为我大辽领土，如何能送给你们梁人？”

孟阆冷笑一声，据理力争：“辽使口中的大同府、临肇府和金熙府一百多年前还不叫这个名字，它们叫焦州、函州、定州！既然早是我大梁领土，为何不归还给我大梁？”

辽使讽刺道：“为何？当本官不知道，你梁国的西北军在金熙府外攻了半个月，连城门都没摸到过吗？”

金熙府是三府中最易守难攻之地，它三面环山，一面傍水，中原西北之地最大的一条河流熙江，就挡在金熙府与临肇府中间。梁军想要渡河，就花费诸多力气，元气大伤，想再攻下金熙府，难如登天，所以梁太祖改了此地名字，称为“定州”。

不是攻不下，但需要耗费大量人力财力，这事孟阆如何不知晓？他亦知晓如果他今日无法拿下定州，那么第二日，李景德便会率领十万大军再次攻向定州。

李景德回京时曾调侃他，说他们这些文官只是笔头嘴皮上的工夫，可孟阆闭上眼，再睁开时，他仿佛在那长长的桌案上，看到了杀声四起的沙场，黄土漫天之际，刀刃相向，血肉横飞，尸横遍野。

孟阆定了定神，他微微一笑，道："哦？据本官所知，如今你辽国二皇子耶律舍哥，刚刚回到上京吧？"

辽使面色一变。

"辽帝驾崩，辽国正是内忧外患之际，我大梁兵强马壮、国富民强，金熙府虽说易守难攻，但若是强攻，必然会回归大梁。只是到那时，将最难攻下的金熙府攻下后，我大梁铁骑大可一举向北，乘胜追击。"

"你敢！"

孟阆怒目圆睁："我大梁男儿，征战沙场，马革裹尸，一往无前，有何不敢！"

开平三十六年九月廿九，两国签订协约，辽国归还焦州、函州、定州三地，并赔偿白银二百万两，宝驹一百匹。

此约一出，举国欢腾。

皇帝大赏孟阆，赐观文殿大学士，兼任礼部尚书。

唐慎也颇为讶异，此时梅胜泽因为被抓一事，风头正盛，在回幽州交接完官职后，便被唐慎找了个机会调回盛京，在工部任五品郎中。原本唐慎也打算调王霄回京，但王霄选择留在幽州，继续办差事。

西北大捷，百官欢喜，梅胜泽也难掩喜色。

唐慎道："三州还梁是板上钉钉的事，我却没想到孟大人竟然还能从辽人嘴里撬出赔偿。"

梅胜泽："二百万两白银虽说丰厚，但对我大梁来说只不过是一年税收罢了。只是宝马难求，这一百匹汗血宝马可是真正的宝贝。"

"岂止如此！"唐慎感叹道，"孟大人着实是花了工夫的，这二百万白银和一百匹宝马不仅仅是钱财，更是千年后回望如今我大梁再也不畏惧辽国的开始！"

千载万事，史书一字。

唐慎如何不明白《焦州协约》定然会是史书上浓墨重彩的一笔。

如此，西北大军班师回朝。

十月初四，皇帝亲自出城门迎接。

这一幕二十六年前也发生过，那时大梁惨胜，大军回朝，那时才四十多岁的赵辅出了城门，双手扶起老太师，赐下了"太师"名衔，成就了大梁开国以来唯一一个活着的太师。

二十六年后，唐慎站在三品官员的队列中，他抬起头，只见那朝阳升起之处，十万大军浩浩荡荡、气势巍峨，马蹄踏过之地，皆是阵阵撼动。身披银甲的年轻元帅手持长枪，头顶金玉银翎，他单手撑着马鞍，一跃而下，单膝跪地，对皇帝道："臣李景德不负所托，携西北大军面圣！"

赵辅龙颜大悦："好！"

言罢，他拉着李景德的手进了盛京城门。

百官紧随其后，一同回城。

苏温允远远瞧见此情此景，鼻子里发出一道冷哼："没承想周太师没回京，倒是派他回来了。"

周太师留守西北，镇压三军，所以此次班师回朝是由李景德领军。如果太师回来，皇帝就会去扶起太师，而不是李景德了。

"李将军的胡子怎么刮了？"

苏温允猛地回首，只见唐慎不知何时站在他的身后。

唐慎行了一礼，轻轻笑道："苏大人。"

苏温允看他一眼："唐大人。"

唐慎作狐疑状："苏大人可知为何李将军把胡子刮了？在幽州时我听人说过，李将军生了一张俊俏面庞，每每上阵杀敌，都不具威慑，于是他特意留了一脸络腮胡，作威武雄壮之姿。"顿了顿，唐慎认定，"胡子便是他的命。"

苏温允好笑道："我如何知道，那李景德想刮胡子就刮，关我何事？"

唐慎："哦，这样啊，下官明白了。"

唐慎没再说话，他意味深长地看了苏温允一眼，看得苏温允嘴角一抽，还没说话，就见唐慎转身离去了。

苏温允："……"

你明白什么了你明白？！这到底像谁？这种可气的模样，眼熟极了！

苏温允倏然一愣："王子丰？"

苏温允若有所思。

当日回府，唐慎将自己调侃苏温允的事告诉了王溱。

"我早就听梅胜泽说了，李景德刮胡子是因为苏温允说不刮胡子就不给情报，于是我就学着师兄那样，拿话堵一堵苏温允，调侃他。以前不觉得，现在才发现看别人无话可说的样子可真有趣极了，难怪师兄总是这样。"

王溱顿然失笑。

天子大寿，西北大捷，双喜临门。

开平三十六年十月十三，皇帝大赏功臣。

朝堂上，几乎一半武将都官升一品，文官们也各有赏赐。

唐慎和苏温允本该受到赏赐，但因谋辽一事为隐秘，不可暴露，所以皇帝私下分别召见二人，许以嘉奖，也安抚二人不必焦躁。

唐慎自垂拱殿出来时心中已经有了定数，他知道自己的赏赐少不了，只是需要一个时机。

所谓时机，总是来得无比突然。

十一月廿七，工部造改部研发新型纺织机，与笼箱相配使用，同时可织出十匹布，且耗时极短。这新型纺织机便是唐慎带领工部官员、工匠研发出来的，他们改良斜织机，设计出了新型纺织机。

纺织机织出的第一匹布被唐慎拿去送到了圣前。

赵辅轻轻抚摸这匹布，此布比不上蜀锦、比不上苏绣，但他看了许久，然后抬头对唐慎道："这便是景则曾经与朕说的新的世界？"

唐慎不卑不亢，作揖道："这便是新世界的开始。"

待唐慎离去后，赵辅坐在龙椅上，声音平缓地对大太监季福说道："这朝堂上，你知晓朕最喜欢谁吗？"

季福心里咯噔一声。

皇帝要么不说话，一说话就要人命，这就是伴君如伴虎。

唐慎刚刚才出宫，皇帝就问这话，季福眼珠子一转："奴婢觉得每位大臣都是国家的股肱之臣，奴婢也不知晓官家最喜欢谁，但奴婢看来，奴婢最喜欢的是唐大人。"说到这，季福害羞地笑道，"官家也知道，奴婢是个阉人，没有子孙的。太监们多会在宫中收干儿子，奴婢也收了一个，每每看到唐大人，总让奴婢想起那干儿子，都是一样贴心，唐大人对官家，总是如此贴心。"

和赵辅从小一起长大，季福早就知道自己做的事从来瞒不住这个皇帝，所以有时候他就会说出自己的一些小秘密，这些事皇帝或许早就知道，但听他自己说出来，总是不一样的。

果然，赵辅指着他笑骂道："你竟然把唐景则和一个阉人相比？"

季福脸色大变，赶忙跪下："奴婢不敢，奴婢说错话了，奴婢掌嘴，求官家恕罪。"一边说，季福一边抽自己嘴巴子。

等他抽了自己十个嘴巴子，赵辅才道："好了，起来吧。"

季福委委屈屈地说道："是。"

赵辅幽然道："这朝堂之上啊，朕信不过徐毖，信不过王诠，信不过王溱，信不过李景德，朕唯独信一个人，那便是周太师。但如今朕忽然觉得，唐景则……"声音戛然而止，赵辅屈起手指，敲了敲桌子。

季福小心翼翼地抬起眼睛看他。

赵辅道："唐景则是真的想为大梁做些事，而不仅仅是为朕做事啊。"

开平三十六年腊月初二，工部右侍郎唐慎督造笼箱有功，擢升右散骑常侍，为二品虚衔。

腊月初三，唐慎刚升了官，来勤政殿时，迎面正巧撞上一人。

看到对方，两人都是微愣。

唐慎作揖道："如今我是信了余大人所说的，我与余大人确实有缘，总是会遇上。"

余潮生也回以一礼："还未曾祝贺，恭喜唐大人官升一品。"

唐慎："多谢余大人。"

余潮生："我还有事。"

唐慎："慢走。"

两人在勤政殿的花园中，擦肩而过。

唐慎来到自己的堂屋时，梅胜泽早已在门外等候多时。

梅胜泽伸手从唐慎的肩上捋起一片雪花："下雪了。"

唐慎抬头看他，这才发现天空中不知何时已经飘起了雪花。

这是今年冬天盛京的初雪。

次日，大理寺少卿上书垂拱殿：“回禀陛下，邢州一案如今已是查明，罪官孙尚德于牢中畏罪自尽，但臣顺着其余人马抽丝剥茧，终于找出真相。陛下，此案涉及甚广，虽说大多是五六品的官，但其中亦有一人，虽非主犯，如今却已经官居二品。”

赵辅早已猜到有此结果，他问道：“竟有二品大官，敢犯下此等祸事，是谁？”

大理寺少卿作揖行礼，坚定地说道：“正是当朝吏部尚书兼银引司副指挥使余潮生余大人！”

邢州一案的核心人物孙尚德早已死在牢中，但大理寺和刑部官员顺藤摸瓜，依旧掀开了这张盘根错节的关系网。

邢州案起始于孙尚德等一众五六品小官贪污腐败，亏空府库，其实这或许并非特例，在大梁三十六州，或许其他府地也有类似的事发生，大多能瞒下，不出纰漏。贪官总是抓不尽的，可十七年前，西北那一场大雪令这一众犯官贪污受贿的“小事”成了大事。

大理寺官员将案情写成折子，呈到圣前。

皇帝龙颜大怒。

其中牵扯甚广，而官衔最高的官，便是余潮生。

余潮生当晚便被宣入宫中，垂拱殿内，皇帝将官员弹劾他的折子摔在他的身上。

赵辅：“你还有何话可说！”

余潮生的官袍被奏折砸出一个褶皱，他低着头，弓着腰，从袖中取出一封折子，递到皇帝面前。

“罪臣余潮生，请陛下恕罪。”

季福将余潮生的折子拿上来，交到皇帝手中。

皇帝翻开那折子看了起来，看着看着，赵辅冷笑了一声，再一抬手，余潮生的这本折子也被他砸在了对方身上，赵辅压着声音，似笑非笑道：“朕瞧你是早有预谋！十七年来，你当真对当年的事没有过一丝怀疑？但凡你余宪之早早说一句，朕都可网开一面。

“余宪之啊余宪之，你是当朕蠢，还是当你蠢？你想让朕，觉得你是蠢，还是睿敏？”

余潮生早有准备，可面对天子一怒，他还是止不住心颤：“臣不敢。”

赵辅：“朕对你失望至极！”

余潮生心中一凉，他抬起头看向皇帝，皇帝却再也不看他一眼。

其实邢州一案刚被御史奏荐的时候，徐毖就问过余潮生他究竟有没有牵扯其中，余潮生说的是“绝无可能”。确实，他并非那一众贪污受贿的邢州罪官一党。

那时余潮生刚中了榜眼，在京中当了一年京官，便被外派去了邢州做官。他是个外来官，如何能那么快融入这些五六品小官的团体中，所以他确实没参与其中。可邢州雪灾后的几年，余潮生辗转多地，一步步升官，一步步看清官场。

这时他回过头看，才明白当初自己在邢州察觉到的一丝异常，那一分他嗅出了苗头但因资历尚浅、经验不足而没有妄下定论的事究竟是什么。

他从未真正贪墨府银，但他并非真的不知晓。

赵辅又何尝不知?

余潮生写的那一封奏折就是陈明自己从未贪贿，确与邢州案无关的陈情书，可赵辅问他的是“你是不是早就猜到真相？”“你只在奏折中说此事与你无关，却只字不提你早已知晓却置身事外”。

余潮生不是蠢的，所以赵辅明白他这个臣子早就知道了。

赵辅厌恶的，是十七年了，那一年他还亲自去天坛祈福，心生惶恐，但如今回头一看，这不是天灾，更不是他赵辅德行有缺，而是人祸!

次日早朝，皇帝下旨，暂且罢免刑部尚书余潮生的官职，在家闭门思过，其余邢州案的罪官也一律受到惩罚，牵扯最大的几个早已被大理寺抓进天牢，怕是只能在牢中残此余生。

紫宸殿中，余潮生亲手摘下自己的官帽时，左相徐毖手捧玉笏，目不斜视地垂眼看地，并没有站出来为自己这个学生求情.

另一边，右相王诠、尚书左仆射王溱等人也一个个眼观鼻、鼻观心，从容不迫，仿若未曾插手其中。

唐慎站在三品官员的最前列，二品官员之后，他望着余潮生离开紫宸殿的背影，他忽然在想，余潮生到底知不知道是谁害了他。

是王诠、王溱，他的恩师徐毖或许也在背后推波助澜，与他撇清干系。

但真正让他得到如今下场的，正是他自己。

这世上当官不易，当奸臣不易，当好官更不易。

王溱从未说过，但唐慎早已猜出，为何自两年前起王党就布了这么大一个局，要摘了余潮生这枚徐党棋子。

两年前，赵辅病重，于龙榻上长眠不起，那时所有人都以为他撑不过去了，连镇守西北的周太师都时隔多年回京，探望皇帝病情。但那次赵辅挺过来了，可从那以后王溱便下定决心，定要断了徐党的左膀右臂。

赵辅终究是会死的，这一天或许并不遥远了。

三位皇子无论是谁继位，都不会有赵辅那样的魄力，以一己之力摒除朝堂政见，推行银引司。当年还只有银引司，如今更多了笼箱，前者早已显现出对世家大族的威胁，后者只需要数年时间就可显出其改变社会的能量。

余潮生做的是一个好官，王溱要做的便是一个奸臣。

唯有执掌大权，将朝堂上下变成一言堂，才可做想做的事，做该做的事。

好官不易，奸臣亦不易!

临近过年，邢州一案闹得盛京城沸沸扬扬，人人自危，先前西北大捷的喜讯被冲淡了一些，再加上每日大雪封城，更显得这偌大的城池无比苍白冷寂。

唐慎奉旨进宫，离宫时，大太监季福送他出门。

唐慎道："公公身子可还好？如今天寒地冻，当注意些身子。"

季福赔笑道："劳烦唐大人挂心了，上次唐大人送来的药膏，可真是灵药。"

唐慎微微一笑。

之前唐慎送了纺织机织出来的新布进宫，第二天他就听说了，他刚出宫，首领太监季福就红肿着脸出了垂拱殿。这事十分蹊跷，唐慎也不知道季福怎么突然就肿了脸，但他受到王溱的耳濡目染，想也没想就把珍宝阁中最好的金疮药送进宫给了季福。

季福因为把唐慎比作阉人，自己扇了自己十巴掌，本来还对唐慎心有怨气，但得了这上好的金疮药，他心里的气消了点，就对唐慎有意无意地说了当日发生的事。

唐慎也十分惊讶，他没想到自己在赵辅心中竟有如此地位。

当日唐慎就准备了一份厚礼送到了季福在宫外的宅子上。

季福还假意推脱，唐慎认真地道："公公因我而受的伤，这便是我的赔罪礼，公公要是不收，可是还在生本官的气？"

季福立刻收下了。

季福感慨道："这雪下得忒大，唐大人路上小心。"

唐慎："多谢公公。"

季福状若无意地说道："看到这雪，奴婢就想起昨日官家批阅奏折的时候提过一句，今年这雪确实大得很，但北方早已习惯大雪，百姓们多有防范。这雪要是下在西南、下在邢州那些地界，怕是又要闹灾了。"

唐慎抬起眼，看向他。

唐慎："如今确实是多事之秋。"

季福笑道："总会平定下来的，唐大人慢走。"

开平三十六年腊月廿四，刑部尚书余潮生被贬至昌州，任昌州府尹。

当日，余潮生就坐着一辆朴素的马车，未曾告知任何人，悄悄地离了京，竟是早就收拾好了行装，一日也不耽搁地就离去了。

腊月廿九，除夕前一夜，皇帝于宴春阁中设宴，邀请群臣共度佳年。

宴席上觥筹交错，皇帝也喜笑颜开。

唐慎身为三品工部右侍郎，因有右散骑常侍的二品虚衔，便坐在二品官员的席位中，他与一旁的礼部尚书孟阆低声说话，余光中瞧见坐在上座的三位皇子。

孟阆顺着他的视线望去："听闻二皇子在幽州与辽人作战时受了伤，看来伤的应该是手臂。"孟阆指了指二皇子赵尚的左臂，果然只见那只手臂始终僵着，从不动弹。

唐慎："三位皇子皆为国效力，赤子之心可见。"

孟阆闻言，上下瞧了瞧唐慎，嘴里嘟囔："和王子丰真是越来越像了！"

唐慎没听清他的嘀咕，他的目光在三位皇子身上停留了许久。

梁辽两国交战时，赵辅将自己的三个儿子全送去了幽州。三人到了幽州，自然想尽办法出力，想取得一番功绩，然而这三人从未带兵打过仗，无论他们如何在周太师面前邀战请缨，周太师都没搭理过他们三人。

三位皇子急得如热锅上的蚂蚁。

终于，二皇子赵尚找到机会，率兵出战，也不知是意外还是故意，他终究是受了伤，如今带伤回京了。

宴春阁中，二皇子僵着那不能动弹的左臂殷切地朝皇帝的方向频频望去，只可惜赵辅从未看过他一眼。

赵尚双目里的光彩渐渐黯淡下去。

三十六州银契庄、梁辽大战、焦州协约、邢州案……

开平三十六年终结于一场鹅毛大雪。

第六十六章

明君

百官自宴春阁中离宫时，唐慎披上了狐皮大氅，他走出宣武门时，只见点着尚书左仆射家灯的马车早已在宫门外等候多时，桃木做的车窗被木撑微微撑开一条巴掌大的缝隙，一阵淡而清雅的味道自其中溢出。

是王子丰身上常年带着的味道。

唐慎登上马车，王溱正拿着一只玉佩于车中昏暗的烛光中细细打量。

唐慎定睛一瞧："师兄看这个作甚？"

王溱收起玉佩。

"这是小师弟送我的礼物。"

唐慎坐稳后，马车很快启程，往尚书府而去。

宴春阁之宴是皇帝招待群臣的宫宴，宴上所吃的美酒佳肴皆出自御厨之手，自然是人间美味。可那是宫宴，哪有官员有心思在皇帝面前吃饭，唐慎没有吃饱，他非常熟练地在王溱马车里找了找，果然找到一些采祁斋的点心。

唐慎拿着一块糕点正吃着，就听王溱轻飘飘地说道："耶律舍哥登基了。"

"咳咳咳咳……"唐慎差点没被糕点噎死，他赶紧喝下一大口茶，缓过来后，不敢置信地抬头看向王溱，"耶律舍哥登基了？那个辽国二皇子？"

王溱望着唐慎，点头道："是。"

唐慎心有余悸地把糕点放远点，道："真的假的，为什么师兄你的语气好像在说

‘今晚咱们吃蟹’一样简单？”

辽国新帝登基，多大的事，刚才宴春阁里皇帝都不知道这事，现在就被王子丰这么轻描淡写地说出来了。

王溱：“那小师弟觉得我该用什么语气来说这事？”

唐慎想了想：“你就这么说吧。”

王子丰其人，总觉得没什么事是能让他大惊失色的，辽帝登基又如何，不就是登基了吗……

唐慎总觉得和王子丰待久了，他好像都变得处事不惊，价值观有了莫大的改变。

另一边，赵辅也在宴春阁之宴结束后得知了辽国二皇子登基为帝的事。

彼时，赵辅正在妃子寝宫中，准备就寝，斥候来报，他听闻此事，和王子丰一般，这位大梁皇帝只是轻轻地“哦”了一声，并未放到心上。

辽国新帝是谁，重要吗？

并不重要。

如今的辽国已经与大梁立下《焦州协约》，如今的辽国没了十万黑狼军，已不再是那个令人闻风丧胆的铁骑之国。

赵辅闭上眼睛，他回忆起了诸多事。

有三十六年前他刚登基，朝堂动荡不安，辽人趁机进攻。

有二十六年前，他率兵亲征，惨胜辽国，终于得了一张委曲求全的和平协约。

他在位三十六年，大梁虽有天灾，或有人祸，不敢说满朝清明，但天下百姓却是安稳平和地过了三十六年！

那他还给后人留下了什么？

他留下了一个版图完整、三州归顺的大梁疆土，他留下了一个遍布三十六州的银契庄，他留下了那个被唐慎称为“希望”的笼箱，他留下了这风调雨顺、国泰民安的开平三十六年！

今日皇帝宿在了珍妃宫中，珍妃正是二皇子赵尚的生母。

自五年前宫廷政变后，珍妃心中对皇帝的恐惧愈发深厚，她小心翼翼地伺候皇帝就寝。

蜡烛吹灭，月光静静照入殿中。

珍妃心惊胆战了许久，即将入睡，突然就听到赵辅说道：“赵尚的胳膊是在幽州弄伤了？”

珍妃吓了一大跳，差点从床上跳起来，她轻声说：“是……”

赵辅没再说话。

珍妃提心吊胆地等了许久，这次她已经没了睡意。

“你与朕相伴也有三十载了。”

珍妃扯开一个笑容：“臣妾是开平三年入的宫。”

赵辅随意地说道：“朕是个好皇帝吗？”

珍妃眼皮一跳，心中打起鼓来。能在后宫里生一个皇子，又安安稳稳地过了这么多年，珍妃是懂得皇帝的。她抬起眼睛，就着月光，只见皇帝脸上的皱纹被月光映得仿佛山体沟壑。

她想起三十三年前她刚进宫时见到的赵辅。

赵辅算不上英俊。

太后并非美人，先帝的几个皇子中，最为俊朗不凡的是先太子。珍妃尚未入宫时曾经有幸在宫宴时远远见过先太子一回，那真是自天上下凡来的仙人，一眼便夺去了她的魂，试问那时的盛京城，哪个姑娘家会不喜欢赵璿？

可赵璿早已死了，她入宫，成了赵辅的妃子。

赵辅在前朝把持大局，但对后宫，他从不关心。皇后在时，将后宫打理得井井有条，皇后去了，后宫也未乱过。，如今想来，或许后宫里的每个女人都怕极了赵辅，哪怕赵辅很少在她们面前动怒，她们也不敢造次。

相伴三十三年，二皇子赵尚都已过了而立之年。

现在望着赵辅，珍妃忽然觉得记忆中先太子那张天人面孔早已模糊，这些年她心里记着的、夜里为其缝制衣裳的，让她百般讨好、令她胆怯畏惧的，无论何时，皆是赵辅。

珍妃动了真心，她柔柔地说道："在臣妾的心里，陛下是最好的皇帝。"

赵辅低下头看了她一眼。

赵辅笑道："你老了。"

珍妃不知从哪儿鼓起了勇气，说道："陛下又何尝不是？"

"哈哈哈哈哈。"

珍妃后怕地捂着自己的心口，听到深夜里她的心脏在扑通扑通激烈地跳着。

她悄悄想着：或许今夜，皇帝是真的高兴的吧？

睡意袭上心头，珍妃慢慢睡了。

第二日，因是除夕，百官早已休沐不必上朝，太监们便在寝殿外候着。

珍妃醒来，看见皇帝还没醒，她轻手轻脚地出了宫殿。待到日上三竿，皇帝还未醒，珍妃进来小声地唤人。叫了几声，不听人应，珍妃骤然变了脸色，她惊慌失措地将季福从门外喊进来，季福也吓得面色大变。

珍妃颤抖着手去碰了碰赵辅的身体。

珍妃一屁股坐在了地上。

季福惊恐得白了脸，却听下一刻，珍妃凄厉地高声喊道："快去叫太医，叫太医！"

皇帝没有驾崩，但是旧疾犯了，昏迷不醒。

开平三十七年的新年，宫中慌乱一片，三位皇子有了前车之鉴，他们想进宫探望病情，又怕重蹈五年前的覆辙，等到过了两日，三位皇子才进宫侍疾。

赵辅这一次的病更加来势汹汹。

唐慎早在初四就进宫面圣，只可惜皇帝没醒，他没见到人。

上一次皇帝病重，周太师等到二月才回京，带了一位神医回来。这一次或许心中有所感应，周太师正月初七便回到盛京，这一次他又将那位神医带来了。

神医在宫中待了整整一个月，却不见赵辅苏醒。

朝堂上，百官皆心中有虑。而皇宫里，三位皇子更是如坐针毡。他们从未如此深刻地意识到，自己离那个位子如此之近，可五年前的宫廷政变真将他们打怕了，他们谁也不敢轻举妄动。这世上恐怕没有哪个儿子会如此惧怕自己的父亲，畏惧得好似一只只惊惶的老鼠。

开平三十七年，二月十三。

唐慎正在工部与工匠商量如何改进笼箱，提高其效率，减少能量损耗，官差来报：“陛下醒了，左仆射大人请右侍郎大人入宫。”

唐慎一惊，立即入宫。

当唐慎来到垂拱殿外时，殿外早已聚齐了诸多官员。

唐慎看见王溱，走到他身边，两人对视一眼，王溱以食指抵唇，轻轻地“嘘”了一声。唐慎垂下眼睛，走到王溱身后，不再多言。

待到日落西山，明月高悬，大太监季福从垂拱殿中走出。

太监尖细的嗓音在黑夜中无比刺耳：“宣左相徐毖、右相王诠觐见。”

徐相和王相立刻动身，进了垂拱殿。

小半个时辰后，二人面色各异地离开大殿。

徐毖道：“都散了吧，陛下龙体抱恙，不必等着了。”

百官齐声道：“是。”

离开皇宫后，唐慎和王溱立即来到右相府。

王诠见到他们，苦笑一声，道：“我知道你们是来说什么的，可是要问我与那徐毖进去后都说了什么，听了什么？自然不会瞒着你们，你们与我来。”

二人随着王诠来到书房，只见王诠在书架上按了按，接着取出一个精致小巧的盒子。

王溱目光一动，他抬眼道：“里面放着的……”

王诠：“是，正是传位诏书。”

唐慎心中一惊。

王诠接着道：“这盒子在我手中，但瞧见上头的锁了吗？锁的钥匙在徐毖那里，所以这盒子里头到底写的是什么，我不知晓，左相也不知晓。”王诠叹息道，“谁能想到皇帝会有这样的准备！”

传位诏书，同时由徐毖、王诠保管。

二人乃是敌党，若是其中一方想作乱，必然瞒不过另一方。

此外，新帝登基，二人都有从龙之功。哪怕到了新帝年间，一方想压过另一方，也并非易事，简单的一个举措，就将王党先前苦心经营、废贬余潮生一事几乎作废一半！

王溱不由地笑了。

王诠：“你竟还笑得出来？”

王溱反问：“那我该如何，哭吗？”

王诠无语地瞥了他一眼，长叹道：“唉，不知此事是好是坏，也不知陛下还能撑上多久啊！”

唐慎将这话听进了心里，第二日，他不动声色地来到勤政殿，偶遇了当日在勤政殿当差的起居郎。

此人姓齐，是开平三十六年的状元，去岁十一月刚当上起居郎，还没当上几天，就碰上皇帝大病，自此便守着昏迷不醒的皇帝，终日记不上什么东西。

“下官齐逢，见过右侍郎大人。”

唐慎轻轻“嗯”了一声：“是要去宫中当差？”

齐逢：“回大人的话，是。”

唐慎不再多说，让开一路，让这齐逢先走。齐逢先是错愕，接着感激不尽，加快脚步赶紧去宫中了。

赵辅醒来后只见了徐毖和王诠二人，连着两天，没再见任何人。

有官员猜测或许皇帝这一次能和两年前一样化险为夷，平安度过。然而唐慎知道，周太师一直守在京中，没有离开，或许赵辅是真的熬不过这个春天了。

二月十七，赵辅召尚书左仆射王溱、勤政殿参知政事苏温允入宫觐见。

二人并非同时入宫，苏温允出宫时，正巧与王溱迎面撞上。

苏温允似笑非笑地看了他一眼，王大人面色从容，从容不迫地进了宫。到晚上回到府中，王唐二人用完饭，王溱从袖中取出一样东西随手放在了桌上。

他这动作实在太过自然，唐慎没觉得有哪里不对，他也随意看了过去。

当看清桌上那东西后，唐慎神色大变，一把将那东西抓了起来。

“这是什么？”

王溱：“免死金牌。”

唐慎：“……”

他当然知道是免死金牌！

唐慎想了想：“是今天进宫面圣，皇上给的？”

王溱轻轻颔首。

唐慎嘴角一抽，把东西扔回桌上，他想起一件事：“你说今天陛下一共召见了你和苏温允两个人进宫，他给了你免死金牌，那给了苏温允什么？”

王溱：“为何一定是给苏温允什么？”

唐慎：“啊？”

王溱微微蹙眉，做出关怀天下、忧心忡忡之模样：“我王子丰两袖清风，日月可鉴，一心为国，舍生忘死，正因如此，才得了这块免死金牌。或许那苏温允不曾得任何东西，反而是皇上和他要了什么东西呢？”

唐慎：“……”

这王子丰真是不要脸到了极致！

苏温允到底有没有得到什么东西，别说唐慎，连赵辅的贴身太监季福都不知道。

进宫面圣第二日，苏温允就动身去了幽州。

没过几日，王霄从西北来信，送到唐慎手中，唐慎拆开一看，顿时失笑。

辽国二皇子耶律舍哥登基后，先铲除异己，整肃朝纲。此番耶律舍哥能登基，全倚仗南面官的大力支持，于是登基后，耶律舍哥大举提拔南面官，改变了辽国朝堂上部落贵族把持大权的局势。

辽国内忧外患不断，正是烦扰之际。

忙了一个多月，耶律舍哥才想起一件事，他叫来跟随自己多年的心腹，曾经的析津府左丞，如今辽国王子太保萧砧，辽国新帝低声询问他："朕记得，你认识一个梁国茶商。"

萧砧肥胖的脸上顿时落了一滴汗下来："是，臣确实认得一个梁国茶商。"

耶律舍哥秀气的脸上露出一个阴冷的笑容，他柔声道："那茶商有个儿子。"

萧砧抬起头，惊讶地道："陛下还记得那茶商的儿子？"萧砧露出遗憾的神色，"那茶商名为乔九，是个精明能干的商人，去岁他儿子于老家病逝，乔九伤心过度，早就回家乡了，自那以后，臣就没再见过乔九。"

耶律舍哥错愕地怔在原地。

萧砧双目清明，目露憾色。

耶律舍哥盯了他许久，不吭一声。

萧砧被看得头皮发麻，也不敢言语。

良久，耶律舍哥道："下去吧。"

"是。"

耶律舍哥当然不会信萧砧的一面之词。虽说萧砧没理由做欺君之事，但耶律舍哥依旧私底下派人去调查了一番，查出来的结果确实和萧砧说的一样。那梁国茶商去岁就离开了辽国，没再回来过，谁也不知道是不是真因为儿子病逝了才走，但他确实是消失不见了。

辽帝闭上眼，回想起曾经的惊鸿一瞥。

再睁眼后，耶律舍哥神色淡漠地摇摇首，将那点残留的旖旎心思全都忘得一干二净。

这一次苏温允去幽州，为的就是把乔九撤下，在辽国重新布局。

乔九虽然走了，但萧砧这枚棋子早已被他们安插在耶律舍哥身边。萧砧做过无数叛国的事，一旦事发，耶律舍哥定会将他千刀万剐，他已经上了这条"贼船"，没有回头路了。

苏温允将事情安排妥当后，对王霄道："这次或许是我此生最后一次来西北，往后便看你们的了。"

王霄恭恭敬敬地作揖行礼："下官领命。"

要不是王霄来信，唐慎都不知道辽国那边还发生了这么多事。

二月底，苏温允回京，李景德也跟他一起回到了京城。

李景德回京第二日，就被传召入宫面圣。

据说那日征西元帅是红着眼眶离宫的，谁也不知赵辅在殿中与他说了什么。但自那以后，他便镇守西北，此生没有离开。

皇帝在宫中养病，唐慎在工部与工匠们继续改良笼箱。

开平三十七年，三月初六，皇帝突然病情好转，能下床到御花园中走动。

次日下午，赵辅于垂拱殿中召见唐慎。

唐慎穿着簇新的官袍，低着头，被太监领着进宫。

唐慎进殿时，赵辅竟然没有躺在龙榻上休息，而是坐在龙椅上翻阅一本书籍。

唐慎行礼后，赵辅道："你们都下去吧。"

偌大的垂拱殿中，倏然只剩下了赵辅与唐慎二人。

唐慎目光微动，但他没有轻举妄动，这些天来，到垂拱殿中面圣的官员大多是单独面圣，没有其他人在场。

皇帝这是在吩咐后事了。

唐慎依旧微微弓腰，赵辅微笑着看他，声音低缓，但与往日不同的，这次的低缓是因气息不稳，略显虚浮。

"景则，抬起头吧。"

唐慎抬起了头。

"你可知朕在看什么书？"

唐慎的视线扫向那本书的封面，在看清上面的字后，唐慎心神一颤，他作揖道："臣不知。"

赵辅："是钟泰生编撰的《康史训策》。"

话音落下，垂拱殿中一片死寂。

良久，赵辅把书放在桌案上，淡然开口："景则，你入朝为官多年，朕想问你……在你心中，朕可是个好皇帝？"

唐慎毫不犹豫地回答："是，在臣心中，陛下是一代明君。"

赵辅："如何的一代明君？"

唐慎："陛下西伐辽，夺失地，还我大梁江山；开银引司，广设大梁银契庄……陛下所做之事，无一不为千秋万代！"

赵辅笑了一声："那与赵璿相比呢？"

唐慎愣住。

许久，唐慎道："臣不知赵璿是何人。"

赵辅身子前倾，上半身压在桌案上，沧桑而明亮的双目死死盯着唐慎。

唐慎从容不迫地站在原地，不显一丝畏惧难堪之色。

赵辅："真不知？"

"不知。"

赵辅语气轻快："先帝的太子，也是朕的兄长，名为赵璿。"

唐慎低头不语。

赵辅笑了起来："若是钟泰生为辅国良臣，赵璿为帝，朕与之相比，会如何？"

唐慎依旧不言语。

赵辅突然呵斥："唐景则，你觉得会如何！"

唐慎不卑不亢地回答道："臣于开平十一年出生，从未见过陛下所言的那番情景。臣自有记忆以来，便知自己生在开平年间，大梁唯有一位皇帝，是为开平皇帝。臣非仙人，如何能知晓未曾发生之事？但是臣知道，陛下所做之事，五百年间未有能出其右之人。"

赵辅轻轻地笑了起来。

"景则，这朝堂之上，朕最信任之人……便是你了！"

唐慎定定地看着赵辅，他一揖及地："臣愿为陛下鞠躬尽瘁，死而后已！"

唐慎离开垂拱殿时，外头日光正好，正是春日好风景。

他被这刺目的阳光照射得看不清天空的颜色，身体微微晃了晃，才站稳身形。

季福看到他出来，又想起唐慎在殿内待了那么久，以为皇帝必然像对王溱等人那样有所赏赐，他朝唐慎挤眉弄眼，接着道："奴婢找人领唐大人出宫。"

唐慎颔首道："有劳公公。"

一位小太监领着唐慎离宫，季福看着唐慎清挺消瘦的背影，对身旁的干儿子谢宝道："我今日才觉得，虽说只入朝为官十年，但官家是真的信任、喜欢极了这唐景则。"

谢宝小声道："干爹，这是为何？我瞧着官家也极喜欢王溱、苏温允等几位大人。"

季福摇头："不一样。我也不知道这是什么，但这唐大人身上有一种与他人截然不同的东西，他自然比不上王子丰的睿敏，也没有苏斐然的狠厉手段，但就是不一样。"

谢宝不明所以："哪里不一样了？"

季福张了张嘴，可又说不出来，颇有些恼羞："做你的事去吧！"

三月入春，满园春色之际，大梁朝堂又恢复了昔日的宁静。

没有人去说皇帝龙体如何，也没人敢去想这件事。

盛京城中，一片祥和安宁，唯一着急的，恐怕只有眼巴巴望着皇位的三位皇子了。然而皇帝龙体安康，三月廿四竟然还上了早朝！

三个皇子顿时傻了眼。

连王溱都颇为惊讶，他对唐慎道："修仙果真有用？小师弟，要不我们也试试？"

唐慎："……"

然而不过两日，皇帝便用事实告诉了王溱修仙没有用，这世上没有永生之人。

开平三十七年三月廿八，深夜，皇帝骤然病重，呼吸急促，面色发青。

大太监季福立刻召了百官入宫。

所有四品以上的京官正在睡梦中，忽然被叫起来，手忙脚乱地换上官袍，披着夜色进宫。

垂拱殿偏殿里，是哭泣不已的后宫妃子和皇子皇孙。

垂拱殿外，是以左相徐毖和右相王诠为首的文武百官。

苏温允站在文官中央，面无表情地低头看地，不知在想些什么。

王溱站在百官前列，静静地看着垂拱殿禁闭的殿门，神色平静。

唐慎站在两人身后，脸上看不出什么表情。

丑时一刻，垂拱殿中的太医们纷纷提着医箱离开殿中，看到这一幕，百官已经有所猜测。

这时，大太监季福从殿中出来，他高声道："宣工部右侍郎唐慎觐见！"

黑夜中，一片哗然巨响。

连王溱都惊讶地看向了唐慎，但随即他仿佛明白了什么，认真地与唐慎对视。

唐慎的震惊不比殿外其他官员少一分，他茫然极了，可他一抬头看见王溱的眼神，不知怎的，他骤然静了心。

唐慎整理官袍，大步走出官员队列，踏上垂拱殿的台阶。

季福红着眼眶，轻声道："唐大人请进吧。"

季福推开门，唐慎走了进去。

一进殿，扑面而来的药味直接将唐慎淹没，殿中檀香袅袅，唐慎顺着记忆来到皇帝的寝宫外，他没有进去，而是在门外高声道："臣唐慎请求觐见。"

良久，屋内没有传来声响。

唐慎又说了一遍。

这时，赵辅微弱到几不可查的声音响起："进来吧。"

唐慎："是。"他推门进入。

"到朕……跟前来。"

皇帝的声音断断续续，几乎连不成句。

唐慎走到龙榻前，他低头一看，心神俱震。

他几乎认不出现在的赵辅了！

古人总说油尽灯枯之姿，于唐慎而言，那便是纸上的四个字，可如今看着赵辅这张蜡黄枯瘦的脸，他突然间明白了这四个字的含义。

赵辅是真的活不长了！

赵辅睁着眼，看他许久，笑道："你可知道，朕为何独独召你进来？"

唐慎低头道："臣不知。"

赵辅："时至今日，朕再想问你一句……朕到底，是不是个好皇帝？"

唐慎喉头一涩。

二十一天前，赵辅在垂拱殿中召见他，问过他一模一样的话，那时他的回答是……

"是，在臣心中，陛下是一代明君。"

赵辅竟然忽然有了力气，他撑起半边身体，瞪着眼睛望着唐慎，一字一句地说道："那你随着朕再说一遍，朕弑兄逼宫，朕封杀松清党，朕逼死钟泰生，你的恩师梁博文也是因朕自尽……但是朕，依旧是个好皇帝！"

唐慎缓慢地抬起头，静静地望着眼前的皇帝。

赵辅："你随着朕的话，再说一遍。"

唐慎依旧看他，不多言语。

赵辅声音厉然："唐景则，你是想抗旨不遵吗？"

偌大的垂拱殿中只有唐慎和赵辅两个人，但他知道，赵辅只要随意一喊，殿外守着的御林军随时能进来，将他押入天牢。

大梁不斩文官，但文官未尝不可死于牢中。

如那邢州案的首脑孙尚德，如钟泰生。

但是唐慎仍旧没有说话。

赵辅瞪着他，目眦欲裂。

唐慎终于开口，他先是行了一礼，然后说道："陛下弑兄逼宫，陛下封杀松清党，陛下逼死钟泰生……臣的恩师梁博文也是因陛下自尽，但是，您依旧是一代明君。"

赵辅骤然没了力气，他躺在龙榻上，枕着明黄的床襟，笑得几乎出了眼泪。

"陛下可明白梁博文为何而死？"

赵辅的笑声戛然而止，他抬起眼睛，死死地望着唐慎。

唐慎面色平静地说道："臣生于开平十一年，未曾有幸一睹先太子的卓然风采，也不曾与钟大儒有幸相识。但臣听不止一人说过，三十七年前，钟泰生是何等博学多识，先太子是如何通达明睿。"

赵辅只是望着唐慎，并没有打断他的话。

"听闻，先太子是被陛下一箭钉死在宣武门上的。"

"唐景则！"赵辅几乎怒吼般的呵斥道。

唐慎依旧从容不迫："听闻在那一日前，陛下与先太子关系极好，先太子待陛下极好，陛下亦仰慕先太子至极。"顿了顿，他道，"这些都是从先帝时期的《起居注》上'听闻'的。陛下知道臣有过目不忘之能，臣看过的东西皆不会忘。"

唐慎："臣不知道，陛下对先太子的仰慕，原来是装出来的吗？"

或许是被气得，赵辅竟然有了一些生气。唐慎此刻竟然还有心思想，如果赵辅真被自己气活了，那今日垂拱殿里还必须死一个人，那个人大概就是他了。

赵辅怒极反笑，他看着唐慎，道："朕装过许多事，但从未装过这件事。"

唐慎："那陛下为何要一箭射死赵璿？"

突然提起这个名字，赵辅身体震颤，他几乎脱口而出："你不配说这个名字！"

唐慎一怔。

赵辅也愣住了，他渐渐冷静下来，枯冷的垂拱殿中，皇帝竟渐渐冷静了下来。他笑了："朕一直觉得你与其他人是不同的，但你不同在哪儿，朕真的不明白。你是真不懂为何朕要射杀赵璿，夺了他的皇位？"

唐慎低头不语。

赵辅："唐景则，抬头看朕。"

唐慎抬起头。

赵辅笑着问他："若是说如今朕要将这个皇位给你，你要吗？"

唐慎愣住，他还没回答，赵辅便道："你是不要的。"

唐慎默了默，道："臣并非明君之材。"

赵辅："你瞧，他人说这话，朕或许觉得是虚情假意，但你说了，朕觉得你是真心的。这句话拿去问王子丰、问苏斐然，或许他们也并不会要，但在朕问他们的那一刻，他们绝对是动摇的，他们会思索这件事，可只有你，你对这个皇位，连一丝念头都没有。

“这世上的人，谁不想当皇帝？朕活了六十多年，从未见过一个不想当皇帝的人。哪怕只有一瞬间，他们都会有。

“但你不想，你是真的从未想过。”

赵辅默了许久，他声音沉静：“为何不想当皇帝？”

唐慎望着赵辅死寂般的面孔，许久，他开口道：“我想，为何一定要有人凌驾于万人之上？”

赵辅的表情好似突然瓦解，出现了一丝裂缝。

良久，赵辅好像失去了所有力气：“这便是你与他们不同的原因？”

唐慎恭敬地道：“若有不同，臣想，便是如此。”

赵辅讽刺道：“若你心中真的这样想，那你如今为何对朕谦逊恭卑，为何自称为‘臣’？”

“社会关系的发展并非一朝一夕，如今的大梁，有一位皇帝，有一位明君，才是最适合它的道路。”唐慎道，“臣知道陛下或许觉得臣在胡言乱语，但臣心中无愧，臣或许这辈子看不见那一天的到来，但臣愿意将大梁推向那个遥远的地方。”

“你可知，就凭你这句话，朕便可杀了你？”

唐慎：“臣知道。如今轮到陛下回答臣的问题了，陛下为何要射杀赵……先太子？”

赵辅好像听到了什么好笑的事：“天下何人不想当皇帝？”

唐慎一愣。

赵辅又说了一遍：“除了你唐景则，这天下！谁不想当皇帝！朕想当皇帝，有错吗？

“朕没有错，朕从来没有错！

“这天下为何不能属于朕，朕为何要射杀赵璿？因为朕想当皇帝，当皇帝啊！

唐慎：“那先太子、钟泰生、松清党……便有错吗？”

赵辅目光凌厉：“成王败寇。”

唐慎静静地看着赵辅，仿佛要将他看透。赵辅活了六十多年，第一次有些不敢直视一个年轻人的目光。接着，只见唐慎笑了，从进入垂拱殿起，他第一次笑了起来：“是，成王败寇。先太子败了，所以他被射杀于宫门中；钟泰生败了，所以他被毒死于牢中。这世上的一切，不过‘成王败寇’四个字。但陛下，如您所说，这天下谁不想当皇帝，但您既然已经赢了，为何不愿在青史上还他们一个清白名声！”

唐慎第一次感到了愤怒：“杨大学士死了，因为他要以一条命撞向那史书上的青铜大钟，告诉世人，松清党是冤枉的。

“梁先生死了，因为他要以死告诉世人，松清党含冤！

“在您看不到的很多地方，有一方小吏、有乡野间的老举人，他们都死了。他们的死无法在史书上留下一个字，可他们只为问心无愧，只为那心中的一点公平清明！

"是，这世上谁不想当皇帝？但为何连最后一点名声都不愿留给他们？

"自十一年前的那日起，我便不懂这世上有什么比性命重要，有什么能让先生以死明志。但我从来不需要懂，我只需要知道，先生的死无法还他们一个清白。而我可以做的，便是用我的一生还他们一个史书长青！"

赵辅的声音好似当头棒喝："唐景则，成王败寇！今日朕要你死在这里，你便会和他们一样，到地下作伴！"

唐慎高声道："是，成王败寇。若我死在此地，不过是一条命罢了，但我相信，世上总有不平之人。陛下，您杀得了一个唐景则，杀得尽这天下黎民吗？

"开平皇帝赵辅，弑兄杀父，是为不忠不孝；开平皇帝赵辅，残害忠良，是为不仁不义。

"但开平皇帝赵辅，他平定西北之乱，收复失地；他修建水坝，长修官道；他开设银引司，广设银契庄……他信任我这样一个平平无奇之人，大建笼箱，造福天下。

"他让一个叛臣在他面前大放厥词，却至今未曾要了他的性命！"

唐慎望着赵辅震惊的神情，红着眼眶，笑道："得明君若此，大梁何其有幸。换位而待，我此生做不成您的十分之一，便是那三十七年从未断过的早朝，赵璿如何能及得上您一分？

"陛下，为何您始终忘不掉他人？您便是您，大梁的开平皇帝，也正是您让我心甘情愿地俯首称臣。

"臣不识赵璿，臣只识我大梁的开平皇帝！"

五年前，垂拱殿中，左相纪翁集拂袖离去时留下一句话——天下何人不喜欢赵璿！

如今，唐慎的话落地有声——臣不识赵璿，臣只识开平皇帝！

赵辅怔怔地望着唐慎，他忽然笑了，然而浑浊的眼泪却顺着他的笑落了下来。

"如今可有猜到三十七年前是何人欺瞒了钟泰生，助朕夺得这皇位了？"仿若一个循循善诱的长辈，赵辅微笑着看着唐慎，温和地问他。

唐慎沉默片刻，他手指捏紧成拳，这才发现自己的掌心早已全是汗水。

"知道了。"

赵辅笑道："史书不是那般好改的，若是你改了，朕的儿子不会答应，朕儿子的儿子亦不会答应。唐景则，成王败寇，这四个字朕送给你，若是你真能改了，那时记得烧一本书送给朕，让朕也瞧瞧朕死后是如何败了的。"

唐慎："陛下！"

"下去吧。"

唐慎咬了咬牙，转身离开。

"朕倒忘了。"

唐慎停住脚步，转过身。

龙榻上，赵辅笑道："笼箱之事，朕至今瞧不明白，但这等奇技淫巧总让朕觉得心里不踏实。这东西，并非一个好东西吧。"

唐慎沉默不语。

赵辅："朕赐给王子丰一块免死金牌，天下只有一块，没有第二块了，不过朕在勤政殿的三字匾额后为你留了一封诏书。"

唐慎震愕地看向赵辅。

"诏书上写的是什么，如今便不告诉你了，朕相信，不到万不得已时，你不会打开它。下去吧。"

唐慎迟迟不动。

赵辅无奈道："这次真让你下去了！"

唐慎深深地看了他一眼，转身离去。

垂拱殿中再次恢复了宁静。

许久之后，一道高大巍峨的身影从明黄色的千山屏风后走出。

周太师满头白发，他大步走到床前，握住了皇帝抬起来的手。

赵辅看着自己的老师，感受到生命在迅速地流逝，他再也无法抑制住对死亡的恐惧："太师，太师，朕害怕啊，朕害怕啊……"

周太师牢牢抓住他的手。

"陛下，老臣在这里。"

"你看见赵璿了吗？"

"陛下。"

"他在那儿等着朕，等着朕去找他……"

周太师心头哽咽，无法言语。

胡言乱语般的呢喃了许久，赵辅突然又平静下来。

他声音虚弱地说道："朕死后，太师还会守着大梁多久？"

周太师望着他，镇守西北多年，见惯了生死离别，太师第一次落了眼泪："陛下为何要问这种话？您死后，这大梁便与您再无关系了。老臣何尝不知您心中的所愿所想？您做到了，您真的做到了。"

赵辅的眼中射出晶亮的光芒，下一刻，这光芒骤然黯淡。

他握着周太师的手，断断续续又十分坚定地说道："射……射杀……赵璿……三十七年来，朕、朕从无一日有后悔之意……"

周太师坚毅的脸庞上露出一抹无奈的笑意。

大梁皇帝睁大眼，死死盯着明黄色的床幔，然后他缓缓闭上了这双疲惫的眼。

开平三十七年三月廿八，皇帝驾崩，天下恸哭。

国不可一日无君，左相徐毖与右相王诠拿出传位诏书，传位于二皇子赵尚，定年号为元和。

彼时，姑苏城外的一片鱼塘边上，两个老翁正倚案垂钓。

一老翁道："终究是长子。"

另一老翁道："给谁不都一样吗？那位心里可没其他人，唯有他自己。"

“我猜他最后是后悔了的。”

“我猜没有。”

“你这糟老头子，可敢与我赌上一赌？”

“有何不敢，但这赌局怎么揭晓？”

“听闻你那学生唐景则是最后一个进去见他的。”

“呵，姓纪的，你还是不懂他啊，他最后一个见的必然不会是唐景则。”

老翁听了这话，沉默许久，长叹颔首：“是啊，必然是周太师！”

两人相视一笑。

“不赌了不赌了，还能跑去问那个恶阎罗吗！”

盛京城外，流淇小院。

新帝登基，群臣忙了一个多月，才终于安闲下来。

原本流淇小院只有五进大小，但自王溱官居一品后，他便找来工匠，把流淇小院又重新整饬一番。如今花园中有一片极大的池塘，不及皇宫中的太液池，却也够人信舟飘散，随波逐流。

唐慎躺在这小小的木船上，身旁是并肩躺着的王溱。

如今进了五月，正是蛙声满池，草长莺飞之际。

漫天星色落入水中，静谧美极。

唐慎感慨道：“醉后不知天在水，满船清梦压星河！”

王溱：“绝妙！”

唐慎躺在船上，双手枕在脑后：“师兄很少这样直白地夸我。”

王溱故作惊愕：“有吗？我不是时常这般说吗？如同多年前，当我听闻‘天下兴亡，匹夫有责’这句话时，我便十分认真地夸了此人一番。”

唐慎的笑容僵在脸上，慢慢侧过身去。

王溱哈哈一笑，低声说道：“我还记得那日是个午后，我从户部来到先生府上，先生气急败坏地拿着一封信对我说‘梁博文当真嚣张极了，他不过是收了个学生，竟日日写信来炫耀’。我问他梁大人又如何炫耀了？

“先生说，‘那个十三岁的小孩童对梁博文说，天下兴亡，匹夫有责！’。”

“那时我的心中便有了一个名字，你猜猜是谁？”

唐慎没好气地哼了一声。

王溱道：“我对此人有诸多猜测，只是未承想一见面，他便开口唤我抚琴童子。他装模作样的样子颇为有趣，若我真是个童子，定然会被他骗过去，但是我是王子丰……”

唐慎也懊恼不已：“我那时候还不知道你王子丰是这样的人，若是早知道，我会在你这种骗子行家面前班门弄斧？”

王溱悠然道：“小师弟，你又夸我，多好，我夸你是天才，你亦夸我是人才。”

“……”

反正也说不过你！

元和元年九月初四，左丞陈凌海被御史弹劾，多桩罪名齐发，陈相自知有罪，羞愧难当，请辞离京，告老还乡。

元和四年，皇帝驾崩，传位于太子赵琋，定年号为安景。

安景五年，盛京城外，流淇小院。

唐慎将一本翰林院新编撰的史书扔进火盆，看大火吞噬那本薄薄的书籍，明亮的火光映衬着唐慎和王溱的脸庞。

良久，唐慎道："我近日时常觉得，师兄，我们是见不到那一日了。"

"你口中所说的盛世吗？"

唐慎默了默："是，也不是。说来惭愧，梁先生还在世时，我对他吹嘘的话可不止那一句'天下兴亡，匹夫有责'。"

"你还吹嘘过什么？"

唐慎刚要说，又闭上嘴："不说了，免得你笑我。"

王溱心道：我平日里捉弄调侃你的时候还少吗，缺这一个？

但他深知过犹不及的道理，便道："好。"

唐慎只觉自己此生能认识王子丰，当真是三生有幸。

唐慎想了想："我告诉你吧，但你不许笑。"

王溱严肃道："不笑。"

唐慎快速地说完，王溱一愣，接着忍不住笑了一声。

"师兄说不笑的！"

王溱又憋笑，他认真地望着唐慎："这是欣赏赞许的笑。"

唐慎："你想笑便笑吧。"

王溱笑着对他说："我不觉得你这是吹嘘，我们所做的，不正是脚踏实地地走向那一天，一步步地为后人指引方向吗？"

这话说得无比诚恳。漫天星子下，王子丰那张神仙般的面容并未因年龄增长而凋零，反而愈发内敛，深邃的一眼，仿若冻结了时光，一眼便看到了那漫长而美好的未来。

耳边是蝉叫蛙鸣，脚下是如水月色。

在这聒噪的声音中，唐慎的那句话回荡在这潺潺的池水之中：

我要令江山平，四海清，千年一瞬，朝天来歌！

-【完】-

番外

堂前燕

元和三年，是个暖冬。

腊月廿三，唐慎和王溱乘船沿运河南下，到廿八时，终于回到金陵府。因临近新年，刚从码头下船，便见大小街巷，张灯结彩。自乡下挑着扁担进城赶集的，穿着新衣在闹市中闲逛采买的，到处都是人，挤得街上水泄不通。

王家专门派了一辆马车到码头来接二人，坐上车后又行了半个时辰才来到了乌衣巷。

唐慎上一次来王家已是十年前的事了。这十年来他常常前往西北办差，别说陪王溱一起回金陵府过年了，他甚至很多次都是在西北过的年！

到了王家后，二人从侧门进府，先去了王溱的院子。

王溱的院子靠着一片萧萧瑟瑟的竹林，因今年春天来得早，天气暖，竹枝已有抽出绿芽的。王溱穿过半月洞进入院子，抬目一瞧，眉头一挑。他一手拿着折扇，合上后指着那群站在院里的小厮，转首对唐慎说："小师弟，可曾觉得眼熟？"

唐慎刚进院子，听了这话，顺着王溱手指的方向看去，顿时眼前一黑。

唐慎撇撇嘴："师兄，你又揶揄我。"

王溱闻言笑道："哦？如何揶揄了，倒是说说？"

唐慎："……"

说了又得被你再戏弄一番！

只见这宽阔干净的院落中，几个小厮捧着两件乌衣，早已等候多时了！

这事得从唐慎上一次来王家时说起。

那时唐慎回姑苏府过年，因缘巧合来了金陵府一趟，就顺路拜访自家师兄。因为当时天色已晚，他自然而然地留在王府过了夜，也吃了顿饭。在用晚饭前王溱特意问他是否要换件乌衣，唐慎心想：我又不是你王家子弟，换你们的黑衣服作甚？于是就没换。

谁料到了用饭时，只见那满屋的王家人，人人都穿着黑衣！就唐慎一人穿了件白衣，当真叫一个格格不入。

这次唐慎长了记性，不等王溱说，他便快速地换上了衣衫。

王溱见他这样，先是一怔，既而莞尔。他伸手纸扇在唐慎的额上轻轻一点，道："这般模样，走出府，到了乌衣巷中，任谁都会以为是个王家公子。小师弟……要不要改叫王慎？"

唐慎瞪大眼："我为何要和师兄姓？"

王溱轻挑一眉："那我与你姓？"

唐慎琢磨了一下，唐溱、唐溱，不行，怎么听怎么别扭！

唐慎心道：还不如王慎好听。

唐慎不稀得和他计较。

回到王府后，很快便到了除夕。

王家人过年十分讲究，除夕之夜，一只圆口大火盆中烧着滚热通红的热炭，众人纷纷去火盆边暖了暖手，再进屋吃饭。到了次日，年轻一辈在王家二公子王嗣的带领下前往武定门。每到新年，金陵城门便向百姓开放，百姓们相约爬城头，多走多动，意味着走百病。

到了初三，女眷们又要去鸡鸣寺烧香祈福。

唐慎自小父母双亡，家里不注重这些习俗。他感兴趣极了，跟着王溱一起骑马去城外的鸡鸣寺。一路上，男人们骑着高头大马，女眷们在马车中说笑闲聊，一路上玩玩闹闹，算是踏青春游，走了大约两个时辰，才到了鸡鸣寺。

鸡鸣寺在金陵城东，北接玄武湖。

唐慎在山前下了马，他举目四望，只见四围繁花茂树，春意盎然，隐隐已过了隆冬之意。鸟语花香间，许多金陵人前来上香祈福。唐慎来了兴趣，看向王溱："师兄可还记得，我们曾经一同登上过虚极楼的事？"

王子丰下了马，小厮接过他手中的缰绳。他转首看着唐慎，轻挑一眉："那年你刚中探花后的事？"

唐慎："对。"

王溱笑了："哦，所以呢？"

唐慎："我看着鸡笼山也不高，师兄可要和我一起试试爬山？"

王子丰笑了笑，转身对小厮说：“你们从正殿的台阶上去。”然后看向唐慎，“那就走吧，小师弟。”

唐慎原本只是随口一说，却没想到王溱竟然当真同意了。

这下唐慎真来了兴致，起了点胜负心。要知道这些年来，他与王子丰同朝为官多年，虽说有长进，可终究比不上王子丰运筹帷幄。如今总算找了个机会，若是能在登山上赢了王子丰，就也算是赢了。

这般说着，两人便一起登了山。

他们走的是一旁的小道，树林阴翳，一条蜿蜒曲折的溪流自山顶汩汩而下。青石板的路上可以嗅闻到清晨还未被晨光照干的露水香，二人一边登山，一边说起了话。

唐慎：“每逢过年，师兄都要来鸡鸣寺烧香祈福吗？”

王溱：“去盛京前是这样。小师弟在姑苏府的时候，每逢佳节不去寺里上香吗？”

唐慎摊摊手：“那我得和你说道说道了。我小时候是在吴县长大，哪里有什么到寺里上香？每到过年，只有村长会从姑苏府请了舞狮队……”

唐慎开始回忆过去的事，他说得十分入迷，王溱在一旁轻摇纸扇，轻笑着看着他。

一身乌衣的唐大人将村中过年的景象描绘得栩栩如生，没有王家大族这种钟鸣鼎食，一大家族人齐聚一堂，却有村中老少互相串门，和乐融融，这是王溱从没见过的温馨与欢乐。

王溱：“你那果子汁何时也做了给我尝尝？”

唐慎正说得兴起，忽然听了这话，他咳嗽一声：“师兄怎么还记得？”

王溱以扇掩唇，悄然一笑：“如何能不记得？早在几年前小师弟就答应了我，要给我做果子汁尝尝。如今还能反悔不成？”

唐慎：“……”

王溱：“嗯？”

唐慎：“做做做！”

能让一个堂堂当朝二品大员为他“洗手作果子汁”，还如此理直气壮，他还偏偏非做不可，这世上除了王子丰，也没谁了！

两人登上一个山头，岔路口，有棵常青的松柏屹立山壁。唐慎走了过去，他站在山崖前低头俯瞰，王子丰目光一凛，立刻伸手拉住他：“小心！”

唐慎不以为意：“没事，师兄，离崖边还远着呢。”

王子丰眸光森冷，脸上全是肃然神色。唐慎看着看着就没了胆量，赶紧收回脚。

王溱低声斥道：“怎的还像个孩童？”

唐慎甚少看见王子丰这般严肃的样子，师兄对他十分好，两人相识多年，王子丰几乎没对他红过脸。唐慎自知这次是自己做错了，便老实认错：“师兄，我只是好奇。”

王溱：“哦，那现在可还好奇了？”

好奇当然是好奇的，但唐慎嘴上却道：“不好奇了！”

王子丰看了他一眼，无奈地勾起唇角，合扇在他额头上轻轻一点：“下山吧。”

自山上往下，只见滚滚落日沉于金陵城下，漫天金色为硕大的城郭笼上一层曼妙薄纱。山上云雾弥漫，山色如画。唐慎和王溱走至山腰，只听见一声悠扬低沉的钟声从树林深处传来。这一声佛寺钟鸣令两人都停下脚步，静静聆听。

无边无际的山林间，只有二人并肩而立平和清静地听着。

一声声钟鸣仿若能涤荡人心，唐慎慢慢就静了心。这过去十多年的宦海沉浮，年岁缥缈，都成了一场繁华之梦。当钟声停了，他又回到尘世，看向身边的王溱。两人相视一笑。

唐慎："虽在红尘，但师兄，我倒是挺乐在其中的。"

王溱无言低笑，只打开折扇："走吧！"

下山后第二日，王溱没给唐慎一点反悔的机会，直接派人去采买了许多果子。瓜果蔬菜，连鲜花都给买来了，生怕唐慎反悔不肯做果子汁。

站在琳琅满目的院子中，王溱一身乌衣，随手一指："小师弟，任选，你要拿哪个做果子汁呢？"

唐慎："……"

我做，我做还不行吗！

到中午，唐慎要亲手做果子汁的事传遍了整个王府。

王家的一众小辈、王溱的子侄们，甚至是王嗣这些和王溱同辈的堂兄弟，以及王慧这些个长辈都来了。众人好奇地围在院外，王子丰施施然走出院落，向众人行了一礼。小辈和同辈们立即给他回礼。

王溱："叔叔们来到子丰的院子，可是有事？"

王慧眼珠一转："听闻唐景则要做一种自酿的美味果子汁？"

王溱大为吃惊："还有此事？"

王家众人："……"

王溱叹气道："世上的谣言就像那穿堂而过的风，总是无孔不入！谣言可畏，谣言可畏啊！"

这时，院子里传来唐慎的声音："师兄，你喜欢什么味的果子汁，要不你来选一个吧。"

王家众人顿时瞪大了眼，一个个盯着王溱，仿佛在说：你还有何话可说！

却见王子丰面不改色，微微一笑："子丰只是凡人，一人之力招待不了那般多的客人，招待小师弟一人便也够了，每每总觉着力有不逮。诸位叔叔慢走，子丰不送了。"

众人："……"

有你这样吃独食的吗？！

金陵城，乌衣巷。

一只新燕衔春泥，落入世家高堂上。

图书在版编目（CIP）数据

山河不夜天：全2册 / 莫晨欢著. -- 南京：江苏凤凰文艺出版社，2020.7（2021.12重印）
ISBN 978-7-5594-4855-2

Ⅰ. ①山… Ⅱ. ①莫… Ⅲ. ①长篇小说－中国－当代
Ⅳ. ① I247.5

中国版本图书馆 CIP 数据核字 (2020) 第 076495 号

山河不夜天：全2册

莫晨欢 著

责任编辑　王昕宁
特约编辑　马春雪　苗玉佳
装帧设计　苏　涛
责任印制　刘　巍
出版发行　江苏凤凰文艺出版社
　　　　　南京市中央路165号，邮编：210009
网　　址　http://www.jswenyi.com
印　　刷　天津旭丰源印刷有限公司
开　　本　680毫米×970毫米 1/16
印　　张　46
字　　数　1000千字
版　　次　2020年7月第1版
印　　次　2021年12月第5次印刷
书　　号　ISBN 978-7-5594-4855-2
定　　价　78.00元（全2册）